〈명주보월빙〉연작 3부작 중 제3부작

낙 선 재 본 과 고 려 대 본 을 교 감 주 석 한

교감본

嚴氏孝門淸行錄

교감본

嚴氏孝門淸行錄

1

교주 최길용

學古房

이 논문 또는 저서는 2013년 정부(교육부)의 재원으로 한국연구재단의 지원을 받아 수행된 연구임 (NRF-2013S1A5A2A01017241

This work was supported by the National Research Foundation of Korea Grant funded by the korean Government(NRF-2013S1A5A2A01017241)

서 문

〈엄씨효문청행록〉은 30권 30책으로 된 대장편소설로, 100권 100책의 〈명주보월빙〉과 105권 105책의 〈윤하정삼문취록〉과 함께 《명주보월빙 연작》을 구성하고 있으면서, 연작 전체가 하나의 거대한 예술적 총체를 이루고 있다. 그런데 이 연작은 그 3부작을 합하면 원문 글자 수가 도합 334만4천여 자(〈보월빙〉1,485,000, 〈삼문취록〉1,455,000, 〈청행록〉404,000)에 이를 만큼 방대하여, 세계문학사에서도 그 유례를 찾아볼 수 없는 대장편서사체인 동시에, 1700년대 말 내지 1800년대 초의 조선조 소설문단의 창작적 역량을 한눈에 보여주는 대작이자, 한국고소설사상 최장편소설로 꼽히고 있다.

양식 면에서, 《명주보월빙 연작》은 중국 송나라를 무대로 하여 윤・하・정 3가문의 인물들이 대를 이어 펼쳐가는 삶을 다룬 〈보월빙〉・〈삼문취록〉과, 윤문과 연혼가인 엄문의 인물들이 펼쳐가는 삶을 다룬 〈청행록〉으로 이루어져, 그 외적양식 면에서는 〈보월빙〉-〈삼문취록〉-〈청행록〉으로 이어지는 3부 연작소설이며, 내적양식 면에서는 윤・하・정・엄문이라는 네 가문의 가문사가 축이 되어 전개되는 가문소설이다.

내용면에서 보면, 이 연작에는 모두 787명(〈보월빙〉275, 〈삼문취록〉399, 〈청행록〉113)에 이르는 엄청난 수의 인물들이 등장하여, 군신・부자・부부・처첩・형제・친구 등 다양한 인간관계에서 벌어지는 수많은 사건들을 펼쳐가면서, 충・효・열・화목・우애・신의 등의 주제를 내세워, 인륜의 수호와 이상적인 인간 공동체의 유지・발전을 위한 善的 價値들을 권장하고 있다. 아울러 주동인물군의 삶을 통해 고귀한 혈통・입신양명・전지전능한 인간・일부다처・오복향수・이상향의 건설 등과 같은 사대부귀족계급의 현세적 이상을 시현해놓고 있다.

이 책 『교감본 엄씨효문청행록』은 〈엄씨효문청행록〉의 두 이본, 곧 30권30책으로 필사된 '낙선재본'과 16권16책으로 필사된 '고려대본'의 원문을 띄어쓰기를 하여 전산입력하고, 이를 原文內校와 異本對校의 2단계 원문교정 과정을 거쳐 각 텍스트의 필사과정에서 생긴 원문의 오자・탈자・오기・연문・결락・착간들을 교정한 후, 두 이본 중 선본(善本)인 낙선재본 교정원문에 한자병기와 주석을 가해 편찬한 것이다.

그 목적은, 첫째로는 필사본 텍스트들이 갖고 있는 태생적 오류, 곧 작품의 창작 또는 전사가 手記로 이루어질 수밖에 없었던 한계 때문에, 마땅한 퇴고나 교정 수단이 없음으로 해서 불가피하게 방치해버린, 잘못 쓰고, 빠뜨리고, 거듭 쓴 글자들이나 문장들, 그리고 문법이나 맞춤법・표준어 규정 같은 어문규범이 없었던 시대에, 글쓰기가 전적으로 필사자의 작문능력에 따라 달라질 수밖에 없음으로 해서 생겨난 무수한 비문들과 오기들, 이러한 것들을 텍스트의 이본대교와, 전후 문장이나 문맥, 필사자의 문투나 글씨체, 그리고 고사・성어・속담・격언・관용구・인용구 등을 비교・대조하여 바로잡음으로써, 정확한 원문을 구축하는 데 있다. 또 이러한 교정과정을 일정한 기호를 사용하여 원문에 병기함으로써, 원문을 원표기 그대로 보존하여 보여주는 한편으로, 독자가 그 교정・교주의 타당성을 판단할 수 있게 하는데 있다. 그 이유는, 이렇게 함으로써 텍스트의 불완전성을 극복할 수 있을 뿐만 아니라, 원문의 표기법을 원문 그대로 재현해 놓음으로써 원본이 갖고 있는 문학적・어학적 가치는 물론 그 밖의 여러 인문・사회학적 가치를 훼손함이 없이 보존하고 전승해 갈 수 있다고 믿기 때문이다.

둘째로는 한 작품의 이본들을 교감・주석하여 竝置시켜 보여줌으로써, 그 교정과 주석의 타당성은 물론, 각 이본이 갖고 있는 표현과 서사의 차이를 한눈에 볼 수 있게 하여, 적층문학적 성격을 갖고 있는 한국 필사본 고소설들에 대한 해석학적 지평을 확장하는 데 있다. 나아가 이 연구의 수행을 통해 '原文校訂'이라는 한・중의 오랜 학문적 전통의 하나인 텍스트 교감학[1]의 유용성을 실증하여, 앞으로의 필사본 고소설들의 정리작업[데이터베이스(data base)구축과 출판]의 한 모델을 수립하는데 있다.

셋째로는 정확한 원문구축과 광범한 주석으로 작품의 可讀性을 높이고 해석적 불완전성을 제거하여, 일반 독자들이나 연구자들이 쉽게 원문 자료에 접근할 수 있게 하는데 있다.

넷째로는 이렇게 정리 구축한 교감본을 현대어본 편찬의 저본(底本)으로 활용하기 위함이다. 현대어본 편찬의 선결과제는 정확한 원문텍스트의 구축과 원문에 대한 정확한 주석이다. 이 책은 처음부터 이 현대어본의 저본 구축을 목표로 편찬된 것이기 때문에 이점 곧 정확한 원문텍스트의 구축과 원문에 대한 정확한 주석에 각별한 정성을 쏟았다.

컴퓨터 문서통계 프로그램이 계산해준 이 책의 파라텍스트(para-text)를 제외한 본문 총글자수는 1,174,000자다. 원문 634,600자(낙본404,100자, 고려대본230,500자)를 입력하고, 여기에 2,283곳(낙본1,012곳, 고대본1,271곳)의 오자・탈자・오기・연문・결락 등에 대한 원문교정과 90,300자(낙본90,300자, 고려대본 0자)의 한자병기, 그리고 4,673개(낙본4,673개, 고려대본 0개)의 주석이 더해져서 이루어진 결과다. 앞서 언급한 것처럼 이 책은 현대어본 출판까지를 계획하고 편찬한 것이다. 따라서 두 이본 중 선본인 '낙선재본'을 현대어로 옮겨 현재 출판 작업이 진행 중이다. 그 분량도 74만5천자에 이른다. 전자 교감본은 전문 연구자와 국문학도에게 바치는 학술도서로, 후자 현대어본은 일반 독자들에게 드리는 교양도서로, 전자는 국배판(A4규격) 900쪽 2책1질로, 후자는 국판(A5규격) 940쪽 3책1질로 간행될 예정이다.

이것으로 세계 최장편소설이라는 수식어가 붙는 〈명주보월빙〉연작의 교감・교주본과 현대어본의 편찬작업이 끝났다. 필자는 그간 2010년에 〈명주보월빙〉을, 2012년에는 〈윤하정삼문취록〉을, 그리고 2013년에는 〈엄씨효문청행록〉을 각각 한국연구재단의 연구지원 사업 과제에 지원하여 지원과제가 모

1) 고증학의 한 분파로, 경전이나 일반서적을 서로 다른 판본 또는 관련 있는 자료와 대조하여 내용이나 문자・문장의 異同을 밝히고 誤記・誤傳 따위를 찾아 바로잡는 학문이다. 중국 前漢 시대의 학자 劉向에 의해 창시되었으며, 청나라 때 가장 성하였다. 우리나라에서도 고려 때 한림원에 종 9품 校勘을 두었고, 조선시대에는 승문원에 종4품 校勘을 두어 경서 및 외교 문서를 조사하고 교정하는 일을 맡아보게 하였다.

두 선정됨으로써 오늘의 결과를 이룰 수 있었다. 그리하여 지금까지 꼬빡 6년 동안을 필자는 두문불출, 주야불철하며 이 《명주보월빙 연작》의 원문입력과 교정, 주석에 골몰하면서 답답하고 지리한 일상을 보내왔다.

이 3부작을 모두 합하면 교감본 12책, 현대어본 20책이 되어, 20책1질의 현대어본을 단순히 책 수로만 비교한다면 우리 현대소설사상 최장편 소설로 평가되는 20책1질로 출판된 박경리 선생의 〈토지〉와 같은 분량이다. 등장인물 수도 〈토지〉 인물사전에는 600여명이 등장하는 것으로 소개되어 있는데 《명주보월빙 연작》에는 이보다 더 많은 787명의 인물이 등장하여 작품 속 삶을 펼쳐가고 있다. 필자는 이 등장인물 사전을 현대어본 마지막 권(21권)으로 출판해 독자에게 제공할 계획이다.

"인내는 쓰고 열매는 달다"고 하였던가! 과정은 힘들었지만 결과를 이렇게 큰 출판물로, 또 DB화된 기록물로 세상에 내놓게 되니, 한국문학의 위대함을 한 자락 열어 보인 것 같아 여간 기쁘지 않다. 또 하나 이 연구의 성과를 든다면, 이본 대교 작업을 통해 〈명주보월빙〉낙선재본 결권 '卷之七十八'을 박순호본 가운데서 찾아 복원하였다는 점이다. 이로써 이제 '낙본' 〈명주보월빙〉은 그간 낙질 상태에 있던 자료적 불완전성을 해소하고 완전한 텍스트로 거듭나게 되어, 완질본으로서의 새로운 지위와 가치를 부여받게 된 것이다.

아무쪼록 이 연작의 완간을 계기로 이 연작이 더 많은 독자들과 연구자, 문화계 인사들의 사랑과 관심을 받게 되고, 영화나 TV드라마 등으로 제작되어 민족의 삶과 문화가 더 널리 전파되어 갈 수 있기를 기대한다. 이 작품들 속에 등장하는 앵혈・개용단・도봉잠・회면단・도술・부적・신몽・천경 등의 다양한 상상력을 장착한 소설적 도구들은 민족을 넘어 세계인들의 사랑과 흥미를 이끌어내기에 충분할 것이다. 또 세계문학사적 대작이자 한국고소설사상 최장편소설로 평가되는 이 작품이 국민들의 더 높은 사랑과 관심을 받을 수 있도록 국가 보물로 지정되는 날이 쉬이 오기를 기대해 마지않는다.

이 책의 출판은 오랜 시간 많은 품을 들여 '고려대본'의 원문입력 작업을 해준 이후남 박사의 도움이 있었기에 가능했다. 그 고마움을 짧은 말로 표현할 수가 없다. 또 그간 어려운 출판 여건 속에서도 인문학의 위기를 걱정하며 이 책의 출판을 흔쾌히 맡아주신 도서출판 학고방의 하운근 대표님의 넉넉한 마음과, 편집과 출판을 맡아 애써주신 조연순 팀장을 비롯한 직원 여러분의 노고를 잊을 수가 없다. 이 자리를 빌어 깊은 감사를 드린다.

2016년 4월 20일 봄날 아침 소요재에서

최 길 용(전북대학교 겸임교수)

* 일러두기 *

이 책『교감본 엄씨효문청행록』은 〈엄씨효문청행록〉의 두 이본, 곧 30권30책으로 필사된 '낙선재본'과 16권16책으로 필사된 '고려대본'의 입력원문을 서사진행순서에 따라 같은 내용을 같은 지면에다 단락단위로 竝置시켜, 이를 각본의 '원문 내 교정'과 '이본 간 상호대조를 통한 교정'의 2단계 원문교정 과정을 거쳐, 각 텍스트의 필사과정에서 생긴 원문의 誤字・脫字・誤記・衍文・缺落・落張・錯簡들을 교정하고, 여기에 띄어쓰기와 한자병기 및 광범한 주석을 가해 편찬한 것이다.

이 때문에 이 책은 불가피하게 원문에 대한 많은 교정과 보완이 가해졌다. 따라서 이 책은 이처럼 원문에 가해진 많은 교정・보완 사항들을 일관성 있게 보여주고, 누구나 이를 원문과 쉽게 구별할 수 있게 하기 위해 다음 부호들을 사용하였다.

( ) : 한자병기를 나타내는 부호. ( )의 앞에 한글을 적고 속에 한자를 적는다.
예) 붕성지통(崩城之痛)

[ ] : 원문의 잘못 쓴 글자를 바로잡거나 빠진 글자를 보충해 넣은 부호. 오자・탈자・결락・낙장・마멸자 등의 교정에서 바로잡거나 빠진 글자를 보충해 넣을 때 사용한다.
예) 번셩ᄒᆞᆫ믄[믈], 번셩○[ᄒᆞᆫ]믈, 번□□[셩ᄒᆞᆫ]믈,

○ : 원문의 필사 과정에서 생긴 탈자를 표시하는 부호. 3어절 이내, 또는 8자 이내의 글자를 실수로 빠트리고 쓴 것을 교정하는 경우로, 빠진 글자 수만큼 '○'를 삽입하고 그 뒤에 '[ ]'를 붙여, '[ ]' 안에 빠진 글자를 보완해 넣어 교정한다.
예) 넉넉ᄒᆞ○○○[미 이시]니

{ } : 중복된 글자나 불필요하게 들어간 말을 표시하는 부호. 衍字나 衍文을 교정하는 경우로, 중복해서 쓴 글자나 불필요한 말의 앞・뒤에 '{' 과 '}'를 삽입하여 연자나 연문을 '{ }'로 묶어 중복된 글자이거나 불필요한 말임을 표시한다.
예) 공이 쳥파의 희연히{희연히} 쇼왈

《‖》 : 원문의 필사 과정에서 두 글자 이상의 단어나 구・절 등을 잘못 쓴 오기를 교정하는 부호. 이때 '‖'의 앞은 원문이고 뒤는 바로잡은 글자를 나타낸다.
예) 《잠비‖잠미》를 거ᄉᆞ리고

○…결락○자…○ : 원문에 3어절 이상의 말을 빠뜨리고 쓴 것을 보완하여 교정할 때 사용하는 부호. '○…결락○자…○' 뒤에 '[ ]'를 붙여 보완할 말을 넣고, 빠진 글자 수를 헤아려 결락 뒤의 '○'를 지우고 결락된 글자 수를 밝힌다.
예) ○…결락9자…○[제손의 혼인을 셔돌식]

○…낙장○자…○ : 원문에 본디 낙장이 있거나, 원본의 책장이 손상되어 떨어져 나간 것을 보완할 때 사용하는 부호. '○…낙장○자…○' 뒤에 '[ ]'를 붙여 보완할 말을 넣고, 빠진 글자 수를 헤아려 낙장 뒤의 '○'를 지우고 빠진 글자 수를 밝힌다.

예) ○…결락9자…○[졔손의 혼인을 셔돌식]

□ : 원본의 글자가 마멸되거나 汚損으로 인해 판독이 불가능한 글자를 표시하는 부호. 오손된 글자 수만큼 '□'를 삽입하고 그 뒤에 '[ ]'를 붙여, 오손된 글자를 보완해 넣는다.

예) 번□□[셩ᄒᆡ]믈,

❙①❰ ❱❙ : 원문에 필사자가 책장을 잘 못 넘기거나 착오로 쓰던 쪽이나 행을 잘못 인식하여 글의 순서가 뒤바뀐 착간(錯簡)을 교정하는 부호. 착간이 일어난 처음과 끝에 '❙'를 넣어 착오가 일어난 경계를 표시한 후, 순서가 뒤바뀐 부분들을 '❰ ❱'로 묶어 순서에 맞게 옮긴 뒤, 각 부분들 곧 '❰ ❱'의 앞에 원문에 놓여 있던 순서를 밝혀 두어, 교정 전 원문의 순서를 알 수 있게 한다.

예) 원문의 글이 ❙①❰ ❱②❰ ❱③❰ ❱❙의 순서로 쓰여 있는 것이 ②❰ ❱-①❰ ❱-③❰ ❱의 순서로 써야 옳다면, 이를 옳은 순서대로 옮기고, 각 부분들의 앞에는 본래 순서에 해당하는 번호를 붙여 ❙②❰ ❱①❰ ❱③❰ ❱❙으로 교정한다.

목 차

〈엄씨효문청행록〉 낙선재본과 고려대본 편차 비교

<table>
<tr><th colspan="2">낙선재본</th><th colspan="2">고려대본</th><th colspan="2">비교</th></tr>
<tr><td>1권</td><td>10행×17.5자×79쪽
=13,820자, 궁체</td><td>1권</td><td>결권</td><td>고1권=낙1권1쪽1행
-2권7쪽1행</td><td>(10×17.5×79)+(10×18×6.1)=14,918자</td></tr>
<tr><td>2권</td><td>10행×18자×77쪽
=13,860자, 궁체</td><td rowspan="2">2권</td><td rowspan="2">10행×19자×137쪽
=26,030자
1인 ㄱ씨 필적</td><td rowspan="2">고2권=낙2권7쪽1행
-4권3쪽8행</td><td rowspan="2"></td></tr>
<tr><td>3권</td><td>10행×19자×80쪽
=15,200자, 궁체</td></tr>
<tr><td>4권</td><td>10행×18자×79쪽
=14,220자, 궁체</td><td rowspan="2">3권</td><td rowspan="2">10행×19자×110쪽
=20,900자
1인 ㄱ씨 필적</td><td rowspan="2">고3권=낙4권3쪽8행
-5권80쪽끝</td><td rowspan="2"></td></tr>
<tr><td>5권</td><td>10행×18자×81쪽
=14,580자, 궁체</td></tr>
<tr><td>6권</td><td>10행×18자×78쪽
=14,040자 궁체</td><td rowspan="4">4권
｜
5권</td><td rowspan="4">결권</td><td rowspan="4">고4-5권=낙5권80쪽6행-9권70쪽4행
(※편의상 4권과5권을 다음과 같이 분권한다,
*4권: 낙5권80쪽6행-낙7권끝까지
*5권: 낙8권시작부분-낙9권70쪽4행까지)</td><td rowspan="4">(10×18×1.5)+(10×18×78)+(10×18×79)+(10×18×81)+(10×17.5×70.4)=55,430자</td></tr>
<tr><td>7권</td><td>10행×18자×79쪽
=14,220자 궁체</td></tr>
<tr><td>8권</td><td>10행×18자×81쪽
=14,580자 궁체</td></tr>
<tr><td>9권</td><td>10행×17.5자×78쪽
=14,220자 궁체</td></tr>
<tr><td>10권</td><td>10행×17.5자×77쪽
=13,475자 궁체</td><td rowspan="2">6권</td><td rowspan="2">10행×18자×104쪽
=18,720자
1인 ㄴ씨 필적</td><td rowspan="2">고6권=낙9권70쪽4행
-낙11권52쪽10행</td><td rowspan="2"></td></tr>
<tr><td>11권</td><td>10행×17자×79쪽
=13,430자 궁체</td></tr>
<tr><td>12권</td><td>10행×17자×79쪽
=13,430자 궁체</td><td rowspan="2">7권</td><td rowspan="2">10행×18자×120쪽
=21,600자
1인 ㄴ씨 필적</td><td rowspan="2">고7권=낙11권52쪽10행-13권42쪽2행</td><td rowspan="2"></td></tr>
<tr><td>13권</td><td>10행×17자×80쪽
=13,600자 궁체</td></tr>
<tr><td>14권</td><td>10행×17자×80쪽
=13,600자 궁체</td><td rowspan="2">8권</td><td rowspan="2">10행×18자×114쪽
=20,520자
1인 ㄷ씨 필적</td><td rowspan="2">고8권=낙13권42쪽2행-15권41쪽7행</td><td rowspan="2"></td></tr>
<tr><td>15권</td><td>10행×17자×79쪽
=13,430자 궁체</td></tr>
<tr><td>16권</td><td>10행×16.5자×80쪽
=13,200자 궁체</td><td rowspan="2">9권</td><td rowspan="2">10행×21자×75쪽
=15,750자
1인 ㄷ씨 필적</td><td rowspan="2">고9권=낙15권41쪽7행-17권43쪽4행</td><td rowspan="2"></td></tr>
<tr><td>17권</td><td>10행×16자×79쪽
=12,640자 궁체</td></tr>
<tr><td>18권</td><td>10행×16자×79쪽
=12,640지 궁체</td><td rowspan="2">10권</td><td rowspan="2">10행×23자×88쪽
=20,240자
1인 ㄷ씨 필적</td><td rowspan="2">고10권=낙17권43쪽4행-19권49쪽1행</td><td rowspan="2"></td></tr>
<tr><td>19권</td><td>10행×15.5자×79쪽
=12,245자 궁체</td></tr>
<tr><td>20권</td><td>10행×16자×80쪽
=12,800자 궁체</td><td>11권</td><td>10행×23자×85쪽
=19,550자
1인 ㄷ씨 필적</td><td>고11권=낙19권49쪽1행-21권40쪽1행</td><td></td></tr>
<tr><td>21권</td><td>10행×16자×79쪽
=12,640자 궁체</td><td>12권</td><td>10행×23자×91쪽</td><td>고12권=낙21권40쪽1</td><td></td></tr>
</table>

낙선재본		고려대본		비교	
22권	10행×15.5자×80쪽 =12,400자 궁체		=20,930자 2인 ㄷ, ㄹ씨 필적	행-23권44쪽4행	
23권	10행×15.5자×79쪽 =12,245자 궁체				
24권	10행×15.5자×80쪽 =12,400자 궁체	13권	10행×21자×73쪽 =15,330자 1인 ㄹ씨 필적	고13권=낙23권44쪽4행-25권67쪽10행(끝)	
25권	10행×15.5자×80쪽 =12,400자 궁체				
26권	(10×15×32)+(10×20×47)=14,200자 궁체	14권	10행×18자×91쪽 =16,380자 1인 ㅁ씨 필적	고14권=낙25권68쪽1행-27권42쪽3행	
27권	10행×20.5자×79쪽 =16,195자 궁체				
28권	(10×19×71)+(10×16×8)=14,770자 궁체	15권	결권	고15권=낙27권42쪽3행-29권13쪽8행	(10×20.5×36.7)+14,770(28권)+(10×17×13.8)=24,639자
29권	10행×17자×79쪽 =13,430자 궁체	16권	10행×22자×66쪽 =14,520자 1인 ㄷ씨 필적	고16권=낙29권13쪽8행-30권끝	
30권	10행×17자×60쪽 =10,200자 궁체				
합계	404,110자 (2,357쪽)	합계	230,470자 (1,154쪽)		합계 94,987자

〈엄씨효문청행록〉의 이야기 줄거리

1. 명현(明賢) 엄백진 · 백현 · 백경 3형제의 가계소개로 이야기가 시작된다. 엄백진은 태사직에 있고 부인 최씨와 3녀를 두었는데 아직 아들이 없다. 최씨는 악격인물(惡格人物)이다. 백현은 추밀직에 있고 부인 범씨와 2자2녀를 두었다. 백경은 동오왕 위(位)에 있고 부인 장씨와의 사이에 아직 자녀가 없다. (1)

2. 장 후(后), 남아 출산. 사람됨이 용상(庸常)하고 불량하다. 이름을 '표'라 함. 5년 후 또 잉태, 기몽(奇夢)을 얻고 딸 쌍둥이를 낳는다. 이름을 장녀는 선혜 차녀는 월혜라 한다. (1)

3. 관학(오궁 노복), 처 오파(장후의 시녀)가 선혜 · 월혜의 양육에만 전념하여 친딸이 병으로 죽자 원심(怨心을 품고 오파를 치독(置毒)한 후, 월혜 를 납치하여 쌍섬(윤희천의 계비 장씨의 시녀)에게 50금을 받고 판 후 도주한다. (1)

4. 엄월혜, 생후 7 · 8 삭(朔)에 부모를 실리(失離), 쌍섬에게 양육된다. 가슴과 발바닥에 표지(標識)가 있다. 쌍섬이 화벽이라 이름을 붙여준다. (1)

5. 장후, 남아 분만. 엄태사, 신생아를 계후(繼後)로 정하여 엄 부(府) 종통을 잇게하고 이름을 '창'이라 한다. (1)

6. 엄초혜(태사의 장녀), 여단과 결혼해 부부가 화락한다. (1)

7. 동오왕 엄백경. 북적(北狄)과 서융(西戎)이 오국(吳國)을 자주 침범하므로 양형(兩兄)과 작별, 가족을 이끌고 귀국한다. '표'를 세자로 책봉하고 승상 호경의 딸로 세자빈을 삼는다. 표, 호빈의 박색을 염고(厭苦), 호빈을 박대한다. (1)

8. 화희경, 엄난혜(태사의 차녀)를 보고 사모의 정을 품어, 장원급제하고 부모를 통해 엄부에 청혼한다. 최부인, 희경의 호방한 성품을 꺼려 결혼을 극력 반대한다. 희경, 엄부에 투서하여 난혜의 정절을 희짓고 마침내 결혼 허락을 받아낸다. (1-2)

9. 엄운(엄추밀의 장자), 한 참정(參政)의 딸과 혼인한다. (2)

10. 엄난혜 · 화희경, 엄옥혜(추밀의 長女) · 조희경 쌍(雙)과 동시결혼(同時結婚). (2)

11. 엄운 · 조희경, 과거에 엄운이 장원, 조희경이 해원(解元)으로 급제한다. 조희경, 후에 벼슬이 추밀사 좌각노에 이르고 엄부인과 화락하여 5자1녀를 두고 복록(福祿)을 누린다. (2)

12. 동오왕 엄백경, 조회차 입경(入京). 엄부 제인과 상봉, 귀국. (2)

13. 화희경, 엄난혜와 다툼이 잦고. 난혜의 초강(超强)함을 제어하기 위해 면전에서 4창을 희롱하는 등 갖가지로 난혜를 핍박한다. (2-3)

14. 엄난혜, 잉태 5, 6삭에 이르러. 화희경이 조당(朝堂)에 들어간 틈을 타, 존고(尊姑)께 귀령을 청해 친정으로 돌아간 후, 칭병하고 친정에서 머문다. (3)

15. 화희경, 엄부에가 난혜의 잉태함을 알고 은근히 기뻐하며. 이 후 부부가 화락한다. (3)

16. 엄난혜, 구가(舅家)로 돌아와 쌍둥이 아들을 낳는다. (3)

17. 엄희(엄추밀의 차자), 문소저와 결혼. 문씨의 살기 어리고 불현(不賢)한 성품을 지기(知機)하고 박대한다. 문씨, 최부인과 유유상종(類類相從). (3)

18. 최부인, 아들을 낳고, 엄태사, 이름을 '영'이라 한다. 창, 영에게 우애가 지극하다. 최부인, 은악양선(隱惡佯善)하며 양자 창을 제거하고 영으로 하여금 엄부 종통(宗統)을 잇게 할 흉계를 밤낮으로 궁리한다. (3)

19. 동오왕 엄백경, 천조(天朝)에 조회하고 귀국 도중 대해중(大海中)에서 적룡(赤龍)으로부터 자주(雌珠)를 얻는다. 또 그날 밤 꿈에 용신(龍神)이 나타나 웅주(雄珠)를 가진 사람과 선혜의 천정연분(天定緣分)을 이루도록 지시하고 사라진다. (3)

20. 몽룡(윤광천의 잃은 아들), 부모를 찾아 일침국 고부사(告訃使) 일행과 함께 경사(京師)로 가다가 해풍(海風)으로 오국(吳國)에 표착(漂着)한다. 동오왕, 두 차례의 신몽(神夢)과 몽룡의 웅주(雄珠)를 친히 보고, 몽룡과 선혜를 상견(相見)케 하고 선혜를 몽룡의 둘째부인으로 정혼(定婚)한다. 몽룡, 부모를 찾기 위해 동오왕과 작별하고 오국을 떠난다. (3-4)

21. 동오왕, 입조차(入朝次) 상경하여, 영의 비범함을 보고 엄태사에게 영으로 종통을 잇게 하고 창을 되돌려 줄 것을 청한다. 엄태사, 준절히 오왕을 책(責)하고 이를 거부한다. (4)

22. 몽룡, 경사로 돌아와 부모를 찾고 진왕 윤광천과 천륜을 단원(團圓)하여 이름을 '윤성린'이라 한다. 이어 양부(養父) 소문환의 딸과 결혼하고 과거에 응시하여 장원급제한다. 또 오왕이 입조차 상경하여 부친과 함께 엄부에 나아가 오왕과 상봉하고, 엄선혜와 정혼한다. (4)

23. 엄선혜, 모친과 작별하고 부친 오왕을 따라 상경하여, 윤성린의 둘째부인으로 혼인한다. (4)

24. 엄옥혜(엄추밀의 차녀), 윤중린(윤광천의 셋째아들)과 결혼한다. (4)

25. 윤광천, 엄부에 차녀 월화와 엄창의 혼인(婚姻)을 청해, 두 사람을 정혼한다. (4)

26. 엄희, 과거에 급제한다. (4)

27. 최부인, 영교・매선의 천거로 무녀(巫女) 신계랑과 사귀어 창을 해할 흉계를 모의하고, 저주축사(咀呪祝詞)와 요예지물(妖穢之物)을 창의 처소에 매장(埋藏)한다. 창, 흉몽을 꾸고 요기(妖氣)를 깨달아 매골(埋骨) 등의 요예지물(妖穢之物)을 제거한다. 최부인, 흉계가 실패하자, 재차 신계랑을 후원 유벽(幽僻)한 곳에 숨겨두고 요계(妖計)를 꾸민다. (4-5)

28. 엄창, 홀연 병을 얻어 사경(死境)에 이른다. 꿈에 넋이 후원을 떠다니다가 신계랑의 저주 장면을 목도(目睹)하게 되는데, 이 때 금갑신(金甲神)이 나타나 신계랑을 참(斬)하여 지옥으로 보내버리니, 창의 병세가 쾌차한다. (5)

29. 최부인, 신계랑의 은모(恩母)에 재물을 주어 계랑을 염장(殮葬)케 하고, 창을 죽이지 못해 절치교아(切齒咬牙)한다. (5)

30. 화희경, 광능 섬서 지역에서 황소(黃巢)의 후손(後孫) 황후소가 반란을 일으키자 출정을 자원(自願)하여, 정서대도독이 되어 출정(出征)한다. (5)

31. 엄희, 양소저를 재취(再娶)로 맞아 결혼한다. 문씨, 양씨에게 투악(妬惡)을 부리다가 존구(尊舅) 엄추밀로부터 엄책(嚴責)을 받는다. 그런가하면 남편이 양씨와 화락하며 자신을 박대하는 것을 한(恨)하여, 남편과 서로 힐난을 벌인다. (5)

32. 화희경, 기모비계(奇謀秘計)를 써 황후소의 반군을 토멸(討滅), 승전하고, 황후소는 도주한다. 황지(皇旨)를 받아 개선(凱旋)하던 도중, 낙양에서 조실부모(早失父母)한 전임 항주추관 영원의 적녀(嫡女) 수옥을 불고이취(不告而娶)하고 그 서녀 낭옥과 기녀 빙설을 첩으로 취(娶)한 후, 이들과 작별하고, 개선입경(凱旋入京)한다. (6)

33. 화희경, 처가에 가 엄운 등과 희담(戲談)을 즐기다가, 회군 도중 영수옥을 불고이취한 일을 토설(吐說)한다. 최부인, 이 사실을 알고 대로(大怒)하여, 희경의 불고이취 사실을 난혜에게 알리고 희경과 결별하고 돌아오라는 서간을 난혜에게 보낸다. (6)

34. 화처사, 최부인의 서간을 보고 진노하여, 희경과 부자대륜을 끊고 축출(逐出)한다. (6)

35. 화희경, 칭병사직(稱病辭職)하고 문밖에서 석고대죄(席藁待罪)한다. 엄난혜, 희경의 취처작첩(娶妻作妾)을 질투해 분노(忿怒)를 억제하지 못하나, 희경이 죄중(罪中)에 있으므로 스스로 비실(鄙室)에 처하며 근신(謹愼)한다. (6-7)

36. 동오왕, 입조(入朝), 관학을 체포하여 월혜를 쌍섬에게 판 사실을 알아낸다. (7)

37. 윤창린(윤희천의 장자), 서모(庶母) 양희의 처소에서 화벽(유모 쌍섬이 월혜에게 붙여준 이름)을 보고 그 미모에 혹해 위력으로 작첩(作妾)코자 한다. 화벽, 창린의 희첩 되기를 거부, 자살을 기도하는데. 꿈에 신인(神人)이 나타나 두 사람이 천정연분(天定緣分)임과 화벽의 내두사(來頭事)를 말해주고 사라진다. 창린, 양희 등의 주선으로 화벽에게 모친의 명주(明珠)를 신물(信物)로 주고 혼인을 허락 받는다. (7)

38. 화벽, 창린의 소희(小姬)가 되어 쌍태득남(雙胎得男)한다. 창린의 악처(惡妻) 경난아의 모해를 받아 누명을 쓰고 비실(鄙室)에 수계(囚繫)되어 지내던 중 경난아의 악사(惡事)가 탄로나 누명을 벗는다. (이 사건으로 경난아는 출거 된다). (7)

39. 동오왕, 윤부로가 월혜(동오왕이 지어준 화벽의 본래 이름)와 상봉하고 부녀천륜(父女天倫)을 단원(團圓)한다. 엄월혜, 엄부로 돌아와 선혜·창 등과 천륜을 단원하고 엄부 친척들과 상봉. 이후 창린과 혼례를 올리고, 원비(元妃)가 되어 영예로이 윤부로 돌아간다. (7)

40. 동오왕, 오국으로 돌아간다. 장후, 왕으로부터 월혜를 찾은 사실과 윤창린에게 혼인시킨 소식을 듣고 기뻐한다. 호빈, 남여 쌍둥이를 출산. 남아를 봉효, 여아를 효임이라 한다. (8)

41. 엄난혜, 종제(終弟) 월혜의 고생담을 듣고 스스로 자신의 질투를 부끄러워하며 회과자책한다. 딸을 낳고 시부모께 남편을 용서해 줄 것과 영수옥 등을 맞아올 것을 간청한다. (8)

42. 화처사, 난혜가 투심(妬心)을 버리고 부덕을 차림을 기특히 여겨 희경을 중장(重杖)을 가하여 사(赦)하고 영수옥 등을 맞아오게 한다. (8)

43. 화희경, 반년 동안 문밖에 내침을 받아 비실에 거하면서 회과자책(悔過自責)하여 인격적 성숙을 이룬다. 이후 부친의 용서를 받고 난혜와 화락하며 영수옥 등을 맞아와 가화(家和)를 이룬다. (8)

44. 최부인, 신계랑의 남편 김후섭이 요약을 구해 돌아오자, 시비 매선을 후섭의 처를 삼아 주고, 재물을 후하게 주어 매수한다, 그리고 후섭·매선 등과 창을 죽일 흉계를 꾸민다. (8)

45. 문씨, 엄추밀이 먼저 아들을 낳은 사람으로 엄희의 원비(元妃)를 삼겠다고 하자, 양씨를 죽이지

못해 더욱 안달한다. 시비 익섬과 공모하여 양씨의 금보(金寶)를 훔쳐내 김후섭에게 주고 요약을 사들인다. (9)

46. 김후섭, 최부인의 사주를 받고 창을 암살하려다 실패, 도주한다. (9)

47. 엄벽혜, 석준의 장자 세광과 결혼. 부부 화락한다. (9)

48. 동오왕, 천조(天朝)에 조회차 입경(入京). 엄창, 생부 오왕의 참례(參禮)아래 관례(冠禮)를 행하고 윤월화와 결혼한다. (9)

49. 최부인, 창 부부의 금슬을 희짓기 위해 시비 영교를 시켜 신혼초야에 신방 후창 아래에서 음란한 가사를 읊게 한다. 창 부부, 간인의 작해가 있을 것을 예견한다. (10)

50. 동오왕, 세연(世緣)이 진(盡)하였음을 알고. 두 형과 자녀 사위 등과 영결하고 귀국. (10)

51. 엄영, 모친이 매선・영교 등과 더불어 창 부부를 해할 흉계를 모의하는 사어(私語)를 엿듣고 모친께 실덕을 간하다가, 독한 매를 맞고 중상(重傷)을 입는다. (10)

52. 최부인과 문씨, 김후섭에게서 구한 적면단(赤面丹)을 월화와 양씨의 세숫물에 타서 얼굴을 해하려 한다. 그러나 월화는 조심경(照心鏡) 안광으로, 양씨는 앵무새의 가르침으로, 각각 화를 모면한다. (10)

53. 최부인과 문씨, 재차 흉계를 모의. 음란한 서간을 위작하여 월화와 양씨를 간통죄로 모해하려 한다. 엄희, 음란한 서간을 소화(燒火)함으로써, 양흉(兩凶)의 흉계는 실패한다. (11)

54. 황제, 설과(設科) 후, 꿈에 엄창을 잘 보살펴 주라는 옥황의 당부를 받고 몽사(夢事)를 기록해 둔다. (11)

55. 엄 창, 과거 응시, 장원급제하고 한림학사가 되어. 금주 선영에 소분(掃墳)하고 오국에 가 생부모 오왕과 장후를 배알, 천륜의 정을 나눈다. 그러나 친형인 세자 표는 창의 풍채와 재덕을 시기하여 형제의 정을 나눔이 없다. (11)

56. 엄창, 부왕과 모후· 형과 작별하고 환경(還京)한다. 오왕, 아들과의 영결을 탄식한다. (12)

57. 최부인, 김후섭을 창의 '소분・오국' 행도를 뒤따라 보내 창을 살해케 한다. 김후섭, 금주에 머물면서 창이 돌아오기를 기다려 살해하려 한다. (12)

58. 문씨, 양씨 처소에 요예지물(妖穢之物)을 매설하여 양씨를 모해한다. 엄추밀 부부, 요예지물을 파 없애고 양씨를 보호한다. (12)

59. 최부인, 윤월화에 대한 학대를 더욱 가혹히 하는 가운데, 문씨・영교 등과 모의하여 월화를 남왕에게 팔 흉계를 꾸민다. 남왕궁 궁인 영춘을 매수, 미혼단으로 남왕을 변심케 하여 월화를 겁탈해 가게 한다. (12)

60. 최부인, 개용단을 써 문씨 등을 월화와 간부(姦夫)로 변용시켜 간통극을 꾸미고 엄태사로 하여금 이를 직접 보게 하나. 태사가 이를 믿지 않자 '도봉잠'을 먹여 변심케 한다. (12)

61. 윤월화, 괘(卦)를 보고 대화가 닥친 것을 알고. 시녀 채앵을 자신으로 가장(假裝)시켜 임기응변케 하고 피신한다. 영교・매선 등 최부인 비자들, 채앵을 월화로 알고 붙잡아 남왕궁 군사들에게 건네준다. 채앵, 월화의 대역(代役)이 되어 남왕의 후궁이 된다. (12)

62. 최부인, 이튿날 아침 월화가 신성(晨省)하자, 그 피화곡절을 몰라 당황한 가운데 월화를 음녀로 몰아 음행을 크게 꾸짖는다. (12)

63. 엄추밀, 요약에 치독되어 변심한 태사를 정성껏 간호해, 옛 총명을 돌아오게 한다. (12)

64. 최부인, 문씨의 무고로 월화를 태장하여 혼절케 한다. 엄영, 모친을 간(諫)해 형수를 구한다. (13)

65. 엄추밀, 문씨의 모든 악사를 들추어 꾸짖고 출거(黜去)한다. 문씨, 친정으로 쫓겨나 父親의 엄책을 받고 소당(小堂)에 수계(囚繫)된다. (13)

66. 엄태사, 소활(疎豁)하여 최부인의 악사를 깨닫지 못한다. 최부인은 문씨를 잃고 추밀을 원망한다. (13)

67. 양씨, 순산 득남. (13)

68. 엄창 일행, 금주 도착. 남자로 변장한 여협객(女俠客) 주협의 도움으로 자객 김후섭을 생포하였으나, 양모의 악사가 드러날 것을 꺼려 방면한다. 주협, 창을 흠모. 창 일행, 소분을 마치고 무사히 귀경한다. (13-14)

69. 최부인, 창 부부 사이를 이간하며 윤월화를 학대한다. 윤월화, 최부인의 학대로 고통이 극심하다. (14)

70. 윤월화, 부부 동침하여 신몽을 얻고 잉태한다. 최부인, 월화의 임신을 막기 위해 협실에 감금한다. (14)

71. 최부인, 영교 매선을 시켜 자신의 침소에 요예지물과 월화의 필체를 본떠 쓴 저주축사(咀呪祝辭)를 묻게 하고, 또 스스로 음독(飮毒)하여 모든 죄를 월화에게 씌운다. (14)

72. 윤월화, 죄를 청함. 엄태사, 월화의 죄를 믿지 않는다. 월화, 죄인을 자처하고 두문불출한다. (14)

73. 엄태사・추밀・창, 동오왕이 기세한 꿈을 꿈. 이튿날 동오왕의 부고(訃告)를 받고 통곡오열(慟哭嗚咽)한다. 월화, 태사의 명(命)으로 복제(服制)를 차려 거상(居喪)한다. (14)

74. 윤성린・창린, 오왕 조문 천사・부천사가 되어, 엄태사・엄추밀・엄창 등과 함께 오국으로 떠난다. (15)

75. 오국세자 엄표, 송위의 천거로 송조 망명죄수 여방・여숙・여혜정・여수정 등을 면대(面對)하고. 봉암의 호풍환우(呼風喚雨)하는 요술과 혜정의 미색에 대혹(大惑)하여, 간당을 후대하고 혜정을 총희(寵姬)를 삼아 주색에 탐닉(耽溺)한다. (15)

76. 여혜정・봉암, 세자를 미혼단을 먹여 변심시키고, 오왕이 죽도록 저주를 행한다. (15)

77. 오왕 엄백경, 꿈에 선관이 주는 차를 마시고 옥황상제의 옥칙(玉勅)을 열람하여, 전세과보지사(前世果報之事)와 죽음이 임박하였음을 깨닫고, 유표와 유서를 남기고 붕어한다. (15)

78. 엄표, 자신이 왕위를 계승하지 못할 것을 지기(知機)하고, 봉암을 천사영접사로 보내 천사일행을 독살케 한다. 천사, 지인지감(知人之鑑)으로 봉암의 흉계를 간파, 영접연을 중단케 해 위기를 모면한다. (15)

79. 엄태사 등과 천사 일행, 오궁 도착. 장후, 오왕의 유서와 유표를 천사 등에게 전한다. (15)

80. 윤창린・엄추밀, 황제의 봉왕칙명을 받기위해 유표와 유서를 가지고 황도로 떠난다. (15)

81. 봉암, 엄표의 명을 받아 창린 일행을 뒤따라가 살해하고, 유표를 탈취하려다가, 창린에게 패주한다. 또 귀로에 송조 망명죄수 원홍을 만나 표에게 천거한다. 봉암 일당, 표를 충동질하여 반역을 일으킨다. (15)

82. 윤창린・엄추밀, 황도에 도착. 오왕의 유표와 유서를 황제께 올린다. 황제, 창린을 평오대원수, 엄추밀을 부원수를 삼아 오국을 정벌케 한다. 창린・추밀, 대군을 이끌고 오국에 도착. (15-16)

83. 엄표, 엄태사와 윤성린을 북니산에 감금하고 굶겨, 죽도록 한다. 또 황군의 격서를 받고 요약으로 심이기를 자신의 모습으로 둔갑시켜 황군을 영접케 하고, 봉암 일당과 함께 남청사로 도주한다. (16)

84. 윤창린, 영접차 나온 세자・엄태사・천사가 모두 요약을 마시고 변신한 자들임을 알고 형문(刑問)하려 하자, 가세자(假世子) 심이기가 전말을 낱낱이 고한다. 이에 엄태사와 천사로 변용한 여방・여숙을 형문하여, 봉암 일당의 역모(逆謀)를 밝혀내고 남청사로 군사를 급파한다. (16)

85. 봉암 일당, 황군에 패주하여 서번국 견융에게 투탁(投托)한다. 엄표, 황군에 생포되자 자결한다. (16)

86. 견융, 혜정・수정의 미색에 혹해, 둘 다 언지를 삼고 주야 주색에 탐닉하며, 봉암과 원홍을 국사(國師)를 삼아 국정을 다스리게 한다. (16)

87. 엄태사・엄창・윤성린, 장후와 호빈 등과 함께 오왕의 시신을 운구, 금주 선산에 안장한다. (16)

88. 윤창린, 황제의 칙서를 받고 오국왕에 즉위하고. 서번국을 정벌하여. 견융을 참(斬)하고 봉암・원홍・혜정・수정을 생포, 여방・여숙과 함께 함거에 싣고 개선(凱旋)한다. (16-17)

89. 윤창린・엄추밀, 도중에 금주에 들려 오왕능묘에 곡읍(哭泣)하고, 장후 와 작별, 개선군을 이끌고 엄태사・윤성린・엄창 등과 함께 환경(還京)한다. (17)

90. 최부인, 칠미호(七尾狐)의 정령인 영원신법사와 사귀며 윤월화를 죽일 흉계를 꾸민다. 영원, 창부부를 죽이기 위해 7일을 기도하며 저주하다가 보천제신에게 징치를 받는다. (17-18)

91. 최부인, 영원에게 윤월화 살해를 청촉. 영원, 월화의 정부로 가장, 엄시랑・엄영・최부인 등이 보는 데서 비행을 저지르고 음서를 남긴 채 도주한다. 최부인, 월화를 강상대죄를 씌워 3비자와 함께 후원 하심정에 가둔다. (18)

92. 윤월화, 하심정에서 기아와 기갈로 고난이 극심한 가운데. 하늘이 감로수가 나오는 샘을 알려주어 기갈과 추위를 면하고 목숨을 지탱한다. (18)

93. 엄영, 지극한 우애로 창 부부를 위해 모친께 충간(忠諫)한다. (18)

94. 영원, 최부인의 청촉을 받아 하심정에 가 월화 살해를 기도한다, 월화의 정명지기(正明之氣)에 눌려 패퇴한다. (18)

95. 최부인, 월화를 죽이지 못해 초조하여, 도어사 상유를 매수해 월화를 강상대죄(綱常大罪)로 무고해 어전에 상주(上奏)케 하고. 영교를 형부로 보내 월화의 죄를 증언하게 한다. 황제, 월화를 엄부와 절혼시켜 절강 소흥부로 정배한다. (18-19)

96. 윤월화, 엄부에서 출거되어 유부로 돌아온다. 윤광천, 월화가 만삭임을 알고 공차(公差)에게 청해 적행(謫行)을 늦춘다. 월화, 친정에서 생남하고 삼칠일 후 적소로 떠는데, 서모 양희와 서형

수린이 배행한다. (19)

97. 윤창린·엄추밀·윤성린·엄태사·엄창, 황도 도착. 봉암 일당은 참형에 처해지고, 윤성린과 윤창린은 각각 평양후·동오왕에 봉작·봉왕되며, 엄태사와 엄추밀 형제는 반역죄인 엄표의 일족으로서 세상을 대할 면목이 없다며 사직한다. (19)

98. 최부인, 창을 죽이기 위한 흉계 진행. 태사와 추밀을 요약을 먹여 어림장이를 만들고, 창을 오왕 초기(初忌)에 참사(參祀)치 못하게 한다. (20)

99. 엄선혜·월혜, 부왕 초기에 참사하고 모친과 상봉키 위해 고향 금주로 떠난다. (20)

100. 엄창, 부왕의 초기(初忌)에 참사(參祀)치 못함을 슬퍼하다 토혈·혼절한다. 아우 영이 창을 구완한다. (20)

101. 윤월화, 적소로 가는 도중 산음현 객점에서 천기를 보고 자객의 변이 있을 것을 예견. 수린에게 방비케 한다. 윤수린, 최부인이 보낸 자객 영원과 김후섭을 활로 퇴치한다. 영원은 한쪽 눈을 화살에 맞고 도주하고, 후섭은 팔에 화살을 맞고 사로잡힌다. 윤월화, 최부인의 실덕(失德)이 드러날 바를 꺼려 후섭을 방면한다. (21)

102. 최부인, 영원과 김후섭이 실패하고 돌아오자 창 부부를 죽이지 못해 절치부심한다. 엄난혜, 모친과 영교 등의 창을 살해하려 하는 사어(私語)를 엿듣고 모친께 이를 중지하도록 간하다 모친의 노(怒)를 돋우게 된다. 최부인, 애꿎은 창을 잡아다 중장을 가해 혼절케 한다. 엄영, 모친께 창의 목숨을 살려줄 것을 빌어, 구해다가 지성으로 간병한다. (21)

103. 엄창, 꿈에 부왕이 현몽하여 대화가 임박하였음을 알려 준다. 최부인, 영원을 자신의 침소에 침입시켜 태사를 찌르는 시늉을 하고 도주하다가 잡히게 해, 창을 시부살제(弑父殺弟)하려 한 강상대죄를 씌워 형부에 무고(誣告)한다. (22)

104. 엄영, 등문고를 울리고 황제 앞에 나가 창을 변호한다. 황제, 창의 목숨을 살려 장사로 정배한다. (22-23)

105. 최부인, 공차관에게 뇌물을 주어 창을 도중에 살해토록 청촉한다. 공차관, 최부인의 불현함을 깨달아 창을 오히려 보호하여 무사히 적소로 데려간다. (23)

106. 엄선혜·월혜 일행, 금주에 도착, 모친과 상봉하고 부왕의 영전에 통곡한다. 월혜, 17년만에 모친과 천륜의 정을 나눈다. 엄선혜·월혜, 부왕의 초기를 지내고 구가로 돌아온다. (23)

107. 최부인, 공차관이 창을 해하지 않고 돌아오자 초조하여, 영원 등과 공모, 무적자라는 자객과 영원·후섭을 창과 월화의 적소로 보내, 창 부부를 살해하게 한다. (24)

108. 엄영, 모친과 영원 등이 모의하는 사어를 엿듣고 형을 구하기 위해 가출을 결심. 모친께 개과천선을 권하는 서간을 남기고, 심복 운학·계학과 함께 장사 창의 적소로 간다. (24)

109. 엄영, 장사에 무사히 도착, 창과 상봉하여 적소에서 함께 지낸다. (24-25)

110. 자객 무적자, 최부인에게 천금을 받고 창을 살해하기 위해 김후섭과 함께 장사에 왔다가, 창의 人品을 보고 감복하여, 김후섭을 참살하고 창의 호위무사를 자임한다. (25)

111. 영원, 절강 윤월화의 적소를 찾아가 월화의 적소에 방화한다. (25)

112. 윤월화, 꿈에 신인의 가르침을 받아 화를 피하고, 남의로 변복하고 금주로 가, 존고 장후와 함께 생활한다. 양희·윤수린, 월화가 불에 타 죽은 것으로 소문을 내고 허장(虛葬)한 후 상경한다. (25)

113. 영원, 최부인에게 월화의 소사(燒死)함을 알리고 다시 장사로가 요술로 창의 적소에 방화하려다가, 옥제가 보낸 금의신장의 징치(懲治)를 받아, 칠미호(七尾狐: 일곱 꼬리를 가진 여우) 본형을 드러낸 채, 벼락을 맞고 산산이 분쇄된다. (26)

114. 엄영, 칠미호의 정령인 영원이 천벌을 받아 분쇄되고, 영원에게서 모친이 창을 죽이도록 청촉한 서간이 나오자 모친의 실덕을 통탄하여 혼절한다. 창이 지성으로 간호하며, 영을 개유한다. (26)

115. 최부인, 신몽(神夢)을 꾸고 창과 영이 장사 적소에서 지극히 우애하며 함께 지내는 모습과김후섭과 영원의 참살 장면, 그리고 신계랑·김후섭이 죽어 원귀가 되어 자신을 원망하는 모습 등을 보고 놀라 깬다. 매선·영교 두 간비도 같은 꿈을 꾼다. 이후 매선은 홀연 병을 얻어 두 눈이 폐맹하고, 최부인은 영을 그리워하며 식음을 전폐하고 고통한다. (26)

116. 엄태사·엄추밀, 요약의 약효가 다하여 예전의 총명을 회복한다, 오왕의 삼기(三忌)를 참사치 못했음을 통한하여 금주 선산으로 나가, 장후와 서로 보고 오왕의 담제(禫祭)를 지내고. 돌아온다. (26)

117. 최부인, 영이 자신의 실덕을 충간하는 꿈을 자주 꾸고 영을 그리워하다 병이 난다. (27)

118. 엄태사, 최부인과 영교의 창 부부를 해하여 온 사어를 엿듣고 영교·매선을 형문하여 일당의 모든 악사를 밝혀낸 후, 이를 황제께 상표(上表)하여 창 부부의 누명을 씻어 줄 것을 주청한다. (27)

119. 황제, 매선·영교를 능지처참하고. 최부인은 윤광천의 주청과 창·영 형제의 효성에 감탄하여 죄를 사한다. 또 엄창에게 대제학을. 윤월화에게는 지현명렬현덕부인(至賢明烈賢德婦人) 직첩과 정문을 내려 표창한다. (27)

120. 최부인, 태사의 명으로 비실에 수계되어. 영이 두고 간 이별서를 읽으며 영을 사렴(思念)한다. (27)

121. 채앵(윤월화의 시비), 윤월화 대신 잡혀간 뒤 자신의 정체를 노출시키지 않고, 남왕의 사랑을 받아 희빈이 된다. 윤광천, 채앵의 충의를 가상히 여겨 방량(放良)한다.(27)

122. 엄창, 사명을 받고 영과 함께 상경한다. 도중에 금주에 들러 부왕의 묘소에 참배하고 생모 장후와 부인 윤월화와 상봉한다. 다시 상경 길에 올라 귀가하여 형제가 모친 비실 앞에서 석고대죄하며 부친께 모친을 사(赦)해 줄 것을 간청한다. 엄태사, 눈이 쌓이고 추위가 극심하여 형제가 동사할 것을 우려해 최부인을 사하고 두 아들을 구호한다. (27-28)

123. 최부인, 창·영 형제의 성효에 감동하여 개과천선한다. (28)

124. 윤월화, 존고 장후와 작별, 상경하여 친가로 돌아온다. 엄태사와 추밀, 윤부에 가 월화와 월화가 난 손주를 보고, 손주를 데리고 귀가해 이름을 흥문이라 지어준다. 엄창, 입궐 사은하고 윤부에 가 월화와 상봉한다. 월화, 영화로이 구가로 돌아와 가족과 단취(團聚)한다. (28)

125. 문씨, 출거 6년반에 개과친선하여 구가로 돌아와 엄희와 부부 단취한다. (28)

126. 엄창, 부부동침을 폐하고 양부모의 화합을 청하다가 태사의 노(怒)를 만나, 문밖에 내침을 받고 석고대죄 한다. 월화 또한 남편을 따라 비실에 처하여 대죄(待罪)한다. 엄태사, 창 부부의 성효에 감동해 부인과 화락한다, 창 부부, 비로소 동실지락(同室之樂)을 펴 가화(家和)를 이룩한다. (29)

127. 엄창, 이부상서 태학사에 오른다. (29)

128. 걸안왕, 황후소의 교사(敎唆)로 송을 침범하려다가 엄창 형제의 효성과 우애담을 듣고 감동하여, 황후소를 참(斬)하여 송조(宋朝)에 보내고 수년 폐한 조공을 보내 청죄한다. 황제, 창에게 '효문선생'이란 호를 내린다. (29)

129. 엄영, 진연벽과 결혼하고. 과거에 응시해 장원급제하여 한림서길사에 오른다. (29)

130. 엄창, 금주에 가 생모 장후를 황도로 모셔온다. 황상, 엄부에 사연(賜宴)하여. 엄부제인과 만조백관이 모여 잔치를 즐기게 한다. 엄태사와 추밀, 연석(宴席)에서 제객(諸客)의 청혼으로 제손(諸孫)의 혼사를 뇌정(牢定)한다. (29)

131. 장후, 창 부부의 영효를 받으며 여생을 평안히 보낸다. (30)

132. 표의 유자(遺子) 봉문, 향리에서 검박한 생활을 하며 가재(家財)를 내어 빈민을 구호하고 덕을 쌓으며 전원에 묻혀 한가한 생활을 한다. 황제로부터 백운송계자의 호를 받는다. (30)

133. 엄창, 안남국이 서융과 동모하여 반란을 일으키자 남평도원수가 되어 출정한다. 남만을 평정하여 남왕의 항복을 받고 남만을 교화한 후 개선(凱旋)하여 평남후에 봉작 된다. (30)

134. 황상, 엄부에 사연(賜宴)하다. (30)

135. 이후 수다한 엄부설화가 후록(後錄) 『금환직합연』에 기록되어 있다. (30)

【낙선재본】

엄시효문쳥힝녹 권지일

화셜(話說)[1] 대송(大宋) 신종년간(神宗年間)[2]의 일위 명공(名公)이 이시니, 셩은 엄이오, 명은 ᄇᆡᆨ진이오, ᄌᆞᄂᆞᆫ 계창이오, 별호ᄂᆞᆫ 운쳥션ᄉᆡᆼ이라. 본ᄃᆡ 금쥬인(錦州人)이니, 위인이 관인명달(寬仁明達)ᄒᆞ며 신ᄎᆡ(神采) 쇄락(灑落)ᄒᆞ여, 진승상(陳丞相)[3]의 부귀지면(富貴之面)[4]과 조둔(趙盾)[5]의 하일지위(夏日之威)[6]ᄅᆞᆯ 겸ᄒᆞ엿더라.

---

1)화설(話說) :고소설에서 새로 이야기를 시작하거나 장면을 전환 할 때에 쓰는 '익설(益說)' '화표(話表)' '각설(却說)' 따위와 같은 화두사(話頭詞).

2)신종년간(神宗年間) : 중국 북송(北宋)의 제6대 황제 신종의 재위기간 1067~1085년. *신종(神宗 1048~1085); 성은 조(趙). 이름은 욱(頊). 왕안석의 신법을 채용하고, 제도、교육、과학 따위의 개혁을 실시하였으나, 내정 파탄과 외정의 실패, 구법당(舊法黨)의 반대로 실패하였다.

3)진승상(陳丞相) : 중국 한나라 정치가 진평(陳平; ? - BC178). 가난한 집에서 태어났으나 용모가 뛰어나고 독서를 좋아하였다. 처음 초나라의 항우(項羽)를 섬기다가, 뒤에 한고조(漢高祖) 유방(劉邦)을 섬겼는데 '여섯 번 기발한 꾀를 내'(六出奇計) 천하 통일을 이루었다. 여태후(呂太后)가 죽은 뒤 주발(周勃)과 힘을 합하여 여씨 일족의 반란을 평정하였다.

4)부귀지면(富貴之面) : 부귀(富貴)를 누릴 관상(觀相).

5)조둔(趙盾) : 중국 춘추시대 진(晉)나라 정치가. 당시 적(狄)나라 재상 풍서가 진나라에서 적(狄)에 도망온 가계(賈季)라는 사람에게 진나라의 두 정치인 조둔과 조쇠(趙衰) 중 누가 더 어진 사람인가를 묻자, 조쇠는 겨울날의 태양이고(冬日之日)이고, 조둔은 여름날의 태양(夏日之日)이라고 대답했는데, 이 말에 대하여 남북조시대 진(晉)나라 학자 두예(杜預)가 겨울해는 사랑스럽지만(冬日之愛) 여름 해는 위엄[두려움]이 있다(夏日之威)라는 주석(註釋)을 붙여 두 사람의 인품을 나타냈다.

6)하일지위(夏日之威) : '여름날의 이글거리는 해

【고대본】[1]

엄시효문쳥힝녹 권지일

(결권)

---

1)'고려대본'은 그 표기법이 '낙선재본'에 비해 현대어에 가까운 표기가 많다는 점에서 낙선재본보다 뒤에 나왔을 것으로 추정된다. 제책과 작품분량 면에서 보면 고려대본은 16권16책 중 1,4,5,15권이 산실된 낙질본으로 현전 12권12책의 분량은 약230,000자 정도이고, 낙선재본은 30권30책으로 된 완질본으로 그 분량은 약404,000자에 달한다. 비교를 위해 낙선재본에서 고려대본 결권에 해당하는 부분 95,000자[▲낙선재본1권1쪽1행-2권7쪽1행, 약15,000자(고대본 결(缺)1권 해당부분), ▲낙선재본 5권80쪽6행-9권70쪽4행 약55,400자(고대본 결4-5권 해당부분), ▲낙선재본27권42쪽3행-29권13쪽8행 약24,600자(고대본 결15권 해당부분)]를 빼면, 동일 내용에 대한 낙선재본의 서사분량은 309,000자 정도가 되어, 고려대본은 낙선재본을 74.5% 정도로 축약해 놓고 있다. 축약의 방식은 긴요하지 않은 부수적 사건이나 세부묘사, 대화들을 압축 또는 생략하는 방식을 취하였다. 따라서 두 본은 중심서사(줄거리)는 물론 주요사건의 내용까지도 서로 같다.

쇼년 닙조(立朝)ᄒᆞ여 벼ᄉᆞᆯ이 ᄐᆡᄉᆞ(太史)의 니ᄅᆞ럿고, 비록 쌍친이 일즉 기셰ᄒᆞ엿시나, 족당(族黨)이 번셩ᄒᆞ고, 곤계(昆季) 삼인이 혈심우공(血心友恭)ᄒᆞ여 타류(他類)의 쇼ᄉᆞ나니, ᄎᆞ뎨(次弟) 츄밀공(樞密公)의 명은 ᄇᆡᆨ현이오, ᄌᆞᄂᆞᆫ ᄌᆞ창이오, 별호ᄂᆞᆫ 운계션ᄉᆡᆼ이며, 삼뎨 【1】 동오왕(東吳王)의 명은 ᄇᆡᆨ경이오, ᄌᆞᄂᆞᆫ 문창이오, 별호ᄂᆞᆫ 운남션ᄉᆡᆼ이니, 형뎨 삼인이 한갈갓치 츌셰비범(出世非凡)ᄒᆞ여 명망(名望)이 조야(朝野)ᄅᆞᆯ 드레니, 우흐로 텬ᄌᆡ(天子) 녜우(禮遇) ᄒᆞ시고, 아ᄅᆡ로 ᄇᆡᆨ뇌(百僚) ᄀᆡ경(起敬) ᄒᆞᄂᆞᆫ지라.

형뎨 즁 오왕(吳王)이 더옥 ᄲᅢ혀나 여러 번 국가의 ᄃᆡ공을 셰워, 명만텬하(名滿天下)[7]ᄒᆞ고 위진ᄒᆡᄂᆡ(威振海內)[8]ᄒᆞ여, 텬ᄌᆡ 동오의 봉왕(封王)ᄒᆞ시니라.

ᄐᆡᄉᆞᄂᆞᆫ 부인 최시ᄅᆞᆯ 취(娶)ᄒᆞ니 화용셩질(花容盛質)[9]이 졀셰(絶世)ᄒᆞ나 은악양션(隱惡揚善)[10]ᄒᆞ여 ᄂᆡ외(內外) 다ᄅᆞ니, ᄐᆡ시 모로지 아니ᄒᆞᄃᆡ 드러난 허믈이 업고 조강결발(糟糠結髮)[11]이라 늣도록 화락ᄒᆞ고, 츄밀은 부인 범시【2】ᄅᆞᆯ 취ᄒᆞ니 셩녀슉완(聖女淑婉)이라, 부뷔 상경여빈(相敬如賓)[12]ᄒᆞ고, 동오왕은 부인 댱시ᄅᆞᆯ 취ᄒᆞ니 용ᄉᆡᆨ(容色)이 ᄲᆡ혀나고 덕ᄒᆡᆼ이 아ᄅᆞᆷ다오니 진짓 오왕의 텬졍가위(天定佳偶)[13]라.

왕의 위인이 슌후(淳厚)ᄒᆞ고 풍ᄎᆡ(風采)ᄂᆞᆫ 하안(何晏)[14]이 ᄌᆡ셰(再世)ᄒᆞ고, 쇄락ᄒᆞᆫ 미목

(결권)

와 같은 위엄'이라는 뜻으로, 위엄이 높은 것을 비유적으로 이르는 말. 남북조시대 진(晋)나라 학자 두예(杜預)가 『춘추』를 주석하면서 (晋)나라 조둔(趙盾)의 인품을 '하일지위(夏日之威)'라고 평한 데서 유래했다.

7)명만텬하(名滿天下) : 명성이 온 세상에 가득함.

8)위진ᄒᆡᄂᆡ(威振海內) : 위엄이 나라 안에 진동함.

9)화용셩질(花容盛質) : 아름다운 용모와 성대한 자질

10)은악양션(隱惡佯善) : 악을 숨기고 선을 가장함.

11)조강결발(糟糠結髮) : 조강지처(糟糠之妻). 원비(元妃). 원비로 맞아 결혼함.

12)상경여빈(相敬如賓) : 서로 손님을 공경하듯 공경함.

13)텬졍가위(天定佳偶) : 하늘이 정하여 준 아름다운 배우자

(眉目)은 반악(潘岳)[15]이 다시 도라오고, 츄슈골격(秋水骨格)[16]과 늠늠훈 신광(身光)이 엄즁(嚴重) 졍디(正大)ᄒᆞ고, 문장의 광박(廣博)ᄒᆞ믄 틔ᄉᆞ쳔(太史遷)[17]을 묘시(藐視)ᄒᆞ고, 필법(筆法)의 졍묘(精妙)ᄒᆞ믄 왕희지(王羲之)[18]를 압두ᄒᆞ고 뉵도삼냑(六韜三略)[19]은 숀오양져(孫吳穰苴)[20]의 지나고, 지모ᄌᆡ략(智謀才略)은 한신(韓信)[21] 쥬아부(周亞夫)[22]를 우으며, ᄌᆞ상명달(仔詳明達)ᄒᆞ믄 ᄉᆞ광지총(師曠之聰)[23]을 겸ᄒᆞ여【3】시니, 가히 일셰군ᄌᆡ

(결권)

---

14)하안(何晏) : 중국 삼국 시대 위(魏)나라의 학자. 자는 평숙(平叔). 벼슬은 시중상서에 이르렀으며, 청담을 즐겨 그것이 유행하는 계기를 만들고 경학을 노장풍(老莊風)으로 해석하였다. 저서에 ≪논어집해≫가 있다. 얼굴에 분을 발라 멋을 부려, 미남자로도 이름이 높았다.

15)반악(潘岳) : 247~300. 중국 서진(西晉)의 문인(文人). 자는 안인(安仁). 승상을 지냈고 미남자의 대명사로 쓰인다.

16)츄슈골격(秋水骨格) : 가을 물처럼 맑고 깨끗한 신체.

17)틔ᄉᆞ쳔(太史遷) : 사마천(司馬遷). BC.145-86. 중국 전한(前漢)의 역사가. 태사(太史)는 태사령(太史令)을 지낸 그의 관직명. 자는 자장(子長). 기원전 104년에 공손경(公孫卿)과 함께 태초력(太初曆)을 제정하여 후세 역법의 기초를 세웠으며, 역사책 ≪사기≫를 완성하였다.

18)왕희지(王羲之) : 307~365. 중국 동진(東晋) 때 사람. 서성(書聖)으로 일컬어지는 중국 최고의 서예가(書藝家).

19)뉵도삼냑(六韜三略): 중국의 병법서로, 『육도』와 『삼략』을 아울러 이르는 말. 중국 고대 병학(兵學)의 최고봉인 '무경칠서(武經七書)' 중의 2서(書)로 『육도』의 '도(韜)'는 '변하여 깊이 감추고 나타내지 않는다는 뜻에서 병법의 비결을 의미'하며, 문도(文韜)·무도(武韜)·용도(龍韜)·호도(虎韜)·표도(豹韜)·견도(犬韜) 등 6권 60편으로 이루어져 있다. 또 『삼략』의 '략(略)'은 기략(機略)을 뜻하며 상략(上略)·중략·하략의 3편으로 이루져 있다.

20)숀오양져(孫吳穰苴) : 중국 춘추 전국 시대의 병법가인 손무(孫武)、오기(吳起)、사마양저(司馬穰苴)를 아울러 이르는 말.

21)한신(韓信) : ? - BC196. 중국 한(漢)나라 때의 무장(武將). 한 고조를 도와 조(趙)、위(魏)、연(燕)、제(齊)나라를 멸망시키고 항우를 공격하여 큰 공을 세웠다.

22)쥬아부(周亞夫) : 중국 전한(前漢) 전기의 무장, 정치가. 오초칠국(吳楚七國)의 난을 평정해 공을 세웠고 승상에 올랐다.

23)ᄉᆞ광지총(師曠之聰) : 사광(師曠)의 총명함. 중

(一世君子)라.

아시(兒時)로븟터 츙효 ᄇᆡᆨᄒᆡᆼ이 겸젼(兼全)ᄒᆞ여 의의히 오륜(五倫)[24] 가온ᄃᆡ 버셔난 ᄒᆡᆼ실이 업더라. 엄부 고ᄐᆡᆨ(故宅)은 장안(長安) 십ᄌᆞ가(十字架) 홍화교라.

형뎨 삼인이 등과초(登科初)의 ᄉᆞ급(賜給)ᄒᆞ신 장원각(壯元閣)을 한 골의 일워시니, 셰 집이 옥와(屋瓦)ᄅᆞᆯ 년ᄒᆞ고, 쥬문(朱門)이 ᄉᆞ이 두어 일ᄐᆡᆨ을 ᄆᆡᆫᄃᆞ라시니, 누쳔간(累千間) 금벽(金壁)이 휘황찬난ᄒᆞ더라. 부귀 극ᄒᆞ고 영광이 호호(浩浩)ᄒᆞ더라.

ᄐᆡᄉᆞ 부인 최시 다만 삼녀ᄅᆞᆯ 두고 남ᄌᆡ 업ᄉᆞ며, 츄밀 부인 범시 이ᄌᆞ 이녀ᄅᆞᆯ 싱ᄒᆞ고, 오왕 부인 댱시ᄂᆞᆫ 늣게야 싱ᄌᆞᄒᆞ고 버거 동ᄐᆡ빵녀(同胎雙女)ᄒᆞ【4】고, 또 싱ᄌᆞᄒᆞ니 이ᄌᆞ 이녀오, 왕의 일ᄆᆡ(一妹) 셜복야 부인은 텬ᄉᆡᆼ ᄌᆡ용(才容)이 초셰(超世)ᄒᆞ나, 셩되(性度) 투한교ᄉᆡ(妬悍驕猜)ᄒᆞ여, 투긔의 션봉이오 ᄉᆡ옴의 ᄃᆡ장이라. 연이나 그 가부 셜공이 단아(端雅) 졍직(正直)ᄒᆞᆫ 군ᄌᆡ라.

부인이 슉녀 아닌 줄 미흡ᄒᆞ나, 일즉 한낫 희쳡이 업시 부인의게 졍이 오롯ᄒᆞ니, 부인이 더옥 교만ᄒᆞ여 타인이 젹인(敵人) 두물 보와도, 발을 벗고 ᄂᆡ다라 말니ᄂᆞᆫ 셩픔이라. 이러ᄒᆞᆫ 즁 부뷔 화락ᄒᆞ여 ᄌᆞ녀ᄅᆞᆯ 갓초 두엇더라.

왕비 댱시ᄂᆞᆫ 초의 ᄌᆞ녀ᄅᆞᆯ 나하 셔하지쳑(西河之慽)[25]을 여러번 지ᄂᆡ고, 다시 싱【5】ᄌᆞᄒᆞ니, 작인(作人)이 용상블양(庸常不良)ᄒᆞᆫ 지라. 부뷔 크게 실망ᄒᆞ나 ᄒᆞᆯ일업서 명을 ᄑᆡ라 ᄒᆞ다.

ᄑᆡ 오셰 되미 부인이 또 잉ᄐᆡᄒᆞ니, ᄆᆡ양

국 춘추(春秋) 때 사광이란 사람이 소리를 잘 분변하여 길흉을 점쳤다는 고사에서 유래한 말.

24)오륜(五倫) : 유학에서, 사람이 지켜야 할 다섯 가지 도리. 부자유친, 군신유의, 부부유별, 장유유서, 붕우유신을 이른다

25)셔하지쳑(西河之慽) : 자식을 잃은 슬픔. '서하의 슬픔'이라는 뜻으로, 공자(孔子)의 제자인 자하(子夏)가 서하(西河)에 있을 때 자식을 잃고 너무 슬피 운 나머지 소경이 된 고사에서 온 말. =셔하지탄(西河之歎).

(결권)

침누(寢樓)의 븕은 긔운이 니러나고 향취 옹비(擁鼻)[26]ᄒᆞ니, 가즁이 {가즁이} 다 긔이히 너기고, 왕의 부뷔 희ᄒᆡᆼ(喜幸)ᄒᆞ여 ᄉᆡᆼᄌᆞ(生子)ᄒᆞ기ᄅᆞᆯ 원ᄒᆞ더니, 십삭이 찬 후 일일은 침누의 향운(香雲)이 니러나며, 부인이 신긔(神氣) 블평ᄒᆞ여 침셕의 지혓더니, ᄉᆞ몽비몽간(似夢非夢間)[27]의 믄득 창밧긔 학의 쇼ᄅᆡ 나며 두 션녜(仙女) 드러오니, 머리의 ᄎᆡ화관(彩花冠)을 ᄡᅳ고 몸의 슈라상(繡羅裳)을 닙고, 명월ᄑᆡ(明月佩)ᄅᆞᆯ ᄎᆞ【6】시니 신긔ᄒᆞ미 측냥 업더라. 부인이 경아(驚訝)ᄒᆞ여 뭇고ᄌᆞ ᄒᆞ다가 ᄭᆡ다ᄅᆞ니 한 ᄭᅮᆷ이라.

드ᄃᆡ여 ᄉᆡᆼ녀(生女)ᄒᆞ니 일쳑교옥(一尺嬌玉)을 ᄇᆡᆨ깁의 ᄡᆞᆫ 듯, 한 뎡이 긔화(奇花)로 장식ᄒᆞᆫ ᄇᆡ라.

좌우 시녜 급히 아ᄒᆡᄅᆞᆯ 거두더니, 믄득 일졈 상운(祥雲)이 어릐고, 부인이 ᄯᅩ 분산ᄒᆞ니 ᄯᅩᄒᆞᆫ 일졈 긔화(奇花)로, ᄃᆡᄒᆡ(大海)의 금가마괴[28] ᄯᅥ러지고 옥톳기[29] 나렷ᄂᆞᆫ 듯○○[ᄒᆞ니], 엇지 강보ᄒᆡ아(襁褓孩兒)[30]며 슈쳑지물(數尺之物)[31]이라 ᄒᆞ리오.

제시ᄋᆡ(諸侍兒) ᄃᆡ경 긔이ᄒᆞ믈 결을치 못ᄒᆞ여 밧비 냥아ᄅᆞᆯ 거두어 강보(襁褓)의 ᄡᆞ고 ᄀᆡᆼ반(羹飯)을 나와 부인을 보호ᄒᆞ며, 일변 외당과 제부인긔 고【7】ᄒᆞ니, 최ㆍ범 냥부인이 니ᄅᆞ러 냥신아(兩新兒)ᄅᆞᆯ 보고 긔이ᄒᆞ믈 니긔지 못ᄒᆞ며, 왕이 비록 녀ᄋᆡ나 니러틋 비상ᄒᆞ믈 보ᄆᆡ ᄃᆡ경(大驚) 과ᄋᆡ(過愛)ᄒᆞ고, 부인이 녀아ᄅᆞᆯ 빵득(雙得)ᄒᆞ니 심하의 ᄌᆞ탄ᄒᆞ며, 일칠(一七)이 지나ᄆᆡ 부인 신긔(神氣) 여상(如常)ᄒᆞ여, 산실을 쇄쇼(刷掃)ᄒᆞ고 쇼세(梳洗)ᄅᆞᆯ 나와 단장(丹粧)을 일우고, 제ᄉᆞ(娣

(결권)

---

26)옹비(擁鼻) : 콧속에 스며 듦. 코를 찌름.

27)ᄉᆞ몽비몽간(似夢非夢間) : =비몽사몽간(非夢似夢間). 완전히 잠이 들지도 잠에서 깨어나지도 않은 어렴풋한 순간.

28)금가마괴 : 금까마귀. '해'를 달리 이르는 말. 태양 속에 세 개의 발을 가진 까마귀가 있다는 전설에서 유래한다.

29)옥톳기 : 옥토끼. '달'을 달리 이르는 말.

30)ᄀᆡᆼ보ᄒᆡ아(襁褓孩兒) : 포내기에 싸여 있는 갓난아이.

31)슈쳑지물(數尺之物) : 두세 자 되는 작은 사물.

娰)[32] 금장(襟丈)[33]이 모히ᄆᆡ, 신ᄉᆡᆼ(新生) 냥아를 ᄂᆡ여오니, 제인이 일시의 보건ᄃᆡ, 이 믄득 텬디조화(天地造化)와 일월졍긔(日月精氣)를 홀노 타 나시니, 좌위 블승경아(不勝驚訝)ᄒᆞ고, ᄐᆡᄉᆡ 어로만져 ᄎᆞ탄 왈,

"텬뵈(天寶)로다. 이 갓흔 긔질노 맛ᄎᆞᆷᄂᆡ 곤와(坤窩)[34]의 ᄡᅥ러지믄 죠【8】물(造物)[35]의 희롱이오, 오문(吾門)의 묘복(眇福)[36] ᄲᅮᆫ아니라 송실(宋室)이 무복(無福)ᄒᆞ미로다."

츄밀이 말ᄉᆞᆷ을 니어 형장 명감(明鑑)이 지극ᄒᆞ시믈 일ᄏᆞᆺ고, 왕은 블감(不堪)ᄒᆞ믈 ᄉᆞ양ᄒᆞ고, 장녀의 명은 《세혜‖션혜》라 ᄒᆞ고, ᄎᆞ녀의 명은 월혜라 ᄒᆞ여, 시녀 즁 유되(乳道)[37] 풍족ᄒᆞᆫ ᄌᆞ를 갈희여 냥아를 기ᄅᆞ게 ᄒᆞ니, 댱후의 심복시녀 년졍의 셩은 오시니, 본ᄃᆡ 댱부 시아(侍兒)로 부인을 조ᄎᆞ 엄부의 니ᄅᆞ니, 위인이 츙근(忠謹) 슌박(淳朴)ᄒᆞ며, 겸ᄒᆞ여 ᄉᆡᆼ산(生産)ᄒᆞᆫ지 슈월의 유되 풍족ᄒᆞ니, 왕의 부뷔 오파의 츙근ᄒᆞ믈 아ᄂᆞᆫ지라. 냥아의 유모를 졍ᄒᆞ니, 오ᄑᆡ(婆)【9】츙직(忠直)ᄒᆞ미 냥쇼져 보양(保養)ᄒᆞᄂᆞᆫ 졍셩이 지극ᄒᆞ여, 제 ᄌᆞ식을 니ᄌᆞᆯ ᄲᅮᆫ아니라, 져의 ᄌᆞ식 '쳔취' 강보초(襁褓初)로븟터 병이 만하, 오ᄅᆡ지 아냐 죽으니, 왕의 부뷔 ᄋᆡ련(哀憐)ᄒᆞ여 금ᄇᆡᆨ(金帛)을 후히 쥬어 장(葬)ᄒᆞ엿더니, 이ᄡᅥ 오ᄑᆡ 츙셩이 관일(貫一)ᄒᆞ고, 지식이 과인(過人)ᄒᆞᆫ 고로, 왕의 부뷔 각별 밋어 냥녀를 맛지니, 냥ᄋᆡ 졈졈 ᄌᆞ라 ᄉᆞ오삭(四五朔)의 밋ᄎᆞ니, 슉셩 긔이ᄒᆞ여 지란(芝蘭)의 방향(芳香)이 ᄉᆡ롭고, 긔화(奇花)의 봉오리 밋고ᄌᆞ

(결권)

---

32)제ᄉᆞ(娣姒) : 형제의 아내 가운데 손아래 동서와 손위 동서.

33)금장(襟丈) : 동서(同壻). 주로 혼인한 여성이 시아주버니나 시동생 등 남편 형제들의 아내들 이르는 말로 쓰인다.

34)곤와(坤窩) ; 부녀자가 거처하는 움집(=토굴집). '여자로서 살아가야 하는 세계'를 비유적으로 표현.

35)죠물(造物) : 조물주(造物主). 우주의 만물을 만들고 다스리는 신.

36)묘복(眇福) : 복력(福力)이 변변하지 못함. 또는 극히 적은 복.

37)유되(乳道) : ①젖이 나는 분량. ②궁중에서, '젖'을 이르던 말.

ᄒᆞ니, 긔묘히 어엿분 거동이 견ᄌᆞ(見者)로 ᄒᆞ여금, 눈이 싀고[38] 졍신이 취(醉)ᄒᆞ더라.

ᄎᆞ쇼져 월혜 더옥 긔이【10】ᄒᆞᆫ 즁, 옥갓ᄐᆞᆫ 가ᄉᆞᆷ의 화엽(花葉)[39]의 글ᄌᆡ 잇서, ᄐᆡᄋᆡᆨ홍년(太液紅蓮)[40]이 갓핀 듯ᄒᆞ고, 좌우 족장(足掌)의 칠흑ᄌᆡ(七黑子)[41] 버러시니[42], 일ᄀᆡ(一家) 더옥 긔이히 너기고, ᄐᆡᄉᆞ의 냥녀 초혜 묘혜와 츄밀의 녀아 옥혜 ᄯᅩᄒᆞᆫ 옥모화질(玉貌花質)이 쇽ᄋᆡ(俗兒) 아니로ᄃᆡ, 능히 션혜 월혜ᄅᆞᆯ 밋지 못ᄒᆞ더라.

왕의 부뷔 아ᄌᆞ(兒子) 표의 블양지상(不良之相)을 보면 광미(廣眉)ᄅᆞᆯ 《빗츅‖빈츅(嚬蹙)》ᄒᆞ다가[43] 냥녀ᄅᆞᆯ 본즉 희긔(喜氣) 무로녹으니, ᄑᆡ 년쇼ᄒᆞ나 싀포지심(猜暴之心)이 ᄃᆡ발(大發)ᄒᆞ여, 인젹이 업고 냥쇼져 잠드러시믈 본즉, ᄣᆡᄅᆞᆯ 타 ᄲᅣᆷ을 나라나게[44] 치고 다라나니, 오ᄑᆡ 이 긔미ᄅᆞᆯ 알고【11】ᄎᆞ후ᄂᆞᆫ 뷔오지 아니터라.

ᄑᆡ 오라도록 문ᄌᆞᄅᆞᆯ 통치 못하니, 왕이 더옥 아ᄌᆞ의 둔총(鈍聰)ᄒᆞ믈 ᄌᆞ로 ᄎᆡᆨᄒᆞ고 엄히 경계ᄒᆞ나, 블초ᄒᆞᆫ 아ᄒᆡ 도로혀 원망ᄒᆞᆯ ᄲᅮᆫ이니, 이 엇지 오왕의 불ᄒᆡᆼᄒᆞᆫ ᄉᆞ단이 아니리오.

션·월 냥ᄋᆡ 무ᄉᆞ이 ᄌᆞ라 칠팔삭의 니ᄅᆞ럿더니, 냥아의 유모 오파의 지아뷔 관학이, ᄯᅩᄒᆞᆫ 오궁(吳宮) 노ᄌᆞ로ᄃᆡ 셩졍이 흉한(凶悍)ᄒᆞᆫ지라. ᄆᆡ양 블의ᄅᆞᆯ ᄒᆡᆼᄒᆞ니, 오ᄑᆡ 심히 블목(不睦)ᄒᆞ여 의합(宜合)지 못ᄒᆞ더니, 오ᄑᆡ 남녀ᄅᆞᆯ 나흐니 관학이 귀즁ᄒᆞ기ᄅᆞᆯ 과도히 ᄒᆞ더니, 의외의 당휘 냥녀ᄅᆞᆯ ᄉᆡᆼᄒᆞ니,【12】오파로 유모ᄅᆞᆯ 졍ᄒᆞᄆᆡ, 오ᄑᆡ(婆) ᄌᆞ식의 병약ᄒᆞ믈

(결권)

---

38)싀다 : 시다. 강한 빛을 받아 눈이 부시다.
39)화염(花葉) : 꽃잎 모양.
40)ᄐᆡᄋᆡᆨ홍년(太液紅蓮) : 태액지(太液池)에 핀 붉은 연꽃. *태액지(太液池) : 중국의 궁전에 있던 못의 하나.
41)칠흑ᄌᆡ(七黑子) : 일곱 개의 흑색점
42)버러시니 : 벌려 있으니. 늘어서 있으니.
43)빈츅(嚬蹙)ᄒᆞ다 : 빈축(嚬蹙)하다. 눈살을 찌푸리고 얼굴을 찡그리다
44)나라나다 : 날아가다. (비유적으로) 가지고 있거나 붙어 있던 것이 허망하게 없어지거나 떨어지다. 여기서는 '빰이 떨어져 나갈 정도로 세게'의 의미.

블관(不關)이 너기고, 냥아 보호ᄒᆞ미 지극ᄒᆞ여, ᄆᆡ양 안ᄒᆡ셔 ᄌᆞ고 제 방의 나가지 아니니, 학이 ᄉᆞ모ᄒᆞ믈 참지 못ᄒᆞ고 ᄌᆞ식을 보호ᄒᆞ더니, 믄득 녀ᄋᆡ 죽으니 학이 더옥 원입골슈(怨入骨髓)ᄒᆞ여 원망이 냥쇼져의 도라가고, ᄆᆡ오미 오파의게 잇셔, 냥쇼져ᄅᆞᆯ 업시ᄒᆞ고 죄ᄅᆞᆯ 오파의게 밀위려 ᄒᆞ나, 능히 ᄢᆡᄅᆞᆯ 엇지 못ᄒᆞ더니, 일일은 홀연 일계(一計)ᄅᆞᆯ ᄉᆡᆼ각고, 황혼을 승시(乘時)ᄒᆞ여 어린 ᄌᆞ식 경ᄌᆡᄅᆞᆯ 불너 왈,

"ᄂᆡ 맛ᄎᆞᆷ 원방의 나갈 일이 잇셔 명효(明曉)의 【13】가려 ᄒᆞ니, 가면 도라올 지쇽(遲速)을 정치 못ᄒᆞᆯ지라. 네 모시(母氏)ᄅᆞᆯ 보아 니별코ᄌᆞ ᄒᆞᄂᆞ니, 네 모시ᄅᆞᆯ 청ᄒᆞ여 오라."

경ᄌᆡ 드러가랴 ᄒᆞ니, 학이 ᄯᅩ 니로ᄃᆡ,

"아모도 모르게 가마니 니ᄅᆞ라."

경ᄌᆡ 응낙고 드러가 젼ᄒᆞ니, ᄎᆞ시 오ᄑᆡ 냥아ᄅᆞᆯ ᄌᆡ오더니, 션혜ᄂᆞᆫ 즉시 ᄌᆞ고 월혜ᄂᆞᆫ ᄌᆞ지 아니코 ᄢᅥ러지지 아니니, 오ᄑᆡ 민망ᄒᆞ여 달ᄂᆡ여 부ᄃᆡ ᄌᆡ오고ᄌᆞ ᄒᆞ더니, 학이 ᄯᅩ 급히 ᄌᆡ촉ᄒᆞ니, 오ᄑᆡ 심ᄂᆡ의 블쾌ᄒᆞ나, 마지 못ᄒᆞ여 아쇼져ᄅᆞᆯ 안고 ᄒᆡᆼ각(行閣)의 나오니, 학이 흔연이 웃고, 평일 포려(暴厲)ᄒᆞᆫ ᄀᆡ식을 감초고 【14】왈,

"ᄂᆡ 이제 경ᄉᆞ(京師)의 잇고ᄌᆞ ᄒᆞ나, 쇼임이 한가ᄒᆞ고, 그ᄃᆡ 냥쇼져 보호ᄒᆞ기의 골몰ᄒᆞ여, 가부의 ᄀᆡ한(飢寒)을 ᄢᅵ의 못밋게 ᄒᆞ니, ᄂᆡ 공연이 환부(鰥夫)로 소임을 감심ᄒᆞ미 극히 구ᄎᆞ(苟且)ᄒᆞᆫ지라. 맛ᄎᆞᆷ 벗이 만흔 물화(物貨)ᄅᆞᆯ 싯고 먼니 동경(東京)의 ᄆᆡᄆᆡᄒᆞ려 가ᄂᆞᆫ지라. 이러므로 ᄂᆡ 뎐하ᄀᆡ 알외고 슈년 말ᄆᆡᄅᆞᆯ 어덧ᄂᆞᆫ지라. 명효(明曉)의 가려ᄒᆞᄂᆞᆫ 고로, 그ᄃᆡ와 니별코ᄌᆞ ᄒᆞ고, ᄯᅩ 반젼(盤纏)[45]이 업ᄉᆞ니, 그ᄃᆡ 반ᄃᆞ시 ᄉᆞᄌᆡ(私財) 잇ᄉᆞᆯ 듯ᄒᆞ니 보ᄐᆡ믈 바라노라."

오ᄑᆡ 학의 흔연(欣然)ᄒᆞᆫ 즁, 흉ᄒᆞᆫ 얼골의 녕한(獰悍)ᄒᆞᆫ 거동이 낫하나니,【15】 심ᄂᆡ(心裏)의 블열(不悅)ᄒᆞ나 면강(勉强)[46]ᄒᆞ여 ᄃᆡ답

45)반션(盤纏) : 노자(路資). 먼 길을 떠나 오가는 데 드는 비용.

46)면강(勉强) : 억지로 하거나 시킴

(결권)

ᄒᆞ고, 잠간 안ᄌᆞᆺ다가 이러나고ᄌᆞ ᄒᆞ거날, 학이 만뉴(挽留) 왈,

"이제 니별ᄒᆞᄆᆡ 도라올 ○[기]한(期限)을 모로ᄂᆞᆫ지라. 그ᄃᆡ 비록 몸이 한가치 못ᄒᆞ나, 부부의 졍니(情理)의 니별이 셔어치[47] 아니리오. 잠간 머므러 드러가미 엇더ᄒᆞ뇨?"

오ᄑᆡ 왈,

"쇼제 아직 잠드럿거니와 슈히 ᄭᆡᆯ가 념녀ᄒᆞᄂᆞ니, 오ᄅᆡ 머므지 못ᄒᆞ리로다."

학이 문왈,

"져 쇼랑(小娘)이 동ᄐᆡ빵ᄉᆡᆼ(同胎雙生)이신가? 뉘 형이며 뉘 더 고으뇨?

오ᄑᆡ 왈,

"이ᄂᆞᆫ ᄎᆞ쇼제(次小姐)니, 가ᄉᆞᆷ의 표젹이 잇ᄂᆞᆫ 고로 분변ᄒᆞ고, 더옥 귀즁ᄒᆞ시나니라."

【16】

학이 쇼왈,

"신긔코 이상ᄒᆞ도다. 오ᄂᆞᆯ은 동침(同寢)ᄒᆞ여 니별을 위로코ᄌᆞ ᄒᆞ거ᄂᆞᆯ, 그ᄃᆡᄂᆞᆫ ᄂᆡ 졍(情)만 못ᄒᆞ도다. 그ᄃᆡᄅᆞᆯ 위ᄒᆞ여 조흔 ᄉᆞᆯ을 어더 왓ᄂᆞ니, 한 잔만 먹어 ᄂᆡ 졍을 막지 말고 니별을 위로ᄒᆞ라."

오ᄑᆡ 마지 못ᄒᆞ여 바다 마시니, 학이 ᄯᅩ ᄶᅡ라 스ᄉᆞ로 먹고, ᄯᅩ 한 잔을 부어 오파ᄅᆞᆯ 권ᄒᆞ거ᄂᆞᆯ, ᄑᆡ ᄉᆞ양ᄒᆞ고 먹지 아니ᄒᆞᆫᄃᆡ, 학이 다졍(多情)이 강권ᄒᆞ니, 오ᄑᆡ 부득이 바다 먹어 삼ᄉᆞᄇᆡ(三四杯) 지나니, 본이 쥬량이 젹은지라, ᄃᆡ취ᄒᆞ여 구러지거ᄂᆞᆯ, 학이 ᄃᆡ희ᄒᆞ여 급히 ᄒᆡᆼ장을 슈습ᄒᆞ고, 아쇼져ᄅᆞᆯ 안고 문을 나 큰 길【17】노 ᄂᆡ다라, 갈 곳을 ᄉᆡᆼ각지 못ᄒᆞ여 방황ᄒᆞᆯ ᄌᆞ음의, 맛침 윤승상부인 시비 빵셤을 맛난지라.

윤승상은 츙현왕 윤명쳔의 ᄎᆞᄌᆞ오, 평진왕 윤쳥문의 아이[48]니, 그 계비(繼妃) 댱시ᄂᆞᆫ ᄉᆞ마 댱공의 녀ᄋᆞ이니, 오왕의 부인 댱시와 군종ᄌᆞᄆᆡ지간(群從姊妹之間)[49]이러라.

승상부인이 초년의 양존고(養尊姑) 뉴부인

(결권)

---

47)셔어ᄒᆞ다 : 섭섭하다. 서운하다.

48)아이 : 아우. 남동생.

49)군종ᄌᆞᄆᆡ지간(群從姊妹之間) : 여러 4촌 자매 간 중 하나.

의 간험질독(奸險嫉毒)ᄒᆞᆫ 숀시[50]의 만단고초(萬端苦楚)ᄅᆞᆯ 감심ᄒᆞᆯ 젹, 빵셤이 ᄉᆞ싱동고(死生同苦)[51]ᄅᆞᆯ 일체로 ᄒᆞ여, 'ᄀᆡᄌᆞ츄(介子推)의 할고지츙(割股之忠)'[52]이 이시니, 댱부인이 골육갓치 ᄒᆞ여 일싱을 평안케 ᄒᆞ며, 츌입의 교ᄌᆞ(轎子)ᄅᆞᆯ 타고 단이더라.

이날 맛【18】참 부인 명을 바다 댱부의 단여 오더니, 홀연 교즁의셔 ᄉᆞᆯ펴보니 일ᄀᆡ 황한(荒漢)[53]이 쇼아(小兒)ᄅᆞᆯ 안고 방황ᄒᆞᄂᆞᆫ지라. 괴이히 너겨 ᄌᆞ시 보니 이곳 오궁 비ᄌᆞ 관학이니, 비록 그 셩명은 아지 못ᄒᆞ나 얼골은 슈삼ᄎᆞ 보미 잇ᄂᆞᆫ 고로, 긔식(氣塞)을 괴이 너겨, 교ᄌᆞ(轎子)ᄅᆞᆯ 머므ᄅᆞ고 그 방황ᄒᆞᄂᆞᆫ 연고ᄅᆞᆯ 므ᄅᆞ니, 학이 빵셤인 쥴 알고 연망이 읍 왈,

"쳔한(賤漢)이 비록 오궁 노ᄌᆡ(奴者)나, ᄂᆡ각(內閣) 시비ᄅᆞᆯ 취ᄒᆞ여 유졍ᄒᆞ미 잇더니, 그 ᄌᆞ식이 난지 칠삭의 어미 죽으니, 유ᄋᆡ 의지ᄒᆞᆯ ᄃᆡ 업ᄂᆞᆫ지라. 궁즁의 와 의모(義母)ᄅᆞᆯ 맛지고져 ᄒᆞ【19】나, 나의 지어뮈[54] 본ᄃᆡ 투긔만흔지라, 용납지 못ᄒᆞ니, 유아ᄅᆞᆯ 의탁ᄒᆞᆯ 길이 업고, 아모나 기ᄅᆞ 리 잇ᄉᆞ면 ᄎᆞᆯ하리 팔고ᄌᆞ ᄒᆞᄃᆡ, 맛당ᄒᆞᆫ 곳을 아지 못ᄒᆞ여 민망ᄒᆞ여라."

셤이 마음이 동ᄒᆞ여, '쇼아ᄅᆞᆯ 보와지라' ᄒᆞᆫᄃᆡ, 학이 즉시 픔으로셔 쇼아ᄅᆞᆯ ᄂᆡ니, 보건ᄃᆡ 믄득 한 덩이 빅옥을 삭인 듯ᄒᆞ니 별갓흔 냥안(兩眼)과 버들 갓흔 눈셥이며, 초월명모(初月明眸)[55]와 단슌(丹脣)이 ᄋᆡ원요라(哀願姚娜)[56]ᄒᆞ여, 향난(香蘭)의 ᄉᆡ 움[57]이 빗최고

(결권)

---

50)숀씨 : 솜씨.

51)ᄉᆞ싱동고(死生同苦) : 죽고 사는 고생을 함께 한다는 뜻으로, 어떤 어려움도 같이함을 이르는 말.

52)ᄀᆡᄌᆞ츄(介子推)의 할고지튱(割股之忠) : 중국 춘추시대 진나라 문공을 섬겨 19년 동안 함께 망명생활을 했던 개자추가, 망명생활 중 문공이 굶주리자 자신의 넓적다리 살을 베어서 바쳤다는 고사를 일컬은 말.

53)황한(荒漢) : 외모가 거칠게 생긴 사내.

54)지어뮈 : 지어미. 아내.

55)초월명모(初月明眸) : 초승달처럼 밝고 아름다운 눈동자.

56)ᄋᆡ원요라(哀願姚娜) : 애원하는 듯한 모습이

져 ᄒᆞ고, 부용(芙蓉)의 봉오리 이슬을 먹음은 듯ᄒᆞ거ᄂᆞᆯ, 유모를 블너 ᄋᆡᄋᆡ(哀哀)히 호읍(號泣)【20】ᄒᆞ니, 단산(丹山)[58]의 봉이 우ᄂᆞᆫ 듯, 빵안의 ᄋᆡ뤼(哀淚) 종횡ᄒᆞ니, 갓초 졀묘ᄒᆞ여 견ᄌᆞ(見者)로[의] 넉시 츼ᄒᆞᄂᆞᆫ지라.

셤이 ᄌᆞ유(自幼)로 상부(相府) 후문(侯門)의 종ᄉᆞᄒᆞ여, 열인(閱人)이 만흐ᄃᆡ 본 바 쳐음이라. 심하(心下)의 ᄃᆡ경(大驚)ᄒᆞ여 혜오ᄃᆡ,

"져 츄한(醜漢)이 엇지 니런 ᄌᆞ식을 두엇시리오. 반ᄃᆞ시 거즛말이라. ᄎᆞᄋᆡ 작픔(作稟)[59] 긔질(氣質)이 결비쳔츌(決非賤出)[60]이니, ᄎᆞ한(此漢)이 어ᄃᆡ가 어더다가 거즛 제 ᄌᆞ식이라 ᄒᆞᄂᆞᆫ도다. ᄂᆡ 아니 ᄉᆞ면 반ᄃᆞ시 다른 ᄃᆡ 팔니니, 엇지 앗갑지 아니리오. 몬져 산 후의 종용이 근본을 무러, 부모를 ᄎᆞᄌᆞ 쥬면 엇지 젹【21】션(積善)이 아니리오."

맛춤 댱부의 가 은ᄌᆞ(銀子)를 어더 오더니, 오십금이 슈즁(手中)의 잇ᄂᆞᆫ지라 니ᄅᆞᄃᆡ,

"갑ᄉᆞᆯ 언마나 달나 ᄒᆞᄂᆞ뇨?"

학이 답왈,

"ᄇᆡᆨ금이나 밧고ᄌᆞ ᄒᆞ노라."

셤 왈,

"쇼ᄋᆡ 비록 긔특ᄒᆞ나 강보(襁褓)를 면치 못ᄒᆞ여시니, 유도(乳道)곳 업ᄉᆞ면 결단코 기ᄅᆞ지 못ᄒᆞᆯ지라. 쳡이 맛춤ᄂᆡ 한 ᄯᆞᆯ이 잇더니, 갓 죽어시니 유되(乳道) 잇ᄂᆞᆫ 고로, 관인(官人)이 아히를 팔고ᄌᆞ ᄒᆞᆯ시, ᄂᆡ 지금 가진 거시 오십금이라. 관인은 젹으믈 허믈치 말고 몬져 밧고, ᄶᅥ러진 오십금은 명일 윤상부 튁즁(宅中) ᄒᆡᆼ각(行閣)의 와 날을 【22】ᄎᆞᄌᆞ라. 맛당이 젼ᄒᆞ리라. 관인이 ᄯᅩᄒᆞᆫ 문권(文卷)을 ᄒᆞ여 쥬고 가라."

학이 탐욕의 갑ᄉᆞᆯ 낫비 너기나, 일이 급ᄒᆞᆫ지라 흔연 허락고, 명일 만나믈 지삼 당부ᄒᆞ

어여쁘고 아름다움.

57)움 : 풀이나 나무에 새로 돋아 나오는 싹.

58)단산(丹山) : 단사(丹沙)가 나는 산. 곧 신선들이 사는 산을 말함.

59)작품(作稟) : 작인(作人)과 품질(稟質)을 함께 이르는 말. *작인(作人); 사람의 됨됨이나 생김새. *품질(稟質); 타고난 자질(資質)

60)결비천출(決非賤出) : 결단코 천한 사람이 난 바가 아님.

(결권)

고 아ᄒᆡᄅᆞᆯ 젼ᄒᆞ니, 셤이 가졋던 금을 쥬고 아ᄒᆡᄅᆞᆯ 바다 도라올ᄉᆡ, 쇼ᄋᆡ(小兒) 일야지간이나 흉한의게 픔기여 단이니, 놀납고 두려ᄉᆡ도록 ᄌᆞ지 못ᄒᆞ고, 또 졋ᄉᆞᆯ 먹지 못ᄒᆞ여 ᄇᆡ 심히 골프니, 어린 마음이나 흉한(兇漢)의 녕한(獰悍)ᄒᆞᆫ 거ᄉᆞᆯ 보다가, 빵셤의 슌화ᄒᆞᆫ 긔상으로 안아시믈 보니, 비록 유뫼 아닌 쥴 아나 ᄇᆡ골푸믈【23】견ᄃᆡ지 못ᄒᆞ니, 엇지 안면(顔面)을 ᄉᆡᆼ각ᄒᆞ리오. 우름을 긋치고 셤의 유압[61]을 어로만져 먹ᄂᆞᆫ지라. 셜부옥골(雪膚玉骨)의 쳥향(淸香)이 보욱ᄒᆞ니[62], 셤이 교즁의셔 픔어 ᄋᆡ련(愛憐)ᄒᆞ믈 마지 아니터라.

셤이 총망(悤忙)이 부즁의 도라오ᄆᆡ, 마ᄋᆞᆷ의 긔이히 너겨, 여득즁보(如得重寶)ᄒᆞ고 깁히 두어, 동뉴(同類)의도 뵈지 아니며, 학이 다시 오기ᄅᆞᆯ 기다려 셩명을 뭇고 아ᄒᆡ 근ᄎᆞᆨ(根著)도 ᄌᆞ시 알고ᄌᆞ ᄒᆞ나, 학이 종무소식(終無消息)ᄒᆞ니라. 셤이 쇼아ᄅᆞᆯ 십분 ᄉᆞ랑ᄒᆞ여 화벽(和璧)이라 ᄒᆞ더라.

학이 오십금 은ᄌᆞᄅᆞᆯ 밧고, 엄부의 츄심(推尋)【24】을 두려 졍쳐 업시 다라나, 셩명을 곳치고 은ᄌᆞᄅᆞᆯ 파라 ᄌᆞᄉᆡᆼ(自生)ᄒᆞ더라.

이ᄯᆡ 오왕부의셔 왕의 부부ᄂᆞᆫ 냥ᄋᆡ 유모ᄅᆞᆯ 조ᄎᆞ 편히 ᄌᆞᄂᆞᆫ 쥴노 아니, 엇지 흉노(凶奴)의 작용이 이실 쥴 알니오. 션혜ᄂᆞᆫ 초혼(初昏)[63]의 ᄌᆞᆷ든 후 다시 ᄭᆡ지 아니니, 시녀의 무리 고요ᄒᆞ여 밤을 지ᄂᆡ니, 왕의 부뷔 오ᄑᆡ ᄒᆡᆼ각(行閣)의 나간 쥴도 아지 못ᄒᆞ거ᄂᆞᆯ, 엇지 암약(闇藥)의 취ᄒᆞᆫ 쥴 알니오.

이 ᄯᆡ 오ᄑᆡ 관학이 아쇼져ᄅᆞᆯ 안아 다라난 쥴 젼혀 모로고, 혼혼불셩(昏昏不醒)ᄒᆞ여 밤

(결권)

---

61)유압 : 유방(乳房). 젖가슴. *어원이 분명치 않으나, 한자어 '乳'와 '盒'의 합성어로 만들어진 말이 아닌가 한다. 즉 乳로써 뜻을 나타내고, 盒으로써 젖가슴의 형태를 드러내어 만든 말로, 처음 '유합(乳盒)'으로 쓰이다가 '유압'으로 변음(變音)된 것이 아닌 가 추측된다. *합(盒); 음식을 담는 놋그릇의 하나. 그리 높지 않고 둥글넓적하며 뚜껑이 있다.

62)보욱ᄒᆞ다 : ①부드럽고 선명하다. ②따뜻한 기운이나 향기 따위가 우쩍 일어나거나 물씬 풍기다.

63)초혼(初昏) : 초어스름. 해가 지고 어슴푸레 땅거미가 지기 시작할 무렵.

이 맛도록 ᄊᆡ지 못ᄒᆞ엿더니, 《화초당‖화조당》 모든 시ᄋᆡ 션혜【25】쇼져의 ᄊᆡ지 아니믈 방심ᄒᆞ여, 오파ᄅᆞᆯ 찻지 아니터니, 아ᄎᆞᆷ이 되도록 종적이 업고, 션혜쇼제 ᄊᆡ여 우ᄂᆞᆫ지라.

제시ᄋᆡ 바야흐로 오파ᄅᆞᆯ ᄎᆞᄌᆞ 힝각의 가보니, 오ᄑᆡ 혼혼블셩ᄒᆞ여 반싱반ᄉᆞ(半生半死)ᄒᆞ엿고, ᄎᆞ쇼제 간ᄃᆡ 업거ᄂᆞᆯ, ᄃᆡ경황망(大驚慌忙)ᄒᆞ여, 오파ᄅᆞᆯ 아모리 혼드러 ᄊᆡ와도 응ᄒᆞ미 업ᄂᆞᆫ지라. 시ᄋᆡ 황황급급(遑遑急急)ᄒᆞ여 젼도(顚倒)히 왕(王)과 후(后)긔 알외니, 좌즁이 ᄃᆡ경실식(大驚失色)ᄒᆞ고 왕의 부뷔 월혜의 거쳬 업고, 유랑(乳娘)이 인ᄉᆞ 모로믈 드ᄅᆞ미, 당휘(后) 몬져 심혼이 ᄂᆡ체(離體)ᄒᆞ여 쳥뉘(淸淚) ᄯᅥ러지믈 ᄊᆡ닷지 못【26】ᄒᆞ고, 제시녀ᄅᆞᆯ ᄯᆞ라 친히 힝각의 나아가 오파ᄅᆞᆯ 보니, 과연 시신(屍身)이 되엿ᄂᆞᆫ지라. 왕이 블승ᄎᆞ악ᄒᆞ여 청심환(淸心丸)을 가라 흘니니, 이윽고 약물(藥物)이 닙으로 무슈히 흐ᄅᆞ미, 바야흐로 졍신을 슈습ᄒᆞ거ᄂᆞᆯ, 시ᄋᆡ 그 혼혼(昏昏)ᄒᆞ엿던 연고ᄅᆞᆯ 므ᄅᆞ니, 오ᄑᆡ 눈물을 흘니며 가ᄉᆞᆷ을 쳐 왈,

"ᄂᆡ 흉한의 극흉을 아지 못ᄒᆞ고, 아쇼제 ᄯᅥ러지지 아니커ᄂᆞᆯ 품고 나왓더니, 흉인의 권ᄒᆞᄂᆞᆫ 슐을 마셧더니, 무ᄉᆞᆷ 약을 셧것ᄂᆞᆫ지 정혼(精魂)이 아득ᄒᆞ여 업더지니, 그 후 일은 아득ᄒᆞ고 이제야 ᄊᆡ여 보【27】니, 이 즁의 아쇼제 간 곳이 업ᄉᆞ니, 반ᄃᆞ시 흉한의 작용이라. 비록 ᄂᆡ 죄 아니나 뎐하와 낭낭긔 뵈옵지 못ᄒᆞ리니, 죽어 불츙(不忠)ᄒᆞᆫ 죄ᄅᆞᆯ 쇽ᄒᆞᆯ 밧 ᄒᆞᆯ일 업도다."

왕의 곤계와 모든 부인이 실식ᄒᆞ여 급히 가졍(家丁)을 분부ᄒᆞ여, 학의 거쳐ᄅᆞᆯ 심방ᄒᆞ라 ᄒᆞ고, 분긔 츙식(充塞)ᄒᆞ여 오파ᄅᆞᆯ 즁치코ᄌᆞ ᄒᆞ거ᄂᆞᆯ, 당휘 누슈ᄅᆞᆯ 뿌리며 유랑의 위인이 본ᄃᆡ 츙근ᄒᆞ니, 그러치 아닐 바ᄅᆞᆯ 힘ᄡᅧ 간ᄒᆞ여 죄ᄅᆞᆯ 면ᄒᆞ나, 스ᄉᆞ로 망극ᄒᆞ믈 니긔지 못ᄒᆞ여 죽어 죄ᄅᆞᆯ 쇽(贖)고져 ᄒᆞ나, 당휘 ᄀᆡ유ᄒᆞ여 【28】권면(勸勉)ᄒᆞ기ᄅᆞᆯ 마지 아니코, 또 션혜ᄅᆞᆯ 보호ᄒᆞ미 마지 못ᄒᆞ여 식음(食飮)을 나오고, 화조당의 드러가 쇼져ᄅᆞᆯ 봉양ᄒᆞ나, 슬허ᄒᆞ믈 마지 아니터라.

(결권)

월혜의 초운(初運)이 극히 다험(多險)ᄒᆞ니, 비록 오국군(吳國君)의 위엄인들 관학 흉노ᄅᆞᆯ 어ᄃᆡ 가 ᄎᆞᄌᆞ리오. 가졍 복뷔(僕夫) 분쥬ᄉᆞ쳐(奔走四處)ᄒᆞᄃᆡ 찻지 못ᄒᆞ믈 고ᄒᆞ니, 왕의 부뷔 더옥 슬허 ᄉᆞ문(四門)의 방 븟쳐 관학의 면모(面貌)ᄅᆞᆯ 그려 ᄎᆞᄌᆞᄃᆡ, 종젹을 아지 못ᄒᆞ니, ᄎᆞ역(此亦) 텬의(天意)라.

엄부 일ᄀᆡ(一家) ᄎᆞ상(嗟傷)ᄒᆞ고 왕의 부뷔 통도(痛悼)ᄒᆞ여, 심니(心裏)의 병이 일게 되니, 당휘 쥬야 호읍(號泣)ᄒᆞ여, 오히려 '한ᄌᆞᄉᆞ(韓刺史)[64]의 우롬'[65]【29】과 복ᄌᆞ하(卜子夏)[66]의 상명지통(喪明之痛)[67]은 죽엄을 겻ᄒᆡ 노화시니 ᄒᆞᆯ일업거니와[68], 오왕 부부의 역니지통(逆理之痛)과 단장지곡(斷腸之曲)은 셰간의 다시 업ᄂᆞᆫ 듯ᄒᆞ니, 화조월셕(花朝月夕)의 녀아ᄅᆞᆯ ᄉᆡᆼ각ᄒᆞ여, 왕의 영웅지심이나 ᄶᅵᄶᅵ 휘루비쳬(揮淚悲涕)ᄒᆞ믈 면치 못ᄒᆞ거든, ᄒᆞ믈며 ᄌᆞ모의 약ᄒᆞᆫ 심장의 별뉸ᄌᆞᄋᆡ지졍(別倫慈愛之情)[69]이리오.

쥬야 호읍ᄒᆞ여 용안(容顔)이 초췌(憔悴)ᄒᆞ고 형용(形容)이 고고(枯槁)[70]ᄒᆞ니, 최、범

(결권)

---

64)한ᄌᆞᄉᆞ(韓刺史) : 조주자사(潮州刺史) 한유(韓愈)를 말함. *한유(韓愈); 중국 당나라의 문인、정치가(768~824). 자는 퇴지(退之). 호는 창려(昌黎). 당송 팔대가의 한 사람으로, 변려문을 비판하고 고문(古文)을 주장하였다. 시문집에 ≪창려선생집≫ 따위가 있다.

65)한ᄌᆞᄉᆞ(韓刺史)의 우롬 : 한유(韓愈)가 조카 한성로(韓成老)가 죽자, <제십이랑문(祭十二朗文)>을 지어 그 즉음을 슬피 애도한 일을 두고 이르는 말.

66)복ᄌᆞ하(卜子夏) : 중국 춘추 시대의 유학자(BC.507~?BC.420). 본명은 복상(卜商). 공자의 제자로서 십철(十哲)의 한 사람이다. 위나라 문후(文侯)의 스승으로 시와 예(禮)에 능통하였는데, 특히 예의 객관적 형식을 존중하였다.

67)상명지통(喪明之痛) : 눈이 멀 정도로 슬프다는 뜻으로, 아들이 죽은 슬픔을 비유적으로 이르는 말. 옛날 중국의 자하(子夏)가 서하(西河)에 있을 때 아들을 잃고 너무 슬피 운 끝에 눈이 멀었다는 고사에서 유래한다. 이를 서하지탄(西河之歎)이라고도 한다.

68)ᄒᆞᆯ일업다 : 하릴없다. ①달리 어떻게 할 도리가 없다. ②조금도 틀림이 없다.

69)별뉸ᄌᆞᄋᆡ지졍(別倫慈愛之情) : 자식이나 아랫사람에게 베푸는 보통사람과 다른 매우 두터운 사랑.

냥부인이 위로ᄒᆞ나, 셰월이 갈ᄉᆞ록 이상(哀傷)ᄒᆞ여 닛기 어렵더라.

광음(光陰)이 신쇽ᄒᆞ여 발셔 슈년이 되니, 장휘 또 회ᄐᆡ만월(懷胎滿月)[71]ᄒᆞ여 일ᄀᆡ(一個) 【30】 영ᄌᆞ(英子)ᄅᆞᆯ 싱ᄒᆞ니, 왕이 만심환희(滿心歡喜)ᄒᆞ여 져기 시름을 푸러 지ᄂᆡ며, 최부인이 또ᄒᆞᆫ 분산(妢産)ᄒᆞ니 일ᄀᆡ 화옥(花玉)이라.

ᄐᆡᄉᆞᄂᆞᆫ 임의 댱후의 신싱아ᄅᆞᆯ 보ᄆᆡ 깁흔 쥬의(主義) 잇셔, ᄌᆞ긔 싱남ᄒᆞ기ᄅᆞᆯ 바라지 아냣거니와, 최부인은 싱ᄌᆞᄒᆞ기ᄅᆞᆯ 바라더니, 무용(無用)ᄒᆞᆫ 녀아ᄅᆞᆯ 싱ᄒᆞ니, 이달오믈 니긔지 못ᄒᆞ더라.

ᄐᆡ시 냥뎨(兩弟)ᄅᆞᆯ ᄃᆡᄒᆞ여 왈,

"우형(愚兄)이 ᄃᆡ종(大宗)의 즁ᄒᆞ므로 남아ᄅᆞᆯ 엇지 못ᄒᆞ고, 무용ᄒᆞᆫ 삼녀ᄅᆞᆯ 두고 부인이 년급ᄉᆞ십(年及四十)이라, 엇지 다시 비웅(羆熊)[72]의 경ᄉᆞᄅᆞᆯ 바라리오. 이제 문창의 신싱아ᄅᆞᆯ 보니 하놀이 유의ᄒᆞ【31】샤 오문(吾門)을 흥케ᄒᆞᆯ 쳔니귀(千里駒)[73]라. 능히 오가 누ᄃᆡ봉ᄉᆞ(屢代奉祀)ᄅᆞᆯ 감당ᄒᆞ리니, ᄂᆡ 금일노붓터 삼뎨의 신싱아로 계후(繼後)ᄅᆞᆯ 졍ᄒᆞ여, 종ᄉᆞ(宗嗣)ᄅᆞᆯ 빗ᄂᆡ고ᄌᆞ ᄒᆞᄂᆞ니, 신아의 명을 창이라 ᄒᆞ고, ᄌᆞᄅᆞᆯ 슌경이라 ᄒᆞ리라."

츄밀은 맛당ᄒᆞ시믈 일ᄏᆞᆺ고, 왕은 빅슈(伯嫂)의 어지지 못ᄒᆞ믈 블쾌ᄒᆞ나, 형장의 금일 말ᄉᆞᆷ은 진실노 문호(門戶)의 ᄃᆡ시라. 능히 ᄉᆞ양치 못ᄒᆞ여 유유히 명을 바드니, 댱휘 불열ᄒᆞ나 ᄒᆞᆯ일업고, 최부인이 원ᄒᆞᄂᆞᆫ 비 아니나 무

(결권)

---

70)고고(枯槁) : 몸이 야위어서 파리함.

71)회ᄐᆡ만월(懷胎滿月) : 임신하여 만삭(滿朔) 곧 열 달이 다 참.

72)비웅(羆熊) : '큰곰'과 '작은곰'을 함께 이르는 말로, '아들 낳는 경사'를 비유적으로 표현한 말이다. 『시경(詩經)』 「소아(小雅)」 <사간(斯干)>에 "길몽이 무언가 하면, 큰 곰과 작은 곰에다, 큰 뱀과 작은 뱀이로다. 대인이 꿈을 점치니, 큰 곰과 작은 곰은 남아를 낳을 상서요, 큰 뱀과 작은 뱀은 여아를 낳을 상서로다(吉夢維何 維熊維羆 維虺維蛇 大人占之 維熊維羆 男子之祥 維虺維蛇 女子之祥)."라고 한 데서 온 말.

73)천리귀(千里駒). 천리마[騏驎]의 새끼. 뛰어나게 잘난 자손을 칭찬하여 이르는 말.

어시라 ᄃᆡᄉᆞ의 간예(干預)ᄒᆞ리오. 다만 것ᄎᆞ로 어질기ᄅᆞᆯ 위쥬ᄒᆞᄂᆞᆫ 인픔이라. ᄐᆡ【32】ᄉᆞ 형뎨 상의ᄒᆞ여 임의 ᄃᆡᄉᆞ(大事)ᄅᆞᆯ 졍ᄒᆞᆫ 바의, 간예ᄒᆞ여 빈계ᄉᆞ신(牝鷄司晨)[74]의 오월(迂越)[75]ᄒᆞᆫ 시비ᄅᆞᆯ 면코ᄌᆞ ᄒᆞ므로, 《알연‖아연(啞然)[76]》ᄒᆞᆫ 낫빗ᄎᆞ로 창아의 긔특ᄒᆞ믈 일ᄏᆞᆮ더라.

ᄐᆡᄉᆡ 친히 ᄐᆡᆨ일(擇日)ᄒᆞ여, 즁당(中堂)의 연셕(宴席)을 베풀고 친쳑을 모화 ᄃᆡᄉᆞᄅᆞᆯ 졍ᄒᆞᆯᄉᆡ, 최부인 신ᄉᆡᆼ아 벽혜와 댱후의 신ᄉᆡᆼ아ᄅᆞᆯ ᄂᆡ여 좌즁의 나오니, 벽혜쇼ᄋᆡ 텬픔이 엄시 셰ᄃᆡ여ᄆᆡᆨ(世代餘脈)이라. 비록 강보소ᄋᆡ(襁褓小兒)나 셩덕의 삭시 완젼ᄒᆞ니, 좌위 ᄉᆞ랑ᄒᆞ더라.

창아의 유모 셜향이 공ᄌᆞᄅᆞᆯ 안아 좌즁의 노흐니, 모다 보ᄆᆡ 범범ᄒᆞᆫ 쇼ᄋᆡ 아니라. 불셰긔린(不世麒麟)이니, 강보쇼【33】ᄋᆡ로ᄃᆡ 하ᄂᆞᆯ이 각별 엄문을 위ᄒᆞ여 ᄂᆡ신 비라. 벽혜 일칠(一七)이 몬져 지난지라, 종족이 일시의 년셩(連聲) 치하ᄒᆞ믈 마지 아니터라.

ᄐᆡᄉᆡ 인ᄒᆞ여 신아ᄅᆞᆯ 최부인긔 보ᄂᆡ니, 최시 ᄂᆡ심의 미온ᄒᆞ나 것ᄎᆞ로 깃거ᄒᆞ더라.

댱휘 비상특츌(非常特出)ᄒᆞᆫ 아ᄌᆞᄅᆞᆯ ᄉᆡᆼᄒᆞ여 날이 오ᄅᆡ지 아냐 최부인긔 아이니[77], ᄌᆞ모의 마ᄋᆞᆷ이 엇지 결연(缺然)[78]치 아니며, 더옥 최시의 은악양션(隱惡佯善)ᄒᆞ믈 거울갓치 비최ᄆᆡ, 심ᄉᆡ 엇지 편ᄒᆞ리오만은, 본ᄃᆡ 통달ᄒᆞ미 강하(江河)의 도량이라. 불호(不好)ᄒᆞᆫ ᄉᆞ식(辭色)을 ᄂᆡ지 아니코, 만면 화긔로 아ᄌᆞᄅᆞᆯ 뉴련(留連)[79]ᄒᆞ미 업【34】ᄉᆞ니, 좌즁이 칭찬 경복ᄒᆞ더라.

종일 환쇼달난(歡笑團欒)ᄒᆞ여 낙극진환(樂

(결권)

74)빈계ᄉᆞ신(牝鷄司晨) : 암탉이 새벽을 알리느라고 먼저 운다는 뜻으로, 부인이 남편을 젖혀 놓고 집안일을 마음대로 처리함을 이르는 말.

75)오월(迂越) : 마음이 비뚤어지고 넘남.

76)아연(啞然) : 너무 놀라거나 어이가 없어서 또는 기가 막혀서 입을 딱 벌리고 말을 못하는 모양.

77)아이다 : 빼앗기다.

78)결연(缺然) : 무엇인가 모자라거나 빠진 것이 있는 것 같아 서운하거나 불만족스러움.

79)뉴련(留連) : 미련이 있어 차마 떠나지 못함.

極盡歡)ᄒᆞᄆᆡ, 제인이 각산(各散)ᄒᆞ고 ᄐᆡᄉᆡ 냥뎨로 촉을 니어 ᄉᆞ실노 도라올ᄉᆡ, ᄐᆡᄉᆡ 부인 침쇼(寢所)의 니ᄅᆞ니, 부인이 촉하(燭下)의셔 창아와 벽혜ᄅᆞᆯ 좌우로 누이고, 유희ᄒᆞ여 ᄉᆞᄀᆡ ᄌᆞ약(自若)ᄒᆞ거ᄂᆞᆯ, ᄐᆡᄉᆡ 흔연(欣然)이 나아가 냥아ᄅᆞᆯ 나호여 촉하의 보니, 창아의 영오쥰발(穎悟俊拔)ᄒᆞᆷ과 녀아의 교염(嬌艶)ᄒᆞ미 옥슈화벽(玉樹和璧)[80] 갓흔지라 ᄌᆡ삼 어로만져 ᄉᆞ랑ᄒᆞ며 부인을 도라보아 왈,

"ᄎᆞᄋᆡ 우리 부부의 효ᄌᆡ 되리니 부인은 ᄌᆞᄋᆡ○…결락19자…○[ᄒᆞ믈 두터이 ᄒᆞ여, 초혜 등 삼아(三兒)와 갓치ᄒᆞ쇼셔."

부]【35】인이 낭쇼(朗笑) ᄃᆡ왈,

"창아ᄂᆞᆫ 곳 쳡의 아들이라. 어뮈 ᄌᆞ식을 기ᄅᆞᄆᆡ ᄉᆞ랑ᄒᆞ믄 당연ᄒᆞᆫ지라, 엇지 군ᄌᆞ의 명을 기다려 ᄒᆞ리잇고?"

ᄐᆡᄉᆡ 부인의 어진 말을 듯고 진졍으로 아라 깃거ᄒᆞ더라.

ᄎᆞ시 오왕이 화조젼의 드러가니 당휘 니러 마ᄌᆞ 좌졍ᄒᆞᄆᆡ, 왕이 후의 월아(月蛾)[81]의 슈운(愁雲)이 모히고, 빵협(雙頰)의 비ᄉᆡᆨ(悲色)이 가득ᄒᆞ믈 보고, ᄌᆞ연 심ᄉᆡ 블호ᄒᆞ여 슬픈 안ᄉᆡᆨ을 감초지 못ᄒᆞᄂᆞᆫ지라.

왕이 쳠시냥구(瞻視良久)의 탄왈,

"ᄉᆡᆼ은 본ᄃᆡ 묘복다험(眇福多險)[82]ᄒᆞᆫ지라. 우흐로 부뫼 구몰(俱沒)ᄒᆞ시고 형뎨 남ᄆᆡ 의지ᄒᆞ여, 요ᄒᆡᆼ 국은과 조【36】션음덕(祖先蔭德)으로 부귀경달(富貴慶達)[83]ᄒᆞ나 효도ᄅᆞᆯ 알욀 길 업고, 삼곤계 이시니[나] ᄌᆞ셩(子星)이 션션(詵詵)치 못ᄒᆞ여, 우리 부부로 ᄒᆞ여곰 역니지통(逆理之痛)[84]과 단장지곡(斷腸之

(결권)

---

80)옥슈화벽(玉樹和璧) : 옥(玉)처럼 아름다운 나무와 화씨벽(和氏璧)과 같은 명옥(名玉)'이라는 말로, 재주가 매우 뛰어나고 용모가 아름다운 사람을 이르는 말.

81)월아(月蛾) : =초월아미(初月蛾眉), 초승달처럼 아름다운 눈썹.

82)묘복다험(眇福多險) ; 복이 적고 험난함이 많음.

83)부귀경달(富貴慶達) : 기쁘게 부귀를 누림.

84)역니지통(逆理之痛) : 천리(天理)를 어기는 아픔이라는 뜻으로, 부모가 자식을 잃는 슬픔을 이르는 말

哭)85)을 더으게 ᄒᆞ니 슈한슈귀(誰恨誰咎)86)리오. 우리 팔ᄌᆡ(八字)87) 긔험(崎險)ᄒᆞᆫ 탓시로소이다. 표의 긔상이 션ㆍ월 냥아의 비기지 못ᄒᆞ니, ᄆᆡ양 탄ᄒᆞᄂᆞᆫ 바ᄂᆞᆫ 월아로ᄡᅧ 남ᄌᆡ되지 못ᄒᆞ믈 한ᄒᆞ여, 비록 닙 밧긔 니ᄅᆞ지 아니나, 종시(終時) 아ᄌᆞᄅᆞᆯ 엇지 못ᄒᆞᆫ즉, 고금(古今)이 다ᄅᆞ나 ‘뎨요(帝堯)와 ᄃᆡ슌(大舜)의 고ᄉᆞ(故事)’88)ᄅᆞᆯ 본밧고ᄌᆞ ᄒᆞ엿더니, 신명이 뮈이 너기샤 월아ᄅᆞᆯ 일허 그 ᄉᆞᄉᆡᆼ을 모로고, 관【37】학 흉젹을 찻지 못ᄒᆞ니, 엇지 ᄋᆡᄃᆞᆲ지 아니리오만은 ᄉᆞ이이의(事而已矣)89)라. 무익히 심ᄉᆞᄅᆞᆯ 상ᄒᆡ(傷害)올 ᄯᆞᄅᆞᆷ이니, 현후(賢后)ᄂᆞᆫ 다시 ᄉᆡᆼ각지 마로쇼셔. 이제 창아ᄂᆞᆫ 하ᄂᆞᆯ이 오문(吾門) 종사(宗嗣)ᄅᆞᆯ 위ᄒᆞ신 ᄇᆡ라. 나의 묘복(眇福)으로ᄂᆞᆫ ᄎᆞ아(此兒)ᄅᆞᆯ 진복(鎭服)지 못ᄒᆞ리니, 현휘 ᄯᅩᄒᆞᆫ 이 ᄀᆞᆺ치 ᄉᆡᆼ각ᄒᆞ쇼셔. 월혜ᄂᆞᆫ 비상ᄒᆞᆫ 긔질이라, 혹ᄌᆞ 후일 단취(團聚)의 긔약이 이시미 괴이치 아니리이다.”

휘 왕의 관곡(款曲)히 위로ᄒᆞ믈 드ᄅᆞᄆᆡ 츄연 감ᄉᆞᄒᆞ여, 념임(斂衽) ᄉᆞ왈,

“쳡이 우연이 죽은 ᄌᆞ녀ᄅᆞᆯ 감상(感傷)ᄒᆞ여, ᄌᆞ연 조ᄇᆡ야온90) 심장의 촌촌(寸寸)ᄒᆞ믈91) ᄭᆡ【38】닷지 못ᄒᆞ미오, 타의(他意) 아니라. 엇지 신아(新兒)의 츌계(出系)92)ᄒᆞ믈 한(恨)ᄒᆞ

(결권)

85)단장지곡(斷腸之哭) : 창자가 끊어지는 듯한 처절한 울음.

86)슈한슈귀(誰恨誰咎) ; 누구를 한하며 누구를 탓할 것인가.

87)팔ᄌᆡ(八字); 사람의 한평생의 운수. 사주팔자에서 유래한 말로, 사람이 태어난 해와 달과 날과 시간을 간지(干支)로 나타내면 여덟 글자가 되는데, 이 속에 일생의 운명이 정해져 있다고 본다.

88)뎨요(帝堯)와 ᄃᆡ슌(大舜)의 고ᄉᆞ(故事) : 고대 중국의 성군(聖君)으로 일컬어지는 요임금과 순임금의 고사. 즉 요임금이 아황과 여영 두 딸을 순임금에게 시집보내고, 왕위를 아들인 단주(丹朱)에게 세습케 하지 않고 사위인 순(舜)에게 선양(禪讓)한 일을 말함.

89)ᄉᆞ이이의(事而已矣) : 이미 벌어진 일임. 또는 이미 끝난 일임.

90)조ᄇᆡ얍다 : 좁다. 마음 쓰는 것이 너그럽지 못하다.

91)촌촌(寸寸)ᄒᆞ다 : 마디마디 끊어지다.

92)츌계(出系) : 양자로 들어가서 그 집의 대를

리잇고? 죽은 거ᄉᆞᆫ ᄉᆞ지 못ᄒᆞ고 일흔 거ᄉᆞᆫ ᄎᆞᆺ지 못ᄒᆞ니, 이 곳 쳡의 유한(遺恨)이라. 창ᄋᆡ 비록 ᄇᆡᆨ슉(伯叔)긔 계후(繼後)[93]ᄒᆞ나, 일ᄐᆡᆨ(一宅)의 상수(相酬)ᄒᆞ니 엇지 불안ᄒᆞ미 잇ᄉᆞ리잇고?"

왕이 부인의 슬픈 안식과 졍슌(貞純)ᄒᆞᆫ 말ᄉᆞᆷ을 드ᄅᆞ미 쳑연 탄식고, 셔로 위로ᄒᆞ더라.

셰월이 ᄌᆞ로 밧고이니, ᄐᆡᄉᆞ의 장녀 초혜의 ᄌᆞᄂᆞᆫ 명옥이니, 임의 장셩ᄒᆞ미 옥안화ᄐᆡ(玉顔花態) 수려 쇄락ᄒᆞ여 뇨조슉녀(窈窕淑女)라. 넙이 구혼ᄒᆞ여 옥인가랑(玉人佳郎)을 ᄐᆡᆨᄒᆞ더니, 간의ᄐᆡ우(諫議太夫) 녀항은 녜【39】부상셔(禮部尚書) 녀이간의 ᄌᆡ(子)라. 본ᄃᆡ 셰ᄃᆡ명문(世代名門)이오 잠영거족(簪纓巨族)이라. 녀ᄐᆡ우 부인 니시ᄂᆞᆫ 이ᄌᆞ일녀ᄅᆞᆯ ᄉᆡᆼᄒᆞ니, 장ᄌᆞ의 명은 단이오, ᄌᆞᄂᆞᆫ ᄐᆡ원이니, 년이 십ᄉᆞ의 옥모영풍(玉貌英風)이 슈려쇄락ᄒᆞ여, 두목지(杜牧之)[94]의 풍치며, 금슈문장(錦繡文章)이 '조ᄌᆞ건(曹子建)의 칠보시(七步詩)'[95]와 '왕발(王勃)의 등왕각(藤王閣)'[96]을 우

(결권)

이음.

93)계후(繼後) : 양자로 대를 잇게 함. 또는 그 양자. ≒계사(繼嗣)、계성(繼姓).

94)두목지(杜牧之) : 803~852. 이름은 두목(杜牧). 당나라 만당(晩唐)때 시인. 미남자로, 두보(杜甫)에 상대하여 '소두(小杜)'라 칭하며, 두보와 함께 '이두(二杜)'로 일컬어지기도 한다.

95)조자건(曹子建)의 칠보시(七步詩) : 위(魏)나라 조조(曹操)의 아들 조식(曹植 : 192~232)이 일곱 걸음 만에 시를 지어 죽음을 모면하였다는 고사가 담긴 시. 자건(子建)은 조식의 자(字). *칠보시(七步詩); 콩을 삶기 위하여 콩대를 태우니/ 콩이 가마 속에서 소리 없이 우노라/ 본디 한 뿌리에서 같이 태어났거늘,/서로 괴롭히기가 어찌 이리 심한고/(煮豆燃豆萁 豆在釜中泣 本是同根生 相煎何太急).

96)왕발(王勃)의 등왕각(滕王閣) : 당(唐) 나라 때 왕발(王勃)이 강서성(江西省) 남창시(南昌市)에 있는 정자인 등왕각(滕王閣)의 낙성식에 참여해 지었다는 7언 율시로 된 시. *왕발(王勃); 중국 당나라 초기의 시인(650~676). 자는 자안(子安). 초당 사걸의 한 사람으로, 특히 오언절구에 뛰어났다. 작품에 시문집 ≪왕자안집(王子安集)≫ 6권이 있다. *등왕각시(滕王閣詩) ; 등왕의 높은 누각 강가에 서있는데/패옥소리 방울소리 울리며 노래하고 추던 춤은 다 파한지 오래/아침에는 채색 기둥 위로 남포의 구름 날아오르고/해질녘 주렴을 걷으니 서산

으니, 부뷔 과ᄋᆡᄒᆞ여 미부(美婦)ᄅᆞᆯ ᄐᆡᆨᄒᆞ더니, 엄쇼져의 향명(香名)을 듯고 셔로 구혼ᄒᆞ니, 엄ᄐᆡᄉᆡ 녀공의 청직군ᄌᆡ(淸直君子)믈 알고, 신낭의 ᄌᆡ화(才華)ᄅᆞᆯ 듯고 쾌허ᄒᆞ여 ᄐᆡᆨ일 셩녜ᄒᆞ니, 신낭 신부의 옥슈경지(玉樹瓊枝)[97] 갓흐미 일ᄡᅡᆼ 가위(佳偶)【40】라.

냥ᄀᆡ(兩家) 크게 깃거ᄒᆞ고, 녀ᄉᆡᆼ이 엄쇼져ᄅᆞᆯ 보니 옥모화용(玉貌花容)이 평ᄉᆡᆼ 쇼원이라. 부뷔 ᄇᆡᆨ슈동노(白首同老)의 금슬(琴瑟)이 진즁ᄒᆞ고, 녀ᄉᆡᆼ이 쇼년등과ᄒᆞ여 부조여풍(父祖餘風)을 니어, 벼ᄉᆞᆯ이 ᄐᆡ학ᄉᆞ좌각노(太學士左閣老)의 니ᄅᆞ고, 삼ᄌᆞᄉᆞ녀ᄅᆞᆯ 두니라. 최부인이 녀ᄉᆡᆼ의 단아ᄒᆞ믈 ᄉᆞ랑ᄒᆞ여 엇ᄂᆞᆫ ᄉᆞ회마다 이 갓기ᄅᆞᆯ 원하더라.

어시의 변방이 요란ᄒᆞ여, 동오국(東吳國)이 뷔여시믈 타, 북젹(北狄)이 셔융(西戎)으로 통모(通謨)ᄒᆞ여, ᄌᆞ로 오국지경(吳國之境)을 침노ᄒᆞ니, 본국 승상(丞相) 호경과 ᄃᆡ장군 니원 등이 문무ᄅᆞᆯ 모화, 병(兵)을 니로혀 겨【41】유 급ᄒᆞᆫ 거ᄉᆞᆯ 방비ᄒᆞ나, 도젹이 ᄶᅵᄶᅵ 엿보니 표ᄅᆞᆯ 올녀 쥬달ᄒᆞᆫᄃᆡ, 상이 드ᄅᆞ시고 경아(驚訝)ᄒᆞ샤 조졍의 므ᄅᆞ시니, 원ᄂᆡ 오왕의 셩졍이 너모 강직ᄒᆞ므로, 조졍 권신(權臣)《을‖으로》 뮈온[98] 곳이 만ᄒᆞᆫ 고로, 모든 사ᄅᆞᆷ이 슬희[99] 너기더니, 믄득 이 말을 듯고 희열(喜悅)ᄒᆞ여 일시의 쥬왈,

"동오ᄂᆞᆫ ᄃᆡ조(大朝)와 지근(至近)ᄒᆞ온지라. 이러틋 번젹(藩賊)이 강셩ᄒᆞ여 오ᄅᆞᆯ 침노ᄒᆞ오니, 이ᄂᆞᆫ 국되(國都) 뷔여 임ᄌᆡ 업ᄉᆞᆫ 연괴라. 복원 폐하ᄂᆞᆫ ᄲᆞᆯ니 오왕 엄ᄇᆡᆨ경을 봉국

(결권)

에 비가 뿌리누나/구름은 한가로이 못에 그림자를 드리우고 해는 유유자적하는데/ 만물은 바뀌고 세월은 흘러 몇 년이 지났는가/누각에 놀던 왕자는 지금 어느 곳에 있는가/난간밖엔 양자강만 허허로이 흘러간다(滕王高閣臨江渚/佩玉鳴鑾罷歌舞/畵棟朝飛南浦雲/珠簾暮捲西山雨/閒雲潭影日悠悠/物換星移度幾秋/閣中帝子今何在/檻外長江空自流)

97)옥슈경지(玉樹瓊枝) : 옥으로 된 나무에 옥으로 만든 가지라는 뜻으로, 매우 빼어나고 고귀한 인물을 비유적으로 나타낸 말.

98)뮈오다 : 미움을 받다. 미움을 사다.

99)슬희 : 슬흐+ㅣ, 싫게. *슬흐다: 싫다. 마음에 들지 않거나 만족스럽지 않다.

(封國)의 보ᄂᆡ샤, 인심을 진졍ᄒᆞ고, 교화ᄅᆞᆯ 널니며, 병혁(兵革)을 다ᄉᆞ려, 불의지【42】변(不意之變)을 방비ᄒᆞ쇼셔."

상이 올히 너기샤, 오왕을 인견ᄒᆞ시고 귀국ᄒᆞ라 ᄒᆞ시니, 왕이 엇지 고국을 하직ᄒᆞᆯ 뜻이 잇ᄉᆞ리오만은, 능히 거역지 못ᄒᆞ여 ᄉᆞ은슈명(謝恩受命)ᄒᆞ고 부즁(府中)의 도라오니, 냥형과 가즁 상ᄒᆡ 왕의 귀국ᄒᆞ믈 결연(缺然)[100]ᄒᆞ고, 친쳑 붕위(朋友) 아연(啞然)ᄒᆞ여 젼별ᄒᆞᄂᆞᆫ ᄀᆡᆨ이 문의 메엿더라.

냥형이 왕의 손을 잡고 츄연 휘루 왈,

"아등이 죄 즁(重)ᄒᆞ여 일즉 뉵아지통(蓼莪之痛)[101]을 픔고, 형뎨ᄌᆞᄆᆡ ᄉᆞ인이 잇셔, 종신토록 일ᄐᆡᆨ의 상슈(相酬)ᄒᆞ여 여ᄉᆡᆼ을 맛고ᄌᆞ ᄒᆞ더니, 황명이 여ᄎᆞᄒᆞ시니, 현뎨ᄂᆞᆫ 뇽누봉각(龍樓鳳閣)의 조히 셰월【43】을 보ᄂᆡ려니와, 우형의 별회(別懷) 엇지 슬프지 아니리오."

왕이 쳥파의, 냥형의 비졀(悲絶)홈과 ᄌᆞ긔 심ᄉᆡ 지향 업ᄉᆞ니, 수루장탄(隨淚長嘆) 왈,

"냥위 형장이 이리 과도히 슬허ᄒᆞ시ᄂᆞ뇨? ᄎᆞᆯ하리 초부목동(樵夫牧童)으로 뎐니(田里)의 몸쇼 밧갈고 고기 낙가, ᄐᆡ평셩ᄃᆡ의 한가ᄒᆞᆫ ᄇᆡᆨ셩으로, 형뎨ᄌᆞᄆᆡ 일ᄐᆡᆨ의 상슈(相酬)ᄒᆞ여 평ᄉᆡᆼ 유한이 업ᄉᆞ미 올흐니, 엇지 부운 갓흔 공명을 조히 너기고, 부귀ᄅᆞᆯ 즐겨ᄒᆞ리오. 일신이 영귀(榮貴)ᄒᆞ나 형뎨 친쳑으로 니별ᄒᆞ니, 무ᄉᆞᆷ 쾌ᄒᆞ미 되리오."

ᄒᆞ고, 장탄(長歎)ᄒᆞ믈 마지 아니니, 모다 위로ᄒᆞ더라.

이【44】의 궁즁의 ᄃᆡ연(大宴)을 ᄀᆡ장(開場)ᄒᆞ고, 인친(姻親)을 쳥ᄒᆞ여 작별ᄒᆞᆯᄉᆡ, 피ᄎᆞ 써나ᄂᆞᆫ 졍이 연연ᄒᆞ고, 모든 부인네 댱후ᄅᆞᆯ 위로ᄒᆞ더라.

이 ᄊᆡ 표의 나흔 십셰오, 션혜ᄂᆞᆫ 뉵셰오, 창아ᄂᆞᆫ 슈셰(數歲)라.

(결권)

---

100)결연(缺然) : 무엇인가 모자라거나 빠진 것이 있는 것 같아 서운하거나 불만족스러움.

101)뉵아지통(蓼莪之痛) : 어버이가 이미 돌아가시어 봉양할 길이 없는 효자의 슬픔. 『시경(詩經)』<소아(小雅)>편 '곡풍(谷風)'장 가운데 있는 '륙아(蓼莪)' 시에서 온 말.

이 날 최부인이 일문종족(一門宗族)이 모힌 즁의, ᄌ긔 셩덕을 낫타닉고ᄌ ᄒ여, 창아를 금슈의장[상](綿繡衣裳)을 황홀이 ᄒ여 좌즁의 닉여오니, 공지 연보(年譜) 슈셰(數歲)의 텬싱용홰(天生容華) 결비범인(決非凡人)이라.

좌긱이 일시의 칭찬불이(稱讚不已)ᄒ니, 기형(其兄) 표의 용우불민(庸愚不敏)ᄒ미 비기리오. 냥아의 현불쵸(賢不肖) 닉도ᄒ미, 뉴하혜(柳下惠)[102]와 도쳑(盜跖)[103] 갓흐믈 식지(識者) 감탄ᄒ더라.【45】

좌위 최ᆞ댱 냥부인긔 창아의 긔특ᄒ믈 일ᄏ라, 존문의 복경(福慶)이믈 칙칙(嘖嘖) 치하ᄒ니, 댱후ᄂ 불감ᄒ믈 ᄉ양ᄒ고, 최부인은 더옥 ᄌ희(自喜)ᄒ니, 긔심(其心)을 가지(可知)러라.

일모셔산(日暮西山)ᄒ미, 졔인이 각산ᄒ고, 왕이 형뎨 ᄌ질노 더부러 함긔 슉침ᄒ고, 명일 발힝홀시, 댱휘 눈물을 먹음고 최부인을 향ᄒ여 창아를 부탁ᄒ고, 왕과 댱휘 ᄯ나ᄂ 졍이 유유(悠悠)ᄒ여 눈물을 흘니니, 모다 호언으로 위로ᄒ더라.

왕이 예궐(詣闕) 하직ᄒ고 위의를 거ᄂ려 댱후로 더부러 발힝홀시, 왕이 먼길이라 ᄒ【46】여 신착융복(身著戎服)ᄒ고 힝ᄒ니, 긔치졀월(旗幟節鉞)이 졍졔(整齊)ᄒ고 홍나산(紅羅傘)[104]과 풍악(風樂) 쇼릐 젼후의 시위(侍衛)ᄒ고, 슈쳔 군병과 슈빅 시녜 젼ᄎ후옹(前遮後擁)[105]ᄒ여 광치 도로의 덥혀시니, 관지(觀者) 칙칙 칭찬ᄒ더라.

틱ᄉ 곤계 왕을 십니 외의 나아가 젼별ᄒ

(결권)

---

102)뉴하혜(柳下惠) : 중국 춘추시대 노(魯) 나라의 명재상(名宰相). 맹자(孟子)는 그를 '더러운 임금을 섬기는 일도 부끄럽게 여기지 않을 만큼 화해와 조화의 기질을 가진 성인'이라 하였다. 그러나 그도 천하의 대도(大盜)였던 자신의 아우 도척(盜跖)을 교화하지는 못했다.

103)도척(盜跖) : 춘추시대의 큰 도적.

104)홍나산(紅羅傘) : 왕이나 왕세자 등이 행차할 때에 의장(儀裝)을 위해 받쳐 드는, 붉은 비단을 씌워 만든 일산(日傘).

105)젼ᄎ후옹(前遮後擁) : 여러 사람이 앞뒤에서 에워싸고 보호하여 나아감.

고 도라오ᄆᆡ, 셔위ᄒᆞᆫ[106] 마ᄋᆞᆷ이 지향업셔 창아ᄅᆞᆯ ᄉᆞ랑ᄒᆞ며 십분 의지ᄒᆞ더라.

오왕의 일ᄒᆡᆼ이 무ᄉᆞ이 ᄒᆡᆼᄒᆞ여 국도의 니ᄅᆞ니, 만조문뮈 먼니 나와 마ᄌᆞ니, 왕이 복ᄉᆡᆨ을 곳치고, 봉거옥뉸(鳳車玉輪)[107]의 올나 국도의 드러와 일ᄒᆡᆼ을 안돈(安頓)ᄒᆞ고. 턱일 셜조(設朝)ᄒᆞ여 【47】문무진하(文武進賀)ᄅᆞᆯ 밧고, 아ᄌᆞ 표ᄅᆞᆯ 셰워 셰ᄌᆞᄅᆞᆯ 봉ᄒᆞ고, 녀아 션혜로 공쥬ᄅᆞᆯ 봉ᄒᆞ다.

당휘 ᄯᅩᄒᆞᆫ ᄂᆡ궁 명광뎐의 셜연ᄒᆞ고, 본국 명부(命婦)ᄅᆞᆯ 다 쳥ᄒᆞ여 즐기고, 삼쳔 궁비(宮婢)의 진하ᄅᆞᆯ 바드니, 후의 슉연ᄒᆞᆫ ᄐᆡ도와 명월지용(明月之容)이며, 공쥬의 션연아질(嬋娟雅質)을 보고 셰ᄃᆡ무빵(世代無雙)ᄒᆞ믈 ᄎᆡᆨᄎᆡᆨ 칭션ᄒᆞ더라. 종일 진환(盡歡)ᄒᆞ고 셕양의 각산(各散)ᄒᆞ다.

왕의 부뷔 상ᄃᆡᄒᆞ여 교화(教化)ᄅᆞᆯ 넙이 베플고 녜의로 권장ᄒᆞ니, 슈월지ᄂᆡ(數月之內)의 도불습유(道不拾遺)[108]ᄒᆞ고 산무도젹(山無盜賊)ᄒᆞ고 야불폐문(夜不閉門)ᄒᆞ여 ᄇᆡᆨ셩이 격양가(擊壤歌)[109]ᄅᆞᆯ 【48】부ᄅᆞ고 남녜 길흘 ᄉᆞ양ᄒᆞ니, 신민이 니로ᄃᆡ, '요텬슌일(堯天舜日)[110]이 다시 도라오다' ᄒᆞ더라.

조졍ᄃᆡ신(朝庭大臣)이 알외여 뉵궁비빙(六宮妃嬪)○[을] 졍ᄒᆞ시믈 쳥ᄒᆞ니, 왕이 겸양ᄒᆞ여 삼빈(三賓)을 갓초고, 승상 호경의 ᄯᆞᆯ을 간턱ᄒᆞ여 셰ᄌᆞ비ᄅᆞᆯ 삼으니, 호시 용ᄉᆡᆨ은 졀셰치 못ᄒᆞ나 어진 덕되 뇨조슉녀라. 왕의 부부ᄂᆞᆫ 깃거ᄒᆞ나, 셰ᄌᆞᄂᆞᆫ 그 졀ᄉᆡᆨ(絶色) 아니믈

(결권)

---

106)셔위ᄒᆞ다 : 서운하다. 마음에 아쉽거나 섭섭한 느낌이 있다.

107)봉거옥뉸(鳳車玉輪) ; 봉황의 문양과 옥으로 꾸민 화려한 수레.

108)도불습유(道不拾遺) : 길에 떨어진 것을 줍지 않는다는 뜻으로, 나라가 잘 다스려져 백성(百姓)의 풍속(風俗)이 돈후(敦厚)함을 비유(比喩)해 이르는 말

109)격양가(擊壤歌) : 풍년이 들어 농부가 태평한 세월을 즐기는 노래. 중국의 요임금 때에, 태평한 생활을 즐거워하여 불렀다고 한다. *격양(擊壤); ①땅을 침. ②흙으로 만든 악기의 하나. 또는 그런 악기를 치는 일.

110)요텬슌일(堯天舜日) : 요임금과 순임금의 지치(至治)가 이루어졌던 태평성대.

블예(不豫)ᄒᆞ여 금슬이 쇼(疎)ᄒᆞ더라.

세월이 훌훌(欻欻)[111]ᄒᆞ여 삼년이 되니 왕이 녜단조공(禮緞朝貢)을 싯고 환조(還朝)ᄒᆞ니라.

ᄎᆞ셜(且說) 엄ᄐᆡᄉᆞ 부즁의셔 오왕을 니별ᄒᆞ【49】고 훌연(欻然)이[112] 지ᄂᆡ더니, ᄐᆡᄉᆞ의 뎨이녀(第二女) 션강소져의 명은 난혜니, 방년 십삼의 절세ᄒᆞᆫ 용ᄉᆡᆨ이 아ᄎᆞᆷ 모란과 져녁 부용 갓흐나, 셩되 ᄉᆡ투(猜妬)ᄒᆞ미 기모(其母)와 발불ᄒᆞ더라.

택셔ᄒᆞ기ᄅᆞᆯ 상심(詳審)ᄒᆞ더니, 시시(是時)의 쳐ᄉᆞ(處士) 화유ᄂᆞᆫ 산동인(山東人)이니, 본ᄃᆡ 명문거족이로ᄃᆡ, 화유의 니ᄅᆞ러 문니(文理) 광박ᄒᆞ나 벼ᄉᆞᆯ을 구치 아니ᄒᆞ고, 한가히 드러잇고 향니의 도라가지 못ᄒᆞ믄, 기형 화운이 벼ᄉᆞᆯᄒᆞ여 니부상셔(吏部尙書)의 잇ᄂᆞᆫ지라. 형뎨 우ᄋᆡᄒᆞ여 십ᄌᆞ가교(十字街橋) 흥파곡의 가ᄉᆞᄅᆞᆯ 일워 머므니, 상셔 부인 【50】부시와 쳐ᄉᆞ 부인 가시 다 현슉ᄒᆞ여, 가ᄂᆡ 화평ᄒᆞ더라.

상셔ᄂᆞᆫ 일ᄌᆞᄅᆞᆯ 셩취(成娶)ᄒᆞ엿고, 쳐ᄉᆞᄂᆞᆫ 이ᄌᆞ 삼녀ᄅᆞᆯ 두어 셩취ᄒᆞ고, 필ᄌᆞ(畢子) 희경의 ᄌᆞᄂᆞᆫ 문쉬니, ᄉᆡᆼ셰 십칠의 용뫼 관옥(冠玉)[113] 갓고, 문장이 광박(廣博)ᄒᆞ며 위인이 호일방탕(豪逸放蕩)ᄒᆞ여 기쥬호ᄉᆡᆨ(耆酒好色)ᄒᆞ니, 부뫼 그 풍신을 ᄉᆞ랑ᄒᆞ나 너모 허랑방탕ᄒᆞ믈 근심ᄒᆞ여 가ᄅᆞ치나, '텬ᄉᆡᆼ녀질(天生餘質)[114]을 난ᄌᆞ기(難自期)[115]라'.

그러나 택부(擇婦)ᄒᆞ기ᄅᆞᆯ 심상(甚詳)이 ᄒᆞᄃᆡ 합의(合意)치 못ᄒᆞ여, ᄉᆡᆼ의 년이 십칠이로ᄃᆡ 셩취(成娶)치 못ᄒᆞ엿더니, ᄐᆡ우(太夫) 박홍의 녀와 졍혼(定婚) 납빙(納聘)[116]ᄒᆞ고 혼

(결권)

111)훌훌(欻欻) : 덧없이 빠름. 덧없음. 허전함.
112)훌연(欻然)이 : 덧없이. 허전하게.
113)관옥(冠玉) : 관(冠)의 앞을 꾸미는 옥을 가리키는 말로 '남자의 아름다운 얼굴'을 비유한 말.
114)텬ᄉᆡᆼ녀질(天生餘質) : 타고난 자질.
115)난ᄌᆞ기(難自期) : 마음속으로 스스로 정한 바를 이루지 못함.
116)납빙(納聘) : =납폐(納幣). 혼인할 때에, 사주단자의 교환이 끝난 후 정혼이 이루어진 증거로 신랑 집에서 신부 집으로 예물을 보냄. 또

일【51】이 일삭(一朔)이 가렷더니, 박쇼제 홀연 즁악(中惡)[117]ᄒᆞ여 죽으니, 냥가(兩家) ᄃᆡ경참혹(大驚慘酷)ᄒᆞ나 ᄒᆞᆯ일업ᄂᆞᆫ지라. 쳐ᄉᆡ(處士) 다시 널니 구혼ᄒᆞᄃᆡ 맛춤ᄂᆡ 합의(合意)치 못ᄒᆞ더라.

화ᄉᆡᆼ이 호방ᄒᆞᆫ 마음으로 늣도록 췌쳐치 못ᄒᆞ니 발광(發狂)이 나ᄂᆞᆫ지라. 쥭셔당의 왕ᄂᆡᄒᆞ더니, 상셔와 쳐ᄉᆡ 츌외ᄒᆞ고 가장 종용ᄒᆞᆫ지라. 쥬찬을 구ᄒᆞ여 반췌ᄒᆞ고, 후원의 드러가 ᄭᅩᆺ구경ᄒᆞ며 미식을 흠모ᄒᆞ더니, 믄득 일ᄡᅡᆼ 호랑나뷔 ᄭᅩᆺ출 보고 너훌너훌 츔을 츄니, ᄉᆡᆼ이 밋친 흥이 발ᄒᆞ여 나뷔ᄅᆞᆯ 잡으려 ᄒᆞ니, 잡힐【52】듯 잡힐듯 나라가거날, 졈졈 조ᄎᆞ 셧녁 장원의 니ᄅᆞ러ᄂᆞᆫ, 나뷔ᄂᆞᆫ 나라가고 담밋히 셔셔 ᄉᆞ면(四面)을 쳠망(瞻望)ᄒᆞ더니, 믄득 향긔로온 쇼셩(笑聲)이 들니거ᄂᆞᆯ, 가마니 담을 넘어 보니, 녹의홍상(綠衣紅裳) 일미인이 여러 미인으로 더부러 ᄭᅩᆺ구경 ᄒᆞᄂᆞᆫ지라. ᄉᆡᆼ각ᄒᆞ니 ᄉᆞ부가(士夫家) 귀쉬(閨秀) 시녀로 더부러 ᄭᅩᆺ출 구경ᄒᆞᄂᆞᆫ 모양이라.

호방ᄒᆞᆫ 마음의 ᄉᆞᆯ펴보니, 규슈 갓흔 미인이 관면(冠冕)[118]은 아니ᄒᆞ여시나, 나히 십ᄉᆞᆷᄉᆞᄂᆞᆫ ᄒᆞ고, 용ᄉᆡᆨ(容色)이 졀셰(絶世)ᄒᆞ여, 눈이 아믈아믈ᄒᆞ고 졍신이 취ᄒᆞ이ᄂᆞᆫ지라. 혼을 일코 넉시 업시 바라보【53】더니, 그 미인이 원근을 쳠망ᄒᆞ다가 화ᄉᆡᆼ의 눈을 마조치미, 놀나ᄂᆞᆫ 듯 웃ᄂᆞᆫ 듯 시녀ᄅᆞᆯ 모라 급히 드러가니, 여향(餘香)만 잇ᄉᆞᆯ ᄲᅮᆫ름이라.

ᄉᆡᆼ이 아연(啞然)ᄒᆞ여 도라와 ᄉᆡᆼ각ᄒᆞᄃᆡ,

"이 필연 엄시 녀ᄋᆡ니 결단코 혼인을 셩취ᄒᆞ리라."

ᄒᆞ더라.

셕양의 졍당(正堂)의 드러오니, ᄆᆡ픠(媒婆) 니ᄅᆞ러 부인긔 뵈오니, 부인 왈,

는 그 예물. 보통 밤에 푸른 비단과 붉은 비단을 혼서와 함께 함에 넣어 신부 집으로 보낸다.

117)즁악(中惡) : 중풍의 하나. 정신적인 충격 따위로 갑자기 손발이 싸늘하여지고 어지러우며 심하면 이를 악물고 졸도한다.

118)관면(冠冕) : 관(冠)과 면류관(冕旒冠) 즉 구슬궤미를 달지 않은 관과 단 관을 함께 이르는 말.

(결권)

"어ᄂᆡ 곳이 혼쳬 맛당ᄒᆞ더뇨? 아ᄌᆡ(兒子) 장셩ᄒᆞ니 민망ᄒᆞ도다."

ᄆᆡ픠 왈,

"쇼인 등이 공ᄌᆞ를 위하여 어진 쇼져 잇ᄂᆞᆫ 곳의 구혼ᄒᆞᄃᆡ, 년치(年齒) 상당ᄒᆞᆫ 곳이 쉽지 못ᄒᆞ고, 사ᄅᆞᆷ마다 공ᄌᆞ의 빙폐(聘幣)【54】ᄒᆞ여 계시다가 신뷔 죽다 ᄒᆞ여, 불길ᄒᆞ믈 ᄭᅥ려 허혼치 아니 리 만코, 혹 의혼ᄒᆞᄂᆞᆫ 곳이 이시나 문회(門戶) 한쳔(寒賤)ᄒᆞᆫ 곳도 잇고, 쇼제 불미ᄒᆞᆫ 곳도 잇셔 맛당치 아니ᄒᆞᄃᆡ, 다만 두어 곳이 이시니, 한 곳은 문하시랑(門下侍郞) 오시랑의 쇼녜니, 년이 십오세오, 용뫼 평평ᄒᆞ나 부덕이 긔특ᄒᆞ고, 한 곳은 과모(寡母)의 ᄯᆞᆯ이니, 용뫼 비상ᄒᆞ되 빈한ᄒᆞ더이다."

부인 왈,

"녀ᄌᆡ 덕이 이시면 뎨일이라. 진실노 젼언(傳言)이 올흔 쥴 어이 알니오."

ᄆᆡ픠 왈,

"머지 아니ᄒᆞᆫᄃᆡ 긔이ᄒᆞᆫ 신뷔 잇건만은 그 부인이 ᄐᆡᆨ셔ᄒᆞ미 【55】너모 과도ᄒᆞ더이다."

부인 왈,

"뉘 집 규쉬뇨?"

ᄆᆡ픠 왈,

"이ᄂᆞᆫ 시임(時任) 엄ᄐᆡᄉᆞ 노야의 ᄯᆞᆯ이니, 금년이 십삼이라. 용뫼 졀셰ᄒᆞ믄 니르도 말고, 덕되(德道) 쇼문 낫ᄉᆞ오니, ᄐᆡᄉᆞ부인 최시 이 갓ᄒᆞᆫ 녀아의 ᄇᆡ필을 범연(凡然)이 구ᄒᆞ리잇고? 낭ᄌᆡ(郎子)[119]를 구ᄒᆞ시ᄃᆡ, 얼골은 진평(陳平)[120] 갓고 문장은 ᄉᆞ마쳔(司馬遷)[121] 갓고, 필법은 왕희지(王羲之)[122] 갓

---

119)낭ᄌᆡ(郎子) : 예전에, 남의 집 총각을 점잖게 이르던 말.

120)진평(陳平 : 중국 한나라의 정치가. 가난한 집에서 태어났으나 용모가 뛰어나고 독서를 좋아하였다. 처음 초나라의 항우를 섬겼으나, 뒤에 한고조(漢高祖)를 섬겨 여섯 번 기계(奇計)를 내어, 천하 통일을 이루게 하였다. 여태후가 죽은 뒤 주발(周勃)과 힘을 합하여 여씨 일족의 반란을 평정하였다.

121)ᄉᆞ마쳔(司馬遷) : BC.145-86. 중국 전한(前漢)의 역사가. 태사령(太史令)을 지냈다. 자는 자장(子長). 기원전 104년에 공손경(公孫卿)과 함께 태초력(太初曆)을 제정하여 후세 역법의 기초를 세웠으며, 역사책 ≪사기≫를 완성하였

(결권)

고, 어질믄 안밍졍쥬(顔孟程朱)[123] 갓흐니를 구ᄒᆞ시더이다."

부인이 쇼왈,

"ᄎᆞ쳬(此處) 맛당ᄒᆞ나 년치(年齒) 상당(相當)치 아니토다."

미퍼 왈,

"금번 장원(壯元)의 계지(桂枝)를 썻고 엄부의 구혼ᄒᆞ신 즉, 년치 상당치 아니믈 혐【56】의치 아니시리이다."

ᄒᆞ고 가니라.

신츈을 당ᄒᆞ여 화싱이 부슉(父叔)의 명을 니어 과거를 보와 장원의 고등ᄒᆞ니, 풍치와 문장이 일셰를 《혼동(混動) ‖ 훤동(喧動)[124]》 ᄒᆞ더라.

삼일유과[가](三日遊街)[125]의 엄부의 나아가 틱ᄉᆞ공을 보고 궐하의 슉ᄉᆞ(肅謝)ᄒᆞ니, 상이 장원으로 시강흑ᄉᆞ(侍講學士)를 ᄒᆞ이샤 총이ᄒᆞ시고, 일홈ᄒᆞ여 왈,

"화희경은 풍치 니틱빅(李太白)[126] 갓흐니, ᄎᆞ후는 '시즁현ᄌᆞ쥬즁션화후틱빅(詩中賢子酒中仙化侯太白)'[127]이라 ○○[ᄒᆞ라]."

ᄒᆞ시니, 명망(名望)이 일셰의 진동ᄒᆞ더라.

학시 득의(得意)ᄒᆞ미, 엄쇼져 ᄉᆞ모ᄒᆞ미 더옥 급ᄒᆞ여, 모부인긔 어리로이[128] 고ᄒᆞ여,

(결권)

다

122)왕희지(王羲之) : 307~365. 중국 동진(東晋) 때 사람. 서성(書聖)으로 일컬어지는 중국 최고의 서예가.

123)안밍졍쥬(顔孟程朱) ; 중국의 역대 유학자들인 안자(顔子; 顔回)、맹자(孟子; 孟軻)、정자(程子; 程顥, 程頤)、주자(朱子; 朱熹)를 아울러 이른 말.

124)훤동(喧動) : 야단스럽게 떠들다.

125)삼일유과(三日遊街) : 과거에 급제한 사람이 사흘 동안 풍악을 잡히고 거리를 돌며 시험관과 선배 급제자와 친척을 방문하던 일.

126)이틱빅(李太白) : 이백(李白) 701~762. 중국 성당기(盛唐期)의 시인으로, 자는 태백(太白)이며 호는 청련거사(靑蓮居士). 두보(杜甫)와 함께 '이두(李杜)'로 병칭되며, 중국 최고의 시인으로, '시선(詩仙)'으로 일컬어진다.

127)시즁현ᄌᆞ쥬즁션화후틱빅(詩中賢子酒中仙化侯太白) : '시(詩) 가운데 현자(賢者)요, 술 가운데 신선이며, 화씨(化氏) 성을 가진 후백(侯伯)으로 이태백(李太白)과 같은 시성(詩聖)'이라는 뜻.

젼일 셔【57】장(西墻)의셔 엿보던 ᄉᆞ연을 말ᄒᆞ고, 아모조록 셩취(成娶)ᄒᆞ기ᄅᆞᆯ 원ᄒᆞ니, 가부인이 혹ᄉᆞᄂᆞᆫ 필ᄌᆡ(畢子)므로 가장 ᄉᆞ랑ᄒᆞᄂᆞᆫ지라. 쳐ᄉᆞ긔 간졀이 말ᄒᆞ니, 쳐ᄉᆡ 그 형 상셔긔 고왈,

"엄가 규쉬(閨秀) ᄉᆡᆨ덕(色德)이 긔특다 ᄒᆞ고, 인인(人人)이 일ᄏᆞᆺᄂᆞᆫ ᄇᆡ라. 맛당이 셩혼ᄒᆞ미 가ᄒᆞᆯ가 ᄒᆞᄂᆞ이다."

상셰 인ᄒᆞ여 녀ᄐᆡ우ᄅᆞᆯ 보고 작ᄆᆡ(作媒)ᄒᆞ믈 쳥ᄒᆞ니, ᄐᆡ위 혼연 허락ᄒᆞ고 장ᄌᆞ 한님 명관으로 엄부의 통혼ᄒᆞ니, ᄐᆡᄉᆞ와 츄밀은 화혹ᄉᆞ의 풍치ᄅᆞᆯ ᄉᆞ랑ᄒᆞ여 허혼코ᄌᆞ ᄒᆞ나, 최부인이 막아 왈,

"화ᄌᆡ(化者) 비록 명망이 긔특ᄒᆞ나, 호일방【58】탕(豪逸放蕩)[129]ᄒᆞ고 기쥬호ᄉᆡᆨ(嗜酒好色)ᄒᆞ니, 잔약ᄒᆞᆫ 녀아의 ᄇᆡ필이 아니오, 또 화ᄌᆡ 졍혼(定婚) 납빙(納聘)ᄒᆞᆫ 녀ᄌᆡ 졸ᄉᆞ(猝死)ᄒᆞ다 ᄒᆞ니, 결단코 합지 못ᄒᆞ니이다."

ᄒᆞ니, 녀한님이 도라가 퇴혼(退婚)ᄒᆞ던 말을 젼ᄒᆞ니, 쳐ᄉᆞ 부뷔 실망ᄒᆞ여 다ᄅᆞᆫ ᄃᆡ 구혼코ᄌᆞ ᄒᆞ여 아ᄌᆞᄅᆞᆯ ᄀᆡ유(開諭)ᄒᆞ니, 학ᄉᆡ 실망 초조ᄒᆞ여 유유히 ᄃᆡᄒᆞ고, 그윽이 ᄉᆡᆼ각ᄒᆞᄃᆡ,

"ᄂᆡ 아모조록 엄시ᄅᆞᆯ 취(娶)ᄒᆞ고 말니니, 묘ᄒᆞᆫ 계규(計揆)로 취ᄒᆞ리라."

ᄒᆞ고, 유모 츈낭을 불너 ᄌᆞ가 심즁 쇼회ᄅᆞᆯ 니ᄅᆞ고, 엄부 ᄉᆞ젹을 알고ᄌᆞ ᄒᆞ니, 츈ᄑᆡ 왈,

"노신(老臣)의 족ᄒᆡ[130] 엄부 비ᄌᆡ(婢子)라. 일홈【59】은 금녕이니 츄밀 부인 시아(侍兒)오, ᄌᆡ종뎨(再從弟) 션ᄆᆡᄂᆞᆫ ᄐᆡᄉᆞ부인 시ᄋᆡ(侍兒)라. 어이 엄부 ᄉᆞ젹을 모로리잇고?"

학ᄉᆡ ᄃᆡ희 왈,

"여ᄎᆞ 즉, 엄쇼졔 졍혼ᄒᆞᆫ 곳이 잇ᄂᆞᆫ가 업ᄂᆞᆫ가 ᄌᆞ셰히 알게 ᄒᆞ라."

츈ᄑᆡ 응낙고 가더니, 이윽고 도라와 갈오

---

128)어리롭다 : 어리광스럽다. 어른에게 귀염을 받거나 남의 환심을 사려고 짐짓 어린아이 같은 태도를 보이는 데가 있다.

129)호일방탕(豪逸放蕩) : 예절이나 사회규범을 벗어나 자유분방하게 행동하고 주색잡기에 빠져 행실이 좋지 못함.

130)족히 : 조카. 형제자매의 자식을 이르는 말.

(결권)

ᄃᆡ,

“ᄉᆞ연을 안즉, 엄쇼제 졍혼ᄒᆞᆫ 곳이 업ᄉᆞ오나, ᄐᆡᄉᆞ노애 상공의 풍치ᄅᆞᆯ 보시고 여ᄎᆞ여ᄎᆞ 의혼(議婚)코ᄌᆞ ᄒᆞ시니, 최부인이 이리이리 ᄭᅥ려 비쳑(排斥)ᄒᆞ시고, 부ᄃᆡ 녀한님 갓흔 단ᄉᆞ(端士)131)ᄅᆞᆯ 유의(有意)ᄒᆞ신다 ᄒᆞ더이다.”

학ᄉᆡ 청파(聽罷)의 함쇼ᄒᆞ고, 심니(心裏)의 혜오ᄃᆡ,

“엄ᄐᆡᄉᆞᄂᆞᆫ 관홍장뷔(寬弘丈夫)여【60】ᄂᆞᆯ 최부인은 가히 조협(躁狹)ᄒᆞᆫ 녀ᄌᆡ로다. 녀명관은 한낫 졸ᄉᆡ(卒士)라. 용뫼 미여관옥(美如冠玉)132)이나, ᄒᆡᆼ지(行止) 심히 고요ᄒᆞ여, 근어부인(近於婦人)이니, ᄃᆡ장부의 츌즁(出衆)ᄒᆞᆫ 긔상이 아니어ᄂᆞᆯ, 부인 녀ᄌᆞ의 지식이 쳔단(淺短)ᄒᆞ믈 알니로다. 날 갓흔 호위장부(豪偉丈夫)133)ᄅᆞᆯ 나모라니, 엇지 가쇼롭지 아니리오. 연이나 엄시ᄂᆞᆫ 가히 타인의게 ᄉᆞ양치 못하리니, 부ᄃᆡ134) 반계곡경(盤溪曲徑)135)으로 도모ᄒᆞ여 부ᄃᆡ 취ᄒᆞᆫ 후, 도로혀 구구(區區)ᄒᆞ믈 뵈지 말고, 교만ᄒᆞᆫ 부인의 예긔(銳氣)ᄅᆞᆯ 썩그리라.”

ᄒᆞ고, 일봉셔(一封書)ᄅᆞᆯ ᄆᆡᆫᄃᆞ라 심복 셔동(書童)으로 ᄒᆞ여【61】곰, 엄상부의 가 ᄂᆡ당시아ᄅᆞᆯ 불너 여ᄎᆞ여ᄎᆞᄒᆞ라 ᄒᆞ니, 셔동 츙한이 슈명ᄒᆞ고 셕양의 엄부의 나아가, 큰 문 안ᄒᆡ 드러가 사ᄅᆞᆷ을 불너, ᄂᆡ각 시아ᄅᆞᆯ 블너 달나 ᄒᆞ니, 이윽고 안흐로셔 쇼ᄎᆞ환(小叉鬟)136)이 나와 보고 왈,

(결권)

---

131)단ᄉᆞ(端士) : 품행이 단정한 선비.

132)미여관옥(美如冠玉) : 아름답기가 관옥과 같음. 관옥은 관(冠)의 앞을 꾸미는 옥(玉).

133)호위장부(豪偉丈夫) : =호걸장부(豪傑丈夫). 지혜와 용기가 뛰어나고 기개와 풍모가 있는 대장부.

134)부ᄃᆡ : 부디. 꼭. 아무쪼록. 무엇을 바라는 마음이 간절함을 나타내는 말.

135)반계곡경(盤溪曲徑) : 서려 있는 계곡과 구불구불한 길이라는 뜻으로, 일을 순서대로 정당하게 하지 아니하고 그릇된 수단을 써서 억지로 함을 이르는 말.

136)쇼ᄎᆞ환(小叉鬟) : 어린 차환(叉鬟). *차환(叉鬟): 주인을 가까이에서 모시는 젊은 계집종. ≒아환.

"뉘 덕의셔 무슨 일노 와 뇌각 ᄎᆞ환을 ᄎᆞᆽ는다?"

츙한 왈,

"나는 댱각노 턱상(宅上) 가인(家人)이러니, 우리 ᄃᆡ노얘(大老爺) 틱ᄉᆞ노야긔 이 글월을 드리라 ᄒᆞ시니 왓노라."

ᄒᆞ고, 봉셔롤 쥬니, ᄎᆞ환이 곡졀을 엇지 알니오. 진실노 댱각노의 글월만 너겨 바다 안흐로 드【62】러가거놀, 츙한이 밧비 도라가니라.

ᄎᆞ시 시ᄋᆡ 글월을 가지고 드러와 틱ᄉᆞ긔 드리니, 이 ᄶᅴ 문안(問安)이 되여 ᄶᅥ진 사ᄅᆞᆷ 업시 ᄂᆡ외 항녈(行列)이 만집(滿集)ᄒᆞ엿ᄂᆞᆫ지라. 괴이히 너겨 글월을 보니 ᄒᆞ여시ᄃᆡ,

"싱은 드ᄅᆞ니 텬졍비필(天定配匹)은 사ᄅᆞᆷ의 고집ᄃᆡ로 아니 가ᄂᆞᆫ지라. 곳갓ᄒᆞᆫ 뚤을 두고 신낭을 구ᄒᆞ미, 슈염 업ᄂᆞᆫ 환ᄌᆞ(宦者)롤 구ᄒᆞ면 모로거니와, 당당ᄒᆞᆫ ᄃᆡ장부롤 구ᄒᆞᆯ진ᄃᆡ 엇지 화희경 갓ᄒᆞᆫ 영웅쥰걸(英雄俊傑)을 바리고, 녀한님 갓ᄒᆞᆫ 졸ᄉᆞ(卒士)롤 엇고ᄌᆞ ᄒᆞ시며, 틱ᄉᆞ공 활달장부지심(豁達丈夫之心)【63】으로ᄡᅥ, 엇지 녀ᄌᆞ의 협조(狹躁)ᄒᆞᆫ 말ᄉᆞᆷ을 편쳥(偏聽)ᄒᆞ샤 녕녀(令女)의 평싱을 그ᄅᆞ게 ᄒᆞ고ᄌᆞ ᄒᆞ시ᄂᆞ니잇고? 쇼싱이 《념의∥념치(廉恥)》 업시 구구(區區)ᄒᆞᆫ 말ᄉᆞᆷᄒᆞ미, ᄉᆞ쳬(事體) 아닌 듯ᄒᆞ오나, 이 ᄯᅩᄒᆞᆫ ᄃᆡ장부의 걸걸(傑傑)ᄒᆞᆫ[137] 마ᄋᆞᆷ이오, 기쥬호ᄉᆡᆨ(嗜酒好色)ᄒᆞᄂᆞᆫ 방탕ᄀᆡᆨ(放蕩客)이라, 녕녀(令女)의 향명(香名)을 듯고, 빗난 안ᄉᆡᆨ을 ᄭᅮᆷ갓치 보고, 경경(耿耿)ᄒᆞᆫ 마ᄋᆞᆷᄋᆡ 반이나 기우럿ᄂᆞᆫ지라. 쥬의(主意)롤 정ᄒᆞ여 ᄎᆞᆫ의 츔 밧고, 녕녀의 장부ᄂᆞᆫ 화ᄒᆞᆨᄉᆞ 희경이오, 화문슈의 텬졍비필(天定配匹)은 엄쇼져 난혜 씨[138]라. 어이 다시 곳치며 타인의 ᄎᆞᆫ의 보【64】니리잇고? 복

(결권)

137)걸걸(傑傑)ᄒᆞ다 : 성질이나 행동이 조심스럽지 못하고 거칠다.

138)씨 : 의존명사. ((성년이 된 사람의 성이나 성명, 이름 아래에 쓰여)) 그 사람을 높이거나 대접하여 부르거나 이르는 말. 공식적、사무적인 자리나 다수의 독자를 대상으로 하는 글에서가 아닌 한 윗사람에게는 쓰기 어려운 말로, 대체로 동료나 아랫사람에게 쓴다.

원 틱ᄉ공은 오미ᄉ복(寤寐思服)[139]ᄒ는 요조슉녀(窈窕淑女)[140]로 타인을 싱각지 마르시고, 발셔[141] 텬정(天定)ᄒᆞᆫ 쇼싱을 ᄎᄌ쇼셔."

ᄒ엿더라.

좌즁 제인이 남필(覽畢)의 힉연(駭然)하여 묵묵반향(默默半晌)[142]이러니, 시녀로 ᄒ여곰 글월 가져온 하인을 ᄎᄌ니, 발셔 가고 업는지라. 츄밀이 함쇼 왈,

"화희경은 비록 호방(豪放)ᄒᆯ지언정 쥰호(俊豪)ᄒᆞᆫ 장뷔라. 형장이 퇴혼(退婚)치 아니ᄒ셧던들 이런 욕이 업ᄉᆯ 거시로딕, 질아(姪兒)의 향명(香名)은 원근(遠近)의 ᄌᄌ(藉藉)ᄒ고, 구혼(求婚)ᄒ는 거ᄉᆯ 퇴(退)ᄒ미, 분긔(憤慨)ᄒᆞᆫ 힝시 이의 밋ᄉ오니, 이제【65】타인의게는 보닉지 못ᄒᆯ지라. 허혼ᄒ시미 맛당ᄒ고, ᄉ긔(事機) 고요ᄒᆯ가 ᄒᄂ이다."

틱시 광미(廣眉)를 찡긔고 탄왈,

"현뎨의 말이 맛당ᄒ니, 광싱(狂生)의 일이 비록 통한(痛恨)ᄒ나, 일이 이의 밋ᄎᆞᆫ 후는 ᄒᆯ일업ᄉ니, 타문의 의혼치 못ᄒᆯ지라. 탕ᄌ의 원을 맛ᄎ리로다."

최부인이 발연(勃然) 딕로ᄒ여 작식 왈,

"상공(相公)[143]과 슉슉(叔叔)[144]은 그런 말솜을 두번 니ᄅ지 마ᄅ쇼셔. 난혜는 심규(深閨)의 옥 갓흔 가인(佳人)이라. 엇지 ᄎ아 탕ᄌ를 맛져 일싱이 괴롭게 하리잇고? 이 불과 필부(匹夫)의 무상ᄒᆞᆫ 의식○[니], 이러【66】ᄐᆺᄒ면 타문(他門)의 가지 못ᄒ리라 ᄒ여, 짐즛 글월로 격동ᄒ미나, 일노ᄡᅧ 엇지 옥갓흔 녀아의 신상을 무익(無益)히 유희(遊戲)[145]ᄒ리

---

139)오미ᄉ복(寤寐思服) : 자나 깨나 늘 생각함.

140)요조슉녀(窈窕淑女) : 말과 행동이 품위가 있으며 얌전하고 정숙한 여자.

141)발셔 : 벌써. 이미 오래전에. 예상보다 빠르게.

142)묵묵반향(默默半晌) : 한참 동안 말이 없음.

143)상공(相公) : 『역사』 '재상'을 높여 이르던 말. ≒상군.

144)슉슉(叔叔) : '시아주버니'를 문어적으로 이르는 말. *시아주버니: 남편과 항렬이 같은 사람 가운데 남편보다 나이가 많은 사람을 이르는 말. **그러나 여기서는 남편보다 나이가 적은 사람을 이르는 말로 쓰이 있다.

(결권)

잇고? 상공과 슉슉은 무익ᄒᆞᆫ 공논(空論)을 ᄒᆞ여, 춤아 녀아로뻐 탕ᄌᆞ의게 쇽현(續絃)[146] ᄒᆞ여 일ᄉᆡᆼ을 그릇ᄒᆞ리오. 맛당이 도로 보ᄂᆡ고, 상공이 글월을 닷가 화상셔 형뎨의게 보ᄂᆡ여, ᄌᆞ질 그릇 가ᄅᆞ치믈 칙ᄒᆞ시면, 져도 사ᄅᆞᆷ이라 반ᄃᆞ시 탕ᄌᆞᄅᆞᆯ 즁치ᄒᆞ고, 그릇ᄒᆞ믈 ᄉᆞ죄ᄒᆞ리니, 광ᄉᆡᆼ(狂生)의 예긔(銳氣)ᄅᆞᆯ 씻거 다시 작변치 못ᄒᆞ게 ᄒᆞ고, 급히 옥낭(玉郎)을 갈ᄒᆡ여 셩혼ᄒᆞ면, 【67】져 화ᄀᆡ 아모리 무상ᄒᆞᆫ들 남의 집 녀ᄌᆞᄅᆞᆯ 엇지ᄒᆞ리잇고?"

ᄐᆡᆨᄉᆡ 부인의 뎐도편협(顚倒偏狹)ᄒᆞᆫ 말을 듯고, 믄득 정ᄉᆡᆨ 왈,

"ᄃᆡᄉᆞ(大事)ᄂᆞᆫ 부인의 간예ᄒᆞᆯ ᄇᆡ 아니라. ᄉᆡᆼ이 용녈ᄒᆞ여 스ᄉᆞ로 마ᄋᆞᆷ을 셰우지 못ᄒᆞ고, 부인의 의논을 조ᄎᆞ려 ᄒᆞ다가 의외 거죄(擧措) 이시니, 졍히 나의 용녈(庸劣)ᄒᆞ믈 븟그리ᄂᆞ니, 부인이 엇지 빈계ᄉᆞ신(牝鷄司晨)[147]을 본밧고져 ᄒᆞ시ᄂᆞ뇨?

셜파의 긔운이 ᄉᆡᆨᄉᆡᆨᄒᆞ여 미우(眉宇)의 장홍(長紅)[148]이 니러나니, 부인이 교ᄉᆡ투악(狡猜妬惡)[149]ᄒᆞ나, ᄐᆡᆨᄉᆞ의 위엄은 져허ᄒᆞᄂᆞᆫ 고로 감히 다시 말을 못ᄒᆞ고, ᄋᆡ닯고 분ᄒᆞ여 눈물이 【68】어ᄌᆞ러이 ᄯᅥ러질 ᄯᆞᄅᆞᆷ이라.

ᄐᆡᆨᄉᆡ 말을 쾌히 ᄒᆞ나, 실노 화ᄉᆡᆼ의 방탕ᄒᆞ믈 노ᄒᆞᄆᆡ 슈히 허혼ᄒᆞᆯ 의ᄉᆡ 업ᄂᆞᆫ지라. 츄밀이 최부인의 협ᄋᆡᆨ(陜隘)ᄒᆞᆫ 말ᄉᆞᆷ을 드ᄅᆞᄆᆡ 임의 불현지심(不賢之心)을 아ᄂᆞᆫ지라. 반ᄃᆞ시 난혜의 혼ᄉᆡ 슈히 되지 못ᄒᆞᆯ 쥴 지긔ᄒᆞᄂᆞᆫ 고로, 각별 권(勸)ᄒᆞ기도 괴로온지라, 말을 아니터라.

ᄐᆡᆨᄉᆡ 가즁의 녕을 나리와,

"ᄎᆞ후 혹 니런 셔간을 바다 드리ᄂᆞᆫ ᄌᆞᄂᆞᆫ 즁치ᄒᆞ리라."

(결권)

---

145)유희(遊戱) : 희롱(戱弄)함. 손아귀에 넣고 제 멋대로 가지고 놂.

146)쇽현(續絃) : '거문고 줄을 잇는다.'는 뜻으로, '혼인(婚姻)'을 비유적으로 이르는 말.

147)빈계ᄉᆞ신(牝鷄司晨) : 암탉이 새벽을 알리느라고 먼저 운다는 뜻으로, 부인이 남편을 젖혀 놓고 집안일을 마음대로 처리함을 이르는 말.

148)장홍(長虹) : 긴 무지개.

149)교ᄉᆡ투악(狡猜妬惡) : 교활하고 시기하며 질투하여 악행을 일삼음.

ᄒᆞ고, 녀아의 강녈ᄒᆞᆷ을 아는 고로, ᄎᆞ언을 불츌구외(不出口外)ᄒᆞ라 ᄒᆞ고, 츄밀다려 왈,

"화ᄌᆞ의 픽ᄒᆡᆼ(悖行)이 불미(不美)ᄒᆞ나 필경은 바【69】리지 못ᄒᆞᆯ지라. ᄉᆞ셰(事勢)를 보아 가며 ᄎᆞᄎᆞ 셩혼ᄒᆞ미 늦지 아니토다."

츄밀이 맛당ᄒᆞ시믈 일ᄏᆞᆺ더라.

이 ᄯᅢ 최부인이 불승분노ᄒᆞ여 한번 화ᄌᆞ를 ᄲᅥᆨ지ᄅᆞ려 ᄒᆞᄃᆡ, ᄐᆡᄉᆞ의 위엄을 두려 감히 싱의치 못ᄒᆞ더니, 슈일 후 ᄐᆡᄉᆞ 형뎨 나간 ᄯᅢ를 타, ᄌᆞ긔 스ᄉᆞ로 셔간을 일워 화ᄌᆞ의 셔간과 동봉ᄒᆞ여 시비로 ᄒᆞ여곰 보ᄂᆡ니, 이ᄯᅢ 화학ᄉᆡ 빅부와 냥형으로 더부러 닙조(入朝)하여 도라오지 못ᄒᆞ엿ᄂᆞᆫ지라. 시비 화부의 나아가 셔간을 밧드러 올니니, ᄎᆞ시 쳐ᄉᆞ와 부인이 동좌(同坐)러니, 괴이【70】히 너겨 바다보니, 글월 두 봉(封)이어ᄂᆞᆯ, 한 봉은 엄부 최부인 셔찰이오, 한 봉은 아ᄌᆞ의 필젹이라. 괴이히 너겨 최부인 셔간을 보니, 몬져 살긔 등등ᄒᆞ미 셔찰 우희 현져하고, 분긔(憤氣) 텡즁(撑中)ᄒᆞᆫ ᄉᆞ연이라.

ᄃᆡ강ᄒᆞ여시ᄃᆡ,

"혼인은 인뉸ᄃᆡᄉᆡ(人倫大事)오. 냥가(兩家) 상의하여 합○[의](合議)ᄒᆞᆫ 후 이셩지합(二姓之合)[150]이[을] ○○[이루ᄂᆞᆫ지]라. 쳡이 어린 ᄯᆞᆯ이 잇셔 계ᄎᆞ지년(笄叉之年)[151]을 당ᄒᆞ여 널니 구ᄒᆞ여 가랑(佳郞)을 구ᄒᆞ믄, 빅년(百年)[152] 일싱을 편코ᄌᆞ ᄒᆞ미라. 합의ᄒᆞᆫ 곳이 잇셔 졍ᄒᆞᆫ지 일일(一日)의 귀턱의셔 쳥혼ᄒᆞ시거ᄂᆞᆯ, 【71】임의 졍ᄒᆞ므로 퇴혼하엿거ᄂᆞᆯ, 녕윤(令胤) 학ᄉᆡ 무ᄉᆞᆷ 원슈로 이러틋 핍박ᄒᆞ고, 옥 갓ᄒᆞᆫ 규슈의 신상을 더러이니, 이ᄂᆞᆫ 곳 상공과 부인의 교ᄌᆞ(教子) 잘못ᄒᆞ신 법이오, 또ᄒᆞᆫ 편지 ᄉᆞ연이 여ᄎᆞ(如此) ᄒᆡ연(駭然)ᄒᆞ니, 화가 풍괴(風教) 이러ᄒᆞ오닛가? 결단

(결권)

150)이셩지합(二姓之合) : 성씨가 다른 두 남녀가 혼인하여 성적결합(性的結合)을 맺음.

151)계ᄎᆞ지년(笄叉之年) : 여자가 처음 비녀를 꽂을 나이가 되었다는 뜻으로, '시집갈 나이가 되었음'을 이르는 말.

152)백년(百年); 사람의 한평생을 이르는 말로, 한 번 혼인을 하면 한평생을 같이 살아가게 되는 '혼인'의 뜻으로 쓰인다.

코 그런 음흉탕ᄌᆞ(陰凶蕩子) 무법퓌상지인(無法悖常之人)[153]은 용납지 아니ᄒᆞ옵ᄂᆞ니, 다시ᄂᆞᆫ 이런 거죄(擧措) 업게 ᄒᆞ쇼셔."

ᄒᆞ엿더라.

쳐ᄉᆞ와 부인이 어히업셔 아ᄌᆞ의 편지ᄅᆞᆯ 보니, ᄉᆞ연이 망측(罔測) ᄒᆡ연(駭然)ᄒᆞ여 부인의 노ᄒᆞ미 괴이【72】치 아닌지라. 침음양구(沈吟良久)[154]의 미쇼 왈,

"ᄌᆞ식이 무상ᄒᆞ미 그 어버이 욕 먹으미 맛당ᄒᆞ니, 엄부인 욕언을 엇지 ᄎᆡᆨ망ᄒᆞ리오. 불초ᄌᆡ(不肖子) 도라오거든 다ᄉᆞ리미 늣지 아니ᄒᆞ이다."

ᄒᆞ더라.

이윽고 학ᄉᆡ ᄇᆡᆨ부와 냥형을 뫼셔 도라와 부모긔 뵐ᄉᆡ, 쳐ᄉᆡ 학ᄉᆞᄅᆞᆯ 보고 믄득 안ᄉᆡᆨ이 ᄉᆡᆨᄉᆡᆨᄒᆞ니, 학ᄉᆡ 부친의 졸연(猝然)ᄒᆞᆫ 노ᄉᆡᆨ을 보ᄆᆡ, 스ᄉᆞ로 ᄒᆡ온 ᄇᆡ 이시니 혹 무ᄉᆞᆫ《쇼단‖ᄉᆞ단(事端)》이 잇ᄂᆞᆫ가 ○○[ᄒᆞ여], ᄒᆡ옴업시[155] 츅쳑ᄒᆞ믈 니긔지 못ᄒᆞᄂᆞᆫ지라.

상셰 쳐ᄉᆞ의 긔ᄉᆡᆨ을 보고 괴이히 너겨 문왈,

"가간(家間)의 무ᄉᆞᆫ ᄉᆞ괴 잇ᄂᆞ【73】냐? 현뎨 ᄉᆞᄉᆡᆨ이 엇지 불호ᄒᆞ뇨?"

쳐ᄉᆡ 형장의 ᄆᆞᄅᆞ시믈 보ᄆᆡ, 홀연 장탄 왈,

"고인(古人)이 다남ᄌᆞ즉다귀(多男子則多咎)[156]라 ᄒᆞ미 올ᄉᆞ오니, 쇼뎨 두 아들을 두오ᄆᆡ, 남의게 욕을 ᄎᆔᄒᆞ니 엇지 한심치 아니리잇고?"

드ᄃᆡ여 아ᄌᆞ(俄者) 슈말을 젼ᄒᆞ니, 상셰 ᄎᆞ언을 듯고 어히업셔 미쇼 왈,

"희경의 ᄒᆡᆼᄉᆞᄂᆞᆫ 온즁(穩重)ᄒᆞᆫ 군ᄌᆞ지풍(君

(결권)

---

153)무법퓌상지인(無法敗常之人) : 사람이 마땅히 지켜야 할 법과 윤리를 지키지 않는 사람. *패상(敗常): 오륜(五倫)을 무너뜨림. 여기서 상(常)은 군신•부자•부부•장유•붕우 사이에 지켜야할 인간의 도리인 오상(五常) 곧 오륜(五倫)을 말함.

154)침음냥구(沈吟良久) ; 오래도록 깊이 생각함

155)ᄒᆡ옴업시 : 하염없이. 시름에 싸여 멍하니 이렇다 할 만 한 아무 생각이 없이.

156)다남ᄌᆞ즉다귀(多男子則多咎) : 아들이 많으면 그만큼 걱정거리가 많음.

子之風)은 업거니와, ᄌᆞ고로 영웅군ᄌᆞ(英雄君子)도 미ᄉᆡᆨ(美色)은 ᄉᆞ(赦)치 못ᄒᆞᆫ 비라. 경이 바야흐로 쳥츈장년(靑春壯年)의 금마옥당(錦馬玉堂)[157]의 쥬인이 되여 미진ᄒᆞ미 업ᄉᆞᄃᆡ, 혼시 ᄎᆞ라ᄒᆞ여[158] 지금 남교(藍橋)[159]의 긔약(期約)이 업ᄉᆞ니, 【74】장셩남아(長成男兒)의 마음이 장ᄎᆞ 엇더ᄒᆞ리오. 졍히 미ᄉᆡᆨ 갈망ᄒᆞᄂᆞᆫ 마음이 간졀ᄒᆞ기의 밋쳣거놀, 졀ᄉᆡᆨ가인(絶色佳人)을 보ᄆᆡ, 임의 뜻이 기울고 졍이 ᄡᅳ인 바의, 구혼ᄒᆞ여 허락ᄒᆞ믈 엇지 못ᄒᆞᄆᆡ, 이러치 아닌즉, 뇨조가인(窈窕佳人)을 ᄭᅮᆷ갓치 구경ᄒᆞ고, 질족ᄌᆞ(疾足者)[160]의게 아이미 될진ᄃᆡ, 이ᄂᆞᆫ 텬하의 어린[161] 남ᄌᆡ라. 우형은 그른 쥴 모로니, 져집 녀ᄌᆡ 규문의 참덕(慙德) ᄭᅵ치믈 한심홀진ᄃᆡ, 타문의 가지 못하리니, 연즉 ᄉᆞ긔롤 종용이 하여 불미ᄒᆞᆫ 형젹(形跡)을 낫하니지 말고, 혼ᄉᆞ롤 일우미 올커【75】놀, 믄득 ᄉᆞ긔롤 요란이 하여 여ᄎᆞᄒᆞ니, 혜건ᄃᆡ 엄ᄐᆡᄉᆞᄂᆞᆫ 관홍장ᄌᆡ라 필경 니러치 아니리니, 필연 부인의[이] 빈계ᄉᆞ신(牝鷄司晨)[162]을 힝ᄒᆞ민가 ᄒᆞ노라. 연(然)이나 엄ᄐᆡ시 친히 현뎨(賢弟)롤 ᄃᆡᄒᆞ여, 질아(姪兒)의 무힝ᄒᆞ믈 칙ᄒᆞ면, 피ᄎᆡ ᄃᆡ졉ᄒᆞᄂᆞᆫ 도리의 질아롤 ᄉᆞ(赦)치 못ᄒᆞ려니와, 엄부인의 무힝ᄒᆞᆫ 힝시 이의 밋ᄎᆞ니, 아등이 엇지 경아롤 치ᄎᆡᆨ(治責)ᄒᆞ여 엄부인의 불미(不美)ᄒᆞᆫ 심용(心用)

157)금마옥당(錦馬玉堂) : 중국 한(漢)나라 대궐의 금마문(金馬門)과 옥당전(玉堂殿)을 함께 이르는 말로, 황제를 가까이서 받드는 요직의 벼슬아치들을 뜻한다. 옥당전은 한림원이 있었던 전각의 이름이며 금마문은 전각의 문으로, 문 앞에 동마(銅馬)가 있어 붙여진 이름이다. 조선에서는 홍문관을 옥당이라 했다.
158)ᄎᆞ라ᄒᆞ다 : 아득하다. 아득히 멀다.
159)남교(藍橋) : 중국 섬서성(陝西省) 남전현(藍田縣)에 동남쪽 남계(藍溪)에 있는 다리 이름. 거기에는 선굴(仙窟)이 있는데, 당나라 때 배항(裵航)이라는 사람이 이곳을 지나다가 선녀인 운영(雲英)을 만나서 선인들이 마시는 음료인 경장(瓊漿)을 얻어 마셨다고 한다. '남녀의 만남'을 비유적으로 이르는 말로 쓰인다.
160)질족ᄌᆞ(疾足者) : 발 빠른 자.
161)어린 : 어리석은. 어리다: 어리석다.
162)빈계ᄉᆞ신(牝鷄司晨) : 암탉이 새벽을 알리느라고 먼저 운다는 뜻으로, 부인이 남편을 젖혀놓고 집안일을 마음대로 처리함을 이르는 말.

(결권)

을 맛ᄎᆞ리오.”

쳐시 형장 말솜을 듯ᄌᆞ오ᄆᆡ, 노ᄉᆡᆨ(怒色)을 도로혀 잠쇼 왈,

“형장 말솜이 가ᄒᆞ시나 【76】무ᄒᆡᆼ(無行)ᄒᆞᆫ ᄌᆞ식을 잠간 다ᄉᆞ려 후일을 경계ᄒᆞ려 ᄒᆞ나이다.”

상셰 웃고 말니지 아냐 왈,

“경칙(輕責)ᄒᆞ여 약간 치죄(治罪)ᄒᆞ라.”

쳐시 인ᄒᆞ여 학ᄉᆞᄅᆞᆯ 슬하의 ᄭᅮᆯ니고, ᄒᆡᆼ신(行身)의 ᄑᆡ악ᄒᆞ미 무고히 ᄉᆞ문(士門) 규슈ᄅᆞᆯ 여허보고, 투셔(投書)ᄒᆞ여 ᄉᆞᄉᆞ(私事) 언약(言約)을 두고ᄌᆞ ᄒᆞ믄, 경박탕ᄌᆞ(輕薄蕩子)의 ᄒᆡᆼ실이오, 도학군ᄌᆞ(道學君子)의 문의 득죄ᄒᆞ미라. 쳐음은 용ᄉᆞᄒᆞ나 두 번 그ᄅᆞ면 용ᄉᆞ치 아니ᄒᆞ리라.“

ᄒᆞ고, 잡아 나리와 ᄉᆞ십장(四十杖)을 ᄆᆡᆼ타ᄒᆞ니, 학ᄉᆞ의 츙텬장긔(衝天壯氣)로뼈 슈십 결장(決杖)을 ᄃᆡᄉᆞ로이[163] 너기리오. 부친의 슈히 ᄉᆞᄒᆞ시【77】믈 희ᄒᆡᆼ(喜幸)ᄒᆞ니, 잠간 알픈 거ᄉᆞᆫ 아조 관겨(關係)치 아닌 드시 붓그려, 다만 머리ᄅᆞᆯ 두다려 불효ᄅᆞᆯ ᄉᆞ죄ᄒᆞ고, 즉시 의ᄃᆡ(衣帶)ᄅᆞᆯ 슈습ᄒᆞ여 승당(升堂)ᄒᆞ여 부슉을 시립(侍立)ᄒᆞ니, 완슌(婉順)ᄒᆞᆫ 풍ᄎᆡ(風采)의 쇄락(灑落)ᄒᆞᆫ 풍광(風光)이 관옥승상(冠玉丞相)[164]이오. 헌아ᄉᆞ인(軒雅舍人)[165]이라.

부슉(父叔)이 심하의 두굿기ᄂᆞᆫ 즁, 당시(當時) 장년(壯年)의 하쥬(河洲)[166]의 긔약(期約)

(결권)

---

163)ᄃᆡᄉᆞ롭다 : 대수롭다. 중요하게 여길 만하다

164)관옥승상(冠玉丞相) : 관옥(冠玉; 관을 꾸미는 옥)처럼 아름다운 풍채를 지닌 승상(丞相). 곧 중국 진(晉)나라의 미남(美男)인 반악(潘岳)을 말함. *반악(潘岳) : 247~300. 중국 서진(西晉)의 문인(文人). 자는 안인(安仁). 승상(丞相)을 지냈고 미남자의 대명사로 쓰인다.

165)헌아사인(軒雅舍人) : 풍채가 뛰어나게 아름다운 사인 벼슬아치. 곧 중국 당(唐)나라 때 시인 두목지(杜牧之)를 가리킴. *두목지(杜牧之): 803~852. 이름 두목(杜牧). 자 목지(牧之). 만당(晩唐)때의 시인. 시에 뛰어나 두보(杜甫)와 함께 ‘이두(二杜)’로 일컬어지며, 중서사인(中書舍人)에 올랐고, 중국의 대표적 미남자로 꼽힌다.

166)하쥬(河洲) : ‘모래톱’이라는 뜻으로 ‘덕이 높은 요조숙녀’를 이르는 말. 여기서는 요조숙녀와의 혼인을 뜻한다. 『시경』, 「주남(周南)」,

이 느져가믈 한ᄒᆞ더라.

학ᄉᆡ 심니(心裏)의 최부인을 한ᄒᆞ여 부ᄃᆡ 춰ᄒᆞ여 한을 플고ᄌᆞ ᄒᆞ니, 아지못게라! 엄쇼져 난혜 맛ᄎᆞᆷᄂᆡ 화싱의 비필이 되며, 마장(魔障)이 업시 금슬이 조화(調和)ᄒᆞᆫ가?

어시의 【78】화ᄒᆞᆨᄉᆡ 또 일봉 셔간을 닷가, ᄎᆞᇂ한을 쥬어 여ᄎᆞ여ᄎᆞᄒᆞ라 ᄒᆞ니, 한이 명을 바다 엄부의 니ᄅᆞ나, 감히 드러가지 못ᄒᆞ고 문 밧긔셔 방황ᄒᆞ미, 모든 복뷔(僕夫) ᄎᆞᇂ한의 얼골을 몰나, ᄐᆡᆨᄉᆞ의 명을 드럿ᄂᆞᆫ 고로 아모도 바드리 업ᄉᆞ니, 한이 종일 방황ᄒᆞ다가 무류(無聊)히 도라와, 도로 들이니라.【79】

(결권)

<관저(關雎)> 시에 “꾸우꾸우 물수리 모래톱에 있네. 정숙한 아가씨는 군자의 좋은 짝.(關關雎鳩, 在河之洲. 窈窕淑女, 君子好逑)”이라는 구절에서 유래하였다.

엄시효문쳥힝녹 권지이

화셜 츙한이 종일 방황ᄒᆞ다가 무류(無聊)히[167] 도라와 도로 드리니, 학ᄉᆡ 또 일계ᄅᆞᆯ ᄉᆡᆼ각고 유모의 ᄯᆞᆯ 잉션을 쥬어 여ᄎᆞ여ᄎᆞ(如此如此) ᄒᆞ라 ᄒᆞ니, 잉션이 나히 어리나 극히 영오ᄒᆞᆫ지라. 엄부 근쳐의 방황ᄒᆞ며 션ᄆᆡ 금녕이 나가ᄂᆞᆫ 양을 ᄌᆞ시 보고, 바로 ᄂᆡ각(內閣)의 드러가 최부인긔 뵈오니, 부인이 문왈,

"네 어ᄃᆡ셔 왓느냐?"

션이 ᄃᆡ왈,

"쇼비(小婢)ᄂᆞᆫ 녀부 ᄎᆞ환(叉鬟)이니, 한님부인 글월을 밧드러 왓ᄂᆞ이다."

부인 왈,

"녀부 비ᄌᆡ(婢子)면 젼의 보미 업더【1】냐?"

션 왈,

"쇼비 향니(鄕里)의 잇솝다가 한님 노얘(老爺) 갓 다려와 계시니, 부인이 보지 못ᄒᆞ여 계시니이다."

부인이 곳이듯고 글을 바다 봉함(封緘)을 ᄯᅥ히고ᄌᆞ ᄒᆞ거ᄂᆞᆯ, 션이 믄득 갈오ᄃᆡ,

"비ᄌᆡ(婢子) 복통이 급급ᄒᆞ니 잠간 측듕(廁中)의 단여 오리이다. 부인은 그 ᄉᆞ이 회셔(回書)ᄅᆞᆯ ᄲᅧ 주쇼셔."

ᄒᆞ고, 총총이 나아가니 부인이 젼혀 의심치 아니ᄒᆞ고 이의 봉셔ᄅᆞᆯ ᄯᅥ혀 보니 이곳 녀아의 필젹이 아니라. ᄃᆡᄀᆡ 왈,

"복(僕)이 져젹의 광졉(狂蝶)의 거ᄅᆞᆷ이 믄득 쇼져의 옥안을 구경ᄒᆞᆫ 후ᄂᆞᆫ, 죽을지언졍 나의 【2】ᄉᆞ상가인(思想佳人)을 질족ᄌᆞ(疾足者)[168]의게 아이지[169] 아니려 ᄒᆞ기로, 네 아

(결권)

167)무류(無聊)하다 : 부끄럽고 열없다.

닌 쥴 아오ᄃᆡ ᄇᆡᆨ년연분(百年緣分)이 과도ᄒᆞᆫ 고로, 쇼졀(小節)을 거리씨지 아니코 셔찰을 올녓더니, 믄득 쇼식은 듯지 못ᄒᆞ고 녕당(令堂) 존부인(尊夫人)의 ᄎᆡᆨᄒᆞ시미 너모 과도ᄒᆞ여, 한갓 쇼ᄉᆡᆼ을 ᄎᆡᆨᄒᆞ실 ᄲᅮᆫ아니라, 엄친(嚴親)긔 후욕(詬辱)[170]이 밋ᄎᆞ샤, ᄉᆡᆼ으로 ᄒᆞ여금 엄하(嚴下)의 즁ᄎᆡᆨ을 밧게 ᄒᆞ니, ᄉᆡᆼ도 인심이라, 엇지 ᄎᆞᆷ괴치 아니리오. 맛당이 다시 《념녀‖녕녀(令女)[171]》를 ᄉᆞᆺ출 거시로ᄃᆡ, ᄌᆞ고로 초ᄑᆡ왕(楚霸王)[172]의 영웅과 당현종(唐玄宗)[173]의 영신문【3】무(英神文武)[174]ᄒᆞ므로도 녀ᄉᆡᆨ(女色)은 ᄉᆞ(辭)치 못ᄒᆞ여시니 ᄉᆡᆼ이 엇지 존쇼져(尊小姐)의 화용옥질(花容玉質)[175]을 ᄉᆞᄒᆞ리오. 한번 목메기로 밥 먹기ᄅᆞᆯ 폐치 못ᄒᆞ여 두 번 번거ᄒᆞ믈 발ᄒᆞᄂᆞ니, 쇼져ᄂᆞᆫ 졀ᄒᆡᆼ(節行)을 ᄉᆞ모ᄒᆞ거든 일즉 녕당(令堂)[176]의 고집을 간ᄒᆞ여 화쵹(華燭)의 ᄌᆞ미잇ᄂᆞᆫ 못거지[177]ᄅᆞᆯ 도모ᄒᆞ라. ᄉᆡᆼ이 십칠 장년(壯年)의 오히려 ᄒᆞ쥬(河洲)의 긔약(期約)을

(결권)

168)질족ᄌᆞ(疾足者) : 발 빠른 자.

169)아이다 : 앗기다. 빼앗기다.

170)후욕(詬辱) : 꾸짖어서 욕함. ≒매욕, 후매

171)녕녀(令女) : 윗사람의 딸을 높여 이르는 말.=영애.

172)초패왕(楚霸王) : 항우(項羽). B.C.232~B.C.202. 중국 진(秦)나라 말기의 무장. 이름은 적(籍). 우는 자(字)이다. 숙부 항량(項梁)과 함께 군사를 일으켜 유방(劉邦)과 협력하여 진나라를 멸망시키고 스스로 서초(西楚)의 패왕(霸王)이 되었다. 그 후 유방과 패권을 다투다가 해하(垓下)에서 포위되어 총희(寵姬) 우미인(虞美人)과 함께 자살하였다.

173)당현종(唐玄宗) : 중국 당나라의 제6대 황제(685~762). 성은 이(李), 이름은 융기(隆基). 시호는 명황(明皇)・무황(武皇). 초년에 정사(政事)를 바로잡아 '개원의 치'라고 불리는 성당(盛唐) 시대를 이루었으나, 만년에 양 귀비를 총애하고 간신에게 정치를 맡겨 안녹산의 난을 초래하였다. 재위 기간은 712~756년이다.

174)영신문무(英神文武) : 빼어난 정신(精神)과 문식(文識)과 무략(武略).

175)화용옥질(花容玉質) : ᄭᅩᆺ처럼 아름다운 얼굴과 옥처럼 맑은 자질

176)녕당(令堂) : 남의 어머니를 높여 이르는 말.=자당.

177)못거지 : 모꼬지. 놀이나 잔치 또는 그 밖의 일로 여러 사람이 모이는 일.

정치 못ᄒᆞ여 금슬지낙(琴瑟之樂)[178]을 여지 못ᄒᆞ니, 쇼제 일즉이 도라와 실즁의 거(居)치 아닌 즉, 부뫼 반ᄃᆞ시 다른 ᄃᆡ 턱부(擇婦) ᄒᆞ시리니 ᄉᆞ셰(事勢) 여ᄎᆞ즉(如此卽)【4】 ᄉᆡᆼ은 남ᄌᆡ라. 열 곳의 춰(娶)ᄒᆞ나 관겨치 아니커니와, 쇼제 ᄉᆡᆼ을 져바리지 못ᄒᆞᆯ 디경(地境)의ᄂᆞᆫ 하위(下位)의 나ᄌᆞᆷ을 면치 못ᄒᆞ리니, 엇지 ᄉᆡᆼ각기를 그릇ᄒᆞ시ᄂᆞ뇨? 쇼제 만일 녕당(令堂)[179] 부인 존명(尊命)을 승슌(承順)ᄒᆞ여 녀ᄌᆞ의 실졀(失節)을 본바들진ᄃᆡ 쇼ᄉᆡᆼ의 거죄 이만 긋치지 아니코 별단(別段)[180] ᄉᆞ괴(事故) 이러나리니 ᄉᆡᆼ각ᄒᆞ쇼셔."

ᄒᆞ엿더라.

부인이 남파(覽罷)의 분ᄒᆞ미 텽즁(撑中)ᄒᆞ여 셔찰을 믜치고[181] ᄭᆞ지져 왈,

"음악탕뷔(淫惡蕩夫) 우리를 업슈이 너겨 이러틋 핍박ᄒᆞᄂᆞ뇨?"

ᄒᆞ고, 글월 가져온 시아(侍兒)를【5】 ᄎᆞᄌᆞ니 무종젹(無蹤迹)이라.

분ᄒᆞ고 이닯고 어히 업슨 즁 이놀은 틱ᄉᆞ와 츄밀과 쇼져가지 모다 잇ᄂᆞᆫ ᄶᅵ라. 틱시 부인을 향ᄒᆞ여,

"편협(偏狹)ᄒᆞᆫ 힝ᄉᆞ를 무단이 ᄒᆞ여 탕ᄌᆞ의 분을 도도니, 졈졈 어ᄂᆡ 디경의 밋촐 쥴 알니오. 부인은 다시 말을 말고 녀아 혼ᄉᆞ를 상관 말나."

츄밀 왈,

"이제 질아(姪兒)의 혼ᄉᆞᄂᆞᆫ 결단코 타쳐(他處)의 의혼(議婚)치 못ᄒᆞᆯ지라. ᄯᅩ다시 바려두어셔ᄂᆞᆫ 욕이 졈졈 더ᄒᆞ리니, 복원(伏願) 형장(兄丈)은 타일 질아의 신셰 평안치 못ᄒᆞᆯ 바를 ᄉᆡᆼ각ᄒᆞ샤, 녀ᄉᆡᆼ을 쳥ᄒᆞ여 구혼(求婚)ᄒᆞ시미 기리【6】 만젼지칙(萬全之策)일가 ᄒᆞᄂᆞ이다."

(결권)

178)금슬지낙(琴瑟之樂) : 거문고와 비파가가 서로 어우러져 내는 음악이라는 뜻으로, 부부간의 사랑을 이르는 말. =고슬지락(鼓瑟之樂). 종고지락(鍾鼓之樂).

179)녕당(令堂) : 남의 어머니를 높여 이르는 말. =자당(慈堂)、북당(北堂)、영모(令母).

180)별단(別段) : 보통과 다름. ≒별반(別般).

181)믜치다 : 미어뜨리다. 세게 잡아당겨 찢다. 믜다; 찢다.

엄시효문쳥힝녹 권지이

ᄐᆡᄉᆡ 졈두 왈,

"ᄎᆞ언(此言)이 시얘(是也)라."

ᄒᆞ더라.

부인이 분앙ᄒᆞ나 ᄐᆡᄉᆞ의 엄숙ᄒᆞ믈 두려 감히 말을 못ᄒᆞ고, 쇼져ᄂᆞᆫ 노홉고 븟그리나182) 규녀(閨女)의 직졀(直節)을 잡아 일언을 ᄎᆞᆷ예치 못ᄒᆞ더라.

ᄐᆡᄉᆡ 통한(痛恨)ᄒᆞ나 ᄒᆞᆯ 일 업셔 이의 녀한님을 쳥ᄒᆞ여 화가의 통혼(通婚)ᄒᆞ라 ᄒᆞ니, 녀한님이 곡졀을 아지 못ᄒᆞ고, 쳐음의 퇴혼(退婚)ᄒᆞ더니, 이제 다시 구혼(求婚)코져 ᄒᆞ믈 괴이히 너기나, 연고를 뭇지 못ᄒᆞ고 즉시 화부의 니ᄅᆞ니, 화상셔 형뎨와 한님과 직【7】ᄉᆡ 다 ᄂᆡ당의 잇고, ᄒᆞᆯ노 화ᄒᆞᆨᄉᆡ 셔헌(書軒)의 잇다가 녀한님을 마ᄌᆞ, 쇼이문왈(笑而問曰),

"요ᄉᆞ이 국ᄉᆡ(國事) 다쳡(多捷)ᄒᆞ여 오ᄅᆡ 형을 ᄎᆞᆽ지 못ᄒᆞ니, 졍히 비린지ᄆᆡᆼ(鄙吝之盲)183)을 니긔지 못ᄒᆞ더니 금일은 유하호풍이ᄂᆡ호(有何好風而來乎)184)아?"

녀한님이 쇼왈,

"아ᄒᆡ(兒孩) 방ᄌᆞᄒᆞ여 어룬을 아지 못ᄒᆞ미 어린 아ᄒᆡ를 ᄎᆞ져 보고ᄌᆞ 왓거ᄂᆞᆯ, 어룬○[을] ᄎᆞᆽ지 못ᄒᆞ믄 ᄉᆞ죄(謝罪) 아니ᄒᆞ고, 버릇업ᄂᆞᆫ 말을 ᄒᆞᄂᆞ뇨?"

학ᄉᆡ ᄃᆡ쇼 왈,

182)붓그리다 : 부끄러워하다.

183)비린지밍(鄙吝之盲) : 서로 보는 것을 인색하게 하기를 소경처럼 하였다는 뜻으로, 오랫동안 서로 보지 못한 아쉬움을 표현한 말.

184)유하호풍이닉호(有何好風而來乎) : '무슨 좋은 바람이 불어 여기를 왔느냐?'는 뜻

화셜 ᄐᆡᄉᆡ 졈두 왈,

"차언이 시야라."

ᄒᆞ고,

부인을 ᄃᆡᄒᆞ여 ᄃᆡᄎᆡᆨᄒᆞ며 여아를 경계 위로ᄒᆞ니, 부인이 분앙ᄒᆞ미 심두에 ᄆᆡᆼ얼ᄒᆞ나, ᄐᆡᄉᆞ의 엄숙ᄒᆞ믈 두려 다시 말을 못ᄒᆞ고, 쇼져 노홉고 븟글이나 규여의 간예ᄒᆞᆯ ᄇᆡ 아니라. ᄆᆡᆨᄆᆡᆨ히 부친의 명을 밧ᄌᆞ와 일언을 ᄀᆡ구치 못ᄒᆞ더라.

ᄐᆡᄉᆡ 통히ᄒᆞ나 ᄒᆞᆯ일업셔, 이에 녀한님으로 화가의 통혼ᄒᆞ니, 녀한님이 곡졀은 아디 못ᄒᆞ고 쳐음에 퇴ᄒᆞ더니,【1】다시 구혼ᄒᆞ믈 고이히 역이나 연고를 아디 못ᄒᆞ고, 즉시 마두를 도로혀 화가의 니ᄅᆞ니, 《셔현∥셔헌》의 학ᄉᆡ ᄒᆞᆯ노 잇다가 녀한님을 《마져∥마ᄌᆞ》 웃고 왈,

"요ᄉᆞ이 국ᄉᆡ 다쳡ᄒᆞ여 오ᄅᆡ 형을 ᄎᆞᆺ디 못ᄒᆞ미, 결연ᄒᆞ믈 이긔디 못ᄒᆞ더니, 금일은 화풍이 ᄎᆞᆨ신ᄒᆞ여 이르러ᄂᆞᆫ요?"

녀한님이 ᄃᆡ쇼 왈,

"아ᄒᆡ 방ᄌᆞᄒᆞ야 어룬을 찻디 아니코 ᄆᆡ양 나의 먼져 와 보기를 기다리니 엇디 븐히치 아니리요."

화학ᄉᆡ ᄃᆡ쇼 왈,

"너와 ᄂᆡ 동년(同年)이라. 엇지 어룬이라 ᄒᆞᄂᆞ뇨? 나ᄂᆞᆫ 우미(愚迷)ᄒᆞ여 모ᄅᆞ니 네 어룬벗[185] 되ᄂᆞᆫ 곡절을 니ᄅᆞ라."

녀한님 왈,【8】

"○○[됴당(朝堂)] 톄면으로 일너도 ᄂᆡ 몬져 닙신(立身)ᄒᆞ고 네 후의 등과(登科)ᄒᆞ니, ᄂᆡ 션ᄉᆡᆼ이 되고, 버거[186] ᄂᆡ 몬져 입장(入丈)ᄒᆞ여시며, 부인이 회ᄐᆡ(懷胎)ᄒᆞ여시니, 오ᄅᆡ지 아냐 사ᄅᆞᆷ의 아뷔 되니, 나ᄂᆞᆫ 어룬이라. 네 이제 엄부의 입장ᄒᆞ면 동셔지녈(同婿之列)이 되리니 이 쏘 ○[ᄂᆡ] 맛이[187] 아니냐. ᄂᆡ 삼촌셜(三寸舌)[188]을 슈고로이 놀녀 너의 월노(月老)[189]ᄅᆞᆯ 쇼임ᄒᆞ니, 네 쏘 가히 즁ᄆᆡ(仲媒)의 공의 감ᄉᆞ치 아니랴?"

화ᄉᆡᆼ이 웃고 믄득 졍ᄉᆡᆨ 왈,

"쇼뎨ᄂᆞᆫ 한낫 풍뉴ᄒᆞᆫᄉᆡ(風流寒士)라. 쇼원이 본ᄃᆡ 장[상]문규각(相門閨閣)의 교교(姣姣)ᄒᆞᆫ[190] 쇼져와 비필이 원이라. 형의 월노(月老)ᄅᆞᆯ ᄌᆞ임ᄒᆞᆫ다 공치(功致)ᄒᆞ미[191] 가【9】히 우읍지 아니랴? 쇼뎨의 쇼원이 본ᄃᆡ 탁시(卓氏)[192]라 칭ᄒᆞᆷ과 가녀(賈女)[193]의 투향(偸

185)어룬벗 : 어른뻘. 나이가 어른에 해당하는 관계에 있음을 이르는 말. -벗 : -뻘. 「접사」((사람들 사이의 관계를 나타내는 대다수 명사 뒤에 붙어)) '그런 관계'의 뜻을 더하는 접미사.

186)버거 : 둘째. 다음. 둘째로, 다음으로. 이어.

187)맛이 : 맏이. ①여러 형제자매 가운데서 제일 손위인 사람. ②나이가 남보다 많음. 또는 그런 사람.

188)삼촌셜(三寸舌) : 길이가 세 치밖에 안 되는 짧은 혀라는 뜻으로, 사람을 움직이게 하는 뛰어난 언변을 이르는 말. 중국 전국 시대에 평원군의 식객 노릇을 하던 모수(毛遂)라는 사람이 세 치밖에 안 되는 혀로 초(楚)나라의 구원병 20만을 파견하게 했다는 데서 유래한다. 출전은 ≪사기≫의 <평원군전(平原君傳)>이다.

189)월노(月老) : =월하노인(月下老人). 부부의 인연을 맺어 준다는 전설상의 늙은이. 중국 당나라의 위고(韋固)가 달밤에 어떤 노인을 만나 장래의 아내에 대한 예언을 들었다는 데서 유래한다.

190)교교(嬌嬌)ᄒᆞ다 : 재주와 지혜가 있다.

191)공치(功致)ᄒᆞ다 : 공치사(功致辭)하다. 남을 위하여 수고한 것을 생색내며 스스로 자랑하다.

192)탁시(卓氏) : 탁문군(卓文君). 한나라 때의 부호 탁왕손의 딸로 어릴 때부터 재용(才容)이

"너와 ᄂᆡ 동년이라.【2】 엇디ᄒᆞ여 어룬벗디라 ᄒᆞᄂᆞ요?"

녀ᄉᆡᆼ 왈,

"됴당 톄면으로 일너도 ᄂᆡ 먼져 입신ᄒᆞ고, 입장ᄒᆞ엿스니 너ᄂᆞᆫ 동몽이라. 네 이제 엄부에 입장ᄒᆞ면 동셔디열이 되리니, 이도 ᄂᆡ 맛디요, ᄂᆡ 쏘 삼촌셜을 놀녀 너희 월노를 쇼임ᄒᆞ니, 네 듕ᄆᆡ의 공을 감ᄉᆞ치 아니랴?"

화ᄉᆡᆼ이 답 쇼왈,

"쇼뎨ᄂᆞᆫ 본ᄃᆡ 풍뉴 탕ᄌᆞ라. 샹문규각의 교미 쇼제와 비필을 원치 아닛나니, 형의 월노를 ᄌᆞ임ᄒᆞᆯ려 ᄒᆞ는 공티ᄒᆞ미 가히 우읍디 아니랴? 쇼제의 쇼원이 일즉 탁시라 층ᄒᆞᆷ과 가녀의 투ᄒᆡᆼ을 아름【3】다이 녁이나니, 아디못게라, 형의 쳔거ᄒᆞᄂᆞᆫ 규싊 능히 쇼제의 쇼원과 갓트야?"

香)[194]ᄒᆞ믈 아롬다이 너기ᄂᆞ니, 아지못게라![195] 형의 쳔거ᄒᆞᄂᆞᆫ 규쉬(閨秀) 능히 쇼뎨의 쇼원과 갓흐냐?"

녀ᄉᆡᆼ이 청파의 그 언ᄉᆞᄅᆞᆯ 괴이 너겨 침음(沈吟) 왈,

"형이 그ᄅᆞ다. 엇지 ᄎᆞ언을 ᄒᆞᄂᆞ뇨? 셩인(聖人)이 시ᄅᆞᆯ 지어 왈, '관관져구(關關雎鳩)ᄂᆞᆫ ᄌᆡ하지쥐(在河之洲)로다. 뇨조슉녀(窈窕淑女)ᄂᆞᆫ 군ᄌᆞ호귀(君子好逑)라'[196] ᄒᆞ시니, 《공ᄌᆡ ‖ 군ᄌᆡ》 ᄇᆡ필을 구ᄒᆞ미 맛당이 여ᄎᆞᄒᆞ리니, 형언(兄言)이 여ᄎᆞ 허랑ᄒᆞ여 졸연이 상문규슈(相門閨秀)ᄅᆞᆯ 몬져 인품을 의논ᄒᆞ미 탁시(卓氏) 가녀(賈女)의 실졀(失節)ᄒᆞᆷ과 다졍ᄒᆞ믈 비【10】기니 엇지 온당타 ᄒᆞ리오. ᄌᆞ칭 풍뉴ᄒᆞᆫᄉᆡ(風流寒士)라 ᄒᆞ여 스ᄉᆞ로 젼졍(前程)을 욕ᄒᆞᄂᆞ뇨? 쇼뎨 의아ᄒᆞ노라."

화ᄉᆡᆼ이 답고져 ᄒᆞ더니, 안흐로셔 부슉(父

녀ᄉᆡᆼ이 화ᄉᆡᆼ의 말을 듯고 고이히 넉여 침음양구에 갈오ᄃᆡ,

"형이 그르다. 엇디 ᄎᆞ언을 ᄒᆞᄂᆞ요? 셩인이 시를 디어 ᄀᆞᆯ오ᄉᆞᄃᆡ, '관관져구는 ᄌᆡ하디듀로다. 요됴슉녀는 군ᄌᆞ호구로다.' ᄒᆞ여 계시니, 군ᄌᆡ ᄇᆡ필을 구ᄒᆞ미 맛당이 이러ᄒᆞᆯ디라. 형언이 엇디 허랑ᄒᆞ여 예에 온당티 아닌 말을 ᄒᆞ나요? 쇼제 불승 의아ᄒᆞ노라."

화ᄉᆡᆼ이 쏘 답고져 ᄒᆞ더니, 안흐로셔죠ᄎᆞ 화샹셔 형제 나오니, 양인이 하당녕디ᄒᆞ야【4】당의 올나 녀한님이 화공 형제를 향ᄒᆞ여 녜필좌졍ᄒᆞ고 슈됴 한훤을 파ᄒᆞ미, 드ᄃᆡ여 엄ᄐᆡᄉᆞ의 통혼ᄒᆞ믈 고ᄒᆞ니 샹셔 형뎨 희동안ᄉᆡᆨᄒᆞ야 ᄉᆞ례 왈,

---

뛰어났다. 탁문군이 과부가 되어 친정에 와 있을 때, 사마상여가 거문고를 타며 음률을 좋아하는 문군의 마음을 돋우자 탁문군은 사마상여의 거문고 소리에 반해 밤중에 집을 빠져나가 사마상여의 집에 가서 그의 아내가 되었다.

193)가녀(賈女) : 중국 서진(西晉) 때의 권신(權臣) 가충(賈充)의 딸 가오(賈午). 부친이 왕으로부터 하사받은 서역의 기이한 향(香)을 훔쳐 당대의 미남자 한수(韓壽)를 주어 유혹하여 정을 맺고, 마침내 그와 결혼까지 하였다. 이로부터 "한수투향(韓壽偸香; 한수가 향을 훔치다)"이란 고사가 생겨났고, 이 말은 '남녀가 사사로이 정을 통하는 것'을 이르는 말로 쓰이게 되었다. 『진서(晉書)』가충전(賈充傳)에 나온다.

194)투향(偸香) : 향을 훔친다는 뜻으로, 남녀 간에 사사로이 정을 통함을 비유하거나, 악한 일을 하면 자연히 드러남을 비유하여 이르는 말. 진(晉)나라 가충(賈充)의 딸이 향을 훔쳐서 미남인 한수(韓壽)에게 보내고 정을 통했다는 고사에서 유래되었다. 진서(晉書)』가충전(賈充傳)에 나온다.

195)아지못게라! : '모르겠도다!' '모를 일이로다! '알지못하겠도다!' 등의 감탄의 뜻을 갖는 독립어로 작품 속에서 관용적으로 쓰이고 있어, 이를 본래말 '아지못게라'에 감탄부호 '!'를 붙여 독립어로 옮겼다.

196)관관져구(關關雎鳩) ᄌᆡ하지쥐(在河之洲) 뇨조슉녀(窈窕淑女) 군ᄌᆞ호귀(君子好逑) : 『시경』 <관저(關雎)>장에 나오는 시구. 꾸우꾸우 물수리 /모래톱에 있네./ 정숙한 아가씨는/ 군자의 좋은 짝이네. 이 시는 군자숙녀의 사랑을 노래하고 있다.

叔)이 나오니, 냥ᄉᆡᆼ(兩生)이 하당영지(下堂迎之)ᄒᆞ 여 승당한원(升堂寒暄)의, 녀ᄉᆡᆼ이 화공 형뎨ᄅᆞᆯ 향ᄒᆞ여 엄ᄐᆡᄉᆞ의 통혼(通婚)ᄒᆞ믈 고ᄒᆞ니, 상셔 형뎨 희동안ᄉᆡᆨ(喜動顔色) ᄒᆞ여 ᄉᆞ례 왈,

"족ᄒᆡ(足下) 슈고로이 슉녀ᄅᆞᆯ 쳔거ᄒᆞ니, 후의(厚意) 다ᄉᆞ(多謝)토다. 아등이 본ᄃᆡ 엄부 규슈의 아ᄅᆞᆷ다오믈 흠션(欽羨)ᄒᆞ던 ᄇᆡ라. 엄공이 허치 아닐가 ᄒᆞᆯ지언졍, 엇지 슉녀현부(淑女賢婦)ᄅᆞᆯ ᄉᆞ양ᄒᆞ리오."

녀ᄉᆡᆼ이 흔연 칭ᄉᆞᄒᆞ고 한화(閑話)ᄒᆞ다【11】가, 화공이 쥬찬을 ᄂᆡ여 빈쥐(賓主) 통음ᄒᆞ고, 녀ᄉᆡᆼ이 화ᄉᆡᆼ의 언ᄉᆡ 이상ᄒᆞ믈 의심ᄒᆞ여 겻눈으로 ᄌᆡ삼 ᄀᆡᄉᆡᆨ을 ᄉᆞᆯ피니, 화ᄉᆡᆼ이 ᄀᆡ운이 츄상(秋霜) 갓고 위의 엄슉ᄒᆞ여 타연무려(泰然無慮)ᄒᆞ니, 녀ᄉᆡᆼ의 유의ᄒᆞᄂᆞᆫ 눈을 더옥 ᄆᆡ이 너겨 씩씩ᄒᆞ믈 더으니, 츄상하일지풍(秋霜夏日之風)197)이라 엇지 그 심쳔(深淺)을 알며, 그 마음이 엄쇼져 신상의 얼켜시믈 알니오.

녀ᄉᆡᆼ이 다만 불쾌ᄒᆞ민 쥴 알고 화공을 하직ᄒᆞ고, 엄부의 도라와 화공의 쾌허ᄒᆞ믈 니ᄅᆞ고 화ᄉᆡᆼ의 ᄀᆡᄉᆡᆨ을 니ᄅᆞ니, ᄐᆡᄉᆞ와 츄밀은 화ᄉᆡᆼ의 능활(能猾)ᄒᆞ믈 어히【12】업셔 묵연ᄒᆞ고 부인이 ᄎᆞᆷ지 못ᄒᆞ여 ᄡᆞ지져 왈,

"화가 텰뷔(鐵夫)198) 가지록 흉ᄒᆞ여 우리 잔약(孱弱)ᄒᆞ여 탕ᄌᆞ(蕩子)의 쇼원을 조ᄎᆞ니 ᄌᆞ득양양(自得洋洋)ᄒᆞ여 무상지언(無狀之言)으로 녀아 빙옥방신(氷玉芳身)을 침노ᄒᆞᄂᆞ뇨?"

197)츄상하일지풍(秋霜夏日之風) : 가을날의 찬 서리처럼 차갑고 여름날의 태양처럼 이글거리는 위엄 있는 풍채.

198)텰뷔(鐵夫) : '쇠와 같은 사내'라는 뜻으로, 염치가 없고 뻔뻔스러운 사내를 비유적으로 이른 말.

"족ᄒᆡ 슈고로이 슉녀를 쳔거ᄒᆞ니 후의 다ᄉᆞᄒᆞ도다. 아등이 본ᄃᆡ 엄부 규옥의 아ᄅᆞᆷ다오믈 흠션ᄒᆞ던 ᄇᆡ라. 엄공이 허치 아닐가 져ᄒᆞᆯ지언졍, 우리 엇디 ᄉᆞ양ᄒᆞ리요."

녀ᄉᆡᆼ이 흔연 칭ᄉᆞᄒᆞ고 한담ᄒᆞᆯᄉᆡ, 화공이 좌우로 쥬찬을 ᄂᆡ여 빈쥐 통음ᄒᆞᆯᄉᆡ, 녀ᄉᆡᆼ이 본ᄃᆡ 쥬량이 업ᄂᆞᆫ 고로 겨유 슈ᄇᆡ를 거후로고 화쳐ᄉᆞ의 낙낙ᄒᆞ믈 깃거ᄒᆞ나, 화【5】학ᄉᆞ의 언ᄉᆡ 이상ᄒᆞ믈 의심ᄒᆞ야 ᄌᆡ삼 겻눈으로 ᄀᆡᄉᆡᆨ을 ᄉᆞᆯ피ᄆᆡ, 화ᄉᆡᆼ이 ᄀᆡ운이 츄상 갓고 위의 엄슉ᄒᆞ여 과[타]연무려ᄒᆞ여 시쳥이 아조 업ᄂᆞᆫ ᄃᆞᆺᄒᆞ며, 녀ᄉᆡᆼ의 유의ᄒᆞᄂᆞᆫ 눈을 더옥 ᄆᆡ이 녁여 안ᄉᆡᆨ을 거두어 더옥 씩씩ᄒᆞ믈 더으니, 하일의 두리온 ᄀᆡ샹이 이시니, 사ᄅᆞᆷ으로 ᄒᆞ여금 능히 길희와 ᄀᆞ을 탁냥치 못ᄒᆞᆯ너라. 녀ᄉᆡᆼ이 엇디 그 깁히를 알니오. 반ᄃᆞ시 엄훈을 불쾌ᄒᆞ민가 의려ᄒᆞ니 엇디 그 ᄆᆞ음이 엄쇼제 신상의 ᄆᆡ치며 얽혀시믈 알니오. 가히 니른 바 연작이 불탁홍곡지심이라 ᄒᆞ【6】미, 이런ᄃᆡ 닐넘 즉ᄒᆞ더라.

녀한님이 화공을 하ᄃᆡᆨ고 엄부의 도라와 화공의 쾌허ᄒᆞ믈 니르고, 화ᄉᆡᆼ의 ᄀᆡᄉᆡᆨ을 젼ᄒᆞ니 ᄐᆡᄉᆞ와 츄밀은 화ᄉᆡᆼ의 능활ᄒᆞ믈 어히업셔 묵연ᄒᆞ고, 부인은 참디 못ᄒᆞ야 ᄡᆞ지져 왈,

"화ᄉᆡᆼ이 가지록 흉휼ᄒᆞ도다. 우리 잔약ᄒᆞ야 탕ᄌᆞ의 쇼원을 조ᄎᆞ니 필연 ᄌᆞ득ᄒᆞ야 무상ᄒᆞᆫ 말노 녀ᄋᆞ의 빙옥방신을 침노ᄒᆞᄂᆞ뇨?"

셜파의 노긔 표동(表動)ᄒᆞ니 녀ᄉᆡᆼ이 화ᄌᆞ의 긔식을 괴이히 너기고, 악모(岳母)의 언ᄉᆡ 여ᄎᆞ 이상ᄒᆞ니 의괴난측(疑愧難測)ᄒᆞᆫᄃᆡ, ᄐᆡ시 바야흐로 녀ᄉᆡᆼ의 의괴(疑怪)ᄒᆞᄂᆞᆫ 양을 보고, 이의 화ᄌᆞ의 두 번 투셔(投書)ᄒᆞ믈 니ᄅᆞ고, 분연 탄왈,

"노뷔 광ᄉᆡᆼ(狂生)의 욕이 규문의 두 번 밋ᄎᆞ나 능히 물니치지 못ᄒᆞ고, 광ᄌᆞ(狂者)의 긔물(奇物)을 ᄉᆞᆷ으니 ᄯᆞᆯ 둔 ᄌᆡ 구ᄎᆞ【13】치 아니랴."

녀ᄉᆡᆼ이 화ᄌᆞ의 능ᄃᆡ능쇼(能大能小)ᄒᆞ믈 크게 웃고 타일 한 번 결우고ᄌᆞ ᄒᆞ더라.

한님이 도라간 후 ᄐᆡ시 분연ᄒᆞ나 임의 허혼ᄒᆞ여시니 《타일을‖타의(他意)를》 둘 비 아니라. 길일을 ᄐᆡᆨᄒᆞ니 조물이 헌ᄉᆞᄒᆞ여[199] 최부인의 화ᄌᆞᄅᆞᆯ 절치ᄒᆞᄂᆞᆫ 원을 맛치고, 화ᄉᆡᆼ의 굴지계일(屈指計日)[200]ᄒᆞᄂᆞᆫ 마ᄋᆞᆷ을 경동(驚動)케 ᄒᆞ니 하간(夏間) 츄간(秋間)의 길일(吉日)이 업고 《즁츄‖즁동》념간(仲冬念間)[201]이라. 뉵칠삭이 가려시니 ᄐᆡ시 너모 더ᄃᆡ믈 놀나ᄃᆡ 최부인은 깃거ᄒᆞ더라.

그러나 ᄐᆡᆨ일을 화부의 보ᄒᆞ니 ᄎᆞ시 화ᄉᆡᆼ이 녀ᄉᆡᆼ을 도라보ᄂᆡ고 심하【14】의 실쇼(失笑)ᄒᆞ믈 마지아냐 그ᄋᆞᆨ이 회보ᄅᆞᆯ 기다리더니, 슈일 후 엄부의셔 길일을 보ᄒᆞ니 ᄎᆞ라ᄒᆞ여[202], 반 ᄒᆡ 남아 격(隔)ᄒᆞ여시니 화ᄉᆡᆼ이 아연(雅然) 실망 ᄒᆞ더라. 화부 상ᄒᆡ(上下) ᄯᅩᄒᆞᆫ 길긔(吉期) 여ᄎᆞ ᄎᆞ라ᄒᆞ믈 한ᄒᆞ나 ᄒᆞᆯ일 업셔 ᄒᆞ더라.

어시의 엄츄밀의 장ᄌᆞ 운의 ᄌᆞᄂᆞᆫ 슉의니, 년긔 십삼의 풍ᄎᆡ 언건(偃蹇)ᄒᆞ고 긔질이 쥰슈ᄒᆞ여 진짓 풍뉴가ᄉᆡ(風流佳士)오. 문장이 츌뉴ᄒᆞ여 두목지(杜牧之)[203] 왕희지(王羲

199)헌ᄉᆞᄒᆞ다 : 야단스럽게 굴다, 시끄럽게 떠들다. 호사스럽다. 수다 떨다.

200)굴지계일(屈指計日) : 손가락을 꼽아 가며 예정된 날을 기다림.

201)듕동념간((仲冬念間) : 음력으로 11월 20일. 또는 그 전후.

202)ᄎᆞ라ᄒᆞ다 : 아득하다. 아득히 멀다.

203)두목지(杜牧之):두목(杜牧). 만당(晩唐) 때의 시인. 자는 목지(牧之). 호는 번천(樊川). 두보(杜甫)에 대하여 소두(小杜)라 일컬음.

셜파의 노긔 표연ᄒᆞ니 녀ᄉᆡᆼ○[이] 악모의 언근을 이상이 넉여 외면의 의괴ᄒᆞᄂᆞᆫ ᄉᆞ식이 현현ᄒᆞ니, 태ᄉᆡ ᄇᆞ야흐로 이에 화ᄉᆡᆼ의 투셔ᄒᆞ믈 니르고 분연 탄왈,【7】

"노뷔 광ᄉᆡᆼ의 욕이 두 번 규문의 밋ᄎᆞᄃᆡ 능히 물니치지 못ᄒᆞ고, ᄎᆞ마 ᄌᆞ식의 인뉸을 폐[폐]티 못ᄒᆞ여 광ᄌᆞ의 긔물을 삼계 되니, 엇디 ᄯᆞᆯ 둔 ᄌᆡ 구ᄎᆞ치 아니리요."

녀ᄉᆡᆼ이 화ᄉᆡᆼ의 능ᄃᆡ능쇼ᄒᆞ믈 크게 웃고 타일 한 번 결우고져 ᄒᆞ더라.

한님이 도라간 후 ᄐᆡ시 분히ᄒᆞ나 임의 허혼ᄒᆞ여시니 타의를 둘 비 아니라. 이에 길일을 ᄐᆡᆨᄒᆞ니 조물이 헌ᄉᆞᄒᆞ야 최부인의 화ᄉᆡᆼ 절치ᄒᆞᄂᆞᆫ 원을 맛치고, 화ᄉᆡᆼ의 굴디계일ᄒᆞᄂᆞᆫ 마음을 경동ᄒᆞ게 ᄒᆞᄂᆞᆫ지라. ᄎᆞ년 듕동 념간이라. 뉵칠삭이 가려시니 ᄐᆡ【8】시 너모 더ᄃᆡ믈 놀나ᄃᆡ, 최부인은 깃거ᄒᆞ더라.

ᄐᆡᆨ일ᄒᆞ여 화부의 보ᄒᆞ니, ᄎᆞ시 화ᄉᆡᆼ이 녀ᄉᆡᆼ을 도라 보ᄂᆡ고 심하의 실쇼ᄒᆞ믈 마지아여 그ᄋᆞᆨ이 회보를 현망ᄒᆞ더니, 슈일 후 엄부의셔 길일을 보ᄒᆞ나, ᄎᆞ라ᄒᆞ여 반년이 격ᄒᆞ엿ᄂᆞᆫ디라. 화ᄉᆡᆼ이 아연ᄒᆞ{ᄒᆞ}나 ᄒᆞᆯ 일 업더라. 화부 상ᄒᆡ ᄯᅩᄒᆞᆫ ᄋᆞᄌᆞ의 길긔 더ᄃᆡ믈 한ᄒᆞ더라.

어시의 엄츄밀의 댱ᄌᆞ 운의 ᄌᆞᄂᆞᆫ 슉의니 년이 십삼의 풍ᄎᆡ 언건ᄒᆞ고 긔질이 쥰슈ᄒᆞ고[여] 화지용뉴지풍이 진짓 옥슈{미}가ᄉᆡ오, 문장이 츌뉴ᄒᆞ며 효의 츌인ᄒᆞ고 구덕이【9】 풍셩ᄒᆞ니, 부뫼 과ᄋᆡᄒᆞ더라. 난혜쇼져의[와] 동년이로ᄃᆡ 난혜소제 《일식‖일ᄉᆞᆨ》이 못ᄒᆞ니 형ᄆᆡ 되더라.

之)204)ᄅᆞᆯ 우으며, 효의(孝義) 츌인(出人)ᄒᆞ여 뉵ᄒᆡᆼ(六行)205) 찬연(燦然)의 구덕(九德)206)이 《즁ᄉᆡᆼ‖풍셩(豐盛)》ᄒᆞ니, 부뫼 과ᄋᆡᄒᆞ고, ᄐᆡᄉᆞ공의 ᄎᆞ녀 난혜쇼져와 동년【15】이나, 난혜 일삭(一朔)이 맛이라. 형ᄆᆡ 되더라.

츄밀 부뷔 아ᄌᆞ의 장셩ᄒᆞ믈 두굿기고 미부(美婦)ᄅᆞᆯ ᄐᆡᆨᄒᆞᄆᆡ 참지졍ᄉᆞ(叅知政事) 한슉의 녀ᄅᆞᆯ 취ᄒᆞ니, 한쇼제 명가슉녀(名家淑女)라. ᄌᆡ용이 슈미(秀美)ᄒᆞ여 금원(禁苑)의 츈홰(春花) 니슬을 먹음은 ᄃᆞᆺ, ᄉᆞ덕(四德)이 진션(盡善)ᄒᆞ여 당셰(當世) 가인(佳人)이라. 년ᄀᆡ 십삼의 구고(舅姑)ᄅᆞᆯ 션ᄉᆞ(善事)ᄒᆞ고 군ᄌᆞᄅᆞᆯ 승슌(承順)ᄒᆞ며 슉ᄆᆡᄅᆞᆯ 우공(友恭)ᄒᆞ고 비ᄇᆡ(婢輩)ᄅᆞᆯ 인ᄋᆡ(仁愛)ᄒᆞ니 구고의 ᄌᆞᄋᆡᄂᆞᆫ 니ᄅᆞ도 말고 ᄐᆡᄉᆞ공의 ᄋᆡ즁ᄒᆞ미 친ᄉᆡᆼ ᄌᆞ부로 다ᄅᆞᆷ이 업더라.

츄밀 부뷔 아ᄌᆞ를 위ᄒᆞ여 너비 미부를 ᄐᆡᆨᄒᆞ여, 참지졍ᄉᆞ 한슉의 녀를 취ᄒᆞ니, 한쇼제 ᄌᆡ용이 슈미ᄒᆞ여 금원츈화 셰우를 먹음○[은] ᄃᆞᆺᄒᆞ고, ᄉᆞ덕이 슉혜ᄒᆞ여 진짓 당셰 뇨됴가인이라. 년이 십삼의 ᄌᆞ못 춍명영오ᄒᆞ여 구고ᄅᆞᆯ 션ᄉᆞᄒᆞ고 군ᄌᆞᄅᆞᆯ 승슌ᄒᆞ며 슉ᄆᆡ○[를] 우공ᄒᆞ고 비ᄇᆡ를 인ᄋᆡᄒᆞ더라.

츄밀의 장녀 옥혜의 ᄌᆞᄂᆞᆫ 명난이니, 방년(芳年) 십이셰의 옥용화안(玉容花顔)【16】이 염염쇄락(艶艶灑落)207)○○[ᄒᆞ고] 슌박(淳朴)ᄒᆞ여[며], 방향(芳香)이 향ᄀᆡ롭고 셩ᄒᆡᆼ(性行)이 온슌비약(溫順卑弱)ᄒᆞ여 젼혀 모친 현슉ᄒᆞ믈 품슈(稟受)ᄒᆞ여시니, 문ᄎᆡ(文彩) 초월(超越)ᄒᆞ여 '《영걸‖영셜(詠雪)》의 《문치‖문ᄌᆡ(文才)》'208) 잇고, 침션방젹(針線紡績)과 《슈

츄밀의 장녀 옥혜쇼제의 ᄌᆞᄂᆞᆫ 명난이니 방년 십이셰의 옥용화안이 염염쇄락ᄒᆞ고 셩ᄒᆡᆼ이 온슌비【10】악[약]ᄒᆞ여 젼혀 모부인 현슉ᄒᆞ믈 품슈ᄒᆞ여시니, 문ᄎᆡ 초월ᄒᆞ여 소샤의 영셜회문지ᄌᆡ 잇고, 침션방젹과 슈침지ᄉᆞ의 모를 일이 업ᄉᆞ니, 범부인이 ᄒᆡ를 니어 년ᄉᆡᆼᄒᆞ미러라.

---

204)왕희지(王羲之) : 307~365. 중국 동진(東晋) 때 사람. 해서、행서、초서의 3체를 예술적 완성의 영역까지 끌어올려 서성(書聖)으로 일컬어지는 중국 최고의 서예가. 자는 일소(逸少). 우군장군(右軍將軍)의 벼슬을 하였으므로 왕우군(王右軍)으로 불리기도 한다.

205)뉵ᄒᆡᆼ(六行) : 여섯 가지의 덕행(德行). 효도, 형제우애, 친족화목, 외척친목, 친구 간의 믿음, 구휼을 이른다.

206)구덕(九德) ; 아홉 가지의 덕. 충(忠), 신(信), 경(敬), 강(剛), 유(柔), 화(和), 고(固), 정(貞), 순(順)을 이른다.

207)염염쇄락(艶艶灑落) : 아름답고 상쾌함.

208)영셜(詠雪)의 문ᄌᆡ(文才) : 영설회문지재(詠雪回文之才)를 이르는 말. *영설회문지재(詠雪回文之才) : '여러 사람이 눈을 읊어 돌아가면서 쓴 글의 신묘한 재주'라는 말. 진(晉)나라의 왕응지(王凝之)의 아내 사도온(謝道韞)이 어려서 눈을 버들가지에 비유해 즉흥으로 묘구(妙句)를 지어낸 고사에서 유래한 말로, 사도온의 숙부 사안(謝安)이 집안의 여러 아이들을 모아 놓고 문장을 강론하면서, "지 분분히 날리는

치지사∥슈침지사(繡針之事)[209])》의 모ᄅᆞᆯ 일이 업ᄉᆞ니, 부뫼 과ᄋᆡᆨᄒᆞ미 위쥬초벽(魏珠楚璧)[210]) 갓더라. 공ᄌᆞ 운의 일년 아ᄅᆡ니 ᄆᆡ뎨 되엿더라. 범부인이 ᄒᆡᄅᆞᆯ 년(連)ᄒᆞ여 년ᄉᆡᆼ(連生)ᄒᆞ미러라.

츄밀이 아ᄌᆞᄅᆞᆯ 셩인ᄒᆞ고 버거 녀ᄋᆡ 쟝셩ᄒᆞ미 넙이 옥인가ᄉᆞ(玉人佳士)ᄅᆞᆯ 유의ᄒᆞ더니. 시의 병부상셔 ᄃᆡᄉᆞ마(兵部尙書 大司馬) 조현○[셩]이[은] ᄀᆡ국공신(開國功臣) 무혜왕(武惠王) 조빈(曺彬)[211])의 숀이라. 풍신ᄌᆡ홰(風神才華) 쇄락ᄒᆞ【17】여 일셰군ᄌᆡ(一世君子)라. 일즉 쇼년 닙조(入朝)ᄒᆞ여 상춍(上寵)이 늉셩ᄒᆞ고 일셰(一世) 츄앙(推仰)ᄒᆞ더라.

츄밀이 아ᄌᆞ를 셩인ᄒᆞ고 버거 녀ᄋᆞ 장셩ᄒᆞ미 너비 옥인가셔를 유의ᄒᆞ더니, 시의 병부상셔 ᄃᆡᄉᆞ마 조현셩은 ᄀᆡ국공신 무혜왕 조빈의 손ᄌᆞ라.

눈이 무엇을 닮았느냐?"고 묻자, 사도온이 ""버드나무 꽃이 바람에 흩날리는 것 같습니다"라고 답하자, 사안이 그 묘재를 탄복했다는 것이다. 이후 이 말, 곧 '영설지재(詠雪之才)'는 '여자의 뛰어난 글재주'를 이르는 말로 쓰이고 있다. 『진서(晉書)』 <왕응지처 사씨전 (王凝之妻 謝氏傳)에 전한다.

209)슈침지ᄉᆞ(繡針之事) : 수(繡) 놓는 일. 여러 가지 색실을 바늘에 꿰어 피륙에 그림, 글씨, 무늬 따위를 떠서 놓는 일.

210)위쥬초벽(魏珠楚璧) : 위(魏)나라 혜왕(惠王)의 십이주(十二珠)와 초(楚)나라 변화씨(卞和氏)의 화벽(和璧)을 함께 이르는 말. *위쥐(魏珠) : 위(魏)나라 혜왕(惠王)의 십이주(十二珠)을 말함. 곧 위(魏)나라 혜왕(惠王)이 조(趙)나라 위왕(威王)에게 자랑하였다고 하는 위나라의 보배. 지름이 1촌(寸) 쯤 되는 구슬로, 수레 12대를 비출 수 있다고 하여 '십이주(十二珠)'라는 이름으로도 불린다. 사기(史記)』卷四十六, '田敬仲完世家' 第十六에 나온다. *초벽(楚璧) : =화벽(和璧). 명옥(名玉)의 일종. 전국시대 초(楚)나라 변화씨(卞和氏)의 옥(玉)으로, '완벽(完璧)', '화씨지벽(和氏之璧)' 등으로 불리기도 한다. 그 후 이 '화벽'은 조(趙)나라 혜문왕(惠文王)의 손에 들어갔으나, 이를 탐내는 진(秦)나라 소양왕(昭襄王)이 진나라 15개의 성(城)과 이 옥을 교환하자고 한 까닭에 '연성지벽(連城之壁)'이라는 이름이 붙기도 하였다.)

211)조빈(曺彬) : 후주(後周)、송초(宋初)의 무장(武將)、정치가. 송나라 때 태사(太師)를 지냈고 노국공(魯國公)에 봉해졌다. 시호(諡號)는 무혜(武惠), 제양군왕(濟陽郡王)에 추봉(追封) 되었다.

ᄉᆞ즁(舍中)의 부인 셩시를 두어 냥ᄌᆞ를 두니, 장ᄌᆞ 희영의 ᄌᆞᄂᆞᆫ ᄇᆡᆨ난이니, ᄉᆡᆼ셰(生世)ᄒᆞᄆᆡ 옥면여풍(玉面餘風)이 광박(廣博)ᄒᆞ고 효위(孝友) 츌텬(出天)ᄒᆞ더라. 방년(芳年) 십ᄉᆞ(十四)의 톄형이 졍슉ᄒᆞ여 칠쳑장신(七尺長身)이ᄃᆡ, 장부의 톄위(體威) 아즁(雅重)ᄒᆞ니, 조상셰 아ᄌᆞ의 장셩ᄒᆞ믈 두굿겨 동셔로 미부(美婦)를 ᄐᆡᆨᄒᆞ더니, 엄쇼져의 향명(香名)을 드ᄅᆞᄆᆡ 즁ᄆᆡ를 보ᄂᆡ여 구혼ᄒᆞ니, 츄밀이 공ᄌᆞ의 옥인군ᄌᆞ(玉人君子)믈 ᄂᆡᆨ이 아ᄂᆞᆫ 고로 쾌허(快許)· ᄐᆡᆨ일ᄒᆞ니, 난혜 쇼져의【18】 길일(吉日)과 한날이라.

냥ᄀᆡ(兩家) 환희ᄒᆞ여 ○○○○○○○[혼슈를 셩비(盛備)ᄒᆞ니], 범ᄉᆞ의 장녀(壯麗)ᄒᆞ미 비길ᄃᆡ 업더라. 난혜쇼져ᄂᆞᆫ 깁히 슈괴ᄒᆞᆫ 가온ᄃᆡ나 일단 빙쳥옥결지심(氷淸玉潔之心)[212]은 견고ᄒᆞ여 《승회‖송희(宋姬)[213]》의 고집과 공강(共姜)[214]의 졀(節)을 아ᄂᆞᆫ지라. 화ᄉᆡᆼ의 방탕ᄒᆞ믈 통한ᄒᆞ여 마옴의 치부(置簿)ᄒᆞ여 미안(未安)ᄒᆞ더라.

일월이 훌훌ᄒᆞ여 길일(吉日)이 님ᄒᆞ니 최부인의 증념(憎念)ᄒᆞ미 극ᄒᆞ나 엇지ᄒᆞ리오. ᄐᆡᄉᆞ와 츄밀이 냥쇼져의 길일이 한날이믈 흔힝(欣幸)ᄒᆞ여 상부 부귀를 기우려 연셕을 ᄀᆡ

ᄉᆞ즁의 부인 셩시를 취ᄒᆞ여 다만 냥ᄌᆞ를 두엇더니, 댱ᄌᆞ 희영의 ᄌᆞᄂᆞᆫ ᄇᆡᆨ난이니 옥모영풍이 비상츌뉴ᄒᆞ고 학문이 광박ᄒᆞ며 효위츌텬ᄒᆞ야, 방년 십ᄉᆞ의 톄형【11】이 졍슉ᄒᆞ니, 조상셔 동셔로 미부를 ᄐᆡᆨᄒᆞ더니, 그 죵슈 엄부인으로 말ᄆᆡ암아 엄소제의 자미운치 요됴ᄒᆞ믈 듯고, 즁ᄆᆡ를 보ᄂᆡ여 구혼ᄒᆞ니, 츄밀이 ᄯᅩ한 조공ᄌᆞ의 옥인군ᄌᆡ믈 ᄂᆡᆨ이 알고 쾌허·ᄐᆡᆨ일ᄒᆞ니, 공교히 난혜쇼져의 길일과 ᄒᆞᆫ날이라.

냥ᄀᆡ 환희ᄒᆞ야 혼슈를 셩비ᄒᆞ니, 잇ᄯᆡ 난혜쇼져ᄂᆞᆫ 깁히 슈괴ᄒᆞᄂᆞᆫ 가온ᄃᆡ 화ᄉᆡ[ᄉᆡᆼ]의 방탕위ᄑᆡᄒᆞ믈 치부ᄒᆞ미 잇더라.

이쉬 훌훌ᄒᆞ여 오동일엽이 가기를 ᄲᆞᆯ니ᄒᆞ여 구츄가긔 임박ᄒᆞ니, 최부【12】인이 증념ᄒᆞ나 엇디ᄒᆞ리오. 태ᄉᆞ와 츄밀이 냥소져의 길일이 한날이믈 흔힝ᄒᆞ여 연셕을 크게 ᄀᆡ장ᄒᆞ고 제빈을 쳥ᄒᆞ니, 광실이 좁더라.

---

212)빙청옥결지심(氷淸玉潔之心) : '얼음처럼 맑고 옥처럼 깨끗한 마음'이라는 뜻으로, 인품이 고결(高潔)함을 비유적으로 이르는 말.

213)송희(宋姬) : '송공백희(宋恭伯姬)'의 줄임말로, 중국 춘추시대 송나라 공공(恭公)의 아내 백희(伯姬)를 이르는 말. *백희 : 중국 춘추시대 노(魯)나라 선공(宣公)의 딸. 송나라 공공에게 시집갔다가 10년 만에 홀로 됐다. 궁궐에 불이 났을 때 관리가 피하라고 했으나 부인은 한밤에 보모 없이 집을 나설 수 없다고 고집해서 결국 불속에서 타 죽었다. 『열녀전(烈女傳)』<정순전(貞順傳)> '송공백희(宋恭伯姬)' 조(條)에 기사가 보인다.

214)공강(共姜) : 위(衛)나라 희후(僖侯)의 아들 공백(共伯)과 결혼하였는데 남편이 뜻하지 않게 요절하자, 공강의 친정어머니는 젊어서 청상과부가 된 딸의 앞날이 걱정되어 딸에게 여러 번 개가(改嫁)를 종용하였다. 그러나 공강은 그 때마다 어머니의 종용을 거부하고 '백주(柏舟)'라는 시를 지어 끝까지 절의를 지켰다. 그녀의 기사는 『소학』<명륜(明倫)>편에, 시 '백주(柏舟)'는 『시경』<용풍(鄘風>편에 나온다.

장ᄒᆞ니 금반옥긔(金盤玉器)와 팔진경찬(八珍瓊饌)[215]이 뫼갓고 '신풍(新豊)의【19】 조흔 슐'[216]은 와쥰(瓦樽)[217]의 넘쳐시니 산진히미(山珍海味)[218]의 가음열미 측냥업더라.

씨의 제빈(諸賓)이 취회(聚會)ᄒᆞ니 광실이 좁고 금병(金屛)이 겹겹ᄒᆞ여 광ᄉᆞ(廣舍)의 금슈포진(錦繡鋪陳)을 졍○[히] ᄒᆞ여시니 엄시 일문 종족이 거의 슈빅여인이러라.

최부인 침뎐 경일누의 난혜쇼져의 젼안(奠雁)[219]을 비셜(排設)ᄒᆞ고 범부인 침쇼 영일누의 옥혜쇼져의 젼안을 비셜ᄒᆞ엿더라.

이날 화부의셔 딕연을 진셜(陳設)ᄒᆞ니 화ᄌᆞ의 만심환열ᄒᆞ미 일구난셜(一口難說)이러라. 슈려ᄒᆞᆫ 미우(眉宇)의 희식이 영농ᄒᆞ여 화긔 우힐[220] 듯ᄒᆞ니 냥형이 희롱【20】ᄒᆞ여 웃더라.

이날 화부의셔 딕연을 진셜ᄒᆞ고 신낭을 보닉여 신부를 마즐ᄉᆡ,

---

215)팔진경찬(八珍瓊饌) : 여덟 가지 진귀한 음식[八珍]과 신선들이 먹는다고 하는 고운 빛깔과 향을 갖춘 반찬들[瓊饌]이라는 뜻으로 아주 잘 차린 음식을 이른다.

216)신풍(新豊)의 조흔 슐 : =신풍주(新豊酒). 신풍은 한(漢)나라 고을 이름으로, 예로부터 이곳에서 나는 술이 맛이 좋아 시에 자주 등장한다. 왕유(王維)의 〈소년행(少年行)〉에 "신풍의 맛 좋은 술은 한 말에 만전(萬錢)이나 하는데, 함양의 유협들은 대부분이 소년이로세.(新豊美酒斗十千, 咸陽游俠多少年.)"라고 한 구절이 유명하다. *신풍(新豊): 한 고조(漢高祖) 유방(劉邦)이 천하를 통일한 뒤에 부친을 모셔와 태상황(太上皇)으로 모시며 장안(長安)의 황궁(皇宮)에서 살게 하였으나 부친이 고향 풍읍(豊邑)을 잊지 못해하자, 고조가 장안부근에 고향 풍읍과 똑같은 마을을 지어 고향 사람들과 기르던 닭과 개까지도 함께 옮겨 와 살게 하니, 이에 태상황이 날마다 친구들과 술을 마시며 즐겁게 노닐었는데, 태상황이 죽은 후 후인(後人)들이 이곳을 신풍(新豊)이라 하였다고 한다.『史記 卷8 高祖本紀』에 나온다.

217)와쥰(瓦樽) : 진흙으로 빚어 만든 술 그릇.

218)산진히미(山珍海味) : =산해진미(山海珍味). 산과 바다에서 나는 온갖 진귀한 물건으로 차린, 맛이 좋은 음식.

219)젼안(奠雁) : =전안청(奠雁廳). 민속』 혼례 때, 전안례를 치르기 위하여 차려 놓은 자리. 대개 마당에 차일을 치고 병풍을 둘러놓고, 큰 상 위에 솔·대·과일·음식 따위를 차려 놓아 꾸민다.

220)우희다 : 움키다. 손가락을 우그리어 물건 따위를 놓치지 않도록 힘 있게 잡다.

일ᄉᆡᆨ이 반오의 화학ᄉᆡ 옥모영풍(玉貌英風)[221]의 길복(吉服)을 졍히ᄒᆞ고 금안ᄇᆡᆨ마(錦鞍白馬)[222]의 하리(下吏) 츄종(追從)이 ᄃᆡ로를 덥허 엄부로 향ᄒᆞᆯᄉᆡ, 고악(鼓樂)이 훤텬(喧天)ᄒᆞ여 위의(威儀) 부셩(富盛)ᄒᆞ니 도로 관광ᄌᆡ(觀光者) 신낭의 영풍쥰골(英風俊骨)을 칭찬치 아니리 업더라.

화ᄉᆡᆼ이 엄부의 니ᄅᆞ러 옥상(玉床)의 홍안(鴻雁)을 젼ᄒᆞ고 텬디긔 참ᄇᆡᄒᆞᆯᄉᆡ, 최부인이 이날 녀아를 셩혼ᄒᆞᄂᆞᆫ ᄀᆡᆺ부문 닛고, 화ᄉᆡᆼ을 노ᄒᆞ미 깁흐니, 길일의 보고져 ᄒᆞᄂᆞᆫ 의ᄉᆡ 망연(茫然)ᄒᆞ여, 다만 빈ᄀᆡᆨ을 졉ᄃᆡᄒᆞ여 신낭의 젼안시(奠雁時)의도 볼 의ᄉᆡ 업더니, 제인【21】이 다 여어보며 칭찬 왈,

"실로 젹강(謫降) 니ᄇᆡᆨ(李白)이로다. 과연 두목지(杜牧之) ᄀᆡᆼᄉᆡᆼ(更生)ᄒᆞ도다."

ᄒᆞ거ᄂᆞᆯ, 부인이 혜오ᄃᆡ,

"원간 탕ᄌᆞ의 얼골이 엇더ᄒᆞ관ᄃᆡ 사ᄅᆞᆷ마다 기리ᄂᆞᆫ고?"

ᄒᆞ고, 니러나 발 ᄉᆞ이로 신낭의 젼안ᄒᆞᄂᆞᆫ 양을 보니, 과연 화ᄉᆡᆼ이 옥면영풍의 오ᄉᆞ(烏紗)[223]를 졍히ᄒᆞ여, 봉익(鳳翼)[224]의 길의(吉衣)를 졍히ᄒᆞ고, 거ᄅᆞᆷ마다 ᄎᆡ가(彩軻)를 맛초와 방쵹 사이의 홍안(鴻雁)을 젼ᄒᆞ고 칠쳑신요(七尺身腰)를 은은이 읍ᄒᆞ여 진퇴(進退) 슉슉(肅肅)ᄒᆞ미 ᄒᆡᆼ동의 완흡ᄒᆞ미 진짓 보암즉ᄒᆞ고, 빗난 용홰(容華) 찬난ᄒᆞ여 먼니셔 나올 젹은 츄월(秋月)이 벽누(碧樓)의 걸【22】닌 듯ᄒᆞ고, 갓가이 나아오ᄆᆡ 창뇽(蒼龍)이 벽ᄒᆡ(碧海)의 잠겨 조화를 동ᄒᆞᄂᆞᆫ 듯, ᄇᆡᆨᄃᆡ원ᄉᆔ(百代怨讎)라도 ᄉᆞ랑ᄒᆞᆯ ᄇᆡ니, 부인이 미지일견(未知一見)의 ᄉᆡᆼ각ᄒᆞᄃᆡ,

"과연 듯던 바의 지나도다. 이 진짓 인면슈심(人面獸心)이라 ᄒᆞ미 이를 니ᄅᆞ미로다."

일ᄉᆡᆨ이 반오의 화학ᄉᆡ 길복을 졍졔ᄒᆞ고 금안ᄇᆡᆨ마의 하리 츄종을 거ᄂᆞ려 엄부의 니ᄅᆞ러 옥상의 뎐안ᄒᆞ고 텬디긔 참ᄇᆡᄒᆞᆯᄉᆡ, 최부인○[이] 혜오ᄃᆡ, '원간 탕ᄌᆞ의 얼골이 엇더ᄒᆞ[ᄒᆞᆫ]고 ᄒᆞᆫ번 ᄉᆞᆯ피리라.' ᄒᆞ고, 발 ᄉᆞ이로 신낭의 젼안ᄒᆞ믈 보니, 옥면의 오ᄉᆞ를 졍히ᄒᆞ고 봉익의 길복을【13】갓츄여 냥쵹 ᄉᆞ이의 홍안을 젼ᄒᆞ고 칠쳑 신위를 은은이 움ᄌᆞᆨ여 진퇴 슉슉ᄒᆞᄆᆡ ᄒᆡᆼ동이 완듕 슉연ᄒᆞ고 늠늠ᄒᆞᆫ 풍ᄎᆡ를 ᄃᆡᄒᆞᄆᆡ ᄇᆡᆨᄃᆡ 원슈라도 아ᄅᆞᆷ답고 ᄉᆞ랑ᄒᆞᆯ ᄇᆡ라.

부인이 미지일견의 경아ᄒᆞ야 스ᄉᆞ로 ᄉᆡᆼ각ᄒᆞ되,

"과연 듯던 바의 헛되지 아니니 텬ᄌᆞ의 후ᄇᆡᆨ이라 지으미 과연 그르지 안니토다."

---

221)옥모영풍(玉貌英風) : 옥과 같이 아름다운 용모와 영웅스러운 풍채.

222)금안ᄇᆡᆨ마(金鞍白馬) : 금으로 꾸민 안장(鞍裝)을 두른 흰말.

223)오ᄉᆞ(烏紗) : 오사모(烏紗帽). 고려 말기에서 조선 시대에 걸쳐 벼슬아치들이 관복을 입을 때에 쓰던 모자. 검은 사(紗)로 만들었는데 지금은 흔히 전통 혼례식에서 신랑이 쓴다.

224)봉익(鳳翼) : 봉의 날개처럼 날렵한 어깨.

ᄇᆡ척ᄒᆞ던 심시 쇼삭(蕭索)ᄒᆞ여 깃분듯 아롬다온듯 지향치 못ᄒᆞᆯ ᄎᆞ 신낭이 발셔 젼안을 파ᄒᆞ고 신부의 상교(上轎)를 기【23】다리더라.

ᄎᆞ시 조부 신낭이 또 니ᄅᆞ러 영일누의셔 젼안ᄒᆞ니 조싱의 ○○[화지]용뉴지풍(花之容柳之風)225)이 또ᄒᆞᆫ 일쌍가위(一雙佳偶)라.

젼안지녜(奠雁之禮)226)를 맛고 각각 신부의 상교(上轎)를 기다리더라.

텨시 화싱의 풍신지홰(風神才華) 금일 더옥 긔이ᄒᆞ믈 보미 미온(未穩)ᄒᆞ미 츈셜(春雪) 스듯ᄒᆞ고227), 더옥 츄밀의 마음을 니ᄅᆞ리오. 조싱의 숀을 잡고 쾌셰(快婿)라 일ᄏᆞᄅᆞ니 제긱이 분분(紛紛) 치하ᄒᆞ더라.

두 신낭이 좌의 나아가니 조싱은 년긔 최소(最小)ᄒᆞ니 니ᄅᆞᆫ바 미여관옥(美如冠玉)228)이오 화싱은 담쇠(談笑) 풍늉(豊隆)ᄒᆞ고 언논(言論)이 당당ᄒᆞ여 식견의 훤츌홈229)과 쇼견(所見)의 고명(高明)ᄒᆞ미 쳔츄(千秋) 영웅(英雄)이오, 당시(當時) 인걸(人傑)이라.

좌즁이 블승경복(不勝敬服)ᄒᆞ고 셜 복얘(僕射)230) 믄득 웃고 화、조 냥싱을 ᄃᆡᄒᆞ여 왈,

“오ᄂᆞᆯ{이} 냥질이 하ᄉᆞ고(何事故)로231) 단장을 더ᄃᆡᄒᆞ【24】여 신낭이 괴로이 기다리게 ᄒᆞᄂᆞ뇨? 군등은 ᄌᆡ시(才士)라. 화군은 닙신등과(立身登科)ᄒᆞ여시니 문장이 잇ᄂᆞᆫ 쥴 알 거

처엄 ᄇᆡ척ᄒᆞ든 마음이 져기 소삭ᄒᆞ여 깃븐 ᄃᆞᆺ 아름다온 ᄃᆞᆺ 능히 지향치 못ᄒᆞ더니, 신낭이 발셔 젼안을 다ᄒᆞ고 신부의 상교ᄅᆞᆯ 기ᄃᆞ리ᄂᆞᆫ지라.

이 ᄯᅢ 조부 신낭이 또ᄒᆞᆫ 이르러 영일누【14】의셔 젼안ᄒᆞ니 조싱의 화지용뉴지풍이 또ᄒᆞᆫ 하안 반악이 ᄌᆡ셰홈 갓더라.

두 신낭이 젼안지녜를 맛고 각각 신부의 상교를 기ᄃᆞ리ᄂᆞᆫ지라.

엄텨시 화싱의 풍신지모를 보미 미온지심이 츈셜갓치 스려져 화기 츈풍 갓트여 츄밀이 조싱의 손을 잡고 등을 어르만져 쾌셔라 일카르니, 좌긱이 모다 티하ᄒᆞ더라.

두 신낭이 좌의 나아가미 조싱은 년긔 최쇼ᄒᆞ미, 니ᄅᆞᆫ바 미여관옥이라. 단엄정묵ᄒᆞ여 은은이 셩ᄌᆞ긔믹이 완젼ᄒᆞ고 화싱은 담쇠 풍늉ᄒᆞ고 언논이 당당ᄒᆞ여 쳔【15】츄 인걸이라.

좌즁의 셜 복얘 믄득 웃고 화·조 냥싱을 ᄃᆡᄒᆞ여 왈,

“오ᄂᆞᆯ날 냥질이 하ᄉᆞ고로 단장ᄒᆞ기를 더ᄃᆡᄒᆞ니 군등은 ᄌᆡ시라. 최장시를 지어 신부의 단장을 ᄌᆡ촉ᄒᆞ라.”

225)화지용뉴지풍(花之容柳之風) : ‘꽃 같은 얼굴’과 ‘버들 같은 풍채’라는 뜻으로 아름다운 얼굴과 날씬한 몸매를 가리킴.

226)전안지례(奠雁之禮) : 혼례 때, 신랑이 기러기를 가지고 신부 집에 가서 상 위에 놓고 절하는 예(禮). 산 기러기를 쓰기도 하나, 대개 나무로 만든 것을 쓴다

227)스듯ᄒᆞ다 : 녹듯하다. 녹는듯하다. ‘스+듯ᄒᆞ다’의 꼴로, 동사 ‘스다’에 보조형용사 ‘-듯ᄒᆞ다’가 결합된 말이다. *스다: 녹나. 스러지다.

228)미여관옥(美如冠玉) : 아름답기가 관옥과 같음. *관옥 : 관(冠)을 꾸미는 옥(玉).

229)훤츌ᄒᆞ다 : 훤칠하다. ①길고 미끈하다. ②막힘없이 깨끗하고 시원스럽다.

230)복얘(僕射) : 복야(僕射)+주격조사‘ㅣ’. 복야(僕射) : ①『역사』고려 시대에, 상서성에 속한 정이품 벼슬. 좌우 두 사람이 있었으며, 조선 시대의 의정부 참찬에 해당한다. ②『역사』중국 당나라、송나라 때의 관직.

231)하ᄉᆞ고(何事故) : 무슨 까닭

니와, 조군은 년쇼ᄒᆞ나 조시 셰ᄃᆡ여풍(世代餘風)[232]이라. 흉즁(胸中)의 만권셔(萬卷書)를 픔엇실 거시니 맛당이 그ᄃᆡ 냥인이 오늘날 쥬옥(珠玉)갓ᄒᆞᆫ 문장을 시험ᄒᆞ여 최장시(催粧詩)[233]를 지어 신부의 단장을 ᄌᆡ촉ᄒᆞ라."

화학ᄉᆡ ᄃᆡ왈,

"쇼ᄉᆡᆼ 등은 평ᄉᆡᆼ의 풍뉴협골(風流俠骨)이라. 가인(佳人)의 다졍ᄒᆞᆷ과 ᄌᆡᄉᆞ(才士)의 화려ᄒᆞ믈 조히 너기옵ᄂᆞ니, ᄃᆡ인(大人)이 명치 아니셔도 이 말ᄉᆞᆷ이 쇼원이로ᄃᆡ, 다만 시부(詩賦)를 지으라 ᄒᆞ신 즉,【25】 몬져 ᄃᆡ뒤(對頭)[234] 잇셔야 문인의 흥이 니러나옵ᄂᆞ니, 녕질쇼제(令姪小姐) 믄득 합증시(合巹詩)[235]를 지으렷노라 ᄒᆞ면 쇼ᄉᆡᆼ이 가히 최장시를 지으리이다. 그러치 아닌즉 엇지 무류치 아니리잇고?"

셜공이 미급답(未及答)의 녀한님이 젼일 화ᄌᆞ○[의] 궤휼지ᄉᆞ(詭譎之事)를 뮈이 너겨, 쇼왈,

"문싊 스ᄉᆞ로 ᄌᆡᄌᆞ(才子)를 칭ᄒᆞ믄 올커니와 사ᄅᆞᆷ마다 그런가 너기ᄂᆞ냐? 날노뼈 보니 엄쇼져ᄂᆞᆫ 금고슉녜(今古淑女)라. 엇지 합증시의 다졍ᄒᆞ미 이시리오. 진실노 문싊 복이 놉하 엄쇼져 갓ᄒᆞᆫ 현필(賢匹)을 ᄇᆡ(配)ᄒᆞ미라. 네 맛당이 놉흔 스ᄉᆡᆼ으로 ᄃᆡ졉ᄒᆞ【26】고, 나의 즁ᄆᆡᄒᆞᆫ 공을 닛지 말나."

학ᄉᆡ 미쇼 왈,

"ᄐᆡ원은 텬하 졸ᄉᆡ(卒士)라. 위징(魏徵)[236]

232)셰ᄃᆡ여풍(世代餘風) : 대대로 이어 내려온 풍치(風致).

233)최장시(催裝詩) : 신랑이 친영(親迎)을 위해 신부에게 단장을 빨리 하고 나올 것을 재촉하는 시. 옛 혼인례에서 신부 집에서 신랑의 시재(詩才)를 시험하고 하객들을 웃기기 위해 신랑에게 시키던 장난거리의 하나.

234)ᄃᆡ뒤(對頭) : 대두. 적이나 어떤 세력, 힘 따위와 맞서 겨룸. 또는 그 상대.=대적.

235)합증시(合巹詩) : 전통 혼례의 교배례(交拜禮)에서 신부가 신랑이 건네는 술잔을 받아 마시기 전에 좌중을 웃기기 위해 장난으로 짓게 하던 시.

236)위징(魏徵) : 580-643. 중국 당나라 초기의 공신ㆍ학자. 자는 현성(玄成). 현무문의 변(變) 이후, 태종을 섬겨 간의대부 등의 요직을 역임

화학ᄉᆡ ᄃᆡ왈,

"쇼ᄉᆡᆼ은 평ᄉᆡᆼ의 풍뉴협글[골]이라. 가인의 다졍ᄒᆞᆷ과 ᄌᆡᄉᆞ의 화려ᄒᆞ믈 조히 넉이ᄂᆞ니, ᄃᆡ인이 명치 아니셔도, 이 말ᄉᆞᆷ은 고쇼원얘로ᄃᆡ, 다만 시부를 지으라 ᄒᆞ신즉, 몬져 ᄃᆡ귀 잇셔야 문인의 흥이 니러나옵ᄂᆞ니, 녕질쇼졔 몬져 합증시를 지으렷노라 ᄒᆞ면, 쇼ᄉᆡᆼ이 가히 최장시를 지【16】으리이다."

셜공이 밋쳐 답디 못ᄒᆞ여셔 녀한님이 젼일 《졔휼‖궤휼》ᄒᆞᆫ ᄒᆡᆼᄉᆞ를 무[뮈]이 넉여, 믄득 웃고 왈,

"문싊 스ᄉᆞ로 ᄌᆡ죠를 칭ᄒᆞ믄 올커니와, ᄉᆞᄅᆞᆷ마다 그런가 넉이ᄂᆞ냐? 날노써 보건ᄃᆡ, 령질 엄소져ᄂᆞᆫ 금고의 희한ᄒᆞ나 슉녀라. 엇디 합증시의 다졍ᄒᆞ미 잇스리오. 진실노 문싊 복이 놉하 엄쇼져 갓튼 현필을 ᄇᆡᄒᆞ미라. 네 맛당이 놉흔 스승으로 ᄃᆡ졉ᄒᆞ고, 나의 듕ᄆᆡᄒᆞᆫ 공을 잇디 말나."

학ᄉᆡ 미쇼 왈,

"ᄐᆡ원은 텬하 쥴ᄉᆡ라. 녕실 부인긔 과혹ᄒᆞ여 그 쳐족인즉 다 긔특ᄒᆞᆫ 줄노 알거【17】니와, 쇼뎨ᄂᆞᆫ 일즉 교만ᄒᆞᆫ 사ᄅᆞᆷ은 용납디 아닛ᄂᆞᆺᄂᆞ니, 또ᄒᆞᆫ 쇼원이 상활 ᄈᆡᆨᄈᆡᆨᄒᆞᆫ 가인을 구ᄒᆞ노라."

왕도(王導)[237]의 안히를 져허홈[238]과 갓흔 고로, 다 긔특훈 쥴 알거니와, 쇼뎨는 본디 셩졍이 괴이ᄒ여 일가 광뷔(狂夫)라. 사름이 교만ᄒ믄 용납지 아니려 ᄒᄂ니, 또훈 쇼원이 침묵훈 슉녀롤 원치 아냐 상활(爽闊) 식식훈 녀즁영걸(女中英傑)이 아니면, 가인지녀(佳人才女)를 원ᄒᄂ니, 묵묵훈 슉네 무어시 사름되리오."

ᄎ언은 짐짓 최부인이 ᄌ가를 음황탕ᄌ(淫荒蕩子)로 밀위믈 공치(攻治)ᄒ[239]미라. 몬져 위엄으로 핍박고ᄌ ᄒ미나 녀싱이 엇지【27】 알니오. 한갓 션ᄌ(扇子)로 엇게를 쳐 분분이 ᄭ짓고, 츄밀과 셜공이 우어 왈,

"이 신낭이 딕져 긔신(氣神)[240]이 만토다. 금일 신낭이 되여 조곰도 슈치ᄒ미 업고 ᄌ칭 광군(狂君)이라 ᄒ니 또훈 그ᄅ지 아닌지라. 군이 만일 녀지런들 만고음탕(萬古淫蕩)으로 화시 쳥덕(淸德)을 문허 바릴 번ᄒ도다."

싱이 함쇼(含笑) 왈,

"녀지 되지 못ᄒ믈 한ᄒ나이다. 쇼싱이 만일 녀지 되더면 텬하 용녈훈 남ᄌ는 다 눈 아러로 볼 거시니, 맛당이 가운화(賈雲華)[241]의 평싱을 동낙ᄒ고 화조월셕(花朝月夕)의

ᄒ니, ᄎ언은 짐즛 최부인이 ᄌ가를 음황탕ᄌ로 밀위믈 공치ᄒ미라. 녀싱이 훈갓 션ᄌ로 엇기를 쳐 분분이 ᄭ짓더라.

이럿틋 담쇼 듕듕ᄒ디 조싱은 좌의 졍돈ᄒ고 시쳥이 업순 돗ᄒ여 틱고의 무위이화훈 돗ᄒ니, 제긱이 칭찬ᄒ여 진짓 도혹군ᄌ라 ᄒ더라.

하였고, 후에 재상으로 중용되었다. 굽힐 줄 모르는 직간으로 황제 태종을 보필한 것으로 유명하다. ≪양서≫, ≪진서≫, ≪북제서≫, ≪주서≫, ≪수서≫의 편찬에 관여하였다

237)왕도(王導) : 276~339. 자는 무홍(茂弘). 중국 동진(東晉) 원제(元帝: 276~322) 때의 명재상으로 조야(朝野)에서 중보(仲父)라고 일컬었으며, 유조(遺詔)를 받들고 명제(明帝)와 성제(成帝)를 보좌한 사직지신(社稷之臣)이다.

238)저허ᄒ다 : 저어하다, 염려하거나 두려워하다.

239)공치(攻治)ᄒ다 : 공치(攻治)하다. 비난하다. 헐뜯다.

240)긔신(氣神) : 기력과 정신을 아울러 이르는 말.

241)가운화(賈雲華) : 『전등여화(剪燈餘話)』의 「가운화환혼기(賈雲華還魂記)」에 나오는 여주인공, 미모와 시재(詩才)에 뛰어나나, 남주인공 위붕과의 사랑이 잘 이루어지지 않자 시름시름 앓다가 죽는다. 그러나 이후 월아(月娥)라는 여자의 몸을 빌어 환생하여 마침내 위붕과 결혼을 성취한다.

시ᄉᆞ(詩詞)ᄅᆞᆯ 창화ᄒᆞ며 음풍영월(吟風詠月)ᄒᆞ미 조【28】흐니, 엇지 시쇽 녀ᄌᆞ의 녹녹히 아미(蛾眉)ᄅᆞᆯ 다ᄉᆞ리며 바ᄂᆞᆯ 희롱ᄒᆞ믈 효측ᄒᆞ리잇가?”

좌즁이 ᄃᆡ쇼ᄒᆞ여 금일 신낭의 범남(氾濫)ᄒᆞ믈 ᄭᅮ짓더라.

날이 느ᄌᆞᄆᆡ 신부의 상교(上轎)ᄅᆞᆯ ᄌᆡ촉ᄒᆞ니 최·범 냥부인이 냥쇼져ᄅᆞᆯ 단장(丹粧)을 ᄭᅮ미고 나못ᄎᆞᆯ ᄎᆡ오며 어로만져 경계 왈, 고인이 ᄯᆞᆯ을 췌부(取夫)ᄒᆞᄆᆡ 기뫼(其母) 계지(誡之) 왈,

“네 이 문의 다시 오지 말나 ᄒᆞ니, 이ᄂᆞᆫ ᄌᆞᄋᆡ(慈愛) 헐ᄒᆞ미 아니라 츌거(黜去)ᄒᆞᄂᆞᆫ 환이 이실가 ᄒᆞ미라. 네 ᄯᅩ 이 일을 효측(效則)ᄒᆞ면 거의 부모의 ᄉᆡᆼ휵지은(生畜之恩)을 욕(辱)지 아니ᄒᆞ고 네 몸이 빗나리라.”

소제【29】 옥안(玉顔)의 슈ᄉᆡᆨ(愁色)이 가득ᄒᆞ여 ᄌᆡ비 슈명ᄒᆞ고 ᄎᆡ교(彩轎)의 오ᄅᆞ니, 신낭이 슌금쇄약(純金鎖鑰)을 가져 봉교(封轎)ᄒᆞ고, 위의ᄅᆞᆯ 휘동(麾動)ᄒᆞ니, 두 집 신낭의 위의 곡즁(谷中)의 메엿고, 만목(萬目)이 갈ᄎᆡ(喝采)ᄒᆞ더라.

이날 화ᄉᆡᆼ이 평ᄉᆡᆼ 쇼원을 일워 거의 일년을 신고ᄒᆞ여 금일 뉵녜(六禮)[242] ᄇᆡᆨ냥(百兩)[243]으로 마ᄌᆞ 도라오니, 환흡(歡洽)ᄒᆞ믈 측냥(測量)ᄒᆞ리오. 범녜(范蠡)[244] 셔시(西

정언간의 엄소졔 ᄌᆞᄆᆡ 웅장셩식으로 상교ᄒᆞ니, 두 신낭이 각각 봉교ᄒᆞ여 도라갈 ᄉᆡ, 장ᄒᆞᆫ 위의 곡듕의 메【18】엿고 ᄉᆡᆼ쇼고악이 진텬ᄒᆞ니, 도로 ᄒᆡᆼ뇌 칙칙 탄지ᄒᆞ더라.

이날 화ᄉᆡᆼ이 평ᄉᆡᆼ 쇼원을 일워 금일이냐[야] ᄉᆞᄉᆡᆼ[ᄉᆞᆼ] 가인을 뉵예ᄇᆡᆨ양으로 마ᄌᆞ 도라가니 환흡ᄒᆞ믈 칭냥ᄒᆞ리오.

---

242)뉵녜(六禮) : 우리나라 전통혼례의 여섯 가지 의례. 납채(納采), 문명(問名), 납길(納吉), 납폐(納幣), 청기(請期), 친영(親迎)을 이른다..

243)ᄇᆡᆨ량(百輛) : ‘백대의 수레’라는 뜻으로, 『시경(詩經)』「소남(召南)」편, <작소(鵲巢)>시의 ‘우귀(于歸) 백량(百輛)’에서 유래한 말이다. 즉 옛날 중국의 제후가(諸侯家)에서 혼례를 치를 때, 신랑이 수레 백량에 달하는 많은 요객(繞客)들을 거느려 신부집에 가서, 신부을 신랑집으로 맞아와 혼례를 올렸는데, 이 시는 이처럼 혼례가 수레 백량이 운집할 만큼 성대하게 치러진 것을 노래하고 있다.

244)범녜(范蠡) : 범여(范蠡). 중국 춘추 시대 월나라의 재상. 자는 소백(少伯). 회계(會稽)에서 패한 구천(句踐)을 도와, 미인계(美人計)를 써 미녀 서시(西施)를 오왕(吳王) 부차(夫差)에게 보내, 오왕이 서시에게 빠져 국정을 소홀히 하는 틈을 타 오나라를 쳐 멸망시켰다. 후에 산둥(山東)의 도(陶)에 가서 도주공(陶朱公)이라고 자칭하고 큰 부(富)를 쌓았다.

施)245)ᄅᆞᆯ 마ᄌᆞ 도라오미나 이의 지나지 못ᄒᆞᆯ 지라. 슈려ᄒᆞᆫ 안모(顔貌)의 화긔(和氣) 온ᄌᆞ(溫慈)ᄒᆞ여 동군(東君)이 혜풍(惠風)을 ᄊᆞ으ᄂᆞᆫ 듯ᄒᆞ더라.

이의 본부의 도라와 합환교ᄇᆡ(合歡交拜)246)ᄅᆞᆯ 맛고, 신낭이【30】 깃분 눈을 밧비 들ᄆᆡ, 일뉸쇼월(一輪素月)이 벽파(碧波)의 광치ᄅᆞᆯ 홀니ᄂᆞᆫ 듯, 쳔교ᄇᆡᆨ미(千嬌百媚) 셩장(盛粧) 가온ᄃᆡ 긔려ᄒᆞ여 유졍지심(有情之心)을 더옥 도으니, 녜파(禮罷)의 합환(合歡)을 난호ᄆᆡ, 신낭의 미위(眉宇) 환흡(歡洽)ᄒᆞ여 외당의 나오니, 엄부 복쳡(僕妾)이 깃부믈 니긔지 못ᄒᆞ더라.

이의 금쥬션(錦珠扇)247)을 기우리ᄆᆡ 폐ᄇᆡᆨ(幣帛)248)을 밧드러 구고(舅姑)긔 진헌(進獻)ᄒᆞ니 쳐ᄉᆞ 부부와 상셔 부ᄇᆡ 슈좌(首座)의 거ᄒᆞ여 신부의 녜ᄅᆞᆯ 바들ᄉᆡ 좌상 만목(滿目)이 일시의 쳠앙ᄒᆞ니 일홈 아ᄅᆡ 헛되지 아닌 지라 이 본ᄃᆡ 명가 거족이오 고문셰덕(高門世德)은 영지방향(靈芝芳香)이라. 반월뉴미(半月柳眉)249)【31】ᄂᆞᆫ ᄎᆡ필(彩筆)의 슈고ᄅᆞᆯ 아녀시나 츈산(春山)의 ᄂᆡ 흔젹이 몽농(朦朧)ᄒᆞ고 효셩ᄡᅡᆼ안(曉星雙眼)은 징파(澄波)갓고 옥협향시(玉頰香腮)250)의 두삽ᄎᆡ화관(頭揷彩花冠)251)과 신착금슈장복(身著錦繡裝服)252)

이에 본부의 도라와 듕당의셔 합환교ᄇᆡ를 맛고 신낭이 눈을 밧비 들ᄆᆡ, 일뉸쇼월이 벽파의 광ᄎᆡ를 홀이ᄂᆞᆫ 듯, 쳔교ᄇᆡᆨ미 웅장셩식 가온ᄃᆡ 더욱 긔려ᄒᆞ여 유졍지심을 더옥 돕ᄂᆞᆫ 디라. 녜파의 신낭이 밧그로 나가ᄆᆡ 이에 진쥬션○[을] 기우려 구고긔 폐ᄇᆡᆨᄒᆞᆯᄉᆡ, 쳐ᄉᆞ 부부와 상셔 부ᄇᆡ 슈좌의【19】거ᄒᆞ여 신부의 녜를 바드미 만목이 일시의 쳠망ᄒᆞ니, 이 본ᄃᆡ 명가 긔ᄆᆡᆨ은 형옥녀형이오, 고문셰덕은 영지방향이라. 반월뉴미ᄂᆞᆫ ᄎᆡ필의 슈고를 허비치 아냐시나 츈산의 ᄂᆡ 흔젹이 몽몽ᄒᆞ고, 효셩쌍안은 징파 ᄀᆞᆺ고 옥협향싀ᄂᆞᆫ 두송이 부용을 ᄊᆞ존 ᄃᆞᆺ 단순옥치 셰쇽 홍분미식으로 비기리오.

245)서시(西施) : 중국 춘추 시대 월나라의 미인. 오나라에 패한 월나라 왕 구천이 서시를 부차에게 보내어 부차가 그 용모에 빠져 있는 사이에 오나라를 멸망시켰다.

246)합환교비(合歡交拜) : 전통 혼례식에서 신랑 신부가 서로 잔을 바꾸어 마시는 합근례(合巹禮)와 서로에게 절을 하고 받는 교배례(交拜禮)를 함께 이르는 말.

247)금쥬션(錦珠扇) : : 비단으로 폭을 만들고 구슬을 달아 꾸민 부채.

248)폐ᄇᆡᆨ(幣帛) : 신부가 처음으로 시부모를 뵐 때 큰절을 하고 올리는 물건. 또는 그런 일. 주로 대추나 포 따위를 올린다.

249)반월뉴미(半月柳眉) : 반달처럼 둥글고 버들잎처럼 아름다운 눈썹.

250)옥협향시(玉頰香腮) : 옥처럼 아름다운 비인의 볼과 향기로운 뺨.

251)두삽ᄎᆡ화관(頭揷彩花冠) : 머리에는 온갖 색깔의 꽃 장식을 한 관(冠)을 씀.

252)신착금슈장복(身著錦繡裝服) : 몸에는 비단 수를 놓은 화려한 예복(禮服)을 갖추어 입음.

가온딗 졀셰인용(絶世愛容)이 요란ᄒᆞ고 톄지(體止) 한아(閑雅)ᄒᆞ여 당셰 졀딗가인(絶代佳人)이라.

빈긱이 제셩(齊聲)ᄒᆞ여 복경(福慶)을 하례ᄒᆞ니 구괴 좌슈우응(左酬右應)의 치하ᄅᆞᆯ ᄉᆞ양치 아니터라. 한님 부인 직ᄉᆞ부인이 다 지용이 관셰(冠世)ᄒᆞ딗 엄소져와 비기미 하등이 두견화 갓흐니, 좌위(左右) 칭찬ᄒᆞ고 구괴 환희ᄒᆞ여 낙극진환(樂極盡歡)ᄒᆞ믹, 빈긱(賓客)이 각산(各散)ᄒᆞ고 신부 슉쇼ᄅᆞᆯ 모란졍의 졍ᄒᆞ니, 엄쇼제【32】존고(尊姑) 슉당(叔堂)의 혼졍(昏定)ᄒᆞ고 침쇼의 도라오니 슈포금병(繡鋪錦屛)과 포진긔완(鋪陳器玩)이 졍제(整齊)ᄒᆞ더라.

모든 유아시비 쇼져ᄅᆞᆯ 븟드러 긴단장[253]을 벗기고 단의홍군(單衣紅裙)[254]으로 촉하의 단좌ᄒᆞ엿더니 학시 호흥이 발연ᄒᆞ여 동일(冬日)이 지리ᄒᆞ여 히 지기ᄅᆞᆯ 기다리더니 냥형이 긔식을 실쇼ᄒᆞ나 엄쇼제 찬찬 슈미(秀美)ᄒᆞᆫ 식틱 진실노 본 바 쳐음이라. 이의 잔을 드러 슉녀 가인을 어드믈 치하ᄒᆞ니 학시 심시 흔흔ᄒᆞ여 ᄉᆞ양치 아니코 슌슌이 거후ᄅᆞ니 취(醉)ᄒᆞ엿ᄂᆞᆫ지라

냥형(兩兄)을【33】딗ᄒᆞ여 왈,

"쇼뎨 딗취ᄒᆞ여 혼졍(昏定)을 못ᄒᆞᆯ지라. 냥위 형장은 존당의 고ᄒᆞ여 쥬쇼셔. 바로 신방으로 가고ᄌᆞ ᄒᆞᄂᆞ이다."

냥형이 쇼왈,

"네 능히 신방의 드러가지 못ᄒᆞ리라."

삼져뷔(三姐夫) 쇼왈,

"원간 문슈의 힝시 엄슈(嚴嫂)의게 득죄만흔지라. 드ᄅᆞ니 엄싊 쳥한(淸閑)ᄒᆞᆫ 녀ᄌᆡ라. 문슈의 젼일 투셔(投書)ᄒᆞᆫ 힝ᄉᆞᄅᆞᆯ 더러이 너겨 닉치이믈 바드리라."

학시 눈을 흘녀 제싱을 보고 쇼왈,

"삼형이 우리 져져(姐姐)의게 닉치이믈 닙으신가 ᄌᆞ못 닉도쇼이다. 슈연이나 쇼뎨 스

253)긴단장 : 온갖 단장. 특히 혼인 때 신부의 머리에 족두리나 봉관을 씌워 단장하는 일을 이름.

254)단의홍군(單衣紅裙) : 홑옷과 붉은 치마 차림.

빈긱이 제셩치하ᄒᆞ고 구괴 환희ᄒᆞ여 어ᄅᆞ문져 이즁ᄒᆞ미 친녀의 우흰 ᄃᆞᆺᄒᆞ더라.

죵일진환ᄒᆞ고 빈긱이 각산ᄒᆞ믹 신부 슉쇼ᄅᆞᆯ 모란당의 졍ᄒᆞ니 엄쇼제 존고슉당의【20】혼뎡지녜를 뭇고 ᄉᆞ침의 도라오니 슈호금병과 포진긔완이 졍제ᄒᆞ더라.

유아시비 쇼제ᄅᆞᆯ 븟드러 긴단장을 벗기고 단의홍군으로 촉하의 단좌ᄒᆞ엿더니, 이날 화학시 환흥이 발연ᄒᆞ여 동일이 지리ᄒᆞ믈 괴로이 기ᄃᆞᆯ릴시, 녀한님이 잔을 드러 가인 어드믈 치하ᄒᆞ니, ᄒᆨ시 슌슌이 바다 거후ᄅᆞ믹 딗취ᄒᆞ엿ᄂᆞᆫ지라.

ᄉᆞ로 ᄒᆡᆼ신이 광풍【34】제월(光風霽月)[255] 갓흐니, 쳐ᄌᆞ의게 굴치 아니려 ᄒᆞᄂᆞ이다. 어ᄂᆡ 녀ᄌᆡ 감히 쇼텬(所天)을 항거(抗拒)ᄒᆞ리잇고?”

설파(說罷)의 취뵈(醉步) 젼도(轉倒)ᄒᆞ여 신방을 향ᄒᆞ니, 제인이 지쇼(指笑)ᄒᆞ더라.

학ᄉᆡ 취긔(醉氣) 미란(迷亂)ᄒᆞ여 ᄒᆡᆼ보ᄅᆞᆯ 겨유 일워 신방의 니ᄅᆞ니, 한 ᄢᅦ 홍분(紅粉)이 명월을 ᄡᅵ앗거ᄂᆞᆯ, ᄉᆡᆼ이 팔을 드러 동셔분좌(東西分坐)[256]ᄒᆞᄆᆡ 유아(乳兒)[257]등이 옥상(玉牀)의 금침(衾枕)을 ᄡᅡᆼ셜(雙設)ᄒᆞ고 일시의 퇴ᄒᆞ니 쇼제 유모의 나가믈 민망ᄒᆞ여 치마ᄅᆞᆯ 다릐니[258] 유뫼 진퇴ᄅᆞᆯ 어려워 ᄒᆞ거ᄂᆞᆯ ᄉᆡᆼ이 임이 깁흔 ᄯᅳᆺ이 잇ᄂᆞᆫ지라 믄득 노ᄒᆞ여 ᄆᆡᆼ셩 즐퇴(猛聲叱退) 왈,

“금【35】침(衾枕)을 포셜(鋪設)ᄒᆞ여시면 엇지 물너가지 아니코 쥬군(主君) 안젼의 머믓겨 방ᄌᆞ(放恣)ᄒᆞ뇨?”

유뫼 황망이 퇴ᄒᆞ니 쇼제 더옥 그 념치ᄅᆞᆯ 흉히 너겨 혜오ᄃᆡ,

‘ᄂᆡ 부모의 교ᄋᆡ(嬌愛)의 ᄉᆡᆼ장ᄒᆞ여 금달공쥬(禁闥公主)[259]ᄅᆞᆯ 블워 아니터니 ᄂᆡ 지신을 그ᄅᆞᆺᄒᆞ여 탕ᄌᆞ의 슈즁의 ᄲᅥ러짐도 분ᄒᆞ거든 가지록 무상ᄒᆞ여 신혼초야의 공연이 강호령(强呼令)이 엇지 가쇼롭지 아니리오. 죽을지언졍 항복지 아니리라 ᄒᆞ여 옥안이 셜상한ᄆᆡ(雪上寒梅) 갓흐니 ᄉᆡᆼ이 유모ᄅᆞᆯ 물니고 좌ᄅᆞᆯ 나호여 희희이 우으며 쇼져의 옥슈ᄅᆞᆯ 잡고 무【36】릅흘 년ᄒᆞ며 ᄉᆞ이 갓가오ᄆᆡ 옥골셜부(玉骨雪膚)의 텬향(天香)이 만신ᄒᆞ여 연ᄒᆞᆫ 살이 무더날 듯ᄒᆞ고 옥면셩모(玉面聖貌)의 한

이러구러 밤들ᄆᆡ ᄒᆡᆼ보를 겨유 닐워 신방의 드러갈ᄉᆡ, 한 ᄢᅦ 홍분이 명월을 ᄡᅧ 마ᄌᆞ니, ᄉᆡᆼ이 팔을 드러 동셔 분좌ᄒᆞᄆᆡ, 유아 등이 금금뇨셕을 ᄡᅡᆼ셜【21】ᄒᆞ고 일시의 퇴ᄒᆞᆯᄉᆡ, 쇼제 유모의 나상 다릐여 못나가게 ᄒᆞᄂᆞᆫ지라. ᄉᆡᆼ이 ᄆᆡᆼ셩으로 즐퇴 왈,

“금침을 포셜ᄒᆞ엿시면 엇디 머믓겨 쥬군의 안젼의 방ᄌᆞᄒᆞ뇨?”

유뫼 황공샤죄ᄒᆞ고 황황이 퇴ᄒᆞ니, 쇼제 더옥 ○[그] 념치를 흉히 넉여 옥안이 ᄂᆡᆼ담ᄒᆞ야 셜상한ᄆᆡ ᄀᆞᆺ거ᄂᆞᆯ, ᄉᆡᆼ이 좌를 《난호여‖나호여》 쇼져의 옥슈를 잡고 무릎흘 년ᄒᆞ여 ᄉᆞ이 갓가오니, 옥골셜부의 쳥향이 보욱ᄒᆞ니 만신이 환흡ᄒᆞ거ᄂᆞᆯ, 쇼제 년망이 좌를 믈너 손을 ᄲᆡ히고져 ᄒᆞ나 쇼져ᄂᆞᆫ 십삼셰 약질이요, ᄉᆡᆼ은 거의 나히 이십의 긔【22】골이 장슉ᄒᆞ고 힘이 구졍을 들디라, 쇼제 엇지 당ᄒᆞ리요. 잔ᄌᆞ리 ᄐᆡ산을 만남 ᄀᆞ[ᄀᆞᆺ]ᄒᆞ니 엇디 면ᄒᆞ리오.

255)광풍제월(光風霽月) : 비가 갠 뒤의 맑게 부는 바람과 밝은 달이란 뜻으로, 마음이 넓고 쾌활하여 아무 거리낌이 없는 인품을 비유적으로 이르는 말. 황정견이 주돈이의 인품을 평한 데서 유래한다.

256)동셔분좌(東西分座) : 남사는 동쪽 여사는 서쪽으로 갈라 앉음.

257)유아(乳兒) : 유모와 시아(侍兒)를 함께 이른 말.

258)다릐다 : 당기다. 잡아당기다.

259)금달공쥐(禁闥公主) : 궁궐에서 사는 공주. 임금의 딸.

풍이 쇼쇼ᄒᆞ니 납셜(臘雪)[260]이 ᄆᆡ향(梅香)을 토ᄒᆞᄂᆞᆫ듯 븟그리미 병츌ᄒᆞ니 연망이 좌ᄅᆞᆯ 믈녀 ᄡᅢ히고져 ᄒᆞ나 십삼 약년(弱年)이라 긔골이 장슉ᄒᆞ고 힘이 구졍(九鼎)을 들지라 쇼제 엇지 당ᄒᆞ리오 잔ᄌᆞ리[261] ᄐᆡ산을 긔움 갓ᄐᆞ니 엇지 면ᄒᆞ리오.

싱이 취즁(醉中)의 용(勇)이 더ᄒᆞᆫ지라. 쇼져의 긔운을 쌧고져 ᄒᆞ미오, ᄯᅩᄒᆞᆫ 오ᄆᆡ불망지인(寤寐不忘之人)[262]이라. 젼일 담 ᄉᆞ이로 먼니 바라보와 다만 빗최ᄂᆞᆫ【37】 옥안화모(玉顔花貌)ᄅᆞᆯ 흠모ᄒᆞ여 구ᄎᆞ히 인연을 도모ᄒᆞ여, 금일 동방화촉(洞房華燭)의 아릿답고 연미(軟美)ᄒᆞ여 유졍낭(有情郞)의 취안(醉眼)을 더옥 황홀케 ᄒᆞ니, 학ᄉᆡ 은ᄋᆡ 진즁(鎭重)ᄒᆞ믈 것잡지 못ᄒᆞ니, 한ᄆᆡ(寒梅) 갓ᄒᆞᆫ 거동을 용납ᄒᆞ리오 '집기슈년기슬(執其手連其膝)'[263]ᄒᆞ여 흔연 쇼왈,

“아름답다 부인이여! 모일의 옥누(玉樓)의셔 션낭(仙娘)을 만나니, 월하연분(月下緣分)이라. 화촉상ᄃᆡ(華燭相對)도[ᄂᆞᆫ] 쳐음이나 구면(舊面)이 의희(依俙)토다.”

쇼제 더옥 노(怒)ᄒᆞ여 옥안이 찬ᄌᆡ 갓ᄐᆞ니, 싱이 쳔만 진즁(鎭重)ᄒᆞ믈 니긔지 못ᄒᆞ여, 의ᄃᆡ(衣帶)ᄅᆞᆯ 그ᄅᆞ고 쇼져ᄅᆞᆯ 닛그러 상요(牀褥)의 나【38】아가니, 진즁(鎭重)ᄒᆞᆫ 은졍(恩情)이 산비히박(山卑海薄)[264]이라. 쇼제 강녈ᄒᆞ나 시러곰[265] 믈니치지 못ᄒᆞ고 분ᄒᆞ믈 니긔지 못ᄒᆞ여 옥뉘(玉淚) 화협(花頰)을 젹시니, 싱이 미온(未穩)ᄒᆞ여 칙왈,

“그ᄃᆡ 거동을 보니 조곰도 부녀의 경부(敬夫)ᄒᆞᄂᆞᆫ 도리 아니라. 쳥승[266] 박복ᄒᆞᆫ 형상

싱이 취즁의 용이 더ᄒᆞᆫ지라. 쇼져의 긔운을 쌧그려 ᄒᆞ미오, ᄯᅩᄒᆞᆫ 오ᄆᆡ불망하던 미인을 금야 동방의 ᄃᆡᄒᆞ미, 유졍낭의 취안을 더옥 황홀케 ᄒᆞᄂᆞᆫ지라. 학ᄉᆡ 은ᄋᆡ 진듕ᄒᆞ믈 것잡디 못ᄒᆞ니 그 셜상한ᄆᆡ ○[갓]ᄒᆞᆫ 거동을 용납ᄒᆞ리오. 집기슈 년기슬ᄒᆞ여 흔연 쇼왈,

“아름답다 부인이여! 모일의 우연이 옥누의 션낭을 맛나니 진짓 월하의 연분이라. 화촉상ᄃᆡᄂᆞᆫ 쳐음이나, 임의 구면이 의【23】희토다.”

쇼제 분노ᄒᆞ여 옥안이 찬ᄌᆡ ᄀᆞᆺᄐᆞ니 싱이 쳔만 진즁ᄒᆞ야 의ᄃᆡ를 그르고 쇼져를 잇그러 상요의 나아가고져 ᄒᆞ니, 쇼제 구지 방ᄎᆞᄒᆞ미, 치삼이 편편ᄒᆞᆫ디라. 싱이 대로ᄒᆞ여 급히 핍박ᄒᆞ야 금니의 나아가니, 진듕ᄒᆞᆫ 은졍이 산비히박ᄒᆞ니, 쇼제 강녈ᄒᆞ나 시러금 믈니치지 못ᄒᆞ고 분ᄒᆞ믈 이긔디 못ᄒᆞ여 옥뉘 화협을 젹시니 싱이 미온ᄒᆞ믈 마지아냐 칙왈,

“그ᄃᆡ 거동을 보니 조금도 부녀의 경부ᄒᆞᄂᆞᆫ 도리 아니라. 쳥승 박복ᄒᆞᆫ 형상이라. 그ᄃᆡ 묘복을 맛치노라 ᄒᆞ면, ᄂᆡ 반ᄃᆞ시 듁【24】을지라. 아직으론 우지 말고 타일 ᄂᆡ 듁거든 슬토록 울나.”

260)납셜(臘雪) : 납일(臘日)에 내리는 눈. *납일(臘日): 동지 뒤의 셋째 술일(戌日)로, 이날 조상이나 종묘, 사직 등에 제사를 지냈다.

261)잔ᄌᆞ리 : 잠자리. 잠자리목의 곤충을 통틀어 이르는 말.

262)오ᄆᆡ불망지인(寤寐不忘之人) : 자나 깨나 잊지 못하는 사람.

263)집기슈년기슬(執其手連其膝) : 서로 손을 잡고 무릎을 맞대어 앉음.

264)산비히박(山卑海薄) : 정이나 은혜 따위가 산이 낮고 바다가 얕다고 생각될 만큼 높고 깊음.

265)시러곰 : 이에, 능히. 하여금

이니 그ᄃᆡ 묘복(眇福)[267]을 맛치랴? ᄂᆡ 반ᄃᆞ시 죽을 거시니, 아직 심녀를 허비치 말고 장ᄂᆡ 텬붕지통(天崩之痛)[268]을 만나거든 한업시 울나."

쇼제 말마다 통입골슈(痛入骨髓)ᄒᆞ여 스ᄉᆞ로 부명(夫命)의 긔구ᄒᆞᆷ을 슬허ᄒᆞ니, ᄌᆞ긔 초의 결단이 업셔 죽지 못ᄒᆞ고 욕이 밋ᄎᆞᆫ 줄【39】한(恨)ᄒᆞ더라.

혹시 쇼져의 경영(鶊鴒)[269]ᄒᆞᆫ 셰신(細身)을 안아 일침(一枕)의 교와(交臥)ᄒᆞ여 잠드러 비셩(鼻聲)이 여뢰(如雷)ᄒᆞ니, 쇼제 붓그리고 노ᄒᆞ여 이러나고ᄌᆞ ᄒᆞ나 밋지 못ᄒᆞᆯ지라. 다만 종야(終夜) 오읍(嗚泣)ᄒᆞ여 어엿분 츄퓌(秋波) 부어 쓰지 못ᄒᆞ게 되엿더라.

싀비 바야흐로 싱이 기지게 혀 도라누어 잠드니, 쇼제 다힝ᄒᆞ여 의상을 슈습ᄒᆞᆯ시, 이ᄯᅢ 념간(念間)[270]이라. 싀비 달이 빗최여 ᄌᆞ셔치 못ᄒᆞ나, 쇼제 우비(右臂)를 드러 보니 비홍(臂紅)[271]이 업ᄂᆞᆫ지라. 쇼제 시로이 놀나고 분ᄒᆞ여 일싱을 탄식ᄒᆞ미 옥뉘(玉淚) 상연(爽然)ᄒᆞ여 깁슈건【40】을 젹시니, 싱이 임의 ᄭᆡ엿ᄂᆞᆫ지라 엇지 모로리오. 심하(心下)의 ᄋᆡ지(愛之)ᄒᆞ여 그 시종을 다 보려ᄒᆞ여 ᄌᆞᄂᆞᆫ 쳬ᄒᆞ더니, 쇼제 가만이 니러나 장 밋희 안ᄌᆞ

266)청승 : 궁상스럽고 처량하여 보기에 언짢은 태도나 행동

267)묘복(眇福) : 복력(福力)이 변변하지 못함. 또는 극히 적은 복.

268)텬붕지통(天崩之痛) : 하늘이 무너지는 것 같은 슬픔이라는 뜻으로, 아버지나 임금의 죽음을 당한 슬픔을 이르는 말.

269)경영(鶊鴒) : 꾀고리와 할미새. 또는 그처럼 날렵한 모양.

270)념간(念間) : 스무날 전후를 말함

271)비홍(臂紅) : '앵혈'의 다른 용어. 개용단·회면단·도봉잠 등과 함께 한국고소설 특유의 서사도구의 하나. 앵혈은 어려서 이것으로 여자의 팔에 점을 찍어두거나 출생신분을 기록해 두면, 남성과의 성적 결합을 갖기 전에는 지워지지 않는 효능을 갖고 있기 때문에, 주로 남녀의 동정(童貞) 여부를 감별하기나 부부의 성적 결합여부를 판별하는 징표로 사용되지만, 이에 못지않게 신분표지나 신원확인의 수단으로도 많이 활용되고 있다. 앵혈·주표(朱標)·비홍(臂紅)·홍점(紅點)·주점(朱點)·앵홍·앵점 등 여러 다른 말로도 쓰이고 있다.

쇼제 듯ᄂᆞᆫ 말마다 통입골슈ᄒᆞ여 ᄌᆞ기 쵸의 결단이 업셔 듁지 못ᄒᆞᆷ을 각골통한ᄒᆞ더라.

혹시 쇼져의 경영ᄒᆞᆫ 셰신을 일침의 교환ᄒᆞ여 인ᄒᆞ여 줌드니 비셩이 우레 ᄀᆞᆺᄐᆞ니, 쇼제 괴롭고 붓그럽고 분ᄒᆞ여 아모리 니러나고져 ᄒᆞ나 능히 밋디 못ᄒᆞ니, 다만 종야 《오읍‖오읍》ᄒᆞ여, 곱고 어엿분 츄퓌 부어 쓰지 못ᄒᆞ게 되엿더라.

싀벽의야 바야흐로 싱이 ᄭᅵ야 번신ᄒᆞ야 도라 누으니, 쇼제 다힝ᄒᆞ야 ᄲᆞᆯ니 의상을 슈습【25】ᄒᆞᆯ시, 이 ᄯᅢ 념간이라. 싀벽달이 ᄌᆞ못 명낭ᄒᆞᄃᆡ 겹겹 금장 쇽이라. 방안은 희미ᄒᆞᆫ디라. 쇼제 가마니 이러나 장 밋ᄐᆡ 안ᄌᆞ더니, 유뫼 장밧긔 ᄃᆡ후ᄒᆞ엿다가 즉시 쵹을 ᄇᆞᆰ히고 《쇼제‖쇼셰》를 나오며 경ᄃᆡ를 가져 쇼져의 신장을 일우미 뫼셔 안흐로 드러가ᄂᆞᆫ디라. 혹시 바야흐로 긔지게 ᄒᆞ며 니러나 쇼셰ᄒᆞ고 ᄂᆡ당의 드러가니, 엄쇼제 임의 구고 슉당의 문안ᄒᆞ고 물너낫더라.

니 유뫼 발셔 장외(帳外)의 ᄃᆡ후(待候)ᄒᆞ여 나ᄌᆞᆨ이 고왈,

"ᄉᆡ비달이 거의 ᄉᆡ게 되여시니 신셩(晨省) ᄶᅵ로쇼이다."

쇼제 답왈,

"그리면 쇼셰(梳洗)를 가져오라."

유뫼 촉을 ᄇᆞᆰ히고 경ᄃᆡ(鏡臺)를 나와 신장(新粧)을 일우ᄆᆡ 모든 시ᄋᆡ(侍兒) 뫼셔 안흐로 드러가니, ᄒᆞᆨᄉᆡ 바야흐로 니러나 쇼셰ᄒᆞ고 ᄂᆡ당의 드러가니, 엄쇼제 임의 구고(舅姑) 슉당(叔堂)의 문안ᄒᆞ고 물너나니라.

쇼제 화【41】ᄉᆡᆼ을 불복(不服)ᄒᆞ나 부도를 폐치 못ᄒᆞᆯ지라. 당시 홍시 셔시 삼쇼고(三小姑)로 더부러 우공(友恭)이 도탑고 구고 슉당을 셤기ᄆᆡ 셩ᄒᆈ(誠孝) 동촉(洞屬)ᄒᆞ며 가인(家人) 복부(僕夫)의게 겸숀이 지극ᄒᆞ니, 구괴 심ᄋᆡᄒᆞ고 졔ᄉᆞ(娣姒) 쇼괴(小姑) 그 ᄌᆡ용과 종요로오믈 ᄉᆞ랑ᄒᆞ고, 닌니졔족(隣里諸族)이 예셩(譽聲)이 가득ᄒᆞᄃᆡ, 쇼제 강녈(强烈) ᄉᆡ투(猜妬)ᄒᆞ믄 본품(本稟)이라.

ᄒᆞᆨᄉᆞ를 ᄃᆡᄒᆞᆫ 즉 츈양(春陽)의 화긔(和氣) 밧고여 조곰도 풍졍(風情)을 가랍(嘉納)지 아니니, ᄒᆞᆨᄉᆞ의 여텬디무궁(與天地無窮)ᄒᆞᆫ 졍으로도 발뵈지[272] 못ᄒᆞᆯ너라 ᄉᆡᆼ이 크게 노ᄒᆞ여 ᄉᆞ단을 니ᄅᆞ혀고져 ᄒᆞ더라.

ᄎᆞ시 조ᄉᆡᆼ이 엄【42】쇼져를 ᄇᆡᆨ냥우귀(百輛于歸)[273]ᄒᆞ여 본부(本府)의 도라가 ᄃᆡ례(大禮)[274]를 맛고 존당의 뵈오니 가즁 상히(上下) 신부의 ᄉᆡᆨ덕이 가ᄌᆞᆨᄒᆞ믈[275] 보ᄆᆡ 상(常)ᄒᆡ[276] 일ᄏᆞ라 진짓 공ᄌᆞ(公子)의 빵이라 ᄒᆞ더라.

인뉴구가(因留舅家)[277]ᄒᆞᄆᆡ, ᄋᆡ용(愛容)이 슈미(秀美)ᄒᆞᆯ ᄲᅮᆫ 아니라, 셩녀유풍(聖女遺風)이 가ᄌᆞᆨᄒᆞ니, 구괴 어엿비 너기고 부부 화락

---

272)발뵈다 : 뵈다 : '발보이다'의 준말. *발보이다; 무슨 일을 극히 적은 부분만 잠깐 드러내 보이다.
273)ᄇᆡᆨ냥우귀(百輛于歸) : 백량(百輛)의 수레에 둘러싸여 신부가 처음으로 시집에 들어감.
274)ᄃᆡ례(大禮) : 혼례(婚禮).
275)가ᄌᆞᆨᄒᆞ다 : 가득하다. 가지런하다.
276)상(常)ᄒᆡ : 평소에. 항상. 늘. *ᄒᆡ; 조사 '에'
277)인뉴구가(因留舅家) : 이로부터 시집에 머묾.

쇼제 화ᄉᆡᆼ을 불복ᄒᆞ미 깁흐나 부도ᄂᆞᆫ 폐치 못ᄒᆞᆯ지라. 당시 홍시 셔시 삼쇼고로 더부러 우공【26】이 《돕탑고‖도탑고》, 구고 슉당을 셤기ᄆᆡ 셩효 동촉ᄒᆞ며 가인 복부의게도 겸숀ᄒᆞ미 지극ᄒᆞ니 구고 심ᄋᆡᄒᆞ고 졔ᄉᆞ쇼괴 그 ᄌᆡ용과 종요로믈 ᄉᆞ랑ᄒᆞ니 닌니동듕의 예셩이 가득ᄒᆞᄃᆡ, 쇼제 강녈 투ᄉᆡᆨᄒᆞ믄 본품이라.

날이 오럴ᄉᆞ록 ᄒᆞᆨᄉᆞ를 ᄃᆡᄒᆞ면 츈양회긔 밧고여 ᄎᆞ고 ᄆᆡ온 날 ᄀᆞᆺᄒᆞ여 조금도 풍졍을 가랍디 아니니, ᄒᆞᆨᄉᆞ의 여쳔지무궁ᄒᆞᆫ 은졍으로도 발뵈디 못ᄒᆞᆯ 적이 만흐니 ᄉᆡᆼ이 크게 ᄒᆞᆫᄒᆞ여 ᄉᆞ단을《이른혀려‖이르혀려》ᄒᆞ더라.

ᄎᆞ시 조ᄉᆡᆼ은 엄쇼져 옥혜를 ᄇᆡᆨ냥우귀ᄒᆞ여 본부【27】의 도라와 ᄃᆡ예를 ᄆᆞᆺ고 죤당의 뵈오ᄆᆡ, 존당 구고와 가듕 상하 신부의 폐월슈화지ᄐᆡ 가인의 ᄉᆡᆨ염이 ᄀᆞ즉ᄒᆞ고, 부덕이 현슉ᄒᆞ믈 보니 크게 두ᄀᆞᆺ기고, 상ᄒᆡ 일캐[ᄏᆞ]라 진짓 공ᄌᆞ의 빵이라 ᄒᆞ더라.

인유구가ᄒᆞᄆᆡ ᄒᆞᆫ갓 의용이 슉미ᄒᆞᆯ 분 아니라, ᄉᆞ덕이 은은슉혜ᄒᆞ여 셩녜유풍이 ᄀᆞ즉ᄒᆞ니, 구괴 더욱 어엿비 넉이고 ᄉᆡᆼ이 듕ᄃᆡᄒᆞ여, 관관ᄒᆞᆫ 화락이 국풍ᄃᆡ아의 관져시를 노릐ᄒᆞᆯ너라.

이 국풍ᄃᆡ아(國風大雅)[278]의 관져시(關雎詩)[279]롤 노ᄅᆡᄒᆞ니 존당이 두굿기더라.

삼일 후 화·조 냥싱이 엄부의 나아가 빙악(聘岳)을 뵈오니, ᄐᆡᄉᆞ 곤계(昆季)와 최·범 냥부인이 포진(鋪陳)을 ᄇᆡ셜ᄒᆞ고 두 신낭을 청ᄒᆞ여 졉ᄃᆡᄒᆞᆯᄉᆡ, ᄒᆞᆨᄉᆞ의 뇽호(龍虎) 갓흔 긔【43】상과, 조싱의 단아ᄒᆞᆫ 풍치 ᄎᆞ일 더옥 아ᄅᆞᆷ다오니, ᄐᆡᄉᆞ의 침위(沈威)ᄒᆞ미나 미온지심(未穩之心)이 ᄉᆞ라져, ᄉᆞ랑ᄒᆞ믈 마지아니코, 최부인이 ᄯᅩ 녀셔(女壻)의 초셰(超世)ᄒᆞ믈 두굿겨[280] ᄒᆞᆯ 뿐아니라, 시아(侍兒)의 말노 조ᄎᆞ 녀셔의 진즁ᄒᆞ믈 드럿ᄂᆞᆫ지라. 미흡던 마ᄋᆞᆷ이 스러져 흔연이 쳥아(靑蛾)[281]롤 드리워 관졉(款接)ᄒᆞ니 화싱이 그윽이 투목(妬目)으로 악모(岳母)롤 보니 부인이 이모지년(二毛之年)[282]이나 졀셰ᄒᆞᆫ 용뫼 홍옥쵸츈(紅玉初春)[283]을 우으니 심하(心下)의 암칭(暗稱) 왈,

"원ᄂᆡ 엄시의 아ᄅᆞᆷ다오미 나린[284] 곳이 잇도다."

ᄒᆞ더라.

더옥 츄밀 부부의 녀셔【44】귀즁ᄒᆞᄂᆞᆫ 마ᄋᆞᆷ이 비길 ᄃᆡ 업더라. ᄐᆡᄉᆞ 곤계 화·조 냥싱을 한갈갓치 친셔(親壻) 질셔(姪壻)롤 분간치 못ᄒᆞᆯ너라.

이윽고 쥬찬을 나와 냥싱을 관ᄃᆡ(款待)ᄒᆞ니, 화싱은 슐을 ᄉᆞ양치 아냐 잔마다 거후ᄅᆞ니 옥산(玉山)[285]이 장ᄎᆞᆺ 문허지고져 ᄒᆞ미

삼일 후 화ᄒᆞᆨᄉᆡ와 조싱이 엄상부의 삼일견 빙악지네를 ᄒᆡᆼᄒᆞ니 ᄐᆡ【28】ᄉᆞ 곤계와 최·범 냥부인이 ᄂᆡ당의 포진을 ᄇᆡ셜ᄒᆞ고 두 신낭을 청ᄒᆞ여 졉ᄃᆡᄒᆞᆯᄉᆡ, 이날 더욱 아ᄅᆞᆷ다온디라. ᄐᆡ사의 ᄐᆡᆷ위ᄒᆞ므로도, 미안지심이 ᄉᆞ라져 ᄉᆞ랑ᄒᆞ믈 마지아니코, 최부인이 ᄯᅩ 녀셔의 쵸셰ᄒᆞ믈 두굿겨 미흡ᄒᆞ던 마음이 ᄌᆞ연 츈셜스ᄃᆞᆺᄒᆞ여 흔연이 쳥아를 드리워 관졉ᄒᆞ니, 화싱이 ᄯᅩᄒᆞᆫ 그 악모를 보니 이모디년이나, 졀셰ᄒᆞᆫ 용뫼 쇄락ᄒᆞ야 홍옥쵸츈을 우을디라. 심하의 암암층션 왈,

"원ᄂᆡ 엄시의 아름다오미 그 ᄀᆞ린 곳이 잇닷다."

ᄒᆞ더라.

츄밀 부뷔의【29】 녀셔의 귀듕ᄒᆞᄂᆞᆫ 마음은 일로 긔록디 못ᄒᆞᆯ너라. ᄐᆡᄉᆞ 곤계 화·조 양싱을 ᄒᆞᆫ갈갓치 ᄉᆞ랑ᄒᆞ여 친셔 딜셔를 분간치 못ᄒᆞᆯ너라.

이윽고 호쥬셩찬을 나와 양싱을 관ᄃᆡᄒᆞ니 화싱은 슐을 ᄉᆞ양티 안녀 잔마다 거우으[르]니, 옥안의 홍홰 늠늠ᄒᆞ니 장ᄎᆞ 옥산이 문허디고져 ᄒᆞ미, 우춰 뉴지의 풍광이 더욱 슈앙ᄒᆞ여 진짓 텬보 젹 ᄂᆡ빅 ᄒᆞᆨ시 술을 취ᄒᆞᆷ ᄀᆞᆺᄐᆞ니,

278)국풍ᄃᆡ아(國風大雅) : 『시경』의 편명.

279)관져시(關雎詩) : 『시경』<국풍> '대아'편에 있는 시(詩)의 제명(題名)으로, 중국 주(周)나라 문왕과 그의 비(妃)인 태사 부부의 사랑을 노래한 시.

280)두굿기다 : 자랑스러워하다. 대견해하다.

281)청아(靑蛾) : 누에나비의 푸른 촉수와 같이 푸르고 아름다운 눈썹을 이르는 말. 또는 '미인(美人)'을 비유적으로 이르는 말.

282)이모지년(二毛之年) : 두 번째 머리털 곧 흰 머리털이 나기 시작하는 나이라는 뜻으로, 32세를 이르는 말.

283)홍옥쵸츈(紅玉初春) : 붉은 옥처럼 윤이 나고 아름다운 젊은 나이.

284)나리다 : 내리다. 타고나다. *내림: 부모나 조상으로부터 내려오는 유전적인 특성.

285)옥산(玉山) : 외모와 풍채가 뛰어난 사람을

우취뉴지(雨醉柳枝)[286]의 풍광(風光)이 더옥 슈앙(秀昻)ᄒᆞ여 진짓 니ᄇᆡᆨ(李白)[287]이라.

부인이 블열(不悅)ᄒᆞ여 헤오ᄃᆡ,

'남ᄌᆡ 슐을 취(醉)ᄒᆞ미 ᄉᆡᆨ(色)을 호(好)치 아닛ᄂᆞ ᄂᆡ 업거ᄂᆞᆯ, 화ᄌᆡ(-子) ᄀᆡ상이 단듕치 아니커ᄂᆞᆯ, 녀아의 평ᄉᆡᆼ이 엇지될고?'

종시(終始) 심녀(心慮)ᄒᆞ여 조ᄉᆡᆼ의 단아홈과 녀ᄉᆡᆼ의 온듕홈만 못ᄒᆞ여【45】ᄒᆞ니, 외면이 변ᄉᆡᆨᄒᆞ이ᄂᆞᆫ지라.

화ᄉᆡᆼ이 그윽이 예지ᄒᆞ고 더옥 슐을 ᄉᆞ양치 아니니, ᄐᆡ시 바야흐로 쥬찬을 물니고, 부인이 ᄎᆞᆷ지 못ᄒᆞ여 왈,

"슐이 광약(狂藥)이라. 반ᄃᆞ시 긔운이 상ᄒᆞ고 졍신이 현황(炫煌)ᄒᆞᄂᆞᆫ 음식이어ᄂᆞᆯ, 현셔(賢婿)ᄂᆞᆫ 쥬량이 ᄃᆡ단ᄒᆞ도다."

ᄒᆞᆨ시 쇼이ᄃᆡ왈(笑而對曰),

"쇼ᄉᆡᆼ이 ᄌᆞ유(自幼)로 슐을 즐기니 그만 슐이 ᄒᆡ로오릿가? 일두쥬(一斗酒)를 더 쥬셔도 ᄉᆞ양치 아닐쇼이다. 시고로 셩상(聖上)이 별명ᄒᆞ샤 후ᄐᆡᄇᆡᆨ(後太白)이라 ᄒᆞ시니, 쇼ᄉᆡᆼ의 과음(過飮)ᄒᆞ믄 님군도 아ᄅᆞ신 ᄇᆡ라. 이제ᄂᆞᆫ 더옥 취쳐(娶妻) 닙신(立身)가지【46】 ᄒᆞ여시니, 조심홀 일이 업숩ᄂᆞᆫ지라. 일노 조ᄎᆞ 후ᄇᆡᆨ(後白)[288]이 되려 ᄒᆞᄂᆞ이다."

ᄐᆡᄉᆞ와 츄밀은 ○[그] ᄀᆡ상(氣像)을 일ᄏᆞᆺ고 부인은 발연(勃然) ᄃᆡ로(大怒)ᄒᆞ더라.

조ᄉᆡᆼ은 엄ᄉᆡᆼ 등으로 소담(笑談)이 종용홀 ᄲᅮᆫ이오, 화ᄉᆡᆼ의 풍늉(豊隆)ᄒᆞᆫ 담쇼ᄂᆞᆫ 참논(叅論)ᄒᆞ미 업더라.

부인이 블열ᄒᆞ야 헤오ᄃᆡ,

'남ᄌᆡ 술을 즐기미 ᄉᆡᆨ을 호치 아닌 ᄂᆞᆫ ᄂᆡ 업ᄂᆞᆫ니, 화ᄌᆞ의 ᄀᆡ샹이 맛ᄎᆞᆷᄂᆡ 단【30】듕치 아니니 녀ᄋᆞ의 평ᄉᆡᆼ이 엇더홀고? 죵시 녀ᄉᆡᆼ의 온듕단아ᄒᆞᆫ ᄀᆡ질만 못ᄒᆞ도다.'

ᄒᆞ여, 안흘[흐]로 심홰 어즈러오미 ᄌᆞ연 ᄂᆞᆺ빗티 ᄌᆞ로 변ᄒᆞᄂᆞᆫ디라.

화ᄉᆡᆼ이 그윽이 예지ᄒᆞ고 더욱 술을 ᄉᆞ양티 아니터라.

비유적으로 이르는 말.

286)우취뉴지(雨醉柳枝) ; 비에 취한 버들가지. 즉 '빗물을 흠뻑 머금고 있는 버들가지의 모습'으로 술에 만취한 취객의 모습을 비유적으로 나타낸 말.

287)니ᄇᆡᆨ(李白) : 중국 당나라 때의 시인. 701~762. 자는 태백(太白). 호는 청련거사(靑蓮居士). 칠언 절구에 특히 뛰어났으며, 이별과 자연을 제재로 한 작품을 많이 남겼다. 현종과 양귀비의 모란연(牧丹宴)에서 취중에 <청평조(淸平調)> 3수를 지은 이야기가 유명하다. 시성(詩聖) 두보(杜甫)에 대하여 시선(詩仙)으로 칭하여진다. 시문집에 ≪이태백시집≫ 30권이 있다.

288)후ᄇᆡᆨ(後白) : '후세(後世)의 이백(李白)'을 줄여 이른 말.

이러틋 말ᄉᆞᆷᄒᆞ여 낙일(落日)이 창오(蒼梧)[289]의 ᄯᅥ러지ᄆᆡ, 냥인이 하직고 도라가다.

ᄎᆞ년 계동(季冬)의 셩상이 황ᄐᆡᄌᆞ롤 ᄎᆡᆨ봉(冊封)ᄒᆞ시고 ᄃᆡᄉᆞ텬하(大赦天下) ᄒᆞ시며 《상원‖졍원(政院)[290]》의 별과(別科)[291]롤 뵈라 ᄒᆞ시니, 텬ᄒᆞ 만방 다ᄉᆡ(多士) 다 ᄌᆡ조롤 가다듬아 참방(叅榜)ᄒᆞ기롤 죄오더라.

이러구러 ᄒᆡ 진(盡)ᄒᆞ고 신츈을 만나 과【47】일(科日)이 다ᄃᆞᄅᆞ니, 츄밀의 ᄌᆞ셔(子婿) 냥인이 일시의 참방ᄒᆞ여 계화(桂花)롤 섓거 도라오니, 엄운은 장원(壯元)을 ᄒᆞ고 조희경은 ᄒᆡ원(解元)[292]을 ᄒᆞ엿더라.

삼일유과(三日遊街) 후 텬ᄌᆡ 특지(特旨)로 냥인을 다 ᄌᆞ졍뎐 ᄒᆞᆨᄉᆞ롤 ᄒᆞ이시니, 냥인이 ᄉᆞ은(謝恩)ᄒᆞ고 물너오니, 한쇼져와 엄쇼제 십ᄉᆞᆷ 쳥츈의 봉관화리(封冠華里)[293]로 명뷔

쥬찬을 믈리고 담쇼ᄒᆞ야 낙일이 창오의 ᄯᅥ러디ᄆᆡ, 양인이 하직고 도라가다.

ᄎᆞ년 듕동의 셩상이 황ᄐᆡᄌᆞ를 ᄎᆡᆨ봉ᄒᆞ시고 ᄃᆡᄉᆞ텬하ᄒᆞ시며 츈 졍월 상원의 별과를 뵈시ᄆᆡ, 과일이 다ᄃᆞ르니 츄밀의 ᄌᆞ셔 양인이 일시의 참방ᄒᆞ야 계화를 ᄭᆡᆨ거 도라오니, 엄운은 장원을 ᄒᆞ【31】고 조희영은 ᄒᆡ원을 ᄒᆞ엿더라.

삼일유과 후의 텬ᄌᆞ 특지로 양인을 다 ᄌᆞ졍뎐 ᄒᆞᆨᄉᆞ를 ᄒᆞ이시니, 양인이 ᄉᆞ은ᄒᆞ고 믈너오니 한쇼져와 엄쇼져 십삼 쳥츈의 봉관화리로 명뷔 되니, 냥가 부모의 두긋기미 측양업더라.

289)창오(蒼梧) : 창오산(蒼梧山). 중국 광서성(廣西省) 창오현(蒼梧縣)에 있는 산 이름. 순(舜) 임금이 죽었다고 전해지는 곳.

290)졍원(政院) : 승정원(承政院). 조선 시대에, 왕명의 출납을 맡아보던 관아. 정종 2년(1400)에 중추원을 고쳐 도승지 이하의 벼슬을 두었는데, 고종 31년(1894)에 승선원(承宣院)으로 고쳤다

291)별과(別科) : 별시(別試). 조선 시대에, 천간(天干)으로 '병(丙)' 자가 든 해, 또는 나라에 경사가 있을 때에 보던 임시 과거 시험.

292)ᄒᆡ원(解元) : 중국에서 각 성(省)에서 시행하는 향시(鄕試)에 1등으로 급제한 자를 이르는 말. 한국 고소설에서는 임금 앞에서 치르는 전시(殿試)의 2등 합격자를 이르는 말로 쓰고 있는데, 때로는 3등급제자인 탐화(探花)와 혼용되어 쓰이기도 한다. 그런데 중국이나 조선의 과거제도에서는 최종 시험인 전시(殿試)의 1등 급제자를 장원(狀元,壯元), 2등을 방안(榜眼), 3등을 탐화(探花)라 하였다.

293)봉관화리(封冠花里) : 한국 고소설에서 과거에 급제한 관원의 부인이나 공경대부(公卿大夫)의 부인과 같은 외명부(外命婦)가 머리에 쓰는 화려하게 장식한 관모(冠帽) 곧 족두(簇頭里)리를 이르는 말이다. 본래 족두리는 고려 때 원나라로부터 들어온 왕실여성들이 쓰는 관모(冠帽)인 고고리(古古里)에서 유래한 말로, 고려 이후 여성들이 예복(禮服)을 입을 때 이것을 관모(冠帽)로 머리에 썼다. 겉을 검은 비단으로 싼[封] 여섯 모가 난 모자[冠]로 위가 넓고 아래로 내려갈수록 좁으며 구슬로 화려하게[華] 장식했기 때문에, 이것 곧 족두리(簇頭里)[里]에 '봉관화리(封冠華里)'라는 이름을 붙

(命婦)되니 냥가 부모의 두굿기미 측냥 업더라.

조ᄒᆞᆨᄉᆞᄂᆞᆫ 벌열셩문(閥閱盛門)이라 션조유ᄆᆡᆨ(先祖遺脈)을 니어 부귀현달(富貴顯達)ᄒᆞ미 극ᄒᆞ여 벼ᄉᆞᆯ이 졈졈 놉하 뇽두각ᄐᆡᄒᆞᆨᄉᆞ 금ᄌᆞ광녹ᄐᆡ우 츄밀ᄉᆞ 좌각노(龍頭閣 太學士 金紫光祿太夫 樞密使 左閣老)의 니ᄅᆞ고 엄쇼져로 화락ᄒᆞ【48】여 오ᄌᆞ일녀(五子一女)를 두어 종요로온 복녹이 결비타인(決非他人)이라 ᄌᆞ숀이 ᄃᆡᄃᆡ로 긋지 아니ᄒᆞ니라.

ᄎᆞ년(此年) 츈의 믄득 동오왕(東吳王)의 ᄂᆡ조(來朝)ᄒᆞᄂᆞᆫ 션셩(先聲)이 가국(家國)의 니ᄅᆞ니 냥형과 친쳑이 깃거ᄒᆞ고 창의 즐겨ᄒᆞ믄 더옥 비길 ᄃᆡ 업더라.

계츈(季春) 념간의 오왕의 위의(威儀) 제도(帝都)의 밋ᄎᆞ니, ᄐᆡᄉᆞ 곤계와 엄학ᄉᆞ 형뎨와 쇼공ᄌᆞ 창이 슈십니의 가 마ᄌᆞ, 슈년지간(數年之間)이나 형뎨 부ᄌᆞ 슉질이 만나미 니회(離懷) 탐탐(耽耽)홈과 별졍(別情)의 무한ᄒᆞ믄 슈기셔(手記書)의 긔록지 못ᄒᆞᆯ비라.

왕이 격셰(隔歲) 니졍(離情)으로 동긔 슉친(叔親)과 부지 상봉ᄒᆞ니, 깃브믈 니【49】로 측냥ᄒᆞ리오만은, 텬안(天顔)의 조현(朝見)ᄒᆞ미 밧분 고로, 막ᄎᆞ(幕次)의 나려 총총이 니회를 잠간 편 후, 본국 ᄉᆞ신을 명ᄒᆞ여 조공(朝貢)을 시려 광녹시(光祿寺)[294]의 맛지라 ᄒᆞ고, 금뉸(金輪)을 도로혀 예궐(詣闕) ᄉᆞ은(謝恩)ᄒᆞ니, 상이 크게 반기샤 ᄲᆞᆯ니 인견(引見)ᄒᆞ시니, 왕이 텬안을 우러러 반가오미 교극(交極)ᄒᆞ여, 고두(叩頭) 팔비(八拜)ᄒᆞ고 산호비무(山呼拜舞)[295]ᄒᆞ기를 맛ᄎᆞ미, 상이 명ᄒᆞ여 평신(平身)ᄒᆞ라 ᄒᆞ시고, 슈돈(繡墩)[296]

인 것으로 추정된다. '봉관화리(封冠華里)'라는 말은 한국 고소설에만 나타나는 말로 전통복식 용어에는 나타나지 않는다.

294)광녹시(光祿寺) ; ①고려 시대에, 외빈(外賓)의 접대를 맡아보던 관아. 태조 초기에 둔 것으로, 문하성에서 외빈을 접대하는 일을 맡게 되면서 없어졌다.②중국의 북제·당나라 이후 제사나 조회(朝會) 따위를 맡아보던 관아.

295)산호비무(山呼拜舞) : 나라의 중요 의식에서 신하들이 임금의 만수무강을 축원하여 두 손을 치켜들고 만세를 부르고 절하던 일

조ᄒᆞᆨᄉᆞᄂᆞᆫ 션조 유ᄆᆡᆨ을 니어 부귀 현달ᄒᆞ미 극ᄒᆞ여 벼ᄉᆞᆯ이 졈졈 놉하 뇽두각 ᄐᆡᄒᆞᆨᄉᆞ ᄃᆡ광보국 츄밀ᄉᆞ 좌각노의 니르고, 엄쇼져로 《오ᄅᆞᄃᆡ‖오로지》 화락ᄒᆞ여 오ᄌᆞ일녀를 두어 죵요로이 복녹이[을] 누리니 ᄌᆞ숀이 ᄃᆡᄃᆡ로 긋치지 아니【32】니라.

ᄎᆞ년 츈의 오왕의 ᄂᆡ됴ᄒᆞᄂᆞᆫ 션셩이 가국의 니ᄅᆞ니, 양형과 친쳑이 깃거ᄒᆞ고 창의 즐겨ᄒᆞ믄 더욱 비길 ᄃᆡ 업더라.

계츈 염간의 오왕의 위의 뎨도의 밋ᄎᆞ니, ᄐᆡᄉᆞ 곤계와 엄ᄒᆞᆨᄉᆞ 형졔와 소공ᄌᆞ 창이 슈십 니 가 마ᄌᆞ, 슈년지간이나 형졔 듀봉ᄒᆞ고 부ᄌᆞ 슉즐[질]이 만나미, 이회 탐탐홈과 별졍의 무한ᄒᆞ믄 슈긔셔의 긔록지 못ᄒᆞᆯ너라.

왕이 격셰 이졍으로 동긔 슉친과 부ᄌᆞ 상봉ᄒᆞ니 깃부믈 어이 층양ᄒᆞ리오. 막ᄎᆞ의 나려 춍춍이 니회를 좀간 펴고 본【33】국 사신를 명ᄒᆞ여 됴공을 시러 광녹ᄉᆞ의 맛긔라 ᄒᆞ고, 금뉸을 도로혀 궐하의 나아가 예궐ᄉᆞ은ᄒᆞ니, 상이 오왕이 입됴ᄒᆞ믈 드르시고 크게 반기ᄉᆞ ᄲᆞᆯ니 옥폐를 나리와 인견ᄒᆞ시니, 왕이 드러와 산호비무ᄒᆞ기를 ᄆᆞᆺᄎᆞ미, 상이 슈돈을 갓가이 ᄒᆞ시며 옥식의 희긔를 ᄯᅴ여 뇽슈로 오왕의 쇼슈를 잡고 군신의 은근ᄒᆞᆫ 졍이 믄득 부ᄌᆞ의 감치 아닌더라.

을 갓가이ᄒᆞ샤, 옥ᄉᆡᆨ(玉色)의 희긔롤 ᄯᅴ여 뇽슈(龍手)로ᄡᅥ 왕의 쇼슈(小手)롤 장악(掌握)ᄒᆞ시ᄆᆡ, 군신의 은근ᄒᆞᆫ 졍이 믄득 부ᄌᆞ의 감치 아니ᄒᆞᆫ지라.

이의 옥음(玉音)이 권권(眷眷)ᄒᆞ【50】샤 왈,

"경(卿)의 츙의ᄃᆡᄌᆡ(忠義大哉)ᄂᆞᆫ 임의 아랏거니와, 이제 나라의 도라가 오국의 미황(靡荒)ᄒᆞᆫ 인심을 진졍ᄒᆞ며, 어진 교화로ᄡᅥ ᄉᆞ이번진(四夷藩鎭)을 감화ᄒᆞ여, 북으로 융젹(戎狄)의 창궐ᄒᆞ믈 덜고, ᄉᆞ이(四夷)롤 한 집을 삼아 왕화(王化)롤 빗ᄂᆡ며, 군덕(君德)을 ᄇᆞᆰ히고, 비록 일면 쇼왕지국(小王之國)이나, 도불습유(道不拾遺)[297]ᄒᆞ여 의연(依然)이 즁화지녜(中華之禮)롤 상ᄒᆡ오지 아니타 ᄒᆞ니, 엇지 아ᄅᆞᆷ답지 아니리오."

왕이 계슈복슈(稽首伏首)ᄒᆞ여 뇽음(龍音)이 미장필(未將畢)의 고두ᄉᆞ은(叩頭謝恩) 왈,

"신이 본ᄃᆡ 부ᄌᆡ박덕(不才薄德)으로ᄡᅥ 불과 촌공(寸功)이 업,시 폐하의 크게 포장ᄒᆞ시믈 밧ᄌᆞ와【51】 남면왕작(南面王爵)의 외람ᄒᆞ오믈 감당ᄒᆞ오니, 촌심이 슉야(夙夜) 우구ᄒᆞ와, 힝혀 우리 셩쥬의 밋어 맛지신 바롤 그ᄅᆞᆺ록ᄒᆞ와 폐하의 젹ᄌᆞ(赤子)로ᄡᅥ 불안ᄒᆞ오미 잇ᄉᆞ올가 ᄒᆞ옵더니, 폐ᄒᆡ 셩교(聖敎)롤 나리오샤 신의 감당치 못ᄒᆞ올 바로ᄡᅥ 명ᄒᆞ시니, 신이 불승황공ᄒᆞ와 알욀 바롤 아지 못ᄒᆞ리로쇼이다."

상이 ᄌᆡ삼 은우(恩遇)롤 두터이 ᄒᆞ시고 옥ᄇᆡ(玉杯)의 향온(香醞)을 반샤(頒賜)ᄒᆞ시며, 광녹시(光祿寺)롤 명ᄒᆞ여 셜연(設宴)ᄒᆞ여 군신이 크게 즐기실ᄉᆡ, 츈일이 지리ᄒᆞ믈 ᄭᆡ닷지 못ᄒᆞ샤, 일ᄉᆡᆨ이 졈을ᄆᆡ 셕양의 파연곡(罷宴曲)을 쥬【52】ᄒᆞ니, 텬ᄌᆡ 바야흐로 니원풍악(梨園風樂)[298]을 물니시고, 한담(閑談)ᄒᆞ샤

이에 옥음○[이] 권권○○[ᄒᆞ여] 위유ᄒᆞ샤 왈,

"경이 나라의 도라가 오국의 기황ᄒᆞᆫ 인심을 진졍ᄒᆞ여 어진 교화로ᄡᅥ【34】 ᄉᆞ이번진을 감화ᄒᆞ고 왕화을 빗ᄂᆡ여 군덕을 ᄇᆞᆰ히고, 비록 쇼왕지국이나 도블습유ᄒᆞ여 엄염연이 듕화지계를 상ᄒᆡ오지 아니타 ᄒᆞ니, 엇디 아ᄅᆞᆷ답디 아니이[리]요"

왕이 계슈ᄉᆞ은 왈,

"신이 본ᄃᆡ 박덕ᄒᆞᆫ 바로ᄡᅧ 블과 ᄎᆞᆫ공이 업시 폐하의 표장ᄒᆞ시믈 밧ᄌᆞ와 왕작의 외ᄅᆞᆷᄒᆞ오믈 감당ᄒᆞᄂᆞ니, ᄎᆞᆫ심이 슉야의 우구허와 횡혀 셩쥬의 미러 ᄆᆡᆨ기신 바를 져바리올가 ᄒᆞ옵더니, 폐[폐]하의 셩곤[교]을 밧ᄌᆞ오니 블승숑늅ᄒᆞ와 알욀 바를 아지 못ᄒᆞ나이다."

상이 ᄌᆡ【35】삼 은우를 ᄃᆞᆺ터이 ᄒᆞ시고 옥ᄇᆡ의 향온을 반ᄉᆞᄒᆞ시며 광녹시를 명ᄒᆞ여 셜연ᄒᆞ여 군신이 크게 즐기시다가, 상님의 가마괴 짓괴니 장ᄎᆞ 금문이 닷칠 ᄶᆡ라.

296)슈돈(繡墩) : 수를 놓은 앉을 자리.

297)도불습유(道不拾遺) : 길에 떨어진 물건을 주워 가지지 않는다는 뜻으로, 형벌이 준엄하여 백성이 법을 범하지 아니하거나 민심이 순후함을 비유하여 이르는 말. ≪한비자≫의 <외저설좌상편(外儲說左上篇)>에 나오는 말이다.

298)니원풍악(梨園風樂) : 장악원(掌樂院) 악공과 기생들이 펼쳐내는 음악. *이원(梨園); ①조선시대 장악원(掌樂院)을 달리 이르던 말. ②중

홍운(紅暈)이 몰셔(沒西)ᄒᆞ고, ᄇᆡᆨ뉸(白輪)[299]이 부상(扶桑)[300] 쳣 가지ᄅᆞᆯ 엿보니, 슉죄투림(宿鳥投林)[301]ᄒᆞ고 상님(桑林)[302]의 가마괴 즛궤니[303] 장ᄎᆞᆺ 금문(禁門)이 닷칠 ᄶᅵ라.

바야흐로 조회ᄅᆞᆯ 파ᄒᆞ시니 왕이 퇴조(退朝)ᄒᆞ여 궐문을 나오니, 냥형과 질ᄌᆞ 학ᄉᆞ운이 한가지로 도라오니, 장안 ᄃᆡ로상의 일만 촉농(燭籠)과 일쳔 홰불이 ᄇᆡᆨ쥬(白晝)ᄅᆞᆯ 묘시(藐視)ᄒᆞ니, 왕이 ᄉᆡ로이 뎨도(帝都) ᄇᆡᆨ만가(百萬家)ᄅᆞᆯ 도라보아, 문물을 반기고 ᄌᆞᄀᆡ 비록 북당(北堂)이 젹막ᄒᆞ나, 형뎨 족친이 번셩ᄒᆞ며 문회(門戶) 번화ᄒᆞ므로ᄡᅧ, ᄌᆞ긔 홀【53】노 타국의 취국(就國)ᄒᆞ여 일방(一邦)을 누리나, 믄득 ᄃᆡ조(大朝)로 더부러 외조(外朝) 번신(藩臣)의 셔의(齟齬)ᄒᆞ미 이시니, 쇼시의 조년닙조(早年入朝)ᄒᆞ여 은ᄃᆡᄌᆞ팔[달](銀臺紫闥)[304]의 쳥명(淸名)을 ᄌᆞ임ᄒᆞ여, 풍헌ᄃᆡ각(風憲臺閣)[305]의 ᄉᆞ필(史筆)을 잡아 군덕(君德)을 보유(補遺)ᄒᆞ던 바ᄂᆞᆫ 일장츈몽(一場春夢)이 되어시니, 도로혀 셰ᄉᆞᄅᆞᆯ 감상ᄒᆞ여 츄연 탄식ᄒᆞ믈 마지 아니ᄒᆞ고,

조초 월혜의 ᄉᆞᄉᆡᆼ존망(死生存亡)을 아지 못ᄒᆞ미 ᄉᆡᆼᄂᆡ(生來)의 유한(遺恨)이라.

관학 흉노(凶奴)의 거쳐ᄅᆞᆯ 츄심 칠팔년의 종시 찻지 못ᄒᆞ니, 비컨ᄃᆡ 《유음 ‖ 유명(幽

ᄇᆞ야흐로 퇴됴ᄒᆞ야 궐문을 나 양형과 즐ᄌᆞ를 다리고 도라오니,

국 당나라 때, 현종이 몸소 배우(俳優)의 기술을 가르치던 곳.

299)ᄇᆡᆨ뉸(白輪) : '흰 수레바퀴'라는 말로 '달'을 비유적으로 표현한 말.

300)부상(扶桑) : ①해가 뜨는 동쪽 바다. ②중국 전설에서, 해가 뜨는 동쪽 바닷속에 있다고 하는 상상의 나무. 또는 그 나무가 있다는 곳.

301)슉죄투림(宿鳥投林) : 잘 새는 숲으로 든다.

302)상림(桑林) : 중국 은나라 탕왕 때에, 7년 동안 가뭄이 계속되자 탕왕이 기우제를 지냈다는 수풀.

303)즛궤다 : 지껄이다. 떠들다. =짓궤다.

304)은ᄃᆡᄌᆞ달(銀臺紫闥) : 승정원(承政院)을 달리 이른 말. *은대(銀臺) : 조선시대 승정원(承政院)의 별칭. *자달(紫闥) : =궁중(宮中)

305)풍헌ᄃᆡ각(風憲臺閣) : 풍습과 기강을 바로 세우는 기관인 사간원과 사헌부를 일컫는 말. *풍헌(風憲) : 풍화(風化)와 헌장(憲章)이라는 뜻으로, 풍습과 도덕에 대한 규범을 이르는 말. *대각(臺閣) : 조선 시대에, 사헌부와 사간원을 통틀어 이르던 말.

明)》이 격(隔)ᄒᆞᆫ 듯ᄒᆞ고, 셰월노 조ᄎᆞ 나흘 ᄉᆡᆼ각건ᄃᆡ 발셔 팔셰라. 죽지 아【54】냐신즉 장셩(長成) 슈미(秀美)ᄒᆞ기의 밋쳐실 바와, 그 몸이 혹ᄌᆞ 만ᄆᆡᆨ(蠻貊)[306]의 ᄯᅥ러지며, 이젹(夷狄)의게 장(藏)ᄒᆞ여 그 쳔누(賤陋)ᄒᆞ미 옥(玉)이 니토(泥土)의 뭇치이고, 꼿치 분즙(糞汁)의 ᄯᅥ러진가. 이ᄅᆞᆯ ᄉᆡᆼ각ᄒᆞᄆᆡ 장부 웅심이나 셜결ᄒᆞ믈 ᄭᆡ닷지 못ᄒᆞᆯ지라.

져근덧 홍화방의 도라오니 녀로남복(女奴男僕)[307]이 황황 신보(申報)ᄒᆞ고, 쇼장미확(小臧微獲)[308]이 여족ᄒᆞ여 ᄂᆡ당의 알외며, 희공ᄌᆞ와 창공ᄌᆡ 부왕을 마줄ᄉᆡ, 왕이 금뉸(金輪)의 나려 ᄌᆞ질의 숀을 쥐고, 입문ᄒᆞᄆᆡ, 몬져 문묘(門廟[309])의 ᄇᆡ알(拜謁)ᄒᆞ고 ᄂᆡ당(內堂)의 니ᄅᆞ니, 즁당의 포진(鋪陳)을 ᄇᆡ셜ᄒᆞ고 촉을 ᄇᆞᆰ혓더라.

왕【55】이 당의 올나 냥위 형장으로 안항(雁行)을 니을ᄉᆡ, 최·범 냥부인으로 녜필 좌졍ᄒᆞᄆᆡ 말ᄉᆞᆷ을 펴 왈,

"창ᄋᆡ 슈년 ᄂᆡ의 조셩슈발(早成秀拔)ᄒᆞ고 언건셕ᄃᆡ(偃蹇碩大)ᄒᆞ미, 범아(凡兒)의 팔구셰 지난 듯ᄒᆞ믈 두굿겨, 셩덕이 호호ᄒᆞ믈 칭ᄉᆞᄒᆞ니, 최부인이 양양ᄌᆞ득ᄒᆞ여 거즛 겸양 왈,

"창아ᄂᆞᆫ 슉슉(叔叔)과 댱현뎨(張賢弟)의 ᄉᆡᆼ휵(生慉)ᄒᆞ신 바어ᄂᆞᆯ, 쳡이 겨유 ᄉᆡᆼ지(生之) 삼칠(三七)의 져ᄅᆞᆯ 거두어 양휵ᄒᆞᄆᆡ 쇼ᄉᆡᆼ(所生)으로 다ᄅᆞᆷ이 업고, 져의 위인이 셩회(誠孝) 츌뉴(出類)ᄒᆞ니 쳡이 긔츌(己出)이 아니믈 ᄭᆡ닷지 못ᄒᆞ니, 엇지 감히 ᄌᆞ식을 교양ᄒᆞᄆᆡ 슉슉의 과장ᄒᆞ시믈 감【56】당ᄒᆞ리잇고? 도로혀 황괴(惶愧)ᄒᆞ믈 니긔지 못ᄒᆞ리로쇼이다."

왕이 지삼 ᄉᆞ례ᄒᆞ고 ᄐᆡᄉᆞᄅᆞᆯ 향ᄒᆞ여 난혜쇼져의 그 ᄉᆞ이 장셩(長成)ᄒᆞ여 취가(娶嫁)ᄒᆞ여

녀로남복이 황황 신보ᄒᆞ고 쇼장미확이 여류ᄒᆞ여 ᄂᆡ당의 알외며 희공ᄌᆞ와 창공ᄌᆞ 부슉을 마즐ᄉᆡ, 왕이 금뉸의 ᄂᆞ려 ᄌᆞ딜의 숀을 쥐고 입문ᄒᆞᄆᆡ 몬져 문묘의 ᄇᆡ알ᄒᆞ고 ᄂᆡ당의 니르니, 듕당의 포진을 ᄇᆡ셜ᄒᆞ고 쵹을 ᄇᆞᆰ혓【36】더라.

왕이 당의 올나 양위 형장으로 안항을 일울ᄉᆡ 최·범 양부인으로 예필좌졍ᄒᆞᄆᆡ 말ᄉᆞᆷ○[을] 퍼[펴] 왈,

"창ᄋᆡ 슈년 ᄂᆡ의 됴셩슈발ᄒᆞ고 언젼[건]셕ᄃᆡᄒᆞ미 범아의 팔구 셰 지닌 ᄃᆞᆺᄒᆞ믈 두굿겨"

셩덕이 호호ᄒᆞ믈 층ᄉᆞᄒᆞ니, 최부인이 양양ᄌᆞ득ᄒᆞ야 거ᄌᆞᆺ 겸양 왈,

"창ᄋᆞ는 슉슉과 댱현뎨의 ᄉᆡᆼ휵ᄒᆞ신 ᄇᆡ나, 쳡이 ᄉᆡᆼ지 삼칠일의 져를 거두어 양휵ᄒᆞᄆᆡ 소ᄉᆡᆼ으로 다름이 업고, 저의 셩효 츌유ᄒᆞ니 쳡이 기츌이 안이믈 ᄭᆡᄃᆞᆺ디 못ᄒᆞ거ᄂᆞᆯ, 엇디 ᄌᆞ식을 조양【37】ᄒᆞᄆᆡ 감히 슉슉의 과장ᄒᆞ시믈 당ᄒᆞ리잇고?"

왕이 지삼 ᄉᆞ려[례]ᄒᆞ고 ᄐᆡᄉᆞ를 항ᄒᆞ여 난혜 그 ᄉᆞ이 장셩ᄒᆞ여 취가ᄒᆞ엿시믈 치하ᄒᆞ고, 츄밀 부부를 향ᄒᆞ여 왈,

306)만ᄆᆡᆨ(蠻貊) : 예전에, 중국인이 중국의 남쪽과 북쪽에 살던 민족을 낮잡아 이르던 말.
307)녀로남복(女奴男僕) : 여자종과 남자종.
308)쇼장미확(小臧微獲) : 어리고 작은 남녀종들. *장확(臧獲) : 종. 장(臧)은 사내종을, 획(獲)은 계집종을 말함.
309)문묘(門廟) : 한 가문의 사당(祠堂).

시믈 치하ᄒᆞ고, 츄밀과 범부인을 향ᄒᆞ여 운질의 닙신(立身) 취쳐(娶妻)ᄒᆞ여심과 옥혜쇼져의 취혼(娶婚)ᄒᆞ믈 치하ᄒᆞ여, 그 빵이 가ᄌᆞᆨᄒᆞ믈 일ᄏᆞᆺ고, ᄐᆡᄉᆞ 부부와 츄밀 부부ᄂᆞᆫ 그ᄉᆞ이 표의 쟝셩 입쟝ᄒᆞ믈 깃거ᄒᆞ며 호시 현부(賢否)ᄅᆞᆯ 무ᄅᆞ니, 왕이 츄연 ᄃᆡ왈,

"표ᄋᆡ 불초ᄒᆞ나 호시 현철ᄒᆞ니 오히려 과분ᄒᆞᆫ 안ᄒᆡ라. 엇지 ᄉᆡᆨ용(色容)을 의논ᄒᆞ리잇고?"

ᄐᆡᄉᆞ와 츄밀이 졈【57】두(點頭)ᄒᆞ더라.

한쇼제 봉관(封冠) 옥픠(玉佩)ᄅᆞᆯ 정히 ᄒᆞ여 왕긔 현알ᄒᆞ니, 왕이 쇼져의 용모의 ᄡᆡ혀남과 셩질의 온화ᄒᆞ믈 ᄋᆡ즁(愛重)ᄒᆞ미 친ᄌᆞ부(親子婦) 갓치 ᄒᆞ니, 쇼제 감격ᄒᆞ믈 니긔지 못ᄒᆞ더라.

왕이 냥형을 ᄃᆡᄒᆞ여 문 왈,

"난·옥 냥질네(兩姪女) 쇼뎨의 환경(還京)ᄒᆞ믈 아라실 듯ᄒᆞᄃᆡ, 엇지 이의 오지 아니니잇고?"

ᄐᆡᄉᆞ와 츄밀 왈,

"금일 오려 ᄒᆞ엿더니 각각 구가의 연괴 잇셔 명일은 오라 ᄒᆞ리라."

ᄒᆞ더라.

한담ᄒᆞ다가 야심ᄒᆞ미 ᄌᆞ질을 거ᄂᆞ려 ᄃᆡ셔헌의 나와 촉을 니어 담화ᄒᆞ다가, 곤계 삼인이 광금장침(廣衾長枕)310)의 힐항【58】지졍(頡頏之情)311)이 ᄉᆡ롭더라.

창아ᄅᆞᆯ 아회(雅懷)312)ᄒᆞ여 근근체쳬(懃懃棣棣)313)ᄒᆞᆫ ᄉᆞ랑이 텬눈 밧긔 ᄌᆞ별ᄒᆞ미 잇고, 슈세(數歲) ᄒᆡᄌᆞ(孩子) 부모ᄅᆞᆯ ᄯᅥ나 니러틋 슈미ᄒᆞ믈 보미, 두굿기믈 니긔지 못ᄒᆞ여, 어로만져 능히 잠을 일우지 못ᄒᆞ고, 창이 ᄯᅩᄒᆞᆫ 격년니슬(隔年離膝)의 친안(親顔)을 득승(得承)ᄒᆞ니, 쇼ᄋᆞ의 깃분 ᄯᅳᆺ이 장ᄎᆞᆺ 엇더ᄒᆞ리오만은, 오히려 ᄌᆞ모(慈母)의 음용(音容)을 반기기 어려오믈 슬허, 냥셩봉목(兩星鳳目)의

"운질이 입신 취쳐ᄒᆞ고 옥혜 취혼ᄒᆞ야 그 빵이 가ᄌᆞᆨᄒᆞ믈 하례ᄒᆞᄂᆞ이다."

츄밀 부부 ᄉᆞ려[례]ᄒᆞ고 ᄯᅩᄒᆞᆫ 치하ᄒᆞ여 그ᄉᆞ이 포[표]의 입댱ᄒᆞ믈 깃거ᄒᆞ며 호시 현부을 무르니, 왕이 츄연 ᄃᆡ왈,

"표ᄋᆡ 블쵸ᄒᆞ나 호시 현쳘ᄒᆞ니 오히려 과분ᄒᆞᆫ 안ᄒᆡ라. 엇지 ᄉᆡᆨ용을 의논ᄒᆞ리잇고?"

ᄐᆡᄉᆞ와 츄밀이【38】 졈두ᄒᆞ더라.

한쇼제 봉관옥ᄃᆡ로 왕게 현알ᄒᆞ니, 왕이 쇼져의 용모 ᄢᅦ여남과 셩질이 온화ᄒᆞ믈 ᄋᆡ듕ᄒᆞ더라.

왕이 양 형장을 ᄃᆡᄒᆞ여 문왈,

"난·옥 양 딜녀 효[쇼]제의 환경ᄒᆞ믈 아라슬 ᄃᆞᆺᄒᆞᆫᄃᆡ 엇디 이여[에] 오디 아니니잇가?"

ᄐᆡᄉᆞ의[와] 츄밀 왈,

"금일 오려 ᄒᆞ엿더니 각각 구가의 연고 잇셔 명일은 오리라."

ᄒᆞ고, ᄃᆡ셔현의 나와 쵹을 이여 담화ᄒᆞ다가 곤계 삼인이 광금장침의 힐힝[항]디졍이 ᄉᆡ로오며, 창ᄋᆞ를 아회ᄒᆞ여 근근체체ᄒᆞᆫ ᄉᆞ랑이 텬눈 박게 ᄌᆞ【39】별ᄒᆞ고, 슈삼 세 ᄒᆡᄌᆞ 부모를 ᄯᅥ나 일러틋 슈미ᄒᆞ믈 두긋기며 ᄋᆡ년ᄒᆞ더라.

310)광금장침(廣衾長枕) : 여러 사람이 함께 자면서 덮고 벨만큼 넓은 이불과 긴 베개.
311)힐항지정(頡頏之情) : 형제가 서로 장난치며 올라타고 내려뜨리고 하며 노는 정
312)아회(雅懷) : 마음 깊이 사랑함.
313)근근체체(懃懃棣棣) : 정성스럽고 은근함.

츄슈(秋水) 믈결이 ᄌᆞ로 어릐니, 왕이 ᄌᆡ삼 연ᄋᆡᄒᆞ여 ᄌᆞ로 어로만져 위로ᄒᆞ고 ᄋᆡ련ᄒᆞ믈 마지 아니터라.

명조(明朝)의 다시 예궐(詣闕) ᄉᆞ은(謝恩)ᄒᆞ고 부즁(府中)의 도라오【59】니, 녀한님 화학ᄉᆞ 조한님 등이 다 모다 왕긔 상면지녜(相面之禮)를 일우니, 왕이 화ᄒᆞᆨᄉᆞ의 영풍쥰골(英風俊骨)과 조한님의 옥인영ᄌᆡ(玉人英才)를 ᄉᆞ랑ᄒᆞ고 긔특이 너겨, 냥위 형장을 ᄃᆡᄒᆞ여 쾌셔(快婿) 어드시믈 하례ᄒᆞ니, ᄐᆡᄉᆞ와 츄밀이 흔연 왈,

"녀、화、조 삼낭은 가히 쾌셰(快壻)라. 문난(門欄)의 광치 ᄇᆡ승(倍勝)ᄒᆞ고 아녀의 바랄 ᄇᆡ 아니라."

ᄒᆞ더라.

녀싱은 다만 격셰 존후를 뭇ᄌᆞ올 ᄯᆞ롬이오, 화、조 냥싱은 쳐음으로 왕의 풍치 덕질을 보ᄆᆡ, 불승경찬(不勝敬讚)○○[ᄒᆞ여] 심복(心服)ᄒᆞ믈 마지 아니터라.

좌우로 쥬찬을 나와 빈쥬(賓主) 통음(痛飮)ᄒᆞᆯ시, 셜공이 ᄯᅩᄒᆞᆫ ᄌᆞ녀와 부인으로【60】더부러 니ᄅᆞ러 말ᄉᆞᆷᄒᆞ니, 남ᄆᆡ 반기미 측냥 업더라.

왕이 녀한님의 단즁ᄒᆞᆫ 긔질과 화학ᄉᆞ의 풍늉(豊隆) 화려(華麗)ᄒᆞᆫ 긔상을 보고 ᄐᆡᄉᆞ와 최부인긔 치하 왈,

"녀랑의 아ᄅᆞᆷ다오믄 젼의 아랏ᄉᆞᆸ거니와, 화랑의 영걸지풍(英傑之風)은 더옥 긔이ᄒᆞ여, 형장과 존슈(尊嫂)의 어진 ᄉᆞ회 어드시믈 깃거ᄒᆞ고, 질녀의 평싱이 쾌락ᄒᆞᆯ 바를 깃거ᄒᆞᄂᆞ이다."

ᄯᅩ 츄밀 부부를 향ᄒᆞ여 조싱의 아ᄅᆞᆷ다오믈 일ᄏᆞᄅᆞ니, ᄐᆡᄉᆞ 곤계와 최、범 냥부인이 흔연 화답ᄒᆞ고 쥬비(酒杯)를 날니더니, 외당의 ᄀᆡᆨ이 운집ᄒᆞ니, 왕의 곤계 ᄌᆞ셔(子婿)를 거ᄂᆞ려 외【61】헌의 나와 빈ᄀᆡᆨ을 관졉(款接)ᄒᆞ더라.

이윽고 졔ᄀᆡᆨ이 도라가고, 녀、화、조 삼쇼져 등이 니ᄅᆞ러 슉부긔 비알ᄒᆞ니, 녀실 초혜ᄂᆞᆫ 발셔 '장옥(掌玉)의 져ᄉᆡ(儲嗣)'[314] 잇셔

314) 장옥(掌玉)의 져ᄉᆡ(儲嗣) : 대(代)를 이을 귀

명됴의 다시 례궐ᄉᆞ은ᄒᆞ고 부듕의 도라오니, 녀한님 화ᄒᆞᆨᄉᆡ 조한림 등이 다 모다 왕게 상면지예을 일우니, 왕이 화ᄒᆞᆨᄉᆞ 영풍과 조한림의 영ᄌᆡ를 ᄉᆞ랑ᄒᆞ더라.

좌우로 쥬찬을 나와 통음ᄒᆞᆯ시, 셜공이 ᄯᅩᄒᆞᆫ ᄌᆞ예[녜]와 부인으로 더부러 이르러 말ᄉᆞᆷᄒᆞ니 남ᄆᆡ 반기미 측양업더라.

왕이 긔리든 희포를 일우며 쥬비를 날니더니, 외당○[의] ᄀᆡᆨ이 운집ᄒᆞᄆᆡ 왕의 곤계 외헌의 나【40】와 빈ᄀᆡᆨ을 관졉ᄒᆞ여 흣터진 후 다시 ᄂᆡ당의 니르니, 녀·화·조 삼쇼졔 ᄎᆞ례로 니르러 슉부긔 비알ᄒᆞᄆᆡ, 녀실 쵸혜ᄂᆞᆫ 발셔 장옥의 져ᄉᆡ 잇셔, 옥 ᄀᆞᆺ튼 ᄋᆞᄌᆞ를 두엇더라.

옥 갓흔 아ᄌᆞᄅᆞᆯ 두엇더라.

삼쇼제 각각 슉부ᄅᆞᆯ 뵈오ᄆᆡ 반기ᄂᆞᆫ 마ᄋᆞᆷ이 아험(娥臉)315)을 움ᄌᆞᆨ이니, 빗난 ᄭᅩᆺ치 바야흐로 함담(菡萏)316)을 버려시니, 쳔교만틱(千嬌萬態) 불가형언이라.

왕이 ᄯᅩᄒᆞᆫ 제질(諸姪)을 무ᄋᆡ(撫愛)ᄒᆞ미 친녀의 감치 아니터니, 믄득 상연(爽然)이 타루(墮淚)ᄒᆞ여, 월혜의 ᄉᆞ싱존망(死生存亡)을 아지 못ᄒᆞ믈 참연ᄒᆞ여, 냥위 형장긔 고왈,

"관학 흉노(凶奴)ᄅᆞᆯ 발서 팔구년의 종젹【62】을 아지 못ᄒᆞ니, 월혜의 ᄉᆞ싱은 이 가온ᄃᆡ 이실 거시니, 엇지 ᄎᆞᆷ혹지 아니리잇고? 비록 닛고져 ᄒᆞ나 션혜의 날노 슈미ᄒᆞ믈 볼 젹마다, 더옥 역니지통(逆理之痛)317)과 단장지곡(斷腸之曲)318)이 고인(古人)의 상명(喪明)319)의 더ᄒᆞ이다."

ᄐᆡᄉᆞ 곤계 위로 왈,

"현뎨의 텬뉸ᄌᆞᄋᆡ(天倫慈愛)로ᄡᅧ 엇지 이러치 아니리오만은, 다만 밋ᄂᆞᆫ 바ᄂᆞᆫ 월아의 텬싱 작픔(作稟)이, 텬디(天地)의 슈이(殊異)ᄒᆞᆫ 졍ᄆᆡᆨ(精脈)이 그ᄅᆞᆺ 곤이(昆夷)320)의 ᄡᅥ러져시나, 그 품슈ᄒᆞᆫ ᄇᆡ 비상ᄒᆞ니, 우형 등의 마ᄋᆞᆷ은 관학 흉인《이나‖이라도》 결단코 월아ᄂᆞᆫ ᄒᆡ치 못ᄒᆞ여시리니, 혹ᄌᆞ 텬셩이 단회(團會)ᄒᆞᆯ 시졀이 이실가 ᄒᆞᄂᆞ니,【63】 현뎨ᄂᆞᆫ

한 아들. *장옥(掌玉) : =장중보옥(掌中寶玉). 손안에 있는 보배로운 구슬이란 뜻으로, 귀하고 보배롭게 여기는 존재를 비유적으로 이르는 말. ≒장중주(掌中珠). *저사(儲嗣) : ①왕세자. ②후사(後嗣). 대(代)를 이을 자식

315)아험 : 아검(娥臉)의 변음. 고운 빰, 고운 얼굴.

316)함담(菡萏) : 연꽃의 봉오리.

317)역니지통(逆理之痛) : 순리(順理)를 거스르는 일을 당한 슬픔이라는 말로, 자식을 잃은 부모의 슬픔을 말함.

318)단장지곡(斷腸之曲) : 창자가 끊어지는 것처럼 슬픈 마음.

319)상명(喪明) : =상명지통(喪明之痛). 눈이 멀 정도로 슬프다는 뜻으로, 아들이 죽은 슬픔을 비유적으로 이르는 말. 옛날 중국의 자하(子夏)가 서하(西河)에 있을 때 아들을 잃고 너무 슬피 운 끝에 눈이 멀었다는 고사에서 유래한다. 이를 서하지탄(西河之歎)이라고도 한다.

320)곤이(昆夷) : 서융(西戎) 곧 '오랑캐 족속'을 이르는 말.

삼쇼제 각각 슉부ᄅᆞᆯ 뵈오ᄆᆡ 반기ᄂᆞᆫ 우음이 아협을 ᄌᆞᆷ가시니, 빗ᄂᆞᆫ ᄭᅩᆺ치 ᄇᆞ야흐로 함담을 버려시니 쳔교만틱 블가형언이라.

왕이 ᄯᅩ한 제질을 무ᄋᆡᄒᆞ미 친녀의 감치 아니니, 믄득 상연타루ᄒᆞ여 월혜의 ᄉᆞ싱죤망을 아디 못ᄒᆞ믈 참상ᄒᆞ여 냥위 형댱긔 고왈,

"관학 흉노ᄅᆞᆯ ᄇᆞᆯ셔 팔구 년【41】의 죵젹을 아디 못ᄒᆞ니, 월혜의 ᄉᆞ싱은 이 ᄀᆞ온ᄃᆡ 이실 거시니 엇디 참혹디 아니리잇고? 비록 잇고져 ᄒᆞ나 션혜의 슈미ᄒᆞ믈 볼 젹마다 더옥 역니지통과 단장지극이 상명의 더ᄒᆞ이다."

ᄐᆡᄉᆞ와 츄밀이 위로 왈,

"현뎨의 텬뉸ᄌᆞᄋᆡ로ᄡᅧ 엇디 이러치 아니리요만[마]는 다만 밋ᄂᆞᆫ 바ᄂᆞᆫ 월ᄋᆞ의 텬싱 ᄌᆞ픔이 비상ᄒᆞ니, 우형 등의 마음의 관학 흉인이나 결단코 월ᄋᆞᄂᆞᆫ ᄒᆡ치 못ᄒᆞ여시리니, 혹ᄌᆞ 텬뉸이 단회ᄒᆞᆯ 시졀이 이실가 ᄒᆞᄂᆞ니, 현뎨ᄂᆞᆫ 과회치 말【42】나."

과회(過悔)치 말나."

왕이 냥형의 말숨을 듯고 츄연 탄식 홀 ᄯᆞ롬이러라.

왕이 이의 슈삭을 머므러 친쳑붕위(朋友) 날을 니어 모드며, 형데ᄌᆞ질(兄弟子姪)이 환낙(歡樂)홀시, 이의 슈월을 지ᄂᆡ니 임의 환귀(還歸)홀 지쇽(遲速)이 갓가왓ᄂᆞᆫ지라. 별졍(別情)이 ᄎᆞ아(嵯峨)ᄒᆞ나 시러곰 국도(國都)를 뷔오지 못홀지라.

드ᄃᆡ여 턱일(擇日) 발힝홀시, 옥궐(玉闕)의 하직ᄒᆞ온ᄃᆡ, 상이 인견(引見) ᄉᆞ쥬(賜酒)ᄒᆞ시고, 쥬옥진보(珠玉珍寶)를 갓초 상ᄉᆞ(賞賜)ᄒᆞ시며 조히 가라 ᄒᆞ시니, 왕이 ᄉᆞ은 하직ᄒᆞ고 퇴ᄒᆞ여 본부의 도라오니, 창이 즁문의 나와 마ᄌᆞᄆᆡ, 봉미(鳳眉)의 슈운(愁雲)이 가【64】득ᄒᆞ고, 셩안의 누흔이 어릐엿거ᄂᆞᆯ, 왕이 블승(不勝) ᄋᆡ련(哀憐)ᄒᆞ여 숀을 닛그러 ᄂᆡ당의 드러오니, 가즁 상히(上下) 별회를 늣겨 슈심(愁心)이 만단(萬端)ᄒᆞ더라.

왕이 창의 쇼슈(素袖)[321]를 잡고 최부인긔 고왈,

"창이 강보(襁褓)를 면ᄒᆞ고, 존싊(尊嫂) 거두어 교양ᄒᆞ시니, 지극ᄒᆞᆫ 졍이 엇지 친싱의 감ᄒᆞ미 잇시리잇고만은, 맛츰ᄂᆡ 텬눈지ᄋᆡ(天倫之愛)ᄂᆞᆫ 버히기 어렵ᄉᆞ온지라. 이제 쇼싱이 환국(還國)ᄒᆞ믈 당ᄒᆞ여 비창(悲愴)ᄒᆞ미 여ᄎᆞ(如此)ᄒᆞ니, 엇지 ᄋᆡ셕(哀惜)지 아니리잇고? 복원 존슈ᄂᆞᆫ 무휼(撫恤)ᄒᆞ샤 그 유하(乳下)의 니측(離側)ᄒᆞ여 존슈(尊嫂)긔 의탁ᄒᆞᆫ 졍ᄉᆞ를 민지긍지(閔之矜之)[322]ᄒᆞ쇼셔."

최부【65】인이 셩안(星眼) 츄파(秋波)의 화긔(和氣) 낭연(朗然)ᄒᆞ여 념임칭ᄉᆞ(斂衽稱謝) 왈,

"슉슉(叔叔)은 창아로ᄡᅧ 념녀치 마르시고 귀체를 기리 셩슈만년(聖壽萬年)ᄒᆞ시믈 긔약ᄒᆞ쇼셔."

왕이 지삼 ᄉᆞ례ᄒᆞ고 형데 ᄌᆞ질이 분슈(分手)홀시, 가즁의 쇼연(小宴)을 여러 왕을 젼

왕이 츄연 탄식홀 ᄯᆞ름이러라.

슈월이 디나ᄆᆡ 왕의 환귀홀 지속이 ᄀᆞᆺ가왓ᄂᆞᆫ지라. 별졍이 ᄎᆞ아ᄒᆞ니 시러금 국도를 뷔오디 못ᄒᆞ여 드ᄃᆡ여 턱일 발힝홀 시, 옥궐의 하직ᄒᆞ니 상이 인견 ᄉᆞ듀ᄒᆞ시고 쥬옥진보를 숭ᄉᆞᄒᆞ시며 됴히 가라 ᄒᆞ시니, 왕이 ᄉᆞ은슉비ᄒᆞ고 퇴ᄒᆞ여 본부의 도라오니, 창이 듕문의 나와 마ᄌᆞᄆᆡ 봉미의 슈운이 ᄀᆞ득ᄒᆞ엿거ᄂᆞᆯ, 왕이 ᄋᆡ연ᄒᆞ여 숀을 잇그러 ᄂᆡ당의 드러오니, 가듕 상히 별회를 늣겨 슈심이 만단이라. 왕이 창ᄋᆞ의 쇼슈【43】를 잡고 최부인계 고왈,

"창ᄋᆞ 쇼싱의 귀국ᄒᆞ믈 당ᄒᆞ여 비상ᄒᆞ미 여ᄎᆞᄒᆞ니 엇디 ᄋᆡ셕지 아니리요? 복원 존슈ᄂᆞᆫ 무휼ᄒᆞ야 그 유하의 니측ᄒᆞ여 죤슈긔 의탁ᄒᆞᆫ 졍ᄉᆞ를 민디긍디ᄒᆞ소셔."

최부인이 셩안 츄파의 화긔 낭ᄌᆞᄒᆞ여 층ᄉᆞ 왈,

"슉슉은 창ᄋᆞ로ᄡᅧ 념치 마르시고 귀톄를 기리 셩슈만년ᄒᆞ시믈 긔양[약]ᄒᆞ소셔."

왕이 지삼 ᄉᆞ례ᄒᆞ고 형뎨ᄌᆞ질이 분슈홀시, 가듕의 쇼연을 여러 왕을 젼숑ᄒᆞ더라.

321)쇼슈(素袖) : 하얀 옷소매.

322)민지긍지(憫之矜之) : 가엽게 여기고 불쌍히 여김.

숑ᄒᆞ더라.

왕이 냥슈(兩嫂)와 ᄆᆡᄌᆞ(妹子)와 제질(諸姪) 여부(女婦)를 작별ᄒᆞ고, 금눈(金輪)의 오ᄅᆞ니, ᄐᆡᄉᆞ와 츄밀이 ᄌᆞ질 삼인과 셜복야로 더부러 십니(十里)의 나와 니별ᄒᆞ니, ᄯᅥ나ᄂᆞᆫ 회푀 ᄉᆡ롭더라.

왕이 형뎨 분슈ᄒᆞ고 ᄌᆞ질을 니별ᄒᆞ여 길ᄒᆡ 오ᄅᆞ니, 임의 환경(還京) 슈삭(數朔)의 삼하(三夏)를 지ᄂᆡ고 귀국ᄒᆞ니, ᄶᅵ 졍히 계하(季夏) 초츄(初秋)【66】라. 일노의 무ᄉᆞ히 힝ᄒᆞ여 월여의 본국의 니ᄅᆞ니, 시셰(是歲) 즁츄초간(中秋初間)이라. 승상(丞相) 호경이 문무ᄇᆡᆨ관(文武百官)으로 더부러 셰ᄌᆞ를 뫼셔, 왕을 영졉ᄒᆞ여 국도(國都)의 드러가니, 당휘 녀부로 마ᄌᆞ며 비빙(妃嬪) 졔희(諸姬) 다 문안ᄒᆞ더라.

왕이 후(后)와 ᄌᆞ녀뷔(子女婦) 무고ᄒᆞ믈 깃거 별ᄂᆡ(別來)를 니ᄅᆞ고, 창아의 장셩슈미(長成秀美)ᄒᆞ믈 젼ᄒᆞ고, 모든 셔간을 젼ᄒᆞ니, 이 가온ᄃᆡ 댱각노 부즁(府中) ᄂᆡ외 셔간이 드럿ᄂᆞᆫ지라. 구문(舅門) 졔인과 일가 ᄌᆞᄆᆡ의 셔간을 반기며, 누쳔니(累千里) 이국의 경향(京鄕)이 아오라ᄒᆞ믈[323] 슬히ᄒᆞ며, 관학의 종젹을 못ᄎᆞᄌᆞᄆᆡ 월아의 거쳬(去處)【67】망단(望斷)ᄒᆞ미, 경니화(鏡裡花)[324] 슈즁월(水中月)[325] 갓흐니, 오히려 '복ᄌᆞ하(卜子夏)의 상명(喪明)'[326]과 '한ᄌᆞᄉᆞ(韓刺史)의 우롬'[327]을

---

323)아오라ᄒᆞ다 : 아스라하다. 아득하다. =아ᄋᆞ라ᄒᆞ다.

324)경니화(鏡裏花) : '거울 속에 비친 꽃'이란 뜻으로 상상 속에만 있고 현실에는 존재하지 않는 것을 비유로 일컫는 말.

325)수즁월(水中月) : '물속에 비친 달'이란 뜻으로 실제로 잡아보거나 만져볼 수 없는 것을 비유로 이르는 말.

326)복ᄌᆞ하(卜子夏)의 상명(喪明) : 복ᄌᆞ하(卜子夏)의 상명지탄(喪明之嘆)을 말함. 옛날 중국의 자하(子夏)가 아들을 잃고 슬피 운 끝에 눈이 멀었다는 데서 유래한 말. *복자하(卜子夏) : 중국 춘추 시대의 유학자(B.C.507~?B.C.420). 본명은 복상(卜商). 공자의 제자로서 십철(十哲)의 한 사람이다. 위나라 문후(文侯)의 스승으로 시와 예(禮)에 능통하였는데, 특히 예의 객관적 형식을 존중하였다.*상명지탄(喪明之嘆); 눈이 멀 정도로 슬프다는 뜻으로, 아들이

왕이 냥슈와 ᄆᆡᄌᆞ와 제질 녀부를 작별ᄒᆞ고 금눈의【44】 오르니 ᄐᆡᄉᆞ 형뎨 ᄌᆞ딜 삼인과 셜복야로 더브러 십 니의 나와 니별ᄒᆞ니 ᄯᅥ나ᄂᆞᆫ 회푀 ᄉᆡ롭더라.

왕이 형뎨 분슈ᄒᆞ고 ᄌᆞ딜을 니별ᄒᆞ여 길ᄒᆡ 오르니, 임의 환경 수월의 삼하를 디ᄂᆡ고 귀국ᄒᆞ니 ᄶᅵ 졍이 쵸츄라. 일노의 무ᄉᆞ히 힝ᄒᆞ여 본국의 니르니 시셰 듕츄 하간이라.

승샹 호겸이 문무ᄇᆡᆨ관으로 더브러 셰ᄌᆞ을 뫼셔 왕을 영졉ᄒᆞ여 국도의 드러가니, 댱휘 녀부로 마ᄌᆞ니 왕이 후와 ᄌᆞ녀부를 거나려 무고ᄒᆞ믈 깃거 별ᄂᆡ를 니를[ᄅᆞ]고, 창ᄋᆞ의 수미장셩ᄒᆞ【45】믈 젼ᄒᆞ니 모든 셔간을 젼ᄒᆞ니 이 간 가온ᄃᆡ 당[댱] 각노 부듕 ᄂᆡ외 셔간이 드러ᄂᆞᆫ지라. 구문 졔인과 일가 ᄌᆞᄆᆡ의 셔간을 반기며 누쳘[쳔]니 이국의 졍항이 아으라ᄒᆞ믈 슬허ᄒᆞ며, 관확의 죵젹을 몰나 월ᄋᆞ의 거체 망단ᄒᆞ믈 닐너 슬허ᄒᆞ미 복ᄌᆞ하의 상명을 블워ᄒᆞ더라. 왕이 드ᄃᆡ여 ᄇᆡᆨ관의 진하를 밧고 졍ᄉᆞ를 다ᄉᆞ리니 오국이 ᄐᆡ평ᄒᆞ더라.

블워ᄒᆞ더라.

왕이 드ᄃᆡ여 ᄇᆡᆨ관의 진하(進賀)를 밧고 금난뎐의 도라와 졍ᄉᆞ를 다ᄉᆞ리니, 오국이 ᄐᆡ평ᄒᆞ더라. ᄎᆞ후 왕이 츈츄로 조공(朝貢)을 풍셩이 ᄒᆞ며, 본국쇼산(本國所産)과 긔특ᄒᆞᆫ 보패(寶貝)와 공교로온 물건을 ᄃᆡ조(大朝) 본부의 보ᄂᆡ여, 최부인 ᄉᆞ용(私用)을 치오며, 제질의 ᄌᆞ장(資粧)을 돕게 하니, 최부인이 심히 깃거ᄒᆞ고, 비록 창아를 ᄉᆞ랑튼 아니나 ᄌᆞ긔게 아들이 업고, 오국 쇼공지물(所貢之物)이 만흐니, 인정과 안면의 거릿겨 사룸【68】보ᄂᆞᆫᄃᆡ 창을 ᄉᆞ랑ᄒᆞ미 근근쳬쳬(懃懃棣棣)ᄒᆞ니, ᄐᆡᆨᄉᆞᄂᆞᆫ 쇼탈ᄒᆞᆫ 장뷔라. 부인의 질족간험(疾足奸險)[328]ᄒᆞ믄 아지 못ᄒᆞ더라.

ᄌᆡ셜(再說), 화싱이 엄쇼저를 취ᄒᆞ미 진즁ᄒᆞᆫ 은졍은 무비(無比)ᄒᆞ나, 쇼제 너모 강녈식식ᄒᆞ니, 싱이 졈졈 노ᄒᆞ여 ᄌᆞ연 상힐(相詰)ᄒᆞ미 ᄌᆞᆺ고, 젼일 최부인 힝ᄉᆞ를 통히ᄒᆞ여 언간의 반ᄃᆞ시 교만(驕慢) 무힝(無行)ᄒᆞᆫ 부인이라 ᄒᆞ여, ᄇᆡᆨ단 조롱ᄒᆞ며 즐칙ᄒᆞ여 금슬지낙(琴瑟之樂)[329]을 일우미 조금도 공경ᄒᆞ미 업셔, 위엄과 힘으로 핍박ᄒᆞ여 졍을 ᄆᆡᄌᆞ니, 쇼제 노분이 츙식(充塞)ᄒᆞ여 졈졈 불복(不服)ᄒᆞ니, ᄌᆞ연 화긔 상ᄒᆞᄂᆞᆫ지라.【69】

싱이 나종은 심홰(心火) ᄃᆡ발(大發)ᄒᆞ여 크게 ᄭᅮ짓고 밧그로 나온 후ᄂᆞᆫ, 모란졍의 종적을 ᄭᅳᆺᄎᆞ니, 쇼제 싀훤ᄒᆞ미 등의 가싀를 버슨 듯ᄒᆞᄃᆡ, 싱이 미녀셩식(美女聲色)을 즐기며 쥬찬을 징식(徵索)ᄒᆞ여, 조곰 더ᄃᆡ면 호령이

죽은 슬픔을 비유적으로 이르는 말.

327)한ᄌᆞᄉᆞ(韓刺史)의 우룸 : 조주자사(潮州刺史) 한유(韓愈)의 울음이란 뜻으로, 한유가 조카 한성로(韓成老)가 죽자, <제십이랑문(祭十二朗文)>을 지어 그 죽음을 슬퍼 애도한 일을 두고 이르는 말. *한유(韓愈): 중국 당나라의 문인·정치가(768~824). 자는 퇴지(退之). 호는 창려(昌黎). 당송 팔대가의 한 사람으로, 변려문을 비판하고 고문(古文)을 주장하였다. 시문집에 ≪창려선생집≫ 따위가 있다.

328)질족간험(疾足奸險) : 약삭빠르고 간악하고 음험함.

329)금슬지낙(琴瑟之樂) : 거문고와 비파가 서로 어우러져 내는 음악이라는 뜻으로, 부부간의 사랑을 이르는 말.

ᄎᆞ후 왕이 츈츄로 됴공을 풍셩이 ᄒᆞ며 본국 쇼산과 긔특ᄒᆞᆫ 보피와 공교로온 믈건을 본부의 보ᄂᆡ여 최부인 ᄉᆞ용을 치오【46】며 제질의 ᄌᆞ장을 돕게 ᄒᆞ니, 최부인○[이] 심히 깃거ᄒᆞ고, 비록 창ᄋᆞ를 ᄉᆞ랑튼 아니나 ᄌᆞ가의게 ᄋᆞ돌이 업고 오국 쇼봉지믈이 만흐《믈‖므로》, 인정과 안면의 거릿겨 ᄉᆞ룸 보ᄂᆞᆫᄃᆡᄂᆞᆫ 창을 ᄉᆞ랑ᄒᆞ미 근근쳬쳬ᄒᆞ니, ᄐᆡᆨᄉᆞᄂᆞᆫ 쇼탈ᄒᆞᆫ디라 부인의 질독간험ᄒᆞ믄 아디 못ᄒᆞ더라.

ᄌᆡ셜. 화싱이 엄쇼져를 취ᄒᆞ미 진듕ᄒᆞᆫ 은졍은 무비ᄒᆞ나 쇼제 너무 강녈ᄒᆞ니 싱이 졈졈 노ᄒᆞ야 ᄌᆞ연 상힐ᄒᆞ미 ᄌᆞᆺ고, 젼일 최부인 힝ᄉᆞ를 통이ᄒᆞ여 언간의 반다시 교간무힝ᄒᆞᆫ 부인이라 ᄒᆞ여 ᄇᆡᆨ단 죠롱【47】ᄒᆞ여 즐칙ᄒᆞ여, 금슬디낙를 일우미 죠금도 공경ᄒᆞ미 업셔 위엄과 힘으로 핍박ᄒᆞ여 졍을 ᄆᆡᄌᆞ니, 쇼제 노분이 츙식ᄒᆞ여 졈졈 블복ᄒᆞ니 ᄌᆞ연 화긔 상ᄒᆞᄂᆞᆫ디라.

싱이 나죵은 심화 ᄃᆡ발ᄒᆞ여 크계 ᄭᅮ딧고 박그로 나온 후ᄂᆞᆫ 모란졍의 죵젹을 ᄭᅳᆺᄎᆞ니, 쇼제 시원ᄒᆞ미 등의 가싀를 버슨 ᄃᆞᆺᄒᆞ되, 싱이 미녀 셩식를[을] 즐기며 쥬찬을 징식ᄒᆞ여 조금 더ᄃᆡ면 호령이 싱풍ᄒᆞ야 유랑 시비 등을 즙아다가 치며 쇼져를 견집ᄒᆞᄂᆞᆫ 칙언이 ᄭᅳᆺ치디 아니니, 쇼제 십[심]니의【48】 닝쇼ᄒᆞ나 그 졀젹ᄒᆞ믈 다힝ᄒᆞ여 향긔로온 쥬찬을 ᄃᆡ령ᄒᆞ여 찻기를 등ᄃᆡᄒᆞ여 군쇽ᄒᆞ미 업ᄉᆞ나, 싱의 무힝ᄒᆞ믈 노ᄒᆞ고 또 창악으로 즐기믈 너욱 븐노ᄒᆞ나, ᄌᆞ긔 《임믜‖이미》 화합홀 ᄯᅳᆺ이 업ᄉᆞ니, 져의 풍뉴 호신○[을] 알 비 아니라 ᄒᆞ여 기회ᄒᆞ미 업더라.

싱풍(生風)ᄒᆞ여, 유랑 시비 등을 잡아다가 치며, 쇼져를 견집(堅執)ᄒᆞᄂᆞᆫ 칙언이 긋지 아니니, 쇼제 심니(心裏)의 닝쇼(冷笑)ᄒᆞ나 그 졀젹(絶迹)ᄒᆞ믈 다힝ᄒᆞ여, 향긔로온 쥬찬을 ᄃᆡ령ᄒᆞ여 찻기를 등ᄃᆡᄒᆞ여, 군쇽(窘束)ᄒᆞ미 업ᄉᆞ나, 싱의 무힝ᄒᆞ믈 노ᄒᆞ고, 또 창악(娼樂)으로 즐기믈 더옥 분노ᄒᆞ나, ᄌᆞ긔 임의 화합ᄒᆞᆯ 뜻이 업ᄉᆞ니【70】져의 풍뉴 호탕을 알 ᄇᆡ 아니라 ᄒᆞ여, ᄀᆡ회(介懷)ᄒᆞ미 업더라.

싱이 최부인을 뮈이 너기고 쇼져의 염고ᄒᆞ믈 ᄉᆡᆺ고져 ᄒᆞ나, 기실(其實)은 여텬디무궁(如天地無窮)ᄒᆞᆫ 뜻이 잇ᄂᆞᆫ지라. 슌여일(旬餘日) 쇼져를 보지 못ᄒᆞ니, 진즁ᄒᆞᆫ 졍으로 능히 억제치 못ᄒᆞ여, 일일은 부모긔 혼졍(昏定)을 일울ᄉᆡ, 쇼제 미양 학ᄉᆞ 보기 괴로와 신혼셩졍(晨昏省定)을 일즉이 ᄒᆞ고 물너가니, 시고(是故)로 부뷔 못 보완 지 십여일이라. 이날 혹시 보려ᄒᆞ여 부러 일즉이 혼졍ᄒᆞ니, 쇼제 발셔 문안ᄒᆞ고 물너낫더라.

즁당(中堂)의셔 만나니 쇼제 봉관옥픽(封冠玉佩)를 졍히 ᄒᆞ고, 우ᄉᆞ【71】나군(羽紗羅裙)[330]으로 표표(表表)이 나아오니, 먼니 바라보미 명월이 운간(雲間)의 비회ᄒᆞ며, 텬숀(天孫)이 작교(鵲橋)[331]를 건너미라. 믄득 싱을 보고 번연(翻然) 역식(易色)ᄒᆞ고 년보(蓮步)를 ᄌᆞ로[332] 옴겨 침쇼로 도라가ᄂᆞᆫ지라.

싱이 먼니 가도록 바라보며 반갑고 긔이ᄒᆞ며 ᄋᆡ련ᄒᆞ믈 니긔지 못ᄒᆞ나, 그 염피(厭避)ᄒᆞ믈 노ᄒᆞ여 헤오ᄃᆡ,

“엄시 너모 초강(超强)ᄒᆞ미 흠이라. ᄂᆡ 한번 쇽여 박졍(薄情)ᄒᆞᆫ 긔식(氣色)으로 져의 동졍(動靜)을 보고져 ᄒᆞ미러니, 제 도로혀 겁(怯)ᄒᆞ믄 업고, 나의 종젹을 보지 아니믈 원ᄒᆞ여 피ᄒᆞ믈 ᄉᆞ갈(蛇蝎)갓치 ᄒᆞ니, 졍즁(鄭重)ᄒᆞᆫ 쳐ᄌᆞ로 공연이 화락을 폐ᄒᆞ【72】니, 엇

싱이 최부인을《무위‖믜이》넉이고 쇼져의 강녈ᄒᆞ믈 ᄭᅥᆨ고져 ᄒᆞ나, 기실ᄂᆞᆫ 여텬디무궁ᄒᆞᆫ 졍이 잇ᄂᆞᆫ 고로 슌여 일 쇼져를 보디 못ᄒᆞ미 진듕ᄒᆞᆫ 졍을 능히 억졔티 못ᄒᆞ더니, 일일ᄂᆞᆫ 부모게 혼졍을 일울ᄉᆡ 쇼제 혹ᄉᆞ 보기를 괴로와【49】미양 신혼셩졍을 일ᄌᆞᆨ이 ᄒᆞ고 믈너나니, 시고로 부뷔 못 보완 디 십여 일이라. 이날 혹시 브러 보려 ᄒᆞ여 일ᄌᆞᆨ이 혼졍ᄒᆞ니, 쇼제 볼셔 문안ᄒᆞ고 나오다가 듕당의셔 만나니, 쇼제 봉관을 졍이 ᄒᆞ고 우ᄉᆞ나군으로 표표 나아오니 멀니 발[바]라보미 명월이 운간의 비회ᄒᆞ며 텬숀이 작교를 거[거]너미라. 문득 싱을 보고 변연역식ᄒᆞ고 연보를 ᄌᆞ로 옴겨 침쇼로 도라가ᄂᆞᆫ디라.

싱이 멀니 가도록 바라보며 반갑고 ᄋᆡ연ᄒᆞ나 그 염피ᄒᆞ믈 노ᄒᆞ여 헤오ᄃᆡ,

‘엄시 너모 쵸강ᄒᆞ미 흠【50】이라. ᄂᆡ ᄒᆞᆫ번 속여 박졍ᄒᆞᆫ 긔식을 져의 동졍을 보고ᄌᆞ ᄒᆞ미더니 제 도로혜[혀] 겁ᄒᆞ믄 업고 ᄂᆡ의 동졍을 보지 아니믈 원ᄒᆞ여 피ᄒᆞ믈 샤갈ᄀᆞᆺ치 ᄒᆞ니, 졍듕ᄒᆞᆫ 쳐ᄌᆞ로 공현[연]이 화락을 폐ᄒᆞ니 엇지 우읍디 아니리오.

330)우ᄉᆞ나군(羽紗羅裙) : 선녀(仙女)의 날개옷처럼 아름다운 비단 저고리와 비단 치마.

331)작교(鵲橋) : 오작교(烏鵲橋). 까마귀와 까치가 은하수에 놓는다는 다리. 칠월칠석날 저녁에, 견우와 직녀를 만나게 하기 위하여 이 다리를 놓는다고 한다.

332)ᄌᆞ로 : 자주. 빨리.

지 우읍지 아니리오. ᄂᆡ 일이나 가쇼롭도다. 금야ᄂᆞᆫ 져의 거동을 다시 ᄆᆡᆨ바드리라[333).]"

ᄒᆞ고 거롬을 두로혀 모부인과 슉당의 뵈온 후, 물너 서당의 도라와 좌우ᄅᆞᆯ 명ᄒᆞ여 일두쥬(一斗酒)ᄅᆞᆯ 가져오라 ᄒᆞ여 진음(進飮)ᄒᆞ고 크게 취ᄒᆞ미, 평일 ᄎᆞᆼᄋᆡᄒᆞ던 창기(娼妓) ᄉᆞ인을 브ᄅᆞ니, ᄉᆞ창(四娼)의 일홈은 화션、취운、옥미、난월이니, 나히 다 삼오(三五) 이팔(二八)이오, 녹발홍안(綠髮紅顔)[334)]이 가려(佳麗)ᄒᆞ니, 가관금슬(笳管琴瑟)[335)]의 모ᄅᆞᆯ 거시 업ᄉᆞ니, 진짓 셜도(薛濤)[336)]의 지난 명창이러라.

학시 닙신초(立身初)의 유정ᄒᆞ여 반ᄃᆞ시 타일 현방(懸房)[337)]의 거두기ᄅᆞᆯ【73】긔약ᄒᆞ엿더라.

ᄉᆡᆼ이 쥬기(酒氣) 미란ᄒᆞ여 ᄉᆞ창의게 븟들녀 모란졍의 니ᄅᆞ니, ᄎᆞ시 즁하(仲夏) 슌간(旬間)이라. 일긔 ᄌᆞ못 념열(炎烈)ᄒᆞᆫ 고로, 쇼제 실의 드지 아니ᄒᆞ고 난간의 의지ᄒᆞ여시니, 봄단장의 쇼담홈과 ᄋᆡ용(愛容)의 쇼쇄(瀟灑)ᄒᆞ미 일눈명월(一輪明月)이 번연이 슈졍념(水晶簾)○[의] 올낫ᄂᆞᆫ 듯ᄒᆞ거놀, 당하의 시녀 ᄎᆞ환(叉鬟)이 뫼셧더라.

ᄉᆡᆼ이 짐짓 ᄃᆡ취ᄒᆞᆫ 체ᄒᆞ여 창녀의게 쎄들녀[338)] 당의 오ᄅᆞ며 어ᄌᆞ러이 뷔거러[339)] 나아와 쇼져 좌ᄅᆞᆯ 근(近)ᄒᆞ니, 쇼제 실ᄉᆡᆨᄃᆡ경(失

ᄂᆡ 일이 가쇼롭디 아니리오. 금야ᄂᆞᆫ 져의 거동을 다시 시험ᄒᆞ리라.'

(낙장)

---

333)ᄆᆡᆨ받다 : 의중을 떠보다. 시험하다.

334)녹발홍안(綠髮紅顔) : 검고 윤이 나는 아름다운 머리와 붉고 고운 얼굴이라는 뜻으로 '아름다운 여자'를 비유적으로 이르는 말.

335)가관금슬(笳管琴瑟) : 가관(笳管)과 거문고、비파를 함께 이른 말. *가관(笳管): 구멍 아홉 개가 뚫린 세워서 부는 피리.

336)설도(薛濤) : 중국 중당(中唐) 때의 여류시인. 자는 홍도(洪度). 집이 가난하여 기녀(妓女)가 되었는데, 시에 능해 원진(元稹)、백거이(白居易)、장적(張迪)、두목(杜牧)、유우석(劉禹錫) 등과 교유하였다. 당시 자신이 만든 붉은 색종이에 쓴 시전(詩箋)을 명사들에게 선물했는데, 이것이 유명한 설도전(薛濤箋)이다. 500여 수의 시가 현재까지 전하고 있다.

337)현방(懸房) : '딸린 방'이라는 뜻으로 '측실(側室)', '첩(妾)'을 달리 이른 말.

338)쎄들다 : 껴들다. 팔로 끼어서 들다.

339)뷔걸다 : 뷔걷다. 비틀비틀 걷다.

色大驚)ᄒᆞ미 외간 남ᄌᆞ롤 ᄃᆡ흔듯 몸이 숏그러ᄒᆞ여[340] 심산(深山)의 밍호(猛虎)를 만【74】난 듯ᄒᆞᆫ지라. 연망이 몸을 니러 피코ᄌᆞ ᄒᆞ거놀, 싱이 ᄃᆡ로ᄒᆞ여 잠미(蠶眉)[341]를 거ᄉᆞ리고 취안(醉眼)을 놉히 ᄡᅥ 쇼져의 나상(羅裳)을 닛그러 안치고 칙왈,

"싱이 그 ᄉᆞ이 ᄉᆞ괴 만하 오ᄅᆡ 드러오지 못ᄒᆞ엿더니, 믄득 이 연고로 날을 증념(憎念)ᄒᆞ여, 셕상(夕上)의 졍당(正堂)의셔 날을 만나 피ᄒᆞ믈 남의 집 남ᄌᆞ갓치 ᄒᆞ거놀, ᄂᆡ 혜오ᄃᆡ, 나의 박졍ᄒᆞ믈 한(恨)ᄒᆞ민가 ᄒᆞ며, 혹ᄌᆞ 젼일 강악(强惡)ᄒᆞ믈 ᄭᅴ다라 날 보기롤 븟그리ᄂᆞᆫ가 ᄋᆡ셕ᄒᆞ여, 위로코ᄌᆞ 드러 왓더니, 공연이 노ᄒᆞ믄 엇지뇨? 알괘라. 그ᄃᆡ 반ᄃᆞ시 나의 풍치롤 과도히 ᄉᆞ랑ᄒᆞ여【75】쥬야 동실(同室)코져 ᄒᆞᄂᆞᆫ 거술, ᄂᆡ 불통(不通)ᄒᆞ여 가인(佳人)의 다졍ᄒᆞ믈 아지 못ᄒᆞ고, 조ᄉᆞ(朝事) 여가의 관ᄉᆡ(官事) 다쳡(多疊)ᄒᆞ여 밤으로 상ᄃᆡᄒᆞ니, 부인의 원이 깁허 이런가 시부니, ᄎᆞ후란 ᄉᆞ직(辭職)ᄒᆞ고 집의 드러 쥬야 상ᄃᆡᄒᆞᆯ 거시니, 노ᄒᆞ지 말고 금일이나 옥셩(玉聲)을 여러 나의 답답ᄒᆞ믈 풀게 ᄒᆞ라."

쇼제 쳥파의 찬 우음이 면간의 가득ᄒᆞ여 쏘ᄒᆞᆫ 응연(應然) 부답(不答)이라. 싱이 노왈,

"군뷔(君父)라도 신ᄌᆞ(臣子)의 말을 답ᄒᆞ거든, 그ᄃᆡ 엇던 녀ᄌᆡ완ᄃᆡ 사롬의 슈하(手下)되여 뭇ᄂᆞᆫ 말을 답지 아니믄 엇지뇨? 그ᄃᆡ 진실노 싱을 괴로이 너기거든 일언【76】을 쾌히 ᄒᆞ라. 싱이 쏘 원을 조ᄎᆞ리라. 미ᄉᆡᆨ(美色)이 부인 뿐아니라 어ᄂᆡ 곳의 가인이 업ᄉᆞ리오."

쇼제 쏘 답지 아니니, 싱이 더옥 뮈이 너겨 엇게롤 비기고 옥슈(玉手)를 닛그러 병좌(竝坐)ᄒᆞ며 ᄉᆞ창을 명ᄒᆞ여 왈,

"여등(汝等)이 비록 쳔ᄒᆞ나 나의 시인(侍人)이라. 오놀은 맛당이 부인긔 비현(拜見)ᄒᆞ라."

340)숏그러하다 : 숫그러ᄒᆞ다. 곤두서다. 쭈뼛하다. 무섭거나 놀라서 머리카락이 꼿꼿하게 일어서는 듯한 느낌이 들다.

341)잠미(蠶眉) : 와잠미(臥蠶眉). 누운 누에와 같이 길고 굵은 눈썹.

싱이 취안을 놉피 ᄡᅥ 쇼져의 나상을 익그러 안치고 칙왈,

"싱이 그 ᄉᆞ이 ᄉᆞ괴 만히 오ᄅᆡ 드러오디 못ᄒᆞ엿더니, 문득 이 연고로 날을 염증ᄒᆞ여 셕샹의 졍당의셔 나를 만나 피ᄒᆞ믈 남믜[의] 집 남ᄌᆞ갓치 ᄒᆞ거놀,【51】ᄂᆡ 혜오ᄃᆡ 나의 박졍ᄒᆞ믈 흔ᄒᆞ여 젼일 강악ᄒᆞ믈 ᄭᅴ다라 날 보기를 븟기리ᄂᆞᆫ가 ᄋᆡ셕ᄒᆞ여 위로코져 드러왓더니, 공연이 노ᄒᆞ믄 엇디요? 알괘라. 그ᄃᆡ 반ᄃᆞ시 나의 풍치를 과도히 ᄉᆞ랑ᄒᆞ야 쥬야 동실코져 ᄒᆞᄂᆞᆫ 거실[슬], ᄂᆡ 블통ᄒᆞ여 가인의 과졍ᄒᆞ믈 아디 못ᄒᆞ고 됴ᄉᆞ 여가의 관ᄉᆡ 다쳡ᄒᆞ여 오ᄅᆡ 샹졉디 못ᄒᆞ니, 부인이 원이 급허 이런가 시부니 차후ᄂᆞᆫ ᄉᆞ직ᄒᆞ고 집의 드러 쥬야 상ᄃᆡᄒᆞᆯ 거시니 노ᄒᆞ디 말고, 금일이나 옥셩을 여러 나의 답답ᄒᆞ믈 풀게 ᄒᆞ라."

쇼제 쳥파의【52】ᄎᆞᆫ 우음이 면간의 가득ᄒᆞ여 응연브답이라. 싱이 노왈,

"군뷔라도 신하의 말을 답ᄒᆞ거든 그ᄃᆡᄂᆞᆫ 하등지인이완ᄃᆡ ᄉᆞ롬의 슈히 되여 뭇ᄂᆞᆫ 말을 답디 아니믄 엇디뇨? 그ᄃᆡ 진실노 싱을 괴로이 넉이거든 일언을 쾌히 ᄒᆞ라. 싱이 원을 초차리라. 미ᄉᆡᆨ이 그ᄃᆡ뿐 아니라. 어ᄂᆡ 곳의 가인이 업ᄉᆞ리오?"

쇼제 쏘 답디 안니니, 싱이 더욱 믜이 넉여 억기를 비기고 옥슈를 잇그러 병좌ᄒᆞ여 ᄉᆞ창을 명ᄒᆞ여 왈,

"여등이 비록 쳔ᄒᆞ나 나의 시인이라. 맛당이 부인게 뵈현ᄒᆞ라."

ᄉᆞ녜(四女) 슈명ᄒᆞ고 일시의 쇼져를 향ᄒᆞ여 고두ᄉᆞ비(叩頭四拜)[342]ᄒᆞ더라.【77】

ᄉᆞ예 슈명ᄒᆞ고 일시【53】의 쇼져를 향ᄒᆞ여 고두ᄉᆞ비ᄒᆞ니,

342)고두ᄉᆞ비(叩頭四拜) : 머리를 땅에 닿을 정도로 조아려 네 번 절함.

엄시효문쳥힝녹 권지삼

화셜 ᄉᆞ녜(四女) 슈명ᄒᆞ고 일시의 쇼져를 향ᄒᆞ여 고두ᄉᆞ비(叩頭四拜)ᄒᆞ니, ᄉᆡᆼ이 또 명ᄒᆞ여 오ᄅᆞ라 ᄒᆞ니, ᄉᆞ녜 부인의 졀셰방용(絶世芳容)을 불승흠복(不勝欽服)ᄒᆞᄂᆞᆫ 가온ᄃᆡ, 긔운이 강열ᄒᆞ믈 보니 두려ᄒᆞ거놀, ᄉᆡᆼ이 ᄌᆡ삼 ᄌᆡ촉ᄒᆞ여 오ᄅᆞ라 ᄒᆞ니, ᄉᆞ녜 마지 못ᄒᆞ여 쳥말(廳末)의 오ᄅᆞ니, ᄉᆡᆼ이 갓가이 오라 ᄒᆞ여 좌우로 안치고, 쇼져의 나군(羅裙)과 창녀의 옷ᄉᆞᆯ 셔로 년(連)ᄒᆞ고 우어 왈,

"부인은 홀노 안ᄉᆡᆨ(顔色)을 ᄌᆞ부(自負)ᄒᆞ여 이 화문슈의 은총을 독당ᄒᆞᆯ가 너모 ᄌᆞ득지 말나. ᄉᆞ【1】창이 비록 노류쳔인(路柳賤人)[343]이나 ᄀᆡᄀᆡ히 ᄭᅩᆺ출 지우며[344] 나라흘 기우리ᄂᆞᆫ ᄉᆡᆨ(色)이 이시니, ᄂᆡ 임의 ᄉᆞ녀로ᄡᅧ 쇼셩항(小星行)[345]의 두엇ᄂᆞ니, 그ᄃᆡ로 더부러 존비(尊卑) 다ᄅᆞ나 맛ᄎᆞᆷᄂᆡ 한 사ᄅᆞᆷ을 셤겨 일ᄉᆡᆼ 고락을 한가지로 ᄒᆞᆯ 거시니, 그ᄃᆡᄂᆞᆫ 맛당이 무휼(撫恤)ᄒᆞ믈 ᄌᆞ미갓치 ᄒᆞ라."

쇼졔 비록 그 모부인 간험질독(奸險嫉毒)은 픔습(稟襲)지 아냐시나, 강열ᄒᆞ고 투한교싀(妬悍狡猜)ᄒᆞ여 슉모 셜부인 여풍이 만흔지라. 바히 투긔지심(妬忌之心)도 업ᄉᆞ미 아니로ᄃᆡ, ᄉᆡᆼ을 증념(憎念)ᄒᆞ미 깁허 ᄉᆡᆼᄂᆡ(生來)의 보지 아냐도 싀훤ᄒᆞᆯ 듯ᄒᆞᆫ 고로, ᄉᆡᆼ이 외당(外堂)의셔 미녀로 즐【2】기ᄂᆞᆫ 쥴 알오ᄃᆡ, ᄀᆡ렴(介念)ᄒᆞ미[346] 업ᄉᆞ나, 일념의 분앙ᄒᆞᆫ 거

343)노류천인(路柳賤人) : 길가의 버들가지처럼 누구나 쉽게 꺾을 수 있는 기생신분의 천한 사람.

344)지우다 : 내기나 시합, 싸움 따위에서 재주나 힘을 겨루어 상대를 꺾다.'지다'의 사동사.≒쓰러뜨리다. ≒눕히다. ≒(눈물을) 떨어뜨리다.

345)쇼셩항(小星行) : 첩(妾)의 반열(班列).

346)ᄀᆡ렴(介念)ᄒᆞ다 : =개의(介意)하다. 어떤 일

ᄉᆡᆼ이 또 명ᄒᆞ여 오르라 ᄒᆞ니, ᄉᆞ예 부인의 졀셰방용을 블승흠복ᄒᆞᄂᆞᆫ 가온ᄃᆡ 긔운이 강녈ᄒᆞ믈 보니 두려 ᄒᆞ거놀, ᄉᆡᆼ이 ᄌᆡ촉ᄒᆞ여 오르라 ᄒᆞ니, ᄉᆞ예 마지못ᄒᆞ여 쳥말의 오르니, ᄉᆡᆼ이 갓가이 오라 ᄒᆞ여 좌우로 안치며 쇼졔의 나군과 창여의 오시 셔로 연ᄒᆞ엿더라. ᄉᆡᆼ이 우어 왈,

"부인ᄂᆞᆫ 홀노 안ᄉᆡᆨ을 ᄌᆞ부ᄒᆞ여 이 화문슈의 은춍을 독당ᄒᆞᆯ가 너모 ᄌᆞ득디 말나. ᄉᆞ창이 비록 노류쳔인이나 ᄀᆡᄀᆡ희 ᄉᆡᆼ을 지[기]우리며 나라【54】흘 기우리ᄂᆞᆫ ᄉᆡᆨ이 잇스니, ᄂᆡ 임의 ᄉᆞ녀로 쇼셩항의 두어ᄂᆞᆫ니, 그ᄃᆡ 더브러 ᄃᆞᆫ비 다르나 맛ᄎᆞᆷᄂᆡ ᄒᆞᆫ ᄉᆞᄅᆞᆷ을 셤겨 일ᄉᆡᆼ 고락을 한가디로 ᄒᆞᆯ 거시니 그ᄃᆡᄂᆞᆫ 맛당이 무휼ᄒᆞ여 ᄌᆞ미갓티 ᄒᆞ라."

쇼졔 비로 그 모부인 간험질독ᄒᆞ믄 픔슈치 아녀시나 셩이 녈ᄒᆞ고 투한교싀ᄒᆞ여 슉모 셜부인 여풍이 만흔디라. 바히 투긔디심도 업ᄉᆞ미 아니로ᄃᆡ ᄉᆡᆼ을 증염ᄒᆞ기 깁허 ᄉᆡᆼᄂᆡ의 보디 안일 ᄯᅳ지 잇ᄂᆞᆫ 고로, ᄉᆡᆼ이 외당의셔 미녀로 즐기ᄂᆞᆫ 쥴 알오ᄃᆡ ᄀᆡ렴ᄒᆞ미 업【55】ᄉᆞ나 일념의 븐앙ᄒᆞᆫ 거ᄉᆞᆫ 플니지 아녓ᄂᆞᆫᄃᆡ, 화ᄉᆡᆼᄂᆞᆫ 부슉이 단오 졀일을 디ᄂᆡ노라 고향의 가 밋쳐 오지 못ᄒᆞᆫ ᄉᆞ이의 더옥 방ᄌᆞᄒᆞ야 이날 ᄉᆞ창을 ᄲᅧ 드러와 목젼의 블평ᄒᆞᆫ 거동을 갓츄 보니, 엇디 분치 아니리오.

ᄉᆞᆫ 플니지 아냣ᄂᆞᆫᄃᆡ, 화싱은 부슉(父叔)이 단오졀일(端午節日)347)을 지ᄂᆡ노라, 고향 션산의 도라가 밋쳐 오지 못ᄒᆞᆫ ᄉᆞ이의 더옥 방ᄌᆞᄒᆞ여, 이날 ᄉᆞ창을 ᄡᅵ드러 와 목젼의 불평ᄒᆞᆫ 거동을 갓초 보니, 엇지 분치 아니리오?

옥안(玉顔)이 찬 ᄌᆡ갓고 아미(蛾眉)348) 요동ᄒᆞ여 옥셩(玉聲)을 여러 왈,

"쳡슈비박(妾雖卑薄)349)이나 ᄀᆞᆺ 군ᄌᆞ의 뉵녜졍실(六禮正室)350)이어ᄂᆞᆯ, 군ᄌᆡ 엇지 ᄎᆞᆷ아 슈ᄒᆡᆼ(修行)을 니져, 노류장화(路柳墻花)351)ᄅᆞᆯ 겻지어 졍실의 ᄀᆞᆺ의 드러와, 이갓치 능멸(凌蔑) 쳔ᄃᆡ(賤待)ᄒᆞ시니, 쳡이 용녈(庸劣)ᄒᆞ여 결부(潔婦)352)의 죽으믈 효측(效則)【3】지 못ᄒᆞ니, 스ᄉᆞ로 용녈ᄒᆞ믈 붓그리ᄂᆞ이다."

셜파의 옥셩(玉聲)이 분긔ᄒᆞ므로 조ᄎᆞ 산협(山峽)의 진납이 우ᄂᆞᆫ 듯ᄒᆞ더니, 홀연 분긔엄ᄋᆡ(奄碍)353)ᄒᆞ여 좌의 업더지니, 옥안이 찬

옥안이 찬ᄌᆡ 갓고 나뷔 눈셥이 요동ᄒᆞ여 옥셩을 여러 왈,

"쳡슈비박ᄒᆞ나 ᄀᆞᆺ 군ᄌᆞ의 뉵네 졍실이어날 군ᄌᆡ 참아 이갓치 능멸쳔ᄃᆡᄒᆞ시ᄂᆞᆫ이잇가?"

셜파의 옥 마으ᄂᆞᆫ 소ᄅᆡ 븐긔ᄒᆞ믈조차 산협의 진나븨{이} 우ᄂᆞᆫ ᄃᆞᆺᄒᆞ더니, 《호련‖홀연》 분긔 엄위ᄒᆞ여 좌의【56】 업더디니 옥안이 찬ᄌᆡ 갓튼디라.

따위를 마음에 두고 생각하거나 신경을 쓰다.

347)단오졀일(端午節日) : 『민속』 단오를 명절로 이르는 말. ≒단오 명절. *단오(端午): 『민속』 우리나라 명절의 하나. 음력 5월 5일로, 단오떡을 해 먹고 여자는 창포물에 머리를 감고 그네를 뛰며 남자는 씨름을 한다. ≒단양, 단오일, 단옷날, 수리, 수릿날, 약날, 중오.

348)아미(蛾眉) : 누에나방의 눈썹이라는 뜻으로, 가늘고 길게 굽어진 아름다운 눈썹을 이르는 말. 미인의 눈썹을 이른다.

349)쳡슈비박(妾雖卑薄) : '첩이 비록 격이 낮고 행실이 천박하다고 해도'의 뜻. *첩(妾): 예전에, 결혼한 여자가 윗사람을 상대하여 자기를 낮추어 이르던 일인칭 대명사.

350)뉵녜졍실(六禮正室) : 육례를 갖추어 혼인한 정실부인. *육례(六禮): 우리나라에서 전통적으로 내려오는 혼인의 여섯 가지 예법. 납채, 문명(問名), 납길, 납폐, 청기(請期), 친영을 이른다.

351)노류장화(路柳墻花) : 아무나 쉽게 꺾을 수 있는 길가의 버들과 담 밑의 꽃이라는 뜻으로, 창녀나 기생을 비유적으로 이르는 말.

352)결부(潔婦) : 중국 춘추시대 노(魯)나라 사람 추호자(秋胡子)의 아내. 추호자는 결부와 결혼한 지 5일 만에 진(陳)나라의 관리가 되어 집을 떠났다. 5년 뒤 집으로 돌아오다가 집 근처 뽕밭에서 뽕을 따는 여인을 비례(非禮)로 유혹한 일이 있는데, 집에 돌아와 아내를 보니 조금 전 자신이 수작한 그 여인이었다. 크게 실망한 결부는 남편의 행동을 꾸짖은 뒤 강물에 몸을 던져 자결하였다. 『열녀전』에 나온다.

353)엄ᄋᆡ(奄碍) : 갑자기 기운이 막혀 정신을 잃

지갓흔지라.

싱이 셩혼(成婚) 늑칠 삭(朔)의 쳐음으로 말ᄒᆞ믈 드ᄅᆞ니, 간간(衎衎)ᄒᆞᆫ[354] 졍흥(情興)이 밋칠 듯ᄒᆞ더니, 홀연 엄홀(奄忽)ᄒᆞ믈 보고 놀나, 급히 온ᄎᆞ(溫茶)ᄅᆞᆯ 가져오라 ᄒᆞ여 약을 가라 드리오며, ᄌᆞ긔 ᄉᆞᄉᆞ로 약믈을 치며, ᄉᆞ창으로 슈족(手足)을 쥐므ᄅᆞ라 ᄒᆞ니, 유뫼 난간 아릐셔 창황ᄒᆞᆯ ᄯᆞ름이오, 갓가이 나아가려 ᄒᆞᆫ즉 싱이 즐퇴(叱退)ᄒᆞ니, 능히 쇼져ᄅᆞᆯ 구호【4】치 못ᄒᆞ더라.

이윽고 쇼제 ᄭᆡ여 보니, 싱이 ᄌᆞ가ᄅᆞᆯ 무릅우희 누이고 약그릇ᄉᆞᆯ 드렷ᄂᆞᆫᄃᆡ, ᄉᆞ창이 슈족을 쥐무ᄅᆞᄂᆞᆫ지라. 쇼제 ᄉᆡ로이 분ᄒᆞ미 흉장(胸臟)이 터질 듯ᄒᆞ니, 연망(連忙)이 니러나 관을 바로ᄒᆞ며 제녀ᄅᆞᆯ 즐퇴 왈,

"여등(汝等)은 미말쳔창(微末賤娼)이라. 엇지 감히 날을 업슈이 너기ᄂᆞ뇨? 일즉이 믈너가 요괴로온 거동을 ᄂᆡ 안젼(眼前)의 뵈지 말나. 쳐음은 용ᄉᆞ(容恕)ᄒᆞ나 두 번지는 ᄉᆞ(赦)키 어려오니, ᄂᆡ 비록 아녀ᄌᆞ(兒女子)나 족히 너희ᄅᆞᆯ 다ᄉᆞ릴만 ᄒᆞ니, 엇지 녀시(呂氏)[355]의 모진 슈단이 쳑희(戚姬)[356]ᄅᆞᆯ 관겨ᄒᆞ며, 독고후(獨孤后)[357]의 【5】ᄉᆞ오나오미

싱이 셩혼 칠 삭의 처음으로 말ᄒᆞ믈 드르니 간간ᄒᆞᆫ 졍흥이 밋칠 듯ᄒᆞ더니, 홀연 엄홀ᄒᆞ믈 보고 놀나 급피 온차를 가져오라 ᄒᆞ여 약을《갈라 ‖ 가라》드리오미,

이윽고 쇼제 ᄭᆡ여 보니 싱이 ᄌᆞ가를 믈읍우희 뉘히고 약 그르ᄉᆞᆯ 드렷ᄂᆞᆫᄃᆡ ᄉᆞ창이 슈죡을 쥬므르ᄂᆞᆫ디라. 쇼제 ᄉᆡ로이 분ᄒᆞ미 흉장이 터질 듯ᄒᆞ니, 연망이 이러나 제녀더러 무러 왈,

"여등이 미말쳔창이라. 엇디 감희 나을 업슈히 역이나뇨? 일즉이 믈너가고 다시 ᄂᆡ 안젼의【57】뵈디 말나."

음.

354)간간(衎衎)ᄒᆞ다 : 마음이 기쁘고 즐겁다.

355)여시(呂氏) : =여후(呂后). BC241-180. 중국 한고조의 황후. 성은 여(呂). 이름은 치(雉). 고조를 보좌하여 진말(秦末)·한초(漢初)의 국난을 수습하였으나, 고조가 죽은 뒤 실권을 장악하여, 고조의 애첩인 척부인(戚夫人)과 척부인 소생 왕자 조왕(趙王)을 죽이는 등 포악을 일삼아, 측천무후(則天武后), 서태후(西太后)와 함께 중국의 3대 악녀로 꼽힌다.

356)척희(戚姬) : 중국 한고조의 후궁. 한고조의 사랑을 받아 아들 조왕(趙王)을 두었으나, 고조가 죽은 뒤, 여후(呂后)에게 조왕은 독살당하고, 그녀는 팔다리를 잘리고 눈을 뽑히는 악형을 당하고 '인간돼지(人彘)'로 학대를 받으며 측간에 갇혀 지내다 죽었다.

357)독고후(獨孤后) : 수문제(隋文帝)의 비(妃) 문헌황후(文憲皇后: 543-602). 이름은 독고가라(獨孤伽羅). 14세 때에 양견(楊堅: 뒤에 수문제가 됨)과 혼인하였는데, 이때 그녀는 양견으로부터 자신 이외의 어떤 여인에게서도 자식을 보지 않겠다는 약속을 받아냈다고 한다. 성품이 자애로웠으나 질투가 강하여 후궁을 용납지 않았는데 문제가 울지형(尉遲迥)의 손녀를 총

울지녀(尉遲女)[358]의 일명을 요ᄃᆡ(饒貸)ᄒᆞ리오. ᄂᆡ 출하리 텬디간 ᄃᆡ악투뷔(大惡妬婦) 될지언졍, 너희 방ᄌᆞᄒᆞ믈 요ᄃᆡ치 아니리라.”

셜파의 ᄎᆞ고 ᄆᆡ온 거동이 동텬한월(冬天寒月) 갓흐니, ᄉᆞ창이 불승황공(不勝惶恐)ᄒᆞ여 믈너나오고져 ᄒᆞ나, ᄉᆡᆼ이 나가라 아니ᄒᆞ니 졍히 진퇴(進退)를 졍치 못ᄒᆞ더니, 믄득 시녀 드러와 급보 왈,

“명ᄑᆡ(命牌)[359] 나려 급ᄒᆞᆫ 국ᄉᆡ(國事) 잇셔 옥당(玉堂) 제ᄒᆞᆨᄉᆞ(諸學士)를 브ᄅᆞ신다.”

ᄒᆞᄂᆞᆫ지라. ᄒᆞᆨᄉᆡ ᄃᆡ경(大驚)ᄒᆞ여 급히 쇼져를 노코 ᄉᆞ창을 물너가라 ᄒᆞ고, 조복(朝服)을 ᄎᆞᄌᆞ 닙고 명ᄑᆡ(命牌)를 ᄯᆞ라가니, 쇼져의 ᄉᆡ훤ᄒᆞ믄 등의【6】가ᄉᆡ를 버ᄉᆞᆫ 듯ᄒᆞ나, 스ᄉᆞ로 신셰 괴로오믈 슬허ᄒᆞ고, ᄒᆞᆨᄉᆞ의 경멸 쳔ᄃᆡᄒᆞ믈 통ᄒᆡ(痛駭)ᄒᆞ나, 출하리 화ᄉᆡᆼ을 아조 거절ᄒᆞ고 본부의 도라가 일ᄉᆡᆼ을 종신코ᄌᆞ 의ᄉᆡ 발ᄒᆞ니, 이 ᄣᆡ 쇼제 회ᄐᆡ(懷胎) 요륙 삭이라.

약질이 ᄌᆞ못 피곤ᄒᆞᆫ ᄣᆡ 만흐ᄃᆡ, 쇼제 과도히 슈습(收拾)ᄒᆞ니 구괴(舅姑) 아지 못ᄒᆞ며, ᄉᆡᆼ이 쇼탈ᄒᆞ여 아득히 모로ᄂᆞᆫ지라. 다만 쇼져의 심복 비자와 유랑(乳娘)이 알 ᄯᆞ름이러라.

쇼제 복경(腹慶)이 이시믈 짐작ᄒᆞᄆᆡ, ‘요ᄒᆡᆼ 남아를 ᄉᆡᆼᄒᆞᆫ즉 삼종지탁(三從之託)[360]이 쾌ᄒᆞ리로다.’ 혜아리ᄆᆡ ᄉᆞᄉᆞ난녜(思思難慮) ᄇᆡᆨ츌(百出)ᄒᆞ여, ᄎᆞ야의 슈【7】졉(睡接)[361]을 일우지 못ᄒᆞ니, 유뫼 쇼져의 신셰를 슬허ᄒᆞ니,

ᄉᆞ창이 황공ᄒᆞ여 믈너나고져 ᄒᆞ나 ᄉᆡᆼ이 나가라 안니ᄒᆞ니 졍히 진퇴를 졍치 못ᄒᆞ더니, 믄득 시녀 드러와 급보 왈,

“명ᄑᆡ ᄂᆞ려 급ᄒᆞᆫ 국ᄉᆡ 잇셔 옥당 제ᄒᆞᆨᄉᆞ를 브르신다 ᄒᆞᄂᆞᆫ《디라∥이다》.”

ᄒᆞᆨᄉᆡ ᄃᆡ경ᄒᆞ여 급히 쇼져를 노코 ᄉᆞ창을 믈너가라 ᄒᆞ고 됴복을 차ᄌᆞ 입고 명ᄑᆡ을 ᄯᆞ라가니, 쇼제 시원ᄒᆞ미 등의 가ᄉᆡ를 벗슨 ᄃᆞᆺᄒᆞ나 신셰 괴로오믈 슬허 찰하리 화ᄉᆡᆼ을 아조 거졀ᄒᆞ고 본부의 도라가 일ᄉᆡᆼ을 죵신코저 ᄒᆞ니, 이ᄣᆡ 쇼제 희ᄐᆡ 오육 삭이라.

약질이 ᄌᆞ못 피곤ᄒᆞᆫ【58】 ᄣᆡ 만흔ᄃᆡ 쇼제 과도히 슈습ᄒᆞ야 구고 아지 못ᄒᆞ여 ᄉᆡᆼ이 소탈ᄒᆞ여 아득히 모로ᄂᆞᆫ디라.

다만 복경이 잇스믈 짐작ᄒᆞᄆᆡ, 요ᄒᆡᆼ 남아를 ᄉᆡᆼᄒᆞᆫ즉 삼죵 의탁이 되리로다 혜아리ᄆᆡ, ᄉᆞᄉᆞ 난혜[례] ᄇᆡᆨ츌ᄒᆞ야 신셰를 서러 ᄒᆞ더라.

애하자, 그녀를 몰래 죽였다.『隋書 卷36 后妃列傳』

358)울지녀(尉遲女) : 중국 수(隋)나라 문제(文帝 541-604)의 후궁으로 문제의 총애를 받았으나, 황후 독고후(독고후)에게 살해되었다. 익주자사 울지형(尉遲逈)의 손녀다.

359)명패(命牌) : 조선 시대에, 임금이 삼품 이상의 벼슬아치를 부를 때 보내던 나무패. ‘命’ 자를 쓰고 붉은 칠을 한 것으로, 여기에 부르는 벼슬아치의 이름을 써서 돌렸다.

360)삼종지탁(三從之託) : =삼종지도(三從之道). 예전에, 여자가 따라야 할 세 가지 도리를 이르던 말. 어려서는 아버지를, 결혼해서는 남편을, 남편이 죽은 후에는 자식을 따라야 하였다.

361)수접(睡接) : 잠. 잠자다.

이러틋 망녕된 의시 잇는 쥴은 모로더라.

쇼졔 명조(明朝)의 존고긔 신셩(晨省)ᄒᆞ고 인ᄒᆞ여 고왈,

"아히 미신(微身)의 쳔질(賤疾)이 잇ᄉᆞᆸ고, ᄌᆞ뫼 병이 잇셔 브ᄅᆞ시니 잠간 귀령(歸寧)을 청ᄒᆞᄂᆞ이다."

가부인이 흔연 허락 왈,

"상공이 도라오실 날이 머럿고, 아ᄌᆡ(兒子) 조당(朝堂)의 급ᄒᆞᆫ 공ᄉᆡ(公事) 잇셔 십여일 후 도라올지라. 현뷔 비록 친측의 도라가나 ᄉᆞ오일 후 즉시 도라오라. 오라면[362] 돈ᄋᆡ(豚兒) 미안ᄒᆞ미 잇ᄉᆞᆯ가 ᄒᆞ노라."

쇼졔 유유(儒儒) ᄃᆡ왈,

"ᄌᆞ뫼 미양(微恙)이 쇼ᄎᆞ(蘇差)ᄒᆞ시면 오릭 머믈니잇고?"

드【8】ᄃᆡ여 존고와 부부인(府夫人)[363]긔 하직ᄒᆞ고, 냥ᄉᆞ(兩姒)[364] 쇼고(小姑)[365]로 분슈(分手)ᄒᆞ미, 유랑을 명ᄒᆞ여 거교를 슈습ᄒᆞ여 본부로 도라오니, 부모 슉당과 가즁 상히 귀근(歸覲)이 쇼문 업ᄉᆞ믈 괴이히 너겨 연고를 무ᄅᆞ니, 쇼졔 ᄃᆡ왈,

"쇼녀 근ᄂᆡ의 병이 ᄌᆞᄌᆞ 능히 상요(床褥)를 ᄯᅥ나기 어려오니, 구가의셔 임타(任惰)ᄒᆞ미 불안ᄒᆞᆫ 고로, 존고긔 귀령(歸寧)[366]을 청ᄒᆞ와 니ᄅᆞ과이다."

부모 슉당(叔堂)이 진실노 그러히 너기고 약질이 블평ᄒᆞ다 ᄒᆞ믈 경녀(驚慮)ᄒᆞ여 어로만져 연셕(憐惜)ᄒᆞ여 ᄉᆞ침(私寢)의 편히 쉬라 ᄒᆞ더라.

쇼졔 본부의 【9】머므러 슌일(旬日)이 되ᄃᆡ, 도라가기를 싱각지 아니ᄒᆞ고, 칭병(稱病)ᄒᆞ여 쇼셰(梳洗)를 폐ᄒᆞ고, 부모 슉당의 두 ᄭᅴ 문안 밧근 발ᄌᆞ최 침쇼를 ᄯᅥ나지 아니ᄒᆞ

쇼졔 명됴의 됸고게 신셩ᄒᆞ고 인ᄒᆞ야 고왈,

"아히 미신의 쳔질이 잇ᄉᆞᆸ고 ᄌᆞ뫼 병이 잇셔 브르오니 잠간 귀령을 청ᄒᆞᄂᆞ이다."

가부인이 흔연 허락 왈,

"상공이 도라오실 날이 멀고 ᄋᆞᄌᆞ 공ᄉᆞ 잇셔 십여 일 후 도라오리니, 현부 친측의 나아갓다가 ᄉᆞ오일 후【59】 도라오라."

쇼졔 드ᄃᆡ여 됸고와 부부인긔 하즉고 냥ᄉᆞ와 쇼고로 븐슈ᄒᆞ미 유랑으로 거교를 슈습ᄒᆞ야 본부의 도라오니, 부뫼 슉당이 그 소문 업시 오믈 무른ᄃᆡ, 쇼졔 ᄃᆡ왈,

"쇼녀 근ᄂᆡ 병이 ᄌᆞᄌᆞ 상요를 ᄯᅥ나기 어려오미 구가의셔 임타ᄒᆞ미 블안ᄒᆞ야 됸고게 귀령을 청ᄒᆞ엿ᄂᆞ이다."

부모 슉당이 그러히 역이고 ᄉᆞ침의 편이 쉬라 ᄒᆞ더라.

쇼졔 본부의 머므러 슈일이 지ᄂᆡᄃᆡ 도라가기를 싱각디 아니코, 심ᄒᆞᆫ 약질의 삭쉬 차가니 신긔 곤뇌ᄒᆞ야 날노 옥용이 쵸췌[췌]ᄒᆞ니,【60】 실병이 되ᄂᆞᆫ지라.

---

362)오라면 : 오래되면. *오래되다 : 시간이 지나간 동안이 길다.

363)부부인(府夫人) : 조선 시대에, 왕비의 친정어머니나 대군(大君)의 아내에게 주던 작호(爵號). 국대부인을 고친 것으로 품계는 정일품이다.

364)냥ᄉᆞ(兩姒) : 두 동서(同壻).

365)쇼고(小姑) : 시누이.

366)귀령(歸寧) : 시집간 딸이 친정에 가서 부모를 뵘. =근친(覲親).

니, 쇼제 심훈 약질노 십ᄉ 츙년(冲年)의 삭쉬(朔數) ᄎ가미, 약질이 곤뇌(困惱)ᄒ여 날노 옥용(玉容)이 초췌(憔悴)ᄒ니 질병이 되ᄂ지라.

부뫼 진짓 병이 잇ᄂ가 우려ᄒ여 의약으로 다ᄉ리고져 ᄒ거늘, 쇼제 이의 고왈,

"이ᄂ 쇼녜 풍한(風寒)의 촉상(觸傷)ᄒ고 서열(暑熱)의 첨증(添症)ᄒ미라. 딕단훈 신양(身恙)이 아니니 의약을 다ᄉ릴 빅 아니로쇼이다."

ᄒ고, 약을 믈니치나 【10】화부의ᄂ 질양(疾恙)이 딕단ᄒ므로 딕ᄒ니, 부인이 쏘 그러히 너겨 슈이 ᄎ복(差復)ᄒ거든 즉시 오라 ᄒ더라.

ᄎ시(此時) 화혹ᄉ 명픿(命牌)를 ᄯ라 궐즁의 니ᄅ니 발셔 황혼이라. 텬지 옥당(玉堂)[367] 칠혹ᄉ(七學士)를 다 명초ᄒ샤 왈,

"문하[화]각(文華閣)[368]의 긴급훈 공ᄉ 이시니, 경등이 다 입직(入直)ᄒ여 관ᄉ를 맛ᄎᆫ 후 도라가라."

ᄒ시니, 칠혹ᄉ ᄉ은(謝恩)ᄒ고, 드딕여 문하[화]각의 입직ᄒ여 슌여일만의 칠혹ᄉ 인ᄒ여 다 퇴조ᄒ여 도라올 ᄉ, 화혹ᄉ 쏘훈 본부의 도라○[와] ᄌ위(慈闈)와 슉모와 형미를 서로 보나, 좌즁의 제【11】미 다 이시딕 다만 홀노 엄쇼제 업ᄉ니, 괴이히 너겨 ᄌ부인(慈婦人)긔 뭇ᄌ오딕,

"엄시 어딕 가니잇고?"

부인이 답 왈,

"엄쇼뷔 약질의 미양(微恙)이 잇고 쏘훈 모일의 최부인이 미평(未平)ᄒ여 ᄒ다 ᄒ미, 쇼뷔 네게 품(稟)치 못ᄒ고 귀령(歸寧)[369]ᄒ

부모 진짓 병이 잇ᄂ가 우려ᄒ여 의약을 다ᄉ리고져 ᄒ거놀 쇼제 왈,

"이ᄂ 쇼녜 풍한의 촉상ᄒ고 셔열의 첨증ᄒ미라. 딕단훈 신양이 아니오니 의약을 다ᄉ릴 빅 아니로쇼이다."

ᄒ고 약을 믈이치나 화부의ᄂ 질양이 딕단ᄒ므로 딕ᄒ니, 가부인이 쏘 그러희 넉여 슈히 차복ᄒ거든 즉시 오라 ᄒ더라.

어시의 화혹ᄉ 명픿를 ᄯ라 궐듕의 이르니 발셔 황혼이라. 텬지 옥당 칠혹ᄉ를 다 명쵸ᄒ샤 왈,

"문화각의 긴급훈 공ᄉ 잇【61】시니 경등이 년일 입즉[직]ᄒ야 관샤를 처결ᄒ라."

ᄒ시니 칠혹ᄉ ᄉ은ᄒ고 드딕여 문화각 입번ᄒ야 슌여 일만의 칠혹ᄉ 퇴됴ᄒ야 도라올 ᄉ, 화싱이 본부의 도라와 ᄌ위와 슉모 형미로 서로 보니 좌듕의 제슈 제미 다 잇시딕 엄시 업ᄂ디라. 고이히 넉여 ᄌ부인긔 뭇ᄌ오딕,

"엄시 어딕 가니잇가?"

부인 왈,

"엄뷔 약질의 미양이 잇고 쏘 최부인이 미령ᄒ야 잠간 귀령ᄒ야 나으면 즉시 도라오려 ᄒ다가 약질이 미류ᄒ야 밋처 오지 못ᄒ엿시니,【62】네 맛당이 나아가 빙모긔 뵈읍고 ᄋ부의 병을 보게 ᄒ라."

---

367)옥당(玉堂) : 조선 시대 홍문관의 별칭. 삼사(三司) 가운데 하나로 궁중의 경시, 문서 따위를 관리하고 임금의 자문에 응하는 일을 맡아보던 관아

368)문화각(文華閣) : =문화전(文華殿). 북경 자금성의 동화문(東華門) 안에 있는 전각으로 황제의 편전과 경연 장소로 사용되어왔다. 태화전(太和殿) 동쪽 담장 너머에 있으며 뒤편에 문연각(文淵閣)이 있다.

369)귀령(歸寧) : 귀녕(歸寧). 시집간 딸이 친정에 가서 부모를 뵘.=근친(覲親).

여 나으면 즉시 도라오려 ᄒᆞ더니, 약질이 또 미류(彌留)ᄒᆞ여 낫지 못ᄒᆞ미 밋쳐 오지 못ᄒᆞ여시니, 네 맛당이 나아가 빙모(聘母)긔 뵈옵고, 아부(兒婦)의 병을 《보게 ᄒᆞ라∥보고 오라》."

ᄒᆞᆨᄉᆡ 혜오ᄃᆡ,

"엄시 반ᄃᆞ시 ᄌᆞ가를 염피(厭避)ᄒᆞᆫ 쥴 알미, 심즁의 ᄃᆡ로ᄒᆞ여 별단 쳐치ᄒᆞᆯ 도리를 ᄉᆡᆼ각ᄒᆞ거든, 【12】엇지 모명(母命)을 슌ᄒᆞᆯ 뜻이 이시리오."

잠쇼(暫笑) 쥬왈(奏曰),

"간악ᄒᆞᆫ 녀ᄌᆡ 쇼ᄌᆞ의 약ᄒᆞᆫ 쥴을 업슈이 너겨, 범ᄉᆞ(凡事)를 ᄌᆞᄒᆡᆼ(自行)ᄒᆞ오니, 엇지 통ᄒᆡ(痛駭)치 아니ᄒᆞ오며, 더옥 일야간(一夜間)의 무ᄉᆞᆫ 병이 ᄃᆡ단ᄒᆞ관ᄃᆡ, 병을 핑계ᄒᆞ고 아니오ᄂᆞᆫ 거ᄉᆞᆯ, 쇼ᄌᆡ 구구히 ᄯᆞ라가 빌미 우은지라. ᄌᆞ위(慈闈)ᄂᆞᆫ 요괴로온 녀ᄌᆞ의 간ᄉᆞᄒᆞᆫ 말을 곳이듯지 마ᄅᆞ시고 바려 두쇼셔. 언제 오ᄂᆞᆫ고 보ᄉᆞ이다."

부인이 또ᄒᆞᆫ 아부(兒婦)의 강약ᄒᆞ믈 민망이 너기고, 아ᄌᆞ의 호승(好勝)을 념녀ᄒᆞᄂᆞᆫ지라. 미쇼ᄒᆞ고 프러 니로ᄃᆡ,

"엄시ᄂᆞᆫ 너의 업ᄉᆞᆫ ᄶᅢ라 ᄒᆞ고, 본부의셔 【13】다리라 온 거장(車帳)을 환거(還去)ᄒᆞ려 ᄒᆞᄂᆞᆫ 거ᄉᆞᆯ, 여뫼(汝母) 권ᄒᆞ여 보ᄂᆡ여시니, 이ᄂᆞᆫ 나의 탓시오 현부의 탓시 아니라. 오아ᄂᆞᆫ 슈하(手下)라 ᄒᆞ여 현부의 허믈을 삼지 말나. 최부인이 드ᄅᆞ면 나의 어룬답지 아니믈 시비ᄒᆞᆯ가 ᄒᆞ노라."

ᄉᆡᆼ이 묵연(默然) 비ᄉᆞ(拜謝)ᄒᆞ고 즁당의 물너와 질ᄌᆞ 몽닌의 나히 늑셰로ᄃᆡ, 극히 영오ᄒᆞᆫ지라. 불너 문왈,

"엄시를 엄부의셔 거장이 와 다려갓ᄂᆞ냐? 여긔셔 거장을 출혀 갓ᄂᆞ냐?"

공ᄌᆡ 비록 영오ᄒᆞ나 어룬의 당부를 듯지 아냣ᄂᆞᆫ지라. 조모의 조당(阻擋)[370]ᄒᆞ신 쥴은 아지 못ᄒᆞ고, 즉시 ᄃᆡ【14】왈,

"모란정 슉뫼 모일의 이 곳의셔 거장을 출혀 귀령ᄒᆞ여 계시니이다. 계부(季父)ᄂᆞᆫ 이 일

370)조당(阻擋) : 나아가거나 다가오는 것을 막아서 가림

ᄒᆞᆨᄉᆡ 엄시 반ᄃᆞ시 ᄌᆞ가를 염피ᄒᆞᆫ 쥴 알미 심듕의 ᄃᆡ로ᄒᆞ야 별단 처치ᄒᆞᆯ 도리를 ᄉᆡᆼ각ᄒᆞ거든 엇디 모명을 슌ᄒᆞᆯ ᄯᅳ지 잇시리오.

잠소 듀왈,

"한학ᄒᆞᆫ 녀ᄌᆡ 쇼ᄌᆞ의 약ᄒᆞᆫ 쥴 업슈희 넉여 범ᄉᆞ를 ᄌᆞᄒᆡᆼᄒᆞ오니 엇디 통히치 아니ᄒᆞ오며, 더욱 일야간 무산 병이 ᄃᆡ단ᄒᆞ관ᄃᆡ 병을 핑계ᄒᆞ고 아니 오ᄂᆞᆫ 거ᄉᆞᆯ 쇼ᄌᆞ 구구희 ᄯᆞ라가 빌미 우은디라. ᄌᆞ위 요괴로운 녀ᄌᆞ의 간ᄉᆞ한 말을 고디 듯디【63】 마르시고 바려두쇼셔. 언제 오ᄂᆞᆫ고 보ᄉᆞ이다."

부인이 또한 ᄋᆞ부의 너무 강녈ᄒᆞ믈 민망이 넉이고 ᄋᆞᄌᆞ의 호승ᄒᆞ믈 염예ᄒᆞ여 미소ᄒᆞ고 프러 이로ᄃᆡ,

"엄시ᄂᆞᆫ 너의 업ᄉᆞᆫ ᄶᅢ라 ᄒᆞ고 본부 거장을 환거ᄒᆞ려 ᄒᆞᄂᆞᆫ 거ᄉᆞᆯ ᄂᆡ 권ᄒᆞ여 보ᄂᆡ시니, 이ᄂᆞᆫ ᄂᆡ 탓시요 현부의 탓시 아니라. 오ᄋᆞᄂᆞᆫ 슈하라 ᄒᆞ여 현부의 허믈 삼지 말나. 최부인이 드르면 나의 어른답디 아니믈 시비ᄒᆞᆯ가 ᄒᆞ노라."

ᄉᆡᆼ이 믁연이 믈너 듕당의 와 즐[질]ᄌᆞ 몽인이 육 셰로ᄃᆡ 극희 영오ᄒᆞᆫ디라.【64】 불너 문왈,

"엄시를 엄부의셔 거댱이 와 다려 갓ᄂᆞᆫ야? 여긔셔 거댱을 차려 갓ᄂᆞᆫ야?"

공ᄌᆡ 비록 영오ᄒᆞ나 어룬의 당부를 듯디 아니ᄒᆞ엿ᄂᆞᆫ디라. ᄃᆡ왈,

"모란정 슉뫼 모일의 이곳의셔 거댱을 찰여 귀령ᄒᆞ여 게시니이다. 계부 이 일을 ᄌᆞ셰 알아 무엇ᄒᆞᆯ여 ᄒᆞ시ᄂᆞ이잇가?"

을 ᄌᆞ시 아라 무엇ᄒᆞ려 ᄒᆞ시ᄂᆞ니잇고?”

ᄒᆞᆨᄉᆡ 왈,

“우연이 알고ᄌᆞ ᄒᆞ미니 무ᄉᆞᆫ 유의ᄒᆞ미 이시리오.”

ᄒᆞ고 쇼져ᄅᆞᆯ 깁히 미안ᄒᆞ여 일삭(一朔)이나 엄부의 ᄌᆞ최ᄅᆞᆯ ᄭᅳᆺᄎᆞ니, 엄부의셔 괴이 너겨 두세 번 쳥ᄒᆞᄃᆡ, ᄒᆞᆨᄉᆡ 종시 가지 아니ᄒᆞ니, ᄐᆡᄉᆞᄂᆞᆫ 쇼탈ᄒᆞᆫ 장뷔라. ᄀᆞᆺᄒᆞ여 념녀ᄒᆞ미 업ᄉᆞᄃᆡ, 최부인은 ᄌᆞ못 의려(疑慮)ᄒᆞ여, 원간 호방ᄒᆞᆫ 남ᄌᆡ라, 어ᄂᆞ 곳의 미녀(美女) 셩식(聲色)을 유의ᄒᆞ여, 녀아(女兒)와 금슬이 셩긘가[371] 념네 방하(放下)치 【15】못ᄒᆞ나, 녀아의 비홍(臂紅)[372]을 유의ᄒᆞᆫ즉, 비홍은 업ᄂᆞᆫ지라.

바야흐로 방심(放心)ᄒᆞ여 유랑(乳娘)과 비ᄌᆞ(婢子)ᄅᆞᆯ 블너 므ᄅᆞᆫ즉, 임의 쇼져의 당부ᄅᆞᆯ 드럿ᄂᆞᆫ지라. 여츌일구(如出一口)[373]히 ᄒᆞᆨᄉᆞ의 은ᄋᆡ 즁ᄒᆞ믈 고ᄒᆞ고, 기간 불호(不好)ᄒᆞᆫ ᄉᆞ젹은 고치 아니ᄒᆞ고, 또 쇼져의 유ᄐᆡ(有胎)ᄒᆞ믈 알외지 아니ᄒᆞ니, 쇼졔 모부인 셩의ᄅᆞᆯ 아ᄂᆞᆫ 고로, 반ᄃᆞ시 잉ᄐᆡᄒᆞ믈 알외지 아니ᄒᆞ믄, 화싱으로ᄡᅥ 몬져 알게 ᄒᆞ여 ᄌᆞ가의 슈치지심(羞恥之心)을 더을가 ᄒᆞ미러라.

부인이 반신반의(半信半疑)ᄒᆞ여 부ᄃᆡ 화싱을 쳥ᄒᆞ여 녀셔(女壻)의 동방(洞房)[374]을 비셜(排設)ᄒᆞ고져 ᄒᆞᄂᆞᆫ지라. 【16】

쇼졔 민망ᄒᆞ여 ᄇᆡᆨ번 부탁ᄒᆞ나 부인이 엇지 드ᄅᆞ리오. 날마다 가부인긔 시녀ᄅᆞᆯ 보ᄂᆡ여

ᄒᆞᆨᄉᆡ 왈,

“우연이 알고져 ᄒᆞ미니라.”

ᄒᆞ고 쇼져를 깁히 미안ᄒᆞ여 일 삭이나 엄부의 ᄌᆞ최를 ᄭᅳᆫ차니, 엄부의셔 고이히 넉겨 두세 번 쳥ᄒᆞᆫᄃᆡ ᄒᆞᆨᄉᆡ 죵시 가지 아니ᄒᆞ니, ᄐᆡᄉᆡᄂᆞᆫ 댱뷔라 ᄀᆞᆺᄐᆡ여 념【65】예ᄒᆞ미 업ᄉᆞᄃᆡ, 최부인ᄂᆞᆫ ᄌᆞ못 의례[려]ᄒᆞ여 원간 호방ᄒᆞᆫ 남ᄌᆡ라 어ᄂᆞ 곳의 미녀셩식을 유의ᄒᆞ여 녀ᄋᆞ와 금슬이 셩긘가 념예 방심치 못ᄒᆞ여, 쇼져의 유모를 불너 므른즉 임의 쇼져의 당부를 드러ᄂᆞᆫ디라 여츌일구히 ᄒᆞᆨᄉᆞ의 은ᄋᆡ 듕ᄒᆞ믈 고ᄒᆞ고 그간 블효[호]ᄒᆞᆫ ᄉᆞ젹은 고치 아니ᄒᆞ고 또 쇼져의 유ᄐᆡᄒᆞ믈 알외디 아니니, 쇼졔 모부인 셩졍을 아ᄂᆞᆫ 고로 반ᄃᆞ시 잉ᄐᆡᄒᆞ믈 화싱으로ᄡᅥ 몬져 알게 ᄒᆞ여 ᄌᆞ가의 슈치지심를[을] 더을가 ᄒᆞ미너라.

부인이 반신【66】반의ᄒᆞ여 부ᄃᆡ 화싱을 쳥ᄒᆞ여 여셔의 동방을 비셜ᄒᆞ고져 ᄒᆞᄂᆞᆫ디라.

쇼졔 민망ᄒᆞ여 ᄇᆡᆨ 번 부탁ᄒᆞ나 엇디 드르이요. 날마다 가부인게 시녀를 보ᄂᆡ여 셔랑을 쳥ᄒᆞ니, 가부인이 ᄋᆞᄌᆞ의 고집를[을] 미온ᄒᆞ야 ᄒᆞᆨᄉᆞ를 ᄭᅮ지져 왈,

---

371)셩긔다 : 성기다. 물건의 사이가 뜨다.≒성글다.

372)비홍(臂紅) : 앵혈. 중국의 ‘수궁사(守宮砂)’를 한국고소설에서 창작적으로 변용하여 쓴 서사도구의 하나. 도마뱀의 피에 주사(朱砂)를 섞어 만든 것으로, 이것을 팔에 한번 찍어 놓으면 성관계를 맺기 진까지는 절대로 없어지지 않는 속설 때문에, 고소설에서 여성의 동정(童貞)이나 신분(身分)의 표지(標識) 또는 남녀의 순결 확인, 부부의 합궁여부 판단 등의 사건서사에 다양하게 활용되고 있다. 앵혈·주표(朱標)·비홍(臂紅)·홍점(紅點)·주점(朱點)·앵홍·앵점 등 여러 다른 말로도 쓰이고 있다.

373)여츌일구(如出一口) : 한 입으로 말한 듯이 같음

374)동방(洞房): 신랑·신부가 첫날밤을 치르도록 새로 차린 방. =신방(新房).

셔랑을 쳥ᄒᆞ니, 가부인이 아ᄌᆞ의 고집불통ᄒᆞ믈 미온(未穩)ᄒᆞ여 혹ᄉᆞ를 ᄭᅮ지져 왈,

"최부인이 비록 조협(躁狹)ᄒᆞ여 너를 격노(激怒)ᄒᆞ여시나, 이ᄂᆞᆫ 너의 허믈이오, 져 부인의 탓시 아니어놀, 네 엄시와 졍이 박지 아니ᄒᆞᄃᆡ, 믄득 조협ᄒᆞᆫ 부인을 족슈(足數)ᄒᆞ여[375] 빙가(聘家)의셔 은근이 쳥ᄒᆞᄂᆞᆫ 거ᄉᆞᆯ 응치 아니ᄒᆞ니, 너희 협칙(狹窄)ᄒᆞ미 ᄌᆞ과(自過)를 ᄭᆡ닷지 못ᄒᆞᄂᆞᆫ지라. 엇지 불통ᄒᆞ미 아니리오. ᄒᆞ믈며 아뷔(兒婦) 신양(身恙)이 ᄃᆡ단ᄒᆞᆫ【17】가 시부니, 네 그 가뷔(家夫)되여 쳐ᄌᆞ의 병을 념녀치 아니미 엇지 인졍이리오. 너의 ᄃᆡ인이 그덧 ᄉᆞ이나 집을 ᄯᅥ나시미, ᄌᆞ모(慈母)의 약ᄒᆞ믈 업슈이 너기ᄂᆞᆫ도다."

혹ᄉᆞ ᄌᆞ교(慈教)를 밧ᄌᆞ오미 불승황공(不勝惶恐)ᄒᆞ여 연망(連忙)이 ᄉᆞ죄ᄒᆞ고, ᄎᆞ일 셕양의 가(駕)를 두로혀 엄부의 니ᄅᆞ러, ᄐᆡᄉᆞ와 부인긔 뵈알ᄒᆞ니, ᄐᆡᄉᆞ 부뷔 크게 반겨 셩찬을 갓초와 관ᄃᆡ(款待)ᄒᆞ며 상을 물니미, 쇼져 침쇼 옥누당으로 인도(引導)ᄒᆞᄂᆞᆫ지라.

화싱이 옥누당의 드러가니{니}, 이 ᄯᅢ 쇼제 복즁의 ᄡᅡᆼ닌(雙麟)을 졈득ᄒᆞ미 이시니, 약질이 엇【18】지 평안ᄒᆞ리오. ᄌᆞ연 침곤(沈困)ᄒᆞ여 졈졈 달이 ᄎᆞ가니, 상요(床褥)를 ᄯᅥ나지 못ᄒᆞᄂᆞᆫ지라.

이날 학ᄉᆞ의 드러오믈 만나니 놀납고 황괴(惶愧)ᄒᆞ미 ᄉᆡ로오나, 시러곰 능히 피치 못ᄒᆞᆯ지라. 마지 못ᄒᆞ여 벼기를 밀고 상요(牀褥)의 나려 마ᄌᆞ니, 학ᄉᆡ 노목(怒目)을 기우려 ᄉᆞᆯ펴보니, 쇼제 운환(雲鬟)이 어ᄌᆞ러워 구름갓흔 귀밋ᄎᆞᆯ 덥혓고, 옥용이 초췌ᄒᆞ여 냥협(兩頰)의 혈긔(血氣) 돈감(頓減)ᄒᆞ여시니, 보건ᄃᆡ 그 병이 업다 못ᄒᆞᆯ지라.

학ᄉᆡ 바야흐로 진짓 병이런가 ᄒᆞᄃᆡ, 오히려 거취(去就)를 ᄌᆞ임(自任)ᄒᆞ믈 심즁의 깁히 은노(隱怒)ᄒᆞᄂᆞᆫ지라.

안ᄉᆡᆨ【19】이 불호(不好)ᄒᆞ여 좌셕의 나아가나, ᄉᆡᆨ위(色威) 엄졍ᄒᆞ여 쇼져의 좌를 쳥(請)

375)족슈(足數)ᄒᆞ다 : 꾸짖거나 참견하여 말하다. =나무라다. 꾸짖다. 헤아리다.

"최부인이 비록 조협ᄒᆞ야 너를 격노ᄒᆞ엿시나 이ᄂᆞᆫ 너의 허믈이요 져 부인의 타시 아니여놀, 너 엄시와 졍이 박디 아닌ᄃᆡ 조협ᄒᆞᆫ 부인을 쪽슈ᄒᆞ야 빙가의셔 은근이 쳥ᄒᆞᄂᆞᆫ 거ᄉᆞᆯ 응치 아니니, 너의 협칙ᄒᆞ미 ᄌᆞ과를 ᄭᆡᄃᆞᆺ디 못ᄒᆞ니【67】 엇디 이러틋 불통ᄒᆞ며, 허믈며 ᄋᆞ부 신양이 ᄃᆡ단ᄒᆞᆫ가 시브니 너 가뷔 되여 쳐ᄌᆞ의 병을 념녀치 아니미 엇진 인졍이리요. 너의 ᄃᆡ인이 그덧 ᄉᆞ이나 집을 ᄯᅥ나시미 ᄌᆞ모의 약ᄒᆞ믈 업슈히 넉이ᄂᆞᆫ도다."

혹ᄉᆡ ᄌᆞ교를 블승황공ᄒᆞ야 연망이 ᄉᆞ죄ᄒᆞ고 차일 셕양의 가를 두로혀 엄부의 이르러 ᄐᆡᄉᆞ 부부긔 뵈알ᄒᆞ니, ᄐᆡ시 부뷔 크게 반겨 셩찬을 갓쵸와 관ᄃᆡᄒᆞ며 상을 믈이미 쇼제 침쇼 옥누당《을‖으로》 인도ᄒᆞ니, 화싱이 옥누당의 드러가니, 잇ᄯᅢ 쇼제 복듕【68】의 쌍닌을 졈득ᄒᆞ미 잇스니 약질이 엇디 평안ᄒᆞ리오. ᄌᆞ연 침곤ᄒᆞ야 졈졈 달이 ᄎᆞ 가니 상요를 ᄯᅥ나지 못ᄒᆞᄂᆞᆫ디라.

이날 혹ᄉᆡ 드러오믈 만나 놀납고 황괴ᄒᆞ며 노호오미 밍녈ᄒᆞ엿시나 시러금 능히 피티 못ᄒᆞᆯ디라. 벼기를 믈니고 ᄐᆡ연이 몸을 이러 마ᄌᆞ니, 혹ᄉᆡ 노목을 기우려 빗겨 바라보니 쇼져 운환이 어즐어워 구름 갓튼 구[귀] 밋ᄎᆞᆯ 덥혓고 옥용이 최취ᄒᆞ여 양협의 혈긔 좀간 돈감ᄒᆞ야시니, 보건ᄃᆡ 그 병이 업다 못ᄒᆞᆯ디라.

혹ᄉᆡ 바야흐로 진짓 병이런가 ᄒᆞᄃᆡ 오히【69】려 거취을 ᄌᆞ임ᄒᆞ믈 심듕의 깁히 은노ᄒᆞᄂᆞᆫ디라.

안ᄉᆡᆨ이 블호ᄒᆞ여 좌셕의 나아가나 쇼져 보ᄂᆞᆫ 눈이 심상치 아니코 ᄯᅩ 좌를 쳥치 아니니, 쇼제 져을 ᄃᆡ치 아난 지 《열여‖여러》 날의 밋쳐시니 ᄉᆡ로이 스ᄉᆞ롭고 노ᄒᆞ여 운환

치 아니니, 쇼제 져를 ᄃᆡ(對)치 아난 지 월여의 만나ᄆᆡ, ᄉᆡ로이 스스럽고 노ᄒᆞ여, 참엄(斬嚴)ᄒᆞᆫ 긔식을 보ᄃᆡ 요동치 아니터니, 임의 황혼이라 방즁의 불을 혀니, 학ᄉᆡ 본ᄃᆡ 져를 믜워ᄒᆞ믄 아닌 고로, 그 오ᄅᆡ 셔시ᄆᆡ 구슬 갓흔 향한(香汗)이 쳠의(添衣)ᄒᆞ니, 심하(心下)의 ᄋᆡ즁ᄒᆞ여 이의 닐오ᄃᆡ,

“ᄉᆡᆼ이 굿ᄒᆞ여 셔시라 아냣거든, 박은 ᄃᆞ시 셔시믄 엇지뇨? 그ᄃᆡ 범ᄉᆞ를 ᄌᆞᄒᆡᆼᄌᆞ지(自行自止)[376]ᄒᆞ며 홀노 안고 셔기의만 ᄂᆡ 명을 기다리ᄂᆞ냐?”

쇼제 묵연 【20】부답ᄒᆞ고 금병(錦屛)을 의지ᄒᆞ여 비슥이[377] 좌ᄒᆞ니, ᄉᆡᆼ이 나아가 옥슈를 닛그러 왈,

“진짓 병인가 아닌가 ᄆᆡᆨ후(脈候)를 잠간 보리라.”

ᄒᆞ고, 팔흘 ᄲᆡ히니 쇼제 슈괴ᄒᆞ여 굿이 방ᄎᆞ(防遮)ᄒᆞ나 엇지 면ᄒᆞ리오

.

ᄉᆡᆼ이 그 괴려(乖戾)ᄒᆞ믈 칙ᄒᆞ며, 최시의 퓌악(悖惡)을 달마 교긍(驕矜)타 ᄭᅮ지져 긔식이 가장 조치 아니터니, 밋 ᄆᆡᆨ을 솔피ᄆᆡ 이의 노긔(怒氣) ᄉᆞ라지고 면모의 츈풍이 니러나, 잠쇼(暫笑) 왈,

“원간 무ᄉᆞᆫ 병인고 ᄒᆞ엿더니, 아조 관겨(關係)치 아닌 병이랏다. 원ᄂᆡ 몃달이나 되엿ᄂᆞ뇨? 그ᄃᆡ ‘광ᄉᆡᆼ(狂生)이라’ 너모 증념(憎念)ᄒᆞ니, 조물(造物)이 믜이 너겨 우【21】봉(遇逢) 긔년(朞年)의 어ᄂᆡ ᄉᆞ이 ᄐᆡ신(胎身)의 복경(福慶)이 잇도다.”

쇼제 져의 모부인을 들츄어 언ᄉᆞ(言辭) ᄐᆡ만(怠慢)○○[ᄒᆞ믈] 노(怒)ᄒᆞ고 ᄋᆡ달나, ᄌᆞ긔

376)ᄌᆞᄒᆡᆼᄌᆞ지(自行自止) : 스스로 행하고 스스로 그친다는 뜻으로, 자기 마음대로 했다 말았다 함을 이르는 말.

377)비슥이 : 비스듬히.

을 슉이고 츄파를 낫츄아 진퇴를 졍티 못ᄒᆞᄂᆞᆫ 거동이 ᄋᆡ원뇨라ᄒᆞ여 이화일지 광풍의 을[올]아 춰ᄒᆞ고 슈양군식이 츈슈를 아당ᄒᆞᄂᆞᆫ 듯ᄒᆞ니, ᄉᆡᆼ이 반갑고 ᄋᆡ듕ᄒᆞ미 일심의 별츌ᄒᆞ나 아른 쳬 아니터니, 임의 방듕의 쵹를 혀ᄂᆞᆫ디라. 쇼제 식경이나 셧스ᄆᆡ 옥셜【70】긔부의 향한이 구슬 구으 듯ᄒᆞᄂᆞᆫ디라. ᄒᆡᆨᄉᆡ 본ᄃᆡ 미운 마음이 아니니 ᄯᅩ 엇디 앗기고 염녀ᄒᆞ미 업ᄉᆞ리오. 두어 식경이 지나ᄆᆡ 문득 ᄆᆡᆼ셩으로 일오ᄃᆡ,

“ᄉᆡᆼ이 구타여 그ᄃᆡ를 셧스라 안엿거든 공연이 박근 다시 셧시믄 엇디요? 그ᄃᆡ 범ᄉᆞ를 ᄌᆞᄒᆡᆼᄌᆞ디ᄒᆞ기를 일삼으려[며], 홀로 셔며 안기ᄂᆞᆫ ᄂᆡ 명을 기다리ᄂᆞ[ᄂᆞᆫ]야?”

쇼제 오ᄅᆡ 셧기 가장 고로온디라. 즉시 금병을 의디ᄒᆞ야 비시기 좌ᄒᆞ니 ᄉᆡᆼ이 나아가 원비를 늘히여 옥슈를 잇글어 왈,

“진짓 병인가 ᄆᆡᆨ후를 잠간 보리라.”

쇼제 져의 ᄆᆡᆨ보ᄂᆞᆫ 법【71】이 영신타 ᄒᆞ믈 슉미의게 드러ᄂᆞᆫ디라. 크게 슈괴ᄒᆞ야 구디 방차ᄒᆞ나 엇디 면ᄒᆞ리요.

ᄉᆡᆼ이 괴려ᄒᆞ믈 분노ᄒᆞ여 ᄭᅮ지져 왈,

“퓌악ᄒᆞᆫ 최시의 쇼ᄉᆡᆼ이여든 엇디 교긍치 아니리요. ᄉᆡᆼ이 외간남ᄌᆞ 아니니 너무 괴독히 구지 말나.”

ᄒᆞ고 위역으로 팔을 ᄲᅦ혀 ᄆᆡᆨ후를 살피더니, 문득 안모의 한슉ᄒᆞᆫ 빗치 밧고여 츈풍이 므르녹아 즘간 우어 왈,

“원간 무슴 병인고 ᄒᆞ엿더니 아죠 관계치 안인 병이낫[랏]다. 원ᄂᆡ 몃 ᄃᆞᆯ이나 되엿ᄂᆞ뇨? 그ᄃᆡ 광ᄉᆡᆼ이라 너무 증염ᄒᆞ니 조믈이 믜이 녁【72】여 우봉 긔년의 어나 ᄉᆡ이 ᄐᆡ신의 경ᄉᆞ 잇도다.”

쇼제 져의 모부인을 들츄어 언ᄉᆞ ᄐᆡ만ᄒᆞ믈 더욱 노ᄒᆞ야 단슌이 ᄆᆡᆨᄆᆡᆨᄒᆞ여 부답ᄒᆞ니,

불초(不肖)ᄒᆞ믈 슬허ᄒᆞ니, 엇지 뭇ᄂᆞᆫ 바를 ᄃᆡ ᄒᆞᆯ 뜻이 이시리오.

츈산(春山)[378]을 낫초고 단슌(丹脣)이 믁믁 ᄒᆞ여 부답(不答)ᄒᆞ니, 싱이 그 답(答)지 아니믈 미온(未穩)ᄒᆞ나, 져의 옥골(玉骨)이 슈셩(瘦成)ᄒᆞ믈[379] 보고, ᄐᆡ휘(胎候) 이시믈 보ᄆᆡ, 힝혀 심녀(心慮)를 뼈 ᄐᆡ동(胎動)ᄒᆞᆯ가 져허ᄒᆞ니, 크게 협[협]박(脅迫)ᄒᆞ던 의ᄉᆡ 쇼삭(消索)ᄒᆞ여 아ᄌᆞ(俄者)[380] 뇌졍(雷霆) 갓흔 셩이 츈셜(春雪) ᄉᆞ[381] 듯ᄒᆞ여시나, ᄉᆞ식지 아니코 모로ᄂᆞᆫ ᄃᆞ시 아른 체 아니터니, 믄득 시비 쥬찬을 드리니, 싱이 가연이 나아 안ᄌᆞ ᄉᆞ【22】오비를 거후ᄅᆞ고, 안쥬를 맛보고 다시 슐을 마시ᄆᆡ, 시녀로 젼어 왈,

"쇼싱이 본ᄃᆡ 풍뉴협골(風流俠骨)노 한낫 경박탕ᄌᆡ(輕薄蕩子)라. 쳐음의 그릇 녕녀(令女)의 쳥한(清閑)ᄒᆞᆫ 슉녀믈 모ᄅᆞ고, 문군(文君)[382]의 다졍ᄒᆞ미 잇ᄂᆞᆫ가 유의ᄒᆞ여 구ᄎᆞ히 인연을 도모ᄒᆞ미러니, 이제 녕녀의 결기(潔介)ᄒᆞ미[383] 믄득 쇼싱의 경박ᄒᆞ믈 더러이 넉이ᄂᆞᆫ지라. 싱이 용녈ᄒᆞ나 당당ᄒᆞᆫ ᄃᆡ장뷔라. 녀ᄌᆞ의 만모(慢侮)ᄒᆞ믈 바들 ᄇᆡ 아니니, 장ᄎᆞᆺ 그 쥬의(主意)를 쾌히 드른즉, 이제 도라가 셔로 념녀를 쓴코져 ᄒᆞᄃᆡ, 말못ᄒᆞᄂᆞᆫ 아인(啞人)을 ᄃᆡᄒᆞ여 무숨 말을 므ᄅᆞ리잇【23】고? ᄃᆡ인은 식니군ᄌᆡ(識理君子)시라. 기의(旣已)[384] ᄃᆡ의(大義)를 아ᄅᆞ실 거시오, 부인은 녜의를 심ᄉᆞ(深思)ᄒᆞ시ᄂᆞᆫ 슉녜시니 쏘 가히 부덕을 아ᄅᆞ실지라. 녕녀(令女)의 쇼견을 므러 진실

378)츈산(春山) : 녹음이 우거져 푸른빛이 가득한 '봄 산'이라는 말로 화장한 눈썹을 비유적으로 나타낸 말.

379)슈셩(瘦成)ᄒᆞ다 : 수패(瘦敗)하다. 파리하다. 몸이 몹시 야위다.

380)아ᄌᆞ(俄者) : 이전, 지난번, 조금 전, 갑자기.

381)ᄉᆞ다 : 스러지다. 없어지다.

382)문군(文君) : 탁문군(卓文君). 한(漢)나라 부호 탁왕손의 딸로 과부로 있다가 사마상여(司馬相如)와 사랑에 빠져 결혼하였으나, 나중에 상여(相如)가 무릉인(茂陵人)의 딸을 첩으로 삼으려 하자 <백두음(白頭吟)>이란 시를 읊어 이를 단념케 했다.

383)결기(潔介)ᄒᆞ다 : =개결(介潔)하다. 성품이 깨끗하고 굳다.

384)기의(旣已) : 이미.

싱이 그 ᄃᆡ답 아니믈 미온ᄒᆞ나 져의 옥골이 슈퓌ᄒᆞ믈 보고 ᄐᆡ후 잇시믈 보ᄆᆡ 힝여 심녀를 뼈 ᄐᆡ동ᄒᆞᆯ가 져허ᄒᆞ니, 크게 협박하던 의ᄉᆡ 쇼삭ᄒᆞ나 거짓 긔ᄉᆡᆨ를 지여 졍ᄉᆡᆨ고 쇼져을 다시 아른 쳬 아니터니, 이윽고 ᄂᆡ당 시녀 쥬찬을 드리니 싱이 가연이 슐을 거우르고 안쥬를 맛보와 상을 믈니ᄆᆡ, 상 가져온 시녀를 명ᄒᆞ여 ᄐᆡᄉᆞ 부【73】부게 젼어 왈,

"쇼싱이 본ᄃᆡ 풍류협골로 ᄒᆞᆫ낫 경박탕ᄌᆞ라. 쳐음의 그릇 녕녜 쳥한 슉녠 쥴 아디 못ᄒᆞ고, 문군의 다졍ᄒᆞ미 잇ᄂᆞᆫ가 유의ᄒᆞ여 구차히 인연을 도모ᄒᆞ미러니, 이제 녕녜 결ᄂᆡ[기]ᄒᆞ미 쇼싱의 경박ᄒᆞ믈 더러이 넉이ᄂᆞᆫ디라. 싱이 용열ᄒᆞ나 녀ᄌᆞ의 만모ᄒᆞ믈 바들 ᄇᆡ 아니요, 쇼싱의 결증으로뼈 ᄎᆞ마 오ᄅᆡ 참으리요. 이러무로 그 쥬의를 드른즉, 쾌히 도라가 셔로 염녜를 쓴코져 ᄒᆞ되, 말 못ᄒᆞᄂᆞᆫ 아인을 ᄃᆡᄒᆞ여 무슨 말을 무르니[리]잇고? ᄃᆡ인은【74】 식니군ᄌᆡ시라. 거의 ᄃᆡ의를 아르실 거시오, 부인은 녜의를 심ᄉᆞᄒᆞ시ᄂᆞᆫ 슉녀시니 가히 부덕을 알으실디라. 녕녀의 쇼견을 무루서[셔] 진실로 ᄃᆡᄒᆞ기 괴로와 ᄒᆞ거든 쇼싱이 녕녀을 쓴코 이져라도 집의 도라가올 거시니, 녕녀로뼈 어진 군ᄌᆞ를 갈희여 셤기라 ᄒᆞ쇼셔."

노 ᄃᆡᄒᆞ기 괴로아 ᄒᆞ거든, 쇼ᄉᆡᆼ이 념녀를 쓴코 이제라도 집의 도라가올 거시니, 녕녀로뼈 각별이 진군ᄌᆞ(眞君子)를 갈희여 셤기라 ᄒᆞ쇼셔."

말노 조ᄎᆞ 긔상이 엄졍ᄒᆞ니, 시녜 놀나며 져허 도라와 ᄐᆡᄉᆞ와 부인긔 이ᄃᆡ로 젼ᄒᆞ니, 부인이 ᄌᆞ가(自家)를 조롱(嘲弄)ᄒᆞ고 녀아를 욕ᄒᆞᄂᆞᆫ 즁, 노ᄒᆞ여 변ᄉᆡᆨ고 말을 ᄒᆞ고져 ᄒᆞ거놀, ᄐᆡ시 졍ᄉᆡᆨ 왈,

"난이 너모 초강(超强)ᄒᆞ기로【24】 화ᄌᆞ의 그릇 너기믈 당ᄒᆞ니, 부인은 아른 쳬 말나."

부인이 ᄐᆡᄉᆞ를 두려 감히 아모 말도 못ᄒᆞ더라.

쇼졔 이 ᄯᅢ ᄉᆡᆼ의 협[협]박(脅迫)ᄒᆞ믈 보나 드른 쳬 아니ᄒᆞ더니, ᄉᆡᆼ이 야심ᄒᆞ미 ᄯᅩ 져의 ᄆᆡᆼ녈ᄒᆞ믈 용납지 아냐 위엄으로 핍박ᄒᆞ여 금니(衾裡)의 나아가니, 쇼졔 불승앙통(不勝怏痛)[385]ᄒᆞ나, 약녁(弱力)이 능히 져의 장긔(壯氣)를 당치 못ᄒᆞ고, ᄉᆡᆼ이 ᄯᅩ 쇼져의 강녈ᄒᆞ믈 뮈이 너기고, ᄉᆞᄉᆞ로 흠ᄋᆡ(欽愛)ᄒᆞᄂᆞᆫ 졍을 니긔지 못ᄒᆞ여, ᄎᆞ후ᄂᆞᆫ 날마다 왕ᄂᆡᄒᆞ여 화락ᄒᆞ며 쇼져의 병긔(病氣)를 용ᄉᆞ(容赦)치 아니ᄒᆞ니, 쇼졔 괴로오믈 니긔지 못ᄒᆞ나【25】 임의 거졀ᄒᆞ기 어려온 후ᄂᆞᆫ, 부도(婦道)를 폐치 못ᄒᆞᆯ지라.

최부인이 역시 노ᄒᆞ나 ᄐᆡᄉᆞ의 위엄을 두려 말을 못ᄒᆞ더라.

이러구러 슈월이 지나니 화공 곤계 도라오ᄂᆞᆫ 쇼식이 니ᄅᆞ니, 가부인이 글을 브텨 쇼져를 브ᄅᆞ니, 쇼졔 마지 못ᄒᆞ여 부모슉당(父母叔堂)의 하직을 고ᄒᆞ고, 구가의 도라와 구고(舅姑)긔 뵈오니, 화공 형뎨 갓 ᄃᆞ러왓ᄂᆞᆫ시라.

구고 슉당이며 졔ᄉᆞ쇼괴(娣姒小姑)[386] 쇼져를 보ᄆᆡ, 슈월간이나 반기믈 니긔지 못ᄒᆞ

385)불승앙통(不勝怏痛) : 원망스럽고 통분함을 이기지 못함.

386)졔ᄉᆞ쇼고(娣姒小姑) : 동서와 시누이들. *제사(娣姒) : 손윗동서와 손아랫동서. 소고(小姑) : 시누이.

말노죠차 긔상이 엄졍ᄒᆞ니 시녜 놀나며 져허 도라와 ᄐᆡᄉᆞ 부부게 이ᄃᆡ로 젼ᄒᆞ니, 부인이 ᄌᆞ가를 죠롱ᄒᆞ고 녀ᄋᆞ의 신상을 욕ᄒᆞᄂᆞᆫ 즁, 노ᄒᆞ여 변ᄉᆡᆨ고 말을 ᄒᆞ고ᄌᆞ ᄒᆞ거놀, ᄐᆡ시 졍ᄉᆡᆨ 왈,

"난ᄋᆞ 너모 쵸강ᄆᆡᆼ열【75】ᄒᆞ기로 화ᄌᆞ의 그릇 넉이미 고이치 아닌디라. 부인이 ᄯᅩ 망영도이 무ᄉᆞᆫ 말을 ᄒᆞ여 화낭의 노를 도도고 블복ᄒᆞ믈 바드려 ᄒᆞᄂᆞ뇨?"

부인이 ᄐᆡᄉᆞ의 칙언을 듯고 감히 블평디언을 못ᄒᆞ더라.

ᄉᆡᆼ이 의외디언으로 쇼져를 협졔ᄒᆞ더니, 야심ᄒᆞ미 ᄯᅩ 져의 강녈ᄒᆞ믈 용납디 안야 위력으로 핍박ᄒᆞ여 금니의 나아가니, 쇼졔 블승앙통ᄒᆞ나 약역이 능히 져의 장녁을 당치 못ᄒᆞ고 분앙ᄒᆞᆫ 긔운이 거의 ᄆᆡᆨ힐 닷ᄒᆞ나 ᄉᆡᆼ은

(낙장)

구고 슉당이며 졔ᄉᆞ 쇼괴 쇼져를 보고【76】 슈월디간이나 반기믈 이기디 못ᄒᆞ고, 구고난 쇼져 옥뫼 쵸최ᄒᆞ믈 보고 진실로 병이 ᄃᆡ단ᄒᆞ민가 놀나 어루만져 념녜ᄒᆞ믈 마디아니나, 그 약질의 ᄐᆡ긔 이리 쉬오믄 아디 못ᄒᆞ더라.

고, 구고ᄂᆞᆫ 쇼져의 옥뫼 초췌ᄒᆞ여시믈 놀나 어로만져 념녀ᄒᆞ믈 마지 아니ᄒᆞ나, 그 약질【26】의 ᄐᆡ긔 이시믄 아지 못ᄒᆞ더라.

쇼제 종일 구고긔 시립(侍立)이러니, 혼졍(昏定)387)후 침쇼의 도라오ᄆᆡ 곤뇌(困惱)ᄒᆞ믈 니긔지 못ᄒᆞ여 침셕의 지혓더니, 믄득 학ᄉᆡ 드러와 흔연 문왈,

"신질(身疾)이 미ᄎᆞ(未差)ᄒᆞᆫᄃᆡ 종일 존젼(尊前)의 뫼셔시니, 일졍 불평(不平)ᄒᆞ리로쇼이다."

쇼제 ᄃᆡ단치 아니믈 ᄃᆡᄒᆞ나, ᄉᆡᆼ이 념녀ᄒᆞ여 이날은 화평이 각와(各臥)ᄒᆞ니, 쇼제 다힝이 너기더라.

구괴 쇼져의 병을 념녀ᄒᆞ여 편히 쉬기ᄅᆞᆯ 니ᄅᆞ나, 쇼제 불안ᄒᆞ여 니러 단이더니, ᄉᆡᆼ이 그 약질의 졈졈 만삭(滿朔)ᄒᆞᄆᆡ, 밤이면 신음(呻吟)ᄒᆞ믈 보고 념녀ᄒᆞ여,【27】부모긔 그 회ᄐᆡ(懷胎)하여시믈 고ᄒᆞ니, 공의 부뷔 그 츙년(沖年)의 ᄐᆡ신(胎娠)이 쉬오믈 놀나고 념녀ᄒᆞ여, ᄎᆞ후 조호(調護)ᄒᆞ기ᄅᆞᆯ 니ᄅᆞ고, 삭슈(朔數)ᄅᆞᆯ 알ᄆᆡ 구삭(九朔)이 된지라. 그 만삭(滿朔)ᄒᆞ여시믈 더옥 두굿겨388) ᄒᆞ더라.

쇼제 불안ᄒᆞ나 존명을 거역지 못ᄒᆞ여 ᄉᆞ침

---

387)혼졍(昏定) : 잠자리에 들 때에 부모의 침소에 가서 잠자리를 살피고 밤 동안 안녕하기를 여쭘.

388)두굿기다 : 대견해하다. 자랑스러워하다. 흐뭇해하다. 기뻐하다.

쇼제 구고의 셩은을 감ᄉᆞᄒᆞ야 죵일 됸젼의 시립ᄒᆞ엿다가 져믄 후 혼졍을 파ᄒᆞ고 침쇼의 도라와 곤뷔ᄒᆞ믈 이기디 못ᄒᆞ여 긴단댱을 그르고 침셕의 지혓더니, 믄득 ᄒᆞᆨ시 드러와 흔연 문왈,

"신질이 미ᄎᆞᄒᆞᆫᄃᆡ 죵일 됸젼의 뫼셔스니 일졍 블평ᄒᆞ리로다."

쇼제【77】마디못ᄒᆞ여 옥셩을 여러 ᄃᆡ왈,

"본ᄃᆡ ᄃᆡ단치 아니니 관계치 아니ᄒᆞ니이다."

ᄉᆡᆼ이 그 ᄃᆡ답이 슌ᄒᆞ믈 깃거{이} 이윽이 한담ᄒᆞ니, 쇼계 슈어 ᄃᆡ답이 쵸쵸ᄒᆞᆯ 분이요 다시 말숨이 업더라.

ᄉᆡᆼ이 쇼져 약질의 ᄐᆡ후 잇셔 심이 곤뇌ᄒᆞ여 ᄒᆞᄂᆞᆫ 쥴 ᄉᆡᆼ각ᄒᆞ고, 야심ᄒᆞ믈 일카라 일즉 취침ᄒᆞᆯ시, 시야는 쇼져의 ᄃᆡ답이 온슌ᄒᆞ믈 깃거ᄒᆞ고, 그 약질을 념녀ᄒᆞ여 쇼져를 편이 쉬기를 이르고, ᄌᆞ긔 스ᄉᆞ로 상뇨의 나아가니, 쇼제 크게 다힝ᄒᆞ야 차야를 각와ᄒᆞ니라.

구괴 쇼【78】져의 병을 념녀ᄒᆞ야 신혼을 참녜치 말나 니르니, 쇼제 블안ᄒᆞ야 니러 ᄃᆞ니더니 졈졈 만삭ᄒᆞᄆᆡ 약질이 평안치 안야 밤인 즉 신음ᄒᆞ믈 마지아니 ᄉᆡᆼ이 쇼져의 복경이 잇시믈 안 후ᄂᆞᆫ 가장 조심ᄒᆞ야 혐피를 브리디 아닛ᄂᆞᆫ지라.

그 신음ᄒᆞ믈 보고 심하의 념녀ᄒᆞ야 이의 부뫼게 엄시 회ᄐᆡᄒᆞ엿시믈 알외니, 화공 부뷔 쳥파의 그 십ᄉᆞ 츙년의 ᄐᆡ신이 쉬오믈 놀나고 념녀ᄒᆞ여 쇼져를 블너 차후 됴호ᄒᆞ기를 니르며, 유모를 블너 삭슈○[를] 무ᄅᆞ니 유모 쥬ᄒᆞ되, '구 삭【79】이라.' ᄒᆞᄂᆞᆫ디라. 구괴 더옥 깃거ᄒᆞ더라.

쇼제 구고의 이려틋 ᄒᆞ시믈 블안슈괴ᄒᆞ나 감히 됸명을 거역디 못ᄒᆞ여 ᄎᆞ후 침쇼의셔 됴리ᄒᆞ니, 양형이 ᄆᆡ양 ᄒᆞᆨᄉᆞ를 긔롱ᄒᆞ여 왈,

"현데 엄수의게 ᄆᆡ양 곡졀 업ᄉᆞᆫ 험상을 브리더니 근ᄂᆡ의 ᄀᆞ장 조용ᄒᆞ거놀 고이희 넉엿

(私寢)의셔 조리ᄒᆞ니, 냥형이 학ᄉᆞ를 긔롱ᄒᆞ여 보치믈 마지아니터니, 쇼제 만월ᄒᆞ여 일빵긔린(一雙騏驎)을 싱ᄒᆞ니, 구괴 과망ᄃᆡ희(過望大喜)ᄒᆞ고, ᄒᆞᆨ시 흔희과망(欣喜過望)ᄒᆞ미 비길 ᄃᆡ 업더라.

임의 삼○[칠]일(三七日)389)이 지나미 화공 부뷔 일가로 더부러 아히를 보니, 두 낫 빅옥이 이곳【28】'쵀가(蔡家) 교옥(嬌玉)'390) 이오 경님(瓊林)391)의 쏫가지라. 일빵 옥인(玉人)이 면뫼 한 판의 박은 듯ᄒᆞ니, 구고(舅姑) 슉당(叔堂)과 쇼고(小姑) 제형(諸兄)이 일시의 깃브믈 니긔지 못ᄒᆞ고, 제형뎨 ᄒᆞᆨᄉᆞ를 긔롱ᄒᆞ여 치하ᄒᆞ는 ○○[소릐] 요요(嘹嘹)ᄒᆞ더라.

엄부의셔 희보롤 듯고 틱ᄉᆞ 곤계 니ᄅᆞ러 냥숀(兩孫)을 보아 셔로 긔특ᄒᆞ믈 니ᄅᆞ고, 인옹(姻翁)이 셔로 치하ᄒᆞ믈 마지 아니터라.

389)삼칠일(三七日) : 세이레. 아이가 태어난 후 스무하루 동안. 또는 스무하루가 되는 날. 대개는 이날 금줄을 거둔다.

390)쵀가(蔡家)의 교옥(喬玉) : '채씨 집의 뛰어난 아들들'이란 말로, 여기서 채가(蔡家)는 중국 송나라 주희(朱熹)의 문인인 채원정(蔡元定)으로, 두 아들 채연(蔡淵)·채침(蔡沈)을 두었는데, 3부자가 모두 학문이 뛰어났다『宋史 卷434 儒林列傳 蔡元定』. *교옥(喬玉)은 용모가 아름답고 재주가 뛰어난 아들을 이르는 말.

391)경님(瓊林) : 옥같이 아름다운 숲.

더니, 원닉 옥셔의 상셔를 쑴ᄉᆞ미 잇는 고로 수수의 신상을 념녀ᄒᆞ미 과도ᄒᆞ돗다."

ᄒᆞ더라.

엄쇼제 만월ᄒᆞ여 일빵 긔린을 싱ᄒᆞ니 구괴 ᄃᆡ희 과망ᄒᆞ고, ᄒᆞᆨ시 이십 장년의 이 ᄀᆞᆺ튼 긔린을 빵득【80】ᄒᆞ니, 그 환희ᄒᆞ믄 일구로 긔록디 못ᄒᆞᆯ너라.

쇼제 삼칠일 후 산긔 여상ᄒᆞ니 구괴 더옥 깃거ᄒᆞ고, 엄부의셔 듯고 깃부믈 이긔디 못ᄒᆞ여 문후ᄒᆞ는 차환이 도로의 이엇더라.

화공 부뷔 양숀를 다려 듕당의셔 일기 보니 두낫 빅옥이 이 곳 쵀가의 교옥이요 경임의 쏫가지라. ᄒᆞᆫ 빵 옥닌이며 외뫼 ᄒᆞᆫ 판의 박은 듯ᄒᆞ니, 구괴 슉당이 ᄉᆞ랑ᄒᆞ고, 양형과 삼미 일시의 ᄒᆞᆨᄉᆞ를 긔롱ᄒᆞ여 왈,

"이구지년이 되도록 하취의 길이 ᄎᆞ파[라]ᄒᆞ더니 엄뎨 ᄀᆞᆺ튼 슉녀를 만나 죵풍【81】ᄎᆞ로의 흥계위[워] 긱업순 위엄을 부리더니, 이제 빵아의 긔특ᄒᆞ미 여ᄎᆞᄒᆞ니 엄뎨의 틱교ᄒᆞᆫ 공이 젹지 아니니, 네 이후는 됴심ᄒᆞ야 부인의게 득되치 말나."

ᄒᆞ더라.

엄 틱시 곤계 이르러 쇼져를 보고 쌍숀를 보와 셔로 긔특ᄒᆞ믈 일너 인옹이 상ᄃᆡᄒᆞ야 치하ᄒᆞ며 빈쥐 술을 나와 즐겨 진취ᄒᆞ미 셕양의 도라가니라.

최부인이 녀ᄋᆡ 약질로 분만ᄒᆞ고 산긔 쇼셩ᄒᆞ고 양ᄋᆡ 옥슈닌벽 ᄀᆞᆺ트를 드르미 황홀이 깃부며 즐겨오믈 이긔디 못ᄒᆞ여 화싱을 미흡던 마음이 쾌【82】히 푸러디고, 수월이 지난 후 화부의 귀령을 쳥ᄒᆞ여 녀ᄋᆞ와 숀ᄋᆞ를 다려와 보미 더욱 두굿겨 ᄉᆞ랑ᄒᆞ더라.

쇼제 겨우 수일을 머물미 화싱이 궁거우믈 이긔디 못ᄒᆞ야 부뫼게 고ᄒᆞ고 거교를 보닉여 부인과 빵ᄋᆞ를 다려가니, 부인이 싀로이 결연ᄒᆞ더라.

쇼제 임의 빵아ᄅᆞᆯ 어든 후ᄂᆞᆫ ᄒᆞᆨᄉᆞᄅᆞᆯ 벙으리왓지[392] 못ᄒᆞᆯ 쥴 혜아려, ᄎᆞ후 괴려(乖戾)○[ᄒᆞᆫ] 거죄(擧措) 업ᄉᆞ니, 임의 형셰 여ᄎᆞ즉 가히 탑하(榻下)의 타인의 언식(偃息)을 용납지 아니려 혜아리니, 졈졈 【29】투긔지심(妬忌之心)이 니러나니, 아지못게라![393] 화ᄒᆞᆨᄉᆞ의 풍뉴호신(風流豪身)이 맛ᄎᆞᆷᄂᆡ 일쳐(一妻)로 종신(終身)ᄒᆞ며, 엄쇼져의 투한(妬悍)ᄒᆞᆫ ᄒᆡᆼᄉᆡ 엇더ᄒᆞ엿ᄂᆞᆫ고?

션시(先是)의 엄츄밀의 ᄎᆞᄌᆞ 희의 ᄌᆞᄂᆞᆫ 명뉘니, 이 본ᄃᆡ 덕문여엽(德門餘葉)이라. ᄉᆡᆼ세 십삼의 옥안뉴풍(玉顔柳風)[394]이 쥰슈비상ᄒᆞ여 문한(文翰)이 유여(裕餘)ᄒᆞ며 ᄉᆞ마쳔(司馬遷)[395]의 ᄒᆞᆨᄒᆡᆼ(學行)과 조ᄌᆞ건(趙子建)[396]의 칠보시(七步詩)[397]의 신쇽ᄒᆞ미 이시니, 부뫼 그 장셩ᄒᆞ믈 더옥 익ᄋᆡ(溺愛)ᄒᆞ더니, 시(時)의 니부시랑(吏部侍郞) 문영이 일녜 잇셔 침어낙안지용(沈魚落雁之容)[398]과 폐월슈화지

쇼제 임의 ᄋᆞᄌᆞ를 어든 후ᄂᆞᆫ ᄒᆞᆨᄉᆞ를 벙으리왓디 못ᄒᆞᆯ 쥴 혜아여[려] ᄎᆞ후 괴려ᄒᆞᆫ 거됴 업ᄉᆞ와[나], '임의 형셰 여ᄎᆞ즉 가히 탑하의 타인의 언식을 용납디 못ᄒᆞ리라.' 혜아리ᄆᆡ, 졈졈 투긔디심이 이러나니 아지 못【83】게라. 화 ᄒᆞᆨᄉᆞ와 풍뉴호신이 맛ᄎᆞᆷᄂᆡ 일쳐로 죵신ᄒᆞ며 엄시 투심이 엇더ᄒᆞᆫ고? ᄎᆞ하를 셩남ᄒᆞ라.

션시의 엄 츄밀의 ᄎᆞᄌᆞ 희의 ᄌᆞᄂᆞᆫ 명쥐니 이 본ᄃᆡ 덕문{문} 여엽이라. ᄉᆡᆼ세 십삼 세의 옥안뉴풍이 쥰슈비상ᄒᆞ고, 문한이 유여ᄒᆞ여 ᄉᆞ마쳔의 학ᄒᆡᆼ과 조ᄌᆞ건의 칠보시의 신쇽허미 잇고, 셩효 츌텬ᄒᆞ여 증왕의 후셕을 이엄즉ᄒᆞ더라.

츄밀이 ᄋᆞᄌᆞ의 댱셩ᄒᆞᄆᆡ 니부시랑 문영의 일녀 잇셔 침어낙안디용과 페월슈화디틔 잇다 ᄒᆞ믈 듯고,

392)벙으리왓다 : 막다. 맞서 버티다. 거스르다. 거절(拒絶)하다. =벙으리왇다.

393)아지못게라! : '모르겠도다!' '모를 일이로다! '알지못하겠도다!' 등의 감탄의 뜻을 갖는 독립어로 작품 속에서 관용적으로 쓰이고 있다.

394)옥안뉴풍(玉顔柳風) : 옥과 같이 아름다운 얼굴과 버들처럼 날렵한 풍채.

395)ᄉᆞ마쳔(司馬遷) : BC.145-86. 중국 전한(前漢)의 역사가. 자는 자장(子長). 태사령(太史令)을 지냈고, 기원전 104년에 공손경(公孫卿)과 함께 태초력(太初曆)을 제정하여 후세 역법의 기초를 세웠으며, 역사책 ≪사기≫를 완성하였다.

396)조ᄌᆞ건(曹子建) : 조식(曹植 : 192~232). 자건은 자. 중국 삼국시대 위(魏)나라 조조의 셋째 아들로 시호가 사(思)이다. 일곱 걸음 만에 시를 지어 죽음을 모면하였다는 칠보시(七步詩)가 유명하다.

397)칠보시(七步詩); 중국 위(魏)나라 조조(曹操)의 아들 조식(曹植 : 192~232)이 일곱 걸음 만에 시를 지어 죽음을 모면하였다는 고사가 담긴 시. 콩을 삶기 위하여 콩대를 태우니/ 콩이 가마 속에서 소리 없이 우노라/ 본디 한 뿌리에서 같이 태어났거늘,/서로 괴롭히기가 어찌 이리 심한고/(煮豆燃豆萁 豆在釜中泣 本是同根生 相煎何太急).

398)침어낙안지용(沈魚落雁之容) : 미인을 보고 물 위에서 놀던 물고기가 부끄러워서 물속 깊이 숨고 하늘 높이 날던 기러기가 부끄러워서 땅으로 떨어질 만큼, 아름다운 여인의 용모를 비유적으로 이르는 말. ≪장자≫ <제물론(齊物

ᄐᆡ(閉月羞花之態)399) 잇다 ᄒᆞ물 듯고, ᄆᆡ파(媒婆)를 보ᄂᆡ여 구혼ᄒᆞ니, 문【30】부의셔 ᄃᆡ희ᄒᆞ여 허혼 ᄐᆡᆨ일(擇日)ᄒᆞ여 뉵녜(六禮)를 ᄒᆡᆼᄒᆞᆯ시, 엄공ᄌᆡ 옥모영풍(玉貌英風)의 길의(吉衣)를 졍히ᄒᆞ고, ᄇᆡᆨ냥(百輛)400)으로 문쇼져를 우귀(于歸)ᄒᆞ여, 독좌(獨坐)401) 합환(合歡)402)을 파ᄒᆞ고, 구고긔 조률(棗栗)을 밧드러 ᄒᆡᆼ녜(行禮)ᄒᆞᆯ시, 즁목(衆目)이 일시의 신부를 보니, 안ᄉᆡᆨ이 ᄇᆡᆨ승셜(白勝雪)403)이오, 거지(擧止) 민쳡(敏捷) 표일(飄逸)ᄒᆞ여 일빵 아미(蛾眉)ᄂᆞᆫ 초월(初月)이 졈[녕]농(玲瓏)ᄒᆞ고 호치단슌(皓齒丹唇)404)은 잉도를 '졈(點) 친'405) 듯ᄒᆞ니, 비록 가인(佳人) ᄌᆞᄐᆡ(姿態) 잠간 이시나, 슉녀의 멀미 진월(秦越)406) 갓고, 냥미

듕ᄆᆡ를 보ᄂᆡ【84】여 구혼ᄒᆞ니, 문부의셔 ᄃᆡ희ᄒᆞ여 허혼 ᄐᆡᆨ일ᄒᆞ여 길일이 당ᄒᆞᄆᆡ 엄공ᄌᆞ 옥모화풍의 길의를 졍히 ᄒᆞ고 뉵녜를 갓쵸와 문쇼져를 맛ᄌᆞ 도라와 독좌 합환을 파ᄒᆞ고 신뷔 단댱을 고쳐 현구고ᄒᆞᆯ시, 구고 슉당과 친쳑이 일시의 거안시디ᄒᆞ니, 신뷔 안ᄉᆡᆨ이 ᄇᆡᆨ승셜이요 거디 민쳡ᄒᆞ며 비록 가인의 ᄌᆞᄐᆡ 잠간 잇스나 슉녀의 멀미 진월 ᄀᆞᆺ고, 양미의 살셩이 은은ᄒᆞ고 미간의 독긔 어리여 엇디 ᄇᆡᆨᄉᆞ 한시의 슈려ᄒᆞᆫ 용광과 유한ᄒᆞᆫ 셩덕의 비기며,【85】 더옥 여러 쇼고의 화용옥질을 당ᄒᆞ리오.

論)>에 나온다.

399)폐월슈화지ᄐᆡ(閉月羞花之態) : 꽃도 부끄러워하고 달도 숨을 만큼 여인의 얼굴과 맵시가 매우 아름답다는 것을 비유적으로 이르는 말.

400)ᄇᆡᆨ냥(百輛) : '백대의 수레'라는 뜻으로, 『시경(詩經)』「소남(召南)」편, <작소(鵲巢)>시의 '우귀(于歸) 백량(百輛)'에서 유래한 말이다. 즉 옛날 중국의 제후가(諸侯家)에서 혼례를 치를 때, 신랑이 수레 백량에 달하는 많은 요객(繞客)들을 거느려 신부집에 가서, 신부을 신랑집으로 맞아와 혼례를 올렸는데, 이 시는 이처럼 혼례가 수레 백량이 운집할 만큼 성대하게 치러진 것을 노래하고 있다.

401)독좌(獨坐) : =독좌례(獨坐禮). 혼인례에서 대례(大禮)를 달리 이른 말. 즉 신랑과 신부가 대례를 행할 때 각각의 앞에 음식을 차려 놓은 독좌상(獨坐床)을 놓고 교배(交拜)、합근(合巹) 등의 의례를 행하는 것을 비유하여 쓴 말이다.

402)합환(合歡) : =합근(合巹). 전통 혼례에서 독좌례(獨坐禮) 중, 신랑 신부가 잔을 주고받음. 또는 그런 절차.

403)ᄇᆡᆨ승셜(白勝雪) : 흰빛이 눈보다도 더 흼.

404)호치단슌(皓齒丹脣) : 하얀 이와 붉은 입술이란 뜻으로 아름다운 입 모양을 이르는 말.

405)졈(點) 치다 : 점점이 찍어 놓다. *치다: 붓이나 연필 따위로 집을 씩거나 선이나 그림을 그리다.

406)진월(秦越) : '진(秦)나라와 월(越)나라'라는 뜻으로, 둘 사이가 너무 멀어 서로 아무런 관심도 갖지 않는, '전혀 무관심한 관계'를 비유적으로 이르는 말. 즉 중국 춘추(春秋) 시대 진(秦) 나라는 지금의 섬서성(陝西省)에 있고 월(越) 나라는 지금의 강소성(江蘇省)·절강성(浙江省) 일대에 있었는데 두 나라 사이가 너무 멀어서 서로 전혀 관계치 않았고 관심도

(兩眉)의 살셩(殺星)이 은은ᄒᆞ고 미간(眉間)의 독긔 어릐여시니 엇지 빅ᄉᆞ(伯姒)[407] 한시의 슈려ᄒᆞᆫ 용광과 유한(幽閑)ᄒᆞᆫ 【31】 셩덕의 비기리오.

구괴(舅姑) 아연(啞然)[408] 실망(失望)ᄒᆞ고 엄싱이 심하의 불열ᄒᆞ더라.

좌킥이 신부의 묘염(妙艶)을 칭찬ᄒᆞ고 츄밀 부부긔 치하ᄒᆞ니, 공의 부뷔 면강ᄉᆞᄉᆞ(勉强辭謝)ᄒᆞᆯ ᄲᅮᆫ이러라.

일모도원(日暮途遠)[409] ᄒᆞ믹 즁빈(衆賓)이 각산(各散)ᄒᆞ고, 신부 슉쇼ᄅᆞᆯ 졍ᄒᆞ여 도라보니니, 문가 복쳡(僕妾)이 쇼져ᄅᆞᆯ 븟드러 침쇼의 니ᄅᆞ니, 쇼졔 장복(章服)[410]을 탈(脫)ᄒᆞ고 단의홍군(單衣紅裙)으로 촉하(燭下)의 좌ᄒᆞ여시니, 괴로이 신낭의 드러오믈 기다리더니, 가장 오란 후 엄싱이 드러와 신부ᄅᆞᆯ 딕ᄒᆞ여 살피니, ᄋᆡ용(愛容)이 요라(裊娜)ᄒᆞ고[411] ᄒᆡ당화(海棠花)[412] 한 숑이 조로(朝露)ᄅᆞᆯ 【32】 먹음은 듯ᄒᆞ니, 심하의 불힝이 너기나 아직 드러난 허믈이 업ᄉᆞ니, 박딕ᄒᆞ미 군ᄌᆞ의 덕이 아니라. 침음ᄒᆞ다가 촉을 멸ᄒᆞ고 신부ᄅᆞᆯ 븟드러 상요의 나아가니, 신뷔 슈습ᄒᆞ미 업셔 동침지하(同枕之下)의 경쳔(輕淺)ᄒᆞ미 만흔지라.

구괴 아연 실망ᄒᆞ고 엄싱이 심하의 《브렬∥불열》ᄒᆞ더라.

좌킥이 신부의 묘염을 칭찬ᄒᆞ고 츄밀 부부게 치하ᄒᆞ니 공의 부부 면강ᄉᆞᄉᆞᄒᆞᆯ 분일너라.

일모도원ᄒᆞ미 즁빈이 각산ᄒᆞ고 신부 슉쇼를 졍ᄒᆞ여 도라보니니, 문가 복쳡이 쇼져를 븟드러 침쇼의 이르니 문쇼제 댱복을 탈ᄒᆞ고 단의홍군으로 촉하의 단좌ᄒᆞ야 괴로이 신낭 드러오믈 기딕리더니, 야심 후 엄싱이 드러와 신부를 딕ᄒᆞ여 술피니 ᄋᆡ용이 요[묘]려【86】ᄒᆞ고 거지 포[표]일ᄒᆞ야 ᄒᆡ당화 ᄒᆞᆫ 숑이 아춤 이실[슬]을 먹음은 듯ᄒᆞ니, 싱이 슉녀 아닌 쥴은 아나, 그 ᄌᆞ식이 슈미ᄒᆞ고 아즉 드러난 허믈이 업ᄉᆞ니, 박딕ᄒᆞᆷ은 인인군ᄌᆞ의 덕이 아니라 ᄒᆞ여 침음ᄒᆞ다가, 촉을 멸ᄒᆞ고 신부를 븟드러 상요의 나아가니, 신부 슈습ᄒᆞ미 업셔 동침디하의 경쳔ᄒᆞ미 만흔더라.

갖지 않았다는 데서 나온 말. =소 닭 보듯 하는 사이.

407)빅ᄉᆞ(伯姒) : 남편의 형제 가운데 맏형의 아내. 여자 동서들 가운데 맏동서를 이른다.

408)아연(啞然) : 너무 놀라거나 어이가 없어서 또는 기가 막혀서 입을 딱 벌리고 말을 못 하는 모양..

409)일모도원(日暮途遠) : 날은 저물고 갈 길은 멀다는 뜻으로, 늙고 쇠약한데 앞으로 해야 할 일은 많음을 이르는 말. ≪사기≫의 <오자서열전(伍子胥列傳)>에 나오는 말이다.

410)장복(章服) : =관디. 관복(官服). 옛날 벼슬아치들의 공복(公服). 지금은 전통 혼례 때에 신랑이 입는다.

411)요라(裊娜)ᄒᆞ다 : (여자의 몸매가) 날씬하고 아름답다

412)ᄒᆡ당화(海棠花) : 장미과의 낙엽 활엽 관목. 높이는 1~1.5미터이며, 잎은 어긋나고 우상 복엽인데 잔잎은 긴 타원형이고 잎 뒤에 선점과 잔털이 있다. 5~8월에 붉은 자주색 꽃이 가지 끝에 피고 열매는 가장과로 8월에 붉게 익는다.

싱이 심니(心裏)의 불쾌ᄒᆞ여 은이 ᄉᆞ연(索然)413)ᄒᆞ여, 명효(明曉)의 신셩(晨省)414)ᄒᆞ고, 쇼제 셩장(盛裝)을 다ᄉᆞ려 구고 존당의 문안ᄒᆞ고 물너와 냥ᄉᆞ(兩姒)와 제쇼고(諸小姑)의 셩덕지모ᄅᆞᆯ 크게 ᄲᅥ려 헤오ᄃᆡ,

'나의 ᄌᆡ용이 텬하의 무빵ᄒᆞᆯ가 ᄒᆞ엿더니 이제 구가 모든 녀ᄌᆡ 긔긔히 슉녜라 엇지 ᄎᆞ홉지 아니리오. 기【33】즁 옥혜 ᄌᆡ용이 더옥 나으미 이시니, 니ᄅᆞᆫ 바 '양(良)을 ᄂᆡ시고 유(莠)ᄅᆞᆯ ᄂᆡ시미로다'415)

ᄒᆞ더라.

문쇼제 인ᄒᆞ여 머므러 힝ᄉᆡ 민쳡ᄒᆞ고 셩졍이 춍아(聰雅)ᄒᆞ여, 온갓 일의 남의 ᄠᅳᆺ 맛치믈 잘ᄒᆞ고, 일가의 예셩(譽聲)을 요구ᄒᆞ니, 가즁 노복이 일ᄏᆞᆺ고, 문시 눈치ᄅᆞᆯ 잘 아ᄂᆞᆫ 고로, 최부인 셤기믈 존고(尊姑) 범부인긔 더으니, ᄌᆞ고로 '뉴(類) 뉴(類)ᄅᆞᆯ ᄯᆞ로믄'416) 상ᄉᆞ(常事)라. 최부인이 문시의 영오민쳡(穎悟敏捷)ᄒᆞᆷ과 ᄌᆡ릉다모(才能多謀)ᄒᆞ믈 ᄉᆞ랑ᄒᆞ나, 범부인은 크게 불열(不悅)ᄒᆞ여 ᄒᆞ더라.

츄밀이 아ᄌᆞ의 비위(配位) 불합ᄒᆞ믈 이달나 ᄒᆞ고, 싱이 날이 오ᄅᆡ【34】미 졈졈 문시의 힝ᄉᆞᄅᆞᆯ 유심(留心)ᄒᆞ여, 부녀의 졍졍(貞靜)ᄒᆞᆫ ᄉᆞ덕(四德)이 업ᄉᆞ믈 불열ᄒᆞ여, 금슬(琴瑟)이 ᄉᆡᆼ쇼(生疏)ᄒᆞ여 침쇼의 혹 드러가나 부부 동몽(同夢)은 쳔니(千里)라.

문시 졈졈 의심ᄒᆞ며 스ᄉᆞ로 츈졍(春情)을 것잡지 못ᄒᆞ여, 싱을 보면 믄득 몬져 어침

싱이 심니의 블쾌ᄒᆞ여 은이 ᄉᆞ연ᄒᆞ더라. 명조의 싱은 먼져 쇼셰ᄒᆞ고 나가니, 문시 셩댱을 다ᄉᆞ려 됸당의 문안ᄒᆞ고 믈너와 제ᄉᆞ 쇼고의 셩덕 지모를 크게 ᄲᅥ려 헤오【87】ᄃᆡ,

'나의 ᄌᆡ용이 텬하의 무빵ᄒᆞᆯ가 ᄒᆞ엿더니, 이제 구가 모든 녀ᄌᆡ 개개히 화월의 식광이 잇시니 엇디 한홉지 아니리오. 져 무리 비록 ᄂᆡ게 낫든 못ᄒᆞ니 ᄯᅩ ᄂᆡ 지든 아닐 ᄃᆞᆺᄒᆞ나, 홀노 옥혜 ᄌᆡ용이 나의 두어 층 나으미 잇시니, 니ᄅᆞᆫ 바 양을 ᄂᆡ고 유ᄅᆞᆯ ᄂᆡ시기로다.'

ᄒᆞ더라.

문쇼제 인ᄒᆞ야 구가의 머믈미 힝ᄉᆡ 민쳡ᄒᆞ고 지졍이 춍아ᄒᆞ여 온갓 일의 ᄉᆞᄅᆞᆷ의 ᄠᅳᆺ 맛치믈 잘ᄒᆞ고 일가의 예셩을 요구ᄒᆞ니 가즁 노복이 일ᄏᆞᆺ고, 문시 ᄉᆞᄅᆞᆷ의 눈치를 잘 아ᄂᆞᆫ 고로 최부인 셤기믈 됸고【88】긔 더오[으]니, ᄌᆞ고로 뉘 뉴를 ᄯᆞ르믄 상ᄉᆡ라. 최부인이 문시의 영오 민쳡ᄒᆞᆷ과 ᄌᆡ릉 다모ᄒᆞ믈 ᄉᆞ랑ᄒᆞ나, 범부인은 크게 블쾌히 넉이나[니], 다만 무휼ᄒᆞ기를 ᄃᆞᆺ터히 ᄒᆞ여 경계ᄒᆞ나, 문시 드를 제ᄂᆞᆫ 샤례ᄒᆞ나 ᄆᆞ음의ᄂᆞᆫ ᄂᆡ도ᄒᆞ더라.

싱이 날이 오라미 졈졈 문시의 힝ᄉᆞ를 유심ᄒᆞ여 부녀의 졍졍ᄒᆞᆫ ᄉᆞ덕이 업ᄉᆞ믈 블열ᄒᆞ여 금슬이 졈졈 ᄉᆡᆼ쇼ᄒᆞ여[니]. 강잉ᄒᆞ여 일삭의 두어 슌 슉쇼 왕ᄂᆡᄅᆞᆯ 슬ᄃᆡ 아니나, 동몽은 쳔니 ᄀᆞᆮᄐᆞ니, 문시 의심ᄒᆞ며 스ᄉᆞ로 츈졍을 이긔디 못ᄒᆞ야 싱을【89】 보면 믄져 어침ᄒᆞ야 희롱이 슬ᄃᆡ 아니코 좌를 핍근이 ᄒᆞ고 오술 나[다]릐여 거의 ᄉᆞ미ᄅᆞᆯ 년ᄒᆞ며 손을 잡을 ᄃᆞᆺᄒᆞ니, 싱이 경히ᄒᆞ야 ᄉᆞ미ᄅᆞᆯ ᄯᅥᆯ쳐 좌ᄅᆞᆯ 믈니고 졍식 칙왈,

413)ᄉᆞ연(索然) : ①흥미가 없음 ②흥미 따위가 싹 가심. 또는 마음 속에 있던 생각이나 감정이 사라져 전혀 없어짐.

414)신셩(晨省) : 아침 문안. 아침 일찍 부모의 침소에 가서 밤사이의 안부를 살피는 일. =신성지례.

415)양(良)을 ᄂᆡ시고 유(莠)ᄅᆞᆯ ᄂᆡ시미로다 : '(하늘이) 착한 사람을 내고 또 악한 사람을 낸 것을 탄식한다'는 뜻으로, 세상에는 선과 악이 공존한다는 것을 말함. 양유(良莠) : 좋은 풀과 나쁜 풀, 곧 착한 사람과 악한 사람을 비유적으로 이르는 말

416)뉴(類) 뉴(類)ᄅᆞᆯ ᄯᆞ로다 : 유유상종(類類相從)하다. 같은 무리끼리 서로 사귀다.

(語侵)ᄒᆞ여 희롱이 긋지 아니ᄒᆞ고, 좌를 핍근(逼近)ᄒᆞ여 옷ᄉᆞᆯ 달희여 거의 ᄉᆞᆫ을 잡을 듯ᄒᆞ니, ᄉᆡᆼ이 경히ᄎᆞ악(驚駭嗟愕)[417]ᄒᆞ여 ᄉᆞ미를 ᄯᅥᆯ쳐 좌를 물니고 정ᄉᆡᆨ 칙왈(責曰),

"부인의 도리ᄂᆞᆫ 정정(貞靜)ᄒᆞ미 웃듬이라. 남ᄌᆡ 셜ᄉᆞ 허랑(虛浪)ᄒᆞ여도 녀ᄌᆞ의 ᄒᆡᆼ시 니러치 못ᄒᆞ려든, ᄒᆞ믈【35】며 ᄉᆡᆼ이 일압(昵狎)지 아닛ᄂᆞᆫᄃᆡ, 어ᄂᆡ 당돌ᄒᆞᆫ 녀ᄌᆡ 감히 니러틋 방ᄌᆞᄒᆞ리오. ᄎᆞᄂᆞᆫ 노류쳔창(路柳賤娼)[418]의 무리 남ᄌᆞ를 후리치ᄂᆞᆫ 슈단이라. ᄉᆡᆼ이 비록 용녈ᄒᆞ나 여ᄎᆞ 난음(亂淫)ᄒᆞᆫ 녀ᄌᆞ를 용납ᄒᆞ여 군ᄌᆞ 실즁을 더러이리오. 그ᄃᆡ 만일 회과슈ᄒᆡᆼ(悔過修行)ᄒᆞ면 ᄉᆡᆼ이 오히려 쇼쇼(小小) 허믈을 관셔(寬恕)ᄒᆞ여 인뉸ᄃᆡ관(人倫大關)[419]을 폐치 아니려니와, 불연즉 다시 슉녀를 취ᄒᆞ여 ᄂᆡ조(內助)를 빗ᄂᆡ리라."

언파의 ᄉᆞ미를 ᄯᅥᆯ쳐 나아가니, 문시 무류(無聊)코 븟그려 능히 일언을 못ᄒᆞ니, 장외(帳外)의 유뫼 잇다가 져 거동을 보고 한심【36】ᄎᆞ악ᄒᆞ여, ᄲᆞᆯ니 드러와 위로ᄒᆞ며 탄식왈,

"상공 말ᄉᆞᆷ이 ᄌᆞᄌᆞ(字字) 졍논(正論)이시니 노신(老身)이 븟그려 죽을 듯시버이다."

---

417)경히ᄎᆞ악(驚駭嗟愕) : 깜짝 놀람. 또는 몹시 놀람.

418)노류천창(路柳賤娼) : '기녀'나 창녀와 같은 천한 신분의 여자. *노류(路柳): 길가의 버들과 같이 아무나 꺾을 수 있다는 뜻으로 '기녀'를 이르는 말.

419)인륜ᄃᆡ관(人倫大關) : 군신、부자、형제、부부나 상하、존비 따위의 인간관계에서 지켜야 할 원칙. *대관(大關): =대체(大體). 대강(大綱). 원칙(原則).

"부인의 도리ᄂᆞᆫ 쳥한졍졍ᄒᆞ미 웃듬이라. 남ᄌᆞ 셜ᄉᆞ 허랑ᄒᆞ여도 녀ᄌᆞ의 ᄒᆡᆼᄉᆞ 싱심도 이러치 못ᄒᆞ려든 허믈며 ᄉᆡᆼ이 일압디 아닛ᄂᆞᆫᄃᆡ 어ᄂᆡ 당돌ᄒᆞᆫ 녀ᄌᆡ 감히 이러틋 방ᄌᆞᄒᆞ리오. ᄎᆞᄂᆞᆫ 노류쳔창의 무리 남ᄌᆞ를 후리ᄂᆞᆫ 슈단이라. ᄉᆡᆼ이 비록 용녈ᄒᆞ나 여ᄎᆞ 난음ᄒᆞᆫ 녀ᄌᆞᄂᆞᆫ 용납디 아니리니 그【90】ᄃᆡ 만일 회과슈ᄒᆡᆼᄒᆞ면 ᄉᆡᆼ이 오히려 쇼쇼 ᄒᆞ믈을 관셔ᄒᆞ려니와 블연 즉 용ᄉᆞ치 아니리라."

셜파의 ᄉᆞ미를 ᄯᅥᆯ쳐 외당으로 나가니, 문시 무류코 붓그려 능히 일언을 못ᄒᆞ니, 댱외의 유뫼 잇다가 져 거동을 보고 한심 ᄎᆞ악ᄒᆞ야 ᄲᆞᆯ니 드러와 위로ᄒᆞ며 탄왈,

"상공 말ᄉᆞᆷ이 ᄌᆞᄌᆞ 졍논이시니 노신이 븟그려 듁을 듯 시버이다. 쇼제 엇디 ᄎᆞ마 규ᄒᆡᆼ과 부덕을 아디 못ᄒᆞ샤 상공의 졍의 변케ᄒᆞ신[시]나니잇고? ᄎᆞ후나 십분 됴심ᄒᆞ야 불ᄉᆞᄒᆞᆫ 거동을【91】 마르쇼셔."

문시 노읍[흡]고 븟그려 도로혀 교아 졀치왈,

"ᄌᆞ고로 부인 녀ᄌᆞ의 위부ᄃᆡ심은 상ᄉᆞ라. ᄂᆡ 진실노 가부를 ᄉᆞ랑ᄒᆞ고 듕히 너니거ᄂᆞᆯ 필부 무상ᄒᆞ여 의외지언으로 날을 칙ᄒᆞ고 쇼ᄃᆡᄒᆞ거니와 두고 보라. 이 분을 ᄒᆞᆫ 번 풀이라."

유뫼 정식 왈,

"상공은 졍ᄃᆡᄒᆞᆫ 군지라. 쇼져와 ᄉᆞ졍이 박지 아니시거ᄂᆞᆯ 쇼져 스ᄉᆞ로 박명을 ᄌᆞ취ᄒᆞ시며 도로혀 상공을 원망ᄒᆞ시ᄂᆞᆫ이잇가? 쇼제 일럿틋 허믈을 곳치디 아니실진ᄃᆡ 노쳡은 ᄎᆞ마 븟그려 상【92】공을 뵈옵디 못ᄒᆞ오리니, 일즉 본부의 도라가 노야와 부인긔 ᄉᆞ연을 고ᄒᆞ려 ᄒᆞᄂᆞ이다."

쇼제 왈,

"아ᄌᆞ(俄者)의 상공이 가상(架上) 밋ᄒᆡ 갓가이 안ᄌᆞ 의복이 나려질 듯ᄒᆞ거ᄂᆞᆯ, ᄂᆡ 나아가 옷ᄉᆞᆯ 거두어 안고져 ᄒᆞ미, ᄌᆞ연 좌치(座次) 지근(至近)ᄒᆞᆫ지라. 날을 공연이 칙ᄒᆞ니 념박(厭薄)ᄒᆞ미 아니리오만은, ᄂᆡ 진졍 분ᄒᆞ여 ᄒᆞ미 아니니 어미ᄂᆞᆫ 념녀말나."

유뫼 지삼 탄식고 ᄀᆡ유(開諭)ᄒᆞ여 덕을 닷그라 ᄒᆞ니, 문시 면강ᄒᆞ여 허락ᄒᆞ나 마음은 찬 지 갓흐니, 이 ᄯᅩᄒᆞᆫ 최부【37】인의 일비지녁(一臂之力)420)을 도으미 아니리오.

화셜(話說), 최부인이 홀연 잉ᄐᆡᄒᆞ여 십삭 만의 일ᄀᆡ 영ᄌᆞ(英子)를 ᄉᆡᆼᄒᆞ니, 이 ᄯᅩᄒᆞᆫ 효문공(孝文公)의 셩학ᄃᆡ도(聖學大道)를 ᄯᆞ른 바 쳥ᄒᆡᆼ도덕의 군ᄌᆡ(君子)라.

조금도 모부인의 간험질독(姦險嫉毒)ᄒᆞᆷ과 은악양션(隱惡佯善)ᄒᆞᆫ 위인으로 ᄐᆡ교(胎敎)ᄒᆞᆫ ᄇᆡ리오. 텬되(天道) 응시(應是)ᄒᆞ여 효문공(孝文公) 창의 셩효덕ᄒᆡᆼ(誠孝德行)을 유의ᄒᆞ여 표표(表表)히 드러ᄂᆡ고져 ᄒᆞ시니, ᄎᆞ호비지(嗟乎悲哉)라. ᄎᆞ역텬명(此亦天命)이나 가히 인녁으로 ᄒᆞᆯ 것가!

신ᄋᆡ(新兒) 나므로 가란(家亂)이 상ᄉᆡᆼ(相生)ᄒᆞ고 창의 신셰 위ᄐᆡᄒᆞ니, 엄문의 일장풍파를 지닐 장본이라.【38】

최부인이 만ᄂᆡ(晩來)의 긔린(麒麟)을 어드니 환희ᄒᆞ고, ᄐᆡ시 환희ᄒᆞ니, 츄밀 부뷔 신아를 보미 긔이히 너기나, 일노조ᄎᆞ 가변(家變) 삭시421) 빗최고, 창의 계활(契闊)이 편치 못ᄒᆞᆯ 쥴 아나, 극ᄋᆡ(極愛)ᄒᆞ미 ᄇᆡᆨ시(伯氏)의 지엽(枝葉)이 션션(詵詵)ᄒᆞᆯ 바를 환ᄒᆡᆼᄒᆞ더라.

420)일비지녁(一臂之力) : 한 팔 또는 한쪽 팔꿈치의 힘이라는 뜻으로, 남을 도와주는 작은 힘을 이르는 말.

421)삭시 : '삯+이'의 형태. *삯: 싹. 움트기 시작하는 현상 따위의 시초를 비유적으로 이르는 말.

문시 쳥파의 유모의 어질믈 슬희 녁이고 부모의 어진 교훈을 괴로이 녁이ᄂᆞᆫ디라. 잠간 경동ᄒᆞ여 닐오ᄃᆡ,

"어미ᄂᆞᆫ 잠잠ᄒᆞ라. ᄂᆡ 비록 용열ᄒᆞ나 부모의 명교를 밧ᄌᆞ와 바히 녜ᄒᆡᆼ을 아지 못ᄒᆞ리오. 아자의 상공이 가상 밋ᄐᆡ 갓가이 안ᄌᆞ 의복이 나려질 ᄃᆞᆺᄒᆞ거ᄂᆞᆯ ᄂᆡ 갓가이 나아가 오ᄉᆞᆯ 거두어 앗고져 ᄒᆞ미 ᄌᆞ연 좌치 근ᄒᆞ미어ᄂᆞᆯ, 날을 공연이 칙ᄒᆞ니 날을 염박ᄒᆞ미라. 타쳐의 요식을 유【93】련ᄒᆞ야 의시니 엇디 분치 아니리요? ᄂᆡ 본심이 아니오 그릇 발ᄒᆞ미니 어미ᄂᆞᆫ 념녀 말나."

유뫼 지삼 ᄀᆡ유ᄒᆞ야 덕을 닥그라 ᄒᆞ니, 문시 면강 허락ᄒᆞ나 그 마음은 찬지 갓ᄒᆞ니, 이 ᄯᅩᄒᆞᆫ 하ᄂᆞᆯ이 최부인의 일비디녁을 도으미 아니리오.

화셜. 최부인이 단산 팔 년의 홀연 잉ᄐᆡᄒᆞ야 십 삭 만의 일개 영ᄌᆞ를 ᄉᆡᆼᄒᆞ니 이 ᄯᅩᄒᆞᆫ 효문공의 셩ᄒᆞᆨᄃᆡ도를 ᄯᆞ른 바 쳥ᄒᆡᆼ도덕의 군ᄌᆡ라.

조금도 모부인 간험질독ᄒᆞᆫ 위인을 담디 아냐 텬되 응시ᄒᆞ야 효문공 창의 셩효덕【94】ᄒᆡᆼ을 표표히 낫타ᄂᆡ고져 ᄒᆞ니, ᄎᆞ호비ᄌᆡ라. ᄎᆞ역텬명이니 가히 인녁으로 ᄒᆞᆯ 것가!

신ᄋᆡ 나무로 엄문의 일장풍파를 디닐 장본이라.

최부인이 만ᄂᆡ의 긔린을 어드니 환화ᄒᆞ고 ᄐᆡ시 ᄃᆡ희ᄒᆞ여, 츄밀과 범부인이 신ᄋᆞ를 보미 긔이희 녁이나, 일노조ᄎᆞ 가변의 삭시 빗최고 창ᄋᆞ의 계활이 편치 아닐 줄 이나, 극ᄋᆡᄒᆞ야 ᄇᆡᆨ시지엽이 션션ᄒᆞ실 바를 환ᄒᆡᆼᄒᆞ더라.

ᄐᆡᄉᆡ 신아의 명을 영이라 ᄒᆞ고, ᄌᆞᄅᆞᆯ 슉ᄋᆔ라 ᄒᆞ여 극ᄋᆡᄒᆞ나, 오히려 창은 종ᄉᆞ듕탁(宗嗣重託)이니 더옥 듕ᄋᆡ(重愛)ᄒᆞ미 영의 우히니, 최부인이 분한절치(憤恨切齒)ᄒᆞ여 창을 ᄒᆡᄒᆞᆯ 의ᄉᆡ 불 우희 기ᄅᆞᆷ을 더어시니, 시일(時日)노 오왕 부부ᄅᆞᆯ ᄡᅮ지져, '욕ᄌᆞ(辱子)ᄅᆞᆯ ᄂᆡ게 두어 심우(心憂)ᄅᆞᆯ ᄭᅵ치다.' ᄒᆞ더라.

창공ᄌᆡ 【39】아아[422]ᄅᆞᆯ 어더 옥슈경지(玉樹瓊枝)[423] 갓흐믈 보ᄆᆡ, ᄉᆞ랑이 아모 곳의셔 나ᄂᆞᆫ 쥴 아지 못ᄒᆞ여, ᄆᆡ양 글닑은 여가의ᄂᆞᆫ 발ᄌᆞ최 경일누ᄅᆞᆯ ᄯᅥ나지 아니ᄒᆞ니, ᄐᆡᄉᆞ와 츄밀 부뷔 공ᄌᆞ의 효우(孝友)ᄅᆞᆯ 더옥 아ᄅᆞᆷ다이 너겨, 상(常)히[424] 긔특ᄒᆞ믈 일ᄏᆞᆺ고, ᄐᆡᄉᆡ 심ᄋᆡ(甚愛)ᄒᆞ나, 최부인은 이럴ᄉᆞ록 공ᄌᆞ의 효우ᄅᆞᆯ 믜이 너기니, ᄎᆞᄂᆞᆫ 영이 당당ᄒᆞᆫ 엄시 종숀(宗孫)이어ᄂᆞᆯ, 나기ᄅᆞᆯ 늣게ᄒᆞ여 ᄌᆞ가의 농장(弄璋)[425]을 기다리지 아니ᄒᆞ고, 급히 셔도라 창을 양ᄌᆞᄒᆞ여 영아로 무용지인이 되믈 ᄀᆡᆨ골분원(刻骨忿怨)ᄒᆞ여, 결단코 창을 죽여 업시ᄒᆞ【40】믈 쥬야 ᄭᅬᄒᆞ니, 타인은 비록 무심ᄒᆞ나 츄밀은 ᄌᆞ상ᄒᆞᆫ 군ᄌᆡ오, 범부인은 명철(明哲)ᄒᆞᆫ 부인이라.

그윽이 최부인의 긔식을 ᄉᆞᆯ피ᄆᆡ, 창아의 신상을 념녀ᄒᆞ니, 공ᄌᆡ ᄯᅩᄒᆞᆫ 년유(年幼)ᄒᆞ나 극히 효우ᄒᆞ며, ᄌᆞ상명달(仔詳明達)ᄒᆞ여 헌원(軒轅)[426]의 슬긔와 즁달(仲達)[427]의 지혜 잇

422)아아 : 아우. 동생.

423)옥슈경지(玉樹瓊枝) : 옥처럼 아름다운 나뭇가지라는 뜻으로, 번성하는 집안의 귀한 자손들을 이르는 말. ≒경지옥엽(瓊枝玉葉)

424)상(常)히 : 늘상. 항상

425)농장(弄璋) : 아들을 낳은 즐거움. 예전에, 중국에서 아들을 낳으면 규옥(圭玉)으로 된 구슬의 덕을 본받으라는 뜻으로 구슬을 장난감으로 주었다는 데서 유래한다.=농장지경.

426)헌원씨(軒轅氏) : =황제(黃帝). 중국 고대 전설상의 제왕. 삼황(三皇)의 한 사람으로, 처음으로 곡물 재배를 가르치고 문자·음악·도량형 따위를 정하였다고 한다.

427)즁달(仲達) : 사마의(司馬懿)의 자(字). *사마의(司馬懿); 중국 삼국 시대 위(魏)나라의 명장·정치가(179~251). 자는 중달(仲達). 촉한(蜀漢)의 제갈공명의 도전에 잘 대처하는 등 큰 공을 세워, 그의 손자 사마염이 위(魏)에 이어 진(晉)을 세우는 데에 기초를 세웠다.

ᄐᆡᄉᆡ 신ᄋᆞ의 명을 영이라 ᄒᆞ고 ᄌᆞ를 슉ᄋᆔ라 ᄒᆞ여 극ᄋᆡᄒᆞ나, 오히려 창은 죵ᄉᆞ 듕탁이니 더욱 듕ᄋᆡᄒᆞ【95】미 영의 우희니, 최부인이 분한ᄒᆞ야 창을 ᄒᆡᄒᆞᆯ 의ᄉᆡ 블 우희 기름을 더어시니, 시일노 오왕 부부를 ᄡᅮ지져, '욕ᄌᆞ를 ᄂᆡ게 두어 심우를 깃친다.' ᄒᆞ더라.

창공ᄌᆞ ᄋᆞ을 어더 옥슈경지 갓ᄐᆞ믈 보ᄆᆡ ᄉᆞ랑이 아모 곳의셔 나ᄂᆞᆫ 줄 아지 못ᄒᆞ니, ᄆᆡ양 아츰마다 글 닑은 여가의ᄂᆞᆫ 발ᄌᆞ최 경일누를 ᄯᅥ나지 아니니, ᄐᆡᄉᆞ와 츄밀 부부ᄂᆞᆫ 공ᄌᆞ 효우를 더옥 아ᄅᆞᆷ다이 넉여 상ᄒᆡ 긔특ᄒᆞ믈 일ᄏᆞᆺ고, ᄐᆡᄉᆡ 심ᄋᆡᄒᆞ나, 최부인은 이럴ᄉᆞ록 공ᄌᆞ의 효위 츌텬ᄒᆞ믈 모【96】ᄅᆞ디 아니ᄒᆞᄃᆡ, 영이 당당ᄒᆞᆫ 엄시 죵숀이어ᄂᆞᆯ 나기ᄅᆞᆯ 늣게야 ᄒᆞ여, ᄐᆡᄉᆡ ᄌᆞ가의 농장을 기ᄃᆞ리지 아니○[코] 급히 셔도라 창ᄋᆞ를 계후ᄒᆞ여 ᄋᆞᄌᆞ의 앗가온 긔질노 무용지인이 되고, 엄시 셰젼구믈과 누거만 ᄌᆡ산으로ᄡᅧ 창ᄋᆞ의게 쇽ᄒᆞᆯ 바ᄅᆞᆯ ᄉᆡᆼ각ᄒᆞ면, 가ᄉᆞᆷ 가온ᄃᆡ 일만 진납이 ᄯᅱ노니, ᄎᆞᄎᆞ ᄃᆡ계 삭시 빗최ᄂᆞᆫ디라.

ᄎᆞ후 창ᄋᆞ을 본 즉 웃ᄂᆞᆫ 가온ᄃᆡ 노긔 표등ᄒᆞ고 ᄉᆞ랑ᄒᆞᄂᆞᆫ 가온ᄃᆡ 노흐려 보ᄂᆞᆫ 눈이 가장 됴치 아니니, 타인은 무심ᄒᆞ나 츄밀은 ᄌᆞ상ᄒᆞᆫ지라. 부인 긔식을 ᄉᆞᆯ피며 창ᄋᆞ의 신【97】상을 념녀ᄒᆞ더라.

ᄒᆞᄂᆞᆫ지라, 엇지 양모(養母)의 심ᄉᆞᄅᆞᆯ 모로리오 만은, 츄호도 거릿기미 업셔 가지록 효우ᄅᆞᆯ 힘뻐, 동동촉촉(洞洞燭燭)[428]ᄒᆞ미 증ᄌᆞ(曾子)[429]의 뜻 밧ᄌᆞ옴과 '황향(黃香)의 션침(扇枕)'[430]을 효측(效則)ᄒᆞ고, 영이 졈졈 ᄌᆞ라ᄆᆡ 오륙 삭븟터 조셩슈발(早成秀拔)ᄒᆞ여, 공ᄌᆞᄅᆞᆯ 보면 웃고 조화ᄒᆞ【41】며 우다가도 긋치고, 공ᄌᆡ 업ᄉᆞ면 울고 보치며 공ᄌᆡ 겻ᄒᆡ 이신즉, 부인과 유모의게도 가지 아니ᄒᆞ고, 공ᄌᆞ의 슬상(膝上)을 ᄯᅥ나지 아니ᄒᆞ니, 공ᄌᆡ 어린 아ᄒᆡ ᄯᆞ로믈보니 더옥 약ᄉᆞ쳬지무골(若似體肢無骨)[431]ᄒᆞ여 간간이 어엿브믈 니긔지 못ᄒᆞ여 ᄒᆞᄂᆞᆫ지라.

ᄐᆡᄉᆞᄂᆞᆫ 창의 우ᄋᆡ 이시믈 깃거ᄒᆞ나, 부인은 블열ᄒᆞᄃᆡ 말을 못ᄒᆞ고, 가만이 심복시비 영교 ᄆᆡ션으로 더부러 쥬ᄉᆞ야탁(晝思夜度)ᄒᆞ여 공ᄌᆞ ᄒᆡᄒᆞᆯ 묘칙을 계규ᄒᆞ니, ᄎᆞ 냥비(兩婢)ᄂᆞᆫ 최부인 간독(奸毒)을 응시(應時)ᄒᆞ여 난 비라. 말숨이 뉴슈(流水) 갓고 마음 가온ᄃᆡ 【42】사ᄅᆞᆷ의 ᄉᆡᆼ각지 못ᄒᆞᆯ 쐬 만흐니, 부인이 가장 ᄉᆞ랑ᄒᆞ여 상(常)히 일ᄏᆞ라,

"영교ㆍᄆᆡ션은 나의 냥평(良平)[432]이라. ᄂᆡ 엇지 진유ᄌᆞ(陳孺子)[433] 댱ᄌᆞ방(張子房)[434]을

428)동동촉촉(洞洞燭燭) : 공경하고 삼가며 매우 조심함.

429)증ᄌᆞ(曾子) : 이름은 삼(參), 자는 자여(子輿). 중국 노나라의 유학자. 공자의 덕행과 사상을 조술(祖述)하여 공자의 손자인 자사(子思)에게 전하였다. 후세 사람이 높여 증자(曾子)라고 일컬었으며, 저서에 ≪증자≫, ≪효경≫ 이 있다.

430)황향(黃香)의 션침(扇枕) : 선침(扇枕)은 베개에 부채질한다는 뜻으로, 중국 후한(後漢) 때의 효자 황향은 효성이 지극했는데, 9세 때에 어머니를 여의자, 아버지를 잘 받들어 여름이면 아버지의 베개에 부채질을 하여 시원하게 하였다는 고사를 이른 말임.

431)약ᄉᆞ쳬지무골(若似體肢無骨) : 마치 몸과 팔다리에 뼈가 없는 듯 부드럽기만 하다는 뜻.

432)냥평(良平) : 중국 한(漢)나라 때의 책사(策士) 장량(張良)과 진평(陳平)을 함께 이르는 말.

433)진유자(陳孺子) : 진평(陳平). ? - BC178. 중국 한(漢)나라 때 정치가. 유자(孺子)는 그의 별명. 한 고조 유방(劉邦)를 도와 여섯 번이나 기발한 꾀를 내, 천하를 평정케 하였다.

434)장ᄌᆞ방(張子房) : 장량(張良). BC ?-189. 중국 한나라의 정치가, 건국공신. 이름은 량(良).

영이 졈졈 ᄌᆞ라 오뉵 삭븟터 조셩숙발ᄒᆞ여 공ᄌᆞᄅᆞᆯ 보면 됴화ᄒᆞ며 우다가도 긋치고 공ᄌᆞ 업ᄉᆞ면 울고 보치며, 공ᄌᆡ 겻ᄐᆡ 잇신즉 부인과 유모의게도 가지 아니ᄒᆞ여 공ᄌᆡ의 슬상을 ᄯᅥ나지 아니니, 공ᄌᆡ 더옥 약ᄉᆞ쳬지무골ᄒᆞ여 간간ᄒᆞᆫ 어엿브믈 이긔디 못ᄒᆞ여 ᄒᆞᄂᆞᆫ지라.

ᄐᆡᄉᆞᄂᆞᆫ 냥ᄌᆞ의 우ᄋᆡ 잇시믈 깃거ᄒᆞ나 부인은 블열ᄒᆞ여, 심복 시녀 영교 ᄆᆡ션으로 더브러 듀ᄉᆞ야탁ᄒᆞ야 공ᄌᆞ ᄒᆡᄒᆞᆯ 모칙을 계교ᄒᆞ니, ᄎᆞ 양비ᄂᆞᆫ 최부인 간독을【98】 응시ᄒᆞ여 삼긴 비라. 말숨이 흐ᄅᆞᄂᆞᆫ ᄃᆞᆺᄒᆞ고 ᄆᆞ음 가온ᄃᆡ ᄉᆞᄅᆞᆷ의 ᄉᆡᆼ각지 못ᄒᆞᆯ 쐬 만흐니, 부인이 ᄀᆞ장 ᄉᆞ랑ᄒᆞ여 상히 일ᄏᆞ라,

"영교 ᄆᆡ션은 나의 양평이라. 엇디 오ᄋᆞ의 긔업을 도모치 못ᄒᆞᆯ가 근심ᄒᆞ리오. 슈연이나 다만 한·평이 업ᄉᆞ니 엇디ᄒᆞ리오?"

두고, 오아(吾兒)의 긔업을 도모치 못ᄒᆞ리오. 슈연(雖然)이나 다만 한펑(韓彭)[435]이 업ᄉᆞ니 엇지ᄒᆞ리오."

냥녜(兩女) 고왈,

"한신(韓信)은 댱냥(張良)의 쳔거ᄒᆞᆫ 비라. 쳔비 외람이 부인의 허장(虛張)ᄒᆞ시믈 밧ᄌᆞ와 냥평(良平) 갓다 ᄒᆞ시니, 엇지 일홈 아릐 허명(虛名)만 취ᄒᆞ리잇가? 맛당이 외간의 듯보와 한신 갓흔 지모냥ᄉᆞ(智謀良士)를 구ᄒᆞ여 부인의 쇼원을 일우시게 ᄒᆞ리이다."

부인이 졈두 칭션 왈,

"여등【43】의 계귁(計揆) 일마다 긔특ᄒᆞ니 진짓 ᄌᆞ방(子房)이로다. 한신은 외간의 구ᄒᆞ려니와 펑월(彭越)이 ᄯᅩᄒᆞᆫ 목젼의 잇ᄂᆞᆫ 쥴 아ᄂᆞᆫ다."

영괴 아라듯고 ᄃᆡ왈,

"불연(不然)ᄒᆞ이다. 문쇼져ᄂᆞᆫ '초궁(楚宮)의 좌ᄉᆞ마(左司馬)'[436]의 일은 가커니와, 펑월의 큰 뜻은 업술가 ᄒᆞᄂᆞ이다."

부인이 쇼왈,

"네 가장 총오(聰悟)ᄒᆞᄃᆡ 이 일 알기ᄂᆞᆫ 그릇ᄒᆞ도다. 문시 ᄌᆡ능(才能) 영오(穎悟)ᄒᆞ고 지족다모(智足多謨)ᄒᆞ여, 족히 ᄃᆡᄉᆞ의 더부러 의논ᄒᆞ염즉 ᄒᆞ니라. ᄂᆡ 이러틋 쁠 곳이 이실가 각별 무ᄋᆡᄒᆞ고, 문시 ᄯᅩ 날 알기를 제 친고(親姑)의 더ᄒᆞ니, 다만 한낫 모ᄉᆞ(謀士)를 엇고 【44】용장(勇將)을 ᄉᆞ괴면 무ᄉᆞ 일을 못ᄒᆞ리오."

미션 등아 고두(叩頭) 쥬왈,

"부인은 가히 쇼하(簫何)[437]의 ᄌᆡ략(才略)

자는 자방(子房). 유방의 책사로 홍문연(鴻門宴)에서 유방을 구하고 한신을 천거하는 등, 유방이 한나라를 세우고 천하를 통일할 수 있도록 도왔다. 소하·한신과 함께 한나라 건국 3걸로 불린다.

435)한펑(韓彭) : 한(漢) 나라의 명장인 회음후(淮陰侯) 한신(韓信)과 건성후(建成侯) 팽월(彭越)을 가리킨다.

436)초궁(楚宮) 좌ᄉᆞ마(左司馬) : 중국 춘추시대 초나라 장수이자 전략가인 좌사마 심윤술(沈尹戌). 당시 오(吳)나라와의 백거(柏擧) 전투에서 자신의 전략이 지켜지지 않아 초군이 대패하자 자결하였다.

437)쇼하(簫何) : 중국 전한의 정치가(?~B.C.193).

냥녀 왈,

"한신은 댱양의 쳔거ᄒᆞᆫ 비라. 쳔비 외람이 부인의 허장ᄒᆞ시믈 밧ᄌᆞ와 한신 ᄀᆞᆺ튼 지모댱ᄉᆞ를 구ᄒᆞ여 드리리이다."

부인이 졈두 칭션 왈,

"한신은 외간의 구ᄒᆞ려니와 펑월이 ᄯᅩ한 목젼의 잇ᄂᆞᆫ 쥴 아ᄂᆞᆫ【99】다?"

영교 아라듯고 ᄃᆡ왈,

"블연ᄒᆞ이다. 문쇼제ᄂᆞᆫ 초궁 좌ᄉᆞ마의 일은 가ᄒᆞ거니와 펑월의 큰 뜻은 업술가 ᄒᆞᄂᆞ이다."

부인이 쇼왈,

"네 ᄀᆞ장 통오ᄒᆞᄃᆡ 이 일은 알기를 그릇ᄒᆞ도다. 문시 ᄌᆡ능 영오ᄒᆞ고 지족다모ᄒᆞ여 족히 ᄃᆡᄉᆞ의 더브러 의논ᄒᆞ염 즉ᄒᆞ니라. ᄂᆡ 이러틋 쁠 곳이 이실가 각별 무ᄋᆡᄒᆞ고, 문시 ᄯᅩ 알기를 날을 제 친고의 더ᄒᆞ니, 다만 ᄒᆞᆫ낫 모ᄉᆞ를 엇고 용장을 ᄉᆞ괴면 무ᄉᆞ 일을 못ᄒᆞ리오."

미션 등이 고두 쥬왈,

"부인은 가히 소후의 ᄌᆡ략 신긔ᄒᆞ【100】샤미로쇼이다."

신긔(神技)로쇼이다.”

하더라.

이젹의 오왕이 본국의 안거(安居)ᄒᆞ여 일국 쳔승지부(千乘之富)ᄅᆞᆯ 안향(安享)ᄒᆞ나, 미양 화조월셕(花朝月夕)438)이면, 아오라히 고국을 쳠망ᄒᆞ여 북으로 도라가ᄂᆞᆫ 기럭이ᄅᆞᆯ 조문(弔問)ᄒᆞ고, 일년 조공시(朝貢時)의 고원(故園) 쇼식을 드ᄅᆞᆯ ᄯᆞ름이오. 삼년 일조(一朝)의 상경ᄒᆞ여 ᄉᆞ친(私親)을 반길 ᄯᆞ름이라.

도로혀 공명(功名)의 괴로오믈 슬히ᄒᆞ고 명니(名利)의 구구(區區)ᄒᆞ믈 ᄋᆡ달나 슉야우탄(夙夜憂嘆)439)ᄒᆞᄂᆞᆫ 즁, 광음(光陰)이 신쇽ᄒᆞ여 십년이 넘엇ᄂᆞᆫ지라. 월혜【45】ᄅᆞᆯ 실산(失散)ᄒᆞᆫ지 오ᄅᆡ미 그 텬향옥질(天香玉質)을 아모 곳의 바려, 그 죽어시며 ᄉᆞ라시믈 아지 못ᄒᆞ니, 역니지통(逆理之痛)과 단장지곡(斷腸之曲)이 극ᄒᆞᆫ 가온ᄃᆡ, 믄득 고원 평셔(平書)ᄅᆞᆯ 어더보니, 최부인이 ᄉᆡᆼᄌᆞᄒᆞ미 일기긔린(一個騏驎)이라 ᄒᆞ엿ᄂᆞᆫ지라.

왕의 부뷔 ᄃᆡ경ᄃᆡ희(大驚大喜)ᄒᆞ니 그 놀나믄 창아의 신셰ᄅᆞᆯ 근심ᄒᆞ미오, 깃거ᄒᆞ믄 ᄐᆡᄉᆞ공이 긔ᄌᆞ(奇子)ᄅᆞᆯ 어드미 문회(門戶) 셩ᄒᆞ여, 지엽(枝葉)이 션션ᄒᆞᆯ 바ᄅᆞᆯ 깃거ᄒᆞ미러라.

오왕은 삼년일조(三年一朝)의 한번 ᄉᆞ친을 반기나, 댱후ᄂᆞᆫ 슉당 ᄌᆞ미 제친이 업ᄉᆞ미 아니로ᄃᆡ, 이의 한번 온 후【46】ᄂᆞᆫ 뎨향(帝鄕)이 아으라ᄒᆞ니, 쇽졀업시 ᄋᆡᄅᆞᆯ 망ᄌᆞ산(望子山)440)의 술오고, 슬픈 눈물을 ᄲᅳ려 ᄉᆞ창(紗窓)의 어룽질 젹이 만흐니, 셰지(世子) 극히 불초피악(不肖悖惡)ᄒᆞ여 조곰도 고원(故園)을 ᄉᆡᆼ각ᄒᆞ미 업고, 동긔ᄅᆞᆯ 유렴(留念)ᄒᆞ미 업서, 부모의 슬허ᄒᆞ시믈 우이 너기고, 글을 젼폐

ᄒᆞ더라.

이젹의 오왕이 본국의 안거ᄒᆞ여 일국 부귀ᄅᆞᆯ 안향ᄒᆞ나, 미양 곳 픤 아ᄎᆞᆷ과 달 ᄇᆞᆰ은 밤이면 아으라히 고국을 쳠망ᄒᆞ여 븍으로 가ᄂᆞᆫ 기러기ᄅᆞᆯ 됴문ᄒᆞ고, 일년 됴공

(낙장)

유방을 도와 한(漢)나라의 기틀을 세웠으며, 율구장(律九章)이라는 법률을 만들었다

438)화조월석(花朝月夕) : 꽃 피는 아침과 달 밝은 밤이라는 뜻으로, 경치가 좋은 시절을 이르는 말

439)숙야우탄(夙夜憂嘆) : 밤낮으로 근심하고 탄식함.

440)망ᄌᆞ산(望子山) : 집 가까이에 있는 동산 따위의 어버이가 집나간 자식이 돌아오기를 기다리는 산.

ᄒᆞ며, 호빙[빈](-嬪)의 의용이 슈미(秀美)치 못ᄒᆞ믈 불쾌ᄒᆞ여, 금슬이 돈연ᄒᆞ여 ᄌᆞ최 침궁(寢宮)의 니ᄅᆞ미 업서, ᄆᆡ양 핑계ᄒᆞ여 동궁의 슈학(修學)ᄒᆞ므로ᄡᅧ 일ᄏᆞ라, 부왕과 모후(母后)ᄅᆞᆯ 쇽이고, 심슈(深邃)ᄒᆞᆫ 후원의 드러가 쥬야 미녀(美女) 가무(歌舞)로 년낙(宴樂)ᄒᆞ니, 교음(狡淫)ᄒᆞᆫ 【47】궁녀(宮女)의 봄을 늣기ᄂᆞᆫ ᄌᆞ와, 표한(慓悍)ᄒᆞᆫ 환시(宦侍)의 무리 작당(作黨)ᄒᆞ여 셰ᄌᆞᄅᆞᆯ 도으니, 호빙[빈]은 현철ᄒᆞᆫ 녀ᄌᆞ라. 조곰도 한치 아니코 셰ᄌᆞ의 박ᄒᆡᆼ을 원ᄒᆞ미 업서, 가지록 부도(婦道)ᄅᆞᆯ 닷가 구고ᄅᆞᆯ 효봉(孝奉)ᄒᆞ며, 공쥬로 우ᄋᆡᄒᆞ미 ᄌᆞᄆᆡ 갓더라.

이 ᄡᅵ 션혜공쥬의 방년(芳年)이 십이세라. 바야흐로 지란(芝蘭)441)이 방향(芳香)을 토ᄒᆞ고 쳥하(淸夏) 부용(芙蓉)이 함담(菡萏)442)을 ᄀᆡ츈(開春)443)치 못ᄒᆞ여시니, 션연아ᄐᆡ(鮮妍雅態) 승졀(勝絶)ᄒᆞ여 ᄐᆡ진(太眞)444)의 완혜(婉慧)ᄒᆞ믈 붓그리고, 비연(飛燕)445)이 경신(輕身)ᄒᆞᆫ가 낫비 너기고, 천교만ᄐᆡ(千嬌萬態)와 찬찬슈이(燦燦秀異)ᄒᆞᆫ 용광ᄉᆡᆨᄐᆡ(容光色態) 만고의 【48】하나히니, ᄂᆡ론 부덕(婦德)이 화슌(和順)ᄒᆞ여 일즉 ᄂᆡ측(內則)446)의 의방(依倣)447)을 유도(誘導)ᄒᆞᄆᆡ, 놉흔 ᄒᆡᆼ실은 먼니 이람(二南)448)을 효측ᄒᆞ며, 온슌겸공(溫順謙

세ᄌᆞ 호시의 염미치 못ᄒᆞ믈 블쾌ᄒᆞ야, 금슬이 돈연ᄒᆞ야 후원의 드러가 미녀 가무로 연낙ᄒᆞ니, 조[교]음ᄒᆞᆫ 궁녀와 표한ᄒᆞᆫ 환시의 무리 작당ᄒᆞ야 세ᄌᆞ를 도와 즐기니, 호 빙[빈]은 현철ᄒᆞᆫ 여ᄌᆞ라. 조금도 세ᄌᆞ의 박ᄒᆡᆼ을 원ᄒᆞ미 업셔, 가지록 부도를 닥고 구고를 션효ᄒᆞ여 공【101】쥬로 우ᄋᆡᄒᆞ미 ᄌᆞᄆᆡ ᄀᆺ더라.

이ᄯᅢ 션혜공쥬의 ᄭᅩᆺ다온 년이 십이 셰라. 바야흐로 지란이 방향을 토ᄒᆞ고 쳥하 부용이 함담을 ᄀᆡ츈치 못ᄒᆞ여시니, 션연 아ᄐᆡ 절승ᄒᆞ고, 몸이 쳔승의 일공쥬 되여 부귀 극진ᄒᆞ고 부모의 교ᄋᆡ 가온ᄃᆡ나, 조금도 교우[오]ᄒᆞ미 업고, ᄇᆞ즈런ᄒᆞ여 ᄃᆡ우의 츈음을 앗기시ᄂᆞᆫ 셩덕이 이시ᄆᆡ, 흡흡히 셩녀 슉완이라.

441)지란(芝蘭) : 지초(芝草)와 난초(蘭草)를 아울러 이르는 말.
442)함담(菡萏) : 연꽃의 봉오리.
443)ᄀᆡ츈(開春)ᄒᆞ다 : 봄을 열다. 꽃이 피다.
444)태진(太眞) : 양귀비(楊貴妃). 중국 당나라 현종(玄宗)의 비(妃)(719~756). 이름은 옥환(玉環). 도교에서는 태진(太眞)이라 부른다. 춤과 음악에 뛰어나고 총명하여 현종의 총애를 받았으나 안녹산의 난 때 죽었다.
445)비연(飛燕) : 조비연(趙飛燕). 중국 전한(前漢) 성제(成帝)의 비(妃). 시호는 효성황후(孝成皇后). 가무(歌舞)에 뛰어났고 빼어난 미모로 성제의 총애를 받아 황후에까지 올랐다.
446)ᄂᆡ측(內則) : 내규(內規). 부녀자들이 법(法)으로 삼는 규범.
447)의방(依倣) ; 남의 것을 모방하여 본받음
448)이람(二南) : 시경(詩經)』의 <주남(周南)>편과 <소남(召南)>편을 아울러서 이르는 말. 모두 주나라 왕실의 덕화를 노래하고 있는 시들로 이루어져 있다. 그 가운데는 특히 주 문왕(文王)과 태사(太姒)의 덕을 노래한 것이 많다.

恭)ᄒᆞ믄 녀영(女英)[449]의 풍치 이시며, 몸의 쳔승일공쥬(千乘一公主)[450]되여 부귀 극진ᄒᆞ고, 부모의 교ᄋᆡ(嬌愛) 가온ᄃᆡ나 조곰도 교오(驕傲)ᄒᆞ미 업셔, 스ᄉᆞ로 브드럽고 브ᄌᆞ런ᄒᆞ여, ᄃᆡ우(大禹)[451]의 촌음(寸陰)을 앗기시ᄂᆞᆫ 셩덕이 이시ᄆᆡ, 흡흡히 셩녀슉완(聖女淑婉)이라.

왕의 부뷔 ᄉᆞ랑ᄒᆞ믈 장즁보옥(掌中寶玉)갓치 ᄒᆞ여, 즁ᄋᆡ(重愛)ᄒᆞ미 셰ᄌᆞ의 더으니, 픠 심하의 앙앙ᄒᆞ여 부왕이 션혜ᄅᆞᆯ ᄉᆞ랑ᄒᆞ시니, 반ᄃᆞ시 긔특ᄒᆞᆫ 부【49】마(駙馬)ᄅᆞᆯ 졍ᄒᆞ면, 뎨슌(帝舜)[452]의 젼위(傳位)ᄒᆞ시던 거죄(擧措)이실가 ᄒᆞ여, 누의ᄅᆞᆯ 싀긔ᄒᆞ더라.

왕의 부뷔 종요로온 가셔(佳婿)ᄅᆞᆯ 구ᄒᆞ나 쇼방(小邦) 외국의 인ᄌᆡᄅᆞᆯ 어ᄃᆡ 가 만나리오. 왕의 부뷔 가장 우려ᄒᆞ더니 ᄎᆞ년(此年) 츈(春)의 왕이 황셩의 입조(入朝)ᄒᆞ여 텬졍(天廷)의 조회ᄒᆞ고, 냥형과 일가 종족 제친이며 ᄌᆞ질을 반기고, 슈월(數月)을 경ᄉᆞ(京師)의 머무다가 도라올ᄉᆡ, 일힝이 힝ᄒᆞ여 동ᄒᆡ 가의 머므다가, 졍히 ᄃᆡ션(大船)이 즁뉴(中流)ᄒᆞ여 ᄃᆡᄒᆡ 즁의 니ᄅᆞ럿더니, 홀연 광풍(狂風)이 ᄃᆡ작(大作)ᄒᆞ며 운뮈(雲霧) 아득ᄒᆞ니, 션즁(船中) 상ᄒᆡ(上下) 경황실ᄉᆡᆨ(驚惶失色)【50】ᄒᆞ여 아모리 ᄒᆞᆯ 쥴 모로더니, 믄득 물 가온ᄃᆡ로셔 젹뇽(赤龍)이 나오니, 길희 만여장(萬餘丈)이나 ᄒᆞ며, 몸픠[453] 열아ᄅᆞᆷ[454]이나 ᄒᆞ

왕의 부뷔 ᄉᆞ랑ᄒᆞ믈 장듕보옥 ᄀᆞᆺ치 ᄒᆞ여 듕ᄋᆡᄒᆞ미 셰ᄌᆞ의 더으니, 최시 심하의 앙앙ᄒᆞ여 부왕이 션혜ᄅᆞᆯ ᄉᆞ랑ᄒᆞ【102】시니 반ᄃᆞ시 긔특ᄒᆞᆫ 부마를 졍ᄒᆞ면 제슌의 젼위ᄒᆞ시던 거죄 일[잇]실가 ᄒᆞ여 누의를 싀긔ᄒᆞ더라.

왕의 부뷔 죵요로온 가셔를 구ᄒᆞ나 쇼방 외국의 인ᄌᆡ를 어ᄃᆡ 가 만나리오. 왕의 부뷔 ᄀᆞ장 우려ᄒᆞ더니, ᄎᆞ년 츈의 왕이 황셩의 입됴ᄒᆞ여 텬안의 됴희[회]ᄒᆞ고, 냥형과 일가 죵족 제친이며 ᄌᆞ딜을 반기고 수월을 경ᄉᆞ의 머무다가 도라올ᄉᆡ, 일힝이 힝ᄒᆞ여 동ᄒᆡ 가의 머므다가, 졍히 ᄃᆡ션이 듕뉴ᄒᆞ여 ᄃᆡᄒᆡ 듕의 니ᄅᆞ럿더니, 홀연 광풍이 ᄃᆡ작ᄒᆞ며 운뮈 아득ᄒᆞ【103】니, 션듕 상ᄒᆡ 경황실ᄉᆡᆨᄒᆞ야 아모리 ᄒᆞᆯ 쥴 모로더니, 믄득 믈 가온ᄃᆡ로셔 젹뇽이 나오니 길희 만여 장이나 ᄒᆞ며, 몸픠 열 아름이나 ᄒᆞ고, 나르[로]시 창ᄃᆡ ᄀᆞᆺ더라.

449)녀영(女英) : 요임금의 딸로 언니 아황(娥皇)과 함께 순임금에게 시집가 서로 투기하지 않고 화목하게 잘 살았으며, 순임금이 창오(蒼梧)에서 죽자 함께 소상강(瀟湘江)에 빠져 죽었다

450)쳔승일공쥬(千乘一公主) : 제후(諸侯)의 한 공주.

451)ᄃᆡ우(大禹) : 우(禹). 중국 고대 전설상의 임금. 곤(鯀)의 아들로서 치수에 공적이 있어서 순(舜)으로부터 왕위를 물려받아 하(夏)나라를 세웠다고 한다.

452)뎨슌(帝舜) : 순임금. 중국 고대 성군(聖君)의 한사람으로 효자(孝子)로 추앙받는 인물. 요(堯)임금의 사위로서, 요임금의 아들 단주(丹朱)를 제치고 제위(帝位)를 선양(禪讓) 받았다.

453)몸픠 : 몸피. 몸통의 굵기.

454)아ᄅᆞᆷ : 아름. 둘레의 길이를 나타내는 단위로, 한 사람이 두 팔을 둥글게 모아서 만든 둘

고, 나롯455)시 창ᄃᆡ 갓더라.

불빗 갓흔 닌갑(麟甲)을 거ᄉᆞ리고 큰 닙을 버리고, 머리를 드러 션즁의 언즈니, 션즁 제인이 실식ᄃᆡ경(失色大驚)ᄒᆞ나, 왕이 홀노 불변안식(不變顔色)ᄒᆞ고, 쇼ᄅᆡ를 가다듬아 칙왈,

"ᄎᆞᄒᆡᆼ(此行)이 피폐(疲弊)ᄒᆞ나 무명필부(無名匹夫)의 ᄉᆞᄒᆡᆼ(私行)이 아니라, 과연 과인(寡人)이 쇼방 일면지쥐(一面之主)라. 이제 텬조의 조회(朝會)ᄒᆞ고 귀국ᄒᆞᄂᆞᆫ 길이러니, 뇽신(龍神)이 엇지 무례ᄒᆞ리오. 이ᄂᆞᆫ 필연 슈【51】ᄀᆡ(水界)를 직희여 물셰(物稅)를 징식ᄒᆞᄂᆞᆫ가 시브니, 과인이 엇지 녜물을 앗기리오. 모로미 풍뇌(風雷) 어ᄌᆞ러온 거ᄉᆞᆯ 평안이 ᄒᆞ라."

언필의 두상(頭上)의 ᄭᅩᆽ던 ᄇᆡᆨ옥건잠(白玉巾簪)을456) ᄲᅢ혀 슈즁(水中)의 더지니, 믄득 젹뇽(赤龍)이 왕을 향ᄒᆞ여 고두(叩頭)ᄒᆞ며, 오식(五色) ᄀᆡ운을 토ᄒᆞ여 션즁(船中)의 흘니며 오치상광(五彩祥光)457)이 텨여지ᄂᆞᆫ 가온ᄃᆡ, 한낫 오얏만ᄒᆞᆫ 구ᄉᆞᆯ을 왕의 알픠 노흐니, 젹뇽이 구ᄉᆞᆯ을 비왓고458) 몸을 두로혀 물 쇽으로 드러가니, 믄득 풍셰 고요ᄒᆞ고 물결이 잔잔ᄒᆞ더라.

왕이 크게 깃거 구ᄉᆞᆯ을 거두어【52】 보니, 그 빗치 긔이홀 ᄲᅮᆫ아니라, 쇽의 은은ᄒᆞᆫ 글ᄌᆡ 잇셔 ᄌᆞ쥬(雌珠) 두 ᄌᆞ 분명ᄒᆞᆫ지라.

왕이 보빈 쥴 알고 거두어 낭즁(囊中)의 댱(藏)ᄒᆞ엿더니, 기야(其夜)의 션즁의셔 일몽(一夢)을 어드니 뇽신이 니ᄅᆞᄃᆡ,

"ᄃᆡ왕이 만일 녕녀(令女) 션혜의 ᄇᆡ필을 구홀진ᄃᆡ, 반ᄃᆞ시 이 웅쥬(雄珠) 가진 사람을

블빗 ᄀᆞᄐᆞᆫ 닌갑을 거ᄉᆞ리고, 큰 입을 버리고 머리를 드러 션듕의 언ᄌᆞ니, 션듕 제인이 실식ᄃᆡ경ᄒᆞ나 왕이 홀노 블변안식ᄒᆞ고 녀셩왈,

"ᄎᆞᄒᆡᆼ이 피폐ᄒᆞ나 ᄯᅩᄒᆞᆫ 쇼방 일면지쥐라. 뇽신이 엇디 무례ᄒᆞ리오. 이ᄂᆞᆫ 필연 슈긔를 직희여 믈갑ᄉᆞᆯ 징식ᄒᆞᄂᆞᆫ가 시부니 과인이 엇디 녜믈을 앗기리오? 모ᄅᆞ미【104】 풍뇌 어즈러온 거ᄉᆞᆯ 평안이 ᄒᆞ라."

언필의 두상의 ᄭᅩᄌᆞ던 ᄇᆡᆨ옥 건줌을 ᄲᅢ혀 슈듕의 더지니, 믄득 젹뇽이 왕을 향ᄒᆞ여 머리 조와 고두ᄒᆞ며 오식 긔운을 토ᄒᆞ여 션듕의 긔운을 흘니ᄆᆡ, 오치 샹광이 혀여지ᄂᆞᆫ 가온ᄃᆡ ᄒᆞᆫ낫 외얏 만ᄒᆞᆫ 구ᄉᆞᆯ을 왕의 압희 노흐니, 젹뇽이 구ᄉᆞᆯ을 비앗고 몸을 두로혀 믈쇽으로 드러가니, 믄득 풍셰 고요ᄒᆞ고 믈결이 잔잔ᄒᆞ더라.

왕이 구ᄉᆞᆯ을 거두어 보니 그 빗치 긔이ᄒᆞ고 속의 은은ᄒᆞᆫ 글ᄌᆡ 잇셔 'ᄌᆞ쥬' 두 ᄌᆞ 분【105】명ᄒᆞ더라.

왕이 보빈 쥴 알고 거두어 낭듕의 장ᄒᆞ엿더니, 기야의 션듕의셔 일몽을 어드니 뇽신이 닐오ᄃᆡ,

"ᄃᆡ왕이 만일 녕녀 션혜의 ᄇᆡ필을 구홀진ᄃᆡ 반ᄃᆞ시 웅쥬 가진 ᄉᆞᄅᆞᆷ을 만나거든 긔연을 졍ᄒᆞ라."

레가 한 아름이다.

455)나롯 : 나룻. 수염.

456)ᄇᆡᆨ옥건잠(白玉巾簪) : 하얀 옥으로 만든 건잠(巾簪). *건잠(巾簪) : 망건에 달아 당줄을 꿰는 작은 단추 모양의 고리로 신분에 따라 금(金), 옥(玉), 호박(琥珀), 마노, 대모(玳瑁), 뿔, 뼈 따위의 재료를 사용하였음.

457)오치상광(五彩祥光) : 몸에서 발산하는 광채. 오채(五彩): 파랑, 노랑, 빨강, 하양, 검정의 다섯 가지 색. 상광(祥光): 상서로운 빛

458)비왓다 : 뱉다. 토(吐)하다.

만나거든 긔연(奇緣)을 졍ᄒᆞ라."

ᄒᆞ고, 간ᄃᆡ 업거ᄂᆞᆯ, 왕이 경동이각(驚動而覺)[459] ᄒᆞ니 남가일몽(南柯一夢[460]))이라.

크게 신긔히 너겨 국즁의 도라와 문무신뇨(文武臣僚)의 조하(朝賀)ᄅᆞᆯ 밧고, ᄂᆡ뎐(內殿)의 드러와 후(后)와 ᄌᆞ녀ᄅᆞᆯ ᄃᆡᄒᆞ여 반년 별회ᄅᆞᆯ 니ᄅᆞ며, 다쇼(多少) 한【53】셜(閑設)을 맛ᄎᆞᄆᆡ, 왕이 인ᄒᆞ여 ᄒᆡ즁(海中)의셔 젹뇽의게 구ᄉᆞᆯ어든 말과, 버거[461] 신인(神人)의 몽즁 가ᄅᆞ치던 말노ᄲᅧ 니ᄅᆞ고, 오ᄎᆡ쥬(五彩珠)ᄅᆞᆯ ᄂᆡ여 노흐니, 상광오ᄎᆡ(祥光五彩) 현요(眩耀)ᄒᆞ고 셔긔(瑞氣) 찬난ᄒᆞ여 족히 흑야(黑夜)ᄅᆞᆯ ᄇᆞᆰ히ᄂᆞᆫ지라.

서광(曙光)이 휘휘(輝輝)ᄒᆞ여 금벽(金壁)의 바ᄋᆡᄂᆞᆫ[462] 가온ᄃᆡ, 그 쇽의 은은이 빗최ᄂᆞᆫ 글ᄌᆞ 두 ᄌᆡ(字) 이시니 'ᄌᆞ쥬(雌珠)' 두 ᄌᆡ 분명ᄒᆞ더라.

당후와 좌우 궁녜 다 보고 긔특이 너겨 져마다 닷호와 구경ᄒᆞ고, 당휘 진쥬(珍珠)의 긔이홈과 왕의 말ᄉᆞᆷ으로 조ᄎᆞ 녀아의 텬연이 이 가온ᄃᆡ 이시믈 긔특이 너겨 ᄌᆡ삼 【54】어로만져 긔이ᄒᆞ믈 일ᄏᆞᆺ고, 녀아ᄅᆞᆯ 쥬어 깁히 간ᄉᆞᄒᆞ라 ᄒᆞ니, 쇼제 불승슈괴(不勝羞愧)ᄒᆞ나 부명을 거역지 못ᄒᆞ여 즉시 거두어 텹ᄉᆞ(篋笥)의 간ᄉᆞᄒᆞ니라.

왕이 진쥬(眞珠)ᄅᆞᆯ 어든 후ᄂᆞᆫ 더옥 녀아의 ᄇᆡ우(配偶)ᄅᆞᆯ 유의ᄒᆞ미 심상치 아니터니, 당휘 녀아ᄅᆞᆯ 참아 기ᄅᆞᆯ 앗겨 쇼방의 아ᄅᆞᆷ다온 군ᄌᆞᄅᆞᆯ 구ᄒᆞ나, 또ᄒᆞᆫ 텬연이 미인 곳의 잇시므로 인녁의 밋지 못ᄒᆞ더니, 일일은 왕의 몽즁의 또 젼일 ᄒᆡ즁의셔 뵈던 션인(仙人)이

ᄒᆞ고 간 ᄃᆡ 업거ᄂᆞᆯ 왕이 경동니각ᄒᆞ니 남가일몽이라.

크게 신긔히 넉여 국듕의 도라와 문무 신요의 됴하를 밧고, ᄂᆡ뎐의 드러와 후와 ᄌᆞ녀를 ᄃᆡᄒᆞ여 반년 별회를 니ᄅᆞ며 다쇼 한셜의 미ᄎᆞᄆᆡ, 왕이 인ᄒᆞ여 낭듕의 구ᄉᆞᆯ을 ᄂᆡ여노코 ᄒᆡ듕의셔 젹뇽의게 구ᄉᆞᆯ 어든【106】 말과 버거 신인이 몽듕 가ᄅᆞ치던 말노ᄲᅧ 니ᄅᆞ니, 셔긔 찬난ᄒᆞ야 흑야를 ᄇᆞᆰ히ᄂᆞᆫ디라.

속의 은은이 비최ᄂᆞᆫ 글ᄌᆞ 이시니 'ᄌᆞ쥬' 두 ᄌᆡ 분명ᄒᆞ더라.

당후와 좌우 궁녀 다 긔특이 넉여 귀경ᄒᆞ며 왕이 ᄉᆡᆼ각ᄒᆞᄃᆡ,

'녀ᄋᆞ 쳔연이 이 가온ᄃᆡ 이시믈 긔특이 넉여 녀ᄋᆞ를 주어 깁히 간슈ᄒᆞ라.'

ᄒᆞ더라.

왕이 진쥬를 어든 후ᄂᆞᆫ 더욱 녀ᄋᆞ의 ᄇᆡ우를 유의ᄒᆞ더니, 일일은 왕의 몽듕의 젼일 션듕의셔 뵈던 션인이 와 일오ᄃᆡ,

---

459)경동이각(驚動而覺) : 놀라 움찔하여 깨어남.

460)남가일몽(南柯一夢) : 꿈과 같이 헛된 한때의 부귀영화를 이르는 말. 중국 당나라의 순우분(淳于棼)이 술에 취하여 홰나무의 남쪽으로 뻗은 가지 밑에서 잠이 들었는데 괴안국(槐安國)의 부마가 되어 남가군(南柯郡)을 다스리며 20년 동안 영화를 누리는 꿈을 꾸었다는 데서 유래한다.

461)버거 : 다음으로, 둘째로.

462)바ᄋᆡ다 : 빛나다. 부시다. 빛이나 색채가 강렬하여 마주 보기 어려운 상태에 있다. ⇒바외다.

와 니ᄅᆞ디,

"공쥬의 뷔필은 웅쥬(雄珠) 가진 이를 졍ᄒᆞ디 ᄎᆞ인이 본디 젼셰(前世) 셩신(星神)【55】으로 텬조의 탁셰(託世)ᄒᆞᆫ 비니, 셩은 윤이라. 윤ᄌᆞ의 ᄌᆡ실(再室) 되미 원비(元妃)도곤 나으리니 ᄃᆡ왕은 쳔금쇼교(千金小嬌)의 위굴하등(位屈下等)ᄒᆞ믈 혐의치 말고, 삼가 텬연을 어긔오지 말나. 오ᄅᆡ지 아냐 ᄌᆞ연지즁(自然之中)의 셔로 만나미 이리시라."

ᄒᆞ거ᄂᆞᆯ, 왕이 ᄭᆡ다ᄅᆞ미 더옥 신긔히 너겨, ᄎᆞ후 외조(外朝)의 부마(駙馬) 유의ᄒᆞ믈 긋치고, 텬조 입조시(入朝時)의 녀아의 뷔우를 갈희고져 ᄒᆞ더라.

이러구러 ᄒᆡ 진ᄒᆞ고 명년 즁츈의 니ᄅᆞ러 일일은 왕이 금난뎐의 조회를 베퍼더니, 믄득 쇼황문(小黃門)[463]이 드러와 쥬ᄒᆞ디,

"일침국 고부ᄉᆞ(告訃使)[464] 안ᄂᆞᆯ【56】금이 제 임군의 명을 바다 왕후의 부음(訃音)을 텬됴(天朝)의 쥬문(奏聞)ᄒᆞ라 가더니, 일힝이 풍낭(風浪)의 날니여 왓시니, 국군(國君)의 셩덕을 닙어 텬조의 가게ᄒᆞ여 쥬시믈 쳥ᄒᆞᄂᆞ이다."

왕이 즉시 안ᄂᆞᆯ금을 블너 보고 아직 옥화관의 머믈나 ᄒᆞ고, 몽고(蒙古) 일힝을 극진이 ᄃᆡ졉ᄒᆞ여 반젼(盤纏)을 쥬어 슌풍을 기다려 일힝을 도라 보니려 ᄒᆞᆯ시, 시야(是夜)의 왕이 ᄯᅩ 일몽을 어드니, 옥화관으로 조ᄎᆞ 오식 구름이 ᄭᅵ이여 궁궐의 ᄉᆞ못ᄎᆞ며, 뇌졍(雷霆)[465] 쇼ᄅᆡ 진동ᄒᆞ더니 믄득 하ᄂᆞᆯ노조ᄎᆞ 한 뇽이 나려와 졍뎐(正殿)의 셔려시니, 옥갓흔 닌갑(鱗甲)을 거【57】ᄉᆞ리고 여의쥬(如意珠)[466]를 희롱ᄒᆞ며 공쥬 침쇼로 향ᄒᆞ더니 홀연 변ᄒᆞ여

463)쇼황문(小黃門) : 나이 어린 환관(宦官). 황문(黃門)은 중국 후한(後漢) 시대에 금문(禁門)을 맡아보는 관리였는데 이를 내시(內侍)가 맡아 보면서 환관의 칭호로 바뀌었음다.

464)고부ᄉᆞ(告訃使) : 왕이나 왕비가 죽었을 때에 그것을 알리기 위하여 중국에 보내던 사신.

465)뇌졍(雷霆) : 천둥. 뇌성과 번개를 동반하는 대기 중의 방전 현상.

466)여의쥬(如意珠) : 용의 턱 아래에 있는 영묘한 구슬. 이것을 얻으면 무엇이든 뜻하는 대로 만들어 낼 수 있다고 한다. ≒보주(寶珠).

"공쥬의 뷔필은 웅쥬 한 빡 가지 니를 졍ᄒᆞ디, ᄎᆞ인이 본디【107】젼셰 셩신으로 텬됴의 탁셰ᄒᆞᆫ 비니 셩은 윤이라. 윤ᄌᆞ의 ᄌᆡ실 되미 속ᄌᆞ의 원비도곤 나으리니, ᄃᆡ왕은 쳔금 쇼교의 위굴하등ᄒᆞ믈 혐의치 말고 삼가 텬연을 어긔오지 말나. 오ᄅᆡ지 아냐 ᄌᆞ연 긔듕의 서로 만나미 이시리라."

ᄒᆞ거ᄂᆞᆯ 왕이 ᄭᆡᄃᆞᄅᆞ미 더옥 신긔히 넉여 ᄎᆞ후 부마 유의ᄒᆞ기를 긋치고, 텬됴 입됴시의 녀ᄋᆞ의 뷔우를 갈히고져 ᄒᆞ더라.

이러구러 ᄒᆡ 진ᄒᆞ고 명년 듕츈의 니ᄅᆞ러, 일일은 왕이 금난젼의 됴회를 베퍼더니, 믄득 소황문이 드러와 주【108】ᄒᆞ디,

"일침국 고부ᄉᆞ 알ᄂᆞᆯ금이 제 님군의 명을 바다 왕후의 부음을 텬됴의 쥬문ᄒᆞ라 가더니 일힝이 풍낭의 ᄂᆞᆯ니여 표풍ᄒᆞ여 왓시니, 국군의 셩덕을 닙어 텬됴로 가게 ᄒᆞ여 쥬시믈 쳥ᄒᆞ나이다."

왕이 즉시 알ᄂᆞᆯ금을 블너 보고 아직 옥화관의 머믈나 ᄒᆞ고 극진이 ᄃᆡ졉ᄒᆞ여 반젼을 쥬어 도라보니려 ᄒᆞ실시, 시야의 왕이 ᄯᅩ 일몽을 어드니, 옥화관으로조ᄎᆞ 오식 구름이 ᄭᅵ이여 궁궐의 ᄉᆞ못ᄎᆞ며 뇌졍 소ᄅᆡ 진동ᄒᆞ더니, 문득 텬강일뇽【109】ᄒᆞ여 젼젼의 셔려시니 옥 갓튼 인갑을 거ᄉᆞ리고 여의쥬를 희룡ᄒᆞ며 공쥬 침쇼로 힝ᄒᆞ더니, 홀연 변ᄒᆞ야 옥면뉴풍의 쳥슈 미남지 되니 옥골영풍이 본 바 쳐엄이라.

옥면뉴풍(玉面柳風)의 청슈미남지(淸秀美男子) 되니, 옥골영풍(玉骨英風)이 평싱 본 바 쳐음이라.

왕이 몽즁이나 크게 긔이히 너겨 시종을 다 보고져 ᄒᆞ더니, 믄득 공즁으로셔 션악(仙樂)이 양양ᄒᆞ며 향풍(香風)이 진울ᄒᆞ더니[467], 일위 션인이 나려 공쥬 침뎐(寢殿)의 교비(交拜)[468]를 비셜(排設)ᄒᆞ고, 그 쇼년과 공쥬와 한가지로 인도ᄒᆞ여 독좌(獨坐)[469]ᄒᆞ니 쇼년의 영풍옥골과 녀아의 옥ᄐᆡ월광이 셔로 바ᄋᆡ여 남풍녀뫼(男風女貌) 일월이 상ᄃᆡᄒᆞᆫ 듯ᄒᆞᆫ지라.

왕이 긔특【58】이 너겨, 이윽이 쳠관(瞻觀)ᄒᆞ더니 홀연 ᄭᆡ다ᄅᆞ니 침변일몽(枕邊一夢)이라.

몽ᄉᆞ(夢事)를 댱후다려 니ᄅᆞ고 의아(疑訝) 왈,

“져 몽고(蒙古)[470]ᄂᆞᆫ 이젹(夷狄)의 무리니 금슈(禽獸)와 일체어ᄂᆞᆯ, 져 가온ᄃᆡ 비상ᄒᆞᆫ ᄉᆞ롬이 업ᄉᆞ려든, 몽ᄉᆡ 엇지 괴이ᄒᆞᆫ고?”

경혹(驚惑)ᄒᆞ믈 마지 아니터니, 신조(晨朝)의 조회ᄒᆞᄆᆡ ᄇᆡᆨ관이 분분이 젼ᄒᆞ여 쥬ᄒᆞᄃᆡ,

“몽고 즁의 한 긔이ᄒᆞᆫ 슈ᄌᆡ(秀才)이시ᄃᆡ 본ᄃᆡ 텬조 현셩(賢聖)이라. 기간이 무슨 연괴 잇셔 슈만니 ᄒᆡ국(海國)의 뉴락(流落)ᄒᆞ엿더니, 몽고 고부ᄉᆞ(告訃使)를 조ᄎᆞ 본국으로 도라가려 ᄒᆞ다가, 몽고션이 표풍(漂風)ᄒᆞᄆᆡ 오국의 한가【59】지로 니ᄅᆞ럿다.”

ᄒᆞᄂᆞᆫ지라.

오왕이 본ᄃᆡ 텬죠인이라 ᄒᆞᆫ즉 걸식지(乞食者)라도 귀히 너기ᄂᆞᆫ 비오, 승상 호경이 또

467)진울ᄒᆞ다 : 바람이나 냄새 따위가 어떤 기류(氣流)를 타고 움직여 밀려오다.

468)교비(交拜) : 전통 혼인례에서, 신랑과 신부가 서로 맞절을 함. 또는 그 의식.

469)독좌(獨坐) : 독좌례(獨坐禮). 혼인례에서 대례(大禮)를 달리 이른 말. 즉 신랑과 신부가 대례를 행할 때 각각의 앞에 음식을 차려 놓은 독좌상(獨坐床)을 놓고 교배(交拜)·합근(合巹) 등의 의례를 행하는 것을 비유하여 쓴 말이다.

470)몽고(蒙古) : 몽골. 중국 본토의 북쪽, 만주의 서쪽, 시베리아의 남쪽, 신장 성(新疆省) 동쪽에 있는 지역. 북쪽은 러시아, 남쪽은 중국에 면해 있으며, 내몽골과 외몽골로 나눈다.

왕이 몽즁이나 크게 긔이히 넉여 시죵을 다 보고져 ᄒᆞ더니, 믄득 공듕으로셔 션악이 앙앙ᄒᆞ며 향풍이 진진ᄒᆞ더니, 일위션인이 ᄂᆞ려와 공쥬 침뎐의 교비를 비셜ᄒᆞ고 그 쇼년과 공쥬를 인도ᄒᆞ니, 그 쇼년의 영풍옥골과 녀ᄋᆞ의 옥ᄐᆡ월광이 셔로 바ᄋᆡ여 일월이 상ᄃᆡᄒᆞᆫ 듯ᄒᆞᆫ지라.【110】

왕이 긔특이 넉여 이윽이 쳠관ᄒᆞ더니 홀연 인각ᄒᆞ니 침변일몽이라.

몽ᄉᆞ를 댱후다려 니르고 의아ᄒᆞ야 왈,

“져 몽고ᄂᆞᆫ 이젹의 므리니 져 가온ᄃᆡ 비상ᄒᆞᆫ ᄉᆞ롬이 업ᄉᆞ여든 몽ᄉᆡ 엇디 그[긔]이ᄒᆞᆫ고?”

경혹ᄒᆞ믈 마지아니터니 신됴의 됴희[회]ᄒᆞᄆᆡ ᄇᆡᆨ관이 분분 젼ᄒᆞ여 쥬ᄒᆞᄃᆡ,

“몽고 듕의 ᄒᆞᆫ 긔특ᄒᆞᆫ 슈ᄌᆡ 잇시되 본ᄃᆡ 텬됴현셩이라. 그간의 무ᄉᆞᆫ 연괴 잇셔 슈만니 ᄒᆡ국의 류락ᄒᆞ엿더니 몽고 고부ᄉᆞ를 됴ᄎᆞ 본국으로 도라가려 ᄒᆞ다가 몽고션이 쵸풍ᄒᆞ여 오국의 ᄒᆞᆫ【111】가지로 일르럿다.”

ᄒᆞᄂᆞᆫ디라.

오왕이 본ᄃᆡ 텬됴인이라 ᄒᆞᆫ즉 걸식ᄌᆞ라도 귀히 넉이ᄂᆞᆫ 비오, 승샹 호겸이 ᄯᅩ ᄃᆡ됴 ᄉᆞ롬으로 산듕의 ᄒᆞᆫ가ᄒᆞᆫ 처ᄉᆡ러니, 이 ᄯᅢ히의와 오왕의 청ᄒᆞ믈 인ᄒᆞ여 승상이 되여 국졍을 보국ᄒᆞ나 ᄯᅩᄒᆞᆫ 쳔됴 ᄉᆞ롬인즉 귀히 넉이ᄂᆞᆫ 고로, 이제 몽고 즁의 ᄃᆡ됴셩현이 낫다 ᄒᆞ믈 듯고 군신이 ᄒᆞᆫ 번 보고져 ᄒᆞᆯ시,

ᄃᆡ조(大朝) 사ᄅᆞᆷ으로 산님(山林)의 한가ᄒᆞᆫ 쳐ᄉᆡ러니, 이 ᄯᆞᄒᆡ 와 오왕의 쳥ᄒᆞ믈 인ᄒᆞ여 승상이 되고, 또 ᄯᆞᆯ이 셰ᄌᆞ비 되ᄆᆡ 드ᄃᆡ여 국졍(國政)을 보익ᄒᆞ나, ᄯᅩᄒᆞᆫ 텬조 사ᄅᆞᆷ인즉 귀히 너기ᄂᆞᆫ 고로, 이제 몽고 즁의 ᄃᆡ조 현셩이 왓다 ᄒᆞ믈 듯고, 군신이 한번 보고져 ᄒᆞᆯ시, 왕이 셰ᄌᆞᄅᆞᆯ 명ᄒᆞ여 마ᄌᆞ오라 ᄒᆞ니, 셰지 부명을 밧ᄌᆞ와 위의ᄅᆞᆯ 갓초와 옥화관의 니ᄅᆞ러 현ᄉᆞ(賢士)ᄅᆞᆯ 쳥ᄒᆞ니, 【60】기인이 셰ᄌᆞ의 의푀 쥰아ᄒᆞᆫ 듯ᄒᆞ나 불길지상(不吉之相)이오, 거지(擧止) 교오(驕傲)ᄒᆞ믈 불쾌ᄒᆞ여 ᄉᆞ양ᄒᆞ고, 오지 아니ᄒᆞ니, 호승상과 우상(右相) 심우량 등이 지쳥(再請)ᄒᆞ니, 기인이 바야흐로 냥상(兩相)을 조ᄎᆞ 금난뎐의 니ᄅᆞ러, 왕긔 뵈올ᄉᆡ, 왕이 지삼 쳥ᄒᆞ여 빈쥬의 녜로 좌ᄅᆞᆯ 쳥ᄒᆞ니, 기인이 ᄉᆞ양 왈,

"쇼ᄉᆡᆼ은 ᄉᆞᄒᆡ(四海)의 집 업ᄉᆞᆫ 숀이오 텬하의 셩명 업ᄉᆞᆫ 아희라. 셰간의 빈쳔ᄒᆞᆫ 걸ᄋᆡ(乞兒)어ᄂᆞᆯ ᄃᆡ왕의 셩ᄒᆞᆫ 녜ᄅᆞᆯ 엇지 감당ᄒᆞ리잇고?"

왕이 그 쇄락ᄒᆞᆫ 쳥음봉셩(淸音鳳聲)을 드ᄅᆞᄆᆡ 츄파(秋波)ᄅᆞᆯ 흘녀보니, 기인의 나히 불과 약관은 ᄒᆞᄃᆡ, 【61】 풍치 비범(非凡)ᄒᆞ여 잠미봉안(蠶眉鳳眼)[471]이오, 월익단슌(月額丹脣)[472]이라. 슈츌(秀出)ᄒᆞᆫ 냥미(兩眉)의 셩덕이 ᄌᆞ연ᄒᆞ고 문질(文質)이 빈빈(彬彬)ᄒᆞ여 츈츄(春秋)[473] 시(時)의 부ᄌᆞ(夫子)ᄅᆞᆯ 위ᄒᆞᆫ 기린(麒麟)이 교야(郊野)의 나리고 가슴의 치국안민지도(治國安民之道)ᄅᆞᆯ 픔어시니, 뇽이 ᄒᆡ쳔(海天)의 곤ᄒᆞ고 봉황이 그믈의 걸닌 듯ᄒᆞ나, 당당ᄒᆞᆫ 귀복(貴福)과 팔ᄎᆡ(八彩) 완젼ᄒᆞ여 당셰의 한낫 ᄃᆡ현군ᄌᆡ(大賢君子)라. 아ᄅᆞᆷ답고 ᄯᅩᄒᆞᆫ 엄즁식식ᄒᆞ여 조둔(趙盾)[474]의 하일지

471)잠미봉안(蠶眉鳳眼) : 누에 같은 눈썹과 봉황의 눈.

472)월익단슌(月額丹脣) : 달처럼 둥근 이마와 단사(丹砂)처럼 붉은 입술.

473)춘추(春秋) : =춘추시대. 중국 주(周)나라가 동쪽으로 도읍을 옮긴 기원전 770년부터 기원전 403년까지 약 360년간의 전란 시대. 공자가 역사책인 ≪춘추≫에서 이 시대의 일을 서술한 데서 붙여진 이름이다.

474)조둔(趙盾) : 중국 춘추시대 진(晉)나라 정치

왕이 셰ᄌᆞ를 명ᄒᆞ여 마ᄌᆞ 오라 ᄒᆞ니, 셰지 위의를 갓쵸와 옥화관의 니르러 현ᄉᆞ를 쳥ᄒᆞ니, 그 인이 셰ᄌᆞ의 의푀 준아ᄒᆞᆫ 듯【112】ᄒᆞ나 블길지상이요 거디 교우ᄒᆞ믈 블쾌ᄒᆞ야 ᄉᆞ양코 오지 아니니, 호 승샹과 우샹심 우랑 등으로 지쳥ᄒᆞ니 기인이 바야흐로 당상으로 조ᄎᆞ 금난젼의 니르러 왕게 뵈올ᄉᆡ, 왕이 빈쥬의 녜로 좌를 쳥ᄒᆞ니 기인이 ᄉᆞ양 왈,

"쇼ᄉᆡᆼ은 ᄉᆞᄒᆡ의 집 업ᄉᆞᆫ 숀이요 텬하의 셩명 업ᄉᆞᆫ 아ᄒᆡ라. 셰간의 빈쳔ᄒᆞᆫ 걸ᄋᆡ여ᄂᆞᆯ ᄃᆡ왕의 셩ᄒᆞᆫ 녜를 엇디 감당ᄒᆞ리잇고?"

왕이 그 쇄락ᄒᆞᆫ 쳥음봉셩을 드르ᄆᆡ 츄파를 흘여 보니, 기인이 나희 블과 약관은 ᄒᆞᆫᄃᆡ 풍치 비범【113】ᄒᆞ여 좀미봉안이요 월익단슌이라. 슈츌ᄒᆞᆫ 양미의 셩덕이 ᄌᆞ연ᄒᆞ고 문딜이 빈빈ᄒᆞ여 츈츄시의 부ᄌᆞ를 위ᄒᆞᆫ 닌이 됴야의 ᄂᆞ리고 가ᄉᆞᆷ의 치국안민디도를 품어시니, 닌이 ᄒᆡ젼의 곤ᄒᆞ고 봉황이 그믈의 걸인 듯ᄒᆞ나 당당ᄒᆞᆫ 귀복과 팔치 완젼ᄒᆞ여 당셰의 ᄃᆡ현《니이‖이니》, 왕이 활연이 숨을 ᄂᆡ쉬고 숙연이 공경ᄒᆞᄂᆞᆫ 의ᄉᆡ 이러나니, 엇디 져의 무셩명 걸인 쥴 업슈히 너이[기]리오.

위(夏日之威)[475] 이시니 왕이 일즉 광거텬하(廣居天下)의 열인(閱人)ᄒᆞ미 젹지 아니ᄒᆞᄃᆡ, 본 바 쳐음이라. 왕이 일견의 ᄃᆡ경ᄒᆞ고 지견(再見)의 할연이 슓을 닉쉬고, 슈연이 공경【62】ᄒᆞᄂᆞᆫ 의ᄉᆡ 니러나니, 엇지 져의 무셩명(無姓名) 걸인○[인] 쥴을 업슈이 너기리오.

장신(長身)을 움족여 져의 녜롤 답ᄒᆞ고, 치경(致慶)ᄒᆞ믈 일위여 ᄉᆞᄉᆞ로 ᄌᆞ가의 셩명 ᄌᆞ호(字號)와 ᄌᆞᄀᆡ(自家) 본ᄃᆡ ᄃᆡ국 식녹지신(食祿之臣)으로, 국가의 공을 셰워 본국의 도라온 쥴을 니ᄅᆞ고, 우왈(又曰),

"현계(賢季) 일즉 강보(襁褓)의 부모롤 실니ᄒᆞ여 셩시근파(姓氏根派)ᄂᆞᆫ 아지 못ᄒᆞ나 방년(芳年)이 언마나 ᄒᆞ뇨?"

쇼년이 ᄉᆞ례 왈,

"쇼ᄉᆡᆼ이 강보의 텬뉸을 실셔(失緖)ᄒᆞ오니 셩명(姓名) 근파(根派)ᄂᆞᆫ 업ᄉᆞ오나, 다만 은인의 지은 바 몽뇽 두 ᄌᆞ 일흠이오, 쳔혼 나히 십일셰라. 부모롤 ᄎᆞᆺ고져 ᄒᆞ여 ᄉᆞ히【63】의 오유(遨遊)[476]ᄒᆞ연지 긔년(幾年)의, 쇼식이 아으라ᄒᆞ믈 슬허ᄒᆞᄂᆞ이다. 쇼ᄉᆡᆼ이 거년의 가향(家鄕)을 ᄲᅥ나 풍낭의 표풍(漂風)ᄒᆞ여 빅

가. 당시 적(狄)나라 재상 풍서가 진나라에서 적(狄)에 도망온 가계(賈季)라는 사람에게 진나라의 두 정치인 조둔과 조쇠(趙衰) 중 누가 더 어진 사람인가를 묻자, 조쇠는 겨울날의 태양이고(冬日之日)이고, 조둔은 여름날의 태양(夏日之日)이라고 대답했는데, 이 말에 대하여 남북조시대 진(晉)나라 학자 두예(杜預)가 "겨울 해는 사랑스럽지만(冬日之愛), 여름 해는 위엄[두려움]이 있다(夏日之威)"라는 주석(註釋)을 붙여 두 사람의 인품을 나타냈다.

475)조둔(趙盾)의 하일지위(夏日之威) : '조둔(趙盾)의 위엄이 여름날의 이글거리는 해와 같이 높다'는 뜻으로, 중국 춘추시대 진(晉)나라 정치가 조둔의 인품을 평한 말. 즉 당시 적(狄)나라 재상 풍서가 진나라에서 적(狄)에 도망온 가계(賈季)라는 사람에게 진나라의 두 정치인 조둔과 조쇠(趙衰) 중 누가 더 어진 사람인가를 묻자, 조쇠는 겨울날의 태양이고(冬日之日) 이고, 조둔은 여름날의 태양(夏日之日)이라고 대답했는데, 이 말에 대하여 남북조시대 진(晉)나라 학자 두예(杜預)가 겨울 해는 사랑스럽지만(冬日之愛) 여름 해는 위엄[두려움]이 있다(夏日之威)라는 주석(註釋)을 붙여 두 사람의 인품을 평한 데서 유래했다.

476)오유(遨遊) : 여기저기 떠돌아다님.

장신을 움족여 치경ᄒᆞ믈 닐위여 ᄉᆞᄉᆞ로 ᄌᆞ가 셩명 ᄌᆞ호와 ᄌᆞᄀᆡ 본ᄃᆡ【114】 식녹디신으로 국가의 공을 세워 본국의 도라온 쥴 니르고, 우왈,

"현계 일즉 강보의 부모를 실니ᄒᆞ여 셩시근파를 아지 못ᄒᆞ나 방년이 언마나 ᄒᆞ뇨?"

쇼년이 ᄉᆞ례 왈,

"쇼ᄉᆡᆼ이 강보의 텬뉸을 실니ᄒᆞ오니 셩명근파ᄂᆞᆫ 업ᄉᆞ오나, 다만 은인이 지은 바 몽용 두 ᄌᆞ 일홈이오, 쳔혼 나히 십일 셰라. 부모를 찻고져 ᄒᆞ여 ᄉᆞ히의 오유ᄒᆞ연 지 기년의 가향 쇼식을 모르더니, 풍낭의 표풍ᄒᆞ여 빅두셤의 올나다가 몽고국션○[을] 만나 인ᄒᆞ여 몽고국의 가 환셰ᄒᆞ고, 이제【115】 고부ᄉᆞ를 조ᄎᆞ 텬됴의 가려 ᄒᆞ다가, 또 표풍ᄒᆞ여 귀국의 니르미, ᄃᆡ왕이 걸아를 관ᄃᆡᄒᆞ시니 블승감격이로쇼이다."

두셤의 올낫다가, 몽고션(蒙古船)을 만나, 인ᄒᆞ여 몽고국의 가 환셰(換歲)ᄒᆞ미 되엿고, 이제 쏘 고부ᄉᆞ(告訃使)를 조ᄎᆞ 텬조로 도라가랴 ᄒᆞ다가, 쏘 표풍ᄒᆞ여 귀국의 니ᄅᆞ미, ᄃᆡ왕이 걸아(乞兒)를 후례(厚禮)로 쳥ᄒᆞ샤 관ᄃᆡ(款待)ᄒᆞ시니, 불승감격(不勝感激)ᄒᆞ믈 니긔지 못ᄒᆞ리로쇼이다."

왕이 쳥파(聽罷)의 더옥 놀나 왈,

"과인이 쳐음 알기를 약관지년(弱冠之年)[477]의나 밋ᄎᆞᆫ가 ᄒᆞ엿더니 엇지 니러틋 동치셔싱(童穉書生)[478]인 쥴 알니오. 현계(賢季)[479] 귀복【64】지상(貴福之相)이니 엇지 맛참ᄂᆡ 텬뉸(天倫)을 실산(失散)ᄒᆞᆫ 죄인이 되리오."

쏘 츄연(惆然) 왈,

"과인은 한 ᄯᆞᆯ을 일허 찻지 못ᄒᆞ니 임의 구년이라. 혹ᄌᆞ ᄎᆞᄌᆞ나 증험(徵驗)ᄒᆞᆯ 거시 업셔 그 가ᄉᆞᆷ의 '화엽(花葉)의 졈(點)'[480]이 잇고, 좌우 족장(足掌)의 칠흑지(七黑子)[481] 이시ᄃᆡ, 녀ᄌᆞ의 은밀ᄒᆞᆫ 표젹으로 부녜 만나미 쉬오리오."

쇼년이 이 말을 듯고 역비함체(亦悲含涕) 왈,

"쇼싱이 텬디간 궁민(窮民)이라. ᄃᆡ왕의 셩교(聖敎)를 듯ᄌᆞ오니 실녀지탄(失女之嘆)[482]이 겨시[다] ᄒᆞ오니, 거의 쇼싱의 심회와 방불ᄒᆞ온지라. 쇼싱은 좌우 슈비(手臂)의 표젹(表迹)이 이시니 일노뼈 텬뉸을 단회(團會)ᄒᆞᆯ가 ᄒᆞᄂᆞ【65】이다."

왕이 ᄎᆞ언을 듯고 친히 쇼년의 옥슈를 잡아 보니 슈비즁(手臂中) '셩신(星神)' 두 지 잇고 옥닌지문(玉鱗之紋)[483]이 명명(明明)ᄒᆞ

477)약관지년(弱冠之年) : 스무 살을 달리 이르는 말. ≪예기≫ <곡례편(曲禮篇)>에서, 공자가 스무 살에 관례를 한다고 한 데서 나온 말이다.

478)동치셔싱(童穉書生) : 나이 어린 선비.

479)현계(賢季) : 듣는 이가 제자나 자식뻘 되는 아랫사람인 경우, 그 사람을 높여 이르는 이인칭 대명사.

480)화염(花染)의 졈(點) : 꽃잎 모양의 점.

481)칠흑지(七黑子) : 일곱 개의 흑색 점.

482)실녀지탄(失女之嘆) : 딸을 잃은 탄식.

왕이 츄연 왈,

"과인은 ᄒᆞᆫ ᄯᆞᆯ을 일허 ᄎᆞᆺ디 못ᄒᆞ미 구 년이라. 혹 차디나 증험ᄒᆞᆯ 거시 업고, 그 가삼의 화협[엽]의 졈이 잇고 좌우 쪽장의 칠흑지 잇시되, 녀ᄌᆞ의 은밀ᄒᆞᆫ 표젹으로 부녀 만나미 쉬우리오."

쇼년이 이 말을 듯고 왈,

"ᄃᆡ왕의 셩교를 듯ᄉᆞ오니 거의 쇼싱의 심ᄉᆞ와 방블ᄒᆞ온디라. 쇼싱은 좌우 슈비의 표젹이 잇시니 일노뼈 텬【116】뉸을 《관희∥단회》ᄒᆞᆯ가 ᄒᆞ나이다."

왕이 쇼년의 슈비를 잡아 보니 슈비 즁 '셩신' 두 지 잇고 옥인디문이 명명ᄒᆞ믈 보미, 크게 비상이 녀이고 ᄐᆡ반이나 유의ᄒᆞ미 잇셔 미듀셩찬으로 ᄃᆡ졉ᄒᆞ야 날이 저믈미 쇼년이 하직고 하처로 도라갈ᄉᆡ, 왕이 지삼 연연ᄒᆞ야 명일 다시 보기를 니르더라.

믈 보미, 크게 비상이 너기고 결비쇽지(決非俗子)오, 결비쳔인(決非賤人)이믈 알미 더옥 ᄉᆞ랑ᄒᆞ여 그 년치(年齒) 다쇼(多少)와 무셩명(無姓名) 쇼ᄋᆡ(小兒)믈 ᄭᅴ닷지 못ᄒᆞ여, 빈쥬(賓主)의 녜로 ᄃᆡ졉ᄒᆞ고, 말솜ᄒᆞ미 그 쇼년이 호셔션치(瓠犀鮮齒)[484] 가온ᄃᆡ 답언이 도도ᄒᆞ여, 고금을 논난ᄒᆞ미 고산뉴슈(高山流水) 갓흐여 거칠 거시 업ᄂᆞᆫ지라.

왕이 션복(羨福)○○[ᄒᆞ여] ᄐᆡ반이나 ᄯᅳᆺ이 도라가나, 다만 신인(神人)이 웅쥬(雄珠) 임ᄌᆞ를 ᄎᆞᄌᆞ라 ᄒᆞ엿ᄂᆞᆫ 고로, 유예(猶豫)ᄒᆞ여 결(決)치 못ᄒᆞ더라.

왕【66】이 미쥬셩찬(美酒盛饌)을 나와 ᄃᆡ졉ᄒᆞ여 날이 졈을미, 쇼년이 하직고 햐쳐(下處)로 도라갈 시, 왕이 지삼 연연ᄒᆞ여 명일 다시 보기를 니ᄅᆞ더라.

ᄎᆞ후 왕이 날마다 친히 ᄀᆡᆨ관의 와 쇼년을 보며 혹 궁즁으로 쳥ᄒᆞ여 ᄋᆡ경 심복ᄒᆞ미 날노 더으니, 슌여일의 밋쳐ᄂᆞᆫ ᄒᆡ풍이 잠간 진졍ᄒᆞ미, 몽고 일ᄒᆡᆼ이 도라가기를 쳥ᄒᆞ거ᄂᆞᆯ, 왕이 즉시 젼지ᄒᆞ여 몽고의 도라갈 ᄒᆡᆼ냥(行糧)을 쥬며, 쇼년 ᄯᅥ날 바를 결년(缺然)ᄒᆞ더니, 몽고 일ᄒᆡᆼ이 발ᄒᆡᆼᄒᆞᄂᆞᆫ 날, 홀연 쇼년이 격년 ᄒᆡ외 풍상의 실셥(失攝)ᄒᆞᆫ 병이 라[나], 가장 즁ᄒᆞ여 혼도(昏倒)【67】ᄒᆞ기의 미ᄎᆞ니, 능히 몽고 일ᄒᆡᆼ을 ᄯᆞ로지 못ᄒᆞ고 도라와 ᄀᆡᆨ관(客館)의 머므니, 왕이 친히 븟드러 편ᄒᆞᆫ 교ᄌᆞ(轎子)를 ᄐᆡ와 궐즁의《드러와‖데려와》빙방으로 치료ᄒᆞᆯ 시, 일일은 쇼년이 믄득 엄식(奄塞)ᄒᆞ믈 인ᄒᆞ여, 왕이 븟드러 구호ᄒᆞᆯ시, 보니 낭즁(囊中)의 한낫 구술이 잇거ᄂᆞᆯ, 왕이 의심ᄒᆞ여 ᄉᆞᆯ피니 크기 외얏만ᄒᆞ고, 오치상광(五彩祥光)이 찬난ᄒᆞ여 장단ᄃᆡ쇼(長短大小) 녀아 쥰 구술과 갓흔 쥴, 은은이 '웅쥬(雄珠)' 두지 잇거ᄂᆞᆯ, 왕이 바야흐로 텬연(天緣)이 잇ᄂᆞᆫ 쥴 알고, 지셩 구호ᄒᆞᆯ시, 셰ᄌᆡ(世子) 부왕의 긔ᄉᆡᆨ을 짐작ᄒᆞ고, 쇼년이 비상ᄒᆞ믈 보미 반【68】ᄃᆞ시 ᄎᆞ인을 머므러 가간(家間)

ᄎᆞ후 왕이 날마다 친이 ᄀᆡᆨ단[관]의 와 쇼년를 보며 혹 궁듕으로 쳥ᄒᆞ여 ᄋᆡ경ᄒᆞ더니, 몽고 일ᄒᆡᆼ이 도라갈시 쇼년이 ᄯᅩᄒᆞᆫ 발ᄒᆡᆼ코져 ᄒᆞ더니, 도로 풍상의 실셥【117】ᄒᆞᆫ 병이 발ᄒᆞ야 ᄀᆞ장 듕ᄒᆞ여 혼도ᄒᆞ기여 밋치니, 능히 몽고 일ᄒᆡᆼ을 ᄯᆞ로디 못ᄒᆞ고 도로 ᄀᆡᆨ단[관]의 머므니, 왕이 친히 븟드러 편ᄒᆞᆫ 교ᄌᆞ를 ᄐᆡ와 궐듕의 드러와 빅방을 치료ᄒᆞᆯᄉᆡ, 쇼년의 낭듕의 ᄒᆞᆫ낫 구술이 드럿거ᄂᆞᆯ 왕이 보니, 크기 외얏 만ᄒᆞ고 오치 상광이 찬난ᄒᆞ여 ᄌᆞ가 어든 구술과 ᄀᆞᆺᄐᆞᄃᆡ 은은이 웅쥬 두 ᄌᆞ 잇더라. 왕이 ᄉᆡᆼ각ᄒᆞᄃᆡ, 이 반ᄃᆞ시 쳔연이 잇ᄂᆞᆫ 줄 알고 지셩구호ᄒᆞᆯᄉᆡ, 셰ᄌᆡ 부왕의 긔ᄉᆡᆨ을 짐작ᄒᆞ고 유ᄒᆡᄒᆞᆯ가 의려ᄒᆞ여, 일일은 친【118】히 약을 가져와 권ᄒᆞᆯᄉᆡ, 졔일 독약을 프러 쇼년의 혼미ᄒᆞᆫ ᄯᅵ 친히 ᄯᅥ 너흐니, 그 쇼년이 혼혼 듕 믄득 몸을 쇼쇼쳐며 먹음은 약을 ᄐᆞᄒᆞ여 ᄲᅮᆷ어바리니, 셰ᄌᆡ 당젼ᄒᆞ여 안잣다가 낫치 ᄢᅵ치인ᄃᆡ라.

483)옥닌지문(玉鱗之紋) : 옥빛 비늘무늬.
484)호셔션치(瓠犀鮮齒) : 박속같이 희고 고르게 박힌 깨끗한 이.

의 유히ᄒᆞ미 이실가 의려ᄒᆞ여, 일일은 친히 약을 가져와 권ᄒᆞᆯ시, 뎨일 독약을 프러 쇼년을 븟드러 먹기를 간권(懇勸)ᄒᆞ니, 쇼년이 져 오세ᄌᆞ(吳世子)의 불인ᄒᆞᆫ 긔틀을 엇지 알니오.

또 병즁 총명이 감ᄒᆞ엿고, 이의 니ᄅᆞ러ᄂᆞᆫ 광음(光陰)이 ᄒᆡ를 밧고와 삼동(三冬)을 지ᄂᆡ고 초츈이 되니, 쇼년의 위질(痿疾)이 더옥 즁ᄒᆞᆫ지라. 혼혼이 병니(病裡)의 혼침(昏沈)ᄒᆞ여시니, 셰ᄌᆡ 권타가 못ᄒᆞ여 나종은 친히 약을 써 녀흐니, 좌우의 그 복시(僕侍) 두 사ᄅᆞᆷ과 의원이 가득ᄒᆞ여시나, 세ᄌᆞ의 흉심을【69】엇지 알니오.

왕이 념녀ᄒᆞ믜 셰ᄌᆡ 니러 구○[ᄒᆞ]ᄂᆞ니라 혜아려, 가장 의심치 아니ᄒᆞ고 겻히 뫼셔실 ᄯᆞᄅᆞᆷ이라.

셰ᄌᆡ 약을 다 못 써녀허셔 그 쇼년이 믄득 몸을 쇼쇼치며, 먹음은 약을 토ᄒᆞ여 ᄲᅮᆷ어 바리니, 셰ᄌᆡ 당젼(當前)ᄒᆞ여 안잣다가 낫치 ᄭᅵ친지라.

만면이 독히 ᄲᅳᆯ히믄 니ᄅᆞ도 말고, 두 눈의 드러 셴 모릐로 브ᄇᆡᄂᆞᆫ 듯ᄒᆞ여, 알프믈 니긔지 못ᄒᆞ여, ᄒᆡ옴업시 '이고!' '이고!' ᄒᆞ며, 숀의 드렷던 약종을 노하 바리니, 남은 약이 업쳐지믜 독취(毒臭) 방즁의 편만(遍滿)ᄒᆞ고, 셰ᄌᆡ 간간이 알하 눈을 ᄯᅳ지 못ᄒᆞᄂᆞᆫ지【70】라.

쇼년의 조ᄎᆞ온 두 가인이 제 쥬인이 약 토ᄒᆞ믈 보믜, 반ᄃᆞ시 죽으려 그런가, 일시의 븟드러 실셩 호통ᄒᆞ믈 마지 아니ᄒᆞ고, 좌위 다 놀나 급히 왕긔 보ᄒᆞ니, 왕이 놀나 친님ᄒᆞ여 쇼년의 병이 급ᄒᆞ믈 보믜, 밋쳐 세ᄌᆞ의 알ᄂᆞᆫ 거ᄉᆞᆯ 뭇지 못ᄒᆞ고, 삼다(蔘茶)의 회싱단(回生丹)을 나와 친히 구호ᄒᆞ여, 이윽고 회쇼(回蘇)ᄒᆞ믜, 왕이 크게 깃거, 바야흐로 방중 긔식(氣色)과 독ᄒᆞᆫ ᄂᆡ를 ᄉᆞᆯ피고 세ᄌᆞ의 거동을 보믜, 심하의 이 벅벅이[485] 아ᄌᆞ의 흉ᄒᆞᆫ 의시 긱인을 ᄉᆡᆨ이ᄒᆞ여 거죄 이의 밋ᄎᆞ믈 한심ᄒᆞ나,【71】만일 근본을 ᄎᆞᆺ고져 ᄒᆞᆫ즉, 세ᄌᆞ의 허믈이 낫타나 조졍 의논이 이실 쥴 헤아

485)벅벅이 : 반드시, 틀림없이.

만면이 ᄲᅳᆯ히믄 니르디 말고 두 눈의 드러 셴 모릐로 너허 브ᄇᆡᄂᆞᆫ 둧ᄒᆞ니, 알프믈 이기디 못ᄒᆞ여 ᄒᆡ음업시 '이고고' ᄒᆞ며 숀의 드렷든 약종을 노하바리니, 남은 약이 업쳐디미 독ᄒᆞᆫ ᄂᆡ 방듕의 편만ᄒᆞ고, 셰ᄌᆡ 간간이 알하 눈을 ᄠᅳ디 못ᄒᆞᄂᆞᆫ디라.

쇼【119】년 조ᄎᆞ온 가인 두 ᄉᆞᄅᆞᆷ이 제 쥬인의 약 토ᄒᆞ믈 보미 반다시 듁으려 그런가 일시의 븟드러 호곡ᄒᆞ니, 좌위 놀나 왕게 고ᄒᆞ니 왕이 친임ᄒᆞ여 쇼년의 급ᄒᆞ믈 보미 밋쳐 세ᄌᆞ의 알ᄂᆞᆫ 거ᄉᆞᆯ 뭇디 못ᄒᆞ고 삼다의 회싱단을 나와 구ᄒᆞ더니, 이윽고 회쇼ᄒᆞ미 왕이 크게 깃거 바야흐로 방듕 긔식과 독한 ᄂᆡ를 ᄉᆞᆯ피고 세ᄌᆞ의 거동을 보미, 벅벅이 ᄋᆞᄌᆞ의 흉시믈 딤쟉고 양구믁연의 모든 의원을 명ᄒᆞ여 세ᄌᆞ를 븟드러 침궁의 가 약을 다ᄉᆞ리라 ᄒᆞ니, 셰ᄌᆞ【120】의 궁노 쇼쇽이 븟드러 와 보니, 셰ᄌᆡ 양안을 ᄯᅳ디 못ᄒᆞ고 면뫼 버셔졋스니 잘못ᄒᆞ면 양안이 폐밍ᄒᆞ기 쉬온디라.

려, 출ᄒᆞ리 모로ᄂᆞᆫ 체ᄒᆞ미 냥ᄎᆡᆨ(良策)인 고로, 묵연 냥구(良久)의 모든 의원을 명ᄒᆞ여, 세ᄌᆞ를 븟드러 침궁의 가 약을 다ᄉᆞ리라 ᄒᆞ니, 세ᄌᆞ궁 {노}쇼쇽(所屬)이 드러와 보니, 세지 냥안(兩眼)의 약이 드러 눈을 ᄯᅳ지 못ᄒᆞ고 면뫼 버셔져시니, 져기 잘못ᄒᆞ면 냥목을 폐밍(廢盲)ᄒᆞᆯ지라.

모든 의지(醫者) 진심갈녁(盡心竭力)ᄒᆞ여 냥약(良藥)으로 다ᄉᆞ려, 두 눈이 요힝 멀기를 면ᄒᆞ나, 졍치(精彩) 예갓지 못ᄒᆞ여 놉흔 곳을 능히 우러러 보지 못ᄒᆞ고, 먼니 닛ᄂᆞᆫ 거ᄉᆞᆯ ᄎᆞᆯ혀 보【72】지 못ᄒᆞ니, 세지 ᄉᆞᄉᆞ로 잘못ᄒᆞ믈 ᄉᆡᆼ각지 아니ᄒᆞ고, 쇼년을 원망ᄒᆞ여 ᄭᅮ짓기를 마지 아니ᄒᆞ니, 원ᄂᆡ 간인의 투현질능(妒賢疾能)ᄒᆞᄂᆞᆫ 힝ᄉᆞ와 쇼견이 여ᄎᆞᄒᆞ더라.

이ᄯᅵ 쇼년의 병세(病勢) 져기 쾌쇼(快蘇)ᄒᆞ미, 별관으로 보ᄂᆡ여 조셥게 ᄒᆞ고, 왕이 ᄂᆡ뎐(內殿)의 드러와 댱후를 ᄃᆡᄒᆞ여 낭지(郎材)[486] 어드믈 니ᄅᆞ니, 댱휘 연고(緣故)를 무른ᄃᆡ, 왕이 쇼년의 젼후 《ᄂᆡ편‖ᄂᆡ력》을 ᄌᆞ시 니ᄅᆞ고, ᄯᅩ 웅쥬 가져시믈 젼ᄒᆞ니, 휘 ᄃᆡ희 왈,

"연즉 ᄎᆞᄂᆞᆫ 텬졍(天定)ᄒᆞᆫ 연분(緣分)이라. 엇지 희힝치 아니리잇고?"

왕 왈,

"아직 녀아로 서로 보와 언약【73】을 굿게 ᄒᆞ고, 혼취ᄂᆞᆫ 져의 근본을 찻기를 기다려 ᄒᆞ미 늣지 아니니이다."

ᄒᆞ고, 외뎐(外殿)의 좌ᄒᆞ고, 공쥬를 블너 알퓌 두고 세ᄌᆞ를 명ᄒᆞ여 별당의 ᄉᆡᆼ을 쳥ᄒᆞ여 오라 ᄒᆞ니, 이 ᄯᅵ 세지 안병(眼病)이 져기 나하 외각 츌입을 ᄒᆞᄂᆞᆫ지라. 무단이 은원(恩怨)이 업시 슈ᄌᆞ(豎子)를 살희(殺害)치 못ᄒᆞ믈 한ᄒᆞ고, 누의를 믜워ᄒᆞ미 통입골슈(痛入骨髓)ᄒᆞ나, 부왕의 명을 거역지 못ᄒᆞ여 흉심을 참고, 공슌이 부명을 바다 별당의 니ᄅᆞ러 슈ᄌᆞ(豎子)를 보고, 부왕의 쳥ᄒᆞ믈 니ᄅᆞ니, 슈지 져 곳의 나아가 국군(國君)으로 상ᄃᆡ 슈작ᄒᆞ【74】믈 괴로이 너기나, 임의 져의 은

486)낭지(郎材) : 신랑(新郎)의 재목(材木). 신랑감.

의지 진심ᄒᆞ야 약을 ᄃᆞᄉᆞ려 두 눈이 요힝 멀기를 면ᄒᆞ나 졍치 감ᄒᆞ야 놉흔 곳을 우러러 보디 못ᄒᆞᄂᆞᆫ디라.

ᄎᆞ후ᄂᆞᆫ 왕이 슈ᄌᆞ를 일시도 ᄯᅥ나디 안냐 지셩구호ᄒᆞ여 슈월 후 흠질이 쾌쇼ᄒᆞ니, 슈지 감격ᄒᆞ여 눈믈 흘녀 은혜를 ᄉᆞ려[례]ᄒᆞ더라.

왕이 ᄃᆡ졉ᄒᆞ믈 이랏[럿]틋 관곡ᄒᆞ나 쇼년이 귀심이 살 ᄀᆞᆺ타니, 왕이 무단이 노하 보ᄂᆡ믈 민망ᄒᆞ야 이의【121】 외뎐의 좌ᄒᆞ고 공쥬를 블너 알퓌 안치고 세ᄌᆞ를 명ᄒᆞ야 별당의 가 ᄉᆡᆼ을 쳥ᄒᆞ여 오라 ᄒᆞ니, 잇ᄯᅵ 세지 안병이 나하 외가 츌입을 ᄒᆞ니 은원 업시 무단이 슈ᄌᆞ를 살희치 못ᄒᆞ믈 한ᄒᆞ고 누의를 미워ᄒᆞ미 통입골슈ᄒᆞ나, 부명을 거역디 못ᄒᆞ여 공ᄌᆞ를 {쳥ᄒᆞᆯ여} 쳥ᄒᆞ여 드러갈ᄉᆡ, 슈지 세ᄌᆞ의 인도ᄒᆞᄂᆞᆫ ᄃᆡ로 날호여 난간의 오르더니, 믄득 옥퓌 징연ᄒᆞ고 향풍이 진울ᄒᆞ거ᄂᆞᆯ 경아ᄒᆞ여 눈을 드너[러] 보니, 왕의 슬하의 일위 미쇼제 뫼셧ᄂᆞᆫ디라.

혜를 닙으미 틱과(太過)ᄒᆞ니, 시러곰 쇼명을 위월치 못ᄒᆞᆯ지라. 마지 못ᄒᆞ여, 셰ᄌᆞ와 한가지로 ᄃᆡ하의 나ᄅᆞ니, ᄎᆞ시 삼츈(三春) 초슌이라.

계젼(階前)의 일쳔 슈양(垂楊)이 프ᄅᆞ럿고, 일빅 쏫치 난간 알픠 단장을 썰쳐시니, 쇼담ᄒᆞᆫ 츈경(春景)이 심히 아름답더라.

슈지(竪子) 날호여 난간의 오ᄅᆞ더니, 믄득 옥픠(玉佩) 쇼릐 징연(錚然)ᄒᆞ고 향풍이 진울ᄒᆞ거ᄂᆞᆯ, 경아ᄒᆞ여 눈을 드러보니, 왕의 슬하(膝下)의 일위 미쇼졔(美小姐) 홍군취삼(紅軍翠衫)으로 뫼셧ᄂᆞᆫ지라.

ᄃᆡ경(大驚)ᄒᆞ여 연망(連忙)이 도로 나리고져 ᄒᆞ니,【75】왕이 웃고 친히 쳥ᄒᆞ여 왈,

"현계(賢契)ᄂᆞᆫ 놀나지 말나. ᄎᆞ아ᄂᆞᆫ 곳 과인의 쇼녀(少女)오, 나히 겨유 십세라. 과인이 군을 ᄉᆞ랑ᄒᆞ여 쇼녀로ᄡᅧ 셔로 보게 ᄒᆞ고, 빅년 승ᄉᆞ(勝事)를 일우고져 ᄒᆞᄂᆞ니, 현계ᄂᆞᆫ 겸ᄉᆞ(謙辭)치 말나."

싱이 마지 못ᄒᆞ여 ᄃᆡ상(臺上)의 오ᄅᆞ니, 왕이 녀아를 명ᄒᆞ여 셔로 녜로 보라 ᄒᆞ니, 공쥐(公主) 쳔만 슈괴(羞愧)ᄒᆞ나, 마지 못ᄒᆞ여 향신(香身)을 움ᄌᆞ여 녜ᄒᆞ니, 싱이 답녜ᄒᆞ미, 왕이 의연이 셕일(昔日) 몽ᄉᆞ(夢事)를 ᄶᅵ다라 텬연(天緣)인 쥴 아더라.

녜파(禮罷)의 좌의 나아가니, 공쥬ᄂᆞᆫ 고기를 드지 못ᄒᆞ고, 싱은 또ᄒᆞᆫ 시쳠(視瞻)이 씌우희 오ᄅᆞ지 아니【76】ᄒᆞ나, 그윽이 셩모(星眸)를 더져 오공쥬(吳公主)를 솔피니, 쳔교만염(千嬌萬艶)이 갓초 특이ᄒᆞᆷ과, 셩덕지혜 발어외모(發於外貌)ᄒᆞ믈 보고, 심하(心下)의 가만이 칭찬ᄒᆞ더라.

왕이 이의 낭즁(囊中)으로 조ᄎᆞ 명쥬(明珠) 두 낫출 ᄂᆡ니, 이 과연 텬하무가뵈(天下無價寶)[487]라. 그 ᄃᆡ쇠(大小) 한갈갓고 그 쇽의 ᄌᆞ웅(雌雄)을 분간ᄒᆞᆫ 글지 아니면 분변키 어려올너라.

왕이 드ᄃᆡ여 ᄌᆞ긔 거년(去年) 츈(春)의 입조(入朝)ᄒᆞ여 도라오ᄂᆞᆫ 길히, 젹뇽(赤龍)이

---

487)텬하무가뵈(天下無價寶) : 천하에 값을 매길 수 없을 만큼 귀중한 보배.

싱이 놀【122】나 연망이 도로 나려가고ᄌᆞ ᄒᆞ니, 왕이 웃고 친히 쳥ᄒᆞ여 왈,

"현계ᄂᆞᆫ 놀나디 말나. ᄎᆞ아ᄂᆞᆫ 곳 과인의 쇼녀오 나히 계우 십 셰이[니], 관[과]인이 군을 ᄉᆞ랑ᄒᆞ여 이의 쳥ᄒᆞ문 쇼녀로ᄡᅧ 셔로 보게 ᄒᆞ고 빅 년 승ᄉᆞ를 일우고져 ᄒᆞ나니 현계ᄂᆞᆫ 겸ᄉᆞ 말나."

싱이 마디못ᄒᆞ야 당의 오르니 왕이 녀ᄋᆞ를 명ᄒᆞ야 셔로 녜로 보라 ᄒᆞ니, 공쥬 쳔만슈괴ᄒᆞ나 마디못ᄒᆞ여 향신를 움ᄌᆞ여 녜ᄒᆞ니, 싱이 답녜ᄒᆞᆫᄃᆡ 왕이 의연이 셕일 몽ᄉᆞ를 ᄶᅵᄃᆞ라 텬연인 줄 아더라

.

녜파의 좌의 ᄂᆞ【123】아가니 공쥬ᄂᆞᆫ 고기를 드디 못ᄒᆞ고 싱이 시쳠이 또ᄒᆞᆫ 씌 우희의 오르디 안이ᄒᆞ더니, 그윽이 셩안을 더져 오공쥬의 쳔교만염의 ᄀᆞᆺ쵸 긔이ᄒᆞᆷ과 셩덕 지혜 발어외뫼ᄒᆞ믈 보고, 심하의 가마니 칭찬ᄒᆞ더라.

왕이 이의 낭듕으로조ᄎᆞ 명쥬 두낫출 ᄂᆡ니 이 과연 텬하 무가뵈라. 그 ᄃᆡ쇠 ᄒᆞᆫ갈ᄀᆞᆺ고 그 쇽의 ᄌᆞ웅을 분간ᄒᆞᆫ 글지 안니면 분간키 어렵더라.

왕이 드ᄃᆡ여 거년 츈의 ᄌᆞ긔 입됴ᄒᆞ고 도라오ᄂᆞᆫ 길히셔 명쥬 엇던 말과 몽듕의 신인의 ᄀᆞᄅᆞ치던 말을【124】 베풀고,

히슈(海水)의셔 토흔 바로[를] 엇고, 슈순 몽즁 신인의 가르치던 말을 베풀며,

"졍히 웅쥬(雄珠)의 임즈를 만나고져 흐더니, 이제 하놀이 조각을 빌니샤 현계 딕【77】조(大朝)[488] 사름으로서, 무심흔 즁 표풍(飄風)흐여 이의 오미 가장 이상흔 일이오, 또 군이 히변의셔 젹뇽을 만나 구술을 엇다흐니, 이 또흔 이시(異事) 아니리오. 과인이 지삼 싱각흐니 현계는 다시 스양치 말나. 이는 하놀이 각별 졍흐신 연분(緣分)이니라."

싱이 왕의 지우(知遇)를 감격흐고 공쥬의 셩즈광염(聖姿光艶)이 당셰의 슉녀가인(淑女佳人)이오, 겸흐여 명쥬(明珠)의 긔연(奇緣)이 심상치 아니흐믈 보미, 이의 피셕 스례 왈,

"딕왕이 도로의 힝걸(行乞)흐는 쳔아(賤兒)를 보시고, 이러틋 긔허(己許)흐샤 쳔금(千金) 지란(芝蘭)으로뻐 허(許)흐시시니, 긱골난망(刻骨難忘)이라. 또 격셰를 【78】귀국의 머므와 스병(死病)을 회츈(回春)흐오미 다 딕왕의 은혜라. '은심하히(恩深河海)오 덕여틱산(德如泰山)'[489]이니, 엇지 삼가 명을 밧드지 아니리잇고만은, 쇼싱이 당시(當時) 텬뉸을 실셔(失緖)흔 죄인이라. 인뉸(人倫)의 뜻이 업스오니, 이십을 그음흐여 부모를 츳즈 텬뉸(天倫)을 단원(團圓)흐온 후, 존의(尊意)를 봉승(奉承)흐오려니와, 또흔 일이 잇숩느니, 쇼싱이 강보(襁褓)[490]의 텬뉸을 실셔(失緖)흐오미, 만일 쇼 니부(吏部)의 거두어 휵양(畜養)흐미 아니런들, 엇지 혈육(血肉)이 스장(沙場)의 바리이고 죽엄이 길가의 바리이믈 면흐리잇고? 쇼공이 쇼싱을 거두어 휵양(慉養)흐여 졍이 부【79】즈의 감치 아니흐오딕, 또 부즈(父子)로 칭치 아니흐오믄 쥬의 이시미라. 타일 쇼싱이 텬뉸을 졍흐오면 반드시 쇼공의 은혜를 져바리지 못흘지니, 딕왕의

"졍이 웅쥬의 임즈를 만나고져 흐더니, 이제 하놀이 됴각를 빌리스 현계 딕됴 스롬으로셔 무심흔 ○[즁] 표풍흐여 오미 ᄀ장 이상흔 일이오, 또 군이 히변의 젹뇽을 만나 구술을 엇다 흐니 이 또흔 이시 아니리오. 현계의 뜻은 엇더흔요?"

싱이 왕의 지우를 감격흐고, 공쥬의 셩즈 단엄을[은] 당셰의 슉녀가인이오, 겸흐여 명쥬의 긔연이 심상치 아니믈 보미, 이의 피셕 스례 왈,

"딕왕이 도로의 힝걸흐는 쳔아를 보시고 이러틋시 허흐샤 쳔금지난으로뻐 허【125】흐시니, 빅골난망지은이라. 또 격셰를 귀읍의 {의} 머므와 스병을 회츈흐오미 다 딕왕의 은혜라. 은심하히흐고 덕여틱산이니 엇디 삼ᄀ 명을 밧드지 아니리잇고마는, 쇼싱이 당시 텬뉸을 실셔흔 죄인이라, 인뉸의 뜻디 업스오니 이십을 《고음∥그음》흐와 부모를 츳즈 텬뉸을 단원흐온 후, 죤의를 봉승흐오련이와, 또흔 일이 잇숩느니, 쇼싱이 강보의 텬뉸을 실셔흐오미, 만일 쇼니부의 거두어 휵양흐미 아니련들 엇디 ○…결락31자…○[혈육이 스장의 바리이고 죽엄이 길가의 바리이믈 면흐리잇고? 쇼공이 쇼싱을] 거두어 휵양흐여 졍【126】이 부즈의 감치 아니흐딕, 또 부즈로 칭치 아니믄 쥬의 이시미라. 타일 쇼싱이 텬뉸을 졍흐면 반드시 쇼공의 은혜를 져바리디 못흐오릴 거시니, 딕왕○[의] 쳔금 옥쉬 미문 쇼싱의 지취의 가흐오미 크게 블안흐온 빈니, 복원 딕왕은 냥찰흐시고 후의 뉘웃치디 마르쇼셔."

488)딕조(大朝) : =대국(大國). 여기서는 중국 송(宋)나라를 말한다.

489)은심하히(恩深河海)오 덕여틱산(德如泰山)이라 : 은혜는 바다보다도 깊고, 덕은 태산처럼 높다.

490)강보(襁褓) : =포대기. 어린아이의 작은 이불. 덮고 깔거나 어린아이를 업을 때 쓴다.

쳔금옥쥐(千金玉主) 미문(微門) 쇼싱의 직취(再娶)의 가(嫁)ᄒᆞ미 크게 불안ᄒᆞᆫ 비오니, 복원 딕왕은 상찰(詳察)ᄒᆞ시고, 후의 뉘웃지 마로쇼셔."

ᄒᆞ더라.

엄시효문청힝녹 권지亽

화셜 오왕이 흔연 왈,

"군은 달슈영복지상(達壽榮福之相)491)이라. 《쵸흔‖쵸운(初運)》이 박ᄒᆞ여 부모ᄅᆞᆯ 실니(失離)ᄒᆞ고 혈혈(孑孑)ᄒᆞᆫ ᄌᆞ최 ᄉᆞ히(四海)492)의 《뉴탕‖유랑(流浪)》ᄒᆞ나 오리지 아냐 반ᄃᆞ시 텬뉸(天倫)이 단원(團圓)ᄒᆞ고 닙신현달(立身顯達)493) ᄒᆞ여 귀복(貴福)이 당당ᄒᆞ리니, 엇지 쇼쇼 익환(厄患)을 일ᄏᆞᄅᆞ리오. ᄌᆞ고(自古)로 영웅호걸이 초운이 다험(多險)치 아닌 지 업ᄉᆞ니, '한신(韓信)이 긔식어표모(寄食於漂母)ᄒᆞ고 슈욕어과하(受辱於跨下)ᄒᆞᄃᆡ'494) 맛ᄎᆞᆷ니 공기텬하(功蓋天下)495)ᄒᆞ고 위진히ᄂᆡ(威振海內)496)ᄒᆞ여시니 엇지 영웅군지(英雄君子) 시졀이 블니(不利)ᄒᆞ여 운건(運蹇)497)ᄒᆞ므로 허믈이 【1】이시리오. 군이 쇼니부의게 슈은(受恩)ᄒᆞ미 여ᄎᆞ(如此)ᄒᆞ니, 또 엇지 은인을 져바리리오. 부모ᄅᆞᆯ ᄎᆞᆺ고 쇼공의 은혜ᄅᆞᆯ 갑흔 후의, 또ᄒᆞᆫ 나의 ᄉᆞ랑ᄒᆞ던 졍을 닛지 말나."

싱이 니러 ᄌᆡ비 슈명ᄒᆞ더라.

이윽고 싱이 긱관(客舘)의 도라가고 왕이

491)달슈영복지상(達壽榮福之相) : 오래도록 수(壽)와 영화(榮華)와 복(福)을 누릴 관상(觀相).
492)ᄉᆞ히(四海) : 사방의 바다. 또는 온 세상.
493)입신현달(立身顯達) : 출세하여 벼슬, 명성, 덕망 따위가 높아져 이름이 세상에 드러남.
494)한신(韓信) 긔식어표모(寄食於漂母) 슈욕어과하(受辱於跨下) : 중국 한(漢)나라 때의 무장(武將) 한신(韓信; ? -BC196)이 출세 전, 빨래하는 여인에게 밥을 얻어먹었던 일과 무모한 싸움을 피하기 위해 폭력배의 가랑이 사이로 기어나가는 수모를 겪었던 고사를 말함.
495)공기텬하(功蓋天下) : 공이 천하를 뒤덮을 정도로 큼.
496)위진히ᄂᆡ(威振海內) : 위엄이 세상에 진동함.
497)운건(運蹇) : 운수가 막힘.

오왕이 흔연 왈,

"《쵸훈‖쵸운》이 박ᄒᆞ여 부모를 실니ᄒᆞ고 혈혈ᄒᆞᆫ 《ᄌᆞ쵸‖ᄌᆞ취》 ᄉᆞ히의 유탕[랑]ᄒᆞ나, 오리디 안야 텬뉸이 단원ᄒᆞ고 입신현달ᄒᆞ여 귀복이 당당【127】ᄒᆞ리니, 엇디 쇼쇼 익환을 일ᄏᆞ라리오. 군이 쇼공의게 슈은ᄒᆞ미 여ᄎᆞᄒᆞ니, 또 엇디 은인○[을] 져바리리오. 부모를 찻고 쇼공의 은혜를 갑흔 후의 또ᄒᆞᆫ 나의 ᄉᆞ랑ᄒᆞ던 졍을 닛디 말나."

싱이 니러 ᄌᆡ비 슈명ᄒᆞ더라.

이윽고 싱이 긱관의 도라가고 왕이 녀ᄋᆞ로 더브러 ᄂᆡ뎐의 드러가 후를 ᄃᆡᄒᆞ여 슈말을 셜파ᄒᆞ고 ᄌᆞ웅 양쥬를 ᄂᆡ여 뵈고 이에 웅쥬ᄅᆞᆯ 녀ᄋᆞ를 쥬고,

녀아로 더브러 니뎐의 드러와, 후(后)를 디ᄒᆞ여 슈말(首末)을 셜파ᄒᆞ고 ᄌᆞ웅(雌雄) 냥쥬(兩珠)를 닉여 뵈고, 이의 웅쥬(雄珠)를 녀ᄋᆞ를 쥬고,

"ᄌᆞ쥬(雌珠)ᄂᆞᆫ 슈ᄌᆞ(竪子)를 쥬어 타일 신(信)을 삼으라."

ᄒᆞ니, 휘 쳔금교옥(千金嬌玉)의 인연을 쇼루(疏漏)히 무셩명지인(無姓名之人)의게 졍ᄒᆞ믈 심즁의 불열ᄒᆞ나, 본ᄃᆡ 예의를 심【2】ᄉᆞ(深思)ᄒᆞᄂᆞᆫ 고로, 가장(家長)의 졍ᄒᆞᆫ 바로뼈 빈계ᄉᆞ신(牝雞司晨)498)의 외월(猥越)ᄒᆞ믈 힝치 아니려 ᄒᆞ고, ᄯᅩ 치쥬(彩珠)의 인연이 젹다 못ᄒᆞᆯ지라. 왕의 말숨을 드ᄅᆞ미 다만 치쥬의 긔이ᄒᆞ믈 니를 ᄲᅮᆫ이러라.

슈지 도라가기를 님ᄒᆞ여, 왕이 ᄌᆞ쥬로뼈 신을 표ᄒᆞ고 노마(奴馬)와 반젼(盤纏)을 후히 찰혀 쥬고 본국 궁노(宮奴)로뼈 비힝(陪行)ᄒᆞ여 ᄃᆡ국디경(大國之境)ᄭᆞ지 젼숑(餞送)ᄒᆞ라 ᄒᆞ니라.

"ᄌᆞ쥬ᄂᆞᆫ 윤싱을 쥬어 타일 신을 삼으라."

ᄒᆞ니, 휘 쳔금교옥의 인연을 쇼루히 무셩명【128】디인의게 졍ᄒᆞ믈 듕심의 블열ᄒᆞ나, 본ᄃᆡ 녜의를 심ᄉᆞᄒᆞᄂᆞᆫ 고로, 가장의 졍ᄒᆞᆫ 바로○[뼈] 빈계ᄉᆞ신의 외월ᄒᆞ믈 힝치 아니려 ᄒᆞ고, ᄯᅩ 치쥬의 인연이 젹다 못ᄒᆞᆯ디라. 왕의 말숨를[을] 드르미 다만 치쥬의 긔이ᄒᆞ믈 이를 분이러라.

공ᄌᆞ 도라가기를 임ᄒᆞ야, 왕이 ᄌᆞ쥬로뼈 신을 표ᄒᆞ고, 노마와 반젼을 후히 찰혀 쥬고, 본국 궁노로뼈 비힝ᄒᆞ여 ᄃᆡ국디경가디 젼숑ᄒᆞ라 ᄒᆞ니라.

윤싱의 본싱부모 ᄎᆞᆺ던 셜화ᄂᆞᆫ 문츼록의 잇ᄂᆞ이라.【129】

엄시효문힝[쳥]힝녹 권지삼

화셜 동오왕이 니러틋 ᄒᆞ여 셰월이 도도(滔滔)ᄒᆞ여499) 광음(光陰)이 ᄌᆞ로 뒤이ᄌᆞ니500), 명년 즁츈의 왕이 입조ᄒᆞ여 황셩(皇城)의 드러오니 냥형과 【3】ᄌᆞ질 친붕이 교외의 마ᄌᆞ 반기미 측냥 업더라.

왕이 냥형과 ᄌᆞ질 제 친으로 초초히 별정

화셜. 동오왕이 이렇틋 ᄒᆞ여 셰월이 도도ᄒᆞ여 광음이 ᄌᆞ로 뒤이져 명년 듕츈의 왕이 입됴ᄒᆞ야 황셩의 드러오니 냥형과 ᄌᆞ딜 친붕이 교외의 마ᄌᆞ 반기미 측양업더라.

왕이 슈위를 두로혀 예궐ᄉᆞ은ᄒᆞ니, 텬지 반기샤 광녹시의 셜연ᄒᆞ여 ᄉᆞ쥬ᄒᆞ시며 군신이 즐겨 파ᄒᆞ시다.

498)빈계ᄉᆞ신(牝鷄司晨) : 암탉이 새벽을 알리느라고 먼저 운다는 뜻으로, 부인이 남편을 젖혀놓고 집안일을 마음대로 처리함을 이르는 말.

499)도도(滔滔)ᄒᆞ다 : ①물이 그득 퍼져 흐르는 모양이 막힘이 없고 기운차다. ② 세월이 거침없이 빨리 흘러가다.

500)뒤이ᄌᆞ다 : 뒤집히다. 바뀌다. *뒤이다 : 뒤집다.

(別情)을 맛고 슐위롤 두로혀 예궐ᄉᆞ은(詣闕謝恩)ᄒᆞ니 텬지 반기샤 광녹시(光綠寺)501)의 셜연ᄒᆞ여 ᄉᆞ쥬(賜酒)ᄒᆞ여 즐기실ᄉᆡ, 셕양의 파조ᄒᆞ여 왕이 본부의 도라오니 냥 질과 창이 문외의 마ᄌᆞ니 공ᄌᆞ의 년이 팔셰라.

풍치 언건(偃蹇)ᄒᆞ고 신장이 셕ᄃᆡ(碩大)ᄒᆞ여 범아의 십여셰ᄂᆞᆫ 당홀 듯ᄒᆞ고, 옥안셩모(玉顔星眸)의 풍위(風威) 쇄락(灑落)ᄒᆞ여 셩시(聖時)502)의 기린(麒麟)이오. 'ᄉᆞ가(謝家)의 옥쉬(玉樹)'503)라. 냥셩(兩星) 츄파(秋波)ᄂᆞᆫ 효셩(曉星)이 무광(無光)ᄒᆞ믈 나모라고, 월익텬졍(月額天庭)504)【4】은 등원슈(鄧元帥)505)의 텬원지방(天圓地方)506)을 향ᄒᆞ엿고, 냥협(兩頰)은 두 숑이 부용(芙蓉)을 ᄭᅩᆺᄌᆞᆺᄂᆞᆫ 듯, ᄉᆞᄌᆞ쥬슌(四字朱唇)507)은 금단(金丹)508)을 년(軟)

왕이 셕양의 퇴됴ᄒᆞ여 본부의 도라오니 냥딜과 창이 문의 마ᄌᆞ니, 공ᄌᆞ의 년이 팔셰라.

풍치 언건ᄒᆞ고 신댱이 셕ᄃᆡᄒᆞ여 범아의 십여셰ᄂᆞᆫ 당ᄒᆞᆫ 둣ᄒᆞ고, 옥안셩모의【1】 풍위 쇄락ᄒᆞ여 셩시의 긔린이오, ᄉᆞ가의 보옥이라.

---

501)광녹시(光祿寺) ; 고려 시대에, 외빈(外賓)의 접대를 맡아보던 관아. 태조 초기에 둔 것으로, 문하성에서 외빈을 접대하는 일을 맡게 되면서 없어졌다.

502)셩시(聖時) : =성세(聖世). 성대(聖代). 성군(聖君)이 다스리는 세상. 또는 그 시대.

503)ᄉᆞ가옥수(謝家玉樹) : '사씨 집안의 아름답고 재주가 뛰어난 자제들'이란 말로, 여기서 사씨는 진(晉)나라 사안(謝安)이고, 옥수는 훌륭한 자제를 말한다. 사안이 여러 자제들에게 "어찌하여 사람들은 자기의 자제가 출중하기를 바라는가?" 하고 묻자, 조카 사현(謝玄)이 "이것은 마치 지란(芝蘭)과 옥수(玉樹)가 자기 집 뜰에 자라나기를 바라는 것과 같습니다."라고 한 데서 온 말이다. 『晉書 卷79 謝安傳』

504)월익텬졍(月額天庭): 달처럼 둥글고 아름다운 이마. *천정(天庭)은 관상에서 두 눈썹의 사이 또는 이마의 복판을 이르는 말.

505)등원슈(鄧元帥) : 중국 후한 광무제 때의 무장이자 정치가인 등우(鄧禹)를 말한다. 광무제(光武帝)의 즉위를 도운 공신(功臣)으로, 명제(明帝) 때 세운 공신각 운대(雲臺)의 이십팔장수상(二十八將帥像) 가운데 수위(首位)에 봉안되었다. 광무제 때 대사도(大司徒)에 임명되고 고밀후(高密侯)에 봉해졌다. 『후한서(後漢書)』 16권 〈등우전(鄧禹傳)〉 참조.

506)텬원디방(天圓地方) : 하늘은 둥글고 땅은 네모나 있다는 우주관. 출전 ≪여씨춘추전(呂氏春秋傳)≫. 여기서는 위(머리 부위)는 둥글고 아래(턱 부위)는 넓고 각(角)이 진 사각턱 형태의 얼굴모양을 말한 듯.

507)ᄉᆞᄌᆞ쥬슌(四字朱脣) : '四'자 모양의 붉은 입술.

508)금단(金丹) : 신선이 만든다고 하는 장생불사의 영약으로 단사(丹砂)처럼 진한 붉은색을 띤

히[509] 너기니, 진승상(陳丞相)[510]의 부귀지면(富貴之面)[511]과 숑홍(宋弘)[512]의 덕된 긔상을 홀노 긔특다 못홀지라.

인졍(人情) 텬니(天理)의 ᄌ식이 범범용우(凡凡庸愚)ᄒ여도 그 부모의 텬눈ᄌ익(天倫慈愛)ᄂ 범연치 아니려든, 더옥 창아의 이갓치 아름다오며 비상ᄒ미리오.

왕이 일면의 희긔 미우(眉宇)의 영농ᄒ니, 공ᄌ의 옥슈룰 잡고, 냥형을 뫼셔 닉당의 드러가니, 최·범 냥부인과 제 질뷔 다 나와 마ᄌ 녜필(禮畢)의, 그 ᄉ이 제 질녀의 장셩홈과 【5】남혼녀가(男婚女嫁)의 빵이 가족ᄒ믈 두굿기미, 친싱 ᄌ녀의 감치 아니며, 면면이 무익ᄒ기룰 마지 아니며, 최부인 싱아룰 다려오믹 왕이 바다 슬상(膝上)의 언고 보니, 영이 겨유 돌이 지나시딕 옥안미뫼(玉顔美貌) 슈려(秀麗) 호상(豪爽)ᄒ고 긔질이 비상ᄒ여, 진승상(晉丞相)[513]○[의] 여옥지모(如玉之貌)[514]와 초틱우(楚大夫)[515]의 츄슈골격(秋

인졍 텬니의 ᄌ식이 범범용우ᄒ여도 그 부모의 텬눈ᄌ익 범연치 아니려든, 더옥 창ᄋ의 이 갓치 아름다오며 비상ᄒ믈 이ᄅ리오.

왕이 일견의 희긔 미우의 영농ᄒ여 공ᄌ의 옥슈룰 잡고, 냥형을 뫼셔 닉당의 드러가니, 최·범 냥부인과 ○○○○[녜필의], 졔딜녀의 장셩홈과 남혼녀가의 빵이 가족ᄒ믈 두굿거[기]○[미], 친싱 ᄌ녀의 감치 아니며, 최부인 싱아를 다려오믹, 왕이 바다 슬상의 언고 보니, 영이 겨유 돌시 지나시나 옥안미【2】뫼 슈려ᄒ고 긔딜이 비상ᄒ여 진승상의 여옥지모와 쵸틱우의 츄슈골격이 아오라시며, 텬디졍믹의 슈츌ᄒ미 결비범인이라. 싱지긔년의 임의 거룸이 쌕ᄅ고 어음이 낭낭ᄒ여 능히 야량을 호ᄒ고 형미룰 브ᄅᄂ지라.

다고 한다. =선단.

509)연(軟)ᄒ다 : 빛깔이 짙지 않고 옅다.

510)진승상(陳丞相) : 중국 한나라 정치가 진평(陳平; ? - BC178). 가난한 집에서 태어났으나 용모가 뛰어나고 독서를 좋아하였다. 처음 초나라의 항우(項羽)를 섬기다가, 뒤에 한고조(漢高祖) 유방(劉邦)을 섬겼는데 '여섯 번 기발한 꾀를 내'(六出奇計) 천하 통일을 이루었다. 여태후(呂太后)가 죽은 뒤 주발(周勃)과 힘을 합하여 여씨 일족의 반란을 평정하였다.

511)부귀지면(富貴之面) : 부귀를 누릴 관상.

512)송홍(宋弘) : 중국 후한(後漢) 광무제(光武帝) 때 사람. 『후한서(後漢書)』<송홍전>에 그가 광무제에게 한 말 곧, "가난할 때 친하였던 친구는 잊어서는 안 되고(貧賤之交不可忘), 지게미와 쌀겨를 먹으며 고생한 아내는 집에서 내보내서는 안 된다(糟糠之妻不下堂)"는 말이 널리 전해지고 있다.

513)진승상(晉丞相) : 중국 서진(西晉)의 미남자 반악(潘岳). 자는 안인(安仁). 승상을 지냈고 미남자의 대명사로 쓰인다.

514)여옥지모(如玉之貌) : 관(冠)의 앞을 꾸미는 관옥(冠玉)처럼 아름다운 용모를 이르는 말.

515)초틱우(楚大夫) : 중국 전국시대 초나라 대부(大夫) 송옥(宋玉). BC290-227. 중국의 대표적인 미남자의 한 사람이며, 사부(辭賦)를 잘하여 <구변(九辯)>, <초혼(招魂)>, <고당부(高唐賦)> 등의 작품을 남겼다. 굴원(屈原)과 함께 굴송(屈宋)으로 불렸으며 난대령(蘭臺令)을 지

水骨格)[516]이 아오라시며, 텬디졍믹(天地精脈)의 슈츌(秀出)ᄒᆞᆫ 졍홰(精華) 결비범인(決非凡人)이라. ᄉᆡᆼ지긔년(生之朞年)의 임의 거롬이 ᄲᆞᄅᆞ고, 어음(語音)이 낭낭ᄒᆞ여 능히 야량(爺郞)[517]을 호(呼)ᄒᆞ고 형미(兄妹)ᄅᆞᆯ 브ᄅᆞᄂᆞᆫ지라.

왕이 연망이 슬상(膝上)의 언고 ᄐᆡᄉᆞ와 부인긔 치하 왈,

"금【6】일 질아의 츌세ᄒᆞ믈 보오니 형장의 놉흔 복을 가히 아올 거시오. 존슈(尊嫂)의 슉덕혜화(淑德惠和)ᄅᆞᆯ 텬의 복우(福佑) ᄒᆞ시믈 알니로쇼이다. ᄎᆞ이 긔질이 비상ᄒᆞ고 골격이 비범ᄒᆞ여 창아의 바랄 ᄇᆡ 아니로쇼이다. ᄎᆞᄋᆡ 가히 문호(門戶)ᄅᆞᆯ 영창(榮昌) ᄒᆞ고 조션을 현달(顯達) ᄒᆞ올지라. 복원(伏願) 형장은 창아의 무용(無用)ᄒᆞ믈 ᄉᆡᆼ각ᄒᆞ샤 쇼뎨ᄅᆞᆯ 도로 쥬시면[어], 쇼뎨와 당시 만니이국(萬里離國)을 즈음ᄒᆞ여[518], 쵹원(囑願)[519]의 ᄋᆡ[520]ᄅᆞᆯ 망ᄌᆞ산(亡子山)[521]의 살오ᄂᆞᆫ 탄(歎)을 업게 ᄒᆞ시믈 바라ᄂᆞ이다."

언미필(言未畢)의 ᄐᆡᄉᆡ 작ᄉᆡᆨ 왈,

"창아ᄂᆞᆫ 오문의 즁탁(重託)이라. ᄉᆡᆼ지 삼칠일이 겨【7】유 지난 후, 우형(愚兄)이 계후(繼後) ᄒᆞ여 슉질의 졍을 ᄡᅵ 부ᄌᆞ의 친을 ᄆᆡᄌᆞ니, 임의 조션(祖先)의 고ᄒᆞ고 문묘(文廟)의 비알ᄒᆞ고 종족의 알외여, ᄃᆡᄉᆡ(大事) 명졍언슌(名正言順) ᄒᆞ미 미쳣거ᄂᆞᆯ, 이제 현뎨 니런 괴이ᄒᆞᆫ 말을 ᄒᆞᄂᆞ뇨? 이 말을 두 번 니ᄅᆞᆫ즉 우형이 당당이 영아ᄅᆞᆯ 가즁의 업시ᄒᆞ여 할단ᄌᆞᄋᆡ(割斷慈愛) ᄒᆞ여 아의 념녀ᄅᆞᆯ 끈코, 그러치 아닌즉 우형이 ᄐᆡᄇᆡᆨ(泰伯) 우즁(虞仲)의

낸기 때문에 난대공자(蘭臺公子)로 불리기도 했다.

516)츄슈골격(秋水骨格) : 가을 물처럼 맑고 깨끗한 몸.

517)야랑(爺郞) : 아버지.

518)즈음ᄒᆞ다 : 사이에 두다. 격(隔)하다. 가로막다.

519)쵹원(囑願) : 소원이나 요구를 들어주기를 부탁하고 원함

520)ᄋᆡ : 초조한 마음속.

521)망ᄌᆞ산(望子山) : 집 가까이에 있는 동산 따위의 어버이가 집나간 자식이 돌아오기를 기다리는 산.

왕이 연망이 슬상의 언고 ᄐᆡᄉᆞ와 부인긔 치하 왈,

"금일 딜아의 《됴체∥됴셰》ᄒᆞ믈 보오니, 형댱의 놉흔 복을 가히 아올 거시오, 존슈의 슉덕혜화를 텬의 복우ᄒᆞ시믈 알니로쇼이다. ᄎᆞ아의 긔딜이 비상ᄒᆞ고 상격이 비상ᄒᆞ여 창아의 바랄 ᄇᆡ 아니로쇼이다. ᄎᆞᄋᆞ 가히 문【3】호를 영창ᄒᆞ리니, 복원 형댱은 창ᄋᆞ의 무용ᄒᆞ믈 ᄉᆡᆼ각ᄒᆞᄉᆞ 쇼제를 도로 주시면 쇼제와 댱시 만니 이국을 즈음ᄒᆞ여 툑원의 ᄋᆡ롤 망ᄌᆞ산의 살오ᄂᆞᆫ 탄이 업ᄉᆞᆯ가 ᄒᆞᄂᆞ이다."

태ᄉᆡ 텽파의 정ᄉᆡᆨ 왈,

"창아ᄂᆞᆫ 나의 듕ᄒᆞᆫ ᄋᆞ히라. ᄉᆡᆼ지 삼칠의 츌계ᄒᆞ여 우형이 슉딜의 졍을 ᄲᅧ 부ᄌᆞ의 친을 ᄆᆡᄌᆞ니, 임의 조션의 고ᄒᆞ고 종뇩의 알뇌여 ᄃᆡᄉᆡ 명졍언슌ᄒᆞ미 미쳣거ᄂᆞᆯ, 이제 현뎨 이런 고이ᄒᆞᆫ 말을 ᄒᆞ나뇨? 이 말을 두 번 니를[른]즉, 우형이 당당이 영ᄋᆞ를 가듕의 업시ᄒᆞ여 할단ᄌᆞᄋᆡᄒᆞ여 아의 념녀ᄅᆞᆯ 끈코, 그러치【4】 아닌즉, 우형이 ᄐᆡᄇᆡᆨ우듕의 단발문신ᄒᆞ여 형양의 도라가 어진 제질로 종통을 밧드러 션세를 현양ᄒᆞ던 고ᄉᆞᄅᆞᆯ 효측ᄒᆞ리라."

단발문신(斷髮文身)[522]ᄒᆞ여 형양(衡陽)의 도라가, 어진 졔질(弟姪)[523]노 종통(宗統)을 밧드러 션셰를 현양(顯揚)ᄒᆞ던 고ᄉᆞ(故事)를 효측ᄒᆞ리라."

셜파의 말숨이 쥰졀ᄒᆞ고 ᄀᆡ식이 동텬한상(冬天寒霜) 갓【8】흐니, 왕이 쳥파의 숑연 황괴ᄒᆞ여 연망이 면관쳥죄(免冠請罪) 왈,

"쇼뎨 불민ᄒᆞ여 형장 셩의를 모로미 아니로ᄃᆡ 질아의 아롬다온 ᄀᆡ질을 보오ᄆᆡ, 족히 형장 뒤흘 니어 조션향ᄉᆞ(祖先享祀)를 빗ᄂᆡ올가 환심ᄒᆞ오므로, 우연이 직언(直言)의 발ᄒᆞ오미러니, 형장이 여ᄎᆞ 발노(發怒)ᄒᆞ시니, 쇼뎨 효위(孝友) 쳔박ᄒᆞ믈 붓그리옵ᄂᆞ니 엇지 두 번 그ᄅᆞ미 이시리잇가? 복원 형장은 블초뎨(不肖弟)의 실언ᄒᆞᆫ 죄를 명졍기죄(明正其罪)ᄒᆞ시고, 춤아 듯지못ᄒᆞᆯ 말숨을 마ᄅᆞ시미 ᄒᆡᆼ심(幸甚)이로쇼이다."

인ᄒᆞ여 쳥죄ᄒᆞ믈 마지 아니ᄒᆞ니, ᄐᆡ【9】ᄉᆡ 비록 아이나 몸의 왕작(王爵)이 잇고 지위 존즁커ᄂᆞᆯ, ᄌᆞᄀᆡ 한 말의 져갓치 황황(惶惶) ᄃᆡ죄(待罪)ᄒᆞ믈 보니 쏘ᄒᆞᆫ 불안ᄒᆞᆫ지라. 이의 ᄉᆞ식(辭色)을 화(和)히 ᄒᆞ고 친히 관을 머리의 언고, 평신ᄒᆞ믈 닐으고 왈,

"현뎨와 현싊(賢嫂) 창아를 그리ᄂᆞᆫ 탄(歎) 망ᄌᆞ산(望子山) 구롬을 늣기ᄂᆞᆫ 한이 인졍상니(人情常理)나, 임의 명졍언슌이 졍ᄒᆞ여 다시 곳칠 ᄇᆡ 아니오, 영ᄋᆡ 비록 아롬다오나 엇지 창아를 바라리오. 현뎨ᄂᆞᆫ 창아로뼈 다시 뉴렴치 말나."

왕이 텽파의 숑연 황괴ᄒᆞ여 면관쳥죄 왈,

"쇼뎨 불민ᄒᆞ여 형댱셩우를 모ᄅᆞ미 아니로ᄃᆡ 딜ᄋᆞ의 아롬다온 ᄀᆡ딜을 보오ᄆᆡ 족히 형댱 뒤흘 니어 조션향ᄉᆞ를 빗ᄂᆡ올가 환심ᄒᆞ오므로 위연이 직언을 발ᄒᆞ오미러니, 형댱이 여ᄎᆞ 발노ᄒᆞ시니 쇼뎨 효위 쳔박ᄒᆞ믈 붓그려[리]옵ᄂᆞ니 엇디 두 번 그ᄅᆞ미 잇시리잇고?"

인ᄒᆞ여 쳥죄ᄒᆞ믈 마디 아니니, ᄐᆡᄉᆡ【5】 이에 ᄉᆞ식을 화히 ᄒᆞ고 왈,

"현뎨와 현쉬 창ᄋᆞ를 그리ᄂᆞᆫ 탄이 망ᄌᆞ산 구롬을 늣기ᄂᆞᆫ 한이 인졍상니나 임의 명졍언슌이 졍ᄒᆞ여 다시 《그칠∥고칠》 ᄇᆡ 아니오, 영ᄋᆡ 비록 아롬다오나 엇디 창ᄋᆞ를 바라리오. 현뎨ᄂᆞᆫ 창아를 뉴련치 말나."

---

522)ᄐᆡᄇᆡᆨ(泰伯) 우즁(虞仲)의 단발문신(斷髮文身) : 중국 주(周)나라 태왕(太王) 고공단보(古公亶父)의 두 아들 태백(泰伯)과 우중(虞仲: 중옹仲雍이라고도 한다)이 부왕(父王)이 셋째 아우인 계력(季歷; 문왕의 아버지)에게 왕위를 물려주고자 하는 뜻이 있음을 알고, 형제가 함께 머리를 깎고 몸에 문신(文身)을 하여 왕위를 사양하고 형양(衡陽)으로 옮겨 은거함으로써, 셋째인 계력(季歷)이 왕위를 계승케 하여, 그 아들 창(昌: 후에 文王에 오른다)에게 왕위가 이어지도록 했던 고사(故事)를 말한다. 뒤에 태백은 형만족(荊蠻族)의 추대를 받아 오(吳)나라 왕(王)이 되었다.

523)졔질(弟姪) : 동생의 아들. 여기서는 동생 계력(季歷)의 아들 문왕(文王: 이름 昌)을 말함.

최부인이 왕이 영아ᄅᆞᆯ 기리며 창아ᄅᆞᆯ 도로 다려 가려ᄒᆞ믈 보ᄆᆡ ᄂᆡ심의 쾌활ᄒᆞ더니, ᄐᆡᄉᆞ【10】의 엄쥰ᄒᆞᆫ 말ᄉᆞᆷ이 창아로ᄡᅧ 종장(宗長)의 즁ᄒᆞᆷ과 ᄉᆞ묘(社廟)의 고ᄒᆞ믈 듯고, 영아ᄂᆞᆫ 무용으로 밀위믈 보니, ᄃᆡ로절치(大怒切齒)ᄒᆞ나 본ᄃᆡ 구밀복검(口蜜腹劍)[524]의 포장화심(包藏禍心)[525]이라. 안ᄉᆡᆨ(顔色)을 화(和)히 ᄒᆞ고 왕의 심ᄉᆞᄅᆞᆯ 위로ᄒᆞ며 창아의 셩효ᄃᆡ절(誠孝大節)이 존문(尊門)의 복경(福慶)이 늉늉(隆隆)ᄒᆞᆯ 바ᄅᆞᆯ 일ᄏᆞ라, 타인(他人)의 냥안(兩眼)을 가리오니, 왕이 그 ᄂᆡ외 가ᄌᆞᆨ지 아니믈 심하의 ᄀᆡ탄ᄒᆞ고, 맛ᄎᆞᆷᄂᆡ 아ᄌᆞ의 오명지탄(汚名之嘆)을 면치 못ᄒᆞᆯ 쥴 짐작ᄒᆞ더라.

왕이 드ᄃᆡ여 야심ᄒᆞᄆᆡ 냥형 제질과 아ᄌᆞ로 더부러 서헌(書軒)의 나와 헐슉(歇宿)ᄒᆞᆯᄉᆡ, 형뎨 삼【11】인이 광금장침(廣衾長枕)의 즐기믈 다ᄒᆞ고, 창을 품 가온ᄃᆡ 녀허 부ᄌᆞ의 유유ᄒᆞᆫ 졍이 상하치 아니터라. 한셜(閑說)이 종용ᄒᆞᄆᆡ 밋ᄎᆞ니 ᄐᆡᄉᆡ 믄득 니로ᄃᆡ,

"셰상의 긔이ᄒᆞᆫ 일도 잇더라. 평진왕 윤청문이 그 아들을 강보(襁褓)의 일허 십삼년의 종적을 ᄎᆞᆺ지 못ᄒᆞ엿더니, 시임(時任) 니부상서(吏部尙書) 쇼문환이 어더 길넛더니, 윤ᄌᆡ 십셰의 쥬류ᄉᆞ히(周遊四海)[526]ᄒᆞ여 삼년을 텬하의 뉴락ᄒᆞ다가, 모월일의 경ᄉᆞ(京師)의 도라와 텬뉸(天倫)을 합하고, 즉시 쇼문환이 녀셰(女婿)되고, 금츈 셩과(聖科)ᄅᆞᆯ 응ᄒᆞ여 계화 뎨일지(第一枝)ᄅᆞᆯ ᄭᅥᆺ거 작위 청【12】현(淸顯) 옥당(玉堂)의 잇시니, 윤ᄌᆡ 사ᄅᆞᆷ되오미 별노 타인의 지나, 풍신ᄌᆡ화(風神才華) 그 부슉여풍(父叔餘風)을 니어 금슈즁(禽獸中) 기린(麒麟)이오, 오작즁(烏鵲中) 봉황(鳳凰)이라. 윤청문이 가히 아들을 두엇다 ᄒᆞᆯ너라."

왕이 청파의 ᄃᆡ경ᄃᆡ희(大驚大喜)ᄒᆞ여 문왈,

524)구밀복검(口蜜腹劍) : 입에는 꿀이 있고 배 속에는 칼이 있다는 뜻으로, 말로는 친한 척 하나 속으로는 해칠 생각이 있음을 이르는 말.

525)포장화심(包藏禍心) : 화(禍)를 일으킬 마음을 품음

526)쥬류ᄉᆞ히(周遊四海) : 온 세상을 두루 돌아다님.

최부인이 왕이 영ᄋᆞ를 기리며 창ᄋᆞ를 도로 다려가려 ᄒᆞ믈 보ᄆᆡ ᄂᆡ심의 쾌활ᄒᆞ더니, ᄐᆡᄉᆞ의 엄쥰ᄒᆞᆫ 말ᄉᆞᆷ이 창ᄋᆞ로ᄡᅧ 종장의 듕ᄒᆞᆷ과 ᄉᆞ묘의 고ᄒᆞ믈 듯고, 영ᄋᆞᄂᆞᆫ 무용으로 밀위믈 보니, ᄃᆡ로절치ᄒᆞ나 본ᄃᆡ 구밀복검의 표[포]장화심이라.【6】 안ᄉᆡᆨ을 화히 ᄒᆞ고 왕의 심ᄉᆞᄅᆞᆯ 위로ᄒᆞ며 창ᄋᆞ의 셩효ᄃᆡ질[절]이 존문의 복경이 늉늉ᄒᆞᆯ 바를 일ᄏᆞ라 타인의 눈을 ᄀᆞ리오니 왕이 그 ᄂᆡ외 ᄀᆞᄌᆞᆨ디 아니믈 심하의 ᄀᆡ탄ᄒᆞ고, 맛ᄎᆞᆷᄂᆡ 아ᄌᆞ의 오명지셤[탄]을 면치 못ᄒᆞᆯ 줄 짐작ᄒᆞ더라.

왕이 드ᄃᆡ여 야심ᄒᆞᄆᆡ 냥형 제딜과 ᄋᆞᄌᆞ로 더부러 서헌의 나와 헐슉ᄒᆞᆯᄉᆡ 형뎨 삼인이 광금댱침의 즐기믈 다ᄒᆞ고, 창을 픔 가온ᄃᆡ 너허 부ᄌᆞ의 유유ᄒᆞᆫ 졍이 상하치 아니터라. 한셜이 조용ᄒᆞᄆᆡ, ᄐᆡᄉᆡ 믄득 닐오ᄃᆡ,

"셰상의 긔특ᄒᆞᆫ 일도 잇더라.【7】 평진왕 윤청문이 그 아들을 강보의 일허 십삼년의 종적을 ᄎᆞᆺ디 못ᄒᆞ엿더니, 시임 니부상서 쇼문환이 어더 길넛더니, 윤ᄌᆡ 십셰의 쥬류ᄉᆞ히ᄒᆞ여 삼년을 텬하의 뉴락ᄒᆞ다가, 모월일의 경ᄉᆞ의 도라와 텬뉸을 단합하고, 즉시 쇼문환의 녀셰 되고, 계슈 제일지를 ᄭᅥᆨ거 작위 청현 옥당의 잇시니, 윤ᄌᆡ ᄉᆞᄅᆞᆷ되오미 별유타인ᄒᆞ여 풍신ᄌᆡ화 그 부슉여풍○[을] 이여[어] 금슈 듕 긔린이라. 윤청문○[이] 가히 아들을 두엇다 ᄒᆞᆯ너라."

왕이 청파의 ᄃᆡ경ᄃᆡ희ᄒᆞ여 문왈,【8】

"윤지 강보의 실니홀 적 무슨 표적으로 찻다 ᄒᆞ더니잇고?"
틱ᄉᆞ와 츄밀 왈,
"윤셩닌이 강보의 실니ᄒᆞ여 셩명도 모로니 만일 슈비(手臂)의 '셩신(星神)' 두 자(字)와 옥인지문(玉鱗之紋)[527]이 업ᄉᆞ면 엇지 그 부모롤 ᄎᆞᄌᆞ시리오."
왕이 쳥파의 의심 업순 동오(東吳)의 뉴락ᄒᆞ엿던 무셩명(無姓名) 쇼아(小兒)로 녀아(女兒)의 텬연(天緣)【13】을 점복(占卜)ᄒᆞ엿던 지라. 바야흐로 젹뇽(赤龍)을 만나 구술을 어든 ᄉᆞ연으로븟터, 몽즁(夢中) 신인(神人)이 가ᄅᆞ치믈 인ᄒᆞ여 녀아의 혼ᄉᆞ롤 뉴락ᄒᆞᆫ 무셩명 슈ᄌᆞ(竪子)의게 허락ᄒᆞᆫ 즁을 니ᄅᆞ고, 기시(其時) 그 슈비(手臂)의 그런 표적이 잇고, 비록 셩명은 아지 못ᄒᆞ나, 쇼니부의 어더 기론 바로 쇼시의[와] 언약이 잇노라 ᄒᆞ던 거시므로뼈, 녀아의 혼ᄉᆞᄂᆞᆫ 그 지취(再娶)로 언약ᄒᆞ고, 치쥬(彩珠)의 ᄌᆞ웅(雌雄)으로뼈 ○○○[신물(信物)] ᄊᆡ치믈 고ᄒᆞ니, 틱ᄉᆞ와 츄밀이 쳥파의 쏘ᄒᆞᆫ 신긔ᄒᆞ믈 일ᄏᆞᆮ고, 왕이 이 밤이 어셔 시기롤 기다려 명일의 ᄉᆞᄉᆞ로 ᄎᆞᆺ고ᄌᆞ【14】ᄒᆞ더니, 이러틋 한담ᄒᆞ미 밤이 진ᄒᆞᄂᆞᆫ 즁 ᄭᆡ닷지 못ᄒᆞ여 원촌(遠村)의 계셩(雞聲)이 악악ᄒᆞ고 종괴(鐘鼓) 뇌동(雷動)ᄒᆞ니, 제인이 야심ᄒᆞ믈 ᄭᆡ다라 잠간 졉목(接目)ᄒᆞ다가, 명효(明曉)의 형뎨 삼인이 ᄌᆞ질을 거ᄂᆞ려 금관피옥(金冠佩玉)으로 위의롤 갓초와 예궐슉ᄉᆞ(詣闕肅謝)ᄒᆞ고, 퇴조ᄒᆞ여 부즁(府中)의 도라와 왕이 ᄉᆞᄉᆞ로 조반(朝飯)을 파ᄒᆞ고, 위의롤 진궁으로 두로혀고져 ᄒᆞ더니, 아이(俄而)오[528] 혼지(閽者) 고왈,
"진국군 노야(老爺) 윤한님 노야로 더부러 니ᄅᆞ러 계시이다."
틱ᄉᆞ 삼곤계 진왕 부지 니ᄅᆞ러시믈 듯고, ᄲᆞᆯ니 의관(衣冠)을 졍제(整齊)ᄒᆞ고 왕의【15】 부ᄌᆞ롤 마ᄌᆞᆯ시, 빈쥐 은근 겸양ᄒᆞ여 녜필 좌졍ᄒᆞ미, 오왕이 몬져 말ᄉᆞᆷ을 펴 왈,
"복이 비록 딕왕으로 더부러 셰교(世交)의

527)옥닌지문(玉鱗之紋) : 옥빛 비늘무늬.
528)아이(俄而)오 : '얼마 있다가', '이윽고'의 뜻

"윤지 강보의 실니홀 적 무슨 표적으로 찻다 ᄒᆞ더니잇고?"
틱시 왈,
"윤셩닌이 강보의 실니ᄒᆞ여 셩명도 모로니 만일 슈비○[의] '셩신' 두자와 옥인지문이 업ᄉᆞ면 엇디 그 부모를 ᄎᆞᄌᆞ리오."

왕이 쳥파의 의심 업순 동오의 뉴락ᄒᆞ엿든 무셩명 소아라. 바냐[야]흐로 졍[젹]뇽○[을] 만나 구술 엇든 ᄉᆞ연으로부터 몽듕 신인이 가르치믈 인ᄒᆞ여 녀아의 혼ᄉᆞ를 뉴락ᄒᆞᄂᆞᆫ 무셩명 소ᄌᆞ의게 허락ᄒᆞᆫ 줄과 그시 그 슈비의 표적이 잇고, 소니부의 어더 《그른‖기른》 바로 쇼시의 언약이 잇로[노]라 ᄒᆞ기○[로], 녀ᄋᆞ의 혼ᄉᆞ【9】ᄂᆞᆫ 그 지취로 언약ᄒᆞ고, 치쥬의 ᄌᆞ웅으로뼈 신물 ᄊᆡ치믈 고ᄒᆞ니, 틱ᄉᆞ와 츄밀이 문파의 쏘ᄒᆞᆫ 신긔ᄒᆞ믈 일ᄏᆞᆮ고, 왕이 이 밤이 어셔 시기를 기ᄃᆞ려 명일 ᄉᆞᄉᆞ로 ᄎᆞᆺ고져 ᄒᆞ더라. 이 밤을 디ᄂᆡ고 명효의 형뎨 삼인이 ᄌᆞ딜○[을] 거ᄂᆞ려 관소ᄒᆞ고, 위의을 ᄀᆞᆺ초와 예궐슉ᄉᆞᄒᆞ고 퇴됴ᄒᆞ야 부듕의 도라와, 왕이 됴반을 파ᄒᆞ고 위의를 딘궁으로 도로혀고져 ᄒᆞ더니, 혼지 보왈,

"진국군 노애 윤한님 노야로 더브러 니ᄅᆞ러 겨시이다."
틱ᄉᆞ 삼곤계 딘왕 부ᄌᆞ 니ᄅᆞ러시믈 듯고, ᄲᆞᆯ니 의관을 졍제ᄒᆞ고 왕의 부ᄌᆞ를 마ᄌᆞ 빈쥐 겸양【10】ᄒᆞ여 녜필 좌졍ᄒᆞ미 오왕이 몬져 말ᄉᆞᆷ을 펴 왈,
"복이 비록 딕왕으로 더브러 셰교의 친이 업고 듁마의 ᄉᆞ괴미 업ᄉᆞ오나, 본ᄃᆡ 동됴의 ᄉᆞ환ᄒᆞ던 비라. 일족 딕왕의 셩덕광휘ᄂᆞᆫ 우

친이 업고 쥭마(竹馬)의 ᄉᆞ괴미 업ᄉᆞ나, 본ᄃᆡ 동조(同朝)의 ᄉᆞ환(仕宦)ᄒᆞ던 ᄇᆡ라. 일즉 ᄃᆡ왕의 셩덕(盛德) 광휘(光諱)[529]ᄂᆞᆫ 우러러 심복(心服)ᄒᆞ연지 오린지라. 졍히 귀궁(貴宮)으로 나아가 놉흔 교회(敎誨)ᄅᆞᆯ 듯잡고ᄌᆞ ᄒᆞ더니, ᄃᆡ왕이 몬져 왕굴관ᄀᆡ(枉屈冠蓋)[530]ᄒᆞ샤 복(僕)을 ᄎᆞᄌᆞ시니, 족히 평ᄉᆡᆼ ᄉᆞ모ᄒᆞ던 회포ᄅᆞᆯ 위로ᄒᆞ리로쇼이다."

진왕이 문파(聞罷)의 념슈샤ᄉᆞ(斂手辭謝)[531] 왈,

"복(僕)이 ᄯᅩᄒᆞᆫ ᄃᆡ왕의 셩(盛)ᄒᆞᆫ 덕화ᄅᆞᆯ 심복ᄒᆞ미 【16】오ᄅᆡ더니, 작년의 돈ᄋᆡ(豚兒) 텬뉸을 실셔(失緖)ᄒᆞ고 ᄒᆡ외의 뉴락ᄒᆞ여, 남황ᄀᆡᆨ녀(南荒客旅)[532]의 젹상(積傷)ᄒᆞᆫ 병이 발ᄒᆞ여, 장ᄎᆞᆺ 만니타국의 업더진 시체 되기ᄅᆞᆯ 면치 못ᄒᆞᆯ 거시어ᄂᆞᆯ, ᄃᆡ왕의 늉은 혜턱(隆恩惠澤)을 닙ᄉᆞ와 구ᄉᆡᆼ(求生)ᄒᆞ믈 엇고, ᄯᅩ 여러 가지 은턱을 드리오미 잇다 ᄒᆞ오니, 이ᄂᆞᆫ ᄉᆞ골부육지은(死骨復育之恩)[533]이니, 은심하ᄒᆡ(恩深河海)오, 덕여턱산(德如泰山)이라. 복의 부ᄌᆡ ᄃᆡ왕의 활은ᄃᆡ혜(濶恩大惠)ᄅᆞᆯ ᄉᆡᆼᄂᆡ의 다 못갑ᄉᆞ올가 ᄒᆞ거ᄂᆞᆯ, 엇지 편히 안ᄌᆞ셔 은인의 귀ᄀᆡ(貴駕) 누쳐(陋處)의 님ᄒᆞ시믈 보리잇고?"

언파의 한님이 ᄯᅩᄒᆞᆫ 좌ᄅᆞᆯ 써나 【17】공슈(拱手)ᄒᆞ고 왕을 ᄃᆡᄒᆞ여 거년 은혜와 덕을 일ᄏᆞᆺ기ᄅᆞᆯ 마지 아니ᄒᆞ니, 오왕이 염슈칭ᄉᆞ(斂手稱謝)ᄒᆞ여, 진왕의 말ᄉᆞᆷ을 불감당(不堪當)이라 ᄒᆞ고, 츄파(秋波)ᄅᆞᆯ 드러 한님을 보니, 오ᄉᆞᄌᆞ포(烏紗紫袍)[534] 아ᄅᆡ 옥안영풍(玉

529)광휘(光諱) : 빛나고 높은 이름. *휘(諱): 높은 사람 또는 죽은 사람의 이름.

530)왕굴관ᄀᆡ(枉屈冠蓋) : 높고 귀한 사람이 스스로를 낮춰 자기 있는 곳으로 찾아옴을, 높여 이르는 말. *관개(冠蓋): 높은 벼슬아치가 타고 다니던 수레. 말 네 필에 멍에를 매어 끌게 했다.

531)념슈샤ᄉᆞ(斂手謝辭) : 두 손을 마주 잡고 공손히 사양함.

532)남황ᄀᆡᆨ녀(南荒客旅) : 남쪽의 미개하고 거친 객지에 머묾.

533)ᄉᆞ골부육지은(死骨復肉之恩) ; 죽은 것이나 다름없는 몸을 다시 살려 준 은혜. *부육(復肉): 다시 살이 돋아남.

러러 심복ᄒᆞ미 오린지라. 졍히 귀궁으로《ᄆᆡ암아‖나아가》놉흔 교회를 듯ᄌᆞᆸ고져 ᄒᆞ더니, ᄃᆡ왕이 몬져 좌굴관ᄀᆡᄒᆞ샤 복을 ᄎᆞᄌᆞ시니, ᄌᆞᆨ히 평ᄉᆡᆼ ᄉᆞ모ᄒᆞ던 회포를 위로ᄒᆞ리로소이다."

딘왕이 문파의 념슈샤ᄉᆞᄒᆞ여 왈,

"복이 ᄯᅩᄒᆞᆫ ᄃᆡ왕의 셩ᄒᆞᆫ 덕화ᄅᆞᆯ 심복ᄒᆞ미 오ᄅᆡ더니, 작년의 돈ᄋᆡ 텬뉸을 실셔ᄒᆞ고 ᄒᆡ외의 뉴락ᄒᆞ야【11】, 남황 ᄀᆡᆨ녀의 젹상ᄒᆞᆫ 병이 발ᄒᆞ여 장ᄎᆞ 만니타국의 업더진 시쳬 되기를 면치 못ᄒᆞᆯ 거시어ᄂᆞᆯ, ᄃᆡ왕의 늉은혜턱을 닙ᄉᆞ와 구ᄉᆡᆼᄒᆞ믈 엇고, ᄯᅩ 여러 가지 은턱을 드리오미 잇다 ᄒᆞ오니, 이ᄂᆞᆫ ᄉᆞ골부육지은이○[니], 은심하ᄒᆡ오, 덕여ᄐᆡ산이라. 복의 부ᄌᆡ ᄃᆡ왕의 활은ᄃᆡ혜를 ᄉᆡᆼᄂᆡ의 다 못 갑ᄉᆞ올가 ᄒᆞ거ᄂᆞᆯ, 엇디 편히 안ᄌᆞ셔 은인의 귀ᄀᆡ 누쳐의 님ᄒᆞ시믈 보리잇고?"

언파의 한님이 ᄯᅩᄒᆞᆫ 좌를 써나 공슈ᄒᆞ고 거년 은덕을 일ᄏᆞᆺ기를 마디아니니, 오왕이 념슈칭ᄉᆞᄒᆞ여 딘왕의 말ᄉᆞᆷ을 블감당이라【12】 ᄒᆞ고, 츄파를 드러 한님을 보니, 오ᄉᆞᄌᆞ포 아ᄅᆡ 옥안영풍이 더옥 ᄉᆡ롭고,

顔英風)이 더옥 싀롭고, 쥬년지닉(周年之內)[535]의 신奇훈 체모(體貌)와 언건(偃蹇)훈 신장이 늠늠발쵀(凜凜拔萃)[536]ᄒᆞ여 당뎨(唐帝)의 텬일지표(天日之表)와 한뎨(漢帝)[537]의 늉쥰일각(隆準日角)[538]이며 틱산암암지풍(泰山岩岩之風)[539]과 두ᄉᆞ인(杜舍人)[540]의 투귤지풍(投橘之風)이며 진승상(陳丞相)의 부귀지면(富貴之面)[541]을 아오라, 텬디의 한업ᄉᆞᆫ 조화(造化)와 강하(江河)의 그음업ᄉᆞᆫ 졍믹(精脈)을 거두어 강셰(降世)훈 비니, 임의【18】도덕(道德)은 공안(孔顔)[542]의 후셕(後席)을 니엇고, 텬싱효의(天生孝義)는 증왕(曾王)[543]의

534)오ᄉᆞᄌᆞ포(紫袍烏紗) : 오사모(烏紗帽)와 자포(紫袍)를 함께 이른 말. '오사모'는 관복을 입을 때 머리에 쓰던 검은 사(紗)로 만든 모자를 말하고, '자포'는 조선시대 관원들이 관복을 입을 때 입던 자색(紫色) 도포를 말한다.

535)쥬년지닉(周年之內) : 1년 사이. *주년(周年): 일 년을 단위로 돌아오는 돌을 세는 단위.

536)늠늠발쵀(凜凜拔萃) : 생김새나 태도가 의젓하고 당당하며 무리 가운데서 특출하게 빼어남

537)한뎨(漢帝) : 한고조(漢高祖). 중국 한(漢)나라 제1대 황제(B.C.247~B.C.195). 성은 유(劉) 이름은 방(邦). 자는 계(季). 시호는 고황제(高皇帝). 고조는 묘호. 진시황이 죽은 다음해 항우와 합세하여 진(秦)나라를 멸망시켰다. 그 뒤 해하(垓下)의 싸움에서 항우를 대파하여 중국을 통일하고 제위에 올랐다. 재위 기간은 기원전 206~기원전 195년이다.

538)늉쥰일각(隆準日角) : '우뚝한 코'와 '이마 한가운데 불거져 있는 뼈'라는 말로, 관상에서 '귀인의 상'을 이른다. *융준(隆準): 우뚝한 코. =융비(隆鼻). *일각(日角): 관상에서, 이마 한가운데 뼈가 불거져 있는 것을 말하는데, 귀인의 상(相)이라 한다.

539)틱산암암지풍(泰山巖巖之風) : 태산의 높고 위엄 있는 풍채.

540)두ᄉᆞ인(杜舍人) : 중국 만당(晩唐)때 시인 두목지(杜牧之). 이름은 두목(杜牧). 중서사인(中書舍人)에 올랐고, 중국의 대표적 미남자로 꼽힌다.

541)투귤지풍(投橘之風) : 투귤(投橘)은 귤을 던진다는 뜻으로, 예전에 두목지는 용모가 준수하고 글을 잘 지어 부녀자들 사이에 인기가 대단했는데, 그가 거리에 나서면 부녀자들이 앞을 다투어 귤을 던져 그의 관심을 끌고자 했다 한다. 투귤지풍이란 이처럼 여자들이 귤을 던질 정도로 아름다운 남자의 풍채를 비유적으로 이르는 말이다.

542)공안(孔顔) : 공자(孔子)와 안자(顔子)를 함께 이르는 말.

슈년디닉의 신듕훈 체모와 언건훈 신장이 늠늠 발취ᄒᆞ야,

넉넉ᄒᆞᆫ지라.

ᄌᆞ연ᄒᆞᆫ 도덕이 군ᄌᆞ의 빈빈(彬彬)ᄒᆞ고 ᄃᆡ유(大儒)의 흡흡(洽洽)ᄒᆞᆫ지라. 작년 서로 볼 젹은 편발슈ᄌᆞ(編髮竪子)[544]로 발섭도로(跋涉道路)[545]의 형용이 고고(孤苦)ᄒᆞ고 슈원(愁怨)이 만단(萬端)이나 ᄒᆞ여, 쳔만 고ᄒᆡ즁(苦海中) 보와시나, 오히려 그 셩명덕질을 아라 동상(東床)의 결승(結繩)ᄒᆞ기를 졍ᄒᆞ엿거ᄂᆞᆯ, 이제 보ᄆᆡ 금관ᄌᆞ포(金冠紫袍) 가온ᄃᆡ 풍신용홰(風神容華) 더옥 쇄락ᄒᆞ거ᄂᆞᆯ, 가월텬창(佳月天窓)[546]의 셔ᄋᆡ(瑞靄) 은은ᄒᆞ고, 안모(顔貌) 효셩(曉星)의 화긔(和氣) 영발(暎發)ᄒᆞ여 ᄉᆡᆨ광(色光)이 슈년 ᄂᆡ의 더옥 긔이 ᄒᆞᆫ지라.

왕이 반기【19】미 넘져 옥슈(玉手)ᄅᆞᆯ 잡고 셩음이 유열ᄒᆞ여 왈,

"현계(賢季)ᄅᆞᆯ 일별분슈(一別分手)의 만니이국(萬里異國)의 관산(關山)이 즈음치고, ᄋᆡ각(涯角)이 졀원(絶遠)ᄒᆞ여 어안(魚雁)[547]이 불ᄂᆡ(不來)ᄒᆞ니, 능히 텬조 쇼식을 젼치 못ᄒᆞᄂᆞᆫ지라. 쥬야 ᄉᆞ모지심(思慕之心)과 념녀ᄒᆞᄂᆞᆫ 심ᄉᆡ 깁더니, 이제 입조(入朝)ᄒᆞ여 드ᄅᆞ미 텬뉸을 단합ᄒᆞ여 인뉸의 여한(餘恨)이 업고, 닙신현달(立身顯達)ᄒᆞ여 몸이 영쥬(瀛州)[548]의 오ᄅᆞᄂᆞᆫ 경ᄉᆡ 잇고, 또 하쥬(河洲)[549]ᄅᆞᆯ 건너, 남교(藍橋)[550]의 슉녀로 긔약이 잇다 ᄒᆞ니

543)증왕(曾王) : 중국의 대표적 효자인 증자(曾子 : BC505-435)와 왕상(王祥 : 184-268)을 함께 이르는 말.

544)편발슈ᄌᆞ(編髮竪子) : 관례를 하기 전에 머리를 땋아 늘인 더벅머리 총각.

545)발섭도로(跋涉道路) : 도로 위를 걸어 떠돎.

546)가월텬창(佳月天窓) : 아름다운 눈썹과 눈을 달리 표현한 말. *가월(佳月): 초승달처럼 아름다운 눈썹. *텬창(天窓) : '눈'을 달리 표현한 말.

547)어안(魚雁) : 물고기와 기러기라는 뜻으로, 편지나 통신을 이르는 말. 잉어나 기러기가 편지를 날랐다는 고사에서 유래한다.

548)영쥬(瀛洲) : ①중국의 진시황과 한 무제가 불사약(不死藥)을 구하러 사신을 보냈다는 가상의 선경(仙境). ②삼신산의 하나. ≒영주산.

549)하쥬(河洲) : '모래톱'이라는 뜻으로 '덕이 높은 요조숙녀'와 결혼을 이르는 말.

550)남교(藍橋) : 중국 섬서성(陝西省) 남전현(藍田縣)에 동남쪽 남계(藍溪)에 있는 다리 이름.

작년 서로 볼 젹은 은위 만단이나 ᄒᆞ여 쳔만고힝 듀 보아시나, 오히려 그 셩명덕질을 능히 아라 동상의 결승 밋기를 졍ᄒᆞ엿거ᄂᆞᆯ, 이제 보ᄆᆡ 금관 ᄌᆞ포 옥ᄃᆡ ᄀᆞ온ᄃᆡ 풍신 용홰 더옥 쇄락ᄒᆞ거ᄂᆞᆯ, 가월 텬창의 셔ᄋᆡ 은은ᄒᆞ고 옥안 셩모의 화긔 영발ᄒᆞ여시니 ᄉᆡᆨ광이 수연 ᄂᆡ의 더옥 긔이ᄒᆞᆫ디라.

왕이 광미 ᄃᆡ상의 반기며 옥슈를 잡고 셩음이 유열ᄒᆞ여【13】 갈오ᄃᆡ,

"현계를 일별 분슈 후 만니 이국의 관산이 즈음치고, ᄋᆡ각이 졀원ᄒᆞ여 어안이 블ᄂᆡᄒᆞ니, 능히 텬됴 소식를 아디 못ᄒᆞᄂᆞᆫ디라. 쥬야 ᄉᆞ모디심과 념녜ᄒᆞᄂᆞᆫ 심ᄉᆡ《업더니∥깁더니》, 이제 입됴ᄒᆞ야 드ᄅᆞ미 쳔뉸를 단합ᄒᆞ야 인뉸의 여한이 업고, 입신현달ᄒᆞ여 몸이 영쥐의 나ᄂᆞᆫ 경ᄉᆡ 잇고, 또 하쥐를 건너 남교의 슉녀로 긔약이 잇다 ᄒᆞ니 치하를 다 못ᄒᆞ리로다."

치하(致賀)ᄅᆞᆯ 다 못ᄒᆞ리로다.”

한님이 공경 문파(聞罷)의 ᄉᆞ왈,

“쇼ᄉᆡᆼ의 금일 영광은 다 ᄃᆡ왕의 쥬시미【20】라. ᄉᆞ히(四海)의 뉴락(流落)ᄒᆞ여 남황ᄀᆡᆨ녀(南荒客旅)[551]의 고로(苦勞) 일신(一身)이 노변(路邊)의 업더진 죽엄 되기ᄅᆞᆯ 면ᄒᆞ믄, 젼혀 ᄃᆡ왕이 은ᄐᆡᆨ이라. 쇼ᄉᆡᆼ이 만니ᄅᆞᆯ 즈음ᄒᆞ여 능히 나아가 산은히덕(山恩海德)을 ᄉᆞ례(謝禮)치 못ᄒᆞ믈 한ᄒᆞ옵더니, ᄃᆡ왕의 귀ᄀᆡ(貴駕) 입조ᄒᆞ시믈 듯ᄌᆞᆸ고, 즉시 나와 ᄇᆡ알ᄒᆞᆯ 거시로ᄃᆡ, 관ᄉᆡ(官事) 다쳡(多疊)ᄒᆞ여 ᄇᆡ현ᄒᆞ미 늣ᄉᆞ오믈 블승황괴(不勝惶愧)로쇼이다.”

왕이 흔연 손ᄉᆞ(遜辭)ᄒᆞ고 한담(閑談)이 이윽ᄒᆞᄆᆡ, 좌우로 쥬찬을 나와 빈쥬 셔로 권ᄒᆞ여 술이 반감(半酣)의 은근ᄒᆞᆫ 말ᄉᆞᆷ이 미미ᄒᆞ더니, 오왕이 믄득 잔을 잡고 진왕을 향ᄒᆞ여【21】왈,

“ᄃᆡ왕이 일즉 달문의 쇼젼(所傳)으로 조ᄎᆞ 복의 쇼회ᄅᆞᆯ 참쳥(叅聽)ᄒᆞ여 계시리니, 다시 누누히 베프지 아니 ᄒᆞ거니와, 복의 약녀(弱女)ᄂᆞᆫ 임의 달문의게 의탁ᄒᆞᆫ 사ᄅᆞᆷ이라. 웅쥬(雄珠)의 긔연(奇緣)이 ᄎᆞ역 텬연(天緣)이니 쏘ᄒᆞᆫ 범연타 못ᄒᆞᆯ지라. 이제 영낭(令郎)이 텬뉸을 단취(團聚)ᄒᆞ여 인뉸의 한(恨)이 업고, 버거 명문의 슉녀ᄅᆞᆯ ᄇᆡᄒᆞ여시니, 쏘 가히 쇼녀의 인연을 졈복(占卜)고ᄌᆞ ᄒᆞᄂᆞ니, 복원 ᄃᆡ왕은 쾌허ᄒᆞ쇼셔. 쇼녜 비록 녀ᄒᆡᆼ(女行)의 일ᄏᆞᄅᆞᆷ 즉ᄒᆞᆫ 거시 업ᄉᆞ나, 한 조각 가인(佳人)의 염ᄉᆡᆨ(艶色)과 녀영(女英)[552]의 슉진지풍(淑眞之風)이 잇ᄂᆞᆫ지【22】라. 거의 녕낭(令郎)의 비빈(妃嬪)의 쇼임을 당ᄒᆞ여, 군ᄌᆞ의 ᄂᆡ조ᄅᆞᆯ ○[어]그ᄅᆞᆺ지 아니코, 슉녀의 교화ᄅᆞᆯ 어ᄌᆞ러이지 아니리이다.”

한님이 공경 문파의 샤왈,

“쇼ᄉᆡᆼ의 금일 영광은 ᄃᆡ왕의 듀시미라. ᄉᆞ히의 유락ᄒᆞ여 남황 ᄀᆡᆨ녀의 고로 일신이 노변의 업더져 듁으믈 면치 못ᄒᆞᆯ【14】 거시여ᄂᆞᆯ ᄃᆡ왕 은ᄐᆡᆨ으로 ᄉᆞ라ᄉᆞ오니, 쇼ᄉᆡᆼ이 만니를 즈음ᄒᆞ여 능히 나아가 산은히덕을 ᄉᆞ려[례]치 못ᄒᆞ믈 한ᄒᆞ옵더니, ᄃᆡ왕의 귀ᄀᆡ 입됴ᄒᆞ시믈 듯ᄌᆞᆸ고 즉시 나아와 ᄇᆡ알ᄒᆞᆯ 거시로ᄃᆡ 관ᄉᆡ 다쳡ᄒᆞ여 ᄇᆡ현ᄒᆞ미 늣ᄌᆞ오믈 황괴ᄒᆞᄂᆞ이다.”

왕이 흔연 숀샤ᄒᆞ고 한담이 이윽ᄒᆞᄆᆡ 좌우로 쥬찬를 나와 빈쥐 서로 권ᄒᆞ여 술이 반감의, 오왕이 문득 잔를 잡고 딘왕을 향 왈,

“ᄃᆡ왕이 일ᄌᆞᆨ 달문[윤 한님 명은 셩인이오, ᄌᆞᄂᆞᆫ 달문이라]의 소젼으로조차 복의 소회를 참쳥ᄒᆞ여 계실이니 다시 베프디 아니커이와, 복의 《양녀‖약녀》ᄂᆞᆫ 임의 달문의게 의탁【15】ᄒᆞᆫ ᄉᆞᄅᆞᆷ이라. 웅쥬의 긔년[연]이 차역 텬년[연]이니 쏘ᄒᆞᆫ 범연타 못ᄒᆞᆯ디라. 이제 영낭이 텬뉸을 단취ᄒᆞ고 버거 명문의 슉녀를 ᄇᆡᄒᆞ엿시니, 쏘 가히 쇼녀의 인년[연]을 졈복고져 ᄒᆞᄂᆞ니 복원 ᄃᆡ왕은 쾌허ᄒᆞ쇼셔. 쇼녜 비록 녀ᄒᆡᆼ이 일ᄏᆞᄅᆞᆷ 즉ᄒᆞᆫ 거시 업ᄉᆞ나, 거의 영낭의 빈번의 소임ᄒᆞᄆᆡ 군ᄌᆞ의 ᄂᆡ됴를 어그ᄅᆞᆺ디 아니코 슉녀의 교화를 어ᄌᆞ러이지 아니리이다.”

거기에는 선굴(仙窟)이 있는데, 당나라 때 배항(裵航)이라는 사람이 이곳을 지나다가 선녀 운영(雲英)을 만나 정을 맺었다고 함.

551)남황ᄀᆡᆨ녀(南荒客旅) : 남쪽의 미개하고 거친 객지에 머뭄.

552)녀영(女英) : 요임금의 딸로 언니 아황(娥皇)과 함께 순임금에게 시집가 서로 투기하지 않고 화목하게 잘 살았으며, 순임금이 창오(蒼梧)에서 죽자 함께 소상강(瀟湘江)에 빠져 죽었다.

진왕이 답ᄉᆞ(答謝) 왈,

“뎌왕이 몬져 니ᄅᆞ지 아니시나, 고(孤)[553]의 부ᄌᆡ 늉은대덕(隆恩大德)을 간담(肝膽)의 삭연지 오리니, 엇지 틱명(太命)을 두 번 슈고롭게 ᄒᆞ리잇고? 뎌왕은 호의(狐疑)치 마로시고 녕녀를 슈히 다려와 셩녜ᄒᆞ믈 바라ᄂᆞ이다.”

오왕이 쳥파의 대열(大悅)ᄒᆞ여 만만 칭ᄉᆞᄒᆞ고, 이의 윤한님을 나호여 숀을 잡고 등을 어로만져 쾌셰(快婿)라 ᄒᆞ니, 틱ᄉᆞ와 츄밀이 깃거 각각 잔을 드러 아의 쾌셔 어【23】드믈 치하ᄒᆞ더라.

빈쥐 종일 즐기다가 셕양의 도라가니, 오왕이 한님의 숀을 잡고 연연ᄒᆞ여 니ᄅᆞ듸,

“뎌왕과 현계(賢季)[554] 몬져 누쳐(陋處)의 니ᄅᆞ러 고(孤)를 보시니, 후졍이 다ᄉᆞᄒᆞᆫ지라. 명일 맛당이 귀부(貴府)의 나아가 회ᄉᆞ(回謝)ᄒᆞ리라.”

진왕 부ᄌᆡ 오왕의 회ᄉᆞᄒᆞ련다 말을 듯고 지삼 명일 왕님ᄒᆞ믈 쳥ᄒᆞ고 도라가니라.

오왕이 결ᄒᆞ여 명년으로 녀아를 다려와 윤부의 결혼ᄒᆞ려 ᄒᆞ더라.

오왕이 명조의 가(駕)를 두로혀 진궁의 니ᄅᆞ니, 윤공 부ᄌᆡ 마ᄌᆞ 각각 녜필의 동조(同朝)의 구면(舊面)을 일ᄏᆞ라 한훤(寒喧)【24】을 파ᄒᆞ고, 진왕 부ᄌᆡ 작일 총총이 도라와 결연ᄒᆞ던 바를 닐너 한담ᄒᆞ며, 쥬찬을 나와 빈쥐 통음(痛飮) 진취(盡醉)ᄒᆞ여, 날이 느즌 후 오왕이 도라오다.

왕이 이의 슈월을 머므러 동긔 ᄌᆞ질노 별졍(別情)을 위로ᄒᆞ고, 삼하(三夏)를 이의셔 지너고 초츄 회간(晦間)의 궐하(闕下)의 빗ᄉᆞ(拜謝)ᄒᆞ고, 형뎨 ᄌᆞ질과 친쳑 붕우로 분슈(分手)ᄒᆞᆯ시, 면면이 후회(後會)를 일ᄏᆞᆺ고, 진왕 부ᄌᆞ를 대ᄒᆞ여 명츈으로 녀아를 다려와 셩녜ᄒᆞ믈 니ᄅᆞ고 본국의 도라오니, 본국 문뮈(文武) 디경의 나와 왕가(王駕)를 영졉ᄒᆞ여

뎌왕 답ᄉᆞ 왈,

“뎌왕이 몬져 니ᄅᆞ디 아니시나 고의 부ᄌᆡ 늉은 대혜를 간담의 ᄉᆞ긴디 오리니, 엇디 틱명을 두 번 슈고롭게 ᄒᆞ리오. 뎌왕은 념녜치 마르시고 녕【16】녀를 슈히 ᄃᆞ려와 셩녜ᄒᆞ믈 ᄇᆞ라나이다.”

오왕이 쳥파의 대열ᄒᆞ야 만만칭ᄉᆞᄒᆞ고, 이에 한님을 나호여 숀을 잡고 등을 어루만져 쾌셔라 ᄒᆞ니, 틱ᄉᆞ와 츄밀이 깃거ᄒᆞ더라.

빈쥐 죵일 즐기다가 셕양의 도라가니, 오왕이 한님의 숀을 잡고 년년ᄒᆞ여 왈,

“명일 맛당이 귀부의 회샤ᄒᆞ리라.”

진왕 부ᄌᆡ 오왕의 회샤ᄒᆞ련다 말을 듯고 지삼 명일 왕님ᄒᆞ믈 쳥ᄒᆞ고 가니라.

(낙장)

553)고(孤) : 예전에, 왕이나 제후가 자기를 낮추어 이르던 일인칭 대명사.

554)현계(賢季) : 듣는 이가 제자나 자식뻘 되는 아랫사람인 경우, 그 사람을 높여 이르는 이인칭 대명사.

궁즁의 도라오니, 댱휘 ᄌᆞ녀부(子女婦)와 비【25】빙[빈](妃嬪)을 거ᄂᆞ려 문후(問候)ᄒᆞ고, 제신(諸臣)의 진하(進賀)ᄅᆞᆯ 파ᄒᆞ고, ᄂᆡ뎐(內殿)의 드러와 별회ᄅᆞᆯ ᄂᆡᄅᆞ고 ᄉᆞ담이 이ᄋᆞᆨᄒᆞ미, 드ᄃᆡ여 거년의 졍혼ᄒᆞᆫ 슈지 텬뉸을 단합ᄒᆞ니, 근본이 혁혁존귀ᄒᆞ여 이 곳 션조(先朝)의 금국(金國)의 가 졀ᄉᆞ지신(節死之臣) 츙현왕 윤명텬의 종숀(宗孫)이오, 당조(當朝) 평진왕 윤광텬의 장ᄌᆡ오, 금평후 뎡공의 외숀이오, 평제왕 뎡쥭쳥의 ᄉᆡᆼ질(甥姪)인 쥴 니ᄅᆞ고, 발셔 닙신ᄒᆞ여 벼ᄉᆞᆯ이 은ᄃᆡᄌᆞ달(銀臺紫闥)[555]의 오유(遨遊)ᄒᆞ여 쇼상셔의 녀셰된 바ᄅᆞᆯ 다 니ᄅᆞ고, ᄌᆞ기 명년으로 녀아 ᄅᆞᆯ 다려 뎨도(帝都)의 나아가 긔연(奇緣)을 일우려 ᄒᆞ믈【26】상의ᄒᆞ니, 댱휘 윤ᄉᆡᆼ의 근본이 혁혁존귀(赫赫尊貴)ᄒᆞ믈 깃거ᄒᆞ나, 녀아ᄅᆞᆯ 니별ᄒᆞ미 ᄎᆞᄉᆡᆼ 영결(永訣)이니 만나기ᄅᆞᆯ 긔약지 못ᄒᆞᆯ지라. 왕의 말ᄉᆞᆷ을 드ᄅᆞ미 일희일비(一喜一悲)ᄒᆞ여 역쇼역탄(亦笑亦嘆) 왈,

"윤ᄉᆡᆼ은 진실노 셩인군ᄌᆡ(聖人君子)라. 당초의 져의 근본이 그러ᄒᆞ믈 드ᄅᆞ니 탄셕ᄒᆞᄂᆞᆫ ᄇᆡ러니, 이제 그러틋 존귀ᄒᆞ믈 드ᄅᆞ니 엇지 긔특지 아니며, 녀아의 평ᄉᆡᆼ이 군ᄌᆞ지문(君子之門)의 의탁ᄒᆞᆯ ᄇᆡ 엇지 깃부지 아니리잇고만은, 쳡의 남다ᄅᆞᆫ 회포ᄂᆞᆫ ᄉᆞ랏ᄂᆞᆫ ᄌᆞ식을 만니(萬里)의 원별 ᄒᆞ고, 일흔 ᄌᆞ식은 ᄎᆞᄉᆡᆼ(此生)의 쇼식을 알 길히 업ᄉᆞ니, 엇【27】지 슬프지 아니리잇고?"

셜파(說罷)의 쳥뉘(淸淚) 환난(汍亂)ᄒᆞ여 금ᄉᆞᆷ(錦衫)을 젹시니, 왕이 역시 츄연(惆然) 탄왈,

"오역(吾亦) 인심이라. 심시 엇지 현후(賢后)의 나리리오만은, 션혜의 혼ᄉᆞᄂᆞᆫ ᄎᆞ역(此亦) 텬연의 ᄆᆡ인 바ᄅᆞᆯ 인녁으로 못ᄒᆞ미오, 월혜ᄂᆞᆫ ᄉᆡᆼ지냥셰(生之兩歲)의 ○○[일코] ᄉᆞᄉᆡᆼ존망(死生存亡)을 십년을 듯지 못ᄒᆞ니, 과인이 ᄯᅩᄒᆞᆫ 엇지 념녜 범연ᄒᆞ리오. 슈연(雖然)이나 다만 밋ᄂᆞᆫ 바ᄂᆞᆫ 져의 작품(作稟)이 비

555)은ᄃᆡᄌᆞ달(銀臺紫闥) : 승정원(承政院)을 달리 이른 말. *은대(銀臺) : 조선시대 승정원(承政院)의 별칭. *자달(紫闥) : =궁중(宮中)

댱휘 윤ᄉᆡᆼ이 근본이 혁혁 죤귀ᄒᆞ믈 깃거ᄒᆞ나 녀ᄋᆞ를 니별ᄒᆞ미 ᄎᆞᄉᆡᆼ영결이니 만나기를 긔약디 못ᄒᆞᆯ디라. 왕의 말ᄉᆞᆷ을 드ᄅᆞ미【17】일희일비ᄒᆞ여 왈,

"윤ᄉᆡᆼ은 진실로 셩인군ᄌᆡ라. 당쵸 져의 근본 모를 젹도 《험의‖혐의(嫌疑)》 아녓거ᄂᆞᆯ, 녀ᄋᆞ의 평ᄉᆡᆼ이 군ᄌᆞ지문의 의탁ᄒᆞᆯ ᄇᆡ 엇디 깃부디 아니리잇고마ᄂᆞᆫ, 쳡의 남과 ᄃᆞᄅᆞᆫ 회포ᄂᆞᆫ ᄉᆞ랏ᄂᆞᆫ ᄌᆞ식을 만니의 원별ᄒᆞ고 일흔 ᄌᆞ식은 ᄎᆞᄉᆡᆼ의 소식 알 길히 업ᄉᆞ니 엇디 슬프디 아니리잇고?"

셜파의 쳥뉘 환난ᄒᆞ야 금삼을 젹시니, 왕이 역감츄연 탄왈,

"오역인심이라. 심ᄉᆡ 엇디 현후와 다르리오. 션혜의 혼ᄉᆞᄂᆞᆫ ᄎᆞ역텬연의 ᄆᆡ인 바를 인녁으로 못ᄒᆞ미오, 월ᄋᆞᄂᆞᆫ 일헌 지 여러 ᄒᆡ로ᄃᆡ ᄉᆞᄉᆡᆼ 존문【18】이 업ᄉᆞ니 과인이 엇디 념녜 범연ᄒᆞ리오. 슈년[연]이나 다만 밋ᄂᆞᆫ 바ᄂᆞᆫ 져의 작픔 긔딜이라. ᄎᆞᄋᆞ 픔격이 너모 긔이ᄒᆞᆫ 고로 조믈의 이극지싀를 만나 평지의 풍파를 비져ᄂᆡ민가 ᄒᆞᄂᆞ니, ᄒᆞᆯ노 관확을 그ᄅᆞ다 못ᄒᆞᆯ디라. ᄌᆞ고로 농듕의 아니 갓○[친] 봉황이 업고 환난의 버서ᄂᆞᆫ 셩인이 업다 ᄒᆞ

상ᄒᆞ니, 이ᄂᆞᆫ 텬의(天意) 유의ᄒᆞ여 강ᄉᆡᆼ츌셰(降生出世)ᄒᆞᆫ 바로, 물물이 셩명 모로ᄂᆞᆫ 죄인으로 죽으미 되리오."

당휘 오열 왈,

"작셩(作性)이 아모리 긔특ᄒᆞᆫ들 ᄉᆡᆼ지(生之) 뉵칠 삭의 못ᄡᅳᆯ 흉노(凶奴)의 슈즁【28】의 ᄲᅡ져, 어ᄂᆡ 디경의 니ᄅᆞ럿ᄂᆞᆫ 쥴 알니잇고? 비록 ᄉᆞ라시나 광ᄃᆡᄒᆞᆫ 텬하의 어ᄃᆡ가 만나리잇고?"

ᄒᆞ고, 오열(嗚咽)ᄒᆞ믈 마지 아니ᄒᆞ고, 션혜 쇼제 ᄯᅩᄒᆞᆫ 만니(萬里)의 부모 슬하를 영별ᄒᆞ미, ᄎᆞᄉᆡᆼ(此生)의 다시 비현치 못ᄒᆞᆯ 바를 ᄉᆡᆼ각ᄒᆞ미, 오ᄂᆡ(五內)556) 붕녈(崩裂)ᄒᆞ고 아의 ᄉᆞᄉᆡᆼ존망을 몰나 일신의 얽힌 병이 되어, 슬프미 겸발(兼發)ᄒᆞ여 오열(嗚咽) 불능어(不能語)ᄒᆞ니,

왕이 후와 녀아의 니러틋 슬허ᄒᆞ믈 보미, 비록 영웅장심(英雄壯心)이나 참연ᄒᆞ믈 니긔○[지] 못ᄒᆞ여, 부부 모녜 셔로 위로ᄒᆞ믈 마

니, 월혜 엇디 텬디 졍긔을 거두어 강ᄉᆡᆼ 츌셰ᄒᆞᆫ 바로 믈믈이 셩명 모ᄅᆞᄂᆞᆫ 죄인이 되리오."

댱후 오열 왈,

"작셩이 아모리 긔특ᄒᆞᆫ들 ᄉᆡᆼ지뉵칠 삭의 쇼ᄋᆡ 흉노의 독슈를 만나 어ᄂᆡ 곳의 가 죽어[여] 업시 ᄒᆞ엿거나, 그러치 아니면【19】 아모 상한 쳔뉴나 ᄆᆡᆨ상 니젹의 ᄶᅥ러져신[시]면 강보 유ᄋᆡ 엇디 보젼ᄒᆞ리오."

좌의 션혜 쇼제 부모의 비ᄉᆞ고어를 드ᄅᆞ미 역시 아의 ᄉᆞᄉᆡᆼ죤망을 모ᄅᆞ믈 늣겨 옥협의 진쥬 이슬이 구으니, 유모 오픠 ᄯᅩᄒᆞᆫ 당하의 뫼셔 쥬인의 과상ᄒᆞ믈 볼 젹마다 관확의 죄를 헤아려 그 연쇄 졔계 ᄆᆡᆺ디 아닐ᄉᆞ록 더옥 공구ᄒᆞ고, 스ᄉᆞ로 블츙을 ᄉᆡᆼ각고 ᄎᆞ쇼져의 영향이 아득ᄒᆞ믈 셜워ᄒᆞ니, 뉘 아득ᄒᆞᆫ 가온ᄃᆡ ᄎᆞ쇼제 아조 쉬운 고ᄃᆡ 잇셔, 윤 승상 부인 시비의 휵양ᄒᆞ미 되어 쳔상만고를 경녁ᄒᆞᄂᆞᆫ 쥴 알이오.

원【20】간 션혜 쇼제 윤셩인[닌]의 지취로 윤문의 드러간 ᄉᆞ연과, 월혜 ᄲᅡᆼ셤의 어더 기른 바로, 다시 진왕 희빈 양희 무휼ᄒᆞ미 되엿다가, 윤 승상의 댱ᄌᆞ 창닌의 나뷔 잡ᄂᆞᆫ 그믈의 걸녀, 월혜 쇼제 쳥심열조를 가져 창닌의 빈희 아니 되려 ᄉᆞᄉᆡᆼ을 도라감ᄀᆞᆺ치 넉여 여러 번 ᄌᆞ결ᄒᆞᄃᆡ, 능히 텬연을 인녁으로 못ᄒᆞ여 맛ᄎᆞᆷᄂᆡ 창닌의 쇼셩이 되어 ᄲᅡᆼ산긔린ᄒᆞ고, 간음찰녀의 모히를 면치 못ᄒᆞ여 만상비원 가온ᄃᆡ 누얼을 무릅ᄡᅧ 쳔만간쵸 듕 하마면 향이 ᄉᆞ라질 번ᄒᆞᆫ ᄉᆞ익을 디ᄂᆡ고, 오왕의 입됴시 관확【21】 흉노를 잡아 십삼 년 막혓덧 쳔뉸을 단원ᄒᆞᆫ 셜화 문취록의 히비ᄒᆞ모로, ᄎᆞ젼은 젼혀 엄공ᄌᆞ 창의 셩학ᄃᆡ도를 위ᄒᆞ여 번셔ᄒᆞ미니, 션·월 냥쇼제 ᄉᆞ젹은 ᄃᆡ강 쵸ᄒᆞ니라.

오왕이 후와 녀ᄋᆞ의 이러틋 슬허ᄒᆞ믈 보미, 비록 영웅장심이나 참연ᄒᆞ여 부부모녀 셔로 위로ᄒᆞ믈 마디아니터라.

556)오ᄂᆡ(五內) : 오장(五臟). 간장, 심장, 비장, 폐장, 신장의 다섯 가지 내장을 통틀어 이르는 말.

지 아니터라.

세ᄌᆞ 표ᄂᆞᆫ 부모와 ᄆᆡᄌᆞ(妹子)의 참상(慘傷)ᄒᆞ믈 보나 조곰도 츄【29】연ᄒᆞ미 업셔, 월혜의 종적(蹤迹)이 종시 업기ᄅᆞᆯ 죄오고, 션혜의 조히 ᄌᆞ라 윤셩닌 갓흔 군ᄌᆞ의 ᄇᆡ필이 되믈 심니의 질오(嫉惡)ᄒᆞ여, 젹국(敵國) 총즁(叢中)의 그 신세 불평ᄒᆞ기ᄅᆞᆯ 죄오나, 부모의 총명을 져허 외면 가작(假作)으로 슈안쳑용(愁顔慽容)[557]을 낫토와, 거즛 동긔ᄅᆞᆯ 위ᄒᆞ여 슬허ᄒᆞᄂᆞᆫ 긔식을 지어, 부모의 글니 너기믈 면ᄒᆞ려 ᄒᆞ더라.

기다리지 아닛ᄂᆞᆫ 셰월이 도도ᄒᆞ여 얼프시 삼동(三冬)이 지나고 신츈(新春)을 만나니, 왕이 즉시 치힝(治行)ᄒᆞ여 녀아ᄅᆞᆯ 다리고 상경ᄒᆞ려 ᄒᆞ더니, ᄎᆞ시 츈한(春寒)이 심ᄒᆞ여 엄동과 다ᄅᆞ지 아니ᄒᆞ여, 상풍(霜風)【30】이 슬슬(瑟瑟)ᄒᆞ고[558] 츈셜이 년일ᄒᆞ여 능히 힝역(行役)을 일우지 못ᄒᆞᆯ지라.

시고로 유유시[셰]월(悠悠歲月)ᄒᆞ여 계츈(季春) 슌간(旬間)이야 바야흐로 텬긔 화창ᄒᆞ고 일긔 다ᄉᆞᄒᆞ니, 왕이 드ᄃᆡ여 힝장을 슈습ᄒᆞ여 칠보금뉸(七寶金輪)을 졍히 ᄭᅮ미고, 슈십여인 궁녀ᄅᆞᆯ ᄉᆡ로이 ᄲᆡ고 공쥬ᄅᆞᆯ 뫼시게 ᄒᆞ니, 공쥐 모후(母后)ᄅᆞᆯ 만니 이국의 ᄯᅥ나ᄂᆞᆫ 졍ᄉᆡ 갓초 통졀(痛切)ᄒᆞ거ᄂᆞᆯ, 부왕이 ᄉᆡ로이 궁녀ᄅᆞᆯ ᄲᆡ ᄌᆞ긔ᄅᆞᆯ 종ᄉᆞ(從事)케 ᄒᆞ려 ᄒᆞ시믈 보ᄆᆡ, 츄연 감회ᄒᆞ여 부왕긔 읍고(泣告) 왈,

"ᄌᆞ고(自古)로 텬뉸의 지극ᄒᆞᆫ 졍니(情理)ᄂᆞᆫ 상하귀쳔(上下貴賤)이 업ᄂᆞᆫ지라. 쇼녜 모후ᄅᆞᆯ 원니(遠離) ᄒᆞ【31】옵ᄂᆞᆫ 심ᄉᆡ(心事) 장ᄎᆞᆺ 지향치 못ᄒᆞ옵거ᄂᆞᆯ, 더옥 져 궁녀의 무리 다 오국 ᄇᆡᆨ셩의 ᄌᆞ식이라. 공연이 궁녀의 츙슈(充數)ᄒᆞᆷ도 무고히 인뉸을 폐ᄒᆞ믈 셜워ᄒᆞ거ᄂᆞᆯ, 이제 쇼녀ᄅᆞᆯ 종ᄉᆞᄒᆞ여 만니의 그 부모 친쳑을 ᄯᅥ나ᄂᆞᆫ 심ᄉᆡ(心思) 장ᄎᆞᆺ 엇더ᄒᆞ리잇고? 고어(古語)의 '녀ᄌᆞ의 원(怨)이 오월(五月)의 셔리 나린다'[559] ᄒᆞ오니, 더옥 슈십 녀ᄌᆡ닛

---

557)슈안쳑용(愁顔慽容) : 근심하고 슬퍼하는 얼굴빛.

558)슬슬(瑟瑟)ᄒᆞ다 : 바람 소리 따위가 매우 쓸쓸하다.

559)녀ᄌᆞ의 원(怨)이 오월(五月)의 셔리 나린다 :

세ᄌᆞ 포[표]ᄂᆞᆫ 부모와 ᄆᆡᄌᆞ의 참상ᄒᆞ믈 보나 조금도 츄연ᄒᆞ미 업셔 월혜의 죵적이 죵시 업기를 죄오고, 션혜의 무ᄉᆞ히 ᄌᆞ라 윤셩인[닌] ᄀᆞᆺᄐᆞᆫ 군ᄌᆞ의 ᄇᆡ필이 되믈 심니의 질오ᄒᆞ여 젹인 《풍듕∥춍듕》의 신세 블평ᄒᆞ【22】기를 죄오나, 부모의 춍명을 져허 외면 가ᄌᆞᆨ으로 수안 쳑용을 기리ᄆᆡᄌᆞ 거ᄌᆞᆺ 동긔를 위ᄒᆞ여 슬허ᄒᆞᄂᆞᆫ 긔식을 낫토더라.

셰월이 《얼르시∥얼프시》 삼동을 디ᄂᆡ고 신츈을 만나니 왕이 즉시 치힝ᄒᆞ여 녀ᄋᆞ을 ᄃᆞ려 상경ᄒᆞᆯᄉᆡ,

칠보금뉸을 졍히 ᄭᅮ미고 슈십 궁비를 ᄉᆡ로 ᄲᆡ 공쥬를 뫼시게 ᄒᆞ니, 공쥬 모후를 만니이국의 ᄯᅥ나ᄂᆞᆫ 졍ᄉᆡ ᄀᆞᆺ쵸 통졀ᄒᆞ거ᄂᆞᆯ 부왕이 ᄉᆡ로이 궁녀ᄅᆞᆯ ᄲᆡ ᄌᆞ긔를 죵ᄉᆞ케 ᄒᆞ시믈 보ᄆᆡ, 츄연 감회ᄒᆞ여 부왕긔 읍고 왈,

"자고로 텬뉸 져독의 지극ᄒᆞᆫ 졍니ᄂᆞᆫ 상하 귀쳔이 업【23】ᄂᆞᆫ디라. 쇼녜 모후를 원니ᄒᆞ읍ᄂᆞᆫ 심ᄉᆡ 장ᄎᆞ 지향치 못ᄒᆞ읍거ᄂᆞᆯ 더옥 져 궁비의 무리 다 오국 ᄇᆡᆨ셩 ᄌᆞ식이라. 이제 공연이 궁비의 츙슈ᄒᆞᄒᆞ여 쇼녀를 죵ᄉᆞᄒᆞ여 만니의 부모친쳑을 ᄯᅥ나옵ᄂᆞᆫ 심ᄉᆡ 장ᄎᆞ 그 엇더ᄒᆞ리오. 고어의 니른 말이 녀ᄌᆞ의 원이 오월의 셔리 ᄂᆞ린다 ᄒᆞ오니 더옥 슈십 녀ᄌᆞ리잇가? 이ᄂᆞᆫ 도로혀 부뫼 쇼녀 ᄉᆞ랑ᄒᆞ시미 젹앙을 ᄭᅵ치올 ᄃᆞᆺᄒᆞ오니, 쇼녀ᄂᆞᆫ 오국 궁비 ᄃᆞ려가믈 원치 아니ᄒᆞ옵고 본부의셔 거ᄂᆞ려 온 ᄎᆞ환을 ᄃᆞ려가와 져의 무리 싱ᄂᆡ의 제향의 니ᄅᆞ러 부모【24】동긔를 반기게 ᄒᆞ시면 부모의 젹덕여음이 만세의 밋ᄎᆞ리이다."

가? 이는 도로혀 부모의 쇼녀를 사랑ᄒᆞ시미 젹앙(積殃)을 씨치울 듯ᄒᆞ오니, 쇼녜 오국 궁비(宮婢)는 다려가믈 원치 아니코, 다만 모후를 종시(從侍)ᄒᆞ여 본국의셔 거ᄂᆞ려 오신 ᄎᆞ환을 갈히여 쥬【32】《신즉‖시어》, 져히 무리 싱닋(生來)의 뎨향(帝鄕)의 도라가 부모 동긔를 반기게 ᄒᆞ시미[면], 부왕과 모후의 젹덕여음(積德餘蔭)이 만셰의 밋ᄎᆞ리이다."

왕의 부뷔 녀아의 슉덕현심을 아롬다이 너겨, 그 원을 조ᄎᆞ 이의 궁녀 ᄲᅥᆫ는 명을 거두고, 귀국(歸國)홀 제 황셩의셔 다려온 ᄎᆞ환(叉鬟) 십여인을 갈히여, 오파와 한가지로 공쥬를 뫼셔 황셩으로 가게 ᄒᆞ니, 빅셩이 다 ᄌᆞ식을 궁비의 잡혀 타국의 니별홀가 망극ᄒᆞ여 ᄒᆞ다가, 녕을 듯고 져마다 딗열ᄒᆞ여 공쥬의 셩덕을 만심(滿心) 갈치(喝采)ᄒᆞ고, 쏘 조ᄎᆞ가는 양낭(養娘)[560] ᄎᆞ환(叉鬟)[561]은 당후를 뫼셔 이의 온 후는【33】다시 고원(故園)을 보지 못홀가 셜워ᄒᆞ던 뉴(類), 슈무족도(手舞足蹈)[562]ᄒᆞ여 환셩(歡聲)이 열열(烈烈)ᄒᆞ더라.

이의 위의(威儀)를 셩비ᄒᆞ고 턱일 발힝홀 시, 공쥐 옥빈연험(玉鬢蓮臉)[563]의 쥬뤼(珠淚) 방방(滂滂)ᄒᆞ여, 홍상(紅裳)을 젹시니, 옥셩이 경열(硬咽)ᄒᆞ여, 모후의 냥슈(兩手)를 밧드러 츰아 분슈(分手)치 못ᄒᆞ며, 셰ᄌᆞ 부부와 이슉희 뉴현희 삼슉인(三淑人)으로 더부러 쏘 츰아 니별치 못ᄒᆞ는지라.

당휘 츄파쌍셩(秋波雙星)[564]의 쳥뉘(淸淚) 환난(汍亂)ᄒᆞ여 녀아를 슬상(膝上)의 교무(交撫)ᄒᆞ고, 졉면교시(接面交頤)[565]ᄒᆞ여 모녀의

왕의 부뷔 녀ᄋᆞ의 슉덕현심을 크게 아름다이 넉여 그 원을 조ᄎᆞ 이의 궁비 ᄲᅥᆫ는 명을 거두고 귀국홀 제 황셩의셔 ᄃᆞ려온 양낭 ᄎᆞ환 십여 인을 갈히여 공쥬를 좃게 ᄒᆞ니, 져마다 공쥬의 셩덕을 만심갈치ᄒᆞ고 조ᄎᆞ온 양낭은 다시 고원의 도라갈 바를 드ᄅᆞ미 환셩이 녈녈ᄒᆞ더라.

이의 위의를 셩비ᄒᆞ야 턱일 발힝홀 시, 공쥐 옥빈년협의 쥬뤼 방방ᄒᆞ여 홍삼을 젹셔 옥셩이 경열ᄒᆞ여 모후의 냥슈를 밧드러 ᄎᆞ마 분슈【25】치 못ᄒᆞ며, 셰ᄌᆞ 부부를 니별치 못ᄒᆞ는지라.

당휘 츄파쌍셩의 쳥뉘 화란ᄒᆞ야 녀ᄋᆞ의 숀을 잡고 졉면교이ᄒᆞ야 모녀의 별졍이 유유ᄒᆞ여 능히 별언을 일우디 못ᄒᆞ더니, 날이 늣고 시긱이 더디믈 지촉ᄒᆞ는디라.

=일부함원(一婦含怨) 오월비상(五月飛霜). 한 여자가 원한을 품으면 5월(한여름)에도 서리가 내린다.

560)양낭(養娘) : 여자 종. 주로 혼인한 여종을 일컫는다.

561)ᄎᆞ환(叉鬟) : 주인을 가까이에서 모시는 젊은 계집종

562)슈무죡도(手舞足蹈) : 몹시 좋아서 날뜀.

563)옥빈연험(玉鬢蓮臉) : 옥처럼 아름다운 귀밑머리와 연꽃처럼 청순한 뺨. *臉의 음은 '검'이다

564)츄파쌍셩(秋波雙星) : 가을 물결처럼 맑고 고운 두 눈.

별졍이 유유ᄒᆞ여, 능히 별어(別語)ᄅᆞᆯ 일우지 못ᄒᆞ더니, 날이 늣고 시ᄀᆡᆨ이 더ᄃᆡ믈 ᄌᆡ촉ᄒᆞᄂᆞᆫ지【34】라.

왕이 호언(豪言)으로 부인과 녀아ᄅᆞᆯ 위로ᄒᆞ여 승교(乘轎)ᄒᆞ기ᄅᆞᆯ ᄌᆡ촉ᄒᆞ니, 쇼제 마지 못ᄒᆞ여 일만비회(一萬悲懷)ᄅᆞᆯ 쳔만 금억(禁臆)ᄒᆞ여, ᄌᆡ삼 쳥누(淸淚)ᄅᆞᆯ 녕엄(令掩)ᄒᆞ고 모후긔 ᄌᆡᄇᆡ 하직 왈,

"쇼녜 금일 모젼을 ᄯᅥ나오니, ᄎᆞ셰의 다시 슬하의 절ᄒᆞ기ᄅᆞᆯ 긔약지 못ᄒᆞ오리니, 어ᄂᆡᄂᆞᆯ 북당훤초(北堂萱草)[566]의 낙을 어드리잇고? 복원(伏願) 모후(母后)ᄂᆞᆫ 만슈무강(萬壽無疆)ᄒᆞ샤 불초아(不肖兒)ᄅᆞᆯ 념녀치 마ᄅᆞ시믈 바라ᄂᆞ이다."

셜파의 쳥뉘(淸淚) 진진(溱溱)[567]ᄒᆞ니, ᄇᆡᆨ년보험(白蓮黼臉)[568]을 젹시ᄂᆞᆫ지라. ᄋᆡ원뇨라(哀怨姚娜)ᄒᆞ여 《혈뇨‖혈뉘(血漏)》 상풍(霜風)의 ○○[날여] 계지(桂枝)○[ᄅᆞᆯ] 흔득이고, 목난일지(木蘭一枝)[569] 셰우(細雨)ᄅᆞᆯ 아쳐ᄒᆞᄂᆞᆫ[570] 듯【35】ᄒᆞ니, 댱휘 년ᄋᆡ비상(憐愛悲傷)[571]ᄒᆞ믈 니긔지 못ᄒᆞ여, 옥슈(玉手)ᄅᆞᆯ 잡고 니ᄅᆞᄃᆡ,

"너ᄅᆞᆯ 윤낭의게 허혼ᄒᆞ던 날븟터 오ᄂᆞᆯ날

왕이 호언으로 부인과 녀ᄋᆞ를 위로ᄒᆞ여 승교ᄒᆞ기를 ᄌᆡ촉ᄒᆞ니, 쇼제 마디못ᄒᆞ여 일만비회를 금억ᄒᆞ여 모후긔 ᄌᆡᄇᆡ 하직 왈,

"쇼녜 금일 모젼을 ᄯᅥ나오니, ᄎᆞ셰의 다시 슬하의 절ᄒᆞ기를 기약지 못ᄒᆞ오리니 어ᄂᆡ 날 븍당훤쵸의 낙을 어드리잇고? 복원 모비ᄂᆞᆫ 만슈무강ᄒᆞ샤 블쵸【26】ᄋᆞ를 념녀치 마ᄅᆞ쇼셔."

셜파의 홍뉘 진진ᄒᆞ야 ᄇᆡᆨ년보협을 젹시니, 댱휘 년ᄋᆡ비상ᄒᆞ믈 이긔디 못ᄒᆞ여 옥슈을 잡고 왈,

"너를 윤낭의게 허혼ᄒᆞ던 날븟터 오날날

---

565)접면교시(接面交腮) : 얼굴을 마주대고 뺨을 비빔

566)북당훤초(北堂萱草) : '어머니' 또는 '어머니를 모심'을 이르는 말. '북당'은 집의 북쪽에 있는 건물로 집안의 주부(主婦)가 거처하는 곳이어서 어머니를 이르는 말로 쓰였다. 훤초 또한 『시경』<위풍(衛風)> '백혜(伯兮)'편의 "어디에서 훤초를 얻어 북당에 심을꼬.(焉得萱草 言樹之背 *背는 이 시에서 北堂을 뜻함)"라 한 시구에서 유래하여, 주부가 자신의 거처인 북당에 심고자 했던 풀이라는 데서, '어머니' 또는 '어머니를 모심'을 이르는 말로 쓰였다.

567)진진(溱溱) : ① 많은 모양 ② 성한 모양 ③ 펴지는 모양 ④ 계속되는 모양.

568)ᄇᆡᆨ년보험(白蓮黼臉) : 흰 연꽃처럼 하얀 뺨. *보험(黼臉) : 보검(黼臉). 뺨. *'臉'의 음은 '검'이다.

569)목란일지(木蘭一枝) : 백목련 한 가지. *목란(木蘭): =백목련(白木蓮).

570)아쳐ᄒᆞ다 : ①아쉬워하다. ②안쓰러워하다. ③싫어하다.

571)년ᄋᆡ비상(憐愛悲傷) : 안쓰럽고 사랑스러워하는 마음에서 일어나는 깊은 슬픔

니별이 이실 쥴 아랏ᄂᆞ니, 엇지 ᄉᆡ로이 슬허ᄒᆞ리오만은, 여뫼(汝母) 남달니 심약ᄒᆞᆫ 고로, 금번 니별을 당ᄒᆞ여 후회 아득ᄒᆞ믈 ᄉᆡᆼ각ᄒᆞ니, ᄌᆞ연 ᄋᆡ연ᄒᆞᆫ 니회(離懷)ᄅᆞᆯ 지향치 못ᄒᆞ나, '녀ᄌᆞ유ᄒᆡᆼ(女子有行)이 원부모형뎨(遠父母兄弟'572))니, 네 비록 어미ᄅᆞᆯ ᄯᅥ나ᄂᆞᆫ 졍시 슬프나, 경ᄉᆞ(京師)의 가믄 슉당(叔堂) 동긔(同氣)와 친쳑이 잇셔, 범부인의 현슉ᄒᆞ미 죡히 여모의 ᄌᆞᄋᆡᄅᆞᆯ ᄃᆡ홀 거시오, ᄐᆡᄉᆞ와 츄밀 슉슉(叔叔)이 돈후(敦厚) 관인(寬仁)ᄒᆞ시니, ᄯᅩ 너【36】ᄅᆞᆯ ᄉᆞ랑ᄒᆞ시미 너의 부왕을 ᄃᆡ(代)홀 거시니, 너ᄂᆞᆫ 어버이 ᄉᆡᆼ각ᄂᆞᆫ 졍을 깁히 슉당의 옴겨, 먼니 잇ᄂᆞᆫ 부모ᄅᆞᆯ ᄉᆡᆼ각지 말며, 구가의 도라가 슉흥야ᄆᆡ(夙興夜寐)ᄒᆞ고 동동촉촉(洞洞屬屬)ᄒᆞ여 존당 구고ᄅᆞᆯ 션효(善孝)ᄒᆞ며, 군ᄌᆞᄅᆞᆯ 승슌(承順)ᄒᆞ고 슉미ᄅᆞᆯ 우공(友恭)ᄒᆞ며 친쳑을 화목ᄒᆞ여, 부모ᄅᆞᆯ 욕먹이지 아닌즉 이 곳 효되라. 무익ᄒᆞᆫ 슬프믈 닐너 무엇ᄒᆞ리오. 다만 기리 무양(無恙)ᄒᆞ믈 바라노라."

니별이 이실 쥴 알아ᄂᆞ니 엇디 ᄉᆡ로이 슬허ᄒᆞ리오만[마]ᄂᆞᆫ, 여뫼 남다른 심약인 고로 금번 니별을 당ᄒᆞ여 후회 아득ᄒᆞ믈 ᄉᆡᆼ각ᄒᆞ니 ᄌᆞ연 ᄋᆡ연ᄒᆞᆫ 니회를 지향치 못ᄒᆞ나, 녀ᄌᆞ유ᄒᆡᆼ이 원부모형뎨니, 네 비록 어미 ᄯᅥ나ᄂᆞᆫ 졍시 슬프나 경ᄉᆞ의 가믄 슉당 동긔와 친쳑이 잇셔, 범부인의 현슉ᄒᆞ미 죡히 여모의 ᄌᆞᄋᆡ를 ᄃᆡ홀 거시【27】오, ᄐᆡᄉᆞ와 츄밀 슉슉이 돈후관인ᄒᆞ시니 ᄯᅩ 너를 ᄉᆞ랑ᄒᆞ시미 너의 부왕을 ᄃᆡ홀 거시니, 너ᄂᆞᆫ 어버이 ᄉᆡᆼ각ᄂᆞᆫ 졍을 기리 슉당의 옴겨 먼니 잇ᄂᆞᆫ 부모를 ᄉᆡᆼ각디 말며, 구가의 가 슉흥야ᄆᆡᄒᆞ고 동동쵹쵹ᄒᆞ여 존당 구고를 셩효ᄒᆞ며 군ᄌᆞ를 승슌ᄒᆞ고 슉미를 우공ᄒᆞ여 ᄉᆡᆼ아구로를 욕먹이지 말나."

쇼제 뉴톄(流涕) 비비(霏霏)ᄒᆞ여 겨유 ᄌᆡᄇᆡ슈명(再拜受命)ᄒᆞ고, 호빙[빈]과 셰ᄌᆞᄅᆞᆯ 향ᄒᆞ여 ᄇᆡᄉᆞ 하직 왈,

쇼제 뉴톄 비비ᄒᆞ야 겨유 ᄌᆡᄇᆡ 슈명ᄒᆞ고, 셰ᄌᆞ와 호빙[빈]을 분슈ᄒᆞ고

"져져(姐姐)ᄂᆞᆫ 불초ᄆᆡ(不肖妹)의 용우(庸愚)ᄒᆞ믈 본밧지 마로시고, 기리 부왕과【37】모비(母妃)ᄅᆞᆯ 뫼셔 ᄇᆡᆨ슈안강(百壽安康)ᄒᆞ시고, 거거(哥哥)ᄂᆞᆫ 호형의 현심슉덕(賢心淑德)을 져바리지 마ᄅᆞ샤, 종시의 슉녀의 덕을 아름다이 너겨, 화락ᄒᆞ며 유ᄌᆞᄉᆡᆼ녀(有子生女)ᄒᆞ샤 '농장(弄璋)의 경ᄉᆞ(慶事)573)로ᄡᅧ, 부모의 좌하의 위로ᄒᆞ시믈 바라나이다. 호비ᄂᆞᆫ 현슉ᄒᆞᆫ 녀지라. 쇼고(小姑)의 ᄌᆞ혜(慈惠)ᄒᆞᆫ 인픔을 조ᄎᆞ 우ᄋᆡ 지극ᄒᆞ던 고로, ᄯᅩᄒᆞᆫ 니별을 당ᄒᆞ여 슬프믈 니긔지 못ᄒᆞᄃᆡ, 셰ᄌᆞᄂᆞᆫ 두어

---

572)녀ᄌᆞ유ᄒᆡᆼ(女子有行) 원부모형뎨(遠父母兄弟) : '여자가 시집가면 부모형제와 멀어진다'는 뜻으로, 『시경(詩經)』<패풍(邶風)> '泉水'편에 나온다.

573)농장(弄璋)의 경ᄉᆞ(慶事) : =농쟝지경(弄璋之慶). 아들을 낳은 경사. 예전에, 중국에서 아들을 낳으면 구슬을 장난감으로 주었다는 데서 유래한 말.

마디 강작(强作)ᄒᆞ여 니별ᄒᆞᄂᆞᆫ 말 ᄲᅮᆫ이라.

니슉희 등 삼셔모를 분슈ᄒᆞᆷ믹, 이의 모녀 남믹 손을 난화 교즁의 오ᄅᆞ니, 거류상별(去留相別)의 결연 의의하믄 【38】슈거셔(數車書)의 다 긔록지 못ᄒᆞᆯ너라.

왕이 녀아의 ᄎᆡ교(彩轎)를 압세워 궐문을 나니, 댱휘 고루(高樓)의 올나 녀아의 ᄒᆡᆼ거(行車)를 바라보고, 휘루뉴체(揮淚流涕)ᄒᆞ믈 마지 아니ᄒᆞ더라.

왕이 녀아로 더부러 일노의 무ᄉᆞ히 ᄒᆡᆼᄒᆞ여 월여의 황셩(皇城)의 니ᄅᆞ니, ᄎᆞ시 초하(初夏) 회간(晦間)이라. 도로의 츈경(春景)이 화려ᄒᆞ여 도쳐의 경물이 가히 보암즉 ᄒᆞ더라.

○…결락81자…○[무ᄉᆞ이 득달 입셩ᄒᆞ야 왕이 몬져 쇼져를 본부로 보ᄂᆡ고 바로 궐하의 나아가 텬안의 됴회ᄒᆞ니, 상이 크게 반기샤 ᄉᆞ쥬ᄒᆞ시니 일식이 반오의 왕이 퇴됴ᄒᆞ야 부듕의 도라오니 ᄐᆡᄉᆞ 곤계 셔로 반기미 측양 업고], 오공쥐 냥슉모를 뵈옵고 반기미 모비의 년ᄌᆞ(憐慈)574)를 밧ᄌᆞᆸᄂᆞᆫ 듯ᄒᆞ고, 모든 ᄌᆞ믹 제쇼져로 숀을 니어 반기며, 창으로 더부러 남믹 니회(離懷) 측냥치 못ᄒᆞ더라.

창공지 져져(姐姐)의 안면(顔面)을 오히려 긔억【39】지 못ᄒᆞ더니, 셔로 만나믹 탐탐ᄒᆞᆫ 동긔지졍(同氣之情)이 타인의 비길 ᄇᆡ 아니오, 쇼제 ᄯᅩ 아의 장셩ᄒᆞ미 니러틋 ᄒᆞ믈 두굿기고, 모후의 보지 못ᄒᆞ시믈 ᄋᆡ달나 ᄒᆞ더라.

이 ᄯᅵ 엄학ᄉᆞ 희 닙신(立身)ᄒᆞ여 벼ᄉᆞᆯ이 한님학ᄉᆞ(翰林學士)의 잇고, 운은 니부시랑(吏部侍郞)의 승치(陞差)ᄒᆞ엿더라.

엄학ᄉᆞ 희, 임의 쇼년진신(少年진紳)으로 쳥망(淸望)이 조야(朝野)의 드레고575), 상춍(上寵)이 늉늉ᄒᆞ고 동뉴(同類) ᄉᆞ랑ᄒᆞ니, 남아의 미흡ᄒᆞ미 업ᄉᆞᄃᆡ, 다만 ᄋᆡ달은 바ᄂᆞᆫ 문시의 불현ᄒᆞ미 군ᄌᆞ의 ᄶᅡᆨ이 아니라.

일노조ᄎᆞ 학ᄉᆞ의 금슬이 돈연ᄒᆞ고 문시의 초독ᄒᆞᆫ 원분이 쳘텬(徹天)ᄒᆞ니, 가【40】ᄂᆡ ᄌᆞ

교듕의 오르니, 거류 상별의 결연 의의ᄒᆞ믄 슈긔셔의 긔록기 어렵더라.

왕이 녀ᄋᆞ의 ᄎᆡ교를 압세워 궐문을 나니, 댱휘 고루의【28】 올나 녀ᄋᆞ의 ᄒᆡᆼ거를 ᄇᆞ라보고 휘루 비읍ᄒᆞ믈 마디 아니터라.

왕이 녀ᄋᆞ로 더브러 일노의 무ᄉᆞ히 ᄒᆡᆼᄒᆞ여 월여의 황셩의 니르니, ᄎᆞ시 쵸하 회간이라. 도로 츈경이 화려ᄒᆞ야 길 가기 돗[됴]터라.

무ᄉᆞ이 득달 입셩ᄒᆞ야 왕이 몬져 쇼져를 본부로 보ᄂᆡ고 발[바]로 궐하의 나아가 텬안의 됴희[회]ᄒᆞ니, 상이 크게 반기샤 ᄉᆞ쥬ᄒᆞ시니 일식이 반오의 왕이 퇴됴ᄒᆞ야 부듕의 도라오니 ᄐᆡᄉᆞ 곤계 셔로 반기미 측양 업고, 션혜 쇼제 모든 ᄃᆡ 뷔알ᄒᆞ니 일문 상히 그 장셩슈미ᄒᆞ여시믈 아름다이 넉이고, ᄐᆡᄉᆞ와 츄밀이 집슈년ᄋᆡᄒᆞ믈 마지아니며 쵀·범 양부인의【29】 ᄉᆞ랑이 쳬쳬ᄒᆞ고 모든 ᄌᆞ믹 제쇼져 숀을 니어 반기며 창으로 더브러 니회 층양치 못ᄒᆞᆯ너라.

이ᄯᅵ 엄 ᄒᆞᆨᄉᆞ 희ᄂᆞᆫ 입신ᄒᆞ여 벼ᄉᆞᆯ이 ᄒᆞᆨᄉᆞ의 잇고, 운은 니부시랑의 승치ᄒᆞ엿더라.

엄 ᄒᆞᆨᄉᆡ 임의 쇼년 진신으로 쳥망이 됴야를 드레고 상툥이 늉늉ᄒᆞ니 남ᄋᆞ의 미흡ᄒᆞ미 업ᄉᆞᄃᆡ 다만 ᄋᆡ달온 바ᄂᆞᆫ 문시의 블현ᄒᆞ미 군ᄌᆞ의 ᄶᅡᆨ이 아니라.

일노조ᄎᆞ ᄒᆞᆨᄉᆞ의 금슬 은ᄋᆡ 돈연ᄒᆞ고 문시의 표독ᄒᆞᆫ 원이 쳘쳔ᄒᆞ니 가ᄂᆡ ᄌᆞ연 화평치 못ᄒᆞ더라.

574)년ᄌᆞ(憐慈) : 어여삐 여겨 지극히 사랑함.
575)드레다 : 들레다. 야단스럽게 떠들다. 떠들썩하다. 드러나다.

연 화평치 못ᄒᆞ더라.

션혜쇼제 시랑 부인 한시의 뇨조현쳘(窈窕賢哲)ᄒᆞᆷ과, 문신의 은악양션(隱惡揚善)ᄒᆞᆫ 거지를 보ᄆᆡ, 심하의 불쾌ᄒᆞ믈 니긔지 못ᄒᆞ더라.

이 ᄯᅵ 셜부인 일녀 셜쇼져ᄂᆞᆫ 평진왕의 뎨(弟) 승상 희텬의 ᄌᆞ부(子婦)로 졍혼ᄒᆞ엿고, 츄밀공 ᄎᆞ녀 옥혜ᄂᆞᆫ 진왕의 삼ᄌᆞ 츈닌으로 졍혼ᄒᆞ엿ᄂᆞᆫ지라. 범·셜 냥부인이 션혜쇼져를 어로만져 각각 녀아로 더부러 구문(舅門)의 드러가ᄆᆡ, ᄌᆞ최 셔어(齟齬)치 아닐 쥴을 니ᄅᆞ며 구[두]긋기더라.

오왕이 즉시 턱일ᄒᆞ여 진궁의 보ᄒᆞ니, 길긔(吉期) 슈순(數旬)이 가렷더라.

최부인이 범구(凡具)【41】를 극진이 출히며 혼슈(婚需)를 셩비(盛備)ᄒᆞᄆᆡ, 극진치 아니미 업더라.

길일이 다ᄃᆞᄅᆞᄆᆡ 틱ᄉᆞ부(太史府)의 ᄃᆡ연을 ᄀᆡ장(開場)ᄒᆞ니, 긔구(器具) 장녀(壯麗)ᄒᆞᄆᆡ 비길ᄃᆡ 업ᄂᆞᆫ지라.

ᄂᆡ외 종족이 모드니 광실이 좁고 ᄎᆡ푀(彩袍) '빅빅 밀밀(密密)ᄒᆞ여'576) 금옥(金屋)이 굉장(宏壯)ᄒᆞ고 금싊(錦繡) 어릐여시니, 보비의 빗치 찬난ᄒᆞ더라.

일영(日影)이 장반의 윤한님 셩닌이 은안빅마(銀鞍白馬)의 허다 요긱(繞客)이 위요(圍遶)ᄒᆞ니, 이 왕후지ᄌᆡ(王侯之子)라. 그 취실(娶室)ᄒᆞᄂᆞᆫ 녜ᄎᆡ(禮次) 엇지 범연(凡然)ᄒᆞ리오.

취운산으로븟터 십ᄌᆞ가 홍화방가지 싱쇼고악(笙簫鼓樂)577)이 훤텬(喧天)ᄒᆞ고, 제후(諸侯)의 위의(威儀) 니어시니, 《셰우‖셰위(細柳)》 능교ᄒᆞ고 쥬【42】분(朱粉) 표표(表表)ᄒᆞ여 빗난 긔식이 니로 긔록기 어렵더라.

신낭의 위의 부문(府門)의 님ᄒᆞᄆᆡ, ᄂᆡ부시랑 엄운이 광의ᄃᆡᄃᆡ(廣衣大帶)578)로 팔 미러,

576)빅빅 밀밀(密密)ᄒᆞ다 : 아주 빽빽하게 들어차 있다.

577)싱쇼고악(笙簫鼓樂) : 생황, 퉁소, 북 등으로 연주하는 음악.

578)광의ᄃᆡᄃᆡ(廣衣大帶) : 품이 넉넉한 도포(道袍)

션혜 시랑 부인 한시의 뇨됴현쳘ᄒᆞᆷ과 문시의 은악양션ᄒᆞᆫ 거【30】지를 보ᄆᆡ 심하의 블쾌ᄒᆞ믈 이긔디 못ᄒᆞ더라.

이ᄯᅵ 셜부인 일녀ᄂᆞᆫ 윤 승샹 희쳔의 ᄎᆞᄌᆞ와 졍혼ᄒᆞ엿고, 츄밀공 ᄎᆞ녀 옥혜ᄂᆞᆫ 진왕 삼ᄌᆞ 듀닌과 졍혼ᄒᆞ엿ᄂᆞᆫ지라. 범·셜 양부인이 션혜 쇼져를 어ᄅᆞ만져 각각 녀ᄋᆞ로 더브러 구문의 드러가ᄆᆡ ᄌᆞ최 셔어치 아닐 쥴을 니ᄅᆞ며 두긋기더라.

오왕이 즉시 턱일ᄒᆞ여 진궁의 보ᄒᆞ니 길긔 슌여 일이 ᄀᆞ렷더라.

왕이 일ᄌᆡ 갓가오믈 ᄃᆡ열ᄒᆞ며 최부인이 범구를 극진이 출혀 혼슈를 셩비ᄒᆞᄆᆡ 극진치 아니미 업더라.

길일이 다ᄃᆞᄅᆞᄆᆡ 틱ᄉᆞ부의 ᄃᆡ연을 ᄀᆡ장ᄒᆞᄆᆡ 금【31】슈포진과 팔진경찬의 화려ᄒᆞ며 일국부귀를 기우려시니 그 거록ᄒᆞ믄 뭇디 아녀 알디라.

ᄂᆡ외 죵족이 모드니 광실이 좁더라.

일영이 장반의 윤 한님 셩닌이 옥안 화모의 길복을 졍제ᄒᆞ고 은안 빅마의 허다 요긱이 위요ᄒᆞ니 이 ᄯᅩᄒᆞᆫ 왕후지ᄌᆡ지라. 그 취실ᄒᆞᄂᆞᆫ 녜ᄎᆡ 엇디 범연ᄒᆞ리오.

취운산으로븟터 홍화방ᄭᆞ지 싱쇼고악이 훤화ᄒᆞ니 빗ᄂᆞᆫ 경식이 이로 긔록디 못ᄒᆞᆯ너라.

신낭의 위의 부문의 니ᄅᆞᄆᆡ 시랑 엄운이 광의 ᄃᆡᄃᆡ로 팔 미러

금난(金欄) 보셕(褓席)으로 인도ᄒᆞ여, 냥촉(兩燭) ᄉᆞ이의 나아가 녜안(禮雁)579)을 뎐디긔 젼ᄒᆞ고 참비ᄒᆞ기를 맛ᄎᆞ미, 신낭이 좌의 나아가 신부의 상교(上轎)를 기다릴ᄉᆡ, 텩ᄉᆞ 곤계와 셜복야 등이 일시의 왕을 향ᄒᆞ여 긔셔(奇婿) 어드믈 치하ᄒᆞ니, 왕이 흔연이 ᄉᆞ양치 아니ᄒᆞ고, 윤싱의 숀을 잡고 두굿기믈 니긔지 못ᄒᆞ여 갈오ᄃᆡ,

"불거(不擧)580)ᄒᆞᆫ 쇼녀의 용ᄌᆡ(容姿)로뻐 현셔의게 의탁ᄒᆞ니, 나의【43】 바람의 과ᄒᆞᆫ지라. 쇼녀의 평싱이 빗날 바ᄅᆞᆯ 영힝ᄒᆞᄂᆞ니, 현셔ᄂᆞᆫ 유신ᄒᆞᆫ 장뷔라. 맛ᄎᆞᆷᄂᆡ 아녀의 만니(萬里)의 니친(離親)ᄒᆞᆫ 졍ᄉᆞᄅᆞᆯ 민지긍지(悶之矜之)ᄒᆞ여, 비록 허물이 이실지라도 관셔(寬恕)ᄒᆞ믈 바라노라. 윤한님이 옥면셩모(玉面星眸)의 동황(東皇)581)이 므ᄅᆞ녹아 비샤 슈명ᄒᆞ더라.

이윽고 엄쇼제 장쇼(粧梳)ᄅᆞᆯ 닐우고 하직을 고ᄒᆞᄂᆞᆫ지라. 왕이 ᄂᆡ당의 드러가 친히 경계ᄒᆞ여 보ᄂᆡ며, 삼슉뫼 나못촐 ᄎᆡ오며 ᄌᆞ모의 도ᄅᆞᆯ 다ᄒᆞ니, 쇼제 ᄌᆞ모의 년ᄌᆞ(憐慈)ᄒᆞ시던 셩덕을 ᄉᆞ모ᄒᆞ여, 안모(顔貌)의 쳐식(悽色)이 은영(隱映)ᄒᆞ더라.

임의 상교(上轎)【44】ᄒᆞ미 신낭이 금쇄(金鎖)ᄅᆞᆯ 드러 봉교(封轎) 상마(上馬)ᄒᆞ여 본부의 도라오니, 일노(一路)의 장ᄒᆞᆫ 위의 덥혀시니, 빵빵ᄒᆞᆫ 현군황상(玄裙黃裳)582)과, 슈의[위]나졸(守衛羅卒)583)이 젼ᄎᆞ후옹(前遮後擁)ᄒᆞ여, 슈십여 인 분면아황(粉面蛾皇)584)이 ᄌᆞ

를 입고 넓은 띠를 두른 차림.

579)녜안(禮雁) : 혼인례의 예물로 신랑이 신부 집에 바치는 기러기. 기러기는 한번 짝을 지으면 죽을 때까지 짝을 바꾸지 않는다 하여 신랑이 백년해로 하겠다는 서약의 징표로서 신부의 어머니에게 기러기를 드린다. 산 기러기를 쓰기도 하나, 대개는 나무로 만든 것을 쓴다.

580)불거(不擧) : 철이 없고 사리에 어둡다.

581)동황(東皇) : =동군(東君). 오방신장(五方神將)의 하나. 봄을 맡고 있는 동쪽의 신이다.

582)현군황상(玄裙黃裳) : 검은색 치마와 노란색 치마.

583)슈위나졸(守衛羅卒) : 호위하는 병졸.

584)분면아황(粉面蛾皇) : 여자의 분바른 얼굴. *아황(蛾黃): 예전에, 여자들이 발랐던 누런빛이 나는 분(粉).

금난보셕으로 인도ᄒᆞ야, 녜안을 뎐지【32】긔 젼ᄒᆞ고 참비ᄒᆞ기를 맛ᄎᆞ미, 신낭이 좌의 나가 신부의 상교를 기ᄃᆞ릴ᄉᆡ, 텩ᄉᆞ 곤계와 셜복야 등이 일시의 왕을 향ᄒᆞ여 긔셔 어드믈 치하ᄒᆞ니, 왕이 흔연이 ᄉᆞ양치 아니코 윤싱의 손을 잡고 두굿기더니,

이윽고 엄쇼제 장소를 일우고 상교ᄒᆞᆯᄉᆡ 왕이 ᄂᆡ당의 드러가 친히 경계ᄒᆞ야 보ᄂᆡ며, 삼슉뫼 나못촐 ᄎᆡ오겨[며] ᄌᆞ모의 도를 다ᄒᆞ니, 쇼제 모비의 년ᄌᆞᄒᆞ시던 셩덕을 츄모ᄒᆞ여 안모의 쳐식이 은영ᄒᆞ더라.

임의 상교ᄒᆞ미 신낭이 봉문상마ᄒᆞ여 본부의 도라오니, 도로의【33】 위의 부셩ᄒᆞ여 향풍이 진울ᄒᆞ고 낭낭ᄒᆞᆫ 옥가ᄂᆞᆫ 십 니의 버럿더라.

슈ᄎᆡ메(紫袖彩袂)[585]로 금년보쵹(金輦寶燭)[586]을 잡아 ᄌᆡ젼ᄌᆡ후(在前在後)하니, 낭낭ᄒᆞᆫ 옥가(玉駕)ᄂᆞᆫ 십니의 버렷고, 향풍이 일노(一路)의 옹비(擁鼻)하니, 시상(市上) ᄒᆡᆼ뇌(行路) 거롬을 머[멈]츄고 녀항간(閭巷間)의 집잡아 굿보며, 칭찬 왈,

"이 진젓 왕공지ᄌᆞ(王公之子)와 국군지녀(國君之女)의 가혼(嫁婚)이니, 엇지 이러치 아니리오."

ᄒᆞ더라.

ᄒᆡᆼᄒᆞ여 취운산의 니ᄅᆞ니, 도로의 장(壯)ᄒᆞ며 긔특ᄒᆞ미 【45】텬숀(天孫)을 친영(親迎)ᄒᆞᄂᆞᆫ 위의와, 동비(東妃)[587] 셔방 마ᄌᆞ 부상(扶桑)[588]의 ᄉᆞ리기ᄂᆞᆫ[589] 거동(擧動)이라도 이의 밋지 못ᄒᆞᆯ지라.

신낭 신부의 위의 진궁의 니ᄅᆞ러ᄂᆞᆫ 청즁의 나아가 금년보셕(金筵寶席)[590] 우희 부뷔 교ᄇᆡ(交拜)[591]ᄒᆞ여 합환(合歡)[592]을 맛ᄎᆞ니, 남풍녀ᄎᆡ(男風女彩)[593] 발월(發越)ᄒᆞ여 일월(日月)이 바ᄋᆡᄂᆞᆫ[594] 듯ᄒᆞ더라.

녜파(禮罷)의 신뷔 구고(舅姑)긔 조뉼(棗栗)을 밧드러 드리고 ᄇᆡ현(拜見)ᄒᆞ니, 구고와

신낭 신뷔 진궁의 니ᄅᆞ러 금년보셕 우희셔 부뷔 합환교ᄇᆡᄒᆞᆯᄉᆡ 남풍녀ᄎᆡ 발월ᄒᆞ여 일월이 ᄇᆡ아ᄂᆞᆫ ᄃᆞᆺᄒᆞ더라.

녜파의 됴율을 밧드러 폐ᄇᆡᆨᄒᆞᆯᄉᆡ 만목이 일시의 신부를 ᄉᆞᆯ피니, 이 본ᄃᆡ 곤눈산 가지오 명가 긔ᄆᆡᆨ이라. 엇디 셰쇽 홍분 미ᄉᆡᆨ의 비기리오.

---

585)ᄌᆞ슈ᄎᆡ메(紫袖彩袂) : 붉은 소매와 고운 빛깔의 소매.

586)금년보쵹(金輦寶燭) : 화려하게 잘 꾸민 가마와 촛불.

587)동비(東妃) : 동궁비(東宮妃). 또는 동군비(東君妃). 여기서는 동군비 곧 태양신(太陽神)의 비.

588)부상(扶桑) : 해가 뜨는 동쪽 바다.

589)ᄉᆞ리기다 : ᄉᆞ리기다. 해가 뜨거나 질 무렵에, 햇빛이 노을져 둥글게 퍼져나가다. 'ᄉᆞ리+기다'의 형태. *ᄉᆞ리: 사리. 국수, 새끼, 실 따위를 둥글게 포개어 감은 뭉치. *기다: 안개나 땅거미 따위가 바닥을 훑어 나가듯이 퍼져 나가다.

590)금년보셕(金筵寶席) : 예식을 위해 화려하게 꾸민 의식 자리.

591)교ᄇᆡ(交拜) : 전통 혼례식에서 신랑 신부가 서로에게 절을 하고 받는 교배례(交拜禮)를 이르는 말.

592)합환(合歡) : 전통 혼례식에서 신랑 신부가 서로 잔을 바꾸어 마시는 합근례(合巹禮)를 이르는 말.

593)남풍녀ᄎᆡ(男風女彩) : 남자의 풍채와 여자의 미모..

594)바ᄋᆡ다 : 빛나다. 부시다. 눈부시다.

만목(滿目)이 일시의 거안시지(擧眼視之)ᄒᆞ니, 이 본ᄃᆡ 곤뉸산(崑崙山) ○[옥(玉)]가지오, 고문셰덕(高門世德)은 영지방향(靈芝芳香)이○[며] 명가긔ᄆᆡᆨ(名家氣脈)은 형옥여졍(荊玉餘精)595)이라. 엇지 셰쇽 홍분미ᄉᆡᆨ(紅粉美色)의 비기리오.

월ᄋᆡᆨ뉴미(月額柳眉)596)ᄂᆞᆫ 원산(遠山)의 ᄂᆡ 흔젹【46】이 몽농(朦朧)ᄒᆞ고, 일빵 명목(明目)은 효셩(曉星)이 쳐음으로 동방의 올낫ᄂᆞᆫ 듯, 년화(蓮花) 보조기ᄂᆞᆫ 일쳔 ᄌᆞ틔ᄅᆞᆯ 먹음어, 요지금원(瑤池禁苑)597)의 왕모(王母) 도화(桃花) 일쳔졈(一千點)이 닷호와 븕엇ᄂᆞᆫ 듯, 잉슌(櫻唇)이 찬연ᄒᆞ여 도ᄉᆞᆯ궁(兜率宮)598) 단ᄉᆞ(丹砂)ᄅᆞᆯ 흐억히 찍엇ᄂᆞᆫ 듯, 진쥬(珍珠) 갓흔 냥이(兩耳)와 봉익(鳳翼) 갓흔 엇게, ᄊᆡᆺ가 닐운 듯ᄒᆞ니, 더옥 약년(弱年) 이륙(二六)의 쳥하(淸荷) 부용(芙蓉)이 함담(萏菡)599)을 ᄀᆡ균(開勻)600)치 못ᄒᆞᆷ 갓고, 옥누신월(玉樓新月)이 치 둥구지601) 못ᄒᆞᆫ 듯ᄒᆞ니, 쳔교만ᄐᆡ(天嬌萬態)602) 불가형언(不可形言)이라.

오직 ᄃᆡ두지(對頭者)603) 구가(舅家) 제부인 즁 윤한님 원비(元妃) 소쇼져의 찬찬슈이(燦燦秀異)ᄒᆞᆫ 용화덕질(容華德質)이 아니면, 방불(彷彿)ᄒᆞ【47】니도 엇기 어려올지라.

월ᄋᆡᆨ 뉴미ᄂᆞᆫ 원산의 ᄂᆡ 흔젹이 몽농ᄒᆞ고 일빵 명목은 효셩이 처음으로 동방의 올낫ᄂᆞᆫ 듯, 년화 《보교개‖보죠개》ᄂᆞᆫ 일쳔 자틔을 먹음어 《요긔‖요지》 금원의 왕모 도【34】화 일쳔 졈이 닷토아 븕엇ᄂᆞᆫ 듯, 잉슌이 찬연ᄒᆞ여 도ᄉᆞᆯ궁 단ᄉᆞ를 흐억이 직은 듯 진쥬 ᄀᆞᄐᆞᆫ 낭이와 봉됴갓ᄐᆞᆫ 엇기 ᄊᆡᆨ가 일운 듯ᄒᆞ니, 더옥 《양년‖약년》 이륙의 쳥하부용이 한담을 ᄀᆡ균치 못ᄒᆞᆷ ᄀᆞᆺ고, 옥누신월이 치 둥그지 못ᄒᆞᆫ 듯ᄒᆞ니,

오딕 ᄃᆡ두ᄒᆞᆯ 지 구가 제부인 듕 윤 한님 원비 소쇼제의 슈이ᄒᆞᆫ 용화덕질이 아니면 방블ᄒᆞ 니도 엇기 어려을디라.

---

595)형옥여졍(荊玉餘精) : '화씨벽(和氏璧)의 정채(精彩)가 있다'는 말. *화씨벽: 중국 전국시대에 변화씨(卞和氏)라는 사람이 형산(荊山)에서 돌 위에 봉황이 깃들이는 것을 보고 얻었다는 천하의 이름난 옥(玉).

596)월익뉴미(月額柳眉) ; 달처럼 둥근 이마와 버들잎처럼 아름다운 눈썹.

597)지금원(瑤池禁苑) : 요지(瑤池)에 있는 동산. *요지(瑤池); 곤륜산에 있다고 하는 연못으로, 서왕모(西王母)가 살고 있다고 하며, 주(周) 목왕(穆王)이 이곳에서 서왕모(西王母)를 만났다는 전설이 전하고 있다. *금원(禁苑); 예전에, 궁궐 안에 있던 동산이나 후원을 이르던 말.

598)도ᄉᆞᆯ궁(兜率宮) : 도솔천(兜率天)에 있는 궁전.

599)함담(菡萏) : 연꽃의 봉오리. *여기서는 꽃봉우리를 뜻함.

600)ᄀᆡ균(開均) : 활짝 피다.

601)둥구다 : 둥글게 되다.

602)쳔교만틔(天嬌萬態) : 천만가지의 온갖 아름다운 자태.

603)대두자(對頭者) : 대적할 자. 상대할 자.

녜파(禮罷)의 좌의 나아가미, 윤시 제부인과 신부의 옥틱월광(玉態月光)604)이 참칙상하(參差上下)605)ᄒᆞ여 위쥐(魏珠)606) 금반(金盤)의 황황(煌煌)ᄒᆞ고 보벽(寶壁)이 닷토아 상광(祥光)을 흘니ᄂᆞᆫ 듯, 셩장칠뵈(盛粧七寶) 셔로 어ᄅᆞᆫ겨 보광(寶光)이 징휘(爭輝)ᄒᆞ니, 한갈갓치 슉인셩ᄉᆞ(淑人聖姒)607)의 못거지608)라. 만당(滿堂) 제빈(諸賓)과 족친(族親)이 존당과 진왕을 향ᄒᆞ여 년셩(連聲) 치하ᄒᆞ니, 존당이며 진왕□[과] ᄉᆞ위(四位) 존괴 다 희식이 영농ᄒᆞ여, 《제비 ‖ 제빈(諸賓)》의 치하ᄅᆞᆯ ᄉᆞ양치 아니ᄒᆞ더라.

종일 진환ᄒᆞ미 홍운(紅雲)이 장셔(將西)ᄒᆞ고, 빅운이 동졍호(洞庭湖)609)의 쇼ᄉᆞ니, 빈긱이 각【48】산기가(各散其家)ᄒᆞ고 신부 슉쇼ᄅᆞᆯ 졍ᄒᆞ여 안돈ᄒᆞ니, 오파 등이 쇼져ᄅᆞᆯ 위ᄒᆞ여 깃거ᄒᆞ믈[믄] 일필난긔(一筆難記)라.

쇼제 인뉴구가(因留舅家)ᄒᆞ미 동동촉촉(洞洞屬屬)610)ᄒᆞ고 슉흥야미(夙興夜寐)611)ᄒᆞ여,

녜파의 좌의 나아가미, 윤시 제부인과 신부의 옥틱월광이 참치상하ᄒᆞ야, 위쥐 금반의 황황ᄒᆞ고, 보벽이 닷토와 상【35】광을 흘니ᄂᆞᆫ 둧, 셩장칠븨[뵈] 셔로 어ᄅᆞᆫ겨 부광이 징휘ᄒᆞ니, ᄒᆞᆫ갈ᄀᆞᆺ치 셩ᄉᆞ슉인의 못고지라. 만당제빈과 죡친이 죤당과 진왕을 향ᄒᆞ야 년셩치하ᄒᆞ니 죤당과 진왕이며 ᄉᆞ위 죤괴 다 희식이 녕농ᄒᆞ여 제빈의 치하ᄅᆞᆯ ᄉᆞ양치 아니터라.

죵일 진환ᄒᆞ미 빈긱이 각산ᄒᆞ고 신뷔 슉소ᄅᆞᆯ 졍ᄒᆞ여 안둔ᄒᆞ니,

쇼제 인유구가ᄒᆞ야 동동쵹쵹ᄒᆞ고 슉흥야미ᄒᆞ야

604)옥틱월광(玉態月光) : 옥처럼 아름다운 자태와 달빛처럼 빛나는 광채.

605)참칙상하(參差上下) : 윗사람과 아랫사람이 몸집이나 덕성이 크고 작고 높고 낮고 하여 일정하지 않음.

606)위쥐(魏珠) : 위(魏)나라 혜왕(惠王)의 십이주(十二珠)을 말함. 곧 위(魏)나라 혜왕(惠王)이 조(趙)나라 위왕(威王)에게 자랑하였다고 하는 위나라의 보배. 지름이 1촌(寸) 쯤 되는 구슬로, 수레 12대를 비출 수 있다고 하여 '십이주(十二珠)'라는 이름으로 불린다. 사기(史記)』卷四十六, '田敬仲完世家' 第十六에 나온다.

607)슉인셩ᄉᆞ(淑人聖姒) : 태사(太姒)와 같은 숙녀와 성녀. *태사(太姒): 중국 주(周)나라 문왕의 비(妃). 현모양처(賢母良妻)로 이름이 높다.

608)못거지 : 모꼬지. 놀이나 잔치 또는 그 밖의 일로 여러 사람이 모이는 일.

609)동졍호(洞庭湖) : 중국 호남성(湖南省) 동북부에 있는 중국에서 가장 큰 민물 호수. 샹강(湘江), 자수(資水), 원강(沅江) 따위가 흘러들며 호수 안에는 악양루(岳陽樓) 따위가 있어 아름다운 경치로 유명하다.

610)동동촉촉(洞洞屬屬) : 공경하고 조심함. 부모를 섬기고 공경하는 마음이 지극함. 『예기(禮記)』 <제의(祭義)>편의 "洞洞乎屬屬乎如弗勝如將失之. 其孝敬之心至也與(공경하고 조심하는 태도가 마치 이기지 못하는 것 같고 잃지 않을까 조심하는 것 같아, 그 효경하는 마음이 지극하기 그지없다.)"에서 온 말.

존당 구고ᄅᆞᆯ 션효(善孝)ᄒᆞ고, 승슌군ᄌᆞ(承順君子)ᄒᆞ여 금장(襟丈)612)을 우공(友恭)ᄒᆞ고 원비ᄅᆞᆯ 존경ᄒᆞᄆᆡ, 녀영(女英)의 슉진지풍(淑眞之風)을 니으니, 존당 구괴 어엿비 너기고 ᄒᆞᆫ님이 공경 즁ᄃᆡᄒᆞ여, 쇼쇼져긔 나리지 아니ᄒᆞ며, 금장이 ᄉᆞ랑ᄒᆞ며, 쇼쇼져도 또ᄒᆞᆫ 현슉ᄒᆞᆫ 슉녜라.

엄쇼져의 ᄌᆡ용셩덕(才容盛德)을 ᄋᆡ모(愛慕)ᄒᆞ여 젹국(敵國) 두 ᄌᆞᄅᆞᆯ 닛고, 조모(朝暮)의 셔로 ᄎᆞᄌᆞ 관곡(款曲)ᄒᆞ기【49】ᄌᆞᄆᆡ 갓흐니, 일ᄀᆡ 쇼쇼져의 현슉ᄒᆞᆷ과 엄쇼져의 ᄌᆞ인온혜(慈仁溫惠)ᄒᆞ믈 ᄉᆞ랑ᄒᆞ고 칭찬ᄒᆞ여, 빵미가인(雙美佳人)이요 일빵슉완(一雙淑婉)이라 ᄒᆞ더라.

오、진 냥왕이 셔로 모다 상ᄒᆞ(相賀)ᄒᆞ고, 녀부의 초월ᄒᆞ믈 못ᄂᆡ 깃거ᄒᆞ더라.

진왕이 일일은 ᄐᆡᄉᆞ부(太史府)의 니ᄅᆞ러 엄공ᄌᆞ 창의 풍신ᄌᆡ홰(風神才華) 당셰의 금옥군ᄌᆡ(金玉君子)믈 보고 과ᄋᆡ(過愛)ᄒᆞ여, 이의 ᄐᆡᄉᆞ와 오왕을 ᄃᆡᄒᆞ여 삼녀 월화 쇼져로 뼈 진진(秦晉)이613) 호연(好緣) ᄆᆡᄌᆞ믈 청ᄒᆞ니, ᄐᆡᄉᆞ와 왕이 또ᄒᆞᆫ 녀아의 쇼젼(所傳)으로 조ᄎᆞ 윤쇼져의 셩화(聲華)ᄅᆞᆯ 닉이 드ᄅᆞᆫ ᄇᆡ라. 불감쳥(不敢請)이언졍 고쇼원(固所願)이라.

곤계(昆季) 삼【50】인이 ᄃᆡ희ᄒᆞ여 쾌허ᄒᆞ고, 피ᄎᆞ ᄌᆞ녀의 어리믈 일ᄏᆞ라 슈년 ᄌᆞ라기ᄅᆞᆯ 기다려 셩녜ᄒᆞ려 ᄒᆞ더라.

셜복야 ᄋᆡ녀 셜쇼져와 엄츄밀 ᄎᆞ녀 은혜쇼제 다 장셩ᄒᆞ엿ᄂᆞᆫ 고로, 이의 턱일ᄒᆞ여 달을 년ᄒᆞ여 윤가 신낭을 마ᄌᆞ니, 각각 부부의 상젹ᄒᆞᆫ ᄌᆡ모ᄂᆞᆫ 구지부득(求之不得)614)이라.

오왕의 질녀(姪女)와 ᄉᆡᆼ녜(甥女)615) 다 윤

611)슉흥야ᄆᆡ(夙興夜寐) : 아침에 일찍 일어나고 밤에 늦게 잔다는 뜻으로, 부지런히 일함을 이르는 말.

612)금장(襟丈) : 여성이 남편 형제의 아내를 지칭하여 이르는 말.

613)진진(秦晉)이 : 진진(秦晉)처럼. *진진(秦晉) : 『역사』 진나라와 진나라 두 나라가 대대로 혼인을 하였다는 사실에서, 우의가 두터운 관계를 비유적으로 이르던 말.

614)구지부득(求之不得) : 구하려고 애를 써도 구할 수 없음.

됸당구고를 셩효ᄒᆞ고 군ᄌᆞ를 승슌ᄒᆞ며 금장을 우공ᄒᆞ며 원비를 됸경ᄒᆞᄆᆡ 녀영의 슉진지풍을 니으니, 됸당【36】 구괴 어엿비 넉이고 한님이 공경듕ᄃᆡᄒᆞ여 소쇼져긔 ᄂᆞ리디 아니며, 금장 쇼괴 ᄉᆞ랑ᄒᆞ며 소쇼제 또ᄒᆞᆫ 현슉ᄒᆞᆫ 슉녜라.

엄쇼져의 ᄌᆡ용셩덕을 ᄋᆡ모ᄒᆞ여 젹국 두 ᄌᆞ를 닛고 됴모의 셔로 차ᄌᆞ 관곡ᄒᆞ미 ᄌᆞᄆᆡ ᄀᆞᆺᄐᆞ니, 일개 소시의 현슉ᄒᆞᆷ과 엄시의 ᄌᆞ인온혜ᄒᆞ믈 ᄉᆞ랑ᄒᆞ고 칭찬ᄒᆞ야 일빵 슉완이라 ᄒᆞ더라.

오·진 양왕이 셔로 모다 상하ᄒᆞ고 녀부의 쵸월ᄒᆞ믈 깃거ᄒᆞ더라.

진왕이 일일은 ᄐᆡᄉᆞ부의 니ᄅᆞ러 엄공ᄌᆞ 창의 풍신ᄌᆡ화 당셰의 금옥군ᄌᆡ믈 보고 과ᄋᆡᄒᆞ여 이의 ᄐᆡᄉᆞ 곤계을【37】 ᄃᆡᄒᆞ여 삼녀 월화 쇼져로 진진의 호연 ᄆᆡᄌᆞ믈 청ᄒᆞ니, ᄐᆡᄉᆞ와 왕이 또ᄒᆞᆫ 녀ᄋᆞ의 소젼으로조ᄎᆞ 윤소져의 셩화를 닉이 드ᄅᆞᆫ ᄇᆡ라. 블감쳥이언졍 고쇼원이라.

곤계 삼인이 ᄃᆡ희ᄒᆞ여 쾌허ᄒᆞ고 피ᄎᆞ ᄌᆞ녀의 어리믈 일ᄏᆞ라 슈 년 ᄌᆞ라기를 기ᄃᆞ려 셩녜ᄒᆞ려 ᄒᆞ더라.

셜 복야 ᄋᆡ녀와 엄 츄밀 ᄎᆞ녀 은혜 장셩ᄒᆞᄆᆡ 이에 턱일ᄒᆞ여 달을 년ᄒᆞ여 윤가 신낭을 마ᄌᆞ니, 각각 부부의 상젹ᄒᆞᆫ ᄌᆡ모ᄂᆞᆫ 《구득∥구지부득》이라.

오왕이 딜녀 등이 다 윤문의 ᄌᆞ뷔 되ᄆᆡ

문의 ᄌᆞ뷔 되미 녀아의 ᄌᆞ최 고위(孤危)치 아닐 바를 깃거ᄒᆞ고, 더옥 아ᄌᆞ의 가연(佳緣)을 진궁의 졍ᄒᆞ니, 심ᄂᆡ(心內)의 불승환희ᄒᆞ나, 일념의 미친 바ᄂᆞᆫ ᄎᆞ녀 월혜의 ᄉᆞ싱존몰이 아으라ᄒᆞ여, 십여ᄌᆡ(十餘載)의 영형(影形)이 【51】 묘연(杳然)ᄒᆞ니, 즐기ᄂᆞᆫ 가온ᄃᆡ도 ᄶᅵᄶᅵ 희허장탄(噫嘘長嘆)ᄒᆞ여 슬허ᄒᆞ믈 마지 아니ᄒᆞ니, ᄐᆡᄉᆞ와 츄밀도 ᄯᅩ 한가지라.

ᄐᆡᄉᆞᄂᆞᆫ 진왕의 녀ᄋᆡ 아름답다 ᄒᆞ믈 더옥 깃거, 냥가의○[셔] 슈이 장셩ᄒᆞ여 '작쇼(鵲巢)의 ᄌᆞ미'616)를 보고ᄌᆞ ᄒᆞ여, 일월이 더ᄃᆡ 가믈 한ᄒᆞ여 굴지계일(屈指計日)617)ᄒᆞᄂᆞᆫ 마ᄋᆞᆷ 날노 급ᄒᆞᄃᆡ, 최부인이 윤쇼져의 아름다오믈 드ᄅᆞ미 크게 놀나, 진궁의 졍혼ᄒᆞ믈 ᄃᆡ경(大驚)ᄒᆞ니, ᄃᆡ강 그 심용(心用)이 여ᄎᆞ《훈지라∥ᄒᆞ더라》.

엄공ᄌᆞ 영이 강보치ᄋᆡ(襁褓穉兒)나 형을 ᄯᆞ로기 일시 좌와(坐臥)618)의 ᄯᅥ나고져 아니ᄒᆞ니, 공지 지셩 년ᄋᆡᄒᆞ미 ᄌᆞ【52】긔 몸 우희 두엇ᄂᆞᆫ지라. 가즁 상히 냥공ᄌᆞ의 셩우(誠友)를 감탄ᄒᆞ나, 최부인이 심히 불쾌ᄒᆞ여 아ᄌᆞ를 가ᄅᆞ쳐 경계ᄒᆞᄃᆡ,

"창이 용심이 ᄉᆞ오나온지라. 너를 거즛 ᄉᆞ랑ᄒᆞᄂᆞᆫ 쳬ᄒᆞ나, 반ᄃᆞ시 히홀 거시니 너ᄂᆞᆫ 요괴로온 창의 가작(假作)을 곳이 드러 ᄯᆞ로지 말나. 그리ᄒᆞ다가 사ᄅᆞᆷ 업ᄂᆞᆫ 곳의 가만이 치면, 네 엇지려 ᄒᆞᄂᆞᆫ다?"

영이 비록 총명ᄒᆞ나 삼셰 유ᄋᆡ라. 모친의 불션지심(不善之心)의 형을 히코ᄌᆞ ᄒᆞᄂᆞᆫ ᄯᅳᆺ이 이시믈 엇지 알니오. 모교를 드ᄅᆞ미 아연(啞然)이 말이 업더니, 일일은 즁당【53】의셔 놀다가 창을 만나니, 공지 밧그로셔 드러오다가 영을 나호여 안고, 최부인 침쇼의 드러가 영을 안고 슌협(脣頰)을 졉ᄒᆞ고, 등을 두

녀ᄋᆞ의 ᄌᆞ최 고위치 아닐 바를 깃거ᄒᆞ고, 더옥 ᄋᆞᄌᆞ의 가【38】연을 진궁의 졍ᄒᆞ니 심ᄂᆡ의 블승환희ᄒᆞ나, 일념의 미친 바ᄂᆞᆫ ᄎᆞ녀 월혜의 ᄉᆞ싱죤몰○[이] 아오[으]라ᄒᆞ여 십여 ᄌᆡ의 영향이 묘연ᄒᆞ니 즐기ᄂᆞᆫ 가온ᄃᆡ도 ᄶᅵᄶᅵ 희허장탄ᄒᆞ더라.

ᄐᆡᄉᆞᄂᆞᆫ 진왕의 여ᄋᆞ 아름답다 ᄒᆞ믈 더옥 깃거 냥아의 슈히 장셩ᄒᆞ여 작소의 ᄌᆞ미를 보고져 ᄒᆞ여 일월 더ᄃᆡ 가믈 한ᄒᆞᄃᆡ, 최부인이 윤쇼져의 아름다오믈 드ᄅᆞ미 크게 놀나 진궁의 졍혼ᄒᆞ믈 ᄃᆡ경ᄒᆞ니 ᄃᆡ강 그 심용이 여ᄎᆞ훈디라.

엄공ᄌᆞ 영이 강보 치ᄋᆡ나 형을 ᄯᆞᄅᆞ미 일시 좌와의 ᄯᅥ나고져 아【39】니니, 공지 지셩 년ᄋᆡᄒᆞ미 ᄌᆞ긔 몸 우희 두엇ᄂᆞᆫ지라. 가듕상히 냥공ᄌᆞ의 셩우를 감탄ᄒᆞ나 최부인이 심히 블쾌ᄒᆞ여 ᄋᆞᄌᆞ를 가ᄅᆞ쳐 경계ᄒᆞᄃᆡ,

"창이 용심이 사오나온디라. 너를 거ᄌᆞᆺ ᄉᆞ랑ᄒᆞᄂᆞᆫ 쳬ᄒᆞ나 반ᄃᆞ시 히홀 거시니, 너ᄂᆞᆫ 요긔로온 창의 가작을 고디 드러 ᄯᅩᆯ오디 말나. 그리ᄒᆞ다가 사ᄅᆞᆷ 업ᄂᆞᆫ 고ᄃᆡ 가마[만]이 치면 엇디려 ᄒᆞᄂᆞᆫ다?"

영이 비록 춍명ᄒᆞ나 삼 셰 유ᄋᆡ라. 모친의 블션지심이 형을 히코져 ᄒᆞᄂᆞᆫ 마음이 잇스믈 엇디 알니오. 모교를 드ᄅᆞ미 아연이 말이 업더니, 일일은 공【40】지 밧그로셔 드러오다가 영을 나호여 안고 최부인 침쇼의 드러가 영을 안고 슌협을 졉ᄒᆞ야 교교쳬쳬훈 ᄉᆞ랑이 아모 곳으로조ᄎᆞ 나ᄂᆞᆫ 줄 ᄭᆡ닷디 못ᄒᆞ니,

615)싱녜(甥女) : 생질녀(甥姪女). 누이의 딸.

616)작쇼(鵲巢) : 까치집. 신혼부부의 신방. 『시경』 <소남(召南)> '작소(鵲巢)'편에 신부가 시집가는 신랑의 집을 작소(鵲巢)라 함.

617)굴지계일(屈指計日) : 손가락을 꼽아 가며 예정된 날을 기다림.

618)좌와(坐臥) : 앉는 것과 눕는 것을 아울러 이르는 말.

다려 간간톄톄(懇懇棣棣)[619]ᄒᆞᆫ ᄉᆞ랑이 아모 곳으로조ᄎᆞ 나ᄂᆞᆫ 쥴 ᄭᆡ닷지 못ᄒᆞ니, 영이 ᄯᅩᄒᆞᆫ 교교(咬咬)이 우으며 옥슈로 공ᄌᆞ의 년ᄭᅩᆺ 갓ᄒᆞᆫ ᄲᅣᆷ을 우희고, 져의 잉도 갓ᄒᆞᆫ 닙을 형의 쥬슌(朱唇)의 다히며, 니로ᄃᆡ,

"모친은 보쇼셔. 형이 쇼ᄌᆞᄅᆞᆯ 이쳐로 ᄉᆞ랑ᄒᆞ시ᄂᆞᆫᄃᆡ ᄌᆞ위ᄂᆞᆫ ᄆᆡ양 여ᄎᆞ여ᄎᆞ(如此如此)ᄒᆞ시니, 엇지 괴이치 아니리잇고? 우리 형장이 진실노 이쳐로 ᄉᆞ랑ᄒᆞ【54】시니 ᄌᆞ위ᄂᆞᆫ 이제ᄂᆞᆫ 근심 마로쇼셔."

두 졈 단ᄉᆞ(丹砂)ᄅᆞᆯ 움ᄌᆞᆨ이ᄂᆞᆫ 가온ᄃᆡ, 낭낭ᄒᆞᆫ 어음이 십분 ᄌᆞ셔(仔細)ᄒᆞᆫ지라. 공지 아의 말이 이의 밋ᄎᆞ믈 경ᄒᆡ(驚駭)ᄒᆞ여 연망이 니로ᄃᆡ,

"현뎨ᄂᆞᆫ 나히 어린지라. 비록 총명ᄒᆞ나 미거(未擧)ᄒᆞ니, ᄌᆞ졍(慈庭)이 쇼아(小兒)의 ᄒᆞᄂᆞᆫ 쳬ᄅᆞᆯ 보시려 희언(戲言)으로 ᄒᆞ시미라. 너ᄂᆞᆫ 곳이듯지 말나."

부인이 아ᄌᆞ의 말을 듯고 어히업ᄉᆞ나, 본ᄃᆡ 언족이식비(言足以飾非)[620]ᄒᆞᆫ지라. 낭쇼(朗笑) 왈,

"쇼ᄋᆡ 희언을 유심ᄒᆞ엿다가 젼ᄒᆞ기ᄅᆞᆯ 이리 ᄲᆞᆯ니 ᄒᆞ니, 아히 총명은 가히 잇다 ᄒᆞ려니와, 너희 부슉이 드ᄅᆞ【55】시면 엇지 너기실 쥴 알니오. 오아ᄂᆞᆫ ᄒᆞ마 여모의 ᄂᆡ외(內外) 업슨 쥴 알니니, 쇼아의 밍낭ᄒᆞᆫ 말을 곳이드러, 상공(相公)[621]과 왕슉(王叔)긔 고치말나."

공지 최부인의 구밀복검(口蜜腹劍)을 모로리오만은, 연망이 ᄒᆞ셕ᄇᆡᄉᆞ(下席拜謝) 슈명(受命) ᄒᆞ더라.

부인이 아ᄌᆞ의 창을 ᄯᆞ로미 유명(有名)ᄒᆞ믈 한탄 왈,

"창을 업시코져 ᄒᆞ믄 젼혀 오아의 계활(契闊)이 빗나고져 ᄒᆞ미어ᄂᆞᆯ, 오ᄋᆡ 년유(年幼)ᄒᆞ여 눈치 모로미 여ᄎᆞᄒᆞ뇨?"

ᄎᆞ후ᄂᆞᆫ 창을 믜워 시긱의 삼키지 못ᄒᆞ믈 한ᄒᆞ여 통입골슈(痛入骨髓)[622]ᄒᆞ나, ᄉᆞ식(辭

619)간간톄톄(懇懇棣棣) : 매우 정성스럽고 화기애애(和氣靄靄)함.
620)언족이식비(言足以飾非) : 교묘(巧妙)한 말이 자기(自己)의 나쁜 점(點)을 꾸미기에 넉넉함.
621)상공(相公) : '재상(宰相)'을 높여 이르던 말.

영이 ᄯᅩᄒᆞᆫ 교교히 우으며 옥슈로 공ᄌᆞ의 ᄲᅣᆷ을 우희고 져의 입을 형의 쥬슌의 다히며 닐오ᄃᆡ,

"모친은 보쇼셔. 형이 쇼ᄌᆞ를 이쳐로 ᄉᆞ랑ᄒᆞ시ᄂᆞᆫᄃᆡ ᄌᆞ위ᄂᆞᆫ ᄆᆡ양 여ᄎᆞ여ᄎᆞᄒᆞ시니 엇디 고이치 아니리잇고? 우리 형댱이 진실노 이쳐로 ᄉᆞ랑ᄒᆞ시니 ᄌᆞ위ᄂᆞᆫ 근심 마ᄅᆞ쇼셔."

두 졈 단ᄉᆞ를 움ᄌᆞᆨ이ᄂᆞᆫ 가온ᄃᆡ 낭낭ᄒᆞᆫ 쇼음이 십분 ᄌᆞ셔ᄒᆞᆫ디라. 공【41】지 아의 말이 이에 밋ᄎᆞ믈 경ᄒᆡᄒᆞ여 년망이 닐오ᄃᆡ,

"현뎨 나히 어린디라. 비록 춍명ᄒᆞ나 미거ᄒᆞ니 ᄌᆞ졍이 쇼아의 ᄒᆞᄂᆞᆫ 쳬를 보고져 희언을 ᄒᆞ미라. 너ᄂᆞᆫ 고디 듯디 말나."

부인이 ᄋᆞᄌᆞ의 말을 듯고 어히업셔나 본ᄃᆡ 언죡이 식비ᄒᆞᆫ디라. 낭쇼 왈,

"쇼아 희언을 유의ᄒᆞ엿다 젼ᄒᆞ기를 ᄲᆞᆯ니 ᄒᆞ니 아희 춍명은 잇다 ᄒᆞ려니와, 너희 부슉이 드ᄅᆞ시ᄆᆡ 엇디 넉이실 쥴 알니오. 오ᄋᆞᄂᆞᆫ 하마 여모의 ᄂᆡ외 업손 쥴 알니니, 쇼아의 밍낭ᄒᆞᆫ 말을 고디 들어 상공과 왕슉긔 고치 말나."

공지 최【42】부인 구밀복검을 모ᄅᆞ리오마ᄂᆞᆫ 년망이 하셕 ᄇᆡᄉᆞ 슈명ᄒᆞ더라.

부인이 아ᄌᆞ의 창을 ᄯᆞ롬이 여ᄎᆞ유명ᄒᆞ믈 한탄ᄒᆞ더라.

ᄎᆞ후ᄂᆞᆫ 창을 믜워 시긱의 숨키디 못ᄒᆞ믈 한탄ᄒᆞ여 통입골슈ᄒᆞ나 ᄉᆞ식디 못ᄒᆞ고,

色)지 못ᄒᆞ고, 즁목쇼시(衆目所視)의 공ᄌᆞ【56】를 ᄉᆞ랑ᄒᆞ여 타인의 눈을 가리와, 텬뉸의 ᄌᆞ별(自別)ᄒᆞ믈 친싱 아ᄌᆞ의 더으니, 일가 친족이 부인의 셩덕을 칭복ᄒᆞ나, 홀노 츄밀 부부와 왕이 부인의 구밀복검(口蜜腹劍)과 호심낭슐(虎心狼術)623)을 거울 갓치 빗최ᄂᆞᆫ 고로, 창을 위ᄒᆞ여 근심이 즁니(中裏)624)의 미쳐시나, 요ᄒᆡᆼᄒᆞᆫ 바ᄂᆞᆫ 영이 아직 미년유치(微年幼稚)나 효우인현(孝友仁賢)ᄒᆞᆫ 삭시 강보로븟터 낫하나니, 가히 공ᄌᆞ의게 유익ᄒᆞ므로, 왕이 아ᄌᆞᄅᆞᆯ 경계ᄒᆞ여,

"가지록 셩효(誠孝)를 갈진(竭盡)ᄒᆞ며 영을 ᄋᆡ이ᄒᆞ믈 몸 우희 두라."

ᄒᆞ더라.

왕이 입조(入朝) 삼ᄉᆞ 삭의 국즁이 【57】 오ᄅᆡ 비여시믈 념녀ᄒᆞ여, 이의 ᄒᆡᆼ장을 졈검ᄒᆞ여 귀국ᄒᆞᆯ 시, 부즁의 쇼연(小宴)을 열어 형뎨 친권(親眷)이 모다 니별ᄒᆞᆯ 시, 윤한님과 션혜쇼제 니ᄅᆞ러 부왕을 비별(拜別)ᄒᆞ니, 왕이 시로이 냥형과 ᄌᆞ녀ᄅᆞᆯ 써나ᄂᆞᆫ 심시 ᄎᆞ아(嵯峨)625) 연연(戀戀)ᄒᆞ여, 감비(感悲)ᄒᆞ믈 씌여, 옥호졍의 동방(洞房)을 비셜ᄒᆞ여 날마다 한님을 쳥ᄒᆞ여, 져녁이면 친히 녀아ᄅᆞᆯ 닛그러 녀셔의 동방(洞房)을 권ᄒᆞ고, 빵뉴(雙遊)ᄒᆞᄂᆞᆫ ᄌᆞ미ᄅᆞᆯ 두굿기ᄂᆞᆫ 즁, 부인이 만니의셔 그 긔화옥슈(琪花玉樹) 갓흔 ᄌᆞ미ᄅᆞᆯ 보지 못ᄒᆞ믈 ᄋᆡ달나 ᄒᆞ더라.

윤한님이 오왕의 젼【58】일지은(前日之恩)과 지우(至友)ᄅᆞᆯ 감ᄉᆞᄒᆞ고, 쇼져의 현미ᄒᆞ믈 과즁ᄒᆞ미, 오왕의 졍니(情理)ᄅᆞᆯ 년측(憐惻)ᄒᆞ여, 츅일(逐日) 왕니ᄒᆞ여 향방(香房)의 깃드리니, 엄부 상히 깃거ᄒᆞ고 왕의 ᄋᆡ즁ᄒᆞ믄 일필난긔(一筆難記)러라.

왕이 낫이면 곤계 ᄌᆞ질 제친으로 담화ᄒᆞ여, 밤인즉 냥형으로 광금장침(廣衾長枕)의 힐항지졍(頡頏之情)626)이 고인의 우공(友恭)

622)통입골슈(痛入骨髓) : 통한(痛恨)이 마음 속 깊이까지 들어와 맺힘.
623)호심낭슐(虎心狼術) : 범의 사나움과 늑대의 교활함
624)즁니(中裏) : 마음 속 깊은 곳.
625)ᄎᆞ아(嵯峨)ᄒᆞ다 : 아득하다. 막막하다

듕목쇼시의 공ᄌᆞ를 ᄉᆞ랑ᄒᆞ여 타인의 눈을 ᄀᆞ리와 텬뉸의 ᄌᆞ별ᄒᆞ믄 친싱 아ᄌᆞ의 더으니, 일가친족이 부인의 셩덕을 칭복ᄒᆞ나 홀노 츄밀 부부와 왕이 부인의 구밀복검과 호심낭슐을 거울갓치 아ᄂᆞᆫ 고로 창을 위ᄒᆞ여 근심이 흉니의 미쳐시나, 요ᄒᆡᆼᄒᆞᆫ 바ᄂᆞᆫ【43】영이 아직 유치나 효우 삭시 강보로븟터 나타나니 가히 공ᄌᆞ의게 유익ᄒᆞ므로, 왕이 ᄋᆞᄌᆞ를 경계ᄒᆞ여,

"가지록 셩효를 갈진ᄒᆞ며 영을 ᄋᆡ이ᄒᆞ믈 몸 우희 두라.

ᄒᆞ더라.

왕이 입됴 삼ᄉᆞ 삭의 국듕이 오ᄅᆡ 비여시믈 념ᄒᆞ여 이의 ᄒᆡᆼ장을 졈검ᄒᆞ여 귀국ᄒᆞᆯ시, 부듕의 쇼연을 여러 형뎨 친권이 모다 니별ᄒᆞ더니, 윤 한님과 션혜 니ᄅᆞ러 부왕을 비별ᄒᆞᆯ시, 왕이 시로이 냥형과 ᄌᆞ녀 써ᄂᆞᆫ 심시《창아∥ᄎᆞ아》년년ᄒᆞ며, 옥호뎡의 동방을 비셜ᄒᆞ야 날마다 한님을 쳥ᄒᆞ여 담쇼ᄒᆞ고 져녁이【44】면 친히 녀ᄋᆞ를 잇그러 녀셔의 동방을 권ᄒᆞ고 빵유ᄒᆞᄂᆞᆫ ᄌᆞ미를 두굿기니,

윤 한님이 오왕의 젼일 ᄉᆞ은과 지우를 감ᄉᆞᄒᆞ고 쇼져의 현미ᄒᆞ믈 듕ᄃᆡᄒᆞ미 오왕의 졍니를 년측ᄒᆞ여 츅일 왕ᄂᆡᄒᆞ야 향방의 깃드리니, 엄부 상히 깃거ᄒᆞ고 왕의 귀듕ᄒᆞ믄 일필난긔러라.

왕이 나지면 곤계 ᄌᆞ딜 제친으루 담하ᄒᆞ고 밤인 즉 냥형으로 광금장침의 힐지항지ᄒᆞᄂᆞᆫ 졍이 고인의 우공의 디나고,

의 지나고, 아ᄌᆞᄅᆞᆯ 회리(懷裏)의 익ᄋᆡᄒᆞ여 ᄡᅥ나ᄂᆞᆫ 졍이 ᄎᆞ아ᄒᆞ고, 공ᄌᆡ 종일종야토록 야야(爺爺)의 광슈(廣袖)ᄅᆞᆯ 븟드러 겻흘 ᄡᅥ나지 아니코, 강보(襁褓)의 ᄌᆞ모ᄅᆞᆯ ᄡᅥ나 ᄎᆞ시의 당ᄒᆞ여ᄂᆞᆫ ᄌᆞ모의 안면도 긔지(記之)키 어려【59】온지라. 나히 ᄎᆞᄆᆡ 《츄모‖ᄉᆞ모》지심(思慕之心)이 효ᄌᆞ의 구촌심장(九寸心臟)이 녹ᄂᆞᆫ 듯ᄒᆞᆫ지라.

화풍셩모(和風聖貌)의 일단 승안(承顔)ᄒᆞᄂᆞᆫ 화긔(和氣)ᄅᆞᆯ 곳치지 아니ᄒᆞ나, ‘냥궁(兩弓)을 휘오ᄂᆞᆫ 눈셥’[627] ᄉᆞ이의, 슈운(愁雲)이 어릐엿고, 츄파ᄡᅡᆼ셩(秋波雙星)의 츄슈(秋水) 믈결이 ᄌᆞ로 움죽이니, 왕이 아ᄌᆞ의 졍을 어엿비 너겨, 어로만져 ᄋᆡ련ᄒᆞ믈 니긔지 못ᄒᆞ나, ᄯᅩᄒᆞᆫ 경계ᄒᆞ여, ᄇᆡᆨ부모(伯父母)의 만금쇼ᄋᆡ(萬金小兒) 네 부모의 더으리니, 아희 ᄉᆞ톄(事體)ᄅᆞᆯ 모로고 미거(未擧)이 구러, ᄇᆡᆨ부모의 우려ᄅᆞᆯ ᄢᅵ치지 말나.“

공ᄌᆡ 년쇼ᄒᆞ나 지극히 효우인ᄌᆞ(孝友仁慈)ᄒᆞ여 뎨곡(帝嚳)[628]의 신긔로움과 쇼【60】호(少昊)[629]의 슬긔로오믈 가졋ᄂᆞᆫ지라. 총명아ᄌᆡ(聰明雅才) 쇽인의 밋촐 ᄇᆡ 아니니, 년보 팔셰의 셩인군ᄌᆞ의 미흡ᄒᆞ미 업고, 총명 예지ᄒᆞ믄 ᄉᆞ광지통(師曠之聰)[630]과 이루지명(離婁之明)[631]이 잇셔 능히 사ᄅᆞᆷ의 얼골을 보아

ᄋᆞᄌᆞ를 익ᄋᆡᄒᆞ니, 공ᄌᆡ 죵일 죵야토록 야야의 광슈를 븟드러 겻틀 ᄡᅥ나지【45】 아니코, 강보의 ᄌᆞ모를 ᄡᅥ나 ᄎᆞ시의 당ᄒᆞ여ᄂᆞᆫ ᄌᆞ모의 안면도 긔디키 어려온디라. 나히 ᄎᆞᄆᆡ 츄모지심이 효ᄌᆞ의 구츈심장이 녹ᄂᆞᆫ ᄃᆞᆺᄒᆞᆫ디라. 츄파쌍셩의 눈믈이 ᄌᆞ로 움죽이니 왕이 ᄋᆡ년ᄒᆞ나 ᄯᅩᄒᆞᆫ 경계ᄒᆞ더라.

공ᄌᆡ 년쇼ᄒᆞ나 지극히 효우인ᄌᆞᄒᆞ여 졔곡의 신긔로옴과 쇼호의 슬거오믈 가졋ᄂᆞᆫ디라. 춍명ᄋᆞᄌᆞ 쇽인의 밋촐 ᄇᆡ 아니라. ᄉᆞ람의 얼골을 보아 《심례‖심폐》ᄅᆞᆯ ᄭᆡᄃᆞᆺ고 쇼릐를 드러 폐부를 ᄉᆞ못차 츄슈졍광을 흘녀 요ᄉᆞ를 분변ᄒᆞᄂᆞᆫ 안춍이 잇ᄂᆞᆫ지라.

626)힐항지졍(頡頏之情) : 형제가 서로 장난치며 올라타고 내려뜨리고 하며 노는 정.

627)냥궁(兩弓)을 휘오ᄂᆞᆫ 눈셥 : 두 활을 당겨 둥글게 휘어놓은 것 같은 두 눈썹.

628)뎨곡(帝嚳) : 중국 전설상의 오제(五帝) 가운데 한 사람으로 전욱의 아들이고 요(堯)임금의 아버지라고 전한다. 전욱)의 뒤를 이어 박(亳) 땅에 도읍을 정하였으며, 흔히 고신씨(高辛氏)라고도 한다. 태어나면서 자신의 이름을 말하였고, 현명하여 먼 일을 알았으며 미세한 일도 살폈고 만민에게 급한 것이 무엇인 줄을 알았다고 한다.

629)쇼호(少昊) : 중국 태고 때에 있었다는 전설상의 임금. 황제의 아들로 이름은 현효, 금덕이었고, 천하를 다스리게 되었으므로 호를 금천씨(金天氏)라고 부른다. 가을을 다스리는 신으로 알려져 있다.

630)ᄉᆞ광지통(師曠之聰) : 사광(師曠)의 총명함. 중국 춘추(春秋) 때 사광이란 사람이 소리를 잘 분변하여 길흉을 점쳤다는 고사에서 유래한 말.

심폐(心肺)ᄅᆞᆯ ᄭᅵ닷고, 쇼릐ᄅᆞᆯ 드러 폐부(肺腑)ᄅᆞᆯ ᄉᆞ못ᄎᆞ니, 츄슈졍광(秋水精光)을 흘녀 요ᄉᆞ(妖邪)ᄅᆞᆯ 분변ᄒᆞᄂᆞᆫ 안총(眼聰)이 잇ᄂᆞᆫ지라.

일즉 여러 종ᄆᆡ(從妹)와 녀싱 등 모든 져부(姐夫)로 더부러 원즁의 드러가 츈경을 완상ᄒᆞ다가, 믄득 먼니 암셕 밋히 난초 썰기 ᄉᆞ이의 오작(烏鵲)의 쇼릐 ᄌᆞᄌᆞ(藉藉)ᄒᆞ니, ᄡᆞ화 ᄉᆞ싱을 셔로 도라보지 아니ᄒᆞᄃᆡ, ᄉᆞ이 머러 그 아모 【61】빗치며 무숨 즘싱인 쥴 아지 못ᄒᆞᄃᆡ, 녀한님 조혹ᄉᆞᄂᆞᆫ 쇠ᄭᅩ리라 ᄒᆞ고, 엄혹ᄉᆞᄂᆞᆫ 츈죄(春鳥)라 ᄒᆞ여 셔로 닷호거ᄂᆞᆯ, 공지 ᄉᆞ일(斜日)[632] 봉졍(鳳睛)을 흘녀 잠간 보더니, 쇼왈,

"냥위 형장과 녀ㆍ조 냥형은 노쇠토 아냐 눈이 어두으시니잇가? 쇠ᄭᅩ리ᄂᆞᆫ 누ᄅᆞ고 츈조ᄂᆞᆫ 프ᄅᆞ고 연조(燕鳥)ᄂᆞᆫ 검으니, ᄉᆞ이 비록 머다 ᄒᆞᆫ들 쳥흑을 분간치 못ᄒᆞ리오."

화 학ᄉᆞᄂᆞᆫ 제싱의 다토ᄂᆞᆫ 말을 드ᄅᆞᄃᆡ, 오히려 아모 거신 쥴 몰나 묵연ᄒᆞ더니, 공ᄌᆞ의 말을 듯고 미쇼 왈,

"슉경의 말이 올흐니 반ᄃᆞ시 년죈(燕鳥)가 시부다. 우리 즉긱의 【62】시험ᄒᆞ여 가보ᄌᆞ."

ᄒᆞ고 제싱이 일시의 갓가이 가보니 과연 한무리 져비 나뷔ᄅᆞᆯ 물고 셔로 다토더라.

제싱이 바야흐로 공ᄌᆞ의 안광졍치(眼光精彩) 남다ᄅᆞᆫ 쥴 알고, 이후의 먼니 셔 보와 분간치 못ᄒᆞᄂᆞᆫ 거ᄉᆞᆫ 공ᄌᆞ다려 므ᄅᆞ니, 일노조ᄎᆞ 가즁인(家中人)이 다 공ᄌᆞ의 안녁(眼力)이 고명ᄒᆞ믈 칭찬ᄒᆞ고, 혜식(慧識)의 명달(明達)ᄒᆞ믈 일ᄏᆞᆮ더라.

ᄎᆞ시 엄공ᄌᆞ 희 ᄎᆞ년 초츄의 셩과(聖科)ᄅᆞᆯ 응ᄒᆞ여 뎨삼의 고등(高登)ᄒᆞ여, 한님 편슈(編修)ᄅᆞᆯ ᄒᆞ니, 부뫼 깃거ᄒᆞ고 왕의 ᄉᆞ랑ᄒᆞ미 친ᄌᆞ로 감치 아니터라.

631)이루지명(離婁之明) : 눈이 매우 밝음을 비유적으로 이르는 말. 중국 황제(黃帝) 때 사람인 이루(離婁)가 눈이 밝았다는 데서 나온 말.

632)ᄉᆞ일(斜日) : 석양 또는 기운 해.

일즉 여러 죵【46】ᄆᆡ와 녀싱 등 모든 져부로 더브러 원듕의 드러가 츈경을 완상ᄒᆞ다가 믄득 먼니 암셕 밋틔 난쵸 썰기 ᄉᆞ이의 오작의 쇼릐 ᄌᆞᄌᆞᄒᆞ여 서로 ᄡᆞ와 ᄉᆞ싱을 도라보디 아니ᄒᆞᄃᆡ, ᄉᆞ이 머러 그 아모 빗치며 무ᄉᆞᆫ 즘싱인 줄 아디 못ᄒᆞᄃᆡ, 녀 한님 조 혹ᄉᆞᄂᆞᆫ 쇠고리라 ᄒᆞ고 엄 혹ᄉᆞᄂᆞᆫ 츈됴라 ᄒᆞ여 셔로 닷토거ᄂᆞᆯ, 공지 ᄉᆞ이ᄅᆞᆯ 흘녀 잠간 보더니 잠쇼 왈,

"냥위 형댱과 녀·조 냥형은《노쇠로 이녀‖노쇠토 아녀》눈이 어두시니잇가? 쇠고리ᄂᆞᆫ 누ᄅᆞ고 츈됴ᄂᆞᆫ 프ᄅᆞ고 연됴ᄂᆞᆫ 거므니, ᄉᆞ이 비록 머다 ᄒᆞᆫ들 쳥흑【47】을 분간치 못ᄒᆞ리오?"

화 혹ᄉᆞᄂᆞᆫ 제싱의 닷토ᄂᆞᆫ 말을 드른ᄃᆡ 오히려 아모거신 쥴 몰나 묵연ᄒᆞ더니, 공ᄌᆞ의 말을 듯고 미쇼 왈,

"슉경의 말이 올흐니 반ᄃᆞ시 연죈가 시브다. 우리 즉긱의 시험ᄒᆞ여 가 보쟈."

하고 제싱이 일시의 갓가이 가 보니 과연 ᄒᆞᆫ 무리 져비라. 나뷔ᄅᆞᆯ 믈고 셔로 ᄃᆞ토더라.

제싱이 바야흐로 공ᄌᆞ의 안광졍치 남다른 쥴 알고 이후의 먼니셔 분간치 못ᄒᆞᄂᆞᆫ 거ᄉᆞᆫ 공ᄌᆞ다려 무르니, 일노조ᄎᆞ 가듕인이 다 공ᄌᆞ의《안식‖안력》이 고명ᄒᆞ믈 일ᄏᆞᆮ더라.

한님이 십오 【63】약관(弱冠)의 ᄌᆞ각단누(紫閣丹樓)[633]의 쥬인이 되니, 문쇼제 봉광화리(鳳冠花履)로 명뷔(命婦)되미, 한님이 문시의 힝ᄉᆞ를 미온(未穩)ᄒᆞ여 닙신(立身)ᄒᆞ미 지취(再娶)의 ᄯᅳᆺ이 급ᄒᆞ나, 부친을 두려 감히 싱의(生意)치 못ᄒᆞ고, 그윽이 슉녀 ᄉᆞ모ᄒᆞ미 깁허, 오미구지(寤寐求之)[634]ᄒᆞ고 젼젼반측(輾轉反側)[635]ᄒᆞ기의 밋ᄎᆞ니, 엇지 문시의 투악(妬惡)ᄒᆞ믈 싱의나 ᄒᆞ리오.

문시 싱이 박졍(薄情)ᄒᆞ미 이갓흐믈 보미, 날노 원입골슈(怨入骨髓)ᄒᆞ여 봉관화리(封冠華里)[636]의 영귀(榮貴)ᄒᆞ미 도로혀 ᄯᅳᆫ 구름 갓흐니, ᄉᆔ절업시 오경계(五更鷄)[637] 삼창(三唱)의 쳥신빅두음(淸晨白頭吟)[638]을 외오니 쳥등야우(靑燈夜雨)[639]의 【64】홍뉘(紅淚) 뉴미(柳眉)를 잠을 ᄯᆞ롬이라.

구괴 아ᄌᆞ의 박졍을 미온(未穩)ᄒᆞ나, ᄯᅩᄒᆞᆫ 식부(息婦)의 젼도ᄒᆞ믈 불쾌ᄒᆞ여, 다만 혹ᄉᆞ를 경계ᄒᆞ여 녀ᄌᆞ의 하상지원(夏霜之怨)[640]을 씨치지 말나 ᄒᆞ니, 문시 더옥 구고의 ᄌᆞ이 한시만 못ᄒᆞᆫ가 앙앙ᄒᆞ여 불호지식(不好之色)이 만흐니, 구괴 깁히 미온(未穩)ᄒᆞ나 아

---

633)ᄌᆞ각단누(紫閣丹樓) : 대궐의 붉은 누각들.
634)오미구지(寤寐求之) : 자나 깨나 구함.
635)젼젼반측(輾轉反側) : 누워서 몸을 이리저리 뒤척이며 잠을 이루지 못함. ≒전전불매.
636)봉관화리(封冠華里) : 한국 고소설에서 과거에 급제한 관원의 부인이나 공경대부(公卿大夫)의 부인과 같은 외명부(外命婦)가 예장(禮裝)을 할 때에 머리에 쓰는 칠보로 화려하게 장식한 화관(花冠). 곧 화관족두(花冠簇頭里)리를 이르는 말. =화관(花冠). 화관족두리(花冠簇頭里)
637)오경계(五更鷄) : 오경(五更: 새벽 3시-5시)에 우는 닭. 새벽을 알리는 닭.
638)쳥신빅두음(淸晨白頭吟) : 새벽에 이르도록 밤새 애끊는 마음으로 백두음(白頭吟)를 읊음. *백두음(白頭吟); 중국 전한(前漢) 때 사마상여(司馬相如)의 처 탁문군(卓文君)이 남편이 첩을 얻으려 하자 남편의 변심을 야속해하는 마음을 시로 읊어 남편의 마음을 돌이켰다는 시
639)쳥등야우(靑燈夜雨) : 비 내리는 밤의 푸른 불빛 아래 앉아 있음. 쓸쓸한 정서 또는 장면을 표현한 말.
640)하상지원(夏霜之怨) : 여름에 서리가 내릴 만큼의 큰 원한. *'여자가 한을 품으면 오뉴월에도 서리가 내린다'는 말에서 온 말.

룬 쳬 아니ᄒᆞ더라.

최부인이 타일 쁠 곳이 이실가 ᄒᆞ여, 문시를 각별 무ᄋᆡ(撫愛)ᄒᆞ고 그 박명을 잔잉641)이 너기ᄂᆞᆫ 쳬ᄒᆞ여, 질ᄌᆞ(姪子)의 박정을 ᄭᅮ짓고, 츄밀 부부의 ᄉᆞ랑이 한쇼져만 못ᄒᆞᆫ 쥴 닐너, 문시의 엿흔 간장을 츙동ᄒᆞ니, 【65】 문시 일노조ᄎᆞ 최부인을 감격ᄒᆞ고 셤기미 친고의 지나미 잇셔, ᄉᆞ싱의 져바릴 ᄯᅳᆺ이 업ᄉᆞ니, 이 엇지 엄부 가변이 깁흔 빌미 아니리오.

즁츄 시말이[의] 오왕이 북궐(北闕)의 ᄇᆡᄉᆞᄒᆞ고 친족과 냥형 ᄌᆞ질 등을 분슈ᄒᆞ여 본국의 도라가니, 쇼져와 공ᄌᆞ의 니슬지회(離膝之懷)642) 더옥 ᄉᆡ롭고, 만편 셔ᄉᆞ(書辭)의 만지장화(滿紙長話)643)를 베퍼, 모후긔 븟치더라.

왕이 도라가ᄆᆡ 최부인이 가만이 깃거ᄒᆞ더라.

진궁의셔 오왕이 귀국후 위의를 보ᄂᆡ여 식부를 권귀(眷歸)ᄒᆞ니644), 션혜쇼제 슉당의 ᄇᆡᄉᆞᄒᆞ고 남ᄆᆡ 숀【66】을 난화 구가의 도라가니, 최부인이 심니의 환희ᄒᆞ여, 영교·ᄆᆡ션으로 상의 왈,

"창ᄋᆡ 년유(年幼)ᄒᆞ나 극히 효슌(孝順)ᄒᆞ여 그 단쳐를 니를 길히 업ᄉᆞ니, 장ᄎᆞᆺ 무ᄉᆞᆷ 계규(計揆)로 ᄒᆡ(害)ᄒᆞ리오."

영괴 왈,

"가만이 남 모로게 ᄒᆡᄒᆞᄂᆞᆫ 거시 냥ᄎᆡᆨ(良策)이 아니니잇가?"

부인 왈,

"ᄂᆡ ᄯᅳᆺ이 여ᄎᆞᄒᆞ나, 실노 냥계(良計)를 ᄉᆡᆼ각지 못ᄒᆞ노라."

영괴 ᄃᆡ왈,

"비ᄌᆡ(婢者) 가마니 듯보와 신통ᄒᆞᆫ 무녀(巫

오왕이 븍궐의【48】 ᄇᆡᄉᆞᄒᆞ고 일가친쬭과 냥형을 분슈ᄒᆞ고 본국의 도라가니, 쇼져와 공ᄌᆞ의 니슬지회 더옥 ᄉᆡ롭고 만편셔ᄉᆞ의 만지장화를 《베려‖베퍼》 모후긔 븟치더라.

왕이 도라가ᄆᆡ 최부인이 가마니 깃거ᄒᆞ더라.

진궁의셔 오왕이 귀국 후 위의를 보ᄂᆡ여 식부를 권귀ᄒᆞ니 션혜 쇼제 숙당의 ᄇᆡᄉᆞᄒᆞ고 형ᄆᆡ 손을 난화 구가의 도라가니, 최부인이 심니의 환희ᄒᆞ여 영교 ᄆᆡ션으로 상의 왈,

"창ᄋᆞ 년유ᄒᆞ나 극히 효슌ᄒᆞ니 단쳐를 니를 길히 업ᄉᆞᆫ니 장ᄎᆞ 무ᄉᆞᆫ 계교로 ᄒᆡᄒᆞ리오?"

영교 왈,

"가마【49】니 남모르난 ᄃᆡ ᄒᆡᄒᆞᄂᆞᆫ 거시 양ᄎᆡᆨ이 아니니잇가?"

부인 왈,

"ᄂᆡ ᄯᅳᆺ이 여ᄎᆞᄒᆞ나 실노 냥계를 ᄉᆡᆼ각지 못ᄒᆞ노라."

영교 왈,

"비ᄌᆡ 가마니 듯보와 신통ᄒᆞᆫ 무녀를

641)잔잉 : 자닝. 애처롭고 불쌍하여 차마 보기 어려움.

642)니슬지회(離膝之懷) : 어버이나 조부모의 슬하를 떠나는 마음.

643)만지장화(滿紙長話) : 종이에 가득 차도록 쓴 긴 이야기.

644) 권귀(眷歸)ᄒᆞ다 : 한집에 거느리고 사는 식구를 데려가거나 데려오다.

女)ᄅᆞᆯ 만나시니, 일홈은 신계랑이라 ᄒᆞ니 사ᄅᆞᆷ의 길흉화복(吉凶禍福)을 신통이 알 ᄲᅮᆫ아니라, 온갓 방슐이 모ᄅᆞᆯ 거시 업ᄉᆞ니, 계랑의 방법을 시험ᄒᆞ【67】미 ᄇᆡᆨ발ᄇᆡᆨ즁(百發百中)ᄒᆞᄂᆞᆫ 고로, 인가의 왕왕이 젹국과 타츌(他出)을 히코져 ᄒᆞᄂᆞᆫ 지, 다토와 쳔금 녜물노ᄡᅧ 그 마음을 깃기고, 계규ᄅᆞᆯ 구ᄒᆞ미 맛지 아닛ᄂᆞᆫ 거시 업고, 또 계랑의 지아비 강쥬、심쥬、심양(瀋陽) 싸히 가, 년단(煉丹)ᄒᆞᄂᆞᆫ 도ᄉᆞᄅᆞᆯ 만나, 괴이ᄒᆞᆫ 약뉴(藥類)ᄅᆞᆯ 가져다가 파니, 한 환(丸)의 갑시 쳔금이오, 일홈이 셰 가지라 ᄒᆞ더이다."

부인이 쳥파의 환심ᄃᆡ락(歡心大樂)ᄒᆞ여, 즉시 쳔금을 ᄂᆡ여 ᄎᆡ단(綵緞) 필ᄇᆡᆨ(匹帛)으로, 냥녀ᄅᆞᆯ 명ᄒᆞ여 신계랑을 블너 오라 ᄒᆞ니, 영ᄀᆈ 명을 바다 가더니 오ᄅᆡ지 아녀 계랑을 블너 오니, 부인【68】이 깁흔 협실(夾室)노 청ᄒᆞ여 볼ᄉᆡ, 계랑이 계하(階下)의셔 고두(叩頭) 만복(萬福)ᄒᆞ니, 보건ᄃᆡ 의복이 션명ᄒᆞ고 미목이 슈려ᄒᆞ여 거지(擧止) 표일(飄逸)ᄒᆞ고 미간(眉間)의 요음슐ᄉᆞ(妖淫殺邪)[645]ᄒᆞᆫ 거동이 현져ᄒᆞ더라.

부인이 그 거동을 보니 춍오 민쳡ᄒᆞᆫ지라. 깃거 명ᄒᆞ여 실(室)의 드리고 흔연이 쥬식(酒食)으로 관ᄃᆡᄒᆞ며, 셩명 년치ᄅᆞᆯ 무ᄅᆞ니,

"나히 이십여셰니 뉵칠셰의 홀연 문 밧긔 나가, 닌아(隣兒)들과 쏫 썻거 놀다가 도고(道姑)ᄅᆞᆯ 만나, 괴이ᄒᆞᆫ 진언(眞言) '칠칠ᄉᆞ십구(七七四十九)'ᄅᆞᆯ 가ᄅᆞ치고 가며, 니로ᄃᆡ, '네 인물이 영민(穎敏)ᄒᆞ니, 족히 이 부작을 비함즉 ᄒᆞᆫ【69】고로 너ᄅᆞᆯ 가ᄅᆞ치ᄂᆞ니, 칠칠ᄉᆞ십구ᄌᆞ(七七四十九字)니, 다 신녕(神靈)의 일홈지라. 네 마음 가온ᄃᆡ 긔록ᄒᆞ여 닛지 말고, 져녁마다 일곱 번 식 외오고 자면, 쑴마다 신녕(神靈)이 나려와 너ᄅᆞᆯ 긔특ᄒᆞᆫ 슐업(術業)을 가ᄅᆞ칠 거시니, 네 잘 비호면 장ᄂᆡ 가장 조흔 일이 이시리라.' ᄒᆞ거ᄂᆞᆯ, 집의 도라와 과연 저녁마다 그ᄃᆡ로 ᄒᆞ엿더니, 쑴마다 무슈ᄒᆞᆫ 신녕이 드러와 묘ᄒᆞᆫ 법슐을 다 가ᄅᆞ

645)요음슐ᄉᆞ(妖淫殺邪) : 요망하고 음란하며 살기등등하고 사악함.

만나시니 일홈ᄂᆞᆫ 신계랑이라 ᄒᆞ니, ᄉᆞᄅᆞᆷ의 길흉화복를 알며, 온갓 방문과 슐법의 모ᄅᆞᆯ 거시 업ᄉᆞ니, 인가의 왕왕이 젹국과 타츌을 히코져 ᄒᆞᄂᆞᆫ 지. ᄃᆞ토와 쳔금 녜믈로ᄡᅧ 계교를 구ᄒᆞ미 맛지 아닛ᄂᆞᆫ 거시 업고, 계랑의 지아비 강쥐 심양 ᄯᅡ히 가 년단ᄒᆞᄂᆞᆫ 도ᄉᆞ를 만나 긔이ᄒᆞᆫ 약뉴를 가져다가 파니, ᄒᆞᆫ 환이 갑【50】시 쳔금이오. 일홈이 셰 가지라《ᄒᆞ더라∥ᄒᆞ더이다》."

부인이 환희ᄒᆞ여 즉시 쳔금을 ᄂᆡ여 ᄎᆡ단필ᄇᆡᆨ으로 냥녀를 명ᄒᆞ여 신계랑을 블너 오라 ᄒᆞ니, 영교 명을 바다 가더니 오라지 아냐 계랑을 블너 오니, 부인이 깁흔 협실노 청ᄒᆞ여 볼ᄉᆡ, 계랑이 계하의셔 고두만복ᄒᆞ니, 보건ᄃᆡ 의복이 션명ᄒᆞ고 미목이 슈려ᄒᆞ며 거지 표일ᄒᆞ야 미간의 요음살ᄉᆞᄒᆞᆫ 거동이 현져ᄒᆞ더라.

부인이 그 거동을 보니 춍오민쳡ᄒᆞᆫ지라. 깃거 명ᄒᆞ여 실의 드리고 쥬식을 관ᄃᆡᄒᆞ며 셩명년치를 무ᄅᆞ니,

"나히 이십【51】여 셰니, 뉵칠 셰의 문 밧긔 나가 닌ᄋᆞ들과 쏫 썻거 노다가 도고를 만나 그이ᄒᆞᆫ 진언 '칠칠ᄉᆞ십 구'를 가ᄅᆞ치고 가며 닐오ᄃᆡ, '네 인믈이 영민ᄒᆞ니 죡히 이 부작을 비함 즉ᄒᆞᆫ 고로 너를 가ᄅᆞ치ᄂᆞ니 네 마음 ᄀᆞ온ᄃᆡ 잇지 말고 져녁마다 닐곱 번식 외오면 장ᄂᆡ ᄀᆞ장 됴흔 일이 이시리라.' ᄒᆞ거ᄂᆞᆯ, 집의 도라와 과연 져녁마다 그ᄃᆡ로 ᄒᆞ엿더니, 쑴마다 무슈 신녕이 ᄂᆞ려와 묘ᄒᆞᆫ 법슐을 ᄀᆞᄅᆞ치니, 좀 곳 ᄊᆡ면 녁녁ᄒᆞᆫ디라. 드ᄃᆡ여 시험ᄒᆞ여 ᄉᆞᄅᆞᆷ의 길흉화복을 츄슈ᄒᆞ오미 미묘히 못[맛]ᄂᆞᆫ【52】지라. 이러므로 인인이 ᄃᆞᆺ토와 츄졈ᄒᆞ옵더니 쇼문이 ᄌᆞ연 들니오미 고문ᄃᆡ가의 ᄌᆞ로 츌입ᄒᆞᄂᆞ이다."

치니, 잠곳 씨면 녁녁(歷歷)훈지라. 드듸여 시험ᄒᆞ여 사름의 길흉화복을 츄슈(推數)ᄒᆞ미 미묘히 맛눈지라. 이러므로 인인【70】이 다토아 츄졈ᄒᆞ옵더니, 쇼문이 ᄌᆞ연 널니 들니오미, 고문ᄃᆡ가(高門大家)의 ᄌᆞ로 츌입ᄒᆞᄂᆞ이다."

부인이 ᄌᆞ못 긔이히 너겨 드듸여 ᄌᆞ긔 부부와 삼녀의 ᄉᆞ쥬(四柱)[646]를 닐너, 길흉화복을 므ᄅᆞ니, 계랑이 지난 바를 본ᄃᆞ시 니ᄅᆞ고 우왈,

"삼쇼제 다 명ᄉᆞ(名士)의 ᄂᆡ좌(內座)로 팔좌(八座)의 존귀를 누릴 거시로ᄃᆡ, ᄎᆞ쇼제 기즁 부귀ᄂᆞᆫ 표표(表表)ᄒᆞ시나, 화노얘 화월풍광(花月風光)의 풍뉴학ᄉᆞ(風流學士)라. 쳐첩이 가장 만흐시니, 귀쇼제 젹국(敵國)[647]을 만히 보시리니, 오복(五福)[648] 가온ᄃᆡ 이 잠간 흠ᄉᆡ로쇼이다."

부인이 본ᄃᆡ 화싱을 써리【71】ᄂᆞᆫ 가온ᄃᆡ ᄎᆞ언을 듯고, 블열(不悅)ᄒᆞ믈 니긔지 못ᄒᆞ여 각별 제방(制防)ᄒᆞᆯ 슐(術)을 뭇고, 또 창과 영의 화복을 므ᄅᆞᆫᄃᆡ, 계랑이 이윽이 츄슈(推數)ᄒᆞ다가 만구칭션(滿口稱善) 왈,

"냥공ᄌᆞ 다 복녹영귀지격(福祿榮貴之格)이 결비타인(決非他人)이로ᄃᆡ, 더옥 장공ᄌᆞ 하원(遐遠)ᄒᆞᆫ 달슈(達數)와 당당ᄒᆞᆫ 귀복(貴福)이 쇼년의 간익(艱厄)을 경녁ᄒᆞ나, 나종은 부귀복녹이 무량(無量)ᄒᆞ시리니, 금방(金榜)[649]의 일홈을 거러 계화(桂花) 뎨일지(第一枝)를 샛글 거시오, 남교(南郊)[650]의 슉녀를 ᄇᆡᄒᆞ미, 군ᄌᆞ와 슉녜 '관관(關關)ᄒᆞᆫ ᄇᆡ쳬(配妻)'[651]라. ᄌᆞ숀의 영창(榮昌)홈과 쥬종(主宗)의 창ᄃᆡᄒᆞ

부인이 ᄌᆞ못 긔이히 녁여 ᄌᆞ긔 부부와 삼녀의 ᄉᆞ듀를 닐너 길흉화복을 무르니, 계랑이 디난 바를 본다시 니ᄅᆞ고 우왈,

"삼쇼져 다 명ᄉᆞ의 ᄂᆡᄌᆞ로 팔좌의 됸귀를 누릴 거시로ᄃᆡ,

(낙장)

646)ᄉᆞ쥬(四柱) : 사람이 태어난 연월일시의 네 간지(干支). 또는 이에 근거하여 사람의 길흉화복을 알아보는 점.
647)젹국(敵國) : 한 남자와 처 또는 첩의 관계에 있는 여자들이 서로 상대방을 일컫는 말.
648)오복(五福) : 유교에서 이르는 다섯 가지의 복. 보통 수(壽), 부(富), 강녕(康寧), 유호덕(攸好德), 고종명(考終命)을 이른다.
649)금방(金榜) : 과거에 급제한 사람의 이름을 써서 거리에 붙이던 글. ≒과방(科榜).
650)남교(南郊) : 남쪽 교외(郊外).
651)관관(關關)ᄒᆞᆫ ᄇᆡ체(配妻) : 서로 정답게 화락하는 짝(=부부).

믄 니로도 말고, 몸이 뎨즈(帝者)의 수위 되여 【72】황각틱졍(黃閣台鼎)[652]의 셥졍텬하(攝政天下)ᄒᆞᄂᆞᆫ 권총부귀(權寵富貴)와, 증ᄌᆞ(曾子)[653] 왕상(王祥)[654] 갓흔 효힝(孝行)이 쳔츄(千秋)의 뉴젼(流傳)ᄒᆞ실소이다."

부인이 쳥미필(聽未畢)의 면여토식(面如土色)ᄒᆞ여, 냥구(良久)이 침음(沈吟) 부답(不答)이러니, 영교·미션이 일시의 니ᄅᆞ딕,

"일공ᄌᆞᄂᆞᆫ 우리 부인 친싱이 아니시라. 틱ᄉᆞ 노야 필뎨(畢弟), 오(吳) 뎐하(殿下)의 ᄎᆞ지(次子)라. 틱ᄉᆞ 노애(老爺) 오 뎐하(殿下) 귀국시의 슈셰 히ᄌᆞ(孩子)를 거두어 계후(繼後)ᄒᆞ신지라. 공지 ᄌᆞ쇼(自少)로 교ᄋᆡ(嬌愛)의 싱장ᄒᆞ여, 틱ᄉᆞ 노야와 츄밀 노얘 밀위여 문호의 즁망(重望)이라 ᄒᆞ며, 너모 과즁ᄒᆞ셔 일빈일쇼(一嚬一笑)[655]의 무심치 아니시니, 아쇼(兒少)의 마음이 졈【73】졈 방ᄌᆞᄒᆞ여, 믄득 부인긔 불초흔 힝ᄉᆡ(行事) 측냥업고, 부인이 쏘흔 만닉(晩來)의 비웅(羆熊)[656]을 꿈ᄭᆞ샤

---

652)황각틱졍(黃閣台鼎) : 의정부 정승. '황각'은 의정부(議政府)를, 태정은 '정승(政丞)' 달리 일컫는 말이다.

653)증ᄌᆞ(曾子) : 증삼(曾參). 중국 노나라의 유학자. 자는 자여(子輿). 공자의 덕행과 사상을 조술(祖述)하여 공자의 손자인 자사(子思)에게 전하였다. 후세 사람이 높여 증자(曾子)라고 일컬었으며, 유가에서 내세우는 대표적인 효자로, 효(孝)가 양구체(양구체; 음식과 몸을 섬기는 것)에 머물지 않고 양지(養志; 뜻을 섬기는 것)에 이르러야 함을 몸소 보여주었다. 저서에 ≪증자≫, ≪효경≫ 이 있다.

654)왕상(王祥) : 184-268. 중국 삼국-서진 시대의 관료. 효자. 자는 휴징(休徵). 서주 낭야국(琅琊國) 임기현(臨沂縣) 사람. 중국 24효자의 한사람. 효성이 지극하여 계모 주씨가 자신을 사랑하지 않음에도 극진히 섬겨, '겨울에 얼음을 깨고 잉어를 구해[叩氷得鯉]' 섬기는 등의 효행담을 남겼다.

655)일빈일쇼(一嚬一笑) : 한 번 찡그리고 한 번 웃는다는 뜻으로, 성내기도 하고 기뻐하기도 하는 감정이나 표정의 변화를 이르는 말.

656)비웅(羆熊) : '큰곰'과 '작은곰'을 함께 이르는 말로, '아들 낳는 경사'를 비유적으로 표현한 말이다. 『시경(詩經)』 「소아(小雅)」 <사간(斯干)>에 "길몽이 무언가 하면, 큰 곰과 작은 곰에다, 큰 뱀과 작은 뱀이로다. 대인이 꿈을 점치니, 큰 곰과 작은 곰은 남아를 낳을 상서요, 큰 뱀과 작은 뱀은 여아를 낳을 상서로다(吉夢

ᄎᆞ공ᄌᆞ롤 어드시니, ᄌᆞ연 틱ᄉᆞ 노야와 부인이 쇼공ᄌᆞ롤 필ᄋᆡ(畢兒)라 ᄒᆞ샤 ᄉᆞ랑ᄒᆞ시나, 오히려 일가의 즁망은 다 일공ᄌᆞ긔 닛[잇]거놀, 공지 또 쇼공ᄌᆞ(小公子)의 비상ᄒᆞ믈 보미 힝혀 ᄌᆞ긔롤 폐츌ᄒᆞ는 폐(弊) 이실가 ᄒᆞ여 쇼공ᄌᆞ롤 싀긔ᄒᆞ미, 부ᄃᆡ 죽어[여] 업과져[657] ᄒᆞ기의 잇서, 비록 사롬의 이목을 가리와 남보는 ᄃᆡ는 거즛 ᄉᆞ랑ᄒᆞ는 체ᄒᆞ나, 반ᄃᆞ시 사롬 업는 곳의 만나면, 미이 치며 독히 욕ᄒᆞ는지라. 부인【74】이 일노뻐 젼일 ᄌᆞᄋᆡ 변ᄒᆞ여, 신 낭(娘)을 쳥ᄒᆞ믄 실노 부인 심우롤 덜고져 ᄒᆞ시미라. 우리 쇼공지 당당흔 엄시의 종숀이나, 슈쳔간 금벽턱실(金壁宅室)[658]과 누거만(累巨萬) 지산이 다 일공ᄌᆞ의게 도라간즉, 쇼공ᄌᆞ의 종신계활(終身契活)[659]이 엇지 잔잉치 아니리오. 부인이 만금(萬金) 아ᄌᆞ의 반싱이 이러틋 괴로올가 근심ᄒᆞ샤, 계량의 조흔 계규로 일공ᄌᆞ롤 업시흔즉, 부인이 엇지 쳔금으로 갑기롤 앗기시리잇고?"

계랑이 흔연(欣然) 낙낙(諾諾) 왈,

"이 무어시 어려오리오. 연즉 부인이 므슨 계규로 몬져 힝코져 ᄒᆞ시ᄂᆞ니잇【75】고? 쳔인이 비록 지죄 업ᄉᆞ나 맛당이 진심갈녁(盡心竭力)ᄒᆞ여 부인의 일비지녁(一臂之力)[660]을 도으리이다."

부인이 ᄃᆡ희 왈,

"이 일이 가장 비밀ᄒᆞ여야 올흐니, 다른 계규는 힝코져 ᄒᆞ나 가즁이 번거롭고, 츄밀상공과 금장(襟丈)[661] 범시 극히 ᄌᆞ상총명흔지라. 이 부부의 이목이 더옥 두리오니 가만흔 방슐(方術)[662]을 시험코져ᄒᆞ노라."

공지 형혀 ᄌᆞ긔를 폐츌ᄒᆞ는 폐 이실가 ᄒᆞ여 쇼공ᄌᆞ를 싀긔ᄒᆞ여 사롬이 업는 ᄶᅴ면 미이 치며 욕ᄒᆞ는지라. 부인이 일노뻐 젼일 ᄌᆞᄋᆡ 변ᄒᆞ여 신 낭을 쳥ᄒᆞ믄 실노 부인 심우을 덜고져 ᄒᆞ시미【53】라. 우리 소공지 당당흔 엄시의 죵숀이니 슈쳔 간 금벽 턱실과 누만 지산이 다 일공ᄌᆞ의게 도라간즉 쇼공ᄌᆞ의 죵신계활이 엇디 잔잉치 아니리오. 부인이 만금 ᄋᆞᄌᆞ의 반싱이 괴로올ᄀᆞ 근심ᄒᆞ샤 계랑의 됴흔 계교로 일공ᄌᆞ를 업시흔즉 부인이 쳔금으로 갑흐리이다."

계랑이 흔연 왈,

"맛당이 진심갈녁ᄒᆞ여 부인의 일비디녁을 도으리이다."

부인이 ᄃᆡ희 왈,

"일이 ᄀᆞ장 비밀ᄒᆞ여야 ᄒᆞ리니 츄밀공과 금장 범시 다 춍명ᄒᆞ믈 두리ᄂᆞ니, ᄀᆞ만흔 방슐을 시험코져 ᄒᆞ노【54】라."

維何 維熊維羆 維虺維蛇 大人占之 維熊維羆 男子之祥 維虺維蛇 女子之祥)."라고 한 데서 온 말.

657)업과져 : 없애고자. 없게 하고자.

658)금벽턱실(金壁宅室) : 금빛으로 화려하게 치장된 벽들로 둘러싸인 잡과 방들.

659)종신계활(終身契活) : 일생 살아나가기 위해 애쓰고 고생할 일들

660)일비지녁(一臂之力) ; 한 팔 또는 한쪽 팔꿈치의 힘이라는 뜻으로, 남을 도와주는 작은 힘을 이르는 말.

661)금장(襟丈) : 여성이 남편 형제의 아내를 지칭하여 이르는 말. =동서(同壻).

계랑이 낙낙(諾諾)ᄒᆞ여 이의 온갓 져쥬방슐(咀呪方術)의 요괴로온 거술 다 가ᄅᆞ치니, 부인이 암희(暗喜)ᄒᆞ여 계랑을 십분 후ᄃᆡᄒᆞ여, 이후의 계귀(計揆) 일면 즁히 갑기를 언약ᄒᆞ고 도라 보ᄂᆡ니라.【76】

부인이 영교 미션으로 ᄒᆞ여곰 금빅(金帛)을 쥬어 외간의 보ᄂᆡ여, 각식 긔형ᄉᆞ물(奇形邪物)부치[663]를 다 구ᄒᆞ여, 친히 츅ᄉᆞ(祝詞)를 쓰고, 창공ᄌᆞ의 ᄉᆡᆼ년월일시를 긔록ᄒᆞ여, 공ᄌᆞ의 머므ᄂᆞᆫ 셔당 벽간(壁間)의 무덧더니, 원ᄂᆡ 엄공ᄌᆞᄂᆞᆫ 텬의(天意) 유의ᄒᆞ신 바, 숑실(宋室) 간셩지ᄌᆡ(干城之材)[664]며, 엄시 ᄃᆡ뵈(大寶)라. 하ᄂᆞᆯ이 각별이 엄문을 창흥(昌興)ᄒᆞ려 나리오신 비니, 당시 셩현ᄃᆡ질(聖賢大質)이라. 쇼쇼지앙(小小災殃)이 엇지 셩현의 측(側)을 범ᄒᆞ며, 요ᄉᆞ의 긔운이 군ᄌᆞ의 졍명지긔를 침노ᄒᆞ리오.

이ᄯᅢ 엄공ᄌᆞ 년미십셰(年未十歲)의 쳐ᄉᆞ(處士) 우셥의 뎨ᄌᆞ 되니, 우션ᄉᆡᆼ은【77】 식니ᄃᆡ유(識理大儒)라. 풍ᄎᆡ 비상ᄒᆞ고 문학이 광박ᄒᆞ여, 《팔주‖팔두(八斗)[665]》의 가음열미[666] 잇ᄂᆞᆫ지라. 그 문하(門下) 슈학ᄒᆞᄂᆞᆫ 지 ᄇᆡᆨ여인이라.

공ᄌᆞ 날마다 션ᄉᆡᆼ 문하의 나아가 강학(講學)ᄒᆞ기를 게얼니 아니ᄒᆞ고, 혹 ᄉᆞ오일 묵어 올 젹도 잇고, 부즁의 도라온즉 ᄐᆡᄉᆞ와 츄밀을 뫼셔 시침(侍寢)ᄒᆞᆯ 젹도 잇고 ᄐᆡᄉᆞ와 츄밀이 혹 ᄂᆡ당의 머므ᄂᆞᆫ ᄯᅢᄂᆞᆫ, 한님 형뎨로 더부러 ᄌᆞ며, 잇다감 한님은 ᄉᆞ침(私寢)을 ᄎᆞᄌᆞ나, 학ᄉᆞᄂᆞᆫ 본ᄃᆡ 문시로 미흡ᄒᆞ여 은ᄋᆡ(恩愛) ᄉᆡᆼ쇼ᄒᆞᆫ지라. 일양 셔헌(書軒)의 머물고

계랑이 낙낙ᄒᆞ여 ᄂᆡ의 온갓 져쥬 방슐을 ᄀᆞᄅᆞ치니, 부인이 암희ᄒᆞ여 이후의 계교 일면 듕히 갑기를 언약ᄒᆞ고 도라보ᄂᆡ니라.

부인이 영교를 명ᄒᆞ여 금빅을 쥬어 외간의 보ᄂᆡ여 각식 긔형ᄉᆞ믈 븟치를 다 구ᄒᆞ여, 친히 츅ᄉᆞ를 쓰고 창의 ᄉᆡᆼ년월일시를 긔록ᄒᆞ여 공ᄌᆞ의 머므ᄂᆞᆫ 셔당 벽간의 무덧더니, 원ᄂᆡ 엄공ᄌᆞᄂᆞᆫ 텬의 유의ᄒᆞ신 바 송실 간셩지ᄌᆡ로, 하ᄂᆞᆯ이 각별이 엄문을 창흥ᄒᆞ려 ᄂᆞ리오신 ᄇᆡ니, 당시 셩현ᄃᆡ질이라. 쇼쇼 ᄌᆡ앙이 엇디 셩현의 측을【55】 범ᄒᆞ며, 요샤의 긔운이 군ᄌᆞ의 졍명지긔를 침노ᄒᆞ리오.

이ᄯᅢ 엄공ᄌᆞ 년미십셰의 쳐ᄉᆞ 우셥의 제ᄌᆞ 되니 우션ᄉᆡᆼ은 식니ᄃᆡ유라. 풍ᄎᆡ 비상ᄒᆞ고 문한이 광박ᄒᆞ여 팔두의 가음열미 잇ᄂᆞᆫ지라. 그 문하의 슈혹ᄒᆞᄂᆞᆫ 지 수ᄇᆡᆨ여 인이라.

공ᄌᆞ 날마다 션ᄉᆡᆼ 문하의 나아가 강혹ᄒᆞ기를 게얼니 아니ᄒᆞ고 혹 ᄉᆞ오 일식 믁어 올 젹도 잇고, 부듕의 도라온즉 ᄐᆡᄉᆞ와 계부 츄밀을 뫼셔 시침ᄒᆞᆯ 젹도 잇고, 혹 ᄐᆡᄉᆞ와 츄밀이 ᄂᆡ당의 머믄ᄂᆞᆫ ᄯᅢᄂᆞᆫ 엄 한님 형뎨로 더브러 ᄌᆞ【56】며 잇다감 한님은 ᄉᆞ침을 ᄎᆞᄌᆞ나 혹ᄉᆞᄂᆞᆫ 본ᄃᆡ 문시로 은ᄋᆡ ᄉᆡᆼ쇼ᄒᆞ니 일양 셔실의 머믈고, 영이 슈셰 히지나 공ᄌᆞ를 ᄯᆞᆯ오미 유별ᄒᆞᆫ 고로 밤이면 유모를 믈니치고 형을 죠차 자ᄂᆞᆫ디라.

662)방슐(方術) : 방사(方士)가 행하는 신선의 술법. ≒법술.

663)-부치 : -붙이. 어떤 물건에 딸린 같은 종류라는 뜻을 더하는 접미사.

664)셩지ᄌᆡ(干城之才) : 나라를 지키는 믿음직한 인재.

665)팔두(八斗) : 중국 위(魏)나라 시인 조식(曹植: 192~232)의 재주가 뛰어남을 비유적으로 이른 말. 즉 동진(東晋)의 시인 사령운(謝靈運 : 385~433년)이 '천하의 재주를 한 섬으로 볼 때 조식의 재주가 팔두(八斗)을 차지한다'고 한데서 유래했다.

666)가음열다 : 부유(富裕)하다.

영이 슈셰 ᄒᆡᄌᆡ(孩子)나, 공ᄌᆞᄅᆞᆯ ᄯᆞᆯ오기 유별(有別)ᄒᆞᆫ 고로,【78】밤이면 유모ᄅᆞᆯ 믈니치고, 형을 조ᄎᆞ ᄌᆞᄂᆞᆫ지라.

일일은 공ᄌᆡ 션ᄉᆡᆼ부(先生府)의 갓다가, 슈일만의 도라와 셔당의셔 잘ᄉᆡ, 영교·미션이 작ᄉᆞᄒᆞᄂᆞᆫ 날이라.

영이 ᄯᅩ 형을 ᄯᆞᆯ아와 ᄌᆞ고 이시니, 최부인이 임의 작ᄉᆞᄒᆞ미 잇ᄂᆞᆫ 고로, 아ᄌᆡ 창을 ᄯᆞᆯ와 ᄌᆞ려 ᄒᆞᄂᆞᆫ 쥴 민망ᄒᆞ여, 온가지로 다릐며 져혀 보ᄂᆡ지 말고져 ᄒᆞ나, 영이 엇지 드ᄅᆞ리오. 울며 조ᄎᆞ니 공ᄌᆡ 거두어 안고 나가ᄂᆞᆫ지라.

부인이 블열(不悅)ᄒᆞ나 감히 앗지 못ᄒᆞ더라.【79】

일일은 공ᄌᆡ 션ᄉᆡᆼ 부듕의 갓다가 도라와 셔당의셔 잘ᄉᆡ 영교 미션 등의 작ᄉᆞᄒᆞᄂᆞᆫ 날이라.

영이 ᄯᅩ 형을 ᄯᆞᆯ와 자니 최부인이 임의 작ᄉᆞᄒᆞ미 잇ᄂᆞᆫ 고로 ᄋᆞᄌᆞ 창을 ᄡᆞ라 자려 ᄒᆞᄂᆞᆫ 줄 민망ᄒᆞ야 온가지로 다릐여 보ᄂᆡ지 말고져 ᄒᆞ나 영이 엇디 드ᄅᆞ리오. 울며 조ᄎᆞ니 공ᄌᆡ 거두어 안【57】고 나가ᄂᆞᆫ지라.

부인이 블열ᄒᆞ나 감히 앗디 못ᄒᆞ더라.

엄시효문청힝녹 권지오

화셜 최부인이 블열(不悅)ᄒᆞ나 감히 앗지 못ᄒᆞ더라.

션시(先時)의 엄한님과 학ᄉᆞᄂᆞᆫ 문연각(文淵閣)[667]의 입직ᄒᆞᆫ 날이라 공ᄌᆡ 영을 다리고 셔당(書堂)의 나와 촉하(燭下)의셔 말ᄒᆞ더니, 영이 믄득 쇼왈,

"오ᄂᆞᆯ ᄌᆞ졍(慈庭)이 영교ㆍᄆᆡ션을 깁과 조희롤 쥬시ᄂᆞᆫ ᄃᆡ, 무어ᄉᆞᆯ ᄀᆞ득이 ᄡᆞ 쥬시며, 무어시라 말ᄉᆞᆷ을 가만 가만이 ᄒᆞ시며, 셔당의다가 두라 ᄒᆞ시던 거시니 ᄀᆡ 무어시러잇고? 쇼뎨 마음의 혜오ᄃᆡ ᄌᆞ위(慈闈) 형장이 션싱부의 갓다가 여러날 만의 도라오시니, 야【1】심ᄒᆞᄆᆡ 무ᄉᆞᆫ 과픔(果品)이나 보닌가 ᄒᆞ엿ᄂᆞ이다."

공ᄌᆡ 미쇼 왈,

"셕식(夕食)을 포복(飽腹)도록 먹엇고, 젼의 먹다가 남은 향실(香實)이 오히려 과합(果盒)의 잇거든, ᄌᆞ위 쏘 무어ᄉᆞᆯ 보ᄂᆡ시며, 영교ㆍᄆᆡ션이 무어ᄉᆞᆯ 가져와시리오. 아이 그ᄅᆞᆺ 아랏도다."

영이 가장 의아(疑訝)ᄒᆞᄂᆞᆫ ᄀᆡ식(氣色)이 잇셔, 우왈(又曰),

"쇼뎨 모친이 영교 등다려 방즁의셔 가만가만 니ᄅᆞ시ᄂᆞᆫ 말ᄉᆞᆷ을 다 드러시ᄃᆡ, 쇼뎨ᄂᆞᆫ 난간 아릐셔 얼프시 드ᄅᆞ니, 말단(末端)의 니ᄅᆞ시ᄃᆡ, '여등(汝等)이 부ᄃᆡ 셔당의 다 두라.' ᄒᆞ시던 말ᄉᆞᆷ이 분명ᄒᆞ시던 거시니, 아모 것도 업다 ᄒᆞ오【2】니, ᄆᆡㆍ교 등이 ᄉᆞᄉᆞ로이

이날 한님과 ᄒᆞᆨᄉᆞᄂᆞᆫ 문연각의 입직ᄒᆞ고, 공ᄌᆡ 영을 ᄃᆞ리고 셔당의 나와 ᄌᆞᆯᄉᆡ, 쵹을 ᄇᆞᆰ히고 안상의 셔로 말ᄉᆞᆷᄒᆞᆯᄉᆡ, 영이 문득 쇼왈,

"오ᄂᆞᆯ ᄌᆞ졍이 영교 ᄆᆡ션으로 무어ᄉᆞᆯ 가득이 ᄡᅣ 쥬시며, 무어시라 ᄀᆞ만ᄀᆞ만이 말ᄉᆞᆷᄒᆞ시며 셔당의 갓다가 두라 ᄒᆞ시던 거시 무어시니잇고? 쇼뎨 마음의 혜오ᄃᆡ, ᄌᆞ위 형댱이 션싱부의 갓다가 열[여]러 날 만의 도라오시니 야식으로 무ᄉᆞᆫ 과품이나 보ᄂᆡ신가 ᄒᆞ엿ᄂᆞ이다."

공ᄌᆡ 미【58】쇼 왈,

"셕식을 포복도록 먹엇고 젼의 먹다가 남은 향실이 오히려 과합의 나맛거든, ᄌᆞ위 쏘 무어ᄉᆞᆯ 보ᄂᆡ시며 영교 ᄆᆡ션이 무어실[ᄉᆞᆯ] 가져와시리오. 아이 그ᄅᆞᆺ 아랏도다."

영이 ᄀᆞ장 의혹ᄒᆞ야 왈,

"쇼뎨 맛ᄎᆞᆷ 모친이 영교 등 ᄃᆞ려 방듕의셔 가만가만 니ᄅᆞ시ᄂᆞᆫ 말ᄉᆞᆷ을 드러시ᄃᆡ, 쇼뎨ᄂᆞᆫ 난간 안의셔 얼ᄅᆞᆺ[ᄑᆞᆺ] 드ᄅᆞ니 말단의 니ᄅᆞ시ᄃᆡ, '부ᄃᆡ 셔당의 갓다 두라.' ᄒᆞ시던 말ᄉᆞᆷ이 분명ᄒᆞ시더니, 아모 것도 업다 ᄒᆞ오니, ᄆᆡ·교 등이 ᄉᆞᄉᆞ로이 업시ᄒᆞᆫ가 ᄒᆞᄂᆞ이다."

667)문연각(文淵閣) : 중국 명나라ㆍ청나라 때에, 북경에 있던 궁중 장서(藏書)의 전각(殿閣). 청나라 때 자금성의 동남쪽에 재건하여 ≪사고전서≫와 ≪도서집성(圖書集成)≫ 따위를 두었다.

업시ᄒᆞᆫ가 ᄒᆞᄂᆞ이다."

공지 쇼아의 말이나 무ᄉᆞᆫ ᄉᆞ단(事端)을 보앗ᄂᆞᆫ 고로, 이쳐로 명빅히 ᄒᆞᄂᆞᆫ 말이니, 가장 의혹ᄒᆞ나 ᄶᅵ닷지 못ᄒᆞ여, 이의 니로ᄃᆡ,

"ᄌᆞ졍이 필연 영·미 등을 무어술 쥬시며, ᄒᆞ시ᄂᆞᆫ 말ᄉᆞᆷ을 아이 잘못 드럿도다."

ᄒᆞ고, 이의 촉을 물니고 영을 다리고 잠드럿더니, 영이 몽압(夢魘)ᄒᆞ여 쇼릐ᄒᆞ거ᄂᆞᆯ, 창공지 ᄶᅵ여 왈,

"네 무ᄉᆞᆫ ᄭᅮᆷ을 ᄭᅮ엇ᄂᆞ냐?"

영이 ᄶᅵ여 왈,

"쇼뎨 몽즁(夢中)의 좌우(左右) 벽간(壁間)으로 요ᄉᆞ지물(妖邪之物)[668]이 무슈히 나와 형장의 신상(身上)을 범ᄒᆞ려 ᄒᆞ옵거ᄂᆞᆯ, 놀【3】나 쇼릐ᄒᆞ엿ᄂᆞ이다. 이제ᄂᆞᆫ 여긔셔 ᄌᆞ미 무셔오니 이 셔당의 머므지 말고 피우(避寓)[669]ᄒᆞ쇼셔. 쇼뎨 흉몽(凶夢)을 어드니 방즁의 참아 휘휘ᄒᆞ여이다[670]."

공지 지삼 어로만져, 본ᄃᆡ 츈몽(春夢)이 그러ᄒᆞ니 관겨치 아니타 니ᄅᆞ며, 회리(懷裏)의 픔어 형뎨 한가지로 가미(假寐)ᄒᆞ미, 공지 홀득일몽(忽得一夢)ᄒᆞ니, 과연 좌우 벽간으로 조ᄎᆞ 무슈ᄒᆞᆫ 요형ᄉᆞ골(妖形死骨)의 잡귀흉신(雜鬼凶神)이 나와 좌하(座下)의 ᄭᅮ러 고ᄒᆞᄃᆡ,

"쇼귀(小鬼) 등이 감히 진인(眞人)의 셩명(姓名) 덕질(德質)을 간범ᄒᆞ오려 ᄒᆞ미 아니

668)요ᄉᆞ지물(妖邪之物) : =요예지물(妖穢之物). 무속(巫俗)에서 방자를 할 때 쓰는 해골(骸骨)이나 인형(人形) 따위의 요사스럽고 흉측한 물건.

669)피우(避寓) : 전염병이나 액 따위를 피하기 위해 일시 거처를 옮겨 머묾.

670)휘휘ᄒᆞ다 : 무서운 느낌이 들 정도로 고요하고 쓸쓸하다.

공지 ᄋᆞ의 언근을 ᄀᆞ장 이상이【59】 녁이나 요음악시 이실 줄은 의ᄉᆞ 박기라. 웃고 왈,

"네 잘못 드러시미라. 영교 등이 엇디 긔휘ᄒᆞ리오?"

영이 지극히 효우ᄒᆞᆫ지라. ᄋᆞ심의 고이히 녁이나 다시 말을 아니터라.

공지 담앗던 과픔을 ᄂᆡ여 ᄎᆞᆨ하의셔 복시냥인과 아ᄋᆞ로 더브러 난화 먹고 ᄀᆞ장 야심ᄒᆞ미 형뎨 교항졉체ᄒᆞ야 좀드럿더니, 홀연 영이 몽압ᄒᆞ여 크게 쇼릐ᄒᆞ거ᄂᆞᆯ 공지 그 쇼릐의 놀나 ᄶᅵ여 급히 영을 흔드러 ᄶᅵ오며 몸을 만져 보니, 한한이 쳠금ᄒᆞ여ᄂᆞᆫ지라.

공지 지삼 흔드러 ᄶᅵ【60】오며 몽압ᄒᆞᆫ 연고를 무ᄅᆞ니 영이 놀난 녁ᄉᆞᆯ 진졍ᄒᆞ여 왈,

"몽듕의 좌우 벽으로셔 무슈ᄒᆞᆫ 귀형 ᄀᆞᄐᆞᆫ 것시 도창검이며 궁시를 잡고 나와 형댱을 히ᄒᆞ려 ᄒᆞ다가, 형댱 침번[변] 좌우로셔 오식긔운이 니러나며 쳥뇽이 ᄂᆡ다라 긔셰를 베프니, 무슈 흉귀 일시의 믈너나고 뇌졍벽녁이 진동ᄒᆞ니 그 소릐의 놀나 ᄶᅵᄃᆞᄅᆞ니 몽시 하 흉괴ᄒᆞ니, 형댱이 셔당의 머무디 말고 피우ᄒᆞ쇼셔. 쇼뎨 흉몽을 어드니 방듕이 ᄎᆞ마 휘휘ᄒᆞ이다."

공지 지삼 어ᄅᆞ만져 츈몽이 그러ᄒᆞ니 관겨【61】치 아니타 니ᄅᆞ며 회리의 픔어 형뎨 ᄒᆞᆫ가지로 가미ᄒᆞ엿더니, 공지 홀드일몽ᄒᆞ니 과연 좌우 벽간으로죠ᄎᆞ 무슈ᄒᆞᆫ 요형ᄉᆞ글[골]의 잡귀흉신이 나와 좌하의 ᄭᅮ러 고ᄒᆞᄃᆡ,

"쇼귀 등이 감히 진인의 셩명덕질을 간범ᄒᆞ오려 ᄒᆞ미 아니라, ᄉᆞ룸의 부리므로 마지못ᄒᆞ야 귀인 쳐쇼의 머므럿ᄉᆞ오나, 졍명지긔를 ᄲᅩ이미 유음의 더러온 ᄌᆞ최 국츅ᄒᆞ와 능히 진퇴를 졍치 못ᄒᆞᄂᆞ이다."

라. 사ᄅᆞᆷ의 부리므로 마지 못ᄒᆞ여 귀인의 쳐쇼의 머【4】므러ᄉᆞ오나, 졍명지긔(精明之氣)ᄅᆞᆯ ᄲᆞ이ᄆᆡ, 유음(幽陰)[671]의 더러온 ᄌᆞ최 국츅(跼縮)ᄒᆞ여 능히 진퇴(進退)ᄅᆞᆯ 졍치 못ᄒᆞ리로쇼이다. 복원(伏願) 미회진군은 셩덕을 드리오ᄉᆞ, 슈히 침변(枕邊)의 요ᄉᆞ(妖邪)ᄒᆞᆫ 졍젹(情迹)을 분간(分揀)ᄒᆞ샤 유음(幽陰)의 ᄌᆞ최ᄅᆞᆯ 평안케 ᄒᆞ쇼셔."

말을 맛ᄎᆞᄆᆡ 좌우 벽 ᄉᆞ이로 드러가거ᄂᆞᆯ, 공지 경동이각(驚動而覺)[672]ᄒᆞ니, 침변일몽(枕邊一夢)이라.

공지 아ᄌᆞ의 영의 몽압(夢魘)[673]ᄒᆞᆷ과 ᄌᆞ긔 몽ᄉᆞ(夢事)ᄅᆞᆯ ᄉᆡᆼ각ᄒᆞᄆᆡ 의심이 ᄆᆡᆼ동(萌動)ᄒᆞᄂᆞᆫ지라. 번연이 니러 안ᄌᆞ 창을 열고 보니, 동방이 거의 ᄇᆞᆰ고져 ᄒᆞᄂᆞᆫ지라.

인ᄒᆞ여 ᄌᆞ지 아【5】니ᄒᆞ고 니러나 셔동(書童)을 ᄭᆡ와 경일누의 신셩(晨省)ᄒᆞ고, 이윽고 조션(朝膳)이 오ᄅᆞᄆᆡ 먹기ᄅᆞᆯ 맛고, 니러나려 ᄒᆞᄆᆡ, 영이 ᄯᆞ라가려 ᄒᆞ거ᄂᆞᆯ, 공지 다릐여 왈,

"ᄂᆡ 잠간 여측(如厠)ᄒᆞ고 드러와 너ᄅᆞᆯ 안고 셔당으로 갈 거시니, 아직 ᄌᆞ위 침누(寢樓)의 이시라."

ᄒᆞ고 물너가니, 영이 그러히 너겨 부인 슬하의 도로 안더라.

공지 셔당의 나와 심복 동자(童子) 냥인을 명ᄒᆞ여, 침변 좌우 벽 사이ᄅᆞᆯ ᄯᅳ더 보라 ᄒᆞ니, 과연 무슈ᄒᆞᆫ 요예지물(妖穢之物)[674]이 잇고, '두어 치식'[675] 사ᄅᆞᆷ을 무슈히 ᄆᆡᆫᄃᆞ라 흉복(胸腹)의 칼도 결으며[676] 살【6】도 겻

---

671)유음(幽陰) : 음계(陰界). 저승. 귀신들이 사는 세상.

672)경동이각(驚動而覺) : 놀라 움찔하여 깨어남.

673)몽압(夢魘) : 자다가 가위에 눌림. ≒귀압(鬼魘).

674)요예지물(妖穢之物) : 무속(巫俗)에서 방자를 할 때 쓰는 해골(骸骨)이나 인형(人形) 따위의 요사스럽고 흉측한 물건.

675)두어 치식 : 두 치(3.03㎝)쯤 되는 크기로. *두어:「관형사」그 수량이 둘쯤임을 나타내는 말. *-식: -씩. 「접사」'그 수량이나 크기로 나눠거나 되풀이됨'의 뜻을 더하는 접미사

676)결다 : 겯다. 대, 갈대, 싸리 따위로 씨와 날이 서로 어긋매끼게 엮어 짜다.

말을 맛ᄎᆞ며 좌우 벽ᄉᆡ ᄉᆞ이로 드러가거ᄂᆞᆯ 공지 경동니각ᄒᆞ니 침변일몽이【62】라.

공지 영의 몽합ᄒᆞᆷ과 ᄌᆞ긔 몽ᄉᆞ을 ᄉᆡᆼ각ᄒᆞᄆᆡ 의심이 ᄆᆡᆼ동ᄒᆞᄂᆞᆫ지라. 번연이 니러나 창을 열고 보니 동방이 긔ᄇᆡᆨ이라.

인ᄒᆞ여 니러나 셔동을 ᄭᆡ와 경일누의 신셩ᄒᆞ고 이윽고 됴션이 오ᄅᆞᄆᆡ 먹기를 맛고 니러나려 ᄒᆞ니, 영이 ᄯᆞ라가려 ᄒᆞ거ᄂᆞᆯ 공지 ᄃᆞ릐여 왈,

"ᄂᆡ 잠간 여측ᄒᆞ고 드러와 너를 안고 셔당으로 갈 거시니 아즉 ᄌᆞ위 침누의 이시라."

ᄒᆞ고 믈너가니, 영이 그러히 넉여 부인 슬하의 도로 안더라.

공지 셔당의 나와 심복 셔동 양인을 명ᄒᆞ여 침실 좌우 벽 ᄉᆞ이를【63】 ᄯᅳ더보라 ᄒᆞ니, 과연 무슈 요예지믈이 잇고 두어 치식ᄒᆞᆫ ᄉᆞᄅᆞᆷ이 무슈ᄒᆞ야 흉복의 칼도 결우며 살도 겻고, ᄒᆞᆫ 츅시 잇셔 ᄀᆞᆯ와시ᄃᆡ,

고677), 한 장 츅ᄉᆞ(祝辭) 잇셔 갈와시ᄃᆡ,

"창을 슈이 잡아가면 쳔금지보(千金財寶)를 앗기지 아냐, 각별 명산지디(名山之地)의 ᄉᆞ우(祠宇)를 세워, 신기(神祇)678) 후토(后土)679)를 한가지로 봉안(奉安)ᄒᆞ리라."

ᄒᆞ엿고, 필체 오리지 아냣고 명명ᄒᆞᆫ 양모(養母) 최부인 필젹이라.

공지 간파(看罷)의 ᄃᆡ경ᄎᆞ악(大驚且愕)ᄒᆞ고 심한골경(心寒骨驚)ᄒᆞ믈 마지 아녀, 좌우로 불을 가져오라 ᄒᆞ여 쇼화(燒火)ᄒᆞ고, 셔동을 분부ᄒᆞ여 ᄎᆞᄉᆞ를 구외(口外)의 ᄂᆡ지 말나 ᄒᆞ고, 스ᄉᆞ로 탄식ᄒᆞ기를 마지 아니ᄒᆞ더라.

이러구러 십여일이 지나도록 안여평셕(安如平昔)680)ᄒᆞ니, 최부인이 【7】 의심ᄒᆞ여 교、미 등다려 니ᄅᆞᄃᆡ,

"계랑이 이ᄅᆞ기를 제 방슐(方術)이 직효(卽效)ᄒᆞ여 불과 슈일 ᄂᆡ의 증험(證驗)이 잇다 ᄒᆞ더니, 슌여일(旬餘日)이 지나ᄃᆡ 창이 무ᄉᆞᄒᆞ니, 엇지 괴이치 아니리오. 네 급히 계랑을 블너 오라. 무러 보리라."

교、미 등이 또ᄒᆞᆫ 괴이히 너겨 즉시 계랑을 청ᄒᆞ여 므ᄅᆞᄃᆡ, 계랑이 이윽이 침음ᄒᆞ다가 니로ᄃᆡ,

"공지 젼신(前身)이 미화진군이라. 미화진군은 하ᄂᆞᆯ 이십팔슈(二十八宿)681) 간(間)의 응(應)ᄒᆞᆫ 별이니, 하ᄂᆞᆯ이 각별 ᄂᆞ리오신 셩인 긔믹(聖人氣脈)이라. 졍명지긔(正明之氣) 타인의게 지나니, 요ᄉᆞ(妖邪)ᄒᆞᆫ 졍젹이 【8】감히

"황뎐후퇴 창을 슈히 잡아가면 쳔금지보를 앗기지 아녀 각별 명산지ᄂᆡ의 ᄉᆞ우를 세워 신긔후토를 ᄒᆞᆫ가지로 봉안ᄒᆞ리라."

ᄒᆞ엿고, 필체 분명ᄒᆞᆫ 양모 최부인 필젹이라.

공지 간파의 ᄃᆡ경ᄎᆞ악ᄒᆞ고 심한골경이라. 좌우로 블을 가져오라 ᄒᆞ여 소화ᄒᆞ고 셔동을 분부ᄒᆞ여 ᄎᆞᄉᆞ를 구외의 ᄂᆡ지 말나 ᄒᆞ고 스ᄉᆞ로 탄식ᄒᆞ더라.【64】

이러구러 십여 일이 디나도록 공지 안여평셕ᄒᆞ니 최부인이 의심ᄒᆞ여 교·미 등ᄃᆞ려 일오ᄃᆡ,

"계랑이 니ᄅᆞ기를 제 방슐이 즉효ᄒᆞ여 블과 슈일 ᄂᆡ의 증험이 잇다 ᄒᆞ더니, 슌여 일이 되도록 창ᄋᆞ 무ᄉᆞᄒᆞ니 엇디 고이치 아니리오. 급히 계랑을 블너오라. 무러보리라."

미·교 등이 또ᄒᆞᆫ 고이히 넉여 즉시 계랑을 쳥ᄒᆞ여 무른ᄃᆡ, 계랑이 이윽이 침음ᄒᆞ다가 왈,

"공지 젼신이 미화진군이라. 미화진군은 하ᄂᆞᆯ이 십팔슈 ᄀᆞ온ᄃᆡ 응ᄒᆞᆫ 별이니 하ᄂᆞᆯ이 각별 ᄂᆞ려오신 긔믹이라.【65】 졍명지긔 타인의게 디나니 요ᄉᆞᄒᆞᆫ 졍젹이 감히 발뵈지 못ᄒᆞᄂᆞᆫ가 시부이다."

---

677)겻다 : 겯다. 풀어지거나 자빠지지 않도록 서로 어긋매끼게 끼거나 걸치다.
678)신기(神祇) ; 천신지기(天神地祇). 천신과 지기를 아울러 이르는 말. 곧 하늘의 신령과 땅의 신령을 이른다.
679)후토(后土) : 토지를 맡아 다스린다는 신.
680)안여평석(安如平席) : 평안한 자리에 앉아 있는 것처럼 마음이 평안함.
681)이십팔슈(二十八宿) : 천구(天球)를 황도(黃道)에 따라 스물여덟으로 등분한 구획. 또는 그 구획의 별자리. 동쪽에는 각(角)、항(亢)、저(氐)、방(房)、심(心)、미(尾)、기(箕), 북쪽에는 두(斗)、우(牛)、여(女)、허(虛)、위(危)、실(室)、벽(壁), 서쪽에는 규(奎)、누(婁)、위(胃)、묘(昴)、필(畢)、자(觜)、삼(參), 남쪽에는 정(井)、귀(鬼)、유(柳)、성(星)、장(張)、익(翼)、진(軫)이 있다

발뵈지 못ᄒᆞᄂᆞᆫ가 시버이다.”

부인이 악연 왈,

“연즉 져ᄅᆞᆯ 종시 ᄒᆡ치 못ᄒᆞ리로다.”

계랑 왈,

“엇지 그러ᄒᆞ리잇고? 인즁승텬(人衆勝天)682)을 긔약ᄒᆞ리이다.”

이읏이 ᄉᆞᆫ가락을 ᄊᆞᆷᄌᆞᆨ여 츄졈(推占)ᄒᆞ다가 문득 경왈(驚曰),

“이ᄂᆞᆫ 쳔인(賤人)의 방ᄉᆞᆯ(方術)683)이 신묘(神妙)치 아니미 아니라, 사ᄅᆞᆷ이 발셔 형젹(形迹)을 알고 파 업시 ᄒᆞ엿ᄂᆞ이다.”

부인이 이 말을 듯고 크게 놀나, ᄆᆡ、교ᄅᆞᆯ 보ᄂᆡ여 긔미(幾微)ᄅᆞᆯ 아라 오라 ᄒᆞ니, ᄆᆡ、교 등이 슈명ᄒᆞ여 나아가더니, 이읏고 도라와 만면 경괴(驚怪)ᄒᆞᆫ ᄉᆞ식(辭色)으로 알외ᄃᆡ,

“쇼비 등이 ᄎᆞᄉᆞ(此事)ᄅᆞᆯ 힝ᄒᆞᄆᆡ ᄌᆞ못 【9】 신밀(愼密)이 ᄒᆞ여 귀신 밧 알 니 업ᄉᆞᆸ거ᄂᆞᆯ, 믄득 업ᄉᆞ오니 엇지 괴이치 아니리잇고?”

부인이 면ᄉᆡᆨ(面色)이 여토(如土)ᄒᆞ여, 갈오ᄃᆡ,

“알괘라, 뉘 능히 우리 노쥬(奴主)의 은밀ᄒᆞᆫ 작ᄉᆞ(作事)ᄅᆞᆯ 알 ᄌᆡ 이시리오. 이ᄂᆞᆫ 요괴로온 창이 긔미(幾微)ᄅᆞᆯ 상심(詳審)ᄒᆞ여 파업시 ᄒᆞ미로다. ᄎᆞᄋᆡ ᄌᆞ쇼(自少)로 총명영오(聰明穎悟)ᄒᆞ여 사ᄅᆞᆷ의 긔ᄉᆡᆨ(氣色)과 동졍(動靜)을 ᄉᆞᆯ펴 그 심폐(心肺)ᄅᆞᆯ ᄉᆞ못ᄂᆞ니, 반ᄃᆞ시 요괴(妖怪) 총명으로 의심이 동ᄒᆞ여 ᄎᆞᄉᆞᄅᆞᆯ 알고, 남 모로게 파업시 ᄒᆞ미로다. 이 계귀(計揆) 픠루(敗漏)ᄒᆞ여시니, 계랑은 각별 다ᄅᆞᆫ 계규ᄅᆞᆯ 가ᄅᆞ치라.” ·

계랑이 가장 침【10】음ᄒᆞ여 ᄉᆡᆼ각다가 갈오ᄃᆡ,

“한 계귀 잇건만은 ᄎᆞᄉᆞᄅᆞᆯ 힝ᄒᆞ려 ᄒᆞ면 심히 폐(弊)로오니 어렵도쇼이다.”

부인이 문왈,

“아모커나 시험ᄒᆞ여 니ᄅᆞ라.”

682)인즁승텬(人衆勝天) : ‘여러 사람이 힘을 합치면 하늘도 이길 수 있다’는 뜻으로 ‘사람의 힘이 큼’을 이르는 말.

683)방ᄉᆞᆯ(方術) : ①방법과 기술을 아울러 이르는 말. ②방사(方士)가 행하는 신선의 술법. ≒법술(法術).

부인이 악연 왈,

“연ᄌᆞᆨ 져를 ᄌᆞᆼ시 ᄒᆡ치 못ᄒᆞ리로다.”

랑 왈,

“어이 그러ᄒᆞ리잇고? 인듕승텬을 긔약ᄒᆞ리이다.”

이읏이 손가락을 곱작여 츄졈ᄒᆞ다가 믄득 경왈,

“이ᄂᆞᆫ 쳔인의 방ᄉᆞᆯ이 신효치 아닌 거시 아니라 사ᄅᆞᆷ이 발셔 형젹을 알고 져쥬지믈을 파 업시ᄒᆞ엿ᄂᆞ이다.”

부인이 말을 듯고 크게 놀나 ᄆᆡ·교를 보ᄂᆡ여 긔미를 아라보라 ᄒᆞ니, ᄆᆡ·교 등이 슈명ᄒᆞ여 나가더니 이읏고 도라와 만분경괴ᄒᆞᆫ ᄉᆞ식【66】으로 알외ᄃᆡ,

“쇼비 등이 ᄎᆞᄉᆞ를 힝ᄒᆞᄆᆡ ᄌᆞ못 신밀ᄒᆞ여 귀신 밧 알 니 업ᄉᆞᆸ거ᄂᆞᆯ 믄득 업ᄉᆞ오니 엇디 고이치 아니리잇고?”

부인이 면여토식ᄒᆞ여 왈,

“알괘라. 이ᄂᆞᆫ 요괴로온 창이 긔미를 알고 파 업시ᄒᆞ미로다. 이 계교 픠루ᄒᆞ여시니 계랑은 각별 다른 계규를 ᄀᆞᄅᆞ치라.”

계랑이 ᄉᆡᆼ각다가 왈,

“ᄒᆞᆫ 계교 잇건마ᄂᆞᆫ 심히 폐로오니 어렵도쇼이다.”

부인 왈,

“아모커나 시험ᄒᆞ야 니ᄅᆞ라.”

계랑 왈,

"이 일은 가장 유벽(幽僻) 은심쳐(隱深處)의 인젹이 업는 곳의셔 힝계(行計)홀 거시니, 가즁의 너런 곳이 잇ᄂᆞ니잇가?"

부인 왈,

"우리 부즁은 ᄃᆡᄃᆡ(代代) 공후뎨턱(公侯第宅)이라. 집이 광활ᄒᆞ고 후원이 심슈(深邃)ᄒᆞ니, 가즁 비비(婢輩)라도 오히려 아지 못ᄒᆞᄂᆞᆫ 곳의 유벽(幽僻)ᄒᆞᆫ ᄃᆡ 만흐니라. 계랑이 은밀지ᄉᆞ(隱密之事)를 힝코져 ᄒᆞ면, 맛당이 원즁(園中) 유슈쳐(幽邃處)를 가ᄅᆞ치리라."

ᄒᆞ고, 몬져 영교•미【11】션을 분부ᄒᆞ여, '계랑을 인도ᄒᆞ여 후원 심슈(深邃)ᄒᆞᆫ 곳의 ᄃᆡᄉᆞ(大事)를 뇨리(料理)ᄒᆞ여 요계(妖計)를 힝ᄒᆞ라.' ᄒᆞ고, 공ᄌᆞ의 684)여별(餘-) 의복을 쥬니, 계랑이 바다 미ㆍ교 등을 조ᄎᆞ 후원의 드러가 보니, 극히 심벽(深僻)ᄒᆞ여 쳔군(千軍)이 드레고 만마(萬馬) 징분(爭奔)ᄒᆞ여도, ᄂᆡ당(內堂) 사ᄅᆞᆷ이 아지 못홀너라.

경일누 후졍(後庭)으로 조ᄎᆞ 원님(園林)을 둘너 가산(假山)685) 뒤흐로 거의 ᄉᆞ오리(四五里)를 힝ᄒᆞ여 원님(園林)이 년(連)ᄒᆞ여시니, 뒤흐로 울울ᄒᆞᆫ 창산(蒼山)을 등지고, 알프로 부용지(芙蓉池)를 인ᄒᆞ여시며, 좌(左)의 쳥뇽(靑龍)이 서렷ᄂᆞᆫ 듯ᄒᆞ며, 우(右)의 ᄇᆡᆨ호(白虎) 슝그린686) 듯ᄒᆞ여, 알픠 쥬작(朱雀)687)이 【12】 나ᄂᆞᆫ 듯ᄒᆞ고, 뒤히 현무(玄武)688) 셧ᄂᆞᆫ 듯ᄒᆞ니, 그 안히 가산(假山)을 지어시며, 부용지(芙蓉池)를 파고 긔화요초(琪花瑤草)와 슈쳔쥬(數千株) 수양(垂楊)과 쳔년노숑(千年老松)이며 늙은 찻남글 심우고, 그 밧 홍힝(紅杏) 도리(桃李) 만슈화목(萬樹花木)을 심

684)여별(餘-) : 본래 소용되는 것 이외의 것.

685)가산(假山) : =석가산(石假山). 정원 따위에 돌을 모아 쌓아서 조그마하게 만든 산.

686)슝그리다 : 웅크리다. 몸 따위를 움츠러들이다.

687)주작(朱雀) : 『민속』사신(四神)의 하나. 남쪽 방위를 지키는 신령을 상징하는 짐승을 이른다. 붉은 봉황으로 형상화하였다.

688)현무(玄武) : 『민속』사신(四神)의 하나. 북쪽 방위를 지키는 신령을 상징하는 짐승을 이른다. 거북과 뱀이 뭉친 모습으로 형상화하였다.

계랑 왈,

"이 일은 인젹 업ᄉᆞᆫ 곳의셔 힝계홀 거시니 ᄀᆞ장 유벽ᄒᆞᆫ ᄃᆡ 잇ᄂᆞ니잇가?"

부인 왈,

"우리 부듕은 ᄃᆡᄃᆡ 공【67】후 제턱이라. 집이 광활ᄒᆞ고 후원이 심슈ᄒᆞ니 가듕 비비라도 오히려 아디 못ᄒᆞᄂᆞᆫ 곳이 만흐니라."

ᄒᆞ고, 영교 ᄆᆡ션으로 '인도ᄒᆞ라.' ᄒᆞ고 공ᄌᆞ의 여벌 오ᄉᆞᆯ 쥬니, 계랑이 바다 ᄆᆡ·교 등을 조차 후원의 드러가 보ᄆᆡ, 극히 심슈ᄒᆞ여 쳔군만ᄆᆡ 들네여도 ᄂᆡ당 ᄉᆞ람이 아디 못홀너라.

슈목이 춍울ᄒᆞᆫᄃᆡ 그 안히 가산을 지어시며 부용지를 파고 긔화이쵸와 쳔년노숑과 만슈화목이 버러시니, ᄉᆞ오간 졍ᄌᆡ 그 가온ᄃᆡ 잇셔 난창의 졍묘흠과 옥난의 공교로이 삭인 거시 완연이 직녀궁 은하슈【68】 즐기의 ᄇᆡᆨ옥 졍ᄌᆞ를 ᄊᆞ민 듯ᄒᆞ더라.

거시니, 쇼아(素雅)ᄒᆞᆫ 경물이 별유션경(別有仙境) 갓고, ᄉᆞ시(四時)의 꼿치 븕어시며 입히 푸ᄅᆞ러 경치의 빗나미, 방장(方丈)689) 봉ᄂᆡ(蓬萊)690)로 칭호(稱號)ᄒᆞᆯ 비라.

부용지(芙蓉池)ᄅᆞᆯ 년(連)ᄒᆞ여 ᄉᆞ오간 뎡ᄌᆞ(亭子)ᄅᆞᆯ 지어시니, 난창(欄窓)의 졍묘(精妙)ᄒᆞᆷ과 옥난(玉欄)의 공교로이 삭인 거시 완연이 직녀궁(織女宮) 은하슈(銀河水) 줄기의 ᄇᆡᆨ옥뎡ᄌᆞ(白玉亭子)ᄅᆞᆯ 지은 것 갓더라,

이곳은 ᄐᆡᄉᆞ 삼곤계 경【13】물이 가려(佳麗)ᄒᆞ고 원즁(園中)이 쇼아(素雅)ᄒᆞ믈 취ᄒᆞ여 뎡ᄌᆞᄅᆞᆯ 짓고, 잇다감 완유(玩遊)ᄒᆞᄂᆞᆫ 곳으로 삼앗더라.

ᄐᆡ시 오왕의 입조시(入朝時)의 한가지로 유완(遊玩)ᄒᆞ연지 오ᄅᆡ지 아니니, 최부인이 ᄐᆡᄉᆞ 곤계와 가즁 제인의 ᄌᆞ최 다시 오지 아닐 쥴 알고, 악ᄉᆞ(惡事)ᄅᆞᆯ 힝ᄒᆞ려ᄒᆞ더라.

ᄆᆡ、교 등이 그려도691) 이목을 두려 원즁을 깁히 ᄉᆞ뭇ᄎᆞ692), 셕암 쇽의 니ᄅᆞ러 계랑이 ᄆᆡ、교 등을 분부ᄒᆞ여 포진(鋪陳)693)을 버리고, 졔상(祭床)과 향촉(香燭)을 비셜ᄒᆞ고, 쳘권셔(鐵劵書)694)ᄅᆞᆯ 노코, 초인(草人)을 ᄆᆡᆫᄃᆞ라 공ᄌᆞ의 의복을 닙히ᄆᆡ, 가ᄉᆞᆷ 가온ᄃᆡ 셩명【14】과 년월을 긔록ᄒᆞ여 픔기고695), 궁시(弓矢)와 도창(刀槍)을 가져 날마다 져녁이면 힝ᄉᆞᄒᆞᄃᆡ, '궁시ᄅᆞᆯ 가져 두눈을 쏘고, 버거 창검을 가져 가ᄉᆞᆷ을 지ᄅᆞ며, 나종은 머리ᄅᆞᆯ

ᄆᆡ·교 등이 그려도 샤ᄅᆞᆷ의 이목을 두려 원듕을 깁히 ᄉᆞ뭇쳐 그윽ᄒᆞᆫ 셕암 쇽의 니ᄅᆞ러, 계랑이 포진을 버리고 향쵹을 비셜ᄒᆞ고, 쵸인○[을] ᄆᆡᆫᄃᆞ라 공ᄌᆞ의 의복을 닙히며, ᄀᆞ삼 가온ᄃᆡ 셩명 년월을 긔록ᄒᆞ고 궁시와 도창을 가져 날ᄆᆞ다 《젼녁‖져녁》이면 힝ᄉᆞᄒᆞᄃᆡ, '몬져 궁시로 두 눈을 쏘고, 버거 창검으로 가ᄉᆞᆷ을 지ᄅᆞ며, 나죵은 머리ᄅᆞᆯ 버히면, 범인은 삼일 만의 쵹ᄉᆞᄒᆞᄃᆡ, 공ᄌᆞᄂᆞᆫ 텬상고셩이오, 지상귀인이라. 인듕승텬을 긔약ᄒᆞᄃᆡ 그어려【69】오미 만코 괴로오미 ○○○[만ᄒᆞᄃᆡ] 칠일 만의 ᄉᆞ싱을 결단ᄒᆞ리라.' ᄒᆞ고, ᄆᆡ·교 등으로 힝ᄉᆞ 후 최부인을 쳥ᄒᆞ야 버린 거ᄉᆞᆯ 뵈니,

689)방장(方丈) : 방장산(方丈山). 중국 전설에 나오는 영산(靈山)인 삼신산(三神山) 가운데 하나로, 진시황과 한무제가 불로불사약(不老不死藥)을 구하기 위하여 동남동녀 수천 명을 보냈다고 한다.

690)봉ᄂᆡ(蓬萊) : 봉래산(蓬萊山). 중국 전설에서 나타나는 가상적 영산(靈山)인 삼신산(三神山) 가운데 하나. 동쪽 바다의 가운데에 있으며, 신선이 살고 불로초와 불사약이 있다고 함.

691)그려도 : 그리하여도. 그렇게 하여도. *기본형: 그리하다.

692)ᄉᆞ뭇다 : 사무치다. 깊이 스며들거나 멀리까지 미치다.

693)포진(鋪陳) : 바닥에 깔아 놓는 방석, 요, 돗자리 따위를 통틀어 이르는 말.

694)쳘권셔(鐵劵書) : 쇠로 표지를 만든 책.

695)픔기다 : 품기다. 품속에 넣어지거나 가슴에 대어 안기다. '품다'의 피동사.

버히면, 범인(凡人)은 삼일만의 촉亽(觸死)ᄒᆞ듸, 공ᄌᆞᄂᆞᆫ 쳔상고션(天上高仙)이오 디샹귀인(地上貴人)이라. 인즁승텬(人衆勝天)을 긔약ᄒᆞ듸 그 어려오미 만코 괴로오미 ○○○[만ᄒᆞ듸] 칠일간의 亽싱을 결단ᄒᆞ리라.' ᄒᆞ고, 미ㆍ교 등으로 힝亽ᄒᆞᆫ 후, 최부인을 쳥ᄒᆞ여 버린 거술 뵈여[니], 극악 흉참ᄒᆞ여 보기 놀납더라.

부인이 크게 깃거 친히 나ᄋᆞ러 보고 듸희 왈,【15】

"창이 아모리 긔특ᄒᆞ여도 이번은 면치 못ᄒᆞ리라."

ᄒᆞ고, 계랑을 당부ᄒᆞ여 부듸 쇼리히 말나 ᄒᆞ고, 졍당으로 도라와 ᄌᆞ약(自若)히 환희ᄒᆞ기를 마지 아니ᄒᆞ더라.

공ᄌᆞ를 보면 흔연이 ᄉᆞ랑ᄒᆞ여 젼일 불호(不好)ᄒᆞᆫ 亽식(辭色)이 업亽니, 공지 양모(養母)의 긔식이 이럴亽록 방심치 못ᄒᆞ여 스亽로 조심ᄒᆞ고 삼가더니, 간인의 계귀(計揆) 궁흉극악ᄒᆞ니, 금년이 창공ᄌᆞ의 운익이 비상ᄒᆞᆫ지라. 엇지 조물의 다싀(多猜)홈과 희극(戱劇)을 면ᄒᆞ리오.

홀연 공지 신긔 블힝ᄒᆞ여 침식이 블안ᄒᆞ더니, 시야(是夜)의【16】일신이 번난(煩亂)ᄒᆞ여 능히 잠을 일우지 못ᄒᆞ여, 긔운이 편치 못ᄒᆞ여 침두(枕頭)의 통셩(痛聲)이 미미ᄒᆞ니, 틱亽와 츄밀이 공지 졸연 유질(有疾)ᄒᆞ여 병근(病根)이 가비얍지 아니믈 우려ᄒᆞ여 빅방으로 치료ᄒᆞ나, 亽오일의 능히 가헐(可歇)ᄒᆞ믈696) 보지 못ᄒᆞ고 날노 침즁(沈重)ᄒᆞ니, 모든 의원이 능히 동졍(動靜)을 갈희잡지 못ᄒᆞᄂᆞᆫ지라.

공지 한갓 심신(心身)이 번난(煩亂)ᄒᆞ고 몸이 덥기 불갓흘 ᄲᅮᆫ아니라, 호흡이 쳔촉(喘促)ᄒᆞ고, 눈 곳 감으면 몽시(夢事) 번잡ᄒᆞ여 온갓 괴이ᄒᆞᆫ 거시 다 뵈니, 병근이 가장 가비얍지 아니듸, 또ᄒᆞᆫ 쳔【17】싱 품셩이 쇽인과 다ᄅᆞᆫ 고로, 셤어(譫語)697)의 괴이ᄒᆞ믄 업亽

부인이 깃거 왈,

"창이 아모리 긔특ᄒᆞ여도 이번ᄂᆞᆫ 면치 못ᄒᆞ리라."

ᄒᆞ고 계랑을 당부ᄒᆞ고 졍당의 도라와 ᄌᆞ약히 환희ᄒᆞ며,

공ᄌᆞ를 보면 흔연이 ᄉᆞ랑ᄒᆞ여 젼일 블호ᄒᆞᆫ 亽식이 업亽니, 공지 양모의 긔식이 이러ᄒᆞᆯ亽록 방심치 못ᄒᆞ여 스亽로 조심ᄒᆞ고 삼가더니, 간인의 계교 궁흉극진ᄒᆞ미 금년이 창공ᄌᆞ의 운익이 비상ᄒᆞ니 엇디 조믈의 다싀ᄒᆞ미 아니【70】리오.

홀연 공지 신긔 블평ᄒᆞ야 침식이 블안ᄒᆞ더니, 시야의 일신이 번난ᄒᆞ여 능히 잠○[을] 일오디 못ᄒᆞ고 침두○[의] 통셩이 미미ᄒᆞ니, 틱亽와 츄밀이 공ᄌᆞ의 졸연 유질ᄒᆞ믈 우려ᄒᆞ여 빅방으로 치료ᄒᆞ나, 亽오 일의 능히 가헐ᄒᆞ믈 보디 못ᄒᆞ고,

몸이 덥기 블 ᄀᆞᆺᄒᆞ며 몽시 번잡ᄒᆞ야 온갓 것시 다 뵈니, 병근이 가ᄇᆡ압디 아니ᄒᆞ듸, 또ᄒᆞᆫ 텬싱품질이 쇽인과 다ᄅᆞ고 셤어의 고이ᄒᆞ믄 업亽나 일신빅체의 아니 알ᄂᆞᆫ 곳이 업ᄂᆞᆫ지라.

696)가헐(可歇)ᄒᆞ다 : 병이 조금 나아 차도가 있다.

697)셤어(譫語) : 헛소리. 앓는 사람이 정신을 잃

나, ᄇᆡᆨ약(百藥)의 ᄎᆞᆫ효(寸效)업고, 일신ᄇᆡᆨ톄(一身百體)[698] 아니 알ᄂᆞᆫ 곳이 업고, 한열(寒熱)이 왕ᄂᆡ(往來)ᄒᆞ여 의ᄌᆡ(醫者) 다 병증(病症)이 괴이ᄒᆞ믈 니ᄅᆞ니, ᄐᆡᄉᆞ와 츄밀이 경녀(驚慮)ᄒᆞ믈 마지 아니ᄒᆞ고, 가ᄂᆡ 진경(盡驚)ᄒᆞ니, 최부인이 심니의 암희ᄒᆞ나 것ᄎᆞ로 아미(蛾眉)의 근심을 ᄆᆡᄌᆞ 념녀ᄒᆞ미 혈셩(血誠)의 쇼ᄉᆞ 남 갓흐여, 의약 쥭음(粥飮)의 ᄯᆡᄅᆞᆯ 어긔오지 아니ᄒᆞ며, 온ᄂᆡᆼ(溫冷)을 맛초미 극진ᄒᆞ니, 가즁이 다 부인의 셩덕을 일ᄏᆞᄅᆞ나, 츄밀 부부ᄂᆞᆫ 불쾌ᄒᆞ미 심ᄒᆞ더라.

부인【18】이 ᄌᆞ녀의 효우ᄅᆞᆯ ᄡᅥ려 ᄆᆡᄉᆞᄅᆞᆯ 신밀(愼密)이 ᄒᆞ니, 녀ㆍ화 냥실(兩室)은 각각 다 구가의 잇거니와, 필녀 ᄇᆡᆨ혜 쇼져도 아지 못ᄒᆞ거든 더옥 영 공ᄌᆡ 엇지 알니오.

최부인이 ᄌᆞ녀의 아득히 아지 못ᄒᆞ믈 십분 암열(暗悅)ᄒᆞ여 계랑의 신긔ᄒᆞ믈 칭션(稱善)ᄒᆞ고, 영교ㆍᄆᆡ션 등의 츙셩을 극구 칭찬ᄒᆞ여 교ㆍᄆᆡ 등을 블너 일이 일우거든 상ᄉᆞᄅᆞᆯ 후히 ᄒᆞ믈 니ᄅᆞ고, 가지록 신언(愼言)ᄒᆞ물[699] 당부ᄒᆞ더라.

공ᄌᆞ의 병이 날노 즁ᄒᆞ여 쥭음(粥飮)을 젼폐ᄒᆞ니, 부인이 공ᄌᆞ의 어셔 죽기ᄅᆞᆯ ᄌᆈ오더라.

츄밀【19】이 공ᄌᆞ의 병을 근심ᄒᆞ여 일홈난 의원을 다 불너 구병(救病)ᄒᆞ더니, ᄐᆡ의(太醫) 평양은 텬하의 유명ᄒᆞᆫ 의원이라. 편작(扁鵲)[700]의 녕공(靈功)[701]과 기ᄇᆡᆨ(岐伯)[702]의

가ᄂᆡ 진경ᄒᆞ나 최부인은 암희ᄒᆞ여 것ᄎᆞ로 아미의【71】 근심을 ᄆᆡᄌᆞ 념녜ᄒᆞᄂᆞᆫ 체ᄒᆞ고 온ᄂᆡᆼ을 맛쵸와 극진ᄒᆞ니, 가듕이 부인 셩덕을 일ᄏᆞ라ᄃᆡ 츄밀 부부ᄂᆞᆫ 심히 블쾌ᄒᆞ더라.

부인이 ᄌᆞ녀의 효우를 ᄡᅥ려 ᄆᆡᄉᆞ를 신밀이 ᄒᆞ니 아득히 모ᄅᆞ더라.

공ᄌᆞ의 병이 날노 듕ᄒᆞ여 어셔 듁기를 ᄌᆈ오니 츄밀이 근심ᄒᆞ여 일홈ᄂᆞᆫ 의원을 다 블너 구병ᄒᆞᆯ시, ᄐᆡ의 평양은 텬하의 유명ᄒᆞᆫ 의관이라. 편작의 녕공과 기ᄇᆡᆨ의 신슐이[을] 젼습ᄒᆞ엿ᄂᆞᆫ 고로, 공ᄌᆞ를 간ᄆᆡᆨᄒᆞ미 믄득 만면의 경혹ᄒᆞᆫ 빗치 잇셔 왈,

---

고 중얼거리는 말.

698)일신ᄇᆡᆨ톄(一身百體) : 온몸곳곳.

699)신언(愼言)ᄒᆞ다 : 말을 삼가다. 말조심하다.

700)편작(扁鵲) : 중국 전국 시대의 의사. 성은 진(秦). 이름은 월인(越人). 편작은 원래 황제 때의 인물인데, 뒤에 진월인(秦越人)의 의술이 신묘하여 그를 편작이라고 불렀다 한다. 임상 경험을 바탕으로 치료하였다. 장상군(長桑君)으로부터 의술을 배워 환자의 오장을 투시하는 경지에까지 이르렀다고 전한다.

701)녕공(靈功) : 신령스런 정성과 힘.

702)기ᄇᆡᆨ(岐伯) : 황제(黃帝) 헌원씨(軒轅氏)의 신하로, 동양 의학의 원조(元祖)로 일컬어진다. 중국 최고의 의서 『황제내경(黃帝內經)』은 많은 부분이 황제(黃帝)가 묻고 기백이 대답하는 형식으로 쓰였으며, 한의학을 기황지술(岐黃之術)이라고 하는 만큼 기백은 의학의 종주로 인

명슐(名術)[703]이[을] 젼습(傳習)ᄒᆞ엿ᄂᆞᆫ 고로, 초야궁민(草野窮民)으로 일즉 닙신ᄒᆞ여 벼슬이 틱원상관(太院上官)[704]의 거ᄒᆞ엿더라.

틱의 니ᄅᆞ러 공ᄌᆞ를 간믹(看脈)ᄒᆞ미, 믄득 만면의 경혹ᄒᆞᆫ 빗치 잇셔 갈오ᄃᆡ,

"쇼의(小醫) 비록 화틱(華陀)[705]의 쳥낭셔(靑囊書)[706]를 엇지 못ᄒᆞ여시나, 일즉 의슐(醫術)을 셥녑(涉獵)ᄒᆞ여, 쳔ᄒᆞᆫ 일홈이 낫하나고 벼슬이 틱의(太醫)[707]의 모쳠(冒添)ᄒᆞ오미, 일즉 국가(國家) 환후(患候)ᄂᆞᆫ 니ᄅᆞ도 말고, 공경틱우(公卿太夫)와 황친국【20】족(皇親國族)의 왕닉ᄒᆞ여 아니 간병ᄒᆞ온 곳이 업ᄉᆞ오ᄃᆡ, 녕윤공ᄌᆞ(令胤公子)의 병근(病根) 갓치 괴이ᄒᆞᆫ 증후(症候)를 보지 못ᄒᆞ엿ᄂᆞ이다. 공ᄌᆞ의 병휘졀[질]셰(病候疾勢)[708] 풍한셔습(風寒暑濕)[709]의 상(傷)ᄒᆞᆫ 증(症)이 아니라, 풍ᄉᆞ졉귀(風邪接鬼)[710]와 요미(妖魅)의 긔운(氣運)이 귀쳬(貴體)를 범ᄒᆞ여, 병근(病根)이 폐부(肺腑)의 ᄉᆞ뭇ᄎᆞ시니, 용우쇽ᄌᆞ(庸愚俗子)의 긔운 갓흐면 발셔 진(盡)ᄒᆞ여실 거시로ᄃᆡ, 귀틱 공ᄌᆞᄂᆞᆫ 텬디의 타 나은 졍긔 범뉴(凡類)와 다른 고로, 지금가지 보젼ᄒᆞ여 계시이다."

"쇼의 비록 화틱의 쳥낭셔를 엇지 못ᄒᆞ여 ᄉᆞ오나【72】 일즉 의슐을 셥녑ᄒᆞ야 쳔ᄒᆞᆫ 일홈이 낫타나고 벼슬이 틱의의 모쳠ᄒᆞ오미, 일즉 국가 환후ᄂᆞᆫ 니ᄅᆞ도 말고 공경틱우와 황친국쇽의 왕닉ᄒᆞ여 아니 간병ᄒᆞ온 곳이 업ᄉᆞᄃᆡ, 녕윤 공ᄌᆞ의 병근ᄀᆞᆺ치 고이ᄒᆞᆫ 증후ᄂᆞᆫ 보디 못ᄒᆞ엿ᄂᆞ이다. 공ᄌᆞ의 병셰 풍한셔우의 상ᄒᆞᆫ 증이 아니라 풍샤졉귀와 요미의 긔운이 귀쳬를 범ᄒᆞ니, 병근이 폐부의 ᄉᆞ뭇ᄎᆞ시니, 용우쇽ᄌᆞ의 긔운 ᄀᆞᆺᄐᆞ면 발셔 진ᄒᆞ여실 거술 귀틱 공ᄌᆞᄂᆞᆫ 텬디의 낫타ᄂᆞᆫ 졍긔 범뉴와 다르신 고로 이ᄶᅵ가디 보젼【73】ᄒᆞ여 겨시니이다."

정된다. 기백이 지은 『경방(經方)』이라는 책이 있다고 하는데, 현전하지 않는다.

703)명술(名術) : 저명한 의술.

704)틱원상관(太院上官) : 태의원(太醫院)의 고위직에 있는 의관(醫官). *태의원(太醫院): 『역사』 조선 시대에 둔 삼의원(三醫院)의 하나. 궁중의 의약(醫藥)을 맡아보던 관아이다. 세종 25년(1443)에 내약방(內藥房)을 고친 것으로, 고종 32년(1895)에 전의사로 고쳤다.=내의원.

705)화타(華佗) : 중국 후한(後漢) 말기에서 위나라 초기의 명의(名醫)(?~208). 약제의 조제나 침질, 뜸질에 능하고 외과 수술에 뛰어났으며, 일종의 체조에 의한 양생 요법인 '오금희(五禽戲)'를 창안하였다.

706)쳥낭셔(靑囊書) : =청낭비결(靑囊秘訣). 화타(華陀)가 저술하였다는 의서(醫書)로 현재 전하지 않는다.

707)틱의(太醫) : 『역사』 궁궐 내에서, 임금이나 왕족의 병을 치료하던 의원.=어의.

708)병휘질셰(病候疾勢) : 병의 증상과 형세.

709)풍한셔습(風寒暑濕) : 바람과 추위와 더위와 습기를 아울러 이르는 말.

710)풍ᄉᆞ접귀(風邪接鬼) : (몸에 들어와 병을 일으킨) 삿된 바람과 귀신.

ᄐᆡᄉᆞ와 츄밀 왈,

"니러나 져러나 병근이 폐부(肺腑)의 ᄉᆞ못ᄎᆞ시면, 이ᄂᆞᆫ 가장 ᄃᆡ단ᄒᆞᆫ지라. 그ᄃᆡ 맛당이【21】냥약(良藥)을 싱각ᄒᆞ여 당제(當劑)로ᄡᅧ 위질을 회쇼(回蘇)케 ᄒᆞᆫ즉, 우리 당당이 쳔금으로 갑흐리니, 원컨ᄃᆡ 츄ᄉᆞ(推辭)치 말나."

ᄐᆡ의 복슈(伏首) ᄃᆡ왈,

"쇼의(小醫) 냥약(良藥)으로ᄡᅧ 귀ᄐᆡᆨ 공ᄌᆞ를 ᄎᆞ병(差病)ᄒᆞᆯ 묘방(妙方)[711]이 이시면, 엇지 지완(遲緩)ᄒᆞ리잇고만은, 이 병환은 근원을 ᄎᆞᆺ지 못ᄒᆞᆫ즉, 당약(當藥)[712] 묘방이 효험이 업ᄉᆞ리니, 다만 녕윤 공ᄌᆞ의 몸이 남두(南斗)[713]의 타난 슈복이 하원(遐遠)ᄒᆞ시니, 비록 슈화즁(水火中)이라도 필연 면ᄉᆞ(免死)ᄒᆞ오시리니, ᄌᆞ연지즁(自然之中)의 ᄇᆡᆨ신(百神)이 돕고 ᄌᆡ앙이 쇼멸ᄒᆞᆯ 거시니, 다만 텬의(天意)만 바랄 ᄯᆞ름이로쇼이다."

ᄒᆞ고, 도【22】라가니, 제의(諸醫) 평의의 말을 듯고, 다 유구무언(有口無言)ᄒᆞ여 냥제(良劑)를 잡지 못ᄒᆞᄂᆞᆫ지라. 의약을 물니쳐 촌효(寸效)를 보지 못ᄒᆞ니, 뉵칠일의 밋쳐ᄂᆞᆫ 망지쇼위(罔知所爲)[714]ᄒᆞ고, ᄐᆡᄉᆞ와 츄밀 부부와 한님 등이 누쉬(淚水) 방방(滂滂)ᄒᆞ여 슬프믈 니긔지 못ᄒᆞ고, 녀、화、조 제부인과 종ᄆᆡ제(從妹姐) 다 앗기고 슬허ᄒᆞ며, 친ᄆᆡ(親妹) 윤 한님 부뷔 ᄂᆞ려 공ᄌᆞ의 병 즁(重)ᄒᆞ믈 보ᄆᆡ ᄃᆡ경(大驚) 참연(慘然)ᄒᆞ며, ᄐᆡᄉᆞᄂᆞᆫ 슉식을 폐ᄒᆞ여 슬허 왈,

"창아ᄂᆞᆫ 오문(吾門) 쳔니귀(千里駒)[715]라. 만일 불힝ᄒᆞᆫ 즉 ᄂᆡ ᄎᆞᆷ아 인셰의 머믈며, 더옥 왕뎨(王弟)를 보아 므ᄉᆞᆫ 말【23】을 젼 ᄒᆞ리오."

ᄐᆡᄉᆡ 형뎨 왈,

"이러나 져러나 병근이 폐부의 ᄉᆞ못ᄎᆞ시면 이ᄂᆞᆫ ᄀᆞ장 ᄃᆡ단ᄒᆞᆫ디라. 맛당이 냥약을 싱각ᄒᆞ야 당제를 ᄡᅥ 위질을 회소케 ᄒᆞᆫ즉 우리 당당이 쳔금을 갑흐리라."

ᄐᆡ의 복슈 ᄃᆡ왈,

"소의 냥약을 ᄡᅥ 귀ᄐᆡᆨ 공ᄌᆞ의 병을 ᄎᆞ경케 ᄒᆞᆯ 묘방이 이시면 엇디 지완ᄒᆞ리잇고? 다만 녕윤 공ᄌᆞ 남두의 타ᄂᆞᆫ 슈복이 하원ᄒᆞ시니 비록 슈화 듕이라도 필연 면ᄉᆞᄒᆞ오리니, 길인은 반ᄃᆞ시 ᄇᆡᆨ신이 돕ᄂᆞᆫ다 ᄒᆞ오니 ᄌᆞ연지듕의 ᄌᆡ앙이 쇼멸ᄒᆞᆯ 거시니 다만 텬【74】의 ᄇᆞ랄 ᄯᆞ름이로쇼이다."

ᄒᆞ고 도라가니 냥제를 잡지 못ᄒᆞᄂᆞᆫ디라. 의약을 믈니쳐 쵼효를 보디 못ᄒᆞ니 뉵칠 일의 밋쳐ᄂᆞᆫ 망디쇼위ᄒᆞ고, ᄐᆡᄉᆞ와 츄밀 부부와 한님 등이 누슈 방방ᄒᆞ여 슬허ᄒᆞ고 녀·화·조 등 져부와 죵ᄆᆡ제 다 앗기고 우려ᄒᆞ며, 친ᄆᆡ 윤 한님 부뷔 ᄂᆞ러 공ᄌᆞ의 병 듕ᄒᆞ믈 보ᄆᆡ ᄃᆡ경참연ᄒᆞ고 ᄐᆡᄉᆞᄂᆞᆫ 슉식을 폐ᄒᆞ여 슬허 왈,

"창ᄋᆞᄂᆞᆫ 오문의 쳔니구라. 만일 블힝ᄒᆞᆫ즉 ᄂᆡ ᄎᆞ마 인셰의 머믈며 왕뎨를 보아 무ᄉᆞᆫ 말을 젼ᄒᆞ리오?"【75】

711)묘방(妙方) : 효험이 있는 처방이나 약방문.
712)당약(當藥) : =당제(當劑). 어떤 병에 딱 들어맞는 약.
713)남두(南斗) : 남두육성(南斗六星). 궁수자리에 있는 국자 모양의 여섯 개의 별. 북두칠성의 모양을 닮은 데서 이름이 유래한다. 장수(長壽)를 주관하는 별로 전해진다. ≒남두(南斗)、두성(斗星)
714)망지쇼위(罔知所爲) : 어찌할 바를 모름.
715)쳔니귀(千里駒) : 천리마[騏驎]의 새끼. 뛰어나게 잘난 자손을 칭찬하여 이르는 말.

실셩 호읍ᄒᆞ믈 마지 아니ᄒᆞ고, 윤한님 부인은 더옥 슬프믈 견ᄃᆡ지 못ᄒᆞ더니, 뎨칠일야(第七日夜)의 밋쳐ᄂᆞᆫ 공지 긔운이 엄졀(奄絶)ᄒᆞ여 혼혼(昏昏)이 몸을 바려시니, ᄐᆡᄉᆞ와 츄밀이 좌우의 안ᄌᆞ 근심이 만쳡(萬疊)ᄒᆞ고, 엄혹ᄉᆞ 등이 약을 밧드러 분쥬ᄒᆞ니, 가즁상하(家中上下) 이날 더 분분 우황ᄒᆞ고, 영이 효위(孝友) 츌인(出人)ᄒᆞ여 상시 공ᄌᆞ를 ᄯᆞᆯ오미 과도ᄒᆞ던 고로, 공ᄌᆞ의 병후(病後)로븟터 쥬야 울고 슉식을 ᄎᆞᆺ지 아니ᄒᆞ니, 최부인이 공ᄌᆞ의 죽기를 죄이ᄂᆞᆫ 마음이 ᄃᆡ한(大旱)의 운예(雲霓)[716]갓거ᄂᆞᆯ, 아ᄌᆞ【24】의니러틋 과훼(過毁)ᄒᆞ믈 ᄃᆡ경(大驚)ᄒᆞ여 가만이 다리며 져허 왈,

"창은 우리 명녕(螟蛉)[717]이라. 불힝ᄒᆞ여 죽은 즉 인싱이 가련ᄒᆞ거니와, 이ᄂᆞᆫ 문호의 블관(不關)ᄒᆞ고, 너ᄂᆞᆫ 당당ᄒᆞᆫ 엄시 ᄃᆡ종(大宗)이라. 그 귀즁ᄒᆞ미 만금의 더ᄒᆞ고, '조시(趙氏) 년셩벽(連城璧)'[718]의 더ᄒᆞ거ᄂᆞᆯ, 네 비록 나히 어리나 몸이 귀즁ᄒᆞᆫ 쥴을 아지 못ᄒᆞ고, 이러틋 조비야이[719] 구러 상ᄒᆞᆯ 쥴을 싱각지 아니ᄒᆞᄂᆞᆫ다?"

영이 쳥파의 옥안셩모(玉顔星眸)의 누싊(淚水) 이음ᄎᆞ 갈오ᄃᆡ,

"모친아! 이 엇진 말숨어니잇고? 형은 문호의 즁ᄒᆞᆫ 사ᄅᆞᆷ이라. 종ᄉᆞ(宗社)의 막즁ᄒᆞ시

716)운예(雲霓) : 구름과 무지개를 아울러 이르는 말. 또는 비가 올 징조.
717)명녕(螟蛉) : 나비와 나방의 '애벌레'. '나나니'('구멍벌'과에 속한 곤충)가 '명령(螟蛉)'을 업어 기른다는 데서 온 말로, 타성(他姓)에서 맞아들인 양자(養子)를 이르는 말.
718)조시(趙氏) 년셩벽(連城璧) : 중국 전국시대 조나라 혜문왕(惠文王)의 연성지벽(連城之璧)을 이르는 말. 이 구슬은 화씨지벽(和氏之璧)을 달리 이르는 말로, 화씨지벽은 전국 때 변화씨(卞和氏)라는 사람이 형산(荊山)에서 돌 위에 봉황이 깃들이는 것을 보고 얻었다는 천하의 이름난 옥을 말하는데, 후대에 진(秦)나라 소양왕(昭襄王)이 이 옥을 탐내, 당시 이 옥을 가지고 있던 조(趙)나라 혜문왕(惠文王)에게 진나라 15개의 성(城)과 바꾸자는 제안을 했다는 데서, '연성지벽(連城之璧)'이라는 이름이 붙게 되었다.
719)조비얍다 : 속 좁다. 마음 쓰는 것이 너그럽지 못하다.

ᄒᆞ고 실셩호읍ᄒᆞ믈 마디아니ᄒᆞ고 윤 한님 부인은 더옥 슬허ᄒᆞ더니, 제칠일야의ᄂᆞᆫ 공지 긔운이 엄졀ᄒᆞ여 혼혼ᄒᆞ여 몸을 ᄇᆞ려시니 모다 우황ᄒᆞ며, 영이 효위 츌인ᄒᆞ야 상시 공ᄌᆞ를 ᄯᆞᆯ오미 과도ᄒᆞ던 고로 공ᄌᆞ의 병후로브터 쥬야 울고 슉식을 찻디 아니니, 최부인이 공ᄌᆞ의 듁기를 죄오ᄂᆞᆫ 마음이 ᄃᆡ한의 운예 ᄀᆞᆺ거ᄂᆞᆯ ᄋᆞᄌᆞ의 이럿틋 과회ᄒᆞ믈 ᄃᆡ경ᄒᆞ야 가마니 다리여 닐오ᄃᆡ,

"창은 우리 명녕이라. 블힝ᄒᆞ여 듁은즉 인싱이 가련커니와 이ᄂᆞᆫ 문호의【76】블관ᄒᆞ고 너ᄂᆞᆫ 당당ᄒᆞᆫ 엄시 ᄃᆡ죵이라. 몸이 귀ᄒᆞᆫ 줄을 아디 못ᄒᆞ고 이럿틋 조ᄇᆡ야이 구러 상ᄒᆞᆯ 줄 싱각디 아닛ᄂᆞᆫ다?"

영이 쳥파의 옥안셩모의 누싊 낭낭ᄒᆞ야 왈,

"모친이! 엇딘 말숨이니잇고? 형은 믄호의 즁ᄒᆞᆫ 샤ᄅᆞᆷ이라. 죵ᄉᆞ의 막듕커ᄂᆞᆯ 이제 병이 듕ᄒᆞ미 조션의 블힝과 가운의 긍참ᄒᆞ미 비길 ᄃᆡ 업습거ᄂᆞᆯ, ᄌᆞ위 엇디 평일 형댱의 효우를 니ᄌᆞ시고 ᄌᆞ익의 박졍ᄒᆞ시미 이ᄀᆞᆺᄐᆞ시니잇고? 형이 만일 블힝ᄒᆞ면 히ᄋᆡ 홀노 셰상의 머믈 뜻이 업ᄉᆞ이다."【77】

거놀, 이제 【25】병이 즁ᄒᆞ시미 조션(祖先)의 불힝과 가운(家運)의 공참(孔慘)ᄒᆞ미 비길ᄃᆡ 업습거놀, ᄌᆞ위 엇지 형장의 젼일 효우롤 니ᄌᆞ시고, ᄌᆞ의의 박졍ᄒᆞ미 이 갓흐시니잇고? 형이 만일 불힝ᄒᆞ면 히ᄋᆡ(孩兒) 홀노 세상의 {홀노} 머믈 뜻이 업ᄂᆞ이다."

셜파의 옥뉘 방방ᄒᆞ여 옷깃술 젹시니, 부인이 영이 창을 위ᄒᆞ여 효위(孝友) 혈심(血心)이믈 노ᄒᆞ여, 크게 ᄭᅮ지져 ᄎᆞ후는 좌하의 잇고, 창의 병쇼의 가지 말나 ᄒᆞ니, 영이 크게 울고 종일 블식(不食)ᄒᆞ니 부인이 홀일업셔 도로혀 다리더라.

시야(是夜)의 공ᄌᆞ의 병이 더옥 즁ᄒᆞ여 세상【26】을 모로는 듯ᄒᆞ니, 틱ᄉᆞ와 츄밀이 공ᄌᆞ의 병체(病體)롤 어로만져 풍화(豊華)ᄒᆞᆫ 안모(顔貌)의 항뉘(行淚) 삼숨(滲滲)ᄒᆞ여[720] 그 진ᄒᆞ여 가는 거동을 춤아 보지 못ᄒᆞ여 ᄒᆞ더라.

ᄎᆞ시 공지 혼혼침침(昏昏沈沈)[721]ᄒᆞ여 인ᄉᆞ(人事)롤 바린 가온ᄃᆡ, 넉시 유유(悠悠)ᄒᆞ여 한 곳의 니ᄅᆞ니, 이곳 다른 곳이 아니라 본부 후원 부용지 치현당 {됴상쥬} 셕벽 밋치라.

슈목(樹木)이 참텬(參天)ᄒᆞᆫ 가온ᄃᆡ 병풍과 장막을 치고, 제젼(祭奠)이며 향화(香火) 등촉(燈燭)을 붉히고, 한낫 초인(草人)을 민ᄃᆞ라, ᄌᆞ가(自家)의 의복을 닙히고, 만신(滿身)의 칼과 창과 살흘 겻고[722] 양혈(羊血)을 속의 녀허 만신의 피 흘넛는ᄃᆡ, 【27】한 녀지 무녀(巫女)의 옷술 닙고, 숀의 화살을 들고 닙으로 무숨 진언(眞言)을 외오며, 초인(草人)을 뽀고, 좌우의 영교ㆍ미션이 ᄭᅮ러 안ᄌᆞ 츅슈(祝壽)ᄒᆞᄃᆡ, '공ᄌᆞ 창을 이제로셔 염나지부(閻羅地府)[723]로 잡아가믈 빅비(百拜) 츅원

720)삼삼(滲滲)ᄒᆞ다 : 눈물 따위가 고요히 흘러내리다.

721)혼혼침침(昏昏沈沈) : 정신이 매우 혼미한 상태에 있음.

722)겻다 : 겯다. 풀어지거나 자빠지지 않도록 서로 어긋매끼게 끼거나 걸치다.

723)염나지부(閻羅地府) : 사람이 죽은 뒤에 그 혼이 가서 산다고 하는 염라대왕(閻羅大王)이 다스리는 저승세계.

셜파의 옥뉘 방방ᄒᆞ야 옷깃술 젹시니 부인이 영을 크게 ᄭᅮ지져 ᄎᆞ후는 좌하의 잇고 창의 병소의 가지 말나 ᄒᆞ더라.

시야의 공ᄌᆞ의 병이 더옥 듕ᄒᆞ야 잠연이 셰상을 모ᄅᆞ는 ᄃᆞᆺᄒᆞ니 틱ᄉᆞ와 츄밀이 공ᄌᆞ의 병톄를 어ᄅᆞ만져 풍화ᄒᆞᆫ 안모의 향뉘 숨숨ᄒᆞ여 그 진ᄒᆞ여 가는 거동을 ᄎᆞ마 보디 못ᄒᆞ여 ᄒᆞ더라.

ᄎᆞ시 공지 혼침ᄒᆞ야 인ᄉᆞ를 ᄇᆞ린 가온ᄃᆡ 넉시 유유ᄒᆞ야 ᄒᆞᆫ 곳ᄃᆡ 니ᄅᆞ니 이 곳 다른 곳이 아니라. 본부 후원 부용지 셕벽 밋치라.

슈목이 참텬ᄒᆞᆫ 가온ᄃᆡ 병풍【78】을 치고 향화 등쵹을 붉히고 ᄒᆞᆫ낫 쵸인을 민ᄃᆞ라 ᄌᆞ가 의복을 닙희고 만신의 칼과 살흘 겻고 양혈을 속희[의] 너허 만신의 피 흘너는ᄃᆡ, ᄒᆞᆫ 녀지 무녀의 옷술 닙고 손의 화술을 들고 입으로 무순 진언을 외오며 쵸인을 쏘고, 좌우의 영교 미션 등이 ᄭᅮ러 츅슈ᄒᆞᄃᆡ, '공ᄌᆞ 창을 이제로셔 념나지부로 잡아가믈 빅비츅원ᄒᆞᄂᆞ이다.' ○○○○[ᄒᆞ는지라].

(祝願)○○○○[ᄒᆞᄂᆞ이다].' ᄒᆞᄂᆞᆫ지라.

공ᄌᆡ ᄎᆞ악ᄒᆞᆫ 심ᄉᆞ를 졍치 못ᄒᆞ더니, 그 무녜(巫女) ᄯᅩ 살흘 ᄡᅡ아 초인을 맛출 젹마다, 공ᄌᆡ 스ᄉᆞ로 심신이 산비(散飛)ᄒᆞ고 넉시 아득ᄒᆞ여 어린 듯 취ᄒᆞᆫ 듯ᄒᆞ더니, 홀연 무녜 칼흘 둘너 초인을 버히려 ᄒᆞ더니, 문득 공듕으로셔 한 ᄢᅦ ᄎᆡ운(彩雲)이 니러나며 금갑신(金甲神)[724]이 ᄂᆡ다ᄅᆞ니, 호두환안(虎頭環眼)[725]【28】이며 젹염연함(赤髯燕頷)[726]이며 원비낭요(猿臂狼腰)[727]의 십쳑신장(十尺身長)이라.

좌우슈(左右手)의 장창(長槍)과 ᄃᆡ검(大劍)을 들고 ᄃᆡ호(大呼) 왈,

"무녀 계량은 미화셩을 ᄒᆡ(害)치 말나. 옥뎨(玉帝) 날노ᄡᅧ 요녀(妖女)를 몬져 참(斬)ᄒᆞ여 간인의 담(膽)을 ᄎᆞ게 ᄒᆞ라 ᄒᆞ신다."

ᄒᆞ고, 칼흘 들어 그 무녀를 질너 업지ᄅᆞ니, 신장(神將)의 비후(背後)의 황건녁시(黃巾力士)[728] 잇다가 ᄂᆡ다라 계량의 혼빅을 ᄡᅳ어 풍도디옥(酆都地獄)[729]으로 향ᄒᆞ니, 계량이 슬피 브ᄅᆞ지져 먼니셔 귀곡(鬼哭)이 은은ᄒᆞ더라.

신장이 버린[730] 향화(香火)를 거두어 초인을 불지ᄅᆞ니, 공ᄌᆡ 계량이 초인을 버혀 나리칠 즈음의 졍혼(精魂)이 【29】 아득ᄒᆞ더니, 그 쇼화(燒火)ᄒᆞ기의 밋쳐ᄂᆞᆫ 졍신이 스ᄉᆞ로 요연(瞭然)ᄒᆞ더라.

영교·미션이 보고 ᄃᆡ경ᄒᆞ더니, 믄득 최부

724)금갑신(金甲神) : 쇠붙이로 된 갑옷을 입은 귀신.

725)호두환안(虎頭環眼) : 머리는 호랑이 머리처럼 사납게 생겼고 눈은 고리눈으로 둥그렇고 부리부리하게 생긴 용모.

726)젹염연함(赤髯燕頷) : 붉은 수염과 제비턱을 가진 용모.

727)원비낭요(猿臂狼腰) : 원숭이의 팔과 늑대의 허리라는 뜻으로, 팔은 길고 힘이 있어 활쏘기에 좋고 허리는 늑대의 허리처럼 늘씬한 생김새를 말함.

728)황건녁ᄉᆞ(黃巾力士) : 신장(神將)의 하나. 힘이 세고 누런 두건을 쓰고 있다고 한다.

729)풍도디옥(酆都地獄) : 도가에서에서 이르는 지옥.

730)버리다 : 벌이다. 여러 가지 물건을 늘어놓다.

공ᄌᆡ ᄎᆞ악ᄒᆞᆫ 심ᄉᆞ를 졍치 못ᄒᆞ더니 그 무녜 ᄯᅩ 살을 ᄡᅡ아 쵸인을 맛칠 젹마다 스ᄉᆞ로 심신이 산비ᄒᆞ고 넉시 아득ᄒᆞ야 어런[린] ᄃᆞᆺ ᄒᆞ【79】더니, 홀연 무녜 칼흘 둘너 쵸인을 버혀 ᄂᆞ리치니, 홀연 ᄂᆞᆫ 바 업시 공듕으로셔 ᄒᆞᆫ ᄢᅦ ᄎᆡ운이 니러나며 금갑신인이 ᄂᆡ다라 댱창ᄃᆡ검을 들고 ᄃᆡ호왈,

"무녀 계량은 미화셩을 ᄒᆡ치 말나. 옥뎨 날로ᄡᅧ 요녀를 몬져 참ᄒᆞ야 간인의 담을 ᄎᆞ게 ᄒᆞ라 ᄒᆞ신다."

ᄒᆞ고, 칼흘 드러 그 무녀를 질너 업지ᄅᆞ니 비후의 황건녁ᄉᆡ ᄂᆡᄃᆞ러 계량의 혼빅을 ᄡᅳ어 풍도지옥으로 향ᄒᆞ니, 계량이 슬피 브ᄅᆞ지져 머[먼]니셔 귀곡이 은은ᄒᆞ더라.

신장이 버린 향화를 두ᄃᆞ려 업시ᄒᆞ니, 공ᄌᆡ 쵸인을【80】 계량이 버혀 ᄂᆞ리칠 ᄌᆞ음의 졍혼이 아득ᄒᆞ더니 그 쇼화ᄒᆞ기의 미처ᄂᆞᆫ 졍신이 스ᄉᆞ로 쇼연ᄒᆞ더라.

영교 미션이 보고 ᄃᆡ경이러니, 믄득 최부인이 황황이 ᄂᆡᄅᆞ러 이 경ᄉᆡᆨ를 보고 ᄃᆡ경ᄃᆡ분ᄒᆞ야 크게 소릐질너 교아졀치 왈,

인이 황황이 니ᄅᆞ러 이 경식을 보고, ᄃᆡ경ᄃᆡ분(大驚大憤)ᄒᆞ여 크게 쇼릐 질너 교아졀치(咬牙切齒)[731] 왈,

"창이 날과 무슨 원쉬뇨? 날노뼈 반ᄉᆡᆼ(半生) 심녀(心慮)ᄅᆞᆯ 허비ᄒᆞ라 ᄒᆞᄂᆞ뇨? 요악ᄒᆞᆫ 아ᄒᆡ 종시 죽지 아닌즉, 영으로 ᄒᆞ여곰 무용ᄒᆞᆫ 아ᄒᆡ 되란 말가? ᄇᆡᆨ경과 요괴로운 댱네 ᄌᆞ식을 나흐되, 창 갓흔 별물(別物) 요종(妖種)을 나하 우리 모ᄌᆞ의 심우ᄅᆞᆯ 끼치니, 엇지 분ᄒᆡ치 아니리오."

일셩음아(一聲吟哦)[732]의 독긔 【30】편텬(遍天)ᄒᆞ니, 공ᄌᆡ 몽즁이나 양모(養母)의 잔포(殘暴)ᄒᆞᆫ 거동을 보니, 심혼(心魂)이 경동(驚動)ᄒᆞ여 ᄇᆡ한(背汗)이 쳠의(沾衣)ᄒᆞᄂᆞᆫ지라.

한번 쇼쇼쳐[733] ᄭᆡ다ᄅᆞ니 심신이 뇨연(瞭然)ᄒᆞ나, 찬 ᄯᆞᆷ이 만신의 흘너 물을 브은 듯ᄒᆞ고, 아ᄌᆞ(俄者)[734] 양모(養母)의 살긔와 몽즁ᄉᆡ(夢中事) 안젼(眼前)의 버렷ᄂᆞᆫ 듯ᄒᆞᆫ지라.

공ᄌᆡ 혼혼즁(昏昏中)이나 놀나오믈 니긔지 못ᄒᆞ더니, 이 ᄯᆡ ᄐᆡᄉᆞ와 츄밀이 좌우의 안ᄌᆞ 야심토록 능히 졉목(接目)지 못ᄒᆞ고, 창의 병이 위독ᄒᆞ믈 념녀ᄒᆞ더니, 홀연 공ᄌᆡ 믄득 혼침(昏沈)ᄒᆞ엿던 졍신이 뇨연(瞭然)ᄒᆞ여 완연이 니러 안ᄌᆞ니, 만면(滿面)의 향한(香汗)이 구ᄉᆞᆯ 구으 【31】듯ᄒᆞ고, 면뫼(面貌) 홍윤(紅潤)ᄒᆞ여 아ᄌᆞ 위황(危慌)턴 거동이 하나토 업ᄂᆞᆫ지라.

ᄐᆡᄉᆞ와 츄밀이 ᄃᆡ경ᄃᆡ희(大驚大喜)ᄒᆞ여 연망(連忙)이 좌우로 숀을 잡으며 병셰ᄅᆞᆯ 므ᄅᆞ니, 공ᄌᆡ 봉음(鳳音)이 뇨료(瞭瞭)ᄒᆞ여[735] ᄃᆡ왈,

"ᄒᆡᄋᆡ(孩兒) 긔골(氣骨)이 잔미(孱微)ᄒᆞ고 픔쉬(稟受) 허약ᄒᆞᆫ 고로, 조곰안 병의 침잠(沈潛)ᄒᆞ와, 이러틋 여러날 셩녀(聖慮)ᄅᆞᆯ 끼

"창이 날과 무ᄉᆞ 원쉬뇨? 요악ᄒᆞᆫ 아희 죵시 듁지 안닌즉 영이 무용지인이 되란 말가? ᄇᆡᆨ경과 장네 ᄌᆞ식을 나흐ᄃᆡ 창 ᄀᆞᆺ튼 별믈요죵을 나하 우리 모ᄌᆞ의 심우를 끼치미 이에 미쳐ᄂᆞ뇨?"

일셩음아의 독긔 편편ᄒᆞ니 공ᄌᆡ 몽듕이나 양모의 잔포ᄒᆞᆫ【81】 거동을 보니 심혼이 경동ᄒᆞ여 ᄇᆡ한이 쳠의ᄒᆞᄂᆞᆫ지라. ᄒᆞᆫ 번 소소쳐 ᄭᆡᄃᆞᄅᆞ니 심신이 쇼연ᄒᆞ나 찬 ᄯᆞᆷ이 만신의 흘너 믈을 부은 ᄃᆞᆺᄒᆞ고 아ᄌᆞ 양모의 살긔와 몽듕 ᄉᆞᄉᆡ 안젼의 버렷ᄂᆞᆫ ᄃᆞᆺᄒᆞ니, 공ᄌᆡ 혼혼즁이나 놀나오믈 이긔디 못ᄒᆞ더라.

이ᄯᆡ 삼경의 니ᄅᆞ러시ᄃᆡ ᄐᆡᄉᆞ 형뎨 능히 졉목디 못ᄒᆞ고 창의 병이 위독ᄒᆞ믈 념녜ᄒᆞ더니, 홀연 공ᄌᆡ 혼침ᄒᆞ엿던 졍신이 쇼연ᄒᆞ여 완연이 니러 안ᄌᆞ니 만면의 향한이 구ᄉᆞᆯ 구으 ᄃᆞᆺᄒᆞ고 면뫼 홍윤ᄒᆞ야 아ᄌᆞ 위름던 거동이 ᄒᆞ나토【82】 업ᄂᆞᆫ디라.

ᄐᆡᄉᆞ와 츄밀이 ᄃᆡ경ᄃᆡ희ᄒᆞ야 연망이 좌우로 손을 잡으며 병셰를 무ᄅᆞ니 공ᄌᆡ ᄃᆡ왈,

"아희 긔골이 잔약ᄒᆞ고 품쉬 허박ᄒᆞᆫ 고로 조고만 병의 침잠ᄒᆞ와 이러ᄐᆞᆺ 여러 날 셩녀를 끼치오니 블효ᄒᆞᆫ 죄를 이긔디 못ᄒᆞᆯ소이다. 지금은 긔운이 여상ᄒᆞ오니 이후ᄂᆞᆫ 관겨치 아닐 ᄃᆞᆺᄒᆞ오니 복원 야야ᄂᆞᆫ 믈념ᄒᆞ쇼셔."

---

731)교아졀치(咬牙切齒) : 몹시 분하여 이를 갊.
732)일셩음아(一聲吟哦) : '여봐라', '듣거라', '얏' 따위의 한 마디 고함소리. *음아(吟哦); 싸움이나 경기에서 상대편의 기선(機先)을 제압하기 위해 내지르는 고함(高喊)소리.
733)쇼쇼치다 : 소스라치다. 솟구치다.
734)아ᄌᆞ(俄者) : 이전, 지난번, 조금 전.
735)뇨료(嘹嘹)ᄒᆞ다 : 명료하다. 밝고 또렷하다.

치오니, 블효지죄(不孝之罪)ᄅᆞᆯ 니긔여 ᄊᆡᆨ흘 곳이 업도쇼이다. 지금은 긔운이 여상(如常)ᄒᆞ오니, 복원 ᄃᆡ야(大爺)와 계부(季父)ᄂᆞᆫ 물녀(勿慮)ᄒᆞ쇼셔."

말ᄉᆞᆷ이 쳥낭(晴朗)ᄒᆞ여 정신이 나아 뵈ᄂᆞᆫ지라. ᄐᆡᄉᆞ 곤계와 한님 등이 ᄃᆡ희ᄒᆞ더라.

일긔(一器) 보미[736]ᄅᆞᆯ 나오니, 공【32】ᄌᆡ ᄉᆞ양치 아니코 그릇시 뷔도록 철음(啜飮)ᄒᆞ미, 다시 누어 침변(枕邊)의 단잠이 편ᄒᆞ니, 부슉 형뎨 그 병이 쾌쇼지경(快蘇之境)의 밋츨 바ᄅᆞᆯ 환힝(歡幸)ᄒᆞ여 노쇼 제인이 바야흐로 자니라.

공ᄌᆡ 맛ᄎᆞᆷᄂᆡ 몽ᄉᆞᄂᆞᆫ 제긔치 아니ᄒᆞ나, 신명ᄒᆞᆫ 헤아림의 벅벅이 양모의 작ᄉᆡᆫ(作事) 쥴 알미, 심니의 불힝ᄒᆞ믈 니긔지 못ᄒᆞ나, 구외(口外)의 ᄂᆡ지 아니ᄒᆞ니, 팔구셰 쇼ᄋᆡ 원하(遠遐)ᄒᆞᆫ 헤아리미 니러틋ᄒᆞ더라.

ᄎᆞ시 최부인이 요무(妖巫) 신계랑과 냥ᄀᆡ(兩個) 간비로 더부러, 궁극히 원즁(園中)의 방슐작법(方術作法)을 베플고, 쥬야 공ᄌᆞ의 명(命) ᄭᅳᆺ기ᄅᆞᆯ 죄오더니, 작ᄉᆞ(作事)【33】칠일의 공ᄌᆡ 병셰 더옥 침즁ᄒᆞ니, 부인이 깃거 것ᄎᆞ로 근심ᄒᆞᄂᆞᆫ 쳬ᄒᆞ나, ᄂᆡ심은 환희ᄒᆞ여 ᄎᆞ야의 침당(寢堂)의 촉을 ᄇᆞᆰ히고, 조흔 쇼식을 현망(懸望)ᄒᆞ더니, 밤이 ᄉᆞ경(四更)[737]의 니ᄅᆞ러 미ᆞ교 등이 호흡이 쳔쵹(喘促)ᄒᆞ여 보보젼경(步步顚傾)[738]ᄒᆞ여 드러와 보(報)ᄒᆞᄃᆡ,

"ᄃᆡᄉᆡ(大事)[739] 낫나이다."

부인이 ᄃᆡ경(大驚) 문지(問之)ᄒᆞᆫᄃᆡ, 영괴 갓분 숨을 두루며 고왈,

"신계랑이 여ᄎᆞ여ᄎᆞ(如此如此)[740] 작법(作法)ᄒᆞ여, 금야ᄂᆞᆫ 초인을 아조 버혀, 공ᄌᆞ의

---

736)보미 : =미음(米飮). 입쌀이나 좁쌀에 물을 충분히 붓고 푹 끓여 체에 걸러 낸 걸쭉한 음식. 흔히 환자나 어린아이들이 먹는다.

737)ᄉᆞ경(四更) : 하룻밤을 오경(五更)으로 나눈 넷째 부분. 새벽 1시에서 3시 사이이다.

738)보보젼경(步步顚傾) : 걸음마다 엎어지고 자빠짐.

739)ᄃᆡᄉᆡ(大事) : 큰 일.

740)여ᄎᆞ여ᄎᆞ(如此如此) : 이러이러. 이리이리. 이러이러하다. 이리이리하다

말ᄉᆞᆷ이 쳥낭ᄒᆞ야 정신이 나아 뵈ᄂᆞᆫ디라. ᄐᆡᄉᆞ 곤계와 한님 등이 ᄃᆡ희ᄒᆞ더라.

일긔 보미를 나오니 공ᄌᆡ ᄉᆞ양치 아니코 그ᄅᆞ시 뷔도록 철음【83】ᄒᆞ미, 다시 누어 침변의 단즘이 편ᄒᆞ니 부슉형뎨 그 병이 쾌쇼디경의 미쵸 바를 환힝ᄒᆞ야 노쇼제인이 ᄇᆡ야흐로 깃거ᄒᆞ더라.

공ᄌᆡ ᄆᆞᆺᄎᆞᆷᄂᆡ 몽ᄉᆞᄂᆞᆫ 제긔치 아니나 신명ᄒᆞᆫ 헤아림의 양모의 작신 줄 알고 심니의 블힝ᄒᆞ여 ᄒᆞ나 구외의 ᄂᆡ디 아니니, 팔구 셰 쇼ᄋᆡ 원하ᄒᆞᆫ 헤아림이 이럿ᄐᆞᆺ ᄒᆞ더라.

시ᄎᆞ의 최부인이 신계랑과 냥ᄀᆡ 간비로 악ᄉᆞ를 베풀고 공ᄌᆞ의 명 ᄭᅳᆫ키를 죄오더니, 작ᄉᆞ 칠일의 공ᄌᆡ 병셰 더옥 듕ᄒᆞ니 부인이 환희ᄒᆞ야 ᄎᆞ야의 침당의셔 됴흔【84】소식을 현망ᄒᆞ더니, 밤이 ᄉᆞ경의 밋ᄎᆞ미 미·교 등이 호흡○[이] 쳔측ᄒᆞ여 보보젼경ᄒᆞ야 드러와 보ᄒᆞᄃᆡ,

"대시 낫ᄂᆞ이다."

부인이 경 문지ᄒᆞᆫᄃᆡ 영교 갓분 숨을 두르며 고왈,

"신계랑이 금야ᄂᆞᆫ 쵸신을 아조 버혀 공ᄌᆞ의 명을 아조 맛ᄎᆞ려 ᄒᆞ더니, 홀연 운무 치운 듕으로셔 금의신장이 나려와 여ᄎᆞᄎᆞ ᄭᅮ짓고 계랑을 쇠치로 치더니 즉ᄉᆞᄒᆞ엿ᄂᆞ이다."

(낙장)

명을 아조 맛ᄎᆞ려 ᄒᆞ더니, 홀연 ᄎᆡ운즁(彩雲中)으로셔 금의신장(錦衣神將)이 나려와, 여ᄎᆞ여ᄎᆞ ᄭᅮ짓고 계랑을 쇠치[741]로 치더니, 【34】 계랑이 가슴이 터지고 칠규(七竅)로 피를 흘니고 즉ᄉᆞᄒᆞ니, ᄯᅩᄒᆞᆫ 광풍(狂風)이 니러나 촉화(燭火)를 모라 초신(草身)을 불질넛ᄂᆞ이다. 이제ᄂᆞᆫ ᄃᆡ시 니지 못ᄒᆞ믄 니ᄅᆞ지 말고, 계랑의 시톄를 엇지 ᄒᆞ리잇고?"

부인이 쳥미필(聽未畢)[742]의 혼비상텬(魂飛上天)[743]ᄒᆞ니, 밋쳐 다ᄅᆞᆫ 말을 못ᄒᆞ고 보보젼경(步步顚傾)[744]ᄒᆞ여, 영교ᆞ미션으로 더부러 원즁(園中)의 니ᄅᆞ러 보니, 임의 향촉등물이 다 업고, 월명숑님하(月明松林下)[745]의 계랑이 칠규(七竅)[746]의 혈뉴만톄(血流滿體)[747]ᄒᆞ여 시신이 빗겻ᄂᆞᆫ지라.

부인이 ᄃᆡ경실ᄉᆡᆨ(大驚失色)ᄒᆞ여 ᄒᆡ옴업시 돈족(頓足)[748]ᄒᆞ여, 졀치교아(切齒咬牙)[749] 왈,

"ᄇᆡᆨ경과 【35】댱녜 날과 ᄇᆡᆨ셰원가(百世怨家)랏다! 엇지 만고요종(萬古妖種)[750]을 두어 나의 심회를 어즈러이고, 영아의 평ᄉᆡᆼ을 무광(無光)케 ᄒᆞᄂᆞ뇨?"

통흉곡지(痛胸哭之)[751]ᄒᆞ믈 ᄭᆡ닷지 못ᄒᆞ니, 창을 못죽인 원분(怨憤)이 텰텬(徹天)ᄒᆞ여 도로혀 계랑이 ᄌᆞ가 친쳑이 아니로ᄃᆡ, 울기를 마지 아니ᄒᆞ니, 영교 등이 위로 왈,

"ᄭᅬᄂᆞᆫ 사ᄅᆞᆷ의게 이시ᄃᆡ, 일 일우믄 하늘의 잇ᄉᆞᆸᄂᆞᆫ지라. 계랑의 계규(計揆) 묘치 아니미

(낙장)

---

741)쇠치 : 쇠채. 쇠로 만든 채찍.
742)청미필(聽未畢) : 끝까지 다 듣지 못하여서
743)혼비상텬(魂飛上天) ; 혼이 나가 하늘로 오름.
744)보보젼경(步步顚傾) : 걸음마다 엎어지고 자빠짐.
745)월명숑님하(月明松林下) ; 달빛만 송림(松林)을 밝히 비추고 있음.
746)칠규(七竅) : 사람의 얼굴에 있는 일곱 개의 구멍. 귀ᆞ눈ᆞ코 각 두 개와 입 하나를 말함.
747)혈뉴만톄(血流滿體) : 피가 흘러 온몸에 가득 고여 있음.
748)돈족(頓足) : 발을 구름.
749)졀치교아(切齒咬牙) : 몹시 분하여 이를 갈음.
750)만고요종(萬古妖種) : 세상에 비길 데가 없는 요망하고 간악한 사람.
751)통흉곡지(痛胸哭之) : 가슴이 아프도록 소리 높여 슬피 욺.

아니로ᄃᆡ, 공ᄌᆞ의 슈명이 하원(遐遠)ᄒᆞ시ᄆᆡ, ᄃᆡ시(大事) 임의 '업친 물'752)이 된 바의, 이러틋 비도(悲悼)ᄒᆞ셔 셩체ᄅᆞᆯ 상히오지 마로쇼셔. 져 계랑의 시체ᄅᆞᆯ【36】장ᄎᆞᆺ 엇지 ᄒᆞ오며, 계랑의 지아비 심양(瀋陽)의 년단(煉丹)ᄒᆞᄂᆞᆫ 도ᄉᆞ(道士)ᄅᆞᆯ ᄯᆞᆯ와가 밋쳐 도라오지 아녀습고, 계랑의 ᄌᆞ식이 업셔 다만 노뫼 잇셔 모녜 의지ᄒᆞ던지라. 기뫼 계랑의 죽은 죽을 드른 즉, 셜워ᄒᆞᆯ ᄲᅮᆫ아니라, 원망이 젹지 아니ᄒᆞ오리니, 이ᄅᆞᆯ 장ᄎᆞᆺ 엇지 ᄒᆞ리잇고?" (낙장)

부인이 이 말을 듯고 우롬을 긋치고 망지쇼위(罔知所爲)753)ᄒᆞ여, 아모리ᄒᆞᆯ 쥴 모로거늘, ᄆᆡ·교 등이 뫼셔 도라와, 냥녜 헌계(獻計)ᄒᆞ여, 이 밤의 신계랑의 집의 《와‖가》, 계랑의 노모ᄅᆞᆯ 블너 오ᄆᆡ, 부인이 은근이 위로ᄒᆞ며 젼후쇼유(前後所由)와 낭【37】의 죽은 슈말을 니ᄅᆞ고, 상협(箱篋)을 기우려 황금 오ᄇᆡᆨ냥과 치단(綵緞) 슈십 필을 ᄂᆡ여 쥬어[며] 왈,

"블ᄒᆡᆼᄒᆞ여 두 번 ᄒᆡᆼ계의 일은 닐우지 못ᄒᆞ고 계랑이 죽으니, 우리 노쥐(奴主) 스ᄉᆞ로 죽이지 아녀시ᄃᆡ, 져의 명이 박ᄒᆞ미라. 오가의 와 비밀ᄉᆞᄅᆞᆯ ᄒᆡᆼᄒᆞ다가 불의 참ᄉᆞᄒᆞ니, 니ᄅᆞᆫ 바 유아이ᄉᆡ(由我而死)754)라. ᄂᆡ 심(甚)이 잔잉이755) 너기노라. ᄎᆞ물이 쇼쇼(小小)ᄒᆞ나, 아직 녀식(女息)의 장ᄉᆞ(葬事)ᄅᆞᆯ 찰히고, 너의 녀셰 도라오거든 ᄃᆡᄉᆞᄅᆞᆯ 상의ᄒᆞ여, 공ᄌᆞᄅᆞᆯ 업시ᄒᆞ여 네 ᄌᆞ식의 원슈ᄅᆞᆯ 갑게 ᄒᆞ라. 이후의 너의 의식을 ᄌᆞ뢰(資賴)ᄒᆞ믈 군핍(窘乏)치 아니【38】케 ᄒᆞ리라.

원ᄂᆡ 계랑의 모ᄂᆞᆫ 친뫼 아니라. 계랑을 길가의 바린 아ᄒᆡᄅᆞᆯ 어더 길너시나, 계랑이 심히 강악ᄒᆞ여 은모(恩母)의 휵양지은(畜養之恩)756)을 져바리미 만흐니, 기뫼 ᄯᅩᄒᆞᆫ ᄉᆞ랑

752)업친 물 : '엎질러진 물'이란 말로, 다시 바로 잡거나 되돌릴 수 없는 일을 비유적으로 이르는 말.

753)망디소위(罔知所爲) : 어찌해야 할 바를 알지 못함.

754)유아이시(由我而死) : 나로 인해서 죽었다. 나 때문에 죽은 것이다.

755)잔잉이 : 자닝히. 애처롭고 불쌍히.

756)휵양지은(慉養之恩) ; 길러준 은혜.

치 아녀, 쳐음은 계랑을 의탁ᄒᆞ여 살 뜻이 잇셔, 경ᄉᆞ(京師)의 잇던 ㅂㅣ오, 졈졈 계랑의 ㅂㅣ은망덕(背恩忘德)고져 ᄒᆞᄂᆞᆫ 눈츼를 보미, 제 또 무ᄌᆞ식(無子息)ᄒᆞ미 아니라, 일녜(一女) 잇셔 하방(遐方)의 종부(從夫)ᄒᆞ여 ᄉᆞᄂᆞᆫ 고로, 계랑을 바리고 녀셰(女壻) 잇셔 ᄯᆞ라가려 ᄒᆞ더니, 부인의 니러틋 위연(慰然)홈[757]과 만흔 ᄌᆡ물을 어드미 ᄃᆡ희과망(大喜過望)ᄒᆞ여, 계랑을 이십년 모녀지졍이 【39】바히[758] 업지 못ᄒᆞ여, 눈물을 흘녀 ㅂㅣᄉᆞᄒᆞ며, ᄌᆡ물과 낭의 시톄를 후원 문을 열거든 제 집의 도라가 초초히 영[염]장(殮葬)ᄒᆞ고, 부인의 쥬던 ᄌᆡ물을 스ᄉᆞ로 취ᄒᆞ여 져의 녀셔를 ᄯᆞ라 고향의 도라가니라.

계랑의 집은 노괴(老姑) 하나히 잇셔 직희여, 낭의 지아비 김후셥의 도라오기를 기다리더라.

창공지 병셰 날노 쾌ᄎᆞᄒᆞ여 병장(屛帳)을 것고, 쇼셰(梳洗)를 나와 츌입이 여상(如常)ᄒᆞ니, 일긔 깃거 상히(上下) 치하ᄒᆞ고, ᄐᆡᄉᆞ와 츄밀 부뷔 ᄃᆡ희ᄒᆞ나, 최부인 함독(含毒)은 일노조ᄎᆞ 더옥 ㅂㅣㅂㅣ(倍倍)ᄒᆞ여 포장화심(包藏禍心)[759]ᄒᆞ미 되니, 임의 두번 법【40】츌을 힝ᄒᆞ여 히치 못ᄒᆞ고, 도로혀 힝ᄉᆞᄒᆞ던 지 즉긱의 흉ᄉᆞ(凶死)ᄒᆞ믈 보미, 이후ᄂᆞᆫ 젹은 계규와 죰꾀로 창을 히치 못ᄒᆯ 쥴 아라, 냥긔 간비(奸婢)를 각별 신칙(申飭)ᄒᆞ여, 텬하의 긔특ᄒᆞᆫ 지모지ᄉᆞ(智謨之士)를 갈희여 엇고져 ᄒᆞ나, ᄌᆞ연 쉽지 못ᄒᆞ여 일월이 쳔연(遷延)ᄒᆞ미 되엿더라.

이젹의 화학ᄉᆞ 희경이 벼슬이 졈졈 놉하《어ᄉᆞ즁승 도출원∥도찰원 어사중승(都察院御史中丞)》이 되엿더니, 광능(廣陵) 셤셔(陝西) ᄯᆞ히 녹님여당(綠林餘黨)[760]이 취쇼(聚

창공지 병셰 날노 쾌ᄎᆞᄒᆞ야 츌입이 여상ᄒᆞ니 일개 깃거 상히 치하ᄒᆞ며 ᄐᆡᄉᆞ와 츄밀이 부뷔 ᄃᆡ희ᄒᆞ나, 최【85】부인 함독은 일노조차 더옥 ㅂㅣㅂㅣᄒᆞ여 포장화심ᄒᆞ미 되니, 임의 두번 방슐노 히치 못ᄒᆞ고 도로혀 힝ᄉᆞᄒᆞ던 지 즉긱의 흉ᄉᆞᄒᆞ믈 보미, 이후ᄂᆞᆫ 져근 계교와 죰꾀로 창을 히치 못ᄒᆯ 줄 아라 냥긔 간비로 각별 신측하야 텬하의 긔특ᄒᆞᆫ 지모와 니ᄉᆞ를 구ᄒᆞ고져 ᄒᆞ나, ᄌᆞ연 쉽디 못ᄒᆞ야 일월이 텬연ᄒᆞ더라.

이젹의 화 흑ᄉᆞ 희경이 벼슬이 졈졈 놉하 어ᄉᆞ듕승 도찰원이 되엿더니, 광능 ᄯᆞ희 녹님여당이 취쇼ᄒᆞ여 그 강셩ᄒᆞ【86】미 소소강젹의 비길 ㅂㅣ 아니라.

---

757)위연(慰然)홈 : 위로함. 또는 위로하는 체함.
758)바히 : =바이. 아주. 전혀.
759)포장화심(包藏禍心) : 남을 해칠 마음을 품음.
760)녹님여당(綠林餘黨) : 도둑의 무리. *녹림(綠林): ①푸른 숲. ②화적이나 도둑의 소굴을 이르는 말. 중국 후한 말 왕광(王匡), 왕봉(王鳳) 등 망명자가 녹림산에 숨어 있다가 도둑이 되었다는 데서 유래한다.

巢)ᄒᆞ여 그 강셩ᄒᆞ미, 쇼쇼(小小) 강젹(强敵)의 비길 ᄇᆡ 아니라.

본ᄃᆡ 잔당오계(殘唐五季)[761]젹 황쇼(黃巢)[762]의 십팔셰숀이라. 셕ᄌᆞ(昔者)의 황쇠 녹님(綠林)의셔 니러나, 당실(唐室)을 【41】찬(簒)[763]ᄒᆞ고 곤위(坤位)[764]ᄅᆞᆯ 더러엿더니, '당명뎨(唐明帝) 니ᄉᆞ원(李嗣源)'[765]이 의병(義兵)을 니ᄅᆞ혀 황쇼ᄅᆞᆯ 멸ᄒᆞ고, 구쥬(九州)ᄅᆞᆯ 혼일(混一)ᄒᆞ니, 황젹(黃賊)의 여당이 남으니 업시 ᄉᆞ망ᄒᆞᄃᆡ, 난병즁(亂兵中) 황쇼의 후궁(後宮) 공숀시(公孫氏) 잉ᄐᆡ 슈삭이러니, 난즁의 명을 도망ᄒᆞ여 셤셔 ᄊᆞ히 뉴락(流落)ᄒᆞ여, 삭발위리(削髮爲尼)[766]ᄒᆞ고 산ᄉᆞ(山寺)의 의지ᄒᆞ여 아들을 나흐니, 공숀녜 힝혀 나라히 구식(求索)ᄒᆞ미 이실가 두려, 사ᄅᆞᆷ을 피ᄒᆞ여 감히 근본과 셩을 니ᄅᆞ지 못ᄒᆞ더라.

공숀녜 스ᄉᆞ로 법명(法名)○[을] 지어 청양ᄃᆡ시로라 ᄒᆞ고, 놉흔 도(道)ᄅᆞᆯ 젼슈(傳授)ᄒᆞ엿더니, 그 ᄌᆞ식이 밋 ᄌᆞ라미 향촌뎐부(鄕村田婦)의게 결혼【42】ᄒᆞ여, ᄎᆞᄎᆞ ᄃᆡᄅᆞᆯ 니어 숑

761)잔당오계(殘唐五季) : 잔당오대(殘唐五代)의 말기. *잔당오대(殘唐五代): 중국에서, 당나라가 망한 뒤부터 송나라가 건국되기 이전까지의 과도기에 중원(中原)에 흥망한 다섯 왕조. 후량(後梁), 후당(後唐), 후진(後晉), 후한(後漢), 후주(後周)를 이른다. ≒후오대(後五代)

762)황소(黃巢) : 중국 당나라 말기의 군웅 가운데 한 사람(?~884). 왕선지가 난을 일으키자 그를 따르다가, 그가 죽은 뒤에는 남은 무리를 이끌고 중국 땅 대부분을 공략하였다. 한때 수도 장안을 점령하여 스스로 황제라 일컫고 국호를 '대제(大齊)'라 하였으나, 뒤에 이극용 등의 관군에게 패하여 자살하였다

763)찬(簒) : =찬탈(簒奪). 왕위•국가•주권 따위를 억지로 빼앗음.

764)곤위(坤位) : 황후의 지위. 황후.

765)당명뎨(唐明帝) 니ᄉᆞ원(李嗣源) : 중국 잔당오대(殘唐五代) 때 후당(後唐: 923-936)의 제2대 명종(明宗: 926-933) 황제 이사원(李嗣源: 867-933). 거란인으로 본명은 막길렬(邈佶烈)이다. 당시 무장 이극용(李克用: ?-?)의 양자가 된 후, 이름을 이사원으로 고쳤고, 무용이 뛰어나 절도사• 중서령 등을 지내며 후당 건국에 크게 공을 세웠다. 이극용의 친아들 이존욱(李存勖)이 후당을 건국하고 장종(莊宗:923-925)에 즉위하였으나, 실정 끝에 4년만에 축출되자, 그 뒤를 이어 황제에 올라 8년을 재위하였다.

766)삭발위리(削髮爲尼) : 머리를 깎고 여승이 됨.

근본이 잔당오계 적 황소의 십팔 세손 황후쇠라.

조(宋朝)의 니ᄅᆞ러 십팔ᄃᆡ의 미쳣더라.

청양ᄃᆡ시 피화ᄒᆞᆯ ᄡᅵ의 한낫 셕함(石函)을 두어 ᄌᆞ숀의게 젼ᄒᆞᄃᆡ,

"이 셕함을 잘 간ᄉᆞᄒᆞ여 ᄃᆡᄃᆡ로 젼ᄒᆞᆫ즉, 반ᄃᆞ시 인연 잇ᄂᆞᆫ ᄌᆞ숀이 나면, 이 함이 절노 열니리라."

ᄒᆞ엿더니, 십팔ᄃᆡ의 밋ᄎᆞ니 셩명은 황후쇠(黃後巢)라. 나며 긔골이 웅장ᄒᆞ더니 ᄌᆞ라ᄆᆡ 흉녕(凶獰)ᄒᆞ여, 낫빗치 황금을 칠ᄒᆞᆫ 듯ᄒᆞ고, 두 눈이 등잔 만ᄒᆞ며, 엄니 브로돗고[767], 나롯시 창ᄃᆡ 갓흐며, 신장이 십쳑(十尺)이 남고, 두 팔이 무릅 아ᄅᆡ 지나며, 머리털이 불빗 갓흐니, 사ᄅᆞᆷ이 별명ᄒᆞ여 젹발황면장군(赤髮黃面將軍)[768]【43】이라 ᄒᆞ더라.

셤셔 광능산 가온ᄃᆡ 은거ᄒᆞ여 산치(山寨)[769]ᄅᆞᆯ 셰우니, 쥬회(周回) 슈십니오, ᄒᆡᄌᆡ(垓字) 깁고 셩곽이 고봉쥰녕(高峯峻嶺)의 년ᄒᆞ여, 텬하 험쥰녕(險峻嶺)이러라.

슈하(手下)의 슈만 병을 거ᄂᆞ려 쥬야 무예ᄅᆞᆯ 가ᄅᆞ치며, 그윽이 향촌 인가의 군현(郡縣)을 노략ᄒᆞ여, 부녀ᄅᆞᆯ 강탈ᄒᆞ니, 뎐답이 십만결(十萬結)이나 ᄒᆞ고, 옥빅(玉帛)이 고즁(庫中)의 가득ᄒᆞ더라.

젹발(赤髮)이 일일은 모든 젹졸(賊卒)을 다리고 후산의 산힝ᄒᆞ더니, 바회 밋ᄒᆡ셔 한 셕함을 어드니, 이ᄂᆞᆫ 공숀녀의[가] ᄌᆞ숀을 쥬어시나, ᄃᆡᄃᆡ 농뷔 되여 무식ᄒᆞᆫ지라. 돌함을 여지 못ᄒᆞ니 무용지물【44】이라 ᄒᆞ여, 이 산즁의 바렷더니, 이날 후쇠(後巢) 어든지라.

젹발이 셕함이 암혈(巖穴)의 감초여시믈 보고, ᄯᅮ에[770]ᄅᆞᆯ 다닷ᄂᆞᆫ 듯ᄒᆞᄃᆡ 열 곳이 업ᄉᆞ니, 젹발이 괴이히 너겨 두로 만지더니 홀연 두[ᄯᅮ]에 스ᄉᆞ로 열니이ᄆᆡ, 쇽의 갑(匣)의 ᄡᅳᆫ 글이 이시니 갈와시ᄃᆡ,

"황후가(黃後家)ᄂᆞᆫ 후당(後唐) 황뎨의 숀이

긔골이 흉밍ᄒᆞ야 ᄂᆞᆺ치 황금을 칠ᄒᆞᆫ ᄃᆞᆺᄒᆞ고 두 눈이 동[등]잔 만ᄒᆞ며 엄니 브ᄅᆞ돗고 나ᄅᆞ시 창ᄃᆡ ᄀᆞᆺᄐᆞ며 신장이 십 쳑이 남고 두 팔이 무릅 아ᄅᆡ 디ᄂᆡ며 머리털이 블빗 ᄀᆞᆺᄐᆞ니, 샤ᄅᆞᆷ이 별명ᄒᆞ야 젹발황면이라 ᄒᆞ더라.

셤셔 광능 산듕의 은거ᄒᆞ야 샨치를 세우고 군현을 노약[략]ᄒᆞ며 부녀를 강탈ᄒᆞ야, 젼결이 십만 결이나 ᄒᆞ고 옥빅이 고듕의 메엿고 그 셰 흉장ᄒᆞ더라.

---

767)브로돗다 : 부르돋다. 우뚝하고 굳세게 돋다.
768)젹발황면장군(赤髮黃面將軍) : 붉은 머리에 누런 얼굴을 가진 장군.
769)산치(山寨) : ①산에 돌이나 목책 따위를 둘러 만든 진터. ② 산적들의 소굴.
770)두에 : 뚜껑. 그릇이나 상자 따위의 아가리를 덮는 물건.

라. 우리 님군이 하ᄂᆞᆯ 명을 바다 잔당(殘唐)의 어ᄌᆞ러온 ᄣᆡ를 타 뉵합(六合)[771]을 아올낫더니, 블힝ᄒᆞ여 니존용[욱](李存勖)[772]이 니ᄉᆞ원의 멸ᄒᆞᆫ ᄇᆡ 되니, 원슈를 만셰의 삭여시나 텬명(天命)이 명치 아니시니, 능히 ᄒᆡ(害)오미 업도다. 황가【45】의 남은 혼이 오히려 유유(悠悠)ᄒᆞ도다[773]. 십팔ᄃᆡ의 황후쇠나니 젹발황면(赤髮黃面)이로다. 텬명이 명치 아니시나 한 번 당당이 홍진(紅塵)을 작난ᄒᆞ리로다."

ᄒᆞ엿더라.

젹발(赤髮)이 간파(看罷)의 거두어 도라와 깁히 간ᄉᆞᄒᆞ고, 스ᄉᆞ로 감회ᄒᆞ믈 니긔지 못ᄒᆞ여, 일노조ᄎᆞ 참남(僭濫)ᄒᆞᆫ 의ᄉᆡ 니러나, 드ᄃᆡ여 갑ᄉᆞ(甲士)를 조련ᄒᆞ고 궁마(弓馬)를 닉여 군셰 ᄃᆡ진(大振)ᄒᆞ니, 크게 강셩ᄒᆞ여 셤서현(陝西縣) 슈십여 셩(城)을 함몰ᄒᆞ니, 변뵈(變報) 눈 날니 듯ᄒᆞ여, 쥬현(州縣) ᄌᆞᄉᆞ(刺史)의 계문(啓文)이 조졍의 오ᄅᆞ니, 텬ᄌᆡ(天子) ᄃᆡ경ᄒᆞ샤 급히 조회를 열어 문무를【46】모화 능토발[벌]젹(凌土伐敵)[774]ᄒᆞᆯ 계규를 므ᄅᆞ시니, ᄐᆡ학ᄉᆞ 어ᄉᆞ즁승(御史中丞) 도찰ᄉᆞ(都察使) 화희경이 츌반(出班) 쥬왈,

"신이 광젹(狂賊)을 쇼멸(掃滅)ᄒᆞ여 국가환(國家患)을 덜니이다."

상이 ᄆᆡ양 화어ᄉᆞ의 영걸지ᄌᆡ(英傑之才)를 아ᄅᆞ시던 고로, 즉일의 화어ᄉᆞ를 ᄇᆡ(拜)ᄒᆞ여 정서ᄃᆡ도독(征西大都督) 초안ᄉᆞ(招安使)를 ᄒᆞ이시고, ᄆᆡᆼ장(猛將) 오십여원과 정병 십만을

771)뉵합(六合) : 천지와 사방을 통틀어 이르는 말. 곧, 하늘과 땅, 동·서·남·북이다.

772)니존욱(李存勖) : 중국 잔당오대 때 후량(後梁)을 멸망시키고 후당(後唐: 923-936)을 건국하여 제1대황제 장종(莊宗:923-925))에 즉위했다. 어렸을 때 이름은 아자(亞子)이다. 즉위하여 처음에는 북쪽으로 거란(契丹)을 물리치고, 동쪽으로 연(燕)과 양(梁)을 멸망시키는 등 볼만한 치적을 이루었으나, 뒤에는 연극과 음악을 즐겨 폐정(弊政)을 일삼다가 영인(伶人) 곽종겸(郭從謙)의 모반(謀反)을 만나 화살에 맞아 죽었다. 3년간 재위하였으며, 연호는 동광(同光)이다.『新五代史 卷4 唐本紀』

773)유유(悠悠)ᄒᆞ다 : 아득하게 멀거나 오래되다.

774)능토벌젹(凌土伐敵) : 땅을 짓밟고 적을 침.

변뵈 눈 ᄂᆞᆯ니 ᄃᆺᄒᆞ여【87】쥬현 ᄌᆞᄉᆞ의 계문이 됴졍의 오ᄅᆞ니, 텬ᄌᆡ ᄃᆡ경ᄒᆞ샤 급히 됴회를 여러 문무를 모흐시고 능토벌젹ᄒᆞᆯ 계교를 무ᄅᆞ시니, ᄐᆡᄒᆞᆨᄉᆞ 어ᄉᆞ듕승 도찰ᄉᆞ 화희경이 츌반 쥬왈,

"신이 광젹을 소멸ᄒᆞ여 국가 환을 덜니이다."

상이 ᄆᆡ양 화 어ᄉᆞ의 영걸ᄌᆡ조를 아ᄅᆞ시던 고로 즉일의 화 어ᄉᆞ를 ᄇᆡᄒᆞ여 졍셔 ᄃᆡ도독 쵸안ᄉᆞ를 ᄒᆞ이시고, ᄆᆡᆼ장 오십여 원과 졍병 십만을 쥬ᄉᆞ 수이 발힝ᄒᆞ라 ᄒᆞ시고, 상방검과 인부를 ᄂᆞ이[리]오시며 화 쳐ᄉᆞ 부부의게 양쥬를 ᄂᆞ리오시니, 화 도독이 즉시【88】연무쳥의 나아가 삼군을 호게[궤]ᄒᆞ고 훈련을 맛ᄎᆞᄆᆡ 발힝ᄒᆞᆯᄉᆡ, 부모 슉당을 비ᄉᆞᄒᆞ고 부인으로 분슈ᄒᆞᄆᆡ 엄쇼제 본ᄃᆡ 통달치 못ᄒᆞᆫ디라. 월익슈미의 슈운만첩ᄒᆞ고 츄파빵셩의 옥뉘 쳔향이라. 도독이 졍니을 ᄋᆡ년ᄒᆞ나 젼도ᄒᆞ믈 실소ᄒᆞ더라. 이에 춍춍이 니별ᄒᆞ고 가니라.

쥬사, 슈이 발힝ᄒᆞ라 ᄒᆞ시고, 상방검(尙方劍)[775]과 인부(印符)를 나리오시며, 화쳐ᄉᆞ 부부의게 양쥬(糧酒)를 ᄉᆞ숑(賜送)ᄒᆞ샤 위로ᄒᆞ시니, 화도독이 즉시 년무쳥(鍊武廳)[776]의 나아가 삼군을 호궤(犒饋)ᄒᆞ고 훈년을 맛ᄎᆞ미 발힝ᄒᆞᆯ시, 부【47】모 슉당을 비ᄉᆞᄒᆞ고 부인을 분슈(分手)ᄒᆞ미, 엄쇼졔 본ᄃᆡ 통달치 못ᄒᆞᆫ지라. 니별을 슬허 월익뉴미(月額柳眉)의 슈운(愁雲)이 만쳡(萬疊)ᄒᆞ고, 츄파쌍셩(秋波雙星)의 옥뉘(玉淚) 쳔항(千行)이라. 도독이 졍니(情理)를 ᄋᆡ련ᄒᆞ나 젼도(轉倒)ᄒᆞ믈 실쇼ᄒᆞ더라.

이의 총총이 엄부의 하직ᄒᆞ니 ᄐᆡᄉᆞ와 츄밀은 셩공ᄒᆞ믈 일ᄏᆞᆮ고, 졔쇼년은 우어 왈,

"장부 ᄉᆞ업은 셰오려니와 ᄀᆡᆨ관 잔등(殘燈)의 쳐량ᄒᆞ믈 필연 난감ᄒᆞ리니, 아ᄆᆡ(兒妹)의 옥용(玉容)을 엇지 ᄎᆞᆷ아 상니(相離)ᄒᆞᄂᆞᆫ다? 아니 미ᄌᆞ의 화상(畫像)이나 장ᄒᆞ여 슈즁의 진이고 가ᄂᆞᆫ다?"

도독이 흔【48】연 박쇼(拍笑) 왈,

"형언(兄言)이 졍합아심(正合我心)이로다. 연이나 이 화문슈ᄂᆞᆫ 일ᄀᆡ 풍뉴화ᄉᆡ(風流花士)라 '농(壟)을 엇고 촉(蜀)을 바라며'[777] 구슬을 보미 그릇마다 ᄎᆡ오고져ᄒᆞ며, ᄭᅩᆺ출 보면 가지마다 썩고ᄌᆞᄒᆞᄂᆞ니, 광능(廣陵)[778] 셤셔(陝西)[779]ᄂᆞᆫ 쇼항쥬(蘇杭州)[780]와 낙양(洛

---

775)샹방검(尙方劍) : 임금이 출정 장수에게 하사하던 칼. 임금의 권위를 상징하는 역할을 하여 부하나 군졸 등이 명을 거역할 때 임금에게 보고하지 않고도 그들의 생사를 마음대로 할 수 있는 권위를 지니는 칼이다.

776)년무청(鍊武廳) : 군사훈련을 위해 설치된 관청

777)농(壟)을 엇고 촉(蜀)을 바라다 : '농(隴)을 얻고 또 촉(蜀)까지 차지하려는 끝없는 욕심'이라는 뜻으로, '그칠 줄 모르는 욕심'에 대한 비유로 쓰인다. *농촉(隴蜀)은 중국 사천성과 섬서성 사이에 있는 지명으로, 후한(後漢) 광무제(光武帝)가 한중(漢中)을 평정하고도 다시 농촉을 정벌하려는 욕심을 냈던 고사에서 온 말.

778)광릉(廣陵) : 중국 강소성(江蘇省) 양주시(揚州市) 광릉구(廣陵區)에 있는 지명.

779)셤셔(陝西) : 산시성(陝西省), 『지명』 중국 중서부에 있는 성. 성도(省都)는 시안(西安)이다.

780)쇼항쥬(蘇杭州) : : 중국의 도시인 소주(蘇州)

陽)[781]을 지나ᄂᆞᆫ ᄯᆡ히니, '초국(楚國) 가ᄂᆞᆫ 허리와 월국(越國) 그린 눈셥'[782]의 일등 졀염(絶艶)이 쇼항쥬 낙양의 모히ᄂᆞᆫ 쥴 모로ᄂᆞᆫ다? ᄃᆡ장뷔 도쳐의 풍뉴호신(風流豪身)을 어ᄂᆡ 곳의 머므지 못ᄒᆞ리오. 굿ᄒᆞ여 쳐ᄌᆞ의 고형(古形)을 조화ᄒᆞ여 슈즁의 픔고 단이리오. 형등이 쇼뎨ᄅᆞᆯ 지목ᄒᆞ여 ᄋᆡ쳐ᄀᆡᆨ(受妻客)으로 밀위니, ᄎᆞ언【49】이 유감치 아니리오. 도금ᄎᆞᄒᆡᆼ(到今此行)의 공을 닐워 도라오ᄂᆞᆫ 길ᄒᆡ, 초요월안(楚腰月顔)[783] 션연아미(嬋姸蛾眉)[784]ᄅᆞᆯ 마ᄋᆞᆷᄃᆡ로 갈ᄒᆡ여 도라와, 금ᄎᆞ지녈(金釵之列)[785]을 메오고, 형과 영ᄆᆡ(令妹)로 ᄒᆞ여곰 ᄌᆞ긍(自矜)ᄒᆞ여 쇼뎨ᄅᆞᆯ 능경(凌輕)ᄒᆞ던 한(恨)을 셜ᄒᆞ리라."

셜파의 쇼안(笑顔)이 미미(微微)ᄒᆞ여 가만이 악모(岳母) 긔식을 ᄉᆞᆯ피니, 최부인이 화ᄉᆡᆼ의 남활(濫闊)ᄒᆞ믈 념녀ᄒᆞ던 바의, 호활(豪豁)ᄒᆞᆫ 담쇠(談笑) 이갓흐믈 보ᄆᆡ, 심하(心下)의 블열(不悅)ᄒᆞ여 츄파ᄡᅡᆼ목(秋波雙目)이 미미ᄒᆞ여, ᄌᆞ못 안ᄉᆡᆨ이 블예(不豫)ᄒᆞ니, 도독(都督)이 심니의 실쇼ᄒᆞ믈 마지 아니ᄒᆞ더라.

약간 쥬ᄇᆡ(酒杯)ᄅᆞᆯ 나와 통음ᄒᆞ고 슌【50】ᄇᆡ(巡杯)ᄅᆞᆯ 파ᄒᆞᄆᆡ 하직고 도라오니, 화어ᄉᆡ 가ᄆᆡ 상ᄒᆡ(上下) 흘연ᄒᆞ믈 니긔치 못ᄒᆞ더라.

ᄎᆞ시 학ᄉᆞ 엄희 벼ᄉᆞᆯ이 즁셔령(中書令)의 니ᄅᆞ럿고, ᄌᆡ홰(才華) 셰고(世古)의 무젹(無敵)ᄒᆞ고, 긔ᄉᆞ신한(氣士宸翰)[786]이 일셰ᄅᆞᆯ 진

ᄎᆞ시 엄 ᄒᆞᆨᄉᆞ 희 벼ᄉᆞᆯ이 듕셔령의 니ᄅᆞ럿고, ᄌᆡ화 셰고의 무젹ᄒᆞ고 긔ᄉᆞ신한이 일셰○[ᄅᆞᆯ] 진복ᄒᆞ니, 남ᄌᆞ의 ᄉᆞ업이 족ᄒᆞᄃᆡ, 일죽 쇼흠ᄌᆞᄂᆞᆫ 실가의 우ᄒᆞᆫ ᄇᆡ필이 블합ᄒᆞ여 금슬의 낙이【89】 업ᄉᆞ니, ᄌᆞ로고 슉녀가인은 셩인도 하쥐의 구ᄒᆞ신 ᄇᆡ라.

와 항주(杭州)를 함께 이르는 말. 소주는 강소성(江蘇省}에, 항주는 절강성(浙江省)에 있다.

781)낙양(洛陽) : 중국 하남성(河南省) 서북부에 있는 성 직할시. 화북평야(華北平野)와 위수(渭水) 강 분지를 잇는 요지로, 예로부터 여러 왕조의 도읍지로 번창하여 명승고적이 많다.

782)'초국(楚國) 가ᄂᆞᆫ 허리와 월국(越國) 그린 눈셥' : 한자 성어(成語) '초요월안(楚腰越顔)'을 번역한 말로 '미인(美人)'을 대유법으로 표현한 말.

783)쵸요월안(楚腰越顔) : 중국 초나라 미인의 가는 허리와 월나라 미인의 아름답게 화장한 얼굴이라는 말로 '미인(美人)'을 이르는 말.

784)션연아미(嬋姸蛾眉) : 미인의 아름다운 눈썹.

785)금ᄎᆞ지녈(金釵之列) : 첩(妾)의 반열(班列).

786)긔ᄉᆞ신한(氣士宸翰) : 기절(氣節)과 문장(文章). *기사(氣士); =사기(士氣). 선비의 꿋꿋한 기상과 절개. *신한(宸翰); 임금의 교서(敎書).

복(震服)ᄒᆞᄃᆡ, 일즉 소흠ᄌᆞ(小欠者)ᄂᆞᆫ 실가(室家)의 우(愚)ᄒᆞᆫ ᄇᆡ필이 블합ᄒᆞ여, 금슬종고(琴瑟鐘鼓)[787]의 낙이 업ᄉᆞ니, ᄌᆞ고로 슉녀(淑女) 가인(佳人)을 셩인(聖人)도 하쥬(河洲)[788]의 구ᄒᆞ신 ᄇᆡ라.

엄즁셰 셩장 이팔지년(二八之年)의 문시의 블현ᄒᆞᆫ 긔질을 ᄇᆡ(配)ᄒᆞ미, 그 외모 ᄉᆡᆨ틔ᄅᆞᆯ 나모라미 아니라, 그 덕이 임강마등(妊姜馬鄧)[789]을 여어보기 어려오믈 알고 간교ᄉᆞ음(奸巧邪淫)ᄒᆞ미 녀치(呂雉)[790]의 포험(暴險)【51】ᄒᆞ믄 그 심지(心地)오, 포ᄉᆞ(褒姒)[791]의 간악ᄒᆞ믄 그 스싱ᄒᆞ고져 ᄒᆞᄂᆞᆫ ᄇᆡ오, 그 외모ᄂᆞᆫ 비연(飛燕)[792]의 경신(輕身)ᄒᆞ믈 입ᄂᆡᄂᆡ

엄 듕셰 셩장지년의 문시의 블현ᄒᆞᆫ 긔질을 ᄇᆡᄒᆞ미 그 외모ᄉᆡᆨ틔를 나모라미 아니라 그 덕이 임강·마등을 여어보기 어려오믈 알디라.

ᄌᆞ릐 심니의 호려치의ᄒᆞ믄 그 심지오, 그 외면의 식ᄉᆞᄒᆞ야 츙신ᄒᆞ믈 입ᄂᆡᄂᆡ고 측쳔의 빗ᄂᆞᆫ 체지를 모쓰고져 ᄒᆞ니 결비현인이라.

여기서는 교서 속에 드러나는 지은이의 문장력.

787)금슬종고(琴瑟鐘鼓) : 『시경』<국풍> '관저(關雎)'편의 금슬우지(琴瑟友之)와 종고낙지(鐘鼓樂之)를 아울러 이르는 말. 거문고와 비파를 타고, 종과 북을 치며 서로 즐긴다는 뜻으로 부부가 서로 화락함을 이르는 말.

788)하쥬(河洲) : 강 가운데 있는 '모래톱'이라는 뜻으로, 중국 주(周)나라 문왕이 태사(太姒)를 맞아 혼인한 고사를 이르는 말. 『시경』, 「주남(周南)」, <관저(關雎)> 시에 "꾸우꾸우 물수리 모래톱에 있네. 정숙한 아가씨는 군자의 좋은 짝.(關關雎鳩, 在河之洲. 窈窕淑女, 君子好逑)"이라는 구절에서 유래하였다.

789)임강마등(任姜馬鄧) : 중국 주(周) 문왕(文王)의 모친 태임(太姙)과, 주(周) 선왕(宣王)의 비(妃) 강후(姜后), 동한(東漢) 명제(明帝)의 후비 마후(馬后), 동한(東漢) 화제(和帝)의 후비(后妃) 등후(鄧后)를 함께 이르는 말. 모두 어진 덕으로 이름이 높다.

790)녀치(呂雉) : ?-BC108. 한(漢)나라 고조(高祖)의 황후 여후(呂后). 성은 여(呂). 이름은 치(雉). 중국의 대표적인 여성권력자로, 고조를 보좌하여 진말(秦末)·한초(漢初)의 국난을 수습하였으나, 고조가 죽은 뒤 실권을 장악하여, 고조의 애첩인 척부인(戚夫人)과 척부인 소생 왕자 조왕(趙王)을 죽이는 등 포악을 일삼아, 측천무후(則天武后), 서태후(西太后)와 함께 중국의 3대 악녀로 꼽힌다.

791)포사(褒姒) : 중국 주(周)나라 유왕의 총희(寵姬)로 웃음이 없었다. 유왕이 그녀를 웃게 하기 위해 거짓 봉화를 올려 제후들을 소집하였다가, 뒤에 외침(外侵)을 받고 봉화를 올렸으나 제후들이 모이지 않아 왕은 죽고 포사는 사로잡혔다고 한다.

792)비연(飛燕) : 조비연(趙飛燕). 중국 전한(前漢) 성제(成帝)의 비(妃). 시호는 효성황후(孝成皇

고[793], 측텬(則天)[794]의 빗난 쳬지를 모쓰고져 ᄒᆞ니, 결비현인(決非賢人)이오, 결비슉인(決非淑人)이라.

구괴 부족히 너기ᄂᆞᆫ ᄇᆡ오, 군ᄌᆡ 낫비 너기ᄃᆡ 홀노 최부인이 의합슈젹(意合手適)[795]ᄒᆞ여 문시 ᄉᆞ랑ᄒᆞ믈 ᄀᆡ츌(己出)의 다ᄅᆞ지 아니ᄒᆞ고, 문시 부인을 울얼미 친고(親姑)의 더으믄 뉴뉴상종(類類相從)[796] 갓흔지라.

즁셰(中書) 그윽이 ᄌᆡ취(再娶)를 희망ᄒᆞ고, 부뫼 아ᄌᆞ의 심우(心憂)를 어엿비 너기고, 식부(息婦)의 블초ᄒᆞ믈 낫비 너기ᄂᆞᆫ지라. 젼의ᄂᆞᆫ 그 ᄌᆡ취【52】ᄒᆞ미 블가(不可)타 ᄒᆞ더니, 도금(到今)ᄒᆞ여ᄂᆞᆫ 닙신(立身)ᄒᆞ여 옥당쳥운(玉堂靑雲)을 ᄌᆞ임ᄒᆞ니, ᄌᆡ취ᄒᆞ미 관겨치 아니타 ᄒᆞ여, 바야흐로 ᄌᆡ취를 구ᄒᆞ더니, 젼임 공부낭즁(工部郎中) 양유의 녀ᄌᆡ, 침어낙안지용(沈魚落雁之容)[797]과 폐월슈화지틱(閉月羞花之態)[798] 잇고, 슉녀의 풍ᄎᆡ 잇다 ᄒᆞ믈 듯고, ᄆᆡ파(媒婆)를 보ᄂᆡ여 구혼ᄒᆞ니, 양낭즁이 엄즁셔의 풍신을 ᄋᆡ모(愛慕)ᄒᆞ여, 본ᄃᆡ 츄셰(趨勢)ᄒᆞᄂᆞᆫ 위인이라, 엄시 제공의 권총부귀(權寵富貴)를 흠앙ᄒᆞ여 가간(家間)의 블미ᄒᆞᆫ 괴ᄉᆡ 이실 쥴은 모로고, 구혼ᄒᆞᆷ만 다힝ᄒᆞ여

구괴 부죡이 넉이ᄂᆞᆫ ᄇᆡ오, 군ᄌᆡ 낫비 넉이ᄂᆞᆫ디라.

듕셰 그윽이 ᄌᆡ취를 희망ᄒᆞ고 부뫼 ᄋᆞᄌᆞ의 심우를 어엿비 넉이고 식부의 블쵸ᄒᆞ믈 낫비 넉이ᄂᆞᆫ지라. 젼【90】의ᄂᆞᆫ 그 ᄌᆡ취ᄒᆞ미 블가타 ᄒᆞ더니, 도금ᄒᆞ여ᄂᆞᆫ 닙신ᄒᆞ여 옥당쳥운을 ᄌᆞ임ᄒᆞ니 ᄌᆡ취ᄒᆞ미 관계치 아니타 ᄒᆞ여 ᄇᆞ야흐로 ᄌᆡ취를 구ᄒᆞ더니, 젼임 공부시랑 듕 양옥의 녀ᄌᆡ 침어낙안지용과 폐월슈화지틱 잇고 슉녀의 풍ᄎᆡ 잇다 ᄒᆞ미 ᄆᆡᄑᆡ로 구혼ᄒᆞ니, 양낭듕이 엄 듕셰의 풍신을 ᄋᆡ모ᄒᆞ여 본ᄃᆡ 츄셰ᄒᆞᄂᆞᆫ 위인이라. 엄시 졔공의 권춍부귀를 흠앙ᄒᆞ므로 그 구혼ᄒᆞᆷ만 다힝ᄒᆞ여 일언의 쾌허ᄒᆞ고 턱일 회보ᄒᆞ니,

---

后). 가무(歌舞)에 뛰어났고 빼어난 미모로 성제의 총애를 받아 황후에까지 올랐다.

793)입닉니다 : 흉내 내다.

794)측천(則天) : 측천무후(則天武后). 중국 당나라 고종의 황후. 성은 무(武). 이름은 조(曌). 중국 역사에서 유일한 여제(女帝)로 고종을 대신하여 실권을 쥐고, 두 아들을 차례로 제왕의 자리에 오르게 하였으나, 이들을 폐하고 스스로 제왕의 자리에 올라 국호를 주(周)로 고치고 성신황제(聖神皇帝)라 칭하였다.

795)의합슈젹(意合手適) : 서로 뜻이 합치하고 손이 맞음.

796)뉴뉴상종(類類相從) : 같은 무리끼리 서로 사귐

797)침어낙안지용(沈魚落雁之容) : 미인을 보고 물 위에서 놀던 물고기가 부끄러워서 물속 깊이 숨고 하늘 높이 날던 기러기가 부끄러워서 땅으로 떨어질 만큼, 아름다운 여인의 용모를 비유적으로 이르는 말. ≪장자≫ <제물론(齊物論)>에 나온다.

798)폐월슈화지틱(閉月羞花之態) : 꽃도 부끄러워하고 달도 숨을 만큼 여인의 얼굴과 맵시가 매우 아름답다는 것을 비유적으로 이르는 말.

일언(一言)의 쾌허(快許)ᄒᆞ고 턱일(擇日) 회보ᄒᆞ니, 원ᄂᆡ 엄츄밀이 양공의 ᄒᆡᆼᄉᆡ 【53】무일가취(無一可取)믈 알오ᄃᆡ, 기녀(其女)의 아름다오믈 아는 고로 더부러 인아(姻婭)[799]ᄒᆞ믈 ᄭᅥ리지 아니미러라.

임의 냥ᄀᆡ 혼슈(婚需)ᄅᆞᆯ 셩비(盛備)ᄒᆞ고 뉵녜(六禮)ᄅᆞᆯ 구ᄒᆡᆼ(具行)ᄒᆞ니, 문시 알고 ᄃᆡ로ᄒᆞ여 단장을 폐ᄒᆞ고 칭병블츌(稱病不出)ᄒᆞ여, 쥬야(晝夜) 오읍(嗚泣)ᄒᆞ여 구고와 가부(家夫)ᄅᆞᆯ 원망ᄒᆞ나, 구괴 아른 쳬 아니ᄒᆞ고, 즁셰 시이블견(視而不見)ᄒᆞ여 모로는 쳬ᄒᆞ더라.

임의 길일이 다ᄃᆞᄅᆞ미, 즁셰 금안ᄇᆡᆨ마(金鞍白馬)[800]의 위의제제(威儀齊齊)ᄒᆞ여 양쇼져ᄅᆞᆯ 마ᄌᆞ 도라오니, 이날 최부인이 본ᄃᆡ 니런 긔회ᄅᆞᆯ 엇고져 ᄒᆞ는지라. 친히 문시 침쇼의 와 위로 왈,

"현질(賢姪)이 【54】엇지 니러틋 통달치 못ᄒᆞ뇨? 고어(古語)의 왈 젹국(敵國)이 셩하(城下)의 드지 아니ᄒᆞ여셔 각별이 막을 거시오, 임의 셩안의 든 후는 형셰 ᄒᆞᆯ일업ᄂᆞᆫ지라. 반ᄃᆞ시 냥국의 화호(和好)ᄅᆞᆯ ᄆᆡᄌᆞ미 가ᄒᆞ니, 금일 신인이 문의 들미 아름다온 예셩(譽聲)이 몬져 구고의 귀의 가득ᄒᆞ고, ᄭᅩᆺ갓흔 ᄐᆡ되 장부의 졍을 볼지라. 그ᄃᆡ 공연이 에분(恚忿)골돌ᄒᆞ여 금일 연셕을 블참ᄒᆞᆫ즉, 몬져 투악(妬惡)을 ᄌᆞ당(自當)ᄒᆞ여 구고와 소텬(所天)이 외오 너기미 더ᄒᆞ며, 둘지는 ᄉᆞᄉᆞ로 원위(元位)ᄅᆞᆯ 숀상ᄒᆞ미라. 녀ᄌᆞ의 마음은 일체라. 젹인의 득【55】시ᄒᆞ믄 엇지 조흐리오만은, 강잉ᄒᆞ여 오ᄂᆞᆯ 연셕의 참예ᄒᆞ고, 친쳑 가온ᄃᆡ ○○[듕귀(衆口)] 분분(紛紛)ᄒᆞ믈 취치 말고, 양시로 ᄒᆞ여곰 원비의 존(尊)ᄒᆞᆫ 쥴 알게 ᄒᆞ여, 젹국의 양양ᄒᆞᆫ 예긔ᄅᆞᆯ 길우지 말게 ᄒᆞ미 올흘가 ᄒᆞ노라."

문시 쳥파의 츈몽(春夢)이 ᄭᆡᆫ 듯ᄒᆞ여, 눈물을 ᄲᅮ려 왈,

임의 냥개 혼슈를 셩비ᄒᆞ고 뉵녜를【91】구ᄒᆡᆼᄒᆞ니, 문시 알고 ᄃᆡ로ᄒᆞ야 단장을 폐ᄒᆞ고 칭병블츌ᄒᆞ야 쥬야오읍ᄒᆞ며 구고와 가부를 원망ᄒᆞ나, 구괴 아른 체 아니ᄒᆞ고 듕셰 시이블견ᄒᆞ여 모ᄅᆞ는 체ᄒᆞ더라.

임이 길일이 ᄃᆞ다ᄅᆞ미 듕셰 금안ᄇᆡᆨ마의 위의을 졍제ᄒᆞ여 양쇼져를 마ᄌᆞ 도라오니, 이날 최부인이 본ᄃᆡ 이런 긔회를 엇고져 ᄒᆞ는지라. 친이 문시 침쇼의 와 위로 왈,

"현질이 엇지 이ᄅᆞᆺᄐᆞᆺ 통달치 못ᄒᆞ뇨? 고어의 왈, '젹군이 셩하의 드지 아냐셔 각별이 막을 거시오, 임의 셩 안히 든 후는 형셰 ᄒᆞᆯ 일업ᄉᆞᆫ더라.' 반ᄃᆞ시【92】냥국의 화호를 ᄆᆡᄌᆞ미 가ᄒᆞ니 금일 신인이 문의 들미 아름다온 예셩이 몬져 구괴의 귀의 ᄀᆞ득ᄒᆞ고 ᄭᅩᆺᄀᆞᆺᄐᆞᆫ ᄐᆡ되 장부의 졍을 볼지라. 그ᄃᆡ 무고히 예분골돌ᄒᆞ여 금일 연셕을 블참ᄒᆞᆫ즉 몬져는 투악을 ᄌᆞ당ᄒᆞ여 구고와 소텬이 외오녁이미 더ᄒᆞ며, 둘지는 ᄉᆞᄉᆞ로 원위를 손상ᄒᆞ미라. 녀ᄌᆞ의 ᄆᆞ음은 일체라. 젹인의 득시ᄒᆞ미 무어시 조흐리오마는 강잉ᄒᆞ야 오날 연셕의 참녜ᄒᆞ고, 친쳑의 듕귀 분분ᄒᆞ믈 취치 말고 양시로 ᄒᆞ여금 원비의 존ᄒᆞ믈 알게 ᄒᆞ미 올흘가 ᄒᆞ【93】노라."

문시 쳥파의 츈몽이 ᄭᆡᆫ 듯ᄒᆞ여 눈믈을 ᄲᅮ려 왈,

799)인아(姻婭) : 사위 쪽의 사돈과 사위 상호간. 곧 동서(同壻) 쪽의 사돈을 아울러 이르는 말. '인(姻)'은 사위의 아버지. '아(婭)'는 사위 상호간을 말함.

800)금안ᄇᆡᆨ마(金鞍白馬) : 금으로 꾸민 안장(鞍裝)을 두른 흰말.

"죤숙당(尊叔堂)의 쳡을 ᄉᆞ랑ᄒᆞ샤 교회(教誨)ᄒᆞ시미 여ᄎᆞᄒᆞ시니, 쇼쳡이 불민암용(不敏暗庸)ᄒᆞ오나 엇지 셩교(聖教)를 봉힝(奉行)치 아니리잇고? 슉당의 명이 나리신즉 쳡을 슈화(水火)의 들나 ᄒᆞ셔도 ᄉᆞ양치 아니ᄒᆞ오리니, 슉모ᄂᆞᆫ 쇼쳡의 졍ᄉᆞ(情事)【56】를 어엿비 너기샤, ᄇᆞᆰ이 제도(濟度)ᄒᆞ시믈 바라ᄂᆞ이다."

부인이 감언(甘言)으로 위로 왈,

"우슉(愚叔)이 그ᄃᆡ를 져바리지 아니리니 나의 좌하(座下)의 ᄌᆞ방(子房)801) 진유ᄌᆞ(陳孺子)802) 갓흔 미ㆍ괴 잇고, 네게 익셤 비지 이시니, 일긔 모ᄉᆞ(謨士)를 어든 즉 무어술 못ᄒᆞ리오. 현질은 무익○[이] 초조ᄒᆞ여 옥용(玉容)을 상히오지 말나. 타일 혼일뉵합(混一六合)803)의 긔약은 현질의 게 이시리라."

문시 ᄃᆡ희ᄒᆞ여 부인 셩덕을 칭ᄉᆞ(稱謝)ᄒᆞ고 쳔만 블평ᄒᆞᆫ 심ᄉᆞ를 강잉ᄒᆞ여, 쇼셰(梳洗)를 나와 옥안(玉顔)을 쇼하(梳下)ᄒᆞ고804) 아미(蛾眉)를 다ᄉᆞ리미, 운남(雲南)805) 초염(硝焰)806)과 월분(越粉)807) 연지(臙脂)로 옥용(玉容)을 【57】치례[레]ᄒᆞ고 칠보단장(七寶丹粧)을 셩히 ᄒᆞ여, 이의 졍당(正堂)의 드러가 구고긔 뵈옵고, 고왈,

801)ᄌᆞ방(子房) : 장량(張良). BC ?-189. 중국 한나라의 정치가, 건국공신. 자는 자방(子房). 유방의 책사로 홍문연에서 유방을 구하고 한신을 천거하는 등, 유방이 한나라를 세우고 천하를 통일할 수 있도록 도왔다. 소하·한신과 함께 한나라 건국 3걸로 불린다.

802)진유ᄌᆞ(陳孺子) : 진평(陳平). ? - BC178. 중국 한(漢)나라 때 정치가. 유자(孺子)는 그의 별명. 한 고조 유방(劉邦)를 도와 여섯 번이나 기발한 꾀를 내, 천하를 평정케 하였다.

803)혼일뉵합(混一六合) : 하늘과 땅, 동ㆍ서ㆍ남ㆍ북을 한데 묶어 하나로 통일함. *육합(六合): 천지와 사방을 통틀어 이르는 말. 곧, 하늘과 땅, 동ㆍ서ㆍ남ㆍ북이다.

804)소하(梳下)ᄒᆞ다 : 빗질하다.

805)운남(雲南) : 운남-성(雲南省). 윈난성. 중국 남부, 윈구이고원(雲貴高原)의 서남부에 있는 성(省). 미얀마, 라오스, 베트남 등과 국경을 이루는 교통 요충지이다. 성도(省都)는 쿤밍(昆明), 면적은 39만 4000㎢.

806)초염(硝焰) : 초석(硝石)을 원료로 하여 만든 화장품으로 얼굴에 윤기를 내기 위해 바른다.

807)월분연지(越粉) : 월(越)나라 미인들이 얼굴화장을 위해 바른 백분(白粉).

"죤슉당의 쳡을 ᄉᆞ랑ᄒᆞ샤미 여ᄎᆞᄒᆞ니 쇼쳡이 블민암용ᄒᆞ오나 엇디 셩교를 봉힝치 아니리잇고? 슉당의 명이 ᄂᆞ리신즉 쳡을 슈화의 들나 ᄒᆞ셔도 ᄉᆞ양치 아니ᄒᆞ오리니, 슉모ᄂᆞᆫ 쇼쳡의 졍ᄉᆞ를 어엿비 넉이샤 ᄇᆞᆰ히 제도ᄒᆞ시믈 ᄇᆞ라ᄂᆞ이다."

부인이 감언으로 위로 왈,

"우슉이 너를 져ᄇᆞ리지 아니리니 나의 좌하의 ᄌᆞ방 진유ᄌᆞ ᄀᆞᄐᆞᆫ 미·교 잇고 네게 익셤 비지 잇시니 일긔 모ᄉᆞ을 어든즉 무어술 못ᄒᆞ리오. 현질은 무익【94】히 초됴ᄒᆞ여 옥용을 상히오디 말나."

문시 ᄃᆡ희ᄒᆞ여 부인 셩덕을 칭하ᄒᆞ고 쳔만 블평ᄒᆞᆫ 심ᄉᆞ를 강잉ᄒᆞ여 소셰를 나와 옥안을 소하ᄒᆞ고 아미를 다ᄉᆞ리고 연셕을 참녜ᄒᆞ여 [엿]더라.

"쇼쳡이 쳔질(賤疾)이 미류(彌留)ᄒᆞ와 오릭 신혼(晨昏)[808]의 녜를 폐ᄒᆞ오니, 구괴 비록 혜턱을 드리오샤 허물치 아니시나, 쳡이 엇지 황공치 아니리잇고? 금일 군지 양쇼져를 취ᄒᆞ신다 ᄒᆞ오니, 쳔질이 비록 미ᄎᆞ(未差)ᄒᆞ오나, 금일 연셕의 블참ᄒᆞ온즉, 구고와 부지(夫子) 반ᄃᆞ시 투긔로 칭병ᄒᆞᄂᆞᆫ가 너기실가 쳡심(妾心)이 ᄌᆞ괴(自愧)ᄒᆞ와 강잉ᄒᆞ여이다."

구괴 흔연 위로ᄒᆞ고, 즁셔(中書) 좌즁의셔 말숨ᄒᆞ미 화긔 ᄌᆞ약ᄒᆞ여, 문시 힝【58】지(行止)를 모로ᄂᆞᆫ 듯ᄒᆞᆫ지라.

문시 반기고 노ᄒᆞ나 안식을 화(和)히 ᄒᆞ고 나죽이 뫼셧더라.

날이 느ᄌᆞ미 빈킥(賓客)이 운집(雲集)ᄒᆞ고 즁셰 신부를 마ᄌᆞ 도라와 흥심(興心)이 난화(暖和)ᄒᆞᆫ 가온ᄃᆡ, 녜셕의 나아가 합환교비(合歡交拜)를 파ᄒᆞ고, 신뷔 단장을 곳쳐 구고긔 조률(棗栗)을 밧드러 비현(拜見)ᄒᆞ고, 틱ᄉᆞ 부부긔 지비(再拜) 현알(見謁)ᄒᆞ고, 슉미와 문시로 셔로 보ᄂᆞᆫ 녜를 맛ᄎᆞ미, 좌의 나아가니, 구고와 만목(滿目)이 일시의 관쳠(觀瞻)ᄒᆞ니, 이 믄득 일홈 아릐 헛되지 아니ᄒᆞ니, 빅셜긔부(白雪肌膚)ᄂᆞᆫ 쵸산(楚山)[809]의 옥을 다듬은 듯, 월미(月眉)의 치식(彩色)이 녕농ᄒᆞ여 홍【59】일(紅日)이 산두(山頭)의 오ᄅᆞᄂᆞᆫ 듯, 부용(芙蓉)이 금파(金波)의 아귀[810]를 버러 아춤 이슬을 먹음은 듯ᄒᆞ여, 향긔 이이(香氣靄靄)ᄒᆞ고 찬난ᄒᆞᆫ 면모상광(面貌祥光)이 일만 교염(嬌艶)이 겸발(兼發)ᄒᆞ여 슈국(水國)의 난최(蘭草)오, 혜화(蕙花)[811]의 방향(芳香)이라.

날이 느ᄌᆞ미 빈킥이 운집ᄒᆞ고 듕셰 신부를 마ᄌᆞ 도라와 홍심이 난화ᄒᆞᆫ 가온ᄃᆡ 녜셕의 나아가 합환교비를 파ᄒᆞ고, 신뷔 단장을 곳쳐 구고긔 됴뉼을 밧드러 현ᄒᆞ고 틱ᄉᆞ 부부긔 지비현알ᄒᆞ고 슉미와 문시로 셔로 보ᄂᆞᆫ 녜를 뭇ᄎᆞ미 좌의 나아가니, 만목이 일시의 관쳠ᄒᆞ니 이 믄득 일홈 아릐 헛【95】되지 아니니, 빅셜긔부ᄂᆞᆫ 초산의 옥이오, 월미의 치식이 녕농ᄒᆞ여 홍일이 산두의 오ᄅᆞᄂᆞᆫ 둣, 부용이 이슬을 먹음은 둣ᄒᆞ여, 향긔 의의ᄒᆞ고, 찬난ᄒᆞᆫ 면뫼 상광의 일만교염이 겸발ᄒᆞ여 슈국의 난쵸오, 향난○[의] 방향이라.

808)신혼(晨昏) : 신성(晨省)과 혼정(昏定). 곧 밤에는 부모의 잠자리를 보아 드리고 이른 아침에는 부모의 밤새 안부를 묻는 일. 또는 그러한 예절.

809)쵸산(楚山) : 중국 초(楚)나라 사람 변화씨(卞和氏)가 명옥(名玉)인 화씨벽(和氏璧)을 얻었다고 하는 산.

810)아귀: =입아귀. 입꼬리. 구각(口角). 입의 양쪽 구석.

811)혜화(蕙花) : 혜초(蕙草)의 꽃. *혜초(蕙草): 난초와 같은 향초 식물로, <이소경(離騷經)>에서 굴원은 혜(蕙)라 했고, 『집운(集韻)』에 '혜(蕙)'는 향초라 했다.

년보(年譜) 십오세의 월홰(月華)[812] 어리여시니 ᄌᆞ식(姿色)이 졀뉸(絶倫)ᄒᆞ고, 미우(眉宇)의 ᄉᆞ덕(四德)이 완젼ᄒᆞ고 진퇴(塵土) 규귀(規矩) 맛가지니, 당시 슉녀 가인이라.

이 진짓 즁셔의 텬졍가위(天定佳偶)니 엇지 문시의 ᄌᆡ용(才容)의 비기리오.

비겨 의논ᄒᆞ미, 진쥬(眞珠)와 와셕(瓦石) 갓고, 품질(稟質)의 ᄂᆡ도ᄒᆞ미 양화(陽貨)[813]와 공ᄌᆞ(孔子)[814] 갓고, 다만 방불(彷彿)이 비겨 의논ᄒᆞ면, 윤ᄐᆡ우 부인 션혜【60】와 학ᄉᆞ 부인 옥혜와 잠간 블급ᄒᆞ나, 화도독 부인과 조학ᄉᆞ 부인 등 제쇼져 좌를 비기미, 막상막하ᄒᆞ여, 요지금원(瑤池禁苑)[815]의 도리(桃李)[816] 홍ᄒᆡᆼ(紅杏)[817]이 다토와 웃ᄂᆞᆫ 듯ᄒᆞ니 좌ᄀᆡᆨ의 하셩(賀聲)이 분분ᄒᆞ더라.

구괴 ᄃᆡ희(大喜)ᄒᆞ고 문시 신부의 이갓치 긔특ᄒᆞᆷ과, 즁인의 하셩(賀聲)이 분분(紛紛)ᄒᆞ믈 보미, 능히 진졍치 못ᄒᆞ여 안식이 변ᄒᆞ여 눈물이 거의 ᄯᅥ러질 듯ᄒᆞ고, 흉즁(胸中)의 녕원(靈源)[818]이 분분ᄒᆞ여 ᄉᆞ식이 블안ᄒᆞ니, 좌

812)월홰(月華) : 달에서 비쳐 오는 빛.=달빛.

813)양화(陽貨) : 양호(陽虎). 춘추 시대 노(魯)나라 권신으로 노나라 국정을 전단(專斷)하였던 간신. 이름은 호(虎). 유가에서 말하는 '소인(小人)'의 전형적 인물로, 당시 공자와 대척점에 섰던 인물이다.

814)공자(孔子); 이름 구(丘). 자(字) 중니(仲尼). 유가(儒家)를 처음 세운 춘추시대(春秋時代)의 사상가. 학자(B.C.551~B.C.479). 노나라 사람으로 여러 나라를 두루 돌아다니면서 인(仁)을 정치와 윤리의 이상으로 하는 도덕주의를 설파하여 덕치를 강조하였다. 만년에는 교육에 전념하여 3,000여 명의 제자를 길러 내고, 『시경》『서경』『주역』『예기』『춘추』 등의 중국 고전을 정리하였다. 제자들이 엮은 『논어』에 그의 언행과 사상이 잘 나타나 있다.

815)요지금원(瑤池禁苑) : 요지(瑤池)에 있는 동산. *요지(瑤池); 곤륜산에 있다고 하는 연못으로, 서왕모(西王母)가 살고 있다고 하며, 주(周) 목왕(穆王)이 이곳에서 서왕모(西王母)를 만났다는 전설이 전하고 있다. *금원(禁苑); 예전에, 궁궐 안에 있던 동산이나 후원을 이르던 말.

816)도리(桃李) : 복숭아꽃과 배꽃을 함께 이른 말.

817)홍ᄒᆡᆼ(紅杏) : 붉게 핀 살구꽃.

818)녕원(靈源) : 심령(心靈)과 같은 말로, '마음'을 가리킨다.

년보 십오 셰의 월홰 피여시니 ᄌᆞ식이 졀뉸ᄒᆞ고 규ᄒᆡᆼ이 완젼ᄒᆞ니 이 진짓 듕셔의 쳔졍가위라.

좌ᄀᆡᆨ이 하셩이 분분ᄒᆞ고 구괴 ᄃᆡ희ᄒᆞ며, 문시 신부의 이ᄀᆞᆺ치 긔특ᄒᆞᆷ과 듕인의 하셩이 분분하믈 보미, 안식이 변ᄒᆞ여 눈물이 거의 ᄯᅥ러질 ᄃᆞᆺᄒᆞ고 흉듕【96】의 녕원이 분분ᄒᆞ여 뉵미 치빙ᄒᆞᄂᆞᆫ지라. 능히 좌를 안졉디 못ᄒᆞ고 ᄉᆞ식이 블안ᄒᆞ니 좌듕이 의심ᄒᆞᆯ가 져허 믄득 신상이 블평ᄒᆞ믈 일ᄏᆞ라 침소로 도라가니, 구괴 그윽이 ᄀᆡ탄ᄒᆞ여 양시의 신셰 죵시 평안치 못ᄒᆞᆯ가 근심ᄒᆞ더라.

즁이 의심ᄒᆞᆯ가 져허, 믄득 신상이 블평ᄒᆞ믈 일ᄏᆞ라 침쇼로 도라가니, 구괴 그윽이 ᄀᆡ탄ᄒᆞ여 양시의 【61】 신셰 종시 평안치 못ᄒᆞᆯ가 근심ᄒᆞ더라.

종일 진환(盡歡)의 빈ᄀᆡᆨ이 각산(各散)ᄒᆞ고 신부 슉쇼ᄅᆞᆯ 옥초당의 졍ᄒᆞ다.

신뷔 인ᄒᆞ여 혼졍(昏定)을 맛고 물너나니 츄밀이 즁셔ᄅᆞᆯ 블너 경계ᄒᆞ여,

"냥쳐(兩妻)ᄅᆞᆯ 거ᄂᆞ리ᄆᆡ 제가(齊家)ᄅᆞᆯ 공번되이[819] ᄒᆞ여 규합(閨閤)의 원이 업게 ᄒᆞ라."

즁셰 비ᄉᆞ슈명ᄒᆞ고 물너 신방의 니ᄅᆞ니, 신뷔 긴단장[820]을 그ᄅᆞ고, 단의혼[홍]군(單衣紅裙)[821]으로 촉하(燭下)의 좌(坐)ᄒᆞ엿다가, 니러 마ᄌᆞ 동셔분좌(東西分座)[822]ᄒᆞ고, 즁셰 신부ᄅᆞᆯ 보니 옥용화ᄐᆡ(玉容花態) 션연가려(嬋娟佳麗)ᄒᆞ여 목난(木蘭)이 조로(朝露)ᄅᆞᆯ 썰친 듯, 가월냥미(佳月兩眉)[823]의 셩덕ᄌᆡ홰(盛德才華) 어ᄅᆡ여시니, 【62】 이 갓흔 셩녀 슉완을 늦게야 만나, ᄌᆞ가의 가위(佳偶) ᄎᆞ오(差誤)ᄒᆞ여 ᄎᆞ셕(嗟惜)ᄒᆞ던 ᄇᆡ라.

흔연이 촉을 멸ᄒᆞ고 신인을 닛그러 나위(羅幃)의 나아가ᄆᆡ, 슈장(繡帳)이 나ᄌᆞᆨᄒᆞ고 금병(金屛)이 고요ᄒᆞᆫ 가온ᄃᆡ, 금금요셕(錦衾褥席)이 '양왕(襄王)의 꿈'[824]이 초ᄃᆡ운우(楚臺雲雨)[825]의 젼도ᄒᆞ니 부부의 ᄋᆡ즁ᄒᆞᆫ 정이 교칠 갓흐여 원앙(鴛鴦)이 녹슈의 놀고 비취

죵일 진환의 제ᄀᆡᆨ이 각산ᄒᆞ고 신부 슉소를 옥쵸당의 졍ᄒᆞ다.

신뷔 인ᄒᆞ여 혼졍ᄒᆞ고 믈너나니 츄밀이 듕셔를 블너 경계ᄒᆞ야,

"냥쳐를 거나리ᄆᆡ 제가을 공변도이 ᄒᆞ야 규합의 원이 업게 ᄒᆞ라."

즁셰 비ᄉᆞ슈명ᄒᆞ고 믈너 신방의 니ᄅᆞ니, 신뷔 긴단【97】장을 그ᄅᆞ고 단의홍군으로 쵹하의 좌ᄒᆞ엿다가 마ᄌᆞ 동셔분좌ᄒᆞ고, 듕셰 신부를 보니 옥용화ᄐᆡ 션연가려ᄒᆞ야 목난이 아츰 이슬을 쩔친 ᄃᆞᆺ, 가월냥미의 셩덕ᄌᆡ홰 어ᄅᆡ여시니, 이ᄀᆞᆺᄐᆞᆫ 슉완을 늣ᄀᆡ야 만나 ᄌᆞ가의 가위 ᄎᆞ오ᄒᆞ야 ᄎᆞ셕ᄒᆞ던 ᄇᆡ라.

흔연이 쵹을 멸ᄒᆞ고 신인을 잇그러 나위에 나아가ᄆᆡ 부부의 은ᄋᆡ 교칠 ᄀᆞᆺ더라.

---

819)공번되다 ; 공변되다. 행동이나 일 처리가 사사롭거나 한쪽으로 치우치지 않고 공평하다.

820)긴단장 : 온갖 단장. 특히 혼인 때 신부의 머리에 족두리나 화관을 씌워 단장하는 일을 이른다.

821)단의홍군(單衣紅裙) : 홑저고리와 붉은 치마 차림.

822)동셔분좌(東西分座) : 남자는 동쪽 여자는 서쪽으로 갈라 앉음.

823)가월냥미(佳月兩眉) : 초승달처럼 아름다운 두 눈썹.

824)양왕(襄王)의 꿈 : 중국 초나라 양왕(襄王)이 양대(陽臺)에서 무산신녀(巫山神女)를 만나 운우(雲雨)의 정을 나눈 꿈. *양대(陽臺)를 초대(楚臺)라고도 한다.

825)초ᄃᆡ운우(楚臺雲雨) : 중국 초나라 양왕(襄王)이 무산(巫山)의 초대(楚臺)에서 신녀(神女)를 만나 운우(雲雨)의 정을 나눴다는 고사를 말함.

(翡翠) 년니지(連理枝)[826]의 깃드리미라도, 이의 밋지 못ᄒᆞᆯ너라.

장외(帳外)의 유뫼 깃거ᄒᆞ믄 측냥업고 후창(後窓)의 규시(窺視)ᄒᆞᄂᆞᆫ 간인의 심장은 녕원(靈源)이 요요(擾擾)ᄒᆞ더라.

명조의 부뷔 관셰(盥洗)ᄒᆞ고 한가지로 문안ᄒᆞ니 구괴 아【63】ᄌᆞ의 빵이 상젹(相敵)ᄒᆞ믈 두굿기고, 문시 좌의 잇셔 구고의 흔연ᄒᆞ심과 즁셔의 화긔 츈풍 갓흐믈 보ᄆᆡ, 믄득 작야 화락이 관져(關雎) 우희 잇던 즁 ᄉᆡᆼ각ᄒᆞᄆᆡ, 발연(勃然) 작식(作色)ᄒᆞ믈 ᄭᆡ닷지 못ᄒᆞ여, 다시옴 강잉ᄒᆞ여 ᄂᆡ작화긔(內作和氣)ᄒᆞ며, 양쇼져 겻히 나아가 좌ᄒᆞ고, 져의 옥비(玉臂)ᄅᆞᆯ ᄲᅢ혀 쥬표(朱標)[827] 업ᄉᆞ믈 보고 옥협(玉頰)을 븕히며, 강잉 쇼왈,

“ᄌᆞ고(自古)로 형형미ᄉᆡᆨ(瑩瑩美色)[828]은 장부의 ᄉᆞ랑ᄒᆞᄂᆞᆫ ᄇᆡ오, 찬찬화미(燦燦華美)ᄂᆞᆫ 벌셩지ᄆᆡ(伐姓之馬)라 ᄒᆞ미 허언이 아니로다. 금일 신부의 쥬푀(朱表) 일야지간(一夜之間)의 업ᄉᆞ니, 우리 부ᄌᆞ(夫子)의 예ᄅᆞᆯ 닛고 ᄉᆡ【64】ᄅᆞᆯ 총힝(寵幸)ᄒᆞ미, 쥬왕(周王)[829]의 쇼희(小姬)[830]ᄅᆞᆯ ᄉᆞ랑ᄒᆞᆷ과 다ᄅᆞ지 아니믈 알니

명됴의 부뷔 관셰ᄒᆞ고 ᄒᆞᆫ가지로 문안ᄒᆞ니 구괴 ᄋᆞᄌᆞ의 빵이 ᄀᆞ작ᄒᆞ믈 두굿겨 ᄉᆞᄉᆡᆨ이 흔연ᄒᆞ니, 문시 좌의 잇셔 구고의 흔연ᄒᆞ심과 듕셔의 화긔 츈풍 ᄀᆞᄐᆞ【98】믈 보ᄆᆡ, 믄득 발연 작식ᄒᆞ믈 ᄭᆡᄃᆞᆺ디 못ᄒᆞ나 다시음 ᄂᆡ작화긔ᄒᆞ며, 양쇼져 겻ᄐᆡ 나아가 져의 옥비를 ᄲᅢ혀 쥬표 업ᄉᆞ믈 보고 옥협을 븕히며 강잉 소왈,

“ᄌᆞ고로 형형미ᄉᆡᆨ은 장부의 ᄉᆞ랑ᄒᆞᄂᆞᆫ ᄇᆡ오, 찬찬화미ᄂᆞᆫ 별셩지모라 ᄒᆞ미 허언이 아니로다. 금일 신인의 쥬표 일야간의 업ᄉᆞ니 우리 부ᄌᆞ의 녜를 잇고 ᄉᆡ를 춍힝ᄒᆞ미 쥬왕이 소희를 ᄉᆞ랑ᄒᆞᆷ과 다ᄅᆞ지 아니믈 알니로다. 비연이 득춍ᄒᆞᄆᆡ 반비 댱신궁의 믈너나ᄂᆞᆫ 고단은 속졀업시 박명 쳡이 당ᄒᆞ리라.”

---

826)년니지(連理枝) : 두 나무의 가지가 서로 맞닿아서 결이 서로 통한 가지를 이르는 말.

827)쥬표(朱標) : 앵혈. 중국의 ‘수궁사(守宮砂)’를 한국고소설에서 창작적으로 변용하여 쓴 서사도구의 하나. 도마뱀의 피에 주사(朱砂)를 섞어 만든 것으로, 이것을 팔에 한번 찍어 놓으면 성관계를 맺기 전까지는 절대로 없어지지 않는다는 속설 때문에, 고소설에서 여성의 동정(童貞)이나 신분(身分)의 표지(標識) 또는 남녀의 순결 확인, 부부의 합궁여부 판단 등의 사건 서사에 다양하게 활용되고 있다. 앵혈、주표(朱標)、비홍(臂紅)、홍점(紅點)、주점(朱點)、앵홍、앵점 등 여러 다른 말로도 쓰이고 있다.

828)형형미식(瑩瑩美色) : 옥빛처럼 아름다운 미인.

829)쥬왕(周王) : 중국 주(周)나라 유왕(幽王). 총희(寵姬) 포사(褒姒)를 웃게 하기 위해 거짓으로 봉화를 올려 제후들을 불러 모으는 등, 포사의 미색에 미혹되어 난정(亂政)을 일삼았다.

830)쇼희(小姬) : 왕의 첩(妾). 여기서는 주(周) 유왕(幽王)의 총희(寵姬) 포사(褒姒)를 지칭한 말. *포사(褒姒): 중국 주(周)나라 유왕의 총희(寵姬)로 웃음이 없었다. 유왕이 그녀를 웃게 하기 위해 자주 거짓 봉화를 올려 제후들을 소

로다. 비연(飛燕)[831]이 득총(得寵)ᄒᆞ미 반비(班妃)[832] 장신궁(長信宮)[833]의 물너나는 고단(孤單)은 쇽절업시 박명쳡(薄命妾)이 당ᄒᆞ리로다."

셜파의 뉴미(柳眉)의 노긔(怒氣) 표동(表動)ᄒᆞ고 별갓흔 쌍안의 누쉬여우(淚水如雨)ᄒᆞ여 긔운이 분분ᄒᆞ니, 신부 ᄎᆞ경을 보미 문시의 젼도ᄒᆞᆫ 투긔를 디경ᄒᆞ고, 존젼의셔 쥬표 유무를 들츄믈 참황뉵니(慙惶忸怩)[834]ᄒᆞ여, 옥셜무빈(玉雪無嚬)의 홍광(紅光)이 졈졈ᄒᆞ여, 참괴ᄒᆞᆫ 빗치 취(醉)ᄒᆞ이니, 졀셰방용(絶世芳容)이 더옥 보암즉ᄒᆞ거ᄂᆞᆯ, 문시의《셜ᄉᆞᄒᆞᆫ‖살ᄉᆞ(殺邪)ᄒᆞᆫ[835]》거동은 사ᄅᆞᆷ을 슬듯ᄒᆞ【65】더라[836].

즘셰 디로ᄒᆞ여 츈풍화긔 쇼삭(消索)ᄒᆞ니, 경긱의 셜텬(雪天)의 한월(寒月)이 넝담ᄒᆞ고 상셜(霜雪)이 비비(霏霏)ᄒᆞᆫ디, 장홍이 예예(芮芮)ᄒᆞ니, 츄밀이 ᄌᆞ부의 긔식이 블호ᄒᆞ믈 보고 믄득 즘셔를 칙왈,

"부녀의 투악은 몬져 가장의 허물이라. 네 냥쳐를 거ᄂᆞ리미 신인이 입문 슈일의 문식뷔셰쇽투정(世俗妬情)을 폐치 아니니, 아마도 이는 다 너의 용녈ᄒᆞ미라. 엇지 홀노 녀ᄌᆞ를 족슈(足數)ᄒᆞ리오[837]. ᄎᆞ후는 제가(齊家)를

셜파의 뉴미의 노긔 표【99】동ᄒᆞ고 별ᄀᆞᆺᄐᆞᆫ 쌍안의 누쉬 여우ᄒᆞ여 긔운이 분분ᄒᆞ니, 신부 ᄎᆞ언을 보미 문시의 젼도ᄒᆞᆫ 투긔를 디경ᄒᆞ고 죤젼의 쥬표 유무를 들츄을[믈] 참황뉵이ᄒᆞ여 옥안무빈의 블근 빗치 졈졈ᄒᆞ여 옥면의 홍광이 취지ᄒᆞ니, 졀셰방용이 더옥 보암즉ᄒᆞ거ᄂᆞᆯ, 문시의 살ᄉᆞᄒᆞᆫ 거동이 사ᄅᆞᆷ이 슬듯ᄒᆞ더라.

듕셰 디로ᄒᆞ야 츈풍화긔 소삭ᄒᆞ야 경긱의 셜텬의 한월이 넝담ᄒᆞ고 상셜이 비비ᄒᆞᆷ ᄀᆞᆺᄐᆞ니, 츄밀이 ᄌᆞ부의 긔식이 블호ᄒᆞ믈 보고, 듕셔를 칙왈,

"부녀의 투악은 몬져 가장의 허【100】믈이라. 네 양쳐를 거ᄂᆞ리미 믄득 투긔의 말이 낭ᄌᆞᄒᆞ니 이는 다 너의 용녈ᄒᆞ미라. 엇디 홀노 녀ᄌᆞ를 족슈ᄒᆞ리오. ᄎᆞ후는 제가를 공경이 ᄒᆞ야 니ᄌᆞ의 한이 오월의 밋게 말나."

집하였다가, 뒤에 외침(外侵)을 받고 봉화를 올렸으나 제후들이 모이지 않아 왕은 죽고 포사는 사로잡혔다고 한다.

831)비연(飛燕) : 조비연(趙飛燕). 중국 전한(前漢) 성제(成帝)의 비(妃). 시호는 효성황후(孝成皇后). 가무(歌舞)에 뛰어났고 빼어난 미모로 성제의 총애를 받아 황후에까지 올랐다.

832)반비(班妃) : 중국 한(漢)나라 성제(成帝)의 후궁. 시가(詩歌)를 잘하여 성제의 총애를 받았으나 조비연(趙飛燕)에게 참소를 당하여 장신궁(長信宮)에 있으면서 부(賦)를 지어 상심을 노래하였다.

833)장신궁(長信宮) : 중국 한(漢)나라 때 장락궁 안에 있던 궁전. 한(漢) 성제(成帝)의 후궁 반첩여(班婕妤)가 이곳으로 물러나 시부(詩賦)로 마음을 달랬다는 고사가 전한다.

834) 참황뉵니(慙惶忸怩) : 더할 나위 없이 부끄럽고 두려움.

835)살ᄉᆞ(殺邪)ᄒᆞ다 : 살기(殺氣)와 사기(邪氣)가 등등하다.

836)슬듯ᄒᆞ다 : 불에 달궈 죽일 듯하다. *슬다: 쇠붙이를 불에 달구어 무르게 하다.≒스루다

공평이 ᄒᆞ여 녀한(女恨)이 오월비상(五月飛霜)의 밋게 말나."

또 문시ᄅᆞᆯ 경계 왈,

"장부의 후【66】박(厚薄)은 녀ᄌᆞ의 의논ᄒᆞᆯ 비 아니라. 쇼뷔 비록 년쇼ᄒᆞ나 일즉 녀교(女敎)ᄅᆞᆯ 훈학(訓學)ᄒᆞ여 녀ᄌᆞ의 ᄉᆞ덕(四德)을 알녀든, 금일디식(今日之色)과 말솜은 부녀의 도리 아니라. 노뷔 드ᄅᆞ미 한심ᄒᆞ믈 니긔지 못ᄒᆞ리로다. 금일 거죄 두 번 이신즉 결단코 용셔치 아니리라. ᄎᆞ후 모로미 경심계지(警心戒志)838)ᄒᆞ여 부덕(婦德)을 삼가며 죠심ᄒᆞ여, 쇼텬(所天)을 승슌(承順)ᄒᆞ고 동녈(同列)을 화우ᄒᆞ여, '갈담(葛覃)의 화긔(和氣)'839)ᄅᆞᆯ 상히오지 말나."

신부ᄅᆞᆯ 나아오라 ᄒᆞ여 흔연이 계지(戒之) 왈,

"신부ᄂᆞᆫ 어제날 신인이라. 아직 오가(吾家)의 드러와 안존 돗기840) 덥지 아냐셔 문식【67】부의 블평ᄒᆞᆫ 거동을 보니, 신부의 마음의 난연지심(赧然之心)이 업지 아니려니와, 가지록 겸숀ᄒᆞ여 가부ᄅᆞᆯ 어지리 니조ᄒᆞ고, 젹인(敵人)을 화우ᄒᆞ여 원비(元妃)ᄅᆞᆯ 존경ᄒᆞ여, '황영(皇英)의 ᄌᆞ미(姊妹)'841)갓치 돈목ᄒᆞ라."

양쇼제 존구(尊舅)의 경계ᄅᆞᆯ 듯ᄌᆞ오미 국궁(鞠躬)ᄒᆞ여 명을 밧ᄌᆞ와 믈너나고, 즁셔ᄂᆞᆫ 문시의 투앙(妒怏)842) 방ᄌᆞᄒᆞ믈 디로ᄒᆞ나, 부친을 두려 안식을 낫초와 비ᄉᆞ슈명(拜謝受命)ᄒᆞ고, 문시ᄂᆞᆫ 존구의 엄졍ᄒᆞᆫ 긔식을 앙쳠

837)족슈(足數)ᄒᆞ다 : 꾸짖다.
838)경심계지(警心戒志) : 마음과 뜻을 가다듬고 조심함.
839)갈담(葛覃)의 화긔(和氣) : 주(周)나라 문왕의 비(妃)인 태사(太姒)가 이루었던 '집안의 화목'을 말함. 갈담(葛覃)은 『시경』<주남(周南)>편에 나오는 시로, 주나라 문왕의 비인 태사가 아랫사람들에게 덕을 드리워 집안의 화평과 번성을 이룬 것을 칭송하는 내용임.
840)돗기 : 돗자리. 자리.
841)황영(皇英)의 ᄌᆞ미(姊妹) : 중국 요(堯)임금의 두 딸인 아황(娥皇)과 여영(女英) 자매를 말함. 자매가 함께 순(舜)에게 시집 가, 서로 화목하며 순임금을 잘 섬겼다.
842)투앙(妒怏) 질투심과 불평으로 가득함.

또 문시를 경계 왈,

"장부의 후박은 녀ᄌᆞ의 의논ᄒᆞᆯ 비 아니라. 쇼뷔 비록 년쇼ᄒᆞ나 일족 녀교를 훈혹ᄒᆞ야 녀ᄌᆞ의 ᄉᆞ덕을 알녀든, 금일 긔식과 말숨은 부녀의 도리 아니라. 노뷔 드ᄅᆞ미 한심토다. 금일 거죄 두 번 이신즉 결단코 용셔치 아니리라. ᄎᆞ후 모ᄅᆞ미 경심계지ᄒᆞ여 부덕을 삼가며 조심ᄒᆞ여 소텬을【101】 승슌ᄒᆞ고 동녈을 화우ᄒᆞ여 갈담의 화긔를 상히오지 말나."

신부를 나아오라 ᄒᆞ여 흔연 계지 왈,

"신부ᄂᆞᆫ 어제 날 신인이라. 아즉 오가의 드러와 안준 돗기 덥지 아냐셔 문식부의 블평ᄒᆞᆫ 거동을 보니 신부의 마음이 난연ᄒᆞ려니와, 가지록 겸손ᄒᆞ여 가부를 어지리 니조ᄒᆞ고 젹인을 화우ᄒᆞ여 ᄌᆞ미ᄀᆞᆺ치 돈목ᄒᆞ라."

양쇼제 죤구의 경계를 듯ᄌᆞ오니 국궁ᄒᆞ여 명을 밧ᄌᆞ와 믈너나고, 듕셔ᄂᆞᆫ 문시의 투악ᄒᆞ믈 디로ᄒᆞ나, 부친○[을] 두려 식을 낫쵸와 지비슈명ᄒᆞ고, 문시ᄂᆞᆫ 죤구의 엄졍ᄒᆞᆫ 긔식【102】을 앙쳠ᄒᆞ니 디간디독이나 능히 말을 못ᄒᆞ고, 긔운이 분분ᄒᆞ여 눈믈 ᄲᅳ리고 앙앙이 침쇼로 도라가니, 구괴 기탄ᄒᆞ고 양쇼저의 유모 시녀 등이 문시의 젼도ᄒᆞ믈 보미 쥬인을 위ᄒᆞᆫ 념녜 방하치 못ᄒᆞ더라.

(仰瞻)ᄒᆞ여 ᄃᆡ간ᄃᆡ독(大奸大毒)이나 감히 말ᄉᆞᆷ을 못ᄒᆞ고, 긔운이 분분(忿憤)ᄒᆞ여【68】눈물을 어ᄌᆞ러이 ᄲᅮ리고, 앙앙(怏怏)이 침쇼로 도라가니, 구괴 ᄀᆡ탄ᄒᆞ고, 양쇼져의 유모 시녀 등이 문시의 젼도ᄒᆞ믈 보ᄆᆡ 쥬인을 위ᄒᆞ여, '평ᄉᆡᆼ 계활(計活)이 엇지 될고?' 념녜 방하(放下)치 못ᄒᆞ더라.

양소제 침쇼의 도라오니, 유뫼 눈물을 흘녀 쇼져의 젼졍을 근심ᄒᆞ거ᄂᆞᆯ, 쇼제 역시 심ᄉᆡᆨ 블호ᄒᆞ여 유모ᄅᆞᆯ 경계 왈,

"어미ᄂᆞᆫ 소식을 본부의 젼치 말나. 야애(爺爺) 드ᄅᆞ시면 깃거 아니ᄒᆞ실 거시오, ᄌᆞ위(慈闈) 과도이 슬허ᄒᆞ시리니, 드ᄅᆞ시ᄆᆡ 유ᄒᆡ무익(有害無益)《ᄒᆞᆫ지라 ‖ ᄒᆞᆯ 뿐이라》."

유랑이 함누(含淚) 슈명ᄒᆞ【69】더라.

양쇼제 이의 머믈ᄆᆡ 효봉구고슉당(孝奉舅姑叔堂)ᄒᆞ며, 승슌군ᄌᆞ(承順君子)ᄒᆞ며 문시ᄅᆞᆯ 공경ᄒᆞ여, 빈실(嬪室)이 녀군(女君) ᄃᆡ졉ᄒᆞᆷ 갓고, 단묵(端黙)ᄒᆞᆫ ᄒᆡᆼ실과 졍졍(貞靜)ᄒᆞᆫ ᄐᆡ되 진실노 한쇼져와 일빵 슉녜라.

구괴(舅姑) 연ᄋᆡ(戀愛)ᄒᆞ며, 즁셰 부명(父命)을 조ᄎᆞ 십일은 셔당의셔 부슉을 시침ᄒᆞ고, 십일은 옥초당의 머믈고, 십일은 옥쇼당의 밤을 지ᄂᆡ나, ᄆᆡ양 밤든 후 드러가 계명(雞鳴)의 나오니, 문시의 투악을 인ᄒᆞ여 일시 ᄉᆡᆨ칙(塞責)843)이오, 관ᄉᆞ(官事) 여가의ᄂᆞᆫ 옥초당의 드러가 양쇼져로 더부러 견권지즁(繾綣之重)844)ᄒᆞ미 여산【70】약ᄒᆡ(如山若海)845)ᄒᆞ여, ᄌᆡ텬원작비익조(在天願作比翼鳥)846)와

양쇼제 이예 머믈ᄆᆡ 효봉구고ᄒᆞ고 승슌군ᄌᆞᄒᆞ며 문시를 공경ᄒᆞ여 비[빈]실이 녀군 ᄃᆡ졉ᄒᆞᆷ ᄀᆞᆺ고 관목ᄒᆞᆫ ᄒᆡᆼ실이 진실노 한쇼져와 일빵 슉녀라.

구괴 년ᄋᆡᄒᆞ고 듕셰 부명을 조ᄎᆞ 일 삭의 십일ᄂᆞᆫ 셔당의셔 부슉을 시침ᄒᆞ고, 십일은 옥쵸당의 머믈【103】고 십일은 문시 침쇼의 밤을 지ᄂᆡ나 ᄆᆡ양 밤든 후 드러와 계명의 나오니, 일시 ᄉᆡᆨ칙이오, 양쇼져로 더부러 견권ᄒᆞ믄 여산여ᄒᆡᄒᆞ니, 문시 규찰ᄒᆞ여 분앙ᄒᆞ며, 즁셔ᄅᆞᆯ ᄃᆡᄒᆞᆫ즉, 발연이 말ᄉᆞᆷ○[이] 초강ᄒᆞ야 ᄌᆞ로 촉노ᄒᆞ니, 이러구러 여러 날이 되미, 듕셔의 노ᄅᆞᆯ 졈졈 도도ᄂᆞᆫ지라.

---

843)ᄉᆡᆨ칙(塞責) : 책임을 면하기 위하여 겉으로만 둘러대어 꾸밈.

844)견권지즁(繾綣之重) : 서로를 잊지 못하거나 떨어지지 못할 정도로 생각하는 정이 두텁고 무거움.

845)여산약ᄒᆡ(如山若海) : 산 같고 바다 같음.

846)ᄌᆡ텬원작비익조(在天願作比翼鳥) : 하늘에서는 비익조(比翼鳥)가 되기를 원함. 당(唐)나라 시인 백거이(白居易)의 현종과 양귀비의 애달픈 사랑을 노래한 시 <장한가(長恨歌)>에서 "하늘에서는 비익조가 되기를 원하고 땅에서는 연리지가 되기를 원했네(在天願作飛翼鳥, 在地願爲連理枝)"라는 구절에서 나온 말임. *비익조(比翼鳥) : 전설상의 새로, 암컷과 수컷이 눈과 날개가 각각 하나씩만 달려있어 짝을 지어야만 날 수 있다고 한다.

ᄌᆡ디원위년니지(在地願爲連理枝)[847]로 긔약ᄒᆞ여 '싱즉동쥬(生則同住)와 ᄉᆞ즉동혈(死則同穴)'[848]의 언약이 ᄇᆡᆨ년을 낫비 너기미 잇ᄂᆞᆫ지라.

문시 그윽이 규찰ᄒᆞ여 산ᄒᆡ지즁졍(山海之重情)이 져의게 온젼ᄒᆞ믈 보ᄆᆡ, 즁셔의 박졍ᄒᆞ믈 분앙(憤怏)ᄒᆞ고, 양시의 득춍(得寵)을 싀긔ᄒᆞ여 즁셔를 ᄃᆡᄒᆞᆫ 즉, 발연이 말ᄉᆞᆷ이 초강ᄒᆞ여 ᄌᆞ로 쵹노(觸怒)ᄒᆞ니, 이러구러 여러 날이 되ᄆᆡ 즁셔의 노ᄅᆞᆯ 졈졈 도도ᄂᆞᆫ지라.

일일은 즁셰(中書) 연젼(筵前)의셔 텬ᄌᆡ ᄉᆞ쥬(賜酒)ᄒᆞ시믈 밧ᄌᆞ와, 여러 슌ᄇᆡ(巡杯)ᄅᆞᆯ 거후ᄅᆞᄆᆡ 취ᄒᆞ여 도라【71】오니, 날이 발셔 셕양이라. 감히 부모긔 뵈옵지 못ᄒᆞ고 바로 셔당의 드러가 종뎨 창을 보와, ᄌᆞ긔 텬ᄌᆞ의 ᄉᆞ쥬(賜酒)ᄅᆞᆯ 취(醉)ᄒᆞ여 혼졍(昏定)치 못ᄒᆞ믈 알외라 ᄒᆞ고, 양쇼졔 맛춤 근친(覲親)ᄒᆞ엿ᄂᆞᆫ 고로, 셔당의셔 ᄌᆞ려 ᄒᆞ거ᄂᆞᆯ, 창이 ᄂᆡ당으로 조ᄎᆞ와 부명으로 젼어 왈,

"금일 양시 귀령(歸寧)ᄒᆞ여 도라오지 아녀시니, 옥쇼당의 가 밤을 지ᄂᆡ라"

ᄒᆞᄂᆞᆫ지라. 즁셰 마지 못ᄒᆞ여 문시 침쇼의 니ᄅᆞ니, 이ᄯᅢ 문시 양쇼졔 귀령 ᄉᆞ오일의 그 친환(親患)이 미류(彌留)ᄒᆞᆫ 고로 도라오지 못ᄒᆞ니, 즁셰 ᄯᆞ라 양부의 머【72】므러 슉쇼ᄅᆞᆯ 찻지 아니ᄒᆞ더니, 이날 홀연 들어와 취안(醉眼)이 몽농ᄒᆞ고, 의관이 부졍(不正)ᄒᆞ여 ᄇᆡᆨ포광삼(白布廣衫)을 븟치며 드러오니, 보건ᄃᆡ 니ᄇᆡᆨ(李白)이 침향졍(沈香亭)[849]의 건니ᄂᆞᆫ

일일은 듕셰 텬ᄌᆞ의 ᄉᆞ듀ᄒᆞ시믈 밧ᄌᆞ와 취ᄒᆞ여 도라오니, 날이 발셔 셕양이라. 감히 부모긔 뵈옵디 못ᄒᆞ고, 바로 셔당의 드러가 둉제 창을 보아 ᄌᆞ긔 ᄉᆞ듀ᄅᆞᆯ 취ᄒᆞ여 혼졍치 못ᄒᆞ믈 알외라 ᄒᆞ고, 셔당의【104】셔 ᄌᆞ려 ᄒᆞ더니, 창이 나와 부명으로 젼어 왈,

"○[옥]소당의 가 밤을 디ᄂᆡ라."

ᄒᆞᄂᆞᆫ디라. 듕셰 《마다‖마디》 못ᄒᆞ여 문시 침쇼의 드러가니, 이ᄯᅢ 양시ᄂᆞᆫ 귀령ᄒᆞᆫ ᄯᅵ러라. 듕셰 취안이 몽농ᄒᆞ야 드러가니, 문시 발연 노왈,

---

847)ᄌᆡ디원위년니지(在地願爲連理枝) : 땅에서는 연리지(連理枝)가 되기를 원함. 당(唐)나라 시인 백거이(白居易)의 현종과 양귀비의 애달픈 사랑을 노래한 시 <장한가(長恨歌)>에서 "하늘에서는 비익조가 되기를 원하고 땅에서는 연리지가 되기를 원했네(在天願作飛翼鳥, 在地願爲連理枝)"라는 구절에서 나온 말임. *연리지(連理枝) : 뿌리가 다른 나뭇가지가 서로 엉켜 마치 한 나무처럼 자라는 것으로 화목한 부부나 남녀 사이를 비유적으로 이르는 말.

848)싱즉동쥬(生則同住) ᄉᆞ즉동혈(死則同穴) : 사는 동안은 언제나 한 곳에서 함께 살고, 죽어서는 한 무덤에 묻힘.

849)침향졍(沈香亭) : 중국 당나라 때 궁중에 있던 정자 이름.

듯, 두랑(杜郞)850)이 양쥬(楊州) 노상(路上)의 귤을 탐ᄒᆞᄂᆞᆫ 듯, 우취뉴지(雨醉柳枝)851)의 풍치 더옥 빗난지라. 편편(翩翩)이 거러와 침셕의 ᄡᅳ러지니, 문시 즁셔ᄅᆞᆯ 보ᄆᆡ 노긔 발연ᄒᆞ여 작ᄉᆡᆨ 왈,

"금야ᄂᆞᆫ 하풍(何風)이 취지(吹之)ᄒᆞ여 이의 니ᄅᆞ시뇨? 녀무(呂武)852) ᄆᆡ달(妹妲)853) 갓흔 쇼ᄋᆡᄌᆞ(所愛者)ᄅᆞᆯ 닛고, 이곳의 니ᄅᆞ시믄 실노 이상ᄒᆞ도다."

즁셰 역노(亦怒) 왈,

"이 옥쇼당이 또ᄒᆞᆫ ᄂᆡ 집이라. ᄂᆡ 스ᄉᆞ로 오며【73】가기ᄅᆞᆯ 임의로 ᄒᆞ리니, 부인의 간예ᄒᆞᆯ ᄇᆡ 아니로다. 양시ᄂᆞᆫ 쳔연ᄒᆞᆫ 슉녜니 군ᄌᆞ호귀(君子好逑)라. 그ᄃᆡ의 니ᄅᆞᆫ바 녀무(呂武) ᄆᆡ달(妹妲)은 누ᄅᆞᆯ 니ᄅᆞ미뇨? 고어의 왈, '아창지가(我唱之歌)ᄅᆞᆯ 군(君)이 화(和)ᄒᆞᆫ다.'854) ᄒᆞ미 그ᄃᆡ 말의 닐넘 즉ᄒᆞ도다."

문시 쳥미(聽未)의 ᄃᆡ로ᄒᆞ여 크게 울며 발악 왈,

"쳡이 존문의 드러온지 ᄉᆞ년이라. 무ᄉᆞᆫ 죄 잇관ᄃᆡ 무고ᄒᆞᆫ 박명이 장신궁(長信宮) 고단을 감심ᄒᆞ다가, 이제 양가 요녜 ᄆᆡ달(妹妲)의 요괴로온 ᄉᆡᆨ을 가져, 필부(匹夫)ᄅᆞᆯ 슈즁의 농낙(籠絡)ᄒᆞ니, 나의 평ᄉᆡᆼ은 요녀의 연고로 판단ᄒᆞ엿ᄂᆞᆫ지라. 녀ᄌᆞ의 원이 엇【74】지 장문(長門)855)의 기럭이ᄅᆞᆯ ᄂᆞᆺ기지 아니ᄒᆞ며, 그ᄃᆡ

---

850)두랑(杜郞) : 두목지(杜牧之)를 말함. *두목지(杜牧之) : 803~852. 이름은 두목(杜牧). 당나라 만당(晩唐)때 시인. 미남자로, 두보(杜甫)와 함께 이두(二杜)로 일컬어진다.

851)우취뉴지(雨醉柳枝) : 빗물을 머금고 흔들거리는 버들가지.

852)녀무(呂武) : 중국의 대표적인 여성권력자인 한(漢)나라 고조(高祖)의 황후 여후(呂后) 여치(呂雉?-BC108)와 당(唐)나라 고종의 황후 측천무후(則天武后) 무조(武曌 : 624-705).

853)미달(妹妲) : 중국 하(夏)의 마지막 황제 걸(桀)의 비(妃)인 매희(妹喜)와 주(周)의 마지막 황제 주(紂)의 비(妃) 달기(妲己)를 함께 이르는 말.

854)아창지가(我唱之歌)를 군(君)이 화(和)ᄒᆞᆫ다 : 내가 부를 노래를 그대가 부른다는 뜻으로, 내가 할 말을 상대방이 하는 경우를 이르는 말.

855)장문(長門) : 장문부(長門賦) : 중국 한(漢)나라 무제(武帝) 때의 시인 사마상여(司馬相如)가, 무제의 비(妃)인 진아교(陳阿嬌)가 장문궁

"금야ᄂᆞᆫ 하풍이 ᄎᆔ신ᄒᆞ야 이의 니ᄅᆞ시뇨? 녀무 ᄆᆡ달 ᄀᆞᆺᄐᆞᆫ 쇼ᄋᆡ쟈를 잇고 이곳의 니ᄅᆞ시믄 실노 이상토다."

듕셰 역노 왈,

"이 옥소당이 또ᄒᆞᆫ ᄂᆡ 집이라. ᄂᆡ 스ᄉᆞ로 오며 가믈 임의로 ᄒᆞ리니, 부인의 간녜ᄒᆞᆯ ᄇᆡ 아니로다. 양시ᄂᆞᆫ 쳔연ᄒᆞᆫ 슉녀니 군ᄌᆞ호귀라. 그ᄃᆡ 니ᄅᆞᆫ바 녀무 ᄆᆡ달은 눌을 니ᄅᆞ미【105】뇨? 고어의 왈, '아창지가를 군이 화ᄒᆞ다' ᄒᆞ미 그ᄃᆡ의 말의 닐넘 즉ᄒᆞ도다."

문시 쳥미의 ᄃᆡ로ᄒᆞ여 발악 왈,

"쳡이 됸문의 드러온디 ᄉᆞ년이라. 무ᄉᆞᆫ 죄 잇관ᄃᆡ 무고ᄒᆞᆫ 박명이 댱신궁 고단을 감심타가 이제 양가 요녜 요괴로은 ᄉᆡᆨ을 가져 댱부를 농낙ᄒᆞ니, 군이 엇디 유왕의 망신지화ᄅᆞᆯ 면ᄒᆞ리오."

져기 장부의 관홍(寬弘)훈 도량이 이시면, 녀ᄌ의 졍니(情理)를 가련이 너기려든, 그ᄃᆡ 믄득 양녀의 교언녕식(巧言令色)[856]을 혹ᄒᆞ여 졍실(正室)을 박ᄃᆡᄒᆞ니 이 진짓 무신필뷔(無信匹夫)라. 양녀ᄂᆞᆫ 당시 포ᄉᆡ(褒姒)여ᄂᆞᆯ 군이 엇지 '유왕(幽王)의 망신지화(亡身之禍)'[857]를 면ᄒᆞ리오."

즁세 쳥미의 잠미(蠶眉)를 거ᄉᆞ리고 빵안을 놉히 ᄡᅥ 녀셩(厲聲) 즐왈(叱曰),

"투뷔 니러틋 한악(悍惡)ᄒᆞ여 감히 냥인(良人)을 능멸(凌蔑)ᄒᆞ리오. ᄉᆡᆼ이 본ᄃᆡ 투부(妬婦)의 무상ᄒᆞ믈 아ᄂᆞᆫ 고로 당초븟터 은의 부족ᄒᆞᄃᆡ, 원부(怨婦)의 원(怨)이 하상(夏霜)[858]의 밋게 아니려, 강【75】작ᄒᆞ여 동방화쵹(洞房華燭)의 공숑(空送)ᄒᆞ미 업고, 양시를 취ᄒᆞ나 ᄯᅩᄒᆞᆫ 박히 아녓거ᄂᆞᆯ 무고ᄒᆞᆫ 원언이 이갓ᄒᆞ니, 이ᄂᆞᆫ 창녀의 더은 ᄒᆡᆼ실이라. 쥬야로 동실(同室)치 못ᄒᆞ여 져리 한(恨)ᄒᆞ미니, 박졍ᄒᆞᆫ 필부를 바라지 말고 쾌히 도라가, 마음ᄃᆡ로 풍뉴호걸(風流豪傑)을 만나 일ᄉᆡᆼ을 영낙(榮樂)ᄒᆞ고 무신(無信)ᄒᆞᆫ 엄ᄉᆡᆼ을 바라지 말나."

셜파의 ᄉᆞᄆᆡ를 ᄯᅥᆯ쳐 외당으로 나가니, 문시 분노를 니긔지 못ᄒᆞ여 울기를 마지 아니ᄒᆞ더라.

명조의 문시 칭병블츌(稱病不出)ᄒᆞ고, 경일누의 나아가 최부인긔 작야ᄉᆞ(昨夜事)를 고ᄒᆞ【76】고 슬허ᄒᆞ니, 부인이 위로 왈,

"현질은 슬허 말나. 흥진비ᄅᆡ(興盡悲來)ᄒᆞᄂᆞ니, 양시의 춍(寵)이 언마 오ᄅᆡ리오. 현질

듕세 쳥미의 좀미를 거ᄉᆞ리고 빵안을 놉히 ᄡᅥ 녀셩 즐왈,

"투부 이러틋 한악ᄒᆞ야 감히 냥인을 능멸ᄒᆞ리오. ᄂᆡ 본ᄃᆡ 투부의 무상ᄒᆞ믈 아ᄃᆡ 박히 아엿[녓]거ᄂᆞᆯ, 무고ᄒᆞᆫ 원【106】언이 이 ᄀᆞᆺᄐᆞ니 이ᄂᆞᆫ 창녀의 더은 ᄒᆡᆼ실이라. 쥬야 동실치 못ᄒᆞ믈 한ᄒᆞ니 ᄆᆞ음 ᄃᆡ로 풍유호걸을 마ᄌᆞ 일ᄉᆡᆼ을 영낙ᄒᆞ라."

셜파의 ᄉᆞᄆᆡ를 ᄯᅥᆯ쳐 외당으로 나아가니 문시 분노ᄒᆞ여 울긔를 마지 아니터라.

명됴의 문시 칭병블츌ᄒᆞ고 경일누의 나아가 작야ᄉᆞ를 고ᄒᆞ고 슬허ᄒᆞ니, 최부인이 위로 왈,

"현질의 빅[박]명신셰를 회복ᄒᆞᆯ ᄢᅴ 이시리라."

(長門宮)에 유폐되어 있을 때, 그녀가 다시 무제의 총애를 얻기 위해, 자신의 처지를 형상화한 노래를 지어 무제의 마음을 돌이키게 해달라는 청을 받고, 지어준 시.

856)교언녕식(巧言令色) : 아첨하는 말과 알랑거리는 태도.

857)유왕(幽王)의 망신지화(亡身之禍) : 중국 주(周)나라 유왕(幽王)이 포국을 정벌하고 포사(褒姒)를 얻어 총애하였는데, 잘 웃지를 않자, 거짓 봉화를 올려 제후들이 달려오는 모습을 보여, 그녀를 웃겼다. 뒤에 실제로 난리가 나서 봉화를 올렸는데, 제후들이 달려와 구하지 않아, 유왕이 난군에 살해된 일을 말한다.

858)하상(夏霜) : 여름에 서리가 내림.

의 박명신세(薄命身勢) 회복기 그리 어려오리오."

문시 ᄋᆡ루(哀淚)를 거두고 ᄉᆞ례 왈,

"슉뫼 쇼첩의 신세를 어엿비 너기샤 이러툿 고렴(顧念)ᄒᆞ시니, 은혜 긱[극]골난망(刻骨難忘)이로쇼이다. 쳡이 팔ᄌᆞ(八字) 무상(無狀)ᄒᆞ여 일즉 ᄌᆞ모를 여희옵고, 의모(義母)를 의탁ᄒᆞ여 ᄌᆞ라 존문의 드러오니, 가엄(家嚴)이 쇼탈ᄒᆞ시고 《계뫼‖고뫼(姑母)[859]》 ᄉᆞ오납지 아니나, 일즉 모녀의 종요로온 ᄌᆞᄋᆡ 업ᄉᆞ오니, 이제 슉○[모]의 ᄌᆞᄋᆡᄒᆞ시미 혈셩으로뼈 년ᄌᆞ(憐慈)ᄒᆞ시니 쳡【77】이 쏘 엇지 간곡으로뼈 셤기지 아니리잇고?"

부인이 문시의 인물이 셰셰히 쁠곳이 이실 쥴 헤아려, 흔연이 위로ᄒᆞ며 벅벅이[860] 신셰를 회복ᄒᆞ도록 쥬션ᄒᆞ리라 ᄒᆞ더라.

문시 일노조ᄎᆞ 부인긔 정셩이 친구고(親舅姑)의 더으니, 범부인이 문시의 ᄒᆡᆼ지(行止)를 의심ᄒᆞ고 괴이히 너겨 심히 블쾌ᄒᆞ나, 감히 말노뼈 경계치 못ᄒᆞ믄 ᄎᆞ언이 최부인긔 가면, 일가의 화긔 감ᄒᆞᆯ가 져허ᄒᆞ미러라.

양쇼졔 맛춤 그 부친 양낭즁이 풍한(風寒)의 즁악(重惡)ᄒᆞ니 귀령ᄒᆞ엿더니, 뉵칠일 만의 양공이 【78】병이 쇼ᄎᆞ(蘇差)ᄒᆞ미, 쇼졔 드ᄃᆡ여 부모긔 비ᄉᆞᄒᆞ고 엄부의 도라오니, 구괴 크게 반기고, 한쇼져와 오쇼져 벽혜 마ᄌᆞ 별회(別懷)를 닐너, 피치 ᄋᆡ모ᄒᆞ미 골육져ᄆᆡ(骨肉姐妹) 갓더라.

즁셰 ᄎᆞ일노붓터 양쇼져 침쇼의 왕ᄂᆡᄒᆞ여 부부의 견권ᄒᆞᄂᆞᆫ 화락이 관져(關雎) 우희 이시니, 문시 분을 니긔지 못ᄒᆞ여 즁인공회(衆人公會)의 만난즉, 마지 못ᄒᆞ여 상ᄃᆡᄒᆞ나, 연고 업시 발연ᄒᆞᆫ ᄉᆞ식과 초독(超毒)ᄒᆞᆫ 말숨으로 넝안묘시(冷眼藐視)ᄒᆞ여, 곳의[861] 잡아 삼킬 듯ᄒᆞ고, 사ᄅᆞᆷ 업ᄉᆞᆫᄃᆡ 만난즉 타비즐욕(唾誹叱辱)[862]ᄒᆞ믈 말지 차두(叉頭) 갓치 ᄒᆞ여,

---

859)고뫼(姑母) : ①남편의 어머니를 이르는 말. =시어머니. ②아버지의 누이를 이르거나 부르는 말. =고모. *여기서는 ①시어머니를 말함.

860)벅벅이 : 반드시. 틀림없이.

861)곳의 : 고대. 바로 곧. 이제 막.

862)타비즐욕(唾誹叱辱) : 침 뱉고 비방하며 꾸짖

문시 왈,

"슉뫼 쇼첩의 신셰를 어엿비 넉이샤 고념ᄒᆞ시니 은혜 빅골난망이로쇼이다. 쳡이 팔ᄌᆡ 무상ᄒᆞ야 일죽 ᄌᆞ모를 여히옵고 의모를 의지ᄒᆞ야 ᄌᆞ라 됸문【107】의 《도라오니‖드러오니》 가엄이 쇼탈ᄒᆞ여 종요로온 ᄌᆞᄋᆡ 업습다가, 이제 슉당의 ᄌᆞᄋᆡᄒᆞ시미 혈셩으로 년ᄌᆞᄒᆞ시니, 쳡이 쏘 엇디 간곡으로뻐 셤기디 아니리잇고?"

부인이 문시의 인물이 셰셰히 쁠 곳이 이슬 줄 헤아려 흔연이 위로ᄒᆞ며, 벅벅이 신셰를 회복ᄒᆞ도록 쥬션ᄒᆞ리라 ᄒᆞ더라.

문시 일노조ᄎᆞ 부인긔 졍셩이 친구고의 더으더라.

양시 맛춤 그 부친 ○[양]낭즁이 풍한의 촉상ᄒᆞ니 귀령ᄒᆞ엿더니, 뉵칠일 만의 양공이 병휘 소ᄎᆞᄒᆞ니, 쇼졔 부모긔 비ᄉᆞᄒᆞ고 엄부의 도라오니, 구괴 크게 반기고 한쇼져와 【108】쇼고 등이 마ᄌᆞ 별회를 닐너 피ᄎᆞ ᄋᆡ모ᄒᆞ미 《골육제뫼‖골육져ᄆᆡ》 ᄀᆞᆺ더라.

듕셰 ᄎᆞ일노브터 양시 침쇼의 왕ᄂᆡᄒᆞ여 부부의 견권ᄒᆞᄂᆞᆫ 화락이 관져 우희 이시니, 문시 분을 이긔디 못ᄒᆞ여 듕인공회의 만난즉, 마지 못ᄒᆞ여 상ᄃᆡᄒᆞ나, 연고 업시 발연ᄒᆞᆫ ᄉᆞ식과 표독ᄒᆞᆫ 말솜으로 넝안무시ᄒᆞ야 《그ᄃᆡ‖고ᄃᆡ》 잡아 숨킬 듯ᄒᆞ고, 샤ᄅᆞᆷ 업ᄉᆞᆫᄃᆡ 만난즉 타비즐욕ᄒᆞ믈 말지 ᄎᆞ두 ᄀᆞᆺ치 ᄒᆞ여 조금도 휘치 아니 ᄒᆞ나, 양쇼졔 ᄉᆞᄅᆞᆷ 《일은‖되오미》 금셕의 견고홈과 싱철의 단연ᄒᆞᆫ 심장이라. 스ᄉᆞ로 팔ᄌᆞ를 탄ᄒᆞᆯ디언【109】졍, 죵시 문시의 허다 욕언을 못 듯ᄂᆞᆫ 듯ᄒᆞ여 시쳥이 업ᄂᆞᆫ 듯ᄒᆞ니, 문시 이완ᄒᆞ믈 더옥 ᄊᆞ짓더라. 【110】

조곰도 휘(諱)치 아니【79】ᄒᆞ나, 양시 사ᄅᆞᆷ되오미 금셕(金石)과 ᄉᆡᆼ철(生鐵)의 굿음 갓흔 심장이오, 강하(江河)의 깁흔 냥(量)이 잇고, 산슈(山水)의 종용ᄒᆞᆫ 덕이 잇ᄂᆞᆫ지라. ᄉᆞᄉᆞ로 팔ᄌᆞ를 탄ᄒᆞᆯ지언졍 종시 문시의 허다 욕언을 못 듯ᄂᆞᆫ 듯ᄒᆞ여, 시쳥(視聽)이 업ᄂᆞᆫ 듯ᄒᆞ니, 문시 그 ○[이]완(弛緩)ᄒᆞ믈 더옥 ᄉᆞ지ᄌᆞ니, 양시 비록 ᄀᆡ회(介懷)치 아니나 ᄉᆞᄉᆞ로 심시 블낙ᄒᆞ역[여], ᄌᆞ연 즁셔를 ᄃᆡᄒᆞ나 화긔를 강작(强作)지 못ᄒᆞ고, 져의 견권ᄒᆞᆫ 은의를 당ᄒᆞ여 공구ᄒᆞ여 ᄉᆡᆼ의 은졍이 편벽되믈 한ᄒᆞ나, ᄌᆞ긔 마ᄎᆞᆷᄂᆡ 투부의 독슈를 면치 못ᄒᆞᆯ가 념녀ᄒᆞ미, 어ᄂᆡ 결을의 금병【80】슈리(金屛繡裡)[863]의 부부화락을 즐기미 이시리오. 즁셰 그ᄋᆞᆨ이 지긔ᄒᆞ고 심니(心裏)의 블예(不豫)ᄒᆞ나, 힝혀 쇼져의 간언이 이실가 아ᄅᆞᆫ 쳬 아니ᄒᆞ니, 쇼졔 ᄯᅳᆺ이 이시나 말을 못ᄒᆞ더라.【81】

엄시효문쳥힝녹 권지ᄉᆞ
|
엄시효문쳥힝녹 권지오

(결권)

고 욕함.

863)금병슈리(金屛繡裏) : 비단으로 만든 병풍과 수놓은 이불 속.

엄시효문청힝녹 권지뉵

화셜 츄밀 부뷔 아ᄌᆞ와 문시의 상힐(相詰)ᄒᆞᆫ 쇼유(所由)를 아랏ᄂᆞᆫ지라. 식부(息婦)의 무힝픽려(無行悖戾)ᄒᆞ믈 깁히 미온(未穩)ᄒᆞ미 일양(一樣) 모로ᄂᆞᆫ 쳬ᄒᆞ여, 다시 금슬(琴瑟)을 권치 아니ᄒᆞ니, 즁셔(中書) 암희(暗喜)ᄒᆞ여 이후 거리ᄭᅵᆯ 거시 업셔, 양쇼져로 교밀(巧密)ᄒᆞᆫ 은졍이 오롯ᄒᆞ여, 다시 문시의 침쇼의 족젹(足跡)이 갓가이 아니ᄒᆞ니, 문시 구고의 ᄌᆞ이 헐ᄒᆞ시믈 더옥 원망ᄒᆞ여, 쳥등야우(靑燈夜雨)[864]의 홍안박명(紅顔薄命)[865]을 스ᄉᆞ로 감회ᄒᆞ여, 최부인으로 일심이 되어, 영교 미션과 져의 시녀 익셤으로 더부【1】러 밀밀ᄒᆞᆫ 곡계(曲計) 긋지 아니ᄒᆞ고, 미ㆍ교 등은 김후셥의 도라오기를 기다려 부ᄃᆡ 긔특ᄒᆞᆫ 약뉴(藥類)를 츄심(推尋)ᄒᆞᆫ 후, ᄃᆡ계(大計)를 운동ᄒᆞ려 ᄒᆞ더라.

아지못게라! 간당의 무리 공연이 ᄯᅦ를 무으고[866], 당(黨)을 모화 현인을 ᄒᆡ(害)ᄒᆞ여, 한 번 망나(網羅)의 밀치고져 ᄒᆞ니, 텬이 그 ᄯᅵ를 빌니신가, 미지기의(未知其意)[867]로다.

이러틋 우락(憂樂)이 상반(相反)ᄒᆞᆫ 가온ᄃᆡ, 고어효삭(枯魚梟索)[868]의 이싊(理數) 훌훌광

(결권)

---

864)청등야우(靑燈夜雨) : 비 내리는 밤의 푸른 불빛 아래. 쓸쓸한 정서 또는 장면을 표현한 말.
865)홍안박명(紅顔薄命) : 얼굴이 예쁜 여자는 팔자가 사나운 경우가 많음을 이르는 말.
866)무으다 : 만들다. 기관이나 단체 따위를 결성하다.
867)미지기의(未知其意) : 그 뜻을 알지 못하겠다.
868)고어효삭(枯魚梟索) : =고어함삭(枯魚銜索). '마른 고기를 매단 새끼줄'이란 뜻으로, 고기를 매달아 놓은 새끼줄이 쉽게 썩어 끊어지는 것처럼, 사람의 목숨도 새끼줄처럼 허망하게 끊어짐을 비유적으로 표현한 말. 『설원(說苑)』〈건본(建本)〉에 "마른 고기를 매단 새끼줄이 좀먹지 않고 얼마를 가리오. 양친의 수명이 다

음(焂忽光陰)이 ᄒᆡ 잇기ᄅᆞᆯ 슈이ᄒᆞ니, 이 ᄒᆡ 진(盡)ᄒᆞ고 명츈(明春)의 셤셔(陜西)로 조ᄎᆞ 화도독의 승젼ᄒᆞᆫ 쳡음(捷音)이 두어 번 뇽뎐(龍殿)의 올나시니, 도독이 셤셔의 나아가 광【2】젹을 파ᄒᆞ여시ᄃᆡ, 다만 여당(餘黨)을 ᄉᆞ로잡지 못ᄒᆞ고, 쇼혈(巢穴)을 뭇질너실지라도 황후쇼(黃後巢)ᄅᆞᆯ 실포(失捕)ᄒᆞ다 ᄒᆞᄂᆞᆫ지라.

이 쇼식이 조졍의 오ᄅᆞ미 상(上)이 경아(驚訝)ᄒᆞ샤, 문무졔신(文武諸臣)의게 황젹(黃賊) 실포ᄒᆞ믈 니ᄅᆞ시고, 후환을 근심ᄒᆞ신ᄃᆡ, 졔신(諸臣)이 만셰ᄅᆞᆯ 불너 하례ᄒᆞ고, 쥬왈,

"황젹(黃賊)은 녹님(綠林)의 젹은 쥐무리라. 비록 산님의 젹은 촌민(村民)으로 오합지즁(烏合之衆)을 모화시나, 본ᄃᆡ 거쳐 업ᄉᆞᆫ 무리로 그 쉬(數) 쳔만(千萬)인들 무어ᄉᆡ 쓰리잇고? 화희경이 지모지신(智謀之臣)으로 강젹을 파○○[ᄒᆞ여], 신 등의 근심을 더럿ᄉᆞᆸᄂᆞᆫ지라. 임의 여당(餘黨)이【3】산파(散破)ᄒᆞ고 쇼혈(巢穴)을 뭇질너시니, 광젹이 용납ᄒᆞᆯ ᄯᆡ히 업ᄉᆞᆸᄂᆞᆫ지라. 반ᄃᆞ시 텬위(天威)ᄅᆞᆯ 두려, 죽지 아녀ᄉᆞ오면 깁흔 산간의 머리ᄅᆞᆯ 움치고 ᄭᅩ리ᄅᆞᆯ 쎠, 셩명을 감초고 업ᄃᆡ여ᄉᆞ오리니, 일노ᄡᅧ 엇지 셩녀(聖慮)ᄅᆞᆯ 허비ᄒᆞ시리잇고?"

상 왈,

"황젹이 상뫼 녕한(獰悍)ᄒᆞ고 녀력(膂力)이 과인(過人)ᄒᆞ더라 ᄒᆞ니, 비록 쇼혈이 파(破)ᄒᆞ고 여당이 산망(散亡)ᄒᆞ여시나, 엇지 잔명을 산간의 망명도싱(亡命圖生)[869] ᄒᆞ리오. 경 등의 모로미라. 짐의 혜아리믄 ᄎᆞ젹(此賊)이 반ᄃᆞ시 호월(胡越)[870]의 도망ᄒᆞ○[여] 번국(蕃國)으로 교통ᄒᆞ여 왕화(王化)ᄅᆞᆯ 어ᄌᆞ러이고, 가국(家國)【4】의 후환이 될가 념녀ᄒᆞ노라."

(결권)

하는 것이 틈 사이를 지나는 것처럼 빠르구나(枯魚銜索 幾何不蠹 二親之壽 忽若過隙)."라 한 말에서 나왔다.

869)망명도싱(亡命圖生) : 몸을 숨겨 멀리 도망(逃亡)하여 살기를 꾀함.

870)호월(胡越) : 중국 북쪽의 호(胡)와 남쪽의 월(越)이라는 뜻으로, 서로 관계가 소원하거나 멀리 떨어져 있음을 이르는 말. *여기서는 다만 '북쪽의 호(胡)와 남쪽의 월(越)'이라는 뜻으로 쓰였다.

반부즁(班府中)의 평제왕 뎡쥭쳥과 평진왕 윤쳥문과 승상 효문과 초국공 하학셩 등 일반 냥신(良臣)이 쥬왈,

“셩괴(聖教) 지당(至當)ᄒᆞ시니, 신등이 셩모(聖謨)ᄅᆞᆯ 열복(悅服)ᄒᆞᄂᆞ이다. 황젹은 셔졀구투(鼠竊狗偸)[871]의 미친 광뷔오니, 셤셔(陝西) 광능(廣陵)이 비록 도뢰(道路) 졀원(絶遠)ᄒᆞ오나, ᄃᆡ국 토디(土地)오, 져 흉젹이 쇼혈을 일허신즉, 그 흉포녕한(凶暴獰悍)ᄒᆞ미 반ᄃᆞ시 그져 셕을 뉴(類) 아니라. 필연 번이(蕃夷)의 투입ᄒᆞ여 나종 반상지홰(叛狀之禍) 어ᄂᆡ 곳의 밋출 쥴 모로오니, 이 ᄯᅩᄒᆞᆫ 국가의 큰 근심이 되리로쇼이다. 슈연(雖然)이나 국운이 쳔츄만셰의 무강(無疆)ᄒᆞ시【5】니, 조졍의 지모장냥(智謀良將)이 ᄃᆡᄅᆞᆯ 니어 나옵ᄂᆞᆫ 지라. 이후의 현마 광젹(狂賊)을 토멸치 못ᄒᆞᆯ가 근심ᄒᆞ리잇가? 고인이 유언(有言) 왈, ‘오ᄂᆞᆯ 슐이 이시미 취(醉)ᄒᆞ고, ᄂᆡ일 일이 이시미 근심ᄒᆞ라.’ ᄒᆞ여시니, 아직 연미(燃眉)[872]의 화(禍)ᄅᆞᆯ 늣츄어시니, 미리 념녀ᄒᆞ샤 텬심의 거릿길 ᄇᆡ 아니로쇼이다.”

상이 졈두(點頭) 칭션 왈,

“제경(諸卿)의 말이 금옥지논(金玉之論)이라. 화희경이 ᄇᆡᆨ면쇼년(白面少年)이어ᄂᆞᆯ, 광젹의 예긔ᄅᆞᆯ 쎳거 비록 잡지 못ᄒᆞ여시나, 여당을 짓지ᄅᆞ고[873] 쇼혈을 뭇지ᄅᆞ다 ᄒᆞ니, 이 ᄯᅩᄒᆞᆫ 년쇼셔ᄉᆡᆼ(年少書生)의 지모ᄌᆡ략(智謀才略)이 겸젼(兼全)ᄒᆞ미라. 이ᄂᆞᆫ 하【6】ᄂᆞᆯ이 숑조(宋朝) 강산을 도와, 특별이 간셩지ᄌᆡ(干城之材)[874]ᄅᆞᆯ 나리오신가 ᄒᆞ노라.”

ᄒᆞ시고, 익일의 즁ᄉᆞ(中使)와 졀월(節鉞)을 보ᄂᆡ여 셤셔(陝西)의 가 화희경을 징쇼(徵召)ᄒᆞ시고 밧비 상경ᄒᆞ라 ᄒᆞ시니, 문무조신이 산호만셰(山呼萬歲)[875]ᄒᆞ여 셩덕을 하례ᄒᆞ더

(결권)

---

871)셔졀구투(鼠竊狗偸) : 쥐나 개처럼 가만히 물건(物件)을 훔친다는 뜻으로, 좀도둑을 이르는 말.

872)연미(燃眉) : 눈썹에 불이 붙었다는 뜻으로, 매우 급함을 이르는 말. 불교의 ≪오등회원(五燈會元)≫에 나오는 말이다.=초미.

873)짓지ᄅᆞ다 : 짓찌르다. 무찌르다.

874)간셩지ᄌᆡ(干城之材) : 방패나 성처럼 나라를 지키는 믿음직한 인물.

라.

익일의 즁시 절월을 가져 쥬야 뵈도(倍道)ᄒᆞ여 월여의 셤셔의 니ᄅᆞ러, 황명(皇命)을 젼ᄒᆞ니, 션시의 셤셔딕도독 도총병마ᄉᆞ(都摠兵馬使) 화희경이 군명을 밧ᄌᆞ와 오십원(五十員) 밍장과 십만 졍【7】병을 거ᄂᆞ려, 원노(遠路)의 무ᄉᆞ히 득달ᄒᆞ여 셤셔의 니ᄅᆞ러, 본읍(本邑) 닌현(隣縣)과 ᄌᆞᄉᆞ(刺史)를 보와 젹졍(敵情)을 뭇고, 노원산 하(下)의 나아가 평원광야의 목ᄎᆡ(木寨)를 세우고 영ᄎᆡ(營寨)를 세운 후, 몬져 젹진의 격셔를 보ᄂᆡ고 냥진(兩陣)이 교젼(交戰)ᄒᆞᆯᄉᆡ, 젹발황면장군(赤髮黃面將軍) 황후쇼(黃後巢) ᄉᆞ오쳔 졸하(卒下)를 거ᄂᆞ려, 화 도독(都督)과 결진(結陣)ᄒᆞᆯᄉᆡ, 숑진(宋陳) 장졸이 황젹(黃賊)의 흉악ᄒᆞᆫ 상모와 녕한ᄒᆞᆫ 위인을 보미 놀나지 아니 리 업더라.

황젹이 흉녕ᄒᆞᆫ 상모의 의갑(衣甲)을 션명(鮮明)이 ᄒᆞ고, 도창절월(刀槍節鉞)을 잡아 님진(臨陣)ᄒᆞ니, 등잔 갓흔 눈망울과 금빗 갓흔 얼골의【8】브ᄅᆞ도든 엄니의 창ᄃᆡ 갓흔 나롯ᄉᆞᆯ 춤츄며, 쳔니부운총(千里浮雲驄)[876]을 타고 팔십근 쳘퇴를 두로고 니다ᄅᆞ니, 비컨ᄃᆡ 흑살텬신(黑殺天神)[877] 곳 아니면 음ᄉᆞ귀왕(陰邪鬼王)이 귀문관(鬼門關)[878]의 돌입ᄒᆞ는 듯ᄒᆞ더라.

숑 진즁의셔 명나뇌고(鳴喇擂鼓)[879]ᄒᆞ고 황모절월(黃毛節鉞)[880]이 셩녈(盛列)ᄒᆞ여 일

875)산호만세(山呼萬歲) : 나라의 중요 의식에서 신하들이 임금의 만수무강을 축원하여 두 손을 치켜들고 만세를 부르던 일. 중국 한나라 무제가 숭산(嵩山)에서 제사 지낼 때 신민(臣民)들이 만세를 삼창한 데서 유래한다.

876)쳔니부운총(千里浮雲驄) : 말의 이름. 갈기와 꼬리가 파르스름한 백마(白馬)인 청총마(靑驄馬)의 일종.

877)흑살텬신(黑煞天神) : 검은 살기를 띤 흉한 모습의 귀신

878)귀문관(鬼門關) : =귀문(鬼門), 귀관(鬼關). 저승으로 들어가는 문

879)명나뇌고(鳴喇擂鼓) : 나팔을 불고 북을 두드리는 소리가 요란함.

880)황모절월(黃毛節鉞) : 족제비의 꼬리털을 단 수기(手旗:節)와 의장(儀仗:鉞) *황모(黃毛): 족제비의 꼬리털. *절월(節鉞): 『역사』 조선 시대에, 관찰사ㆍ유수(留守)ㆍ병사(兵使)ㆍ수사(水

(결권)

식(日色)을 희롱ᄒᆞᄂᆞᆫ 듯ᄒᆞᄂᆞᆫ 가온ᄃᆡ, 다홍수자기(-紅帥字旗)[881] 븟치이ᄂᆞᆫ 곳의, 일위 쇼년ᄃᆡ장이 만니청총마(萬里青驄馬)[882]의 금안(錦鞍)이 정제(整齊)ᄒᆞ여, 십원 밍장이 옹후(擁後)ᄒᆞ여 나오니, 머리의 봉시ᄌᆞ금《회∥투고》[883]ᄂᆞᆫ ᄎᆡ봉(彩鳳)이 나ᄂᆞᆫ 듯ᄒᆞ고, 황금쇄ᄌᆞ갑(黃金鎖子甲)[884]과 홍금슈젼포(紅金繡戰袍)[885]ᄂᆞᆫ 장단(長短)이 맛갓고, 일희[886] 허리의 빅【9】옥ᄃᆡ(白玉帶)를 두로고, 요하(腰下)의 오호궁(烏號弓)[887]의 나비젼(--箭)[888]을 갓초아시며, 좌슈(左手)의 산호쥭절편(珊瑚竹節鞭)[889]을 들고, 우슈(右手)의 방텬화극(方天畵戟)[890]을 잡아시니 빅면단슌(白面丹脣)은 반악(潘岳)[891]이 ᄌᆡ셰(在世)ᄒᆞ고 쳑탕(倜

(결권)

使)·대장(大將)·통제사 들이 지방에 부임할 때에 임금이 내어 주던 물건. 절은 수기(手旗)와 같이 만들고 월은 도끼와 같이 만든 것으로, 군령을 어긴 자에 대한 생살권(生殺權)을 상징하였다.=절부월(節斧鉞).

881)다홍수자기(-紅帥字旗) : 진중(陣中)이나 영문(營門)의 뜰에 세우던 대장의 다홍색 군기(軍旗). 다홍색 바탕에 검은색으로 '帥' 자가 쓰여 있으며 드림이 달려 있다.

882)만니청총마(萬里青驄馬) : 하루에 만리를 달릴 수 있는 '청총마'라는 뜻. *청총마(青驄馬): 갈기와 꼬리가 파르스름한 흰 말. 총이말이라고도 함.

883)봉시ᄌᆞ금(鳳翅紫金)투고 : 봉황의 깃으로 꾸민 자금(紫金)투구. *투구; 예전에, 군인이 전투할 때에 적의 화살이나 칼날로부터 머리를 보호하기 위하여 쓰던 쇠로 만든 모자.

884)황금쇄ᄌᆞ갑(黃錦鎖子甲) : 갑옷의 일종. 누런 명주옷에 사방 두 치 정도 되는 돼지가죽으로 된 미늘을 작은 고리로 꿰어 붙여서 만들었다.

885)홍금슈젼포(紅錦繡戰袍) : 붉은 비단에 화려하게 수를 놓아 지은 전포(戰袍). 전포는 장수가 입던 긴 웃옷.

886)일희 : 이리. =늑대.

887)오호궁(烏號弓) : 예전에, 중국에서 이름난 활의 하나.

888)나비젼(--箭) : 화살대의 활시위에 메우는 부분을 나비 모양으로 만든 화살.

889)산호쥭절편(珊瑚竹節鞭) : 산호로 꾸민 대나무 뿌리로 만든 채찍.

890)방텬화극(方天畵戟) : 방천극(方天戟)의 일종. 손잡이에 색깔을 칠해 장식하였고, 양 쪽에 월아(月牙)가 붙어있는 방천극과 달리 한쪽에만 월아가 달려있는 것이 특징이다. 중국 삼국 시대의 장수인 여포(呂布)가 사용한 무기로 유명하다.

蕩)ᄒᆞᆫ 풍치는 니ᄇᆡᆨ(李白)이 다시 도라온 듯 늠늠ᄒᆞᆫ 영위는 촉한(蜀漢)적 ᄇᆡᆨ면장군(白面將軍) 마ᄆᆡᆼ긔(馬孟起) 동관(潼關) 쳣ᄡᅡ홈의 영위를 비양ᄒᆞᄂᆞᆫ듯 슈이ᄒᆞᆫ 안화는 제갈무후(諸葛武侯)의 쇼년영지를 압두ᄒᆞᆯ 거시오 식식ᄒᆞᆫ 긔상은 광풍제월(光風霽月) 갓ᄒᆞ니 흉즁의 제셰(濟世) 경뉸지ᄌᆡ(經綸之才)를 픔어시니 가히 영걸이라 황젹의 휘하 졸되 숑장(宋將)의 영풍을 바라보고 ᄃᆡ경 칭찬 왈,

"홍진(紅塵)【10】의 텬션(天仙)이 강님ᄒᆞ엿다."

ᄒᆞ더라. 황젹이 화도독의 년쇼ᄇᆡᆨ면을 보고 업슈이 너겨 ᄃᆡ쇼 왈,

"우리는 초픽왕(楚霸王) 관운장(關雲將)갓흔 영웅 ᄆᆡᆼ장이 와셔 우리 산ᄎᆡ(山寨)를 뭇지를가 겁ᄂᆡ엿더니 구샹유츄(口尙乳臭) ᄇᆡᆨ면슈ᄌᆡ(白面豎子) 니ᄅᆞ러 ᄂᆡ 칼날을 더러이려 ᄒᆞᄂᆞᆫ도다. 숑뎨(宋帝) 진실노 혼군(昏君)이로다. 져 황구쇼아(黃口小兒)로 벌젹능토(伐敵凌土)[892]ᄒᆞᄂᆞᆫ 쇼임을 맛지니, 숑실(宋室)이 쇠미ᄒᆞ믈 가히 알니로다. 이 장군이 실노 쇼아의 잔명을 어엿비 너기ᄂᆞ니, 쇼아는 ᄲᆞᆯ니 믈너가고 진짓 나의 젹슈를 보ᄂᆡ라."

도독(都督)이 ᄃᆡ로ᄒᆞ여 잠미(蠶眉)를 거ᄉᆞ려 녀셩ᄃᆡ【11】ᄆᆡ(厲聲大罵) 왈,

"시무(時務)를 아지 못ᄒᆞᄂᆞᆫ 역텬반젹(逆天叛賊)이 엇지 감히 조졍ᄌᆡ상(朝廷宰相)을 욕ᄒᆞᄂᆞ뇨? 항젹(項籍)[893]은 초한(楚漢)[894]의 영웅이로ᄃᆡ, ᄌᆞ방(子房)[895]의 한 ᄭᅦ의 목슘을

(결권)

891)반악(潘岳) : 247~300. 중국 서진(西晉)의 문인(文人). 자는 안인(安仁). 권세가인 가밀(賈謐)에게 아첨하다 주살(誅殺)되었다. 미남이었으므로 미남의 대명사로도 쓴다.

892)벌젹능토(伐敵凌土) : 적을 치고 땅을 짓밟음.

893)항젹(項籍) : 항우(項羽). 중국 진(秦)나라 말기의 무장(B.C.232~B.C.202). 이름은 적(籍). 우는 자(字)이다. 숙부 항량(項梁)과 함께 군사를 일으켜 유방(劉邦)과 협력하여 진나라를 멸망시키고 스스로 서초(西楚)의 패왕(霸王)이 되었다. 그 후 유방과 패권을 다투다가 해하(垓下)에서 포위되어 자살하였다.

894)초한(楚漢) : 중국의 진(秦)나라 말 항우(項羽)가 세운 초나라와 유방(劉邦)이 세운 한나라를 함께 이르는 말.

895)ᄌᆞ방(子房) : 댱냥(張良). BC ?-189. 중국 한

오강(烏江)[896]의 슷고, 무안(武安)[897]의 영무(英武)로도 강동쇼젹(江東小賊)[898]을 너모 업슈이 너기다가 님져(臨沮)[899]의 픽(敗)ᄒᆞ믈 닙어시니, 반젹(叛賊)이 홀노 날을 업슈이 너기지 못ᄒᆞ리라."

황젹이 ᄃᆡ로ᄒᆞ여 스ᄉᆞ로 창을 두로며 말을 쒸여 다라들거ᄂᆞᆯ, 도독이 짐짓 게얼니 화극(畵戟)[900]을 둘너[901] 마ᄌᆞ, 교봉(交鋒) ᄉᆞ오합(四五合)의 능히 당치 못ᄒᆞ여 말머리를 두로혀 다라나거ᄂᆞᆯ, 황젹이 더옥 업슈이 너겨 ᄶᅩ로기를 급히 ᄒᆞ【12】고, 젹장 일인이 황젹을 ᄶᅩ로니 이ᄂᆞᆫ 젹의 션봉 후회라.

(결권)

나라의 정치가, 건국공신. 자는 자방(子房). 유방의 책사로 홍문연에서 유방을 구하고 한신을 천거하는 등, 유방이 한나라를 세우고 천하를 통일할 수 있도록 도왔다. 소하·한신과 함께 한나라 건국 3걸로 불린다.

896)오강(烏江) : 중국 양자강(揚子江)의 지류(支流). 귀주고원(貴州高原)에서 시작하여 중경(重慶) 동쪽을 거쳐 양자강으로 흘러든다. 초한(楚漢) 때, 항우가 유방과 패권을 다투다가 해하(垓下)에서 패하고 이 강(江)에서 자살하였다.

897)무안(武安) : 관우(關羽)의 시호(諡號). 관우는 중국의 역대 황제에게 충의의 본보기였기 때문에 송、원、명、청에 이르도록 여러 황제들에 의해 15차례나 시호가 봉해졌는데, 그 중 하나가 송(宋) 휘종(徽宗)이 1107년에 봉한 '무안왕(武安王)'이다. 또 도교에서는 관우를 신격화하여 관성제군(關聖帝君)아라 하여 무묘(武廟) 또는 관왕묘(關王廟)를 세워 제사를 받들고 있다. *관우(關羽); 중국 삼국 시대 촉한의 무장(?~219). 자는 운장(雲長). 장비、유비와 의형제를 맺고 적벽전에서 조조의 군대를 격파하는 등 많은 공을 세웠다. 뒤에 위나라와 오나라의 동맹군에게 패한 뒤 살해되었다.

898)강동쇼젹(江東小賊) : 중국 삼국시대 손권의 '오나라 군대'를 지은이가 달리 이른 말.

899)님져(臨沮) : 중국 호북성(湖北省) 의창시(宜昌市) 원안현(遠安縣)의 옛 지명. 중국 삼국시대 촉의 무장 관우(關羽)가 손권(孫權)의 오(吳)나라 군대에 패해 아들 관평(關平)과 함께 처형당한 곳.

900)화극(畵戟) : =방천화극(方天畵戟). 방천극(方天戟)의 일종. 손잡이에 색깔을 칠해 장식하였고, 양 쪽에 월아(月牙)가 붙어있는 방천극과 달리 한쪽에만 월아가 달려있는 것이 특징이다. 중국 삼국 시대의 장수인 여포(呂布)가 사용한 무기로 유명하다.

901)두르다 : 휘두르다.

ᄉᆞ법(射法)이 능묘(能妙)ᄒᆞ여 ᄇᆡᆨ발ᄇᆡᆨ즁(百發百中)ᄒᆞᄂᆞᆫ지라. 져의 쥬장(主將)의 숑장(宋將) ᄊᆞ로믈 보고 가만이 창ᄃᆡ를 머츄고, 궁시(弓矢)를 ᄲᅢ혀 만작ᄒᆞ여[902] 도독을 향ᄒᆞ여 ᄡᅩ니, 졍히 흠젼효쥬[903]ᄒᆞᆫ ᄉᆞ이의 살이 날아 도독의 가ᄉᆞᆷ을 맛치니, 도독이 가ᄉᆞᆷ의 피를 홀니고 마하(馬下)의 ᄯᅥ러져 셰급히 되엿더니, 홀연 광풍이 ᄃᆡ작ᄒᆞ여 몬져 젹의 눈이 어득ᄒᆞ여 창졸의 진퇴를 아지 못ᄒᆞ거ᄂᆞᆯ, 좌우 산곡으로 조ᄎᆞ 복병이 ᄂᆡ다라 도독을 구ᄒᆞ여 도라가 드ᄃᆡ여 진문을 다【13】드며, 징(錚)을 울녀 군을 거두ᄂᆞᆫ지라.

바야흐로 바람이 진졍ᄒᆞ니 황젹과 모든 졸되 졍신을 거두어 산치(山寨)의 도라가 황젹이 가장 ᄋᆡ달나 왈,

"져 무명쇼장(無名小將)을 진실노 오ᄂᆞᆯ 즛질너 업시ᄒᆞ고, 편갑(片甲)도 남기지 아니려 ᄒᆞ엿더니, 괴이ᄒᆞᆫ 바람이 니러나 사ᄅᆞᆷ의 졍혼이 어리게 ᄒᆞ니 엇지 ᄋᆡ닯지 아니리오.

후회 왈,

"비록 오ᄂᆞᆯ 파치 못ᄒᆞ여시나 ᄂᆡ일이 ᄯᅩ 이시니 ᄯᅩ 엇지 파치 못ᄒᆞ리오."

제졸 왈,

"송군의 의장(儀仗)이 다 조흐니 ᄂᆡ일 우리 장군이 젹군을 즛지ᄅᆞ거든 우리ᄂᆞᆫ 그 의장(儀仗) 긔계(器械)를 가지자."【14】

ᄒᆞ더라. 명일의 황젹이 ᄡᅡ호기를 쳥ᄒᆞᆫᄃᆡ 숑 진즁의셔 진문을 굿이 닷고 응치 아니니, 젹이 승승ᄒᆞ여 날마다 진밧긔 니ᄅᆞ러 슈욕ᄒᆞ며 ᄡᆞ홈을 도도ᄃᆡ, 종시 안병부동(按兵不動)ᄒᆞᄂᆞᆫ지라.

이러구러 십여일이 지나니, 젹(賊)이 셩이 급ᄒᆞᆫ지라. 송진 동졍을 알길히 업셔 쥬야 념녀ᄒᆞ더니, 최후의 믄득 흉계를 ᄉᆡᆼ각고 산치의 도라와 가장 영니ᄒᆞᆫ 쇼졸을 ᄲᅢ[904], 나롯 업고 셤으니[905]를 갈히여, 져ᄅᆞᆫ 옷과 치마를 닙혀 계규를 일일히 가ᄅᆞ쳐 젹진의 보ᄂᆡ며,

(결권)

902)만작ᄒᆞ다 : 활시위를 한껏 당기다.
903)흠젼효쥬(欠戰爻走) : 싸우지도 달아나지도 못함. 欠: 모자라다. 爻: 지워버리다[爻周].
904)ᄲᅢ다 : 뽑다.
905)졈으니 : 젊은 이.

"부디 숑진 허실을 탐청ᄒᆞ되, ᄉᆞ긔를【15】 십분 쥬밀이 ᄒᆞ라. 만일 공을 일워 도라오면 타일 웃듬 공을 숨으리라."

쇼괴(小校)[906] 낙종(樂從)ᄒᆞ여 즉시 송진으로 가니라.

시시(是時)의 화도독이 텬문디리(天文地理)를 ᄉᆞ못ᄂᆞᆫ 지죄 잇ᄂᆞᆫ지라. 젹으로 ᄒᆞ여곰 ᄌᆞ가를 아조 업슈이 너겨 방비치 아닛ᄂᆞᆫ 씨를 타, 일젼의 셔릇기를 계규ᄒᆞ미, 첫날 교젼의 쾌히 퍼쥬ᄒᆞ미, 후호[소]의 살흘 마ᄌᆞ디 임의 흉복즁 양혈(羊血)을 가족 쥬머니의 녀허 엄신갑(掩身甲)[907] ᄉᆞ이의 감초왓더니, 후젹의 살이 긔특이 양혈 부디(浮袋)[908]를 맛치니, 가족이 터져 피 돌져 흐ᄅᆞ미 도독이 짐짓 몸【16】을 번뒤쳐 마하의 써러지며, 좌우 미복이 씨를 어긔올가 가만이 풍빅(風伯)[909]을 블너 일진광풍(一陣狂風)으로 젹의 졍신을 현난(眩亂)ᄒᆞ고, 좌우 미복군(埋伏軍)이 니다라 구ᄒᆞ여 본영(本營)의 도라오미, 살흘 ᄲᆡ히고 피무든 의갑을 버ᄉᆞ미, 제장이 모다 놀나믈 위로ᄒᆞ니, 도독이 쇼왈,

"이 놀날 비 아니라."

ᄒᆞ고 드ᄃᆡ여 제장을 모화 계규를 니ᄅᆞ고 이날븟터 진문을 긋이 다다 안병부동(按兵不動)ᄒᆞ니, 젹이 날마다 진 밧긔 와 싸홈을 도도며 슈욕ᄒᆞ니, 제장이 블승통히(不勝痛駭)ᄒᆞ믈 니긔지 못ᄒᆞ나, 장녕(將令)을 드럿ᄂᆞᆫ 고로 한갈【17】갓치 못드ᄅᆞᆫ 체ᄒᆞ더니, 과연 십여일 후의 진문 밧긔 오오(嗚嗚)히 통곡(慟哭)ᄒᆞ디 비셩(悲聲)이 쳐쳐절절(凄凄切切)ᄒᆞ여, 맛치 궁텬지통(窮天之痛)[910]이나 만난 ᄃᆞ시 하놀을 브ᄅᆞ지져 호곡(號哭)ᄒᆞᄂᆞᆫ지라.

제군이 도독의 계규를 드럿ᄂᆞᆫ 고로 슌나(巡邏)ᄒᆞᄂᆞᆫ 쇼졸이 나가 보니, 한 녀인이 가

(결권)

---

906)쇼괴(小校) : 하급 장교.

907)엄신갑(掩身甲) : 몸을 가린 갑옷.

908)부디(負袋) : 종이, 피륙, 가죽 따위로 만든 큰 자루. =포대(包袋).

909)풍빅(風伯) : =풍신(風神). 바람을 주관하는 신.

910)궁텬지통(窮天之痛) : 하늘에 사무치는 고통이나 설움.

숨을 두다리며 발굴너 호곡ᄒᆞ거ᄂᆞᆯ, 쇼졸이 ᄭᅮ지져 왈,

"즉금, 총병노야(摠兵老爺) 병셰 가장 위독ᄒᆞ시니, 삼군(三軍)이 황황ᄒᆞ여 군심이 ᄋᆞᆼ구ᄒᆞ거ᄂᆞᆯ, 너는 엇던 계집이완ᄃᆡ 원문(轅門) 밧긔 와 복업시 우ᄂᆞᆫ다?"

계집이 말을 듯고 우롬을 긋치고 【18】 머리 조아 만복(萬福[911]))○○○○[을 이르고] 왈,

"쇼첩은 이 ᄯᅡ 향민의 여ᄌᆞ러니, 장뷔 그릇 노원산적 젹발황면장군의 슈하(手下) 되엿더니, 쇼쇼 허물노 득죄ᄒᆞ미 황장군이 죽이고, 첩을 아ᄉᆞ ᄎᆞ환(叉鬟)의 뉴를 치왓더니, 근일의 홀연 첩을 드려 화간(和姦) 코져ᄒᆞ니, 첩이 용녈(庸劣)ᄒᆞ여 모진 목숨이 죽지 못ᄒᆞ믄, 아모려나 장부의 원슈를 갑고져 ᄒᆞ미러니, 이제 믄득 원슈는 갑지 못ᄒᆞ고 도로혀 황젹의 겁칙[912])ᄒᆞᄂᆞᆫ 욕을 면치 못ᄒᆞ게 되니 엇지 분원치 아니리오. 찰하리 쾌히 죽어 욕을 면ᄒᆞ고 원혼이 되여 【19】원슈를 갑고져 ᄒᆞ엿더니, 길흘 잘못드러 위엄을 범ᄒᆞ니 죄 죽엄즉ᄒᆞ도쇼이다. 조졍의 명장으로 졍벌(征伐)ᄒᆞ시거든 ᄉᆞ이를 타 지아뷔 원슈를 갑ᄉᆞ올가 ᄒᆞ더니, 도독 노얘 흉젹의 ᄉᆞᆯ을 마ᄌᆞ 병휘(病候) 즁ᄒᆞ시다 ᄒᆞ니, 이는 하ᄂᆞᆯ이 첩의 원슈를 갑지 못ᄒᆞ게 ᄒᆞ시미라."

셜파의 크게 울거ᄂᆞᆯ, 쇼졸이 이 말을 듯고 믄득 깃거ᄒᆞᄂᆞᆫ 쳬ᄒᆞ여 왈,

"연즉(然卽) 낭ᄌᆞ(娘子) 진실노 원통ᄒᆞ거든 비록 투싱(偸生)ᄒᆞ미 욕될지라도, 황젹의 욕을 견ᄃᆡ여 젹진 허실을 낫낫치 아라다가, 우리를 알게 ᄒᆞ라. 즉금 도【20】독노야 위경의 계시니, 젹진 승픠도 죄와 부졀업거니와, 혹ᄌᆞ 쇼ᄎᆞ지경(蘇差之境)의 밋거든, 녀랑이 ᄂᆡ응(內應)이 되여 조졍의 ᄃᆡ공을 셰우미 엇더뇨?"

젹졸(賊卒)이 ᄃᆡ희ᄒᆞ여 거즛 탄왈,

"도독노야 진실노 병근(病根)이 ᄃᆡ단치 아

(결권)

911)만복(萬福) : '복 많이 받으라'는 인사말.

912)겁칙 : ≒겁측(劫-), 폭행이나 협박을 하여 강제로 부녀자와 성관계를 갖는 일.

니신가?"

쇼졸이 근심ᄒᆞ여 니로ᄃᆡ,

"우리 노얘(老爺) 년쇼ᄒᆞ여 셩이 과격ᄒᆞ시니 만일 환휘 우연만 ᄒᆞ시면, 젹인(賊人)의 그런 슈욕을 감심ᄒᆞ리오. ᄌᆞ못 위ᄐᆡᄒᆞ시니 급ᄒᆞ시미 조셕(朝夕)의 잇ᄂᆞ니라. 무인심야(無人深夜)의 남녜 말ᄒᆞ미 녜의 혼잡ᄒᆞ니, 녀랑은 도라가 우리 도독의 환휘 ᄎᆞ복(差復)ᄒᆞ시다 ᄒᆞ【21】거든 즉시 와 회보(回報)ᄒᆞ라."

젹졸이 응낙고 도라가더라.

젹졸이 도라와 황젹을 보고 전후 문답을 ᄌᆞ시 고ᄒᆞ니, 황젹이 ᄃᆡ희ᄒᆞ여 제 슈하제졸(手下諸卒)을 모화 니로ᄃᆡ,

"이제 화희경 쇼ᄌᆡ 후장군 독흔 살쑷히 병이 ᄉᆞ싱(死生)의 밋쳣다 ᄒᆞ니, 맛당이 져의 군심(軍心)이 ᄒᆡᄐᆡ한 ᄯᅢ를 타 엄습(掩襲)ᄒᆞ미 올흐니, 금야의 ᄉᆞᆼ진을 겁칙ᄒᆞ여 희경쇼아를 머리를 버히고 졸하(卒下)를 잔멸(殘滅)ᄒᆞ리라."

ᄒᆞ고, 이 밤의 젹졸을 다 드러 ᄉᆞᆼ진을 겁칙ᄒᆞᆯ시, 황젹이 화도독의 셔싱(書生)인 쥴 업슈이 너기던 바의, ᄯᅩ 그 병【22】이 ᄉᆞ싱의 잇다 ᄒᆞ믈 드ᄅᆞ니, 조곰도 념녀ᄒᆞ미 업ᄂᆞᆫ지라. 한 무리 오합지졸(烏合之卒)을 모화 반야삼경(半夜三更)의 겁치(劫寨)ᄒᆞ거ᄂᆞᆯ, 도독(都督)이 임의 방비ᄒᆞ미 잇ᄂᆞᆫ지라. 젹벽(赤壁)[913] 강중(江中)의 한ᄌᆞ로 화공(火攻)이 아니오, 봉츄(鳳雛)[914]의 년환계(連環計)[915]를

(결권)

913)적벽(赤壁) : 중국 호북성(湖北省) 가어현(嘉魚縣)에 있는 양자강(揚子江) 남쪽 강가. 삼국시대의 싸움터로 위나라와 촉•오 연합군 사이에 화공전(火攻戰)이 펼쳐진 것으로 유명하다.

914)봉츄(鳳雛) : 방통(龐統). 178-213. 중국 삼국시대 촉한(蜀漢)의 정치가. 양양(襄陽) 출신으로 자는 사원(士元), 시호는 정후(靖侯). 봉추(鳳雛)는 그의 별호(別號)다. 제갈공명(諸葛孔明)과 함께 전략가로 이름을 떨쳤고, 적벽대전(赤壁大戰) 때 주유(周瑜)의 부탁을 받고 조조를 꾀어 연환계(連還計)를 성공시켰다.

915)년환계(連環計) : 간첩을 적에게 보내어 계교를 꾸미게 하고, 그사이에 자신은 승리를 얻는 계교. 중국 삼국 시대에 오나라의 주유(周瑜)가 위나라 조조의 군사를 불로 공격할 때에, 방통(龐統)을 보내어 조조의 군함들을 쇠고리로 연결시키게 하였다는 데서 유래한다.

헌(獻)ᄒᆞ미 아니로ᄃᆡ, 조아만(曹阿瞞)916)의 ᄇᆡᆨ만즁(百萬衆)을 젹벽(赤壁)의 뭇지ᄅᆞ든 슈단이라도 이러치 못ᄒᆞᆯ지라.

황젹이 의심치 아니ᄒᆞ고 슈만 졸하ᄅᆞᆯ 거ᄂᆞ려 모라 급히 ᄉᆞᆼ진으로 다라드러, 바로 ᄃᆡ영즁(大營中)을 ᄉᆞ못고져917) ᄒᆞ더니, 믄득 삼셩방포(三聲放砲)의 ᄉᆞ면팔방의 화광이 조요(照耀)ᄒᆞ며 뇌고함셩(擂鼓喊聲)이 텬디진동(天地振動)ᄒᆞ여【23】젹군이 겹겹이 ᄡᆞ히미 되니, 사ᄅᆞᆷ은 ᄀᆡᄀᆡ히 영웅이 ᄀᆡ세(蓋世)ᄒᆞ고, 번득이ᄂᆞᆫ 날은 츄텬야월(秋天夜月)의 상뇌(霜露) 분분이 날니ᄂᆞᆫ 듯, 겹겹층층(--層層)ᄒᆞ여, 쳘옹금셩(鐵瓮金城)도곤 더 굿은지라.

ᄃᆡ쇼젹졸(大小賊卒)이 블분슈미(不分首尾)ᄒᆞ고 황황실조(惶惶失措)ᄒᆞ니, 밋쳐 ᄉᆞᆫ을 놀니지 못ᄒᆞ여셔 ᄉᆞᆼ진 제장이 장창(長槍) ᄃᆡ검(大劍)을 드러 풀베듯 ᄒᆞ니, 시야일젼(是夜一戰)의 녹님여당(綠林餘黨) 슈만이 거의다 멸(滅)ᄒᆞᆫ지라.

즁군장ᄃᆡ(中軍將臺)의 화도독이 ᄀᆡ갑(鎧甲)을 졍히 ᄒᆞ고, 집극상마(執戟上馬)918)ᄒᆞ여 좌슈의 ᄃᆡ도(大刀)ᄅᆞᆯ 들고 우슈의 쥭졀편(竹節鞭)을 들어 삼군을 지휘ᄒᆞ니, 쇄불 아릐 영【24】풍(英風)이 동인(動人)ᄒᆞᄂᆞᆫ지라.

젹졸(賊卒)이 보고 낙담상혼(落膽喪魂)ᄒᆞ고 위 슈젹(首敵) 황후쇠 화도독을 보미 계규의 ᄲᆞ진 쥴 ᄭᅵ다라, 급히 군을 물니고져 ᄒᆞ나, ᄉᆞᆼ군이 발셔 ᄡᆞ기ᄅᆞᆯ 쳘통갓치 ᄒᆞ고 치기ᄅᆞᆯ 빗발치 듯ᄒᆞ여 죽여 드러오니, 황젹이 비록 녕한(獰悍)ᄒᆞ나, 화도독을 만나미 놀난 가ᄉᆞᆷ의 부화919)가 벌덕이고 삼혼(三魂)이 경산(驚

(결권)

---

916)조아만(曹阿瞞) : 조조(曹操)의 아명(兒名). 삼국 시대 위나라의 시조(始祖)(155~220). 자는 맹덕(孟德). 황건의 난을 평정하여 공을 세우고 동탁(董卓)을 벤 후 실권을 장악하였다. 208년에 적벽(赤壁) 대전에서 유비와 손권의 연합군에게 크게 패하여 중국이 삼분된 후 216년에 위왕(魏王)이 되었다. 권모에 능하고 시문을 잘하였다.

917)ᄉᆞ못다 : 사무치다. 깊이 스며들거나 멀리까지 미치다. 도달하다.

918)집극상마(執戟上馬) : 방천극(方天戟)을 들고 말위에 올라탐.

919)부화 : 부아의 옛말. *부아: 노엽거나 분한

散)ᄒᆞ엿더니, 영웅의 담긔(膽氣) 최찰(摧折)ᄒᆞ엿ᄂᆞᆫ지라. 감히 ᄃᆡ적지 못ᄒᆞ여 겨유 한 모홀어더 도라갈ᄉᆡ, 슈십 긔 조ᄎᆞᆺ더라.

ᄉᆡ도롭[록]빠화 겨유 버셔나니, 노원산 광야의 죽엄이 뫼갓고 【25】피흘너 ᄂᆡ히 되어시니, 살벌(殺伐)○[ᄒᆞᆫ] 쇼릐 텬디의 ᄉᆞ못더라.

황젹이 산ᄎᆡ를 바라며 도라오더니, 믄득 먼니셔 화셰(火勢) 녈녈ᄒᆞ여 화염이 하ᄂᆞᆯ의 다핫고, 곡셩이 진동ᄒᆞ거ᄂᆞᆯ, 황젹이 ᄃᆡ경ᄒᆞ여 급히 졸하를 도라보와 왈,

"이 반ᄃᆞ시 쇼젹이 우리 산ᄎᆡ를 불지른가 시브니, ᄂᆡ 쇼아(小兒)를 너모 업슈이 너기다가 망신픠가(亡身敗家)ᄒᆞ믈 만나다."

ᄒᆞ고, 통곡ᄒᆞ믈 마지 아니ᄒᆞ더니, 믄득 산ᄎᆡ 직희엿던 쇼졸이 울며 와 고왈,

"작야의 장군이 산ᄎᆡ를 ᄶᅥ나시며 즉시 ᄉᆞᆼ장의 겁칙ᄒᆞ믈 만나,【26】ᄉᆞᆼ군이 산ᄎᆡ의 미녀 지물을 노략ᄒᆞ며, 장군의 젼가양쳔(全家良賤)을 다 슈험(搜驗)ᄒᆞ고, 장군의 부인과 ᄌᆞ녀를 다 죽여 머리를 버혀 호령ᄒᆞ니, 동뉴 다 ᄉᆞᆼ군의 항복ᄒᆞ미 되고, 산ᄎᆡ(山寨)의 불을 노화 쇼혈(巢穴)이 산픠(散敗)ᄒᆞ여시니, 장군이 도라가지 못ᄒᆞ리이다."

황젹이 쳥미(聽未)의 분긔(憤氣) 엄이(奄碍)ᄒᆞ여 말긔 ᄶᅥ러져 긔졀(氣絶)ᄒᆞ거ᄂᆞᆯ, 군졸이 븟드러 구ᄒᆞ여 ᄭᆡ니, 젹이 앙텬통곡(仰天慟哭) 왈,

"ᄂᆡ 쇼아를 업슈이 너기다가 망신지화(亡身之禍)를 취(取)ᄒᆞ니, ᄃᆡ장뷔 엇지 쇼아의게 픠ᄒᆞ미 붓그럽지 아니리오. 이제 슈하(手下) 다 픠(敗)ᄒᆞ고,【27】쳐ᄌᆡ 죽어시니 어ᄂᆡ 곳의 의탁ᄒᆞ리오."

슈하 슈십인다려 니ᄅᆞᄃᆡ,

"너희ᄂᆞᆫ 도라가 부모 쳐ᄌᆞ를 ᄎᆞᄌᆞ 조히 이시라. 나ᄂᆞᆫ 졍쳐 업시 노라 나종의 만일 ᄠᅳᆺ을 어드면, 다시 고국의 도라와 쳐ᄌᆞ의 원슈를 갑고, 셔로 ᄎᆞᄌᆞ미 이시리라."

모든 젹졸이 일시의 흣터져 가거ᄂᆞᆯ, 황젹이 ᄉᆞᆼ장을 만날가 두려 닙엇던 갑쥬(甲冑)를

(결권)

마음.

버서 픔고, 쳔니마룰 치쳐 졍쳐 업시 가며 싱각ᄒᆞᄃᆡ,

“숑텬ᄌᆞ(宋天子) 나의 도싱(圖生)ᄒᆞ믈 안즉 얼골을 도화(圖畵)ᄒᆞ여 잡으리니 토번국(吐蕃國)[920]이 머지 아닌지라. ᄂᆡ 당당이 찬【28】보룰 보고 다릐여, 군(軍)을 니로혀 즁원(中原)을 쳐, 화가 쇼츅(小畜)을 만편의 씨져 오늘날 원슈룰 갑흐리라”

ᄒᆞ고, 말을 치쳐 토번국으로 도망ᄒᆞ여 가니라.

시(時)의 도독이 긔모신계(奇謀神計)로 황젹을 잔멸ᄒᆞ여시나, 젹괴(賊魁)룰 잡지 못ᄒᆞ니 츄심월여(推尋月餘)의 ᄎᆞᆺ지 못ᄒᆞ고, ᄒᆞᆯ일 업서 드ᄃᆡ여 황셩의 쳡서(捷書)룰 보ᄒᆞ니라.

츈삼월의 즁ᄉᆡ(中使) 황지(皇旨)와 졀월(節鉞)을 밧ᄌᆞ와 셤셔(陜西)의 니ᄅᆞ니, 도독이 본읍디현(本邑知縣)으로 더부러 황ᄉᆞ(皇使)룰 마ᄌᆞ 향안(香案)을 비셜ᄒᆞ고, 조지(朝旨)룰 밧ᄌᆞ와 망궐ᄉᆞ은(望闕謝恩)ᄒᆞ고, 즉시 삼군을 휘동ᄒᆞ여 반ᄉᆞ(班師)ᄒᆞᆯ【29】ᄉᆡ, 향민부뢰(鄕民父老) 닷토와 숑덕칭은(頌德稱恩)ᄒᆞ여 니별을 슬허ᄒᆞ고, 본쥬 ᄌᆞᄉᆡ(刺史) 삼군을 호상(犒賞)ᄒᆞ여 니별ᄒᆞ미, 지나ᄂᆞᆫ 곳마다 드리ᄂᆞᆫ 녜물(禮物)을 다 밧지 아니ᄒᆞ고 믈니치더라.

슌여 일 만의 낙양(洛陽)[921] ᄯᅡ히 니ᄅᆞ니, 이곳은 인심이 슌후ᄒᆞ고 문물이 번화ᄒᆞ니, 텬하 일홈난 명창은 다 낙양(洛陽)과 쇼항쥬(蘇杭州)[922]의 모혓ᄂᆞᆫ지라. 본쥬 ᄌᆞᄉᆡ(刺史) 연셕을 비셜ᄒᆞ고 명창을 갈히여 가무로ᄡᅧ 즐기믈 도으니, 도독은 풍뉴걸ᄉᆡ(風流傑士)라. 갈 제ᄂᆞᆫ 국ᄉᆡ 급ᄒᆞᆫ 고로 능히 녀ᄉᆡᆨ(女色)을

(결권)

---

920)토번국(吐蕃國) : 중국 당나라·송나라 때에, '티베트 족'의 나라를 이르던 말. 지금의 중국 서남부티베트 고원에 위치해 있는 서장자치구(西藏自治區)를 말한다.

921)낙양(洛陽) : 중국 하남성(河南省) 서북부에 있는 성 직할시. 화북평야(華北平野)와 위수(渭水) 강 분지를 잇는 요지로, 농해철도(隴海鐵道)가 지난다. 예로부터 여러 왕조의 도읍지로 번창하여 명승고적이 많다

922)쇼항쥬(蘇杭州) : 중국의 도시인 소주(蘇州)와 항주(杭州)를 함께 이르는 말. 소주는 강소성(江蘇省)에, 항주는 절강성(浙江省)에 있다.

관졍(關情)치 못ᄒᆞ엿더니, 이제 반ᄉᆞ(班師)ᄒᆞ기를 당【30】ᄒᆞ여ᄂᆞᆫ, 임의 흉젹을 쇼제ᄒᆞ고 텬ᄌᆞ의 은영을 띄여 도라오니, 심ᄉᆡ 화려(華麗)ᄒᆞ거ᄂᆞᆯ, 더옥 뉵칠삭 흉모지디(凶謀之地)의 녀관잔등(旅館殘燈)이 심히 무류(無聊)ᄒᆞ니, 풍뉴랑이 규리홍안(閨裡紅顔) ᄉᆞ모ᄒᆞᄂᆞᆫ 심ᄉᆡ, 군친(君親)을 영모ᄒᆞᆫ 여가의ᄂᆞᆫ 진실노 츈졍(春情)을 니긔지 못ᄒᆞᆯ ᄇᆡ라.

연셕을 님(臨)ᄒᆞ여 술을 마시며, 제창(諸娼)을 닛글어 유희 방탕ᄒᆞ니, 슈앙(秀昻)ᄒᆞᆫ 풍치의 홍광이 옥면의 침노ᄒᆞ니, 우춰뉴지(雨醉柳枝)[923]의 풍뉴(風流) 더옥 쇄락ᄒᆞ여 견ᄌᆡ(見者) 블승칭도(不勝稱道)ᄒᆞ고, 본쥬 ᄌᆞᄉᆡ(刺史) 경앙ᄒᆞ여 왈,

"화후ᄇᆡᆨ이 진실노 침향(沈香)[924] 난간(欄干)의 ᄉᆞᆯ춰ᄒᆞᆫ 니ᄇᆡᆨ(李白)이오, 양【31】쥬(楊州) 노상의 귤 탐ᄒᆞ던 두랑(杜郎)[925]이라. 셩텬ᄌᆞ(聖天子)의 별명ᄒᆞ시미 헛되지 아니타."

ᄒᆞ더라.

제창(諸娼)이 상셔(尙書)의 쥰일(俊逸)ᄒᆞ믈 보ᄆᆡ 져마다 흠션(欽羨)ᄒᆞ여, ᄎᆡ슈(彩袖)ᄅᆞᆯ 썰치고 홍상(紅裳)을 ᄡᅳ어, 칠현금(七絃琴)을 어로만져 우의무(羽衣舞)[926]를 츔츄며 예상곡(霓裳曲)[927]을 노ᄅᆡᄒᆞ여, 옥슈(玉手) 금관

(결권)

923)우춰뉴지(雨醉柳枝) : 비에 취한 버드나무 가지.

924)침향(沈香) : 침향뎐(沈香殿). 중국 서안(西安)에 있는 당(唐) 현종(玄宗)의 별궁(別宮)인 화청궁(華淸宮) 내의 한 전각.

925)두랑(杜郎) : 두목지(杜牧之)를 말함. *두목지(杜牧之) : 803~852. 이름은 두목(杜牧). 당나라 만당(晩唐)때 시인. 미남자로, 두보(杜甫)와 함께 이두(二杜)로 일컬어진다.

926)우의무(羽衣舞) : 예상우의무(霓裳羽衣舞)의 준말로, 당(唐)나라 현종(玄宗)이 도사 섭법선(葉法善)의 도술로 월궁(月宮)에 올라가 보았는데, 월궁 항아(姮娥)들이 무지개 같은 치마와 새털로 된 옷을 입고 춤추고 노래하는 것을 보고 와서, 그 곡조대로 예상우의곡(霓裳羽衣曲)과 예상우의무를 창작하였다고 한다. 이 춤을 양귀비가 잘 추었는데, 춤을 출 때는 희고 긴 비단으로 지은 무복(舞服)을 입고 춤을 추었다고 한다.

927)예상곡(霓裳曲) : 〈예상우의곡(霓裳羽衣曲)〉의 줄임말로, 당나라 때의 이름난 악곡이다. 전해오기를, 당(唐)나라 현종(玄宗)이 도사 섭

(金冠)의 아롬다오믈 다ᄒᆞ니, 기기히 초요월안(楚腰月顔)928)이라.

좌상 제공이 슐을 취ᄒᆞ고 흥이 놉흐믜 빵빵이 미녀롤 닛글어 희학(戱謔)이 방지ᄒᆞ니, 기즁 낭옥、빙션[셜] 두 미인은 나히 삼오(三五)의 오히려 사ᄅᆞᆷ을 좆지 아녓고, ᄋᆡ용이 관졀(冠絶)ᄒᆞ여 '비연(飛燕)의 장즁경(掌中鏡)'929)과 '월【32】녀(越女)의 쳔하ᄇᆡᆨ(天下白)'930)은[이] 긔특지 못ᄒᆞᆯ지라.

상셰 냥창(兩娼)의 션연요라(嬋姸裊娜)ᄒᆞ믈 어엿비 너겨, 드ᄃᆡ여 유졍(有情)ᄒᆞ여 가무(歌舞)롤 다 시험ᄒᆞ니, 냥녜 금슬가관(琴瑟笳管)931)의 모롤 거시 업ᄉᆞ니, 상셰 ᄉᆞ랑ᄒᆞ여 ᄎᆞ일 연파(宴罷)의 각각 햐쳐(下處)의 도라올 시, 냥녜 ᄯᅩᄒᆞᆫ 상셔롤 뫼셔 관ᄉᆞ(舘舍)의 다다ᄅᆞ미, 상셰 관복을 벗고 단의침건(單衣寢巾)으로 침셕의 의지ᄒᆞ여 냥녀롤 ᄉᆞ후(伺候)ᄒᆞ라 ᄒᆞ니, 냥녜 믄득 옥안(玉顔)의 슈ᄉᆡᆨ(愁

(결권)

법선(葉法善)의 도술로 월궁(月宮)에 올라가 보았는데, 월궁 항아(姮娥)들이 무지개 같은 치마와 새털로 된 옷을 입고 춤추고 노래하는 것을 보고 와서, 그 곡조대로 예상우의곡과 예상우의무(霓裳羽衣舞)를 창작하였다고 한다. 일설에는 당나라 개원(開元) 연간에 하서절도사(河西節度使) 양경충(楊敬忠)이 바치고, 이를 현종이 편곡했다고도 한다.

928)초요월안(楚腰越顔) : 중국 초나라 미인의 가는 허리와 월나라 미인의 아름답게 화장한 얼굴이란 뜻으로, '미인'을 이르는 말.

929)비연(飛燕)의 장즁경(掌中輕) : '조비연(趙飛燕)이 손바닥 위에서 춤을 출 만큼 가볍다'는 말로, 한(漢) 나라 성제(成帝) 때 조비연(趙飛燕)이 배에서 춤을 추는데, 갑자기 부는 바람에 배가 흔들려 비연이 쓰러지려하자, 성제가 그 발목을 붙잡아 쓰러지기를 면했는데, 비연은 그 상태에서도 춤추기를 계속하여, '비연이 임금의 손바닥 위에서 춤을 추었다(飛燕作掌中舞)'는 말과 함께, 그 만큼 가볍고 날렵했다는 뜻으로 이 말이 생겼다고 한다.

930)월녀(越女)텬하ᄇᆡᆨ(天下白) : '월나라 여자들은 천하에서도 가장 희고 깨끗하다'는 뜻으로, 이백(李白)의 시 <장유(壯游)>의 "월녀천하백(越女天下白; 월나라 여자들 천하에서도 희고 깨끗한데), 경호오월량(鏡湖五月凉; 거울 같은 경호 호수는 오월에도 서늘하네)에서 따온 말.

931)금슬가관(琴瑟笳管) : 거문고、비파、피리를 함께 이른 말. *가관(笳管); 구멍 아홉 개가 뚫린 세워서 부는 피리.

色)이 은은ᄒᆞ여, 눈물을 먹음고 고ᄀᆡ를 슉여 말을 아니ᄒᆞ니, 상셰 괴이히 너겨 연고를 므ᄅᆞᆫᄃᆡ, 냥녜 ᄉᆞ식(辭色)이 참【33】연(慙然)ᄒᆞ여 이의 긴 말숨을 펴고져 ᄒᆞ니, 시하언(是何言)[932]인고?

어시의 젼임 항쥬츄관(杭州推官) 영원은 본ᄃᆡ 명문거족(名門巨族)이라. 형뎨 녕졍(零丁)[933]ᄒᆞ여 상션부모(上鮮父母)[934]ᄒᆞ고, 다만 실즁의 냥부인과 한낫 빈희(嬪姬)이시니, 원비(元妃) 쵀시와 ᄎᆞ비 오시와 빈희 화염○○○○[인데, 화염]은 본ᄃᆡ 창녜라. 쵀시 극히 현숙ᄒᆞᄃᆡ 다만 일녀를 두고 조ᄉᆞᄒᆞ(早死)고 ᄎᆞ비 오시ᄂᆞᆫ 극히 우람광ᄑᆡ(愚濫狂悖)ᄒᆞ여 탐남궤휼(貪婪詭譎)ᄒᆞᄃᆡ 냥ᄌᆞ를 두엇고, 화염은 쏘 일녀를 두엇ᄂᆞᆫ지라.

영츄관이 항쥐 부임ᄒᆞ니, 기시(其時)의 장녀 슈옥의 년이 구셰니, 옥안운빙[빈](玉顔雲鬢)이 ᄲᆡ혀나고, ᄌᆡ【34】뫼(才貌) 졀셰(絶世)ᄒᆞ여 셩질이 온유ᄒᆞ니, 츄관이 심ᄋᆡ(甚愛)하여 ᄉᆞ랑이 냥ᄌᆞ의 우희 잇고, 더옥 무모고ᄋᆡ(無母孤兒)믈 어엿비 너기더라.

오시 냥ᄌᆞ(兩子) 경옥 즁옥이 다 어지러 어미를 담지 아냐시니, 나히 어려 겨유 강보(襁褓)를 면ᄒᆞ고, 화염의 일녀 낭옥이 슈옥 쇼져와 동년이오, ᄌᆞ미운치(姿美韻致) 아롬답더라.

츄관이 항쥬 부임 슈년의 홀연 병졸(病卒)ᄒᆞ니, 오시ᄂᆞᆫ 즁무쇼쥬(中無所主)ᄒᆞᆫ 녀ᄌᆡ라.

블의(不意)의 붕셩지통(崩城之痛)[935]을 만나 망극ᄒᆞ믈 니긔지 못ᄒᆞᆯ ᄲᅮᆫ아니라, 진실노 가부(家夫)의 녕궤(靈几)를 밧드러 고향으로 도라갈 쥬변이 업ᄂᆞᆫ【33】지라.

션산이 낙양(洛陽)[936]이니 비록 항쥬(杭

(결권)

---

932)시하언(是何言)인고? : 이 무슨 말인가?

933)녕졍(零丁) : 세력이나 살림이 보잘것없이 되어서 의지할 곳이 없음.

934)상션부모(上鮮父母) : 위로는 부모가 일찍 돌아가셔 계시지 않음. *선(鮮); 일찍 죽다. 요사(夭死)하다. 요절(夭折)하다.

935)붕셩지통(崩城之痛) : 성이 무너져 내린 큰 슬픔이라는 뜻으로, 남편이 죽은 슬픔을 이르는 말

936)낙양(洛陽) : 중국 하남성(河南省) 서북부에

州)[937]셔 머지 아니나, 냥지 어렷고 친쳑이 업ᄉᆞ니 한갓 브ᄅᆞ지져 울 쁜이어ᄂᆞᆯ, 화염이 비록 쳔인이나 지식이 잇ᄂᆞᆫ지라. 스ᄉᆞ로 궁텬극통(窮天極痛)을 셔리담아 남장(男裝)을 곳치고 슈상(守喪)[938]ᄒᆞ여, 공의 녕구(靈柩)와 부인을 뫼셔 ᄌᆞ녀 비복을 거ᄂᆞ리고《낙양‖낙양》션산의 도라가 안장(安葬)ᄒᆞ고 셰월을 보ᄂᆡ나, 슈옥쇼져의 지통은 궁텬(窮天)의 고비(考妣)ᄅᆞᆯ 빵별ᄒᆞᆫ 회푀, 결비타인지비(決非他人之悲)[939]라.

슈옥쇼져의 명되(命途) 가지록 궁험ᄒᆞ여, 오시 ᄎᆞ년 츈(春)의 념질(染疾)[940]노 기셰(棄世)ᄒᆞ니, 화염이 ᄌᆞ녀ᄅᆞᆯ 거ᄂᆞ려 망극ᄒᆞ믈 니【36】긔지 못ᄒᆞ나, ᄯᅩᄒᆞᆫ 가계(家計) 일공(一空)ᄒᆞ여 조상 증상(蒸嘗)[941]도 이우지 못ᄒᆞ던 ᄎᆞ, ᄯᅩ 부인 상ᄉᆞᄅᆞᆯ 만나니 장ᄎᆞ 무어ᄉᆞ로 감장(勘葬)[942]ᄒᆞ리오. 가계ᄂᆞᆫ 스ᄉᆞ로 혜아리ᄃᆡ 빈한ᄒᆞ여 부인을 능히 장(葬)ᄒᆞᆯ 길이 업ᄉᆞ니, 화염이 이의 싱각ᄒᆞᄃᆡ,

"나ᄂᆞᆫ 임의 창기(娼妓)라. ᄂᆡ ᄌᆞ식이 창녜되나 현마 어이ᄒᆞ리오."

ᄒᆞ고, 제 ᄯᆞᆯ 낭옥과 슈옥 쇼져의 유뎨(幼弟)[943] 빙셜이 용뫼 아ᄅᆞᆷ다온 고로, 낙양 뎨

(결권)

있는 성 직할시. 화북평야(華北平野)와 위수(渭水) 강 분지를 잇는 요지로, 농해철도(隴海鐵道)가 지난다. 예로부터 여러 왕조의 도읍지로 번창하여 명승고적이 많다.

937)항쥬(杭州) : 중국 절강성(浙江省) 북부에 있는 도시.

938)슈상(隨喪) : 예제(禮制)를 지켜 상례를 치름.

939)결비타인지비(決非他人之悲) : 결코 다른 사람의 슬픔과 같지 않다.

940)념질(染疾) : ①염병(染病). 장티푸스. ②때에 따라 유행하는 전염성 질환.

941)증상(蒸嘗) : 종묘에 지내던 시제(時祭) 가운데 가을 제사와 겨울 제사를 함께 일컬은 말로, 일반적으로 제사를 뜻하는 말로 쓰인다. 『시경』〈천보(天保)〉에 "약사증상(禴祠烝嘗)을 선공과 선왕에게 올린다.[禴祠烝嘗, 于公先王]" 하였는데, 주희(朱熹)의 주(注)에 "종묘의 제사는 봄에는 사(祠), 여름에는 약(禴), 가을에는 상(嘗), 겨울에는 증(烝)이라고 한다." 하였다.

942)감장(勘葬) : 장사(葬事) 치르는 일을 마침.

943)유뎨(乳弟) : 같은 유모(乳母)의 젖을 나눠 먹은 이이들 중 나이가 어린 아이.

일 부창(富娼) 왕셜낭의게 오빅금을 밧고, 염이 스ᄉᆞ로 문권(文卷)을 민ᄃᆞ라 쥬고 금을 바다 오시롤 장ᄒᆞ고, 젹ᄌᆞ녀(嫡子女)로 더부러 슈션방【37】젹(繡線紡績)을 힘뼈 세월을 보닉더니, 공의 부부의 삼상(三喪)이 지나니 슈옥쇼져의 방향(芳香)이 ᄌᆞ연 먼니 젼ᄒᆞᄂᆞᆫ 지라. ᄉᆞ오간 모려(茅廬)의 옥화(玉花)의 셩화(聲華)롤 엇지 잘 감초리오.

닌가의 방탕ᄒᆞᆫ 나뷔와 미친 벌이 다토와 긔화(奇花)롤 엿보고져 ᄒᆞ여, 구혼ᄒᆞᄂᆞᆫ 미지(媒者) 문의 몌여시니, 염이 츄탁(推託)ᄒᆞ나 맛춤닉 방탕호졉(放蕩胡蝶)의 욕이 규리(閨裏)의 밋쳐, 젹녀(嫡女)의 평싱이 그릇될가 초조ᄒᆞ고, 제 ᄯᆞᆯ을 창누(娼樓)의 더져 종신계활(終身契活)이 아모리 될 쥴 모ᄅᆞ미 쥬야 슬허ᄒᆞ니, 창모(娼母) 왕셜낭은 의긔과인(義氣過人)ᄒᆞ고, ᄯᅩ 젼일 화【38】염으로 면분이 잇던지라, 그 졍ᄉᆞ롤 츄연ᄒᆞ여 부딕 낭옥의 신세롤 조히 제도(濟度)코져 ᄒᆞ므로, 깁히 두어 ᄉᆞ랑ᄒᆞ믈 친녀갓치 ᄒᆞ니, 반ᄃᆞ시 사롬을 뵈지 아니ᄒᆞ더니, 맛춤 화상셰 셤셔롤 진졍ᄒᆞ고 도라오ᄂᆞᆫ 위의 낙양의 밋ᄎᆞ니, 기야(其夜)의 화염과 왕픾 ᄭᅮᆷ을 어드니, 한 션인이 니ᄅᆞ딕,

"명일 딕귀인이 이 ᄯᅡ히 니ᄅᆞ리니 이 곳 영시 낭옥을 탕화(湯火)의 건지리니, 너희ᄂᆞᆫ 호의(狐疑)말고 낭옥과 빙셜노뼈 아즁(衙中)의 나아가 연회의 풍악을 밧들게 ᄒᆞ라. 만일 일시 탄【39】몽(誕夢)이라 ᄒᆞ여 취신(取信)치 아닌즉, 금년 닉의 딕홰(大禍) 잇셔 영시 낭옥이 죽기롤 면치 못ᄒᆞ리라."

ᄒᆞ거ᄂᆞᆯ, 화염이 놀나 ᄳᆡ엿《더니∥다가》, 아춤의 ○○○[왕픾롤] 만나 몽ᄉᆞ(夢事)롤 셔로 니ᄅᆞ며 이상타 ᄒᆞ엿더니, 문득 관부(官府)로셔 ᄎᆡ관(差官)이 니ᄅᆞ러 왕파롤 ᄎᆞᄌᆞ 혼동왈,

"오ᄂᆞᆯ 딕ᄉᆞ마(大司馬) 화노얘 셤셔롤 졍(定)ᄒᆞ고 니리 지닉시니, 닌읍 제노얘 니ᄅᆞ러 모다 셜연(設宴)ᄒᆞ여 화노야롤 딕졉ᄒᆞ려 ᄒᆞᄂᆞᆫ지라. 일등 녀기(女妓)롤 ᄲᅢ 딕령(待令)ᄒᆞ라."

(결권)

ᄒᆞ고 도라가니, 냥인이 몽ᄉᆡ 거의 암합(暗合)ᄒᆞ믈 의괴ᄒᆞ나, ᄎᆞᆷ아 낭옥을 연회【40】의 보니믈 결(決)치 못ᄒᆞ더니, 믄득 금ᄉᆞ롱(錦紗籠)[944]의 잉뮈(鸚鵡) 닉다라 말ᄒᆞ여 니ᄅᆞ딕,

"파파ᄂᆞᆫ 근심 말나. 화병부ᄂᆞᆫ 영시 냥낭(兩娘)의 텬졍가연(天定佳緣)이라. 벽[영]낭의 형뎨 노쥬(奴主) 삼인의 연분이 화상셔긔 잇ᄂᆞ니라."

화염과 왕피 크게 긔이히 너겨, 드듸여 ○○[낭옥] 빙셜을 단장ᄒᆞ여 관아의 드렷더니, 과연 낭옥 빙셜이 화상셔의 영풍쥰골(英風俊骨)과 부귀 혁혁ᄒᆞ미 진실노 쇼원의 영합ᄒᆞ나, 블과 노류장화(路柳墻花)의 일홈을 비러시니, 금야의 져 귀인의 일시 가ᄎᆞᄒᆞ믈[945] 어더시나, 명조(明朝)의 멍에ᄅᆞᆯ 두로현즉, 【41】헛된 호졉(胡蝶)의 인연을 ᄎᆞ셰(此世)의 엇기 어려올지라.

임의 년화분두(煙花粉頭)[946]의 일홈이 낫고 쳔ᄒᆞ니, 엇지 직희고져 ᄒᆞᆫ들 쉬오리오. 당당이 한번 죽어 ᄉᆞ문(士門)을 욕지 아닐 ᄯᅳᆺ이 이시미, 스ᄉᆞ로 심ᄉᆡ 쳑감ᄒᆞ믈 ᄻᅵ닷지 못ᄒᆞ여 빵셩(雙星)의 쳐ᄉᆡᆨ(悽色)이 어릭고, 뉴미(柳眉)의 창원(愴怨)[947]이 어릭엿더니, 상셰 은근이 므ᄅᆞ믈 당ᄒᆞ여 낭옥 등이 시러곰 쇼회ᄅᆞᆯ 은닉지 못ᄒᆞ여 진졍을 셜파코져 ᄒᆞ미, 스ᄉᆞ로 셜우미 겸발ᄒᆞ니 오열ᄒᆞ여 말을 못ᄒᆞᄂᆞᆫ지라.

빙셜이 이의 옥안의 진쥬 이슬이 낭낭이 ᄆᆡᄌᆞ 오열【42】냥구(良久)의, 면젼의 ᄭᅮ러 ᄌᆞ초지종(自初至終)을 고ᄒᆞ미 말노 조ᄎᆞ 눈물이 ᄉᆞ미ᄅᆞᆯ 젹시ᄂᆞᆫ지라.

상셰 쳥파의 낭옥의 졍ᄉᆞᄅᆞᆯ 크게 슬피 너기며 화염의 의긔ᄅᆞᆯ 감탄ᄒᆞ여, 츄연 위로 왈,

"여등(汝等) 노쥬(奴主)의 졍ᄉᆞᄅᆞᆯ 드ᄅᆞ니 인심이 ᄌᆞ못 츄연ᄒᆞᆫ지라. ᄂᆡ 비록 고인의 의긔ᄅᆞᆯ 밋지 못ᄒᆞ나, 당당이 너희 일가ᄅᆞᆯ 거ᄂᆞ

---

944)금ᄉᆞ롱(錦紗籠) : 비단으로 꾸민 새장.
945)가ᄎᆞᄒᆞ다 : 가까이하다. 사랑하다.
946)년화분두(煙花粉頭) : 기녀의 분바른 얼굴.
947)창원(愴怨) : 마음 속 깊이 품고 있는 슬픔과 원망.

(결권)

려 경ᄉᆞ(京師)의 올나가, 현인의 종(宗)이 완젼ᄒᆞ고, ᄉᆞ(嗣)ᄅᆞᆯ 졀(絶)치 아니케 ᄒᆞ리라.”

낭옥 등이 ᄃᆡ열 감은ᄒᆞ여 고두ᄉᆞ례(叩頭謝禮)ᄒᆞ더라.

상셰 ᄎᆞ야의 낭녀로 ᄉᆞ후(伺候)ᄒᆞ게 ᄒᆞ나, 낭옥이 비록 그 어미 창【43】기나 아뷔 ᄉᆞ족(士族)이오, 기모의 의긔ᄅᆞᆯ 긔특이 너겨 ᄌᆞ긔 임의 그 졍니(情理)ᄅᆞᆯ 긍측(矜惻)히 너기고 ᄌᆡ용(才容)을 ᄉᆞ랑ᄒᆞ여 금ᄎᆞ지녈(金釵之列)의 두고ᄌᆞ ᄒᆞ미, 근본을 알며 셜압(褻狎)ᄒᆞᆫ즉 이ᄂᆞᆫ 낭옥의 원이 아니라. 그윽이 민지긍지(憫之矜之)ᄒᆞ미 집슈(執手) 친근ᄒᆞᆯ지언졍, 침셕(寢席)의 은ᄋᆡ(恩愛)ᄂᆞᆫ 머므ᄅᆞ미 업ᄉᆞ니, 《낙옥‖낭옥》이 ᄀᆡᆨ골(刻骨)ᄒᆞ미 이 가온ᄃᆡ 잇더라.

샹셰 그윽이 유의(有意)ᄒᆞ미 잇셔, 냥녀ᄅᆞᆯ ᄃᆡᄒᆞ여 영쇼져 현부(賢否)ᄅᆞᆯ 쓰리쳐 므ᄅᆞ니, 빙셜이 츄연탄식 왈,

“우리 쇼져ᄂᆞᆫ 션노야 쳔금농쥬(千金弄珠)시니, ‘화월(花月)이 슈ᄐᆡ(羞態)’[948]ᄒᆞᄂᆞᆫ 식광(色光)이【44】잇고, 요조(窈窕)ᄒᆞᆫ 셩덕이 ᄲᅢ혀나시니, 이곳 당ᄃᆡ의 슉녀가인(淑女佳人)이시라.”

ᄒᆞᆫᄃᆡ, 상셰 우왈,

“영쇼졔 사문(士門) 규와(閨瓦)[949]로 이러틋 ᄌᆡ뫼쌍젼(才貌雙全)ᄒᆞ고 년긔 계ᄎᆞ(繫釵)[950]의 밋쳐 계시다 ᄒᆞ니 반ᄃᆞ시 슌향[951]

(결권)

---

948)화월(花月) 슈ᄐᆡ(羞態) : ‘꽃과 달이 부끄러워할 자태(姿態)’ 라는 말로, 폐월수화지태(閉月羞花之態; 달이 숨고 꽃이 부끄러워할 만큼 여인의 자태가 아름다움)를 변형하여 표현한 말.

949)규와(閨瓦) : 규수(閨秀). * ‘규와(閨瓦)’의 ‘와(瓦)’는 ‘농와지경(弄瓦之慶)’의 ‘와(瓦)’로, 딸을 비유적으로 일컫는 말.

950)계ᄎᆞ(笄叉) ; 비녀를 꽂음. *본문에서 “년긔 계ᄎᆞ(繫釵)의 밋쳐 계시다.‘고 한 말은 영소저가 비녀를 꽂을 나이 곧 성년례[계례(笄禮)를 행할 나이가 되었다는 뜻이다. 예전에 남녀가 15세가 되면, 어른이 되었다는 의미로 남자는 관례(冠禮)라 하여 '상투를 틀고 갓을 쓰는 성년례‘를, 여자는 계례(笄禮)라 하여 ‘땋았던 머리를 풀고 비녀를 꽂아 쪽을 찌는 성년례’를 행하였다.

951)슌향 : 신랑감. *슌향을 졈복(占卜)ᄒᆞ다; 신랑감을 정하다.

을 유의ᄒᆞᆫ 곳이 잇ᄂᆞ냐?"

빙셜이 츄연 ᄃᆡ왈,

"ᄃᆡ쥬인 부뷔 셰상의 머무지 아니시고, 유인(孺人)이 가ᄉᆞ(家事)ᄅᆞᆯ 쥬장ᄒᆞ여시나, 가계 일공(一空)ᄒᆞ오니 ᄉᆞ부지족(士夫之族)의셔 뉘 고ᄀᆡ 조으리잇고? 이러므로 당시의 구혼ᄒᆞ신 곳이 업ᄂᆞ이다. 유인이 일노뼈 더옥 셜워 ᄒᆞᄂᆞ이다."

샹셰 졈두(點頭)ᄒᆞ고 심하의 영시의 아ᄅᆞᆷ【45】다오믈 깃거 혜오ᄃᆡ,

"ᄂᆡ 경ᄉᆞᄅᆞᆯ ᄯᅥ날 젹 엄문 형뎨ᄅᆞᆯ ᄃᆡᄒᆞ여 최부인 거동을 ᄆᆡᆨ밧고져[952] ᄒᆞ여, 여ᄎᆞ여ᄎᆞ ᄒᆞ엿더니, 공교히 이곳의 와 영시 형뎨 노쥬ᄅᆞᆯ 만나시니, 이 역(亦) 텬연(天緣)이 범연치 아니미로다. 비록 경ᄉᆞ의 가 부젼의 죄ᄎᆡᆨ(罪責)을 밧ᄌᆞ올지언졍, 영시ᄅᆞᆯ 췌ᄒᆞ고 낭옥 빙셜노뼈 희쳡(姬妾)의 슈ᄅᆞᆯ ᄎᆡ오리라."

ᄒᆞ더라.

명일의 ᄌᆞᄉᆞ(刺史)와 닌현(隣縣) 관원이 다 모다 문안ᄒᆞ거ᄂᆞᆯ, 상셰 은은(隱隱)○[이] 우ᄃᆡᄒᆞ여 보ᄂᆡ고, 창모(娼母) 왕파ᄅᆞᆯ 불너 은근이 후ᄃᆡᄒᆞ고, 금ᄇᆡᆨ(金帛)으로 즁상ᄒᆞ고【46】영가의 구혼ᄒᆞ라 ᄒᆞ니, 왕픠 ᄃᆡ희ᄒᆞ여 칭ᄉᆞᄒᆞ고 영부의 니ᄅᆞ러 화염의게, 화상셔의 져ᄅᆞᆯ 금ᄇᆡᆨ으로 상ᄉᆞᄒᆞᆷ과 ᄯᅩ 영쇼져로 구혼ᄒᆞ던 말을 젼ᄒᆞ니, 염이 청파의 ᄎᆞ경ᄎᆞ희(且警且嬉)[953]ᄒᆞ여 아모리 ᄒᆞᆯ 쥴 ᄉᆡᆼ각지 못ᄒᆞ고 오직 왕파와 서로 보와 유예미결(猶豫未決)ᄒᆞ니 왕픠 간왈,

"비록 ᄉᆞ셰난측(事勢難測)ᄒᆞ나 당시 화노야 갓ᄒᆞᆫ 영웅쥰골(英雄俊骨)을 만날 길히 업ᄉᆞ니, ᄉᆞᆼ냥(商量)ᄒᆞ여 노치치 말나."

염이 쳬읍 비열(悲咽) 왈,

"ᄂᆡᆫ들 화노애 영걸인 쥴 모로미 아니로ᄃᆡ, 쇼져ᄅᆞᆯ 극진이 길너 신셰 잔잉【47】ᄒᆞ시니, 평ᄉᆡᆼ계활이나 안한ᄒᆞ여 션노야(先老爺)와 션부인의 날 ᄉᆞ랑ᄒᆞ시던 바ᄅᆞᆯ 져바리지 말과

(결권)

---

952)ᄆᆡᆨ밧다 : 살피다. 의중을 떠보다. 시험(試驗)하다.

953)ᄎᆞ경ᄎᆞ희(且驚且喜) : 한편으로 놀라면서 한편으로 기뻐함.

져, 쥬야 원이 구곡(九曲)의 ᄆᆡ쳣거ᄂᆞᆯ, 화노애 원비(元妃) 계시니 결혼ᄒᆞ엿다가 혹ᄌᆞ 원비 현숙지 못ᄒᆞ시면, 우리 ᄋᆡ련(哀憐)ᄒᆞ신 쇼져의 평ᄉᆡᆼ 신세ᄅᆞᆯ 마ᄎᆞ실가 겁(怯)ᄒᆞ여, ᄂᆡ 심ᄉᆡ 측냥치 못ᄒᆞᆯ노다."

왕ᄑᆡ ᄌᆡ삼,

"그러치 아닐 듯ᄒᆞ니 놋치 말나,"

ᄒᆞ고 도라가니, 화염이 ᄉᆡ로이 심회 측냥 업서, 아모리 ᄒᆞᆯ 쥴 몰나, 화상셔의 영풍쥰골과, 쇼년 진신(搢紳)으로 상춍(上寵)의 늉셩ᄒᆞ심과, 《식음‖시금(時今)》의 【48】영광과 부귀ᄅᆞᆯ 블승흠앙(不勝欽仰)ᄒᆞ던 고로, 쇼져ᄅᆞᆯ 구혼ᄒᆞ믈 블승과망(不勝過望)ᄒᆞ여 연망이 쇼져ᄅᆞᆯ 보고 슈말을 니ᄅᆞ고, 우왈,

"쇼제 이제 노야와 부인이 아니 계시고 뉵친(肉親)이 희쇼(稀少)ᄒᆞ여 종신ᄃᆡᄉᆞ(終身大事)954)ᄅᆞᆯ 의논ᄒᆞ 리 업ᄂᆞᆫ지라. 이제 져 화병부ᄂᆞᆫ 문지(門地) 혁혁(赫赫)ᄒᆞ고 부귀 영춍이 당셰의 유명ᄒᆞ여, 풍신ᄌᆡ홰(風神才華) 옥인영걸(玉人英桀)이라. 쇼져ᄅᆞᆯ 구혼ᄒᆞ시미 여ᄎᆞᄒᆞ시니, 쳡의 마음은 혼체(婚處) 미흡ᄒᆞᆫ ᄇᆡ 업서 허혼(許婚)코져 ᄒᆞᄂᆞ니, 쇼져의 뜻은 엇더ᄒᆞ시니잇고?"

쇼제 ᄯᅩᄒᆞᆫ 거야(去夜) 몽즁의 부뫼 니ᄅᆞ러 명【49】명(明明)이 니ᄅᆞᄃᆡ,

"화상셔ᄂᆞᆫ 아녀의 평ᄉᆡᆼ가위(平生佳偶)라 숑시(화염이 숑시라.) 비록 쳔ᄒᆞ나, ᄌᆞ못 지식이 고명(膏明)ᄒᆞ고 원녜(遠慮) 심원(深遠)ᄒᆞ니, 일종 숑시 지휘 ᄃᆡ로 ᄒᆞ라."

ᄒᆞ거ᄂᆞᆯ, 쇼제 놀나 슬허 야랑(爺郎)의 옷깃ᄉᆞᆯ 븟드러 ᄋᆡ읍(哀泣)ᄒᆞ다가 ᄭᆡ다ᄅᆞ니 침변일몽(枕邊一夢)이라.

ᄌᆞ못 명명ᄒᆞᆫ지라. 셔모(庶母)의 말을 듯고 슈ᄉᆡᆨ(羞色) 냥구(良久)의 나즉이 답왈,

"셔뫼 날을 그ᄅᆞᆺ 제도(濟度)치 아니러니, 규즁 쇼ᄋᆡ 무ᄉᆞᆫ 의리ᄅᆞᆯ 알니잇고?"

화염이 쇼져의 온유미약(溫柔微弱)ᄒᆞ믈 어엿비 너기고, 일변 츄관(推官)과 부인을 ᄉᆡᆼ각ᄒᆞ여 눈물을 ᄲᅮ려 슬허ᄒᆞ【50】며, 왕파로 상

(결권)

954)종신ᄃᆡᄉᆞ(終身大事) : 평생에 관계되는 큰일이라는 뜻으로, '결혼'을 이르는 말.

셔긔 허혼ᄒᆞ니,

"상셰 딕희ᄒᆞ여 이의 햐쳐(下處)955)의 머므러 길일을 턱ᄒᆞ니, 하늘이 영시 형뎨의 궁박ᄒᆞᆫ 졍니를 어엿비 너기ᄂᆞᆫ 고로 길긔(吉期) 촉박ᄒᆞ여 겨유 슌일(旬日)이 가렷더라.

상셰 혼ᄉᆡ(婚事) 슈이 되믈 깃거 길일의 쳔금빙폐(千金聘幣)ᄅᆞᆯ 힝ᄒᆞ고, 다시 위의ᄅᆞᆯ 갓초와 녜로ᄡᅥ 영가의 나아가니, 슈간 모옥(茅屋)의 문난(門欄)의 광ᄎᆡ 빗나믈 인인이 ᄃᆡ경 칭찬ᄒᆞ고, 본관 ᄌᆞᄉᆞ와 닌현(隣縣)이 친히 니ᄅᆞ러 금은필빅(金銀匹帛)으로 혼슈(婚需)ᄅᆞᆯ 돕고, 요긱(繞客)이 되여시니 견ᄌᆡ 칭션ᄒᆞ더라.

화상셰 냥녀ᄅᆞᆯ 십분 총【51】ᄋᆡᄒᆞ여 타일 경ᄉᆞ의 도라가 냥옥으로 웃듬 ᄌᆞ리ᄅᆞᆯ 쥬고, 빙셜은 옥미 등 냥녀와 한가지로 금ᄎᆞ지녈(金釵之列)을 치오려 ᄒᆞ더라.

상셰 동방(洞房)의 나아가 영쇼져로 더부러 합환교비(合歡交拜)ᄅᆞᆯ 파ᄒᆞ고, 눈을 드러 신부ᄅᆞᆯ 보니, 비록 엄부인의 교ᄌᆞ염질(嬌姿艶質)의 긔화명월(奇花明月) 갓흔 ᄌᆡ용(才容)을 밋지 못ᄒᆞ나, 션연(鮮姸) 쇼담ᄒᆞ여 계화일지(桂花一枝) 풍젼(風前)의 휘드ᄂᆞᆫ 듯, 작약뇨라(婥約姚娜)ᄒᆞ여 향미(香梅) 납셜(臘雪)을 아쳐ᄒᆞᄂᆞᆫ 듯, 온유단슉(溫柔端肅)ᄒᆞ여 일ᄃᆡ가인(一代佳人)이라.

상셰 심하의 깃거ᄒᆞ며 ᄋᆡ련ᄒᆞ믈 니긔지 못ᄒᆞ더라.

ᄎᆞ야의 【52】부뷔 동실ᄒᆞᄆᆡ 은ᄋᆡ 흡연ᄒᆞ여 교칠의 지나더라.

화염이 상서의 긔이ᄒᆞᆫ 풍용을 우러러 두긋거옴과 쥬군(主君) 부부의 일즉 별셰ᄒᆞ여 이 갓흔 영화ᄅᆞᆯ 홀노 보믈 슬허ᄒᆞ더라.

상셰 본관(本官) 닌현(隣縣)의 드리ᄂᆞᆫ 녜단(禮單)을 다 화염을 쥬니, 화염이 즉시 ᄃᆡ가(大家)ᄅᆞᆯ 니로혀 즙물(什物)을 졍제ᄒᆞ여, 츄관 부부의 묘쇼ᄅᆞᆯ 슈츅ᄒᆞ니 혁혁ᄒᆞᆫ 부귀 일조의 훤혁ᄒᆞ니, 닌니(隣里) 업슈이 너기던 지

955)하쳐(下處) : 사처. 손님이 길을 가다가 묵음. 또는 묵고 있는 그 집. 일시적으로 머물고 있는 집.

(결권)

다 츄복(推服)ᄒᆞ더라.

상셰 또 왕파를 쳔금으로 상ᄒᆞ고 은근 우ᄃᆡᄒᆞ니, 왕파 화염의 황감【53】ᄒᆞ믄 블가형언이라.

상셰 영쇼져로 신졍(新情)이 결연ᄒᆞ나 시러곰 ᄒᆞᆯ일업셔 오릐 뉴련ᄒᆞ미 가치 아녀, 이의 쇼져와 화염 모녀와 빙셜을 ᄃᆡᄒᆞ여, ᄌᆞ기 몬져 상경ᄒᆞ여 부모슉당긔 고ᄒᆞᆫ 후, 권실(眷室)ᄒᆞ믈 니ᄅᆞ고 그 ᄉᆞ이 보즁ᄒᆞ믈 니ᄅᆞ니, 쇼져와 낭옥 등은 슈식저미(愁色低眉)ᄒᆞ여 다만 슈명ᄒᆞ고, 화염은 눈물을 ᄲᅮ려 결연ᄒᆞ믈 니긔지 못ᄒᆞ더라.

화상셰 바야흐로 즁ᄉᆞ(中使)로 더부러 힝편을 경ᄉᆞ로 두로혈 시, 닌현이 셜연 젼숑ᄒᆞ여 니별ᄒᆞ더라.

상장(上將)으로븟터 십만ᄉᆞ졸의 니ᄅᆞ히 니【54】향(離鄕) 니국(離國)○○[ᄒᆞᆫ 지] 긔년(朞年)이라. ᄉᆞ향지심(思鄕之心)이 시위 ᄯᅥ난 살갓ᄒᆞ여, 쳥산(靑山)의 그림ᄌᆞ롤 조ᄎᆞ 종슈(鐘獸)[956]의 방울을 응ᄒᆞ여, 슈순지후(數旬之後)의 상경ᄒᆞ여 경도(京都)의 도라오니, 몬져 문외의 형뎨 친족과 붕위(朋友) 먼니 와 마ᄌᆞ, 햐쳐(下處)의 쉬여 총총이 별회롤 니ᄅᆞ고, 장졸을 거ᄂᆞ려 즁ᄉᆞ로 더부러 예궐(詣闕) 슉ᄉᆞ(肅謝)ᄒᆞ니, 만셰황얘 금난뎐(金鑾殿)[957]의 슉위(肅威)롤 비셜ᄒᆞ시고 광녹시(光祿寺)의 셜연(設宴)ᄒᆞ여 문무 제신으로 더브러 군신이 즐기시니, 화병뷔 공이 미(微)ᄒᆞ고 작상(爵賞)이 과도ᄒᆞ시믈 ᄉᆞ양ᄒᆞ온ᄃᆡ, 상이 종블윤(終不允)ᄒᆞ시고, 츌ᄉᆞ(出師)ᄒᆞ【55】엿던 장졸을 각각 공뇌롤 등픔(等品)ᄒᆞ여 작녹(爵祿)을 고로로[958] 나리오시니, 셩텬ᄌᆞ의 우로지튁(雨露之擇)이 초목 곤츙의도 미ᄎᆞ믈 알니러라.

종일 진환(盡歡)ᄒᆞ미 군신이 낙극진취(樂極

(결권)

---

956)종슈(鐘獸) : 말종방울을 달고 있는 짐승. 곧 말•소 등의 짐승. *말종방울: 종 모양으로 생기고 위에 꼭지가 달린, 말에 다는 방울.≒마탁

957)금난뎐(金鑾殿) : 당대(唐代)의 궁전 이름.으로, 천자가 조회를 받는 정전(正殿).

958)고로로 : 고루. 골고루. 고르게.

盡醉)ᄒᆞ여 일모황혼(日暮黃昏)의 어가(御駕) 닉뎐으로 드ᄅᆞ시고, 제신이 퇴조ᄒᆞ니 화병뷔 궐문을 나미, 슉부와 냥형이 한가지로 슐위를 미러 부즁의 니ᄅᆞ니, 동복(僮僕)이 환영(歡迎)ᄒᆞ고, 문의 곤옥(崑玉)[959]이 빵빵이 부친을 마ᄌᆞ 넘노니, 진실노 치ᄌᆞ(穉子)는 후문(侯門)이라.

드ᄃᆡ여 ᄉᆞ묘(祠廟)의 뵈알ᄒᆞ고 부모 슉당긔 뵈현ᄒᆞ니, 쳐ᄉᆞ 부뷔 아ᄌᆞ의 절【56】ᄒᆞ기를 님ᄒᆞ여 숀을 잡고 등을 어로만져 두굿기믈 마지 아니ᄒᆞ고, 훤당(萱堂)을 우러러 효ᄌᆞ의 심시 흔흡ᄒᆞ니, 냥졍이 간격ᄒᆞ미 업더라.

상셰 눈을 드러 부인을 보미 ᄌᆞ못 흔연ᄒᆞ믈 니긔지 못ᄒᆞ더라.

상셰 시야의 부슉을 시침ᄒᆞ고 형뎨 힐항(頡頏)[960]ᄒᆞ미 별회 슈어만이라. 일구로 형언치 못ᄒᆞ리러라.

슈일 후 부인을 ᄎᆞᄌᆞ 구졍(舊情)을 니으니 환흡ᄒᆞ미 비길 ᄃᆡ 업더라.

상셰 일일은 조회를 파ᄒᆞ고 엄부의 나아가 악부모(岳父母)를 뵈현ᄒᆞ니, 틱ᄉᆞ 부뷔 깃부믈 니긔지 못【57】ᄒᆞ여, 최부인은 화긔(和氣) 온ᄌᆞ(溫慈)ᄒᆞ니 엄싱 등이 뷔반(杯盤)을 나와 회히(詼諧) ᄌᆞ약ᄒᆞ더니, 시랑(侍郞) 운이 문득 우어 왈,

"문쉬 경ᄉᆞ를 써날 제 여ᄎᆞ여ᄎᆞ 말ᄒᆞ더니 ᄃᆡ강 미ᄌᆞ를 두리믈 과도ᄒᆞ닷다. 낙양 쇼항쥬(蘇杭州)[961] 갓흔 부요지디(富饒之地)의 초요월안(楚腰月顔)을 맛춤닉 지닉보지 아냐시리로다."

병뷔 봉안(鳳眼)을 빗기 써 미쇼 왈,

"장뷔 엇지 거즛말을 ᄒᆞ리오. 쇼뎨 임의 화옥갓흔 쳐첩을 빵빵이 갓초아 두고 왓ᄂᆞ니, 반ᄃᆞ시 블구(不久)의 권솔(眷率)ᄒᆞ려 ᄒᆞ

---

959)곤옥(崑玉) : 중국 전설상의 산인 곤륜산(崑崙山)에서 난다는 옥(玉). 여기서는 뛰어난 남아(男兒)들을 비유적으로 표현한 말.

960)힐항(頡頏) : 힐지항지(頡之頏之). '새가 날면서 오르락내리락 함'을 나타낸 말로 형제간에 우애하며 지내는 모양을 이르는 말.

961)쇼항쥬(蘇杭州) : 중국의 도시인 소주(蘇州)와 항주(杭州)를 함께 이르는 말. 소주는 강소성(江蘇省)에, 항주는 절강성(浙江省)에 있다.

(결권)

노라."

엄학식 디쇼 왈,

"거즛말 말나. 네 본디 이쳐긱(愛妻客)이여든 니런 범남(氾濫)훈 말【58】을 ᄒᆞᄂᆞᆫ다? 열업순 말 ᄒᆞ다가 미지 드ᄅᆞ면, 네 엇지 위증(魏徵)[962] 왕도(王導)[963]의 경계ᄅᆞᆯ 아니 당ᄒᆞ리오."

병뷔 엄어ᄉᆞ의 지취(再娶) 양시훈 쥴 아랏ᄂᆞᆫ지라. 환연(歡然)디쇼 왈,

"원니 존부 가법은 어렵닷다. 쇼뎨 드ᄅᆞ니 명유 형이 지취ᄒᆞ다 ᄒᆞ더니, 문 슈(嫂)의 노ᄅᆞᆯ 만나 타협ᄒᆞᄂᆞᆫ 경계ᄅᆞᆯ 만나도다. 위증(魏徵) 왕도(王導)ᄂᆞᆫ 용녈(庸劣)훈 지상이오. 형은 당셰 녹녹훈 졸시(卒士)라. ᄎᆞ언이 괴이치 아니ᄒᆞ거니와, 이 화문슈ᄂᆞᆫ 군ᄌᆞ호걸(君子豪傑)이라. 엇지 쳐ᄌᆞᄅᆞᆯ 두려 긔운을 펴지 못ᄒᆞ리오. 형이 고어(古語)ᄅᆞᆯ 듯지 못ᄒᆞ엿ᄂᆞᆫ다? 장부일언(丈夫一言)은【59】두 번 곳치지 아니ᄒᆞᄂᆞ니, 쇼뎨 진실노 금도ᄎᆞ힝(今到此行)의 형형염식(形形艶色)과 찬찬화미(燦燦華美)ᄅᆞᆯ 유졍(有情)ᄒᆞ여 빈어(嬪御)[964]의 슈ᄅᆞᆯ 치올 ᄲᅮᆫ아니라, ᄉᆞ문명가(士門名家)의 슉녀ᄅᆞᆯ 지취(再娶)ᄒᆞ엿ᄂᆞ니, 블구(不久)의 쇼식이 이시리라."

엄싱 등이 본디 화병부의 거즛말 아닛ᄂᆞᆫ 쥴은 아ᄂᆞᆫ지라. 그 말솜이 졍녕(丁寧)ᄒᆞ믈 놀나고 의아ᄒᆞ여, 다시 말을 도도아 왈,

"만만(萬萬) 무거지언(無據之言)이라. 당당훈 장뷔 취실(娶室)ᄒᆞ미 엇지 블고이취(不告而娶)[965]ᄒᆞ리오."

화상셰 술이 반취(半醉)ᄒᆞ엿ᄂᆞᆫ지라. 취즁의

(결권)

962)위징(魏徵) : 580-643. 중국 당나라 초기의 공신·학자. 자는 현성(玄成). 현무문의 변(變) 이후, 태종을 섬겨 간의대부 등의 요직을 역임하였고, 후에 재상으로 중용되었다. 굽힐 줄 모르는 직간으로 황제 태종을 보필한 것으로 유명하다. ≪양서≫, ≪진서≫, ≪북제서≫, ≪주서≫, ≪수서≫의 편찬에 관여하였다.

963)왕도(王導) : 진(晉)나라 원제(元帝) 때의 정치가. 승상과 태부(太傅)를 역임하였다.

964)빈어(嬪御) : '임금의 후궁'이나 '사대부의 첩'을 이르는 말.

965)블고이취(不告而娶) : 부모의 허락을 얻지 않고 장가를 듦.

더옥 악모(岳母)의 투협(妬狹)ᄒᆞ믈 뮈이 너기니, 엇지 젼두롤 혜아려 ᄎᆞ【60】ᄉᆞ(此事)를 은휘(隱諱)ᄒᆞ리오.

의시 이의 밋ᄎᆞ미, 인ᄒᆞ여 낙양의 니ᄅᆞ러 영시롤 지취ᄒᆞ고, 낭옥 셜빙을 작쳡(作妾)ᄒᆞ여 슈히 경ᄉᆞ로 다려올 쥴 ᄌᆞ초지종(自初至終)을 일일히 니ᄅᆞ니, 엄학ᄉᆞ 등은 어이업셔 말을 아니ᄒᆞ나, 최부인은 이 말을 드ᄅᆞ미 발연이 작식 왈,

"현셔(賢婿) 본디 풍뉴탕지(風流蕩子)라. 이제 미녀롤 지취ᄒᆞ고 명기(名妓)롤 작쳡ᄒᆞ미 엇지 녀아의 은ᄋᆡ(恩愛) 여젼ᄒᆞ리오."

ᄒᆞ여, 분분(忿憤)ᄒᆞᆫ 긔운을 니긔지 못ᄒᆞ니, 상셰 니심의 우이너겨 다만 ᄉᆞ샤(謝辭)ᄒᆞ고 파ᄒᆞ여 도라오니, 최부인이 화상셔의【61】일을 십분 분노ᄒᆞ여 능히 진졍치 못ᄒᆞ여, 이의 글월을 닷가 화부 니참군 부인긔 보니여, 상셔의 말이 여ᄎᆞ여ᄎᆞᄒᆞ니 그 진가(眞假)롤 ᄌᆞ시 알과져 ᄒᆞ여시니, 니참군은 곳 화상셔의 셔종뎨(庶從弟)로, 그 부인은 최부인의 셔미(庶妹)라.

니참군의 부인은 이 일을 ᄌᆞ시 드러 아ᄂᆞᆫ지라. 이의 회답ᄒᆞ여 상셔의 일이 젹실ᄒᆞ믈 보ᄒᆞ니, 부인이 간필(看畢)의 ᄃᆡ경실식(大驚失色)ᄒᆞ여, 급히 니참군의 쳐의 글월을 가져 ᄐᆡᄉᆞ긔 뵈니, ᄐᆡ시 견파(見罷)의 화싱의 남ᄉᆞ(濫事)롤 어이업시 너기나, 부인【62】의 너모 분노ᄒᆞ믈 미온ᄒᆞ여 졍식 왈,

"남ᄌᆞ의 호신(豪身)[966]ᄒᆞ미 상시(常事)니, 셜ᄉᆞ 아들이 ᄉᆞ오나와 부모긔 긔이고 취실작쳡ᄒᆞ여도 홀일업ᄉᆞ려든, ᄉᆞ회 호신(豪身)ᄒᆞ믈 우리 홀노 엇지홀 거시라, 부인이 너모 다ᄉᆞ이 구ᄂᆞ뇨? 연이나 부인은 녀아롤 경계ᄒᆞ여 젼도(轉倒)ᄒᆞᆫ 괴시(怪事) 업게 ᄒᆞ쇼셔."

부인이 엇지 그러이 너기리오. ᄐᆡᄉᆞ의 엄슉ᄒᆞ믈 기탄ᄒᆞ여 비록 말을 아니나, 분노롤 니긔지 못ᄒᆞ여 즉시 녀아의게 만편 셜화롤 닷가 보니니, ᄃᆡ강 ᄉᆞ의(辭意) 왈,【63】

"화싱이 금도(今道) ᄎᆞᄒᆡᆼ(此行)의 여ᄎᆞ여ᄎᆞᄒᆞ여 영시 녀ᄌᆞ롤 지취ᄒᆞ고, 또 두 창희(娼

(결권)

---

966)호신(豪身) : 몸을 사치스럽고 화려하게 꾸밈.

姬)를 유졍(有情)ᄒᆞ여 한가지로 영가의 두엇다 ᄒᆞ니, 블구의 녀아의 강젹(强敵)이 셩하(城下)의 둔취(屯聚)ᄒᆞ리니, 환난이 업지 아닐지라. 화싱은 본ᄃᆡ 풍뉴(風流) 허랑(虛浪)ᄒᆞᆫ 남ᄌᆡ라. 만일 녀무(呂武)[967] 갓흔 녀ᄌᆞ와 ᄆᆡ달(妹妲)[968] 갓흔 간쳡(奸妾)이 좌우로 강셩ᄒᆞ면, 녀아의 신셰 엇지 위란(危亂)치 아니리오. 노뫼 작일 화싱의 언단이 여ᄎᆞ여ᄎᆞ(如此如此)ᄒᆞ믈 의심ᄒᆞ여, 셔찰노뼈 니실의게 므ᄅᆞ니, 그 답찰이 여ᄎᆞ여ᄎᆞᄒᆞᆫ지라. 일노조ᄎᆞ 영녀【64】의 아ᄅᆞᆷ다옴과 냥창(兩娼)의 교미(嬌美)ᄒᆞ믈 알지라. 녜븟터 장부의 마ᄋᆞᆷ은 밋을 거시 업ᄉᆞ니, 화랑이 엇지 녜[969]를 닛지 아니ᄒᆞ며, 시[970]를 혹(惑)지 아닐 쥴을 알니오. 노뫼 ᄎᆞ언을 드ᄅᆞᄆᆡ 녀아의 신셰를 혜아려 심신이 아득ᄒᆞ믈 니긔지 못ᄒᆞ리로다. 녀아는 너의 구고긔 이 ᄉᆞ연을 알외고 쾌히 도라와 경박탕ᄌᆞ(輕薄蕩子)의 은ᄋᆡ(恩愛)를 거릿기지 말나. 또 필부의 경박ᄒᆞᆫ 욕을 밧지 아냐셔 몬져 도라오라."

ᄒᆞ엿더라.

ᄆᆡ션이 부인의 명을 밧ᄌᆞ와 화부의 니ᄅᆞ러 쇼【65】져긔 글월을 드리니, 쇼졔 졍히 봉피(封皮)를 ᄯᅦ히고져 ᄒᆞ더니, 믄득 졍당 시녜 존당 쇼명(召命)을 젼ᄒᆞᄂᆞᆫ지라.

쇼졔 모친 셔간을 밋쳐 보지 못ᄒᆞ고 연갑(硯匣)의 ᄢᅵ우고, ᄆᆡ션을 명ᄒᆞ여 왈,

"비ᄌᆞ(婢子)는 몬져 도라가라. 조초 난향을 보니리라."

ᄒᆞ니, 션이 하직고 도라가다.

쇼졔 졍당의 드러가니 가부인이 촉단(蜀緞) 한 필과, 홍초향금단(紅綃香金緞) 일필을

(결권)

---

967)녀무(呂武) : 중국의 대표적인 여성권력자인 한(漢)나라 고조(高祖)의 황후 여후(呂后) 여치(呂雉?-BC108)와 당(唐)나라 고종의 황후 측천무후(則天武后) 무조(武曌 : 624-705)를 함께 이르는 말.

968)ᄆᆡ달(妹妲) : 중국 하(夏)의 마지막 황제 걸(桀)의 비(妃)인 매희(妹喜)와 주(周)의 마지막 황제 주(紂)의 비(妃) 달기(妲己)를 함께 이르는 말.

969)녜 : 옛 사람.

970)시 : 새 사람.

쥬어 왈,

"이는 황상의 아ᄌᆞ를 상ᄉᆞ(賞賜)ᄒᆞ신 비니, 운남(雲南) ᄯᅡ 일홈난 비단이라. 오ᄋᆡ 거두어 도라와 노모를 쥬어 슈미 등으로 난호고져 ᄒᆞ시, 몬져 현부를 쥬고 버거 다【66】른 아ᄒᆡ들을 쥬고져 ᄒᆞ노라."

ᄒᆞ고, 드ᄃᆡ여 남은 촉단을 자자히 모든 녀부와 질부를 고로로 난화 쥬니, 엄쇼졔 촉단을 밧ᄌᆞ와 즉시 믈너나지 못ᄒᆞ여 이윽이 뫼셧더니, 이ᄯᅵ 상셰 맛촘 조당(朝堂)으로셔 도라와 졍당의 드러와, 모젼의셔 냥ᄌᆞ를 가ᄎᆞᄒᆞ여 슬상(膝上)의 츔츄이더니, 문득 쇼이(笑而) 쥬왈,

"아ᄒᆡ 슈셰(數歲)의 조셩(早成)ᄒᆞ미 니러틋 ᄒᆞ오니 하마 아이 이실 듯ᄒᆞ오ᄃᆡ, 소지 그ᄉᆞ이 집을 ᄯᅥ나 일월을 도로의셔 보ᄂᆡ여, 엄시 ᄐᆡ경(胎慶)이 ᄂᆞᆺ삽더니, 쇼지 환가(還家)ᄒᆞᆫ 슈일만【67】의 ᄉᆞ실의 머므오미 크게 신긔ᄒᆞᆫ 쑴을 어더ᄉᆞ오니, 이곳 '웅비(熊羆)의 상셰(祥瑞)'[971] 아니라, 벅벅이 녀아를 어들 몽죄로ᄃᆡ, 극히 긔이ᄒᆞ여 비록 ᄯᆞᆯ을 나하도 긔녀(奇女)를 나흘가 시부더이다."

부인이 두긋겨 쇼왈,

"남녀간 지치[972] 션션(詵詵)[973]ᄒᆞ면 깃블 ᄯᆞ롬이니, 엇지 남녀를 미리 낫호와 의논ᄒᆞ리오."

이러틋 말숨ᄒᆞ여 화긔 각상(閣上)의 츈풍이 니럿더니, 믄득 병부(兵部)의 져져(姐姐) 셕어ᄉᆞ 부인 쇼녀 옥계의 나히 ᄉᆞ셰로ᄃᆡ 극히 영오ᄒᆞ더니, 이의 한 셔간을 숀의 들고 드러오며 니로ᄃᆡ,

"엄슉【68】모(嚴叔母)야 쇼질의 ᄋᆞ이 츈흥

(결권)

---

971)웅비(熊羆)의 상셰(祥瑞) : '아들 낳을 상서'를 말함. 『시경(詩經)』「소아(小雅)」 <사간(斯干)>에 "길몽이 무언가 하면, 큰 곰과 작은 곰에다, 큰 뱀과 작은 뱀이로다. 대인이 꿈을 점치니, 큰 곰과 작은 곰은 남아를 낳을 상서요, 큰 뱀과 작은 뱀은 여아를 낳을 상서로다(吉夢維何 維熊維羆 維虺維蛇 大人占之 維熊維羆 男子之祥 維虺維蛇 女子之祥)." 라고 한 데서 온 말. *웅비(熊羆): 작은곰(熊)과 큰곰(羆).

972)지치 : '자손(子孫)'을 달리 이르는 말.

973)션션(詵詵) : 수가 많은 모양.

이 무어시 쁘려ᄒᆞ고 조희를 어더 달나 ᄒᆞ거ᄂᆞᆯ, 슉모 침당의 들어가니 슉뫼 아니계시고, 이 셔찰이 연갑 ᄉᆞ이의 ᄭᅵ여시니, 츈흥을 쥬고져 ᄒᆞ디 슉뫼 쥬지 아니신 거시니, 이리 가져와 슉모긔 쥬쇼셔 ᄒᆞᄂᆞ이다."

쇼제 쳥파의 경아ᄒᆞ여 왈,

"이는 모부인 셔간이라. 아ᄎᆞᆷ의 가져와시디 니 밋쳐 보지 아녀시니, 보고 너를 쥬리라."

쇼ᄋᆡ 웃고 글을 가져와 조모긔 드려 왈,

"이 셔간이 봉피(封皮)를 ᄯᅦ혀시니 응당 슉뫼 보신 거시언만은, 아니【69】보왓노라 ᄒᆞ시니, 이는 쇼녀를 아니쥬려 ᄒᆞ시는가 시부니, 조모는 이 글을 보시고 슉모다려 쇼아를 쥬라 ᄒᆞ쇼셔."

부인이 잠쇼ᄒᆞ고 바다 눈을 드러 보ᄆᆡ 디기 아름답지 아닌 셜홰라. 부인이 십분 경아ᄒᆞ여 ᄌᆞ연 ᄉᆞ식(辭色)이 다ᄅᆞᆫ지라.

엄쇼제 존고의 긔식(氣色)이 다ᄅᆞ믈 보ᄆᆡ, 부인 셔ᄉᆡ(書辭) 필유묘ᄆᆡᆨ(必有苗脈)ᄒᆞ믈 지긔(知機)ᄒᆞ고, 깁히 간ᄉᆞ치 못ᄒᆞ여 쇼아의게 들니이믈 츄회(追悔)ᄒᆞ나 무가ᄂᆡ히(無可奈何)[974]라.

다만 묵연(默然)이러니, 병뷔 모부인 긔식을 괴이너겨 쇼이쥬왈(笑而奏曰),

"최부【70】인 셔즁ᄉᆡ(書中辭) 므ᄉᆞᆫ ᄉᆞ연이완디, ᄌᆞ졍의 긔식이 ᄌᆞ못 블평ᄒᆞ시니잇가?"

부인이 묵연 부답이어ᄂᆞᆯ, 상셰 글을 가져 펴보니 만편 ᄉᆞ의(辭意) 극히 ᄒᆡ괴(駭怪)ᄒᆞᆫ지라. 글을 ᄯᅵ져 바리고 노식(怒色)이 만면(滿面)ᄒᆞ여 ᄉᆞᄆᆡ를 ᄯᅥᆯ쳐 외당으로 나가니, 《어‖엄》쇼져는 엇지ᄒᆞᆫ 갈희[975]를 몰나, 다만 황괴(惶愧)ᄒᆞ여 망지쇼위(罔知所爲)[976]ᄒᆞ여 ᄒᆞ더니, 믄득 쳐ᄉᆡ 드러와 부인의 긔식을 보고 심히 괴이히 너겨 문 왈,

"무ᄉᆞᆫ 블평(不平)ᄒᆞᆫ 일이 잇셔 부인의 ᄉᆞ식이 블호ᄒᆞ시니잇가? 부인이 아ᄌᆞ의 ᄯᅵ져바린 셔간을 가져【71】쳐ᄉᆞ를 뵈여 왈,

(결권)

974)무가ᄂᆡ히(無可奈何) : 어찌할 도리가 없음.
975)갈희 : 갈피. 실마리. 영문.
976)망지쇼위(罔知所爲) : 어찌할 바를 모름.

"아ᄌᆞ의 뉴탕(遊蕩)[977]ᄒᆞ믄 쳡의 무상(無狀)ᄒᆞ미라. ᄑᆡᄌᆡ(悖子) 옥갓흔 현쳐ᄅᆞᆯ 두고 다시 냥희 이시니, 져의 과분ᄒᆞᆫ 복이믈 아지 못ᄒᆞ고 이갓치 남ᄉᆡ(濫事) 이시니 엇지 한심치 아니리잇가? 쳡이 스ᄉᆞ로 상공 보기ᄅᆞᆯ 븟그리ᄂᆞ니 원컨ᄃᆡ 상공은 ᄑᆡᄌᆞᄅᆞᆯ 엄치(嚴治)ᄒᆞ여 슬하의 용납지 마로쇼셔."

쳐ᄉᆡ 쳥미(聽未)의 ᄃᆡ경실ᄉᆡᆨ(大驚失色) ᄃᆡ로ᄒᆞ여 슈려ᄒᆞᆫ 안상(顔上)의 풍운(風雲)이 니러나고, 광미ᄃᆡ상(廣眉大相)[978]의 ᄎᆞᆫ 우음이 가득ᄒᆞ여, 상셔ᄅᆞᆯ 블너 ᄭᆞ지져 왈,

"ᄎᆞᄋᆡ 진짓 승어뷔(勝於父)라. 진짓 ᄃᆡ장뷔니, 님군의 【72】 영춍(榮寵)을 ᄌᆞ득ᄒᆞ여 어버이라도 족히 위세로 제어(制御)ᄒᆞᆯ지라. 더옥 그 슈하 쳐ᄌᆞ야 니ᄅᆞ랴. 용녈ᄒᆞᆫ 아뷔 엇지 호걸의 ᄌᆞ식을 제어ᄒᆞ리오. 다만 ᄆᆡᄉᆞᄅᆞᆯ ᄌᆞᄒᆡᆼ(自行)ᄒᆞ미 조흐니 엇지 다ᄉᆞ리리오. 다만 어버이 헐ᄒᆞ고 쳐쳡이 즁ᄒᆞᆫ가 시부니, 쾌히 제 쇼원 ᄃᆡ로 영시와 냥녀ᄅᆞᆯ 다려다가 아모 ᄃᆡ나 먼니 가 살고, 부ᄌᆞᄃᆡ륜(父子大倫)을 오ᄂᆞᆯ븟터 ᄭᅳᆺᄎᆞ미 올흐니, 엄식부ᄂᆞᆫ ᄯᅩᄒᆞᆫ 거취ᄅᆞᆯ 임의로 ᄒᆞ여 마ᄋᆞᆷᄃᆡ로 ᄒᆞ고, 그러치 아니면 냥ᄌᆡ 잇셔 삼종의탁(三從依託)이 족ᄒᆞ니, 음황ᄒᆞᆫ 광부(狂父)ᄅᆞᆯ 뉴련(留連)ᄒᆞ여 【73】 무엇ᄒᆞ리오."

병뷔 부공의 견집(堅執)ᄒᆞ시ᄂᆞᆫ ᄎᆡᆨ언을 듯ᄌᆞ오ᄆᆡ, ᄃᆡ황ᄃᆡ구(大惶大懼)ᄒᆞ여 하당쳥죄(下堂請罪)ᄒᆞ거ᄂᆞᆯ, 쳐ᄉᆡ ᄃᆡ로ᄒᆞ여 장ᄌᆞ 시랑(侍郞)을 명ᄒᆞ여, 'ᄲᆞᆯ니 등미러 ᄂᆡ치고, 안젼의 용납지 말나' ᄒᆞ니, 시랑이 엇지 거역ᄒᆞ리오.

ᄉᆞ뎨(舍弟)의 블고이취(不告而娶)ᄒᆞᄂᆞᆫ ᄒᆡᆼᄉᆞᄅᆞᆯ 부뫼 그ᄅᆞᆺ 너기시미 괴이치 아닌지라, 아을 ᄃᆡᄒᆞ여 나가라 ᄒᆞ니, 병뷔 감히 일언을 폭ᄇᆡᆨ(暴白)지 못ᄒᆞ고 ᄶᅩ치여 나오ᄆᆡ, 쳐ᄉᆡ ᄯᅩ 가즁의 녕ᄒᆞ여 블초ᄌᆞ(不肖子)ᄅᆞᆯ 동구(洞口) 밧긔 ᄂᆡ치라 ᄒᆞ니, 병뷔 황황망극(遑遑罔極)ᄒᆞ여 족블이디(足不履地)[979]ᄒᆞ여 문 밧긔 나

(결권)

977)뉴탕(遊蕩) : 음탕하게 놂.

978)광미ᄃᆡ상(廣眉大相) : 넓은 눈썹을 가진 큰 얼굴.

979)족불니지(足不履地) : 발이 땅에 닿지 않는다는 뜻으로, 몹시 급하게 달아나거나 걸어감을

와 힝식을 헤아【74】리미 낭퓌ᄒᆞ미 가이 업ᄉᆞ니, 한갓 눈물을 흘니고 즁문 밧긔 와 거젹을 닛그러 죄ᄅᆞᆯ 청ᄒᆞ더라.

엄쇼제 바야흐로 ᄉᆞ긔(事機)ᄅᆞᆯ 알고 병부의 지취ᄒᆞ믈 블승분노(不勝忿怒)ᄒᆞ여 투심(妬心)이 ᄃᆡ발(大發)ᄒᆞ나, 아직 병부의 취쳐작쳡(娶妻作妾)ᄒᆞᆫ 일관(一關)으로 엄젼(嚴前)의 죄ᄅᆞᆯ 어더, 부닋(府內) 황황(惶惶)ᄒᆞ니, 녀ᄌᆞ의 도리 ᄯᅩᄒᆞᆫ 안한(安閑)치 못ᄒᆞᆯ지라. 마지못ᄒᆞ여 봉관화리(封冠華里)[980]ᄅᆞᆯ 폐ᄒᆞ고, 쇼당(小堂)의 나리니, 쳐시 식부(息婦)의 투한(妬悍)ᄒᆞᆫ 셩졍이나 녜ᄅᆞᆯ 아ᄂᆞᆫ 쥴 긔특이 너기더라.

화공 부지 병부의 힝ᄉᆞᄅᆞᆯ 어이업시 너기【75】나 화공은 ᄃᆡ쳬(大體)ᄒᆞᆫ 장뷔라. 그러나 관인(寬仁)ᄒᆞ기의 너모 프러져, 비록 질지(姪子)나 병부의 화려ᄒᆞᆫ 긔상을 지극히 ᄉᆞ랑ᄒᆞᄂᆞᆫ지라. 쳐ᄉᆞ의 닋치ᄂᆞᆫ 거죄 과도ᄒᆞ믈 일너, 한번 즁칙(重責)ᄒᆞᆫ 후 경계ᄒᆞ여 ᄉᆞ(赦)ᄒᆞ며, 영시ᄂᆞᆫ 무죄ᄒᆞ니 녀ᄌᆞ의 하상지원(夏霜之怨)[981]을 씨치미 블가ᄒᆞ고, ᄯᅩ 영시 형뎨 노쥬(奴主)의 근본을 드ᄅᆞ니, 형셰 궁박 잔잉ᄒᆞ믈 일ᄏᆞ라 쳐ᄉᆞᄅᆞᆯ ᄀᆡ유(開諭)ᄒᆞ니, 쳐시 단연부동(斷然不動)ᄒᆞ여 다만 웃고 왈,

"쇼뎨ᄂᆞᆫ 일단 고집이 미안지심(未安之心)을 슈이 ᄒᆡ혹(解惑)지 못ᄒᆞ여, 마ᄋᆞᆷ을 프러

이르는 말.

980)봉관화리(封冠華里) : 한국 고소설에서 과거에 급제한 관원의 부인이나 공경대부(公卿大夫)의 부인과 같은 외명부(外命婦)가 머리에 쓰는 관모(冠帽) 곧 족두(簇頭里)리를 이르는 말이다. 본래 족두리는 고려때 원나라로부터 들어온 왕실여성들이 쓰는 관모(冠帽)인 고고리(古古里)에서 유래한 말로, 고려 이후 여성들이 예복(禮服)을 입을 때 이것을 관모(冠帽)로 머리에 썼다. 겉을 검은 비단으로 싼[封] 여섯 모가 난 모자[冠]로 위가 넓고 아래로 내려갈수록 좁으며 구슬로 화려하게[華] 장식했기 때문에, 이것 곧 족두리(簇頭里)[里]에 '봉관화리(封冠華里)'라는 이름을 붙인 것으로 추정된다. '봉관화리(封冠華里)'라는 말은 한국 고소설에만 나타나는 말로 전통복식 용어에는 나타나지 않는다.

981)하상디원(夏霜之怨) : 여름에 서리가 내릴 만큼의 큰 원한. *여자가 한을 품으면 오뉴월에도 서리가 내린다.

(결권)

바리기 어려오【76】믄 형장의 아ᄅᆞ시ᄂᆞᆫ 비라. ᄒᆞ믈며 희경이 ᄆᆡᄉᆞ의 남활(濫猾) 방ᄌᆞ(放恣) ᄒᆞ여 일시 칙장(責杖)으로ᄡᅧ 더으고, 플기ᄅᆞᆯ 슈이 ᄒᆞ면 더옥 방ᄌᆞᄒᆞ여, 반ᄃᆞ시 ᄆᆡ 마ᄌᆞᆫ 한을 식부의게 플고, 최부인긔 블호(不好)ᄒᆞᆫ 거죄 만흘 거시오. 이ᄌᆞᄂᆞᆫ 영시ᄅᆞᆯ 슈이 마ᄌᆞ 온즉, 이ᄂᆞᆫ 퓌ᄌᆞ(悖子)의 음황(淫荒)을 맛치미오, 버거 엄쇼뷔 ᄌᆡ용(才容)이《다롬다오나 ‖아롬다오나》 셩졍이 싀투(猜妬)ᄒᆞ기ᄅᆞᆯ 면치 못ᄒᆞ여, 경아ᄅᆞᆯ 슈이 ᄉᆞᄒᆞ면 셔로 블평ᄒᆞ여 상힐(相詰)ᄒᆞᄂᆞᆫ 거죄 잇ᄉᆞ오리니, 쇼뎨 몬져 경아ᄅᆞᆯ 닉쳐 벌ᄒᆞ고, 후의 즁칙ᄒᆞᆫ 후 바야흐로 【77】용ᄉᆞᄒᆞ고, 영시ᄅᆞᆯ 다려오나 엄식뷔 ᄌᆞ연지즁(自然之中)의 한이 플니고 투심이 쇼삭(消索)ᄒᆞ며, 경ᄋᆡ 또ᄒᆞᆫ 그ᄅᆞᆫ 거ᄉᆞᆯ ᄭᆡ다라 다시 최부인과 식부의게 블평ᄒᆞᆫ 거죄 업ᄉᆞ리이다.”

화공이 쳥파의 셕연돈오(釋然頓悟) 왈,

“현뎨의 의논이 고명(高明)ᄒᆞ니 우형(愚兄)이 현뎨의 명견과 도량을 탄복ᄒᆞ노라.”

쳐시 쇼이비ᄉᆞ(笑而拜謝)ᄒᆞ더라.【78】

(결권)

엄시효문쳥힝녹 권지칠

화셜 화시랑이 병부(兵部)ᄅᆞᆯ 보고 쇼유(所由)ᄅᆞᆯ 므러, 바야흐로 영쇼져 형뎨 노쥬의 궁민(窮憫)ᄒᆞᆫ 졍셰ᄅᆞᆯ 알고 크게 잔잉이 너겨, 드ᄃᆡ여 부슉ᄀᆡ 알외니, 쳐ᄉᆞ 부뷔 ᄯᅩᄒᆞᆫ 영시ᄅᆞᆯ 잔잉이 너겨 맛ᄎᆞᆷᄂᆡ 거두려 ᄒᆞ더라.

각셜 쳐ᄉᆡ 일월이 오ᄅᆡ도록 아ᄌᆞᄅᆞᆯ ᄉᆞ(赦)치 아니ᄒᆞ니 병뷔 황황ᄒᆞ여 드ᄃᆡ여 칭병ᄉᆞ조(稱病辭朝)ᄒᆞ고, 쥬야 문 밧ᄀᆡ 셕고ᄃᆡ죄(席藁待罪)ᄒᆞ니, 상이 연고ᄅᆞᆯ 므ᄅᆞ시고 진짓 병인가 ᄒᆞ샤 어의(御醫)로 간병(看病)ᄒᆞ시니, 병뷔 칭탁ᄒᆞ여 의원【1】을 보지 아니ᄒᆞᄂᆞᆫ지라.

ᄐᆡ의(太醫) 병부의 의원 아니보ᄂᆞᆫ ᄌᆞᆯ 괴이히 너겨 도라가 이ᄃᆡ로 복명ᄒᆞ니, 상이 역시 경아ᄒᆞ샤 즉시 화상셔ᄅᆞᆯ 명초(命招)ᄒᆞ샤 희경의 무고히 ᄉᆞ직ᄒᆞ믈 므ᄅᆞ시니, 화공이 능히 ᄀᆡ휘(忌諱)치 못ᄒᆞ여 희경의 영시ᄅᆞᆯ 블고이취(不告而娶)ᄒᆞᆫ ᄉᆞ연을 ᄌᆞ초지종(自初至終)히 고ᄒᆞ고, 기부(其父)의 ᄂᆡ치믈 만나 형셰 난연지도(赧然之道)982)의 쳐ᄒᆞ믈 쥬ᄒᆞ니, 상이 ᄯᅩᄒᆞᆫ 희경의 힝ᄉᆞᄅᆞᆯ 어이업셔 우으시고, 갈오ᄉᆞᄃᆡ,

"희경의 남ᄉᆡ(濫事) 가장 괘심ᄒᆞ거니와 이 ᄯᅩᄒᆞᆫ 남ᄌᆞ의 풍뉴호신(風流豪身)이○[며] 상ᄉᆡ(常事)라.【2】경(卿)은 모로미 경뎨(卿弟)다려 일너, 약간 경칙(輕責)ᄒᆞ여 짐의 ᄉᆞ랑ᄒᆞᄂᆞᆫ 신하로ᄡᅧ 오ᄅᆡ 곤(困)케 말고, ᄯᅩ 영녀의 신셰 잔잉○○[ᄒᆞ니], 적션(積善)을 드ᄅᆡ워 슈이 권솔(眷率)ᄒᆞ여, 일녀의 함원(含怨)이 오월비상(五月飛霜)983)의 ᄆᆡᆺ쳐, 셩ᄃᆡ(聖代)의

(결권)

---

982)난연지도(赧然之道) : '부끄러워 얼굴을 들지 못할 처지'라는 말.

983)오월비상(五月飛霜) : '여자가 품은 깊은 원한'을 비유적으로 이르는 말. '한 여인이 왕에

빗치 감케 말나."

ᄒᆞ시니, 공이 돈슈ᄉᆞ은이퇴(頓首謝恩而退)984)ᄒᆞ여 부즁의 도라와 쳐ᄉᆞ와 ᄌᆞ질을 ᄃᆡᄒᆞ여 연즁셜화(筵中說話)985)롤 니ᄅᆞ니, 쳐ᄉᆡ 감은ᄒᆞ여 탄왈,

"블초ᄋᆡ(不肖兒) 무숨 ᄌᆡ학(才學)이 잇관ᄃᆡ 셩상이 이러틋 ᄉᆞ랑ᄒᆞ시ᄂᆞᆫ고."

황감(惶感)ᄒᆞ믈 마지 아니ᄒᆞ나 종시 ᄉᆞᄒᆞᆯ 뜻이 업서 유유지지(儒儒遲遲)986)ᄒᆞ더라.

이 말이 엄부【3】의 니ᄅᆞ니 ᄐᆡᄉᆡ 비로쇼 ᄌᆞ초지종(自初至終)을 듯고 노(怒)ᄒᆞ여, 부인을 ᄃᆡ칙(大責)ᄒᆞ고, 친히 화가의 나아가 화공 곤계(昆季) 부ᄌᆞ롤 보아 인ᄉᆞᄒᆞ고 ᄒᆡ유(解諭)ᄒᆞᄃᆡ, 쳐ᄉᆡ 은근이 답ᄒᆞᆯ ᄯᆞ롬이오, 맛ᄎᆞᆷᄂᆡ 병부롤 ᄉᆞ(赦)치 아니ᄒᆞ니, ᄐᆡᄉᆡ ᄒᆞᆯ일업서 셔랑(婿郞)을 보지 못ᄒᆞ고, 녀아도 안연(晏然)치 못ᄒᆞ여 거쳐(居處) 평상치 못ᄒᆞ믈 드ᄅᆞ니, 보기롤 구치 아니ᄒᆞ고 다만 글월노ᄡᅧ 엄히 교훈ᄒᆞ여, 이런 졍직ᄒᆞᆫ 구고 안젼(顔前)의 싱심도 투심을 발뵈지 못ᄒᆞᆯ 쥴 경계ᄒᆞ고, 이 일이 나종의 모롤 거시 아니로ᄃᆡ, ᄃᆡ져 부인의 【4】몬져 발단ᄒᆞ게 ᄒᆞ여 ᄉᆞᄉᆡ(事事) 거ᄎᆞ러시니, 무류(無聊)ᄒᆞᆫ 바롤 일낫ᄂᆞᆫ지라.

쇼제 ᄯᅩᄒᆞᆫ{ᄯᅩᄒᆞᆫ} 본셩은 졍직ᄒᆞ고 총명ᄒᆞ여 모부인 간험은 픔슈치 아녀시미, 역시 화싱의 죄의 쳐ᄒᆞ믈 무안ᄌᆞ괴(無顔自愧)ᄒᆞᆷ도 업지 아니터니, 부친의 졍ᄃᆡ 엄슉ᄒᆞᆫ 글월을 밧ᄌᆞ오미 가연 탄식ᄒᆞ고, 구고의 긔식을 술펴 숑구ᄒᆞ여 스ᄉᆞ로 죄롤 지은 듯ᄒᆞ여, 감히 싀투(猜妬)ᄒᆞᆫ ᄉᆞᄉᆡᆨ을 낫호지 못ᄒᆞ니, 그 존구(尊舅)의 ᄌᆞ연지즁(自然之中)의 한이 플니리라 니ᄅᆞ미 진실노 명쳘지논(明哲之論)이러라.

이러구러 셰진궁음(歲在窮陰)987)이러니,

(결권)

게 깊은 원한을 품었더니, 오월인데도 서리가 내렸다'는 데에서 유래한다.

984)돈슈ᄉᆞ은이퇴(頓首謝恩而退) : 머리를 조아려 은혜를 사례하고 물러남.

985)연즁셜화(筵中說話) : 임금과 신하가 모여 자문(諮問)·주달(奏達)하던 자리에서 있었던 이야기들.

986)유유지지(儒儒遲遲) : 어떤 일에 딱 잘라 결정을 내리지 못하고 어물어물하며 시간을 끎.

987)셰진궁음(歲在窮陰) : 세월이 흘러 궁동(窮冬)

【5】ᄎᆞ년(次年) 츈말(春末)의 동오왕(東吳王)의 입조(入朝)ᄒᆞᄂᆞᆫ 션문(先聞)이 가국(家國)의 들니니, 텩ᄉᆞ 형뎨 ᄌᆞ질이 반기고 깃거ᄒᆞ믈 엇지 측냥ᄒᆞ리오.

션시의 오궁(吳宮) 궁노(宮奴) 관학이 월혜 쇼져를 아ᄉᆞ, 빵셤의게 오십금 은ᄌᆞ를 밧고 파라 가지고 도망ᄒᆞ여, 강셔(江西) ᄯᅡ희 가 심산궁쳐의 가ᄉᆞ를 일우고 요리ᄒᆞ여 지ᄂᆡ더니, 셰월이 오ᄅᆡ미 ᄎᆞᄎᆞ 탕진ᄒᆞ여 조셕을 니우기 어려오니, 블의(不義)로 취ᄒᆞᆫ ᄌᆡ물 언마 오ᄅᆡ리오.

ᄉᆞ오년의 도쳐의 밥을 빌며 길가의 잠ᄌᆞ니 그ᄉᆞ이 ᄉᆞ오년 ᄋᆡ락(哀樂)이 ᄌᆞ심(滋甚)ᄒᆞᆫ지라. ᄉᆞ쳐의 【6】 ᄒᆡᆼ걸(行乞)ᄒᆞ여 긔아의 괴로오미 극ᄒᆞ니, 다시 황셩을 드듸고져 ᄒᆞ나 실노 안심치 못ᄒᆞ미 잇ᄂᆞᆫ 고로, 믄득 극악ᄒᆞᆫ 의ᄉᆡ 니러나 얼골의 창질(瘡疾) 나는 약을 바ᄅᆞ고, 촌촌걸식(村村乞食)ᄒᆞ여 경ᄉᆞ의 니ᄅᆞ러 걸식(乞食)ᄒᆞ니, 비록 인가의 즛드른 밥을 어더 구복(口腹)을 치오나, 의복이 남누(襤褸)ᄒᆞ여 현슌빅결(懸鶉百結)[988]이니, 가을이 당ᄒᆞ나 굴근 뵈옷[989]시 편편ᄒᆞ여ᄂᆞᆫ 스ᄉᆞ로 젼젼악ᄉᆞ(前前惡事를 ᄶᅵ다라, 하ᄂᆞᆯ이 놉흐나 복션지니(福善之理) 뇨연(瞭然)ᄒᆞ믈 헤아려 ᄉᆡᆼ각ᄒᆞᄃᆡ,

"오궁(吳宮) ᄎᆞ쇼져(次小姐)ᄂᆞᆫ 진실노 만고(萬古)를 녁상(逆上)ᄒᆞ나 【7】 ᄌᆞ고급금(自古及今)의 ᄰᅥ쳐진 졀염ᄉᆡᆨ광(絶艶色光)으로, 만셰의 무가뵈(無價寶)[990]오, 오뎐하와 낭낭의 만금농쥐(萬金弄珠)[991]어ᄂᆞᆯ, ᄂᆡ 블츙무상(不忠無狀)ᄒᆞ여 ᄂᆡ ᄌᆞ식이 명박(命薄)ᄒᆞ여 죽은

(결권)

이 됨. *궁동(窮冬): 겨울의 마지막. 음력 섣달을 이른다. ≒궁음(窮陰).

988)현슌빅결(懸鶉百結) : 옷이 해어져서 백 군데나 기웠다는 뜻으로, 누덕누덕 기워 짧아진 옷을 이르는 말. *현순(懸鶉): 옷이 해어져서 너덜너덜한 것이 메추리의 꽁지깃이 빠진 것과 같다는 뜻으로, 해어진 옷을 이르는 말

989)뵈옷 : '베옷'의 옛말.

990)무가뵈(無價寶) : 값을 매길 수 없을 만큼 귀중한 보배. ≒무가지보(無價之寶)

991)만금농쥐(萬金弄珠) : 매우 귀한 딸. *농주(弄珠) : '구슬을 희롱하듯' 손을 뗄 수없는 '귀여운 딸'을 비유로 표현한 말.

원슈를 믄득 쇼랑(小娘)의게 갑고져 ᄒᆞ여, 궁극ᄒᆞᆫ 싀로 오파를 쇽이고 쇼져를 아ᄉᆞ다가 천인(賤人)의게 파랏더니, 이 죄로 하ᄂᆞᆯ이 혹독ᄒᆞᆫ 앙화(殃禍)를 나리와 이리 셜우믈 보ᄂᆞᆫ도다. 임의 경ᄉᆞ(京師)의 온 김의 빵낭을 ᄎᆞᄌᆞ 쇼랑의 존문을 뭇고져 ᄒᆞ나, 나의 얼골과 형식이 인형(人形)이 되지 못ᄒᆞ여시니, 빵낭이 본들 엇지 알며, 또 ᄂᆡ 이 모양과 이【8】형식으로 상부후문(相府侯門)의 가 ᄂᆡ당(內堂) 관환(官宦)의 쇼식을 뉘게 므ᄅᆞ리오. 비록 사ᄅᆞᆷ을 만나나 니ᄅᆞ기를 엇지 못ᄒᆞ고 도로혀 욕보기 쉬오니, ᄉᆞ셰(事勢) 여ᄎᆞ지도(如此之道)의 냥난(兩難)ᄒᆞ미992) 여러 가지니[라]."

ᄂᆡ러틋 유유지지(儒儒遲遲)ᄒᆞ며, ᄌᆞ연 황셩의 빈빈 츌입ᄒᆞ여 동가식셔가슉(東家食西家宿)993)ᄒᆞ여 긔한이 측냥업ᄉᆞ니, 관학 흉뇌오히려 제 죄ᄂᆞᆫ 아지 못ᄒᆞ고 팔ᄌᆞ를 한ᄒᆞ더니, 일일은 장안(長安)994) 십ᄌᆞ가(十字街) 거리의셔 방황ᄒᆞ며, 종일 걸식ᄒᆞ여 음식의 정츄(精麤)를 갈희지 못ᄒᆞ고 구복(口腹)을 치오미 되어시나, 날이 졈졈 졈으러 황혼【9】의 한월냥풍(寒月凉風)의 치우믈 니긔지 못ᄒᆞ여, 곡속(觳觫)히995) 옹송그리고996) 길가의셔 바ᄌᆞ니며997) 졍히 잘 곳을 엇지 못ᄒᆞ여 방황ᄒᆞ더니, 홀연 벽제(辟除)쇼릐 훤괄(嚾聒)998)ᄒᆞ고 하리(下吏) 집ᄉᆞ(執事) 츄종(騶從)이 길흘

992)냥난(兩難)ᄒᆞ다 : 이러기도 어렵고 저러기도 어렵다.

993)동가식셔가슉(東家食西家宿) : 동쪽 집에서 밥 먹고 서쪽 집에서 잠잔다는 말로, 일정한 거처가 없이 떠돌아다니며 지낸다는 뜻으로 쓰인다. 또 오늘날에는 자기의 잇속을 차리기 위하여 지조 없이 여기저기 빌붙어 사는 행태를 이르는 말로도 쓰이고 있다.

994)장안(長安) : ①중국 섬서성(陝西省) 서안시(西安市)의 옛 이름. 한(漢)나라ㆍ당나라 때의 도읍지. ②수도라는 뜻으로, '서울'을 이르는 말.

995)곡속(觳觫)하다 : 부들부들 떨다.

996)옹송그리다 : 춥거나 두려워 몸을 궁상맞게 몹시 옹그리다.

997)바ᄌᆞ니다 : '바장이다'의 옛말. *바장이다: 부질없이 짧은 거리를 오락가락 거닐다.

998)훤괄(嚾聒) : 왁사지껄하게 떠들썩함. 요란함.

(결권)

여ᄂᆞᆫ 곳의 홍나(紅羅)[999] 우ᄀᆡ(羽蓋)[1000] 븟치이며, 팔마금뉸(八馬金輪)을 미러 나오니, 관학이 창졸의 아묀 쥴을 아지 못ᄒᆞ고, 오왕의 입조(入朝)ᄒᆞ여 퇴조(退朝)ᄒᆞᄂᆞᆫ 쥴을 엇지 알니오.

다만 귀인의 위의(威儀) 만나니 경황실ᄉᆡᆨ(驚惶失色)ᄒᆞ여 급히 피코져 ᄒᆞᄆᆡ[여], 믄득 길을 건너미 되니, 거상귀인(車上貴人)이 홀연 먼니셔 쳠망(瞻望)ᄒᆞ더니, 관학을 보ᄆᆡ【10】발연(勃然) ᄃᆡ로ᄒᆞ여 한 쇼릐 호령이 나ᄆᆡ, 범갓흔 아역(衙役)이 드리다라 흉인을 휼(鷸)[1001]이 ᄆᆡᄎᆞ듯 활착(活捉)ᄒᆞ여 잡아가니, 관학이 ᄃᆡ경ᄒᆞ여 아모리ᄒᆞᆯ 쥴 모로더라.

아역이 관학을 결박ᄒᆞ여 바로 왕의 뒤흘 조ᄎᆞ며 셔로 니ᄅᆞᄃᆡ,

“원간 이 놈이 엇던 놈이며 오왕 뎐하긔 엇던 죄ᄅᆞᆯ 지엇ᄂᆞᆫ지, 우리 뎐ᄒᆡ 이 놈을 잡아 본부로 ᄃᆡ령ᄒᆞ라 ᄒᆞ신다.”

ᄒᆞ고, 뒤흐로 밀고 알프로 ᄭᅳ어 임의 엄상부의 다ᄃᆞ랏ᄂᆞᆫ지라.

학이 바야흐로 제 오왕을 만나 잡혀 ᄐᆡᄉᆞ부의 왓ᄂᆞᆫ 쥴을 알【11】ᄆᆡ, 스ᄉᆞ로 제 죄ᄅᆞᆯ 혜아려 죽기ᄅᆞᆯ ᄉᆡᆼ각ᄒᆞ고 살기ᄅᆞᆯ 긔약지 못ᄒᆞ니, 텬디망극(天地罔極)ᄒᆞ미 비길 ᄃᆡ 업셔, 다만 쇽슈(束手)ᄒᆞ여 죽을 ᄯᆡᄅᆞᆯ 기다리더라.

션셜(先說)[1002], 오왕이 쳔만 긔약지 아닌 바 십삼년을 일허 졀치부심(切齒腐心)ᄒᆞ여 ᄎᆞᆺ지 못ᄒᆞ던 관학 흉노ᄅᆞᆯ 길가의셔 만나ᄆᆡ, 흉인이 복ᄉᆡᆨ이 다ᄅᆞ고 형용이 변ᄒᆞ여 만면(滿面) 창질(瘡疾)이 창졸의 아라보기 어려오나, 오왕의 ᄇᆞᆰ은 안광(眼光)은 만니(萬里)ᄅᆞᆯ

(결권)

999)홍나(紅羅) : 붉은색의 가볍고 얇은 비단.

1000)우ᄀᆡ(羽蓋) : 예전에, 가벼운 새털로 된, 왕후(王侯)의 수레를 덮던 덮개. 또는 그 수레. ≒우개지륜(羽蓋之輪)

1001)휼(鷸) : =휼조(鷸鳥). 도요새. 『동물』 도욧과의 새를 통틀어 이르는 말. 몸은 엷은 갈색에 어두운 갈색 무늬가 있으며, 다리, 부리가 길고 꽁지가 짧다. 주로 강가나 바닷가에 사는데 납작도요, 송곳부리도요, 푸른도요 따위가 있다.

1002)션셜(先說) : 고소설에서 장면을 바꿔 앞에서 진행되었던 이야기를 이어 시작할 때 쓰는 화두사(話頭詞).

ᄉᆞ못보ᄂᆞᆫ[1003] 안총(眼聰)이 잇고, 지식이 ᄌᆞ상명철(仔詳明哲)ᄒᆞ여 유심(留心)ᄒᆞᆫ 바의 엇지 젼일 눈닉게 안젼(眼前)의셔 ᄉᆞ환(使喚)ᄒᆞ던 【12】 완노(頑奴) 흉한(凶漢)을 몰나보리오.

하리를 명ᄒᆞ여 잡아 상부의 ᄃᆡ령(待令)ᄒᆞ여 ᄎᆞᆺ기를 기다리라 ᄒᆞ고, 팔마금뉸(八馬金輪)[1004]을 밧비 모라 부즁(府中)의 도라오니, ᄌᆞ질(子姪)이 문의 마ᄌᆞ ᄂᆡ각(內閣)의 드러가, 곤계 숨인이 악슈상봉(握手相逢)의 ᄂᆡ회(離懷) 탐탐(耽耽)ᄒᆞ고 슈ᄆᆡ(嫂妹) 삼부인과 제질(諸姪)이 다 모다 반가오믈 니긔지 못ᄒᆞ더라.

션혜 쇼제 ᄯᅩᄒᆞᆫ 부왕(父王)의 입조ᄒᆞ신 션셩(先聲)을 듯고 ᄃᆡ후(待候)ᄒᆞ엿더니, 부왕 슬하의 두 번 졀ᄒᆞ고 뇽포(龍袍) ᄌᆞ락을 븟드러 탐탐이 반가오믈 니긔지 못ᄒᆞ고, 모부인 존후(尊候)를 뭇ᄌᆞ오미 다ᄃᆞ라ᄂᆞᆫ, 옥셩(玉聲)【13】이 경열(硬咽)ᄒᆞ고 쥬뤼(珠淚) 삼삼(滲滲)ᄒᆞ여 능히 말을 일우지 못ᄒᆞ니, 더옥 공ᄌᆞ(公子)의 유하(乳下)의 ᄌᆞ모를 ᄯᅥ나, ᄌᆞ안(慈顔)을 아지 못ᄒᆞᄂᆞᆫ 지통(至痛) 이리오.

왕이 ᄌᆞ녀의 영모지심(永慕之心)을 니긔지 못ᄒᆞ여 니러틋 통상(痛傷)ᄒᆞᆷ을 보니, 심하의 ᄋᆡ련ᄒᆞᆷ을 니긔지 못ᄒᆞ나, 즉금 관학 흉인을 잡아시니, 일흔 녀아의 쇼식을 므ᄅᆞ미 급ᄒᆞᆫ지라. 초초ᄒᆞᆫ 말숨으로 ᄌᆞ녀를 위로ᄒᆞ여 비회(悲懷)를 관억(寬抑)ᄒᆞ라 ᄒᆞ고, 냥형을 ᄃᆡᄒᆞ여 왈,

"쇼뎨 오늘 파조(罷朝)ᄒᆞ여 오ᄂᆞᆫ 길히 여ᄎᆞ여ᄎᆞᄒᆞ여 십삼년 종젹을 ᄎᆞᆺ【14】지 못ᄒᆞ여 ᄒᆞ던 관학을 만나 잡아와시니, 날이 비록 어두어시나 월아의 ᄉᆞᄉᆡᆼ거쳐(死生居處)를 알고져 ᄯᅳᆺ이 급ᄒᆞ니, 냥위 형장은 쇼뎨와 한가지로 역노(逆奴)를 다ᄉᆞ려, 그 말을 드러보미 엇더ᄒᆞ니잇고?"

냥공이 역경창황(亦驚蒼黃)ᄒᆞ여 허락ᄒᆞ고, 이의 곤계 삼인이 ᄃᆡ셔헌(大書軒)의 나와 녕

(결권)

1003)ᄉᆞ못보다 : 꿰뚫어보다. 환히 비쳐보다.
1004)팔마금뉸(八馬金輪) : 여덟 마리 말이 끄는 화려하게 꾸민 수레

을 나리와 ᄉᆞ졸을 모호고, 오형긔구(五刑器具)를 갓초미 관학을 잡아 드리니, 학이 산난(散亂)ᄒᆞᆫ 졍신을 졍ᄒᆞ여 우러러 보니, 좌우의 촉광이 여쥬(如晝)ᄒᆞ여 ᄇᆡᆨ쥬(白晝)를 니길 듯 ᄒᆞ거놀, 오왕의 삼곤계 ᄎᆞ례로 놉흔 교위(交椅)의 【15】 좌를 일위시니, 한슉(寒肅)ᄒᆞᆫ 긔상과 씩씩ᄒᆞᆫ 위의(威儀) 텰뇨상텬(徹瞭霜天)1005)의 졔월(霽月)1006)이 씩씩ᄒᆞᆫᄃᆡ, 광풍(狂風)이 늠녈(凜烈)ᄒᆞᆫ듯 ᄐᆡ산교악(泰山喬嶽)1007)이 출호고ᄃᆡ(出乎高臺)1008)ᄒᆞᆫᄃᆡ, 남산(南山)이 최외(崔嵬)ᄒᆞ고, ᄇᆡᆨ싊(百獸) 진공(震恐)ᄒᆞᄂᆞᆫ 듯ᄒᆞ거놀, ᄃᆡ하(臺下)의 구름갓흔 아역(衙役)이 넙은 곤장(棍杖)과 긴 ᄆᆡ를 잡아, 뎡하(庭下)의 오형긔구(五刑器具)를 버려시니, 셔리 갓흔 부월(斧鉞)과 참독(慘毒)ᄒᆞᆫ 형벌을 당치 아냐셔, 몬져 넉시 나라나고 담이 ᄎᆞ니, 무죄ᄌᆞ(無罪者)라도 우러러 비한(背汗)이 쳠의(沾衣)ᄒᆞ믈 면치 못ᄒᆞᆯ 거시어놀, ᄒᆞ믈며 유죄ᄒᆞᆫ 관학 흉인의 심장이 ᄎᆞ시를 당ᄒᆞ여 엇지 혼(魂)【16】을 진졍ᄒᆞ리오.

황황망극(遑遑罔極)ᄒᆞ미 장ᄎᆞᆺ 하놀의 오ᄅᆞ지 못ᄒᆞ고, 망망히 ᄯᅡ히 셔지 못ᄒᆞ니, ᄇᆡᆨ산구쇼(魄散九宵)1009)의 머리를 숙이고, 면무인식(面無人色)이러니, 뎐상(殿上)의셔 일셩음아(一聲暗啞)1010)의 범갓흔 나졸(羅卒)이 관학을 ᄡᅳ드러 형벌의 올니니, ᄉᆞ예(司隷) ᄆᆡ를 나오며 뎐상의셔 치기를 ᄌᆡ촉ᄒᆞ며 죄목을 혜여 니ᄅᆞ니, 관학이 놀납고 졍신이 흣터져, 스ᄉᆞ로 한 ᄆᆡ를 맛지 아냐셔 반싱 힝악(行惡)을 직초(直招)ᄒᆞ고져 ᄒᆞ더니, 믄득 안흐로셔 오뫼 니다라 학을 보고 눈물을 흘니며 ᄆᆞ

(결권)

1005)텰뇨상텬(徹瞭霜天) : 찬 서리 치는 맑은 하늘.

1006)졔월(霽月) : 맑은 하늘에 떠오른 달.

1007)태산교악(泰山喬嶽) : 태산처럼 높고 큰 산.

1008)출호고ᄃᆡ(出乎高臺) : 높은 대(臺) 위로 나타남.

1009)ᄇᆡᆨ산구쇼(魄散九宵) : 혼백(魂魄)이 아홉 하늘에 흩어짐.

1010)일셩음아(一聲吟哦) : '여봐라', '듣거라', '얏' 따위의 한 마디 고함소리. *음아(吟哦); 싸움이나 경기에서 상대편의 기선(機先)을 제압하기 위해 내지르는 고함(高喊)소리.

지져 왈,

"이 흉인아! 네 무상블츙(無狀不忠)ᄒᆞ【17】여 그 ᄊᆡ 날을 쇽이고 아쇼져를 도적ᄒᆞ여 갓더니, 엇다가 두엇ᄂᆞ뇨? 네 그 ᄊᆡ의 날을 쇽이고 아쇼져를 아ᄉᆞ가니, 너 갓흔 흉인은 만번 죽여 앗갑지 아니ᄒᆞ도다. ᄂᆡ 흉인의 죄를 안아 ᄉᆞ죄(死罪)를 밧으미 당연ᄒᆞᄃᆡ, ᄒᆡᆼ혀 뎐하와 낭낭의 셩덕으로 나의 무죄ᄒᆞ믈 어엿비 너기샤, 죄를 년누(連累)치 아니 ᄒᆞ시고, 무ᄉᆞ히 고당(高堂)의 녜갓치 두어, 장쇼져의 양휵ᄒᆞ믈 허ᄒᆞ고, 영지 ᄯᅩᄒᆞᆫ 뎐하긔 두시믈 닙ᄉᆞ와, 조히 장셩ᄒᆞ여 오국의 종ᄉᆞᄒᆞ엿ᄂᆞ니, 흉인이 텬디의 관영(貫盈)ᄒᆞᆫ ᄃᆡ악【18】의 이제 잡혀시니, 엇지 살기를 바라리오. 임의 죽기의 니ᄅᆞ러시니, 아쇼져의 ᄉᆞᄉᆡᆼ거쳐(死生居處)를 진젹(眞的)히 알외여, 뎐하와 낭낭의 십여년 단장지곡(斷腸之曲)[1011]을, 빙셕(氷釋)ᄒᆞ시게 ᄒᆞ라. 흉인이 비록 형벌 아ᄅᆡ 죽으나, 일ᄌᆞ(一子) 보젼ᄒᆞᆫ 셩은을 명심블망(銘心不忘)ᄒᆞ여, 구쳔음혼(九泉陰魂)이 될지라도, 뎐하를 원치 말나. 흉인이 비록 날을 져바려 악역흉ᄉᆞ를 져ᄌᆞ러시니, 그ᄃᆡ 죄의 죽으미 ᄂᆡ ᄯᅩᄒᆞᆫ ᄉᆞ지 못ᄒᆞ{ᄒᆞ}리니, 흉인의 블츙흉완(不忠凶頑)ᄒᆞᆫ 죄를 스ᄉᆞ로 알니라."

녈녈히 ᄭᅮ짓ᄂᆞᆫ 쇼ᄅᆡ를 조ᄎᆞ, 학이 눈【19】을 드러 보니, 이곳 져의 쳐 오ᄑᆡ라. 용뫼 풍영ᄒᆞ고 의복이 션명ᄒᆞ여 왕후제턱(王侯邸宅)의 ᄉᆞ환ᄒᆞ여, 부귀 극ᄒᆞᆫ 쥴 알니러라.

도라 제 몸을 굽어보니 발발ᄒᆞᆫ[1012] 굴근 뵈옷시 살흘 가리오지 못ᄒᆞ엿고, 도로 풍상간고(風霜艱苦)를 ᄌᆞ심히 격고, 긔한(飢寒)의 견ᄃᆡ지 못ᄒᆞ며, 만면 창질(瘡疾)이 니러, 한낫 귀형(鬼形)이 되어시니, 감히 져로 더부러 부뷔라 ᄒᆞ미 외람ᄒᆞ고 황공ᄒᆞᆫ지라.

냥구(良久)히 바라보고 더옥 져의 젼젼 ᄒᆡᆼ악(前前行惡)을 ᄂᆡ웃고 슬허, 상연(傷然)이 눈물을 나리오며, 블하일장(不下一杖)[1013]의

(결권)

1011)단장지곡(斷腸之曲) : =단장곡(斷腸曲). 애끊는 듯이 몹시 슬픈 곡조.

1012)발발ᄒᆞ다 : 옷이나 헝겊 따위가 여러 가닥으로 찢겨져 있다.

1013)블하일장(不下一杖) : 매 한대도 치지 않아

고왈,

"쳔복(賤僕)이 【20】 블츙무상(不忠無狀)ᄒᆞ와 뎐디의 관영(貫盈)ᄒᆞᆫ 죄ᄅᆞᆯ 져ᄌᆞ러시니, 다만 관영하(官令下)의 뼈흘니믈 원ᄒᆞᆯ ᄯᆞᄅᆞᆷ이로쇼이다. 복원(伏願) 냥위 노야와 뎐하ᄂᆞᆫ 쳔복(賤僕)의 ᄉᆞ죄ᄅᆞᆯ 아직 ᄉᆞᄒᆞ샤 형벌을 날희시고[1014], ᄋᆞ쇼져의 ᄌᆞ최ᄅᆞᆯ 밧비 ᄎᆞᆺ게 ᄒᆞ쇼셔."

왕이 악역(惡逆) 흉노(凶奴)ᄅᆞᆯ 통완ᄒᆞ미 깁흐나, 흉인을 죽인 후ᄂᆞᆫ 더옥 녀아의 존몰(存沒)을 ᄆᆞᄅᆞᆯ 길히 업ᄂᆞᆫ지라. 이의 형벌을 날희고 문왈,

"기시(其時)의 아쇼져ᄅᆞᆯ 어ᄃᆡ다가 두엇ᄂᆞ뇨? 은휘(隱諱)치 말고 올흔 ᄃᆡ로 고ᄒᆞ여, 요ᄒᆡᆼ 아쇼제 무ᄉᆞ히 장셩ᄒᆞ여 보젼ᄒᆞ【21】미 이시면, 네 죄 비록 즁ᄒᆞ나 일분 관젼(寬典)을 드리오미 이시려니와, 은휘ᄒᆞᆫ즉 죽기ᄅᆞᆯ 면치 못ᄒᆞ리라."

학이 고두 왈,

"쇼복이 기시(其時) 블츙 미련ᄒᆞᆫ 쇼견의, 지어미 냥쇼져ᄅᆞᆯ 밧드러 쥬야 ᄂᆡ각의 종ᄉᆞᄒᆞ오니, 병든 ᄌᆞ식이 ᄉᆞ지 못ᄒᆞ고, 쇼복이 졀복(節服)과 식물(食物)을 ᄢᅵ의 밋게 못ᄒᆞ오니 졀박ᄒᆞᆫ 원망이 우흘 범ᄒᆞ고, 뮈오미 오파의게 도라가 ᄉᆞ죄ᄅᆞᆯ 범ᄒᆞ오니, 하ᄂᆞᆯ이 죄ᄅᆞᆯ 나리오샤 십여년 쳔단고초(千端苦楚)와 긔한(飢寒)의 ᄌᆞ심ᄒᆞ믈 격ᄉᆞᆸ다가, 오ᄂᆞᆯ날 뎐하의 일월명감(日月明鑑)을 【22】 도망치 못ᄒᆞ엿ᄂᆞ이다. 아쇼져ᄂᆞᆫ 윤승상 부인 댱부인 시녀 빵셤의게 오십금을 밧고 파라ᄉᆞ오니, 빵셤은 츙직ᄒᆞᆫ 계집이라. 반ᄃᆞ시 진심(盡心)ᄒᆞ여 길너시리이다."

왕이 쳥파의 우문 왈,

"빵셤이 너ᄅᆞᆯ 아ᄂᆞ냐?"

고왈,

"쇼인이 낭낭 ᄎᆡ교(彩轎)ᄅᆞᆯ 메여 댱부의 왕ᄂᆡᄒᆞ올 적, 빵셤도 윤부 승상부인을 뫼셔 댱부의 오옵기의 소인이 ᄌᆞ로 보아 안면이

(결권)

셔.

1014)날희다 : 날회다. 늦추다. 천천히 하다. 멈추다.

잇ᄉᆞ오니, 쇼인은 셤의 일홈을 아오ᄃᆡ 빵셤은 쇼인의 얼골은 아오ᄃᆡ 일홈은 아지 못ᄒᆞᄂᆞ이다. 다만 빵셤을 셔【23】로 보게 ᄒᆞ시면 아쇼져의 존몰(存沒)은 이 가온ᄃᆡ 이시리이다."

블언종시(不言終時)의 오픽 니다라 고왈,

"흉인이 아쇼져를 빵셤의게 파다 ᄒᆞ오니, 쇼비 쳔견의ᄂᆞᆫ 윤한님 쇼희 벽낭의게 의심이 도라가ᄂᆞ이다."

왕이 쳥파의 좌우를 분부ᄒᆞ여 관학 흉노를 옥즁의 나리와 명일 ᄃᆡ령ᄒᆞ라 ᄒᆞ고, ᄂᆡ셔헌의 드러와 ᄌᆞ녀를 모호고 오파를 블너 아ᄌᆞ지언(俄者之言)1015)을 힐문(詰問)ᄒᆞ니, 션혜쇼제 관학이 아을 빵셤의게 파다 ᄒᆞ믈 드ᄅᆞ미, 역시 놀나며 ᄎᆞ악ᄒᆞ여 과연 댱부인 시녀 빵셤이 어더【24】기른 녀ᄌᆡ 종슉슉(從叔叔) 윤한님의 빈희(嬪姬) 되어, 발셔 냥ᄌᆞ 옥닌(玉驎)을 빵싱(雙生)ᄒᆞ미 이시ᄃᆡ, 간인이 그 별이절츌(別異絶出)ᄒᆞᆫ 용광ᄌᆡ덕(容光才德)을 싀긔ᄒᆞᄂᆞᆫ ᄌᆡ 잇셔, 지금 참참(慘慘)ᄒᆞᆫ 죄루(罪累)의 쳐ᄒᆞ여, 심당(深堂)의 슈계(囚繫)ᄒᆞ여시나, 명쳘ᄒᆞ신 존당구괴 그 ᄉᆡᆨᄌᆞ용광(色姿容光)을 보와, 작인(作人)을 션히 너겨 결단코 져런 ᄌᆡ 암ᄒᆡᆼ(暗行)을 ᄒᆡᆼ치 아니리라 ᄒᆞ여, 마지 못ᄒᆞ여 심당의 슈계ᄒᆞ여시나, ᄌᆞ가 엄구(嚴舅) 진왕이 더옥 가ᄎᆞᄒᆞ여, 희빈(嬉嬪) 댱시를 한가지로 《빈실‖비실(鄙室)》의 보ᄂᆡ여, 벽혜 모ᄌᆞ를 보호ᄒᆞᄂᆞᆫ ᄉᆞ연과 ᄌᆞ긔 화벽을【25】보미 그 아름다온 긔질을 ᄋᆡ모(愛慕)ᄒᆞᆯ 쑨아니라, 그 참잔(慘殘)ᄒᆞᆫ 경ᄉᆡᆨ을 보미, 스ᄉᆞ로 살이 ᄊᆡ러지고 마음이 놀납던 바를 고ᄒᆞ고, 윤싱 즁닌 쳐(妻)《온혜‖운혜》쇼제 홀연 화벽을 보고 놀나 션혜다려 니로ᄃᆡ,

"한님 슉슉 빈희 벽낭이 맛치 져져와 갓다."

ᄒᆞ던 바를 알외고, 그 비고(悲孤)ᄒᆞᆫ 졍ᄉᆞ(情私)를 일ᄏᆞ라 ᄉᆡ로이 연셕(憐惜)ᄒᆞ미, 텬눈지졍(天倫之情)이 말ᄉᆞᆷ으로 조ᄎᆞ 몬져 동

(결권)

1015)아ᄌᆞ지언(俄者之言) : 조금 전에 했던 말. *아ᄌᆞ(俄者): 아까. 이전, 시난번, 조금 전

ᄒᆞ믈 씨닷지 못ᄒᆞ니, 상연이 뉴톄(流涕)ᄒᆞ믈 면치 못ᄒᆞ고, 오파ᄂᆞᆫ 빙셤의 어든 녀지 과연 쇼져의 의형 톄뫼 한 판의 박은 듯ᄒᆞ나, 【26】 쇼쇄(素灑)히 빗나며 탁츌(卓出)ᄒᆞ믄 윤한님 쇼희 오히려 쇼져긔 두어 층 나으미 잇던 바ᄅᆞᆯ 고ᄒᆞ고, 우쥬(又奏) 왈,

"벽낭이 죄즁(罪中)의 잇셔 심당(深堂)의 슈계(囚繫)ᄒᆞ여 허다 비원(悲怨)을 격ᄂᆞᆫ 졍ᄉᆞ(情事)[1016]ᄂᆞᆫ 능히 인진(引進)ᄒᆞ여 위로ᄒᆞᆯ 길이 업ᄉᆞᆸᄂᆞᆫ 고로, 쇼제 미양 ᄎᆞ셕ᄒᆞ시나, 번화ᄒᆞᆫ 부즁의 간인(奸人)이 은복(隱伏)ᄒᆞ여, 셜쇼제 ᄯᅩᄒᆞᆫ 참참(慘慘)ᄒᆞᆫ 신누(身累)ᄅᆞᆯ 시러 두문블츌(杜門不出)ᄒᆞ시니, 쇼제 한 번 벽낭을 죵용이 만나 뭇지 못ᄒᆞ시고, 인ᄒᆞ여 귀령(歸寧)ᄒᆞ엿ᄉᆞᆸ더니, 이리 온 후 듯ᄌᆞ오니 학ᄉᆞ 노야의 ᄌᆡ실(再室) 영능군쥬, 구쇼져【27】로 더부러 동심모계(同心謀計)ᄒᆞ여 셜쇼져와 벽낭을 ᄒᆡᄒᆞ엿다 ᄒᆞ고, 악시 발각ᄒᆞ미 군쥬(郡主)와 구쇼제 다 츌화(黜禍)ᄅᆞᆯ 보와 도라가다 ᄒᆞ더이다."

쇼제 ᄎᆞ경ᄎᆞ희(且警且喜) 왈,

"셜뎨와 벽낭의 ᄌᆡ덕으로 죄루의 쳐ᄒᆞ믈 이셕ᄒᆞ더니, 하ᄂᆞᆯ이 길인을 보우(保佑)ᄒᆞ믈 알니로쇼이다."

틱ᄉᆞ와 츄밀이 갈오ᄃᆡ,

"누명을 신셜ᄒᆞ다 ᄒᆞ니 깃브고 다힝ᄒᆞ도다. 연이나 운혜 엇지 쇼식을 통치 아니ᄒᆞ엿ᄂᆞ뇨?"

쇼제 ᄃᆡ왈,

"이 일이 아ᄅᆞᆷ답지 아닌 말ᄉᆞᆷ이 젼ᄒᆞ여 셜부의 니ᄅᆞ러 슉뫼 아ᄅᆞ실가 져허, 본【28】부의도 고치 아니민가 ᄒᆞᄂᆞ이다."

틱ᄉᆞ와 츄밀이 졈두(點頭)ᄒᆞ고 셜쇼제 누명을 신셜ᄒᆞᆫ 쥴 깃거ᄒᆞ며, 오왕은 월혜의 존몰(存沒)을 구식(求索)ᄒᆞᆯ ᄯᅳᆺ이 찰하리 쇼문을 아니 드러실 젹의셔 더ᄒᆞ여, 젼젼블미(輾轉不寐)[1017]ᄒᆞ여 ᄎᆞ야의 능히 한잠을 ᄌᆞ지 못

(결권)

1016)졍ᄉᆞ(情事) : =사정(事情).

1017)젼젼블미(輾轉不寐) : =전전반측(輾轉反側). 누워서 몸을 이리저리 뒤척이며 잠을 이루지 못함.

ᄒᆞ고, 효명(曉明)을 기다려 쇼셰(梳洗)ᄅᆞᆯ 파ᄒᆞ고 궐하의 조회ᄅᆞᆯ 파ᄒᆞᆫ 후, 거륜(車輪)을 두로혀 윤부로 나아가니, 장노아역(臧奴衙役)[1018]이 관학을 ᄆᆡ여 후거(後車)의 좃고, 오ᄑᆡ 쏘ᄒᆞᆫ 왕가(王駕)ᄅᆞᆯ 조ᄎᆞ 진궁의 나아가니, 아지못게라![1019] 오왕이 십여년 막혓던 텬눈을 단원(團圓)ᄒᆞ미[1020] 된가? 미지여하(未知如何)【29】오.

ᄎᆞ셜, 황ᄐᆡ부 좌승상(左丞相) 윤희텬의 ᄌᆞ(字)ᄂᆞᆫ ᄉᆞ빈이오, 호ᄂᆞᆫ 효문션싱이니 평진왕의 아이오, ᄀᆡ국공신(開國功臣) 무혜왕 조빈의 외숀이니, 본ᄃᆡ 명문화벌(名門華閥)노 공의 풍신ᄌᆡ홰(風神才華) 덕망은 임의 본젼(本傳)[1021] 문취록(門聚錄)[1022]의 ᄒᆡ비(該備)ᄒᆞ니, 이의 긔록ᄒᆞᆯ ᄇᆡ 아니어니와, ᄃᆡᄀᆡ 동오왕 엄ᄇᆡᆨ경의 ᄉᆞ젹(事蹟)을 긔록고져 ᄒᆞᄆᆡ, 엄부와 윤뷔 겹겹 년혼지가(連婚之家)로 ᄌᆞ녀ᄅᆞᆯ 결친(結親)ᄒᆞ니, 그 ᄉᆞ젹을 번셔(飜書)ᄒᆞᄆᆡ, 윤승상의 장ᄌᆞ 창닌의 ᄌᆞᄂᆞᆫ ᄇᆡᆨ문이니 원비(元妃) 하부인 쇼싱애라.

위인이 부슉여풍(父叔餘風)으로 풍치 문장이 그 종형 셩닌으로 난형난【30】데(難兄難弟)[1023]로ᄃᆡ 창닌은 셩품이 광풍제월(光風霽

1018)장노아역(臧奴衙役) : 모든 종을 이르는 말. *장노(臧奴)는 사내종을, 아역(衙役)은 관청이나 높은 벼슬아치의 집에 소속된 남녀종을 이르는 말.

1019)아지못게라! : '모르겠도다!' '모를 일이로다! '알지못하겠도다!' 등의 감탄의 뜻을 갖는 독립어로 작품 속에서 관용적으로 쓰이고 있어, 이를 본래말 '아지못게라'에 감탄부호 '!'를 붙여 독립어로 옮겼다.

1020)단원(團圓) : ①모나지 아니하고 둥글둥글함. ②가정이 원만함. ③이산했던 가족이 서로 만남.

1021)본젼(本傳) : 조선조 연작소설에서 어떤 작품에 근원을 둔 파생작, 즉 속편이 나왔을 때, 그 파생작[속편]의 근원이 된 작품을 이르는 말. 이 때 파생작[속편]을 작중에서 '본전(本傳)'에 대해 '별전(別傳)'이라 칭하는 경우가 많다.

1022)문취록(門聚錄) : <명주보월빙(明珠寶月聘)> 연작의 2부작인 <윤하정삼문취록(尹河鄭三門聚錄)>을 줄여 이른 말. 본 작품 <엄씨효문청행록(嚴氏孝門淸行錄)>은 이 <명주보월빙>연작의 3부작으로, 2부 <윤하정삼문취록>의 파생작[속편]이다.

(결권)

月)[1024]갓고 활달딕도(豁達大道)ᄒᆞ여 영걸지상(英傑之相)이라. 진왕이 미양 칭찬 왈,

"창아는 쾌활장부지상(快闊丈夫之相)이 셩아의 낫다."

ᄒᆞ니, 승상이 그 츌뉴발췌(出類拔萃)ᄒᆞᆷ을 깃거 아냐 가로딕,

"창아 아의 남활방ᄌᆞ(濫闊放恣)ᄒᆞ미 맛츰닉 셩닌 질아의 군ᄌᆞ딕질(君子大質)의 밋지 못ᄒᆞ다."

ᄒᆞᆫ즉, 진왕이 우어 왈,

"셩닌은 온즁졍딕(穩重正大)ᄒᆞ나 쾌활쥰위(快闊峻威)ᄒᆞ문 창질만 못ᄒᆞ니, 우형(愚兄)의 제ᄌᆡ(諸子) 젹셔(嫡庶)의 이십여 인이로딕, 한낫 창닌 갓ᄐᆞ니 업ᄉᆞᆷ을 한ᄒᆞ노라."

ᄒᆞ더라.

승상의 셔모 구퓌 창닌 공ᄌᆞ의 너모 능활ᄒᆞᆷ을【31】뮈이 너겨, 일일은 가즁 모든 아쇼져를 쥬졈(朱點)ᄒᆞᆯ[1025] 제, 공ᄌᆡ 겻히 와 환쇼(歡笑)ᄒᆞ거ᄂᆞᆯ, 구퓌 무심결의 쥬필(朱筆)을 썰쳐 창닌의 팔 우희 씩으니, 눈 갓ᄐᆞᆫ 살빗치 잉홍[1026]이 찬연ᄒᆞᆫ지라.

공ᄌᆡ 딕경실ᄉᆡᆨ(大驚失色)ᄒᆞ여 연망이 씨ᄉᆞ나, 빅셜 갓ᄐᆞᆫ 긔부(肌膚)의 고은 빗치 더으니 찬난ᄒᆞᆯ ᄯᆞᄅᆞᆷ이오, 지지 아니ᄒᆞ니, 공ᄌᆡ 구퓌 ᄌᆞ가를 ᄉᆞ랑ᄒᆞ여 유희코ᄌᆞᄒᆞ미 여ᄎᆞᄒᆞ

(결권)

1023)난형난뎨(難兄難弟) : 누구를 형이라 하고 누구를 아우라 하기 어렵다는 뜻으로, 두 사물이 비슷하여 낫고 못함을 정하기 어려움을 이르는 말.

1024)광풍제월(光風霽月) : 비가 갠 뒤의 맑게 부는 바람과 밝은 달이란 뜻으로, 마음이 넓고 쾌활하여 아무 거리낌이 없는 인품을 비유적으로 이르는 말. 황정견(黃庭堅)이 주돈이(周敦頤)의 인품을 평한 데서 유래한다.

1025)쥬졈(朱點)ᄒᆞ다 : 앵혈을 찍다.

1026)잉홍 : 잉혈. 중국의 '수궁사(守宮砂)'를 한국고소설에서 창작적으로 변용하여 쓴 서사도구의 하나. 도마뱀의 피에 주사(朱砂)를 섞어 만든 것으로, 이것을 팔에 한번 찍어 놓으면 성관계를 맺기 전까지는 절대로 없어지지 않는 속설 때문에, 고소설에서 여성의 동정(童貞)이나 신분(身分)의 표지(標識) 또는 남녀의 순결 확인, 부부의 합궁여부 판단 등의 사건 서사에 다양하게 활용되고 있다. 주표(朱標)、비홍(臂紅)、홍점(紅點)、주점(朱點)、앵홍、앵점 등 여러 다른 말로도 쓰이고 있다.

믈 아ᄂᆞᆫ 고로 블슌ᄒᆞᆫ ᄉᆞ식을 ᄒᆞ지 못ᄒᆞ나, 심하의 블열ᄒᆞ믈 니긔지 못ᄒᆞ여, {심지} 상언(常言)ᄒᆞᄃᆡ,

“ᄂᆡ 비록 연쇼ᄒᆞ나 당당ᄒᆞᆫ 남【32】지라. ᄃᆡ장뷔 엇지 신변의 녀ᄌᆞ의 표젹을 가지고 일시나 견ᄃᆡ리오. 맛당이 일ᄃᆡ(一代) 교아(嬌兒)를 만난즉 ‘운우(雲雨)의 낙ᄉᆞ(樂事)’[1027]를 일워 이 괴이ᄒᆞᆫ 표젹을 업시ᄒᆞ리라.”

ᄒᆞ더니, 일일은 마춤 ᄇᆡᆨ부 진왕의 창희 양시 유잉의 침쇼의 니ᄅᆞ니, 양시 졍당의셔 도라오지 아녓고 믄득 보니 일위 션연미ᄋᆡ(嬋姸美兒) 홀노 잇다가, 공ᄌᆞ를 보고 크게 놀나 밧비 도라 안ᄌᆞ니, 놀난 엇게ᄂᆞᆫ 단산(丹山) ᄎᆡ봉(彩鳳)이 고상(高翔)[1028]ᄒᆞᄂᆞᆫ 듯, 셤셤뉴요(纖纖柳腰)[1029]ᄂᆞᆫ 촉깁[1030]을 뭇것ᄂᆞᆫ 듯, 경영(鶊鴒)[1031]ᄒᆞᆫ 셤신(纖身)과 빗난 톄지(體肢) 본 바 쳐음이라.

공ᄌᆡ 양【33】희의 친쳑의 ᄌᆞ식인가 ᄒᆞ여 혜오ᄃᆡ,

“ᄎᆞ녜 {블}블과 아ᄌᆞ미 친쳑이니, 이곳 쳔인(賤人)이라. 한번 보와 방ᄒᆡ롭지 아니타.”

ᄒᆞ고, 쾌히 드러가 보려ᄒᆞ니, 미인이 ᄃᆡ경ᄒᆞ여 홍슈(紅袖)로 낫출 가리오고, 여지 아니ᄒᆞ거늘, 공ᄌᆡ 나아가 위력으로 손을 닛그러 냥슈(兩手)를 모도 잡고 보니, 연연약질이 엇지 면ᄒᆞ리오. 한갓 쥬뤼(珠淚) 방방ᄒᆞ여 년협(蓮頰)[1032]을 젹실 ᄯᆞᄅᆞᆷ이라.

공ᄌᆡ 미아(美兒)를 보니 용뫼 승졀(勝絶)ᄒᆞ여 뇽슈ᄉᆞ져[제](龍鬚蛇蹄)[1033]ᄂᆞᆫ 그리지 아

(결권)

1027)운우(雲雨)의 낙ᄉᆞ(樂事) : =운우지락(雲雨之樂). 운우지정(雲雨之情). 구름 또는 비와 나누는 즐거움[정]이라는 뜻으로, 남녀의 정교(情交)를 이르는 말. 중국 초나라의 회왕(懷王)이 꿈속에서 어떤 부인과 잠자리를 같이했는데, 그 부인이 떠나면서 자기는 아침에는 구름이 되고 저녁에는 비가 되어 양대(陽臺) 아래에 있겠다고 했다는 고사에서 유래한다.

1028)고상(高翔) : 높이 날아오름.

1029)셤셤뉴요(纖纖柳腰) : 버들가지처럼 가냘프고 여린 허리.

1030)촉깁(蜀-) : 중국 촉(蜀)나라에서 생산된 비단.

1031)경영(鶊鴒) : 꾀고리와 할미새. 또는 그처럼 날렵한 모양.

1032)년협(蓮頰) : 연꽃처럼 아름다운 두 뺨.

닐ᄉᆞ록 쇄락(灑落)ᄒᆞ고 옥부츄영(玉膚秋影)[1034]은 다듬지 ᄋᆞ닐ᄉᆞ록 공교ᄒᆞ여, 옥【34】익향싀(玉額香腮)[1035]와 년협힝[잉]슌(蓮頰櫻唇)[1036]이 션연요라(鮮姸姚娜)[1037]ᄒᆞ여 결비범인(決非凡人)이라.

일쳔ᄌᆞ틱(一千姿態)와 일만광휘(一萬光輝) ᄌᆞ연ᄒᆞ여 익여반월(額如半月)[1038]이오, 협여도화(頰如桃花)[1039]오, 미여츈산(眉如春山)[1040]이오 부여응지(膚如凝脂)[1041]오, 녕[뎡]여츄졔(睛如秋堤)[1042]라. 한갓 졀염(絶艶)ᄒᆞᆫ ᄌᆞ틱 휘휘요라(輝輝姚娜)[1043]ᄒᆞ여 별유이긔(別有異氣)[1044]를 타 낫실 ᄲᅮᆫ아니라, 안모(顔貌)의 셩덕광휘(盛德光輝) 어릐여, 니른바 '식지원(色之元)이오 덕지종(德之宗)'[1045]이라.

염용작작(艷容灼灼)[1046]ᄒᆞ여 년쇼ᄒᆞ므로 조ᄎᆞ 금봉(金鳳)[1047]이 미기(未開)ᄒᆞ고, 신월(新月)이 두렷치 못ᄒᆞ여시나, 텬디의 별이(別異)ᄒᆞᆫ 졍믹(精脈)을 홀노 거두어시며, 건곤

(결권)

1033)뇽슈ᄉᆞ졔(龍鬚蛇蹄) : 용의 수염과 뱀의 발이란 뜻으로, 일반적으로 용이나 뱀을 그릴 때 나타내지 않는 부분들이다.

1034)옥부츄영(玉膚秋影) : 옥처럼 아름다운 피부와 가을 햇살에 비친 그림자라는 뜻으로, 일반적으로 그림을 그릴 때, 이 부분들 곧, 옷 속에 가려진 피부나 가을 경치(景致)의 이면에 존재하는 그림자는 그리지 않는 부분이다.

1035)옥익향싀(玉額香腮) : 옥 같은 이마와 향기로운 뺨.

1036)년협잉슌(蓮頰櫻唇) : 연꽃처럼 고운 뺨과 앵두처럼 붉은 입술.

1037)션연요라(鮮姸姚娜) : 매우 곱고 아름다움.

1038)익여반월(額如半月) : 반달 같은 이마.

1039)협여도화(頰如桃花) : 복숭아꽃처럼 붉은 뺨

1040)미여츈산(眉如春山) : 봄 동산처럼 푸르고 아름다운 아마.

1041)부여응지(膚如凝脂) : 엉긴 기름처럼 부드럽고 윤기 나는 피부.

1042)뎡여츄졔(睛如秋堤) : 눈동자는 가을 못처럼 맑음.

1043)휘휘요라(輝輝姚娜) : 눈부시게 아름다움.

1044)별유이긔(別有異氣) : 특별히 기이한 기운

1045)식지원(色之元)이오 덕지종(德之宗) : 모든 아름다움의 으뜸이요, 도덕의 종주(宗主)이다.

1046)염용작작(艷容灼灼) : 예쁘고 아리따운 용모가 몹시 화려하고 찬란하다.

1047)금봉(金鳳) : 금봉화(金鳳花). 봉선화(鳳仙花).

(乾坤)의 슈츌(秀出)ᄒᆞᆫ 졍긔(精氣)를 오로지 픔슈(稟受)ᄒᆞ여시니, 【35】온ᄌᆞ(溫慈)ᄒᆞᆫ 팔덕(八德)과 영오(穎悟)ᄒᆞᆫ 슉덕(淑德)을 갓초 타난 비니, 당셰의 셩녀(聖女)오, 쳔츄의 슉완(淑婉)이라.

윤공지 본ᄃᆡ ᄃᆡ가화벌(大家華閥)[1048]의 ᄉᆡᆼ장ᄒᆞ여, 열인(閱人)ᄒᆞ미 젹지 아니ᄒᆞ고 제슉당 부인이며 제슈제ᄆᆡ(諸嫂諸妹)의 경셩경국지ᄉᆡᆨ(傾城傾國之色)[1049]이며, 폐월슈화지ᄐᆡ(閉月羞花之態)[1050]를 닉이 보와 안고ᄐᆡ악(眼高泰岳)ᄒᆞ미 의ᄉᆡ 요지(瑤地)의 머므럿고, 눈이 광한(廣漢)의 걸녓거니, 범범미ᄉᆡᆨ(凡凡美色)은 알기를 한화(寒花)[1051] 갓치 너겨, 평ᄉᆡᆼ의 ᄌᆞ부ᄒᆞ미 텬하의 능히 눈의 찬 슉녀가인(淑女佳人)이 업술가 ᄒᆞ엿더니, 금일 미인을 보니 평ᄉᆡᆼ 쇼원의 족ᄒᆞ고 뜻의 ᄎᆞ【36】니, 쳠망일견(瞻望一見)의 안모(顔貌)의 미(微)ᄒᆞᆫ 우음이 가득ᄒᆞ여, 유졍(有情)ᄒᆞᆫ 냥목(兩目)이 미인 신상의 어릐여, 그 옥슈를 잡으미 연연셜뷔(軟軟雪膚)[1052] 보도랍고 향염(香艶)ᄒᆞ여 텬향(天香)이 만실(滿室)ᄒᆞ니, 공지 ᄋᆡ즁ᄒᆞ믈 니긔지 못ᄒᆞ여 이의 셩음(聲音)이 유열(愉悅)ᄒᆞ여 무러 갈오ᄃᆡ,

"네 양희빈과 엇지 되ᄂᆞ뇨? 친쳑의 ᄌᆞ식으로 이의 잇ᄂᆞ냐? 네 부뫼 엇던 샤름이며 무숨 일노 이 곳의 와 잇ᄂᆞ뇨?"

녀ᄌᆡ 엇지 답ᄒᆞ리오. 두 졈 단ᄉᆞ(丹砂)[1053]를 기리 다다 호치(皓齒)를 빗최지 아니ᄒᆞ고,

1048)ᄃᆡ가화벌(大家華閥) : 대대로 부귀를 누리며 번창해온 지위가 높은 문벌.

1049)경셩경국지ᄉᆡᆨ(傾城傾國之色) : 성주(城主)나 임금이 여인의 미모에 반해 성이 기울어지고 나라가 기울어져도 모를 정도로 아름다운 미인을 이르는 말.

1050)폐월슈화지ᄐᆡ(閉月羞花之態) : 꽃도 부끄러워하고 달도 숨을 만큼 여인의 얼굴과 맵시가 매우 아름답다는 것을 비유적으로 이르는 말.

1051)한화(寒花) : '나뭇가지에 쌓인 눈'을 비유적으로 이르는 말.

1052)연연셜뷔(軟軟雪膚) : 눈처럼 하얀 보드랍고 연한 피부.

1053)단ᄉᆞ(丹砂) : 수은으로 이루어진 황화 광물. 육방 정계에 속하며 진한 붉은색을 띠고 다이아몬드 광택이 난다. =진사. *여기서는 단사처럼 붉은 입술을 달리 표현한 말.

(결권)

한갓 진진이 늣겨[1054], 진쥬 이【37】슬이 년꼿출 잠을 ᄯᆞ롬이오 말이 업ᄉᆞ니, 미인의 우ᄂᆞᆫ 틱되 더옥 졀승ᄒᆞ여, '셔시(西施)의 빅알하 찡긔ᄂᆞᆫ 거동'[1055]은 오히려 쇼담ᄒᆞ미[1056] 낫부고, 직녀(織女)의 작교(鵲橋)[1057] 우희 눈물 ᄲᅮ리ᄂᆞᆫ 거동은 부부호락(夫婦好樂)의 관관(關關)[1058]치 못ᄒᆞ믈 슬허ᄒᆞ니, 비아(卑阿)ᄒᆞ미[1059] 낫분지라. 보고 곳쳐 볼ᄉᆞ록 긔이ᄒᆞ며 황홀ᄒᆞ니, 말슴으로 형언키 어렵고 그림으로 모ᄉᆞ(模寫)키 어렵더라.

(결권)

텬보(天寶)며 긔뵈(奇寶)라. 셩녀(聖女) ᄉᆞ휘(姒后)[1060] 규슈로 계실 적은 엇더ᄒᆞ던지. 결단코 ᄎᆞ인의 별긔이질(別氣異質)의 밋지 못ᄒᆞᆯ지라.

공지 미인의【38】여ᄎᆞ 신이ᄒᆞᆫ 틱도를 디ᄒᆞ여, 졍혼이 《여양‖요양(搖揚)[1061]》ᄒᆞ여 나아가 은근이 뭇기를 지리히 ᄒᆞ듸, 쳔호만환(千呼萬喚)[1062]의 시쳥(視聽)이 업ᄂᆞᆫ 듯ᄒᆞ

1054)늣기다 : 느끼다. 서럽거나 감격에 겨워 울다.

1055)셔시(西施)의 빅알하 찡긔ᄂᆞᆫ 거동 : 중국 춘추시대 월(越) 나라의 미녀 서시(西施)가 배가 아파 얼굴을 찡그리는[다른 기록엔 가슴이 아파서 얼굴을 찡그렸다고 한다] 것을 보고 그 동네에 사는 추녀(醜女)가 이를 아름답게 여겨 흉내 내어 찡그리자 동네 사람들이 놀라 도망쳤다는 고사를 인용한 말. 『莊子』 '天運'편에 나온다. *서시(西施): 중국 춘추 시대 월나라의 미인. 오나라에 패한 월나라 왕 구천이 서시를 부차에게 보내어 부차가 그 용모에 빠져 있는 사이에 오나라를 쳐서 멸망시켰다.

1056)쇼담ᄒᆞ다 : 소담하다. 생김새가 탐스럽다.

1057)작교(鵲橋) : 오작교(烏鵲橋). 까마귀와 까치가 은하수에 놓는다는 다리. 칠월칠석날 저녁에, 견우와 직녀를 만나게 하기 위하여 이 다리를 놓는다고 한다.

1058)관관(關關) : 『시경(詩經)』<국풍(國風)/주남(周南)> 의 '관저(關雎)'편 "관관저구(關關雎鳩; 까악 까악 우는 저구 새)"에서 따온 말로, 암수가 서로 서로 정답게 지저귀는 저구 새의 울음소리를 흉내 낸 의성어. 여기서는 '서로 화락하는' 정도의 의미로 쓰였다.

1059)비아(卑阿)ᄒᆞ다 : 비굴하게 아첨함.

1060)ᄉᆞ휘(姒后) : 중국 주(周)나라 문왕(文王)의 비(妃) 태사(太姒).

1061)요양(搖揚)ᄒᆞ다 : 마음이나 들뜨고 흥분되다.

1062)쳔호만환(千呼萬喚) : 천번 만번을 부름. 수없이 많이 부름.

여, 다만 슬픈 눈물이 년낙(連落)ᄒᆞ여 화싀(花腮)를 젹실 ᄯᅳᆫ이오, 단슌(丹脣)이 믝믝ᄒᆞ여 일언을 블기(不開)ᄒᆞ니, 공ᄌᆡ 뭇다가 못ᄒᆞ여 믄득 노ᄒᆞ여 ᄭᅮ지져 왈,

"쳔ᄒᆞᆫ 아ᄒᆡ 뉘 문부(聞訃)[1063]를 ᄒᆞ엿ᄂᆞ냐? ᄂᆡ 너를 치지 아니코 ᄭᅮ짓지 아니커놀 울기ᄂᆞᆫ 무ᄉᆞᆷ 일고?"

정히 힐난ᄒᆞᆯ 젹 양희 다다라 공ᄌᆞ의 미인 보치믈 놀나 갈오ᄃᆡ,

"공ᄌᆡ 어이 니ᄅᆞ러 계시더뇨?"

(결권)

공ᄌᆡ 양시를 보고 녀ᄌᆞ의 손을【39】노코 물너 안ᄌᆞ며 니로ᄃᆡ,

"질(姪)이 맛춤 슉ᄌᆞ(叔慈)를 보고ᄌᆞ 왓더니 슉ᄌᆡ 아니 계시고, 이 녀ᄌᆡ 이시니 정히 슉ᄌᆞ의 가신 곳을 므ᄅᆞᄃᆡ, 이 녀ᄌᆡ 외모ᄂᆞᆫ ᄲᅳᆯ만ᄒᆞᄃᆡ 아인(啞人)[1064] 청밍(靑盲)[1065]갓치 한 말을 아니ᄒᆞ니, 정히 답답ᄒᆞ여 뭇더니이다. 아지못게라! ᄎᆞ녀ᄂᆞᆫ 슉ᄌᆞ의 친쳑이니잇가?"

양희 ᄃᆡ왈,

"쳡은 본ᄃᆡ 하방인(遐方人)이라. 친쳑이 엇지 경ᄉᆞ(京師)의 이시리잇고? ᄎᆞ아ᄂᆞᆫ 댱부인 시녀 빵셤이 어더 길넛노라 ᄒᆞ니, 근본은 아지 못ᄒᆞ오나 그 작인이 긔묘(奇妙)ᄒᆞ오믹, 쳡이 빵셤다려 니ᄅᆞ고 다려와 두【40】엇ᄂᆞ이다."

공ᄌᆡ 쇼왈,

"ᄎᆞ녀의 근본이 여ᄎᆞᄒᆞ닷다. 슈연(雖然)이나, ᄎᆞ녀를 허ᄒᆞ여 날을 쥬시미 엇더ᄒᆞ시뇨? 아ᄌᆞ미 질(姪)을 위ᄒᆞ여 작미(作媒)ᄒᆞ시미 가ᄒᆞ도쇼이다."

양희 ᄃᆡ경(大驚) 왈,

"공ᄌᆡ 엇지 이런 말ᄉᆞᆷ을 ᄒᆞ시ᄂᆞ뇨? ᄎᆞ이 아직 나히 어려 밋쳐 사ᄅᆞᆷ을 조촐 ᄯᅵ 아니오, 져의 근본 모ᄅᆞ믈 각골 셜워 어린 아ᄒᆡ 간곡(肝曲)[1066]의 얽힌 지통이 되어시니, 흔

1063)문부(聞訃) : 부고(訃告)를 들음.
1064)아인(啞人) : 벙어리. 언어 장애인.
1065)청밍(靑盲) : 청맹(靑盲)과니. 겉으로 보기에는 눈이 멀쩡하나 앞을 보지 못하는 눈. 또는 그런 사람.
1066)간곡(肝曲) : 간장(肝腸). '애'나 '마음'을 비

ᄒᆞᆫ 의식(衣食)의 두어, 그 부모를 ᄎᆞᄌᆞ 쥬어 젹션(積善)코ᄌᆞ ᄒᆞᄂᆞ니, 공ᄌᆞᄂᆞᆫ 이런 망녕된 말숨을 하ᄂᆞ뇨.?"

공지 웃고 지삼 지리히 보치니, 양희 빵셤【41】이 ᄇᆡᆨ 가지로 츄탁(推託)ᄒᆞ나 또ᄒᆞᆫ 텬졍슉치(天定宿債)1067)라 인녁의 밋ᄎᆞ리오.

양희 빵셤이 능히 공ᄌᆞ의 고집을 썩지 못ᄒᆞ여 드ᄃᆡ여 허락ᄒᆞ미 되니, 원ᄂᆡ 이 녀지 다ᄅᆞ니 아니라, 셕년(昔年)의 빵셤이 관학 흉인의게 오십금을 쥬고 ᄉᆞ온 녀지니, 기시(其時)의 관학이 아히 일홈을 화벽이라 ᄒᆞ던 고로, 양시와 빵셤이 화벽을 다리여 위로ᄒᆞ여 니로ᄃᆡ,

"윤공지 문장지홰(文章才華) 긔특ᄒᆞ니 당당이 뇽갑(龍甲)1068)○[을] 맛쳐 타일 영귀ᄒᆞ미 족히 부슉여풍(父叔餘風)을 니을 거시니, 너의 일싱이 영귀ᄒᆞᆯ ᄲᅮᆫ【42】 아니라, 또ᄒᆞᆫ 부모 ᄎᆞᆺ기도 쉬올 거시니, 우리 너를 그ᄅᆞᆺ 졔도(濟度)치 아니리니 우리 말을 드ᄅᆞ라."

벽이 탄셩 오열ᄒᆞ여 갈오ᄃᆡ,

"아히 부명(父命)이 긔구(崎嶇)ᄒᆞ여 틱평지시(太平之時)의 혼ᄌᆞ 난니를 만나 부모를 실산(失散)ᄒᆞ고, 은모(恩母)의 휵양(畜養)ᄒᆞ믈 닙어 무ᄉᆞ히 ᄌᆞ라고, 부인의 어엿비 너기시믈 밧ᄌᆞ와 금의옥식(錦衣玉食)으로 기ᄅᆞ시니, 망극ᄒᆞᆫ 은혜 구로싱아지덕(劬勞生我之德)1069)이 잇ᄉᆞᆸᄂᆞᆫ지라. 쇼ᄋᆡ 비록 텬셩 쇼친(所親)을 ᄎᆞᄌᆞ나 당당이 명심폐부(銘心肺腑)ᄒᆞ여 닛지 아닐거시오. 셜ᄉᆞ 팔지 무상ᄒᆞ여 종시 부모【43】를 찻지 못ᄒᆞ나 일싱 부인 좌하의 쁘레질ᄒᆞᄂᆞᆫ 쇼임을 감심ᄒᆞ기를 원ᄒᆞ고, 텬뉸(天倫)을 실셔(失緖)ᄒᆞᆫ 죄인이 감히 인뉸을 찰히믈 원치 아니ᄒᆞᄂᆞ이다. 윤공지 쳡의 트른 머리와 흰 낫ᄎᆞᆯ 종시(終始) ᄉᆞ(赦)치 아

유적으로 이르는 말

1067)텬졍슉치(天定宿債) : 전세로부터 하늘이 맺어 준 연분. =천정숙연(天定宿緣).

1068)뇽갑(龍甲) : 과거 갑과. *갑과(甲科): 조선시대에, 과거 합격자를 성적에 따라 나누던 세 등급 가운데 첫째 등급. ≒장원(壯元).

1069)구로싱아지덕(劬勞生我之德) : 나를 낳아주시고 길러주신 은덕.

(결권)

니신즉 맛당이 한 번 죽어 부인과 은모의 휵양ᄃᆡ은(慉養大恩)을 져바릴지언정 능히 명을 밧드지 못ᄒᆞ리로쇼이다.”

셜파의 실셩ᄋᆡ읍(失性哀泣)ᄒᆞ여 낭셩츄파(朗星秋波)[1070]의 누쉬(淚水) 년낙(連落)ᄒᆞ여 유ᄉᆞ지심(有死之心)ᄒᆞ고 무ᄉᆡᆼ지긔(無生之氣)ᄒᆞ여, 경열(哽咽)ᄒᆞ믈 마지 아니ᄒᆞ니, 양희와 빵셤이 잔잉ᄒᆞ며[1071] 블힝ᄒᆞ믈 【44】니긔지 못ᄒᆞ여 역시 함누(含淚)ᄒᆞ고 쳔만가지로 다ᄅᆡ며 져히니, 벽이 능히 ᄌᆞ긔지심(自己之心)이나 능히 셰우지 못ᄒᆞᆯ 쥴 알고, 믄득 죽을 뜻을 두고 쳑연이 니로ᄃᆡ,

“쳡이 비록 미쳔ᄒᆞ나 엇지 젹인(適人)ᄒᆞ미 무단이 ‘상님(桑林)의 쳔인(賤人)[1072]과 갓흐리오.”

셤이 쳥파(聽罷)의 그 깁흔 쥬의ᄂᆞᆫ 아지 못ᄒᆞ고 슌종ᄒᆞ믈 ᄃᆡ희ᄒᆞ여, 화벽의 말노뼈 공ᄌᆞ긔 젼ᄒᆞ니 공지 가연 허락ᄒᆞ고, 즉시 모부인 텹ᄉᆞ(篋笥) 가온ᄃᆡ 명쥬(明珠)ᄅᆞᆯ ᄂᆡ여다가 빙물(聘物)을 ᄉᆞᆷ으니, 명쥬ᄂᆞᆫ 범물(凡物)이 아니라 윤상국 부군(父君) 명텬공이 긔몽(奇夢)을 어【45】더 ᄒᆡ즁(海中)의 득(得)ᄒᆞᆫ ᄇᆡ니, ᄎᆞ물(此物)을 ᄌᆞ숀의 젼ᄒᆞ여 빙물(聘物)[1073]을 삼게 ᄒᆞ여시므로, 진왕과 승상이 부ᄃᆡ 장ᄌᆞ의 신물(信物)을 ᄉᆞᆷ고져 ᄒᆞ던 거시니, 공교히 몬져 화벽의게 도라가니 망망텬의(茫茫天意)ᄅᆞᆯ 가지(可知)러라.

빵셤은 명쥬ᄅᆞᆯ 보고 놀나믈 마지 아니나, 지식이 잇ᄂᆞᆫ 고로, 화벽이 결비쳔인(決非賤人)이니, 혹ᄌᆞ 이 가온ᄃᆡ 텬연(天緣)이 잇ᄂᆞᆫ가 ᄒᆞ여 깁히 간ᄉᆞᄒᆞ여 타일을 보려 ᄒᆞ더라.

드ᄃᆡ여 날흘 갈ᄒᆡ여 그윽ᄒᆞᆫ 쇼당(小堂)을 쇄쇼(刷掃)ᄒᆞ여 벽을 안신(安身)ᄒᆞ고, 공ᄌᆞᄅᆞᆯ 쳥ᄒᆞ여 못게 ᄒᆞ니, 벽이 믄득 줌옥(簪玉)으

(결권)

1070)낭셩츄파(朗星秋波) : 밝은 별빛 같은 맑고 아름다운 미인의 눈길.

1071)잔잉ᄒᆞ다 ; 자닝하다. 애처롭고 불쌍하여 차마 보기 어렵다.

1072)상님(桑林)의 쳔인(賤人) : 뽕밭에서 뽕잎을 따는 평민이나 천민 계층의 부녀자를 이름.

1073)빙물(聘物) : 납폐(納幣). 혼인할 때에, 정혼이 이루어진 증거로 신랑 집에서 신부 집으로 보내는 예물.

【46】로 ᄌᆞ경(自剄)ᄒᆞ여 ᄉᆞᄉᆡᆼ이 위급ᄒᆞ기의 이시ᄃᆡ, 요ᄒᆡᆼ 깁히 상튼 아냣ᄂᆞᆫ 고로, 공지 쳐음은 놀나고 ᄎᆞ악ᄒᆞ나 나죵은 ᄉᆡᆼ되 이시믈 다ᄒᆡᆼᄒᆞ여, 회ᄉᆡᆼ단(回生丹)과 보미로 구호ᄒᆞ며, 쥰졀이 ᄎᆡᆨᄒᆞ고 온화이 다릐여 쳔셔만단(千緖萬端)으로 유셰(誘說)ᄒᆞ여, 맛ᄎᆞᆷᄂᆡ '이셩(二姓)의 친(親)'[1074]을 일우니 화벽이 분앙골돌ᄒᆞ여 당당이 죽어 욕을 감심치 말고져 ᄒᆞ더니, ᄌᆞ결ᄒᆞ여 인ᄉᆞ롤 바려 실졀혼ᄇᆡᆨ(失節魂魄)이 유유(悠悠)ᄒᆞ여 망망(茫茫)이 귀문관(鬼門關)[1075]의 나아갈 듯ᄒᆞ고 유유히 쳥츈 원ᄇᆡᆨ(怨魄)이 운쇼(雲宵)의 방황ᄒᆞᆯ 듯ᄒᆞ더니, 홀【47】득신몽(忽得神夢)ᄒᆞ여 몽즁(夢中) 신인(神人)이 지교(指敎)ᄒᆞ여 ᄌᆞ기 본ᄃᆡ 젼신(前身)이 ᄐᆡ음셩(太陰星)으로셔, 윤공ᄌᆞ 창닌으로 더부러 옥뎨(玉帝) 정ᄒᆞ신 텬졍가필(天定佳匹)[1076]이라. 오릐지 아냐 부모롤 만나며 윤공ᄌᆞ의 당당ᄒᆞᆫ 젹거부뷔(嫡居夫婦)[1077] 되여 타일 복녹이 늉흡(隆洽)ᄒᆞ미 쳔승국모(千乘國母)[1078]의 휘젹지위(后籍之位)롤 가져 만복(萬福)이 무흠(無欠)ᄒᆞᆯ 바롤 일ᄏᆞ라니, 벽이 ᄭᆞᆷ을 ᄶᆡ다라 본셩이 신명통달(神明通達)ᄒᆞ믄 셩인의 ᄉᆡᆼ셩초(生成初)의 ᄌᆞ언기명(自言己名)[1079]ᄒᆞ시던 신긔ᄒᆞ미 잇ᄂᆞᆫ지라.

인심이 지령(至靈)ᄒᆞ니 ᄌᆞ긔 평ᄉᆡᆼ이 나죵은 ᄃᆡ길(大吉)ᄒᆞ고, 텬뉸이 단원(團圓)ᄒᆞᆯ 경ᄉᆡ 이【48】실 바롤 젹이 관심(寬心)ᄒᆞ여, 드ᄃᆡ여 죽을 의ᄉᆞ롤 긋치고 지우(至于) 보명(保命)ᄒᆞ미 되어시나, ᄌᆞ긔 텬픔(天稟)이 결비쳔인(決非賤人)이로되, 텬셩 쇼친을 실셔(失緖)ᄒᆞᆫ 연고로, 윤공ᄌᆞ의 시쳡(侍妾)이 되

(결권)

1074)이셩(二姓)의 친(親) : 이셩지친(二姓之親). 성씨가 다른 두 남녀가 혼인하여 성적결합(性的結合)을 맺음.

1075)귀문관(鬼門關) : =귀문(鬼門), 귀관(鬼關). 저승으로 들어가는 문.

1076)텬졍가필(天定佳匹) : 하늘이 정해 준 아름다운 배필(配匹).

1077)젹거부뷔(嫡居夫婦) : 정실부부(正室夫婦). 정실로 맞아 혼인한 부부.

1078)쳔승국모(千乘國母) : 제후국(諸侯國)의 왕후.

1079)ᄌᆞ언기명(自言己名) : 스스로 자기 이름을 말함.

여 ᄌᆞ최ᄅᆞᆯ 숨기고 머리ᄅᆞᆯ 움쳐, 존당과 구괴 능히 유무ᄅᆞᆯ 아지 못ᄒᆞᄂᆞᆫ 며ᄂᆞ리 되어, 윤싱의 구구히 ᄎᆞᆺᄂᆞᆫ 은ᄋᆡ 더옥 심혼(心魂)이 찬ᄌᆡ 갓ᄒᆞ니, 스ᄉᆞ로 명완블ᄉᆞ(命頑不死)1080)ᄒᆞᄆᆞᆯ 늣기고 ᄆᆡ양 가ᄉᆞᆷ 가온ᄃᆡ 화엽(花葉)의 표젹과 족장(足掌)의 칠흑ᄌᆞ(七黑子)ᄅᆞᆯ 의방ᄒᆞ여, 혹ᄌᆞ 일노뼈 타일 텬셩이 단합ᄒᆞᆯ 근본이 될가 ᄉᆞᆯ허ᄒᆞ더니, 이러구러 광음【49】이 뉴슈 갓ᄒᆞ여 일이년이 지낫더니, 벽이 십삼 츙년(冲年)의 잉ᄐᆡᄒᆞ여 옥슈닌벽(玉樹璘璧)1081) 갓ᄒᆞᆫ 긔린(麒麟)을 빵싱ᄒᆞ니, 이 가히 니ᄅᆞᆫ 바 셕시(釋氏)의 안아 보ᄂᆡ신 바 셕가(釋家)의 냥동(兩童)이라.

윤창닌이 군ᄌᆞ의 ᄃᆡ질과 엄월혜의 셩덕ᄌᆡ모(聖德才貌)ᄅᆞᆯ 젼습(傳襲)ᄒᆞᆫ ᄇᆡ 엇지 범연ᄒᆞ리오. 양희와 빵셤이 ᄃᆡ경ᄃᆡ희(大驚大喜)ᄒᆞ여 벽을 구호ᄒᆞ여 빵닌을 거두어, 황홀 긔이(恍惚奇異)ᄒᆞᄆᆞᆯ 찬지(讚之)ᄒᆞ고, 윤싱의게 벽이 회ᄐᆡ(懷胎)ᄒᆞ여 분산빵ᄌᆞ(分産雙子)ᄒᆞᄆᆞᆯ 고ᄒᆞ니, ᄎᆞ시 윤공ᄌᆡ 뇽갑(龍甲)을 맛쳐 벼ᄉᆞᆯ이 한님학ᄉᆞ의 니ᄅᆞ럿더니, 부인 철시와 구시ᄅᆞᆯ 취ᄒᆞ【50】엿더라.

철시ᄂᆞᆫ 명문슉녀로 ᄉᆡᆨ덕(色德)이 가ᄌᆞᆨᄒᆞ나1082) 쳔고절츌(千古絶出)ᄒᆞ믄 엄시긔 밋지 못ᄒᆞ고, 구시ᄂᆞᆫ 화벌여지(華閥餘枝)로ᄃᆡ 진짓 구시 아니라.

호리(狐狸)1083)의 ᄆᆡ골(埋骨)을 도젹ᄒᆞᆫ 요인(妖人)이니 원간 윤싱이 아시의 구상셔 교옥(嬌玉)과 졍약ᄒᆞ엿더니, 기간 ᄉᆞ괴 잇셔 구상셰 원젹(遠謫)ᄒᆞ고 부인이 기셰(棄世)ᄒᆞ니, 구쇼졔 강근지친(强近之親)1084)이 업ᄂᆞᆫ 고로

(결권)

1080)명완블ᄉᆞ(命頑不死) : 목숨이 모질어 죽지 않음.

1081)옥슈인벽(玉樹驎璧) : 옥수(玉樹; 아름다운 나무), 기린(騏驎; 천리마), 옥벽(玉璧; 둥그런 옥)을 아울러 이르는 말로, 모두 '재주가 뛰어나고 용모가 빼어난 사람'을 이르는 말이다.

1082)ᄀᆞ작ᄒᆞ다 : 가즉하다. 가지런하다. 여럿이 층이 나지 않고 고르게 잘 갖추어 있다.

1083)호리(狐狸) : 여우와 살쾡이를 아울러 이르는 말.

1084)강근지친(强近之親) : 도움을 줄 만한 아주 가까운 친족.

표문(表門)의 의탁ᄒᆞᄆᆡ, 외구(外舅) 경츄밀이 ᄉᆞ랑ᄒᆞ믈 ᄀᆡ츌(己出) 갓치 ᄒᆞ여, 장셩ᄒᆞ믈 기다려 윤가의 구약을 셩젼(成全)ᄒᆞ여 구상셔의 부탁을 져바리지 말며, 망ᄆᆡ(亡妹)의 구원망녕(九原亡靈)【51】을 위로코져 ᄒᆞ더니, 호ᄉᆡ다마(好事多魔)ᄒᆞ고 구쇼제 홍안(紅顔)의 ᄒᆡᄅᆞᆯ 면치 못ᄒᆞ여, 경츄밀이 기셰ᄒᆞ고 부인 호시와 기녀 난ᄋᆡ 윤ᄉᆡᆼ의 풍신ᄌᆡ화(風神才華)ᄅᆞᆯ ᄌᆞ시 알고 흠모ᄒᆞ믈 참지 못ᄒᆞ여, 궁모곡계(窮謀曲計)로 구쇼져 노쥬(奴主)ᄅᆞᆯ 셔ᄅᆞ져[1085] 깁ᄒᆞᆫ 믈의 드리치고, 경시 스ᄉᆞ로 구시의 의용(儀容)을 비러 윤가의 드러오니, 존당 구괴 블쾌ᄒᆞ고 한님이 일안의 어지지 못ᄒᆞ믈 ᄊᆡ다라 박ᄃᆡ ᄐᆡ심ᄒᆞ니, 음ᄇᆡ(淫婦) 스ᄉᆞ로 음화(淫火)ᄅᆞᆯ 참지 못ᄒᆞ여 허다 ᄀᆡ괴ᄒᆞᆫ 형지(形止)와 간모곡계(奸謀曲計)로 화벽 모ᄌᆞᄅᆞᆯ 업시려 ᄒᆞ던 ᄉᆞ에(辭語) 문【52】츄록(門聚錄)[1086]의 ᄒᆡ비(賅備)[1087]ᄒᆞ니라.

윤한님이 텰·구 냥인이 다 엄시ᄅᆞᆯ 밋지 못ᄒᆞ믈 보ᄆᆡ, 져 갓ᄒᆞᆫ 셩덕ᄌᆞ질노 젹거졍실(嫡居正室)이 되지 못ᄒᆞ믈 ᄀᆡ탄ᄒᆞ더니, 홀연 빵셤의 젼언으로 조ᄎᆞ 엄시의 슌산빵ᄌᆞ(順産雙子)ᄒᆞ믈 듯고, 슈일 후 벽쇼졍의 나아가 엄시ᄅᆞᆯ 위로ᄒᆞ고, 냥ᄌᆞᄅᆞᆯ 보니 ᄉᆡᆼ지슈일(生之數日)의 녕형(英形)ᄒᆞᆫ 미우(眉宇)의 상광(祥光)이 영농비무(玲瓏庇茂)[1088]ᄒᆞ여 초ᄐᆡ우(楚大夫)[1089]의 츄슈골격(秋水骨格)은 명박(命薄)ᄒᆞ미 낫부고, 진승상(晉丞相)[1090]의 관

(결권)

1085)셔ᄅᆞᆾ다 : 셔릋다. 셔ᄅᆞᆺ다. 셔릇다. 거두어 치우다는 뜻의 옛말.

1086)문츄록(門聚錄) : 『명주보월빙(明珠寶月聘)』 연작의 제2부작인 『윤하정삼문취록(尹河鄭三門聚錄)』을 약칭한 것이다. 본 작품 『엄씨효문청행록』은 『명주보월빙』연작의 제3부작이다.

1087)ᄒᆡ비(賅備) : 고루 잘 갖추어져 있음.

1088)영농비무(玲瓏庇茂) : 광채가 찬란하고 그윽하게 감싸 돌다.

1089)초ᄐᆡ우(楚大夫) : 중국 전국시대 초나라 대부(大夫) 송옥(宋玉). BC290-227. 중국의 대표적인 미남자의 한 사람이며, 사부(辭賦)를 잘하여 <구변(九辯)>, <초혼(招魂)>, <고당부(高唐賦)> 등의 작품을 남겼다. 굴원(屈原)과 함께 굴송(屈宋)으로 불렸으며 난대령(蘭臺令)을 지냈기 때문에 난대공자(蘭臺公子)로 불리기도 했다.

옥지모(冠玉之貌)[1091]ᄂᆞᆫ ᄆᆞᆰ지 못ᄒᆞᆫ가 붓그리고, 휘휘광요(輝輝光耀)ᄒᆞ여 ᄒᆡ파(海波)의 금가마괴[1092] ᄠᅥ러지고 옥토ᄭᅵ 나렷ᄂᆞᆫ듯 월ᄋᆡᆨ【53】잠미(月額蠶眉)[1093]와 봉안쥬슌(鳳眼朱唇)[1094]이 텬디(天地)의 별긔(別氣)와 일월(日月)의 졍화(精華)ᄅᆞᆯ 오로지 거두어, 젼혀 ᄌᆞ가의 의형(儀形)이오 화벽의 ᄌᆞ픔(資稟)이로ᄃᆡ, 두 아ᄒᆡ 면목이 한 판의 박아ᄂᆡᆫ 듯ᄒᆞ니, 한님이 년쇼ᄒᆞ나 ᄌᆞᄋᆡ텬뉸(慈愛天倫)은 인지상졍(人之常情)이라. 이곳 텬셩의 쇼ᄉᆞ난 친(親)이니 비록 범범용우(凡凡庸愚)ᄒᆞ여도 인현군ᄌᆞ(仁賢君子)의 텬셩지ᄋᆡ(天性之愛) 범연치 아니려든, 더옥 ᄡᅡᆼᄀᆡ긔린(雙個騏驎)이 졀츌(絶出)ᄒᆞᆫ 작셩 긔질이리오.

한님이 냥아ᄅᆞᆯ 보ᄆᆡ 더옥 긔이히 너겨 화벽을 더옥 앗기더라. 이후 빈빈 왕ᄂᆡᄒᆞ여 ᄌᆞ로 뉴렴(留念)ᄒᆞ나 ᄒᆡᆼ시 능ᄃᆡ능쇼(能大能小)[1095]ᄒᆞ【54】여 이 갓흔 《남ᄌᆞ‖남ᄉᆞ(濫事)》ᄅᆞᆯ 부뫼 아득히 아지 못ᄒᆞ더니, 경가 요예ᄉᆞ긔(妖穢邪氣)ᄅᆞᆯ 잠간 알고, 두로 푼포[1096]ᄒᆞ여 한님을 즁칙(重責)ᄒᆞ고, 화벽을 ᄂᆡ치기ᄅᆞᆯ 도모ᄒᆞ더니, 존당 구괴 화벽의 냥ᄌᆞᄅᆞᆯ 보고 크게 긔특이 너겨, 도로혀 화벽의 근본을 아지 못ᄒᆞ여 ᄎᆞ셕(嗟惜)ᄒᆞ고, ᄎᆞ아(此兒)로ᄡᅧ 장ᄌᆞ(長子)ᄅᆞᆯ 삼지 못ᄒᆞ믈 ᄋᆡ달나 ᄒᆞ니, 엇지 ᄎᆞᆯ녀(刹女)[1097]의 원을 맛ᄎᆞ리오.

1090)진승상(晉丞相) : 중국 서진(西晉)의 미남자 반악(潘岳). 자는 안인(安仁). 승상을 지냈고 미남자의 대명사로 쓰인다.

1091)관옥지모(冠玉之貌) : 관옥처럼 아름다운 모습. 관옥은 관(冠)을 꾸미는 옥.

1092)금가마괴 : 금까마귀. '해'를 달리 이르는 말. 태양 속에 세 개의 발을 가진 까마귀가 있다는 전설에서 유래한다..

1093)월ᄋᆡᆨ잠미(月額蠶眉) : 달처럼 둥근 이마와 누에 같은 눈썹.

1094)봉안쥬슌(鳳眼朱唇) : 봉황의 눈과 붉은 입술.

1095)능ᄃᆡ능쇼(能大能小) : 큰 일이나 작은 일이나 임기(臨機) 응변(應變)으로 잘 처리(處理)해 냄. ≒능수능란(能手能爛).

1096)푼포(分布)ᄒᆞ다 : 푼푸(分布)하다. 중국어 '푼푸(分布[fēnbù])'의 직접차용어. 분포하다. 널려있다. 퍼뜨리다. 널리 퍼지게 하다.

1097)ᄎᆞᆯ녀(刹女) : 나찰녀(羅刹女). 여자 나찰. 사람의 고기를 즐겨 먹으며, 큰 바다 가운데 산

(결권)

도로혀 화벽 냥조(兩子)를 긔렴(記念)ᄒᆞ기룰[1098] 마지 아니ᄒᆞ니, 요인(妖人)이 가장 실망ᄒᆞ여 다시 요리(妖尼)[1099]를 쳐결ᄒᆞ여 화벽을 한 블의 ᄉᆞ로고져 ᄒᆞ며 온갓 괴이ᄒᆞᆫ 누어(陋語)로 참히(慘害)ᄒᆞ여 요계(妖計) 【55】빅츌(百出)ᄒᆞ미 아니 밋ᄎᆞᆫ 곳이 업ᄉᆞ나, 화벽은 텬의(天意) 유의ᄒᆞ신 바 텬강셩녜(天降聖女)라.

가만ᄒᆞᆫ 가온ᄃᆡ 빅신(百神)이 돕ᄂᆞᆫ 듯ᄒᆞ여 참난역경(慘難逆境) 가온ᄃᆡ 겨유 보명ᄒᆞ여, 요인이 실세(失勢)ᄒᆞ미 악시 탄누(綻漏)ᄒᆞ여 제집의 도라가니, 벽이 누명을 신셜ᄒᆞ여 빅옥무하(白玉無瑕)ᄒᆞᆷ 갓ᄒᆞ여 무ᄉᆞ히 심당 슈계(囚繫)를 프러 양희 침쇼의 도라와시나, 오히려 텬셩지친(天性之親)을 부지(不知)ᄒᆞᆫ 지통이 흉격(胸膈)의 응결(凝結)ᄒᆞ니 화조월셕(花朝月夕)의 구곡(九曲)을 ᄉᆞᆯ오고, 간담을 ᄐᆡ와 망망ᄒᆞᆫ 텬디와 일월 신기(神祇) ᄉᆞᆯ피지 아니시믈 원ᄒᆞ며, 옥장금심(玉腸金心)[1100]이 【56】날노 쇼삭(蕭索)ᄒᆞ믈 면치 못ᄒᆞ여, 쥬야 홍험(紅臉)의 눈물이 마ᄅᆞᆯ ᄉᆞ이 업ᄉᆞ니, 양시와 빵셤이 위로ᄒᆞ여 날을 보ᄂᆡ더니, 일일은 일장긔몽(一場奇夢)을 응ᄒᆞ여 부모룰 ᄎᆞᄌᆞ 텬셩지친을 단원ᄒᆞ믈 �ᄂᆞ고, 스ᄉᆞ로 놀나 ᄭᆡ다ᄅᆞ니 허탄(虛誕)ᄒᆞᆯ ᄯᆞ름이라.

옥슈(玉手)로 흉금(胸襟)을 어로만져 일셩장통(一聲長慟)의 옥협(玉頰)의 ᄋᆡ뤼(哀淚) 교류ᄒᆞ더니, 홀연 빵셤이 안ᄉᆡᆨ이 경희ᄒᆞ여 ᄲᆞᆯ니 드러와, 꿈 가온ᄃᆡ 쇼식을 젼ᄒᆞᆷ 갓ᄒᆞ니, 화벽의 싱철(生鐵)[1101]노 단년(鍛鍊)ᄒᆞᆫ 심장이나, 이의 다다라ᄂᆞᆫ 번연긔좌(飜然起坐)

(결권)

다고 한다.

1098)긔렴(記念)ᄒᆞ다 : 기념(記念)하다. 잊지 않고 생각하다. 유의하다.

1099)요리(妖尼) : 요사스러운 비구니(比丘尼 : 여승).

1100)옥장금심(玉腸金心) : 옥처럼 굳고 쇠처럼 단단한 마음.

1101)싱철(生鐵) : 무쇠. 주철(鑄鐵). 1.7% 이상의 탄소를 함유하는 철의 합금(合金). 단단하기는 하나 부러지기 쉽고 강철에 비하여 쉽게 녹이 슨다. 주조(鑄造)하기가 쉬워 공업 재료로 널리 쓴다.

ᄒᆞ여 도로혀 여취여【57】치(如醉如痴)ᄒᆞ여, 쑴인가 의심ᄒᆞ여 말을 못ᄒᆞ더라.

어시의 오왕이 파조후(罷朝後) 위의ᄅᆞᆯ 두로혀 바로 윤상부로 향ᄒᆞ니, 아역(衙役)은 관학을 미여 상부의 니ᄅᆞ미, 진왕과 승상이 아ᄌᆞᄅᆞᆯ 거ᄂᆞ려 노공(老公)을 시좌(侍坐)ᄒᆞ엿더니, 오왕을 마ᄌᆞ 승당녜필(升堂禮畢)의 슈년 별회ᄅᆞᆯ 니ᄅᆞ고, 한훤(寒暄)을 파ᄒᆞ미 오왕이 믄득 념슬궤좌(斂膝跪坐)ᄒᆞ여 승상을 ᄃᆡᄒᆞ여 ᄌᆞ가의 실녀(失女)ᄒᆞᆫ ᄉᆞ단을 일일히 베플고, 우왈,

"십여년만의 역노(逆奴) 관학을 잡아 므ᄅᆞ니 기시의 쇼녀ᄅᆞᆯ 다려다가, 존부 시녀 빵셤의게 파랏노라 ᄒᆞ므로,【58】쇼뎨 이제 관학 흉노ᄅᆞᆯ 다려 니ᄅᆞ럿ᄂᆞ니, 원ᄂᆡ 현합부인(賢閤夫人) 좌하의 빵셤이란 비ᄌᆡ 잇ᄂᆞ니잇가.?"

승상이 쳥파의 즉시 빵셤을 블너 면젼의 니ᄅᆞ미, 오왕이 ᄯᅩ 관학을 불너 ᄃᆡ질(對質)ᄒᆞ니, 관학이 엇지 빵셤을 아지 못ᄒᆞ며, 흉인의 형모 복식이 비록 달나시나, 빵셤의 총명으로 엇지 학 노(奴)ᄅᆞᆯ 모로리오.

임의 쥰 ᄌᆞ와 바든 ᄌᆞ의 말이 명빅ᄒᆞ미, ᄯᅩ 화엽(花葉)의 표젹과 발의 칠흑지(七黑子) 분명이 오왕의 실산(失散)ᄒᆞᆫ 녀아 월혜쇼제 아니오 뉘리오.

오왕이 녀아의 진젹히 ᄉᆞ라시믈 드【59】ᄅᆞ나 발셔 윤한님의 나뷔 잡ᄂᆞᆫ 그물의 걸녀, 옥슈닌벽(玉樹麟璧)[1102] 갓흔 냥ᄌᆡ(兩子) 잇고, ᄯᅩ 몸이 빈희(嬪姬)의 츙슈(充數)ᄒᆞ여 누셜(縲絏) 즁의 이시믈 드럿ᄂᆞᆫ지라. 감히 ᄌᆞ식이나 임의로 못ᄒᆞ고, 월혜의 별긔이질(別氣異質)[1103]노써 ᄐᆡ평셩ᄃᆡ(太平聖代)의 공연이 흉노(凶奴)의 독슈(毒手)ᄅᆞᆯ 맛나 부모ᄅᆞᆯ 실니(失離)ᄒᆞ고, 당당ᄒᆞᆫ 쳔승교ᄋᆡ(千乘嬌兒)[1104]

(결권)

1102)옥슈인벽(玉樹麟璧) : 옥수(玉樹; 아름다운 나무), 기린(騏驎; 천리마), 옥벽(玉璧; 둥그런 옥)을 아울러 이르는 말로, 모두 '재주가 뛰어나고 용모가 빼어난 사람'을 이르는 말이다.

1103)별긔이질(別氣異質) : 특별히 뛰어난 기질(氣質).

1104)쳔승교아(千乘嬌兒) : 제후(諸侯)의 예쁜 딸.

인가(人家) 비복쳔예(婢僕賤隷)의 양휵(養畜)ᄒᆞ믈 밧고 윤싱의 빈희 되어, 간인의 모히를 만나 십삼 유녀(幼女) 만상긔화(萬狀奇禍)를 만나믈 싱각ᄒᆞ미, 비록 이왕의 일이 되어시나, 이련참잔(哀憐慘殘)ᄒᆞ믈 어이 측냥ᄒᆞ리오.

광【60】미ᄃᆡ상(光眉大相)[1105]의 슈운(愁雲)의 니러나고, 봉안(鳳顔)의 쳐식(悽色)이 어릐여 장부의 구회(九懷)[1106] 쇼삭(消索)ᄒᆞ고, 영웅의 눈물이 셜셜(渫渫)ᄒᆞ니[1107] 오열(嗚咽) 반향(半晌)의 광슈(廣袖)를 드러 누슈(淚水)를 제어ᄒᆞ고, 승상을 향ᄒᆞ여 녀아 보기를 청ᄒᆞ여 갈오ᄃᆡ,

"녀ᄋᆞ이 임의 존부 사ᄅᆞᆷ이라. 비록 고(孤)의 ᄌᆞ식이나 거취를 임의로 못ᄒᆞ여 상국(相國) 합하(閤下)의 녕을 기다리ᄂᆞ이다."

승상이 숀ᄉᆞ(遜辭)ᄒᆞ여 ᄌᆞ가의 블명(不明)홈과 ᄌᆞ식의 혼암무식(昏暗無識)ᄒᆞ미 능히 쳔승교와(千乘嬌娃)[1108]를 아지 못ᄒᆞ고, 녕녀(令女)의 뉸외(倫外)[1109]의 쒸여난 긔질노뼈, 돈아(豚兒)의 시쳡(侍妾)을 삼아 허【61】다 비고(悲苦)를 겻게 ᄒᆞ믈 ᄉᆞ례ᄒᆞ고, 맛ᄎᆞᆷᄂᆡ 뉵녜(六禮)를 갓초와 ᄇᆡᆨ냥(百兩)으로 마ᄌᆞ, 아ᄌᆞ의 상원(上元)을 존(尊)홀 쥴 니ᄅᆞ고, 즉시 화교옥뉸(花轎玉輪)[1110]을 갓초와 화벽 모ᄌᆞ를 다려가게 ᄒᆞ니, ᄎᆞ시 엄쇼져 월혜 텬뉸

(결권)

---

*천승(千乘); '천 대의 병거(兵車)'라는 뜻으로, 제후를 이르는 말.

1105)광미ᄃᆡ상(廣眉大相) : 넓은 눈썹을 가진 큰 얼굴.

1106)구회(九懷) : 구곡회포(九曲懷抱). 구곡간장(九曲肝腸). 마음속에 굽이굽이 서려있는 회포.

1107)셜셜(渫渫)ᄒᆞ다 : 물결 따위가 출렁거리다.

1108)쳔승교와(千乘嬌瓦) : 제후(諸侯)의 귀한 딸. *천승(千乘); '천 대의 병거(兵車)'라는 뜻으로, 제후를 이르는 말. *교와(嬌瓦) : 예쁜 딸. '와(瓦; 실패)'는 바느질 도구의 하나로 여아(女兒)들의 흔히 가지고 노는 장난감이라는 점에서, '딸'을 상징하는 말로 쓰였다. 딸을 낳은 경사를 일러 '농와지경(弄瓦之慶)'이라 하는 것이 그 대표적인 예다.

1109)뉸외(倫外) : =이륜(異倫). 비범(非凡). 보통 수준보다 훨씬 뛰어남.

1110)화교옥뉸(華轎玉輪) : 화려하게 치장한 가마와 수레.

(天倫)을 단원(團圓)ᄒᆞ여 인ᄉᆡᆼ(人生) 쳐셰(處世)의 ᄉᆞ무여한(死無餘恨)[1111]이라.

양희 빵셤을 니별ᄒᆞ미 냥인이 위ᄒᆞ여 깃거ᄒᆞ며 즐겨ᄒᆞ미 가히업ᄉᆞ니, 양시ᄂᆞᆫ 도로혀 복복비하(復復拜賀)[1112]ᄒᆞ여 텬셩이 단합ᄒᆞᆷ을 치하ᄒᆞ며, 오히려 닙이 하나히믈 한ᄒᆞ더라.

엄쇼제 크게 감ᄉᆞᄒᆞ여 지삼 칭ᄉᆞ(稱謝)ᄒᆞ고 도라갈ᄉᆡ, 양희 년연(戀戀)ᄒᆞ믈 니긔지 못ᄒᆞ여 니【62】로ᄃᆡ,

"쳔쳡이 쇼져의 긔화명월(奇花明月) 갓흔 지덕으로 인뉸의 한을 픔어, 쥬야(晝夜) ᄉᆡᆼ블여ᄉᆞ(生不如死)[1113]ᄒᆞ신 마음을 알오미, 비록 여ᄎᆞ 존즁ᄒᆞ신 지엽(枝葉)인 쥴은 모로고, 뉸외(倫外)의 ᄲᅱ여난 셩ᄌᆞ광휘(聖姿光輝)를 우러러 앗기고 슬허ᄒᆞ옵더니, 이제 오왕뎐하의 쳔금농쥬(千金弄珠)로 빗ᄂᆡ 도라가시니, ᄯᅩ 오ᄅᆡ지 아냐 우리 한님상공의 뉵녜(六禮) ᄇᆡᆨ냥(百輛)으로 마ᄌᆞ 도라오실지라. ᄎᆞ후로 무흠ᄒᆞᆫ 복녹을 안향(安享)ᄒᆞ시리니, 쳔쳡이 우러러 치하ᄒᆞᆯ 바를 아지 못ᄒᆞᄂᆞ이다."

쇼제 츄연 ᄉᆞ례 왈,

"쳡의 금일이 이시믄 젼혀 부【63】인과 은모(恩母)의 셩ᄒᆞᆫ 은혜라. 《함호결초‖함환결초(銜環結草)[1114]》의 갑흘 ᄇᆡ 업도쇼이다."

(결권)

1111)ᄉᆞ무여ᄒᆞᆫ(死無餘恨) : 죽어도 남은 한이 없음.

1112)복복비하(復復拜賀) : 거듭 거듭 되풀이하여 하례(賀禮)함.

1113)ᄉᆡᆼ불여ᄉᆞ(生不如死) : 사는 것이 죽는 것만 못함.

1114)함환결초(銜環結草) : '남에게 입은 은혜를 꼭 갚는다'는 의미를 가진 '함환이보(銜環以報)'와 '결초보은(結草報恩)'이라는 두 개의 보은담(報恩譚)을 아울러 이르는 말로, '남에게 받은 은혜를 살아서는 물론 죽어서까지도 꼭 갚겠다'는 보다 강조된 의미가 담긴 뜻으로 쓰인다. 두 보은담의 유래를 보면, '함환이보'는 중국 후한 때 양보(楊寶)라는 소년이 다친 꾀꼬리 한 마리를 잘 치료하여 살려 보낸 일이 있었는데, 후에 이 꾀꼬리가 양보에게 백옥환(白玉環)을 물어다 주어 보은했다는 남북조시기 양(梁)나라 사람 오균(吳均)이 지은『속제해기(續齊諧記)』의 고사에서 유래하였다. 또 '결초보은'은 중국 춘추 시대에, 진나라의 위과(魏顆)가 아버지가 세상을 떠난 후에 서모를

이의 분슈(分手)ᄒᆞ여 교즁(轎中)의 오ᄅᆞ니 오ᄑᆡ 조ᄎᆞ왓더니, 화벽이 과연 져희 쥬인의 쳔금 귀쇼제라. 깃부며 쾌ᄒᆞ미 뉵월염텬(六月炎天)의 청빙(淸氷)을 먹음은 듯, 텬음우습지일(天陰雨濕之日)[1115] ᄇᆡᆨ일(白日)을 다시 본 듯ᄒᆞ니, ᄉᆡᆼᄂᆡ(生來) 깃부고 즐거오미 금일 갓흐미 업ᄉᆞᆫ 듯ᄒᆞ더라.

오왕이 의외의 녀아ᄅᆞᆯ ᄎᆞᆺ고, 비록 일홈이 미쳔(微賤)ᄒᆞ나 평ᄉᆡᆼ 흠탄(欽歎) ᄋᆡ경(愛敬)ᄒᆞ던 윤한님의 유정ᄒᆞ믈 닙어, 긔린 갓흔 빵ᄌᆞᄅᆞᆯ 두믈 드ᄅᆞ니, 지난 ᄇᆡ 한심ᄒᆞ나 이제 텬【64】셩(天性)을 단합(團合)ᄒᆞ여, 구곡(九曲)의 얽힌 역니지통(逆理之痛)[1116]과 단장지곡(斷腸之曲)[1117]을 일조의 프러 바려, 블구(不久)의 옥인영걸(玉人英桀)을 슈고로이 갈희미 업시, 문난(門欄)의 광ᄎᆡᄅᆞᆯ 닐위여 봉황이 빵셔(雙棲)ᄒᆞᄂᆞᆫ ᄌᆞ미ᄅᆞᆯ 볼지니, 인눈의 남은 한이 업거ᄂᆞᆯ, ᄒᆞ믈며 관인후덕(寬仁厚德)ᄒᆞ미 누ᄉᆞ덕(婁師德)[1118]의 너그러오미 잇ᄂᆞᆫ지라.

만ᄉᆡ 다 텬의(天意)오 명(命)이믈 ᄊᆡ다라, 관학의 죄ᄅᆞᆯ 믈시(勿視)ᄒᆞ여 한 ᄆᆡ도 더으지 아니ᄒᆞ고 블살방셕(不殺放釋)ᄒᆞ니, 관학의 감덕골슈(感德骨髓)ᄒᆞ믄 《결초함은 ‖ 결초함환

(결권)

개가시켜 순사(殉死)하지 않게 하였더니, 그 뒤 싸움터에서 그 서모 아버지의 혼이 적군의 앞길에 풀을 묶어 적을 넘어뜨려 위과가 공을 세울 수 있도록 하였다는 『춘추좌전』<선공(宣公)>15년 조(條))의 고사에서 유래한 말이다

1115)텬음우습지일(天陰雨濕之日) : 날씨가 흐리고 비가 내려 습기가 많은 날. 장마철.

1116)역니지통(逆理之痛) : 순리(順理)를 거스르는 일을 당한 슬픔이란 말로, 자식을 잃은 부모의 슬픔을 말함.

1117)단장지곡(斷腸之曲) : 창자가 끊어지는 것처럼 슬픈 마음.

1118)누ᄉᆞ덕(婁師德) : 당(唐)나라 측천무후(則天武后) 때의 정치가. 성품이 온후하고 관대하며 인자하여 아무리 무례한 일을 당해도 조금도 흔들림이 없이 표정이 똑같았다고 한다. 동생에게 '남이 얼굴에 침을 뱉으면 어떻게 해야 하느냐'고 묻고, 동생이 '잠자코 침을 닦으면 된다'고 하자, 그는 '닦을 것도 없이 침이 마를 때가지 기다려야 한다'고 충고하였다고 한다. 즉 처세에는 인내심이 필요한 것을 이른 말로, 이와 관련하여 '타면자건(唾面自乾; 얼굴에 침을 뱉으면 저절로 마를 때까지 기다린다)'이란 고사성어가 전한다.

(結草銜環)[1119]ᄒᆞ여 쎠를 바아 쥬인을 갑흘 뜻이 잇고, 오퍼 감쳬여우(感涕如雨)ᄒᆞ여 왕의 면젼【65】의 고두빅비(叩頭百拜)○○[ᄒᆞ여] ᄉᆞ은(謝恩)ᄒᆞ더라.

관학이 다시 먼니 가지 아니ᄒᆞ고 오파와 ᄌᆞ식을 의지ᄒᆞ여 여년을 안과(安過)ᄒᆞ니라.

왕이 윤상부 닉각의 드러와 녀아를 친히 본 후 치교(彩轎)를 지촉ᄒᆞ여 본부의 도라오니, 오파와 빵셤이 냥쇼아(兩小兒)를 다리고 교ᄌᆞ 타 뫼셔 힝ᄒᆞ여, 엄쇼져의 치거(彩車) 본부의 니ᄅᆞ러ᄂᆞᆫ 왕이 만면 희식으로 녀아의 치교를 압셰워, 바로 닉당으로 드러가니, 오퍼 덩문을 열고 션혜쇼제 마조 나와 월혜쇼져의 옥슈를 잡으며, 일턱지상(一宅之上)의 골육이 서【66】로 아지 못ᄒᆞ고, ᄎᆞᄌᆞ미 느존 쥴 상감(傷感)ᄒᆞ여 냥쇼져의 쳔슈만한(千愁萬恨)이 더옥 시롭더라.

이ᄭᅴ 모든 엄쇼제 슉부의 입조ᄒᆞ시ᄂᆞᆫ 션셩(先聲)으로 조ᄎᆞ 일시의 귀령(歸寧)ᄒᆞ엿더니, 군종 ᄌᆞ미 제쇼져와 한ㆍ문ㆍ양 삼쇼제 한가지로 마ᄌᆞ니, 월혜쇼제 본부의 도라와 물식(物色)을 술피미 완연이 작야(昨夜) 몽즁의 니ᄅᆞ럿든 부즁(府中)이라.

이의 승당ᄒᆞ여 부왕이 친히 옥슈를 닛그러 냥위 형장과 냥슈(兩嫂) 최ㆍ범 냥부인을 가ᄅᆞ쳐 비알ᄒᆞ고, 조초 제쇼져를 ᄎᆞ례로 보게 ᄒᆞ【67】니, 쇼제 네필좌정(禮畢坐定)ᄒᆞ미 최ㆍ범 냥부인과 제 쇼제 월혜 쇼져의 쳔고의 뛰여난 식광(色光) 덕질(德質)은 좌즁의 표표(表表)히 ᄲᅢ혀나니, 기형(其兄) 션혜 쇼져의 윤염쇼쇄(潤艶瀟灑)ᄒᆞ미라도, ᄎᆞ쇼져의 광염(光艶)이 졀츌아라(絶出娥娜)ᄒᆞ믈[1120] 만분 바라지 못ᄒᆞ니, 기여 제쇼제 엇지 감히 바라리오. 냥쇼제 블승딕경(不勝大驚)ᄒᆞ믈 마지

(결권)

1119)결초함환(結草銜環) : =함환결초(銜環結草) : '남에게 입은 은혜를 꼭 갚는다'는 의미를 가진 '결초보은(結草報恩)'과 '함환이보(銜環以報)'의 두 보은담(報恩譚)을 아울러 이르는 말. '남에게 받은 은혜를 살아서는 물론 죽어서까지도 꼭 갚겠다'는 뜻을 담고 있다.

1120)졀츌아라(絶出娥娜)ᄒᆞ다 : 세상에 견줄 데가 없을 정도로 아주 뛰어나게 아름답다.

아니ᄒᆞ더라.

ᄐᆡᄉᆞ와 츄밀이 밧비 슬하의 나호여 옥슈ᄅᆞᆯ 어로만져 ᄋᆡ련ᄒᆞ믈 마지 아니ᄒᆞ고, 이갓흔 용광긔질(容光氣質)노 만상긔화(萬狀奇禍)ᄅᆞᆯ 경녁(經歷)ᄒᆞ믈 ᄎᆞ탄(嗟歎)ᄒᆞ믈 마지 아【68】니ᄒᆞ더라.

엄시랑 엄학ᄉᆞ와 창과 영이 다 드러와 ᄆᆡᄌᆞ(妹子)ᄅᆞᆯ 보며 슬프며 깃부미 측냥업더라.

쇼제 오히려 남누(襤褸)ᄒᆞᆫ 의상을 곳치지 아녓고 아미(蛾眉)ᄅᆞᆯ 다ᄉᆞ리지 아녀시나, 텬ᄉᆡᆼ녀질(天生麗質)이 츌어범뉴(出於凡類)ᄒᆞ니, 헛흔 운발(雲髮) 가온ᄃᆡ 다듬지 아닌 옥부츄영(玉膚秋影)[1121]과 그리지 아닌 용슈ᄉᆞ제(龍鬚蛇蹄)[1122] 쇼담 ᄌᆞ약(自若)ᄒᆞ여, 비록 텬셩을 단합ᄒᆞ나 만니 이국의 모후(母后)ᄅᆞᆯ 삼상(參商)[1123]ᄒᆞᄂᆞᆫ 심ᄉᆞ(心思)와, 부뫼 모로시ᄂᆞᆫ 가온ᄃᆡ 인눈을 ᄌᆞ단(自斷)ᄒᆞ여 지어(至於) ᄉᆡᆼ산(生産)ᄒᆞ기의 미쳐시믈 ᄀᆡᆨ[각]골슈괴(刻骨羞愧)ᄒᆞ【69】ᄂᆞᆫ지라.

ᄉᆞ월(斜月)ᄒᆞᆫ[1124] 아황(蛾黃)[1125]의 창원(愴怨)이 ᄆᆡ치고, 낭[냥]셩츄파(兩星秋波)[1126]의 믈결이 ᄌᆞ로 동ᄒᆞ여, 희담(戲談)의 뜻이 ᄉᆞ연(索然)ᄒᆞ니 부쇽이 심ᄉᆞᄅᆞᆯ 숫치고 ᄋᆡ셕ᄒᆞ더라.

이윽고 오퓌 냥ᄋᆞ 옥닌(玉麟)을 안아 좌즁의 노흐니, 냥ᄋᆡ ᄉᆡᆼ지 눅칠삭의 거의 ᄒᆡᆼ보(行步)ᄅᆞᆯ 일우고져 ᄒᆞ고, 어언(語言)이 낭낭

(결권)

1121)옥부츄영(玉膚秋影) : 옥처럼 아름다운 피부와 가을 햇살에 비친 그림자라는 뜻으로, 일반적으로 그림을 그릴 때, 이 부분들 곧, 옷 속에 가려진 피부나 가을 경치(景致)의 이면에 존재하는 그림자는 그리지 않는 부분이다.

1122)용슈ᄉᆞ제(龍鬚蛇蹄) : 용의 수염과 뱀의 발이란 뜻으로, 일반적으로 용이나 뱀을 그릴 때 나타내지 않는 부분들이다.

1123)삼상(參商) : ①삼성(參星)과 상성(商星)을 아울러 이르는 말. ②삼성(參星)과 상성(商星)이 동서(東西)로 멀리 떨어져 있는 데서, 멀리 떨어져서 그리워함을 이르는 말.

1124)ᄉᆞ월(斜月)ᄒᆞ다 : 달이 지다. *사월(斜月): 서쪽 하늘에 기울어진 달.

1125)아황(蛾黃) : 예전에, 여자들이 발랐던 누런 빛이 나는 분.

1126)냥셩츄파(兩星秋波) : 두 눈에 고인 가을 물결처럼 맑은 눈물.

(朗朗)ᄒᆞ여 구쇼(九宵)[1127]의 학녀셩(鶴唳聲)[1128] 갓고 옥안영치(玉顔映彩) 녕녕비무(瑩瑩庇茂)[1129]ᄒᆞ여 텬의 슈츌(秀出)ᄒᆞᆫ 졍긔를 타 별이(別異)ᄒᆞ니 셔어(齟齬)히 의방ᄒᆞ여 기리지 못ᄒᆞᆯ지라.

좌즁이 막블칭탄(莫不稱嘆)ᄒᆞ여 ᄐᆡᄉᆞ형뎨 왕을 ᄃᆡ【70】ᄒᆞ여 만만(萬萬) 치하ᄒᆞ니, 왕이 녀아의 지용을 극히 ᄉᆞ랑ᄒᆞ여 슬하의 교무(嬌撫)ᄒᆞ고, 냥ᄌᆞ를 슬상의 교롱(嬌弄)ᄒᆞᄆᆡ 희츌망외(喜出望外)라. 만시 등한(等閑)ᄒᆞ더라.

창공지 ᄎᆞ져(次姐)의 용안식덕(容顔淑德)이 고왕금ᄂᆡ(古往今來)의 보지 못ᄒᆞᆫ 바룰 흠탄ᄒᆞ며, 냥아(兩兒)의 조셩신이(早成神異)ᄒᆞᄆᆡ 강보히ᄌᆞ(襁褓孩子)의 여ᄎᆞᄒᆞ믈 긔ᄋᆡ(奇愛)ᄒᆞ더라.

오왕이 냥신(良辰)을 턱ᄒᆞ여 진궁의 보ᄒᆞ니 길긔(吉期) 슈슌(數旬)이 격(隔)ᄒᆞ여시니, 윤、엄 냥부의셔 길긔 촉박ᄒᆞ믈 깃거ᄒᆞ더라.

시(時)의 냥 엄쇼제 십여년 실니(失離)ᄒᆞ엿던 동긔 【71】상봉ᄒᆞᄆᆡ, 범연ᄒᆞᆫ 동긔 아니라. 동ᄐᆡ빵싱(同胎雙生)으로 즁도의 여러 ᄒᆡ 실니(失離)ᄒᆞ여시나, 이제 종부(從夫)ᄒᆞᄆᆡ 니ᄉᆞ(二姒)[1130]의 의(義)를 니어 일턱지상(一宅之上)의 상슈(常隨)ᄒᆞᆯ 빈니, 그 졍이 타인 동긔와 ᄌᆞ별(自別)ᄒᆞ믈 뭇지 아녀 알니러라.

윤상부의셔 뉵녜를 갓초와 보ᄂᆡ니, 최부인이 은악양션(隱惡揚善)ᄒᆞᄆᆡ 허믈 ᄭᅮ미기를 잘ᄒᆞ고, 예셩(譽聲)을 요구ᄒᆞᄂᆞᆫ 고로, 범구(凡具)를 십분 셩비(盛備)ᄒᆞ여 혼슈(婚需)를 찰히며, 오왕이 일국 부귀를 기우려 쳔금쇼교(千金小嬌)의 혼녜를 셩비(盛備)ᄒᆞ니, ᄐᆡ시 본부 시녀 즁 가【72】장 영니(怜悧) 츙근(忠謹)ᄒᆞᆫ ᄌᆞ를 별턱(別擇)ᄒᆞ여 월혜 쇼져를 쥬고, 왕이 ᄉᆡ로이 녀아의 ᄌᆞ호(字號)를 쥬어 명쾌라 ᄒᆞ더라.

쇼져의 길긔 블슈일(不數日)[1131]이 가렷더

(결권)

1127)구소(九宵) : ≒층소(層宵). 높은 하늘
1128)학녀성(鶴唳聲) : 학의 큰 울음소리.
1129)녕녕비무(瑩瑩庇茂) : =영롱비무(玲瓏庇茂) 광채가 찬란하고 그윽하게 감싸 돌다.
1130)니ᄉᆞ(二姒) : 두 동서(同壻).

니, 이 ᄉᆞ이 은복(隱伏)ᄒᆞᆫ 간인(奸人)이 가만이 엄부 시아(侍兒) 연잉의 일홈을 비러, 오왕을 치독(置毒)ᄒᆞ고 윤가 냥인을 년지(蓮池)의 드리쳐 ᄒᆡᄒᆞ려 ᄒᆞ던 ᄉᆞ적이, ᄯᅩ 문취록(門聚錄)의 ᄒᆡ비ᄒᆞ니라.

그 ᄉᆞ이 일장풍파(一場風波)ᄅᆞᆯ 지ᄂᆡ고 길일이 님박ᄒᆞᄆᆡ, 윤한님이 옥모영풍(玉貌英風)의 길복(吉服)을 졍히 ᄒᆞ고 금안ᄇᆡᆨ마(錦鞍白馬)의 위의ᄅᆞᆯ 갓초와, 엄부의 니ᄅᆞ러 홍안(鴻雁)을 젼ᄒᆞ고,【73】신부의 상교(上轎)ᄅᆞᆯ ᄌᆡ촉ᄒᆞ니, ᄎᆞ일 엄쇼제 실노 괴롭고 구ᄎᆞᄒᆞ며 붓그러오믈 니긔지 못ᄒᆞ나, 마지 못ᄒᆞ여 ᄃᆡ례(大禮)ᄅᆞᆯ ᄒᆡᆼᄒᆞᆯᄉᆡ, 최ㆍ범 냥부인이며 셜복야 부인이 쇼져ᄅᆞᆯ ᄂᆡᆺ글어 단장(丹粧)을 일우며 금낭(錦囊)을 ᄎᆡ오ᄆᆡ, 왕이 드러와 친이 운환(雲鬟)을 어로만져 경계ᄒᆞ며 두ᄀᆞᆺ기믈 마지 아니터라.

윤ᄐᆡ우 부인 션혜쇼제 윤공ᄌᆞ 졍닌 쳐 온혜쇼져로 더부러 임의 진궁의 도라와 연셕의 참예 ᄒᆞ엿더라.

엄쇼제 웅[응]장셩식(凝粧盛飾)[1132]을 졍비ᄒᆞ고 상교ᄒᆞ니, 윤한님이 금쇄(金鎖)【74】ᄅᆞᆯ 드러 봉문(封門)[1133] 상마(上馬)ᄒᆞ여 도라가니, 홍상분ᄃᆡ(紅裳粉黛)[1134]의 셩(盛)ᄒᆞ믄 ᄭᅩᆺ슈플이 어릐엿고, 욱욱(煜煜)ᄒᆞᆫ 향취ᄂᆞᆫ 십니의 옹비(擁鼻)[1135]ᄒᆞ고 ᄉᆡᆼ쇼고악(笙簫鼓樂)[1136]은 훤텬(喧天)ᄒᆞ니, ᄎᆞ일(此日) 텬긔 화창ᄒᆞ고 일월이 광화(光和)ᄒᆞ여 군ᄌᆞ 슉녀의 텬졍가긔(天定佳期)ᄅᆞᆯ 하례(賀禮)ᄒᆞᄂᆞᆫ 듯ᄒᆞ더라.

도로의 빗ᄂᆡ ᄒᆡᆼᄒᆞ여 윤상부의 도라오니, 윤부의셔 ᄯᅩᄒᆞᆫ ᄃᆡ연(大宴)을 ᄀᆡ장(開場)ᄒᆞ고

(결권)

1131)블슈일(不數日) : 이삼일이 다 걸리지 아니함. 또는 그런 동안.

1132)응장셩식(凝粧盛飾) : 얼굴을 단장하고 옷을 화려하게 차려입음.

1133)봉문(封門) : 문을 잠금.

1134)홍상분ᄃᆡ(紅裳粉黛) : 얼굴에 분을 바르고 먹으로 눈썹을 그려 화장을 하고 화려한 옷으로 치장한 여인을 이르는 말.

1135)옹비(擁鼻) : 콧속에 스며 듦. 코를 찌름.

1136)ᄉᆡᆼ쇼고악(笙簫鼓樂) : 생황, 퉁소, 북 등으로 연주하는 음악.

두 쥽 보쵹(寶燭)[1137]이 길흘 인도ᄒᆞ여, 뇽문치화셕(龍紋彩畵席)[1138]의 나아가 교비(交拜)를 파ᄒᆞ고, ᄌᆞ하상(紫霞觴)[1139]을 난흘시, 한님이 눈을 드러 신부를 보니, 일광월안(日光月顔)[1140]과 옥골빙지(玉骨氷姿)[1141] 【75】이날 칠보셩장(七寶盛裝)[1142] 가온ᄃᆡ 더옥 졀승ᄒᆞ니, 한님의 ᄉᆡ로이 반가온 희ᄉᆡᆨ이 발어외뫼(發於外貌)러라.

쇼제 존당 구고긔 녜로ᄡᅥ 뵈오니, 쳔고졀츌(千古絶出)[1143]ᄒᆞᆫ ᄉᆡᆨ광셩덕을 만좌(滿座) 흠탄ᄒᆞ여 하셩(賀聲)이 여류(如流)ᄒᆞ니, 존당 구괴 ᄆᆡ양 화벽의 셩ᄒᆡᆼ긔질(性行氣質)을 앗겨 텬되(天道) 니극(已極)[1144]ᄒᆞ여, 져갓흔 쳘부셩녀(哲婦聖女)[1145]로 젹거졍실(嫡居正室)[1146]을 삼지 못ᄒᆞᆷ을 ᄎᆞ셕(嗟惜)ᄒᆞ던 바로, 이제 그 텬눈(天倫)이 단원(團圓)ᄒᆞ여, 당당ᄒᆞᆫ 명문화엽(名門華葉)으로 금일 한님의 상젹(相敵)ᄒᆞᆫ 부뷔 되믈 만심환희ᄒᆞ여, 옥슈(玉手)를 잡고 운환(雲鬟)을 어로만져 ᄋᆡ련(哀憐)ᄒᆞ믈 마지 아【76】니ᄒᆞ더라.

진부[1147] 상히 낙극단난(樂極團欒)[1148]ᄒᆞ

(결권)

1137)보쵹(寶燭) : 보석처럼 빛나는 촛불

1138)뇽문치화셕(龍紋彩畵席) : 용의 무늬와 여러 가지 색깔의 꽃무늬를 놓아서 짠 돗자리

1139)ᄌᆞ하샹(紫霞觴) : 자하주(紫霞酒). 자하동(紫霞洞) 신선들이 붉은 노을로 빚어 마신다는 술.

1140)일광월안(日光月顔) : 해처럼 빛나고 달처럼 둥근 얼굴.

1141)옥골빙지(玉骨氷姿) : =빙자옥골(氷姿玉骨). 얼음처럼 맑고 깨끗한 살결과 옥같이 희고 깨끗한 골격이라는 뜻으로, 맑고 고결한 풍채를 이르는 말.

1142)칠보셩장(七寶盛裝) : 일곱 가지 보배로 성대하게 치장함. *칠보(七寶) : 일곱 가지 주요 보배. 대체로 금、은、유리、파리、마노、거거、산호를 말한다.

1143)쳔고졀츌(千古絶出) : 아주 오랜 세월을 통해 보아도 다시 볼 수 없을 만큼 빼어남.

1144)니극(已極) : 너무 지나침. 심술궂음.

1145)쳘부성녀(哲婦聖女) : 어질고 사리에 밝으며 지덕(知德)이 뛰어난 여자.

1146)젹거졍실(嫡居正室) : 적처(嫡妻)로 예를 갖추어 혼인하고, 정실부인의 지위를 갖고 살고 있는 부인.

1147)진부(-府) : 진왕부 곧 윤부.

1148)낙극달난(樂極團欒 : 여럿이 서로 화목하며

더니, 셕양의 파연(罷宴)ᄒᆞ미 제부인이 각각 집의 도라가니라.

엄쇼제 인ᄒᆞ여 구가의 머므ᄅᆞ미 승슌공경(承順恭敬)ᄒᆞ여 우ᄒᆞ로 존당 구고ᄅᆞᆯ 션ᄉᆞ(善事)ᄒᆞ여 동동쵹쵹(洞洞燭燭)[1149]ᄒᆞ여 진가부(陳家婦)[1150]의 효셩을 본밧고, 승슌군ᄌᆞ(承順君子)ᄒᆞ여 임ᄉᆞ(妊姒)[1151]의 녀도(女道)ᄅᆞᆯ 효측ᄒᆞ며, 동녈(同列)을 화목(和睦)ᄒᆞ여 일가의 화긔 늉흡(隆洽)ᄒᆞ니, 이 본ᄃᆡ 지어[1152]ᄒᆞ여 예셩(譽聲)과 덕망을 취ᄒᆞ미 아니로ᄃᆡ, 쳔연(天然) 엄슉(嚴肅)ᄒᆞ여 셩덕명ᄒᆡᆼ(盛德明行)이 ᄌᆞ연지즁(自然之中)의 화여심셩(和與心性)[1153]ᄒᆞ여 'ᄉᆞ시ᄒᆡᆼ언(四時行焉)의 ᄇᆡᆨ물(百物)을 ᄉᆡᆼ언(生焉)ᄒᆞᄂᆞᆫ'[1154] 조화ᄅᆞᆯ ᄒᆡᆼᄒᆞᆷ과 【77】 갓더라.

닌니(隣里) 향당(鄕黨)의 예셩(譽聲)이 ᄌᆞᄌᆞ(藉藉)ᄒᆞ여 ᄐᆡᄉᆞ부의 미ᄎᆞ니, 오왕의 두굿기며 깃거ᄒᆞ믈 일구(一口)로 형언치 못ᄒᆞᆯ너라.

왕이 슈월(數月)을 년곡(輦轂)[1155]의 머무러 임의 녀아ᄅᆞᆯ ᄎᆞᄌᆞ 십년 막혓던 텬뉸을 단원ᄒᆞ고, 윤한님 갓흔 긔군ᄌᆞᄃᆡ현(奇君子大賢)[1156]을 동상(東床)[1157]의 마ᄌᆞ, 몬져 냥기

(결권)

즐겁게 지내 그 즐거움이 넘침.

1149)동동쵹쵹(洞洞燭燭) : 공경하고 조심함. 부모를 섬기고 공경하는 마음이 지극함. 『예기(禮記)』 <제의(祭義)>편의 "洞洞乎屬屬乎如弗勝如將失之. 其孝敬之心至也與(공경하고 조심하는 태도가 마치 이기지 못하는 것 같고 잃지 않을까 조심하는 것 같아, 그 효경하는 마음이 지극하기 그지없다.)"에서 온 말.

1150)진가부(陳家婦) : 진효부(陳孝婦). 한(漢)나라 때 진현(陳縣)의 효부. 남편이 변방에 수자리 살러 나가 죽자, 남편과의 약속을 지켜 일생 개가(改嫁)하지 않고 시어머니를 성효로 섬겼다. 『소학』<제6 선행편>에 나온다.

1151)임ᄉᆞ(任姒) : 중국 주(周)나라 현모양처(賢母良妻)인 문왕의 어머니 태임(太任)과 무왕(武王)의 어머니 태사(太姒)를 함께 일컫는 말.

1152)짓다 : 만들다. 꾸미다.

1153)화여심셩(和與心性) : 심성(心性)에 화합함.

1154)ᄉᆞ시ᄒᆡᆼ언(四時行焉)의 ᄇᆡᆨ물(百物)을 ᄉᆡᆼ언(生焉)ᄒᆞᄂᆞᆫ : 사시(四時; 봄, 여름, 가을, 겨울)가 운행하며 온갖 사물을 생성케 한다는 뜻. 『논어』<양화(陽貨)>편에 나오는 말.

1155)년곡(輦轂) : '황제의 수레'를 뜻하는 말로, 비유적으로 '황성(皇城)'이나 '궁궐'을 이른다.

(兩個) 긔린(騏驎)을 두어 {셩시 냥인과}《쇄시교옥 ‖ 샤가옥슈(謝家玉樹)[1158]》 갓흐니, 비록 부인이 먼니 잇셔 부뷔 한가지로 녀셔(女婿)의 영광을 두굿기지 못ᄒᆞ미 흠ᄉᆡ(欠事)라.

십여년 존문(存聞)[1159]을 아지 못ᄒᆞ여 역니지통(逆理之痛)과 단장지곡(斷腸之曲)이 즁니(中裏)[1160]의 응결(凝結)ᄒᆞ엿던 바로【78】뼈, 목금(目今)의 텬셩이 단회(團會)ᄒᆞᆫ 깃븐[브]믄 쳔지일시(千載一時)[1161]라.

심ᄉᆡ(心思) 흔흡(欣洽)ᄒᆞ고 만ᄉᆡ여의(萬事如意)ᄒᆞ여, 진왕 곤계(昆季)긔 쳥ᄒᆞ여 윤틱우 윤한님과 냥녀를 더부러 틱ᄉᆞ부의 도라와, 동방(洞房)을 쇄쇼(刷掃)ᄒᆞ고 봉황의 빵뉴(雙遊)ᄒᆞᄂᆞᆫ ᄌᆞ미를 두굿기며, 형뎨 ᄌᆞ질이 환쇼단난(歡笑團欒)ᄒᆞᄂᆞᆫ ᄉᆞ이의, 슈삼삭(數三朔)이 지난지라.

쳥낭(淸朗)ᄒᆞᆫ 냥츄가졀(凉秋佳節)[1162]이 밧괴여 심츄(深秋)[1163] 초동(初冬)이 되엿더라.【79】

(결권)

1156)긔군ᄌᆞ딕현(奇君子大賢) : 보통과 다른 대현군자(大賢君子). *대현군자: 매우 어질고 지혜로우며 점잖은 사람.

1157)동상(東床) : '동쪽 평상'이라는 뜻으로, '사위'를 달리 이르는 말. 중국 진(晉)나라의 극감(郄鑒)이 사위를 고르는데, 왕도(王導)의 아들 가운데 동쪽 평상 위에서 배를 드러내고 누워 있는 왕희지를 골랐다는 고사에서 유래한다.

1158)샤가옥슈(謝家玉樹) : 사씨 집안의 뛰어난 인물들. 옥수는 용모가 아름답고 재주가 뛰어난 인물을, 사가는 중국 남제(南齊)의 유명한 문인 사조(謝眺)의 집안을 가리킨다.

1159)존문(存聞) : 안부. 살아있다는 소식.

1160)즁니(中裏) : 마음 속.

1161)쳔지일시(千載一時) : 천년 만에 한번 만난 절호의 기회.

1162)냥츄가졀(凉秋佳節) : 추구월(秋九月)의 아름다운 절기. *양추(凉秋) :①서늘한 가을. ②음력 9월을 달리 이르는 말.

1163)심츄(深秋) : 늦가을. 음력 9월(주로 중순이후)을 달리 이르는 말. ≒만추(晩秋). 계추(季秋. 모추(暮秋))

엄시효문쳥힝녹 권지팔

화셜 오왕이 형뎨 즈질노 환쇼단난(歡笑團欒)ᄒᆞᄂᆞᆫ ᄉᆞ이의 슈삼삭(數三朔)이 지난지라.

쳥낭(淸朗)ᄒᆞᆫ 냥츄가졀(凉秋佳節)이 밧괴여 심츄초동간(深秋初冬間)[1164]의 한풍(寒風)이 늠늠(凜凜)ᄒᆞ고 상텬(霜天)이 ᄢᅵᆨᄢᅵᆨᄒᆞ니, 왕이 바야흐로 국즁이 뷔여시믈 씨다라, 이의 힝니(行李)ᄅᆞᆯ 슈습ᄒᆞ고 옥계(玉階)의 ᄇᆡᄉᆞ(拜謝)ᄒᆞ니, 상이 크게 결연(缺然)ᄒᆞ샤 일일 머믈기ᄅᆞᆯ 만뉴(挽留)ᄒᆞ샤, 광녹시(光祿寺)의 명ᄒᆞ샤 셜연ᄒᆞ여 군신 문뮈 즐기고 상이 친히 ᄉᆞ쥬(賜酒)ᄒᆞ여 보ᄂᆡ시니, 왕이 텬은(天恩)을 황감ᄒᆞ여 감쳬ᄅᆞᆯ 드리워 고두ᄇᆡ【1】ᄉᆞ(叩頭拜謝)ᄒᆞ고, 졈을게야 부즁의 도라와 닌니고구(隣里故舊) 친쳑을 작별ᄒᆞ고, 냥형과 즈질노 더부러 쥬ᄇᆡ(酒杯)ᄅᆞᆯ 날녀 별회ᄅᆞᆯ 니ᄅᆞ며, 동방이 ᄇᆞᆰᄂᆞᆫ 쥴 씨닷지 못ᄒᆞ더라.

ᄎᆞ시 냥 엄쇼져와 공ᄌᆞ 창의 니친지회(離親之懷)ᄂᆞᆫ 일필난긔(一筆難記)라. 가즁 상히 다 결연ᄒᆞ고 최ㆍ범 냥부인과 셜복야 부인이 각각 장후긔 셔찰을 븟쳐 월혜 쇼져의 텬뉸이 단회(團會)ᄒᆞ믈 치하ᄒᆞ고, 모녜 각지만니(各在萬里)ᄒᆞ여 반기지 못ᄒᆞ믈 위로ᄒᆞ고, 냥쇼져와 공ᄌᆞ 창이 다 상셔ᄒᆞᆯᄉᆡ 효ᄌᆞㆍ효녀의 츌텬셩회(出天誠孝) 조희 우희 어【2】릐엿고, 더옥 월혜 쇼져의 참졀(慘絶) ᄋᆡ원(哀願)ᄒᆞᆫ ᄉᆞ의(辭意)ᄂᆞᆫ 참아 보지 못ᄒᆞᆯ너라.

일가 노쇠(老少) 일장 분슈(分手)ᄒᆞ기ᄅᆞᆯ 맛치미, 명효(明曉)의 왕이 일힝을 거ᄂᆞ려 승도발마(昇道發馬)[1165]ᄒᆞ니, 틱ᄉᆞ 곤계(昆季)와

(결권)

1164)심츄초동간(深秋初冬間) : 심추(深秋: 음9월)로부터 초동(初冬: 음10월) 사이.

1165)승도발마(昇道發馬) : 목적지를 향해 길에 올라 말을 타고 출발함.

ᄌᆞ질(子姪) 등은 다 교외의 가 젼별(餞別)ᄒᆞ고, 냥쇼져ᄂᆞᆫ 고루(高樓)의 올나 먼니 가도록 현망(懸望)ᄒᆞ여 방방(滂滂)ᄒᆞᆫ 누싊(淚水) 삼연(滲然)ᄒᆞ더니[1166], 이윽고 쳥산이 ᄉᆞ이지고[1167] 물이 구뷔지니[1168], 진퇴(塵土) 아득ᄒᆞ여 부왕의 ᄒᆡᆼ마(行馬)를 보지 못ᄒᆞᆯ너라.

냥쇼제 오열뉴톄(嗚咽流涕)ᄒᆞ니 군종 제쇼제 ᄇᆡᆨ단관회(百端寬懷)[1169]ᄒᆞ여 ᄂᆡ각의 드러오니, 최、범、셜 삼부인이 위로ᄒᆞ【3】믈 마지○○[아니]ᄒᆞ더라.

ᄎᆞ셜 오왕이 단봉(丹鳳)[1170]의 ᄇᆡᄉᆞ(拜辭)ᄒᆞ고 친쳑 고구(故舊)와 곤계 ᄌᆞ질노 일장 니별을 맛고, 일노의 무ᄉᆞ히 ᄒᆡᆼᄒᆞ여 냥월지ᄂᆡ(兩月之內)의 본국의 니ᄅᆞ니, 시셰(時歲) 즁동념간(仲冬念間)[1171]의 미쳣고, 왕이 뉴월지간(六月之間)의 니국(離國)ᄒᆞ여 즁츄(中秋)의 입조(入朝)ᄒᆞ여 즉시 도라올 거시로ᄃᆡ, 월혜쇼져를 만나 텬뉸(天倫)을 단원(團圓)ᄒᆞ여 다시 혼ᄉᆞ를 일우고 귀국ᄒᆞ미, 시월(時月)이 쳔연ᄒᆞ여 즁동(仲冬)의 밋쳐시니, 니국(離國)ᄒᆞ연지 거의 반년이라.

왕이 댱휘 우려ᄒᆞ믈 ᄉᆡᆼ각고 몬져 ᄉᆞ관(使官)[1172]으로 쇼식을 션보(先報)ᄒᆞ엿더라.

왕【4】의 귀국ᄒᆞᄂᆞᆫ 션문(先聞)을 듯고 본국 승상 호경과 심유졍이 셰ᄌᆞ로 더부러 ᄇᆡᆨ니장졍(百里長程)의 나와 난가(鸞駕)를 갓초와 마ᄌᆞ니, 왕이 국도(國都)의 니ᄅᆞ러 팔마금늅(八馬金輪)[1173]을 물니치고 뇽거봉년(龍車鳳輦)[1174]으로 환궁ᄒᆞ니, ᄇᆡᆨ뇌(百僚) 진하(進賀)

(결권)

1166)삼연(滲然)ᄒᆞ다 : 물이 새어나오듯 하다. 샘솟듯 하다.
1167)ᄉᆞ이지다 : 멀어지다.
1168)구뷔지다 : 굽이지다. 굽이가 이루어지다. *굽이: 휘어서 구부러진 곳.
1169)ᄇᆡᆨ단관회(百端寬懷) : 백방으로 회포를 위로하여 달램.
1170)단봉(丹鳳) : ①목과 날개가 붉은 봉황. ②'궁궐'을 달리 이르는 말.
1171)즁동념간(仲冬念間) : 11월 20일 전후.
1172)ᄉᆞ관(使官) : 임금의 명을 받고 맡겨진 임무를 수행하는 관원.
1173)팔마금늅(八馬金輪) : 여덟 마리 말이 끄는 화려하게 꾸민 수레
1174)뇽거봉년(龍車鳳輦) : 왕이 타는 수레와 가

ᄒᆞ여, 국군(國君)의 공쥬ᄅᆞᆯ ᄎᆞᄌᆞ 텬셩을 단취(團聚)ᄒᆞ믈 하례(賀禮)ᄒᆞ고, 댱휘 셰ᄌᆞ 부부로 더부러 마ᄌᆞ 반년 별회ᄅᆞᆯ 베플고, 조초 관학을 만나 월혜 ᄎᆞᆺ던 ᄉᆞ어ᄅᆞᆯ 드ᄅᆞᄆᆡᄂᆞᆫ, 상연쳬하(傷然涕下)[1175]ᄒᆞ여 ᄉᆡᆼᄂᆡ(生來)의 모녜(母女) 반길 길히 업ᄉᆞ믈 슬허ᄒᆞ니, 또 강보(襁褓)[1176]의 실니(失離)ᄒᆞᆫ ᄇᆡ라. 안면(顔面)인들 엇지 긔지(記之)ᄒᆞ【5】리오.

모든 셔봉(書封)을 ᄎᆞ례로 ᄯᅥ혀 슉ᄆᆡ(叔妹) 금장(襟丈)과 동긔 ᄌᆞᄆᆡ의 셔찰을 일일히 피람(披覽)ᄒᆞ고, 말단 ᄌᆞ녀의 셔간의 다다라ᄂᆞᆫ 댱휘 몬져 가월ᄡᅡᆼ아(佳月雙蛾)[1177]의 모운(暮雲)이 슈집(愁集)ᄒᆞ고, 츄파(秋波)의 누쉬(淚水) 어ᄅᆡ여, 몬져 션혜의 셔찰을 ᄯᅥ혀 보니 갈와시ᄃᆡ,

“블초녀 션혜ᄂᆞᆫ ᄌᆡᄇᆡ 읍혈(泣血)ᄒᆞ고 모비좌하의 올니ᄂᆞ니 관산(關山)이 만니의 ᄌᆞ음치고, 도뢰 졀원(絶遠)ᄒᆞ니 하일하시(何日何時)의 ᄌᆞ안(慈顔)을 반기며, 죠셩모졍(朝省暮定)[1178]을 일워리잇고? 쇼녀ᄂᆞᆫ 몸이 반셕갓고 구괴 ᄉᆞ랑ᄒᆞ시고 슉ᄆᆡ(叔妹) 우ᄋᆡᄒᆞ고 가뷔(家夫) 【6】 후ᄃᆡᄒᆞ오니, 일신이 안한ᄒᆞ고, 물너오ᄆᆡ ᄇᆡᆨ뷔(伯父) 계뷔(季父) ᄉᆞ랑ᄒᆞ시믈 긔츌(己出) 갓치 ᄒᆞ시니 일신이 평안ᄒᆞ옵거니와, 다만 부모ᄅᆞᆯ 만니의 니슬(離膝)ᄒᆞ와 화조월셕(花朝月夕)[1179]의 비회(悲懷) 구곡(九曲)[1180]이 촌단(寸斷)ᄒᆞ믈 ᄭᆡ닷지 못ᄒᆞ리로쇼

(결권)

마. *연(輦); 임금이 거둥할 때 타고 다니던 가마. 옥개(屋蓋)에 붉은 칠을 하고 황금으로 장식하였으며, 둥근기둥 네 개로 작은 집을 지어 올려놓고 사방에 붉은 난간을 달았다. ≒난가(鸞駕)·난여(鑾輿).

1175)상연쳬하(傷然涕下) : 마음이 감상(感傷)하여 눈물을 흘림.

1176)강보(襁褓) : 포대기. 어린아이의 작은 이불. 덮고 깔거나 어린아이를 업을 때 쓴다.

1177)가월쌍아(佳月雙蛾) : 달처럼 아름다운 두 눈썹.

1178)죠셩모졍(朝省暮定) : =신성혼정(晨省昏定). 신성혼정(晨省昏定) : 이른 아침에는 부모의 밤새 안부를 묻고, 밤에는 부모의 잠자리를 보살펴 드린다는 뜻으로, 부모를 잘 섬기고 효성을 다함을 이르는 말.

1179)화조월셕(花朝月夕):꽃이 핀 아침과 달밝은 저녁. 곧 경치가 좋은 시절을 말함.

이다. 부왕과 모비(母妃)의 셩덕으로 능히 곽분양(郭汾陽)[1181]의 다복(多福)ᄒᆞ믈 엇지 못ᄒᆞ샤, 블초아 등 남녀 ᄉᆞ인을 두시ᄆᆡ 필뎨(畢弟)ᄅᆞᆯ 만니의 니슬(離膝)ᄒᆞ시고 아을 실니(失離)ᄒᆞ샤 ᄒᆡ아(孩兒)의 영모지회(永慕之懷)[1182]ᄂᆞᆫ ᄐᆡ항산(太行山)[1183] 구롬을 늣기고, 부모ᄂᆞᆫ 망ᄌᆞ산(望子山)[1184]의 ᄋᆡ롤 ᄐᆡ오시거ᄂᆞᆯ, 【7】 쇼녀 등은 만니 관산(關山)을 즈음ᄒᆞ여 '쳑피창혜(陟彼蒼兮)여 쳠망부혜(瞻望父兮)'[1185]와 '휵이모혜(畜以母兮) 호텬ᄃᆡ은(昊天大恩)'[1186]을 슬허 아닐 날이 이시리잇고? 희(噫)라! 신명(神明)이 묵우(黙佑)ᄒᆞ샤 우리 부모의 셩덕으로, 부왕의 ᄒᆡᆼ도(行道)의 흉노(凶奴)ᄅᆞᆯ 잡으샤 아[1187]의 거쳐ᄅᆞᆯ ᄎᆞᆺᄉᆞ오니, 이러틋 쉬오ᄃᆡ 텬양(天壤)이 가리온 둣

(결권)

1180)구곡(九曲) : =구곡간장(九曲肝腸). 굽이굽이 서린 창자라는 뜻으로, 깊은 마음속 또는 시름이 쌓인 마음속을 비유적으로 이르는 말.

1181)곽분양(郭汾陽) : 곽자의(郭子儀). 697~781. 중국 당(唐)나라 중기의 무장(武將). 안녹산 사사명의 반란을 평정하고 토번을 쳐 큰 공을 세워 분양왕(汾陽王)에 올랐고 여덟 아들을 두었다. 수(壽)、부(富)、귀(貴)、다남자(多男子)의 인간적 복(福)을 다 누려, 오복(五福)을 두루 누린 사람으로 유명하다.

1182)영모지회(永慕之懷) : 죽는 날까지 자식이 변함없이 어버이를 사모하는 마음.

1183)태행산(太行山) : 중국 동북부에 위치하여 산서성(山西省), 하북성(河北省), 하남성(河南省) 3개 성(省)에 걸쳐 있으며, 중심의 대협곡(大峽谷)은 빼어난 경치를 자랑하고 있다. 해발 1840m.

1184)망ᄌᆞ산(望了山) : 집 가까이에 있는 동산 따위의 어버이가 집나간 자식이 돌아오기를 기다리는 산.

1185)척피창혜(陟彼嵢兮) 첨망부혜(瞻望父兮) : '산위에 올라, 아버님 계신 곳 바라보네.'의 뜻. 『시경(詩經)』<위풍(魏風)> '척호(陟岵)'편에 나오는 시구(詩句). '척피호혜(陟彼岵兮) 첨망부혜(瞻望父兮)'를 인용한 글. '陟彼嵢兮'의 '창(嵢)'은 '陟彼岵兮'의 '호(岵)'의 이표기(異表記)로, 다 같이 '산'을 뜻하는 말이다.

1186)휵이모혜(畜以母兮) 호텬ᄃᆡ은(昊天大恩) : '길러주신 어머님 생각하면, 가없는 하늘처럼 크신 은혜 (갚을 길 바이없네)의 뜻. 『시경(詩經)』 '척호(陟岵)'편의 '첨망모혜(瞻望母兮: 어머님 계신 곳 바라보니) … 유래무지(猶來無棄: 돌아오너라 어미를 저버리지 말고)' 부분을 변용한 글.

1187)아 : 아우.

ᄒᆞ엿던 쥴 알니잇고? ᄒᆡ아의 블명암용(不明暗庸)ᄒᆞᆫ 허물이로쇼이다. 쇼녀ᄂᆞᆫ 십여 년을 ᄌᆞ졍(慈庭) 슬하의 교훈을 밧ᄌᆞᆸ지 못ᄒᆞᆷ도 셜우믈 니긔지 못ᄒᆞ옵거든, ᄒᆞ믈며 아은 강보(襁褓)의 부모ᄅᆞᆯ ᄯᅥ나 인가(人家) ᄎᆞ【8】환(叉鬟)의 은양(恩養)을 닙ᄉᆞ와 만상긔화(萬狀奇禍)ᄅᆞᆯ 지ᄂᆡ옵고, 텬뉸이 단원ᄒᆞ오니 ᄌᆞ위(慈闈) 만니의 계샤, 능히 지졍(至情)을 펴지 못ᄒᆞ시고, 아이 ᄌᆞ안을 긔역[억](記憶)지 못ᄒᆞ옵ᄂᆞᆫ 졍ᄉᆡ(情事) 엇지 참연치 아니리잇가? 지필(紙筆)을 드러 하졍(下情)의 지한(至恨)을 알외옵ᄂᆞ니 츄모ᄒᆞ옵ᄂᆞᆫ 눈물이 젼(箋)의 ᄯᅥ러지옵고, 심간이 폐식(閉塞)ᄒᆞ믈 억제치 못ᄒᆞ리로쇼이다."

ᄒᆞ엿더라.

월혜쇼져의 셔(書)의 왈,

"블초녀 월혜ᄂᆞᆫ 십여 년 텬뉸을 실셔(失緖)ᄒᆞ여【9】 인뉸(人倫)의[을] ᄎᆞᆺ지 못ᄒᆞ옵던 지원(至冤)을 ᄌᆞ졍(慈庭) 안탑(案榻)의 알외ᄂᆞ이다. 블초ᄒᆡᄋᆡ(不肖孩兒) 죄악이 지즁(至重)ᄒᆞ와 강보의 봉변(逢變)ᄒᆞ여, 인가(人家) ᄎᆞ두(叉頭)의 휵양(畜養)을 밧ᄌᆞ와, 인뉸의 득죄ᄒᆞ믈 면치 못ᄒᆞ여 텬셩(天性)을 아지 못ᄒᆞᄂᆞᆫ 죄인이, 사ᄅᆞᆷ의 핍박을 면치 못ᄒᆞ여 인뉸을 몬져 졍ᄒᆞ고, 명회(名號) 쳔ᄒᆞᆫ 바의 가셩(家聲)을 츄락ᄒᆞ오미 여지업ᄉᆞᆸ거ᄂᆞᆯ, ᄯᅩ 골육을 ᄭᅵ쳐 능히 일신 쳥졍(淸淨)을 직희지 못ᄒᆞ옵고, 지신(持身)이 용녈(庸劣)ᄒᆞ와 슈원(受怨)ᄒᆞᆫ 바 업시 사ᄅᆞᆷ의 뮈이믈 닙ᄉᆞᆸ고, 텬지신명【10】이 뮈이 너기시믈 밧ᄌᆞ와, 괴이ᄒᆞᆫ 신누(身累)와 참얼(讒孼)의 ᄆᆡ이여 몸이 ᄀᆡᆼ참(坑塹)의 ᄯᅥ러져, 스ᄉᆞ로 쇼조(所遭)의 험흔(險釁)ᄒᆞᆷ과 명도(命途)의 업ᄉᆞᆫ 역경을 갓초다 격ᄉᆞ오믈 슬허, 텬뉸을 모로ᄂᆞᆫ 죄인이 다시 누셜(縲絏) 가온ᄃᆡ 맛ᄎᆞ 죽어도, 쇼ᄉᆡᆼ지디(所生之地)ᄅᆞᆯ 아지 못ᄒᆞ옵ᄂᆞᆫ 지통이 쳔양(泉壤)[1188] 하(下)의 도라가니, 명목(瞑目)ᄒᆞᆫ 귀신이 되지 못ᄒᆞᆯ가 슬허ᄒᆞ옵더니, 다ᄒᆡᆼ이 신명의 감동ᄒᆞ심과 부모의 젹덕여음(積德餘

(결권)

1188) 쳔양(泉壤) : 사람이 죽은 뒤에 그 혼이 가서 산다고 하는 세상. =저승.

陰)[1189]을 닙ᄉᆞ와, 이제 텬눈이 단합ᄒᆞ오니 인눈의 한이 업ᄉᆞ오ᄃᆡ, 다만【11】ᄒᆡ아의 지통이 지심ᄒᆞ온 바ᄂᆞᆫ, ᄌᆞ안(慈顔)을 모로옵고, 십ᄉᆡᆼ구ᄉᆞ(十生九死)ᄒᆞᆫ 인ᄉᆡᆼ이 만니 이국의 관산(關山)[1190]을 즈음쳐[1191], ᄋᆡ각(涯角)[1192]의 망망(茫茫)ᄒᆞ오미, 유음(幽陰)을 즈음치오ᄆᆡ 다ᄅᆞᆷ이 업ᄉᆞ오니, ᄉᆡᆼ니(生離)의 슬프오미 ᄉᆞ별(死別)의 다ᄅᆞᆷ이 업습ᄂᆞᆫ지라. ᄉᆡᆼᄂᆡ(生來)[1193]의 슬하의 절ᄒᆞᆯ 길이 업ᄉᆞ오니 ᄌᆞ안을 능히 ᄀᆡ억지 못ᄒᆞ리로쇼이다. 슬프다 어ᄂᆡ날 슬하의 뫼셔《져독‖지독(舐犢)[1194]》의 유유(悠悠)ᄒᆞᆫ 졍으로 골육(骨肉)이 단ᄎᆔ(團聚)ᄒᆞ며, 동ᄀᆡ(同氣)ᄅᆞᆯ 즁봉(重逢)ᄒᆞ여 북당훤초(北堂萱草)[1195]의 무ᄎᆡ(舞彩)[1196]의 노ᄅᆞᆷ을 다ᄒᆞ리잇고? 지필(紙筆)을 님ᄒᆞ【12】와 일쳔 ᄌᆞᆯ 눈물이 알플 가리오니, ᄎᆞᆫ심(寸心)이 여할(如割)ᄒᆞ여 능히 하회(下回)ᄅᆞᆯ 다 못 알외ᄂᆞ이다."

ᄒᆞ엿더라.

그 간측(懇惻)ᄒᆞᆫ ᄉᆞ어(辭語)와 효우ᄒᆞᆫ 말ᄉᆞᆷ

(결권)

1189)젹덕여음(積德餘陰) : 조상이 생전에 쌓은 공덕으로 자손이 받는 복.

1190)관산(關山) : 국경이나 주요 지점 주변에 있는 산.

1191)즈음치다 : 가로막히다. 격(隔)하다

1192)ᄋᆡ각(涯角) : 멀리 떨어져 있어 외지고 먼 땅.

1193)ᄉᆡᆼᄂᆡ(生來) : 세상에 태어난 이래로.

1194)지독(舐犢) : =지독지정(舐犢之情). 어미 소가 송아지를 핥는 사랑이란 뜻으로, 자식에 대한 어버이의 지극한 사랑을 비유적으로 이르는 말

1195)북당훤초(北堂萱草) : '어머니'를 이르는 말. '북당'은 집의 북쪽에 있는 건물로 집안의 주부(主婦)가 거처하는 곳이어서 어머니를 이르는 말로 쓰였다. 훤초 또한 『시경』<위풍(衛風)> '백혜(伯兮)'편의 "어디에서 훤초를 얻어 북당에 심을꼬.(焉得萱草 言樹之背 *背는 이 시에서 北堂을 뜻함)"라 한 시구에서 유래하여, 주부가 자신의 거처인 북당에 심고자 했던 풀이라는 데서, '어머니'를 이르는 말로 쓰였다.

1196)무채(舞彩) : =무채지락(舞彩之樂). 색동옷 입고 춤을 추어 어버이를 즐겁게 해 드림. 중국 춘추 때 초나라 사람 노래자(老萊子)가 70세에 색동옷을 입고 어린애 장난을 하여 늙은 부모를 즐겁게 해드렸다는 고사에서 유래한 말.

이 언언(言言)이 낫하나고, 긔이훈 문장이 지상(紙上)의 찬난(燦爛)ᄒᆞ니 휘 어로만져 참아 숀의 노치 못ᄒᆞ더라.

호빙(-嬪)과 삼 슉희(淑姬) 등이 이의 뫼셔 감탄 션복(善福)ᄒᆞ믈 마지 아니니, 셰ᄌᆞ 푀 심하의 블열ᄒᆞ믈 마지 아니ᄒᆞ니, 왕이 그윽이 아ᄌᆞ의 긔식을 지긔ᄒᆞ고 십분 ᄃᆡ로ᄒᆞ나, 드러나지 아닌 허믈을 억탁(臆度)ᄒᆞ미 【13】가치 아녀, 시이블견(視而不見)ᄒᆞ더라.

셰ᄌᆞ 푀 부왕의 ᄌᆞ상(仔詳)ᄒᆞ심과 모비의 명철ᄒᆞ시믈 두리ᄂᆞᆫ 고로, 것ᄎᆞ로 ᄯᅳ미기를 잘ᄒᆞ여 마지 못ᄒᆞ여, 일삭의 두어 번식 호빙의 침쇼의 나아가나, 부부지낙은 돈연ᄒᆞ여 은ᄋᆡ를 가작(假作)ᄒᆞᄂᆞᆫ 가온ᄃᆡ, 호빙이 홀연 잉틱ᄒᆞ니 왕과 휘 최후의 알고 ᄃᆡ희ᄒᆞ여 보호ᄒᆞ믈 여린 옥갓치 ᄒᆞ더니, 십삭이 찻ᄂᆞᆫ지라. 명년 계츄(季秋)1197)의 분산(分産)ᄒᆞ미, 이 믄득 동틱쌍산(同胎雙産)의 빅옥 갓흔 아ᄌᆞ와 쥬화(珠花)1198)갓흔 여ᄋᆞ이라. 모시(母氏)의 용샤훈 ᄌᆡ용(才容)을 담지 아녀, 아름【14】다온 긔질이 엄시 셰ᄃᆡ여풍(世代餘風)이니, 왕의 《부뫼∥부부》 ᄃᆡ열ᄒᆞ믈 니긔지 못ᄒᆞ고, 일칠○[일](一七日)이 지난 후 호빙이 산긔(産氣) 여상(如常)ᄒᆞ니, 왕의 부뷔 더옥 깃거ᄒᆞ고, 셰ᄌᆡ 역시 인심이라. ᄌᆞ녀의 교연(嬌然)훈 ᄌᆞ질을 ᄌᆞ못 ᄉᆞ랑ᄒᆞ더라.

왕과 휘 신싱 냥숀을 정침의 다려다 보니, 냥ᄋᆡ 심히 슈발영오(秀拔穎悟)ᄒᆞ여 지각이 잇ᄂᆞᆫ 듯, 별 갓흔 눈씨와 부용(芙蓉) 갓흔 냥협(兩頰)과 단ᄉᆞ(丹砂) 갓흔 쥬슌(朱唇)이 가장 긔이ᄒᆞ니, 녀아ᄂᆞᆫ 온슌훌 징죄(徵兆) 잇고, 남아ᄂᆞᆫ 온즁(穩重)훌 긔격(氣格)이로ᄃᆡ, 틔업시 ᄆᆞᆰ고 조화 진틱(塵態) 머무지 아녀시니, 왕과 휘 【15】 어로만져 탄왈,

"푀 블초용우(不肖庸愚)ᄒᆞ여 능히 쳔승지부(千乘之富)1199)를 누리기 어려온 긔질이어

(결권)

1197)계츄(季秋) : 음력 9월.

1198)쥬화(珠花) : 단청(丹靑)에서, 붉은색으로 그린 사판화. 청색이나 녹색 따위로 그리기도 한다. *사판화(四瓣花): 꽃잎이 네 장인 꽃. 주로 십자화과 식물의 꽃으로 무의 꽃, 배추의 꽃 따위가 있다.≒네잎꽃.

놀, ᄎᆞ이 너모 진ᄐᆡ(塵態) 업고 조흐니, 가히 아븨 오예(汚穢)ᄒᆞᆫ 허믈을 삐ᄉᆞ려니와, 또 가히 쳥운ᄌᆞᄆᆡᆨ(青雲紫陌)[1200]의 진환(塵寰)[1201] 부귀ᄂᆞᆫ 완젼ᄒᆞᆯ 위인이 아니라. 당요시졀(唐堯時節)[1202]의 나던들 쇼헤(巢許)[1203] 될 거시오, 산즁의 한가ᄒᆞᆫ 쳥복(淸福)은 가히 쳔ᄌᆞ(擅恣)[1204]ᄒᆞ려니와, 문달(聞達)[1205]의 영복(榮福)은 훤혁(煊赫)ᄒᆞᆯ[1206] ᄀᆡ상이 아니니, ᄎᆞ역(此亦) 텬야(天也)며 명애(命也)라. 비인녁(非人力)이로다."

그윽이 한탄ᄒᆞ믈 마지 아니ᄒᆞ니, 댱후의 명감명식(明鑑明識)으로 또 엇지 시슈(時數)ᄅᆞᆯ 짐작지 【16】 못ᄒᆞ리오. 심니(心裏)의 한탄ᄒᆞᆯ지언졍 ᄉᆞ식의 낫하ᄂᆡ미 업고, 호빙을 각별 무ᄋᆡᄒᆞ믄 셰ᄌᆞ의 더으며, 냥숀을 쥬야 좌우의 두어 슬상농쥬(膝上弄珠)ᄅᆞᆯ 삼아, 화조월셕(花朝月夕)의 슈회(愁懷)ᄅᆞᆯ 쇼견(消遣)ᄒᆞ미 만흐니, 냥ᄋᆡ 날노 슈미(秀美) 교연(嬌然)ᄒᆞ여 싱지 칠삭의 능히 힝보ᄒᆞ믈 ᄲᆞᆯ니ᄒᆞ고, 어음(語音)이 낭낭ᄒᆞ여 뉴지(柳枝)의 신잉(新鶯)이 우지지ᄂᆞᆫ 듯ᄒᆞ니, 왕의 부븨 더옥 심ᄋᆡ(深愛)ᄒᆞ여 남아의 명을 봉ᄒᆈ라 ᄒᆞ고, 녀아의 명을 효임이라 ᄒᆞ니, ᄌᆞ긔 부부의게 효도로온 숀지라 ᄒᆞ여 이리 지으미라.

셰지 【17】또ᄒᆞᆫ ᄌᆞ녀ᄅᆞᆯ ᄉᆞ랑ᄒᆞ나, 빙[빈](嬪)을 쇼ᄃᆡ(疏待)ᄒᆞ미 날노 심ᄒᆞ니, 왕의 부븨 취ᄉᆡᆨ경덕(取色輕德)ᄒᆞ믈 졈졈 미온ᄒᆞ나, 빙[빈](嬪)은 현슉ᄒᆞᆫ 녀ᄌᆡ라, 조곰도 가부의

(결권)

1199)쳔승지부(千乘之富) : 제후의 부. *천승(千乘): 천 대의 병거(兵車)라는 뜻으로, 제후를 이르는 말.

1200)청운ᄌᆞ맥(青雲紫陌) : 청운은 벼슬을, 자맥은 도성의 큰길을 뜻하는 말로, 벼슬 길 곧 환로(宦路)를 비유적으로 이르는 말.

1201)진환(塵寰) : 티끌세상. 인긴세상.

1202)당뇨시절(唐堯時節) : 중국 요임금 시절. *당요(唐堯) : 중국의 요임금을 달리 이르는 말.

1203)쇼헤(巢許) : 고대 중국의 은자 소부(巢父)와 허유(許由)를 아울러 일컫는 말.

1204)쳔ᄌᆞ(擅恣)ᄒᆞ다 : 제 마음대로 하여 조금도 꺼림이 없다.

1205)문달(聞達) : 이름이 세상에 널리 알려짐

1206)훤혁(煊赫)ᄒᆞ다 : 업적이나 공로 따위가 빛나고 밝다

박졍ᄒᆞ믈 원치 아녀 가지록 비약(卑弱)ᄒᆞ니 구괴 심히 익즁ᄒᆞ더라.

왕이 치국ᄒᆞ미 셩덕이 능히 요슌지치(堯舜之治)[1207]를 법바드니, 쇼방지국(小邦之國)이 의연이 녜의치되(禮儀治道) ᄃᆡ조(大朝)와 다ᄅᆞ미 업ᄉᆞ나, 셰ᄌᆡ 홀노 블초블민(不肖不敏)ᄒᆞ며 호쥬탐식(好酒探色)ᄒᆞ여 부젼(父前)을 님ᄒᆞᆫ즉 일향 온공졍ᄃᆡ(溫恭正大)ᄒᆞᆫ 체ᄒᆞ여, 업ᄉᆞᆫ 효셩과 거ᄌᆞᆺ 어진 체를 강작(强作)ᄒᆞ나, 물너난즉 슐을 난【18】만이 취ᄒᆞ고 미식을 녑녑히 셔 방탕ᄒᆞ며, 궁즁 홍상분ᄃᆡ(紅裳粉黛)는 다 유졍(有情)ᄒᆞ니, 니ᄅᆞᆫ바 구밀복검(口蜜腹劍)[1208]의 ᄂᆡ외(內外) 간힐궤ᄉᆞ(奸詰詭邪)[1209]ᄒᆞ미라.

셰ᄌᆡ 니러틋 퍽려방탕(悖戾放蕩)ᄒᆞᆫ 가온ᄃᆡ 공숀홍(公孫弘)[1210]의 블의(不義) 간ᄉᆞ(奸詐)ᄒᆞ미 잇셔, ᄌᆞ긔 힝ᄉᆞ를 타인이 모로는가 ᄌᆞ득양양ᄒᆞ나, 고어의 운ᄒᆞᄃᆡ, '쥬언(晝言)은 문조(聞鳥)ᄒᆞ고 야언(夜言)은 문셔(聞鼠)ᄒᆞᆫ다'[1211] ᄒᆞ니 엇지 허다ᄒᆞᆫ 날의 즁인(衆人)의 이목을 가리오리오.

날노 취예(醜穢)ᄒᆞᆫ 일홈이 조졍의 낫하나고 ᄉᆞ셔(士庶)의 훼ᄌᆞ(毁訾)ᄒᆞ니[1212], 오국 신뇨(臣僚) 가온ᄃᆡ 츙졍강ᄀᆡ(忠貞慷慨)ᄒᆞᆫ ᄌᆞ는 그윽이 장ᄂᆡ를 근심【19】ᄒᆞ여 우국(憂國)ᄒᆞ는 심녜(心慮) 방하(放下)치 못ᄒᆞ더라.

(결권)

1207)요슌지치(堯舜之治) : 고대 중국의 성군(聖君)인 요임금과 순임금 시대의 매우 잘 다스려진 정치.

1208)구밀복검(口蜜腹劍) : 입에는 꿀이 있고 배 속에는 칼이 있다는 뜻으로, 말로는 친한 듯하나 속으로는 해칠 생각이 있음을 이르는 말.

1209)간힐궤ᄉᆞ(奸詰詭邪) : 간사하고 잔꾀가 많아, 거짓으로 남을 교묘하게 속이기를 잘함.

1210)공숀홍(公孫弘) : 중국 전한(前漢)의 학자·정치가(B.C.200~B.C.121). 자는 계(季). 무제 때 현량으로 추천되어 승상에 오르고, 평진후에 봉해졌다. BC 124년 동중서와 함께 최초의 유가(儒家) 학교인 태학을 세웠다.

1211)쥬언(晝言)은 문조(聞鳥)ᄒᆞ고 야언(夜言)은 문셔(聞鼠)ᄒᆞᆫ다 : '낮말은 새가 듣고 밤 말은 쥐가 듣는다'는 뜻. 아무도 듣지 않는 데서라도 말조심해야 한다는 말.

1212)훼ᄌᆞ(毁訾)ᄒᆞ다 : 꾸짖는 말로 남을 헐뜯음. ≒저자(詆訾)

화셜 황셩 엄부의셔 오왕이 귀국ᄒᆞ미, 진궁의셔 거장(車帳)과 위의(威儀)를 보ᄂᆡ여 엄쇼져 ᄌᆞ미를 다려가니, 틱ᄉᆞ 곤계와 범부인은 결연ᄒᆞ믈 니긔지 못ᄒᆞ나, 최부인은 냥쇼제 오릭 머믄즉 공ᄌᆞ 히홀 긔틀이 더ᄃᆡ믈 초조ᄒᆞ더니, 냥쇼제 도라가믹 거즛 님힝(臨行)의 결연ᄒᆞ믈 일ᄏᆞᆺ고 ᄂᆡ심은 암희ᄒᆞ믈 니긔지 못ᄒᆞ더라.

부인이 신계랑이 죽고 다시 긔ᄉᆞ(奇士)를 만나지 못ᄒᆞ믈 ᄋᆡ달나, 쥬야 초ᄉᆞ(焦思)ᄒᆞ니, 영교、미션이 언계(言啓) 왈,

"공【20】ᄌᆞ(公子)는 범인이 아닌가 시버이다. 계랑의 긔특ᄒᆞᆫ 지조로 쳐음의 져쥬(咀呪)로 시험ᄒᆞ여 픽루(敗漏)ᄒᆞ고, 두번ᄌᆡ 방슐(方術)을 힝ᄒᆞ다가 계랑이 공연이 죽으니, 그일이 아니 괴이ᄒᆞ니잇가? 무ᄉᆞ(巫士)는 슈이 만나지 못ᄒᆞ고 공ᄌᆞ는 졈졈 무ᄉᆞ히 장셩ᄒᆞ니, 엇지 ᄋᆡ닯지 아니ᄒᆞ리오. 쇼비 등의 어린 쇼견의는 공ᄌᆡ 텬셩이 지효(至孝)ᄒᆞ니, 비록 부인의 부ᄌᆞ(不慈)ᄒᆞᆫ 허물이 계시나 구외의 ᄂᆡ지 아닐 듯 시브오니, 부인이 틱ᄉᆞ 노야와 범부인이며 츄밀 노야 보시는 ᄃᆡ는 ᄌᆞᄋᆡᄒᆞ시믈 극【21】진이 ᄒᆞ시고, 사름 업는 ᄯᅵ여든 가만이 보치고 조로기를 ᄌᆞ심(滋甚)이 ᄒᆞ여, 공ᄌᆞ의 쳥슈미질(淸秀美質)이 스ᄉᆞ로 우슈울억(憂愁鬱抑)ᄒᆞ여 ᄌᆞ진(自盡)ᄒᆞ는 디경의 밋게 아니 ᄒᆞ시ᄂᆞ니잇고?"

부인이 우어 왈,

"여등이 엇지 이러틋 지혜 경쳔(輕淺)ᄒᆞᆫ 말을 ᄒᆞᄂᆞ뇨? ᄂᆡ 비록 져를 히ᄒᆞ여 죽이고져 ᄒᆞ나, 제 날{날}을 아지 못ᄒᆞ게 ᄒᆞ는 거시 냥칙(良策)이니, 엇지 ᄉᆞ긔를 요란이 ᄒᆞ여 타인이 눈치를 알게 ᄒᆞ며, 졀노ᄡᅧ 나의 부ᄌᆞᄒᆞᆫ 허물을 알게 ᄒᆞ여, 비록 죽는 녁시라도 날을 원(怨)ᄒᆞ게 ᄒᆞ리오. 다만 【22】모ᄌᆞ의 일홈을 병드리지 말고, ᄉᆞ랑ᄒᆞ는 가온ᄃᆡ 긔화(奇禍)를 비져ᄂᆡ고, 웃는 가온ᄃᆡ 죽이믈 도모ᄒᆞ여, 나의 조화를 귀신이라도 측냥치 못ᄒᆞ게 ᄒᆞ미 조흐니라."

영교、미션이 크게 ᄭᆡ다라 고두(叩頭) 칭ᄉᆞ 왈,

(결권)

"부인의 통달ᄒᆞ신 의논과 지모(智謀)는 냥평(良平)[1213]의게 지나도쇼이다. 엇지 십셰 쇼공ᄌᆞ를 업시치 못ᄒᆞᆯ가 근심ᄒᆞ리잇가?"

부인 왈,

"여등(汝等)은 한셜(閑說)을 날회고 다만 냥ᄉᆞ(良師)를 구ᄒᆞ여, 진심갈녁ᄒᆞ여 김후셥의 도라오기를 기다려 쳥ᄒᆞ여, 복심(腹心)을 삼아 범연이 못할 거시【23】니, 이제 김후셥이 도라오미 계랑이 죽고 집이 파ᄒᆞ여 도라올 곳이 업ᄉᆞ니, ᄆᆡ션 비ᄌᆞ 나히 이십이 갓 너멋고 용안(容顔)이 슈미(秀美)ᄒᆞᄃᆡ 지아비 죽엇ᄂᆞᆫ지라, ᄂᆡ 맛당이 ᄆᆡ션을 허ᄒᆞ여 후셥의 쳐로 쥬어, ᄌᆡ빅(財帛)으로ᄡᅧ ᄉᆞ용을 넉넉이 ᄒᆞ게 ᄒᆞ고, 기리 심복을 ᄆᆡᄌᆞᆫ 즉, 후셥이 반ᄃᆞ시 ᄆᆡ션의 안식이 계랑도곤 낫고, ᄌᆡ물이 만흐면 도로혀 원슈를 은혜로ᄡᅧ 갑흐미[리]니, 후셥이 엇지 감격지 아니리오. ᄯᅩ 계랑의 죽은 원슈를 창의게 옴겨 갑고져 ᄒᆞᆫ즉, 진【24】심갈녁ᄒᆞ여 모조○[록][1214] 셩ᄉᆞᄒᆞ리니, 엇지 묘ᄒᆞᆫ 계귀(計揆) 아니리오."

영ㆍᄆᆡ《쳥ᄂᆡ‖쳥필(聽畢)》의 칭션 왈,

"부인 말ᄉᆞᆷ이 금옥갓흔 의논이시니, 우ᄆᆡᄒᆞᆫ 쳔비 등이 식견이 고루(固陋)ᄒᆞᆷ을 알니로쇼이다."

ᄆᆡ션이 츄연 왈,

"쳔비 이십이 못ᄒᆞ여 지아비를 여희오니 쳥츈이 슬프오ᄃᆡ, ᄎᆞᆷ아 훼졀치 아니려 ᄒᆞ엿더니, 부인이 김후셥을 깁히 부리려 ᄒᆞ시니, 쇼비 비록 슬흐나 당당이 후셥을 셤기리이다."

부인이 ᄃᆡ희ᄒᆞ여 ᄆᆡ션의 츙의를 크게 포장ᄒᆞ고, 후셥의 도라오기를 기다리며 공【25】ᄌᆞ를 믜워ᄒᆞᄂᆞᆫ 눈이 심상치 아녀, 즉긱(卽刻)의 업시치 못ᄒᆞᆷ을 한ᄒᆞ더라.

이젹의 화병부 부인 난혜 쇼져ᄂᆞᆫ 병뷔(兵部) 부젼(父前)의 득죄ᄒᆞ여 죄즁의 잇ᄂᆞᆫ 고로, ᄌᆞ기 ᄯᅩ 념치의 안연치 못ᄒᆞ여 거체 평

(결권)

1213)냥평(良平) : 중국 한(漢)나라 때의 책사(策士) 장량(張良)과 진평(陳平)을 함께 이르는 말.

1214)모조록 : 모쪼록. 될 수 있는 대로. ≒아무쪼록.

상치 못ᄒᆞ므로, 슉뷔 입조ᄒᆞ시고 월혜를 ᄎᆞᄌᆞ 텬뉸이 단합(團合)ᄒᆞ믈 알오ᄃᆡ, 감히 귀령(歸寧)ᄒᆞ믈 쳥치 못ᄒᆞ더니, 화공 곤계 오왕부녀의 긔봉희ᄉᆞ(奇逢喜事)를 드ᄅᆞ미, 역시 긔특이 너겨 친히 틱ᄉᆞ부의 나아가, 오왕 형뎨를 보아 하례ᄒᆞ고 난혜쇼져의 귀령ᄒᆞ믈 권ᄒᆞ여 도라보ᄂᆡ니, 엄【26】쇼졔 존구의 명을 니어 바야흐로 본부의 도라와, 계부(季父)긔 빈현ᄒᆞ고 월혜 쇼져의 쳔고졀츌(千古絶出)ᄒᆞᆫ 지모 덕힝을 보미, 져갓흔 긔질노 아시의 부모를 실니(失離)ᄒᆞ고 《쳔상만고∥쳔신만고(千辛萬苦)[1215]》를 경녁ᄒᆞ여 도라오믈 앗기고, 위ᄒᆞ여 스ᄉᆞ로 헤오ᄃᆡ,

"종뎨(從弟) 져 갓흔 긔화옥질(奇花玉質)노 텬뉸(天倫)을 실셔(失緖)ᄒᆞᆫ 연고로, 몸이 타문(他門)의 뉴락(流落)ᄒᆞ여 인가 비쳡의 휵양(畜養)ᄒᆞ믈 닙고, 윤싱의 시쳡(侍妾)이 되여 젹인(敵人) ᄎᆞᇰ즁(叢中)의 남의 업ᄉᆞᆫ 익(厄)을 한업시 겻거, 오히려 금옥지신(金玉之身)이 완젼ᄒᆞ니, 엇지 긔특지 아니리오. 이 참아 엇지 사ᄅᆞᆷ의 견【27】될 ᄇᆡ며, 참을 ᄇᆡ리오만은, 종뎨 능히 참고 견ᄃᆡ기를 잘ᄒᆞ여, 쳔만고(千萬古)의 업ᄉᆞᆫ 금일 경ᄉᆞ를 만나니, 엇지 지혜 원ᄃᆡ치 아니며, 또 윤싱의 네로 마ᄌᆞ 도라가믈 어드나, 좌우의 강젹이 슈풀 갓흐믈 기렴(掛念)치 아니니, 또 가히 식견의 명쳘(明哲)ᄒᆞ미라. 나의 평안ᄒᆞᆫ 가즁의 무ᄉᆞ히 ᄌᆞ라, ᄇᆡᆨ냥우귀(百兩于歸)[1216]ᄒᆞ여 화싱의 젹거부뷔(嫡居夫婦)[1217] 되여 임의 봉관화리(封冠華里)[1218]의 ᄌᆞ녀를 두어, 한 영시와 창녀 슈인으로 투긔ᄒᆞ미 엇지 ᄌᆞ괴(自愧)치 아니

1215)쳔신만고(千辛萬苦) : 천 가지 매운 것과 만 가지 쓴 것이라는 뜻으로, 온갖 어려운 고비를 다 겪으며 심하게 고생함을 이르는 말.

1216)ᄇᆡᆨ냥우귀(百輛于歸) : 백량(百輛)의 수레에 둘러싸여 신부가 처음으로 시집에 들어감

1217)젹거부뷔(嫡居夫婦) : 정실부부(正室夫婦). 정실로 맞아 혼인한 부부.

1218)봉관화리(封冠華里) : 한국 고소설에서 과거에 급제한 관원의 부인이나 공경대부(公卿大夫)의 부인과 같은 외명부(外命婦)가 머리에 쓰는 화려하게 장식한 관모(冠帽) 곧 족두(簇頭里)리를 이르는 말이다.

(결권)

리오.”

ᄒᆞ{믈}며, ᄌᆞ칙(自責)ᄒᆞ기의 미ᄎᆞ니, 일노조ᄎᆞ 더옥 월혜 쇼져【28】의 비범특초(非凡特超)ᄒᆞ믈 알 거시오, 난혜 쇼져의 쇼통영달(疏通怜達)ᄒᆞ믈 알니러라.

화실(-室)1219)이 병부의 죄쳐(罪處)ᄒᆞ믈 ᄌᆞ못 안심치 못ᄒᆞ여, 총총이 슉부와 종뎨 긔봉(奇逢)을 하례ᄒᆞ고 그 혼녜롤 보고 즉시 도라가니, 틱ᄉᆞ 곤계ᄂᆞᆫ 지삼 부도(婦道)롤 경계ᄒᆞ여 도라보닉고, 최부인은 심니의 화싱의 블고이취(不告而娶)ᄒᆞ믈 노ᄒᆞ여 녀아롤 다시 도라보닐 뜻이 업ᄉᆞ나, 틱ᄉᆞ의 쥰졍(峻正)1220)ᄒᆞ믈 져허 감히 말을 못ᄒᆞ더라.

화쇼제 구가의 도라와 오라지 아냐 슌산싱녀(順産生女)ᄒᆞ니, 녀ᄋᆡ 강보히ᄋᆡ(襁褓孩兒)나 교교묘묘(巧巧妙妙)ᄒᆞ여【29】지란(芝蘭)의 방향(芳香)이 빗최고져 홈 갓흐니, 구괴 크게 ᄉᆞ랑ᄒᆞ며 깃거ᄒᆞ더라.

ᄎᆞ시 엄왕이 귀국ᄒᆞᆫ딕, 화쇼제 다시 본부의 나아가지 못ᄒᆞ니라. ᄯᅢ 졍히 초동회간(初冬晦間)1221)을 당ᄒᆞ니, 화싱이 부젼의 용납지 못ᄒᆞ미 여러 달이라. 화싱의 인효지심의 망극ᄒᆞᆷ은 니로도 말고, 쇼제 가부(家夫)의 한고(寒苦)롤 념녀ᄒᆞ고, 혜힐(慧黠)1222)ᄒᆞᆫ 심졍(心情)의, 존구의 화싱을 칙ᄒᆞ시ᄂᆞᆫ 가온딕 아오로 ᄌᆞ가롤 경계ᄒᆞ시ᄂᆞᆫ 쥬의롤 ᄭᆡ다라, 심니의 황괴(惶愧) 블안(不安)ᄒᆞ믈 니긔지 못ᄒᆞ나, 능히 홀일업셔 싱의【30】츄의(秋衣)롤 다ᄉᆞ려 비실(鄙室)의 보닉니, 싱이 닙지 아니며 밧지 아녀 왈,

“부젼(父前)의 은ᄉᆞ(恩赦)롤 닙지 못ᄒᆞᆫ즉 비록 엄한(嚴寒)이라도 동의(冬衣)롤 나오지 아니리라.”

ᄒᆞ니, 시녜 이딕로 고ᄒᆞ니 쇼제 쳥파의 츄연(惆然) 탄식 왈,

“ᄯᅢ 졍히 깁흔 겨을이라. 삭풍(朔風)이 니러나고 찬 긔운이 사ᄅᆞᆷ을 침노ᄒᆞ거ᄂᆞᆯ, 깁흔

(결권)

1219)화실(-室) : 병부상서 화희경의 처 엄난혜.
1220)쥰졍(峻正)ᄒᆞ다 : 매우 준절하고 엄정하다.
1221)초동회간(初冬晦間) : 음력 10월 30일 전후.
1222)혜힐(慧黠) : ①슬기롭고 영리함. ②간사하고 꾀가 많아 교묘하게 잘 둘러댐.

방의 덥게 쳐ᄒᆞ여도 오히려 한풍(寒風)이 핍골(逼骨)ᄒᆞᆷ을 아쳐ᄒᆞ거늘[1223], 이제 부ᄌᆞ(夫子)의 귀체로ᄡᅧ 비실 한쳐(寒處)의 여름옷ᄉᆞᆯ 밧고지 아냐시니, 엇지 병나미 괴이ᄒᆞ리오."

정당의 드러가미 시로【31】이 가월쌍아(佳月雙蛾)[1224]의 시름이 밋쳣ᄂᆞᆫ지라. 구괴 괴이히 너겨 부인이 무러 갈오ᄃᆡ,

"현뷔 신상이 블평ᄒᆞ냐? 엇지 근심ᄒᆞᄂᆞᆫ 빗치 잇ᄂᆞ뇨?"

쇼제 구괴 긔식을 아ᄅᆞ신가 황공ᄒᆞ여 연망이 피셕 ᄇᆡᄉᆞ 왈,

"쳔신(賤身)이 구고의 양츈혜턱(陽春惠澤)을 닙ᄉᆞ와, 깁흔 방 가온ᄃᆡ 편히 쳐ᄒᆞ오니 무ᄉᆞᆷ 블평ᄒᆞ미 이시리잇고만은, 가뷔(家夫) 엄하(嚴下)의 득죄ᄒᆞ여 죄루(罪縷)의 쳐ᄒᆞ시며, 츄풍(秋風)이 블일(不一)ᄒᆞᄃᆡ 오히려 츄의(秋衣)ᄅᆞᆯ 물니쳐 여름옷ᄉᆞᆯ 밧고지 아니시니, 쳔금귀쳬(千金貴體) 엇지 병나미 괴이ᄒᆞ【32】리잇고? 시고로 근심ᄒᆞᄂᆞᆫ ᄉᆞ식이 얼골의 낫하나미로쇼이다. 복원(伏願) 존구ᄃᆡ인(尊舅大人)은 부위ᄌᆞᄋᆡ(父爲子愛)[1225]○[의] 셩덕을 드리오샤, 그만ᄒᆞ여 가부의 죄ᄅᆞᆯ 샤(赦)ᄒᆞ시고 버거 영시 형뎨의 가긍(可矜)ᄒᆞᆫ 졍ᄉᆞ(情事)ᄅᆞᆯ 민지긍지(憫之矜之)ᄒᆞ샤, 불너 도라와 일턱(一宅)의 모도미 원이로쇼이다."

복슈쥬파(伏首奏罷)의 일만가지 슈란(愁亂)ᄒᆞᆫ 빗치 안모(顔貌)의 가득ᄒᆞ여 진졍쇼발(眞情所發)이라.

구괴 쳥파의 크게 아름다이 너기고 쳐시 식부의 ᄌᆞ연지즁(自然之中)의 감화ᄒᆞ미 쉬옴과, ᄌᆞ긔 가만ᄒᆞᆫ 가온ᄃᆡ 그 교긔지심(驕氣之心)을 져삭(沮削)ᄒᆞ여 그 마ᄋᆞᆷ이 진【33】졍의 도라오믈 두굿기고, 총명혜힐(聰明慧黠)[1226]ᄒᆞᆷ을 아름다이 너기고 아ᄌᆞ의 홋옷ᄉᆞᆯ 곳치지

(결권)

1223)아쳐ᄒᆞ다 : ①아쉬워하다. ②안쓰러워하다. ③싫어하다.

1224)가월쌍아(佳月雙蛾) : 달처럼 아름다운 두 눈썹.

1225)부위ᄌᆞᄋᆡ(父爲子愛) : 부모가 자식을 사랑함.

1226)총명혜힐(聰明慧黠) : 썩 기억력이 좋고 재주가 많으며 슬기롭고 영리함.

아녀, 비실누쳐(鄙室陋處)의 치위ᄅᆞᆯ 감심ᄒᆞᄂᆞᆫ 장긔(壯氣)ᄅᆞᆯ 어려이 너기고, 또ᄒᆞᆫ 병이 날가 념녀도 업지 아니ᄒᆞᆫ지라. 침음냥구(沈吟良久)의 완완(緩緩)이 니ᄅᆞᄃᆡ,

"블초ᄋᆡ(不肖兒) 아뷔 졔 우희 이시믈 아지 못ᄒᆞ고 블고이취(不告而娶)ᄒᆞᄂᆞᆫ 남ᄉᆡ(濫事) 이시니 괘심ᄒᆞᆫ지라. 십년을 그음ᄒᆞ여 안젼(眼前)의 용납지 아니려 ᄒᆞ엿더니, 현부의 셩덕이 여ᄎᆞᄒᆞ고 영시의 가련ᄒᆞᆫ 졍ᄉᆡ(情事) 진실노 현부의 말과 갓흔지라. 노뷔 현부【34】와 영시ᄅᆞᆯ 위ᄒᆞ여 욕ᄌᆞ(辱子)의 무상(無狀)ᄒᆞ믈 사(赦)ᄒᆞ리라."

쇼제 부슈이쳥(俯首而聽)[1227]의 고두복지(叩頭伏地)[1228]ᄒᆞ여 셩덕을 ᄉᆞ례ᄒᆞ더라.

이날 쳐ᄉᆡ ᄂᆡ셔헌(內書軒)의 안고 약간 형장(刑杖)을 베플고 ᄉᆡᆼ을 잡아 드리니, 병뷔(兵部) 부친 엄노ᄅᆞᆯ 만나 문 밧 비실의 ᄂᆡ치연지 하마 반년이라. 쥬야(晝夜) 우민초황(憂悶焦惶)ᄒᆞ여 침블안셕(寢不安席)ᄒᆞ고 식불감미(食不甘味)ᄒᆞ니, ᄒᆡ음업시[1229] 영웅의 장긔(壯氣) 쇼삭(消索)ᄒᆞ고, 호걸의 영풍(英風)이 삭졀(削切)ᄒᆞ여 졈졈 허물을 뉘웃고, 부모ᄅᆞᆯ 쇽인 남ᄉᆡ(濫事) 인뉸(人倫)의 득죄ᄒᆞ엿ᄂᆞᆫ지라. 이 일이 아모제도 【35】 미봉(彌縫)튼 못ᄒᆞᆯ 쥴 알오ᄃᆡ, 악모(岳母)의 다ᄉᆞ(多事)ᄒᆞ믈 한ᄒᆞ며, ᄌᆞ긔 영시ᄅᆞᆯ 취ᄒᆞ며 낭옥 빙셜을 유졍ᄒᆞ미 젼혀 호승(好勝)의 비로ᄉᆞ미어날, 이제 도로혀 호ᄉᆞ(好事)의 마장(魔障)이 되여시니 엇지 ᄋᆡ닯지 아니리오. ᄂᆡ 쳐음 ᄉᆡᆼ각기ᄅᆞᆯ 부친이 아ᄅᆞ신즉, 일시 ᄐᆡ장(笞杖)으로 남ᄉᆞᄅᆞᆯ 다ᄉᆞ리시고, 영시의 졍ᄉᆞᄅᆞᆯ 드ᄅᆞ신즉 은혜ᄅᆞᆯ 드리워 거두어 도라오실가 ᄒᆞ엿더니, 엇지 ᄉᆞ긔 이갓치 것ᄎᆞ러, ᄂᆡ 몸이 부젼의 득죄ᄒᆞ여 반년을 ᄂᆡ치여 용ᄉᆞ(容赦)ᄒᆞ시믈 엇지 못【36】ᄒᆞ고, ᄎᆞᄉᆡᆼ의 영시 인연을 다시 엇기 어려오니, ᄉᆞ긔 여ᄎᆞᄒᆞᆯ 쥴 아더면 ᄎᆞᆯ하리 아이의[1230] 인연을 밋지 마ᄂᆞᆫ 거시 올흔

(결권)

1227)부슈이쳥(俯首而聽) : 머리를 숙이고 들음.
1228)고두복지(叩頭伏地) : 머리를 조아려 절하고 땅에 엎드림.
1229)ᄒᆡ음업다 : 하염없다. 어떤 행동이나 심리 상태가 자신의 의지와는 상관없이 계속되다.

거술, 닉 잘못 싱각ᄒᆞ여 남의 녀ᄌᆞ의 일싱을 희지어시니, 이 일이 엇지 일후 두통이 아니리오.

이러틋 심녜(心慮) 번난(煩亂) 요요(擾擾)ᄒᆞ니, ᄌᆞ연 날노 화풍(華風)이 쇼삭(消索)ᄒᆞ고 용뫼 환탈(換脫)ᄒᆞ믈 면치 못ᄒᆞ더니, 일긔 심츄(深秋)를 당ᄒᆞ니, 한쳐비실(寒處鄙室)의 괴롭기를 엇지 측냥ᄒᆞ리오.

가비야온 깁옷시 능히 한긔(寒氣)를 면치 못ᄒᆞ고, 모구(毛裘)[1231]를 폐ᄒᆞ니 엇지 【37】칩기를 면ᄒᆞ리오만은, ᄌᆞ긔 부젼의 닉치이는 거죄 막극(莫極)ᄒᆞ니[1232], 출하리 일빅장칙(一百杖責)을 밧잡고 즉시 슬하의 용납ᄒᆞ심 갓지 못ᄒᆞᆫ지라.

스ᄉᆞ로 괴롭기를 ᄌᆞ취(自取)ᄒᆞ여 긔한(飢寒)을 아지 못ᄒᆞ더니, 일일은 가인(家人)이 나아와 부명을 젼ᄒᆞ고 잡아오라 ᄒᆞ신다 ᄒᆞ니, 상셰 ᄉᆞ명(赦命)이 이 가온ᄃᆡ 이실 쥴 역힝(亦幸)ᄒᆞ여, 연망(連忙)이[1233] 의ᄃᆡ(衣帶)를 슈렴ᄒᆞ고 시노(侍奴)를 조ᄎᆞ 닉셔헌의 니ᄅᆞ니, 쳐시 아ᄌᆞ를 보미 오히려 미온지심(未穩之心)이 플니지 못ᄒᆞ여, 미우(眉宇)의 은은ᄒᆞᆫ 노긔 【38】어릐여시니, 삭풍(朔風)이 늠녈(凜烈)ᄒᆞ여 미온 거동이 겨을날 긔운이 늠늠ᄒᆞᆷ 갓ᄒᆞᆫ지라.

병뷔 우러러 반가오믈 니긔지 못ᄒᆞ여 ᄒᆞ나, 또ᄒᆞᆫ 노식을 보오미 경구(驚懼)ᄒᆞ믈 니긔지 못ᄒᆞ여, 긔운을 나즉이 ᄒᆞ고 계하(階下)의 고두복지(叩頭伏地)[1234]ᄒᆞ여 청죄(請罪)ᄒᆞ니, 쳐시 '한 셜(說)'[1235]을 아니ᄒᆞ고 좌우를 지촉ᄒᆞ여, 병부를 형판(刑板) 우희 미고 산장

(결권)

1230)아이의 : 아예. 일시적이거나 부분적이 아니라 전적으로. 또는 순전하게

1231)모구(毛裘) : 털가죽으로 된 옷이나 침구(寢具)를 통틀어 이르는 말.

1232)막극(莫極)ᄒᆞ다 : =망극(罔極하다). ①어버이나 임금에게 상서롭지 못한 일이 생기게 되어 지극히 슬프다. ②임금이나 어버이의 은혜가 한이 없다.

1233)연망(連忙)이 : 바삐. 급히.

1234)고두복지(叩頭伏地) : 머리를 조아려 절하고 땅에 엎드림.

1235)한 셜(說) : 한 마디 말.

(散杖)[1236]을 잡으라 ᄒᆞ고, 쇼릐를 엄졍히 ᄒᆞ여 칙 왈,

"니 싱젼의 픽ᄌᆞ(悖子)를 영영 용ᄉᆞ치 아냐 먼니 니쳐, 졍니(情裏)[1237] 가인(佳人)과 빵빵ᄒᆞᆫ 미첩(美妾)을 모화 즐기믈 【39】마음 ᄃᆡ로 ᄒᆞ라 ᄒᆞ엿더니, 픽지(悖子) 가지록 방ᄌᆞ ᄒᆞ여 먼니 가지 아니ᄒᆞ고, 괴로이 문하의 머므러 약ᄒᆞᆫ 어믜를 격동ᄒᆞ고, 쳐ᄌᆞ를 블안케 ᄒᆞ니, 엄쇼부ᄂᆞᆫ 유한(有閑)ᄒᆞᆫ 슉녀라. 호일(豪逸)ᄒᆞᆫ 가부의 츄루(醜陋)ᄒᆞ믈 ᄀᆡ회(介懷)치 아니ᄒᆞ고 념녀ᄒᆞ미 과도ᄒᆞ여, 산후 심녀를 허비ᄒᆞ미 만흐니 엇지 념녀롭지 아니리오. 노뫼 쇼부(小婦)의 이 갓흔 어진 덕을 감동ᄒᆞ여 픽ᄌᆞ(悖子)를 용ᄉᆞ(容赦)ᄒᆞᄂᆞ니, 반ᄃᆞ시 아뷔 용녈ᄒᆞ믈 업슈이 너겨 ᄎᆞ후 방ᄌᆞ【40】ᄒᆞᆫ ᄒᆡᆼ시 더옥 금(禁)치 못ᄒᆞ려니와, 픽ᄌᆞ의 블초무상ᄒᆞᆫ 죄를 다ᄉᆞ리미 칠팔삭 니치ᄂᆞᆫ 벌이 심히 경ᄒᆞᆫ지라. 무단이 샤(赦)ᄒᆞ믄 또ᄒᆞᆫ 약ᄒᆞᆫ 고로 약간 틱장으로 경벌(輕罰)ᄒᆞ여, 픽ᄌᆞ로 ᄒᆞ여곰 약ᄒᆞᆫ 아뷔 잇ᄂᆞᆫ 쥴 알게 ᄒᆞᄂᆞ니, 블초ᄌᆞᄂᆞᆫ 스ᄉᆞ로 죄를 헤아리고 아뷔를 원망치 말나."

셜파의 좌우를 ᄭᅮ지져 ᄆᆡᆼ장(猛杖)[1238]을 더으니 ᄆᆡ마다 고찰ᄒᆞ여 슈십 장(杖)의 미ᄎᆞ니, ᄉᆡᆼ이 비록 장긔(壯氣) 츙텬ᄒᆞ나 ᄌᆞ유(自幼)로 교ᄋᆡ(嬌愛)의 ᄉᆡᆼ장ᄒᆞ여 일즉 미ᄒᆞᆫ 틱벌(笞罰)도 지니본 일이 업거ᄂᆞᆯ,【41】ᄉᆡᆼ니 쳐음으로 즁장을 당ᄒᆞᆯ ᄲᅮᆫ아니라, 반년을 남아 부젼의 니치여 쇽으로 번뇌ᄒᆞ고 초젼(焦煎)ᄒᆞ여 형각(形殼)이 환형(幻形)ᄒᆞ엿고, 여름의 닙은 깁옷[1239]슬 밧고지 아냐시니 치우믈 엇지 또 면ᄒᆞ리오.

고요히 업ᄃᆡ여 ᄆᆡ를 바드니, 죄를 헤아려 알픈 쥴 아지 못ᄒᆞ나, 옥면의 프른 긔운이 여회(如灰)[1240]ᄒᆞ여 스ᄉᆞ로 ᄯᅥᆯ기를 마지 아

(결권)

1236)산장(散杖) : 죄인을 신문할 때, 위엄을 보여 협박하기 위해서 많은 형장(刑杖)이나 태장(笞杖)을 눈앞에 벌여 내어놓던 일.
1237)졍니(情裏) : 마음 가운데.
1238)ᄆᆡᆼ장(猛杖) : 형벌로 볼기를 몹시 침.
1239)깁옷 : 비단옷.
1240)여회(如灰) : 잿빛으로 변함.

니ᄒᆞ나, 일셩(一聲)을 블츌(不出)ᄒᆞ여 한 쇼릐 괴로오믈 브ᄅᆞ지지 아니ᄒᆞ니, 집장시뇌(執杖侍奴) 쳐ᄉᆞ의 위엄을 두려 힘을 다ᄒᆞ여 집장(執杖)ᄒᆞ니, 임의 슈십【42】장의 밋쳐ᄂᆞᆫ 셜뷔(雪膚) 즁상(重傷)ᄒᆞ여 가족이 ᄯᅥ러지고 혈흔(血痕)1241)이 낭ᄌᆞᄒᆞᄃᆡ, 능히 ᄉᆞᄒᆞᆯ ᄯᅳᆺ이 업더니, 화공이 늦게야 ᄌᆞ질(子姪)노 더부러 조당으로셔 도라와 ᄎᆞ경을 보고 ᄃᆡ경ᄒᆞ여, 쳐ᄉᆞ를 ᄒᆡ유(解諭)ᄒᆞ여 비로쇼 ᄉᆞᄒᆞ니, 병뷔 겨유 의ᄃᆡ를 슈렴ᄒᆞ여 고두ᄉᆞ죄(叩頭謝罪)ᄒᆞᄆᆡ, 화풍이 쇼삭ᄒᆞ고 용뫼 환탈(換脫)ᄒᆞ엿거ᄂᆞᆯ, 동한(冬寒)을 당ᄒᆞ여 나의(羅衣)를 밧고지 아녀시니, 치우며 알프믈 니긔지 못ᄒᆞᄂᆞᆫ 거동이라.

심하(心下)의 ᄋᆡ련ᄒᆞ여 지삼 경계ᄒᆞ고, 쳐시 온식(慍色)을 푸러 계칙(戒飭)ᄒᆞ고, '셔당의 가 조리ᄒᆞ라' ᄒᆞ【43】니, 병뷔 물너 셔지의 도라오니 심혼이 어득ᄒᆞᆫ지라. 의ᄃᆡ(衣帶)를 탈(奪)ᄒᆞ고 금금(錦衾)의 몸을 더지니, ᄉᆞ지ᄇᆡᆨᄒᆡ(四肢百骸)1242)○[를] ᄌᆞ통(刺痛)ᄒᆞᄂᆞᆫ지라.

냥형이 드러와 어로만져 위로ᄒᆞ고 의약으로 다ᄉᆞ리니, 엄부인이 임의 보긔(補氣)ᄒᆞᆯ 약을 가지고 동의(冬衣)를 갓초와 니ᄅᆞ니, 상셰 심하의 부인의 셩ᄒᆡᆼ이 부도의 가ᄌᆞᆨᄒᆞ믈 션지(善之)ᄒᆞ여 ᄒᆞ더라.

상셰 여러날 미류(彌留)ᄒᆞ여1243) 능히 슈히 ᄎᆞ셩(差成)치 못ᄒᆞ니, ᄇᆡᆨ부모와 모부인이 몸쇼 셔당의 나와 아ᄌᆞ를 보고 왕ᄉᆞ(往事)를 칙(責)ᄒᆞ고, 이후 조심ᄒᆞ믈 니ᄅᆞ며 그 ᄉᆞ이 형뫼(形貌)【44】슈고(瘦枯)1244)ᄒᆞ여 다ᄅᆞᆫ 사ᄅᆞᆷ이 되어시믈, 쳑연(慽然) ᄋᆡ상(哀傷)ᄒᆞ믈 니긔지 못ᄒᆞ더라.

편히 조리ᄒᆞ믈 당부ᄒᆞ니, 상셰 달포 셩졍(省定)1245)을 폐ᄒᆞ여 ᄌᆞ쳐죄인(自處罪人)ᄒᆞ엿

(결권)

1241)혈흔(血痕) : 핏자국.
1242)ᄉᆞ지ᄇᆡᆨᄒᆡ(四肢百骸) : 두 팔 두 다리와 온몸을 이루고 있는 모든 뼈를 아울러 이르는 말.
1243)미류(彌留) : 병이 오래 낫지 않음.
1244)슈고(瘦枯) : 몸의 살이 빠져 파리하게 되고 몹시 여윔.
1245)셩졍(省定) : 신성(晨省)과 혼정(昏定). 곧 이

다가 금일 ᄌᆞ안(慈顔)을 득승(得承)ᄒᆞ니, 반가오믈 금치 못ᄒᆞ고 고두ᄉᆞ죄(叩頭謝罪)ᄒᆞ여 다시 그ᄅᆞ미 업ᄉᆞ믈 알외더라.

엄시 ᄯᅩᄒᆞᆫ 존고의 뒤흘 니어 문후(問候)ᄒᆞᆯ ᄉᆡ 상셔(尙書)의 니러ᄐᆞ시 환형(幻形)ᄒᆞ여시믈 보ᄆᆡ 악연(愕然) ᄃᆡ경ᄒᆞ여, 녀ᄌᆞ의 조ᄇᆡ야온[1246] 심졍이나 투긔지심이 져삭(沮削)ᄒᆞ여[고], 심신이 악연(愕然){ᄃᆡ경}ᄒᆞ여, 참연(慘然)이 ᄌᆞ상(自傷)ᄒᆞ여[니] 엇지 조곰이나 젼일 싀투지【45】심(猜妬之心)이 이시리오.

월미(月眉)의 슈운(愁雲)이 미미ᄒᆞ고 ᄡᅣᆼ안의 증파(澄波)[1247] 동(動)ᄒᆞ믈 ᄭᆡ닷지 못ᄒᆞ니, 상셰 부인을 보ᄆᆡ ᄯᅩᄒᆞᆫ 옥용(玉容)이 슈쳑(瘦瘠)ᄒᆞ고 혜질(蕙質)이 이우러시니[1248], 그 산후(産後)의 ᄌᆞ긔로 용녀(用慮)ᄒᆞ여 근심이 깁흔 쥴 알지라.

심니(心裏)의 ᄋᆡ련ᄒᆞ고 반가오믈 마지 아니ᄒᆞ여 졍회(情懷)를 니ᄅᆞ고져 ᄒᆞ나, ᄇᆡᆨ모와 모부인이 지좌ᄒᆞ여 겨시니 감히 졍을 펴지 못ᄒᆞ고, 강잉(强仍)ᄒᆞ여[1249] 한훤(寒暄)[1250] ᄲᅮᆫ이러라.

이윽고 ᄇᆡᆨ모와 모부인이 니러나니 쇼제 뫼셔 드러가ᄂᆞᆫ지라. 상셰 ᄋᆡ련ᄒᆞ나 감히 머믈지 못ᄒᆞ더라.

가부인이 아【46】ᄌᆞ의 긔식을 ᄉᆞᆯ피고 심하의 그 졍을 어엿비 너겨, 도라와 쳐ᄉᆞ긔 젼ᄒᆞ고 아ᄌᆞᄅᆞᆯ 식부(息婦) 쳐쇼로 보ᄂᆡ여 병을 조리ᄒᆞ믈 쳥ᄒᆞ니, 쳐ᄉᆡ 허락고 즉시 아ᄌᆞ의 침쇼의 나아가 그 병을 볼ᄉᆡ, ᄉᆡᆼ이 부친의 친님ᄒᆞ시믈 보고 더옥 황공츅쳑(惶恐蹙惕)[1251]ᄒᆞ여, 강잉ᄒᆞ여 병체를 움ᄌᆞ여 머리를

(결권)

른 아침에는 부모의 밤새 안부를 살피고, 밤에는 부모의 잠자리를 보아 드린다는 뜻으로, 부모를 잘 섬기고 효성을 다함을 이르는 말.

1246)조비야오다 : 조비얍다. ①좁다. ②너그럽지 못하고 옹졸하다.

1247)증파(澄波) : 맑은 물결. 여기서는 '눈물'을 달리 표현한 말.

1248)이울다 : ①꽃이나 잎이 시들다. ②점점 쇠약하여지다.

1249)강잉(强仍)ᄒᆞ다 : 억지로 참다. 또는 마지못하여 그대로 하다.

1250)한훤(寒暄) : 날씨의 춥고 더움을 말하는 인사.

두다려 청죄ᄒᆞ니, 쳐ᄉᆡ 명ᄒᆞ여 평신(平身)ᄒᆞ라 ᄒᆞ고 낫빗ᄎᆞᆯ 화(和)ᄒᆡ[히] 빌녀, 바야흐로 경계ᄒᆞ며 위로ᄒᆞ여 쇼져의 침쇼의 드러가 조병(調病)ᄒᆞ믈 니ᄅᆞ니, ᄉᆡᆼ이 블승감격(不勝感激)○○[ᄒᆞ고] 감쳬여우(感涕如雨)[1252]ᄒᆞ여 블효ᄅᆞᆯ 슬【47】허ᄒᆞ더라.

즉시 침구ᄅᆞᆯ 옴겨 엄쇼져 침쇼의 니ᄅᆞ러 부인을 보고, 바야흐로 신ᄉᆡᆼ녀아(新生女兒)ᄅᆞᆯ 나호여 보니, ᄒᆡᄋᆡ(孩兒) ᄉᆡᆼ지슈칠○[일](生之數七日)[1253]이 오히려 못 지ᄂᆡ엿ᄂᆞᆫ지라. 강보ᄒᆡᄋᆡ(襁褓孩兒)나 교염연미(嬌艶姸美)ᄒᆞ여 금원(禁苑)[1254]의 봉오리 ᄆᆡᆺ고져 ᄒᆞᄂᆞᆫ 듯ᄒᆞ니, ᄋᆡ려(愛麗)ᄒᆞᆫ 묘질(妙質)이 ᄌᆞ라ᄆᆡ 슈미(秀美)ᄒᆞ믈 알지라. ᄉᆡᆼ이 년ᄋᆡ(戀愛)ᄒᆞ믈 마지 아니ᄒᆞ고, 냥ᄌᆡ 슬하의 니ᄅᆞᄆᆡ 냥ᄋᆡ(兩兒) 년보(年譜) 삼셰라.

녕형(英形)ᄒᆞᆫ 미우의 아ᄅᆞᆷ다온 용뫼 미여관옥(美如冠玉)[1255]이라. ᄉᆡᆼ이 ᄌᆞ녀ᄅᆞᆯ 두굿기고 부인을 반겨, 당시(當時)ᄒᆞ여ᄂᆞᆫ 최부인 허물을 부인긔 년누(連累)【48】ᄒᆞ미 블가ᄒᆞᆫ지라. 이연(怡然)ᄒᆞᆫ 화긔 병심을 니긔니 ᄌᆞ연 쳔슈(千愁)ᄅᆞᆯ 물니치고 만한(萬恨)이 물너나니, 당ᄎᆞ(當此)ᄒᆞ여ᄂᆞᆫ 부군의 ᄉᆞ명을 밧ᄌᆞ와 마ᄋᆞᆷ의 거리ᄭᅵᆫ 한이 업ᄂᆞᆫ지라. 잠이 편ᄒᆞ고 음식이 슌강(順降)ᄒᆞ니 ᄌᆞ연 병이 물너나, 미위(眉宇) 이연이 열니이고, 화긔 이연(怡然)ᄒᆞ여, 냥ᄌᆞ의 옥슈ᄅᆞᆯ 닛글어 알ᄑᆡ 안치고, 유녀(乳女)ᄅᆞᆯ 겻ᄒᆡ 누이고, 침셕(枕席)의 비겨 부인의 옥슈ᄅᆞᆯ 잡고 이셩(怡聲)이 환난(還亂)[1256]ᄒᆞ여 탄 왈,

(결권)

1251)황공축척(惶恐蹙惕) : 위엄이나 지위 따위에 눌려 두려워 떨고 움츠려들며 무서워하다.

1252)감체여우(感涕如雨) : 감격하여 눈물이 비오듯 흘러내림.

1253)싱지슈칠일(生之數七日) : 출생한 지 몇 이레도 안 되었다. *수(數): =몇. 그리 많지 않은 얼마만큼의 수를 막연하게 이르는 말. *이레: 일곱 날. 칠일.

1254)금원(禁苑) : 예전에, 궁궐 안에 있던 동산이나 후원. ≒내원, 봉원, 어원.

1255)미여관옥(美如冠玉) : 아름답기가 관옥과 같음. *관옥 : 관(冠)을 꾸미는 옥(玉).

1256)환난(還亂) : 어떤 일이 어지럽게 반복하여 이어짐.

"복(僕)[1257]이 블초무상(不肖無狀)ᄒᆞ여 엄하의 득죄ᄒᆞ여 반년이나 슬하의 용납지 못ᄒᆞ미, 부인의 심녀를 【49】 ᄭᅵ치니 엇지 광부(狂夫)의 힝ᄉᆡ 한심치 아니리오. ᄃᆡ인이 한갓 ᄉᆡᆼ의 허물을 죄(罪)ᄒᆞ실 ᄲᅮᆫ아니라 이 가온ᄃᆡ 부인의 투협(妬狹)ᄒᆞ믈 경계코져 쥬의 계시믈 ᄯᅩᄒᆞᆫ 부인의 총명으로 거의 ᄭᅵ다라시리니, ᄉᆡᆼ이 ᄯᅩᄒᆞᆫ 녯 허물을 곳쳐 ᄎᆞ후 다시 월녀(月女)[1258] 텬숀(天孫)이 텬문(天門)을 열고 나려온다 ᄒᆞ여도, ᄉᆡᆼ이 다시 관연(關然)ᄒᆞ리오. 부인도 ᄎᆞ후 투협지심(妬狹之心)[1259]을 두로혀 부뷔 셔로 거친 바 업시 화락ᄒᆞ샤이다. 영시 형뎨ᄂᆞᆫ 실노 졍ᄉᆡ 잔잉ᄒᆞ니[1260] ᄃᆡ인이 ᄉᆡᆼ의 남ᄉᆞ를 다ᄉᆞ리시나, 이 일이 영시 죄 아니니 【50】 혹ᄌᆞ ᄉᆞ명이 계신즉, 의(義)의 바리지 못ᄒᆞ리니, 부인이 그 가긍(可矜)ᄒᆞᆫ 졍ᄉᆞ를 어엿비 너기라."

드ᄃᆡ여 그ᄭᅴ 영시 취ᄒᆞᆫ 곡졀과 그 비고(悲苦)ᄒᆞᆫ 졍ᄉᆞ를 갓초 셜파ᄒᆞ니, 엄쇼제 임의 엄구(嚴舅)의 교훈 가온ᄃᆡ 쾌히 ᄭᅵ다ᄅᆞ미 잇고, 본픔(本稟)은 인ᄌᆞ관혜(仁慈寬惠)ᄒᆞᆫ지라.

ᄉᆡᆼ의 화평(和平)ᄒᆞᆫ ᄉᆞ식(辭色)의 긴 말ᄉᆞᆷ이 평ᄉᆡᆼ 쳐음이오, 영시의 비원(悲怨)ᄒᆞᆫ 졍ᄉᆞ를 드ᄅᆞ미 마ᄋᆞᆷ의 크게 감동ᄒᆞ여, 날호여 안식을 곳치고 츄연 ᄉᆞ왈,

"군ᄌᆡ(君子) 비록 니ᄅᆞ지 아니시나 쳡이 엇지 그ᄅᆞᆫ 쥴 아지 못ᄒᆞ며, 존구의 ᄌᆞ연지즁(自然之中)의 경계ᄒᆞ시ᄂᆞᆫ 【51】 바를 ᄭᅵ닷지 못ᄒᆞ리잇고? 영쇼져의 참담ᄒᆞᆫ 졍ᄉᆞᄂᆞᆫ 쳡이 역유인심(亦有人心)[1261]이라. 엇지 감동치 아니리잇고? 삼가 군ᄌᆞ의 명을 어그릇지 아니리이다. 다만 구고의 ᄉᆞ명(赦命)을 어더 영쇼져를 슈이 권실(眷室)ᄒᆞ여 도라와 가ᄉᆞ를 졍제(整齊)ᄒᆞ신즉, 쳡이 당돌이 고인(古人) 뉴

1257)복(僕) : 1인칭대명사 '저'를 문어적으로 이르는 말.

1258)월녀(月女) : 달 속에 있다고 하는 전설 속의 선녀. 항아(姮娥)[=상아(孀娥)]

1259)투협지심(妬狹之心) : 남을 질투하는 마음.

1260)잔잉ᄒᆞ다 : 자닝하다. 애처롭고 불쌍하여 차마 보기 어렵다.

1261)역유인심(亦有人心) : (나도) 또한 남의 딱한 처지를 헤아려 도울 줄 아는 마음이 있다.

(결권)

풍(遺風)을 임ᄂᆡᄂᆡ여, 동녈(同列)을 화우(和友)ᄒᆞ고 시쳡(侍妾)을 인의(仁義)로 거ᄂᆞ려, 군ᄌᆞ ᄂᆡ조ᄅᆞᆯ 어ᄌᆞ러이지 아니리이다."

옥뫼 유화ᄒᆞ고 옥셩(玉聲)이 화평ᄒᆞ여 한 졈 익체(礙滯)ᄒᆞᆫ 뜻이 업ᄉᆞ니, ᄉᆡᆼ이 져의 니러틋 ᄉᆞᆫ슌유화(遜順柔和)[1262]ᄒᆞ믈 보고 흔연이 웃고, 【52】 ᄉᆡ로이 견권(繾綣)ᄒᆞ나, 제 산후(産後) 삼칠(三七)[1263]이 지나지 못ᄒᆞ엿고, ᄌᆞ가 신상이 블안ᄒᆞ니 구름 갓흔 은졍을 쳔만 졀억(絶抑)ᄒᆞ미 되엿더라.

쇼제 쥬야 블탈의ᄃᆡ(不脫衣帶)ᄒᆞ고 지셩 구호ᄒᆞ여 온닝(溫冷)을 ᄯᅢ의 맛게 ᄒᆞ며, 졍셩이 봉영집옥(奉盈執玉)[1264] 갓흐니, ᄉᆡᆼ이 더옥 감탄ᄒᆞ더라.

십여일 후 흠질(欠疾)이 쾌ᄎᆞᄒᆞ여 병장(屛帳)을 것고 쇼셰(梳洗)ᄅᆞᆯ 나와 부모 슉당의 문안ᄒᆞ고, 궐하의 조회ᄒᆞ여 오릐 병드러 ᄉᆞ직(辭職)ᄒᆞ믈 쳥죄ᄒᆞ니, 상이 임의 곡졀을 아ᄅᆞ신지라. 흔연이 인견(引見)ᄒᆞ시고, 우어 갈오ᄉᆞᄃᆡ,

"후ᄇᆡᆨ(侯伯)의 풍뉴(風流) 너모 번화ᄒᆞᆫ 【53】고로 곤(困)ᄒᆞ믈 면치 못ᄒᆞ엿도다. 연이나 엇지 의용이 초고(楚苦)ᄒᆞ여 젼일 화풍이 만히 감ᄒᆞ뇨?"

상셰 텬어(天語)ᄅᆞᆯ 블승황감(不勝惶感)○○[ᄒᆞ고] 슈괴(羞愧)ᄒᆞ여 옥면의 홍광이 가득ᄒᆞ여 복지ᄉᆞ죄(伏地謝罪) 왈,

"쇼신이 블초무상ᄒᆞ와 아뷔게 ᄂᆡ치미 되어, 군상(君上)의 성녀(聖慮)ᄅᆞᆯ 더으시게 ᄒᆞ오니, 쇼신의 광탕(狂蕩)ᄒᆞ온 죄 만ᄉᆞ유경(萬死猶輕)[1265]이로쇼이다."

상이 쇼왈,

(결권)

1262)ᄉᆞᆫ슌유화(遜順柔和) : 겸손하고 온화함.
1263)삼칠(三七) : 삼칠일(三七日). 아이가 태어난 후 스무하루 동안. 또는 스무하루가 되는 날. 대개는 이날 금줄을 거둔다.
1264)봉영집옥(奉盈執玉) : 효자는 가득찬 물그릇을 받들어 드는 것처럼, 보배로운 옥을 집는 것처럼 조심하고 삼가며 부모를 섬겨야 한다는 뜻. 『예기(禮記)』<祭儀>편의 "효자여집옥여봉영(孝子如執玉如奉盈)…"에서 나온 말.
1265)만ᄉᆞ유경(萬死猶輕) : 지은 죄가 커서 만 번을 죽여도 그 죄가 오히려 가벼움.

"ᄌᆞ고로 형형념식(形形艶色)[1266]은 장뷔 ᄉᆞ랑ᄒᆞᄂᆞᆫ 비오. 찬찬화미(燦燦華美)[1267]ᄂᆞᆫ 남ᄌᆞ의 ᄉᆞ(赦)치 못ᄒᆞᄂᆞᆫ 비라. 고금 셩군명왕(聖君明王)과 영웅호걸(英雄豪傑)의 쇼블면(所不免)[1268]이니, 경이 엇지 홀노 이도(異道)의 무리 아니여든 미녀가【54】인(美女佳人)을 용ᄉᆞ(容赦)ᄒᆞ리오. 짐(朕)은 뼈 싱각건ᄃᆡ, 블명(不明)ᄒᆞ미 경 갓흔 호걸의 ᄌᆞ식을 칙ᄒᆞᄂᆞᆫ 경뷔(卿父) 그ᄅᆞᆫ가 ᄒᆞ노라."

병뷔 황공 돈슈(頓首) ᄉᆞ왈,

"폐하(陛下) 신을 ᄉᆞ랑ᄒᆞ샤 셩은이 호탕(豪宕)ᄒᆞ시나, 엇지 신ᄌᆞ(臣子)의 감당치 못ᄒᆞᆯ 하교(下敎)ᄅᆞᆯ 나리오시ᄂᆞ니잇고? 고인이 일너시ᄃᆡ 무불시져부뫼(無不是底父母)[1269]라 ᄒᆞ여신즉 그ᄅᆞ미 신의게 잇삽고 신부(臣父)의게ᄂᆞᆫ 업ᄂᆞ이다."

상이 쇼왈,

"짐이 신ᄌᆞ의 블감(不堪)ᄒᆞᆫ 말을 니ᄅᆞ미 아니라, 다만 경부의 어두오믈 니ᄅᆞ미니, 경이 엇지 과도이 블안ᄒᆞ미 이시리오."

ᄒᆞ시고, 드ᄃᆡ여 향온(香醞)을 쥬시니 병【55】뷔 ᄉᆞ은(謝恩) 퇴조(退朝)ᄒᆞ여 마을[1270]의 도라와 젹츅(積蓄)ᄒᆞ엿던 공ᄉᆞᄅᆞᆯ 다ᄉᆞ리고 부즁의 도라오니, 부모 슉당이 연즁(筵中) 슈말을 무러 텬춍(天寵)의 관유(寬宥)ᄒᆞ시믈 블승감은(不勝感恩)ᄒᆞ더라.

병뷔 바야흐로 신질(身疾)이 쾌가(快可)[1271]ᄒᆞ고, 부인이 산후 일월이 오련 고로 구졍(舊情)을 니으니, 교칠(膠漆)[1272] 갓흔

(결권)

1266)형형념식(形形艶色) : 여러 모습의 아리따운 미인들.
1267)찬찬화미(燦燦華美) : 찬란하고 화려하게 치장한 미인들.
1268)쇼블면(所不免) : '(앞에서 예로 든 모두가) 면할 수 없는 것'이라는 말.
1269)무불시져부뫼(無不是底父母) : '세상에 옳지 않은 부모는 없다.'는 말로, 자식은 언제나 부모를 옳다고 여겨 섬겨야 한다는 말. 곧 자식이 부모를 시해하는 것과 같은 불효는 다 부모에게 옳지 않은 데가 있다고 여기는 것에서부터 생기는 것일 뿐이라는 말. 『소학』<가언편(嘉言篇)>에 나온다.
1270)마을 : 관청(官廳). 관아(官衙).
1271)쾌가(快可) : 병이 완쾌됨.
1272)교칠(膠漆) : 아교와 옻칠이라는 뜻으로, 매

은졍이 산비히박(山卑海薄)[1273]ᄒᆞ여 빅년을 낫비 너기미 잇더라.

화쳐시 영시를 맛츰닉 바리지 못ᄒᆞᆯ 쥴 알미, 바야흐로 허락ᄒᆞ여 병부를 명ᄒᆞ여 하관(下官) 신흥을 보니여 영시로 《권실 ‖ 권솔(眷率)[1274]》ᄒᆞ라 ᄒᆞ니, 병뷔 ᄉᆞ례 슈명ᄒᆞ고 즉시 영쇼져와 【56】 유인(孺人)의게 글월을 붓치고 일ᄀᆡ 다 상경ᄒᆞ믈 긔별ᄒᆞ니, 신흥이 명을 바다 거장(車帳)과 위의를 거ᄂᆞ려 힝ᄒᆞ여 낙양(洛陽)의 니ᄅᆞ러, 상셔의 글월을 젼ᄒᆞ니, 영유인이 딕희 과망ᄒᆞ여 즉시 쇼져와 낭옥 빙셜과 일힝을 거ᄂᆞ려 경ᄉᆞ(京師)의 도라와, 신흥이 복명ᄒᆞ니, 화상셰 근쳐의 젹은 집을 ᄉᆞ고 긔완즙물(器碗什物)[1275]과 ᄉᆞ환노비(使喚奴婢)를 갓초아 기다려, 영가 일힝을 안돈ᄒᆞ게 ᄒᆞ고, 쳐시 날을 갈히여 영쇼져와 낭옥ㆍ빙셜을 다려오니, 영시 셩장아틱(盛裝雅態)[1276]로 부례(婦禮)[1277]를 갓초아, 화부의 니ᄅᆞ러 비현구【57】고슉당(拜見舅姑叔堂)[1278]ᄒᆞ니, 아용(雅容)이 묘려(妙麗)ᄒᆞ고 영질(英質)이 작작(綽綽)ᄒᆞ여[1279] 비록 엄쇼져의 식광은 바라지 못ᄒᆞ나, 일딕(一代) 뇨조가인(窈窕佳人)[1280]이라.

구괴 ᄋᆡ지(愛之)ᄒᆞ고 엄쇼제 쏘ᄒᆞᆫ 우딕(優待)ᄒᆞ더라.

낭옥 빙셜이 쏘ᄒᆞᆫ 옥모화안(玉貌花顔)[1281]

(결권)

우 친밀하여 서로 떨어질 수 없는 관계를 비유적으로 이르는 말.

1273)산비히박(山卑海薄) : 정이나 은혜 따위가 산이 낮고 바다가 얕다고 생각될 만큼 높고 깊음..

1274)권솔(眷率) : ①잘 보살피며 데려옴. ②한집에 거느리고 사는 식구.

1275)긔완즙물(器碗什物) : 그릇 등의 집안 살림에 쓰는 온갖 물건. =세간살이.

1276)셩장아틱(盛裝雅態) : 성대하게 치장한 차림과 우아한 태도

1277)부례(婦禮) : 신부의 예(禮).

1278)비현구고슉당(拜見舅姑叔堂) : 신부가 예를 갖추어 처음으로 시부모와 시집의 숙부모 등을 뵙는 예를 행함.

1279)작작(綽綽)ᄒᆞ다 : 빠듯하지 아니하고 넉넉하다.

1280)뇨조가인(窈窕佳人) : 말과 행동이 품위가 있으며 얌전하고 아름다운 여자.

1281)옥모화안(玉貌花顔) : 옥처럼 아름답고 꽃처

이 졀셰ᄒᆞ고, 위인이 냥션(良善)ᄒᆞ니 구괴 ᄯᅩ ᄒᆞᆫ 깃거ᄒᆞ더라.

영쇼제 원비 엄부인의 옥안화용(玉顔花容)[1282]과 셩덕ᄌᆡ홰(盛德才華) 세ᄃᆡ(世代)의 희한(稀罕)ᄒᆞ믈 놀나고 항복ᄒᆞ며, 낭옥 등이 져의 쇼져를 금고(今古)의 드믄 미ᄉᆡᆨ(美色)인가 ᄒᆞ엿더니, 엄부인의 가업ᄉᆞᆫ 용화(容華)를 쳠망ᄒᆞ미, 바야흐로 ᄐᆡ산(泰山) 우희 하ᄂᆞᆯ이 잇고, 바다 【58】 밧긔 창ᄒᆡ(滄海) 이시믈 아더라.

구괴 명ᄒᆞ여 영쇼져의 침쇼를 엄부인 침누(寢樓) 겻 마ᄌᆞᆫ 당의 졍ᄒᆞ고, 빙셜 등을 냥희와 한가지로 각각 쇼당(小堂)을 졍ᄒᆞ여 머무ᄅᆞ니 법제(法制) 슉연ᄒᆞ더라.

냥녜의 공슌(恭順)ᄒᆞ믄 니ᄅᆞ지 말고, 영쇼제 구가의 머물미 동동촉촉(洞洞屬屬)ᄒᆞ고 슉흥야ᄆᆡ(夙興夜寐)ᄒᆞ여 구고를 셤기미, 그림ᄌᆞ 응(應)틋 ᄒᆞ고, 군ᄌᆞ를 두리고 져허 반ᄃᆞ시 ᄃᆡ빈(大賓)을 상ᄃᆡᄒᆞᆷ 갓고, 슉미제ᄉᆞ(叔妹娣姒)[1283]를 돈목ᄒᆞ며 원비를 공경ᄒᆞ미 젹쳡(嫡妾) 존비(尊卑)를 엄히 ᄒᆞᆷ 갓흐니, 엄쇼제 역시 영쇼져의 낭졍온아(朗貞溫雅)ᄒᆞᆫ 긔질을 ᄉᆞ랑【59】ᄒᆞ고, 그 친당이 영졍(零丁)ᄒᆞ믈 블상이 너겨, 반졈 싀투지심(猜妬之心)을 두지 아니ᄒᆞ고, ᄉᆞ랑ᄒᆞ믈 ᄋᆡ뎨(愛弟) 갓치 ᄒᆞ며, 낭옥 빙셜 등을 거ᄂᆞ리미 은위(恩威) 병힝ᄒᆞ니, 상셰 부인 셩덕을 더옥 아름다이 너겨, ᄎᆞ후ᄂᆞᆫ 일즉 피ᄎᆞ의 ᄋᆡ증(愛憎)이 업셔, 일삭의 냥부인과 제희 침쇼의 공평되이 츌입ᄒᆞ며, 치가(治家)의 ᄌᆞ못 법되 잇셔, 규문의 화긔 온ᄌᆞᄒᆞ니, 쳐ᄉᆞ와 부인이 아ᄌᆞ(兒子)의 제가(齊家)ᄒᆞ미 슌편ᄒᆞᆷ과, 아부(兒婦)의 치가의 녜를 삼엄ᄒᆞ여, 가제 한가지로 슉엄ᄒᆞ믈 크게 두굿기고, 아름다이 너기며, 가즁 【60】상히 칭찬블이(稱讚不已)[1284]ᄒᆞ더라.

(결권)

렴 화려한 얼굴.

1282)옥안화용(玉顔花容) : =옥모화안(玉貌花顔)

1283)슉미제ᄉᆞ(叔妹娣姒) : 시누이와 동서를 아울러 이르는 말. *숙매(叔妹); 시누이. *제사(娣姒); 형제의 아내 가운데 '손아래 동서'(娣)와 '손위 동서'(姒).

1284)칭찬블이(稱讚不已) : 칭찬함을 그치지 아니

이 쇼식이 엄부의 니ᄅᆞᄆᆡ ᄐᆡᄉᆞᄂᆞᆫ 녀아의 ᄒᆡᆼᄉᆞᄅᆞᆯ 크게 긔특이 너겨, ᄌᆡ삼 경계ᄒᆞ여 가지록 진션진미(盡善盡美)ᄒᆞ여 부덕을 금슈(錦繡) 우희 ᄭᅩᆺ갓치 닷그라 ᄒᆞᄃᆡ, 부인은 이 쇼식을 듯고 화ᄉᆡᆼ을 노(怒)ᄒᆞ며 화쳐ᄉᆞ의 용녈ᄒᆞ믈 ᄎᆡᆨᄒᆞ여 왈,

“화유 노츅(老畜)은 ·인면슈심(人面獸心)[1285]이로다. 아들의 ᄒᆡᆼᄉᆡ 무어시 긔특관ᄃᆡ 쳐치ᄅᆞᆯ 이리 프러지게 ᄒᆞ여, 가ᄂᆡ의 요음(妖淫)ᄒᆞᆫ 녀ᄌᆞᄅᆞᆯ 모화 기ᄌᆞ(其子)의 호방(豪放)을 금치 아니ᄒᆞ고, 아녀의 심ᄉᆞᄅᆞᆯ 어ᄌᆞ러이ᄂᆞ뇨? ‘초국(楚國) 귤을 진국(秦國)의 옴기ᄆᆡ 감ᄌᆡ 된다’[1286] 【61】 ᄒᆞ미 올탓다. 녀ᄋᆡ 엇지 셩졍이 이갓치 누그럽고 용녈ᄒᆞ여 영녀형뎨 노쥬의게 ᄃᆡ접이 후(厚)타ᄒᆞᄂᆞ뇨? 아니라, 반ᄃᆞ시 화ᄌᆞ의 ᄉᆡ험(猜險)ᄒᆞᆫ 호령의 혼을 아여 긔운을 펴지 못ᄒᆞ고, 브득이 민면돈목(黽勉敦睦)[1287]ᄒᆞ미로다. 이 만만 진졍(眞正)이 아니로쇼니 엇지 잔잉치 아니리오.”

ᄒᆞ고, 가만이 셔찰을 닷가 녀아의 심졍을 탐지ᄒᆞ니, ᄆᆡ션이 글월을 가져 화부의 나아가 엄쇼져긔 셔간을 드리니, 엄부인이 바다 공경ᄒᆞ여 ᄀᆡ간(開簡)ᄒᆞ니 왈,

(결권)

함.

1285)인면슈심(人面獸心) : 사람의 얼굴을 하고 있으나 마음은 짐승과 같다는 뜻으로, 마음이나 행동이 몹시 흉악함을 이르는 말.

1286)초국(楚國) 귤을 진국(秦國)의 옴기ᄆᆡ 감ᄌᆡ 된다 : 이 속담은 ‘초나라 귤이 제나라로 가면 탱자 된다.’는 말로 더 많이 쓰이고 있다. 환경에 따라 귤이 감자(또는 탱자)로 변한다는 뜻으로, ‘사람이나 사물이 환경과 조건에 따라 나쁘게 변하는 것’을 비유한 말이다.『안자춘추(晏子春秋)』에 나오는 말로, 제나라 재상 안영(晏嬰)이 초나라에 사신으로 가 초 왕에게 한 말, 곧 ‘귤이 회수 남쪽에서 자라면 귤이 되지만 회수 북쪽에서 나면 탱자가 되며, 잎만 비슷할 뿐 열매는 맛이 다르다(橘生淮南則爲橘, 生于淮北則爲枳, 葉徒相似, 其實味不同)’고 한 말에서 유래되었다. *안영(晏嬰); 중국 춘추 시대 제나라의 정치가(?~B.C.500). 자는 평중(平仲). 영공(靈公)、장공(莊公)、경공(景公)의 3대를 섬기면서 재상을 지냈다. ≪안자춘추≫는 그의 언행을 후세의 사람이 기록한 것이다

1287)민면돈목(黽勉敦睦) : 화목을 위해 부지런히 힘씀.

"노뫼 너를 위ᄒᆞ여 강젹이 셩ᄂᆡ(城內)의 돌입ᄒᆞ【62】다 ᄒᆞ니 엇지 놀납지 아니리오. 고어의 '완젹(頑敵)[1288]이 셩하(城下)의 드지 아녀셔 방비ᄒᆞ라' ᄒᆞ엿ᄂᆞ니, 네 엇지 ᄉᆡᆼ각기ᄅᆞᆯ 그ᄅᆞᆺᄒᆞ여 솔이(率爾)히 젹국(敵國)[1289]을 목하(目下)의 니ᄅᆞ게 ᄒᆞᄂᆞ뇨? 시쇽 녀ᄌᆡ 져마다 어질미 쉽지 아니ᄒᆞ니, 네 비록 임ᄉᆞ(妊姒)[1290]의 덕이 이시나 져 영녜 온슌ᄒᆞᆯ 쥴 엇지 알며, 네 비록 아황(娥皇)[1291]의 덕이 이신들 영시 녀영(女英)[1292]의 ᄒᆡᆼ실이 이실 쥴 알니오. 노뫼 ᄉᆡᆼ각건ᄃᆡ 벅벅이 녀ᄋᆡ 너모 프러져 화ᄉᆡᆼ의 슈이 너기믈 밧고, 영녀의게 견모(見侮)를 닙어 필경 뉘웃ᄎᆞ미 이실【63】{실}가 ᄒᆞᄂᆞ니, 너는 지삼 ᄉᆡᆼ각ᄒᆞ여 일즉이 병긔(兵器)를 다ᄉᆞ려 남이(南夷)의 큰 근심을 덜고, 버거 북노(北奴)의 창궐ᄒᆞ믈 토벌ᄒᆞᆯ 도리를 ᄉᆡᆼ각ᄒᆞ고, 더ᄃᆡ지 말나. 만일 이 뜻이 잇거든, 슈ᄌᆞ쳑셔(數字尺書)로 쇼회(所懷)를 긔별ᄒᆞ라. 여뫼(汝母) 맛당이 진심갈녁(盡心竭力)ᄒᆞ여 녀아의 신셰를 평안케 ᄒᆞ리라."

ᄒᆞ엿더라.

엄부인이 간필(看畢)의 경ᄒᆡ(驚駭)ᄒᆞ여 ᄒᆡᆼ혀 모부인 셔간을 남이 볼가 두려, 졉어 ᄌᆞ가 셔간을 닷가 한가지로 보ᄂᆡ니, 미션이 도라가 글월을 올닌ᄃᆡ, 【64】최부인이 급히 바다 긔간ᄒᆞ니 셔의 왈,

"ᄌᆞ위(慈闈) 글월을 밧ᄌᆞ오니 반가온 가온ᄃᆡ 또 놀나오믈 니긔지 못ᄒᆞ리로 쇼이다. 쇼

(결권)

1288)완젹(頑敵) : 완고한 적군.

1289)젹국(敵國) : 한 남자와 처 또는 첩의 관계에 있는 여자들이 서로 상대방을 일컫는 말.

1290)임ᄉᆞ(任姒). 중국 주(周)나라 현모양처(賢母良妻)인 문왕의 어머니 태임(太任)과 무왕(武王)의 어머니 태사(太姒)를 함께 이르는 말.

1291)아황(娥皇) : 요임금의 딸로 동생 여영(女英)과 함께 순임금에게 시집가 서로 투기하지 않고 화목하게 잘 살았으며, 순임금이 창오(蒼梧)에서 죽자 함께 소상강(瀟湘江)에 빠져 죽었다.

1292)녀영(女英) : 요임금의 딸로 언니 아황(娥皇)과 함께 순임금에게 시집가 서로 투기하지 않고 화목하게 잘 살았으며, 순임금이 창오(蒼梧)에서 죽자 함께 소상강(瀟湘江)에 빠져 죽었다.

녜 본딕 잔미훈 긔질노 니가종부(離家從夫)ᄒᆞ미, 홀노 구고를 밧드오며 ᄌᆞ녀를《휼양∥휵양(慉養)》ᄒᆞ와 가부의 긴즐(巾櫛)을 쇼임ᄒᆞ미 한헐(閑歇)치 못ᄒᆞ여 괴로오미 극훈 바의, 영시 입문(入門)ᄒᆞ오니, 본딕 명가지엽(名家枝葉)으로 ᄌᆞ덕이 초셰(超世)ᄒᆞ고 겸공인ᄌᆞ(謙恭仁慈)ᄒᆞ여, 당셰의 녀영(女英)이오 금셰 번월(樊越)[1293]이라. 쇼녀의게 규방ᄉᆞ위(閨房師友)되니 무숨 유히ᄒᆞ미 이시리오. 제희 다【65】한갈갓치 공슌(恭順)ᄒᆞ니 쇼녀의 근심을 난홤 즉ᄒᆞ거놀, ᄌᆞ위 엇지 이런 하교(下教)를 나리오시ᄂᆞ니잇고? 복원(伏願) ᄌᆞ위는 다시 이런 말숨을 번거이 마로쇼셔."

ᄒᆞ엿더라.

부인이 간파의 변식(變色) 왈,

"진짓 어뮈 졍을 아지 못ᄒᆞ는 블초녜(不肖女)로다. 네 아직 가부의 다릐옴과 남의 춍동ᄒᆞ는 예셩(譽聲)을 조히 드러, 장닉를 싱각지 아니ᄒᆞ니, 엇지 암용블명(暗庸不明)치 아니리오. 이후 아모리 되여도 블초녀의 계활(契活)은 노모의 알 빅 아니라."

고장분분(鼓掌忿憤)[1294]ᄒᆞ믈 마지 아니ᄒᆞ더【66】라.

이젹의 김후셥이 강쥬(康州) ᄯᆞ히 가 요약(妖藥0을 년단(煉丹)ᄒᆞ여 오노라 ᄒᆞ니, ᄌᆞ연 쳔연(遷延)ᄒᆞ여 슈년의 미쳣더라.

김후셥은 물외도박(物外到泊)[1295]ᄒᆞ는 므리니, 강호(江湖)의의 ᄌᆞ최 아니 간 곳이 업고, 또 상뫼 녕한(獰悍)ᄒᆞ고 용밍이 졀뉸(絶倫)ᄒᆞ며 ᄌᆞ죄 긔특ᄒᆞ여, 둔갑장신(遁甲藏身)[1296]의 신츌귀몰(神出鬼沒)[1297]훈 ᄌᆞ죄 이

(결권)

1293)번월(樊越) : 중국 초나라 장왕(莊王)의 비(妃)인 번희(樊姬)와 소왕(昭王)의 비 월희(越姬). 둘 다 어진 마음으로 남편의 정사를 간(諫)해 덕행으로 유명하다.

1294)고장분분(鼓掌忿憤) : 손바닥을 치며 분을 이기지 못해함.

1295)물외도박(物外到泊) : 인간세계 밖의 세상에 나가 머무름.

1296)둔갑장신(遁甲藏身) : 술법을 써서 자기 몸을 다른 것으로 바꾸거나 감추거나 함.

1297)신츌귀몰(神出鬼沒) : 귀신같이 나타났다가 사라진다는 뜻으로, 그 움직임을 쉽게 알 수 없을 만큼 자유자재로 나타나고 사라짐을 비유

시니, 어려셔 이인(異人)을 만나 긔술(奇術)을 ᄇᆡ호미 잇고, 산간의 요괴로온 법술(法術)[1298]을 ᄇᆡ화 상ᄒᆡ 바람을 타며, 귀신을 부리ᄂᆞᆫ ᄌᆡ죄 이시니, 사ᄅᆞᆷ드리 일ᄏᆞ라 칭찬ᄒᆞ고, 더옥 검무(劍舞) 츄기ᄅᆞᆯ 잘ᄒᆞ여 형가(荊軻)[1299]의 날넌 비슈(匕首)ᄅᆞᆯ 우으며 셥졍(聶政)[1300]【67】의 용ᄆᆡᆼ이 이시니, 후셥의 본명은 탁이러니, 곳쳐 후셥이라 ᄒᆞ고 별호ᄅᆞᆯ 신검쉬라 ᄒᆞ더라.

후셥이 집을 ᄯᅥ난지 슈년의 도라오니, 다만 집 직흰 노잉픠(老媵婆)[1301] ○○○○○○[마ᄌᆞ 이르기를,] '계랑이 죽고, ○○○○○[계랑의 모ᄂᆞᆫ] 의지ᄒᆞᆯ ᄃᆡ 업셔 본향(本鄉)의 녀셔(女婿)ᄅᆞᆯ 조ᄎᆞ 갓○○[다.' ᄒᆞ]ᄂᆞᆫ지라.

후셥이 탄왈,

"ᄂᆡ 슈년을 집을 ᄯᅥ낫다가 도라오니 인ᄉᆡ(人事) 이ᄃᆡ도록 변ᄒᆞᆯ 쥴 알니오. 낭ᄌᆡ ᄆᆞᄉᆞᆫ 연고로 그리 급히 죽으뇨?"

노싀(老厮)[1302] 니로ᄃᆡ,

"낭ᄌᆡ 엄ᄐᆡᄉᆞ 부즁의 무ᄉᆞᆷ 긔도ᄒᆞᄂᆞᆫ 일이 잇다 ○○[ᄒᆞ고] 가더니, 칠일만의 죽어 도라와시니 그 곡절을 모로노라."

셥이 【68】 괴이히 너기나, 그 곡절을 ᄆᆞᄅᆞᆯ ᄃᆡ 업셔, 노싀 셕식을 올니나 먹을 ᄯᅳᆺ이 업고, 계랑을 ᄉᆡᆼ각ᄒᆞ여 통곡ᄒᆞ더니, ᄆᆞᆫ득 밧그로셔 한 녀랑이 드러오니 운환(雲鬟)이 구름 갓고 닙이 단ᄉᆞ(丹砂) 갓흐여, 거지(擧止) 표일(飄逸)[1303]ᄒᆞ고 나히 이십여ᄂᆞᆫ ᄒᆞ며, 뒤히 ᄒᆞᆫ ᄎᆞ환이 ᄯᅩ 의복을 션명이 ᄒᆞ고 젹은《박

적으로 이르는 말.

1298)법술(法術) : 방사(方士)가 행하는 신선의 술법. =방술.

1299)형가(荊軻) : ?-B.C.227. 중국 전국 시대의 자객. 위나라 사람으로, 연나라 태자인 단(丹)의 부탁을 받고 진시황제를 암살하려 하였으나 실패하고 죽임을 당하였다.

1300)셥졍(聶政) : 중국 전국시대의 자객. 제나라 사람으로 복양(濮陽) 사람 엄중자(嚴仲子)의 사주를 받고 한나라 재상 협루(俠累)를 죽인 후, 주인을 누설치 않기 위해 자결했다.

1301)노잉픠(老媵婆) : 늙은 여종. *잉(媵) : 옛날 귀인(貴人)이 시집갈 때 데리고 간 몸종.

1302)노싀(老厮) : 늙은 종. *싀(廝) : 하인. 종.

1303)표일(飄逸) : 성품이나 기상 따위가 뛰어나게 훌륭하다.

(결권)

‖반(盤)[1304]》의 쥬육(酒肉) 다과(茶果)를 가져 왓거놀, 후셥이 뭇고져 ᄒᆞ더니, 기녜(其女) 가져온 다과 쥬육을 머물고 ᄎᆞ환을 몬져 도라가라 ᄒᆞ니, ᄎᆞ환이 즉시 도라가거놀, 후셥이 그 녀ᄌᆞ 용모 긔질이 미려ᄒᆞ믈 보고 괴【69】이히 너겨 울기를 긋치고, 은근이 쳥ᄒᆞ여 왈,

"낭ᄌᆞ(娘子)ᄂᆞᆫ 하쳐니(何處來)[1305]완ᄃᆡ, 황혼(黃昏)의 분쥬(奔走)ᄒᆞ여 환부(鰥夫)를 위로코져 ᄒᆞᄂᆞ뇨? 낭ᄌᆞ 날노 더부러 일면지분(一面之分)이 업거놀, 홀연 니ᄅᆞ러 보니 반ᄃᆞ시 연괴 잇도다."

기녜(其女) 교용염틱(嬌容艶態)로 고왈,

"쳡은 동니의 머지 아니케 잇ᄂᆞ니, 드ᄅᆞ니 관인이 상실(喪室)ᄒᆞ고 집 직희 리 업다 ᄒᆞ니, 쳡이 ᄯᅩᄒᆞᆫ 청츈의 장부를 여희고 외로이 도장[1306]을 공슈(空守)ᄒᆞ엿더니, 금야 관인의 고분(叩盆)[1307]ᄒᆞ시ᄂᆞᆫ 우롬을 드ᄅᆞ니, 심규(深閨) 원부(怨婦)의 ᄋᆡ를 슷ᄂᆞᆫ지라. 이의 문군(文君)[1308]의 다졍【70】ᄒᆞ믈 것잡지 못ᄒᆞ여 니ᄅᆞ럿더니, 관인이 ᄯᅩᄒᆞᆫ 상여(相如)[1309]의

(결권)

1304)반(盤) : 소반•쟁반 따위를 통틀어 이르는 말.

1305)하쳐니(何處來) : 어느 곳으로부터 왔느냐?

1306)도장 : 규방(閨房). 도장방. 부녀자가 거처하는 방.

1307)고분(叩盆) : =고분지탄(叩盆之嘆). 물동이를 두드리는 탄식이라는 뜻으로, 아내가 죽은 슬픔을 이르는 말.

1308)문군(文君) : 탁문군(卓文君). 한나라 때의 부호 탁왕손의 딸로 어릴 때부터 재용(才容)이 뛰어났다. 탁문군이 과부가 되어 친정에 와 있을 때, 사마상여가 거문고를 타며 음률을 좋아하는 문군의 마음을 돋우자 탁문군은 사마상여의 거문고 소리에 반해 밤중에 집을 빠져나가 사마상여의 집에 가서 그의 아내가 되었다.

1309)상여(相如) : 사마상여(司馬相如). 중국 전한(前漢)의 문인(B.C.179~B.C.117). 자는 장경(長卿). 그의 사부(辭賦)는 한(漢)、위(魏)、육조(六朝) 문인의 모범이 되었다. 작품에 〈자허시부(子虛之賦)〉 따위가 있다. 무제의 비(妃)인 진아교(陳阿嬌)가 장문궁(長門宮)에 유폐되어 있을 때, 그녀가 다시 무제의 총애를 얻기 위해, 자신의 처지를 형상화한 노래를 지어 무제의 마음을 돌이키게 해 달라는 청을 받고, <장문부(長門賦)>라는 시를 지어준 일로 유명하다.

ᄑᆞᆼ치 ᄆᆡ몰치 아니랴?”

후셥이 쳥파의 깃블 ᄲᅮᆫ 아녀 더옥 신긔히 너겨, 슐을 거후ᄅᆞ고 졍이 ᄌᆞ못 흔연ᄒᆞ여 셔로 닛그러 방즁의 드러가 금슬(琴瑟)의 즐거오믈 ᄆᆡᄌᆞ니, 냥졍(兩情)이 교합(交合) 진즁(鎭重)ᄒᆞ더라.

미인이 후셥의 집의 머무러 슈일이 지나ᄃᆡ 도라가지 아녓더니, 후셥이 쥬야 동실ᄒᆞ여 금슬이 ᄌᆞ못 두터온지라.

미인 왈,

“쳡은 다ᄅᆞ니 아니라 최부인 각하(閣下) 비ᄌᆞ ᄆᆡ션이라. 우리 부인이 본ᄃᆡ 현덕ᄒᆞ시ᄃᆡ 【71】복이 박ᄒᆞ여, 일즉 삼쇼져ᄅᆞᆯ 두시고 종장(宗長)[1310]이 업셔 오왕 뎐하의 ᄎᆞᄌᆞ로 ᄡᅧ 계후(繼後)[1311]ᄒᆞ미, 부인이 공ᄌᆞ ᄉᆞ랑ᄒᆞ시믈 긔츌(己出)의 나리지 아니시ᄃᆡ, 공ᄌᆡ 블초ᄒᆞ여 항상 부인을 가져 ᄐᆡᄉᆞ노야(太史老爺)긔 하리ᄒᆞ니[1312], ᄐᆡᄉᆞ노얘 진실노 공ᄌᆞᄅᆞᆯ 지극 과ᄋᆡᄒᆞ시ᄂᆞᆫ지라.

우리 쥬공(主公)이 부인이 반ᄃᆞ시 긔츌이 아니라 그런 쥴 아ᄅᆞ샤 그 참언(讒言)을 곳이듯고 부인긔 블평ᄒᆞ신 일이 만터니, 홀연 부인이 만ᄂᆡ(晩來)의 쇼공ᄌᆞᄅᆞᆯ 싱ᄒᆞ시니, 이가히 하ᄂᆞᆯ이 부인의 덕을 감동ᄒᆞ샤 삼기신 블셰【72】긔린(不世騏驎)[1313]이로ᄃᆡ, ᄃᆡ공ᄌᆡ ᄉᆡ긔(猜忌)ᄒᆞ여 ᄒᆡᄒᆞᆯ ᄠᅳᆺ을 두니, 부인이 ᄎᆞᆷ아 쳔금 공ᄌᆞ의 무고히[ᄒᆞᆫ] 잔ᄒᆡ(殘害)ᄅᆞᆯ 만날 바ᄅᆞᆯ 보지 못ᄒᆞ여, 몬져 공ᄌᆞᄅᆞᆯ 졀제(切除)ᄒᆞ여 타일 문호의 블힝ᄒᆞᆫ 거ᄉᆞᆯ ᄇᆞᆺ들고, 쇼공ᄌᆞ의 앗가온 긔질을 맛지[1314] 아니려 ᄒᆞᄂᆞᆫ지라. 니러므로 쳐음의 쳡이 신계랑의 지죄 놉흐믈 부인긔 쳔거ᄒᆞ여, 졍히 그 계규ᄅᆞᆯ ᄡᅳ고져 ᄒᆞ더니, ᄃᆡ공ᄌᆡ 긔미(幾微)ᄅᆞᆯ 아랏던 양ᄒᆞ

(결권)

1310)종장(宗長) : 한 집안의 종통계승권을 가진 적장자(嫡長子).

1311)계후(繼後) : 양자를 들여 대(代)를 잇게 함. 또는 그 양자.

1312)하리ᄒᆞ다 : 참소(讒疏)하다. 남을 헐뜯어서 죄가 있는 것처럼 꾸며 윗사람에게 고하여 바치다.

1313)불셰긔린(不世騏驎) : 세상에 없는 귀한 아들.

1314)맛다 : 마치다.

여 모야(暮夜)의 여추여추ᄒᆞ여, 철편(鐵鞭)을 가지고 원즁(園中)의 돌입ᄒᆞ여 계랑을 쳐 죽이니, 엇지 통한치 【73】 아니리오만은, 공지 엄상부 당당ᄒᆞᆫ ᄃᆡ종(大宗)의 모쳠(冒添)ᄒᆞ여, 위셰 합가(閤家)ᄅᆞᆯ 기우리고, 그 친부 오 뎐하(殿下)의 공녈(功烈)이 우쥬(宇宙)의 두렷ᄒᆞ고 일홈이 쳥ᄉᆞ(靑史)의 낫하나시니, 텬지 단셔철권(丹書鐵卷)을 쥬샤, 역옥(逆獄)이 아닌 후ᄂᆞᆫ ᄌᆞ숀의 니ᄅᆞ히 죄ᄅᆞᆯ 뭇지 말나 ᄒᆞ시니, 공지 비록 계랑을 죽여시나 능히 다ᄉᆞ릴 모칙이 업고, 살인이 즁ᄃᆡᄒᆞ나 ᄐᆡᄉᆞ노야와 츄밀노얘 아ᄅᆞ신즉, 우리 노쥬의 계랑 불너온 곡졀을 ᄎᆞ즐 제면, 흉휼(凶譎)ᄒᆞᆫ 공ᄌᆞ의 닙가온ᄃᆡ셔 무ᄉᆞᆫ ᄆᆡᆼ낭지언(孟浪之言)[1315]을 쥬츌ᄒᆞᆯ 【74】 쥴 알니오. 여ᄎᆞ(如此) 고(故)로 감히 ᄉᆞ식(辭色)지 못ᄒᆞ고, 부인이 가만이 계랑의 시체ᄅᆞᆯ 원문(轅門)으로 ᄂᆡ여 쥬시고, 잉파(媵婆)ᄅᆞᆯ 금빅(金帛) ᄎᆡ단(彩緞)을 후히 쥬어 계랑을 장(葬)ᄒᆞ라 ᄒᆞ시나, 일념의 ᄆᆡ양 참연ᄒᆞ샤 탄ᄒᆞ여 갈오ᄉᆞᄃᆡ,

"창이 우리 모ᄌᆞᄅᆞᆯ 업시코져 ᄒᆞ던 슈단이 계랑의 쳥츈을 맛ᄎᆞ시니, 니ᄅᆞᆫ바 '빅인(伯仁)이 유아이ᄉᆡ(由我而死)'[1316]라 ᄒᆞ시고, 쳡을 경계(警戒)ᄒᆞ여 관인(官人)을 셤기라."

ᄒᆞ시니, 쳡이 일즉 취부(取夫)ᄒᆞᄆᆡ 즉시 과거(寡居)ᄒᆞ니, 당당이 슈졀ᄒᆞ여 타인을 셤기지 아니려 ᄒᆞ엿더니, 부인 교명(敎命)을 【7

(결권)

1315)ᄆᆡᆼ낭지언(孟浪之言) : 전혀 믿을 구석이 없는 허망한 말.

1316)빅인(伯仁)이 유아이ᄉᆡ(由我而死) : '백인은 나로 인해 죽었다'는 뜻으로, 직접적으로 사람을 죽이지는 않았지만 죽은 사람에 대해 자신이 적극적으로 구하지 않은 책임이 있음을 안타까워하거나, 어떤 사건에 간접적으로 연관되어 있는 것을 비유적으로 나타낸 말.《진서(晉書)》열전(列傳), 주의(周顗) 조(條)에 나오는 중국 동진(東晋)사람 왕도(王導)와 주의(周顗: 字伯仁)사이의 고사에서 유래했다. 즉 왕도는 그의 종형(從兄) 왕돈(王敦)의 반역에 연좌되어 죽을 위기에 있을 때 주의의 변호로 살아났는데, 왕돈의 반역이 성공한 뒤, 주의가 죽게 되었을 때 자신이 그를 구명해줄 수 있는 위치에 있었음에도 구하지 않고 외면하였다가, 뒤에 주의가 자신을 구명해주어 살아난 사실을 알고, 위와 같이 탄식하였다 함.

5】어그릇지 못ᄒᆞ여 이제 관인의게 도라왓ᄂᆞ니, 아지못게라! 그ᄃᆡ 무어ᄉᆞ로 우리 부인 은덕을 갑습고져 ᄒᆞᄂᆞ냐?"

후셥이 청파의 최부인의 미인 쥰 은혜 블승감은(不勝感恩)ᄒᆞ미 《함호결초‖함환결초(銜環結草)[1317]》의 갑흘 뜻이 잇ᄂᆞᆫ지라. 무지쳔인(無知賤人)이 엇지 간인의 요특(妖慝)ᄒᆞᆫ 계규(計揆)ᄅᆞᆯ 씨다ᄅᆞ리오.

이 말을 드ᄅᆞ미 돌분강ᄀᆡ(咄憤慷慨)[1318]ᄒᆞ여 두 눈을 찌여질 ᄃᆞ시 ᄯᅳ고, 팔홀 ᄲᅩᆷᄂᆡ며 니ᄅᆞᄃᆡ,

(결권)

"최부인 은혜ᄂᆞᆫ 나 김후셥이 간뇌도디(肝腦塗地)[1319]ᄒᆞ나 다 갑습지 못ᄒᆞ리로다. 당당이 엄쇼ᄌᆞ의 머리ᄅᆞᆯ 버혀 ᄒᆞ나흔 계량【76】의 원슈ᄅᆞᆯ 갑고, 둘흔 최부인 은혜ᄅᆞᆯ 갑흐리라."

ᄆᆡ션이 ᄃᆡ희ᄒᆞ여 니러 절ᄒᆞ여 왈,

"군이 진실노 여ᄎᆞᄒᆞᆫ즉 우리 부인이 엇지 한고조(漢高祖)[1320]의 공신(功臣) 져바리미 이시리오. 당당이 만흔 금빅치단(金帛綵緞)으로ᄡᅧ 군의 싱계ᄅᆞᆯ 평안이 ᄒᆞ고, 날을 방냥기신(放良其身)[1321]ᄒᆞ여 ᄌᆞᄌᆞ숀숀(子子孫孫)이 찻지 아닐 거시니, 군으로 더부러 기리 화락ᄒᆞ여 유ᄌᆞ싱녀(有子生女)ᄒᆞ면, 엇지 깃부지

1317)함환결초(銜環結草) : '남에게 입은 은혜를 꼭 갚는다'는 의미를 가진 '결초보은(結草報恩)'과 '함환이보(銜環以報)'의 두 보은담(報恩譚)을 아울러 이르는 말. '남에게 받은 은혜를 살아서는 물론 죽어서까지도 꼭 갚겠다'는 뜻을 담고 있다.

1318)돌분강기(咄憤慷慨) : 놀랍고 분하여 의분이 북받침. =비분강개(悲憤慷慨).

1319)간뇌도디(肝腦塗地) : 참혹한 죽임을 당하여 간장(肝臟)과 뇌수(腦髓)가 땅에 널려 있다는 뜻으로, 나라를 위하여 목숨을 돌보지 않고 애를 씀을 이르는 말.

1320)한고조(漢高祖) : 중국 한(漢)나라의 제1대 황제(B.C.247~B.C.195). 성은 유(劉). 이름은 방(邦). 자는 계(季). 시호는 고황제(高皇帝). 고조는 묘호. 진시황이 죽은 다음해 항우와 합세하여 진(秦)나라를 멸망시켰다. 그 뒤 해하(垓下)의 싸움에서 항우를 대파하여 중국을 통일하고 제위에 올랐다. 재위 기간은 기원전 206~기원전 195년이다.

1321)방냥기신(放良其身) : (노비)의 신분을 풀어 주어 양민이 되게 함.

아니리오."

후셥이 말마다 딕열ᄒᆞ여 언언이 고기 조아 응낙ᄒᆞ더라.

익셜(益說)[1322], 미션이 도라와 부인긔 슈말을 일일히 젼ᄒᆞ니, 부인이 후【77】셥의 언어힝동을 무러 그 용밍이 녕한(獰悍)ᄒᆞ믈 듯고, 이의 상협(箱匧)을 여러 남은 금뵉을 마ᄌᆞ 쥬어 후셥을 깃기라 ᄒᆞ고, 힝계ᄒᆞᆯ 일을 셰셰히 가ᄅᆞ치더라.

미션이 일일은 도라와 고ᄒᆞ딕,

"후셥이 긔이ᄒᆞᆫ 약뉴 이시딕 일홈이 네 가지니, 하나흔 여의기용단(如意改容丹)[1323]이니 사ᄅᆞᆷ이 먹으미 그 되고져 ᄒᆞᄂᆞᆫ 사ᄅᆞᆷ의 얼골이 되고, 하나흔 외면회단(外面回丹)[1324]이니 먹으면 본형(本形)이 도라오고 하나흔 변심미혼단(變心迷魂丹)[1325]이라 ᄒᆞ며 도봉잠이라 ᄒᆞ니 이ᄂᆞᆫ 사ᄅᆞᆷ이 먹으면 셩졍이 밧고여 젼일 후ᄒᆞ던 딕 쇼(疎)ᄒᆞ고 박ᄒᆞ【78】던 딕 후(厚)ᄒᆞᆫ다 ᄒᆞ고, 또 한가지ᄂᆞᆫ 변형젹면단(變形赤面丹)[1326]이니 고은 사ᄅᆞᆷ이 셰슈물의

(결권)

1322)익셜(益說) : 고소설에서 '화설(話說)' '차설(且說)' 등처럼 장면전환을 나타내는 화두사(話頭詞).

1323)여의기용단(如意改容丹) : =기용단(改容丹). 잉혈、회면단、도봉잠 등과 함께 한국고소설 특유의 서사도구의 하나. 이 약을 먹으면 자기가 되고자 하는 사람과 얼굴을 비롯해서 온몸이 똑같은 모습으로 둔갑(遁甲)하게 된다. 한국고소설에서는 악격인물(惡格人物)들이 이 약을 선격인물(善格人物)을 모해하는 도구로 사용하여 다양한 사건들을 만들어낸다.

1324)외면회단(外面回丹) : =회면단(回面丹). 한국고소설 특유의 서사도구의 하나. 개용단을 먹고 변용한 얼굴을 다시 제 모습으로 돌아오게 하는 약.

1325)변심미혼단(變心迷魂丹) : =미혼단(迷魂丹). 익봉잠. 도봉잠. 한국고소설 특유의 서사도구의 하나로, 사람을 변심시키는 약. 이 약을 사람에게 먹이면 마음이 변하게 되어 먹은 사람의 마음이 먹인 사람의 뜻대로 조종당하게 된다.

1326)변형젹면단(變形赤面丹) : 한국고소설 특유의 서사도구의 하나로, 얼굴을 흉상괴면(凶狀怪面)으로 변형시키는 약. 이 약을 탄 물로 얼굴을 씻게 되면, 희던 얼굴이 붉게 되고, 눈、코、입 등이 흉하게 변형되어 매우 흉측(凶測)한 괴면흉상이 된다.

드리쳐 낫ᄎᆞᆯ ᄢᅵᄉᆞ면[1327] 희던 얼골이 븕고, 어엿부던 눈씨[1328] 오고라지고, 닙이 웃ᄎᆞ러지고[1329], 코히 찝으러지니[1330], 텬하의 이상ᄒᆞᆫ 괴면흉상이 된다 ᄒᆞ더이다.”

부인이 쳥파(聽罷)의 ᄃᆡ희(大喜) 왈,

“이 약도 가장 묘ᄒᆞ거니와, 굿ᄒᆞ여 즁가(重價)ᄅᆞᆯ 허비ᄒᆞ여 약을 살 거시 아니니, 몬져 후셥으로 ᄒᆞ여곰 창의 머리ᄅᆞᆯ 취ᄒᆞ게 ᄒᆞ라. ᄂᆡ 맛당이 웃듬 공을 갑흐리라.”

ᄆᆡ션이 《ᄋᆞᆼ낙‖응낙(應諾)》고 도라가 셥을 보고 이ᄃᆡ로 젼ᄒᆞᆫᄃᆡ, 셥이 용약(勇躍)ᄒᆞ【79】여 날을 갈히여 힝ᄉᆞᄒᆞ려 ᄒᆞ더라.

최부인이 용약ᄒᆞ여 믄득 한 계규(計揆)ᄅᆞᆯ ᄉᆡᆼ각고, 문시ᄅᆞᆯ 블너 가만이 긔특ᄒᆞᆫ 약뉴(藥類) 이시믈 쳔거ᄒᆞ니, 문시 이 말을 듯고 ᄃᆡ희ᄒᆞ여 ᄒᆞ나, 본ᄃᆡ 간구(艱苟)ᄒᆞ여[1331] ᄉᆞᄌᆡ(私財)바히 업고, 엄부의 드러와 학ᄉᆞ의 염박(厭迫)ᄒᆞ미 극ᄒᆞ니, 일즉 즁궤(中饋)[1332]ᄅᆞᆯ 맛지미 업서, 학ᄉᆡ 반ᄃᆞ시 ᄌᆞ긔 월봉(月俸) 쇼산(所産)을 다 모부인긔 드려 쳐치ᄒᆞ시게 ᄒᆞ고, 츄밀이 ᄯᅩᄒᆞᆫ 아ᄌᆞ의 뜻을 알고 문시의 위인이 간교포악(奸巧暴惡)ᄒᆞ여 {반ᄃᆞ시} 아ᄌᆞ의 가ᄉᆞ(家事)ᄅᆞᆯ 맛지미 블가ᄒᆞ믈 혜아리고, 【80】 말을 ᄂᆡᄃᆡ,

“문시와 양시 냥인(兩人) 즁 만일 몬져 ᄉᆡᆼᄌᆞ(生子)ᄒᆞᄂᆞ니로 아ᄌᆞ의 원비(元妃)ᄅᆞᆯ ᄉᆞᆷ으리라.”

ᄒᆞ니, 양쇼져ᄂᆞᆫ 그윽이 블안ᄒᆞ믈 니긔지 못ᄒᆞ고, 문시ᄂᆞᆫ 심니(心裏)의 ᄃᆡ로ᄒᆞ여 양시ᄅᆞᆯ 즉긱의 죽이지 못ᄒᆞ믈 한ᄒᆞ더라.

쥬야 원분(怨憤)이 철텬(徹天)ᄒᆞ더니, 최부

(결권)

1327)ᄢᅵᄉᆞ다 : 씻다.

1328)눈씨 : ①눈찌. 흘겨보거나 쏘아보는 눈길. ②눈매. 눈이 생긴 모양새.≒눈맵시, 눈모. *여기서는 ②의 뜻으로 쓰였다.

1329)웃ᄎᆞ러지다 : 웃쳐지다. 으깨지다. 무른 물건이나 덩어리가 눌리어 아주 잘게 깨어지다.

1330)찝으러지다 : 찌부러지다. 물체가 눌리거나 부딪혀서 우그러지다.

1331)간구(艱苟)ᄒᆞ다 : 살림이 몹시 어려워 가난에 쪼들리다.

1332)즁궤(中饋) : ≒주궤(主饋). 안살림 가운데 음식에 관한 일을 책임 맡은 여자.

인의게 녕효(靈效)ᄒᆞᆫ 약을 드ᄅᆞ미 황홀이 깃브고 다힝ᄒᆞ여[나], 아모리 ᄉᆡᆼ각ᄒᆞ여도 쳔금을 판득(辦得)ᄒᆞᆯ 가망이 업ᄂᆞᆫ지라. 침쇼의 도라와 심복시녀 익셤으로 상의ᄒᆞ여 계규ᄅᆞᆯ 므ᄅᆞ니, 익셤이 ᄉᆡᆼ각다가 가만이 귀의 다혀,

“여ᄎᆞ여ᄎᆞ【81】ᄒᆞ시면 가히 ᄌᆡ물을 판득ᄒᆞ기 어렵지 아니리이다.”

ᄒᆞ더라.【82】

(결권)

엄시효문쳥힝녹 권지구

화셜 문시 ᄎᆞ언을 듯고 침음(沈吟) 쥬져ᄒᆞ다가 니로ᄃᆡ,

“여언(汝言)이 최션(最善)ᄒᆞᄃᆡ, 양시 {ᄌᆞ상} ᄌᆞ상근신(仔詳謹愼)ᄒᆞ니 쇽이지 못ᄒᆞᆯ가 ᄒᆞ노라.”

익셤이 ᄃᆡ왈,

“쇼제 아모리 ᄌᆞ상근신ᄒᆞᆫ들 쇼제 현마 자긔읫 거ᄉᆞᆯ 도젹ᄒᆞ다 ᄒᆞ리잇가?”

문시 과연ᄒᆞ여, 이후ᄂᆞᆫ 양쇼져ᄅᆞᆯ ᄃᆡᄒᆞ나 블협(不愜)ᄒᆞᆫ ᄉᆞ식(辭色)을 낫호지 아니ᄒᆞ고, 흔연이 친친(親親)ᄒᆞ믈 일워 녜 업시 유초당의 빈빈(頻頻) 왕ᄂᆡᄒᆞ여 화긔ᄅᆞᆯ 여러 관곡(款曲)ᄒᆞ미 지극ᄒᆞ니, 가즁 상히 이상이 【1】너기고, 학ᄉᆡ 의심ᄒᆞ나 아ᄅᆞᆫ 체 아니ᄒᆞ더라.

양쇼제 ᄯᅩᄒᆞᆫ 졸연(猝然)이 져의 은근ᄒᆞ믈 괴이히 너겨ᄒᆞ나, 감히 의심ᄒᆞᄂᆞᆫ ᄉᆞ식을 낫하ᄂᆡ지 못ᄒᆞ고, 역시 쳥아(靑蛾)1333)ᄅᆞᆯ 드리워 은근ᄒᆞ믈 마지 아니ᄒᆞ더라.

일일은 문시 익셤을 다리고 희긔(喜氣) 만안(滿顔)ᄒᆞᆫ 체ᄒᆞ고 양시 침쇼의 니ᄅᆞ니, 양쇼제 영ᄃᆡ(迎待)ᄒᆞ고 심히 블열ᄒᆞᄃᆡ 마지 못ᄒᆞ여 마ᄌᆞ 왈,

“부인이 쳡의 곳의 ᄌᆞ조 니ᄅᆞ시니 셩턱(聖澤)을 감ᄉᆞᄒᆞ오나, 쳡이 스ᄉᆞ로 블안ᄒᆞ믈 니긔지 못ᄒᆞ리쇼이다.”

문시 낭연(朗然) 쇼왈,

“쳡이 부인의 【2】향염(香艶)ᄒᆞᆫ ᄌᆞ질을 보ᄆᆡ ᄌᆞ연 졍이 두터온지라. 젼일 투협(妬狹)ᄒᆞ던 마음을 곳쳐 젹인(敵人) 두 ᄌᆞᄅᆞᆯ 닛고 맛당이 화우(和友)ᄒᆞ믈 ᄌᆞᄆᆡ 갓치 ᄒᆞ고져 ᄒᆞᄂᆞ

(결권)

1333)쳥아(靑蛾) : ①누에나비의 푸른 촉수와 같이 푸르고 아름다운 눈썹을 이르는 말. ②‘미인(美人)’을 비유적으로 이르는 말.

니, 부인이 또흔 첩의 졍을 긍지(矜之)ᄒᆞ여 기리 화우(和友)ᄒᆞ믈 골육갓치 ᄒᆞ고, 군ᄌᆞ의 은총을 너모 쳔ᄌᆞ(擅恣)ᄒᆞ여 ᄌᆞ득지 말나."

셜파의 낭연이 웃는 ᄃᆡ, 살긔(殺氣) 등등(騰騰)ᄒᆞ고 일만 화독(禍毒)이 어릐엿는지라.

양쇼제 심하의 크게 놀나고 근심ᄒᆞ여 가장 환(患) 되이 너기나, 옥안(玉顔)이 ᄌᆞ약ᄒᆞ여 져슈(低首) 부답ᄒᆞ니, 문시 뮙고 분ᄒᆞ믈 니긔지 못ᄒᆞ나 강잉 쇼왈,【3】

"첩의 말숨이 직언(直言)이어놀 엇지 답언이 업ᄂᆞ니잇고? 아니 첩의 졍셰(情勢) 쇠잔ᄒᆞ고 인ᄉᆡ(人事) 미(微)ᄒᆞ믈 외오 너기시ᄂᆞ냐?"

양쇼제 강잉(强仍) 쇼왈,

"부인은 첩의 녀군(女君)이시라. 첩이 엇지 감히 부인 존위를 항형(抗衡)ᄒᆞ여 방ᄌᆞᄒᆞ미 이시리잇고?"

문시 흔연 미쇼ᄒᆞ고 좌의 나아가 말숨홀ᄉᆡ, 양쇼제 유모 시녀를 명ᄒᆞ여 향다(香茶)와 쥬육(酒肉)을 가져 문시를 권ᄒᆞ여, 냥인이 이윽이 한담ᄒᆞ여 쇼에(笑語) 낭낭(朗朗)ᄒᆞ더니, 문시 믄득 니로ᄃᆡ,

"첩이 근닉의는 부인의 셩덕지용을 ᄋᆡ모ᄒᆞ여, 이 옥초당의 ᄌᆞ최【4】 빈빈(頻頻)ᄒᆞ미 장춧 몃번이뇨만은, 부인은 한번도 첩의 당즁의 발ᄌᆞ최 님(臨)ᄒᆞ미 업ᄉᆞ니, 아지못게라![1334] 첩의 니러틋 구구(區區)ᄒᆞ믈 업슈이 너기ᄂᆞ냐? 그 쥬의(主意) 어ᄃᆡ 잇ᄂᆞ뇨?"

양쇼제 쳥파(聽罷)의 념임(斂衽) ᄉᆞ례 왈,

"부인의 셩덕혜화(聖德惠化)를 엇지 감히 하ᄌᆞ(瑕疵)ᄒᆞ며 시비ᄒᆞ리잇고만은, 인ᄉᆡ 미(微)ᄒᆞ고 소견이 노하(駑下)ᄒᆞ여 능히 교화(敎化)를 밧드지 못ᄒᆞ오니, 블민ᄒᆞ믈 붓그릴 ᄯᆞ롬이로쇼이다."

문시 쇼왈,

"첩이 부인의 지모를 ᄉᆞ랑ᄒᆞ여 일시 희언(戲言)이라. 부인은 힝혀 블【5】안(不安)치 말

(결권)

1334)아지못게라! : '모르겠도다!' '모를 일이로다!' '알지못하겠도다!' 등의 감탄의 뜻을 갖는 독립어로 작품 속에서 관용적으로 쓰이고 있어, 이를 본래말 '아지못게라'에 감탄부호 '!'를 붙여 독립어로 옮겼다.

나.”

양쇼제 천연 ᄉᆞ샤(謝辭)ᄒᆞ고 한셜(閑說)이 이윽ᄒᆞ더니, 인ᄒᆞ여 날이 졈을거ᄂᆞᆯ 냥인이 한가지로 졍당의 드러가 구고긔 혼졍(昏定)ᄒᆞ고 도라왓더니, 명일 ᄯᅩ 졍당의 문안ᄒᆞ고 도라와 아시녀(兒侍女) 영낭을 명ᄒᆞ여 양쇼져를 쳥ᄒᆞ니, 쇼졔 인ᄉᆞ의 마지 못ᄒᆞ여 이의 두어 ᄎᆞ환으로 더부러 욱[옥]쇼당의 니ᄅᆞ니, 문시 낭연(朗然)이 웃고 교연(巧然)이 갈오ᄃᆡ,

“쳡이 근간 옥초당의 ᄌᆞ로 츌입ᄒᆞ여 부인의 향다(香茶)를 만히 허비ᄒᆞ여시니, 쳡심(妾心)이 ᄌᆞ못 블안ᄒᆞᆫ지라. 금일은 졀박【6】히 ᄉᆞ지(私財)를 ᄲᅥ러 약간 쥬과(酒果)를 갓초아 부인을 쳥ᄒᆞ여시니, ᄯᅩ 쳡의 ᄌᆞ작(自作)ᄒᆞᆫ 옥노춘(玉露春)[1335]이 닉어 맛시 조코, 츄경이 쇼담ᄒᆞ여 후원 화츈뎡의 단풍이 보암즉ᄒᆞ니, 쳡이 제ᄉᆞ(娣姒)[1336] ᄌᆞᄆᆡ(姉妹)로 더부러 한번 유완(遊玩)코져 ᄒᆞ므로, 한갓 부인을 쳥ᄒᆞᆯ ᄲᅮᆫ아니라, 한 져져(姐姐)와 종쇼고(從小姑)를 쳥ᄒᆞ엿ᄂᆞ이다.”

이 ᄯᅢ 제쇼졔 귀령(歸寧)ᄒᆞ엿ᄂᆞᆫ지라. 문시 시녀를 명ᄒᆞ여 쇼년 제부인을 일시의 쳥ᄒᆞ니, 녀상셔 부인 초혜 쇼져와 화병부 부인 난혜 쇼져와 조어ᄉᆞ 부인 옥혜 쇼져와 윤학ᄉᆞ 부인 은【7】혜 쇼져와 필쇼져(畢小姐) 벽혜 쇼져와 윤틱우 부인 형뎨, 다 모다 셰셰(細細)ᄒᆞᆫ 년보(蓮步)[1337]를 움즉여 니ᄅᆞ니, 문시 흔연이 마ᄌᆞ 엄쇼져 군종 ᄌᆞᄆᆡ 칠인과 한ㆍ문ㆍ양 삼인이 한가지로 봉관옥픽(封冠玉佩)를 졍히 ᄒᆞ고, 쥬리(珠履)를 ᄭᅳ으러 화츈당의 니ᄅᆞ러, 송뎡(松亭) 아릐 비단요를 졍히 ᄒᆞ고 비반(杯盤)[1338]을 나와 종일토록 즐

(결권)

1335)옥노춘(玉露春) : 청명절에 담근 청주. *옥로(玉露)는 맑고 깨끗한 빛깔의 청주(淸酒)를, 춘(春)은 청명일에 담근 술인 춘주(春酒)를 말하는 것으로, ‘玉露春’은 위 ‘玉露’와 ‘春’의 합성어다.

1336)제ᄉᆞ(娣姒) : 형제의 아내 가운데 손아래 동서와 손위 동서.

1337)년보(蓮步) : =금련보(金蓮步). 미인의 정숙하고 아름다운 걸음걸이를 비유적으로 이르는 말.

겨 셕양의 도라가니, 이 가온딕 긔형괴시(奇形怪事)[1339]이실 쥴 어이 알니오.

문시 짐짓 제쇼져를 쳥ᄒᆞ여 화츈뎡의 가 한담ᄒᆞᄂᆞᆫ 쳬ᄒᆞ고, 익셤으로 힝ᄉᆞᄒᆞ라 ᄒᆞ엿더니, 익셤이 가만【8】이 옥초당의 니ᄅᆞ러 후창(後窓)을 열고 드러가니, 모든 ᄎᆞ환(叉鬟)이 다 쇼져를 ᄯᆞ라 가고 유뫼 이시나 난간 밧긔 잇ᄂᆞᆫ지라.

익셤이 용약(勇躍)ᄒᆞ여 드리다라, 양쇼져의 ᄌᆞ금합(紫金盒) 한 빵을 《긋지‖그릇지[1340]》 나리와, 보(褓)히 ᄡᆞ가지고 급급히 도라와 옥쇼당 협실의 감초니 알 니 업더라.

양쇼제 날이 져므럿ᄂᆞᆫ 고로 인ᄒᆞ여 혼졍(昏定)ᄒᆞ고 침쇼의 도라오나, 무심히 ᄉᆞᆯ피지 아녓더니, 명조(明朝)의 유뫼 드러와 고왈,

"노야(老爺) 금션(錦扇) 《현츄‖션츄(扇錘)[1341]》를 ᄎᆞᄌᆞ시ᄂᆞ이다."

쇼제 바야흐로 《현츄‖션츄》를 어더 학ᄉᆞ긔 보닉려 금합(金盒)을 【9】ᄎᆞᄌᆞ니, ᄌᆞ금합 일빵이 간 곳이 업ᄂᆞᆫ지라. 원닉 금합(金盒) 일빵은 범부인이 사급(賜給)ᄒᆞᆫ 비니, 갑시 빅냥(百兩)의 지나고 제되(制度) 공교ᄒᆞ니, 쇼제 보비로오믈 ᄉᆞ랑ᄒᆞ여 무릇 픽산지물(貝珊之物)[1342]과 슈식보비(首飾--)[1343]의 경보(輕寶)를 다 감초왓고, 계구(季舅) 오왕이 양시의 현슉ᄒᆞ믈 아ᄅᆞᆷ다의 너겨, 입조시의 텬ᄌᆞ(天子)의 샤숑(賜送)ᄒᆞ신 네단(禮單)을 만히 쥬니, 다 쥬옥진뵈(珠玉珍寶)니 쇼제 한빵 금합(金盒) 쇽의 녀허시니, 그 갑시 거의 만금(萬金)이라.

(결권)

1338)비반(杯盤) : ①술상에 차려 놓은 그릇. 또는 거기에 담긴 음식. ②흥취 있게 노는 잔치.

1339)긔형괴시(奇形怪事) : 기이하고 괴상한 형상의 사건들.

1340)그릇지 : 그릇째. 그릇 그대로. 그릇 전부. *-째: ((일부 명사 뒤에 붙어)) '그대로', 또는 '전부'의 뜻을 더하는 접미사.

1341)션츄(扇錘) : 선추(扇錘). 부채고리에 매어 다는 장식품. =선초.

1342)픽산지물(貝珊之物) : 여자들이 몸치장을 하는 데 쓰는 조개껍질이나 산호(珊瑚) 따위로 만든 장신구(裝身具)들.

1343)슈식보비(首飾--) : 여자의 머리에 꽂는 장식품 가운데 아주 귀하고 소중한 물건.

문시 역시 양쇼져와 한가지로 어든 거시 젹지 아니ᄒᆞᄃᆡ, 문시ᄂᆞᆫ 본ᄃᆡ 한유(閒遊)ᄒᆞ기【10】롤 조히 너기고, 녀공침션(女工針線)부치의 쇼여(疎如)ᄒᆞᆫ지라.

《마양Ⅱᄆᆡ양(每樣)》 학ᄉᆞ의 의건(衣巾)과 ᄌᆞ긔 의상을 다 갑술 쥬고 짓ᄂᆞᆫ지라. ᄉᆞ지(私財) 진탕(盡蕩)ᄒᆞ여 능히 ᄉᆞ물을 진인 거시 업고, 양쇼져ᄂᆞᆫ 녀공지ᄉᆞ(女工之事)1344)의 브ᄌᆞ런ᄒᆞ고 슈션방젹(繡線紡績)의 미진(未盡)ᄒᆞ미 업셔, 하우(夏禹)1345)의 촌음(寸陰)을 앗기ᄂᆞᆫ 셩덕이 잇고, 신쇽ᄒᆞ미 남다른 고로, 존고의 맛지ᄂᆞᆫ 일이며 학ᄉᆞ의 의복과, ᄌᆞ긔 의상을 다 친집(親執)ᄒᆞᄂᆞᆫ 바의, 남의 것도 슈션방젹(繡線紡績)1346)을 다ᄉᆞ리니, ᄌᆞ연 ᄉᆞ지(私財) 넉넉ᄒᆞ고, 구고와 오왕의 쥰거시 만흐미라. 이 가온ᄃᆡ ᄌᆞ금현[션]【11】츄(紫金扇錘)ᄂᆞᆫ 왜국진뵈(倭國珍寶)라.

텬ᄌᆞ 엄학ᄉᆞ를 어젼의셔 글을 지이샤 그 문장ᄌᆡ화롤 칭찬ᄒᆞ시고, 어션(御扇)의 다라 겨시던 금현츄(金懸錘)1347)로ᄡᅧ 윤필지ᄌᆞ(潤筆之資)롤 상ᄉᆞ(賞賜)ᄒᆞ신 비니, 엄학ᄉᆞ 군은을 감복ᄒᆞ여 ᄉᆞ랑ᄒᆞ고 즁히 너겨 일시도 몸가의 ᄯᅥ나지 아니ᄒᆞ더니, 슈일 젼의 맛춤 ᄭᅳᆫ이 ᄯᅥ러졋거늘 양쇼져롤 맛졋더니, 이날의 금ᄉᆞ실(錦絲-)1348)을 가져 ᄭᅳᆫ1349)을 ᄒᆞ고져 ᄒᆞ여 ᄎᆞᄌᆞ미러라.

양쇼제 《현츄Ⅱ션추(扇錘)》롤 어더ᄂᆡ여 보ᄂᆡ려ᄒᆞᆫ즉, 그룻지 업ᄉᆞ니, 어ᄃᆡ가 ᄎᆞᄌᆞ리오.

실ᄉᆡᆨᄃᆡ경(失色大驚)ᄒᆞ여 말을 못ᄒᆞ니, 유모 역경(亦驚) 창【12】황(蒼黃)ᄒᆞ여 갈오ᄃᆡ,

"부인아! 이런 변이 어ᄃᆡ 이시리잇고. 이ᄂᆞᆫ 벅벅이 귀미(鬼魅)의 작얼(作孽)이오, 사

(결권)

1344)녀공지ᄉᆞ(女工之事) : 예전에, 부녀자들이 하던 바느질이나 길쌈 등의 일.

1345)하우(夏禹) : 하(夏)나라를 개국(開國)한 임금. 순(舜)임금의 자리를 물려받아 천자가 됨.

1346)슈션방젹(繡線紡績) : 수를 놓고 바느질하고 길쌈을 하는 일.

1347)금현츄(金懸錘) : 저울추처럼 끈에 매달아 놓은 황금색의 장식품.

1348)금ᄉᆞ실(錦絲-) : 비단실을 꼬아서 짠 실. = 금사(錦紗)

1349)ᄭᅳᆫ : 끈.

ᄅᆞᆷ 일은 아니로쇼이다."

쇼제 어린ᄃᆞᆺ 묵묵 냥구(良久)의 기리 탄식 왈,

"알괘라! 조물(造物)의 희롱이 여ᄎᆞᄒᆞ니, 이 한갓 나의 ᄉᆞᄌᆡ(私財)ᄅᆞᆯ 일ᄒᆞᆯ ᄲᅮᆫ아니라, 일노 조ᄎᆞ 나의 신셰 마장(魔障)이 업지 아니ᄒᆞ리니, ᄂᆡ 블민ᄒᆞ여 깁히 감초지 못ᄒᆞ므로 이런 일이 이시니, 구괴 아ᄅᆞ신즉 ᄂᆡ 찰찰(察察)치 못ᄒᆞᆫ 죄ᄅᆞᆯ 면치 못ᄒᆞ리로다."

ᄒᆞ여, 경황ᄒᆞ믈 마지 아니ᄒᆞ고, 유모ᄂᆞᆫ 울며 왈,

"쳔비 쇼져의 맛지신 【13】방을 뷔워 즁보(重寶)ᄅᆞᆯ 다 일허시니, 쳔비 죽어 맛당ᄒᆞ온지라. 존당과 학ᄉᆡ 아ᄅᆞ시면 장ᄎᆞᆺ 변이 날노쇼이다. 연이나 외인(外人)의 일이 아니라 필연 쇼장지ᄂᆡ(蕭墻之內)[1350]의셔 작용ᄒᆞᆫ ᄇᆡ니, 엇지 놀납고 분통치 아니리잇고? 이러 굴 제 믄득 학ᄉᆡ 드러와 보니, 쇼져의 노쥐 긔ᄉᆡᆨ이 참담ᄒᆞᆫ지라.

곡절을 므ᄅᆞ니, 유뫼 긔이지 못ᄒᆞ여 쇼제 문쇼져의 청ᄒᆞ믈 인ᄒᆞ여 옥쇼당의 가신 ᄉᆞ이의, ᄌᆞ금합(紫金盒) 일ᄲᅡᆼ을 일흔 쇼유ᄅᆞᆯ 다 고ᄒᆞ니, 학ᄉᆡ 청파의 ᄃᆡ경ᄒᆞ여 금합 쇽의 쇼져【14】의 ᄌᆞ장보ᄑᆡ(資粧寶貝)와 의상(衣裳)이 다 드럿던 거ᄉᆞᆯ 일ᄒᆞᆯ ᄲᅮᆫ아니라, 더옥 금현[션]츄(金扇錘)ᄂᆞᆫ 황상(皇上)의 샤급ᄒᆞ신 보ᄇᆡ어ᄂᆞᆯ, 일일지간의 일흐믈 블승통한(不勝痛恨)ᄒᆞ나, 능히 증거ᄒᆞ여 도젹을 잡을 길히 업ᄉᆞ니, 블힝ᄒᆞ믈 니긔지 못ᄒᆞᆯ지언졍 ᄒᆞᆯ일업셔[1351], 쇼져 노쥬ᄅᆞᆯ 위로ᄒᆞ더라.

양쇼제 일호(一毫) 진념(塵念)이 업거니, 엇지 셰리(世利)의 구구(區區)ᄒᆞ여 ᄌᆡ물을 앗기리오만은, 이곳 구고의 쥬신 ᄇᆡ오, 오왕의 샤급ᄒᆞᆫ ᄇᆡ며, 그 즁 학ᄉᆞ의 금현[션]츄ᄂᆞᆫ 즁뵈(重寶)오, ᄌᆞ가의 홍옥지환(紅玉指環)은 양시 셰젼지보(世傳之寶)로 무[모]부인【15】이

(결권)

1350)쇼장지ᄂᆡ(蕭墻之內) : '담자의 안'이라는 뜻으로, 궁궐이나 가정 내부를 이르는 말. 소장(蕭墻)은 <논어(論語)> '계씨편(季氏篇)'에 나오는 말로 대궐 앞의 담장을 뜻함.

1351)ᄒᆞᆯ일업다 : 하릴없다. 달리 어떻게 할 도리가 없다.

쥬신 ᄇᆡ라.

일흔 거신 즉 다 즁뵈(重寶)니 심하의 경구(驚懼)ᄒᆞᄂᆞᆫ 즁, 일노조ᄎᆞ ᄌᆡ앙의 근본이 니러날 쥴 혜아려, 심히 즐기지 아니터라.

일가 상하와 구괴 바야흐로 알고 ᄃᆡ경ᄒᆞ여, 혹 귀미(鬼魅)의 조홰라 ᄒᆞ며, 혹 사ᄅᆞᆷ의 작용이라 ᄒᆞ여 의논이 분분ᄒᆞᄃᆡ, 츄밀 부뷔 짐ᄌᆞᆨᄒᆞ미 잇셔 양시의 신상을 념녀ᄒᆞ더라.

문시 기야(其夜)의 익셤으로 더부러 금쇄(金鎖)ᄅᆞᆯ ᄊᆡ치고, 금합을 여러 보니 무슈ᄒᆞᆫ 진보ᄑᆡ산(珍寶貝珊)[1352]이 갑시 만금의 지날지라.

무[문]시 노쥐(奴主) 환환희희(歡歡喜喜)ᄒᆞ나, 이런 즁보ᄅᆞᆯ 어더 【16】졸연이 쥬변[1353]ᄒᆞ기 어려오니, 익셤이 갈오ᄃᆡ,

"ᄎᆞ물(此物)은 다 보ᄇᆡ라. 양쇼졔 이런 즁보ᄅᆞᆯ 일코 무단이 잇지 아닐 거시니, 만일 졍젹이 현누(顯漏)ᄒᆞ면 큰 일이 날 거시니, 쇼비 뜻의ᄂᆞᆫ ᄎᆞᄉᆞᄅᆞᆯ 최부인긔 의논ᄒᆞ여 션쳐ᄒᆞ미 올흘가 ᄒᆞᄂᆞ이다."

문시 침음 왈,

"최부인이 진실노 날을 ᄉᆞ랑ᄒᆞ시나 ᄂᆡ ᄎᆞᆷ아 이 말을 발언치 못ᄒᆞ리로다."

익셤 왈,

"부인이 발구(發口)ᄒᆞ믈 어려이 너기시거든, 비ᄌᆡ 여ᄎᆞ여ᄎᆞᄒᆞ여 부인도 모로시게 비ᄌᆡ 도젹ᄒᆞ여, 긔이ᄒᆞᆫ 약뉴(藥類)ᄅᆞᆯ 어더 쇼져의 신셰【17】ᄅᆞᆯ 회복ᄒᆞ려 ᄒᆞ던 쳬ᄒᆞ미 엇더ᄒᆞ니잇고?"

문시 쳥필의 ᄃᆡ희ᄒᆞ여, 연망(連忙)이 칭ᄉᆞ 왈,

"너ᄂᆞᆫ 가히 ᄌᆞ방(子房)[1354]이라. 연즉 ᄂᆡ 족히 붓그러오믈 면ᄒᆞ고 네 일이 잠간 부졍ᄒᆞᆫ 듯ᄒᆞ나, 위쥬츙심(爲主忠心)인즉 족히 고인(古人)의 할고지츙(割股之忠)[1355]의 비겸

(결권)

1352)진보ᄑᆡ산(珍寶貝珊) : 진기한 보석이나 조개껍질, 산호(珊瑚) 따위로 만든 장신구(裝身具)들.

1353)쥬변 : 주변. 일을 주선하거나 변통함. 또는 그런 재주. ≒두름손.

1354)ᄌᆞ방(子房) : 중국 한나라의 건국공신 장량(張良)의 자(字).

즉ᄒᆞ니, 타인이 드ᄅᆞ나 너의 츙의의《젹발‖격발(激發)[1356]》ᄒᆞ믈 칙ᄒᆞ리오. 어진 비지 날노뻐 양녀를 쇼졔(掃除)ᄒᆞ고 박정낭(薄情郎)의 뜻을 두로혀 평싱이 쾌락ᄒᆞ게 ᄒᆞ면, ᄎᆞᄂᆞᆫ 만셰블멸지공(萬歲不滅之功)[1357]이라. ᄂᆡ 엇지 갑흐믈 젹게 ᄒᆞ리오."

익셤이 ᄇᆡᄉᆞ(拜謝)ᄒᆞ고 금합을 거두어 문【18】시 협실의 깁○[히] 간ᄉᆞᄒᆞ고[1358], 이튼날[1359] 양쇼져 노쥬의 일흔 거슬 찻지 못ᄒᆞ여, 가즁 의논이 분운(紛紜)ᄒᆞ믈 보미, 스ᄉᆞ로 ᄌᆞ황ᄌᆞ겁(自惶自怯)ᄒᆞ여 금합을 더옥 단단이 간ᄉᆞᄒᆞ고, 가지록 타연ᄒᆞᆫ 체ᄒᆞ며, 가즁 ᄉᆞ긔(事機)를 탐쳥ᄒᆞ더니, 십여일이 지나미 의논이 진졍(鎭定)ᄒᆞ고, 모든 엄쇼제 다 구가(舅家)로 도라가니, 가ᄂᆡ 종용ᄒᆞᆫ지라.

문시 노쥐 바야흐로 ᄉᆞ긔(事機) 고요ᄒᆞ믈 인ᄒᆞ여 셜계(設計)ᄒᆞ려 ᄒᆞ더라.

익셤이 일일은 경일누의 나아가 좌위 고요ᄒᆞᆫ ᄯᅢ를 타 문시로 더부러 작ᄉᆞ(作事)ᄒᆞᆯ시, 문시【19】이의 이의 몬져 좌를 ᄯᅥ나 가만이 최부인긔 고왈,

"쇼쳡이 한 민망ᄒᆞᆫ 일이 이시미 심즁의 홀노 결치 못ᄒᆞ올 시, 감히 ᄇᆡᆨ고(伯姑)[1360]의 고명ᄒᆞ신 교회(敎誨)를 듯ᄌᆞᆸ고져 ᄒᆞᄂᆞ이다."

부인이 본ᄃᆡ 쇼통영오(疎通穎悟)ᄒᆞᆫ지라. 거의 짐작ᄒᆞ고 ᄌᆞ약(自若)히 문왈,

"질뷔 무슴 결치 못ᄒᆞᄂᆞᆫ 일이 잇ᄂᆞ냐?"

문시 쳥파의 ᄉᆞ례ᄒᆞ고 무슨 말을 ᄒᆞ고져 ᄒᆞᄃᆡ, 옥안의 난연(赧然)이 블근 빗출 동ᄒᆞ여

(결권)

1355)할고지튱(割股之忠) : '자신의 넓적다리 살을 도려내어 주인이나 임금을 먹이는 충성'이라는 말로, 중국 춘추시대 개자추(介子推)가 진나라 문공을 섬겨 19년 동안 함께 망명생활을 하던 중, 문공이 굶주리자 자신의 넓적다리 살을 베어서 바쳤다는 고사에서 나온 말

1356)격발(激發)ᄒᆞ다 : 정의감이나 분노 따위의 감정이 격렬히 일어나다. 또는 그렇게 하다.

1357)만셰블멸지공(萬歲不滅之功) : 영원히 없어지지 아니할 공로.

1358)간ᄉᆞᄒᆞ다 : 간수하다. 물건 따위를 잘 보호하거나 보관하다.

1359)이튼날 : 이튿날.

1360)ᄇᆡᆨ고(伯姑) : 큰 시어머니. 남편의 큰아버지의 아내를 이르는 말.

말이 이시ᄃᆡ 베프지 못ᄒᆞ고, 블토블셜(不吐不說)[1361]ᄒᆞ거ᄂᆞᆯ, 익셤이 진왈,

“우리 부인이 본ᄃᆡ 학ᄉᆞ 노야의 당당ᄒᆞᆫ 조강졍【20】실(糟糠正室)[1362]이로ᄃᆡ 졍당 노야와 부인이시며 다못 학ᄉᆞ 노애 다 양쇼져ᄅᆞᆯ ᄉᆞ랑ᄒᆞ시미 편혹(偏惑)ᄒᆞ샤, ᄉᆞ사(事事)마다 현현이 ᄎᆞ등ᄒᆞ시믄 니ᄅᆞ지 말고, 지어(至於) 즁궤(中饋)의 큰 쇼임을 맛지지 아니샤 짐짓 니ᄅᆞ시ᄃᆡ, ‘몬져 유ᄌᆞ(有子)ᄒᆞᄂᆞ 니로 원비ᄅᆞᆯ 삼으렷노라’ ᄒᆞ시니, 이ᄂᆞᆫ 반ᄃᆞ시 양부인 ᄉᆡᆼᄌᆞ(生子)ᄒᆞ시믈 기다리미라. 블연즉 양쇼제 학ᄉᆞ노야의 은ᄋᆡ 젼일ᄒᆞ시니 엇지 농장(弄璋)의 경ᄉᆡ 더ᄃᆡ리잇고? 벅벅이 오ᄅᆡ지 아냐 옥슈닌벽(玉樹璘璧)을 안아 원위(元位)의 존즁ᄒᆞ믈 쳔ᄌᆞ(擅恣)ᄒᆞ실 거시니, 아쥬(我主)ᄂᆞᆫ【21】 쇽졀업시 조비연(趙飛燕)[1363]의 ᄒᆡᄅᆞᆯ 안ᄌᆞ셔 만나 장신궁(長信宮)[1364] 고단이 ᄇᆡᆨ두음(白頭吟)[1365]을 긔약ᄒᆞ오니, 연즉 어ᄃᆡ로 조ᄎᆞ 지엽(枝葉)인들 바라리잇고? 쇼비(小婢) 이런 마ᄃᆡᄅᆞᆯ ᄉᆡᆼ각ᄒᆞ오면 구회(九回)[1366] 촌단(寸斷)ᄒᆞ고, 심장이 붕녈(崩裂)ᄒᆞ믈 ᄎᆞᆷ지 못ᄒᆞ옵더니, 거일(去日)의 다ᄒᆡᆼ이 부인의 ᄉᆞ랑ᄒᆞ심과 미、교 등의 니ᄅᆞ믈 인ᄒᆞ와 녕약(靈藥)의 종뉘 머지 아닌 ᄃᆡ 잇다 ᄒᆞ오ᄃᆡ, 친

(결권)

1361)블토블셜(不吐不說) : 숨겼던 사실을 밝히어 말하지 못함.

1362)조강정실(糟糠正室) : =조강지처(糟糠之妻). 지게미와 쌀겨로 끼니를 이을 때의 아내라는 뜻으로, 몹시 가난하고 천할 때에 고생을 함께 겪어 온 아내를 이르는 말. ≪후한서≫의 <송홍전(宋弘傳)>에 나오는 말이다.

1363)조비연(趙飛燕). : 중국 전한(前漢) 성제(成帝)의 비(妃). 시호는 효성황후(孝成皇后). 가무(歌舞)에 뛰어났고 빼어난 미모로 성제의 총애를 받아 황후에까지 올랐다.

1364)장신궁(長信宮) : 중국 한(漢)나라 때 장락궁 안에 있던 궁전. 한(漢) 성제(成帝)의 후궁 반첩여(班婕妤)가 이곳으로 물너나 시부(詩賦)로 마음을 달랬던 곳이다.

1365)ᄇᆡᆨ두음(白頭吟) : 중국 전한(前漢) 때 사마상여(司馬相如)의 처 탁문군(卓文君)이 남편이 첩을 얻으려 하자 남편의 변심을 야속해하는 마음을 시로 읊어 남편의 마음을 돌이켰다는 시.

1366)구회(九回) : =구곡(九曲). 구곡간장(九曲肝腸). 굽이굽이 서린 창자라는 뜻.

기(親家) 빈곤ᄒᆞ샤 협즁(篋中)의 ᄡᅵ쳐온 ᄉᆞ지(私財) 업ᄉᆞᆸ고, ᄯᅩ 존당과 학ᄉᆞ 노야의 ᄉᆞ물(賜物)이 양쇼져와 갓지 못ᄒᆞ시니, 어ᄃᆡ가 쳔금을 판득(辦得)ᄒᆞ여 일싱 【22】신셰를 회복(回復)ᄒᆞ리잇고? 다만 지혜 업고 군냥(軍糧)이 핍졀(乏絶)ᄒᆞ여, 병갑(兵甲)을 다ᄉᆞ릴 길히 업ᄉᆞ오니, 다만 쇽슈ᄃᆡ텬(束手待天)[1367]ᄒᆞ여 긔(旗)를 누이고 갑(甲)[1368]을 버셔 쇼국(小國)의 칭신(稱臣)ᄒᆞ미 되지 아니면, 반ᄃᆞ시 츈츄열국(春秋列國)의 간괘(干戈) 일심(日甚)ᄒᆞ여, 국파신망(國破身亡)[1369]ᄒᆞᄂᆞᆫ 화를 안으리니, 엇지 형셰 괴롭고 슬프지 아니리잇고? ᄉᆞ셰 여ᄎᆞ고로 비ᄌᆡ(婢子) 강ᄀᆡᄒᆞᆫ 마음의 우츙(愚忠)이 격발(激發)ᄒᆞ와, 달니 변통ᄒᆞᆯ 길히 업ᄉᆞᆸᄂᆞᆫ 고로, 슈일 젼의 여ᄎᆞ여ᄎᆞᄒᆞ와 쥬뫼(主母) 제부인으로 더부러 원즁(園中)의 경치를 완상(玩賞)ᄒᆞ시미, 비ᄌᆡ 【23】이의 틈을 타 옥초당의 드러가, 여ᄎᆞ여ᄎᆞᄒᆞ여 양부인 노쥬의 ᄌᆞ장지물(資粧之物)[1370]을 약간 가져왓ᄉᆞᆸ더니, 양부인 노줘 말을 ᄂᆡ여 만ᄌᆡ(萬財)○[를] 일헛노라 ᄒᆞ니, 엇지 ᄆᆡᆼ낭치 아니리잇고? 쇼비 블과 슈쳔금 ᄌᆡ물을 취ᄒᆞ여 온 거시, 즁간의 이런 ᄆᆡᆼ낭ᄒᆞᆫ 말을 듯ᄌᆞ오미 되고, 아줘 ᄯᅩᄒᆞᆫ 비ᄌᆞ 힝ᄉᆞ를 늣게야 아오신지라. 비ᄌᆞ를 크게 칙ᄒᆞ시고 가져온 거ᄉᆞᆯ 넌ᄌᆞ시 도로 갓다가, 옥초당 근쳐의 바리라 ᄒᆞ시니, 비ᄌᆡ 촌심이 황황ᄒᆞ와 능히 냥편지계(良便之計)[1371]를 ᄉᆡᆼ각지 못ᄒᆞ리로소이다. 【24】 복원 부인은 텬디(天地) 갓ᄐᆞᆫ 셩덕을 드리오샤 아쥬의 신셰를 긍지(矜之)ᄒᆞ샤, ᄇᆞᆰ이 지교(指敎)ᄒᆞ사 냥편지계(良便之計)를 가ᄅᆞ치시믈 바라ᄂᆞ이다."

익셤의 말이 긋치미, 문시 옥안의 쥬뤼(珠淚) 방방(滂滂)ᄒᆞ여, 피셕(避席)ᄒᆞ여 부인 좌

(결권)

1367)쇽슈ᄃᆡ텬(束手待天) : 손을 묶인 것처럼 꼼짝 못하고 때가 오기만 기다리고 있음.

1368)갑(甲) : 갑옷. 병장기.

1369)국파신망(國破身亡) : 나라가 무너지고 몸이 망함.

1370)ᄌᆞ장지물(資粧之物) : 여자가 화장하는 데 쓰는 물건

1371)냥편지계(良便之計) : 좋고 편리한 계책.

젼의 ᄭᅮ러, 기리 쇼릐ᄅᆞᆯ 삼켜 오열(嗚咽)ᄒᆞ여 고왈,

"익셤이 망녕되이 근심을 ᄭᅵ치오니 ᄎᆞᄉᆡ 엇지 미봉(彌縫)ᄒᆞ기ᄅᆞᆯ 바라리잇고? 만일 발각ᄒᆞ온 즉 도로혀 쳡의 일신이 츌뷔(黜婦)되믈 엇지 면ᄒᆞ리잇고? 복원 슉당(叔堂)은 쳡의 평ᄉᆡᆼ을 년측(憐惻)ᄒᆞ샤 ᄇᆞᆰ이 지교ᄒᆞ【25】시믈 바라ᄂᆞ이다."

최부인이 쳥파의 발셔 짐작ᄒᆞᆫ ᄇᆡ라. ᄉᆡ로이 놀날 거시 아니라, 이연(怡然)이 웃고 문시ᄅᆞᆯ 평신ᄒᆞ라 ᄒᆞ고, 익셤의 츙의ᄅᆞᆯ 포장(褒獎)ᄒᆞ여 위로 왈,

"너희 노쥐 비록 니ᄅᆞ지 아니나 노뫼 엇지 현질의 잔잉ᄒᆞᆫ 신셰ᄅᆞᆯ 가련(可憐)치 아니ᄒᆞ며, 익셤의 관일(貫一)ᄒᆞᆫ 츙셩이 간측(懇惻)ᄒᆞ미 여ᄎᆞᄒᆞ여, 위쥬지심(爲主之心)으로 스ᄉᆞ로 위ᄐᆡᄒᆞ믈 감심ᄒᆞ니, 이ᄂᆞᆫ 당셰의 츙의녈비(忠義烈婢)라. 노뫼 그윽이 긔특이 너기ᄂᆞ니, 엇지 일노 허물이 되며, 임의 가져온 바로ᄡᅧ 도로 바려 즁【26】인의 의심을 취ᄒᆞ리오. 이ᄂᆞᆫ 더옥 되지 못ᄒᆞᆯ 계ᄀᆔ(計揆)니 너희 노쥬ᄂᆞᆫ 다시 분분ᄒᆞᆫ 의논을 긋치고, 가져온 바로ᄡᅧ 김후셥을 쥬어 갑ᄃᆡ로 약뉴ᄅᆞᆯ 구ᄒᆞ여 큰 일을 도모ᄒᆞ미 올흐니, 엇지 셜셜(屑屑)이 미리 근심ᄒᆞ여 스ᄉᆞ로 긔운을 숀상ᄒᆞ리오."

문시 노쥐 쳥필의 ᄃᆡ열ᄒᆞ여 최부인 인ᄌᆞᄒᆞᆫ 셩덕을 못ᄂᆡ 칭ᄉᆞᄒᆞ고, 즉시 진보ᄑᆡ산(珍寶貝珊) 부치ᄅᆞᆯ ᄂᆡ여 ᄆᆡ션을 쥬되, 그 갑ᄉᆞᆯ 엇지 논가(論價)ᄒᆞ리오. 후셥의 달나ᄒᆞᄂᆞᆫᄃᆡ로 쥬고, 십여ᄀᆡ 환약을 어드니 갈온 도봉잠[1372]과 【27】 외면회단(外面回丹)[1373]과 ᄀᆡ용단(改容丹)[1374]{과 변심단}이라.

(결권)

1372)도봉잠 : 한국고소설 특유의 서사도구의 하나로, 사람을 변심시키는 요약. 이 약을 사람에게 먹이면 마음이 변하게 되어, 먹은 사람의 마음이 먹인 사람의 뜻대로 조종당하게 된다. '익봉잠'·'변심단'·'변심미혼단'이라고도 한다.

1373)외면회단(外面回丹) : 한국고소설 특유의 서사도구의 하나로, '개용단'을 먹고 변용한 얼굴을 다시 제 모습으로 돌아오게 하는 요약. '회면단(回面丹)'이라고도 한다.

1374)개용단(改容丹) : 한국고소설 특유의 서사도구의 하나로, 사람을 변신(變身)시키는 요약.

문시 노쥐 이 약을 어드믹 그 환희용약(歡喜勇躍)ᄒᆞ미 딕한(大旱)의 감우(甘雨)[1375]를 만난 듯ᄒᆞ고, 뉵월념텬(六月炎天)의 어룸을 안은 듯ᄒᆞ니, 양시 히흘 모칙(謀策)이 묘(妙)ᄒᆞᆫ 바룰 딕열(大悅)ᄒᆞ더라.

최부인이 ᄯᅩᄒᆞᆫ 젹면단(赤面丹)[1376] 일환(一丸)을 어더 가만이 녀아의게 보닉여, 영시룰 시험ᄒᆞ라 ᄒᆞ니, 쇼져ᄂᆞᆫ 청결ᄒᆞᆫ 녀직라. 모친의 암ᄉᆞ(暗邪)룰 듯고, 딕경실식(大驚失色)ᄒᆞ여 믹션이 보ᄂᆞᆫ딕, 단약(丹藥)을 금노(金爐)의 드리쳐 술와바리고, ᄀᆡ식이 녈녈(烈烈)ᄒᆞ니, 믹션이 무안이퇴(無顔而退)ᄒᆞ여 도라와 부인긔 【28】쇼져의 녈녈 믹몰ᄒᆞᆷ을 고ᄒᆞ니, 부인이 발연(勃然) 딕로(大怒)ᄒᆞ여 크게 ᄭᅮ지져 왈,

"블초녜 ᄉᆞ랑ᄒᆞᄂᆞᆫ 마음을 아지 못ᄒᆞ니, 이ᄂᆞᆫ 만고무빵ᄒᆞᆫ 블초녜(不肖女)라. 통한치 아니리오."

ᄒᆞ여, ᄭᅮ짓기룰 마지 아니ᄒᆞ고, 다시 ᄌᆞ녀 ᄉᆞ인이 하나도 ᄌᆞ긔 ᄯᅳᆺ을 바드리 업ᄉᆞᆷ을 골돌 한탄ᄒᆞ더라.

문시 젹면단과 변심미혼단(變心迷魂丹)을 몬져 시험ᄒᆞ여, 고은 용모룰 병드리고져 ᄒᆞ므로 그윽이 ᄊᆡ룰 여으더라.

최부인이 후셥의게 가만이 분부ᄒᆞ여 모ᄉᆞ룰 직촉ᄒᆞ엿더니, 일일은 틱ᄉᆞ와 츄밀이 다 닉실의 【29】슉쇼ᄒᆞ고, 냥 엄싱이 조당(朝堂)의 입번ᄒᆞ니, 창이 영으로 더부러 셔당의셔 ᄌᆞᄂᆞᆫ지라.

미션이 ᄉᆞ긔룰 탐청(探聽)ᄒᆞ여 후셥의게 젼ᄒᆞ니, 셥이 용약ᄒᆞ여 ᄎᆞ야의 야심ᄒᆞ기룰

(결권)

이 약을 먹으면 자기가 되고자 하는 사람과 얼굴을 비롯해서 온몸이 똑같은 모습으로 둔갑(遁甲)하게 된다.

1375)감우(甘雨) : 단비. 꼭 필요한 때 알맞게 내리는 비.

1376)젹면단(赤面丹) : 한국고소설 특유의 서사도구의 하나로, 사람의 얼굴을 흉상괴면(凶狀怪面)으로 변형시키는 요약. 이 약을 탄 물로 얼굴을 씻게 되면, 희던 얼굴이 붉게 되고, 눈·코·입 등이 흉하게 변형되어 매우 흉측(凶測)한 괴면흉상이 된다. '변형젹면단(變形赤面丹)'이라고도 한다.

기다려, 비슈(匕首)를 씨고 셔당의 나아가 창틈으로 규시ᄒᆞ니, 엄공ᄌᆡ 쇼공ᄌᆞ(小公子) 영으로 더부러 촉하의셔 고셔를 강논ᄒᆞ니, 촉하의 아룸다온 영풍이 바ᄋᆡ여, '승난(乘鸞)ᄒᆞᆫ ᄌᆞ진(子晋)'[1377]을 웃고, 젹강(謫降)ᄒᆞᆫ 니ᄇᆡᆨ(李白)올 나모라ᄂᆞᆫ지라.

블과(不過) 십여셰 동치(童稚) 셔싱으로ᄃᆡ, 늠녈(凜烈) 쥰슈(俊秀)ᄒᆞ여 엄연이 ᄃᆡ군ᄌᆞ의 풍이 【30】 잇고, '조둔(趙盾)의 하일지상(夏日之相)'[1378]이 잇거놀, 쇼공ᄌᆞ의 영호발췌(影護拔萃)ᄒᆞᆫ 긔질이 ᄯᅩᄒᆞᆫ 쥰슈 쇄락ᄒᆞᆫ 옥안 영풍이 금고(今古)의 독보ᄒᆞᆯ지라. 비록 장공ᄌᆞ(長公子)의 할[활]연탄탕(豁然坦蕩)[1379]ᄒᆞᆫ 덕질풍광(德質風光)을 밋지 못ᄒᆞ나, 촉영지하(燭影之下)의 형뎨 냥인의 옥모화풍(玉貌華風)이 셔로 바ᄋᆡ여 실즁(室中)의 일월이 빵으로 ᄇᆞᆰ앗ᄂᆞᆫ 듯ᄒᆞ니, 후셥이 바라보미 헐헐이 슘쉬여 칭찬ᄒᆞ미, 스ᄉᆞ로 쇼릐나믈 ᄭᆡ닷지 못ᄒᆞ여 갈오ᄃᆡ,

"긔ᄌᆡ(奇哉)며 미ᄌᆡ(美哉)로다. 본 바 쳐음이라."

ᄒᆞ믈 면치 못ᄒᆞ니, 믄득 사ᄅᆞᆷ의 드ᄅᆞ믈 싱각지 못ᄒᆞ엿【31】ᄂᆞᆫ지라.

방즁의 직슉(直宿) 셔동(書童)이 잇더니 몬져 아라듯고, ᄃᆡ경(大驚)ᄒᆞ여 공ᄌᆞ긔 고왈,

"부ᄂᆡ(府內)의 반ᄃᆞ시 도젹이 드럿ᄂᆞᆫ가 ᄒᆞᄂᆞ이다."

공ᄌᆡ ᄯᅩᄒᆞᆫ 아라듯고 놀나 창을 열고 보니, 한 영한(獰悍)ᄒᆞᆫ 흉한이 비슈를 씨고 창외(窓

1377)승난(乘鸞) ᄒᆞᆫ ᄌᆞ진(子晋) : 난(鸞)새를 타고 구름 속을 나는 왕자진(王子晋)을 말함. *승난(乘鸞); 난(鸞)새를 타고 구름 속을 날아감. 『고문진보(古文眞寶)』 오언고풍단편(五言古風短篇) 강문통(江文通)의 <잡시(雜詩)> 승란향연무(乘鸞向煙霧; 난새를 타고 구름안개 속을 나네)에서 따온 말. *왕자진(王子晋); 중국 주(周)나라 평왕(平王)의 아들 진(晋)으로 구산(緱山)에 들어가서 신선(神仙)이 되었다고 한다.

1378)조둔(趙盾)의 하일지상(夏日之相) : '조둔의 여름날의 이글거리는 해와 같은 위엄 있는 상모'라는 뜻으로, 중국 춘추시대 진(晉)나라 정치가 조둔의 인품을 평한 말.

1379)활연탄탕(豁然坦蕩) : 환하게 툭 터져 치우침이 없이 공평함.

(결권)

外)의 규시(窺視)ᄒᆞ거늘, 공지 블변안식ᄒᆞ고 녀셩 즐왈(叱曰),

"네 엇더ᄒᆞᆫ 도젹놈이완ᄃᆡ, 이 쳥평셰계(淸平世界)의 비슈를 씨고, 눈을 희ᄒᆞ려 이 심야의 왕후가(王侯家) ᄐᆡᆨ상(宅上)의 돌입ᄒᆞ엿ᄂᆞ?"

말을 맛ᄎᆞ며, 벽상(壁上)의 걸닌 보검을 ᄲᅢ혀 들고 ᄂᆡ다ᄅᆞ니, 그 위풍이 규규(赳赳)ᄒᆞ여 북풍한상(北風寒霜) 갓흔【32】지라.

후셥이 칭찬블이(稱讚不已)ᄒᆞ고 무심이 창외의 셧더니, 블의의 이 광경을 당ᄒᆞ니, 후셥 일신이 도시담(都是膽)[1380]이나 엇지 놀납지 아니리오.

영웅의 긔운이 헛되이 최찰(摧折)ᄒᆞ니, 황황이 몸을 ᄲᅢ혀 한 번 뛰여 쇼ᄉᆞ, 분장(粉牆)[1381]을 넘어 다라나니, 능히 잡지 못ᄒᆞᆫ지라.

이 셔당이 ᄂᆡ뎐(內殿)과 지근(至近)ᄒᆞᆫ 바의 범부인 침쇼 영일뉘 갓가온 고로, 츄밀이 취침ᄒᆞ여 잠드지 아냐더니, 셔당의 드레ᄂᆞᆫ 쇼릐의 놀나 니러 나오니, 젹의 도쥬ᄒᆞᆷ과 젹변이 잇던 쥴 ᄎᆞ악ᄒᆞ여 츄밀이 혜오ᄃᆡ,【33】

"근간 가간의 요괴로온 삭시 빗최여 양쇼제 침쇼의 젹변(賊變)이 잇고, 또 셔당의 젹(賊)이 드러시니 젼의 업던 일이라."

필연(必然) 심상ᄒᆞᆫ 변이 아니믈 씨다라, 심하의 블평ᄒᆞ믈 니긔지 못ᄒᆞ여 제복(諸僕)을 믈너가라 ᄒᆞ고, 냥질을 보니, ᄃᆡ공ᄌᆞᄂᆞᆫ ᄉᆞ긔ᄌᆞ약ᄒᆞᄃᆡ 영은 과히 놀나 안식이 여토(如土)ᄒᆞ니, 츄밀이 어로만져 위로ᄒᆞ며 변을 한심ᄒᆞ나, 의거(依據) 업ᄉᆞᆫ 말을 ᄂᆡ미 가치 아냐, 다만 냥질을 위로ᄒᆞ여 ᄌᆞ긔 스ᄉᆞ로 더부러 지ᄂᆡ나, 변을 경일누의 젼치 아냣더니,【34】명조의 ᄐᆡ시 알고 ᄃᆡ경ᄒᆞ여 가ᄂᆡ 젹환(賊患)이 ᄌᆞ즈믈 념녀ᄒᆞ나, 최부인 노쥬와 문시의 작얼이믈 젼연 부지(不知)러라.

최부인이 아연(啞然) 실망(失望)ᄒᆞ여 ᄒᆞ나, ᄒᆞᆯ일업서 미션을 블너 후셥의 초솔(草率)ᄒᆞ믈 칙ᄒᆞ고, 다시 비계(秘計)를 힝코ᄌᆞ ᄒᆞ나,

(결권)

1380)도시담(都是膽) : 매우 담이 크고 뻔뻔함.
1381)분장(粉牆) : 색칠을 하여 화려하게 꾸민 담.

츄밀이 십분 상심(詳審)ᄒᆞ여 이후ᄂᆞᆫ 질아ᄅᆞᆯ 홀노 지오미 업셔, 장확복부(臧獲僕夫)[1382]ᄅᆞᆯ 신칙(申飭)ᄒᆞ여 슌나(巡邏)ᄒᆞ며 직슉(直宿)ᄒᆞ고, ᄌᆞ긔(自家) 친히 공ᄌᆞᄅᆞᆯ 다리고 자니, 간인이 감히 ᄶᅵᄅᆞᆯ 엿지 못ᄒᆞᄂᆞᆫ지라.

이러구러 광음(光陰)이 슉홀(倏忽)ᄒᆞ여 이히 지나니, 최부【35】인 필녀(畢女) 벽혜쇼져와 창공ᄌᆞ 년이 십이셰라. 공ᄌᆞ와 쇼제 동년 동월이로ᄃᆡ 쇼제 맛이러라.

벽혜쇼져의 ᄌᆞᄂᆞᆫ 명임이니 싱셩ᄒᆞ미 문풍셰덕(文風世德)을 니어 옥모화안(玉貌和顔)이 졀셰(絶世)ᄒᆞ고 셩질이 온아ᄒᆞ여 부덕이 가죽ᄒᆞ고, ᄂᆡ측(內則)의 녀범(女範)을 효측ᄒᆞ니, 진실노 셰ᄃᆡ여풍(世代餘風)이오, 모부인의 간험질독(奸險嫉毒)홈과 투현질능(妬賢嫉能)ᄒᆞ믈 픔슈치 아니ᄒᆞ엿더라.

각셜 셕 상서 명원의 원비(元妃)ᄂᆞᆫ 윤시오, 지실은 오시니, 윤부인은 옥모화ᄐᆡ(玉貌花態) 비록 미려(美麗) 츌뉴(出類)ᄒᆞ나, ᄌᆞ못 부덕【36】이 부족ᄒᆞ여 투협싀오(妬脅猜惡)ᄒᆞ믈 면치 못ᄒᆞ고, 오부인은 용모긔질(玉貌氣質)의 홀난(惚爛)ᄒᆞᆫ ᄐᆡ되 윤부인을 밋지 못ᄒᆞ나, ᄉᆞ덕(四德)[1383]이 졍슌ᄒᆞ믄 윤시 감히 바라지 못ᄒᆞᆯ ᄇᆡ니, 셕공이 드디여 오부인으로 화락ᄒᆞ여 ᄌᆞ녀ᄅᆞᆯ 갓초[1384] 두고, 윤부인으로 금슬이 ᄌᆞ못 쇼(疎)ᄒᆞ니, 윤부인이 ᄉᆞᄉᆞ로 ᄌᆞ긔 불민(不敏)ᄒᆞ믈 ᄭᆡ닷지 못ᄒᆞ고, 가부의 박졍ᄒᆞ믈 한ᄒᆞ고, 오부인의 젼총(專寵)ᄒᆞ믈 분원(忿怨)ᄒᆞ여, 그 모친 뉴부인으로 더부러 산간 요리(妖尼)[1385]ᄅᆞᆯ 쳐결(處決)ᄒᆞ여, 오부인을 ᄒᆡᄒᆞ다가【37】후일의 악시 발각ᄒᆞ여, 그 조

(결권)

1382)장확복부(臧獲僕夫) : 여러 명의 사내종과 계집종을 함께 이르는 말. 장(臧)과 복부(僕夫)는 사내종을, 획(獲)은 계집종을 말함.

1383)ᄉᆞ덕(四德) : ①여자로서 갖추어야 할 네 가지 덕. 마음씨[婦德], 말씨[婦言], 맵시[婦容], 솜씨[婦功]를 이른다. ≒사행(四行) ②인륜의 네 가지 덕. 효(孝), 제(悌), 충(忠), 신(信)을 이른다. ≒사행(四行).

1384)갓초 : 빠지지 않게 갖추어. *갓초다; 갖추다.

1385)요리(妖尼) : 요사스러운 비구니(比丘尼 : 여승).

모와 모부인이 텬노(天怒)를 만나 하마면 멸신ᄉᆞ망지화(滅身死亡之禍)를 면치 못ᄒᆞ리러니, 텬지 오히려 효ᄌᆞ현손의 셩효를 감동ᄒᆞ시고, 안면을 고렴ᄒᆞ샤 위·뉴 냥부인의 ᄉᆞ화를 샤(赦)ᄒᆞ시고, 맛ᄎᆞᆷ닉 진왕 곤계의 셩효를 감동ᄒᆞ여 션도(善道)의 도라가며, 상셔의 부인 윤시 ᄯᅩᄒᆞᆫ 그 부친의 엄노(嚴怒)를 만나, 셩명을 보젼치 못ᄒᆞᆯ 번ᄒᆞ고, ᄌᆞ연지즁(自然之中)의 감화ᄌᆞ복(感化自服)ᄒᆞ여 일공(一空)의 막힌 거ᄉᆞᆯ ᄊᆡ다ᄅᆞ미, 완연이 일ᄃᆡ 온슌ᄒᆞᆫ 부인이 되【38】니, 셕공이 ᄯᅩᄒᆞᆫ 관홍ᄒᆞᆫ 장뷔라. 윤부인의 회션기악(回善棄惡)[1386]ᄒᆞᆫ 덕을 감동ᄒᆞ여 조강(糟糠)의 졍을 뉴렴(留念)ᄒᆞ여, 비로쇼 금슬(琴瑟)의 낙(樂)을 일워 일ᄌᆞ삼녀(一子三女)를 두어시니, 연이나 오부인 ᄌᆞ녜다 맛이오, 윤부인 ᄌᆞ녀ᄂᆞᆫ 다 아이 되더라.

셕공의 장ᄌᆞ 셰광의 ᄌᆞᄂᆞᆫ 영즁이니 옥면영풍(玉面英風)이오, 효위(孝友) 츌뉴ᄒᆞ며 문장학ᄒᆡᆼ(文章學行)이 비범(非凡)ᄒᆞ여 방년 십ᄉᆞ의 군ᄌᆞ 빅ᄒᆡᆼ이 미진ᄒᆞ미 업ᄉᆞ니, 셕공이 ᄉᆞ랑ᄒᆞ여 턱부(擇婦)ᄒᆞ기를 상심ᄒᆞ더니, 엄ᄐᆡᄉᆞ 필녀의 셩화를 듯고 미파(媒婆)【39】로 간졀이 구혼ᄒᆞ니, 엄ᄐᆡ시 셕공의 어질믈 아ᄂᆞᆫ 고로 각별 호의(狐疑)치 아니ᄒᆞ고 쾌허ᄒᆞ여 턱일 셩녜ᄒᆞ니, 셕공ᄌᆞ의 풍뉴신치(風流身彩)와 엄쇼져의 옥안화ᄐᆡ(玉顔花態) 진짓 텬졍냥필(天定良匹)[1387]이라.

긔질(氣質)의 상젹(相敵)ᄒᆞ미 겸금냥옥(兼金良玉)[1388] ᄀᆞᆺᄒᆞ여, 부뷔 금슬이 진즁ᄒᆞ믄 니ᄅᆞ지 말고, 냥가 부뫼 두굿기며 ᄉᆞ랑ᄒᆞ미 장니보옥(掌裏寶玉)[1389] 갓치 ᄒᆞ더라.

(결권)

1386)회션기악(回善棄惡) : 악을 버리고 선에 돌아옴.

1387)텬졍냥필(天定良匹) : 하늘에서 미리 정하여 준 좋은 배필이라는 뜻으로, 나무랄 데 없이 신통히 꼭 알맞은 한 쌍의 부부를 이르는 말

1388)겸금냥옥(兼金良玉) : 겸금(兼金)은 품질이 뛰어나 값이 보통 금보다 갑절이 되는 좋은 황금을 뜻하고 양옥(良玉)은 좋은 옥을 뜻함.

1389)장니보옥(掌裏寶玉) : =장중보옥(掌中寶玉) 손안에 있는 보배로운 구슬이란 뜻으로, 귀하고 보배롭게 여기는 존재를 비유적으로 이르는 말. ≒장중주(掌中珠).

엄쇼졔 한번 구가의 도라간 후ᄂᆞᆫ 셕공이 과도히 ᄉᆞ랑ᄒᆞ여 귀령(歸寧)도 ᄌᆞ로 허치 아니니, 쇼졔 존당 구고의 무ᄋᆡ(撫愛)ᄅᆞᆯ 닙어 일신의 편【40】ᄒᆞ미 본부와 다ᄅᆞ미 업ᄉᆞ나, 부모 동긔ᄅᆞᆯ ᄌᆞ로 보지 못ᄒᆞ니, 심ᄉᆡ 울울ᄒᆞ믈 니긔지 못ᄒᆞ고, 최부인이 쇼져ᄅᆞᆯ 필와(畢瓦)[1390]로 만금교옥(萬金嬌玉)으로 아라 일시 ᄯᅥ나믈 앗기다가, 젹인(適人)[1391]ᄒᆞᄆᆡ 셕공이 ᄌᆞ부(子婦) ᄉᆞ랑이 이러틋 쥬졉드러[1392] 녀아ᄅᆞᆯ ᄌᆞ로 보지 못ᄒᆞ므로, 부인이 ᄆᆡ양 셕공의 ᄌᆞᄋᆡ 예ᄉᆞ롭지 아니타 ᄭᅮ지ᄌᆞ니, ᄐᆡᆨᄉᆡ 우어 왈,

"고인이 ᄯᆞᆯ을 성가ᄒᆞᄆᆡ 도라올가 념녀ᄒᆞ거ᄂᆞᆯ, 부인은 녀ᄋᆡ 오지 아니믈 근심ᄒᆞ니, 아지못게라![1393] 고인의 ᄉᆞ졍이 부인만 못ᄒᆞ미냐, 부인의 통달ᄒᆞ미 고인【41】만 못ᄒᆞ미냐? 복이 실노 아지 못ᄒᆞ리로다."

부인이 역쇼(亦笑)ᄒᆞ더라.

이ᄊᆡ 문시 신고(辛苦)히 블의ᄅᆞᆯ 힝ᄒᆞ여 ᄌᆡ물을 어더 여러 환약(幻藥)을 어더시나, 셰월을 쳔연(遷延)ᄒᆞ여 계규ᄅᆞᆯ 슈이 힝치 못ᄒᆞ믄, ᄊᆡᄅᆞᆯ 엇지 못ᄒᆞᆯ ᄲᅮᆫ아니라, 존고 범부인이 총명ᄒᆞ고 엄구 츄밀공이 ᄌᆞ상(仔詳)ᄒᆞ여 양쇼져의 금합(金盒) 일흠과 셔당의 도젹든 후ᄂᆞᆫ, 언언(言言)이 가화(家禍)의 장본이라 ᄒᆞ여 상심명찰(詳審明察)ᄒᆞ기ᄅᆞᆯ 마지아냐, 쇼장미확(小臧微獲)[1394]의 니ᄅᆞ히 몸 조심ᄒᆞ미 보ᄇᆡ 갓치ᄒᆞ고, 더옥 냥소져의 【42】 영오총명(穎悟聰明)ᄒᆞ미 상심치 아니미 업셔, 뷘 그ᄅᆞᆺ시라도 가득ᄒᆞᆫ 거ᄉᆞᆯ 잡듯ᄒᆞ고 편ᄒᆞᆫ 자리 우희도 반ᄃᆞ시 거칠가 져허ᄒᆞ며, 찬픔(饌品) 음식

(결권)

1390)필와(畢瓦) : 막내 딸. '와(瓦)'는 실을 감는 '실패'를 뜻하는 것으로 딸을 비유한 말. *딸을 낳은 경사를 말하는 농와지경(弄瓦之慶)의 '와(瓦)'와 같은 뜻임.

1391)젹인(適人) : 시집 감.

1392)쥬졉들다 : 주접들다. 궁상(窮狀)맞다. 옷차림이나 몸치레가 초라하고 너절하다.

1393)아지못게라! : '모르겠도다!' '모를 일이로다! '알지못하겠도다!' 등의 감탄의 뜻을 갖는 독립어로 작품 속에서 관용적으로 쓰이고 있다.

1394)쇼장미확(小臧微獲) : 어리고 작은 종들. *장확(臧獲) : 종. 장(臧)은 사내종을, 획(獲)은 계집종을 말함.

(飮食)의 심복 유아(乳兒)[1395] 등이 반(飯)을 가음알고 깅(羹)을 맛보아 보호ᄒᆞ믈 여린 옥 갓치 ᄒᆞ니, 최부인의 악독으로도 공ᄌᆞ를 졸연이 히치 못ᄒᆞ니, 간인요당(奸人妖黨)의 심장이 날노 요요(擾擾)ᄒᆞ여 가숨 가온ᄃᆡ '일쳔 진납이 쒸노라'[1396] 최부인의 공ᄌᆞ를 노호려 보ᄂᆞᆫ 눈과, 문시의 양쇼져를 므러 삼키지 못ᄒᆞᄂᆞᆫ 한이 날노 층가(層加)ᄒᆞ니, 간【43】장(肝腸)이 스ᄉᆞ로 마를 듯ᄒᆞ나, 쇼블인즉난ᄃᆡ모(小不忍卽難大謀)[1397]를 경계ᄒᆞ여 괴로이 일월을 참고 보니더라.

니러구러 명년 초츈(初春)을 당ᄒᆞ여 오왕이 입조(入朝) 환경(還京)ᄒᆞᄂᆞᆫ 션문(先聞)이 니ᄅᆞ니, 션·월 냥쇼제 구가(舊家)의 잇더니 부왕의 입조ᄒᆞ시ᄂᆞᆫ 션문을 듯고, 존당 구고긔 귀령(歸寧)을 쳥ᄒᆞ여, 틱ᄉᆞ부(太史府)의 뭇고, 틱ᄉᆞ공 삼녀와 츄밀공 냥녜 모다 귀령ᄒᆞ여 계부(季父)의 힝도를 기다리며, 틱ᄉᆞ 곤계와 엄시랑 형뎨와 창공ᄌᆞ 시일(是日)의 교외의 나가 마즐ᄉᆡ, 왕이 막ᄎᆞ(幕次)의 나려 형뎨 ᄌᆞ질 족친【44】으로 별회(別懷)를 베풀고 반기다가, 제우붕비(諸友朋輩) 흣터지고, 창은 본부로 도라가고, 냥형 ᄌᆞ질은 윤틱우 윤도찰 등으로 더부러 예궐(詣闕) 빅알(拜謁)ᄒᆞ니, 상이 금난뎐(金鑾殿)[1398]의 슉위(肅威)를 비셜ᄒᆞ시고 오왕을 인견ᄒᆞ샤 ᄉᆞ쥬(賜酒)ᄒᆞ시고, 그 거ᄂᆞ려온 조공지물(朝貢之物)은 광녹시(光祿寺)의 머므러 두시고, 일변 셜연ᄒᆞ여 즐기시미 그 번화(繁華)ᄒᆞ믈 니로 측냥치 못ᄒᆞᆯ너라.

날이 졈을미 바야흐로 파연(罷宴)ᄒᆞ시니, 빅관(百官)이 퇴조ᄒᆞ미 왕이 ᄯᅩᄒᆞᆫ 잔치를 파ᄒᆞ여 궐문을 나미, 진왕 쳥문 형뎨와 일반 인【45】친이며, 셜복야 한가지로 엄왕 곤계로

1395)유아(乳兒) : 유모(乳母)와 아시비(兒侍婢)를 함께 이르는 말.

1396)일천 진납이 쒸노라 : '천 마리의 원숭이가 어지럽게 날뛴다.'는 말로, 심장이 두근거려 마구 뛰고 있는 상태'를 비유적으로 표현한 말.

1397)쇼블인즉난ᄃᆡ모(小不忍則難大謀) : 작은 일을 참지 못하면 큰 꾀를 이룰 수 없다.

1398)금난뎐(金鑾殿). 중국 당대(唐代)의 궁전 이름으로, 천자가 조회를 받는 정전(正殿).

(결권)

더부러 부즁의 도라와, 이윽이 한담ᄒᆞ다가 닉당의 드러가 냥 형슈긔 녜를 맛고, 냥녀와 질부 등으로 반기더라.

녀셔 윤도찰을 머므러 담쇼ᄒᆞ며 ᄌᆞ녀 제질의 ᄉᆞ랑이 담담ᄒᆞ고, 셜복야 부인으로 더부러 반기며, 또 최부인을 향ᄒᆞ여 셕싱의 아룸다오믈 치하ᄒᆞ고, 영아의 졈졈 ᄌᆞ라믈 보미 깃거ᄒᆞ믈 마지 아니ᄒᆞ니, 부인이 면강답ᄉᆞ(勉强答謝)ᄒᆞ며, 쳥안(靑眼)1399)의 니검(利劍)을 심장(深藏)ᄒᆞ나, 외뫼 츈풍 갓ᄒᆞ여 화ᄒᆞᆫ 답언이 뉴슈(流水)갓고 ,【46】 창아를 두굿기며 ᄉᆞ랑ᄒᆞᄂᆞᆫ 빗치 사ᄅᆞᆷ의 눈을 가리오니, 그 외뫼 녀힝규덕(女行閨德)을 일ᄏᆞᆯ지라. 비록 명쳘ᄒᆞᆫ 군ᄌᆡ나 능히 그 닉심을 알기 어렵더라.

왕이 심하(心下)의 탄식ᄒᆞ여, 부인의 일공(一空)이 아득ᄒᆞ미, 도시(都是) 창의 명되 궁ᄒᆞ민가 차셕ᄒᆞ더라.

왕이 이의 닉셔헌(內書軒)의 쳐ᄒᆞ여 밤이면 냥형으로 광금장침(廣衾長枕)의 힐항지졍(頡頏之情)1400)을 펴고 낫이면 즁당(中堂)의 모다 ᄌᆞ녀를 가ᄎᆞᄒᆞ며 창을 회리(懷裡)의 픔고 영을 어로만져 시일(時日)을 보닉니, ᄎᆞ시 냥쇼져와 공ᄌᆡ 모후(母后)의 셔신을 반기고, 부젼【47】의 등비(等陪)ᄒᆞ여 환열ᄒᆞ미 극ᄒᆞ나, 모후(母后)의 안면을 반기지 못ᄒᆞ믈 슬허, 남미 안모(顔貌)의 비ᄉᆡᆨ(悲色)이 어릐여시니, 왕이 심니(心裏)의 ᄋᆡ련ᄒᆞ믈 니긔지 못ᄒᆞ고, 더옥 한ᄒᆞᄂᆞᆫ 바ᄂᆞᆫ ᄌᆞᄀᆡ 벅벅이 하슈(遐壽)1401)를 밋지 못ᄒᆞᆯ 쥴 혜아리미, 효우ᄒᆞᆫ ᄌᆞ녀의 심우(心憂)를 요동치 아니려 일즉 블길ᄒᆞᆫ 말을 아니ᄒᆞ나, 심하의 어진 ᄌᆞ녀를 ᄋᆡ련ᄒᆞ고, 부인의 졍ᄉᆞ를 비련(悲憐)ᄒᆞ며 장ᄌᆞ픠 결비영종지상(決非永終之相)1402)이라. ᄌᆞ

1399)쳥안(靑眼) : 좋은 마음으로 남을 보는 눈. 반대말. 백안(白眼).

1400)힐항지졍(頡頏之情) : 새가 날면서 오르락내리락하는 것처럼, 형제가 서로 장난치며 올라타고 내려뜨리고 하며 노는 정.

1401)하슈(遐壽) : 보통 사람 이상으로 오래 삶. =장수(長壽)

1402)결비영종지상(決非令終之相) : 결코 제 명대로 살다가 편안히 죽지 못할 관상(觀相). *

(결권)

기 귀텬(歸天)ᄒᆞᄂᆞᆫ 날인즉 쇼방디업(小邦之業)[1403]이 장ᄎᆞᆺ 아모 곳의 ᄯᅥ러질 쥴 아지 못ᄒᆞ니, 뎨도(帝都)의 도【48】라와 부ᄌᆞ 슉질이 즐기ᄂᆞᆫ 가온ᄃᆡ나, 스ᄉᆞ로 심ᄂᆡ(心內)○[에] 감오(感悟)ᄒᆞ여 슬프믈 니긔지 못ᄒᆞ더라.

오왕이 입조(入朝)ᄒᆞ연지 슌여일(旬餘日)의 밋쳐ᄂᆞᆫ, 틱시 진궁의 쳥혼ᄒᆞ여 공ᄌᆞ의 혼긔(婚期)ᄅᆞᆯ 지촉ᄒᆞ니, 윤부의셔 즉시 턱일(擇日) 회보(回報)ᄒᆞ니, 길긔(吉期) 냥슌(兩旬)이 격(隔)ᄒᆞ엿ᄂᆞᆫ지라.

틱ᄉᆞ와 왕이 길긔 갓가오믈 깃거, ᄯᅩᄒᆞᆫ 몬져 턱일ᄒᆞ여 공ᄌᆞ의 관녜(冠禮)[1404]ᄅᆞᆯ 지널시, 셜연(設宴)ᄒᆞ여 일가친쳑을 모다 즐기더라.

ᄎᆞ셜 창의 ᄌᆞᄂᆞᆫ 슉경이니, ᄉᆡᆼ셩ᄒᆞ미 진틱슈발(眞態秀拔)ᄒᆞ고 풍치 늠녈ᄒᆞ여 셩현ᄃᆡ질(聖賢大質)과【49】문장덕ᄒᆡᆼ이 아시븟터 슉연ᄒᆞ여, 긔이(奇異)ᄒᆞᆫ 용화(容華)와 신이ᄒᆞᆫ 지덕이 뎨곡(帝嚳)[1405]의 ᄉᆡᆼ지초(生之初[1406])의 ᄌᆞ언기명(自言己名)[1407]ᄒᆞᄂᆞᆫ 신이(神異)ᄒᆞ미 잇고, 영오발췌(穎悟拔萃)ᄒᆞ여 귀격(貴格)과 영발ᄒᆞᆫ 긔상이 강보(襁褓)의 낫하나니, ᄉᆡᆼ셰 일칠(一七)의 양부(養父) 틱ᄉᆞ공이 어로만져 ᄃᆡ찬 왈,

(결권)

영종(令終): 고종명(考終命). 오복의 하나. 제명대로 살다가 편안히 죽는 것을 이른다.

1403)쇼방디업(小邦之業) : 작은 나라의 왕업(王業). 제후국의 왕위.

1404)관례(冠禮) : 『민속』 예전에, 남자가 성년에 이르면 어른이 된다는 의미로 상투를 틀고 갓을 쓰게 하던 의례(儀禮). 유교에서는 원래 스무 살에 관례를 하고 그 후에 혼례를 하였으나 조혼이 성행하자 관례와 혼례를 겸하여 하였다

1405)뎨곡(帝嚳) : 중국 전설상의 오제(五帝) 가운데 한 사람으로 전욱의 아들이고 요(堯)임금의 아버지라고 전한다. 전욱)의 뒤를 이어 박(亳) 땅에 도읍을 정하였으며, 흔히 고신씨(高辛氏)라고도 한다. 태어나면서 자신의 이름을 말하였고, 현명하여 먼 일을 알았으며 미세한 일도 살폈고 만민에게 급한 것이 무엇인 줄을 알았다고 한다.

1406)ᄉᆡᆼ지초(生之初 : 처음 세상에 나온 때.

1407)ᄌᆞ언기명(自言己名) : 스스로 자기의 이름을 말함.

"ᄎᆞ이 한갓 문호의 흥기ᄒᆞᆯ 뿐아니라 국가의 쥬셕ᄃᆡ뵈(柱石大寶)되리니, 가히 오가의 쳔니귀(千里駒)[1408]라. ᄂᆡ 비록 아들이 다시 이시나 ᄎᆞ아로ᄡᅧ 종장(宗長)을 정ᄒᆞ여, 션조(先祖)를 영현(榮顯)ᄒᆞ려든, ᄒᆞ믈며 우형이 무용(無用)의 삼뎨(三弟) 잇고 다른 아들이 업ᄉᆞ니, 벅벅이 조【50】종(祖宗)이 음즐(陰騭)[1409]ᄒᆞ샤 ᄃᆡ현(大賢)을 오문의 강ᄉᆡᆼ(降生)ᄒᆞ시미라."

ᄒᆞ고, 인ᄒᆞ여 ᄃᆡᄉᆞ를 결ᄒᆞ여 조션(祖先)의 고츅(告祝)ᄒᆞ고 친쳑의게 고ᄒᆞ며, 계후(繼後)를 졍ᄒᆞ여 종ᄌᆞ(宗子)를 삼으니, ᄐᆡᄉᆞ의 만분 긔ᄋᆡᄒᆞ믄 니ᄅᆞ도 말고, 닌니(隣里) 친쳑이 위하(慰賀)ᄒᆞ고, 츄밀이 ᄯᅩᄒᆞᆫ 가셩(家聲)이 빗날 바를 깃거ᄒᆞ나, 최시 홀노 블열(不悅)ᄒᆞᄃᆡ 쳐음은 오히려 친ᄌᆡ(親子) 업ᄉᆞ니 비록 ᄉᆞ랑ᄒᆞ미 업ᄉᆞ나 각별 뮈워ᄒᆞ믄 업더니, 희(噫)라! 조물이 본ᄃᆡ 니극(已極)ᄒᆞᄂᆞᆫ[1410] 비 만흔지라.

최부인이 만ᄂᆡ(晩來)의 영을 ᄉᆡᆼᄒᆞ니, 영이 ᄯᅩᄒᆞᆫ 셩덕긔질이 족【51】히 공ᄌᆞ(公子)의 뒤흘 밋출지니, 실노 난형난뎨(難兄難弟)[1411]라.

영이 유시(幼時)로븟터 우공돈목(友恭敦睦)[1412]ᄒᆞ여 족히 ᄉᆞ마온공(司馬溫公)[1413]의

(결권)

1408)쳔니귀(千里駒) : ①하루에 천 리를 달릴 수 있을 정도로 좋은 말. ②뛰어나게 잘난 자손을 칭찬하여 이르는 말.

1409)음즐(陰騭) : 하늘이 겉으로 드러나지 않게 사람을 안정시킴.

1410)니극(已極)ᄒᆞ다 : 심술궂다. 남을 성가시게 하거나 괴롭히는 것을 좋아하다.

1411)난형난뎨(難兄難弟) : 누구를 형이라 하고 누구를 아우라 하기 어렵다는 뜻으로, 두 사람이나 사물이 그 능력이나 모습 따위가 비슷하여 낫고 못함을 정하기 어려움을 이르는 말.

1412)우공돈목(友恭敦睦) : 형제간에 서로 우애하며 화목하게 지냄.

1413)ᄉᆞ마온공(司馬溫公) : ᄉᆞ마광(司馬光). 중국 북송 때의 학자·정치가. 1019~1086. 자는 군실(君實). 호는 우부(迂夫)·우수(迂叟). 죽은 뒤 온국공(溫國公)에 봉해져 사마온공(司馬溫公)이라고도 한다. 신종 초에 왕안석의 신법(新法)에 반대하여 물러났다가, 철종 때에 재상이 되자, 신법을 폐하고 구법(舊法)을 시행하였다. 『소학(小學)』<선행편>에 보면 "사마온

효우(孝友)로 병칭(竝稱)ᄒᆞ미 겸연(慊然)[1414]치 아니ᄒᆞ거날, 최부인의 흉치(胸次)[1415] 일공(一空)[1416]이 아득ᄒᆞᆫ 고로, 효문공(孝文公)과 청힝공(淸行公)의 쇼시(少時) 비환간난(悲歡艱難)을 뷔포(排布)ᄒᆞ게 ᄒᆞ니, 우ᄎᆞ통의(又嗟痛矣)[1417]로다. 'ᄎᆞ역(此亦) 텬야(天也)며 명얘(命也)'[1418]러라.

ᄎᆞ시(此時) 엄공ᄌᆞ 창의 년이 십ᄉᆞ의 니ᄅᆞ럿ᄂᆞᆫ지라. 용안(容顔)의 긔이ᄒᆞ믄 화란츈셩(花爛春城)[1419]의 만홰징발(萬花爭發)[1420]흠갓고, 녕형(瑩熒)[1421]ᄒᆞᆫ 미우(眉宇)의 치운(彩雲)이 영영(盈盈)ᄒᆞ여, 강산의 일편된 영긔(靈氣)와 건곤(乾坤)의 슈이(殊異)ᄒᆞᆫ 졍믹(精脈)을 아오라, 【52】 잠미봉안(蠶眉鳳眼)[1422]이오 월익단슌(月額丹脣)[1423]이며 원비낭요(猿臂狼腰)[1424]와 방면뇽익(方面龍翼)[1425]이오 구위신비(九圍伸臂)와 칠쳑신장(七尺身長)의 늠늠쥰위(凜凜俊威)[1426]ᄒᆞ며 영뫼(英貌) 쇄락ᄒᆞ믄 니로도 말고, 빗난 문장은 팔두(八頭)[1427]의 가음열미[1428] 이시며 '칠보(七步)

(결권)

공이 그 형인 백강(伯康)과 함께 매우 우애가 돈독하여, 백강의 나이 팔십에 이르렀는데, 형을 받들기를 엄한 아버지같이 하며, 보살피기를 어린애 같이 하였다"고 한다. 저서에 ≪자치통감≫, ≪사마문정공집(司馬文正公集)≫ 등이 있다

1414)겸연(慊然) : 어떤 일이나 대상이 마음에 차지 않아 흡족하지 않음.

1415)흉치(胸次) : 마음속 깊이 품은 생각.=흉금.

1416)일공(一空) : 텅 비어 아무것도 없는 상태.

1417)우ᄎᆞ통의(又嗟痛矣) : 또한 몹시 슬픈 일임.

1418)ᄎᆞ역텬야명얘(此亦天也命也) : 이 또한 하늘의 뜻이요, 운명이다.

1419)화란츈셩(花爛春城) : 꽃이 흐드러지게 피어난 봄날의 성터.

1420)만홰징발(萬花爭發) : 온갖 꽃이 다투어 피어남.

1421)녕형(瑩熒)ᄒᆞ다 : 맑고 밝다.

1422)잠미봉안(蠶眉鳳眼) : 누에 같은 눈썹과 봉황의 눈.

1423)월익단슌(月額丹脣) : 달처럼 둥근 이마와 단사(丹砂)처럼 붉은 입술.

1424)원비낭요(猿臂狼腰) : 원숭이의 팔처럼 긴 팔과 이리의 허리처럼 늘씬한 허리.

1425)방면뇽[봉]익(方面鳳翼) : 네모난 큰 얼굴과 봉새의 날개처럼 아름다운 어깨.

1426)늠늠쥰위(凜凜俊威) : 의젓하고 당당하며 준수(俊秀)하여 위엄이 있다

의 직홰(才華)'[1429] 이시니, 틱시 공즈의 니러틋 츌뉴발췌(出類拔萃)[1430]ᄒᆞ믈 보ᄆᆡ 밧비 셩장 가취(嫁娶)코져 ᄒᆞ나, 오왕이 밋쳐 입조치 못ᄒᆞ여시므로 유유시월(悠悠時月)이러니, 금ᄎᆞ(今此)의 왕이 입조ᄒᆞᄆᆡ 드ᄃᆡ여 상의ᄒᆞ여, 윤궁의 촉혼(促婚)ᄒᆞ며 일변(一邊) 날을 갈히여 공즈를 관녜(冠禮)[1431]ᄒᆞᆯ시, 이곳 상문(相門) 귀공지며 쳔승국왕(千乘國王)의 아지(兒子)【53】며 엄시 ᄃᆡ종(大宗)을 니을 종손이라.

그 셩장지녜(盛裝之禮) 엇지 범연ᄒᆞ리오. 셩관지일(成冠之日)의 ᄃᆡ연을 ᄀᆡ장(開場)ᄒᆞ고 존빈귀긱(尊賓貴客)과 ᄂᆡ외족당(內外族黨)을 다 청ᄒᆞ여 모드니, 광실(廣室)이 좁고 좌치(坐次) 핍근(逼近)ᄒᆞ더라.

날이 느즈ᄆᆡ 틱ᄉᆞ 삼곤계 위의 조ᄎᆞᆫ 품복(品服)과 젹의보불(赤衣黼黻)[1432]을 정히 ᄒᆞ고, 공즈를 좌의 ᄂᆡ여 관(冠)ᄒᆞᆯ시, 틱시 좌우를 도라보와 셜복야 다려 니로ᄃᆡ,

"창아ᄂᆞᆫ 오문의 즁ᄒᆞᆫ 아ᄒᆡ라. 오ᄂᆞᆯ날 거조ᄂᆞᆫ 인뉸쇼관(人倫所關)의 쳣 마ᄃᆡ니, 맛당이 좌즁의 히로(偕老)ᄒᆞ고 금슬(琴瑟)이 화락ᄒᆞ며 즈녜 만흐며, 부귀 현달ᄒᆞ여 오복(五福)

(결권)

1427)팔두(八斗) : 중국 위(魏)나라 시인 조식(曹植: 192~232)의 재주가 뛰어남을 비유적으로 이른 말. 즉 동진(東晋)의 시인 사령운(謝靈運 : 385~433년)이 '천하의 재주를 한 섬으로 볼 때 조식의 재주가 팔두(八斗)을 차지한다'고 한데서 유래했다.

1428)가음열다 : 부유(富裕)하다.

1429)칠보(七步)의 직홰(才華) : 일곱 걸음 만에 시를 지어 죽음을 면했다는, 중국 위(魏)나라의 시인 조식(曹植 : 192~232)의 뛰어난 재주를 말함.

1430)츌뉴발췌(出類拔萃) : 여럿 가운데서 특별히 뛰어남.

1431)관녜(冠禮) : 예전에, 남자가 성년에 이르면 어른이 된다는 의미로 상투를 틀고 갓을 쓰게 하던 의례(儀禮). 유교에서는 원래 스무 살에 관례를 하고 그 후에 혼례를 하였으나 조혼이 성행하자 관례와 혼례를 겸하여 하였다.

1432)젹의보블(赤衣黼黻) : 제후의 붉은 색 예복. *보불(黼黻); 제후의 예복에 놓은 수(繡). 또는 그 수를 놓은 예복. '보'는 흰 색과 검은 색으로 자루가 없는 도끼 모양을 수놓은 것을 말하며, '불'은 검은색과 청색으로 '己'자 두 개를 반대로 하여 수놓은 것을 말함.

【54】이 구젼(俱全)ᄒᆞᆫ ᄌᆞᄅᆞᆯ 갈히여 관(冠)ᄒᆞ고져 ᄒᆞᄂᆞ니, 오직 셜계옥의 더을 ᄌᆡ 업ᄉᆞ리니, 계옥은 가히 ᄉᆞ양치 말나."

원ᄂᆡ 셜복애 엄부인으로 동쥬 이십여년의 나히 거의 ᄉᆞ십의 니ᄅᆞ러시ᄃᆡ, 오로지 동낙ᄒᆞ여 탑하(榻下)[1433]의 타인의 언식(偃息)ᄒᆞ믈[1434] 보지 못ᄒᆞ고, 부인이 용안이 아ᄅᆞᆷ다오나 심지 투협교싀(妬脅狡猜)[1435]ᄒᆞ여 쇼텬(所天)의게 부도(婦道)ᄅᆞᆯ 만히 일흐ᄃᆡ, 셜공이 온즁졍ᄃᆡ(穩重正大)ᄒᆞ여 미ᄉᆡᆨ을 유의치 아니ᄒᆞ며, 인ᄌᆞ관홍(仁慈寬弘)ᄒᆞ여 부인의 셩도(性度)ᄅᆞᆯ 족가(足枷)치[1436] 아냐, 종요로이 화락ᄒᆞ여 ᄉᆞᆯ하의 오ᄌᆞ이녀(五子二女)를 【55】두엇고, 당시 벼ᄉᆞᆯ이 좌복야(左僕射) 호부상셔(戶部尙書)의 니ᄅᆞ러, 종요로운 복녹이 사ᄅᆞᆷ마다 일ᄏᆞᆺᄂᆞᆫ ᄇᆡ라.

셜공이 ᄐᆡᄉᆞ의 말을 ᄃᆞᆺ고 편편광슈(翩翩廣袖)[1437]ᄅᆞᆯ 드러, 미염(美髥)을 어로만져 희연쇼왈(笑曰),

"쇼뎨 과연 다ᄅᆞᆫ 일흔 유복(有福)다 ᄒᆞ려니와 ᄉᆡᆼ은 텬하 졸ᄉᆡ(卒士)라. 일ᄉᆡᆼ ᄋᆡ쳐ᄀᆡᆨ(愛妻客)[1438]되기ᄅᆞᆯ 면치 못ᄒᆞ니, 한낫 쳡잉(妾媵)[1439]도 업고, ᄌᆞ쇼(自少)로 녕ᄆᆡ(令妹) 방ᄌᆞᄒᆞ여 긔탄(忌憚)치 아니ᄒᆞᄂᆞ니라. 창 질(姪)이 어린 아희나 날 갓치 용녈(庸劣)ᄒᆞ여 쳐ᄌᆞ의게 두려ᄒᆞᄂᆞᆫ ᄉᆞ나희ᄂᆞᆫ 되지 아니리니, 금일 쇼뎨 져놈의 빈(賓)[1440]이 되엿다가 타

(결권)

1433)탑하(榻下) : 앉은 자리의 앞

1434)언식(偃息)ᄒᆞ다 : 걱정이 없어 편안하게 누워서 쉬다

1435)투협교싀(妬狹驕猜) : 질투심이 많고 속이 좁으며, 교만하고 시새움이 심하다.

1436)족가(足枷)ᄒᆞ다 : 아랑곳하다. 참견하다. 다그치다. 탓하다. 따지다. *족가(足枷); 옛날에 죄수를 가두어 둘 때 쓰던 형구(刑具). 두 개의 기다란 나무토막을 맞대어 그 사이에 구멍을 파서 죄인의 두 발목을 넣고 자물쇠를 채우게 되어 있다. =차꼬.

1437)편편광슈(翩翩廣袖) : 멋스럽고 너른 소매.

1438)ᄋᆡ쳐ᄀᆡᆨ(愛妻客) : '아내를 사랑하는 사람'이라는 뜻이나, '아내에게 눌려 지내는 남편'이라는 말로 쓰였다. =공처가(恐妻家)

1439)쳡잉(妾媵) : 잉첩(媵妾). 예전에, 귀인에게 시집가는 여인이 데리고 가던 시첩(侍妾). 신부의 질녀와 여동생으로 충당하였다.

일 한 일이나 블합ᄒᆞ면, 【56】 험피(險詖)ᄒᆞᆫ 엄형의 원망을 뉘 드ᄅᆞ리오."

ᄃᆡ시 미급답(未及答)의 오왕이 우어 왈,

"셜형은 고톄(固滯)ᄒᆞᆫ[1441] 남ᄌᆞ로다. ᄃᆡ장뷔 엇지 셰쇄(細瑣)ᄒᆞ리오[1442]. 슈연(雖然)이나 우리 져져ᄂᆞᆫ 당셰 슉인(淑人)이라. 형이 스ᄉᆞ로 용녈(庸劣)ᄒᆞ여 장부의 체ᄅᆞᆯ 일흐미여ᄂᆞᆯ, 엇지 우리 져져ᄅᆞᆯ 나모라며, 스ᄉᆞ로 풍치 미몰ᄒᆞ여[1443] 희쳡이 ᄯᆞ로리 업ᄉᆞᆫ 쥴 모로고 도로혀 이런 졈즉ᄒᆞᆫ[1444] 말을 들츄ᄂᆞ뇨? 오아(吾兒)ᄂᆞᆫ 인즁뇽(人中龍)[1445]이며 물즁긔린(物中騏驎)[1446]이라. 타일 부귀 현달이 형의 우희 이실거시오. 슉녀가인(淑女佳人)으로 금슬우지(琴瑟友之)[1447]ᄒᆞ고 종고낙지(鐘鼓樂之)[1448]【57】ᄒᆞ여[며] 화락ᄎᆞ담(和樂且湛)[1449]ᄒᆞ여 영창만복(永昌萬福)[1450]ᄒᆞ미 ᄯᅩ ᄒᆞᆫ 형의 우히될가 ᄒᆞ노라."

(결권)

츄밀이 웃고 갈오ᄃᆡ,

"계옥과 현뎨ᄂᆞᆫ 결우지 말고 날이 느져가니 아ᄒᆡᄅᆞᆯ 어셔 관(冠)ᄒᆞ게 ᄒᆞ라."

셜파의 공ᄌᆞᄅᆞᆯ 닛그러 좌즁의 셰우고, 구름 갓흔 빈발(鬢髮)을 거두니, 셜공이 웃고

1440)빈(賓) : 관례(冠禮) 때에 그 예식을 주관하여 진행하던 사람.

1441)고톄(固滯)ᄒᆞ다 : 성질이 편협하고 고집스러워 너그럽지 못하다.

1442)셰쇄(細瑣)ᄒᆞ다 : 시시하고 자질구레하다.

1443)미몰ᄒᆞ다 : ①인정이나 싹싹한 맛이 없고 쌀쌀맞다. ②풍치가 없이 쓸쓸하다.

1444)졈즉ᄒᆞ다 : 점직하다. 부끄럽고 미안하다.

1445)인즁뇽(人中龍) : 사람 가운데 용(龍)이라는 말로, 무리 가운데 뛰어난 인물을 일컫는 말.

1446)물즁긔린(物中騏驎) : 천지만물 가운데 가장 뛰어난 인재라는 말. *긔린(騏驎) : 하루에 천리를 달린다는 말. '재주가 뛰어난 아이'에 대한 비유어로 흔히 쓰인다.

1447)금슬우지(琴瑟友之) : '거문고와 비파를 타며 서로 사귄다'는 뜻으로 『시경』<국풍> '관저(關雎)'편에 나오는 시구.

1448)종고낙지(鐘鼓樂之) : 종을 치고 북을 두드리며 즐거워 하듯, 부부가 서로 사랑하며 즐거워 함. 『시경』'관저(關雎)' 시의 "요조숙녀 종고낙지(窈窕淑女 鐘鼓樂之)"에서 따온 말.

1449)화락ᄎᆞ담(和樂且湛) : 형제나 부부가 서로 화목하며 즐김.

1450)영창만복(永昌萬福) : 만복(萬福)을 길이 창성케 함.

니러나 운고(雲-)[1451]를 총(總)ᄒᆞ고 최부인 형남(兄男)[1452] 평장ᄉᆞ(平章事) 최응이 ᄯᅩᄒᆞᆫ 복인(福人)이러니, 이의 나아가 ᄌᆞ금익션관(紫金翼善冠)[1453]을 ᄡᅳ이ᄆᆡ, 그 모부인 댱후의 뎨남(弟男)[1454] 니부상셔 댱슉이 나아와 녜복(禮服)을 가ᄒᆞ며, 보ᄃᆡ(寶帶)[1455]를 두로【58】니, 윤턱ᄒᆞᆫ 귀 밋치 윤염쇼쇄(潤艶瀟灑)[1456]ᄒᆞ여 가히 보암즉 ᄒᆞᆫ지라.

좌상제인(座上諸人)이 진왕긔 치하 왈,

"ᄃᆡ왕의 ᄌᆞ녀의 특츌(特出)ᄒᆞ믄 니ᄅᆞ지 말고, 녀셔(女婿)를 어드ᄆᆡ 엄공ᄌᆞ 갓흔 긔군ᄌᆞ(奇君子) 옥인(玉人)을 일워시니, 만싱(晩生)[1457] 등이 위ᄒᆞ여 하례(賀禮)ᄒᆞᆯ 바를 아지 못ᄒᆞᆯ소이다."

진왕이 화풍셩모(華風聖貌)의 봄빗치 므로녹아 치하(致賀)를 ᄉᆞ양치 아니ᄒᆞ며, 공ᄌᆞ의 등을 어로만져 쾌셰(快婿)라 일ᄏᆞᄅᆞ니, 빈쥐(賓主) 낙극단난(樂極團欒)[1458]ᄒᆞ여 날니ᄂᆞᆫ 잔을 진취(盡醉)ᄒᆞ여 날이 졈으ᄂᆞᆫ 쥴 ᄭᆡ닷지 못ᄒᆞ더니, 이러구러 날이 셕양의 밋쳐 제【59】인이 각각 도라가고, ᄐᆡᄉᆡ 냥뎨로 더부러 ᄌᆞ질을 압셰워 ᄂᆡ당의 드러가 촉을 ᄇᆞᆰ히고 셕반을 파ᄒᆞᄆᆡ, 모든 녀부(女婦)를 좌우의 안치고 환쇼(歡笑)ᄒᆞ여 각상(閣上)의 츈풍이 일웟ᄂᆞᆫᄃᆡ, 공ᄌᆞ 창의 별긔이질(別氣異質)이 좌즁의 츌뉴(出類)ᄒᆞᆫ지라.

ᄐᆡᄉᆞ 형뎨와 범·셜 냥부인의 두굿기고 ᄉᆞ즁ᄒᆞ믄 블가형언(不可形言)이로ᄃᆡ, 최부인이

(결권)

1451)운고(雲-) : 고. 상투를 틀 때 머리털을 고리처럼 되도록 감아 넘긴 것. ≒상투.
1452)형남(兄男) : 오빠.
1453)ᄌᆞ금익션관(紫錦翼善冠) : 왕과 왕세자가 평상복인 곤룡포를 입고 집무할 때에 쓰던 검붉은 빛의 사(紗) 또는 나(羅)로 두른 관. 앞 꼭대기에 턱이 져서 앞이 낮고 뒤가 높은데, 뒤에는 두 개의 뿔을 날개처럼 달았다.
1454)뎨남(弟男) : 남동생.
1455)보ᄃᆡ(寶帶) : 보옥(寶玉)으로 장식한 띠.
1456)윤염쇼쇄(潤艶瀟灑) : 윤기 있고 아름다우며 맑고 깨끗함.
1457)만싱(晩生) : 말하는 이가 선배를 상대하여 자기를 낮추어 이르는 일인칭 대명사.
1458)낙극단난(樂極團欒 : 여럿이 서로 화목하며 즐겁게 지내 그 즐거움이 넘침.

이를 보믹 싀투지심(猜妬之心)이 더옥 발ᄒᆞ여, 곳의[1459] 숨킬 듯ᄒᆞ여 독안(毒眼)을 놉히 쓰고, 아초(-初)[1460]의 계후를 솔이(率爾)히[1461] ᄒᆞ믈 한ᄒᆞ더라.

ᄶᅵ의 영이 눅세라. 극히 총명ᄌᆡ릉(聰明才能)ᄒᆞ【60】고 효위(孝友) 츌텬(出天)ᄒᆞ믄 히제(孩提)[1462]로븟터 ᄌᆞ별(自別)ᄒᆞ던지라. 형의 관(冠)ᄒᆞ여시믈 보고 크게 깃거 겻출 ᄯᅥ나지 아니ᄒᆞ니, 부인이 더옥 아쳐ᄒᆞ여[1463] 즉킥의 업시치 못ᄒᆞ믈 한ᄒᆞ더라.

이러틋 곤계 ᄌᆞ질이 환낙(歡樂)ᄒᆞᆫ 가온ᄃᆡ 오륙일이 젹은 덧 지나 엄공ᄌᆞ와 윤쇼져의 가긔(佳期) 님박ᄒᆞ니, 엄시 ᄌᆡᄆᆡ 군종 삼인이 즉시 구가의 도라가 쇼고(小姑)[1464]의 혼ᄉᆞ를 지ᄂᆡ고, 인ᄒᆞ여 쇼고를 ᄇᆡᄒᆡᆼ(陪行)ᄒᆞ려 ᄒᆞ더라.

션시(先時)의 평진왕 윤청문의 ᄎᆞ녀 월화는 진왕 원비(元妃) 슉녈(淑烈) 뎡시의 녀ᄋᆡ니, 오왕의【61】장녀셔(長女壻)[1465] 윤틱우 셩닌의 믹뎨(妹弟)라. 그 모부인이 몽즁의 한 션인(仙人)이 큰 외얏만ᄒᆞᆫ 구술을 쥬며 니ᄅᆞᄃᆡ,

"이는 셔히 뇽왕의 '졍안쥐(淨眼珠)[1466]'라 ᄒᆞ는 구술이니, 이 보ᄇᆡ 오릭 슈즁(水中)의 잇셔 여러 쳔년을 득도(得道)ᄒᆞ여, 한번 인도(人道)를 타 나고져 ᄒᆞ므로, 부인긔 젼ᄒᆞᄂᆞ니, 부ᄃᆡ 아룸다이 길너 텬연(天緣)을 엄ᄌᆞ의게 일우라."

ᄒᆞ더니, 과연 그달븟터 슉녈이 잉틱ᄒᆞ여 슌산싱녀(順産生女)ᄒᆞ니, 이 믄득 텬디의 별긔(別氣)와 일월의 졍화(精華)를 픔슈ᄒᆞ여시니 긔묘졀셰ᄒᆞ여 그림으로 모사【62】키 어렵

(결권)

1459)곳의 : 고대. 바로 곧.
1460)아초(-初) : 애초(-初). 맨 처음. ≒초두(初頭).
1461)솔이(率爾)히 ; 말이나 행동이 신중하지 못하고 가벼이.
1462)히제(孩提) ; 어린아이.
1463)아쳐ᄒᆞ다 : ①아쉬워하다. ②안쓰러워하다. ③싫어하다.
1464)쇼고(小故) ; 시누이.
1465)장녀셔(長女壻) : 맏사위.
1466)졍안쥐(淨眼珠) : 맑은 눈망울.

고, ᄎᆡ필(彩筆)노 형언(形言)치 못ᄒᆞᆯ지라. ᄒᆡ파(海波)의 금가마괴[1467] ᄯᅥ러지고, 양목(楊木)[1468]의 옥토ᄭᅵ[1469] 걸녀시니, 텬뵈(天寶)며 긔뵈(奇寶)오 진짓 구ᄉᆞᆯ이라. 엇지 쇼쇼미ᄉᆡᆨ(小小美色) 홍분(紅粉)의 비기리오.

나며 슈미(秀美)ᄒᆞ고 ᄌᆞ라ᄆᆡ 츌뉴(出類)ᄒᆞ여 당셰의 희한ᄒᆞᆫ 슉인셩ᄉᆡ(淑人聖士)라. ᄉᆞ오셰의 능히 가ᄅᆞ치지 아닌 문ᄌᆞᄅᆞᆯ ᄒᆡ득ᄒᆞ며, 일츄월장(日就月將)[1470]ᄒᆞ여 '샤두[도]운(謝道韞)의 영셜지ᄌᆡ(詠雪之才)'[1471] 잇고, 쇼약난(蘇若蘭)[1472]의 직금도(織錦圖)[1473]ᄅᆞᆯ 비아(卑阿)이 너기고, ᄇᆡᆨ희(伯姬)[1474]의 즁야(中

(결권)

1467)금가마괴 : 금까마귀. '해'를 달리 이르는 말. 태양 속에 세 개의 발을 가진 까마귀가 있다는 전설에서 유래한다. =금오(金烏).

1468)양목(楊木) : 버드나무.

1469)옥토ᄭᅵ : ①달 속에 산다는 전설상의 토끼. ≒옥토. ②털빛이 하얀 토끼.

1470)일츄월장(日就月將) : 나날이 다달이 자라거나 발전함.

1471)샤도운(謝道韞)의 영셜지ᄌᆡ(詠雪之才) : 진(晉)나라의 왕응지(王凝之)의 아내 사도온(謝道韞)이 어려서 눈을 버들가지에 비유해 즉흥으로 묘구(妙句)를 지어낸 고사에서 유래한 말로, 사도온의 숙부 사안(謝安)이 집안의 여러 아이들을 모아 놓고 문장을 강론하면서, "저 분분히 날리는 눈이 무엇을 닮았느냐?"고 묻자, 사도온이 ""버드나무 꽃이 바람에 흩날리는 것 같습니다"라고 답하자, 사안이 그 묘재를 탄복했다 한다. 이후 이 말, 곧 '영설지재(詠雪之才)'는 '여자의 뛰어난 글재주'를 이르는 말로 쓰이고 있다.『진서(晉書)』 <왕응지처 사씨전 (王凝之妻 謝氏傳)에 전한다.

1472)쇼약난(蘇若蘭) : 소혜(蘇惠). 중국 동진 때 진주자사(秦州刺史) 두도(竇滔)의 아내. 자(字)는 약란(若蘭). 남편이 진주자사로 있다가 유사(流沙)라는 곳으로 유배를 갔는데, 남편을 그리워하여 비단을 짜고 그 위에다 840자로 된 회문시(回文詩) <직금회문선기도(織錦回文璇璣圖)>를 수놓아 보내, 남편을 감동케 한 이야기로 유명하다.『진서(晉書)』에 이야기가 전한다. *회문시(回文詩); 머리에서부터 내리읽으나 아래에서부터 올려 읽으나 뜻이 통하고, 평측(平仄)과 운(韻)이 맞는 한시(漢詩).

1473)직금도(織錦圖) : 소약란(蘇若蘭>의 840자로 된 회문시(回文詩) <직금회문선기도(織錦回文璇璣圖)>를 말함.

1474)ᄇᆡᆨ희(伯姬) : 중국 춘추시대 노(魯)나라 선공(宣公)의 딸. 송나라 공공(恭公)에게 시집갔다가 10년 만에 홀로 됐다. 궁궐에 불이 났을 때 관리가 피하라고 했으나 부인은 한밤에 보

夜)의 당의 나리지 아닛는 졀조(節操) 잇고, 규측(閨側)의 닉훈(內訓)[1475]을 효측ᄒᆞ고, 동가녀(東家女)[1476]의 단일【63】셩장(單一誠莊)[1477]과 하우(夏禹)[1478]의 셕촌음(惜寸陰)[1479]ᄒᆞᄂᆞᆫ 덕이 가ᄌᆞᆨᄒᆞ니, 엇지 조금이나 쳔승교와(千乘嬌兒)의 교오방ᄌᆞ(驕傲放恣)ᄒᆞ미 이시리오.

년보(年譜) 칠팔세의 미쳐ᄂᆞᆫ ᄇᆡᆨᄉᆞ(百事) 더옥 츌진(出塵)[1480]ᄒᆞ여 유모 일쥐와 시비 잉난 녹운 옥쇼 ᄎᆡ잉으로 더부러 향월졍의 쳐ᄒᆞ미, 발ᄌᆞ최 일즉 계졍(階庭)의 님(臨)치 아니ᄒᆞ며, 존당 부모의 ᄉᆞ시 문안 밧근 년보

(결권)

모 없이 집을 나설 수 없다고 고집해서 결국 불속에서 타 죽었다. 『열녀전(烈女傳)』<정순전(貞順傳)>'송공백희(宋恭伯姬)' 조(條)에 기사가 보인다.

1475)닉훈(內訓) : ①집안의 부녀자들에게 하는 훈시나 교훈. ≒여훈(女訓) ②『책명』조선 시대에, 성종(成宗)의 어머니 소혜왕후(昭惠王后) 한씨(韓氏)가 ≪소학≫ ≪열녀≫ ≪명심보감≫ 따위에서 역대 후비의 언행에 본보기가 될 만한 내용을 추려서 언해를 붙인 책. 궁중어와 당시의 존대어 연구에 매우 귀중한 자료이다. 성종 6년(1475)에 간행되었다. 3권 3책의 활자본. ≒어제내훈

1476)동가녀(東家女) : 동쪽 이웃집의 딸로 미인을 이르는 말. 송옥의 <등도자호색부(登徒子好色賦)>에 나오는 말로, 이 부(賦)에는 다음과 같은 내용이 들어 있다. "천하의 아름다운 여인은 초나라 여인만한 이가 없고(天下之佳人 莫若楚國), 초나라의 아름다운 여인은 신의 마을의 아름다운 여인만한 이가 없습니다.(楚國之麗者 莫若臣里). 신의 마을에서 아름다운 사람은 신의 동쪽 이웃집의 딸만한 사람이 없습니다(臣里之美者 莫若臣東家之子). 그러나 이 여인은 담장을 넘어 신을 삼년동안이나 엿보았으나, 저는 지금까지 허락하지 않았습니다(然此女登牆窺臣三年 至今未許)."

1477)단일셩장(單一誠莊) : 단정하고 한결같으며 성실하고 엄숙함.

1478)하우(夏禹) : 중국 고대 전설상의 임금. 곤(鯀)의 아들로서 치수에 공적이 있어서 순(舜)으로부터 왕위를 물려받아 하(夏)나라를 세웠다고 한다. 촌음(寸陰)을 아껴 치수사업을 하던 중, 자기 집 앞을 지나면서 아이 울음소리를 듣고도, 일이 바쁜 관계로, 문 안으로 들어가 보지 못하고 지나쳤다는 '과문불입(過門不入)' 고사가 전한다

1479)셕촌음(惜寸陰) : 촌음(寸陰)을 아껴 부지런히 일함.

1480)츌진(出塵) : 세상의 욕망에서 벗어남.

(蓮步)를 침당 밧긔 닉지 아녀, 녀공(女工) 슈션(繡線)을 다ᄉ·린 여가의ᄂᆞᆫ, 시서경젼(詩書經傳)과 녀교닉측(女敎內則)을 즘심ᄒᆞ여 의미를 드려시니, 가즁 상히 그 얼골을 보나 쇼릭를 듯지 못【64】ᄒᆞ고, 복부(僕夫) 차환(叉鬟)은 쇼져의 이시믈 알오딕, 그 얼골을 아지 못ᄒᆞᄂᆞᆫ ᄌᆞ 만흔지라.

쇼제 더옥 텬셩이 단묵(端默)ᄒᆞ여 존당 부모의 좌젼(座前)을 임ᄒᆞ면 화긔 가득ᄒᆞ여 삼츈혜일(三春慧日)이 온화(溫和)ᄒᆞ여 만물이 화창ᄒᆞᆫ 듯ᄒᆞ나, 단슌(丹脣)을 다다 묵묵ᄒᆞ면 옥면의 보험(黼臉)이 젹뇨(寂寥)ᄒᆞ니, 니ᄅᆞᆫ바 향 씀ᄂᆞᆫ 옥이오, 말ᄒᆞᄂᆞᆫ 진쥐(眞珠)라. 진션진미(盡善盡美)ᄒᆞ미 'ᄉᆞ시힝언(四時行焉)의 만물(萬物)이 싱언(生焉)ᄒᆞᄂᆞᆫ'[1481] 조홰(造化) 잇ᄂᆞᆫ지라.

존당의 만금즁이(萬金重愛)ᄂᆞᆫ 장니(掌裡) 구술 갓고, ᄉᆞ위(四位) 모비(母妃)와 부왕의 ᄉᆞ랑ᄒᆞ믄 텬하의 무가보(無價寶)로 알아, 【65】 왕이 녀아를 과이ᄒᆞ여 턱셔ᄒᆞ미 범연치 아닐 쓴아니라, 장녀 션화쇼져 아름다온 긔질노뻐, 가뷔(家夫) 년긔(年紀) 부젹(不適)ᄒᆞᆫ 바의, ᄌᆡ실(再室)을 심히 이달나 ᄒᆞᄂᆞᆫ 고로, ᄎᆞ녀ᄂᆞᆫ 부딕 텬하의 긔군ᄌᆞ옥인(奇君子玉人)을 갈히여 녀아의 ᄌᆡ용을 헛되게 아니려, 턱셔(擇壻)ᄒᆞ믈 상심(詳審)ᄒᆞ더니, 엄틱ᄉᆞ와 오왕이 윤쇼져의 셩화를 녀아의 쇼젼(所傳)으로 닉이 드럿ᄂᆞᆫ 고로, 딘왕긔 청혼ᄒᆞ니, 진왕이 또ᄒᆞᆫ 엄공ᄌᆞ의 군ᄌᆞ영쥰(君子英俊)이믈 미양 흠션(欽羨)ᄒᆞ여 유의ᄒᆞ던 고로, 과망(過望) 딕희(大喜)ᄒᆞ여 일어(一語)의 쾌허【66】ᄒᆞ고, 냥기 남녜 미셰ᄒᆞᆫ 고로 슈삼년을 지류ᄒᆞ미 되엿ᄂᆞᆫ지라.

당시 윤쇼져 월화의 ᄌᆞᄂᆞᆫ 빙셜이니, 방년 십이세라. 금원(禁園)의 도리(桃李) 봉오리를 미ᄌᆞ 함담(菡萏)[1482]을 버리고져[1483] ᄒᆞ며,

(결권)

1481)ᄉᆞ시힝언(四時行焉)의 만물(萬物)이 싱언(生焉)ᄒᆞᄂᆞᆫ : 사시(四時; 봄, 여름, 가을, 겨울)가 운행하며 온갖 사물을 생성케 한다는 뜻. 『논어』<양화(陽貨)>편에 나오는 말.

1482)함담(菡萏) : 연꽃의 봉우리.

1483)버리다 ; 벌리다. 우므러진 것을 펴지거나

옥누(玉樓)의 신월(新月)이 두렷고져[1484] ᄒᆞ니, 쳔틱만광(千態萬光)이 교슈무비(嬌秀無比)[1485]ᄒᆞ여, '도지요요(桃之夭夭)여! 작작기화(灼灼其華)'[1486]를 족히 읇험즉 ᄒᆞᆫ지라.

엄왕이 환경입조(還京入朝)ᄒᆞ미 구약(舊約)을 일ᄏᆞ라 촉혼(促婚)ᄒᆞ니, 진왕이 깃거 즉시 턱일ᄒᆞ여 보ᄒᆞ고, 냥가(兩家) 혼슈(婚需)를 셩비(盛備)ᄒᆞᆯ시, 진왕이 비록 공검졀ᄎᆞ(恭儉切磋)ᄒᆞ여 ᄉᆞ치를 비쳑ᄒᆞ나, 이 본ᄃᆡ 왕【67】공지가(王公之家)라. 엇지 쳔승국군(千乘國君)의 셩친(成親)ᄒᆞᄂᆞᆫ 녜되 초초(草草)ᄒᆞ리오.

만화헌 오운뎐의 존빈 귀긱이 취회(聚會)ᄒᆞ니, 남녀 제인의 빗난 의복은 안ᄀᆡ 어릐고 구름이 집힌 듯, 검픽옥결(劍佩玉玦)[1487]은 장장(鏘鏘)ᄒᆞ고 향풍이 진울(震鬱)ᄒᆞ며, 서긔 어릐여 빗난 경식은 니로도 말고, 제부인 제쇼져의 일광월안(日光月顔)의 찬난졍제(燦爛整齊)ᄒᆞ미, 요지(瑤池)[1488] 광한(廣寒)[1489]의 제션(諸仙)이 모다 반도셩회(蟠桃盛會)[1490]를 님ᄒᆞᆫ 듯, 만반진슈(滿盤珍羞)[1491]ᄂᆞᆫ 텬하 십삼싱(十三省)[1492]으로붓터 봉국쇼산지물(封國所産之物)이 물갓치 들어오고, 포진(鋪陳)의 장녀(壯麗)ᄒᆞ믄 블가형언(不可形言)이러라.

이날【68】엄부의셔 ᄯᅩᄒᆞᆫ ᄃᆡ연을 ᄀᆡ장ᄒᆞ

(결권)

열리게 하다.

1484)두렷ᄒᆞ다 : 둥그렇다.

1485))교슈무비(嬌秀無比) : 아름다움이 비길 데가 없을 만큼 빼어남.

1486)도지요요(桃之夭夭) 작작기화(灼灼其華) : "어여쁘다 복숭아꽃" "활짝피어 화사하네" 『시경』<주남(周南)>, '桃夭' 편에 있는 시구.

1487)검픽옥결(劍佩玉玦) : 허리에 찬 칼과 옥으로 된 고리

1488)요지(瑤池) : 중국 곤륜산에 있다는 못. 신선이 살았다고 하며, 주나라 목왕이 서왕모를 만났다는 이야기로 유명하다.

1489)광한(廣寒) : 광한전(廣寒殿). 달 속에 있다는, 항아(姮娥)가 사는 가상의 궁전.

1490)반도셩회(蟠桃盛會) : 도교에서 신들이 여는 잔치를 말함.

1491)만반진슈(滿盤珍羞) : 그릇마다 가득한 진귀하고 맛이 좋은 음식.

1492)십삼싱(十三省) : 중국 전체를 이르는 말. 명나라 때에는 전국을 산동, 산서, 하남, 협서, 호광, 강서, 절강, 복건, 광동, 광서, 귀주, 사천, 운남 등 13성으로 나누었다.

고 제빈(諸賓)이 취회(聚會)ᄒᆞ엿더니, 날이 반오(半午)의 신부의 위의 부문(府門)의 님ᄒᆞ니, 두 쥴 녹의분면(綠衣粉面)[1493]이 ᄎᆡ슈(彩袖)롤 붓치며, 홍상(紅裳)을 쓰어 향연보촉(香煙寶燭)으로 신낭 신부롤 인도ᄒᆞ여, 교비셕(交拜席)[1494]의 나아가 독좌(獨坐)[1495]롤 파ᄒᆞ고, 동방(洞房)의 ᄌᆞ하상(紫霞觴)[1496]을 난홀 ᄉᆡ, 공ᄌᆡ 비록 년쇼셔싱(年少書生)으로 뜻즙으미 온즁졍ᄃᆡᄒᆞ여 경박탕일(輕薄蕩逸)[1497]ᄒᆞᆫ 힝ᄉᆡ 업ᄉᆞ나, 이목(耳目)이 업지 아니ᄒᆞ거니, 윤쇼져의 셩덕광휘롤 드런지 오련 고로, 그 현우(賢愚)롤 숣피고져 ᄒᆞ여 샤일졍광(斜日睛光)[1498]을 잠간 흘녀【69】신부롤 바라보니, 몬져 상광(祥光)이 아라ᄒᆞ고[1499] 팔ᄎᆡ휘요(八彩輝耀)[1500]ᄒᆞ니 창졸(倉卒)의 어ᄃᆡ 고으며 믜온 바롤 분간ᄒᆞ리오. 다만 동녁 ᄒᆡ상(海上)의 뉵농(六龍)[1501]이 시

(결권)

1493)녹의분면(綠衣粉面) : 얼굴에 화장을 한 시녀배(侍女輩). *녹의(綠衣): 녹색 저고리. 신분이 천한 첩이나 시녀배가 입는 옷으로, '천한 사람'을 일컫는 말

1494)교비셕(交拜席) : 전통 결혼식에서, 신랑과 신부가 서로 절하는 자리.

1495)독좌(獨坐) : 독좌례(獨坐禮). 혼인례에서 대례(大禮)를 달리 이른 말. 즉 신랑과 신부가 대례를 행할 때 각각의 앞에 음식을 차려 놓은 독좌상(獨坐床)을 놓고 교배(交拜)、합근(合巹) 등의 의례를 행하는 것을 비유하여 쓴 말이다.

1496)ᄌᆞ하상(紫霞觴) : 전설에서, 신선들이 술을 마실 때 쓰는 잔. '자하'는 신선이 사는 곳에 서리는 보랏빛 노을이라는 말로, 신선이 사는 선계(仙界)를 뜻한다. 따라서 선계의 신선들이 마시는 술을 자하주(紫霞酒), 그들이 사는 곳을 자하동(紫霞洞)이라 이른다. *여기서는 신랑신부가 합환주를 나누는 술잔 이름을 '자하상(紫霞觴)'이라 붙인 것일 뿐이다.

1497)경박탕일(輕薄蕩逸) : 방탕하여 절제가 없음

1498)샤일졍광(斜日睛光) : 햇빛처럼 밝은 눈빛 *사일(斜日): 저녁때 비스듬히 비치는 햇빛 *정광(睛光): 정채(睛彩). 안광(眼光). 눈빛.

1499)아라ᄒᆞ다 : 아스라하다. 아득하다. 정신을 잃을 지경이다.

1500)팔ᄎᆡ휘요(八彩輝耀) : 눈빛이 밝게 빛남. *팔채(八彩): 팔(八)자 모양의 두 눈썹의 화장한 광채를 뜻하는 말로, 여기서는 눈빛을 대신 나타낸 것이다.

1501)뉵뇽(六龍) : 여섯 마리의 용. 여기서는 두 눈과 두 볼, 코, 입을 말함

승(侍乘)ᄒᆞ미 상운(祥雲)이 니러나믈 보리러라.

엄시효문쳥힝녹 권지뉵

공지 일견의 ᄃᆡ경ᄒᆞ여 그 긔이ᄒᆞᆷ과 황홀ᄒᆞ믈 닉심의 칭션블이(稱善不已)ᄒᆞ더라. 연(然)이나 닉심(內心)의 그윽이 깃거 아니ᄒᆞ여 싱각ᄒᆞᄃᆡ,

"ᄌᆞ고로 녀ᄌᆞ의 홍안녹발(紅顔綠髮)1502)이 상셰(祥瑞) 아니라. 져 윤시 져갓치 용식이 아름다오니 엇지 홍안지히(紅顔之害) 닛지 아니ᄒᆞ리오. 찰하리 밍광무염(孟光無鹽)1503) 갓흔 쳐ᄌᆞ롤 어【70】더 일싱 근심 업ᄉᆞ니만 못ᄒᆞ고, 닉 본ᄃᆡ 팔ᄌᆡ(八字)1504) 슌ᄒᆞᆯ 쥴 밋지 못ᄒᆞ거놀, 윤시의 외뫼 져ᄃᆡ도록 초셰탁월(超世卓越)ᄒᆞ니 이 역(亦) 텬의(天意)라. 나의 험조(險阻)ᄒᆞᆫ 팔ᄌᆞ(八字)롤 응시ᄒᆞ여 삼기미로다."

이러틋 혜아리미, 홀연 화풍셩모(華風盛貌)의 혜풍화긔(惠風和氣) 쇼삭(消索)ᄒᆞ여 믹믹히 니러 밧그로 나가니, 윤부 시녀(侍女) ᄎᆞ환(叉鬟)이 신낭의 긔식을 괴이히 너기더라.

이ᄯᅴ 션、월 냥쇼져와 윤학ᄉᆞ 쳐 옥혜쇼져와 어ᄉᆞ 셰린 쳐 셜쇼제 신낭의 위의롤 미조ᄎᆞ1505) 니ᄅᆞ럿더니, ᄉᆞ(四) 쇼제 드러와 쇼고(小姑)의 신장(新粧)을 다ᄉᆞ【71】리고, 칠보션

어시의 엄공지 신부의 찬연ᄒᆞᆫ 식틱용광을 바라보미, 일견의 ᄃᆡ경긔이ᄒᆞ믈 이긔지 못ᄒᆞ야[ᄃᆡ], 심하의 문득 깃거아냐 싱각ᄒᆞᄃᆡ,

"ᄌᆞ고로 녀ᄌᆞ의 홍안녹발이 상세 아니라. 져 윤시 져갓튼 용식이 잇시니 엇디 홍안의 히롤 면ᄒᆞ리오. 찰하리 밍광무염 갓튼 쳐ᄌᆞ롤 어더 일싱 근심 업ᄉᆞ미 만힝이언마ᄂᆞᆫ, 닉 본ᄃᆡ 팔ᄌᆡ 슌ᄒᆞᆯ 줄 밋지 못ᄒᆞ거놀 윤시의 외모 져ᄃᆡ도록 초셰탁월ᄒᆞ니 이 역 텬의라. 나의 험조ᄒᆞᆫ 팔ᄌᆞ롤 응시ᄒᆞ여 삼기미로다."【1】

이러틋 혜아리미 활연 화풍셩모의 혜풍화긔 소삭ᄒᆞ여 믹믹○[히] 《이러니‖이러나》 밧그로 나아가니, 윤부 시녀 ᄎᆞ환이 신낭의 긔식을 고이 너기더라.

이ᄯᅴ 션·월 냥쇼져와 윤학ᄉᆞ 듕닌 쳐 옥혜쇼져와 어ᄉᆞ 셰린 쳐 셜쇼제 신낭의 위의를 밋바다 이예 이ᄅᆞ럿더니, ᄉᆞ쇼제 드러와 쇼고의 신장을 다ᄉᆞ리고, 칠보션을 아ᄉᆞ미 폐빅을 밧드러 비현구고ᄒᆞᆯ시,

1502)홍안녹발(紅顔綠髮) : 붉고 고운 얼굴과 검고 아름다운 머리라는 뜻으로 '아름다운 여자'를 비유적으로 이르는 말.

1503)밍광무염(孟光無鹽) : 맹광의 아름답지 못한 얼굴. *맹광(孟光) : 후한 때 사람 양홍(梁鴻)의 처. 추녀였으나 남편의 뜻을 잘 섬겨 현처로 이름이 알려졌고, 고사 거안제미(擧案齊眉)로 유명하다.

1504)팔ᄌᆡ(八字); 사람의 한평생의 운수. 사주팔자에서 유래한 말로, 사람이 태어난 해와 달과 날과 시간을 간지(干支)로 나타내면 여덟 글자가 되는데, 이 속에 일생의 운명이 정해져 있다고 본다.

1505)미조ᄎᆞ : 뒤이어. 뒤따라. =밋바다. *밋바다: 뒤이어. 뒤따라. ¶ 셜쇼제 신낭의 위의를 밋바다 이예 이ᄅᆞ럿더니,<고대•청행록6:2>

(七寶扇)을 아ᄉᆞ며, 폐ᄇᆡᆨ(幣帛)[1506]을 밧드러 ᄇᆡ현구고(拜見舅姑)[1507]홀ᄉᆡ, 찬녜관환(贊禮官宦)[1508]이 옹위(擁衛)ᄒᆞ여 몬져 ᄉᆞ묘(祠廟)의 올나 현알(見謁)ᄒᆞ고, 버거 폐ᄇᆡᆨ지녜(幣帛之禮)를 힝ᄒᆞ니, 뉵쳑향신(六尺香身)의 금슈장복(錦繡章服)[1509]을 졍히 ᄒᆞ고, 명월픠(明月牌)를 좌우로 ᄎᆞ시니, 옥셩(玉聲)이 낭낭이 우러 졀ᄎᆞ(節次)를 맛초ᄂᆞᆫ 곳의, 향풍이 만가(滿家)ᄒᆞ여 신뷔 두삽(頭揷)[1510] ᄌᆞ금잠(紫金簪)의 칠보관(七寶冠)을 가(加)ᄒᆞ고 신착(身著) 젹금ᄎᆡ화(赤錦彩花)[1511]ᄒᆞ고 일쳑나요(一尺娜腰)[1512]의 뉵복(六服)[1513] 홍상뉵화군(紅裳六花裙)[1514]으로 금연(金蓮)을 예예(曳曳)히[1515] 동ᄒᆞ니, 먼니셔 나아올 젹은 휘휘(輝輝)ᄒᆞ여 금외(金烏)[1516] 양목(楊木)의 쇼ᄉᆞᄆᆡ, 산두(山斗)의 셔광(曙光)을 토ᄒᆞ【72】고, 광휘

찬녜관이 옹위○○[ᄒᆞ여] 몬져 ᄇᆡ현ᄉᆞ당ᄒᆞ고 버거 폐ᄇᆡᆨ지녜를 힝홀ᄉᆡ, 뉵쳑향시[신]의 금슈장복을 졍히 ᄒᆞ고, 명월픠옥○[이] 낭낭【2】이 우러 졀ᄎᆞ를 맛초ᄂᆞᆫ 곳의 향풍이 반[만]가ᄒᆞ여, 신뷔 두삽 ᄌᆞ옥관의 칠보관○○[을 가]ᄒᆞ고, 신착 젹금ᄎᆡ화ᄒᆞ고 일쳑 ᄂᆞ요의 뉵복 홍상뉵화군으로 금년을 예예히 동ᄒᆞ니, {셤진부동ᄒᆞ니} 먼니셔 나아올 젹은 휘휘ᄒᆞ여 《금의∥금외》 양목의 쇼ᄉᆞ미, 산두의 셔광을 토ᄒᆞ여, 여돫 가지 셰 휘요ᄒᆞ여 믄져, 광휘를 팔히의 홀니ᄂᆞᆫ 듯ᄒᆞ더니,

---

1506)폐ᄇᆡᆨ(幣帛) : 신부가 처음으로 시부모를 뵐 때 큰절을 하고 올리는 예물로 주로 대추나 포 따위를 드린다.

1507)ᄇᆡ현구고(拜見舅姑) : 현구고례(見舅姑禮). 전통혼인례에서 신부가 시집에 와서 신랑의 부모에게 처음 뵈는 예(禮)를 행하는 의식. 이 때 신부는 신랑의 부모에게 8번 큰절을 올려 예(禮)를 표한다.

1508)찬녜관환(贊禮官宦) : 찬례관(贊禮官). 각종 의례에서 의례의 주체를 인도하며 의식의 진행을 돕는 사람. =찬인(贊人).

1509)금슈장복(錦繡章服) : 비단에 수를 놓아 지은 혼인예복. *장복(章服): 『복식』 옛날 벼슬아치들의 공복(公服). 지금은 전통 혼례 때에 신랑이 입는다.=관디.

1510)두삽(頭揷) : 머리에 꽂음.

1511)젹금ᄎᆡ화(赤錦彩花) : 붉은 비단에 여러 빛깔의 꽃을 수놓아 지은 옷.

1512)일쳑나요(一尺娜腰) : 한 자쯤 되는 가느다란 허리.

1513)뉵복(六服) : 『복식』 중국 주나라 때에, 천자와 왕후가 입던 여섯 가지 의복. 천자는 대구(大裘)、곤의(袞衣)、단의(禪衣)、계의(罽衣)、치의(絺衣)、현의(玄衣)를, 왕후는 휘의(褘衣), 유적(揄狄), 궐적(闕狄), 국의(鞠衣), 전의(展衣), 연의(緣衣)를 상황에 따라 입었다.《周禮 天官冢宰 內司服》

1514)홍상뉵화군(紅裳六花裙) : 붉은 치마에 여섯 가지 꽃을 수놓아 지은 치마.

1515)예예(曳曳)히 : 사뿐사뿐하게. 매우 가볍게 잇따라 움직이는 모양.

1516)금오(金烏) : '해'를 달리 이르는 말. 여기서는 '눈'을 비유적으로 표현한 말.

ᄅᆞᆯ 팔히(八海)[1517]의 흘니ᄂᆞᆫ 듯ᄒᆞ더니, 갓가이 나아오ᄆᆡ 가월(佳月) 니마ᄂᆞᆫ 아미산(峨眉山) 반늉월(半輪月)[1518]이 명휘(明輝)ᄅᆞᆯ 날니고, 뉴미(柳眉)[1519]ᄂᆞᆫ 츈산(春山)의 봄빗ᄎᆞᆯ 아당(阿黨)[1520]ᄒᆞ고 일빵명안(一雙明眼)은 광능(廣陵)[1521] ᄯᅩ 보경(寶鏡)을 ᄇᆞᆰ게 닷가 실벽(室壁)의 거럿ᄂᆞᆫ 듯, 년화(蓮花) 보조기ᄂᆞᆫ 왕모도화(王母桃花)[1522] 일쳔졈(一千點)이 닷호아 붉엇ᄂᆞᆫ 듯, ᄇᆡᆨ년냥이(白蓮兩耳)[1523]ᄂᆞᆫ 진쥬(眞珠)ᄅᆞᆯ 진ᄎᆡ로 메워 장식ᄒᆞᆫ 듯, ᄉᆡᆨᄐᆡ(色態) 가득이 어ᄅᆡ여, 어리롭고[1524] 유한(幽閑)ᄒᆞᄃᆡ ᄌᆞᄐᆡ(姿態)롭고 풍영(豐盈)ᄒᆞ며 진ᄉᆞ단슌(辰砂丹唇)은 잉홍(櫻紅)이 찬연ᄒᆞ여, 도솔궁(兜率宮)[1525] 금단(金丹)[1526]을 탁히 너기니, 가히 니ᄅᆞᆫ바 ᄉᆡᆨ지종(色之宗)이오 덕지원(德之元)【73】이라.

갓가이 나아오ᄆᆡ 가월 니마ᄂᆞᆫ 아미산 반륜월이 명휘하고, 뉴미ᄂᆞᆫ 츈산의 봄빗ᄎᆞᆯ 아당ᄒᆞ고, 일【3】빵 양안은 광능 ᄯᅩ 보경을 ᄆᆞᆰ게 닥가 실벽을 거럿ᄂᆞᆫㄴ 듯, 년화 보조기○[ᄂᆞᆫ] 일쳔괴○[ᄐᆡ] 무루녹아 왕모도화 일쳔졈이 다토와 붉엇ᄂᆞᆫ닷 ᄇᆡᆨ년냥이ᄂᆞᆫ 진듀를 진ᄎᆡ로 메워 장식ᄒᆞᆫ ᄃᆞᆺ ᄉᆡᆨᄎᆡ ᄀᆞ득이 어ᄅᆡ여 어리롭고 유한ᄒᆞ며 ᄌᆞᄐᆡ롭고 풍영ᄒᆞ며 진ᄉᆞ단슌은 잉홍이 찬연ᄒᆞ여 도솔궁 금단을 탁히 넉이니 가히 이ᄅᆞᆫ바 ᄉᆡᆨ지ᄯᅩᆼ이요, 덕지원이라.

좌즁의 더부러 의논코져 ᄒᆞᆯ진ᄃᆡ, 엄시 션혜쇼져의 셩모월ᄐᆡ(聖貌月態)라도 능히 당치

무[부]ᄅᆞ며 나아오ᄆᆡ 녜졀이 규구의 옹목ᄒᆞ고, 슈단이 합도ᄒᆞ니 우 쥰승ᄒᆞ고 좌 규구라. ᄇᆡᆨ【4】ᄋᆡ 실소ᄒᆞ고 호학이 탈션ᄒᆞ니, 좌듕의 더부러 의논코져 ᄒᆞᆯ진ᄃᆡ 엄시 션혜쇼져의 셩모월ᄐᆡ라도 능히 신부로ᄂᆞᆫ 당치 못헐 것시오. 기여 제쇼져와 엄싱 형뎨의 부인 한·양 냥소제 비록 아름다오나 엇지 윤소져를 밋ᄎᆞ리오.

1517)팔히(八海) : 사방(四方)과 사우(四隅)에 있는 바다로, 천하의 모든 바다를 말한다. *사우(四隅): 동남, 동북, 서남, 서북 네 모퉁이의 방위.

1518)아미산(峨眉山) 반늉월(半輪月) : '눈썹'과 '눈두덩'을 '누에'와 '반달'에 비유해 표현한 말.

1519)뉴미(柳眉) : 버들강아지처럼 생긴 눈썹.

1520)아당(阿黨) : 남의 비위를 맞추거나 환심을 사려고 다랍게 아첨함

1521)광릉(廣陵) : 중국 강소성(江蘇省) 양주시(揚州市) 광릉구(廣陵區)에 있는 지명.

1522)왕모도화(王母桃花) : 중국 전설상의 서왕모(西王母)의 요지(瑤池)에서 기른다는 반도(蟠桃)복숭아 나무의 꽃.

1523)빅년냥이(白蓮兩耳) : 하얀 연꽃잎처럼 달려있는 두 귀.

1524)어리롭다 : 아리땁다. 귀엽다.

1525)도솔궁(兜率宮) : 도솔천에 있는 궁전. *도솔천(兜率天); 육욕천의 넷째 하늘. 수미산의 꼭대기에서 12만 유순(由旬) 되는 곳에 있는, 미륵보살이 사는 곳으로, 내외(內外) 두 원(院)이 있는데, 내원은 미륵보살의 정토이며, 외원은 천계 대중이 환락하는 장소라고 한다

1526)금단(錦端) : 『건설』 기둥머리에 그린 단청의 가장자리를 비단 자락 모양으로 돌린 무늬.

못ᄒᆞᆯ 거시오, 기여 제쇼져와 엄싱 형뎨의 부인 한·양 냥쇼제 비록 아ᄅᆞᆷ다오나, 윤쇼져의게는 다 하풍(下風)이라.

오직 ᄃᆡ두(對頭)ᄒᆞᆯ ᄌᆞ는 윤도찰 부인으로 일빵가인(一雙佳人)이오, 진짓 젹쉬(敵手)라. 녜파(禮罷)의 안항(雁行)을 비기니, 두낫 오치쥐(五彩珠)[1527]오, 한빵 보벽(寶璧)이라. 좌우의 슈풀 갓흔 홍상치의(紅裳彩衣) 낫낫치 탈식(脫色)ᄒᆞ며[니], ᄐᆡᄉᆞ와 오왕이 어로만져 희동안식(喜動顔色) 왈,

“나의 며ᄂᆞ리 범인이 아니라. 반ᄃᆞ시 옥쳥션지(玉淸仙子)[1528] 인간의 나【74】렷ᄂᆞ니 져의 밧든 조뉼(棗栗)이 또ᄒᆞᆫ 화조교리(火棗交梨)[1529]의 종뉴(種類)리니, 우리 맛당이 맛보와 동방삭(東方朔)[1530]의 슈ᄅᆞᆯ 긔약ᄒᆞ리라.”

좌ᄀᆡᆨ이 졍히 신부의 긔이ᄒᆞᆫ ᄌᆡ화(才華)ᄅᆞᆯ 우러러 쥬식(酒食)을 닛고, 하언(賀言)이[을] 능히 니루지 못ᄒᆞ더니, ᄐᆡᄉᆞ와 오왕의 희식을 보고 바야흐로 씨다라, 일시의 졔셩치하(齊聲致賀) 왈,

“신부는 당셰의 희한ᄒᆞᆫ 슉녜라. 진짓 녕낭의 풍치로 상젹(相敵)ᄒᆞᆫ 부뷔니, 가히 존문의[을] 흥긔(興起)ᄒᆞᆯ 쥴 알니로쇼이다.”

ᄐᆡᄉᆞ와 왕이 풍화(豊華)ᄒᆞᆫ 안모(顔貌)의 혜풍(惠風)이 가득ᄒᆞ여 숀ᄉᆞ(遜辭)ᄒᆞ더라.

츄밀이 잔을 드러 ᄐᆡᄉᆞ긔 하【75】례 왈,

“금일 신부ᄅᆞᆯ 보오니 ‘쥬실(周室)의 문풍(門風)’[1531]이 이시니, 오문(吾門)이 무순 복으로 져 갓흔 슉녜 문호(門戶)의 드러와 문

1527)오치쥐(五彩珠) : 오색 영롱한 진주(珍珠)

1528)옥쳥션자(玉淸仙子) : 옥청궁에 사는 선녀. *옥청궁 : 도교에서, 천제(天帝) 살고 있다고 하는 궁.

1529)화조교리(火棗交梨) : 도가(道家)에서 신선이 먹는다는 과일로, 화조(火棗)는 대추의 일종이고, 교리(交梨)는 배의 일종이다.

1530)동방삭(東方朔) : 중국 전한 시대의 문인. 속설에 서왕모의 복숭아를 훔쳐 먹어 죽지 않고 장수하였다 하며, '삼천갑자 동방삭'이라 함.

1531)쥬실(周室)의 문풍(門風) : 중국 주(周)나라 문왕의 비(妃)인 태사(太姒)의 덕(德) 이르는 말. 태사는 현모양처(賢母良妻)로 문왕을 잘 내조하여 성군(聖君)이 되게 함으로써 후세의 칭송을 받아왔다.

오작 ᄃᆡ두ᄒᆞᆯ ᄌᆞ는 윤도찰 부인으로 일쌍가인이오. 진짓 젹쉬니, 녜파의 안항을 ᄇᆡ기니 두낫 오치쥬오, 한쌍 보벽이라. 좌우의 슈풀갓튼 홍상치의 낫낫치 탈식ᄒᆞᄂᆞᆫ지라. ᄐᆡᄉᆞ의[와] 오왕이 죠윰을 어로만【5】져 희동안식 왈,

“나의 며ᄂᆞ리 범인이 아니라. 반ᄃᆞ시 옥쳥션지 인간의 나렷ᄂᆞ니, ○○○○[져의 밧든] 됴뉼이 또ᄒᆞᆫ 화조교리의 둉뉴리니 우리 맛당이 맛보아 동방삭의 하슈을 긔약ᄒᆞ리라.”

좌ᄀᆡᆨ이 졍히 신부의 긔이ᄒᆞᆫ ᄌᆡ화를 우러러 쥬식을 닛고 하언이[을] 능히 일우지 못ᄒᆞ더니, ᄐᆡᄉᆞ와 오왕의 희식을 보미[고] 바야흐로 씨ᄃᆞ라 일시의 년셩치하 왈,

“신부는 당셰의 희한ᄒᆞᆫ 슉녜라. 진짓 녕낭의 풍치로 상젹ᄒᆞᆫ 부뷔니 가히 죤문의[을] 흥긔ᄒᆞᆯ【6】 쥴 알이로쇼이다.”

ᄐᆡᄉᆞ와 왕이 풍화ᄒᆞᆫ 안모의 혜풍이 가득ᄒᆞ여 손ᄉᆞᄒᆞ더라.

츄밀이 잔을 드러 ᄐᆡᄉᆞ긔 하례 왈,

“금일 신부ᄅᆞᆯ 보오니 쥬실의 문풍이 잇스니, 오문의[이] 무순 복으로 말셰착난지셰의 져ᄀᆞᆺ든 슉녜 문호의 드러와 문을 영창ᄒᆞᆯ 삭이 잇ᄂᆞ니잇고? 쇼제의 셰 며ᄂᆞ리와 두 ᄯᆞᆯ이 감히 신부ᄅᆞᆯ 밋지 못ᄒᆞ오리니, 쇼뎨 형장 늉복을 치하ᄒᆞᄂᆞ이다.”

을 영창(榮昌)ᄒᆞᆯ 삭시 잇ᄂᆞ니잇고? 쇼뎨의 셰 며ᄂᆞ리와 두 ᄯᆞᆯ이 감히 신부ᄅᆞᆯ 밋지 못ᄒᆞ오리니, 쇼뎨 형장 늉복(隆福)을 치하ᄒᆞᄂᆞ이다.”

ᄐᆡᄉᆡ 흔연이 잔을 바다 거후ᄅᆞ고 니로ᄃᆡ,

“오뎨지언(吾弟之言)이 졍합아심(正合我心)이라. 이갓흔 셩녀슉완(聖女淑婉)을 슬하의 일위미 나의 묘복(眇福)의 비로ᄉᆞ미 아니라, 왕뎨(王弟)의 어진 덕을 신명이 감동ᄒᆞ시고, 댱 슈(嫂)의 어지리 ᄐᆡ교ᄒᆞ므로 창 갓흔 긔ᄌᆞ(奇子)ᄅᆞᆯ 나하 우형의 슬【76】하ᄅᆞᆯ 빗니미니, 엇지 왕뎨의게 몬져 하례ᄒᆞ염즉지 아니리오.”

언파의 ᄐᆡᄉᆡ 스ᄉᆞ로 한잔을 부어 왕의게 젼ᄒᆞ고 ᄉᆞ례 왈,

“현뎨 긔ᄌᆞᄅᆞᆯ 두어 져 갓흔 셩녀슉완을 비(拜)ᄒᆞ니, 이 다 현뎨의 쥬미라. 엇지 한 잔 슐을 권ᄒᆞ여 칭ᄉᆞᄒᆞ믈 폐ᄒᆞ리오.”

친히 잔을 드러 오왕을 권ᄒᆞ니, 왕이 블승황공(不勝惶恐)ᄒᆞ여 ᄡᅡᆼ슈로 밧ᄌᆞ와 마시기ᄅᆞᆯ 다ᄒᆞ미, 이의 왕이 한 잔을 부어 ᄐᆡᄉᆞ긔 드려 왈,

“이ᄂᆞᆫ 블초뎨(不肖弟)의 복이 아니라, 그 윽이 ᄉᆡᆼ각건ᄃᆡ 조션음즐(祖先陰騭)[1532]과 형장 셩덕을 신기(神祇)[1533] 감우(感佑)《ᄒᆞ시고 ‖ ᄒᆞ시미오》,【77】 존수(尊嫂)의 젹덕여경(積德餘慶)이라. 쇼뎨 묘복(眇福)으로 형장 셩언(聖言)을 감히 감당ᄒᆞ리잇고? 블승황감(不勝惶感)ᄒᆞ여이다.”

ᄐᆡᄉᆡ 흔연이 웃고 잔을 바다 거후ᄅᆞ더라.【78】

ᄐᆡᄉᆡ 흔연이 잔을 바다 거후르고 닐오ᄃᆡ,

“오뎨지언이 졍합아심이라. 이ᄀᆞᆺ튼 슉완셩녀를 슬하의 일【7】위미 나의 묘복의 비로ᄉᆞ미 아니라, 왕뎨의 어진 덕을 신명이 감우ᄒᆞ시고, 댱슈의 어지리 ᄐᆡ교ᄒᆞ므로 창 ᄀᆞᆺ튼 긔ᄌᆞ을 나하 우형의 슬하를 빗니미니, 엇지 왕뎨의게 몬져 치하ᄒᆞ렴[염]즉지 아니리오.”

언파의 태ᄉᆡ 스ᄉᆞ로 한잔을 부어 왕의게 젼ᄒᆞ고 ᄉᆞ려[례] 왈,

“현뎨 긔ᄌᆞᄅᆞᆯ 두어 져 ᄀᆞᆺ튼 셩녀슉완을 우귀ᄒᆞ니, 이ᄂᆞᆫ 다 현뎨의 쥬미라. 엇지 한 잔 슐로 칭ᄉᆞᄒᆞ믈 폐ᄒᆞ리오.”

ᄒᆞ고, 이의 마뢰잔의 ᄌᆞ하쥬를 ᄀᆞ득 부어 오왕을 권ᄒᆞ니, 왕이 황공불승ᄒᆞ여【8】 ᄡᅣᆼ슈로 공경ᄒᆞ여 밧ᄌᆞ와 마시기ᄅᆞᆯ 다ᄒᆞ미, 이의 ○○[왕이] 또 한 잔을 부어 태ᄉᆞ긔 드려 왈,

“이ᄂᆞᆫ 다 블쵸뎨의 복이 아니라, 쇼뎨 그윽이 ᄉᆡᆼ각건ᄃᆡ 죠션음질과 형장 셩덕을 신기{히} 감우《ᄒᆞ시고 ‖ ᄒᆞ시미오》, 죤슈의 젹덕여경이라. 쇼뎨 묘복으로 형장 셩언을 감당ᄒᆞ리잇고? 블승황감ᄒᆞ여이다.”

ᄐᆡᄉᆡ 흔연이 웃고 잔을 바다 거후르며,

1532)조션음즐(祖先陰騭) : 조상이 보호하고 도와줌.

1533)신기(神祇) : 천신과 지기를 아울러 이르는 말. 곧 하늘의 신령과 땅의 신령을 이른다.

엄시효문쳥힝녹 권지십

화셜 ᄐᆡᄉᆡ 흔연이 웃고 잔을 바다 거후ᄅᆞ며 신부를 나호여 옥슈를 잡고 운환(雲鬟)을 어로만져 탐혹과ᄋᆡ(耽惑過愛)ᄒᆞ미 친녀의 감치 아니ᄒᆞ니 좌즁이 다 션탄(羨歎)1534)ᄒᆞ더라.

오왕이 금번 입조ᄒᆞ여 뎐ᄌᆞ의 ᄉᆞ숑(賜送)ᄒᆞ신 녜단(禮單)을 다 ᄂᆡ여 신부의 좌우를 상샤(賞賜)ᄒᆞ니, 윤부 모든 시인(侍人)이 블승ᄃᆡ희(不勝大喜)ᄒᆞ더라.

이윽고 왕의 곤계(昆季) 밧그로 나가니, 장ᄂᆡ 모든 ᄂᆡᄀᆡᆨ이 다 나와 최부인긔 치하ᄒᆞ니, 부인이 면강화답(勉强和答)1535)ᄒᆞ여 신부를 것ᄎᆞ로 ᄉᆞ【1】랑ᄒᆞᄂᆞᆫ 쳬ᄒᆞ나, ᄂᆡ심은 ᄂᆡ도ᄒᆞ더라.

범부인이 신부를 보ᄆᆡ 그 ᄉᆡᆨᄌᆞ용광(色姿容光)이 듯던 바의 승(勝)ᄒᆞ믈 보고 흠찬년ᄋᆡ(欽讚憐愛)1536)ᄒᆞ나, 최부인 심쳔(深淺)을 깁히 ᄉᆞᆺ치ᄂᆞᆫ 고로, 과도ᄒᆞᆫ ᄉᆞ식을 뵈지 아니ᄒᆞ더라.

종일 진환(盡歡)의 홍운(紅雲)이 경셔(傾西)ᄒᆞ고 ᄇᆡᆨ운이 즁동(重動)ᄒᆞ니, 제ᄀᆡᆨ이 각산기가(各散其家)ᄒᆞ고 신부 슉쇼를 옥원졍의 졍ᄒᆞ니, 신뷔 혼졍지녜(昏定之禮)를 맛고 침쇼의 도라오니 슈막병장(繡幕屛障)1537)과 포진긔완(鋪陳器琓)1538)이 졍제 화려ᄒᆞ여, 공후지ᄐᆡᆨ(公侯之宅)인 쥴 알니러라.

삼 엄쇼져와 셜쇼제 ᄯᆞᆯ와 니ᄅᆞ러 신부 장복(章服)을 【2】그ᄅᆞ고, 단의홍상(單衣紅裳)으

1534)션탄(羨歎)ᄒᆞ다 : 부러워하다.
1535)면강화답(勉强和答) : 억지로 화답함.
1536)흠찬년ᄋᆡ(欽讚憐愛) : 흠모하여 사랑함.
1537)슈막병장(繡幕屛障) : 장막과 병풍
1538)포진긔완(鋪陳器琓) : 온갖 깔개와 그릇.

신부를 나ᄒᆞ[호]여, 옥슈를 잡고 《운한∥운환》을 어로만져 탐혹과ᄋᆡᄒᆞ미 친녀에 감치 아니니 좌듕이 다 션타ᄒᆞ더라.

오왕이 금번 입됴ᄒᆞ여 뎐ᄌᆞ의【9】ᄉᆞ숑ᄒᆞ신바 예단을 다 ᄂᆡ여 신부의 좌우를 상ᄉᆞᄒᆞ니 윤부 모든 시인이 블승ᄃᆡ희ᄒᆞ더라.

이윽고 왕의 곤계 밧그로 나가니, 장ᄂᆡ 모든 ᄂᆡᄀᆡᆨ이 다 나와 최부인긔 치하ᄒᆞ니, 부인이 면강화답ᄒᆞ여 것ᄎᆞ로 신부를 ᄉᆞ랑ᄒᆞᄂᆞᆫ 체ᄒᆞ나, ᄂᆡ심ᄂᆞᆫ[은] ᄂᆡ도ᄒᆞ더라.

범부인이 신부을 보ᄆᆡ 그 ᄉᆡᆨᄌᆞ풍광이이 듯던 바의 승ᄒᆞ믈 보고, ᄃᆡ경 흠애ᄒᆞ여 년ᄋᆡᄒᆞ나, 최부인 심쳔을 깁히 ᄉᆞᆺ치ᄂᆞᆫ 고로 과도ᄒᆞᆫ ᄉᆞ식을 뵈지 아니ᄒᆞ더라.

죵일 진환의 홍훈[운]이 셩셔ᄒᆞ고 ᄇᆡᆨ운이 듕동ᄒᆞ니, 제【10】ᄀᆡᆨ이 각산기가ᄒᆞ고, 신부 슉쇼을 옥원졍의 졍ᄒᆞ니, 신부 혼졍지녜를 맛고 유아시녜 븟드러 침쇼의 도라오니 병장슈막과 표[포]진긔완이 졍제ᄒᆞ고 화려공교ᄒᆞ여 공후지ᄐᆡᆨ인 듈 알니러라.

삼 엄쇼져와 셜쇼제 ᄯᆞ라 니ᄅᆞ러 신부의 장복을 그ᄅᆞ고 단의홍상으로 제쇼제 ᄎᆡ메를 연ᄒᆞ여 쇼음이 낭낭ᄒᆞ더니 야심ᄒᆞᄆᆡ 문득 먼니셔붓터 신 ᄡᅳ으ᄂᆞᆫ 쇼ᄅᆡ 완완ᄒᆞ며 공ᄌᆡ ᄇᆡᆨ포광삼을 붓치며 날호여 승당ᄒᆞ니, 념젼의 ᄉᆞ후ᄒᆞ던 양낭 복쳡이 년【11】망이 영ᄃᆡᄒᆞ여 슈호를 밀고 ᄉᆞ창을 반ᄀᆡᄒᆞ여 향실의 나아가

로 치몌(彩袂)를 년(連)ᄒᆞ여 제쇼제 쇼음(笑音)이 낭낭ᄒᆞ더니, 야심ᄒᆞ미 믄득 먼니셔븟허 신 ᄭᅳ으는 쇼릐 완완ᄒᆞ며, 공지 ᄇᆡᆨ포광삼(白布廣衫)을 븟치며 날호여 승당ᄒᆞ니, 념젼(簾前)의 양낭(養娘) 복쳡(僕妾)이 연망(連忙)이 마ᄌᆞ, 슈호(繡戶)를 밀고 ᄉᆞ창(紗窓)을 반긔(半開)ᄒᆞ여 향실(香室)의 나아가니, 한 ᄣᅦ 홍분(紅粉)[1539]이 일뉸은셤(一輪銀蟾)[1540]을 쳐 마ᄌᆞ니, 좌우 제ᄆᆡ(諸妹) 일시의 우어 왈,

"쇼괴(小姑) 오가의 입문ᄒᆞ미 ᄉᆞ면의 친ᄒᆞ니 업ᄉᆞᆫ지라. 아등이 겹겹 져ᄆᆡ(姐妹)의 구정을 아오라, 쇼고(小姑)를 위로코져 니ᄅᆞ렷더니, 쥬인이 드【3】러오니 물너 가노라."

셜파의 제쇼제 치슈(彩袖)를 년ᄒᆞ여 일시의 도리가니, 공지 날호여 난두(欄頭)의 나아와 제ᄆᆡ(諸妹)를 보니고, 다시 방즁의 드러오니, 쇼제 오히려 부좌정닙(不坐正立)[1541]이라.

공지 흔연이 팔을 드러 좌를 쳥ᄒᆞ고, ᄌᆞ기(自家) ᄉᆞᄉᆞ로 좌ᄒᆞ니, 신부의 유뫼 요금(褥衾)을 빵셜(雙設)ᄒᆞ고 물너나니, 제 시비 분분이 퇴후장외(退後帳外)[1542]ᄒᆞᄂᆞᆫ지라. 공지 단연이 안ᄌᆞᆫ 좌를 곳치지 아니ᄒᆞ고, 져슈묵묵(低首默默)ᄒᆞ여, 신부의 화ᄌᆞ염질(花姿艷質)을 유의ᄒᆞ여 술피며, 야심ᄒᆞ미 바야흐로 촉을 물니고 관영(冠纓)을【4】 히탈(解脫)ᄒᆞ고, 신부를 권ᄒᆞ여 ᄌᆞ리의 나아가나, ᄌᆞ긔 부뷔 셩인가취지년(成人嫁娶之年)[1543]이 아니어ᄂᆞᆯ, 더옥 쇼져의 혜초(蕙草) 갓흔 브드러온 거동과 유란(幼蘭) 갓치 약ᄒᆞᆫ 쳬지(體肢) 진실노 부부호락(夫婦好樂)을 닐울 ᄶᅴ 아니라.

니, ᄒᆞᆫ ᄣᅦ 홍분이 일뉸은셤을 쳐 마ᄌᆞ니 좌우의 제ᄆᆡ 《잇더라∥잇다가》 일시의 우어 왈,

"쇼괴 오가의 입문 쵸일의 ᄉᆞ면의 친ᄒᆞ니 업ᄉᆞᆫ지라. 아등이 겹겹 져미의 후졍을 아오라 소고를 위로코져 니ᄅᆞ렷더니, 쥬인이 드러오니 물너 가노라."

셜파의 제쇼제 치슈를 연ᄒᆞ여 일시의 도라가니, 공지 날호여 난두의 나아와 제ᄆᆡ를 보니고, 다시 방듕의 드러오니, 쇼제 오히려 부좌정입이라.

공지 흔연이 팔을 드【12】러 좌를 쳥ᄒᆞ고 ᄌᆞ기 ᄉᆞᄉᆞ로 좌ᄒᆞ니, 신부의 유뫼 요금을 쌍셜ᄒᆞ고 물너나니, 제 시비 분분이 퇴후장외ᄒᆞᄂᆞᆫ지라. 공지 단면이 안ᄌᆞᆫ 좌를 곳치디 아니ᄒᆞ고 져슈 묵묵ᄒᆞ여 신부의 화ᄌᆞ염질을 유의ᄒᆞ여 술피며, 야심ᄒᆞ미 ᄇᆞ야흐로 신부의 약질을 유의ᄒᆞ여 쵹을 믈니고 관영을 히탈ᄒᆞ미 신부를 권ᄒᆞ여 ᄌᆞ리의 나아가ᄂᆞ ᄌᆞ긔 부뷔 셩인의 가취지년이 아니여ᄂᆞᆯ, 더옥 쇼져의 혜초 갓튼 부드러온 거동과 유란 ᄀᆞᆺ치 약ᄒᆞᆫ 체지 진실노 부부호락을 일울 ᄶᅴ 아니라.

1539)홍분(紅粉) : 연지와 분을 아울러 이르는 말. 여기서는 화장을 한 여자를 말함.
1540)일뉸은셤(一輪銀蟾) : 둥근 달. *은섬(銀蟾): 은빛 두꺼비라는 뜻으로, '달'을 달리 이르는 말
1541)부좌정닙(不坐正立) : 앉지 않고 바르게 서 있음.
1542)퇴후장외(退後帳外) : 뒤편 휘장(揮帳) 밖으로 물러남.
1543)셩인가취지년(成人嫁娶之年) : 성인(成人)으로서 시집가고 장가들 나이.

한가지로 상요(牀褥)의 나아가나 이셩(二姓)의 친(親)을 닐우미 업ᄉᆞ니, 남ᄋᆡ 향방온실(香房溫室)의 옥인(玉人)을 겻지어[1544], 일신이 쳔향(天香)이 옹비(擁鼻)ᄒᆞ고 규힝(閨行)의 ᄉᆞ덕(四德)이 겸비ᄒᆞ니, 엇지 범연ᄒᆞ리오만은, 그윽이 도라 가도(家道)를 ᄉᆡᆼ각ᄒᆞ건ᄃᆡ, 비록 밍광(孟光)[1545]의 퍼진 허리와 무염(無鹽)의 검은 낫치라도, 질오(嫉惡)ᄒᆞᄂᆞᆫ ᄌᆞ의 함【5】ᄒᆡ(陷害)ᄒᆞ믈 잘 면치 못ᄒᆞ려든, ᄒᆞ믈며 신인의 텬ᄉᆡᆼ특용(天生特容)[1546]이 'ᄒᆡ파(海波)의 금가마괴 부상(扶桑) 쳣 가지의 걸녓ᄂᆞᆫ 듯'[1547], 벽공쇼월(碧空素月)[1548]이 바람을 만나 두렷ᄒᆞ며, ᄋᆡᆼ년일지(櫻蓮一枝)[1549] 녹파(綠波)의 ᄂᆡ왓ᄂᆞᆫ 듯, 금분(金盆)의 모란(牡丹)이 셩ᄀᆡ(盛開)ᄒᆞ여 쳔ᄐᆡ만광(千態萬光)과 ᄇᆡᆨ미쳔염(百美千艶)이 쇄락청신(灑落淸新)ᄒᆞ며, 흐억 찬난ᄒᆞ여 진셩(秦城) 십오셩(十五城)을 밧고던 조승지쥬(趙城之珠)[1550]와 화시벽(和氏璧)[1551]을 족히 귀타 못ᄒᆞᆯ지라. 작셩이 여

ᄒᆞᆫ【13】가지로 나아가나 이셩의 친을 일우미 업ᄉᆞ나, 향방 온실의 옥인을 겻지어 일신의 텬향이 옹비ᄒᆞ고 부여응지라. 가지록 규힝ᄉᆞ덕이 ᄌᆞ연ᄒᆞᆫ 가온ᄃᆡ 현져ᄒᆞ니, 엇지 범연하리오마ᄂᆞᆫ 그윽이 도라 가도를 ᄉᆡᆼ각건ᄃᆡ,

ᄇᆡ쳬가 비록 밍광의 퍼진 허리와 무염의 거믄 ᄂᆞᆺ치라도, 질오ᄒᆞᄂᆞᆫ 쟈의 함ᄒᆡᄒᆞ믈 면치 못ᄒᆞ려든, ᄒᆞ믈며 신인의 텬ᄉᆡᆼ특용이 갓쵸 비무ᄒᆞᆯᄉᆞ록 투현질능ᄌᆞ를 돕ᄂᆞᆫ 장본이라.

1544)겻짓다 : 옆에 끼다. 옆에 두다. 짝짓다. 더불다.

1545)밍광(孟光) : 후한 때 사람 양홍(梁鴻)의 처. 추녀였으나 남편의 뜻을 잘 섬겨 현처로 이름이 알려졌고, 고사 거안제미(擧案齊眉)로 유명하다.

1546)텬ᄉᆡᆼ특용(天生特容) : 타고난 특출한 용모.

1547)ᄒᆡ파(海波)의 금가마괴 부상(扶桑) 쳣 가지의 걸녓ᄂᆞᆫ 듯 : '아침 해가 부상의 바다 물결 위로 떠오르는 모습'을 표현한 말. *금가마괴 : =금오(金烏). '해'를 달리 이르는 말. 태양 속에 세 개의 발을 가진 금까마귀가 있다는 전설에서 유래하였다. *부상(扶桑) : 해가 뜨는 동쪽 바다. 중국의 전설에 해가 뜨는 동쪽 바다 속에 부상(扶桑)이라는 상상의 나무가 있다고 한 데서 유래했다.

1548)벽공쇼월(碧空素月) : 푸른 하늘에 떠 있는 하얀 달.

1549)ᄋᆡᆼ년일지(櫻蓮一枝) : 앵두처럼 붉은 연꽃 한 가지.

1550)죠셩지주(趙城之珠) : 조(趙)나라에 있는 구슬이라는 뜻으로, 춘추시대 조나라 혜문왕(惠文王)이 당시 중국에 전래되던 유명한 보석인 화씨벽(和氏璧)을 빼앗아 손에 넣었는데, 이 화씨벽(和氏璧)을 이르는 말이다.

1551)화시벽(和氏璧) : 중국 전국시대에 변화씨(卞和氏)라는 사람이 형산(荊山)에서 돌 위에 봉황이 깃들이는 것을 보고 얻었다는 천하의 이름난 옥. 뒤에 조나라 혜문왕(惠文王)이 이

ᄎᆞ(如此)ᄒᆞᆯᄉᆞ록 투현질능ᄌᆞ(妬賢嫉能者)[1552]ᄅᆞᆯ 돕ᄂᆞᆫ 장본이라.

일침동와(一枕同臥)의 그ᄋᆞᆨ이 ᄉᆞ렴ᄒᆞ며 우우번민(憂憂煩悶)ᄒᆞ여 잠을 일우지 못ᄒᆞ더니, 홀연 후【6】창 난함(欄檻) 다이로셔 글 읇ᄂᆞᆫ 쇼ᄅᆡ 나ᄃᆡ, 미미ᄒᆞ여 ᄌᆞ시 못드ᄅᆞ나 귀졀 귀졀 윤시ᄅᆞᆯ 두고 ᄉᆞ상(思想)ᄒᆞᄂᆞᆫ 음참(淫僭)ᄒᆞᆫ 글이라.

공ᄌᆡ 청파의 악연(愕然) 장탄(長歎)ᄒᆞ믈 마지 아니ᄒᆞ고 쇼져ᄅᆞᆯ 보니, 쇼제 또 엇지 모르리오. 구가 형셰ᄅᆞᆯ 입문초일(入門初日)의 가지(可知)니, 옥결(玉-)[1553] 빙심(氷心)의 신상 누어(累語)ᄅᆞᆯ ᄃᆡ경ᄒᆞ며, 공ᄌᆞ의 신상이 안한(安閑)ᄒᆞᆯ 바ᄅᆞᆯ 밋지 못ᄒᆞ여, 가만이 슘 지이며 금금(錦衾)으로 낫ᄎᆞᆯ 빠고 귀ᄅᆞᆯ 막아 비례지언(非禮之言)을 드ᄅᆞᆫ 쥴 뉘웃ᄂᆞᆫ지라.

고요히 죽은 듯 호흡을 통치 아니니, 공ᄌᆡ 지긔(知機)ᄒᆞ고 심니(心裏)의 ᄋᆡ【7】련ᄒᆞ여 옥슈(玉手)ᄅᆞᆯ 어로만져 나ᄌᆞᆨ이 일너 왈,

“고어의 운(云), 부부ᄂᆞᆫ 이체일심(二體一心)이라. 지긔부부(知己夫婦)ᄂᆞᆫ 일일지간(一日之間)도 그 심ᄉᆞᄅᆞᆯ 안다 ᄒᆞ엿ᄂᆞ니, ᄉᆡᆼ이 블학무식(不學無識)ᄒᆞ나 젹은 총명이 고인을 ᄯᆞᆯ오고져 ᄒᆞᄂᆞ니, 가간의 간인이 엄뉴(淹留)ᄒᆞ여 이후 ᄌᆡ앙이 그만ᄒᆞ여 잇지 아니리니, 부인은 과도히 놀나지 말나. ᄎᆞ후 이의셔 더은 참셜(讒舌)이 잇셔도 경동치 마로쇼셔.”

쇼제 청파의 군ᄌᆞ의 긔지(旣知)ᄅᆞᆯ 감ᄉᆞᄒᆞ나, 스ᄉᆞ로 심ᄒᆞᆫ골경(心寒骨驚)ᄒᆞ여 비한(背汗)이 쳠금(添衾)ᄒᆞ믈 ᄭᆡ닷지 못ᄒᆞ니, 비록 말을 아니ᄒᆞ【8】나 종야불ᄆᆡ(終夜不寐)러니, 이러구러 효계창명(曉鷄唱鳴)ᄒᆞ니 부뷔 니러

화씨벽(和氏璧)을 빼앗아 손에 넣음으로써 ‘조성지주(趙城之珠)라는 이름이 붙기도 하였는데, 또 진(秦)나라 소양왕(昭襄王)이 이 옥을 탐내, 당시 이 옥을 가지고 있던 조(趙)나라 혜문왕(惠文王)에게 진나라 15개의 성(城)과 바꾸자는 제안을 하였다고 하여, ‘연성지벽(連城之璧)’이라 불리기도 한다.

1552)투현질능ᄌᆞ(妬賢嫉能者) : 어질고 재주 있는 사람을 시기하고 미워하는 사람.

1553)옥결(玉-) : 옥돌의 결이 깨끗하다는 데서 흔히 깨끗한 마음씨를 이르는 말.

일침동와 듕 그ᄋᆞᆨ이 ᄉᆞ랑ᄒᆞᄆᆡ 유유번민ᄒᆞ야 ᄌᆞᆷ을 일【14】우디 못ᄒᆞ더니, 홀연 후창 난함 ᄃᆞ히셔 일인 글 읇ᄂᆞᆫ 쇼ᄅᆡ 나ᄃᆡ 미미ᄒᆞ야 ᄌᆞ시 못 드ᄅᆞ나, 귀졀이 윤시를 두고 ᄉᆞᄉᆡᆼᄒᆞᄂᆞᆫ 음창ᄒᆞᆫ 글이라.

공ᄌᆡ 쳥파의 악연장탄ᄒᆞ믈 마지아니고 쇼져를 보니 쇼제 또 엇지 알지 못ᄒᆞ리오. 구가 형셰를 닙문 쵸일의 가거니 옥결빙심의 신상누얼을 대경ᄒᆞ여 금금으로 ᄂᆞᆺ찰 ᄡᆞ고 귀를 막아 비례지언 드를[른] 쥴을 뉘웃ᄂᆞᆫ지라.

고요ᄒᆞ야 쥭을[은] ᄃᆞᆺ시 호흡을 통치 아니니, 공ᄌᆡ 지긔ᄒᆞ고 심니의 ᄋᆡ연ᄒᆞ여 숀을 어ᄅᆞ만져 ᄂᆞᄌᆞᆨ이【15】 닐너 왈,

“고어의 닐너시ᄃᆡ, 부부ᄂᆞᆫ 이체일심이라. 지긔 부부ᄂᆞᆫ 일일지간도 그 심ᄉᆞ를 안다 ᄒᆞ엿ᄂᆞ니 ᄉᆡᆼ이 블ᄒᆞᆨ무식ᄒᆞ나 져근 춍명이 고인을 ᄯᆞ로고져 ᄒᆞᄂᆞ니 부인이 엇지 날을 젹게 넉이ᄂᆞ뇨? 가간의 간인이 엄뉴ᄒᆞ야 이후 ᄌᆡ앙과 참셜이 잇셔도 ᄉᆡᆼ이 밋지 아니리니 부인은 경동치 마ᄅᆞ쇼셔.”

쇼제 텽파의 군ᄌᆞ의 지긔를 감ᄉᆞᄒᆞ나 스ᄉᆞ로 심한골경ᄒᆞ여 비한이 쳠금ᄒᆞ믈 ᄭᆡᄃᆞᆺ지 못ᄒᆞ니 비록 말을 아니나 죵야블ᄆᆡᄒᆞ더라.

이러구러 효계 창명ᄒᆞ니 부뷔 니러【16】나 관쇼ᄒᆞ고 몬져 외당으로 나가고 쇼져ᄂᆞᆫ 단장을 ᄃᆞᄉᆞ려 죤고 슉당의 문안ᄒᆞ니 션연미질이 윤염소쇄ᄒᆞ여 어제도근 빗난지라.

관쇼(盥梳)ᄒᆞ고, 공ᄌᆞᄂᆞᆫ 외당으로 나가 부슉(父叔)을 보오려 나가고, 쇼져ᄂᆞᆫ 최부인과 범부인긔 신셩(晨省)ᄒᆞ니, 션연미질(嬋姸美質)이 윤염쇼쇄(潤艶瀟灑)ᄒᆞ여 어제 도곤 빗난지라.

범ᆞ셜 이부인과 제소제 볼ᄉᆞ록 ᄋᆡ경ᄒᆞ나 최부인과 문시 공연이 뮈온 ᄯᅳᆺ이 ᄇᆡᆨ츌(百出)ᄒᆞ니, 최시ᄂᆞᆫ 종시 창을 업시치 못ᄒᆞ고 졈졈 장셩ᄒᆞ여 윤쇼져 갓흔 쳔고명염(千古名艶)을 취ᄒᆞ여 형셰 졈졈 히ᄒᆞ기 어려오믈 뮈워ᄒᆞ미오, 문시ᄂᆞᆫ 어ᄉᆞ지간(於斯之間)[1554]의 무숨 뮈오미 【9】 이시리오만은, 그 용광ᄉᆡᆨ뫼(容光色貌) 별이(別異)ᄒᆞ믈 싀오(猜惡)ᄒᆞ미라.

삼엄(三嚴)ᆞ셜 ᄉᆞ쇼제(四小姐) 윤쇼져로 더부러 ᄂᆡ셔헌(內書軒)의 나아가 ᄐᆡᄉᆞ 곤계긔 문안ᄒᆞᆫᄃᆡ, 삼공이 ᄉᆡ로이 어로만져 무ᄋᆡᄒᆞ미 강보영아(襁褓嬰兒) 갓흐니, 윤쇼제 블승감복ᄒᆞ더니, ᄎᆞ일 셜복야와 댱후 모든 곤계 댱각노 등이 니ᄅᆞ러 쇼져를 보미, 블승칭찬(不勝稱讚) 왈,

"윤시ᄂᆞᆫ 츙현여ᄆᆡᆨ(忠賢餘脈)으로 쳥문과 슉녈의 ᄉᆡᆼ휵(生畜)이 엇지 범연ᄒᆞ리오."

셜복얘 탄지(歎之) 칭션(稱善) 왈,

"댱형의 말이 연ᄒᆞ다. 예븟허 '산고옥츌(山高玉出)이오 ᄒᆡ심츌쥐(海深出珠)라'[1555] ᄒᆞ니 【10】 허언이 아니로다."

셜복야 부인의 교승(驕勝)ᄒᆞ므로도 윤쇼져를 보미 블승년ᄋᆡ(不勝憐愛)ᄒᆞ여 옥난픠(玉蘭佩) 일쥽을 상샤ᄒᆞ니, 시인이 지쇼(指笑) 왈,

"윤쇼져 ᄉᆡᆨᄌᆞ용광(色姿容光)은 셜부인의 허심긔ᄋᆡ(虛心奇愛)[1556]ᄒᆞ므로ᄡᅧ 알니로다."

ᄒᆞ더라.

윤학ᄉᆞ 부인과 윤어ᄉᆞ 부인 셜쇼져ᄂᆞᆫ 이날

1554)어ᄉᆞ지간(於斯之間) : 이 사이에.

1555)산고옥츌(山高玉出) ᄒᆡ심츌쥐(海深出珠) : 높은 산에서 옥이나고, 깊은 바다에서 진주가 난다는 뜻으로 훌륭한 인물은 덕이 높고 전통이 깊은 명문가에서 태어난다는 것을 비유적으로 표현한 말.

1556)허심긔ᄋᆡ(虛心奇愛) : 무심결에 베푼 특별한 사랑.

범·셜 이부인과 제소졔 볼ᄉᆞ록 ᄋᆡ경ᄒᆞ나 최부인과 문시 공연이 뮈은 ᄯᅳᆺ이 ᄇᆡᆨ츌ᄒᆞ니 문시ᄂᆞᆫ 그 긔이ᄒᆞᆫ 용광ᄉᆡᆨ모를 싀ᄋᆡᄒᆞ더라.

삼엄·셜 ᄉᆞ쇼졔 윤쇼져로 더브러 ᄂᆡ셔현의 나아가 태ᄉᆞ 곤계긔 문안ᄒᆞ니, 삼공이 어ᄅᆞ만져 무ᄋᆡᄒᆞ미 강보영아 ᄀᆞᄐᆞ니 윤쇼제 블승감격ᄒᆞ더니, ᄎᆞ일 셜 복야와 댱 각노 등이 니ᄅᆞ러 쇼져를 보미 블승층찬 왈,

"윤시ᄂᆞᆫ 튱현여【17】ᄆᆡᆨ으로 쳥문과 슉녈의 ᄉᆡᆼ휵이 엇지 범연ᄒᆞ리오."

셜 복야 칭션 왈,

"댱형 등의 의논이 금셕지언이라. 녜븟터 산고옥츌이오 ᄒᆡ심츌쥬라 ᄒᆞ미 허언이 아니로다."

ᄒᆞ더라.

셜 복야 부인의 교승ᄒᆞ므로도 윤쇼져를 보미 년ᄋᆡᄒᆞ믈 이긔지 못ᄒᆞ여 옥난픠 일 쥽을 상ᄉᆞᄒᆞ니 시인이 쇼왈,

"윤쇼져 ᄉᆡᆨᄌᆞ용광을 셜부인의 허심긔ᄋᆡᄒᆞ므로ᄡᅧ 알니로다."

ᄒᆞ더라.

윤 혹ᄉᆞ 부인과 윤 어ᄉᆞ 부인 셜시ᄂᆞᆫ 이날 부모 슉당의 하직고 윤상부로 도라가고, 양엄시ᄂᆞᆫ 부왕이 귀국ᄒᆞ실 동안【18】 구가의 말미를 어더 이에 머무니, 최부인이 왕의 ᄌᆞ상명달ᄒᆞ믈 두리ᄂᆞᆫ 고로 톱을 감쵸고 엄을 쥬리혀 악심을 발뵈지 못ᄒᆞ더라.

부모를 하직ᄒᆞ고 윤상부로 도리가고, 냥 엄쇼져는 부왕의 귀국ᄒᆞ실 동안 구가의 말미를 어더 이의 머므니, 최부인이 왕의 ᄌᆞ상명달(仔詳明達)ᄒᆞ믈 두리는 고로, 톱을 감초고 엄을 쥬로혀, 악심을 발뵈지 못ᄒᆞ더【11】라.

엄 공지 일야 신방 츌입을 닐운 후, 옥원졍의 다시 발ᄌᆞ최 님치 아니ᄒᆞ고, 부왕을 시침(侍寢)ᄒᆞ니, ᄐᆡ시 신방의 가기를 권ᄒᆞᆫ즉 공지 계슈(稽首) ᄃᆡ왈,

"ᄒᆡ아(孩兒)와 윤시 다 십여세 츙년(沖年)이라. 부부 《히실‖회실(會室)》이 밧부지 아니ᄒᆞ고, 부왕을 원니(遠離)ᄒᆞᆯ 심시 아득ᄒᆞ오니, 계신 동안 시침ᄒᆞ여 위로코져 ᄒᆞᄂᆞ이다."

ᄐᆡᄉᆞ와 왕이 그 노셩(老成)ᄒᆞᆫ ᄒᆡᆼ실을 크게 아롬다이 너겨, 다시 ᄉᆞ침(私寢)의 가기를 권{연}치 아니ᄒᆞ더라.

엄 공지 부명을 밧ᄌᆞ와 윤부의 나아가 빙악(聘岳)긔 뵈오니, 진왕이 크게 반【12】겨 바로 원쳥뎐의 드러가 위ㆍ조 냥ᄐᆡ비(兩太妃)와 제부인긔 비알ᄒᆞᆯ시, 윤승상의 양부(養父) 호람후 부부와 가즁 상히 한 당의 모다 엄공ᄌᆞ의 영풍옥모(英風玉貌)를 ᄉᆞ랑ᄒᆞ여 쥬육셩찬(酒肉盛饌)으로 관ᄃᆡ(寬待)ᄒᆞ며, 진왕의 조모 위ᄐᆡ비와 모비 조ᄐᆡ비 은근히 숀녀의 평싱을 부탁ᄒᆞ며, ᄉᆞ위(四位) 악뫼(岳母) 한갈갓치 쳥아(青蛾)를 드리워 은근 우ᄃᆡᄒᆞ니, 공지 쥰슌(遵順) 답ᄉᆞ(答謝)ᄒᆞ미, 영풍이 한아(閑雅)ᄒᆞ고 옥셩(玉聲)이 쳥월쇄락(淸越灑落)ᄒᆞ여 문질(文質)의 빈빈(彬彬)ᄒᆞᆷ과, 도학의 고명ᄒᆞ며[미] 윤ᄐᆡ우로 한빵 군지라.

진궁 상히(上下) 블【13】승ᄋᆡ경(不勝愛敬)ᄒᆞ믈 마지 아니ᄒᆞ며, 엄공지 츄파(秋波)를 흘녀 윤부 제인을 보미, 모든 부인ᄂᆡ 기기히 경국지ᄉᆡᆨ(傾國之色)으로 옥용(玉容)이 쇼담ᄒᆞ고[1557], 화질(花質)이 작약(綽約)ᄒᆞ여 폐월슈화지ᄐᆡ(閉月羞花之態)[1558]라.

1557)쇼담ᄒᆞ다 : 소담하다. 생김새가 탐스럽다.
1558)폐월슈화지ᄐᆡ(閉月羞花之態) : 달이 숨고 꽃도 부끄러워할 만큼 여인의 얼굴과 맵시가 매

엄 공지 일야 신방 츌입을 일운 후 다시 옥월졍의 가지 아니코 부왕을 시측ᄒᆞ니, ᄐᆡ시 신방의 가기를 권ᄒᆞᆫ 즉 공지 계슈 ᄃᆡ왈,

"ᄒᆡ이 십이 세 츙년이라. 고인의 유치[취]지년이 아니니 부부 회실이 밧브지 아니ᄒᆞ옵고, 부왕을 원니ᄒᆞ옵는 심시 아득ᄒᆞ오니 계신 동안 시침ᄒᆞ여 부ᄌᆞ지졍을 위로코져 ᄒᆞ옵ᄂᆞ니, 어린 아히 짓갑져이 부부 호락을 밧바ᄒᆞ리【19】잇고?"

태ᄉᆞ와 왕이 그 노셩ᄒᆞᆫ ᄒᆡᆼ실을 크게 아름다이 넉여 다시 ᄉᆞ침의 가기를 명치 아니터라.

엄 공지 부명을 밧ᄌᆞ와 윤부의 나아가 삼일 견빙악지예를 ᄒᆡᆼᄒᆞ니, 진왕이 크게 반겨 바로 ᄂᆡ뎐의 드러가 위·조 냥태비와 제부인긔 비알ᄒᆞᆯ시, 윤상부 상하노쇠 ᄒᆞᆫ 당의 모다 엄 공ᄌᆞ의 풍신치모를 ᄉᆞ랑ᄒᆞ여 쥬육셩찬을 관ᄃᆡᄒᆞ며, 진왕의 조모 위비와 모비 조태비 은근이 숀녀의 평싱을 브탁ᄒᆞ며 ᄉᆞ위 악뫼 ᄒᆞᆫ갈ᄀᆞᆺ치 쳥아를 드리워 은근 우ᄃᆡᄒᆞ니, 공지 쥰슌 답ᄉᆞᄒᆞ미 문질의【20】 빈빈ᄒᆞᆷ과 도ᄒᆞᆨ의 고명ᄒᆞ미 윤 태우로 ᄒᆞᆫ 빵 군ᄌᆞ니,

진궁 상하 블승ᄋᆡ경ᄒᆞ며, 엄 공지 츄파를 흘녀 윤부 제인을 보미 모든 부인ᄂᆡ 기기히 경국지ᄉᆡᆨ으로 옥용이 소담ᄒᆞ고 화질이 ᄌᆞ약ᄒᆞ여 폐월슈화지ᄐᆡ러라.

조ᄐᆡ비 희년(稀年)[1559]의 니ᄅᆞ러시나 윤ᄐᆡᆨᄒᆞᆫ 긔부(肌膚)와 쇄락ᄒᆞᆫ 졍신이 님하(林下)의 ᄉᆞ군ᄌᆡ(士君子)라.

공ᄌᆡ 심하의 칭찬 왈,

“조ᄐᆡ비ᄂᆞᆫ 진실노 당셰 ᄆᆡᆼ뫼(孟母)[1560]라. 져러틋 ᄌᆡ덕이 초셰(超世)ᄒᆞ니, 그 모 ᄉᆡᆼ의 윤의렬 갓흔 셩녀와 진왕과 윤상부 갓흔 긔ᄌᆞ(奇子)ᄅᆞᆯ 두미 그ᄅᆞ지 아니ᄒᆞ도다.”

ᄒᆞ고, 악모 슉녈비 년긔 이모지셰(二毛之歲)[1561]의 【14】홍옥초츈(紅玉初春)을 하직ᄒᆞ미 오ᄅᆡᄃᆡ, 용광ᄉᆡᆨᄐᆡ(容光色態) 찬난 쇄락ᄒᆞ여, 만복완젼지상(萬福完全之相)이 낫하나며, 기여 {뎡}진、남、화, 하、댱 등이 ᄀᆡᄀᆡ히 초월탁이(超越卓異)ᄒᆞ여, ᄒᆡ상(海上)의 명ᄌᆔ(明珠) 쇼ᄉᆞ나며, 월젼(月殿)의 상ᄋᆡ(嫦娥)[1562]나린 듯ᄒᆞ니, 공ᄌᆡ 심하의 탄복ᄒᆞ믈 마지 아니ᄒᆞ여, 그 부인의 별이(別異)히 품슈(稟受)ᄒᆞᆫ 곳이 이시믈 ᄭᆡ닷더라.

공ᄌᆡ 옥슈의 금져(金箸)ᄅᆞᆯ 드러 진찬을 하져(下箸)ᄒᆞ며, 단슌호치(丹脣皓齒) ᄉᆞ이로 풍ᄉᆡᆼ운집(風生雲集)[1563]ᄒᆞᆫ 담쇠(談笑) 《텬하‖현하(懸河)》ᄅᆞᆯ 드리온 듯ᄒᆞ니, 빙부모(聘父母)의 블승ᄋᆡ경(不勝愛敬)ᄒᆞ미 《비무‖무비(無比)[1564]》ᄒᆞ더라.

이윽고 공ᄌᆡ 하직고 부즁【15】의 도라올ᄉᆡ, 진궁 졔인이 훌연ᄒᆞ미 일흔 거시 잇ᄂᆞᆫ 듯ᄒᆞ여, ᄌᆞ로 오기ᄅᆞᆯ 일ᄏᆞᆺ더라.

공ᄌᆡ 임의 도라오니 최부인이 아험(娥臉)의 우음을 머금고, 은근이 쳥아(靑蛾)ᄅᆞᆯ 드리

우 아름답다는 것을 비유적으로 이르는 말.

1559)희년(稀年) : 희수(稀壽), 드문 나이라는 뜻으로, 일흔 살을 이르는 말.

1560)ᄆᆡᆼ모(孟母) : 맹자의 어머니. 아들의 교육을 위하여 세 번이나 이사를 하고 베틀의 베를 끊어 보여 현모(賢母)의 귀감으로 불린다.

1561)이모지셰(二毛之歲) : 이모지년(二毛之年). 두 번째 머리털 곧 흰 머리털이 나기 시작하는 나이라는 뜻으로, 32세를 이르는 말.

1562)상아(嫦娥) : 달 속에 있다는 전설 속의 선녀.

1563)풍ᄉᆡᆼ운집(風生雲集) : 바람이 일어나고 구름이 모여듦. 말이나 생각 따위가 계속하여 이어져 끝이 없음.

1564)무비(無比) : 아주 뛰어나서 비길 데가 없음

조태비 희년의 니ᄅᆞ러시나 윤ᄐᆡᆨᄒᆞᆫ 긔부와 쇄락ᄒᆞᆫ 졍신이 님하의 ᄉᆞ군ᄌᆡ라.

공ᄌᆡ 심하의 칭찬 왈,

‘조태비ᄂᆞᆫ 진실노 당셰 ᄆᆡᆼ뫼라. 져럿ᄐᆞᆺ ᄌᆡ덕이 쵸셰ᄒᆞ니 그 모 ᄉᆡᆼ이[의] 윤의녈 ᄀᆞᆺᄐᆞᆫ 셩녀의[와] 딘국군과 윤상부 갓ᄐᆞᆫ 긔ᄌᆞ를 두미 그ᄅᆞ지 아니토다.’

ᄒᆞ고, 악모【21】 슉녈비 년긔 이모지셰의 홍옥 쵸츈을 하직ᄒᆞ연 지 오라ᄃᆡ, 용광ᄉᆡᆨᄐᆡ 찬난쇄락ᄒᆞ여 만복완젼지상이 낫ᄐᆞ나고, 기여 진·화·남·하·댱 등 모든 듕년 부인과 기하 쇼년 부인이 ᄀᆡᄀᆡ히 초월탁아[이]ᄒᆞ야 ᄒᆡ상 명쥬며 월젼의 상아 ᄂᆞ린 ᄃᆞᆺᄒᆞ니, 공ᄌᆡ 심하의 탄복ᄒᆞ믈 마지아냐 ᄒᆞ더라.

공ᄌᆡ 옥슈의 금져를 드러 진찬을 하져ᄒᆞ며 단슌호치 ᄉᆞ이로 풍ᄉᆡᆼ운집ᄒᆞᆫ 담쇠 현하를 드리온 ᄃᆞᆺᄒᆞ니 빙부모의 블승ᄋᆡ경ᄒᆞ미 무비ᄒᆞ더라.

이윽고 공ᄌᆡ 도라올ᄉᆡ 진궁 졔인【22】이 {훌}훌연ᄒᆞ야 ᄌᆞ로 오기를 일ᄏᆞᆺ더라.

공ᄌᆡ 부듕의 도라오니 최부인이 아험의 우음을 먹음고 은근이 진국[궁] ᄉᆞ젹을 므러 ᄌᆞ모의 도를 다ᄒᆞ고 신부를 지극 권ᄋᆡᄒᆞ니, 뉘 그 심듕이 칼흘 픔고 입시울의 ᄭᅮᆯ을 발낫ᄂᆞᆫ 쥴 알니오.

위 진궁 쇼식을 므ᄅᆞ며, ᄌᆞ모지도(慈母之道)를 다ᄒᆞ고 신부를 지극 권ᄋᆡ(眷愛)ᄒᆞ니, 뉘 그 심즁의 칼홀 픔고 입시욹의 쑬을 발낫ᄂᆞᆫ 쥴 알니오.

범부인이 ᄇᆡᆨᄉᆞ(伯姒)[1565]의 힝ᄉᆞ를 극히 탄셕(嘆惜)ᄒᆞ고, 윤쇼져의 별츌(別出)ᄒᆞᆫ ᄉᆡᆨ광셩덕(色光盛德)으로 이후 환난이 어ᄂᆡ 곳의 밋출고 념녀ᄒᆞ더라.

윤쇼제 외모 ᄉᆡᆨ덕 ᄲᅮᆫ아니라, 신【16】셩예철(神聖睿哲)ᄒᆞ미 부모여풍(父母餘風)이라. 사름의 쇼릐를 드러 심폐를 ᄉᆞ못고, 조심경(照心鏡)[1566] 안광(眼光)이 사름의 얼골을 보아 능히 그 위인을 아ᄂᆞᆫ지라. 그윽이 살피미 양존구(養尊舅) 틱ᄉᆞ공은 뇌락(磊落)《훤출‖훤칠》ᄒᆞᆫ 군ᄌᆡ로ᄃᆡ 쇼탈ᄒᆞ여 가간 셰쇄지ᄉᆞ(細瑣之事)를 ᄉᆞ못지 못ᄒᆞᆯ 비오, 존고 최부인은 ᄋᆡ용(愛容)이 관졀(冠絶)ᄒᆞ고, 힝시 영오(穎悟)ᄒᆞ나 일빵뉴미(一雙柳眉)의 일만살긔(一萬殺氣) 어릐엿고, 별갓흔 빵셩(雙星)의 호란(胡亂)ᄒᆞᆫ[1567] 졍치(睛彩) 결비현인(決非賢人)이라.

또 그 ᄉᆞ환ᄒᆞᄂᆞᆫ 복칩(僕妾) 영교·미션 ᄌᆞ를 보니, 범안(凡眼)의ᄂᆞᆫ 츙졍[셩]되고 영오ᄒᆞᆫ 듯ᄒᆞ나, 기실(其實)은 악인【17】을 도와 현인을 히ᄒᆞ여, 제 몸이 스ᄉᆞ로 함졍의 들믈 모로ᄂᆞᆫ 일뉴(一類) 간당(奸黨)이라.

쇼제 크게 경괴(驚怪)ᄒᆞ여 혜오ᄃᆡ, ᄎᆞ뉘(此類) 가환(家患)의 근본이 될 쥴 ᄎᆞ악(嗟愕)ᄒᆞ며, 쾌히 신혼초의 흉픠ᄒᆞᆫ 가ᄉᆞ(歌詞)를 읇흔 지 ᄎᆞ인 등의 나지 아니믈 혜아리미, 공ᄌᆞ의 온즁졍ᄃᆡ이 경계ᄒᆞ던 지우(知遇)를 감ᄉᆞᄒᆞ고, 쳐신을 즁도(中道)로 쳐ᄒᆞ며, 구고를 셤기미 슉흥야미(夙興夜寐)ᄒᆞ여 동동쵹쵹(洞洞屬屬)ᄒᆞ며 슉미(叔妹) 금장(襟丈)[1568]을 우공(友恭)

범부인이 ᄇᆡᆨᄉᆞ의 힝ᄉᆞ를 그윽이 탄셕ᄒᆞ고 윤쇼져의 별츌ᄒᆞᆫ ᄉᆡᆨ광셩덕《을‖으로》 이후 환난이 어ᄂᆡ 곳의 밋출고 념녜ᄒᆞ더라.

윤쇼져 의[외]모 ᄉᆡᆨ덕 분 아니라 신셩예철ᄒᆞ믄 부모여풍이라. ᄉᆞ룸의 소릐를 드러 심폐[폐]를 ᄉᆞ및고 조심【23】경 안광이 사름의 얼골을 보와 능히 그 위인을 아ᄂᆞ니라. 그윽이 구가 합문 제인을 솔피미, 양존구 엄 태ᄉᆞᄂᆞᆫ 뇌락《훤츌‖훤칠》ᄒᆞᆫ 군ᄌᆡ로ᄃᆡ 소탈ᄒᆞ야 가간셰쇄지ᄉᆞ를 ᄉᆞ못디 못ᄒᆞᆯ 비어ᄂᆞᆯ, 죤고 최부인이 ᄋᆡ용이 관졀ᄒᆞ고 힝시 영오ᄒᆞ나 일빵 뉴미 ᄀᆞ온ᄃᆡ 일만 살긔 어릐엿고 별ᄀᆞᆺ튼 빵셩이 호란ᄒᆞᆫ 졍치 결비현인이라.

그 ᄉᆞ환ᄒᆞᄂᆞᆫ 복쳡을 보건ᄃᆡ 범안의ᄂᆞᆫ 츙○[셩]되고 영오ᄒᆞ나 일뉴 간당이라.

쇼제 크게 경괴ᄒᆞ야 혜오ᄃᆡ, ᄎᆞ뉘 가화의 근본이 될【24】 쥴 차악ᄒᆞ야 신혼ᄒᆞ야 흉픠ᄒᆞᆫ 가ᄉᆞ를 읇흔 지 ᄎᆞ인 등의 나디 아니믈 쾌히 혜아리미, 쳐신을 더욱 삼가 구고를 셤기미, 슉흥야미ᄒᆞ여 동동쵹쵹ᄒᆞ며 슉미 금장을 우공ᄒᆞ고 군ᄌᆞ를 승슌ᄒᆞ며 돈목친쳑ᄒᆞ고 인뉴비복ᄒᆞ니, 태ᄉᆞ 삼곤계와 범부인이 긔특이 녁여 무ᄋᆡᄒᆞ미 지극ᄒᆞ고, 공지 녜경우ᄃᆡᄒᆞ미 지극ᄒᆞ며 비복이 일ᄏᆞᆺ기를 마지 아니나, 오직 최부인이 것ᄎᆞ로 ᄉᆞ랑ᄒᆞ나 ᄂᆡ심은 창이 ᄌᆞ가의 독슈 가온ᄃᆡ 무ᄉᆞ히 ᄌᆞ라 져ᄀᆞᆺ튼 슉녀를 취ᄒᆞᆫ 쥴이 뮙【25】고 분ᄒᆞ니, 부ᄃᆡ 업시키를 계교ᄒᆞ니 무순 화긔 이시리오.

1565)ᄇᆡᆨᄉᆞ(伯姒) : 남편의 형제 가운데 맏형의 아내. 여자 동서들 가운데 맏동서를 이른다.

1566)조심경(照心鏡) : 마음을 비추어 볼 수 있다는 상상의 거울.

1567)호란(胡亂)ᄒᆞ다 : 한데 뒤섞여 어수선하고 분간하기 어렵다.

1568)금장(襟丈) : 동서(同壻). 주로 남편 형제들의 아내들을 이르는 말로 쓰인다.

ᄒᆞ고, 군ᄌᆞ를 승슌(承順)ᄒᆞ니, ᄐᆡᄉᆞ 삼곤계와 범부인이 긔특이 너겨 무ᄋᆡ(撫愛)ᄒᆞ미 지극ᄒᆞ며, 공ᄌᆡ 【18】비록 금슬의 낙을 여지 아니나, 지긔부부(知己夫婦)로 녜경우ᄃᆡ(禮敬優待)ᄒᆞ미 지극ᄒᆞ고, 비복이 일ᄏᆞᆺ지 아니 리 업ᄉᆞ나, 오직 최부인이 것ᄎᆞ로 ᄉᆞ랑ᄒᆞᄂᆞᆫ 체ᄒᆞᄃᆡ, ᄂᆡ심은 ᄌᆞ긔 독슈(毒手) 가온ᄃᆡ 창이 무ᄉᆞ히 ᄌᆞ라나, 져갓흔 슉녀를 취ᄒᆞᆫ쥴 ᄆᆡᆸ고 분ᄒᆞ니, 부ᄃᆡ 업시키를 계규ᄒᆞᄆᆡ 무ᄉᆞᆷ 화긔(和氣) 이시리오.

강작(强作)ᄒᆞᆫ ᄉᆞ랑 가온ᄃᆡ 죽일 뜻이 급ᄒᆞ나, 오왕의 귀국ᄒᆞ기를 기다려 《션쳐‖쳐치》ᄒᆞ려 ᄒᆞ더라.

냥 엄부인이 쇼고의 아ᄅᆞᆷ다온 긔질노 아의 ᄇᆡ필을 삼아, 부뷔 상젹ᄒᆞ고 위인이 【19】겸금냥옥(兼金良玉)[1569] 갓흐믈 두굿겨 조종혈ᄉᆡ(祖宗血嗣) 빗날 바를 희힝ᄒᆞ나, 최부인과 문시 결단코 일장 가화(家禍)를 비져닐 쥴 지긔(知機)ᄒᆞ여 깁흔 념네 방하(放下)치 못ᄒᆞ고 타일 구가의 낫 업ᄉᆞᆫ 거죄 이실가 우례 간졀ᄒᆞ더라.

최부인이 공ᄌᆞ의 신혼 초야의 영교를 보ᄂᆡ여 괴이ᄒᆞᆫ 졍젹(情迹)을 빗최여 의심된 가ᄉᆞ를 읇허, 져의 금슬을 몬져 버히고져 ᄒᆞ엿더니, 공ᄌᆡ 믄득 ᄉᆞ긔 타연ᄒᆞ여 무심무려ᄒᆞ니 크게 의심ᄒᆞ여, 년ᄌᆞ시 쇼져의 비홍(臂紅)[1570] 유무를 ᄉᆞᆯ피ᄆᆡ 임의 단ᄉᆞ(丹砂) 일홍(一紅)이 완연【20】ᄒᆞ믈 보고, 심하의 의괴난

강작ᄒᆞᄂᆞᆫ ᄉᆞ랑 ᄀᆞ온ᄃᆡ 죽일 뜻이 급ᄒᆞ나 오왕의 귀국ᄒᆞ기를 기ᄃᆞ려 《션쳐‖쳐치》ᄒᆞ려 ᄒᆞ더라.

냥 엄쇼제 쇼져의 아ᄅᆞᆷ다온 긔질로 아의 ᄇᆡ필이 상젹ᄒᆞ믈 두굿기나, 최부인이 결단코 일단 가화를 비져닐 쥴 지긔ᄒᆞ여 깁픈 념네 방하치 못ᄒᆞ고 타일 구가의 ᄂᆞᆺ 업ᄉᆞᆫ 거죄 잇슬가 우례 간졀ᄒᆞ더라.

최부인이 공ᄌᆞ의 신혼 초야의 영교를 보ᄂᆡ여 고이ᄒᆞᆫ 졍젹을 들녀 금슬을 몬져 버히고져 ᄒᆞ더라. 공ᄌᆡ ᄉᆞ【26】긔 타연ᄒᆞ야 무심무려ᄒᆞ니 크게 의심ᄒᆞ야 년ᄌᆞ시 쇼져의 비홍을 ᄉᆞᆯ피니, 옥비의 비홍이 완연ᄒᆞ믈 보ᄆᆡ 심하의 《의긔‖의괴》ᄒᆞ야 혜오ᄃᆡ,

---

1569)겸금냥옥(兼金良玉) : 겸금(兼金)은 품질이 뛰어나 값이 보통 금보다 갑절이 되는 좋은 황금을 이르고, 양옥(良玉) 또한 옥 가운데서 품질이 뛰어난 옥을 말한다. 여기서 겸금과 양옥은 '재주나 미모가 뛰어난 사람'에 대한 비유로 쓰였다.

1570)비홍(臂紅) : 앵혈. 중국의 '수궁사(守宮砂)'를 한국고소설에서 창작적으로 변용하여 쓴 서사도구의 하나. 도마뱀의 피에 주사(朱砂)를 섞어 만든 것으로, 이것을 팔에 한번 찍어 놓으면 성관계를 맺기 전까지는 절대로 없어지지 않는 속설 때문에, 고소설에서 여성의 동정(童貞)이나 신분(身分)의 표지(標識) 또는 남녀의 순결 확인, 부부의 합궁여부 판단 등의 사건서사에 다양하게 활용되고 있다. 앵혈·주표(朱標)·비홍(臂紅)·홍점(紅點)·주점(朱點)·앵홍·앵점 등 여러 다른 말로도 쓰이고 있다.

측(疑怪難測)ᄒᆞ여 헤오ᄃᆡ,

"윤녀의 요괴로온 ᄉᆡᆨᄐᆡ(色態) 완ᄉᆞ(浣紗)ᄒᆞ던1571) 셔시(西施)1572)라도 밋지 못ᄒᆞᆯ 거시오. 한아(閑雅)ᄒᆞᆫ 긔질은 츄텬(秋天)의 빗난 쳬제ᄅᆞᆯ 가져시니, 셰쇽 남ᄌᆞ 아냐 셕가(釋迦)의 뎨ᄌᆞ와 득도고승(得道高僧)이라도 동실의 ᄃᆡᄒᆞ여 쳔고아미(千古蛾眉)ᄅᆞᆯ 목젼의 두고, 공연이 년니(連理)1573)의 낙(樂)을 닐우지 아녀시니 이 ᄯᅩᄒᆞᆫ 이상ᄒᆞᆫ 일이라. 혹시 영교의 가ᄉᆞᄅᆞᆯ 의혹ᄒᆞ여 그러ᄒᆞ민가 실노 아지 못ᄒᆞ리로다."

불승의혹(不勝疑惑)ᄒᆞ여 월여의 밋ᄎᆞ미 아마도 참기 어려워, 일일은 ᄐᆡᄉᆞ 삼곤계 다 모다 ᄌᆞ【21】질을 모화 한담ᄒᆞᆯᄉᆡ, 졔쇼졔 슈려ᄒᆞᆫ 용광이 츈원(春園)의 도리(桃李) 홍ᄒᆡᆼ(紅杏)이 닷호아 븕엇ᄂᆞᆫ 듯ᄒᆞ거ᄂᆞᆯ, 엄쇼져 월혜의 ᄌᆞ미 냥인과 윤쇼져의 ᄉᆡᆨ모광휘 즁즁(衆中)의 표표(表表)ᄒᆞ여, 견ᄌᆞ(見者)로 ᄒᆞ여금 ᄋᆡ경ᄒᆞ믈 니긔지 못ᄒᆞᆯ 비라.

오왕이 블승긔ᄋᆡ(不勝奇愛)ᄒᆞ여 냥녀의 옥슈ᄅᆞᆯ 잡고 윤도찰의 빵아(雙蛾)ᄅᆞᆯ 가ᄎᆞᄒᆞ여 화긔 우희염1574) 즉ᄒᆞ니, ᄐᆡ시 역시 윤쇼져의 옥슈ᄅᆞᆯ 잡고 운환(雲鬟)을 어로만져, 년ᄋᆡᄒᆞ믈 마지 아니ᄒᆞᄂᆞᆫ지라.

ᄐᆡ시 ᄯᅩ 눈을 드러 공ᄌᆞᄅᆞᆯ 보니 화ᄒᆞᆫ 빗치 츈일ᄌᆡ양(春日載陽)1575)의 만물【22】이 방창

"윤녀의 요괴로온 ᄐᆡ되 ᄃᆞ 시쇽 남ᄌᆞ 아녀 셕가의 졔ᄌᆞ라도 동실의 ᄃᆡᄒᆞ여 무심치 아니려든, 쳔고 아미ᄅᆞᆯ 목젼의 두고 공연이 의가의 낙을 일우지 아냐시니, 이 ᄯᅩᄒᆞᆫ 이상ᄒᆞᆫ 일이라. 혹 영교의 가ᄉᆞᄅᆞᆯ 의혹ᄒᆞ미 잇ᄂᆞᆫ가 실노 아지 못ᄒᆞᆯ노다."

블승의혹ᄒᆞ여 ᄒᆞ더니, 일일은 태ᄉᆞ 삼곤뎨[계] 다 모다 ᄌᆞ질을 모화 한담ᄒᆞᆯᄉᆡ 제쇼제 슈려ᄒᆞᆫ 용광이 츈【27】원의 홍잉이 닷토어 븕엇ᄂᆞᆫ ᄃᆞᆺᄒᆞ거ᄂᆞᆯ, 월혜 쇼져 ᄌᆞ미와 윤쇼져의 ᄉᆡᆨ모광휘 듕듕의 표표ᄒᆞ여 견ᄌᆞ로 ᄋᆡ경ᄒᆞ믈 춤디 못ᄒᆞᆯ 비라.

오왕이 블승긔ᄋᆡᄒᆞ여 냥녀의 손을 잡고 윤도찰의 ᄋᆞᄌᆞᄅᆞᆯ 가챠ᄒᆞ야 화긔 우희염 즉ᄒᆞ니, 태ᄉᆡ 역시 윤쇼져의 옥슈를 잡고 운환을 어ᄅᆞ문져 년ᄋᆡᄒᆞ다가 ᄋᆞᄌᆞᄅᆞᆯ 도라보니, 승안화긔 ᄀᆞ득ᄒᆞ야 힝혀도 눈 들미 업ᄉᆞ니,

1571)완ᄉᆞ(浣紗)ᄒᆞ다 : 마전이나 빨래를 함. *마전; 생피륙을 삶거나 빨아 볕에 바래는 일.

1572)서시(西施): 중국 춘추 시대 월나라의 미인. 오나라에 패한 월나라 왕 구천이 서시를 부차에게 보내어 부차가 그 미색에 빠져 있는 사이에 오나라를 멸망시켰다.

1573)년니(連理) : 연리지(連理枝). 두 나무의 가지가 서로 맞닿아서 결이 서로 통한 것을 뜻하여 화목한 부부나 남녀의 사이를 비유적으로 이르는 말. 위 본문의 '연리(連理)의 낙(樂)'은 곧 '부부가 화합하는 즐거움[부부지락(夫婦之樂)]'을 뜻한다.

1574)우희여다 : =우희다. 움키다. 손가락을 우그리어 물건 따위를 놓치지 않도록 힘 있게 잡다.

1575)츈일ᄌᆡ양(春日載陽) : '봄날이 와 햇볕이 따뜻해짐'을 이른 말. 『시경』 빈풍(豳風) '칠월(七月)' 편의 "봄날이 와 햇볕이 따뜻하니 꾀꼬리가 우네(春日載陽, 有鳴倉庚.)"라고 한 구절에서 따온 말.

(方暢)ᄒᆞᆫ 듯 힝혀도 눈이 윤쇼져 신상의 밋지 아니ᄒᆞᄂᆞᆫ지라.

ᄐᆡᄉᆡ 그 온즁졍ᄃᆡᄒᆞ미 여ᄎᆞᄒᆞᆷ을 긔특이 너기나, 믄득 시험ᄒᆞ여 나아오라 ᄒᆞ여 우슈로 공ᄌᆞ의 숀을 잡고 좌슈로 쇼져의 숀을 잡아, 좌우로 가ᄎᆞᄒᆞ여[1576] 두굿기믈 마지 아니ᄒᆞ니, 공ᄌᆞᄂᆞᆫ 윤쇼져로 좌ᄎᆡ(坐次) 지근(至近)ᄒᆞ나 눈들미 업셔, 일빵 봉안이 시쳠(視瞻)을 씌의 지나지 아니코, 쇼져ᄂᆞᆫ 비록 구가의 완지 월에 되여시나 부뷔 ᄉᆞᄉᆞ 못거지[1577] 업고, 다만 신혼 초일은 ᄉᆡᆨ스러이[1578] 지ᄂᆡ고 그 후의 부명으로 두【23】어번 왕ᄂᆡᄒᆞ미 이시나, 밤든 후 드러와 미명(未明)의 나가니, 부뷔 ᄉᆡᆼ쇼ᄒᆞ미 심ᄒᆞ여 면모도 ᄂᆡᆨ지 아니ᄒᆞ거ᄂᆞᆯ, 졸연이 엄구(嚴舅) 가ᄎᆞ(假借)ᄒᆞ시믈 밧ᄌᆞ와, 공ᄌᆞ로 더부러 좌ᄎᆡ(座次) 갓갑고 의상이 닷케 되여시믈 블승황괴(不勝惶愧)ᄒᆞ여, 냥안을 나ᄌᆞᆨ이 ᄒᆞ여 종시 셔로 시쳠(視瞻)ᄒᆞ미 업ᄉᆞ니, ᄐᆡᄉᆡ 그 부부의 화이블압(和而不狎)[1579]ᄒᆞ여 유한졍졍(幽閑貞靜)ᄒᆞᆫ 덕되(德道) 이시믈 긔특이 너겨, ᄉᆞ랑ᄒᆞᄂᆞᆫ 빗치 낫하나거ᄂᆞᆯ, 최부인이 믄득 것ᄎᆞ로 거즛 희쇼(戲笑) 왈,

"창이 비록 온즁ᄒᆞᆫ 가온ᄃᆡ나 활발ᄒᆞ여 미【24】ᄉᆡᆨ의 ᄆᆡ몰치 아닐 셩졍인 듯ᄒᆞᄃᆡ, 홀노 아부(兒婦)의 졀셰미용(絶世美容)을 ᄃᆡᄒᆞ여 냥졍(兩情)이 만히 ᄆᆡ몰ᄒᆞ민가, 아부의 비상잉홍(臂上櫻紅)[1580]이 완연ᄒᆞ니, 쳡심(妾心)

태ᄉᆡ 그 온듕졍ᄃᆡᄒᆞ미 도ᄌᆞ지풍이믈 긔특이 ᄂᆡᆨ이나 믄득 시험ᄒᆞ여 나아오라 ᄒᆞ여, 우슈로 공ᄌᆞ와 손을 잡고【28】 좌슈로 쇼져의 손을 잡아 남여 쳬골이 다ᄅᆞᆫ 고로 냥인의 옥슈 ᄂᆡ도ᄒᆞ나 슈졍 ᄀᆞᆺᄐᆞᆫ 긔부와 눈 ᄀᆞᆺᄐᆞᆫ ᄉᆞᆯ빗치 교결ᄒᆞ야 참치상하ᄒᆞ야 진실노 옥제 명ᄒᆞ신 가위라. 공ᄌᆡ 윤쇼져로 좌ᄎᆡ 지근ᄒᆞ나 눈들미 업셔 일빵봉안이 시슬ᄒᆞ여 시쳠이 씌를 넘지 아니코, 쇼져ᄂᆞᆫ 비록 구가의 온 디 월여 디나시나 부뷔 ᄉᆡᆼ쇼ᄒᆞ미 심ᄒᆞ여 면목도 ᄂᆡᆨ디 아니커ᄂᆞᆯ 졸연이 엄구의 이갓치 ᄒᆞ시믈 밧ᄌᆞ와 공ᄌᆞ로 더브러 좌ᄎᆡ ᄀᆞᆺ갑고 의상이 다하시니 블안ᄒᆞ야 옥안이 ᄌᆞ홍ᄒᆞ믈 면치 못ᄒᆞ【29】니, 태ᄉᆡ 년ᄋᆡᄒᆞ여 공ᄌᆞ와 쇼져ᄃᆞ려 왈,

"부부ᄂᆞᆫ 친ᄒᆞ미 ᄌᆞ별ᄒᆞ거ᄂᆞᆯ 너의 슈습ᄒᆞ며 ᄂᆡᆼ낙ᄒᆞ미 심ᄒᆞ뇨?"

냥인이 븟그려 오직 유유ᄒᆞ더니 최부인이 씌를 타 ᄀᆞᆯ오ᄃᆡ,

"쳡의 쇼견은 창이 온듕ᄒᆞᆫ 가온ᄃᆡ 활발ᄒᆞ여 미ᄉᆡᆨ의 ᄆᆡ믈치 아닐 ᄃᆞᆺᄒᆞᆫᄃᆡ, 홀노 ᄋᆞ부의 졀셰미용을 ᄃᆡᄒᆞ야 냥졍이 ᄆᆡ몰ᄒᆞ민가, ᄋᆞ부의 비상 잉졈이 완연ᄒᆞ니 쳡심은 ᄌᆞ못 의아ᄒᆞᄂᆞ이다."

1576)가ᄎᆞᄒᆞ다 : <가ᄎᆞᆸ다 : 가깝다>. 가까이하다. 사랑하다.

1577)못거지 : 모꼬지. 놀이나 잔치 또는 그 밖의 일로 사람들이 모이는 일.

1578)ᄉᆡᆨ스럽다 : 수줍다. 부끄럽다. 어색하다.

1579)화이블압(和而不狎) : 온화하게 대하면서도 너무 가까이 하여 허물없이 굴지 않음.

1580)비상잉홍(臂上櫻紅) : =비홍(臂紅). 앵혈. 중국의 '수궁사(守宮砂)'를 한국고소설에서 창작적으로 변용하여 쓴 서사도구의 하나. 도마뱀의 피에 주사(朱砂)를 섞어 만든 것으로, 이것을 팔에 한번 찍어 놓으면 성관계를 맺기 전까지는 절대로 없어지지 않는다는 속설 때문에, 고소설에서 여성의 동정(童貞)이나 신분(身分)의 표지(標識) 또는 남녀의 순결 확인, 부부의 합궁여부 판단 등의 사건 서사에 다양하게 활용되고 있다. 주표(朱標)·비홍(臂紅)·홍점

은 ᄌᆞ못 의아ᄒᆞ믈 니긔지 못ᄒᆞ거ᄂᆞᆯ, 공은 이런 쥴 모로시니 쳡이 심히 이달나 ᄒᆞᄂᆞ이다."

좌위(左右) 부인의 말ᄉᆞᆷ을 조ᄎᆞ 경아(驚訝)ᄒᆞ여 ᄐᆡ시 친히 쇼져의 ᄎᆡ메(彩袂)ᄅᆞᆯ 밀고 보니, 과연 잉도 일ᄆᆡ(一枚) 옥셜긔부(玉雪肌膚)의 찬연ᄒᆞ여 고은 빗출 ᄌᆞ랑ᄒᆞᄂᆞᆫ지라.

쇼져ᄂᆞᆫ 참황ᄃᆡ괴(慙惶大愧)ᄒᆞ여 만면 홍광(紅光)이 취지(醉之)ᄒᆞ고, 공지 비록 남지나 역시 슈괴(羞愧)ᄒᆞ여 셩안【25】을 낫초고 옥면이 홍예(紅霓)러라.

ᄐᆡ시 믄득 쇼져의 숀을 노코 공ᄌᆞ다려 문왈,

"ᄂᆡ 아히 년쇼ᄒᆞ여 셰졍(世情)을 아지 못ᄒᆞ미냐? 텬픔(天稟)이 졍ᄃᆡᄒᆞ여 미식의 의ᄉᆡ 업ᄉᆞ미냐? 연이나 부부ᄂᆞᆫ 인뉸즁ᄉᆡ(人倫重事)라. 너모 식을 탐ᄒᆞ여 규방의 쥬졉들 거ᄉᆞᆫ 아니로ᄃᆡ, 당당ᄒᆞᆫ 인뉸을 폐치 못ᄒᆞᆯ 거신 쥴 아ᄂᆞ냐? 오아ᄂᆞᆫ 쇼견을은 휘치 말나."

공지 나족이 슬하의 ᄭᅮ러 쥬왈,

"부ᄌᆞᄂᆞᆫ 텬셩이라. 젹은 쇼견이 이시미 엇지 은휘ᄒᆞ여 블초ᄒᆞ미 이시리잇고? 히ᄋᆡ(孩兒) 조션(祖先) 젹덕여【26】음(積德餘陰)으로 현쳐(賢妻)ᄅᆞᆯ 취ᄒᆞ오니, 녀ᄌᆞ의 외모ᄂᆞᆫ 극히 아ᄅᆞᆷ다오니 비쳬 무흠ᄒᆞᆫ 깃부미 업지 아니ᄒᆞ오ᄃᆡ, 쇼지 무ᄉᆞᆷ 나히라 어ᄂᆡ ᄉᆞ이 식을 뉴렴ᄒᆞ리잇가?"

ᄐᆡ시 홀연 쇼왈,

"오아(吾兒)의 말이 맛당ᄒᆞ나, ᄯᅩᄒᆞᆫ 인뉸즁신(人倫重事) 쥴 알아, 너모 미몰치 말나. 네 아뷔 '농장(弄璋)의 경ᄉᆞ(慶事)'[1581]ᄅᆞᆯ 어셔 보게 ᄒᆞ라."

공ᄌᆞ와 쇼졔 븟그리ᄂᆞᆫ ᄐᆡ되 모ᄉᆞ(模寫)키 어렵더라. 최시 ᄐᆡ시 아ᄌᆞ와 식부ᄅᆞᆯ 교ᄋᆡ(嬌愛)ᄒᆞ믈 분앙(憤怏)ᄒᆞ여, 드ᄃᆡ여 좌ᄅᆞᆯ 파ᄒᆞ미 부인이 침소의 도라와 싱각ᄒᆞᄃᆡ,

---

(紅點)·주점(朱點)·앵홍·앵점 등 여러 다른 말로도 쓰이고 있다.

1581)농장(弄璋)의 경ᄉᆞ(慶事) : 농쟝지경(弄璋之慶). 아들을 낳은 경사. 예전에, 중국에서 아들을 낳으면 구슬을 장난감으로 주었다는 데서 유래한 말.

태시 부인 말을 경아ᄒᆞ여 친히 쇼져의 ᄎᆡ메ᄅᆞᆯ 밀고 보니 과연 잉도 일ᄆᆡ 옥셜긔부의 찬연ᄒᆞ야 고은 빗출 ᄌᆞ랑ᄒᆞᄂᆞᆫ【30】지라.

쇼제 참황대괴ᄒᆞ야 만신뉵니ᄒᆞ니 옥면이 연지ᄅᆞᆯ 《삐ᄂᆞᆫ‖삐ᄉᆞᆫ》 ᄃᆞᆺᄒᆞ고, 공지 비록 남ᄌᆞ지심이나 역시 슈괴ᄒᆞ야 셩안을 낫쵸고 옥면이 홍예러니,

태시 쇼져의 옥슈ᄅᆞᆯ 노코 공ᄌᆞᄃᆞ려 문왈,

"ᄂᆡ 아히 힝ᄉᆡ 년쇼ᄒᆞ야 셰뎡을 모ᄅᆞ미냐? 텬품이 졍ᄃᆡᄒᆞ야 미식의 의ᄉᆡ 업ᄉᆞ미냐? 연이나 부부ᄂᆞᆫ 인뉸듕ᄉᆡ라. 너모 ᄋᆡ식ᄒᆞ야 규방의 쥬졉들 거ᄉᆞᆫ 아니로ᄃᆡ 당당ᄒᆞᆫ 인뉸은 폐치 못ᄒᆞᆯ 줄 아ᄂᆞ냐? 오ᄋᆞᄂᆞᆫ 쇼견을 은휘치 말나."

공지 나작이 ᄭᅮ러 쥬왈,

"부ᄌᆞᄂᆞᆫ 텬셩이라. 젹은 쇼견이 이시미 은휘【31】ᄒᆞ야 블쵸ᄒᆞ미 이시리잇고? 히ᄋᆡ 죠션 젹덕여음을 닙ᄉᆞ와 쳐지 하 《푸악‖투악》지 아니ᄒᆞ오ᄃᆡ 쇼지 무ᄉᆞᆷ 나히라, 어ᄂᆡ ᄉᆞ이 식을 뉴렴ᄒᆞ리잇가?"

태시 흔연 쇼왈,

"오ᄋᆞ의 말이 맛당ᄒᆞ나, ᄯᅩᄒᆞᆫ 인뉸듕신 쥴 아라, 너모 미몰치 말나. 네 아비 농장의 경ᄉᆞᄅᆞᆯ 어셔 보게 ᄒᆞ라."

냥인의 븟그리ᄂᆞᆫ ᄐᆡ되 모샤키 어렵더라.

드ᄃᆡ여 듕인이 좌ᄅᆞᆯ 파ᄒᆞ미 부인이 침소의 도라와 싱각ᄒᆞᄃᆡ,

"창아를 입장젼(入丈前) 업시치 못【27】ᄒᆞ믄 심복ᄃᆡ환(心腹大患)이라. 만일 쳔연셰월ᄒᆞ다가 윤시 만일 싱ᄌᆞᄒᆞ면, 그 형셰 ᄐᆡ산 갓흐리니, 몬져 긔모비계(奇謀秘計)로 금슬을 희지어 농장(弄璋)ᄒᆞᄂᆞᆫ[1582] 길흘 ᄭᅳᆫᄎᆞ리라."

쥬의(主意) 이의 밋ᄎᆞ미, 더옥 영교 후셥으로 밀밀이 의논ᄒᆞᄂᆞᆫ ᄉᆞ에 ○[긋]ᄎᆞ지 아니ᄒᆞ더라.

문시 양쇼져의 은춍을 싀의(猜礙)ᄒᆞ여 요약(妖藥)을 여러 곳의 시험ᄒᆞ고져 ᄒᆞ거놀, 최부인이 말뉴 왈,

"오국군(吳國君)의 식안(識眼)은 사ᄅᆞᆷ 심통을 ᄉᆞ못ᄂᆞᆫ 거울이라. ᄂᆡ 감히 용ᄉᆞ(用事)치 못ᄒᆞ고 그 도라가기를 기다리ᄂᆞ니, 그ᄃᆡᄂᆞᆫ 너모 밧바【28】말나. 일이 급ᄒᆞ면 반ᄃᆞ시 뉘웃ᄂᆞᆫ 일이 잇ᄂᆞ니, 그ᄃᆡᄂᆞᆫ 젹은 덧 ᄎᆞᆷ으라. 오왕이 환경ᄒᆞ연지 ᄉᆞ월이니 오ᄅᆡ지 아니ᄒᆞ여 도라갈지라."

문시ᄂᆞᆫ 조급ᄒᆞ여 십분 착급ᄒᆞ믈 마지 아니ᄒᆞ나 시러곰 ᄒᆞᆯ일 업서 ᄒᆞ더라.

오라지 아녀 동오왕이 힝니(行李)를 ᄎᆞᆯ혀 귀국ᄒᆞᆯ시, 시셰 구월이라. 왕이 니국(離國)ᄒᆞ연지 뉵삭이러라.

ᄐᆡ시 쇼연(小宴)을 기장ᄒᆞ고 일가 ᄌᆞ녀 제질을 모화 별연(別宴)을 베푸니, 이곳 공후제ᄐᆡᆨ(公侯第宅)의 일국 부귀를 기우린 비라. 비록 쇼연이나 엇지【29】범연(凡然)하리오.

남빈여ᄀᆡᆨ(男賓女客)이 ᄃᆡ회(大會)ᄒᆞ여 삼일을 크게 즐기니, 텬ᄌᆞ(天子) 아ᄅᆞ시고 교방어악(教坊御樂)[1583]과 니원풍뉴(梨園風流)[1584]

'창ᄋᆞ를 입장 젼 업시치 못ᄒᆞ고[믄] 심복ᄃᆡ환이라. 만일 쳔연 셰월ᄒᆞ다가 윤시 만일 싱ᄌᆞᄒᆞ면, 그 형셰【32】ᄐᆡ산 ᄀᆞᆺᄐᆞ리니, 몬져 긔묘비계로 금슬을 희지어 농장ᄒᆞᄂᆞᆫ 길흘 긋치리라.'

쥬의 이의 밋ᄎᆞ미 더욱 미·교, 후셥《을‖으로》 밀밀히 의논ᄒᆞ더라.

오ᄅᆡ지 아냐 오왕이 힝니를 찰혀 귀국ᄒᆞᆯ시 시셰 구월이라. 오왕이 니국ᄒᆞ연 지 뉵삭이러라.

태시 쇼연을 기장ᄒᆞ여 일가 ᄌᆞ녀 제질을 모화 별연을 베프고 남빈녀ᄀᆡᆨ이 쥐회ᄒᆞ야 삼일을 크게 즐기니, 텬지 드르시고 교방어악을 나리오시니 삼현오악은 반공의 어ᄅᆡ고 싱가묘무ᄂᆞᆫ 빅일을 희롱ᄒᆞ더라.

1582)농장(弄璋)ᄒᆞ다 : 아들을 낳다. *농장(弄璋): '아들을 낳음'을 뜻하는 말로, 예전에, 중국에서 아들을 낳으면 구슬을 장난감으로 주었다는 데서 유래한 말이다.

1583)교방어악(教坊御樂) : 임금 앞에서 아뢰던 궁중 아악. *교방(教坊): 조선 시대에, 장악원의 좌방(左坊)과 우방(右坊)을 아울러 이르던 말. 좌방은 아악(雅樂)을, 우방은 속악(俗樂)을 맡았다.

1584)니원풍뉴(梨園風流) : 이원풍악(梨園風樂). 장악원(掌樂院) 악공과 기생들이 펼쳐내는 음악. *이원(梨園): ①조선시대 장악원(掌樂院)을 달리 이르던 말. ②중국 당나라 때, 현종이 몸소 배우(俳優)의 기술을 가르치던 곳.

ᄅᆞᆯ 나리오시니, 삼현오악(三絃五樂)[1585]은 반공(半空)의 어릐고, 싱가묘무(笙歌妙舞)[1586]ᄂᆞᆫ 편편(翩翩)ᄒᆞ여 ᄇᆡᆨ일(白日)을 희롱ᄒᆞ더라.

삼일연파(三日宴罷)의 촉(燭)을 니어 일ᄀᆡ(一家) 한 당(堂)의 모다 별졍(別情)을 이ᄅᆞᆯᄉᆡ, 이 믄득 부ᄌᆞ형뎨 쳔고장별(千古長別)[1587]이라. 인심이 엇지 지령(至靈)치 아니리오.

오왕이 슐이 취ᄒᆞᄆᆡ 심ᄉᆡ 모든 ᄌᆞ질을 써나 각ᄌᆡ 이국(離國)ᄒᆞ믈 엇지 년연(戀戀)치 아니리오.

왕이 쳑연ᄌᆞ상(慽然自傷)[1588]ᄒᆞ여 빵미쳔창(雙眉天窓)[1589]의 슈운(愁雲)이 【30】 함집(咸集)ᄒᆞ고 일빵봉안(一雙鳳眼)의 징ᄑᆡ(澄波) 어릐여시니, ᄐᆡᄉᆡ 또ᄒᆞᆫ 츄연장탄(惆然長歎) 왈,

“형뎨ᄂᆞᆫ 동긔년지(同氣連枝)[1590]라. 니별이 엇지 ᄎᆞ아(嵯峨)치 아니리오만은, 슈연(雖然)이나 옛 사람이 몸을 국가의 허ᄒᆞᄆᆡ 세번 집압홀 지날 제 아희 우룸쇼릐ᄅᆞᆯ 드ᄅᆞᄃᆡ 맛ᄎᆞᆷᄂᆡ 과문불입(過門不入)ᄒᆞ엿ᄂᆞ니, 우형이 아직 쇠(衰)치 아냣고, 또 창 갓흔 아들과 윤아 갓흔 슉녀ᄅᆞᆯ 두어시니, 우형이 슬ᄒᆡ(膝下) 젹막ᄒᆞ믈 근심치 아니리니, 현뎨ᄂᆞᆫ 과도히 슬허

삼일 연파의 쵹을 이어 일개 ᄒᆞᆫ【33】 당의 모다 별졍을 니ᄅᆞᆯᄉᆡ 이 믄득 부ᄌᆞ 형뎨 쳔고 장별이라. 인심이 지령치 아니리오.

오왕이 믄득 누슈ᄅᆞᆯ 먹음고 태ᄉᆞ와 츄밀을 향ᄒᆞ야 댱탄 왈,

“쇼제 국ᄉᆞ로 마지못ᄒᆞ야 형댱과 모든 ᄌᆞ질을 써나 각ᄌᆡ 니국ᄒᆞ야 안항이 젹막ᄒᆞ믈 ᄉᆡᆼ각ᄒᆞ니 심ᄉᆡ 엇지 년년치 아니ᄒᆞ며 한심치 아니리오.”

말ᄉᆞᆷ을 맛ᄎᆞᄆᆡ 안ᄉᆡᆨ이 쳑연ᄒᆞ야 빵미쳔창의 슈운이 함집ᄒᆞ고 봉안의 징ᄑᆡ 어릐여시니, 태ᄉᆡ 쳥흘의 츄년댱탄 왈,

“《현뎨‖형뎨》ᄂᆞᆫ 동긔년지라. 우형이 엇○[지] 이 뜻이 업ᄉᆞ리오마는, 이제 형뎨 ᄌᆞ질【34】이 원니ᄒᆞᄂᆞᆫ 회포ᄅᆞᆯ 헛ᄐᆞᄅᆞ디 아니ᄒᆞ노라. 연이나 우형이 아즉 쇠치 아녓고 창 ᄀᆞᆺᄐᆞᆫ ᄋᆞ들과 윤ᄋᆞ ᄀᆞᆺᄐᆞᆫ 슉녀를 두어시니 우형을 근심치 말고 현뎨ᄂᆞᆫ 진듕ᄒᆞ라.”

1585)삼현오악(三絃五樂) : 『음악』거문고, 가야금, 향비파의 세 가지 현악기와 북, 장구, 해금, 피리, 태평소로 이루어진 다섯 가지 악기 편성을 통틀어 이르는 말.
1586)싱가묘무(笙歌妙舞) : 생황의 연주음과 노랫소리, 그리고 교묘하게 잘 추는 춤을 함께 이르는 말.
1587)쳔고장별(千古長別) : 영원한 이별. 영결(永訣).
1588)쳑연ᄌᆞ상(慽然自傷) : 슬픈 생각이 들어 마음이 산란해짐.
1589)빵미쳔창(雙眉天窓) : 두 눈썹과 눈을 함께 이른 말. *천창(天窓); ‘눈’을 달리 표현한 말.
1590)동긔년지(同氣連枝) : 같은 부모의 혈기를 받아 태어난 자식이고 한 뿌리에서 나 서로 이어진 가지라는 뜻으로, 형제관계를 달리 이르는 말.

말고 진즁(鎭重)ᄒᆞ라.”

왕이 ᄉᆞ례ᄒᆞ고 강잉(强仍)ᄒᆞ여 비ᄉᆡᆨ(悲色)을 거두고 ᄌᆞ녀부(子女婦) 제【31】질(諸姪)을 가ᄎᆞᄒᆞ여 밤이 가ᄂᆞᆫ 쥴 ᄭᆡ닷지 못ᄒᆞ더라.

명조(明朝)의 왕이 옥궐의 ᄇᆡᄉᆞ(拜辭)ᄒᆞ온ᄃᆡ, 상이 샤쥬(賜酒)ᄒᆞ시고 니별을 앗기시며 상ᄉᆞ(賞賜)ᄅᆞᆯ 만히 ᄒᆞ시니, 왕이 텬은을 ᄉᆞᆨᄉᆞ(肅謝)ᄒᆞ고 하직고 물너나와, 드ᄃᆡ여 형뎨 ᄉᆞᆨ질이 분슈(分手)ᄒᆞᆯᄉᆡ, 냥 엄쇼제 부왕의 뇽포(龍袍) 자락을 븟드러, 실셩뉴톄(失聲流涕)ᄒᆞ믈 마지 아니ᄒᆞ며, 슈ᄆᆡ(嫂妹) 제질(諸姪)이 다 슬허ᄒᆞ니, 더옥 ᄌᆞ녀지심(子女之心)을 니ᄅᆞ리오.

왕이 《사려‖사례》ᄒᆞ고 강잉ᄒᆞ야 비ᄉᆡᆨ을 거두고 면면이 ᄌᆞ녀부 제질을 교무ᄒᆞ야 밤이 가ᄂᆞᆫ 쥴 ᄭᆡᄃᆞᆺ디 못ᄒᆞ고, 명됴의 왕이 옥궐의 ᄇᆡᄉᆞᄒᆞ온ᄃᆡ, 상이 니별을 앗기시며 상ᄉᆞ를 만히 ᄒᆞ시니, 왕이 텬은을 ᄉᆞᆨᄉᆞ ᄒᆞ직ᄒᆞ고 ᄉᆞ숑ᄒᆞ신 녜믈을 거두어 도라와, 제질부와 ᄌᆞ녀를 난화쥬고 드ᄃᆡ여 분슈ᄒᆞ니, 양《업시‖엄시》 부왕의 뇽포【35】ᄌᆞ락을 븟드러 실셩뉴톄ᄒᆞ믈 마지아니코, 수ᄆᆡ 제질이 다 슬허ᄒᆞ니 더욱 ᄌᆞ녀지심을 니ᄅᆞ리오.

〓 아래 【36】쪽4행 “왕이 스ᄉᆞ로…”부터 【41】쪽9행 “…아니리잇가.”까지 1,223자는 좌단 <낙선재본>10권【32】쪽8행“윤쇼제…”부터 【36】쪽1행 “…ᄉᆞᆨ게 ᄒᆞ여”까지 725자와 그 서사내용이 서로 같지 않다. 이를 밝히기 위해 고대본 위 부분을 사각형 안에 넣고, 옅은 회색의 배경색을 가하여 대비(對比)하였다. 〓

윤쇼제 엄구(嚴舅)ᄅᆞᆯ ᄌᆡ비 하직ᄒᆞᄆᆡ, 셩안(星眼)의 쥬뤼(珠淚) 드ᄅᆞ믈[1591] 면치 못ᄒᆞ니, 왕이 옥슈(玉手)ᄅᆞᆯ 무마(撫摩)ᄒᆞ여 쳐ᄉᆡᆨ(悽色)이 표동(表動)ᄒᆞ여【32】왈,

“네 오문(吾門)의 드러온 지 슈월의 활별(活別)을 당ᄒᆞ니, 엇지 슬프지 아니리오. 나ᄂᆞᆫ 만니이국(萬里異國)의 잇셔 너의 효봉(孝奉)을 보지 못ᄒᆞ거니와, 나의 형장과 존슈(尊嫂)ᄅᆞᆯ 뫼셔 효봉(孝奉)을 지셩으로 ᄒᆞ라.”

쇼제 슈루ᄇᆡᄉᆞ(垂淚拜謝) 하직ᄒᆞ고 물너나ᄆᆡ, 왕이 이의 슈ᄆᆡ(嫂妹)ᄅᆞᆯ 하직ᄒᆞ고 ᄒᆡᆼ니(行李)ᄅᆞᆯ 출혀 교외로 나가ᄆᆡ, 형뎨ᄌᆞ질이며 친쳑 고귀(故舊) 다 나와 니별ᄒᆞᆯ ᄉᆡ, 창공ᄌᆡ 부왕의 광슈(廣袖)ᄅᆞᆯ 잡고 오열(嗚咽) 블릉어(不能語)여날, 왕이 공ᄌᆞ의 옥슈ᄅᆞᆯ 잡고 무빈(霧鬢)을 어로만져 쳐연(悽然) 장탄 왈,

“인지ᄉᆡᆼ셰(人之生世)의 일ᄉᆡᆼ일ᄉᆞ(一生一死)ᄂᆞᆫ 텬니의 【33】덧덧ᄒᆞᆫ ᄇᆡ라. 여부(汝父)ᄂᆞᆫ 인셰의 뉴련(留連)ᄒᆞᆯ 날이 오라지 아닐 듯시부니, 금일 니별이 쳔고활별(千古闊別)[1592]을

왕이 스ᄉᆞ로 니별이 고금 업ᄉᆞ믈 ᄭᆡᄃᆞᆺ지 못ᄒᆞ야 ᄌᆡ삼 분슈ᄒᆞ야 거상의 오ᄅᆞᄆᆡ 세 번 도라보믈 면치 못ᄒᆞ니, 제쇼제 서로 잇그러 고루의 올나 왕의 위의 먼니 가도록 바라보와 진퇴 아득ᄒᆞ고 믈이 구뷔지니 다시 위의를 보지 못ᄒᆞᆯ너라. 냥쇼제 휘루창연ᄒᆞ야 누하의 ᄂᆞ려오다.

태시 곤계 ᄌᆞ질을 거나려 슈십 니 댱뎡의 나아가 상별ᄒᆞ니, 쇼공ᄌᆞ 영이 ᄯᅩᄒᆞᆫ 형【36】을 ᄯᅡ라 ᄉᆞᆨ부를 젼숑ᄒᆞ며 냥서 윤ᄉᆡᆼ 등과 윤시 제공이며 모든 친쳑이 다 교외의 젼별ᄒᆞ니, 날이ᄂᆞᆫ 잔이 분분ᄒᆞ여 슈긔셔의 긔록지 못ᄒᆞᆯ너라.

왕이 창의 숀을 잡고 영을 어ᄅᆞ만져 태ᄉᆞ계 고왈,

“영아ᄂᆞᆫ 타일 도ᄒᆞᆨ쳥명이 됴야의 낫타나 창ᄋᆞ 우ᄒᆡ 잇ᄉᆞ오리니 이 아ᄒᆡ 오문 쳥덕을 빗ᄂᆡ리로소이다.”

태ᄉᆡ 왈,

“쇼ᄋᆡ ᄌᆡ뫼 아ᄅᆞᆷ다오나 어린 ᄋᆞᄒᆡ 셩되 조급ᄒᆞ고 고집ᄒᆞ야 엇지 창ᄋᆞ의 온유ᄂᆞ작ᄒᆞᆫ 군ᄌᆞ지ᄒᆡᆼ ᄀᆞᆺᄐᆞ리오?”

왕이 탄식ᄒᆞ여 왈,

1591)드ᄅᆞ다 : 듣다. 눈물, 빗물 따위의 액체가 방울져 떨어지다.

1592)쳔고활별(千古闊別) : 영원한 이별. 영결(永

지을는지 엇지 알니오. 너는 {슬허} 과도이 슬허 말고 빅부모룰 뫼셔 쳔년안낙(千年安樂)[1593]ᄒᆞ라."

ᄒᆞ고, 누싊(淚水) 장염(長髥)의 미잘 사이 업ᄉᆞ니, 공지 ᄎᆞ언을 듯ᄌᆞ오미 텬디 문허지는 듯, 혈뉘(血淚) 방방(滂滂)ᄒᆞ고, 틱ᄉᆞ와 츄밀이 그 언참(言讖)[1594]의 블길(不吉)ᄒᆞ믈 못닌 슬허 왕과 공ᄌᆞ룰 위로ᄒᆞ고, 블길지언(不吉之言)을 일캇지 말나 니ᄅᆞ나, 닉심은 여할여삭(如割如削)[1595]ᄒᆞ더라.

일장(一場) 이별을 맛고, 오왕은 힝편(行便)을 두로혀 【34】본국으로 도라가고, 틱ᄉᆞ 곤계는 ᄌᆞ질노 더부러 환가(還駕)ᄒᆞ니, 일기(一家) 훌연ᄒᆞ미[1596] 측냥업더라.

ᄎᆞ시 엄쇼져 ᄌᆞ미 냥인이 부왕이 귀국ᄒᆞ시미 슉당의 하직ᄒᆞ고 구가로 도라가니, 가즁이 종용ᄒᆞᆫ지라.

최부인이 공ᄌᆞ 부부업시ᄒᆞᆯ 마음이 시일(時日)노 층가(層加)ᄒᆞ여 영교 미션다려 의논ᄒᆞ니, 영ㆍ미 왈,

"장공지(長公子) 셩췌ᄒᆞ여 윤쇼져 갓흔 가인(佳人)을 비(配)ᄒᆞ여, 틱ᄉᆞ 상공이 쇼공ᄌᆞ룰 도라보지 아니시고 장공ᄌᆞ룰 종장(宗長)으로 미드시나, 쇼공ᄌᆞ의 아름다온 풍치로뼈 셰전구물(世傳舊物)과 슈빅 비복과 【35】 슈쳔간 턱ᄉᆞ(宅舍)로뼈, 무고(無故)히 장공ᄌᆞ긔 쇽게 ᄒᆞ여,

"창ᄋᆞ 비록 긔특ᄒᆞ나 맛ᄎᆞᆷ닉 지【37】앙이 만ᄒᆞ니 엇지 영ᄋᆞ의 죵요로온 쳔힝 도덕의 밋ᄎᆞ리잇고? 다만 이후의 가닉의 일장 분난이 잇는 날은 창ᄋᆞ와 윤시 무ᄉᆞᄒᆞ믈 엇지 못ᄒᆞᆯ 거시오, 냥질부 ᄯᅩᄒᆞᆫ 평안치 못ᄒᆞ오리니, 여ᄎᆞ디도의 영의 효우로뼈 그 심시 엇지 안ᄒᆞᆫ리잇고? 복원 형댱은 명심 샹찰ᄒᆞ샤 가닉를 진졍ᄒᆞ쇼셔."

태ᄉᆞ는 본디 소탈ᄒᆞᆫ 댱부라. 마디를 엇디 씨치리오. 왕이 윤시의 별이ᄒᆞᆫ 품질을 념녜ᄒᆞ며 지앙을 근심ᄒᆞ민 쥴 아라 웃고 닐오디,

"사ᄅᆞᆷ의 젼졍화복을 알【38】기 어려오니 창ᄋᆞ와 윤시는 복녹이 가ᄌᆞᆫ 아ᄒᆡ라. 쇼쇼 지앙이 엇디 발뵈리오. 고인이 왈, '오날 슐이 잇거든 즐기고 닉일 근심이 잇거든 념녀ᄒᆞ라.' ᄒᆞ엿ᄂᆞ니, 당치 아닌 바의 근심이 블가ᄒᆞ니 녀ᄌᆞ의 《ᄉᆞ극‖ᄉᆞ곡(邪曲)》ᄒᆞ미 갓갑디 아니리오?"

ᄒᆞ고 츄밀은 ᄉᆞ긔를 짐작ᄒᆞ는 고로 다만 졈두ᄒᆞ더라. 드디여 분슈ᄒᆞ야 왕이 승거발마ᄒᆞ고 제공이 도라오니라.

공지 부왕의 힝게 먼니 가시도록 현망ᄒᆞ야 비뤼 숌숌ᄒᆞ니 태ᄉᆞ와 츄밀이 위로ᄒᆞ야 도라오니라.

공지 부슉을 뫼셔 도【39】{도}라와 닉당의 드러와 최·범 냥부인긔 문안을 ᄒᆞ고 셔당의 도라와 영으로 더브러 췌침ᄒᆞ고져 ᄒᆞ더니 날이 임의 어두언 지 오란지라. 태ᄉᆞ 명으로 젼어 왈,

"너는 ᄉᆞ침의 가 밤을 디닉고 영은 경일누의 가 ᄌᆞ게 ᄒᆞ라."

공지 블쾌ᄒᆞ나 부명을 거역지 못ᄒᆞ야 영도[ᄃᆞ]려 왈,

"우형이 널노 더브러 ᄌᆞ고져 ᄒᆞ더니 부명이 계시니 마지못ᄒᆞ야 옥월졍으로 가ᄂᆞ니 현제는 뎡당의 가 ᄌᆞ위룰 시침ᄒᆞ라."

영이 응낙ᄒᆞ고 형뎨 ᄒᆞᆫ가지로 듕당의 니ᄅᆞ러 ᄇᆞ라보니 경【40】일누의 촉영이 징휘ᄒᆞ고 인젹이 고요ᄒᆞ거놀, 영이 나아가 협실 문의 니ᄅᆞ니 모부인의 미미ᄒᆞᆫ 어셩

訣).

1593)쳔년안낙(千年安樂) : 길이 편안하게 즐김.

1594)언참(言讖) : 미래의 사실을 꼭 맞추어 예언하는 말.

1595)여할여삭(如割如削) : 베어내는 듯 깎아내는 듯 매우 아프고 고통스럽다.

1596)훌연ᄒᆞ다 : 훌훌ᄒᆞ다. 마음속이 무엇인가 잃은 것이 있는 것 같아 허전하다.

쇼공지 당당훈 딕종(大宗)이시로딕, 다만 늦게야 나신 고로 무용지물이 되시믈 골돌호옵는 비라. 엇지 일시나 마옴이 히틱(解怠)호리잇고? 당당이 셰셰히 도모호여 딕공지와 윤쇼져를 절제(切除)호고, 엄시 누거만(屢巨萬) 지산이 쇼공ᄌ긔 쇽호게 호리이다."

부인이 탄왈,

"말이 쉬오나 일은 쉽지 못호니 여등은 나의 ᄌ방(子房)이라. 맛당이 빅니(百里)1597)의 명(命)으로뼈 밋어 맛지ᄂ니, 셰셰히 도모호고 더딕지 말나."

미、교 등이 낙낙(諾諾)히 명을 밧ᄂ지라. 【36】 영이 임의 슈말(首末)을 다 드론지라. 본딕 영오훈 아히 말치1598)를 모로리오. 악연 딕경호여 눈물을 흘니고 어린듯 호더니, 부인이 날호여 협실 문을 열고 나오니, 아지 셔당의셔 ᄌᄂ 쥴노 아랏더니, 믄득 이의 잇셔 연고업시 눈물을 흘녀 안졋ᄂ 양을 보고 경문 왈,

"아히 창을 ᄯ라 셔당의셔 ᄌ라 가노라 호더니, 무엇호라 드러오며 울기ᄂ 무숨 일고?

이 들니거놀 영이 쵹용을 듕지호고 드ᄅ니, 최부인이 영교 미션ᄃ려 니ᄅ딕,

"이제 오왕이 귀국호여시니 무산 근심이 잇시리오. 닉 윤《부인∥쇼부》의 고은 낫갓촐 부딕 그릇 민ᄃ라 부부의 금슬을 몬져 희짓고져 호ᄂ니 미션이 닉일 후셥을 보거든 젹면단을 어더 오라."

냥비 답호딕,

"부인이 니ᄅ디 아니시나 쇼비 등이 진심치 아니리잇가?

쇼공지 당당훈 엄시 딕죵이시로딕 다만 늦게야 나신 고로 무【41】용지믈이 되시믈 골돌호옵ᄂ 비라. 엇지 일시나 ᄆ음이 히틱호리잇고? 당당이 셰셰히 도모호야 대공ᄌ와 윤쇼져를 업시호고 엄시 누거만 지산이 쇼공ᄌ긔 쇽현호게 호리이다."

부인이 탄왈,

"말이 비록 쉬오나 일이 쉽디 못호니 여등은 나의 ᄌ방이라. 맛당히 셰셰히 도모호고 더딕지 말나."

미·교 등이 낙낙히 명을 밧ᄂ지라.

영이 임의 슈말을 다 드ᄅ미, 본딕 영오훈 ᄋ희 엇지 말치를 모ᄅ리오. 아연 딕경호여 눈믈을 흘니고 반향이나 어린 듯호더니, 부인이 협실 문을【42】 열고 나오니, ᄋ지 셔당의셔 ᄌᄂ 줄로 아라다가 믄득 이에 잇셔 연고 업시 눈믈이 만면호야 안졋ᄂ 양을 보고 놀나 무러 왈,

"오ᄋ 창을 ᄯ라 셔당의셔 ᄌ라 가노라 호더니 무엇호라 드러오며 울기ᄂ 무삼 일이요[뇨]? 창이 너를 치더냐?"

1597)빅니(百里) : 통치의 범위가 사방 백리(百里)가 되는 제후국(諸侯國) 또는 제후(諸侯)를 달리 이른 말. 『논어』태백(泰伯) 편의 "曾子曰 可以託六尺之孤 可以寄百里之命 臨大節而不可奪也 君子人歟 君子人也(증자가 말하기를 육척의 어린 임금을 맡아 도울만하고 백리의 명을 맡길만하며, 대절에 임하여 (그 절을) 빼앗기지 않을 사람이라면 군자일까? 군자이다)에서 온 말.

1598)말치 : 말치. 말의 뜻. 남의 말의 뜻을 그때그때 상황을 미루어 알아낸 것.

창이 너ᄅᆞᆯ 치더냐?"

공ᄌᆡ 진진이 늣겨 능히 말을 일우지 못ᄒᆞ니, 부인이 고장 분분(紛紛) 왈,

"요종(妖從)이 무삼 일노 【37】 ᄂᆡ 아ᄒᆡᄅᆞᆯ 졸낫관ᄃᆡ, 네 어믜ᄅᆞᆯ 은휘ᄒᆞᄂᆞᆫ다? 엇지 ᄒᆞ던고 바로 니ᄅᆞ라. 여뫼(汝母) ᄇᆞᆰᄂᆞᆫ 날 창을 즁치(重治)ᄒᆞ리라."

영이 청파의 크게 울며 왈,

"모친이 엇지 니런 말ᄉᆞᆷ을 ᄒᆞ시ᄂᆞ니잇고? 형은 ᄃᆡ슌(大舜) 후 일인이라. 평ᄉᆡᆼ 효위츌텬(孝友出天)ᄒᆞ니 ᄒᆡ아(孩兒)ᄅᆞᆯ 일신(一身) 갓치 ᄒᆞ시니, 엇지 ᄒᆡ아ᄅᆞᆯ 치며 ᄡᆞ지ᄌᆞ리잇고? 형뎨 한가지로 ᄌᆞ려 ᄒᆞ엿더니, 부명이 계셔 형은 옥원졍의 가시고, ᄒᆡ아ᄂᆞᆫ ᄌᆞ위(慈闈)ᄅᆞᆯ 시침ᄒᆞ라 드러왓습더니, ᄌᆞ위 협실의 계샤 ᄆᆡ、교 등으로 더부러 말ᄉᆞᆷᄒᆞ시고 의논ᄒᆞ시ᄂᆞᆫ ᄇᆡ, 인뉸ᄃᆡ【38】변(人倫大變)이니, ᄋᆞᄒᆡ 엇지 놀납지 아니리잇고? ᄌᆞ위 셩덕으로ᄡᅧ 형을 ᄉᆡᆼ각지 아니시고 이ᄃᆡ도록 실덕ᄒᆞ시믈 보오ᄆᆡ, 이 다 ᄒᆡ아의 죄라. ᄒᆡᄋᆡ 인뉸ᄃᆡ변(人倫大變)을 듯ᄌᆞ오ᄆᆡ, 심골경한(心骨驚寒)ᄒᆞ믈 면치 못ᄒᆞᆯ지라. 복원 ᄌᆞ위ᄂᆞᆫ 아ᄒᆡ 목슘을 앗기시거든 다시 이런 거조ᄅᆞᆯ ᄒᆡᆼ치 마ᄅᆞ시미 ᄒᆡᆼ심이로쇼이다. 블연즉 ᄒᆡᄋᆡ 죽어 형의 효우ᄅᆞᆯ 갑고, ᄌᆞ졍(慈庭) 실덕을 보지 말고져 ᄒᆞᄂᆞ이다."

언파의 머리ᄅᆞᆯ 상(牀)의 부ᄃᆡ이져 실셩 유쳬(失性流涕)ᄒᆞ여 비뤼(悲淚) 쳔항(千行)이라.

부인이 【39】쳥파의 아ᄌᆡ 가만ᄒᆞᆫ ᄉᆞ어(私語)ᄅᆞᆯ 드ᄅᆞᆫ 쥴 알고, 실ᄉᆡᆨᄃᆡ경(失色大驚)ᄒᆞ나, 임의 듯기ᄅᆞᆯ ᄌᆞ시 ᄒᆞ여시니 발명이 무익ᄒᆞᆫ지라.

믄득 아ᄌᆞᄅᆞᆯ 관쇽(關束)고져 ᄒᆞ여 변ᄉᆡᆨ 노왈,

"ᄉᆞᄉᆡᆼ이 관슈(關數)ᄒᆞ니 죽으니[나] ᄉᆞ나 사ᄅᆞᆷ의 명이니, 죽은들 엇지 ᄒᆞ리오. 아모리 쇼ᄋᆡ(小兒) 인ᄉᆞᄅᆞᆯ 모ᄅᆞᆫ들 너 갓ᄒᆞᆫ 미혹(迷惑)ᄒᆞᆫ 거시 어ᄃᆡ 이시리오. 어믜 구구ᄒᆞᆫ 졍니와 간측(懇惻)ᄒᆞᆫ ᄉᆞ졍(私情)으란 ᄉᆡᆼ각지 아니ᄒᆞ고, 간악ᄒᆞᆫ 형의 거즛 우ᄋᆡᄅᆞᆯ 곳이드러, 나종의 큰 일이 나ᄂᆞᆫ 날은 너와 ᄂᆡ 다 ᄒᆡ로

공ᄌᆡ 진진○[이] 늣겨 능히 ᄃᆡ답지 못ᄒᆞ니 부인○[이] ᄀᆞ장 분분 왈,

"요죵이 무ᄉᆞᆫ 일노 내 아ᄒᆡᄅᆞᆯ 쫄낫관ᄃᆡ 어미를 은휘ᄒᆞᄂᆞ냐? 엇지ᄒᆞ여 이리ᄒᆞᄂᆞ냐? 바로 니ᄅᆞ라. 여뫼 ᄇᆞᆰᄂᆞᆫ 날 듕치ᄒᆞ리라."

영이 쳥파의 크게 울고 왈,

"모친이 엇지 이런 말ᄉᆞᆷ을 ᄒᆞ시ᄂᆞ니잇고? 【43】 형은 대슌 후 ᄒᆞᆫ 사ᄅᆞᆷ이라. 텬ᄉᆡᆼ효위 츌뉴ᄒᆞ니 ᄒᆡᄋᆞ를 일신 갓치 ᄒᆞᄂᆞᆫ지라. 엇지 ᄒᆡᄋᆞᄅᆞᆯ 치며 ᄡᆞ지ᄌᆞ리잇고? 형뎨 ᄒᆞᆫ가지로 ᄌᆞ고져 ᄒᆞ더니 엄명이 겨샤 형을 옥월졍으로 가라 ᄒᆞ시니 형은 ᄉᆞ실노 가고 ᄒᆡᄋᆞᄂᆞᆫ ᄌᆞ위 시침ᄒᆞ라 드러왓습더니, ᄌᆞ위 협실의셔 ᄆᆡ·교 등으로 ᄒᆞ시ᄂᆞᆫ 말ᄉᆞᆷ이 인뉸ᄃᆡ변이니 아희 엇디 놀납디 아니리잇고? ᄌᆞ위 셩덕으로ᄡᅧ 형을 ᄉᆡᆼ각디 아니시고 이ᄃᆡ도록 실덕ᄒᆞ시믄 도시 ᄒᆡᄋᆞ의 죄라. ᄒᆡᄋᆞ 인뉸ᄃᆡ변을 듯ᄌᆞ오ᄆᆡ 심골이 경황ᄒᆞᆫ디라.【44】 복원 ᄌᆞ위ᄂᆞᆫ 아희 목숨을 앗기시거든 다시 이런 거조를 ᄒᆡᆼ치 마ᄅᆞ시미 ᄒᆡᆼ심이로쇼이다. 블연즉 ᄒᆡᄋᆞ 죽어 형의 효우를 갑고 ᄌᆞ졍 실덕을 보디 말고져 ᄒᆞᄂᆞ이다."

셜파의 머리ᄅᆞᆯ 상의 브듸이져 실셩뉴체ᄒᆞ야 비뤼 쳔항이라.

부인이 쳥파의 ᄋᆞᄌᆡ 가만ᄒᆞᆫ ᄉᆞ어ᄅᆞᆯ 드ᄅᆞᆫ 줄 실ᄉᆡᆨ대경ᄒᆞ나, 임의 듯기ᄅᆞᆯ ᄌᆞ시 ᄒᆞ여시니 《별명‖발명》이 무익ᄒᆞᆫ디라.

ᄋᆞᄌᆞ를 관속고져 ᄒᆞ여 변ᄉᆡᆨ 노왈,

"ᄉᆞᄉᆡᆼ이 관슈ᄒᆞ니 죽으나 사나 사ᄅᆞᆷ의 명이니 죽은들 엇지ᄒᆞ리오. 아모리 쇼【45】ᄋᆡ 인ᄉᆞᄅᆞᆯ 모ᄅᆞ[ᄅᆞᆫ]들 너ᄀᆞᆺ치 먀옥ᄒᆞ[2] 니 어ᄃᆡ 잇시리오. 어믜 구구ᄒᆞᆫ 졍니와 간측ᄒᆞᆫ ᄉᆞ졍으란 ᄉᆡᆼ각지 아니ᄒᆞ고 간악ᄒᆞᆫ 형의 거ᄌᆞᆺ 우

2)먀옥ᄒᆞ다 : 미욱ᄒᆞ다, 하는 짓이나 됨됨이가 매우 어리석고 미련하다.

올 거시어ᄂᆞᆯ, 이ᄅᆞᆯ ᄉᆡᆼ각지【40】아니ᄒᆞᄂᆞ뇨? 여뫼 비록 용녈ᄒᆞ나 창을 알미 족히 너 쇼아만 못지 아니리니, 영교·ᄆᆡ션이 다 나의 혈심비ᄌᆡ(血心婢子)오, 너의 츙의녈비(忠義烈婢)라. 네 부친이 ᄉᆡᆼ각기ᄅᆞᆯ 그ᄅᆞᆺᄒᆞ여, 널노뼈 무용지물(無用之物)을 삼은 쥴 통ᄒᆡᄒᆞᄂᆞ니, 우리 노부쳬(老夫妻) ᄆᆡ양 살 거시 아니라, 우리 죽은 후면 흉휼ᄒᆞᆫ 창과 요괴로온 윤네 가ᄉᆞᄅᆞᆯ 총단(總斷)ᄒᆞᄂᆞᆫ 날, 너ᄂᆞᆫ 구ᄎᆞ히 한 그ᄅᆞᆺ 밥과 한 벌 옷ᄉᆞᆯ 어더 닙을가 시부냐? 나의 니리 근노ᄒᆞ믄 엄시 누ᄃᆡ 누거만(累巨萬) 지산을 네게 쇽ᄒᆞ여 평ᄉᆡᆼ이 평【41】안콰져 ᄒᆞ미니, 쇼아ᄂᆞᆫ 다만 어뮈 말ᄃᆡ로 ᄆᆡᄉᆞᄅᆞᆯ 쥰힝ᄒᆞ고, 철모로ᄂᆞᆫ 쇼ᄅᆡᄅᆞᆯ 말나."

영이 읍체여우(泣涕如雨) 왈,

"ᄐᆡᄐᆡ(太太) 엇지 니런 말ᄉᆞᆷ을 ᄒᆞ시ᄂᆞ니잇고?"

부인이 ᄃᆡ로ᄒᆞ여 짐짓 아ᄌᆞᄅᆞᆯ 셧고져 ᄒᆞ여, 상두(床頭)의 금쳑(金尺)을 드러 ᄐᆡ달(笞撻)ᄒᆞᆯ시, 슈십장(數十杖)의 ᄉᆞᄒᆞᆯ 뜻이 업ᄉᆞ니, 이ᄢᆡ ᄆᆡ션은 나가고 영괴 ᄌᆞ지 아니나, 공ᄌᆡ 강녈ᄒᆞ니 부인이 약간 달초(撻楚)ᄒᆞ여 경계코져 ᄒᆞ므로 아ᄅᆞᆫ체 아녓더니, 영이 조곰도 모부인 위엄을 관쇽ᄒᆞ미 업셔, 말마다 노긔ᄅᆞᆯ 도도와 이 갓치 마ᄌᆞ믈 ᄃᆡ【42】경ᄒᆞ여, 장을 들고 드러가 부인 숀을 붓드러 간 왈,

"부인은 식노(息怒)ᄒᆞ쇼셔. 공ᄌᆞ의 쳔금약질(千金弱質)이 즁상(重傷)ᄒᆞ믈 앗기지 아니시ᄂᆞ니잇고? 부인 셩노(盛怒)ᄅᆞᆯ 촉범(觸犯)ᄒᆞ엿ᄉᆞ오나 엇지 이ᄃᆡ도록 발노(發怒)ᄒᆞ시ᄂᆞ니잇고? 만일 노애 ᄎᆞᄉᆞᄅᆞᆯ 아ᄅᆞ신즉, 공ᄌᆞ 달ᄐᆡ(撻笞)ᄒᆞ신 연고ᄅᆞᆯ 무러 ᄉᆞ긔 조치 아닐가 ᄒᆞᄂᆞ이다."

부인이 교의 말인즉 ᄉᆞᄉᆞ언쳥(事事言聽)ᄒᆞᄂᆞᆫ지라. 이의 노긔ᄅᆞᆯ 진정ᄒᆞ여 공ᄌᆞᄅᆞᆯ 샤ᄒᆞ고, ᄆᆡᄅᆞᆯ 더지고 탄식 왈,

"나의 팔ᄌᆡ 진실노 무상(無狀)ᄒᆞ도다. 네 ᄌᆞ식을 두ᄆᆡ 다 별물요종(別物妖種)이라. 하【43】나도 어뮈 심우(心憂)ᄅᆞᆯ 알니 업ᄉᆞ니 엇지 통ᄒᆡ치 아니리오."

ᄋᆡ를 고지 드러 나죵은 큰일이 날지라. 너와 ᄂᆡ 다 ᄒᆡ로올 줄 ᄉᆡᆼ각지 아니ᄒᆞᄂᆞᆫ요? 여뫼 비록 용열ᄒᆞ나 창을 알믄 녹[죡]히 너 쇼ᄋᆞ만《못ᄒᆞ리니‖못ᄒᆞ지 아니리니》영교 ᄆᆡ션이 다 나의 혈심 비ᄌᆡ오 너의 츙비라. 네 부친이 ᄉᆡᆼ각기를 그ᄅᆞᆺᄒᆞ야 널노뼈 무용지믈을 삼은 줄을 통ᄒᆡᄒᆞᄂᆞ니, 우리 노부쳬 ᄆᆡ양 살 거시 아니라. 우리 죽은 후면 흉휼ᄒᆞᆫ 창과 요【46】괴로온 윤녜 가ᄉᆞ를 춍단ᄒᆞᄂᆞᆫ 날이면 너ᄂᆞᆫ 장ᄎᆞ 괴로온 신세 엇덜가 시브뇨? 나의 이리 근노ᄒᆞ믄 너의 평ᄉᆡᆼ이 평안코져 ᄒᆞ미니 쇼ᄋᆞᄂᆞᆫ 다만 어ᄆᆡ 말 ᄃᆡ로 ᄆᆡᄉᆞ를 쥰힝ᄒᆞ고 철모ᄅᆞᄂᆞᆫ 소ᄅᆡ를 말나."

영이 읍체 여우ᄒᆞ야 ᄀᆞᆯ오ᄃᆡ,

"태태 엇지 이런 말ᄉᆞᆷ을 ᄒᆞ시ᄂᆞ니잇고?"

부인이 대로ᄒᆞ야 짐짓 아ᄌᆞ를 썩지ᄅᆞ고져, 상두의 금쳑을 드러 ᄐᆡ달ᄒᆞ야 슈십 댱의 니ᄅᆞᄃᆡ, 맛ᄎᆞᆷᄂᆡ 샤ᄒᆞᆯ 뜻이 업더니, 이ᄢᆡ ᄆᆡ션은 나가고 영교ᄂᆞᆫ ᄌᆞ지 아냐다가 대경ᄒᆞ야 급피 댱을 들고 드어[러]가 부인의 손을 붓들고 간ᄒᆞ여 왈,

"부인은 식노ᄒᆞ【47】쇼셔. 공ᄌᆞ의 쳔금약질이 듕상ᄒᆞ믈 앗기디 아니시ᄂᆞ니잇고? 만일 노야 ᄎᆞᄉᆞᄅᆞᆯ 아ᄅᆞ신즉 공ᄌᆡ 달ᄐᆡᄒᆞ시ᄂᆞᆫ 연고ᄅᆞᆯ 무러 ᄉᆞ긔 됴치 아니ᄒᆞᆯ가 ᄒᆞᄂᆞ니이다."

부인이 교의 말인즉 ᄉᆞᄉᆞ의 언쳥ᄒᆞᄂᆞᆫ지라. 이에 노긔ᄅᆞᆯ《지졍‖진졍》ᄒᆞ여 공ᄌᆞ를 샤ᄒᆞ고 이에 ᄆᆡᄅᆞᆯ 더지고 탄식ᄒᆞ야 왈,

"나의 팔ᄌᆡ 진실노 무상ᄒᆞ도다. 네 ᄌᆞ식을 두ᄆᆡ 다 별믈요종이라. ᄒᆞ나토 어ᄆᆡ 심우을 알 니 업ᄉᆞ니 엇지 통ᄒᆡ치 안니ᄒᆞ리오."

아ᄌᆞ를 졀칙ᄒᆞ여,
"ᄎᆞ후 두 번 작죄(作罪)치 말나."
영이 비록 강녈ᄒᆞ나 늙셰 쇼ᄋᆞ이라. ᄉᆡᆼ셰 쳐음으로 모친을 촉노(觸怒)ᄒᆞ여 독ᄒᆞᆫ ᄆᆡ를 인졍업시 치니, 연연셜뷔(軟軟雪膚) 즁상ᄒᆞ여 피흐ᄅᆞ기를 면치 못ᄒᆞ니, 엇지 알푸지 아니리오.
옥안의 눈물이 가득ᄒᆞ여 말이 업ᄉᆞ니, 영괴 슈건을 가져 피를 삐ᄉᆞ며 편히 ᄌᆞ기를 니ᄅᆞ고 믈너나거ᄂᆞᆯ, 부인이 다시 아ᄌᆞ를 본체 아니코, 의상을 그ᄅᆞ고 상(牀)의 올나 ᄌᆞᄂᆞᆫ 체ᄒᆞᄃᆡ, 【44】 공지 ᄌᆞ리를 ᄎᆞᆺ지 아니코, 묵연이 촉광을 바라보아 창연(愴然)이 초창(怊悵)ᄒᆞ며, 츄연블낙(惆然不樂)ᄒᆞ여 ᄋᆡ뤼(哀淚) 셜빈(雪鬢)의 여쥬(如珠)ᄒᆞᆯ ᄯᆞᄅᆞᆷ이오, 돈연(頓然)이 침셕의 나아갈 ᄯᅳᆺ이 업ᄂᆞᆫ지라.
부인이 가만이 긔ᄉᆡᆨ을 술피고 텬셩이 괴거(怪擧)ᄒᆞ믈 ᄭᅮ짓고, ᄌᆞ뎨 하나토 ᄌᆞ긔 마음으로 합ᄒᆞ미 업ᄉᆞ믈 ᄋᆡ달나, 역졍이 발ᄒᆞ여 비록 ᄋᆡ련ᄒᆞᄂᆞᆫ 마음은 측냥 업ᄉᆞ나, 어린 아ᄒᆡ 강항초쥰(强項峭峻)ᄒᆞ여 위엄의 관쇽지 아니믈 뮈이 너겨, 그 ᄌᆞ기를 명치 아니나 심하의 그 약질이 실슈ᄒᆞ믈 념녀ᄒᆞ여, 역시 【45】 잠을 일우지 못ᄒᆞ니, 영이 ᄯᅩᄒᆞᆫ 밤을 안ᄌᆞ ᄉᆡ왓더라.
명조의 공지 신셩ᄒᆞᄆᆡ 영이 고기를 숙여 젼갓치 희식이 업셔, 한 구셕의 안ᄌᆞ시ᄃᆡ, 일야간의 용뫼 환형(換形)ᄒᆞ며 우ᄉᆡᆨ(憂色)이 현현(顯顯)ᄒᆞ여 누흔(淚痕)이 현져ᄒᆞ며, 두 눈이 부엇거ᄂᆞᆯ, 공지 괴이히 너겨 뭇고져 ᄒᆞ나, 최부인이 미우(眉宇)의 노긔 은은ᄒᆞ니, 필유묘ᄆᆡᆨ(必有苗脈)ᄒᆞ믈 ᄭᆡ다라 역시 묵연ᄒᆞ여 긔운을 나쟉이 ᄒᆞ여, 부인 긔후(氣候)를 뭇ᄌᆞᆸ고 시좌(侍坐)ᄒᆞ엿더니, 믄득 ᄐᆡ시 드러와 좌를 졍ᄒᆞ고 공ᄌᆞ와 윤쇼제 시좌ᄒᆞ여시니, 일【46】월이 함긔 붉아시며 일빵 난봉(鸞鳳)이 치익(彩翼)을 썰친 듯ᄒᆞ믈 보ᄆᆡ, 시로이 년ᄋᆡᄒᆞ믈 마지 아니며, 도라 영을 보니 화긔 쇼삭ᄒᆞ고 용뫼 환탈ᄒᆞ여시믈 보고, 경문(驚問) 왈,
"히ᄋᆡ(孩兒) 신상이 블평ᄒᆞ냐? 엇지 일야

ᄋᆞᄌᆞ○[를] 졀칙ᄒᆞ야,
"ᄎᆞ후 두 번 작죄 말나."
영이 비록 강녈ᄒᆞ나 늙셰 쇼ᄋᆞ이라. ᄉᆡᆼ셰 처음으로 독ᄒᆞᆫ ᄆᆡ를 마ᄌᆞ【48】니 연연 셜부 듕상ᄒᆞ야 피 흐ᄅᆞ기를 면치 못ᄒᆞ니 엇지 알프디 아니리오.
옥안의 눈물이 ᄀᆞ득ᄒᆞ야 말이 업ᄉᆞ니 영교 슈건을 가져 피를 《ᄡᅳ고‖삣고》 편히 ᄌᆞ기를 니ᄅᆞ고 믈너나거ᄂᆞᆯ, 부인이 다시 ᄋᆞᄌᆞ를 본체 아니ᄒᆞ고 의상을 그ᄅᆞ고 상의 올나 ᄌᆞᄂᆞᆫ 체ᄒᆞᄃᆡ, 공지 ᄌᆞ리를 ᄎᆞᆺ디 아니코 믁연이 안ᄌᆞ 쵹광을 ᄇᆞ리[라]보며 츄연블낙ᄒᆞ믈 마지 아니ᄒᆞ며, ᄋᆡ뤼 셜빈의 년쥬ᄒᆞᆯ ᄯᆞᄅᆞᆷ이오, 돈연이 침셕을 ᄎᆞᆺ디 아니ᄒᆞ니,
부인이 긔ᄉᆡᆨ을 술피고 비록 ᄋᆡ년ᄒᆞᆫ 마음은 측양업ᄉᆞ나, 어린 아ᄒᆡ 강항쵸듄ᄒᆞ야 위엄의 조금도 관쇽디 아니【49】믈 뮈이 넉여, 그 ᄌᆞ기를 명치 아니나, 심하의 그 약질을 앗기며 념여ᄒᆞ여 역시 잠을 일우디 못ᄒᆞ니, 영이 ᄯᅩ ᄒᆞᆫ 이 밤을 안ᄌᆞ ᄉᆡ왓더니
명됴의 공지 신셩ᄒᆞᄆᆡ 영이 고기를 숙이고 슈괴ᄒᆞᆫ 빗치 잇셔, 다만 ᄒᆞᆫ 구셕의 안ᄌᆞ시ᄃᆡ 일야간 용뫼 환형ᄒᆞ고 우ᄉᆡᆨ이 현져ᄒᆞ며 두 눈이 부엇ᄂᆞᆫ디라.
공지 크게 놀나고 고이히 넉여 연고를 뭇고져 ᄒᆞ나 최부인이 미우의 노긔 은은ᄒᆞ니 필유묘ᄆᆡᆨᄒᆞ믈 ᄭᆡᄃᆞ라 긔운을 나족이 ᄒᆞ여 ᄌᆞ부인 긔거를 뭇ᄌᆞᆸ고 시좌ᄒᆞ엿더니, 태시 드러와 좌ᄒᆞᆯ 졍ᄒᆞ고 공ᄌᆞ와 윤쇼제 좌우로 시립ᄒᆞ【50】여시니 시로이 두긋기고 년ᄋᆡᄒᆞ믈 마디아니ᄒᆞ며, 도라 영을 보니 화긔 소삭ᄒᆞ고 용뫼 환탈ᄒᆞ여시믈 보고 놀나 무러 왈,
"ᄋᆞ히 신상이 블평ᄒᆞ냐? 엇지 일야간 져디

간 져ᄃᆡ도록 환형(幻形)ᄒᆞ엿ᄂᆞ뇨?"

영이 복슈(伏首) 유유(唯唯)ᄒᆞ여 감히 ᄃᆡ치 못ᄒᆞ고, 부인이 ᄐᆡᄉᆞ의 무ᄅᆞ믈 슬히 너겨 외작화긔(外作和氣)ᄒᆞ여 ᄃᆡ왈,

"영이 작야의 두통이 심ᄒᆞ여 ᄉᆡ도록 알터니 그러ᄒᆞᆫ가 시버이다."

ᄐᆡᄉᆞᄂᆞᆫ 쇼탈ᄒᆞᆫ 셩졍이라. 진실노 그런가 ᄒᆞ여 아ᄌᆞ를 나호【47】여 어로만져 보니, 영이 비록 병이 업ᄉᆞ나 ᄉᆡ도록 심녀를 허비ᄒᆞ고, ᄆᆡ를 마ᄌᆞ 줌을 폐ᄒᆞ고 신긔 곤뇌ᄒᆞᆫ 바의, 몸이 블평ᄒᆞ여 ᄌᆞ연 몸이 더운지라. 만신이 블갓흐니, ᄐᆡ시 경아(驚訝)ᄒᆞ여 니로ᄃᆡ,

"네 몸이 알프거든 편히 누어 조리ᄒᆞᄆᆡ 올커ᄂᆞᆯ, 엇지 알픈 거ᄉᆞᆯ ᄂᆡ긔여 안ᄌᆞ시리오."

영이 안ᄉᆡᆨ이 참연(慘然)ᄒᆞ나 감히 일언을 ᄃᆡ지 못ᄒᆞ고 물너나니, ᄐᆡ시 또ᄒᆞᆫ ᄂᆡ각(內閣)의셔 조호(調護)ᄒᆞ기를 니ᄅᆞᆫᄃᆡ, 영이 고ᄀᆡ를 슉이고 쥬왈,

"ᄂᆡ각(內閣)이 분요(紛擾)ᄒᆞ여 누엇기 편치 아니【48】ᄒᆞ오니, 형을 조ᄎᆞ 셔당의 나가 조리ᄒᆞ려 ᄒᆞᄂᆞ이다."

ᄐᆡ시 졈두 왈,

"임의로 ᄒᆞ라,"

영이 슈명ᄒᆞ고 드ᄃᆡ여 셔당으로 나가니, 창이 또ᄒᆞᆫ 아의 ᄉᆞᆫ을 잡고 나가거ᄂᆞᆯ, ᄐᆡᄉᆞᄂᆞᆫ 냥ᄌᆞ의 셩우(誠友)를 아름다이 너기나 최부인은 더옥 블쾌ᄒᆞ더라.

공ᄌᆡ 아을 다리고 셔당의 나오ᄆᆡ, 영이 눈물을 먹음고 상요(牀褥)의 나아가 눕거ᄂᆞᆯ, 공ᄌᆡ 어로만져 위로 왈,

"비록 촉감(觸感)ᄒᆞ여 신긔 블평ᄒᆞ나 본ᄃᆡ ᄉᆞ질(死疾)이 아니니, 조호(調護)ᄒᆞ면 나을 거시니 엇지 슬허ᄒᆞᄂᆞᆫ다?"

영이 믄득 한숨지고 왈,【49】

"형장은 쇼졔의 다리를 보쇼셔."

공ᄌᆡ 놀나 나말(羅襪)을 헷치고 보니, 과연 즁상ᄒᆞ여 피흘너 엉긔엿ᄂᆞᆫ지라.

공ᄌᆡ 왈,

"현뎨 무ᄉᆞ 일노 ᄌᆞ위를 촉노(觸怒)ᄒᆞ여

도록 환형ᄒᆞᄂᆞ뇨?"

영이 복슈 유유하야 감히 ᄃᆡ치 못ᄒᆞ고 부인이 태ᄉᆞ의 무ᄅᆞ믈 슬희 넉여 외작화긔ᄒᆞ고 ᄃᆡᄒᆞ여 ᄀᆞ로ᄃᆡ,

"영이 작야의 두통이 심ᄒᆞ와 ᄉᆡ도록 알터니 그러ᄒᆞᆫ가 ᄒᆞᄂᆞ이다."

태ᄉᆞᄂᆞᆫ 본ᄃᆡ 소탈ᄒᆞᆫ 셩졍이라. 부인의 말을 듯고 그런가 ᄒᆞ여 ᄋᆞᄌᆞ를 나호여 어ᄅᆞ만져 보니, 영이 본ᄃᆡ 병이 업ᄉᆞ나 ᄉᆡ도록 심녀를 허비ᄒᆞ고【51】 ᄆᆡ 마ᄌᆞ 잠을 폐ᄒᆞ고 《신시∥신긔》 곤뇌ᄒᆞ여 몸이 블평ᄒᆞᄆᆡ ᄌᆞ연 몸이 더운디라. 태시 경아ᄒᆞ야 무러 ᄀᆞ오ᄃᆡ,

"네 몸이 과도히 알프거든 편히 누어 조리ᄒᆞᄆᆡ 올커ᄂᆞᆯ 엇디 알프[픈] 거ᄉᆞᆯ 이긔여 안ᄌᆞ시리오. ᄂᆡ각의셔 됴호ᄒᆞ라."

영이 고ᄀᆡ를 숙이고 주왈,

"ᄂᆡ당은 분요ᄒᆞ여 누엇기 블평ᄒᆞ오니 형을 조차 셔당의 가 됴리ᄒᆞ려 ᄒᆞᄂᆞ니다."

태시 졈두 왈,

"임의로 ᄒᆞ라."

ᄒᆞ니 영이 슈명ᄒᆞ고 드ᄃᆡ여 문안을 파ᄒᆞ고 믈너날ᄉᆡ 창이 친히 공ᄌᆞ을 업고 ᄂᆞ가니, 태ᄉᆞᄂᆞᆫ 냥ᄌᆞ의 셩우를 아롬다이 넉이나 부인은 더욱 블【52】쾌이 넉이더라.

공ᄌᆡ 《이∥아》를 업고 셔당의 나오ᄆᆡ 영이 눈믈 먹음고 상요의 나아가 눕거ᄂᆞᆯ, 공ᄌᆡ 어ᄅᆞ믄져 위로ᄒᆞ여 ᄀᆞ오ᄃᆡ,

"네 비록 촉감ᄒᆞ미 잇셔 신긔 블평ᄒᆞ나 ᄉᆞ질이 아니니 됴호ᄒᆞ면 반ᄃᆞ시 나흘 거시니 엇디 이러틋 슬허ᄒᆞᄂᆞᆫ다?"

영이 함[한]숨디고 왈,

"형댱은 쇼뎨의 다리를 보쇼셔."

공ᄌᆡ 놀나 이에 나말을 헤치고 다리를 보니 과연 듕상ᄒᆞ여 가족이 써러지고 피 흘너 엉긔엿ᄂᆞᆫ디라.

공ᄌᆡ ᄃᆡ경 왈,

"현뎨 무산 일로 ᄌᆞ위를 촉노ᄒᆞ야 약질이

이리 즁상ᄒᆞ뇨?"
영이 크게 울며 왈,
"쇼뎨 약간 마즌 거시야 관겨ᄒᆞ리잇가만은 인뉸ᄃᆡ변(人倫大變)이 나게 되어시니, 쇼뎨 졍히 죽을 날을 아지 못ᄒᆞ리로쇼이다."
공지 언근(言根)을 짐작고 침음(沈吟)ᄒᆞ여 말을 아니ᄒᆞ거ᄂᆞᆯ, 영이 분긔ᄒᆞ믈 니긔지 못ᄒᆞ여, 거야(去夜) 슈말을 낫낫치 니ᄅᆞ고, 읍왈,
"미ㆍ교 등 냥비(兩婢) ᄌᆞ졍 실덕을 도아 장ᄎᆞᆺ【50】 인뉸의 변을 지으려 ᄒᆞ니, 이ᄂᆞᆫ 다 쇼뎨 셰상의 잇ᄂᆞᆫ 탓시라. 쇼뎨 죽고져 ᄒᆞ오나, 츰아 야야의 ᄌᆞᄋᆡ와 형장 셩우(誠友)를 져바리지 못ᄒᆞ미니이다."
공지 졍식 왈,
"부뫼 실덕ᄒᆞ시나 ᄌᆞ식이 죽기를 가비야이 니ᄅᆞ리오. ᄎᆞ후 삼가 조심ᄒᆞ여 종용ᄒᆞᆫ 가온ᄃᆡ 형뎨 상의ᄒᆞ여 ᄌᆞ신지칙(資身之策)1599)을 계규(計揆)ᄒᆞ미 올흐니, 이 니ᄅᆞᆫ바 명쳘보신(明哲保身)1600)이라. 신여명(身與命)이 구젼(俱全)ᄒᆞ미 올흐니라."
영이 츄연(惆然) 희허(噫噓)ᄒᆞ여, 침음냥구(沈吟良久)의 갈오ᄃᆡ,
"형장의 경계(警戒) ᄌᆞᄌᆞ(字字) 금옥이시니, 쇼뎨 우몽(愚蒙)ᄒᆞ나【51】엇지 형장 명을 밧ᄌᆞᆸ지아니리잇고?"
공지 더옥 년ᄋᆡᄒᆞ며 그 마즌 ᄃᆡ ᄃᆡ단ᄒᆞ믈 ᄋᆡ련ᄒᆞ여, 지삼 어로만져 앗기며 슬허 니ᄅᆞᄃᆡ,
"너의 니러ᄒᆞ믄 다 우형의 연괴라."
ᄒᆞ니, 영이 더옥 감오(感悟)ᄒᆞ여 형의 져갓흔 지셩으로, 맛ᄎᆞᆷᄂᆡ 인뉸ᄃᆡ변을 면치 못할 줄을 슬허ᄒᆞ더니,

1599)ᄌᆞ신지칙(資身之策) : 자기 한 몸의 생활을 꾸려갈 계책.
1600)명철보신(明哲保身) : 총명하고 사리에 밝아 일을 잘 처리하여 자기 몸을 보존함.

이러틋 듕상하뇨?"
영이 크【53】게 울고 ᄀᆞᆯ오ᄃᆡ,
"쇼뎨 약간 마즌 거시야 관겨ᄒᆞ리잇가마ᄂᆞᆫ 인뉸의 대변이 나게 ᄒᆞ[되]여시니 쇼뎨 졍히 쥭을 날을 아지 못ᄒᆞᄂᆞ이다."
공지 언근을 짐작ᄒᆞ고 침음ᄒᆞ여 오ᄅᆡ 말을 아니ᄒᆞ거ᄂᆞᆯ, 영이 분긔ᄒᆞ믈 이긔디 못ᄒᆞ야 거야 슈말을 낫낫치 니ᄅᆞ고 울며 ᄀᆞᆯ오ᄃᆡ,
"미·교 등 냥비 ᄌᆞ뎡 실덕을 도도아 장차 인뉸의 변을 지으려 ᄒᆞ니 이ᄂᆞᆫ 젼혀 쇼뎨 셰상의 잇ᄂᆞᆫ 툿시라. 쇼뎨 비록 죽고져 ᄒᆞ나 ᄎᆞ마 야야의 ᄌᆞᄋᆡ와 형댱 셩우를 져ᄇᆞ리디 못ᄒᆞ미니이다."
공지 졍식고 ᄀᆞᆯ오ᄃᆡ,
"부뫼【54】 실덕ᄒᆞ시나 ᄌᆞ식이 엇디 ᄎᆞᆷ마 듁기를 가바야이 니ᄅᆞ오. ᄎᆞ후란 삼가고 조심ᄒᆞ야 조용ᄒᆞᆫ 가온ᄃᆡ 형뎨 상의ᄒᆞ여 ᄌᆞ[보]신지칙을 계교ᄒᆞ미 올치 아니랴?"
영이 츄연희 ᄃᆡ왈,
"쇼뎨 년쇼우몽ᄒᆞ오나 엇디 형댱의 경계ᄒᆞ시ᄂᆞᆫ 명을 밧ᄌᆞᆸ디 아니리잇고?"
공지 더욱 연ᄋᆡᄒᆞ야 그 마즌 ᄃᆡ 대단ᄒᆞ믈 ᄋᆡ년ᄒᆞ야 지삼 어ᄅᆞ만져 앗기며 슬허 니오[로]ᄃᆡ,
"너의 이러ᄒᆞ믄 다 우형 연괴라."
ᄒᆞ니 영이 더욱 감오ᄒᆞ여 형의 져ᄀᆞᆺᄐᆞᆫ 지셩으로 맛ᄎᆞᆷᄂᆡ 인뉸의 대변을 면치 못ᄒᆞᆯ 쥴을 슬허ᄒᆞ더라.
이ᄯᅵ 최부인이 ᄀᆞ마니 영교ᄅᆞᆯ 셔당의 보ᄂᆡ여 냥ᄌᆞ【55】의 ᄉᆞ언을 드러 오라 ᄒᆞ니, 영교 낫낫치 드러다가 고ᄒᆞᆯ시, 본ᄃᆡ 간인은 말을 ᄭᅮ미기 잘ᄒᆞ고 보틔기를 만히 ᄒᆞᄂᆞᆫ디라. 쥬작부언ᄒᆞ야 '원언이 쳘골ᄒᆞ야 부인을 상모의 포흠과 민모의 은ᄒᆞ미 비기더라.' ○○[ᄒᆞ여] 온가지로 참쇼ᄒᆞ니, 최부인이 비록 일공이 막혀 아득ᄒᆞ나 텬셩은 소통영오ᄒᆞᆫ디라. 창의

닉당 시녜 조션(朝饌)을 가져 니르러시딕, 문득 최부인 명을 바든 심복시녀 미션이라. 젼어(傳語) 왈,

"블초훈 주식은 찰하리 업슴만 갓지 못훅니, 주식이 되여 어믜 허물을 창셜(唱說)훅여, 창을 딕훅여 나【52】의 허물 니루기를 찰찰히 훅니, 형뎨 상의훅여 상공(相公)긔 참쇼(讒訴)훅여 네 어믜 츌부(黜婦)되기를 죄오니, 수이지추즉(事已至此卽)[1601] 무삼 도라볼 거시 이시리오. 이제 죽어 너의 마음을 편케 훅리라."

훅시더이다.

추시 냥공지 셔당의 나오미 영괴 뜨라나와 가만이 형뎨의 슈작훅믈 듯고, 드러와 부인긔 알외딕,

"쇼비 맛춤 셔당 압흘 지닉다가 드루니, 추공지 부인과 상의훅던 말숨을 셰셰히 뎐훅며 왈, '주졍(慈庭)이 이쳐로 싱각을 훅시니 형장의 평싱 계활(計活)이 엇지 【53】될고?"

훅며, 일공주는 일이 그만홀 일이 아니라 부친긔 알외주 훅니, 추공지 극녁훅여 닐오딕,

"모친이 비록 쳔빅 가지로 형장을 히훅려 훅여도, 쇼뎨 뜨라가며 수긔(事機)를 아라올 거시니, 다만 피훅고 방비훌 뜨름이라. 아직 야야긔 고치 마로쇼셔."

훅더라 훅여, 니연덕스러이[1602] 젼훅니, 최

1601)수이지추즉(事已至此卽) : 일이 이미 이 지경에 이른 즉.

효우를 알거니 이 말을 다 밋든 아니나, 영이 주긔 ○[싱]츌이어놀 주모의 허믈을 구리오디 아니훅여, 창두려 니루믈 통완분히 훅야, 일장을 믜이 쇽이려 훅여, 미션으로 식상을 보닉며 젼어 졀칙훅딕,

"블쵸훈【56】 주식을 머므루미 찰히 업숨만 갓디 못훅니, 주식이 되여 어믜 부주훈 허믈을 스수로 창셜훅니, 이 가히 인주의 되랴? 맛당이 형뎨 상의훅야 아비게 참쇼훅라. 네 어미 츌부 밧근 더 듸[되]든 아니리○[니] 일이 여추지도의 또 무산 두리올 거시 이시리오. 너의 냥기 독죵이 날노뼈 지목훅여 혹 상모의 비기며, 혹 셜포의 의모 갓다 훅야 의논이 분분훅니, 이 엇디 인주의 도리리오. 노뫼 반싱 힝악의 드러난 허믈이 업수딕, 주식이 스수로 지목훅여 독부 잔젹으로 니루니, 슬프다! 뉸상이 우리 모주의게 잘[잔]멸훌 쥴 알니오.【57】 너의 임의 날을 이굿치 지목훅니, 닉 어질고져 훅나 또훈 어렵도다. 이제는 쾌히 독부지힝과 잔젹지심을 나는 딕로 다 훌 거시니 너희 형뎨 날을 쳐치훌 딕로 훅라."

훅니,

부인이 비록 일공(一空)의 막힌 거시 아득ᄒᆞ나 텬셩은 쇼통영오ᄒᆞᆫ지라, 창의 효우를 알거니 이 말을 다 밋든 아니나, 영이 ᄌᆞ가 긔츌(己出)이여ᄂᆞᆯ, ᄌᆞ모의 허물【54】을 가리오지 아냐 창다려 니ᄅᆞ믈, 통한 분(憤)히ᄒᆞ니, 일장을 마이[1603] 쇽이려 ᄒᆞ여, 식반(食飯)《차환‖차완(茶碗)》을 물니고, ᄐᆡᄉᆞ의 안젼의셔 식상(食床)을 보니ᄃᆡ, 가만이 미션으로 이갓치 젼어(傳語)ᄒᆞ며 계규를 가ᄅᆞ치미러라.

공지 젼어를 드ᄅᆞ미, 아ᄌᆞ(俄者)[1604] ᄉᆞ어(私語)를 요비(妖婢)의 무리 불셔 드러다가, 모친긔 알외여시믈 ᄃᆡ경ᄒᆞ고, 쇼공ᄌᆞᄂᆞᆫ 맛ᄎᆞᆷ ᄂᆡ 나히 어린지라 모친의 아라 계시믈 ᄃᆡ황ᄃᆡ구(大惶大懼)ᄒᆞ여, 면식(面色)이 여토(如土)ᄒᆞ거ᄂᆞᆯ, 일공지 신식이 ᄌᆞ약ᄒᆞ여 아[1605]을 위로ᄒᆞ며, 믄득 식상을 바【55】다 긔ᄀᆡ(器蓋)를 여러 보니, 이 믄득 음식이 아니라 한 그릇 묵은 조밥이오, 찬긔를 보ᄆᆡ 밉고 쁜 악최(惡草)라.

그릇ᄉᆞᆯ 열ᄆᆡ 아름답지 아닌 ᄂᆡ음이 몬져 ᄢᅵ치니, 공지 ᄎᆞ악ᄒᆞ나 블변안식ᄒᆞ고 햐져(下箸)ᄒᆞ기를 유미(有味)ᄒᆞᆫ 음식갓치 ᄒᆞ니 영의 식찬이 역시 한가지라. ᄎᆞᆷ아 먹지 못ᄒᆞ여 상을 믈녀 보닐ᄉᆡ, 공지 젼어 회ᄉᆞ(回謝)왈,

"영뎨 젼후 삼가지 못ᄒᆞ와 ᄌᆞ위를 쵹노ᄒᆞ오믄 다 블초아(不肖兒)의 교뎨(敎弟)를 잘못ᄒᆞ온 허물이로쇼이다. 다만 존하의 블초ᄒᆞ온 죄와 교뎨(敎弟) 블엄(不嚴)이 ᄒᆞ온 두 죄(罪)를【56】 ᄇᆞᆰ이 다ᄉᆞ리시믈 원ᄒᆞᄂᆞ이다."

ᄒᆞ니, 미션이 도라와 이ᄃᆡ로 알외고, 일공ᄌᆞᄂᆞᆫ 츄식악최(醜食惡草)라도 감식(甘食)ᄒᆞᄃᆡ, 쇼공ᄌᆞᄂᆞᆫ 한 술도 쓰지 아냐시믈 고ᄒᆞ니, 부인이 아ᄌᆞ를 역졍(逆情)ᄒᆞ여 쇽이고져 ᄒᆞ미나, 이ᄂᆞᆫ 실노 뮈워ᄒᆞ미 아니니, 어제 달초(撻楚)ᄒᆞ고 상체 ᄃᆡ단ᄒᆞᆫᄃᆡ, 또 밤의 잠을 폐ᄒᆞ고 조션(朝膳)을 먹지 아냣거ᄂᆞᆯ, 조식을

공지 젼어를 드ᄅᆞᄆᆡ 아ᄌᆞ지언를 요비의 무리 발셔 드러다가 모친게 알외여시믈 대경ᄒᆞ고, 영은 나히 어린지라 모친의 아라 계시믈 대황대구ᄒᆞ여 면여토식ᄒᆞ거ᄂᆞᆯ, 공지 신식이 ᄌᆞ약ᄒᆞ야 아을 위로ᄒᆞ며 식상을 바다 긔○[를] ᄂᆡ○[여] 여러 보니, 이 믄득 음식이 아니라, ᄒᆞᆫ 그릇 무근 조밥이오, 찬긔ᄂᆞᆫ 밉고 쓴 악초와【58】 썩은 고기라.

그ᄅᆞᄉᆞᆯ 열ᄆᆡ 아름답디 아닌 ᄂᆡ음시 몬져 ᄢᅵ치니, 공지 차악ᄒᆞ나 블변안식ᄒᆞ고 햐져ᄒᆞ기를 유미ᄒᆞᆫ 음식ᄀᆞᆺ치 ᄒᆞ니, 영의 식찬이 역시 ᄒᆞᆫ○[가]지라 ᄎᆞ마 먹지 못ᄒᆞ여 상을 믈녀 보닐ᄉᆡ, 공지 젼어 샤죄 왈,

"영뎨 젼후 삼가지 못ᄒᆞ와 ᄌᆞ위를 쵹노ᄒᆞ오믄 다 블쵸아의 교제치 못ᄒᆞ온 죄라. 다만 죤하의 교제 블엄ᄒᆞ온 죄를 ᄇᆞᆰ히 다ᄉᆞ리시믈 원ᄒᆞᄂᆞ이다."

미션이 도라와 이대로 알외니 부인이 아ᄌᆞ를 역졍ᄒᆞ여 일시 쇽이고져 ᄒᆞ미나 실노 뮈워ᄒᆞ미 아니나, 어제 달쵸ᄒᆞ야 상체【59】 ᄃᆡ단ᄒᆞᆫᄃᆡ 또 밤의 ᄌᆞᆷ을 폐ᄒᆞ고 죠식을《먹거‖먹지》] 아니믈 드ᄅᆞ니 심하의 경녀ᄒᆞ믈 마지 아니며, 일공ᄌᆞ 셩우의 긔특ᄒᆞ믈 모ᄅᆞᄃᆡ 아니ᄒᆞᄃᆡ, 흉완ᄒᆞ다 ᄭᅮ짓더라.

1602)니연덕스럽다 : 천연덕스럽다. 생긴 그대로 조금도 거짓이나 꾸밈이 없고 자연스러운 느낌이 있다
1603)마이 : 매우.
1604)아ᄌᆞ(俄者) : 조금 전, 이전, 지난번, 갑자기
1605)아 : 아우.

젼궐(全闕)ᄒᆞ믈 드ᄅᆞ니 심하의 경녀(驚慮)ᄒᆞ믈 마지 아니며, 일공ᄌᆞ의 셩우(誠友)의 긔특ᄒᆞ믈 모로지 아니ᄒᆞᄃᆡ, 흉완ᄒᆞ다 ᄭᅮ지져 심히 블평ᄒᆞ더라.

이윽고 공【57】ᄌᆞ 부뷔 낫 문안의 드러오나 영이 오지 아녓거ᄂᆞᆯ, 부인이 변식 문왈,

"블초 영이 진짓 병이 잇더냐? 엇지 어뮈ᄅᆞᆯ 보지 아닛ᄂᆞ뇨. 진실노 노모ᄅᆞᆯ 보지 아니려 ᄒᆞ더냐?"

공ᄌᆡ 하셕(下席) ᄇᆡᄉᆞ 왈,

"아이 엇지 이런 블초ᄒᆞᆫ 힝ᄉᆡ 이시리잇고? 실노 약질이 구궐(久闕)ᄒᆞ여 통셰(痛勢) 잇ᄂᆞᆫ가 시부더이다."

부인이 작식 왈,

"가ᄂᆡ ᄉᆞ용(私用)이 핍절ᄒᆞ여 쇽반(粟飯)으로뻐 보ᄂᆡ엿더니, 영이 먹지 아니ᄃᆡ 네 엇지 권치 아니ᄒᆞ고 홀노 먹은다?"

공ᄌᆡ ᄉᆞ례 왈,

"아ᄒᆡ 비록 블민ᄒᆞ오나, 엇지 이런 블【58】의지심(不義之心)을 두리잇고? 쇼ᄌᆞᄂᆞᆫ 몸의 병이 업ᄉᆞ니 ᄆᆡᆨ반(麥飯) ᄎᆡ강(菜羹)이라도 구미(口味) 조하 감식(甘食)ᄒᆞ엿ᄉᆞ오나, 영뎨ᄂᆞᆫ 침식이 블안ᄒᆞ미 구미 돈감(頓減)ᄒᆞ여 쇽식(粟食)을 먹지 못ᄒᆞ기로 궐식(闕食)ᄒᆞ미로쇼이다. 복원(伏願) ᄌᆞ위ᄂᆞᆫ 셩덕을 드리오샤 어린 아ᄒᆡ 호망(胡妄)ᄒᆞᆫ[1606] 죄ᄅᆞᆯ 샤(赦)ᄒᆞ시고 모ᄋᆡᄌᆞ은(母愛子恩)[1607]ᄒᆞ시믈 드리오셔, 미쥭(糜粥)을 갓초와 어린 아ᄒᆡ 병근(病根)을 깁게 마로쇼셔."

말ᄉᆞᆷ이 유화ᄒᆞ고 안식이 온슌ᄒᆞ여 '츈일(春日)이 ᄌᆡ양(載陽)'[1608]의 만물(萬物)이 부싱(復生)ᄒᆞᄂᆞᆫ 조홰(造化) 이시니, 그 어리롭고 덕질풍광(德質風光)을 보미, ᄇᆡᆨ년【59】ᄃᆡ쳑(百年大隻)[1609]이라도 긔이ᄒᆞ믈 결을치 못

이윽고 공ᄌᆞ 부뷔《닷‖낫》문안의 드러오나 영이 오디 아녓거ᄂᆞᆯ, 부인이 변식고 무러 ᄀᆞᆯ오ᄃᆡ,

"블쵸 영이 진짓 병이 잇너[더]냐? 엇디 어미ᄅᆞᆯ 보디 아닛ᄂᆞ뇨? 실노 노모를 보디 아니려 ᄒᆞ더냐?"

공ᄌᆡ 하셕 ᄇᆡ샤 왈,

"아이 엇지 이런 블쵸ᄒᆞᆫ 힝ᄉᆡ 잇시리잇고? 실노 약질이 구궐ᄒᆞ야 통셰 잇ᄂᆞᆫ가 시브더이다."

부인이 작식고 왈,

"가ᄂᆡ의 맛쵸 ᄉᆞ용이 핍졀ᄒᆞ【60】여 속반을 보ᄂᆡ엿더니, 영이 먹지 아니ᄃᆡ 네 엇지 권치 아니코 홀노 먹은다?"

공ᄌᆡ ᄃᆡ왈,

"ᄋᆞᄒᆡ 비록 블민ᄒᆞ오나 엇디 이런 블의지심이 이시리잇고? 쇼ᄌᆞᄂᆞᆫ 몸의 병이 업ᄉᆞ니 ᄆᆡᆨ반ᄎᆡ깅이라도 구미 죠하 감식ᄒᆞ엿ᄉᆞ오나 영뎨ᄂᆞᆫ 침식이 블안ᄒᆞ미 구미 돈감ᄒᆞ여 속식을 먹지 못ᄒᆞ미로소이다. 복원 ᄌᆞ위ᄂᆞᆫ 셩덕을 드리오샤 어린 아ᄒᆡ 호망ᄒᆞᆫ 죄를 샤ᄒᆞ시고 모ᄋᆡᄌᆞ은을 드리오샤 미듁을 갓쵸아 어린 아ᄒᆡ 병근을 깁게 마ᄅᆞ소셔."

말ᄉᆞᆷ을[이] 유화ᄒᆞ고 안식이 온화ᄒᆞ여 동군의 츈일이 ᄌᆡ양ᄒᆞ야 만믈【61】이 부싱ᄒᆞᄂᆞᆫ 조화 잇시니 그 어리옵고 덕질풍광을 보미 ᄇᆡᆨ년ᄃᆡ쳑이라도 긔이ᄒᆞ믈 결을치 못ᄒᆞᆯ 거시로ᄃᆡ, 최부인은 쳘구금심이라. 엇지 측은지심이 이시리오마ᄂᆞᆫ 어린 아ᄒᆡ 침식이 블안ᄒᆞ야 병이 깁흐믈 드ᄅᆞ니 심하의 경동ᄒᆞ나 ᄉᆞ식지 아니ᄒᆞ고, 좌우을 명ᄒᆞ여 보미와 향과ᄅᆞᆯ 갓쵸아 셔당의 보ᄂᆡ여 공ᄌᆞᄅᆞᆯ 구호ᄒᆞ라 ᄒᆞᆯ ᄯᆞᄅᆞᆷ이러라.

1606)호망(胡妄) : =호언망동(胡言妄動). 제멋대로 말하고 분별없이 행동함.
1607)모ᄋᆡᄌᆞ은(母愛子恩) : 자식을 사랑하는 어머니의 은혜.
1608)츈일지양(春日載陽) : 봄볕이 따뜻하게 내리쬠.
1609)ᄇᆡᆨ년ᄃᆡ쳑(百年大隻) : 백년 곧 일생도록 잊

ᄒᆞᆯ 거시오, 유화ᄒᆞᆫ 긔운을 보ᄆᆡ 사ᄅᆞᆷ의 블평ᄒᆞᆫ 거술 살와 바릴 듯ᄒᆞᄃᆡ, 최부인은 철구심장(鐵鉤心臟)[1610]이라 엇지 측은지심(惻隱之心)이 이시리오만은, 어린 아희 침식이 블안ᄒᆞ여 병이 깁흐리라 ᄒᆞ믈 드ᄅᆞᄆᆡ, 심하의 경동(驚動)ᄒᆞ나 ᄉᆞ식(辭色)지 아니ᄒᆞ고, 다만 좌우ᄅᆞᆯ 명ᄒᆞ여 보미[1611]와 향과(香果)ᄅᆞᆯ 갓초와 셔당으로 가져가 쇼공ᄌᆞᄅᆞᆯ 구호ᄒᆞ라 ᄒᆞᆯ ᄯᆞᄅᆞᆷ이러라.

이윽고 ᄌᆞ뷔(子婦) 물너가ᄆᆡ, 부인이 ᄐᆡᄉᆞ의 드러오믈 인ᄒᆞ여 믄득 니로ᄃᆡ,

"영이 【60】 병세 혈치 아닌가 시부니 종용이 구호ᄒᆞ게 안흐로 브ᄅᆞ미 가ᄒᆞᆯ가 ᄒᆞᄂᆞ이다."

ᄐᆡᄉᆡ 그윽이 념녀ᄒᆞ여 부인의 말을 조ᄎᆞ, 드ᄃᆡ여 시아(侍兒)로 ᄒᆞ여곰 셔당의 나아가 《ᄐᆡᄉᆞ의 명을 젼ᄒᆞ니‖공ᄌᆞ를 부르ᄅᆞ ᄒᆞ니》, 이ᄣᆡ 공ᄌᆡ 어린 마ᄋᆞᆷ의 부인의 ᄠᅳᆺ을 촉동(觸動)ᄒᆞᆫ 고로, ᄂᆡ당의 드러가 조병(調病)ᄒᆞ미 심즁의 괴로오미 업지 아니나, 위인ᄌᆞ(爲人子)ᄒᆞ여 감히 엄부의 명을 거역지 못ᄒᆞᆯ지라.

이의 형으로 더브러 엇게ᄅᆞᆯ 갋ᄒᆞ여[1612] 승당입실(升堂入室)ᄒᆞ여, ᄡᅡᆼ으로 기러기 항녈(行列)을 닐워, 부모 좌젼의 츄진궤좌(趨進跪坐)ᄒᆞᆫᄃᆡ, ᄐᆡ【61】ᄉᆞ 부뷔 일쥬야간(一晝夜間)의 형용이 크게 휴쳑(虧瘠)ᄒᆞ여, 옥골이 초췌ᄒᆞ여 ᄲᅨ 비췰 듯ᄒᆞ믈 보ᄆᆡ, ᄐᆡᄉᆞᄂᆞᆫ 경아ᄒᆞ믈 마지 아니ᄒᆞ고 부인은 념녀ᄒᆞᄂᆞᆫ 가온ᄃᆡ나, 아ᄌᆞᄅᆞᆯ 보ᄆᆡ 노안(怒顔)이 그져 잇고, ᄐᆡᄉᆡ 영을 나호여 숀을 잡고 무러 갈오ᄃᆡ,

"어린 아희 무숨 병이 잇관ᄃᆡ 부모의 념녀ᄅᆞᆯ 돕ᄂᆞ뇨?"

공ᄌᆡ 셩음이 나ᄌᆞᆨᄒᆞ여 병이 ᄃᆡ단치 아니믈 고ᄒᆞ여, 셩녀(聖慮)ᄅᆞᆯ 더ᄅᆞ시{게ᄒᆞ}믈 쥬(奏)ᄒᆞᆫᄃᆡ, ᄐᆡᄉᆡ 인ᄒᆞ여 공ᄌᆞ 형뎨ᄅᆞᆯ 좌우슬하(左

이윽고 ᄌᆞ뷔 믈너나ᄆᆡ 부인이 태ᄉᆞ 드러오믈 인ᄒᆞ여 닐오ᄃᆡ,

"영이 질세 혈치 아니ᄒᆞᄃᆡ 셔당의 무[누]어시니 조용이 구호ᄒᆞ게 안흐로 브ᄅᆞ미 맛당【62】{이}ᄒᆞᆯ가 ᄒᆞᄂᆞ이다."

태ᄉᆡ 그윽이 념녀ᄒᆞ여 시ᄋᆞ로 ᄒᆞ여금 공ᄌᆞ를 브ᄅᆞ니, 이ᄣᆡ 공ᄌᆡ 어린 마음의 모친 ᄠᅳᆺ을 쵹동ᄒᆞᆫ 《노로‖고로》 ᄂᆡ당의셔 죠병ᄒᆞ미 괴로미 업디 아니나 감히 엄부의 명을 거역지 못ᄒᆞᆯ디라.

이에 형으로 더브러 엇게ᄅᆞᆯ 굷ᄒᆞ여 승당입실ᄒᆞ야 ᄡᅡᆼ으로 항녈을 일워 부모 좌젼의 시좌ᄒᆞᆫᄃᆡ, 태ᄉᆡ 부뷔 일쥬야간의 ᄋᆞᄌᆞ의 형용이 크게 슈쳑ᄒᆞ야 옥골이 빗췰 ᄃᆞᆺᄒᆞ믈 보ᄆᆡ 태ᄉᆡ 경아ᄒᆞ야 영을 나호여 손을 잡고 무러 왈,

"어린 아ᄒᆡ 무산 병이 잇관ᄃᆡ 부모의 념녀를 돕ᄂᆞ뇨?"

공ᄌᆡ 나【63】ᄌᆞᆨ이 병이 ᄃᆡ단치 아니므로ᄡᅥ 고ᄒᆞ여 셩녀를 더오[으]시게 ᄒᆞ믈 쳥좌ᄒᆞᆫᄃᆡ, 태ᄉᆡ 인ᄒᆞ여 공ᄌᆞ 형뎨를 좌우 슬하의 무ᄋᆡ ᄒᆞ여 부인으로 더브러 한담ᄒᆞ며,

---

지 못할 원수.

1610)철구심장(鐵鉤心臟) : 쇠갈고리와 같은 마음.

1611)보미 : 입쌀이나 좁쌀에 물을 충분히 붓고 푹 끓여 체에 걸러 낸 걸쭉한 음식. 흔히 환자나 어린아이들이 먹는다.=미음.

1612)갋ᄒᆞ다 : 나란히 하다.

右膝下)의 무ᄋᆡ(撫愛)ᄒᆞ여 부인으로 더부러 한담ᄒᆞᆯ시,

부인이 아【62】ᄌᆞ의 ᄇᆡ우(配偶)ᄅᆞᆯ 념녀ᄒᆞ여 갈오ᄃᆡ,

"어ᄂᆡ 곳의 셩녀슉완(聖女淑婉)이 잇셔 영의 금슬이 상합ᄒᆞ여 ᄂᆡ조ᄅᆞᆯ 빗ᄂᆡ리오."

ᄐᆡ시 흔연이 웃고 갈오ᄃᆡ,

"물이 ᄆᆡ양 동으로 흐르고 뉘(類) 뉴(類)ᄅᆞᆯ ᄯᆞᆯ와 응ᄒᆞᄂᆞ니, 군ᄌᆞ 나ᄆᆡ 슉녜 이실 거시오, ᄌᆡ재(才子)나ᄆᆡ 가인(佳人)이 ᄯᆞ로고, 탕ᄌᆞ(蕩子) 이시ᄆᆡ 음뷔(淫婦) 좃ᄂᆞ니, 영아ᄂᆞᆫ 금셰 군ᄌᆞ라. 하ᄂᆞᆯ이 엇지 슉녀ᄅᆞᆯ 나리오지 아니시리오. 니러므로 윤현뷔 몬져 창의 금슬을 빗ᄂᆡ여시니, ᄯᅩ 엇지 영아의 상젹(相敵)ᄒᆞᆫ 슉녜 업ᄉᆞᆯ가 근심ᄒᆞ리오."

부인이 미쇼【63】 묵연ᄒᆞ나 ᄂᆡ심이 더옥 블쾌ᄒᆞ더라.

ᄐᆡ시 영을 이윽이 어로만져 병을 념녀ᄒᆞ다가 '조히 ᄌᆞ라.' ᄒᆞ고, 공ᄌᆞᄅᆞᆯ 다리고 셔헌(西軒)으로 나가니, 부인이 바야흐로 영을 ᄃᆡ칙(大責)ᄒᆞ여,

"이후 그ᄅᆞ미 이시면 결단코 ᄉᆞ싱을 요ᄃᆡ(饒貸)치 아니리라."

ᄒᆞ고, 거야(去夜) 슈말을 창다려 니ᄅᆞ믈 ᄉᆞ지ᄌᆞ니, 영이 듯ᄂᆞᆫ 말마다 심한골경(心寒骨驚)ᄒᆞ나 더옥 형의 경계ᄅᆞᆯ 드럿ᄂᆞᆫ 고로, 유유ᄒᆞ여 말이 업더라.

영이 여러날 미류(彌留)[1613]ᄒᆞ니 부인이 가장 념녀ᄒᆞ며, ᄐᆡ시 근심ᄒᆞ여 의약으로 치료ᄒᆞᄆᆡ, 십【64】여일만의 영ᄎᆞ(永差)[1614]ᄒᆞ믈 어드니, 그 ᄉᆞ이 공ᄌᆞ의 허다 괴로온 경계ᄂᆞᆫ 쳔셔만단(千緖萬端)[1615]이라.

영이 즉시 외당으로 나가 형과 한가지로 지ᄂᆡ니, 이ᄯᅴ 최부인이 영이 ᄌᆞ가의 노쥬의 비밀ᄉᆞᄅᆞᆯ 공ᄌᆞ의게 니ᄅᆞᆫ 후ᄂᆞᆫ, 의ᄉᆡ 방약(傍若)[1616]ᄒᆞ여 ᄉᆡᆼ각ᄒᆞᄃᆡ,

1613)미류(彌留) : 병이 오래 낫지 않음.
1614)영ᄎᆞ(永差) : 병이 완전히 나음.
1615)쳔셔만단(千緖萬端) : 천 가지 만 가지 일의 실마리라는 뜻으로, 수없이 많은 일의 갈피를 이르는 말.
1616)방약(傍若) : 방약무인(傍若無人)의 줄임말.

영을 이으[윽]이 어ᄅᆞ만져 병을 념녀ᄒᆞ다가 '됴허[히] ᄌᆞ라' ᄒᆞ고 공ᄌᆞ를 다리고 셔현으로 나가니, 부인 바야흐로 영을 ᄃᆡ칙ᄒᆞ여,

"이후 그ᄅᆞ미 이시면 결단코 ᄉᆞ싱을 요ᄃᆡ치 아니리라."

영이 듯ᄂᆞᆫ 말마다 심한골경ᄒᆞ나 형의 경계ᄅᆞᆯ 드ᄅᆡ[럿]ᄂᆞᆫ 고로 유유ᄒᆞ여 말이 업더라.

영이 여러 날 미류ᄒᆞ야 의약으로ᄡᅥ 치요ᄒᆞᄆᆡ 십여 일【64】만의 영이 영ᄎᆞᄒᆞ믈 어드니, 그 ᄉᆞ이 공ᄌᆞ의 허다 괴로온 경계ᄂᆞᆫ 쳔셔만단이러라.

영이 즉시 외당으로 나가 형과 ᄒᆞᆫ가지로 디ᄂᆡ니 이ᄣᅴ 최부인이 영이 ᄌᆞ가 노쥬의 비밀ᄉᆞ를 공ᄌᆞ의게 젼ᄒᆞᆫ 후ᄂᆞᆫ 의ᄉᆡ 방약ᄒᆞ여 ᄉᆡᆼ각ᄒᆞᄃᆡ,

"ᄂᆡ 평ᄉᆡᆼ 단쳐(短處)ᄂᆞᆫ, 일ᄉᆡᆼ ᄂᆡ 남을 ᄒᆡᄒᆞᆯ 지언졍 남이 날을 져바리믈 닙지 아니려 ᄒᆞ엿더니, 호망(胡妄)ᄒᆞᆫ 아ᄒᆡ 셩마ᄅᆞᆫ[1617] 양ᄒᆞ여 나의 가만ᄒᆞᆫ ᄉᆞ어(私語)ᄅᆞᆯ 누셜ᄒᆞ여시니, 이제 아모리 외친ᄂᆡ쇼(外親內疎)ᄒᆞ여 어진 쳬ᄒᆞᆫ들, 창이 날을 어질이 알니【65】오. 임의 언덕 우희 닷기[1618]ᄅᆞᆯ 시작ᄒᆞ여시니, 가히 긋치지 못ᄒᆞᆯ 거시오. 이제란 마음 가온ᄃᆡ 너허 우슈울억(憂愁鬱抑)지 말고 ᄂᆡ 마음것 창의 부부ᄅᆞᆯ 괴롭도록 ᄒᆞ리라."

쥬의 이의 밋ᄎᆞ니 영의 무익ᄒᆞᆫ 간언이 불우희 기ᄅᆞᆷ을 더음 갓더라.

츄밀과 범부인은 ᄉᆞ긔(事機)ᄅᆞᆯ 짐작ᄒᆞ나 감히 말을 못ᄒᆞ더라.

최부인과 문시 바야흐로 슈미상졉(首尾相接)[1619]ᄒᆞ여 쥬ᄉᆞ(呪事)[1620]○[ᄅᆞᆯ] ᄒᆞᆯᄉᆡ, 유벽(幽僻)ᄒᆞᆫ 실즁(室中)과 고요ᄒᆞᆫ 심야의 셔로 취합ᄒᆞ여, 궁모곡계(窮謀曲計)[1621]ᄅᆞᆯ 획칙(劃策)ᄒᆞ여, 한님 부부와 창의 부부의 원앙치(鴛鴦債)[1622]【66】ᄅᆞᆯ 버혀, 냥졍(兩情)이 쇼(疎)ᄒᆞ게 ᄒᆞ며, 양쇼져의 젼졍을 ᄉᆞᆺ쳐 깅참(坑塹)의 너흐려 ᄒᆞ니, 엇지 져 두 사ᄅᆞᆷ의 운ᄋᆡᆨ(運厄)이 아니리오.

문시 쏘ᄒᆞᆫ 과악을 도와 응시(應時)ᄒᆞ여 난 일단요종(一團妖種)[1623]이라. 이의 최부인 밀계ᄅᆞᆯ 바다 ᄃᆡ희ᄒᆞ여 셜계ᄒᆞᆯᄉᆡ, 문시 젼일 구ᄒᆞ여 두엇던 젹면단(赤面丹) 두 낫ᄎᆞᆯ 가져 하나흔 ᄆᆡ션을 쥬고, 하나흔 ᄌᆞ긔 비ᄌᆞ 익셤을 쥬고 닐오ᄃᆡ, '여ᄎᆞ여ᄎᆞᄒᆞ라.' ᄒᆞ니, 냥비

"ᄂᆡ 평ᄉᆡᆼ 은악양션ᄒᆞ믈 ᄉᆞ모ᄒᆞ여 《대담‖ᄂᆡ 남》을 ᄒᆡᄒᆞᆯ지언졍 남이 날을 져ᄇᆞ리믈 닙디 아니려 ᄒᆞ엿더니, 호강ᄒᆞᆫ 아희 셩마ᄅᆞᆫ 양ᄒᆞ야 나의 가만ᄒᆞᆫ ᄉᆞ어를 다 누셜ᄒᆞ여시니, 이제 아모리 외친ᄂᆡ쇼ᄒᆞ여 어진 쳬ᄒᆞᆫ들 창이 엇디 날을 어질이 알【65】라 ᄃᆡ졉ᄒᆞ리오. 임의 언덕 우희 닷기ᄅᆞᆯ 시작ᄒᆞ여시니 가허[히] 곳치디 못ᄒᆞᆯ 거시니 이제란 ᄆᆞ음 ᄀᆞ온ᄃᆡ 너허○…결락11자…○[우슈울억지 말고 ᄂᆡ 마음것] 창의 부부를 괴롭도록 ᄒᆞ리라."

쥬의 미의 밋ᄎᆞ니 영의 무익ᄒᆞᆫ 간언이 진실노 블 우희 기름을 더음 갓더라.

츄밀 부부은 ᄉᆞ긔ᄅᆞᆯ 짐작ᄒᆞ미 이시나 감히 말을 못ᄒᆞ더라.

최부인이 문시로 더브러 슈미상졉ᄒᆞ야, 궁모극계ᄅᆞᆯ 획칙ᄒᆞ야 ᄉᆡᆼ의 부부의 금실을 마희ᄒᆞ야, 두 ᄉᆞᄅᆞᆷ의 젼졍을 아됴 ᄭᅳᆫ쳐 깅참의 너흐려 ᄒᆞ니, 엇지 ᄉᆡᆼ의 부부의【66】 운ᄋᆡᆨ이 아니리오.

곁에 사람이 없는 것처럼 아무 거리낌 없이 함부로 말하고 행동하는 태도가 있음

1617)셩마ᄅᆞ다 : 성마르다. 참을성이 없고 성질이 조급하다

1618)닷다 : 달리다. *닷기: 달리기.

1619)슈미상졉(首尾相接) : 양쪽 끝이 서로 이어짐.

1620)쥬ᄉᆞ(呪事) : =저주사(咀呪事). 남에게 재앙이나 불행이 일어나도록 비는 일.

1621)궁모곡계(窮謀曲計) : 궁극한 꾀와 곡진한 계획

1622)원앙치(鴛鴦債) : 금실 좋은 부부로 살아가도록 전세로부터 맺어진 인연.

1623)일단요종(一團妖種) : 한 갈래의 요사스러운 무리.

응낙ᄒᆞ고 바다 가니라.

미션 익셤이 가만이 틈을 엿보아 몬져 윤쇼져 셰슈물의 약을 몰난결의[1624] 드리【67】치니, 약이 본디 물의 들면 즉시 환산(渙散)[1625]ᄒᆞ여 흔젹이 업ᄂᆞᆫ 고로, 윤쇼져 시녜 아지 못ᄒᆞ여 셰슈 그릇술 드러 쇼져긔 드리니, 쇼제 쇼하(梳下)코져[1626] ᄒᆞ더니 믄득 물을 보니 물빗치 홍훈(紅燻)[1627]이 잇ᄂᆞᆫ 바의, 쇼져ᄂᆞᆫ 본디 신명지감(神明之鑑)이 잇ᄂᆞᆫ지라. 괴이히 너겨 시녀ᄅᆞᆯ 블너 물을 바리고 다ᄅᆞᆫ 물을 가져오라 ᄒᆞᆫ디, 시비 물을 ᄊᆞ히 업지ᄅᆞ니 ᄊᆞ히 졸연(猝然)이 젹식(赤色)이 투디(透地)ᄒᆞ여 피빗 갓흔지라.

시비 디경ᄒᆞ여 이상ᄒᆞ믈 쇼져긔 고ᄒᆞ니 쇼제 듯고 필유묘믹(必有苗脈)[1628]ᄒᆞ믈 씨다라 요인 등【68】이 니 얼골이 고으믈 공연이 싀의(猜礙)ᄒᆞ여 이런 일이 이시믈 블승차탄(不勝嗟歎)[1629] ᄒᆞ더라.

최부인이 윤시의 얼골이 그릇되믈 기다리더니 홀연 미션이 니ᄅᆞ러 계귂(計揆) 그릇되믈 고ᄒᆞ니, 최부인이 쳥파의 블승통히(不勝痛駭)[1630] 왈,

"요녀(妖女) 눈치ᄅᆞᆯ 본디 잘 슷치ᄂᆞᆫ디 너의 일을 쇼루히 ᄒᆞ미라. 엇지 더옥 분치 아니리오. 이제ᄂᆞᆫ ᄒᆞᆯ일업ᄉᆞ니 니 다시져ᄅᆞᆯ ᄇᆡᆨ단(百端)으로 졸나 스ᄉᆞ로 ᄌᆞ진(自盡)케 ᄒᆞ리라."

ᄒᆞ고, 인ᄒᆞ여 침션(針線)과 비단 싸기ᄅᆞᆯ 젼임(專任)ᄒᆞ고 쥬야로 지촉이 셩화갓흐며, 식ᄉᆞ도 하【69】져(下箸)치 못ᄒᆞ게 쥬어, 비복조ᄎᆞ 견디지 못ᄒᆞᆯ 비라."

쇼제 평싱의 엇지 이 갓치 괴로오믈 보와 윤쇼져의 유모 시비 등이 눈믈을 흘녀 슬허 왈,

1624)몰난결의 : 몰래. 남이 모르게 가만히.
1625)환산(渙散) : 군중이나 단체가 뿔뿔이 흩어짐
1626)쇼하(梳下)ᄒᆞ다 : 빗질하다. 세수하다
1627)홍훈(紅燻) : ①붉게 달아오른 기운. ②달무리, 햇무리 따위와 같이 불그스름한 빛으로 어떤 물체의 중심을 향하여 고리처럼 둘린 테.
1628)필유묘믹(必有苗脈) : 반드시 일의 실마리가 있기 마련이다.
1629)블승차탄(不勝嗟歎) : 탄식하고 한탄하여 마지아니함.
1630)블승통히(不勝痛駭) : 몹시 이상스러워 놀라기를 마지아니함.

시리오. 유모 시비 등이 눈물을 홀녀 슬허 왈,

"우리 쇼져ᄂᆞᆫ 진뎐하와 슉녈낭낭(淑烈娘娘)의 쳔금농쥐(千金弄珠)[1631]라. 부귀호치(富貴豪侈) 가온ᄃᆡ 싱장ᄒᆞ샤 금슈옥당(錦繡玉堂)[1632]의 나의(羅衣)를 무거이 너기시고, 진미를 념어(厭飫)ᄒᆞ시던 뷔여놀, 이제 츌가ᄒᆞ시미 ᄐᆡᄉᆞ 노야의 무ᄋᆡᄒᆞ시미 지극ᄒᆞ시나, 졍당부인의 블근인졍(不近人情)[1633]ᄒᆞ신 거죄 이의 밋출 쥴 어이 알니오. 종시 이러틋 ᄒᆞ실진ᄃᆡ 쇼져의 쳔금약질(千金弱質)이【70】엇지 보젼 ᄒᆞ시리오."

쇼제 쳥파의 졍식 칙왈,

"어미와 비ᄌᆞ 등은 엇지 상하 체면을 아지 못ᄒᆞ고 방ᄌᆞ히 존당 시비를 니ᄅᆞᄂᆞ뇨? 혹ᄌᆞ 사ᄅᆞᆷ이 드ᄅᆞᆫ즉 나의 어하(御下)의 무엄ᄒᆞᆷ과 여등의 방ᄌᆞᄒᆞ믈 괴이히 너기리니, 연즉(然則) 엄 군(君)의 효우를 상히오리니 ᄂᆡ 엇지 븟그럽지 아니리오. ᄎᆞ후 이의셔 더 어려온 일이 이실지라도 함구(緘口)ᄒᆞ여 깃브지 아닌 쇼문이 존당의 들니지 아니케 ᄒᆞ라. 만일 본부의{가}셔 ○○○○[드르시게]ᄒᆞᆫ즉 결단코 안젼(眼前)의 두지 아니리라."

유랑(乳娘) 시비(侍婢) 본ᄃᆡ 쇼【71】져를 두리ᄂᆞᆫ 고로, 다시 말을 아니ᄒᆞ고 눈물을 흘녀 공ᄌᆞ와 쇼져의 신셰를 슬허ᄒᆞ더라.

쇼제 신뉴(新柳)갓흔 긔질이 능히 부ᄌᆞ런ᄒᆞ고 신쇽ᄒᆞ여 조곰도 잠을 못ᄌᆞ고 밥먹을 ᄉᆞ이 업ᄉᆞ나, 일호도 ᄐᆡ만ᄒᆞ미 업셔 쥬야 바늘을 희롱ᄒᆞ며 북[1634]을 더져 안헐(安歇)[1635]치 못ᄒᆞ니, 엇지 홀노 '난지(蘭芝)의 삼일단오필(三日斷五匹)ᄒᆞᄂᆞᆫ 지조'[1636]를 긔특다 ᄒᆞ

"우리 쇼져ᄂᆞᆫ 진뎐하와 슉녈 낭낭의 쳔금농쥬시라. 부귀호치 ᄀᆞ온ᄃᆡ 싱장ᄒᆞ샤 금누옥당의 나의를 무거이 넉이시고 진미를 엄어ᄒᆞ시던 뷔어놀, 죵시 이릇틋 ᄒᆞ실진ᄃᆡ 쇼져의 쳔금약질이 엇지 시러금 보젼ᄒᆞ믈 어드시리오."

쇼제 듯고 졍식고 칙ᄒᆞ야 왈,

"어미와 비ᄌᆞ 등은 엇지 상하 체면이 닋도ᄒᆞ믈 모ᄅᆞ고 감히 죤당을 시비ᄒᆞᄂᆞ뇨? 혹ᄌᆞ 샤ᄅᆞᆷ이 드ᄅᆞ미 이실진ᄃᆡ 나의 어하의 블【67】엄ᄒᆞ믈 칙ᄒᆞᆯ 거시니 엇지 븟그럽지 아니리오. 여등은 모ᄅᆞ미 ᄎᆞ후 이의셔 더 어려온 일이 이실지라도 함구하야 본부의셔 드ᄅᆞ시게 ᄒᆞᆫ 즉 당당이 안젼의 두지 아니ᄒᆞ리라."

유랑 제녜 본ᄃᆡ 쇼져의 엄슉졍ᄃᆡᄒᆞ믈 두리ᄂᆞᆫ 고로 감히 다시 말을 못ᄒᆞ고, 다만 눈물 흘녀 쇼져 부부의 신셰를 못ᄂᆡ 슬허ᄒᆞ더라.

쇼제 신뉴 ᄀᆞᆺᄐᆞᆫ 긔질이 능히 브ᄌᆞ런ᄒᆞ고 진실ᄒᆞ여, 죠금도 줌을 못ᄌᆞ고 밥 먹을 ᄉᆞ이 업ᄉᆞ나, 일호 ᄐᆡ만ᄒᆞ미 업셔 쥬야로《바ᄀᆞᆯ‖바놀》을 희롱【68】ᄒᆞ며, 질삼ᄒᆞ야 일시도 안헐치 못ᄒᆞ니, 엇지 홀노 난지의 삼일의 탄[단]오필ᄒᆞ믈 긔특다 니ᄅᆞ리오.

1631)쳔금농쥐(千金弄珠) : 귀한 딸. *농주(弄珠): 남의 집 여자아이를 귀엽게 이르는 말.
1632)금슈옥당(錦繡玉堂) : 수놓은 비단과 옥으로 치장한 집.
1633)블근인졍(不近人情) : 인정이 없음.
1634)북 : 베틀에서, 날실의 틈으로 왔다 갔다 하면서 씨실을 푸는 기구. 베를 짜는 데 중요한 역할을 하며, 배 모양으로 생겼다. ≒방추, 저축. *여기서는 '베 짜는 일'의 비유로 쓰였다.
1635)안헐(安歇) : 편히 쉼.
1636)난지(蘭芝)의 삼일단오필(三日斷五匹)ᄒᆞᄂᆞᆫ

리오.

최부인이 윤시의 신능(神能)ᄒᆞᆫ 지죄 민쳡ᄒᆞ믈 긔특이 아니 너기미 아니로ᄃᆡ, 미ᄉᆞ의 이러ᄒᆞ믈 더옥 질오(嫉惡)ᄒᆞ니, 엇지 포장(褒奬)ᄒᆞ며 ᄌᆞ익【72】ᄒᆞ미 이시리오.

범부인이 지긔ᄒᆞ고 잔잉히 너기나 ᄒᆞᆯ일업ᄉᆞ니, 공ᄌᆞ의 신셰 여루ᄒᆞ미 역시 한가지로ᄃᆡ, 그러나 공ᄌᆞᄂᆞᆫ 영이 모부인 과악을 안 후ᄂᆞᆫ, 조모(朝暮)의 ᄯᆞᆯ와 보호ᄒᆞ며 형의 먹ᄂᆞᆫ 밥이 믹반쇽식(麥飯粟食)[1637]인즉 반ᄃᆞ시 제 밥을 밧고와 먹으며, 공지 밧고와 쥬지 아니면 영이 울고 밥을 폐ᄒᆞ니, 최부인이 비록 어린 ᄌᆞ식이나 강항(强抗)ᄒᆞ니[1638] 간ᄃᆡ로[1639] 제어치 못ᄒᆞ고, 영을 먹과져 ᄒᆞ미 쇽식만 쥬지 못ᄒᆞ고, 종용이 만나면 ᄒᆞᆯ긔ᄂᆞᆫ 눈과 견집(堅執)ᄒᆞᄂᆞᆫ 칙언(責言)이 부졀【73】여류[루](不節如縷)[1640]ᄒᆞ나, 공지 텬셩이 어위ᄒᆞ고 통달ᄒᆞᆫ 고로 조곰도 거릿겨 블평ᄒᆞ미 업서, 다만 온화ᄒᆞᆫ ᄉᆞ식으로 나즉이 ᄉᆞ죄ᄒᆞᆯ ᄯᆞ롬이오, 화긔 츈풍 갓흐니 부인이 더옥 노ᄒᆞ여 흉완(凶頑)ᄒᆞᆫ ○[가]족[1641]이라 ᄭᅮ짓더라.

양쇼져ᄂᆞᆫ 비록 문시의 안즁졍(眼中釘)[1642]이나 구괴 ᄉᆞ랑ᄒᆞ고 가뷔(家夫) 즁ᄃᆡ(重待)ᄒᆞ

최부인이 뉸시의 신능ᄒᆞᆫ 지조를 긔특이 아니 너이[기]미 아니로ᄃᆡ, 미ᄉᆞ의 이러ᄒᆞ믈 더욱 질오ᄒᆞ니, 엇지 표장ᄒᆞᄂᆞᆫ ᄆᆞ음이 이시리오.

공ᄌᆞ의 신셰 위구ᄒᆞ미 역시 ᄒᆞᆫ가지로ᄃᆡ, 공ᄌᆞᄂᆞᆫ 오히려 쇼져와 다른 바ᄂᆞᆫ, 영이 임의 모부인 과악을 짐작ᄒᆞᆫ 후ᄂᆞᆫ 됴모의 ᄯᆞᆯ와 보호ᄒᆞ며, 형의 먹ᄂᆞᆫ 밥이 믝반쇼식인즉 반ᄃᆞ시 제 밥을 밧고아 먹으며, 공지 밧고아 주지 아니면 영이 울고 밥 먹【69】기를 폐ᄒᆞ니, 최부인이 비록 어린 아히나 간ᄃᆡ로 제어치 못ᄒᆞ여, 영을 먹이고ᄌᆞ ᄒᆞ미 속식만 주지 못ᄒᆞ고, 조용이 만나면 흘긔ᄂᆞᆫ 눈과 견집ᄒᆞᄂᆞᆫ 칙언이 브졀여루ᄒᆞ나, 공지 텬셩이 어위ᄎᆞ고 통달ᄒᆞᆫ 고로 조금도 거릿겨 블평ᄒᆞ미 업고, 온화유열ᄒᆞᆫ ᄉᆞ식으로 ᄂᆞ즉이 ᄉᆞ죄를 일ᄏᆞ라 화긔 춘풍 ᄀᆞᆺᄒᆞ니, 부인이 더욱 노ᄒᆞ야 미양 닐오ᄃᆡ, '흉완ᄒᆞ[ᄒᆞᆫ] 가쪽이라.' ᄭᅮ짓더라.

지조 : '난지라는 여인의 삼일 동안에 베를 다섯 필(匹)을 짜는 재주'라는 뜻으로, 『고시상석(古詩賞析)』 7권에 실려 있는 <공작시(孔雀詩)>라는 시에 "三日斷五匹，大人故嫌遲(3일에 베를 다섯 필을 짜도 시어머니는 고의로 느리다고 미워하네)" 라는 구절이 나오는데, 그 시의 서문에, "중국 후한(後漢) 때 초중경(焦仲卿)의 처(妻) 유씨(劉氏: 名 蘭芝)가 시어머니에게 쫓겨나 마침내 물에 몸을 던져 죽자, 이 소식을 들은 중경도 나무에 목을 매어 죽으니, 당시의 어떤 사람이 이 일을 서글프게 여겨 이 시를 지었다."고 하였다.

1637)믹반쇽식(麥飯粟食) : 보리밥과 조밥이라는 뜻으로 쌀밥이 아닌 잡곡으로 지은 거친 밥.

1638)강항(强項)ᄒᆞ다 : 올곧아 여간하여서는 굽힘이 없다

1639)간ᄃᆡ로 : 그리 쉽사리.

1640)부졀여루(不節如縷) : 실처럼 가늘면서도 끊어지지 않고 계속 이어짐.

1641)가족 : 가죽. 낯가죽

1642)안즁졍(眼中釘) : =눈엣가시. 몹시 밉거나 싫어 늘 눈에 거슬리는 사람.

고 ᄯᅩᄒᆞᆫ 명쳘ᄒᆞᆫ지라. 문시 아모리 ᄒᆡ코져 ᄒᆞᆫ들 엇지 쉬오리오.

양시 간인의 음ᄒᆡ를 두릴지언정 괴롭고 위ᄐᆡᄒᆞ믄 윤쇼져의 비치 아닐지라. 양쇼제 비록 셩인의 지혜 부족ᄒᆞ미 윤【74】쇼져의 신명ᄒᆞ믈 밋지 못ᄒᆞ나, 본ᄃᆡ 길인(吉人)은 신명(神明)이 보호ᄒᆞᄂᆞᆫ 고로, 일일은 시녜 쇼셰(梳洗)[1643]를 나오미 양시 졍히 쇼하(梳下)코져 ᄒᆞ더니, 믄득 금농(禽籠)[1644]의 잉뮈(鸚鵡) ᄂᆡ다라 말ᄒᆞ여 갈오ᄃᆡ,

“부인아, 물 가온ᄃᆡ 독이 잇ᄂᆞ니라.”

ᄒᆞ거ᄂᆞᆯ, 쇼제 경히(驚駭)ᄒᆞ여 ᄌᆞ시 보니 과연 물빗치 잠간 븕은 듯ᄒᆞ거ᄂᆞᆯ, 쇼제 침음(沈吟)ᄒᆞ더니 믄득 유뫼 ᄂᆡ다라 갈오ᄃᆡ,

“물이 조치 아니ᄒᆞ거든 곳쳐 가져오ᄉᆞ이다.”

ᄒᆞ고, 슈지(手指)를 시험코져 물 가온ᄃᆡ 손을 너흐니 홀연 살빗치 변ᄒᆞ여 븕은 ᄃᆡ초갓치 【75】되ᄂᆞᆫ지라.

쇼제 견파(見罷)의 ᄃᆡ경ᄒᆞ고, 유뫼 역(亦) ᄃᆡ경ᄒᆞ여 괴이히 너겨, 다른 물의 미이 ᄲᅵᄉᆞᄃᆡ 지지 아니코 나종은 피흐ᄅᆞᄂᆞᆫ지라. 유뫼 황난(慌亂)ᄒᆞ믈 니긔지 못ᄒᆞ거ᄂᆞᆯ, 쇼제 츄연 탄식 왈,

“이ᄂᆞᆫ 나의 화를 어미게 옴기미라. 벽벽이 그윽ᄒᆞᆫ 가온ᄃᆡ 요인이 은복(隱伏)ᄒᆞ여, 나의 얼골 고오믈 아쳐ᄒᆞ여[1645] ᄎᆞᄉᆞ(此事)를 힝ᄒᆞ미라. 연이나 근본을 찻고져 ᄒᆞ미, ᄎᆞ시 요란ᄒᆞ고 ᄉᆞ긔 블안ᄒᆞ미 만흐리라. 찰하리 모로ᄂᆞᆫ 체ᄒᆞ고 이후 스ᄉᆞ로 삼가고 조심ᄒᆞᆯ ᄯᆞ롬이니라.”

유뫼 눈【76】물을 흘녀 탄왈,

“노신(老身)의 한 숀이 상ᄒᆞ미야 현마 엇지 ᄒᆞ리잇고? 하마면 쇼져의 옥질(玉質)이 상ᄒᆞᆯ 변ᄒᆞ시니, 놀랍기를 니긔지 못ᄒᆞ리로쇼이다.”

1643)쇼셰(梳洗) : 머리를 빗고 낯을 씻음.
1644)금농(禁籠) : 새나 그 밖의 동물을 가두어 기르는 장(檻)
.1645)아쳐ᄒᆞ다 : 싫어하다. 미워하다.

양쇼제 일일은 시녜 소셰를 나오미 양시 졍히 《소화‖소하》코져 ᄒᆞ더니, 믄득 금농의 잉뮈 ᄂᆡ【70】ᄃᆞ라 말ᄒᆞ여 ᄀᆞᆯ오ᄃᆡ,

“부인아 믈 가온ᄃᆡ 독이 이시니 술피소셔.”

ᄒᆞ거ᄂᆞᆯ 양시 경히ᄒᆞ여 ᄌᆞ시 술핀 즉 과연 믈빗치 잠간 븕은 ᄃᆞᆺᄒᆞ거ᄂᆞᆯ, 쇼제 침음ᄒᆞ더니 믄득 유랑이 ᄂᆡᄃᆞ라 왈,

“물이 조치 아니ᄒᆞ거든 곳쳐 가져오ᄉᆞ이다.”

ᄒᆞ고 슈긔를 부싀야 ᄒᆞ고 믈 가온ᄃᆡ 손을 너흐니, 홀연 살빗치 변ᄒᆞ여 븕은 ᄃᆡ쵸갓치 되ᄂᆞᆫ지라.

쇼제 견파의 대경ᄒᆞ믈 마지아니ᄒᆞ고, 유뫼 크게 놀나 급히 다른 믈의 시ᄉᆞᄃᆡ 지지 아니코 나죵은 피 흐ᄅᆞᄂᆞᆫ지라. 유뫼 황난ᄒᆞ믈 이긔지 못ᄒᆞ【71】거ᄂᆞᆯ 쇼제 츄연 탄식ᄒᆞ여 ᄀᆞᆯ오ᄃᆡ,

“이ᄂᆞᆫ 나의 화를 어미게 옴기미라. 벽벽이 그윽ᄒᆞᆫ 가온ᄃᆡ 요인이 은복ᄒᆞ여 ᄎᆞᄉᆞ를 힝ᄒᆞ미라. 연이나 이 근본을 ᄎᆞᄌᆞ려 ᄒᆞᆯ진ᄃᆡ ᄉᆞ긔 블안ᄒᆞ미 만흐리니, 찰하리 모ᄅᆞᄂᆞᆫ ᄃᆞ시 ᄒᆞ고 이후 스ᄉᆞ로 삼가고 조심ᄒᆞ여 디닐 ᄯᆞ롬이로다.”

유뫼 눈믈을 흘녀 탄왈,

“노신의 ᄒᆞᆫ 손 상ᄒᆞ미야 현마 엇더ᄒᆞ리오마ᄂᆞᆫ 하마면 쇼져의 옥안이 상ᄒᆞᆯ 번ᄒᆞ여시니 놀납기를 이긔디 못ᄒᆞ리로소이다.”

좌우 시녜 다 놀나며 쇼져를 위ᄒᆞ여 념녜 방하(放下)치 못ᄒᆞ더라.

문시 뭡고 ᄋᆡ달오믈 니긔지 못ᄒᆞ여 다시 최부인긔 계규를 상논코져 ᄒᆞ니, 양ㆍ윤 냥 쇼져의 젼졍이 엇지된고?

좌우 시녜 다 놀나며 쇼져를 위ᄒᆞ여 념녀 방하치 못【72】ᄒᆞ더라.

엄시효문쳥힝녹 권지십일

화셜. 최부인이 문시 무슈훈 징보(財寶)롤 드리고, 심녀롤 허비후여 요약(妖藥)을 어더 양·윤 냥쇼져의 텬싱특용(天生特容)을 아조 맛쳐, 쳔고(千古) 괴형(怪形)을 민드라 이목의 히괴훈 형상을 후여, 슈고후미 업시 아조 인뉸(人倫)의 바리인 사름이 되고, 학亽와 공지 관홍디도(寬弘大道)후나 양·윤 냥쇼제 진실노 외뫼(外貌) 괴형변식(怪形變色)훈즉, 결단코 부부 금슬이 싱쇼(生疏)[1646]후리라 훈 거시, 싱각 밧 윤쇼져 신명(神明)홈과 양쇼져의 춍명이 슈미(愁眉)[1647]롤 움죽이지 아닛는 【1】가온디, 亽亽로 신명후여 명쳘보신(明哲保身)[1648]후믈 보니, 간장(肝腸)이 분분(紛紛)후여 부히[1649] 넘노라 흉금(胸襟)이 터질 듯훈 가온디나, 셩품이 견고후고 참기롤 잘 후는 고로, 고어의 니른 바 '쇼블인즉난디뫼(小不忍則難大謀)[1650]라 후믈 경계후여, 비록 '텬졍(天定)이면 승인(勝人)'[1651]후나 인즁승텬(人衆勝天)[1652]을 긔약후는 고로, 각별 초조후미 업亽디, 문시는 조협(躁狹) 젼도(轉倒)훈지라.

ᄌ가의 익셤 비ᄌ로 더부러 궁극(窮極)한

1646)싱쇼(生疏)후다 : 생소(生疏)하다. 어떤 대상이 친숙하지 못하고 낯이 설다.

1647)슈미(愁眉) : 근심 띤 얼굴빛이나 기색

1648)명쳘보신(明哲保身) : 총명하고 사리에 밝아 일을 잘 처리하여 자기 몸을 보존함.

1649)부히 : 부아. 노엽거나 분한 마음.

1650)쇼블인즉난대뫼(小不忍卽難大謀) : 작은 것을 참지 못하면 큰 꾀를 이룰 수 없다.

1651)텬졍(天定)이면 승인(勝人) : 하늘이 정한 이치가 사람을 이김.

1652)인즁승텬(人衆勝天) : '여러 사람이 힘을 합치면 하늘도 이길 수 있다'는 뜻으로 '사람의 힘이 큼'을 이르는 말.

계규(計規)를 ᄒᆞ여, 양시의 지보를 도젹ᄒᆞ미, 일노 밋기를 삼아 장ᄎᆞᆺ ᄃᆡ계(大計)를 운동코져 ᄒᆞ여, ᄌᆞ가의 천싱 신【2】셰를 회복고져 ᄒᆞᆫ 거시, 칫 계귀(計規) 글너 져 양시의 텬싱미목(天生眉目)1653)을 조곰도 상ᄒᆞ미 업고, 양시의 유뫼 한숀이 몬져 상ᄒᆞ미, 일노조ᄎᆞ 노쥐(奴主) 상심(詳審) 명찰(明察)ᄒᆞ여, 양시 스ᄉᆞ로 몸을 금옥 갓치 가지고, 시비 등이 쥬인 보호ᄒᆞ미[믈] 여린 옥갓치 ᄒᆞᄂᆞᆫ지라.

문시 분완(憤惋)ᄒᆞᆷ을 니긔지 못ᄒᆞ여 경일누의 나아가, 최부인긔 울며 고왈,

"쳡이 존문의 입승(入承) 삼ᄉᆞ년의 지은 죄 업시, 구괴(舅姑) 부족히 너기시고 가뷔 블관(不關)이 너기며, 신혼초의 겨우 이셩지합(二姓之合)1654)을 어더 비상홍졈(臂上紅點)1655)을【3】멸ᄒᆞ여시나, 기실은 홍안박명(紅顔薄命)1656)을 면치 못ᄒᆞᆫ 바로ᄡᅥ, 다시 양시 갓흔 강젹(强敵)을 만나 구고의 ᄌᆞ인와 가부의 은총을 다 일흐니, 엇지 인닯고 분치 아니리잇고만은, 힝혀 슉당(叔堂)의 어엿비 너기시ᄂᆞᆫ 바를 닙ᄉᆞ와, ᄌᆞᄌᆞ(字字) 지교(指教)ᄒᆞ시미 박명신셰(薄命身勢)를 회복ᄒᆞᆯ 계규를 가ᄅᆞ치시니, 쇼쳡이 쥭야 감은ᄒᆞ여 슉당을 우러옵ᄂᆞᆫ 졍셩이 오히려 친구고의 더으미 잇ᄉᆞ오니, 바라건ᄃᆡ 슉당은 맛ᄎᆞᆷᄂᆡ 어엿비 너기샤 양녀를 슈이 쇼졔(掃除)ᄒᆞ여, 쇼쳡의 신셰 박명을 위【4】로ᄒᆞ샤 계규를 다시 가ᄅᆞ치쇼셔."

부인이 흔연 위로 왈,

"현질은 너모 급히 구지 말나. 일이 초솔

1653)텬싱미목(天生眉目) : 타고난 얼굴. 미목(眉目): 눈썹과 눈을 함께 일컬은 말로, '얼굴'을 대신 나타낸 말.

1654)이셩지합(二姓之合) : ①서로 다른 두 성이 합하였다는 뜻으로, 남녀의 혼인을 이르는 말. ②남녀가 성교함. 또는 그런 일. 특히 부부 사이의 성교를 이른다. =합궁(合宮). =합근(合巹).

1655)비상홍졈(臂上紅點) : 비홍(臂紅). 팔에 있는 붉은 점이라는 뜻으로 '앵혈'을 말함.

1656)홍안박명(紅顔薄命) : 얼굴이 예쁜 여자는 팔자가 사나운 경우가 많음을 이르는 말.

문시 이 일을 지긔[ᄂᆡ]고 인달오며 뮈온 마옴이 층츌ᄒᆞ야 분앙ᄒᆞᆷ을 이긔디 못ᄒᆞ야 경일누의 나아가 최부인긔 울며 고왈,

"쳡이 존문의 입승ᄒᆞ연 지 삼ᄉᆞ 년의 지온 죄 업시 구괴 부죡히 넉이시고 가뷔 블관이 넉이며, 신혼 쵸시의 겨유 이셩지합을 어더 비상홍졈을 멸ᄒᆞ여시나 기실은 홍안박명이 극진ᄒᆞᆫ 바로ᄡᅥ, 다시 양시 ᄀᆞᆺ튼 강젹을 만나 구고의 ᄌᆞᄋᆡ와 가부의 은춍을 다 일흐니, 엇디 인ᄃᆞᆲ고 슬프디 아니리잇고? 힝혀 슉당이 어엿비 넉이【73】시ᄂᆞᆫ 바를 닙ᄉᆞ와 지교ᄒᆞ시미 박명 신셰를 회복ᄒᆞᆯ 계교를 ᄀᆞᄅᆞ치시니 쇼쳡이 슉야 감은ᄒᆞ와 슉당을 우러옵ᄂᆞᆫ 졍셩이 오히려 친고의 더으미 잇ᄉᆞ오니, ᄇᆞ라건ᄃᆡ 슉당은 맛ᄎᆞᆷᄂᆡ 어엿비 넉이샤 양시를 슈히 소제ᄒᆞ야 쳡의 박명을 위로ᄒᆞ소셔."

부인이 흔연이 위로 왈,

"현질은 너무 급히 구지 말나. 일이 쵸솔ᄒᆞ면 뉘웃ᄎᆞ미 잇ᄂᆞ니 요ᄉᆞ이 ᄒᆞᆫ 계교를 싱각ᄒᆞ여시ᄃᆡ 졍히 ᄒᆞᆫ ᄉᆞ롬을 엇디 못ᄒᆞ여 쥬져ᄒᆞᄂᆞ니, 이 졍히 강동의 화공이 가ᄌᆞᄃᆡ 동남풍을【74】엇지 못ᄒᆞᆷ과 일체니 ᄂᆡ 일노 ᄉᆞ렴ᄒᆞ노라."

(草率)ᄒᆞ면[1657] 뉘웃ᄎᆞ미 잇ᄂᆞ니, 요ᄉᆞ이 영교 ᄆᆡ션으로 한 계규ᄅᆞᆯ ᄉᆡᆼ각ᄒᆞ여시ᄃᆡ, 졍히 한 ᄉᆞᄅᆞᆷ을 엇지 못ᄒᆞ여 쥬져ᄒᆞᄂᆞ니, 이 졍히 젹벽(赤壁)의 화공(火攻)이 가ᄌᆞ시ᄃᆡ, 동남풍(東南風)을 엇지 못ᄒᆞᆷ과 일체니, ᄂᆡ 일노 ᄉᆞ렴(思念)ᄒᆞᄂᆞ니, 현질은 시험ᄒᆞ여 드러보라."

드ᄃᆡ여 귀의 다혀 니ᄅᆞᆫᄃᆡ, 문시 ᄃᆡ희ᄒᆞ여 눈물을 흘니고 ᄉᆞ례 왈,

"이 계규ᄅᆞᆯ 만일 한번 일우면, 일졍(一定)【5】두 ᄉᆞᄅᆞᆷ을 히ᄒᆞ여, 슉당의 심복(心腹)[1658] 근심과 쳡의 안즁졍(眼中釘)[1659]을 일시의 셔릇ᄂᆞᆫ[1660] 작시오니[1661], 엇지 만힝(萬幸)치 아니리잇고? 윤ㆍ양 냥인이 간쳡셔(奸妾書) 일우믄, 쳡이 비록 방ᄉᆞ원(龐士元)[1662]의 년환계(連環計)[1663] 드리던 지죄 업ᄉᆞ나, 일비지녁(一臂之力)[1664]을 더ᄒᆞ여 진심ᄒᆞ리이다."

부인과 ᄆᆡㆍ교 등이 블승ᄃᆡ열(不勝大悅)ᄒᆞ여 밀밀이 모계(謀計)ᄒᆞ기ᄅᆞᆯ 맛고 낙낙(樂樂)히[1665] 흗터지더라.

이러틋 유유시일(儒儒時日)[1666]ᄒᆞᄂᆞᆫ 가온

1657)초솔(草率)ᄒᆞ다 : 거칠고 엉성하여 볼품이 없다.
1658)심복(心腹) : 마음속 깊은 곳. 또는 그곳에 품고 있는 심정.=복심
1659)안즁졍(眼中釘) : =눈엣가시.
1660) 셔릇다 : 거두어 치우다. 없애다 죽이다. =셔릇다.
1661)작시오니 : '잣이오니'의 연철 형태. *잣: 일, 현상 따위를 추상적으로 이르는 말. ≒것.
1662)방ᄉᆞ원(龐士元) : 방통(龐統). 178-213. 중국 삼국시대 촉한(蜀漢)의 정치가. 양양(襄陽) 출신으로 자는 사원(士元), 시호는 정후(靖侯). 봉추(鳳雛)는 그의 별호(別號)다. 제갈공명(諸葛孔明)과 함께 전략가로 이름을 떨쳤고, 적벽대전(赤壁大戰) 때 주유(周瑜)의 부탁을 받고 조조를 꾀어 연환계(連環計)를 성공시켰다.
1663)년환계(連環計) : 간첩을 적에게 보내어 계교를 꾸미게 하고, 그사이에 자신은 승리를 얻는 계교. 중국 삼국 시대에 오나라의 주유(周瑜)가 위나라 조조의 군사를 불로 공격할 때에, 방통(龐統)을 보내어 조조의 군함들을 쇠고리로 연결시키게 하였다는 데서 유래한다.
1664)일비지녁(一臂之力) : 한 팔의 힘이라는 뜻으로, 남을 도와주는 작은 힘을 이르는 말. ≒일편지력(一鞭之力).
1665)낙낙(樂樂)히 : 즐겁게. 기쁜 마음으로.
1666)유유시일(儒儒時日) : 어떤 일을 딱 잘라 결정을 내리지 못하고 어물어물하며 시일을 끎.

드ᄃᆡ여 귀에 ᄃᆡ혀 일ᄋᆞᄃᆡ, 문시 대희ᄒᆞ야 눈믈을《흐리고‖흘리고》니러 ᄉᆞ례 왈,

"이 계교를 일우면 일졍 두 사ᄅᆞᆷ이 히ᄒᆞ여 슉당의 심복 근심과 쳡의 안듕못슬 일시의 셔룻ᄂᆞᆫ 작시오니 엇디 만힝치 아니리오. 쳡이 진심ᄒᆞ야 일비지녁을 더으리이다."

부인과 ᄆᆡ·교 등이 블승대열ᄒᆞ여 밀밀이 모계ᄒᆞ기를 맛고 낙낙히 흣터지다.

이럿틋 유유시일ᄒᆞᄂᆞᆫ 가온ᄃᆡ 신셰를 당ᄒᆞ니 엄부 제쇼졔 각각 구가의 귀령을 청ᄒᆞ여 태ᄉᆞ부【75】의 모다 즐기며, 한·문·양·윤 등이 ᄯᅩᄒᆞᆫ 본부의 귀령ᄒᆞᆯᄉᆡ 최부인과 문시 그 ᄉᆞ이를 타 셜계ᄒᆞ니, 비록 귀신이라도 알기 어렵더라.

ᄃᆡ, 광음이 홀홀(忽忽)ᄒᆞ여 납삭(臘朔)[1667]을 지ᄂᆡ고 명년 신셰(新歲)ᄅᆞᆯ 당ᄒᆞ여, 엄부 제쇼제 각각 귀령(歸寧)을 청ᄒᆞ여 ᄐᆡᄉᆞ부의 모다【6】 즐기며, 부모 슉당 동긔ᄅᆞᆯ 반겨 신년을 하례ᄒᆞ니, 일가의 화긔 가득ᄒᆞ엿고, 한·문·양·윤 등이 ᄯᅩᄒᆞᆫ 본부의 귀령ᄒᆞᆯ ᄉᆡ, 최부인 시녀 영교·ᄆᆡ션과 문시의 시녀 익셤 등이 그 ᄉᆞ이ᄅᆞᆯ 타 셜계(設計)ᄒᆞ니, 비록 귀신의 조홰라도 알기 어렵더라.

초의 영교·ᄆᆡ션과 익셤이 양·윤 냥부인 시녀ᄅᆞᆯ ᄉᆞ괴여 ᄂᆡ응(內應)ᄒᆞᆯ 이목(耳目)을 삼고져 ᄒᆞᄃᆡ, 윤시의 시녀 ᄎᆞ환은 다 녜문법가(禮門法家)의 종ᄉᆞ(從事)ᄒᆞ여 슉녈부인의 교화ᄅᆞᆯ 힘닙은 ᄇᆡ니, 져마다 츙의녈비(忠義列婢)라. ᄒᆞ믈며 쳔승귀가(天乘貴家)의 ᄉᆡᆼ장【7】ᄒᆞ여 쥬옥진보(珠玉珍寶)ᄅᆞᆯ 분토(糞土)[1668]갓치 알고, 쳥한낙낙(淸寒樂樂)[1669]ᄒᆞ니, 평ᄉᆡᆼ 츄셰(趨勢)ᄒᆞᄂᆞᆫ ᄌᆞᄅᆞᆯ 더러이 너기ᄆᆡ, 영교·ᄆᆡ션이 심쳔(深淺)을 여으나 금보(金寶)로 마ᄋᆞᆷ을 다릴 ᄇᆡ 아니라.

시고(是故)로 윤쇼져 좌우 시녀ᄂᆞᆫ 감히 쳐결‖체결(締結)》ᄒᆞᆯ 의ᄉᆞᄅᆞᆯ 못ᄒᆞ고, 양시의 시녀 슉낭을 ᄉᆞ괴니, 슉낭은 양뷔 본ᄃᆡ 가계 청한(淸寒)ᄒᆞ니, 져의 쥬인이라도 ᄉᆞ용(私用)이 넉넉지 못ᄒᆞ거든, 황시녀비(況侍女輩)리오![1670] 평ᄉᆡᆼ ᄉᆞ랑ᄒᆞᄂᆞᆫ 거시 ᄌᆡ물이라. 익셤이 쑬갓치 달ᄂᆡ여 마ᄋᆞᆷ을 도도고 말을 니ᄅᆞ며, ᄌᆞ로 청ᄒᆞ여 문시긔 뵈며, 쥬육【8】으로 ᄃᆡ졉ᄒᆞ니, 친ᄒᆞᆷ을 ᄆᆡᆺ고 익셤과 슉낭이 동년이라 ᄒᆞ여, 한번 말을 ᄒᆞ고 두번 왕ᄂᆡᄒᆞ며 셰번 모드니, ᄌᆞ연 졍의(情誼) 골육 갓흔지라. 드ᄃᆡ여 심곡(心曲)으로ᄡᅥ 문답ᄒᆞᆯᄉᆡ, 슉낭이 홀연 탄식 왈,

"ᄂᆡ 비록 인가비복(人家婢僕)이나 어버이 일녜라. 어미 양부 비ᄌᆡ(婢子)나 일즉 앙역[1671]의 버셔나 먼니 고향의셔 ᄉᆞ더니, 아

쵸의 영교 익셤이 양·윤 냥부인 시녀를 ᄉᆞ괴여 ᄂᆡ응ᄒᆞᄂᆞᆫ 이목○[을] 삼고져 ᄒᆞᄃᆡ, 윤시의 시비ᄂᆞᆫ 다 녜문법가의 죵ᄉᆞᄒᆞ여 져마다 츙의녈비라. 하믈며 쳔승귀가의 ᄉᆡᆼ장ᄒᆞ야 쥬옥지보을 진토ᄀᆞᆺ치 알고 청한낙낙ᄒᆞ니, 영교 ᄆᆡ션이 심쳔을 여으나 윤쇼제 시녀드리 ᄀᆡᄀᆡ히 청한ᄒᆞ○[니] 금보로 ᄆᆞ음을 달닐 ᄇᆡ 아니라.

시고로 쇼져【76】의 시비ᄂᆞᆫ 감히 쳐결ᄒᆞᆯ 의ᄉᆞ를 못ᄒᆞ고 양시의 시녀 슉낭을 ᄉᆞ괴니, 슉낭이 평ᄉᆡᆼ ᄉᆞ랑ᄒᆞᄂᆞᆫ 거시 ᄌᆡ믈이라. 익셤이 쑬ᄀᆞᆺ치 ᄆᆞᄋᆞᆷ을 도도며 ᄌᆞ로 청ᄒᆞ여 문시긔 뵈며 주옥으로 ᄃᆡ졉ᄒᆞ야 친친ᄒᆞ고 익셤과 슉낭이 동년이라 ᄒᆞ야 ᄌᆞ연 졍의 골육 ᄀᆞᆺᄐᆞ니, 드ᄃᆡ여 심곡으로 문답ᄒᆞᆯᄉᆡ,

---

1667)납삭(臘朔) : 섣달 초하룻날. 음력 12월1일.
1668)분토(糞土) : 썩은 흙.
1669)청한낙낙(淸寒樂樂) : 청빈한 삶을 즐김.
1670)황시녀비(況侍女輩)리오 : 하물며 시녀의 무리 일까 보냐!
1671)앙역(仰役) : 직접 주인의 명을 받아 노동력

들은 여러히나 ᄯᆞᆯ은 나ᄲᅮᆫ이라. 귀즁ᄒᆞ미 비록 금의옥식(錦衣玉食)은 바라지 못ᄒᆞ나, 일신이 어버이 ᄉᆞ랑을 씌여 ᄌᆞ라더니, 나히 십삼의 경ᄉᆞ(京師)의셔 쇼져를 셩【9】인(成人)ᄒᆞ신다 ᄒᆞ고, 불의의 잡히여 와 앙역을 ᄒᆞ연지 삼년이라. 엇지 슬프지 아니 ᄒᆞ리오. ᄯᅩ 어버이 일녀로 ᄇᆡ혼[1672] ᄇᆡ 업다가, 블의의 앙역을 쇼임ᄒᆞ니 둔ᄌᆡ(鈍才) 능히 감당치 못ᄒᆞ미, 쇼제 ᄌᆞ로 칙ᄒᆞ시고 동뉴의 ᄭᅮ짓ᄂᆞᆫ ᄇᆡ라. ᄊᆡᄊᆡ 고향을 ᄉᆡᆼ각고 슬허ᄒᆞ노라."

익셤○[이] 암희(暗喜)ᄒᆞ여 호언(好言)으로 위로ᄒᆞᄃᆡ,

"텬뉸지졍(天倫之情)은 귀쳔이 업ᄉᆞ니, 나ᄂᆞᆫ 어버이 일즉 죽고 우리 부인의 향규(香閨) 앙역지신(仰役之身)으로 ᄋᆡ지(愛之)ᄒᆞ시믈 닙어, 일신이 편ᄒᆞ것만은, 시시로 죽은 부모를 ᄉᆡᆼ각고 셜【10】워ᄒᆞ거ᄂᆞᆯ, ᄆᆡᄆᆡ(妹妹)의 부모{의} ᄉᆡᆼ각ᄂᆞᆫ 마ᄋᆞᆷ이야 오죽ᄒᆞ리오. 엇지 탈신지계(脫身之計)를 ᄉᆡᆼ각지 아니 ᄒᆞᄂᆞ뇨?"

슉낭이 한숨 져 니로ᄃᆡ,

"어버이 그리ᄂᆞᆫ 마ᄋᆞᆷ은 니로도 말고 통신(通信)도 ᄌᆞ로 못ᄒᆞ니, 셜운 마ᄋᆞᆷ을 닐너 무엇ᄒᆞ리오만은, 혈혈(孑孑)ᄒᆞᆫ 녀ᄌᆡ 쳔니의 통ᄒᆞ리오."

익셤이 일너 왈,

"녯말의 닐너시ᄃᆡ 졍셩이 지극ᄒᆞ면 하ᄂᆞᆯ도 감동ᄒᆞᆫ다 ᄒᆞ니, ᄆᆡᄆᆡ 진실노 고향 ᄉᆡᆼ각이 간졀ᄒᆞ면, ᄂᆡ 탈신지계(脫身之計)를 가ᄅᆞ쳐 고향의 도라가 부모를 반기고, 일ᄉᆡᆼ을 셔로 써나지 말게 ᄒᆞ리니, 낭ᄌᆡ 이【11】ᄯᅳᆺ이 잇거든 일종 ᄂᆡ 가ᄅᆞ치ᄂᆞᆫ ᄃᆡ로 ᄒᆞ면, 블구(不久)의 조흔 일이 이시리라."

슉낭이 ᄎᆞ언을 듯고 깃븐 마ᄋᆞᆷ이 가득ᄒᆞ여 연망이 졀ᄒᆞ여 니로ᄃᆡ,

"ᄆᆡᄆᆡ(妹妹)[1673] 진실노 이 갓치 은혜를

을 제공함. *앙역노비(仰役奴婢); 주인의 관리하에 그 지시를 따라 직접적인 노동력을 제공하는 노비.

1672)ᄇᆡ호다 : 배우다. 새로운 지식이나 교양을 얻다.

1673)매매(妹妹) : ①'여동생'을 달리 이르는 말.

드리워 우리 모녀로 일싱을 써나지 아닐 계규를 가ᄅᆞ쳐 쥬면, 엇지 셰셰싱싱(世世生生)의 미미의 은혜ᄅᆞᆯ 빅골의 삭이지 아니 ᄒᆞ리오. 가ᄅᆞ치ᄂᆞᆫ ᄃᆡ로 ᄉᆞᄃᆡ(死地)라도 피치 아니ᄒᆞ리라."

익셤이 ᄃᆡ희ᄒᆞ여 제 방의 드러가 슐을 먹이며 빗난 노리기ᄅᆞᆯ 쥬며, 감언이어(甘言利語)로 다릐여 가만이 계규ᄅᆞᆯ 가ᄅᆞ치【12】니, 슉낭이 이의 다다라ᄂᆞᆫ 악연(愕然)ᄒᆞ여[1674] 니로ᄃᆡ,

"일이 가장 즁난(重難)ᄒᆞ니 힝혀 픽루(敗漏)ᄒᆞᆫ즉 우리 다 죽고 남지 못ᄒᆞᆯ가 ᄒᆞ노라."

익셤이 쇼왈,

"그ᄃᆡᄂᆞᆫ 진실노 겁 만흔 사ᄅᆞᆷ이로다. ᄂᆡ 엇지 이런 ᄃᆡᄉᆞᄅᆞᆯ 소리히 ᄒᆞ리오. 그ᄃᆡᄂᆞᆫ 조곰도 념녀 말고 미ᄉᆞᄅᆞᆯ {미ᄉᆞᄅᆞᆯ} ᄂᆡ 가ᄅᆞ치ᄂᆞᆫ ᄃᆡ로 ᄒᆞ라."

ᄒᆞ고, 일비 향온(香醞)을 슈슌(數順)을 먹이니, 낭이 십분 위틱이 너기나 마음이 굿세지 못ᄒᆞ여, 유유(儒儒)히 허락고 도라왓더니, 원ᄂᆡ 익셤이 낭을 깁히 ᄉᆞ괴고져 ᄒᆞ여, 잔 가온ᄃᆡ 미혼단(迷魂丹)[1675]【13】을 드리쳐 권ᄒᆞ엿ᄂᆞᆫ지라.

낭이 도라와 홀연 즁악(中惡)[1676]ᄒᆞ여 삼ᄉᆞ일을 ᄃᆡ통(大痛)ᄒᆞᆫ 후 니러나니, 믄득 마음이 ᄉᆞ오나와 부모 그리던 마음이 비(倍)ᄒᆞ고, 쥬인 원망ᄒᆞ미 깁허 앙역지ᄉᆞ(仰役之事)의 원이 철골(徹骨)ᄒᆞ니, 그ᄋᆞ이 문쇼져ᄅᆞᆯ 감샤ᄒᆞ고, 익셤의 정은(情恩)을 감골ᄒᆞ여 보은코져 마음이 이시니, 엇지 양、윤 이쇼져의 운익(運厄)이 아니리오.

익셤이 제 방의 드러가 슐을 먹이며 빗난 노릐개를 주며, 감언미어로 ᄃᆞ릐여 ᄀᆞ마니 계교를 가ᄅᆞ치니, 슉낭이 이의 다다라ᄂᆞᆫ 악연ᄒᆞ여 닐오ᄃᆡ,

"일이 가장 듕난ᄒᆞ니 힝혀 픽【77】루ᄒᆞᆫ 즉 우리 다 죽고 남지 못ᄒᆞᆯ가 ᄒᆞ노라."

익셤이 쇼왈,

"그ᄃᆡᄂᆞᆫ 실노 겁 만흔 사ᄅᆞᆷ이라. 내 엇지 이런 대ᄉᆞ를 소루히 ᄒᆞ리오. 그ᄃᆡᄂᆞᆫ 조금도 념녀 말고 미ᄉᆞ을 ᄂᆡ 가ᄅᆞ치ᄂᆞᆫ ᄃᆡ로 ᄒᆞ라."

ᄒᆞ고 일뵈주를 먹이니 슉낭이 십분 위틱히 넉이나 ᄆᆞ음이 굿세지 못ᄒᆞ 고로 유유히 허락고 도라왓더니, 익셤이 잔 가온ᄃᆡ 미혼단을 드릿쳐ᄂᆞᆫ 고로,

낭이 도라와 홀연 듕악ᄒᆞ여 삼ᄉᆞ일을 대통ᄒᆞᆫ 후 니러나니, 믄득 쥬모 원망ᄒᆞ미 깁허 앙억[역]지ᄉᆞ의 원이 철골【78】ᄒᆞ니 그ᄋᆞ이 문쇼져를 감ᄉᆞᄒᆞ고 익셤을 각골보은코져 졍이 이시니, 엇지 양·윤 이쇼져의 운익이 아니리오.

②비슷한 신분의 여자들 사이에서 손윗사람이 손아랫사람을 이르거나 부르는 말.

1674)악연(愕然)ᄒᆞ다 : 몹시 놀라 정신이 아찔하다.

1675)미혼단(迷魂丹) : 익봉잠、도봉잠 뉴(類)의, 사람을 변심시키는 약. 이 약을 사람에게 먹이면 마음이 변하게 되어 먹은 사람의 마음이 먹인 사람의 뜻대로 조종당하게 된다.

1676)중악(中惡) : 『한의학』중풍의 하나. 정신적인 충격 따위로 갑자기 손발이 싸늘하여지고 어지러우며 심하면 이를 악물고 졸도한다.

이ᄯᅢ 신년을 당ᄒᆞ여 제쇼제 귀령ᄒᆞ니, 문시 가만이 익셤 슉낭의게 계규를 맛지고, 또ᄒᆞᆫ 친가의 귀령ᄒᆞ엿더라.

원ᄂᆡ 문시의 【14】형남 문슉은 일ᄃᆡ 지ᄉᆞ시라(才士). 용뫼 미여관옥(美如冠玉)이오, 셩졍이 활발ᄒᆞ여 진짓 풍뉴랑(風流郞)이라. 나히 십구셰오, 일즉 급제ᄒᆞ여 벼슬이 한님셔ᄉᆞ(翰林書舍)1677)의 니ᄅᆞ럿더니, 기쳐 뉴시 셩졍이 평순ᄒᆞ여 부덕의 낫부미 업ᄉᆞ나, 외뫼 츌하(出下)1678)ᄒᆞ니 문 셔시(書舍) 평싱 가인(佳人)을 구ᄒᆞ던 바로ᄡᅥ, 크게 실망ᄒᆞ나 셰월이 오ᄅᆡ미 뉴시의 어진 덕을 감동ᄒᆞ여, 항녀지졍(伉儷之情)1679)을 폐치 아냐 임의 ᄌᆞ녀를 갓초 두어시나, ᄆᆡ양 ᄌᆡ취(再娶)를 유원(有願)ᄒᆞ더니,1680) 문시 비록 셔ᄉᆞ로 친동긔나 위인이 걸츌(傑出)ᄒᆞ여 【15】질악(嫉惡)을 여슈(如讐)1681)ᄒᆞᄂᆞᆫ 고로, 그으이 ᄆᆡᄌᆞ(妹者)의 ᄌᆡ용이 이시나 녀힝이 비박(卑薄)ᄒᆞ믈 낫비 너겨, ᄆᆡ양 보면 경계ᄒᆞᄂᆞᆫ지라.

문시 그으이 앙앙(怏怏)ᄒᆞ며 뉴시의 블미(不美)ᄒᆞ믈 징그러이 너겨ᄒᆞ던지라. 셔시 ᄆᆡ양 엄혹ᄉᆞ롤 일ᄏᆞ라 갈오ᄃᆡ,

"엄싱은 군ᄌᆞ라 누의 힝실이 만히 규구(閨矩)의 ᄯᅥ러지ᄃᆡ, 너그러이 용ᄉᆞ(容赦)ᄒᆞ여 규녀를 거ᄂᆞ리미 화평ᄒᆞ니 긔특다."

엄학ᄉᆡ 또 일ᄏᆞ라.

"문싱은 실노 호걸의 ᄃᆡ장뷔라 누의ᄂᆞᆫ 담지 아녀시니, 고인의 비길 ᄇᆡ 아니로ᄃᆡ, 쥬문(周門)1682)의 관ᄎᆡ(管蔡)1683) 이심 갓【16】

이ᄯᅢ 신년을 당ᄒᆞ여 제쇼제 귀령ᄒᆞ니 문시 가마니 익셤 슉낭의게 계교를 맛긔고 ᄯᅩᄒᆞᆫ 친가의 귀령ᄒᆞ엿더라.

문시의 형남 문슉은 일ᄃᆡ지ᄉᆞ시라. 용뫼 미여관옥이오 셩셩이 활발ᄒᆞ야 일ᄃᆡ풍뉴랑이라. 나히 십구 셰오, 일즉 급제ᄒᆞ여 벼술이 한님 셔ᄉᆞ의 이ᄅᆞ럿고, 기쳐 뉴시 셩힝이 평순ᄒᆞ야 부덕이 낫부미 업ᄉᆞ나, 외뫼 《아도‖아조》 츌【79】하ᄒᆞ니, 문 셔ᄉᆞ 평싱 가인을 구ᄒᆞ던 바로 크게 실망ᄒᆞ야 ᄒᆞ나, 셰월이 오라미 뉴시의 어진 덕을 감심ᄒᆞ야 항녀의 졍을 폐치 아니ᄒᆞ고, 임의 ᄌᆞ녀를 두어시나 《ᄆᆞ양‖ᄆᆡ양》 ᄌᆡ녀를 유원ᄒᆞ더라. 문시 비록 셔ᄉᆞ로 친동긔나 위인이 걸츌ᄒᆞ야 질악을 여슈ᄒᆞᄂᆞᆫ 고로, 그으이 ᄆᆡᄌᆞ 엄싱의 ᄎᆡ ᄌᆡ용이 이시나 녀힝이 비박ᄒᆞ믈 낫비 넉여 ᄆᆞ양 보면 경계ᄒᆞᄂᆞᆫ지○[라].

문시 그으이 앙앙ᄒᆞ며 뉴시의 블미ᄒᆞ믈 징그라이 넉이던지라. 엄 혹ᄉᆡ 《마양‖ᄆᆡ양》 문싱을 일【80】ᄏᆞ라 《월‖왈》,

"실노 대장뷔라. 그 누의 담지 아녀시니 고인의 비겨 의논홀 ᄇᆡ 아니나 쥬문의 관ᄎᆡ 이심 갓다."

1677)한님셔ᄉᆞ(翰林書舍) : 중국 당·송 때의 관직인 한림학사(翰林學士)와 중서사인(中書舍人)을 함께 이른 말. *한림학사: 『역사』 중국 당나라 때에, 한림원에 속하여 조칙의 기초를 맡아보던 벼슬. 또는 고려 시대에, 학사원、한림원에 속한 정사품 벼슬. 임금의 조서를 짓는 일을 맡아보았다. *중서사인: 『역사』 중국 당、송 때의 관직으로 조서를 기초하는 업무를 맡아보던 벼슬, 또는 조선조의 의정부 사인(정4품)을 달리 이르는 말.

1678)츌하(出下) : 중간도 못됨. 하위에 듦.

1679)항녀지졍(伉儷之情) : 부부의 정. *항려(伉儷): 남편과 아내로 이루어진 짝

1680)유원(有願)ᄒᆞ다 : 바라다.

1681)질악여수(嫉惡如讐) : 악을 미워하기를 원수처럼 미워함.

도다.”

ᄒᆞ니, 문시 이 말노 드듸여 더욱 앙앙(怏怏)ᄒᆞ여 올아비[1684]와 가부의게 원(怨)을 품어 가만ᄒᆞᆫ 가온ᄃᆡ 갑흘 뜻이 잇ᄂᆞᆫ지라. 궁모비계(窮謀秘計) ᄇᆡᆨ츌(百出)ᄒᆞᄆᆡ, 몬져 젹인(敵人)을 ᄒᆡᄒᆞᄂᆞᆫ 가온ᄃᆡ 오라비 젼졍을 함ᄒᆡ(陷害)코져 ᄒᆞ니, 엇지 쳔고 요ᄐᆡᆨ(妖慝) 발뷔(悖婦) 아니리오.

문시 스ᄉᆞ로 가가(哥哥)와 양시의 필젹을 어더 평싱 지조를 다ᄒᆞ여 모쓰니, 진짓 그 ᄉᆞ룸의 필젹과 다룸이 업더라.

이에 단단이 봉ᄒᆞ여 익셤을 맛져 힝계(行計)ᄒᆞ라 ᄒᆞ니, 이 곳 위조셔간(僞造書簡)이라. 인ᄒᆞ여 본부로 도라오니 다ᄅᆞᆫ ᄎᆞ【17】환은 다 문시를 조ᄎᆞ 가ᄃᆡ, 익셤은 홀노 당 직희믈 일홈ᄒᆞ여 ᄲᅥ러지고, 슉낭은 쇼제 다려가려 ᄒᆞ거놀, 낭이 칭병(稱病)ᄒᆞ고 ᄲᅥ러졋더라.

익셤이 두장 셔간을 낭을 쥬고 셜계를 가ᄅᆞ치니, 낭이 본ᄃᆡ 춍셩이 업ᄂᆞᆫ 가온ᄃᆡ 요약을 먹어 마음이 실셩(失性)키의 밋쳣ᄂᆞᆫ지라. 문시 노쥬의 쳥인즉 머리를 드리라 ᄒᆞ여도 ᄉᆞ양ᄒᆞᆯ 뜻이 업ᄉᆞ니, 엇지 물니치리오. 흔흔낙낙(欣欣諾諾)히 바다 도라가 힝계ᄒᆞ니라.

또 양쇼져의 이종(姨從) 셔남(庶男) 위쳥이 나히 쇼년이라. 일즉 부뫼 업고 강근【18】지친(强近之親)[1685]이 업ᄂᆞᆫ 고로, 양부의 의탁ᄒᆞ여 무예를 익이니, 풍신(風神)이 웅위(雄偉)ᄒᆞ고 무예 졍슉ᄒᆞ더니, 나히 십오의 무과(武科)ᄒᆞ여 평진왕 윤쳥문의 빈희 양슉인의

ᄒᆞ니 문시 이 말노 드듸여 더욱 앙앙ᄒᆞ여 오라비와 가부의게 《월‖원》을 갑흘 뜻이 잇셔, 믄득 젹인 ᄒᆡᄒᆞᄂᆞᆫ ᄉᆞᆺ히 올녀 오라비 젼졍을 암ᄒᆡ코ᄌᆞ ᄒᆞ니, 엇디 쳔고 요악 발뷔 아니리오.

문시 그 거거와 양시의 필젹을 도젹ᄒᆞ야 평싱 지조를 다ᄒᆞ야 《못‖모》쓰니 진짓 그 ᄉᆞ룸의 필젹과 다룸이 업더라.

이의 단단이 봉ᄒᆞ야 익셤을 맛져 힝계ᄒᆞ라 ᄒᆞ고 본부로 도라가다. 익【81】셤 슉낭이 셜계ᄒᆞ니라.

또 양쇼져의 이죵 셔남 위쳥이 본ᄃᆡ 부뫼 일죽 죽고 강근지친이 업ᄂᆞᆫ 고로, 양부의 의탁ᄒᆞ여 무예를 닉여 나히 십오의 무과 장원ᄒᆞ고 평진왕의셔 녀셔 되엿ᄂᆞᆫ지라.

1682)쥬문(周門) : 주나라 국성(國姓)인 주씨(周氏) 가문. 곧 주나라 왕실을 뜻하는 말.

1683)관채(管蔡) : 중국 주나라 문왕(文王)의 아들이자 무왕(武王)의 동생인 관숙(管叔)과 채숙(蔡淑)을 함께 이르는 말. 무왕(武王)이 죽고 형제 가운데 주공(周公)이 무왕의 어린 아들 성왕(成王)을 도와 섭정을 하자, 역심(逆心)을 품고 반란을 일으켰다가, 관숙은 죽음을 당하고 채숙은 추방당했다.

1684)오라비 : 오라비. ①‘오라버니’의 낮춤말. ② 여자가 남에게 자기의 남동생을 이르는 말. ③ 여자의 남자 형제를 두루 이르는 말.

1685)강근지친(强近之親) : 도움을 줄 만한 아주 가까운 친척.

녀셰(女壻) 되엿ᄂᆞᆫ지라.

최부인이 이 곡졀을 ᄌᆞ시 알고 양ᆞ윤 냥인을 히ᄒᆞ고져 ᄒᆞᄂᆞᆫ 고로, 위청으로ᄡᅧ 윤시의 간뷔(姦夫)라 ᄒᆞ여 힝계ᄒᆞᆯᄉᆡ, ᄯᅩᄒᆞᆫ 셔간을 ᄆᆡᆫᄃᆞ러 양쇼져 침당의 감초왓더니,

이러구러 슈일 후 모든 쇼제 구가(舅家)의 도라오고, 윤ᆞ양 이쇼제 도라왓더니, 쇼제 등이 존당의 문안ᄒᆞ고 밋쳐 도라오지 아냐셔, 【19】학ᄉᆡ 몬져 양시 침방(寢房)의 드러오니 쇼제 업ᄂᆞᆫ지라.

촉을 도도고 홀노 셔안을 비겨 연갑을 피열ᄒᆞ더니, 믄득 셔간이 ᄯᅥ러지거ᄂᆞᆯ 학ᄉᆡ 괴이히 너겨 보니, 한장은 피봉의 ᄡᅧ시ᄃᆡ,

"문싱은 양부인 장ᄃᆡ하(粧臺下)의 올니노라."

ᄒᆞ엿고, 한 장은

"문한님 ᄀᆡ탁(開坼)이라."

ᄒᆞ엿거ᄂᆞᆯ, ᄃᆡ경ᄒᆞ여 ᄯᅥ혀보니, 분명ᄒᆞᆫ 문시 오라비 문 셔ᄉᆡᆼ 슈필(手筆)이니, ᄃᆡ기 ᄒᆞ여시ᄃᆡ,

"싱이 본ᄃᆡ 쳐ᄉᆡ 블민(不憫)ᄒᆞ여 의가지낙(宜家之樂)[1686]이 관관(關關)치 못ᄒᆞ던 바의, 우연이 ᄆᆡᄌᆞ의 비복의 젼어로 조ᄎᆞ 부인의 아름【20】다온 방향(芳香)을 듯고, 본ᄃᆡ 흠션(欽羨)ᄒᆞ던 바의, 누의를 보라 갓다가 곳다온 옥안을 규시(窺視)ᄒᆞ고, ᄉᆞ싱의 ᄆᆡᆼ셰ᄒᆞ여 인연을 도모코져 ᄒᆞ기로, ᄆᆡᄌᆞ로 상의ᄒᆞᆫ즉 누의 ᄆᆡᄆᆡ(浼浼)ᄒᆞ여[1687] 비례(非禮)를 물니치고 칙ᄒᆞ니, 싱이 비록 흠모ᄒᆞᄂᆞᆫ 졍이 ᄐᆡ산 갓흐나 엇지 발뵈리오[1688]. 한갓 ᄉᆞ모지졍이 원혼이 될가 ᄒᆞ엿더니, 우연이 녕셔남(令庶男) 위청으로 본ᄃᆡ 교계(交契) 심후(甚厚)ᄒᆞ고, 졍의 상호(相好)ᄒᆞ더니, 위청이 스ᄉᆞ로 져의 쇼원을 《닐우고∥일으고》 본ᄃᆡ 윤쇼져ᄂᆞᆫ 져의 쳐ᄌᆞ의 젹뎨(嫡弟)니, ᄌᆞ기(自己)[1689] 진왕의 녀서(女婿) 되던 【21】 날븟

1686)의가지낙(宜家之樂) : 부부가 서로 화목하게 사는 즐거움. =실가지락(室家之樂).

1687)ᄆᆡᄆᆡ(浼浼)ᄒᆞ다 : 창피를 줄 정도로 거절하는 태도가 쌀쌀맞다.

1688)발뵈다 : '발보이다'의 준말. 무슨 일을 극히 적은 부분만 잠깐 드러내 보이다.

최부인이 이 곡졀을 ᄌᆞ시 아ᄂᆞᆫ 고로 양·윤 냥인을 히ᄒᆞᄂᆞᆫ 밋기를 삼아 위청을 윤시 간부라 ᄒᆞ야 힝계ᄒᆞ다.

이러구러 수일 후 모든 엄시 다 구가의 도라고 양·문 제쇼제 도라왓더니, 엄 ᄒᆞᆨᄉᆡ 옥소당의 도라오니 양시 밋쳐 졍당의셔【82】 도라오디 아녓거ᄂᆞᆯ,

촉을 도도고 셔안을 지혀 연갑을 피열ᄒᆞ더니, 믄득 셔간이 ᄯᅥ러지거ᄂᆞᆯ, ᄒᆞᆨᄉᆡ 고이 넉겨 보니, ᄒᆞᆫ 장은 피봉의 ᄡᅧ시ᄃᆡ,

"문싱은 양부인 장ᄃᆡ하의 올니노라."

ᄒᆞ엿고, ᄒᆞᆫ 장은

"문 한님 《ᄀᆡ턱∥ᄀᆡ탁》이라."

ᄒᆞ엿거ᄂᆞᆯ, 대경ᄒᆞ여 ᄯᅥ혀 보니 분명ᄒᆞᆫ 문시 오라비 문 한님 필이니, ᄒᆞ엿시ᄃᆡ,

"싱이 본ᄃᆡ 쳐지 블미ᄒᆞ야 의가지낙이 관관치 못ᄒᆞ던 바의, 우연이 ᄆᆡᄌᆞ의 비복의 젼어로조ᄎᆞ 부인의 아름다온 방향을 듯고 흠션【83】ᄒᆞ든 터의, 누의를 보라 갓다가 곳다온 옥안을 규시ᄒᆞ고. ᄉᆞ싱을 ᄆᆡᆼ셰ᄒᆞ야 인연을 도모코ᄌᆞ ᄒᆞᄆᆡ, ᄆᆡᄌᆞ로 상의ᄒᆞᆫ즉 누의 ᄆᆡᄆᆡᄒᆞ여 비녜를 믈니치고 칙ᄒᆞ니, 싱이 비록 흠모ᄒᆞᄂᆞᆫ 졍이 원혼이 될가 ᄒᆞ엿더니, 녕셔남 위청으로《계교∥교계(交契)》 심후ᄒᆞ고 졍의 상됴ᄒᆞ더니, 위청이 스ᄉᆞ로 져의 소원을 일으고

터 져의 쳐ᄌᆞ의 말노 조ᄎᆞ, 윤쇼져의 셩화(聲華)를 흠모ᄒᆞ나 감히 인연을 바라지 못ᄒᆞ더니, 이제 윤쇼제 공교히 엄싱의 비위(配位) 되어시나, 엄싱이 은이 낙낙ᄒᆞ여 셩혼긔년(成婚幾年)의, 비홍(臂紅)이 완젼ᄒᆞ니, 스ᄉᆞ로 박명을 늣기고 엄싱의 박힝(薄行)을 한ᄒᆞᄂᆞᆫ 고로, 위쳥이 부인을 위ᄒᆞ여 져의 쳐ᄌᆞ(妻子)를 긔(欺)이고, ᄃᆡᄉᆞ롤 도모ᄒᆞ여 윤쇼져 유졍을 닙다 ᄒᆞ니, 남아의 미식 ᄉᆞ랑ᄒᆞᄂᆞᆫ 졍이 일체라. 위싱이 져[졍]니(情理)로 츄이ᄒᆞ여 싱과 부인을 위ᄒᆞ여 월노(月老)1690) 되기롤 ᄉᆞ양치 아니홀시, 【22】힝혀 져 스음긔 글을 어더 부인의 유졍(有情)ᄒᆞ믈 어드니, 다ᄉᆞᄒᆞ믈 니긔지 못ᄒᆞ리로다. 부인이 임의 엄싱의 은이롤 끈키 어렵다 홀진ᄃᆡ, 쏘 어렵지 아닌 일이 이시니, 셕ᄌᆞ(昔者)의 틱진(太眞)1691)이 명황(明皇)1692)의 총(寵)을 즐기나, 녹산(祿山)1693)의 졍을 ᄉᆞ양치 아녓ᄂᆞ니, 그ᄃᆡ 날노

1689)ᄌᆞ기(自己) : 자기(自己). ①「명사」 그 사람 자신. ②「대명사」 앞에서 이미 말하였거나 나온 바 있는 사람을 도로 가리키는 삼인칭 대명사.

1690)월노(月老) : 월하노인(月下老人). 부부의 인연을 맺어 준다는 전설상의 늙은이. 중국 당나라의 위고(韋固)가 달밤에 어떤 노인을 만나 장래의 아내에 대한 예언을 들었다는 데서 유래한다.

1691)틱진(太眞) : 양태진(楊太眞). 양귀비(楊貴妃). 중국 당나라 현종의 비(719~756). 이름은 옥환(玉環). 도교에서는 태진(太眞)이라 부른다. 춤과 음악에 뛰어나고 총명하여 현종의 총애를 받았으나 안녹산의 난 때 죽었다.

1692)명황(明皇) : 당현종(唐玄宗). 중국 당나라의 제6대 황제(685~762). 성은 이(李), 이름은 융기(隆基). 시호는 명황(明皇)·무황(武皇). 초년에 정사(政事)를 바로잡아 '개원의 치'라고 불리는 성당(盛唐) 시대를 이루었으나, 만년에 양 귀비를 총애하고 간신에게 정치를 맡겨 안녹산의 난을 초래하였다. 재위 기간은 712~756년이다.

1693)녹산(祿山) : 안록산(安祿山). 호족(胡族) 출신으로 용맹과 전술이 뛰어나 당 현종의 신임을 받았다. 755년 평로(平虜)·범양(范陽)·하동(河東) 지구를 총괄하는 절도사가 되자, 15만 병력을 일으켜 낙양과 장안을 점령한 후 대연(大燕) 웅무황제(雄武皇帝)를 자칭하였다. 757년 황제의 자리를 탐내던 아들 안경서(安慶緖)에게 살해되었다. 한때 양귀비의 환심을 사서 그의 양자가 되었다는 일화가 있다.

윤쇼져 셩화롤 흠모ᄒᆞ나, 감히 인연을 ᄇᆞ라지 못ᄒᆞ더니, 윤쇼제 공교히 엄ᄌᆞ의 비위 되여【84】시나 엄싱이 은이 낙낙ᄒᆞ야 셩혼 긔년의 박명이 극ᄒᆞᆫ 고로, 위쳥으로 더브러 유졍ᄒᆞ다 ᄒᆞ니, 남ᄋᆞ의 미식 ᄉᆞ랑ᄒᆞᄂᆞᆫ 졍이 일체라. 위싱이 져의 졍이를 츄이ᄒᆞ야 싱과 부인의 월노 되기를 ᄌᆞ임ᄒᆞ니, 힝혀 져즈음긔 글을 어더 부인 유졍ᄒᆞ믈 어드니, 다ᄉᆞᄒᆞ믈 이긔지 못ᄒᆞ리로다. 부인이 임의 엄싱의 은이를 끈씨 어렵거든, 셕야의 태진이 명황의 춍을 즐기나 녹산의 졍을 ᄉᆞ양치 아냐ᄂᆞ니 조금도 엄싱이 알가 념녀 말나.'

ᄒᆞ엿더라.【85】

더부러 긔회를 어더 즐기나 유길무힉(有吉無害)ᄒᆞ리니, 조곰도 엄싱이 알가 념녀 말나."

ᄒᆞ엿고,

또 한장은 쇼제 문싱의 글을 답ᄒᆞᆫ 비오, 후회(後會)를 긔약ᄒᆞᆫ 말이니 허다 음일(淫佚)ᄒᆞᆫ ᄉᆞ의(辭意) 블가형언이오, 또 한 장은 위쳥이 【23】윤쇼져긔 ᄒᆞᆫ ᄉᆞ의(辭意)라. 글의 음황파측(淫荒叵測)ᄒᆞ미 군ᄌᆞ의 졍시(正視)ᄒᆞᆯ 비 아니라. 학시 간파(看罷)의 어히업셔 연갑(硯匣)의 부인 필젹을 닉여 견조니, 잠간 갓흔 듯ᄒᆞ나 공교ᄒᆞ고 부졍ᄒᆞᆫ ᄌᆞ쳬(字體) 각(各) 글시라. 심하(心下)의 더욱 요황(妖荒)이 너겨, 가연 ᄌᆞ탄 왈,

"문슉은 의긔 군ᄌᆞ오, 양시는 졍졍슉녜(貞正淑女)라. 요악ᄒᆞᆫ 발뷔(潑婦) 젹인을 히ᄒᆞ미 동긔를 이딕도록 유렴ᄒᆞᄂᆞᆫ 디경의 니ᄅᆞ도록 ᄒᆞ리오. 이는 반ᄃᆞ시 제 오라뷔 졍딕ᄒᆞ믈 괴로이 너기미나, 더욱 윤시는 쳔고슉녜어놀 엇던 간인이 이런 흉셔를 지엇【24】ᄂᆞᆫ고?"

쳔ᄉᆞ만녜(天思萬慮) 빅츌ᄒᆞ여 져두ᄉᆞ량(低頭思量)이러니, 믄득 먼니셔 쇼져의 오는 긔쳑이 잇거놀 혹시 비례의 글을 쇼제 볼가 ᄒᆞ여 즉시 홍노(紅爐)의 술오니, 오히려 연긔 슬허지지 아냣ᄂᆞᆫ지라. 양쇼제 냥비(兩婢)로 촉을 들니고 날호여 입실 좌졍ᄒᆞ니, 슈려ᄒᆞᆫ 용광(容光)과 한아(閑雅)ᄒᆞᆫ 긔질과 쇄연ᄒᆞᆫ 격죄(格調), 슈국(水國)의 난최(蘭草) 한가ᄒᆞ고, 두상(頭上)의 계향(桂香)이 난만홈 갓흔지라. 더욱 쳥고 고상ᄒᆞ미 쳥텬의 셔리 갓흐니, 엇지 음악황음(淫惡惶淫)ᄒᆞᆫ 더러온 곳의 참아 밀위리오.

양쇼제 방즁(房中) 향노의 연긔 어릐【25】여시믈 보고, 괴이히 너겨 학ᄉᆞ긔 문기고(問其故)ᄒᆞᆫ딕, 학시 미쇼 왈,

"맛참 무용지셔(無用之書)를 보고 쇼화ᄒᆞᄂᆞ이다."

쇼제 반신반의(半信半疑)ᄒᆞ여 심즁의 의혹ᄒᆞ더라. 학시 다시 비례지ᄉᆞ를 닙의 닉지 아니ᄒᆞ고, 다른 말ᄒᆞ다가 야심ᄒᆞ미 촉을 물니고, 상요(床褥)의 나아가 금슬지낙(琴瑟之樂)이 갈ᄉᆞ록 환연ᄒᆞ니, 간인의 계귀 궁흉극악

또 ᄒᆞᆫ 장은 양시 문싱의 글을 답ᄒᆞ딕, 후회를 긔약ᄒᆞ여 허다 음일ᄒᆞᆫ ᄉᆞ긔 블가형언이오, 또 ᄒᆞᆫ 장은 위쳥이 윤쇼져긔 ᄒᆞᆫ ᄉᆞ의라. 음황파측ᄒᆞ미 군ᄌᆞ의 졍시ᄒᆞᆯ 비 아니라. 학시 간파의 어히업셔, 연갑의 부인 필젹을 닉여 견조니 잠간 ᄀᆞᄐᆞ나, 공교ᄒᆞ고 부졍ᄒᆞᆫ ᄌᆞ쳬 각 《골시‖글시》라. 심하의 더옥 요황이 넉여 가연 탄왈,

"문슉은 의긔 군지며 양시는 졍졍슉녀여놀 요악ᄒᆞᆫ 발뷔 젹인을 히코져 동긔을 이대도록 《유졈‖유렴》ᄒᆞ리오. 이 반ᄃᆞ시 오라비 졍딕【86】ᄒᆞ믈 괴로이 넉이미나 가히 셰디 긔험ᄒᆞ믈 알니로다. 더욱 윤슈는 쳔고슉녀여놀 엇던 간인이 이련 흉ᄉᆞ를 지엇ᄂᆞᆫ고?"

쳔ᄉᆞ만념이 빅츌ᄒᆞ야 져두ᄉᆞ량이러라. 믄득 먼니셔 쇼져의 오는 인셩이 미미ᄒᆞ거놀 혹시 비녜의 셔간을 볼가 ᄒᆞ여 즉시 홍노의 살오니 오히려 닉 슬허지지 아엿더니, 양시 날호여 입실좌졍ᄒᆞ니, 슈려ᄒᆞᆫ 용광과 한아ᄒᆞᆫ 긔질과 쇄연ᄒᆞᆫ 격되 더옥 쳥고고상ᄒᆞ여 쳥텬의 셔리 ᄀᆞᆺᄒᆞ니, 엇지 음[음]악황음ᄒᆞᆫ 더러온 곳의 ᄎᆞ마 밀위【87】리오.

양시 《방풍‖방즁》 향노의 닉 여[어]릐여시믈 보고 고이히 넉인딕, 혹시 왈,

"맛참 무용지셔를 소화ᄒᆞ이다."

쇼제 반신반의ᄒᆞ야 심듕의 의혹ᄒᆞ더라. 혹시 다시 비례지ᄉᆞ를 입의 닉지 아니ᄒᆞ고 다른 말ᄒᆞ다가 야심ᄒᆞ미 촉를 믈니고 상요의 나아가 금슬죵죵[고]지낙이 갈ᄉᆞ록 환연ᄒᆞ니, 간인의 계교 《궁홍‖궁흉》ᄒᆞ나 군ᄌᆞ슉녀의

(窮凶極惡)ᄒᆞ나 군ᄌᆞ슉녀의 텬졍호구(天定好逑)[1694]를 베왓지[1695] 못ᄒᆞ더라.

ᄎᆞ시 슉낭이 간쳡셔(奸妾書)를 쥬모(主母)의 연갑 ᄉᆞ이의 너코, 창외의 업ᄃᆡ여 호흡을 낫초고 ᄉᆞ긔를 술피더니,【26】학ᄉᆞ의 쇼화ᄒᆞ며 쇼져의 ᄉᆞ긔 침졍ᄒᆞ미 비례지언(非禮之言)을 드놋치 아니ᄒᆞ고, 부부의 진즁ᄒᆞ미 여산약히(如山若海)라. 낭이 야심토록 규시ᄒᆞ여 의심된 일을 보지 못ᄒᆞ고, 명조의 옥쇼당의 가 문시 노쥬를 보고 작야ᄉᆞ를 니ᄅᆞ니, 문시 노쉬 악연 ᄃᆡ경(愕然大驚)ᄒᆞ고 냥구침음(良久沈吟)의 낭을 보ᄂᆡ고, 경일누의 니ᄅᆞ러 최부인을 보고 슈말을 젼ᄒᆞ며, 체읍 왈,

"학시 이리 총명ᄒᆞᆫ지라. 양시ᄂᆞᆫ 쇼제(掃除)ᄒᆞᆯ 길이 업고, 쳡의 박명은 회복ᄒᆞᆯ 날이 업술가 ᄒᆞᄂᆞ이다."

부인이 경아(驚訝) 냥구(良久)의 미쇼 왈,

"질부ᄂᆞᆫ【27】너모 근심치 말나. 희질이 양시의 용식을 고혹(蠱惑)ᄒᆞ미나, 쇽담의 '십작(十斫)의 무○[불]젼목(無不顚木)이라'[1696] ᄒᆞ니, ᄎᆞᄎᆞ 신긔묘계(神奇妙計)를 시작ᄒᆞ리니, 엇지 한 번의 닷ᄂᆞᆫ 거롬을 긋치리오. 이제 미묘ᄒᆞᆫ 약을 의논ᄒᆞ여, 몬져 부부의 졍을 쓴코 그ᄃᆡ를 향ᄒᆞ여 졍이 후(厚)ᄒᆞᆫ 후, 다시 간셔(姦書)를 베픈 즉, 일이 되지 못ᄒᆞ리오."

문시 번연 ᄉᆡᆨ동(色動)의 가ᄅᆞ치믈 쳔만 ᄉᆞ례ᄒᆞ고, 다시 힝계ᄒᆞ려 ᄒᆞ더라.

ᄊᆡ 졍히 즁츈(仲春)의 니ᄅᆞ럿더니, 국가의셔 크게 셜과(設科)ᄒᆞ여 ᄉᆞ방 현ᄉᆞ를 구ᄒᆞ시니, 창【28】공ᄌᆞ 년이 십의(十二)라.

ᄐᆡ시 오왕의 님별(臨別) 부탁을 싱각고 참과(參科)ᄒᆞ믈 명ᄒᆞ여, 부거(赴擧)[1697]ᄒᆞ게 ᄒᆞ니, 공지 년치(年齒)를 싱각고 블안(不安)ᄒᆞ

쳔졍호구를 베왓디 못ᄒᆞ더라.

ᄎᆞ시 슉낭이 간셔를 연갑의 너코 창외의 업ᄃᆡ여 호흡을 ᄂᆞᆺ쵸고 ᄉᆞ긔를 솔피더니, 혹ᄉᆞ의 동졍을 야심토록【88】규시ᄒᆞ고 명됴의 옥쵸당의 가 문시 노쥬를 보고 작야ᄉᆞ를 니ᄅᆞ니, 문시 악연대경ᄒᆞ야 냥구팀음[음]의 낭을 보ᄂᆡ고 경일누의 드러가 최부인을 보고 수말을 젼ᄒᆞ며 체읍 왈,

"혹시 이리 춍명ᄒᆞ니 쳡의 박명을 회복ᄒᆞᆯ 날이 업술가 ᄒᆞᄂᆞ이다."

부인이 경아양구의 미쇼 왈,

"딜부ᄂᆞᆫ 너모 근심 말나. 이제 미묘ᄒᆞᆫ 약을 의논ᄒᆞ야 몬져 부부 졍니를 쓴코 그ᄃᆡ 향ᄒᆞᆫ 졍이 후ᄒᆞᆫ 후의 다시 간계를 베픈즉 일이 되디 못ᄒᆞ리오."

문시 쳔만 샤례ᄒᆞ고 다시 힝계ᄒᆞ려 ᄒᆞ더라

ᄊᆡ 졍히 듕【89】츈의 니ᄅᆞ럿더니 국가의셔 셜과ᄒᆞ야 ᄉᆞ방 현ᄉᆞ를 구ᄒᆞ시니, 창공ᄌᆞ 년이 십삼이라.

태시 오왕의 님별 부탁을 싱각고 참방ᄒᆞ믈 명ᄒᆞ니, 공지 년치을 싱각고 블안ᄒᆞ나 입신을 못ᄒᆞᆫ즉 오국의 가 ᄌᆞ안을 반기미 어려온디라.

1694)텬졍호구(天定好逑) : 하늘에서 미리 정하여 준 배필이라는 뜻으로, 나무랄 데 없이 신통히 꼭 알맞은 한 쌍의 부부를 이르는 말. ≒천상배필·천정배필.
1695)베왓다 : 밀치다. 물리치다.
1696)십작(十斫)의 무불젼목(無不顚木)이라 ; '열 번 찍어 넘어가지 않는 나무 없다.'는 뜻으로, 아무리 뜻이 굳은 사람이라도 여러 번 권하거나 꾀고 달래면 결국은 마음이 변한다는 말.
1697)부거(赴擧) : 과거를 보러 가는 일.

나, 닙신(立身)을 못ᄒᆞᆫ즉, 오국(吳國)의 가 ᄌᆞ안(慈顔)을 반기미 어려온지라.

흔연 슈명(受命)의 과일(科日)이 다다ᄅᆞ니, 문방ᄉᆞ우(文房四友)를 갓초와 과장의 나아가니, ᄎᆞ시 방츈화시(芳春花時)라 텬긔 화창ᄒᆞ고 일광이 명낭ᄒᆞ니, 국가의 득인지일(得人之日)이러라.

뇽루봉궐(龍樓鳳闕)의 만셰 황얘 슉위(肅威)를 정ᄒᆞ시고, 문무즁관(文武衆官)이 시위(侍衛)ᄒᆞ여시니, '녹영ᄌᆞ(祿榮者)ᄒᆞ고 ᄌᆞ영녹(者榮祿)ᄒᆞ여'1698) 구폐뎐상(九陛殿上)1699)의 【29】상운(祥雲)이 어릐여시니, 이 진짓 일하(日下)1700)의 오운(五雲)이 일어 상셔(祥瑞)를 낫하닐 ᄯᅵ러라.

일샤뇽탑(日射龍榻)1701)ᄒᆞ미 텬지 친히 글제를 명ᄒᆞ샤 다ᄉᆞ(多士)를 칙(策)1702)으로 무ᄅᆞ시니, 시(時)는 반일지간(半日之間)이라. '조ᄌᆞ건(曹子建)의 칠보시(七步詩)'1703) 곳 아니면, '왕안(王子安)의 등왕각셔(滕王閣序)1704) 갓지 아니면 장원이 어렵더라.

원닉 작야의 텬지(天子) 일몽(一夢)을 어드

흔연슈명의 과일이 당ᄒᆞ니 문방ᄉᆞ우를 ᄀᆞ쵸와 과장의 드러가니,

뇽누봉궐의 만셰황얘 구층 뇽탑의 젼좌ᄒᆞ시고 옥계하의 냥반 문뮈 반항을 졍ᄒᆞ엿시니, 황극젼하의 오ᄎᆡ상광이 은은ᄒᆞ여 상운이 니러나고 셔긔 방광ᄒᆞ니 님군은 요슌의 덕이【90】오 신하는 고요 직셜이 도라온 ᄃᆞᆺᄒᆞ더라.

글제을 닉니 제는 칙문을 닉시고 시긱은 반일지간이라. 텬하 십삼칭 만방다ᄉᆡ 쳔만이라. 글제을 보고 인인이 대경ᄒᆞ야 용부ᅀᅩᄌᆞ는 우러러도 보디 못ᄒᆞ더라.

원닉 작야의 텬ᄌᆡ 득인 긔몽을 어드시고

1698)녹영ᄌᆞ(祿榮者)ᄒᆞ고 ᄌᆞ영녹(者榮祿)ᄒᆞ다 : 벼슬은 사람을 영화롭게 하고, 또 그 사람으로 인해 벼슬이 빛나게 된다는 말.

1699)구폐뎐상(九陛殿上) : 아홉계단의 전각 위. 천자가 정무를 살피는 전각 위.

1700)일하(日下) : 하늘아래 온 세상. =천하.

1701)일샤뇽탑(日射龍榻) : 해가 임금의 자리를 비춤.

1702)칙(策) : 책문(策問). 정치에 관한 계책을 물어서 답하게 하던 과거(科擧) 과목. ≒책시(策試).

1703)조ᄌᆞ건(曹子建)의 칠보시(七步詩) : 중국 위(魏)나라 조조(曹操)의 아들 조식(曹植 : 192~232)이 일곱 걸음 만에 시를 지어 죽음을 모면하였다는 고사가 담긴 시. 자건(子建)은 조식의 자(字).

1704)왕안(王子安)의 등왕각셔(滕王閣序) : 중국 당(唐) 나라 때 왕발(王勃)이 강서성(江西省) 남창시(南昌市)에 있는 정자인 등왕각(滕王閣)의 낙성식에 참석해 지었다는 글. *왕발(王勃); 중국 당나라 초기의 시인(650~676). 자는 자안(子安). 양형(楊炯)、노조린(盧照隣、낙빈왕(駱賓王)과 함께 초당사걸(初唐四傑)의 한 사람으로, 특히 오언 절구에 뛰어났다. 작품에 <등왕각서(滕王閣序)>가 유명하며, 시문집 ≪왕자안집(王子安集)≫ 6권이 있다.

시니, 옥경(玉京)의 조회ᄒᆞ시ᄂᆞᆫᄃᆡ, 옥뎨(玉帝)[1705] 갈오ᄉᆞᄃᆡ,

"미화 진군(眞君)[1706] 엄창은 짐의 고굉지신(股肱之臣)[1707]이라. 벼슬이 북두(北斗)의 ᄌᆞ리룰 ᄒᆞ엿더니, 월녀궁(月女宮)의 드러가 술을 취ᄒᆞ고, 옥낭셩을 희롱ᄒᆞ여 【30】 스ᄉᆞ로 은졍을 두니, 텬궁의 득죄ᄒᆞ여 인간의 팔십년을 귀향 보ᄂᆡ여, 미화 휘(侯) 인간의 가시나 평ᄉᆡᆼ 지덕으로 숑실의 보익(輔翼)이 만흐리니, 숑뎨(宋帝) 아라 ᄲᅧ 타일 인뉸의 변을 만나 ᄀᆡᆼ참(坑塹)의 함익(陷溺)ᄒᆞ나, 뎨(帝)ᄂᆞᆫ 명졍 쳐치ᄒᆞ여 보필을 일치 말나."

ᄒᆞ시거ᄂᆞᆯ, 뎨 놀나 ᄭᆡ치시니 후일 니졸가 어필노 몽ᄉᆞ(夢事)룰 긔록ᄒᆞ샤, 상협(箱篋)의 간샤ᄒᆞ시고, 오ᄂᆞᆯ 셜과의 인ᄌᆡ룰 바라시미, ᄃᆡ한(大旱)[1708]의 운예(雲霓)[1709] 갓흐시더라.

ᄎᆞ시 엄공ᄌᆡ 텬ᄉᆡᆼ아ᄌᆡ(天生雅才)로 장옥(場屋)의 나아가니, 필하(筆下)의 【31】 풍운(風雲)이 니러나고 지상(紙上)의 뇽ᄉᆡ(龍蛇)[1710] 셔려시니, 웅문ᄃᆡᄌᆡ(雄文大才)ᄂᆞᆫ ᄉᆞ마쳔(司馬遷)[1711] 문법을 압두ᄒᆞ고, 필톄는 왕희지(王羲之)[1712]룰 능(能)타 못ᄒᆞᆯ지라.

1705)옥뎨(玉帝) : 옥황상제(玉皇上帝). 흔히 도가(道家)에서, '하느님'을 이르는 말

1706)진군(眞君) : 신선. 또는 신령을 이르는 말.

1707)고굉지신(股肱之臣) : 다리와 팔같이 중요한 신하라는 뜻으로, 임금이 가장 신임하는 신하를 이르는 말.

1708)ᄃᆡ한(大旱) : 큰 가뭄.

1709)운예(雲霓) : ①구름과 무지개를 아울러 이르는 말. ②비가 올 징조.

1710)뇽ᄉᆡ(龍蛇) : ①용과 뱀을 아울러 이르는 말. ②'붓글씨'를 달리 이르는 말.

1711)ᄉᆞ마쳔(司馬遷) : 중국 전한(前漢)의 역사가. 자는 자장(子長). 태사령 사마담(司馬談)의 아들로. 부친 사망 후 부친의 뒤를 이어 태사령이 되었음. 무제(武帝) 때 흉노에게 항복한 이릉(李陵)의 일족을 다 죽이려는 논의가 있자, 그의 충신(忠信)과 용전(勇戰)을 변호하다가 무제의 격노를 사서 궁형을 당하고 그 후에 중서령(中書令)이 되었다. 부친이 끝내지 못한 역사 기술을 계승하여 태사령으로 있을 때 궁중에 소장된 도서를 자유롭게 읽었고 궁형을 당한 후에는 더욱 발분하여 거작인 <사기(史記)>를 지었음

1712)왕희지(王羲之) : 307~365. 중국 동진(東晋) 때 사람. 서성(書聖)으로 일컬어지는 중국 최

셜과을 베프시고 인ᄌᆡ를 ᄇᆞ라시미 ᄃᆡ한의 운예 ᄀᆞᆺ타시더라.

ᄎᆞ시 엄공ᄌᆡ 텬ᄉᆡᆼ아ᄌᆡ로 필하의 풍운이 니러 지상의 창룡이 셔린 ᄃᆞᆺᄒᆞ니, 웅문대ᄌᆡᄂᆞᆫ 《한장여∥한창려》의 블골표와 흡ᄉᆞᄒᆞ고, ᄌᆞ체ᄂᆞᆫ ᄉᆞ마쳔의 문장을 ᄃᆡ【91】두ᄒᆞ니, 관망ᄒᆞ던 하방 션비 그 풍신치화를 보고 실ᄉᆡᆨᄒᆞ더라.

공ᄌᆡ 글을 지어 밧치고 탁방(擢榜)ᄒᆞ기롤 기다리더니, 텬ᄌᆡ 친ᄌᆞ감별(親自鑑別)[1713]ᄒᆞ실ᄉᆡ, 엄공ᄌᆞ의 글을 보시고 텬안이 ᄃᆡ열ᄒᆞ샤, 문장ᄌᆡ화롤 일ᄏᆞᄅᆞ시고 비봉(秘封)[1714]을 ᄡᅥ히시니, 이 믄득 엄창이라. 텬심이 크게 깃그샤 엄창으로 장원을 ᄒᆞ이시고 호명ᄒᆞ니, 금쥬인 엄창의 년이 십오오, 부ᄂᆞᆫ ᄐᆡᄉᆞ ᄇᆡᆨ명이라. 셰번 브ᄅᆞᄂᆞᆫ 쇼릐의 공ᄌᆡ 만인 중 헌훤(軒喧)[1715]이 거러 옥계【32】하(玉階下)의 츄진ᄒᆞ니, 쇄락ᄒᆞᆫ 풍ᄎᆡ 만목을 놀ᄂᆡᄂᆞᆫ지라.

두렷ᄒᆞᆫ 텬정(天庭)[1716]은 일월정화(日月精華)롤 품슈(稟受)ᄒᆞ엿고, 잠미봉안(蠶尾鳳眼)[1717]의[은] ᄆᆞᆰ은 거ᄉᆞᆯ 우이 너기고[며], 츄슈골격(秋水骨格)[1718]은 《조‖초》ᄃᆡ우(楚大夫)[1719]롤 우으며[고], 관옥지모(冠玉之貌)[1720]ᄂᆞᆫ 진승상(晉丞相)[1721]을 조쇼(嘲笑)ᄒᆞ며, 텬디(天地)의 조화와 건곤의 정ᄆᆡᆨ을 홀노 긔특이 품슈ᄒᆞᆫ 븨니, 외모의 낫하나 흉즁의 만권셰(萬卷書) 감초여시며 졔셰경뉸지ᄌᆡ(濟世經綸之才)롤 장(藏)ᄒᆞ엿더라.

뎐상뎐하(殿上殿下) 졔인이 황홀 ᄃᆡ경ᄒᆞ고, 텬안이 일견의 ᄃᆡ희ᄒᆞ샤 어화청삼(御花靑

고의 서예가.

1713)친ᄌᆞ감별(親自鑑別) : 친히 살펴 뽑음.

1714)비봉(秘封) : 남이 보지 못하게 단단히 봉함. 또는 그렇게 한 것.

1715)헌훤(軒喧) : 풍채가 당당하고 의젓함. =헌헌(軒軒).

1716)텬정(天庭) : 관상에서, 두 눈썹의 사이 또는 이마의 복판을 이르는 말.

1717)잠미봉안(蠶眉鳳眼) : 누에 같은 눈썹과 봉황의 눈.

1718)츄슈골격(秋水骨格) : 가을 물처럼 맑고 깨끗한 골격

1719)초ᄃᆡ우(楚大夫) : 중국 전국시대 초나라 대부(大夫) 송옥(宋玉). BC290-227. 중국의 대표적인 미남자의 한 사람이며, 사부(辭賦)를 잘 하여 <구변(九辯)>, <초혼(招魂)>, <고당부(高唐賦)> 등의 작품을 남겼다. 굴원(屈原)과 함께 굴송(屈宋)으로 불렸으며 난대령(蘭臺令)을 지냈기 때문에 난대공자(蘭臺公子)로 불리기도 했다.

1720)관옥지모(冠玉之貌) : 관옥처럼 아름다운 모습. 관옥은 관(冠)을 꾸미는 옥.

1721)진승상(晉丞相) : 중국 서진(西晉)의 미남자 반악(潘岳). 자는 안인(安仁). 승상을 지냈고 미남자의 대명사로 쓰인다.

공ᄌᆡ 글을 지어 밧치고 탁방을 기ᄃᆞ리더니, 이날 시관은 윤·하 등이라. 비봉을 ᄡᅥ히니 텬심이 대열ᄒᆞ샤 엄창으로 장원을 ᄒᆞ이시고 호명ᄒᆞ니, 금쥐인 엄창의 년이 십삼이오 부ᄂᆞᆫ 태ᄉᆞ 엄ᄇᆡᆨ명이라. 세 번 브ᄅᆞᄂᆞᆫ 소릐 진동ᄒᆞ니 공ᄌᆡ 만인다사 듕 편편이 거러 계하의 츄딘ᄒᆞ니 쇄락ᄒᆞᆫ 풍ᄎᆡ 만목을 놀ᄂᆡᄂᆞᆫ다라.

두렷ᄒᆞᆫ 텬뎡은 일월정화를 《픠‖띄》엿고 잠미봉안의 ᄆᆞᆰ은 정ᄆᆡᆨ을 거두어 품【92】슈ᄒᆞᆫ 븨니, 흉듕의 치셰 경뉸지ᄌᆡ를 장ᄒᆞ엿고 만복의 금쉬 어릐여 풍위 동탕쇄락ᄒᆞ여 팔쳑신장의 일희 허리와 곰의 등의 미양궁 버들이라. 만인 듕 소ᄉᆞ나니 옥계의 산호븨무ᄒᆞ여 봉셩이 웅건쳥월ᄒᆞ야 형산ᄇᆡᆨ옥을 ᄡᆞ리ᄂᆞᆫ ᄃᆞᆺ 산협의 진납이 우지지ᄂᆞᆫ ᄃᆞᆺᄒᆞ니,

뎐상뎐ᄒᆡ 황홀대경ᄒᆞ고 텬안이 일견의 대희ᄒᆞ샤 어화청삼을 쥬시고 신ᄂᆡ를 유희ᄒᆞ샤 ᄉᆞ쥬ᄒᆞ실ᄉᆡ, 엄 태ᄉᆞ를 각별이 표장ᄒᆞ샤 그ᄌᆞ 두믈 일ᄏᆞ라시니 태ᄉᆡ 황공샤븨ᄒᆞ더라.

衫)[1722]을 쥬신 후, 신ᄂᆡ(新來)ᄅᆞᆯ 희롱ᄒᆞ샤 ᄉᆞ쥬(賜酒)ᄒᆞ실ᄉᆡ, 엄ᄐᆡᄉᆞᄅᆞᆯ 【33】각별 포장ᄒᆞ샤 ᄀᆡᄌᆞ(貴子) 두믈 일ᄏᆞᄅᆞ시니, ᄐᆡᄉᆡ 텬은을 황공(惶恐) 감츅(感祝)ᄒᆞ고 고두(叩頭) ᄇᆡᄉᆞ(拜賜)ᄒᆞ더라.

장원이 방하(榜下)ᄅᆞᆯ 거ᄂᆞ리고 부즁의 도라올ᄉᆡ, 평진왕 형뎨 거마ᄅᆞᆯ 두로혀 ᄐᆡᄉᆞ부의 모다 하례ᄒᆞᆯᄉᆡ, 장원이 옥모영풍(玉貌英風)의 어화ᄅᆞᆯ 슉이고, 봉익(鳳翼)의 쳥삼(靑衫)을 가ᄒᆞ여시니, 징징(澄澄)ᄒᆞᆫ 봉안(鳳眼)의 혜힐(慧黠)ᄒᆞᆫ 졍치 더욱 ᄀᆡ이ᄒᆞ니, 만조귀ᄀᆡᆨ(滿朝貴客)과 친붕제위(親朋諸友) 문의 메여 하셩(賀聲)이 분분ᄒᆞ더라.

장원이 ᄉᆞ묘(祠廟)의 ᄇᆡ알ᄒᆞ고 ᄂᆡ각의 드러가 최부인과 슉당의 ᄇᆡ현ᄒᆞ니, 범부인은 ᄀᆡ이코 ᄉᆞ랑ᄒᆞ미 친【34】ᄉᆡᆼ과 다ᄅᆞ미 업ᄉᆞᄃᆡ, 최부인은 것ᄎᆞ로 흔연ᄒᆞ나 ᄂᆡ심은 앙앙ᄒᆞ여, 졈졈 셰력이 크믈 분ᄀᆡᄒᆞ여 스ᄉᆞ로 ᄀᆡᄉᆡᆨ이 변ᄒᆞ더라.

장원이 삼일유과(三日遊街)[1723]ᄅᆞᆯ 맛고 궐하의 ᄉᆞ은ᄒᆞ니, 상이 ᄉᆡ로이 ᄉᆞ랑ᄒᆞ샤 특지(特旨)로 동궁시강(東宮侍講) 한님학ᄉᆞ(翰林學士)ᄅᆞᆯ ᄒᆞ이시니, 학ᄉᆡ 오ᄉᆞᄌᆞ포(烏紗紫袍)[1724]로 명ᄉᆡ(名士)되니, 풍치 ᄉᆡ로이 동탕(動蕩)ᄒᆞ믄 니ᄅᆞ도 말고, 윤쇼제 십삼 유년의 봉관화리(封冠華里)[1725]ᄅᆞᆯ 갓초와 명뷔(命婦)[1726]되ᄆᆡ, 빙ᄌᆞ옥질(氷姿玉質)이 더욱 쇄

군신이【93】 낙미[극]진취의 장원이 모든 방하를 거ᄂᆞ려 부듕의 도라올ᄉᆡ, 진왕 형뎨 슉질이 거마를 두로혀 태ᄉᆞ 부듕의 모다 하례ᄒᆞᆯᄉᆡ, 장원이 옥모영풍의 어화를 슉이고 봉익의 쳥삼을 가ᄒᆞ여, 옥안의 ᄉᆞ쥬를 반취ᄒᆞ여시니, 징징ᄒᆞᆫ 봉안의 ᄒᆞ리누은 여ᄎᆡ 더욱 ᄀᆡ이ᄒᆞ니, 만좌요ᄀᆡᆨ의 하셩이 일구난셜이러라.

장원이 문묘의 ᄇᆡ알ᄒᆞ고 ᄂᆡ당의 드러가 ᄌᆞ뎡 슉당의 뵈오니, 범부인은 ᄉᆞ랑ᄒᆞ미 친ᄉᆡᆼ과 다ᄅᆞ미 업ᄉᆞᄃᆡ, 최부인은 졈졈 그 셰력이 크믈 분앙ᄒᆞ니 스ᄉᆞ로 ᄀᆡᄉᆡᆨ이 변【94】ᄒᆞ더라.

장원이 삼일유가를 ᄆᆞᆺ고 궐하의 샤은ᄒᆞ니 상이 ᄉᆡ로이 ᄉᆞ랑ᄒᆞ샤 특지로 동궁 시강 한님ᄒᆞᆨᄉᆞ를 ᄒᆞ이시니, ᄉᆡᆼ이 ᄌᆡ삼 ᄉᆞ양타가 상이 죵블윤ᄒᆞ시니, 마디못ᄒᆞ여 ᄉᆞ은퇴됴ᄒᆞ다. 한님이 오ᄉᆞᄌᆞ표[포]로 명ᄉᆡ 되ᄆᆡ 풍치 더옥 ᄉᆡ롭고, 윤쇼제 십삼 《옥년∥유년》의 봉관하[화]리로 명부 되니, 빙ᄌᆞ옥질이 더욱 ᄉᆡ롭더라.

1722)어화청삼(御花靑衫) : 어사화(御賜花)를 꽂은 오사모(烏紗帽)를 쓰고 푸른 색 도포를 입은 과거 급제자의 차림. *어사화(御賜花); 조선 시대에, 문무과에 급제한 사람에게 임금이 하사하던 종이꽃.

1723)삼일유가(三日遊街) : 과거에 급제한 사람이 사흘 동안 풍악을 잡히고 거리를 돌며 시험관과 선배 급제자와 친척을 방문하던 일.

1724)오ᄉᆞᄌᆞ포(烏紗紫袍) : 예전에 관리가 입던 관복(官服)인 오사모(烏紗帽)와 자줏색 도포(道袍)를 함께 이른 말.

1725)봉관화리(封冠華里) : 한국 고소설에서 과거에 급제한 관원의 부인이나 공경대부(公卿大夫)의 부인과 같은 외명부(外命婦)가 머리에 쓰던 화려하게 장식한 관모(冠帽) 곧 족두(簇頭里)리를 이르는 말.

1726)명부(命婦) : 봉작(封爵)을 받은 부인을 통틀어 이르는 말. 내명부와 외명부의 구별이 있었

락ᄒᆞ니, 가즁상히(家中上下) 칭찬ᄒᆞ고, 틱ᄉᆞ는 한님 부부의 거동을 볼 적마다 두긋기는 미위(眉宇) 넘【35】지고, 영이 형의 등과ᄒᆞ믈 깃거 쒸노라 즐기며 제 몸의 당ᄒᆞ니 도곤 더ᄒᆞ니, 최부인이 ᄭᅮ짓기를 마지 아니 ᄒᆞ더라.

십여일 후 한님이 상표(上表)ᄒᆞ여 말미를 어더 금쥬(錦州)[1727] 션영(先塋)의 쇼분(掃墳)[1728]ᄒᆞ고, 오국(吳國)의 근친을 청ᄒᆞ니, 상이 효의를 감동ᄒᆞ샤 허ᄒᆞ신딕, 한님이 ᄉᆞ은 퇴조ᄒᆞ여 부쇽긔 알외고 힝장(行裝)을 찰혀 발힝홀시, 츄밀이 질아를 혼ᄌᆞ 보닉믈 앗겨 ᄎᆞᄌᆞ 혹ᄉᆞ 희로 동힝케 ᄒᆞ니, 학시 부명을 바다 말미[1729]ᄒᆞ고 동힝ᄒᆞ니, 님별(臨別)의 틱ᄉᆞ와 츄밀이 ᄌᆞ질의【36】숀을 잡고 원노의 힝역(行役)을 조심ᄒᆞ고 슈이 오기를 니ᄅᆞ고, 최부인이 면강(勉强)ᄒᆞ여[1730] 보즁ᄒᆞ믈 니ᄅᆞ더라.

학시 옥초당의 드러가 양시로 써나는 회포를 니ᄅᆞ고 ᄉᆞ의 간절ᄒᆞ딕, 문시는 모ᄅᆞ는 체ᄒᆞ니, 딕기 발부(潑婦)의 한이 더욱 깁고, 학시 먼니 가믈 아연(俄然)ᄒᆞ믄 시로이[1731] 도로혀 원망ᄒᆞ더라.

학시 부모긔 고왈,

"쇼지 반년을 가즁을 써나오니 그 ᄉᆞ이 무슨 일이 이실지라도 양시 약질의 잉틱 칠팔삭이오니, ᄉᆞ침의 두지 말고 모친 협실의 두어 슌산케 ᄒᆞ쇼셔."【37】

ᄒᆞ고, 드딕여 간쳡셔(奸妾書) 일단을 알외니, 츄밀 부뷔 딕경ᄒᆞ여 가화(家禍)를 ᄎᆞ악ᄒᆞ며, 아ᄌᆞ의 총명을 아름다이 너겨 탄왈,

"오아(吾兒)의 식견이 명달ᄒᆞ니, 엇지 긔특

다.

1727)금주(錦州) : 중국 요녕성(遼寧省) 서부에 있는 도시.

1728)소분(掃墳):경사가 있을 때 조상의 산소에 가서 제사지내는 일.

1729)말믜 : 말미. 일정한 직업이나 일 따위에 매인 사람이 다른 일로 말미암아 얻는 겨를. ≒기한(期限).

1730)면강(勉强)ᄒᆞ다 : 억지로 하거나 시키다.

1731)시로이 : 새로에. ((조사 '는', '은'의 뒤에 붙어)) '고사하고', '그만두고', '커녕'의 뜻을 나타내는 보조사. =새려.

태ᄉᆞ는 한님 부부를 본 적마다 두긋기며, 영은 형의 영광을 깃거 쒸노라 즐기니 최부인이 ᄭᅮ짓기를 마지아니터라.

십여 일【95】후 한님이 상표ᄒᆞ야 금쥐 ○○○[션영의] 소분ᄒᆞ고 오국의 근친ᄒᆞ믈 청ᄒᆞ니, 상이 허ᄒᆞ시니, 한님이 부쇽긔 알외고 힝장을 출혀 발힝홀시, 츄밀이 질아를 혼ᄌᆞ 보닉믈 앗겨, ᄎᆞᄌᆞ 혹ᄉᆞ 희로 동힝케 ᄒᆞ니, 학시 부명을 바다 텬ᄌᆞ긔 말믜ᄒᆞ고 동힝ᄒᆞ니, 님노의 틱ᄉᆞ와 츄밀이 ᄌᆞ질의 손을 잡고 원노의 조심ᄒᆞ고 수이 오기를 니ᄅᆞ고, 최부인은 면강ᄒᆞ여 인ᄉᆞᄒᆞ더라.

엄학시 부모긔 고왈,

"쇼지 반년을 가듕을 써나오니 그 ᄉᆞ이 무ᄉᆞ[슨] 일이 잇ᄉᆞ올지 모ᄅᆞ옵ᄂᆞ【96】니, 양시 잉틱 칠팔삭이오니 ᄉᆞ침의 두지 마ᄅᆞ시고 모친 협실의 두어 슌산케 ᄒᆞ쇼셔."

ᄒᆞ고 드딕여 간쳡ᄉᆞ 일관을 알외니, 츄밀 부뷔 딕경ᄒᆞ고 가환를 ᄎᆞ악ᄒᆞ며, 아ᄌᆞ의 총명을 아름다이 너겨 탄왈,

"오아의 식견이 명달ᄒᆞ니, 우리 엇지 좃지 아니리오. ᄋᆞ히는 원노의 무ᄉᆞ이 ᄃᆞ녀오라."

지 아니리오. 아ᄒᆡᄂᆞᆫ 다만 원노(遠路)의 무ᄉᆞ(無事) 회환(回還)ᄒᆞ라."

학ᄉᆡ ᄇᆡᄉᆞ(拜謝) 슈명(受命)ᄒᆞ고 한님은 윤쇼져 침쇼의 가니, ᄌᆞ긔 등뇽(登龍)[1732]ᄒᆞᆫ 후 일삭(一朔)만의 쳐음 부뷔 ᄃᆡᄒᆞ니, 쇼져의 쳔교ᄇᆡᆨ미(千嬌百美) 더욱 졀승(絶勝)ᄒᆞ여 쵹하의 바ᄋᆡ니, 한님이 말을 여러 왈,

"쇼ᄉᆡᆼ이 국은을 과히 닙어 능히 뇽갑(龍甲)을 당ᄒᆞ니, 남아(男兒)의 이현부모(以顯父母)ᄒᆞᄂᆞᆫ 경ᄉᆡ로【38】ᄃᆡ, ᄉᆡᆼ이 박명(薄命)ᄒᆞ여 ᄉᆞ친(私親)[1733]이 만니의 계시니, 인ᄌᆞ의 영화ᄅᆞᆯ 우럴고 바라ᄂᆞᆫ 마ᄋᆞᆷ의 ᄒᆞᆯ니[1734] 밧분지라. 존ᄃᆡ야(尊大爺)[1735] 슬하ᄅᆞᆯ ᄯᅥ나미 ᄌᆞ못 블안ᄒᆞ나, 마지 못ᄒᆞ여 반년을 가즁을 ᄯᅥ나니, 부인은 그 ᄉᆞ이 존당을 지셩으로 봉양ᄒᆞ며, 슉당을 잘 셤기고, 삼가고 조심ᄒᆞ여 옥질(玉質)을 쳔만 보즁ᄒᆞ쇼셔."

쇼제 셩혼 ᄉᆞ년의 져의 은근ᄒᆞᆫ 슈작이 금일 쳐음이라. 져의 말ᄉᆞᆷ을 ᄃᆡ코져 ᄒᆞᆫ즉 븟그러오미 ᄌᆡ젼(在前)ᄒᆞ고, 말고져 ᄒᆞᆫ 즉 경부지되(敬夫之道) 아니라.

아미(蛾眉) 나즉ᄒᆞ여 ᄇᆡᆨ셜(白雪)[1736]의 홍【39】운(紅雲)이 졈졈ᄒᆞ니, 븟그리ᄂᆞᆫ 거동이 더욱 아릿다와, 요지금원(瑤池禁園)[1737]의 다람홰[1738] 봉오리 밋쳐 늑쳔년의 한번 웃ᄂᆞᆫ

학ᄉᆞ ᄇᆡ이슈명ᄒᆞ고 한님은 윤쇼져 침쇼의 가니, ᄌᆞ긔 급제ᄒᆞᆫ 후 일삭 만의 쳐엄 부뷔 ᄃᆡᄒᆞ니, 쳔고[교]ᄇᆡᆨ미 더욱 졀승ᄒᆞ야 쵹하의 바ᄋᆡ더라, 한님이 말을 여러 왈,

"쇼ᄉᆡᆼ【97】이 국은을 닙ᄉᆞ와 등운ᄒᆞ니 남ᄋᆞ의 니현부모ᄒᆞᄂᆞᆫ 경ᄉᆡ로ᄃᆡ, ᄉᆡᆼ이 박명ᄒᆞ야 ᄉᆞ친이 만니 외국의 겨시니 인ᄌᆞ의 영화을 우러러 고ᄒᆞ미 ᄒᆞᆯ니 밧분고로 ᄃᆡ야 슬하를 ᄯᅥ나ᄂᆞ니 기간 반년의 밋ᄎᆞ리니 부인은 죤당을 지셩 봉효ᄒᆞ쇼셔."

쇼제 아미 ᄂᆞ족ᄒᆞ야 븟그러오미 ᄌᆡ젼ᄒᆞ니 머리를 숙여 유유ᄒᆞ니,

1732)등뇽(登龍) : =등용문(登龍門). 용문에 오른다는 뜻으로, 어려운 관문을 통과하여 크게 출세하게 됨. 또는 그 관문을 이르는 말. 잉어가 중국 황허(黃河) 강 상류의 급류인 용문을 오르면 용이 된다는 전설에서 유래한다. 여기서는 과거에 급제한 것을 비유적으로 이른 말.

1733)ᄉᆞ친(私親) : 친부모.

1734)ᄒᆞᆯ니 : ᄒᆞᆯㄴ+ㅣ, 하루가

1735)존ᄃᆡ야(尊大爺) : '큰아버지'를 높여 이르는 말.

1736)ᄇᆡᆨ셜(白雪) : '흰 눈'이라는 말로 흰 눈처럼 하얀 얼굴을 이르는 말.

1737)요지금원(瑤池禁苑) : 요지(瑤池)에 있는 동산. *요지(瑤池): 곤륜산에 있다고 하는 연못으로, 서왕모(西王母)가 살고 있다고 하며, 주(周) 목왕(穆王)이 이곳에서 서왕모(西王母)를 만났다는 전설이 전하고 있다. *금원(禁苑): 예전에, 궁궐 안에 있던 동산이나 후원을 이르던 말.

1738)다람화 : ①담화(曇華). 우담화(優曇華). 『불교』인도에서, 삼천 년에 한 번 전륜성왕이 나

듯, 정졍유한(貞靜幽閑)훈 틱도는 텬션(天仙)이 강님홈과 방블ᄒᆞ니, 한님이 ᄉᆞ일봉졍(斜日鳳睛)을 흘녀 져 거동을 보미, 눈이 ᄉᆡ기를 면치 못ᄒᆞ여 볼ᄉᆞ록 아룸다온지라.

한님이 비록 《셩니‖식리(識理)》 군ᄌᆞ로 쥐ᄉᆡᆨ경덕(取色輕德)ᄒᆞᄂᆞᆫ ᄒᆡᆼ시 아니로ᄃᆡ, 이갓흔 명염(明艶)을 ᄃᆡᄒᆞ미 ᄋᆡ모지심(愛慕之心)이 업술진ᄃᆡ 인졍(人情) 텬니(天理)의 버셔나미 아니리오. 나아가 좌(座)를 갓가이 ᄒᆞ여 옥슈를 잡고 미쇼 왈,

"우리 부뷔 【40】 만난지 긔년(幾年)의 부인이 삼일 젼 신뷔 아니어ᄂᆞᆯ, 이ᄃᆡ도록 슈습ᄒᆞ여 ᄉᆡᆼ의 심ᄉᆞ를 무류(無聊)케 ᄒᆞ나뇨?"

인ᄒᆞ여 ᄃᆡ답을 지촉ᄒᆞ니, 쇼제 슈괴ᄒᆞ믈 먹음고 나ᄌᆞᆨ이 옥슈(玉手)를 ᄲᅢ히고 안셔히 손ᄉᆞ 왈,

"쳡슈불민(妾雖不敏)이나, 일즉 부훈모계(父訓母戒)를 밧ᄌᆞ와 녀ᄒᆡᆼ을 ᄉᆞᆷ가옵ᄂᆞ니, 군ᄌᆞ의 경계를 ᄯᅴ의 삭여 봉ᄒᆡᆼᄒᆞ오리니, 복원(伏願) 군ᄌᆞᄂᆞᆫ 만니 원노의 평안이 왕반(往返)ᄒᆞ샤, 훤당졀우(萱堂絶憂)와 아릐로 비박훈 아녀ᄌᆞ의 우러ᄂᆞᆫ 근심을 ᄉᆡᆼ각ᄒᆞ쇼셔."

셜파의 옥셜무빈(玉雪無鬢)의 홍운(紅雲)이 날난(亂亂)ᄒᆞ니, 【41】ᄇᆡᆨᄐᆡ(百態) 긔려(奇麗)ᄒᆞ여 쳘셕간장(鐵石肝腸)이라도 농쥰(濃蠢)훌 듯훈지라.

한님이 평ᄉᆡᆼ 쳐음으로 한담미에(閑談美語) 이윽더니, 야심 후 촉을 멸ᄒᆞ고 쇼져를 닛그러 한가지로 상요(床褥)의 나아가니, 옥상완요(玉床婉褥)의 빵옥(雙玉)이 완젼ᄒᆞ여, 견권ᄋᆡ즁(繾綣愛重)ᄒᆞ미 국풍ᄃᆡ아(國風大雅)1739)

한님이 좌를 근ᄒᆞ고 옥슈를 삽아 미쇼 왈,

"우리 부뷔 만난지 긔년이라. 이ᄃᆡ도록 슈습ᄒᆞ나뇨?"

쇼제 ᄂᆞᄌᆞᆨ이 옥슈를 ᄲᅢ히고 안셔히 손샤 왈,

"쳡슈【98】블민이나, ᄉᆞᆷ가 군ᄌᆞ의 경계를 봉ᄒᆡᆼᄒᆞ리이다."

ᄉᆡᆼ이 평ᄉᆡᆼ 처엄으로 화담미에 이윽ᄒᆞ더니, 야심 후 쵹을 멸ᄒᆞ고 부뷔상요의 나아가 견권ᄋᆡ듕ᄒᆞ나 원네 잇셔 이셩지합은 일우지 아니터라.

타날 때에 꽃이 핀다고 하는 상상의 식물. ≒우담발라. ②담화(曇華); =홍초(紅草). 칸나과의 여러해살이풀. 높이는 1~2미터이며, 잎은 큰 타원형이고 끝이 뾰족하다. 여름과 가을에 꽃잎 모양의 수술을 가진 꽃이 잎 사이에서 나온 꽃줄기 끝에 총상(總狀) 화서로 피고 열매는 삭과(蒴果)로 10월에 익는다. 관상용이고 말레이시아, 인도차이나가 원산지로 각지에 분포한다.

1739)국풍대아(國風大雅) : 『시경』의 편명(編名). <국풍(國風)>은 『시경』 중에서 민요 부분을 통틀어 이르는 말로 정풍과 변풍이 있으며 모두 160편이다. <대아(大雅)>는 <소아(小

의 관져편(關雎篇)1740)을 노릐훌 거시로듸, 한님은 철인(哲人)이라. 임의 젼두ᄉᆞ(前頭事)를 예지(豫知)ᄒᆞ미 쇼연(昭然)ᄒᆞ니, 능히 ᄉᆞ정을 억제치 못ᄒᆞᆫ즉, 타일 쇼져의 화란이 어ᄂᆡ 곳의 밋촐 쥴 아지 못ᄒᆞ니, 이러틋 견권(繾綣)ᄒᆞᄂᆞᆫ 가온ᄃᆡ나 이셩지합(二姓之合)을 닐우지 못ᄒᆞ믄 젼【42】두(前頭)를 념녀ᄒᆞ미니, 쇼년남아의 원녜(遠慮) 이 갓더라.

영교ㆍ미션이 괴로이 규시ᄒᆞ여 최부인긔 고ᄒᆞ니, 부인이 창의 부뷔 화락ᄒᆞᆫ즉 농장(弄璋)의 경ᄉᆡ(慶事) 이실가 초조ᄒᆞ여, 져의 부부의 농졍(弄情)을 규찰(窺察)ᄒᆞ여 금슬을 희짓고져 ᄒᆞ니, 쳔고 악인이 아니리오.

명조의 한님이 종형 학ᄉᆞ로 부쇽을 하직고 길히 오ᄅᆞ니, 냥인이 당당ᄒᆞᆫ 옥당명환(玉堂名宦)으로 허다 위의 거ᄂᆞ려 션영의 쇼분ᄒᆞ고, 오국의 근친(覲親)ᄒᆞ니 위의 범연ᄒᆞ리오. 지나ᄂᆞᆫ 곳마다 군현(郡縣)이 진동ᄒᆞ여 지영ᄃᆡ후(至迎待候)ᄒᆞ니, 각읍【43】의 드리ᄂᆞᆫ 녜물이 구산(丘山) 갓고, 고을마다 연향관ᄃᆡ(宴饗款待)ᄒᆞ니 팔진셩찬(八珍盛饌)과 풍악을 쥬ᄒᆞ며, 일등명창으로 ᄃᆡ졉ᄒᆞ나 엄싱 등은 녜의군지(禮儀君子)라, 엇지 가무(歌舞)의 혹(惑)ᄒᆞ며 노류장화(路柳墻花)를 갓가이 ᄒᆞ리오.

각읍 후의를 흔연ᄒᆞᆫ 안ᄉᆡᆨ으로 손ᄉᆞ(遜辭)ᄒᆞ고 녜물을 밧지 아니니, 군ᄌᆞ의 ᄒᆡᆼ신이 졍ᄃᆡᄒᆞ미 여ᄎᆞᄒᆞ더라.

제창이 쳐음은 엄학ᄉᆞ의 풍신을 우러러 홀홀(惚惚)이1741) 넉ᄉᆞᆯ 일허 옥안(玉顔)을 다ᄉᆞ리고 단장을 치레ᄒᆞ여1742), 옥슈로 칠현금(七絃琴)을 어로만지며, 비단 ᄌᆞ리의 쳥가묘무(淸歌妙舞)로 아룸다옴을 다ᄒᆞ여 【44】부ᄃᆡ

명됴의 한님이 죵형으로 더브러 부쇽을 하직고 길의 오ᄅᆞ니, 냥인이 당당ᄒᆞᆫ 옥당명환으로 허다 위의를 거ᄂᆞ려 ᄒᆡᆼᄒᆞ니, 각읍 군현이 지영ᄃᆡ후ᄒᆞ며 드리ᄂᆞᆫ 녜물이 구산 ᄀᆞᆺ고, 팔진경찬과 풍악을 쥬ᄒᆞ며 일등 명창으로 ᄃᆡ졉ᄒᆞ니, 엄싱 등은【99】 녜의군ᄌᆡ라. 송구영신ᄒᆞᄂᆞᆫ 창녀를 갓가이 ᄒᆞ리오.

雅)>와 함께 주(周)나라 궁중음악인 아악을 말하는데, 모두 31편으로 되어 있다. 여기서 말하는 주실삼모(周室三母)와 관련된 이야기는 주로 이 <국풍>편과 <대아>편에 실려 있다.

1740)관져편(關雎篇) : 『시경(詩經)』「주남(周南)」에 실린 노래로 후비(后妃)의 덕을 칭송한 것.

1741)홀홀(惚惚)이 : 황홀히. 어떤 사물에 마음이나 시선이 혹하여 들뜬 상태로.

1742)치레 : ①잘 손질하여 모양을 냄. ②무슨 일에 실속 이상으로 꾸미어 드러냄

침셕(寢席)을 뫼시믈 구ᄒᆞ나, 냥학ᄉᆞ 긔위(氣威) 풍상(風霜) 갓흐여 화풍셩모(花風聲貌)의 한일지풍(寒日之風)을 가져시니, 제녜 지은 죄 업시 한츌쳠비(汗出沾背) ᄒᆞ더라.

각읍 방ᄇᆡᆨ슈령(方伯守令)이 공경흠복ᄒᆞ여 은즁쳥고(穩重淸高)ᄒᆞ미 하ᄒᆡ(河海) 갓다 ᄒᆞ더라.

냥학ᄉᆡ 일노의 무ᄉᆞ히 ᄒᆡᆼᄒᆞ여 금쥬 고향의 니ᄅᆞ니, 고ᄐᆡᆨ(古宅) 직흰 노복이 먼니 마ᄌᆞ며 ᄌᆞᄉᆡ(刺史) 십니의 마ᄌᆞ 보ᄂᆡᄂᆞᆫ 녜물이 무슈ᄒᆞ니, 학ᄉᆡ ᄀᆞᆺ이 ᄉᆞ양ᄒᆞ더라.

션셰 분묘의 소분(掃墳)ᄒᆞᆯ ᄉᆡ 한님이 옥면의 ᄉᆞ화(賜花)[1743]ᄅᆞᆯ 숙이고 봉익(鳳翼)의 청삼(靑衫)을 붓쳐 션묘의 ᄇᆡ알ᄒᆞ여 종숀이 닙신현【45】양(立身顯揚)ᄒᆞ믈 고츅(告祝)ᄒᆞ고, 부즁의 와 연셕을 ᄇᆡ셜ᄒᆞ여 삼일을 즐기니, 본쥬 ᄌᆞᄉᆡ며 닌현방ᄇᆡᆨ(隣縣方伯) 고구친쳑(故舊親戚)이 다 모다 즐기며, 한님이 십오세 소년으로 풍신이 젹강니ᄇᆡᆨ(謫降李白)[1744]갓거ᄂᆞᆯ, 모든 사ᄅᆞᆷ이 칭찬치 아니리 업더라.

연파(宴罷)의 다시 위의ᄅᆞᆯ 갓초와 ᄒᆡᆼᄒᆞᆯᄉᆡ 일노(一路)의 영광이 비길 ᄃᆡ 업ᄂᆞᆫ지라. 드ᄃᆡ여 국도의 니ᄅᆞ니 우승상 심유졍과 좌승상 호경이 마ᄌᆞ 드러가니라.

ᄎᆞ셜. 오왕과 당휘 비록 쳔승지귀(千乘之貴)ᄅᆞᆯ 누리나 아으라이 고국을 쳠망(瞻望)ᄒᆞ여 형뎨 친쳑을 ᄉᆞ모ᄒᆞ고 ᄌᆞ녀ᄅᆞᆯ【46】닛지 못ᄒᆞ여 화조월셕의 쵹원(矚願)[1745]의 ᄋᆡᄅᆞᆯ

1743)ᄉᆞ화(賜花) : 어사화(御賜花). 조선 시대에, 문무과에 급제한 사람에게 임금이 하사하던 종이꽃.

1744)젹강니ᄇᆡᆨ(謫降李白) : 하늘에서 귀양 온 이백(李白)과 같다는 말로, 중국 당나라의 시인 하지장(賀知章)이 이백의 시를 읽고 경탄하여 사람이 지은 것이 아니라 하늘에서 귀양 온 신선의 작품이라고 평 한데서 나온 말이다.

1745)쵹원(矚願) : 안촉(顔蠋)의 바람'이라는 뜻으로, 안촉이 제나라 선왕(宣王)의 부름을 받고, 이를 거절하는 뜻으로, "초야에서 선비의 본분을 지켜 안빈낙도(安貧樂道)하는 삶을 살겠다."는 자신의 신념을 밝힌 말이다. 『전국책(戰國策) 제책(齊策)』·『東坡志林 卷2』에 나온다. *안촉(顔蠋): 전국 시대 제(齊)나라 은사(隱士). 제 선왕의 부름을 받았으나 출사하지 않고 초야에 묻혀 선비의 지조를 지켰다.'

냥학ᄉᆡ 일노의 무ᄉᆞ히 ᄒᆡᆼᄒᆞ야 금쥐 고향의 니ᄅᆞ니, 고ᄐᆡᆨ 직흰 노복이 먼니 마ᄌᆞ며, ᄌᆞᄉᆡ 십니의 마ᄌᆞ 보ᄂᆡᄂᆞᆫ 녜물이 무슈ᄒᆞ더라.

션셰 분묘의 ᄇᆡ알ᄒᆞᆯᄉᆡ, 한님이 옥면의 ᄉᆞ화ᄅᆞᆯ 숙이고 션묘의 고츅 녜비ᄒᆞ기를 맛고, 부듕의 와 연셕을 ᄇᆡ셜ᄒᆞ야 삼일을 즐긴 후,

다시 위의를 ᄀᆞᆺ쵸아 오국으로 ᄒᆡᆼᄒᆞᆯ ᄉᆡ, 일노의 영광이 비길《ᄯᆡ‖ᄃᆡ》업더라.

ᄎᆞ셜, 오왕 부뷔 아으라니[이] 고국을 쳠망ᄒᆞ여 슬허ᄒᆞ나 다만【100】위로ᄒᆞᄂᆞᆫ 바ᄂᆞᆫ 호시와 손ᄋᆡ 남미라.

슷쳐 누싊(涙水) 망ᄌᆞ산(望子山)[1746]의 어롱 지니 신셕(晨夕)의 눈물을 아니 나릴 젹이 업ᄉᆞ나, 다만 위로ᄒᆞᄂᆞᆫ 바ᄂᆞᆫ 세지 비록 블초ᄒᆞ나 호빙이 현숙ᄒᆞ여 구고룰 뫼셔 셩회 가족ᄒᆞ고, 옥갓흔 숀아 남미 이시니 심회롤 위로ᄒᆞ여 지닉고, 왕의 셔궁 니슉희ᄂᆞᆫ ᄌᆞ식도 나치 못ᄒᆞ고 일즉 죽으니, 왕의 부뷔 졈은 나홀 어엿비 너겨 후장(厚葬)ᄒᆞ고, 그 부모 동긔의 은졍을 나리와 ᄌᆡ물을 후히 쥬며, 그 제ᄉᆞᄂᆞᆫ 나라히셔 제슈롤 쥬어 년년이 슷지 말나 ᄒᆞ니, 【47】 그 부뫼 왕의 셩덕을 감ᄉᆞᄒᆞ더라.

뉴텬희ᄂᆞᆫ 일ᄌᆞ롤 나흐니 명을 쇠라ᄒᆞ고 심슉희ᄂᆞᆫ 일녀롤 나흐니 명을 운혜라 ᄒᆞ고 두 아히 ᄌᆡ용이 아룸답더라.

왕이 귀국 후 더욱 고국을 바라고 형뎨 친쳑을 ᄉᆞ모ᄒᆞ고 ᄌᆞ녀롤 ᄉᆞ렴(思念)ᄒᆞ미 간졀ᄒᆞ더니, 명츈이 되믹 셜과(設科)ᄒᆞ믈 알고 아지(兒子) 혹 등과ᄒᆞ여 근친(覲親) 오기롤 현망(懸望)ᄒᆞ더니, 츈하간(春夏間)의 홀년[연] 깃분 쇼식이 니ᄅᆞ고, 아ᄌᆞ 창이 쇼년의 뇽닌(龍麟)을 밧들고 손으로 계화(桂花)롤 셧거 도라오ᄂᆞᆫ 션셩(先聲)이 국즁의 니ᄅᆞ니, 【48】 왕의 부뷔 깃부미 하ᄂᆞᆯ노셔 ᄯᅥ러진 듯ᄒᆞ여, 급히 본국 졍승과 ᄇᆡᆨ관을 명ᄒᆞ여 먼니 가 공ᄌᆞ롤 마ᄌᆞ오라 ᄒᆞ고, 셰ᄌᆞ롤 명ᄒᆞ여 신뇨(臣僚)롤 거ᄂᆞ려 셩외(城外)의 가 마ᄌᆞ라 ᄒᆞ니, 셰지 괴로오나 마지 못ᄒᆞ여 힝ᄒᆞᆯ시, 금관면뉴(金冠冕旒)롤 드리오고 위의롤 졍제ᄒᆞ여, 남문 밧 평원광야의 막ᄎᆞ(幕次)롤 비셜ᄒᆞ고 기다리더니, 이윽고 먼니셔 틋글이 니러나고 풍악(風樂)이 졈졈 갓갑거ᄂᆞᆯ, 셰지 먼니 바라보니 위의(威儀) 츄종(騶從)이 거룩ᄒᆞᆫ 가온ᄃᆡ, 냥ᄀᆡ 쇼년이 쳔니츄풍마(千里秋風馬)롤 치쳐 나아오니, 냥인의 옥【49】모영풍(玉貌英風)이 ᄇᆡᆨ일노 징광(爭光)ᄒᆞ거ᄂᆞᆯ, ᄌᆡ후쇼년(在後少年)이 더욱 아룸답고 쳬쇼(體小)ᄒᆞ여, 남젼미옥(藍田美玉)[1747]을 다듬아 은으로 장식

왕의 셔궁 니슉희ᄂᆞᆫ ᄌᆞ식 업시 일족 죽으니, 부뷔 그 져믄 나흘 어엿비 넉여 후장ᄒᆞ고, 그 부모동긔의 은영을 ᄂᆞ리오고 제 ᄉᆞ친으로 제향을 끈지 아니키 ᄒᆞ니, 니희 친쳑이 왕의 셩덕을 일ᄏᆞᆺ더라.

뉴희 일ᄌᆞ를 나흐니 명을 쇠라ᄒᆞ고, 심슉희ᄂᆞᆫ 일녀를 나흐니 명을 운혜라 ᄒᆞ니, 두 아히 ᄌᆡ용이 아름답더라.

왕의 부뷔 급제 후 근친ᄒᆞ[오]기를 굴지계일 ᄒᆞ더니, 츈하간의 홀연 깃븐 소식이 니ᄅᆞ【101】고, ᄋᆞᄌᆞ의 오ᄂᆞᆫ 션셩이 국듕의 니ᄅᆞ니, 왕의 부뷔 깃부미 하ᄂᆞᆯ노셔 ᄯᅥ러진 듯ᄒᆞ여, 급히 본국 졍승과 ᄇᆡᆨ관을 명ᄒᆞ여 먼니 가 공ᄌᆞ롤 마ᄌᆞ오라 ᄒᆞ고, 셰ᄌᆞ를 명ᄒᆞ야 셩외의 가 두 ᄋᆞ를 마ᄌᆞ오라 ᄒᆞ니, 셰지 고[괴]로오나 마지 못ᄒᆞ여 힝ᄒᆞᆯ시, 금관면뉴를 드리오고, 위의를 졍제ᄒᆞ야 남문 밧 평원광야의 막ᄎᆞ를 비셜ᄒᆞ고 기다리더니, 이윽고 먼니셔붓터 틋글이 이러나고, 졀월이 나붓기ᄂᆞᆫ 곳의 위의 츄죵이 거록ᄒᆞ고, 풍악이 졈졈 갓가옵더니,

---

1746)망ᄌᆞ산(望子山) : 집 가까이에 있는 동산 따위의 산으로, 어버이가 집나간 자식이 돌아오기를 기다리는 산.

ᄒᆞ여 진쥬로 ᄭᅮ민 듯ᄒᆞ니, 셰ᄌᆡ 아아1748)의 면목을 긔억지 못ᄒᆞᄂᆞᆫ지라. 의심컨ᄃᆡ 져 쇼년이 ᄌᆞ긔 아인 쥴 ᄭᆡ다라 싀심(猜心)이 만복ᄒᆞ여, 밋쳐 보지 아냐셔 블호(不好)ᄒᆞᆫ 마ᄋᆞᆷ이 ᄆᆡᆼ녈ᄒᆞ더라.

본국 ᄇᆡ신(陪臣)이 먼니셔븟터 ᄃᆡ후(待候)ᄒᆞ며 하마(下馬)ᄒᆞ여 냥 학ᄉᆞ긔 ○○○[셰ᄌᆞ의] 마ᄌᆞ믈 알외니, 냥인이 황망이 하마ᄒᆞ여 막ᄎᆞ의 다다ᄅᆞᄆᆡ, 셰ᄌᆡ 마ᄌᆞ 형뎨의 졍을 일우니, 한님【50】이 셰ᄌᆞ의 ᄉᆞᄆᆡᄅᆞᆯ 잡고 누ᄉᆔ 금포의 년낙ᄒᆞ여 갈오ᄃᆡ,

"쇼뎨 신명이 남과 갓지 못ᄒᆞ여 어려서 부모ᄅᆞᆯ ᄯᅥ나고, 형뎨 상니(相離)ᄒᆞ고 골육이 만니의 흣터져 상ᄃᆡᄒᆞ나, 안면(顔面)을 긔억지 못ᄒᆞᄂᆞᆫ 디경(地境)의 니ᄅᆞ니, 엇지 슬프지 아니리잇고? 금일 하ᄒᆡᆼ(何幸)으로 동긔 반기고, 모ᄌᆡ(母子) 긔봉(奇逢)ᄒᆞ여 쇼뎨 젹년(積年) 영모지회(永慕之懷)ᄅᆞᆯ 위로ᄒᆞ오니, 이ᄂᆞᆫ 다 셩텬ᄌᆞ의 쥬시미로쇼이다."

셜파의 읍톄여우(泣涕如雨)ᄒᆞ고 셩음이 경열(硬咽)ᄒᆞ니, 픠 져기 인심이 이시면 엇지 감회치 아니리오. 더욱 일【51】뎨(一弟)ᄅᆞᆯ 어려서 먼니 ᄯᅥ나 그리던 졍회 아년치1749) 아니며, 반갑지 아니리오. ᄒᆞ믈며 그 장셩슈미(長成秀美)ᄒᆞ여 닙신양명(立身揚名)ᄒᆞ여 오믈 보ᄆᆡ, 긔특고 ᄉᆞ랑홉기 측냥 업ᄉᆞᆯ 거시로ᄃᆡ, 한갓 옥면슈심(玉面獸心)이라. 잔포흉음(殘暴凶陰)ᄒᆞ미 인졍텬니(人情天理)의 버셔난 ᄌᆡ라.

셰ᄌᆡ 블현지심의 ᄃᆡ현의 아을 만나 보니, 반갑기ᄂᆞᆫ 둘ᄌᆡ오, 싀오지심(猜惡之心)이 크게 발ᄒᆞ여, 뮈온 마ᄋᆞᆷ이 ᄌᆡ젼(在前)ᄒᆞ니, 엇지 《일회‖일호(一毫)》나 동긔지졍(同氣之情)과 골육지은(骨肉之恩)이 이시리오.

1747)남젼미옥(藍田美玉) : ①남전산(藍田山)에서 나는 아름다운 옥(玉)이란 뜻으로, ②주로 명문가에서 난 뛰어난 인물을 이르는 말로 쓰인다. 여기서는 ①의 의미로 쓰였다. *남전(藍田) : 중국(中國) 섬서성(陝西省)에 있는 산 이름으로 옥의 명산지.

1748)아아 : 아우. =아.

1749)아년(俄然)ᄒᆞ다 : 아연(俄然)하다. 급작스러운 데가 있다.

본【102】국 ᄇᆡ신이 먼니셔브터 ᄇᆡ회ᄒᆞ야 셰ᄌᆞ의 마ᄌᆞ믈 한님긔 알외니, 냥인이 황망이 하마ᄒᆞ여 막ᄎᆞ의 니ᄅᆞ니 세ᄌᆡ 마ᄌᆞ 형뎨의 졍을 서로 니를 ᄉᆡ, 한님이 셰ᄌᆞ의 ᄉᆞᄆᆡ를 잡고 누ᄉᆔ 금포의 년낙ᄒᆞ야 ᄀᆞᆯ오ᄃᆡ,

"쇼뎨 신명○[이] ᄂᆞᆷ과 ᄀᆞᆺ디 못ᄒᆞ야 어려셔 부모를 ᄯᅥ나고, 형뎨 셔로 ᄂᆞᆫ호여 이제 상ᄃᆡᄒᆞ나 안모를 긔지치 못ᄒᆞᄂᆞᆫ 디경의 니ᄅᆞ니 엇디 슬프지 아니리잇고? 금일 하ᄒᆡᆼ으로 동긔 셔로 반기고 모ᄌᆡ 긔봉ᄒᆞ여 쇼뎨 격년 니회를 위로ᄒᆞ올이니 이ᄂᆞᆫ 다 셩텬ᄌᆞ의 쥬시미로쇼이다."

셜파의 항뉘【103】 비비ᄒᆞ니, 픠 져기 인심이면 엇디 감회치 아니ᄒᆞ며, ᄯᅩ 일뎨를 어려서 먼니 ᄯᅥ낫던 졍회 아연치 아니며 반갑지 아니리오마는, ᄒᆞᆫᄀᆞᆺ 인면슈심이라. 잔포흉음ᄒᆞ미 인졍텬니의 버셔난 ᄌᆡ라.

셰ᄌᆡ 블현지심의 ᄃᆡ현의 《이‖아》을 만나 보니, 싀오지심이 대발ᄒᆞ니 엇지 일호나 동긔디졍이 이시리오마ᄂᆞᆫ, 남의 이목을 가리와 한ᄃᆞᆷᄒᆞ더라.【104】

엄시효문청힝녹 권지칠

다만 남의 이목을 가리와 작위화식(作爲和色)ᄒᆞ【52】며, 면강쳑비(面强慽悲)ᄒᆞ여 슬프며 반기믈 지으니 무숨 졍담(情談)이 이시리오. 거즛 츄연(惆然)이 냥뎨의 손을 잡고 함누(含淚) 탄식ᄒᆞ여 니로ᄃᆡ,

"니별의 지리ᄒᆞ미 비록 슬프나 ᄉᆞ별은 아니니, 어이 과도히 상히(傷害)ᄒᆞ여 몸이 상ᄒᆞ믈 도라보지 아니 ᄒᆞ리오. 우형이 ᄯᅩᄒᆞᆫ 고국을 ᄯᅥ난 지 십여년의 슉당 친쳑의 존문이 아으라 ᄒᆞ니, 엇지 슬프지 아니 ᄒᆞ리오만은, 셰월노 조ᄎᆞ ᄌᆞ연 관심(寬心)ᄒᆞ미 되엿ᄂᆞ니, 현뎨 비록 싱부모를 만니의 ᄯᅥ나시나 오히려 빅부뫼 계셔, ᄌᆞ이를 ᄊᆡ여 【53】일신이 평안ᄒᆞ고, 졔슉당과 종형뎨비(從兄弟輩)로 즐기미 극진ᄒᆞ니, 무ᄉᆞᆫ 근심이 이시리오."

ᄯᅩ 도라 학ᄉᆞ를 향ᄒᆞ여 슉당의 긔후(氣候)와 졔친(諸親)의 안부를 무러 두어 조 한훤(寒暄)을 맛ᄎᆞ미, 예ᄉᆞ(例事) 슈{인}인ᄉᆞ(修人事)[1750] ᄲᅮᆫ이오, 골육년지(骨肉連枝)[1751]의 황홀이 반기며 깃거ᄒᆞ미 업ᄂᆞᆫ지라.

학시 그윽이 괴이히 너기고, 한님이 그 형의 외모풍신이 비록 아름다오나, 교혜능변(巧慧能辯)[1752]의 교언녕식(巧言令色)[1753]홈과, 은근ᄒᆞᆫ ᄉᆞ식 가온ᄃᆡ ᄂᆡ외지심(內外之心)이 달나, 만고(萬古) 쇼인(小人)의 ᄐᆡ되(態度)오, 결비군ᄌᆞ지풍(決非君子之風)이믈 보미, 일변 ᄎᆞ악(嗟愕)【54】ᄒᆞ고 지견(再見)의 경악(驚愕)ᄒᆞ여, 기형의 블초ᄒᆞᆫ 거동과 블길ᄒᆞᆫ 상뫼 결비영종지상(決非令終之相)[1754]이믈 보미, 심한골히(心寒骨駭)[1755]ᄒᆞ믈 ᄭᆡ닷지 못ᄒᆞ

1750)슈인ᄉᆞ(修人事) : 인사를 차리다.
1751)골육연지(骨肉連枝) : =골육형제. 뼈와 살을 나눈 친형제. *연지(連枝): '한 뿌리에서 난 이어진 가지'라는 뜻으로, 형제자매를 비유적으로 이르는 말.
1752)교혜능변(巧慧能辯) : 교묘하고 능란한 말솜씨.
1753)교언녕식(巧言令色) : 아첨하는 말과 알랑거리는 태도.
1754)결비영종지상(決非令終之相) : 결코 제명대로 살다가 편안히 죽을 상격이 아님. *영종(令終) : =고종명(考終命). 오복의 하나. 제명대로 살다가 편안히 죽는 것을 이른다.

시시의 셰지 남의 이목을 ᄀᆞ리와 작위{ᄉᆞ}화식ᄒᆞ여 면강쳑비ᄒᆞᆫ ᄉᆞ식으로 슬프며 반기믈 지으나, 본ᄃᆡ 텬셩쇼지 아닌 바의 무ᄉᆞᆫ 졍담이 이시리오마ᄂᆞᆫ, 거즛 츄연이 냥뎨의 손을 잡고, 함누 탄식ᄒᆞ여 닐오ᄃᆡ,

"니별의 지리ᄒᆞ미 비록 슬프나 ᄉᆞ별은 아니어든 어이 과도히 상회ᄒᆞ여 몸이 상ᄒᆞ믈 도라보디 아니 ᄒᆞ리오. 우형이 ᄯᅩᄒᆞᆫ 고국을 ᄯᅥ난 지 십여년의 슉당 친쳑의 《조문∥존문》이 아으라 ᄒᆞ니, 엇디 슬프【1】디 아니리오마ᄂᆞᆫ 셰월노조ᄎᆞ ᄌᆞ연 관심ᄒᆞ엿ᄂᆞ니, 현뎨 비록 싱부모를 ᄯᅥ나시나, 오히려 빅○[부]모의 ᄌᆞ이를 ᄊᆡ여 일신이 평안ᄒᆞ니 무ᄉᆞᆫ 근심이 이시리오."

ᄯᅩ 도라 혹ᄉᆞ를 향ᄒᆞ여 슉당졔친의 안부를 무러 초초히 수어됴 한훤을 못[맛ᄎᆞ미] 녜ᄉᆞ 슈인ᄉᆞ ᄲᅮᆫ이라.

학시 그윽이 고이히 넉이고 한님이 그 형의 외모풍신이 비록 아름다오나, 교혜능변의 은근ᄒᆞᆫ ᄉᆞ식 가온ᄃᆡ ᄂᆡ외디심이 달나 쇼인ᄃᆡ ᄐᆡ믈 보미, 일견의 경악ᄒᆞ야 기형의 불쵸【2】ᄒᆞᆫ 거동과 영죵디상이 아니믈 보미, 대경ᄎᆞ악ᄒᆞ야 신[심]한골경ᄒᆞ니, 맛춤ᄂᆡ 동긔지졍이 눔과 ᄀᆞᆺ디 아니믈 슬허ᄒᆞ나 스ᄉᆞ로 비회를 졍ᄒᆞ야, 삼인이 츄종과 오국 비신을 거ᄂᆞ려 국듕으로 향ᄒᆞ니,

고, 맛춤닉 동긔의 졍이 남과 갓지 못홀 바를 슬허, 오열(嗚咽) 냥구(良久)의 스ᄉ로 비회(悲懷)를 진정ᄒ여 누슈(淚水)를 거두고, 바야흐로 다과(茶果)를 닉여 군종삼인(群從三人)이 셔로 권ᄒ여 상을 물니믹, 한님이 시로이 금포옥딕(錦袍玉帶)[1756]로 복식을 곳치고 월익(月額)의 ᄉ화(賜花)[1757]를 졍히 ᄒ고, 쳔니츄풍마(千里秋風馬)[1758]를 타고, 셰지 봉연(鳳輦)을 타니, 엄학시 오ᄉᄌ포(烏紗紫袍)로 금슈안(錦繡鞍)[1759]을 갓초와 말긔 올나,【55】본국 하리 츄종과 모든 빅신(陪臣)을 거ᄂ려, 형뎨 삼인이 한가지로 국즁의 향ᄒ니, 엄학ᄉ의 옥모영풍(玉貌英風)과 한님의 긔이훈 풍광영치(風光英彩) '승난(乘鸞)훈 ᄌ진(子晋)'[1760]이오 '젹강(謫降)훈 니빅(李白)'[1761]이라.

오국 빅셩 녀러 시민이 딕로(大路) 십ᄌ가(十字架)의 모다 구경ᄒ며 칙칙(嘖嘖) 칭찬

오국 빅셩과 여러 신민이 십ᄌ가 대로상의 메여 굿보며 녀항ᄉ네 집잡아 관광ᄒ여 칭찬 왈,

1755)심한골히(心寒骨駭) : =심한골경(心寒骨驚). 마음이 오싹하고 뼈마디가 저리다.

1756)금포옥딕(錦袍玉帶) : 비단 도포 위에 백옥 허리띠를 두른 차림.

1757)ᄉ화(賜花) : 어사화(御賜花). 임금이 문무과에 급제한 사람에게 내리던 종이로 만든 꽃.

1758)쳔니츄풍마(千里秋風馬) : 하루에 천 리를 달릴 수 있을 만큼, 바람처럼 빠른 말

1759)금슈안(錦繡鞍) : 수놓은 비단으로 치장한 안장(鞍裝).

1760)승난(乘鸞)훈 ᄌ진(子晋) : 난(鸞)새를 타고 구름 속을 나는 왕자진(王子晋)을 말함. *승난(乘鸞): 난(鸞)새를 타고 구름 속을 날아감. 『고문진보(古文眞寶)』오언고풍단편(五言古風短篇) 강문통(江文通)의 <잡시(雜詩)> 승란향연무(乘鸞向煙霧: 난새를 타고 구름안개 속을 나네)에서 따온 말. *왕자진(王子晋): 중국 주(周)나라 평왕(平王)의 아들, 진(晋)을 말함. 구산(緱山)에 들어가서 신선(神仙)이 되었다고 함.

1761)젹강(謫降)훈 니빅(李白) : 하늘에서 죄를 짓고 인간 세상에 귀양 와 사람으로 태어나, 신선처럼 살아가는 이백(李白)이라는 말. *이백(李白): 중국 당나라 때의 시인. 701~762. 자는 태백(太白). 호는 청련거사(靑蓮居士). 칠언절구에 특히 뛰어났으며, 이별과 자연을 제재로 한 작품을 많이 남겼다. 현종과 양귀비의 모란연(牧丹宴)에서 취중에 <청평조(清平調)> 3수를 지은 이야기가 유명하다. 시성(詩聖) 두보(杜甫)에 대하여 시선(詩仙)으로 칭하여진다. 시문집에 ≪이태백시집≫ 30권이 있다.

왈,

"ᄃᆡ조(大朝)의ᄂᆞᆫ 인지 만탓다! 우리 국군(國君)과 져군(儲君)[1762]의 풍뫼 세간의ᄂᆞᆫ 다시 업ᄉᆞᆯ가 ᄒᆞ엿더니, 이제 져 노야의 비상츌뉴(非常出類)ᄒᆞ미 져러틋 ᄒᆞ니, 가히 ᄃᆡ조(大朝)의 인지 셩ᄒᆞ리랏다! 더욱 한님 노야ᄂᆞᆫ 비범 츌즁ᄒᆞ시니, 벽벽이 인셰 사【56】ᄅᆞᆷ이 아니라. 혈육지신이 엇지 져러틋 ᄒᆞ리오. 필연 ᄐᆡ을션군(太乙仙君)[1763]이 하강(下降)ᄒᆞ여 홍진(紅塵)을 희롱ᄒᆞ미로다."

ᄒᆞ더라.

"대됴의ᄂᆞᆫ 가히 인지 만탓다. 우리 국군과 져군의 디난 풍치 업ᄉᆞᆯ가 ᄒᆞ엿더니 이제 져두 노야의 비상ᄒᆞ미 져러틋 ᄒᆞ니, 벽벽이 인셰 사ᄅᆞᆷ이 아니라. 필【3】연 ᄐᆡ을셩군이 하강ᄒᆞ야 홍진을 희롱ᄒᆞ미로다."

ᄒᆞ더라.

한님이 냥형으로 더부러 동화문의 니ᄅᆞ러 쇼황문(小黃門)[1764]이 인도ᄒᆞ여 금난뎐(金鑾殿)[1765]의 드러가니, 슈풀 갓흔 ᄎᆡ의궁쳡(彩衣宮妾)이 마ᄌᆞ 옥난계상(玉欄階上)의 쥬렴(珠簾)을 놉히 것고 인도ᄒᆞ여 ᄂᆡ뎐의 드러가니, 왕의 부뷔 쥬벽(主壁)[1766]의 뎡좌(定座)ᄒᆞ여 ᄌᆞ질(子姪)을 볼ᄉᆡ,

한님이 냥형으로 더브러 동화문 밧○[긔] 니ᄅᆞ러 소황문이 인도ᄒᆞ야 금난젼의 드러가니, 슈풀 갓ᄐᆞᆫ ᄎᆡ의 궁녀 등이 마ᄌᆞ 옥난계상의 쥬렴을 놉히 것고 인도ᄒᆞ야 ᄂᆡ뎐의 드러가니, 왕의 부뷔 쥬벽의 졍좌ᄒᆞ여 ᄌᆞ딜을 불너 볼ᄉᆡ,

학ᄉᆞᄂᆞᆫ 슉부와 슉모긔 격년(隔年) 존후를 뭇ᄌᆞᆸ고, 한님은 야야와 ᄌᆞ위긔 ᄌᆡ비ᄒᆞ기를 맛ᄎᆞ미, 우러러 ᄌᆞ안(慈顔)을 황홀이 반기미 깃브미 넘져, 도【57】로혀 슬프미 니러나니, 희음업시 가월빵궁(佳月雙宮)[1767]의 슬픈 안기 모히고, 츄파빵셩(秋波雙星)[1768]의 가을 물결이 요동ᄒᆞ믈 ᄭᆡ닷지 못ᄒᆞ더라. 셩음(聲音)이 오열(嗚咽) 쳐졀(悽絶)ᄒᆞ믈 면치 못ᄒᆞ

혹ᄉᆞᄂᆞᆫ 슉부모긔 젹년 죤후를 뭇ᄌᆞᆸ고 한님은 야야와 ᄌᆞ위긔 ᄌᆡ비ᄒᆞ기를 맛ᄎᆞ미 우러러 ᄌᆞ안을 황홀이 반기며 깃브믈 이긔디 못ᄒᆞ여 도로혀 슬프미 니러나니, 희음업【4】시 츄파 빵셩의 물결이 요동ᄒᆞ믈 ᄭᆡ돗디 못ᄒᆞ니, 셩음이 불셩 쳐졀ᄒᆞ믈 면치 못ᄒᆞ여 능히 말ᄉᆞᆷ을 일우디 못ᄒᆞᄂᆞᆫ디라.

1762)져군(儲君) : =왕세자.

1763)태을션군(太乙仙君) : =태을성군(太乙星君). 음양가에서, 북쪽 하늘에 있는 별인 태을성(太乙星)의 성군(星君)으로서 병란·재화·생사 따위를 맡아 다스린다고 하는 천상선관(天上仙官).

1764)쇼황문(小黃門) : 나이 어린 환관(宦官). 황문(黃門)은 중국 후한(後漢) 시대에 금문(禁門)을 맡아보는 관리였는데 이를 내시(內侍)가 맡아보면서 환관의 칭호로 바뀌었음.

1765)금난뎐(金鑾殿) : 당대(唐代)의 궁전 이름.으로, 천자가 조회를 받는 정전(正殿).

1766)주벽(主壁) : 여러 사람을 좌우(左右)쪽 양옆으로 앉히고, 그 가운데를 차지하여 앉는 주장(主張)되는 자리, 또는 그 자리에 앉은 사람

1767)가월빵궁(佳月雙宮) : 초승달처럼 아름다운 두 눈썹.

1768)츄파빵성(秋波雙星) : 가을 물처럼 맑은 두 눈.

여, 능히 말숨을 닐우지 못ᄒᆞᄂᆞᆫ지라.

당휘(張后) 또ᄒᆞᆫ 아ᄌᆞᄅᆞᆯ 보건ᄃᆡ, 블과 슈셰 아ᄌᆞ로 ᄇᆡᆨ슉 부부긔 의탁ᄒᆞ고 도라왓더니, 훌훌ᄒᆞᆫ 일월이 하마 십여ᄌᆡ(十餘載)라 쥬쥬야야(晝晝夜夜)의 아ᄋᆞ라히 북녁홀 바라 ᄌᆞ녀의 영향(影響)1769)을 ᄉᆞ모ᄒᆞ던 바의, 구별단ᄎᆔ(久別團聚)1770)ᄒᆞᄆᆡ 일쳑히ᄌᆡ(一尺孩子) 믄득 변ᄒᆞ여, 엄연ᄒᆞᆫ 장신(長身)은 팔쳑을 다ᄒᆞ여, 늠늠【58】ᄒᆞᆫ 신ᄎᆡ와 고상ᄒᆞᆫ 골격이 임의 약관(弱冠)의 자나시니, 엇지 십오세 셔ᄉᆡᆼ(書生)이라 ᄒᆞ리오.

옥모영풍(玉貌英風)이 ᄌᆡ셰(再世) 반악(潘岳)1771)이니, 슬하의 절ᄒᆞ기ᄅᆞᆯ 당ᄒᆞᄆᆡ 잉화(櫻花)1772) 네 줄기 무릅홀 침노ᄒᆞ거ᄂᆞᆯ, 옥산(玉山)1773)이 엄연ᄒᆞᆫ 엇게의 쳥ᄉᆞ의(靑紗衣)1774)ᄅᆞᆯ 착(着)ᄒᆞ고, 일요(逸腰)의 호ᄃᆡ(瑚帶)1775) 둥그러시니, 풍신이 쇄락ᄒᆞᆫ 신위 엄연ᄒᆞᆫ 장ᄌᆞ유풍(長者遺風)이라.

흔흡(欣洽)히 반가오미 극ᄒᆞᄆᆡ 도로혀 쳑연(慽然) 함체(含涕)ᄒᆞ여 ᄉᆞ월아황(斜月蛾黃)1776)의 희미ᄒᆞᆫ 모운(暮雲)이 ᄉᆞ집(四集)ᄒᆞ고 셩안(星眼)의 쥬뤼(珠淚) ᄌᆡᆼ동(爭動)ᄒᆞ여

당휘 또ᄒᆞᆫ ᄋᆞᄌᆞ를 보건ᄃᆡ 불과 수셰 ᄋᆞᄌᆞ를 두고 ᄯᅥ나[낫]더니, 금일 구별이 단ᄎᆔᄒᆞᄆᆡ 일쳑 히ᄌᆡ 문득 변ᄒᆞ야 엄연ᄒᆞᆫ 팔쳑 당신의 늠늠ᄒᆞᆫ 신ᄎᆡ와 호상ᄒᆞᆫ 골격이 거의 약관의 디난 ᄃᆞᆺᄒᆞ니, 엇디 십삼 소셔ᄉᆡᆼ이라 ᄒᆞ리오.

옥모영풍이 ᄌᆡ셰 반악이라. 반월 니마의 잉화 네 줄기 옥빈의 어ᄅᆞᆫ거려 슬하의 절ᄒᆞ기를【5】 당ᄒᆞᄆᆡ, 무릅흘 침노ᄒᆞ거ᄂᆞᆯ, 옥산이 엄연ᄒᆞᆫ 엇게의 쳥ᄉᆞ의를 착ᄒᆞ고 일요의 보ᄃᆡ 둥거러시니, 편편ᄒᆞᆫ 풍신이 쇄락ᄒᆞ여 장ᄌᆞ유풍이라.

흔흡히 반가오미 극ᄒᆞᄆᆡ, 도로혀 쳑연 함체ᄒᆞ야 연망이 ᄋᆞᄌᆞ의 옥슈를 잡아 상연뉴체 왈,

1769)영향(影響) : ①그림자와 메아리. 모습과 음성. ②어떤 사물의 효과나 작용이 다른 것에 미치는 일.

1770)구별단ᄎᆔ(久別團聚) : 가족이나 동아리의 구성원들이 오랜 동안 서로 헤어져 지내다가 화목하게 한 자리에 모임.

1771)반악(潘岳) : 247~300. 중국 서진(西晉) 때의 문인. 자는 안인(安仁). 중국의 대표적 미남자의 한사람이다. 망처(亡妻)를 애도한 <도망시(悼亡詩)>가 유명하다.

1772)잉화(櫻花) : 모화(帽花)·사화(賜花)라고도 하였다. 과거에 급제한 진사가 꽂는 것과 마찬가지로, 길이 약 90㎝의 참대에 푸른 종이를 감고 다홍색·보라색·노란색 등의 종이꽃을 달아서 모자 뒤에 꽂았다. 앵화(櫻花)는 이 모화(帽花)의 붉은색 꽃을 강조하여 붙인 이름으로 보인다.

1773)옥산(玉山) : 외모와 풍채가 뛰어난 사람을 비유적으로 이르는 말.

1774)청사의(靑紗衣) : 푸른 비단으로 지은 도포(道袍). *도포: 예전에 예복으로 입던 남자의 겉옷.

1775)호ᄃᆡ(瑚帶) : 산호(珊瑚)로 장식한 띠.

1776)ᄉᆞ월아황(斜月蛾黃) : 지는 달처럼 하얀 분바른 얼굴. *아황(蛾黃) : 여자의 분바른 얼굴.

년망이 평신ᄒᆞ믈 니ᄅᆞ고, 아ᄌᆞ의 옥슈ᄅᆞᆯ 잡아 상연(傷然) 뉴톄(流涕)왈,

"여뫼(汝母) 【59】ᄌᆞ경이 무복(無福)ᄒᆞ여 다산ᄌᆞ녀(多産子女)의 다쇼 참쳑(慘慽)ᄒᆞ고 늣기야 여등 남ᄆᆡ ᄉᆞ인을 두ᄆᆡ, 텬뉸의 ᄌᆞ별ᄒᆞᆫ 졍이 타인의 다ᄅᆞᆫ지라. 너ᄅᆞᆯ 강보(襁褓)의 ᄇᆡᆨ슉(伯叔) 최 져(姐)의게 츌계(出系)ᄒᆞ여시나, 일턱지상(一宅之上)의 ᄇᆡᆨ년을 상슈(相隨)ᄒᆞ여 ᄌᆞ녀의 영화ᄅᆞᆯ 다 볼가 ᄒᆞ더니, 군왕이 의외의 국가의 ᄃᆡ공을 셰워 오국(吳國)의 봉ᄒᆞ시믈 밧ᄌᆞ와, 본국의 도라오니, 비록 왕작(王爵)의 쳔승지부(千乘之富)ᄅᆞᆯ 바다 일신의 부귀(富貴) 극ᄒᆞ나 동긔 친쳑의 ᄯᅥ나며, 냥녀와 너ᄅᆞᆯ 만니 이국의 ᄯᅥ나, 모ᄌᆞ녀(母子女)의 영모지회(永慕之懷) 셔로 상ᄒᆞ(上下)치 아니【60】ᄒᆞ고, 니별이 비록 슬프나 션아ᄂᆞᆫ 오히려 슬하의 두어 교휵(教畜)ᄒᆞ여, 모녜 안면을 알거니와, 쳐창(悽愴)ᄒᆞᆫ 바ᄂᆞᆫ 월ᄋᆡ라. 관학 흉노의 작변(作變)을 인ᄒᆞ여 공연이 평셰(平世)의 실산지화(失散之禍)ᄅᆞᆯ 만나, 십여년 ᄉᆞᄉᆡᆼ존망(死生存亡)을 모로던 바로, 겨우 텬뉸을 단합ᄒᆞ나 모녜 ᄉᆡᆼ거일셰(生居一世)ᄒᆞ나, 모다 안면을 알길이 업ᄉᆞ니, 이ᄂᆞᆫ ᄉᆡᆼ니(生離)로ᄡᅧ ᄉᆞ별(死別)의 다ᄅᆞ지 아니ᄒᆞᆫ지라. 너ᄂᆞᆫ 니별이 지라[리](支離)ᄒᆞ나, 요ᄒᆡᆼ 만나미 이시니 일노조ᄎᆞ 남아의 쾌ᄒᆞ믈 ᄉᆡᆼ각건ᄃᆡ, 오히려 그 ᄉᆞᄉᆡᆼ을 브득(不得)ᄒᆞ여 참앗거니와, 너ᄅᆞᆯ 보ᄆᆡ 더옥 월아ᄅᆞᆯ 【61】ᄉᆡᆼ각고 슬프믈 니긔지 못ᄒᆞ리로다."

셜파의 쳥뉘(淸淚) 진진ᄒᆞ고 셩음이 오열(嗚咽)ᄒᆞ니, 한님이 ᄌᆞ안(慈顔)을 우러러 풍영윤턱(豐盈潤澤)[1777]ᄒᆞ시믈 보오미, 이모지년(二毛之年)[1778]이 지나시ᄃᆡ, 오히려 청양완혜(淸良婉慧)[1779]ᄒᆞ여 셰쇽(世俗) 쇼쇼미ᄉᆡᆨ(小小美色)이 아니러신 쥴 ᄭᆡ다ᄅᆞ미, 더욱 니

"여뫼 ᄌᆞ경이 무복ᄒᆞ여 다만 ᄌᆞ녀의 다소 참쳑ᄒᆞ고 늣게야 여등 남ᄆᆡ ᄉᆞ인을 두ᄆᆡ, 텬뉸의 ᄌᆞ별ᄒᆞᆫ 졍이 타인과 다ᄅᆞ거ᄂᆞᆯ 강보의 ᄇᆡᆨ슉긔 출계ᄒᆞ나 일턱지상의 ᄇᆡᆨ년을 상슈ᄒᆞ야 ᄌᆞ녀의 영화를 다 볼【6】가 ᄒᆞ더니, 본국의 도라오니, 비록 왕낙의 쳔승지부를 바다 일신의 귀 극ᄒᆞ나, 동긔친쳑을 ᄯᅥ나며 ᄌᆞ녀를 만니 이국의 ᄯᅥ나 모ᄌᆡ 녀의 영모영운ᄒᆞᄂᆞᆫ 심ᄉᆡ 상하치 아니ᄒᆞ고, 니별이 지리ᄒᆞ고 션ᄋᆞᄂᆞᆫ 오히려 슬하의 두어 교휵ᄒᆞ여 모녜 안면을 알거니와 참졀ᄒᆞᆫ 바ᄂᆞᆫ 월ᄋᆡ라. 십여년을 ᄉᆞᄉᆡᆼ존망을 모ᄅᆞ던 바로 겨유 텬뉸을 단합ᄒᆞ나, 모녜 ᄉᆡᆼᄂᆡ의 서로 모다 안면을 알길히 업ᄉᆞ니, 이ᄂᆞᆫ ᄉᆡᆼᄂᆡ로ᄡᅧ ᄉᆞ별의 다ᄅᆞ디 아닌디라. 너를 보ᄆᆡ 더욱 월ᄋᆡ를 ᄉᆡᆼ각【7】고 슬허ᄒᆞ노라."

셜파의 쳥뉘 진진ᄒᆞ고 셩음이 오열ᄒᆞ니, 한님이 ᄌᆞ안을 우러러 ᄌᆞ긔 유ᄒᆞ의 니슬ᄒᆞ여 ᄌᆞ안을 아디 못ᄒᆞ던 바를 감화ᄒᆞ여, 역시 냥항뉘 ᄉᆞ미를 젹시니 ᄡᅡᆼ슈로 ᄌᆞ부인 옥슈를 밧들고 우러러 고왈,

1777)풍영윤턱(豐盈潤澤) : 생김새가 풍만하고 윤기가 있음.

1778)이모지년(二毛之年) : 두 번째 머리털 곧 흰 머리털이 나기 시작하는 나이라는 뜻으로, 32세를 이르는 말.

1779)청양완혜(淸良婉慧) : 품성이 맑고 어질며 아름답고 지혜로움

별이 지리ᄒᆞ믈 씨닷고, ᄌᆞ기 유하(乳下)의 니슬(離膝)ᄒᆞ여 ᄌᆞ안(慈顔)을 아지 못ᄒᆞ던 바ᄅᆞᆯ 탄울(嘆鬱)ᄒᆞ여[1780], 더욱 냥항뉘(兩行淚) ᄉᆞ미ᄅᆞᆯ 젹시며, 빵슈로 ᄌᆞ부인 옥슈ᄅᆞᆯ 밧들고 우러러 고왈,

"블초ᄋᆡ(不肖兒) 죄악이 즁ᄒᆞ여 강보(襁褓)의 ᄌᆞ안을 써나 십여ᄌᆡ(十餘載)의, 비록 인ᄉᆞ【62】ᄅᆞᆯ 알기의 밋ᄎᆞ나, ᄌᆞ안을 싱닉의 긔지(記之)ᄒᆞ올 길이 업ᄉᆞ믈 한ᄒᆞ옵더니, 금일이 하일(何日)이완ᄃᆡ ᄌᆞ뎐(慈殿)의 등비(登拜)ᄒᆞ와 인뉸의 남은 한이 업ᄉᆞ오니, 셕ᄉᆡ(夕死)라도 무흠(無欠)이옵고, 일노 조ᄎᆞ 셩텬ᄌᆞ의 쥬신 은혜 더욱 크믈 씨다ᄅᆞ지로쇼이다. ᄎᆞ져져(次姐姐)ᄂᆞᆫ 심ᄉᆡ 역시 ᄌᆞ졍 셩의와 일반이오니, 엇지 가련치 아니리잇가? 블힝ᄒᆞᆫ 가온ᄃᆡ 다힝이 텬뉸을 단원(團圓)ᄒᆞ니, 이ᄂᆞᆫ 부왕과 모비의 셩덕으로 텬의 감동ᄒᆞ시미로쇼이다."

언파의 ᄎᆞ희ᄎᆞ비(且喜且悲)[1781]ᄒᆞ여 심회 만단(萬端)이러라.

이의 힝즁(行中)의【63】가져온 모든 셔간을 드리니, 댱휘 바다 졔ᄉᆞ쇼고(娣姒小姑)[1782]와 친척 등의 글을 일일히 피열(披閱)ᄒᆞ며 면면이 반기믈 니긔지 못ᄒᆞ고, 냥녀의 셔간을 다시옴 어로만져 숀의 나리지 못ᄒᆞ더라.

댱휘 쏘 학ᄉᆞᄅᆞᆯ ᄃᆡᄒᆞ여 츄연(惆然) 탄왈,

"우슉(愚叔)이 황셩을 써날 젹 졔질이 다 유하(乳下)의 이시믈 보앗더니, 그 ᄉᆞ이 가히 셰월이 훌훌ᄒᆞ믈 알니로다. 여등(汝等)이 이러틋 장셩ᄒᆞ여 작교(鵲橋)[1783]의 현필(賢匹)을 비ᄒᆞ고, 셤궁(蟾宮)[1784]의 단계(丹桂)[1785]

"불쵸ᄋᆡ 죄악이 듕ᄒᆞ여 강보의 ᄌᆞ안를 써나와 십여ᄌᆡ의 비록 인ᄉᆞᄅᆞᆯ ᄒᆞ기의 밋ᄎᆞ나 ᄌᆞ안을 싱닉의 지긔ᄒᆞ올 길이 업ᄉᆞ믈 슬허ᄒᆞ옵더니, 금일이 하일이완ᄃᆡ ᄌᆞ안의 등빈ᄒᆞ와 인뉸의 남은 한이 업ᄉᆞ오니, 셕ᄉᆡ라도 무한이【8】로소이다. ᄎᆞ져져의 심ᄉᆞᄂᆞᆫ 역시 ᄌᆞ졍 셩의와 ᄀᆞᆺᄉᆞ와 화됴월셕의 한이 망ᄌᆞ산의 밋ᄉᆞ오나 현마 엇디 ᄒᆞ리잇고? 요힝 텬뉸이 단원ᄒᆞ니 이곳 부모의 셩덕을 텬의 감동ᄒᆞ시미로소이다."

언파의 역희역비ᄒᆞ여 심회 만단이나 ᄒᆞ더라.

이의 힝듕의 가져온 셔간을 드리니, 댱휘 바다 일일이《파람∥피람》ᄒᆞ여 면면이 반기고 냥녀의 셔간을 다시금 어ᄅᆞ만져 ᄎᆞ마 손의 놋치 못ᄒᆞ더라.

댱휘 혹ᄉᆞᄅᆞᆯ ᄃᆡᄒᆞ야 츄연 무위 왈,

"우슉이 황셩을【9】써날 젹 졔질이 다 유하의 이시믈 보와[왓]더니 그 ᄉᆞ이 가히 셰월이 훌훌ᄒᆞ믈 알니로다. 여등이 이러틋 장셩ᄒᆞ여 작교의 현필을 비ᄒᆞ고 셤궁의 단계를

1780)탄울(嘆鬱)ᄒᆞ다 : 한탄스럽고 답답하다.

1781)ᄎᆞ희ᄎᆞ비(且喜且悲) : 한편으로는 기쁘고 한편으로는 슬픔. 기쁘기도 하고 슬프기도 함.

1782)졔ᄉᆞ쇼고(娣姒小姑) : 동서와 시누이들. *제사(娣姒) : 손윗동서와 손아랫동서. 소고(小姑) : 시누이.

1783)작교(鵲橋) : 오작교(烏鵲橋). 까마귀와 까치가 은하수에 놓는다는 다리. 칠월칠석날 저녁에, 견우와 직녀를 만나게 하기 위하여 이 다리를 놓는다고 한다.

1784)섬궁(蟾宮) : 월궁(月宮). 달.

를 쎳거 현양부모(顯揚父母)ᄒᆞᄂᆞᆫ 경ᄉᆡ(慶事) 이시니, 아름답고 긔특지 아니ᄒᆞ리오. 우숙(愚叔)이 황셩을【64】하직ᄒᆞᆫ 후ᄂᆞᆫ, 비록 일년의 두어번식 일가친쳑의 쇼식을 드ᄅᆞ나, 쇽셜(俗說)의 니ᄅᆞᄃᆡ 열번 들으미 한번 보ᄂᆞ니와 갓치 못ᄒᆞ다 ᄒᆞ미, 엇지 올치 아니ᄒᆞ리오, 쥬야 탄식ᄒᆞ믈 마지 아니ᄒᆞ더니 금일 현질이 원노(遠路)의 ᄒᆡᆼ역(行役)을 괴로이 너기지 아니ᄒᆞ고, 창을 조ᄎᆞ 이의 니ᄅᆞ니 족히 십여년 별졍(別情)을 위로ᄒᆞᆯ지라. 감회ᄒᆞ믈 니긔지 못ᄒᆞ리로다."

학시 공경ᄒᆞ여 듯기를 다ᄒᆞ미, ᄇᆡ이ᄉᆞ왈(拜而謝曰),

"쇼질 등이 ᄯᅩ한 유시의 슉부모를 이국의 분슈(分手)ᄒᆞ오니, 하졍(下情)이 엇지 범연ᄒᆞ리잇가? 니별의 지리ᄒᆞ【65】오미 관산(關山) 텬ᄋᆡ(天涯)를 ᄉᆞ이 두어, 의앙(依仰)ᄒᆞ며 현망ᄒᆞᄂᆞᆫ 졍셩이 헐ᄒᆞ오미 아니로ᄃᆡ, 능히 말미암아 슉모 슬하의 ᄇᆡ현ᄒᆞ올 길히 더ᄃᆡ오믈 창연(愴然)ᄒᆞ옵더니, 금번 종뎨의 다ᄒᆡᆼ이 뇽갑(龍甲)의 고등ᄒᆞ오미, ᄇᆡᆨ뷔(伯父) 명ᄒᆞ샤 쇼분(掃墳)ᄒᆞ고 근친ᄒᆞ여 도라오라 ᄒᆞ시며, 가친(家親)이 쇼질을 명ᄒᆞᄉᆞ 종뎨로 동ᄒᆡᆼᄒᆞ라 ᄒᆞ시니, 아아[1786]로 더부러 이의 니ᄅᆞ럿숩더니, 슉모의 츈ᄉᆡᆨ(春色)이 오히려 감치 아니시믈 보오니, 쇼질의 희ᄒᆡᆼ(喜幸)ᄒᆞ믈 니긔지 못ᄒᆞ리로쇼이다."

왕과 휘 츄연(惆然)ᄒᆞ믈 마지 아니코, ᄌᆞ질을【66】어로만져 무ᄋᆡᄒᆞ믈 간격지 아니ᄒᆞ니, 그 질ᄌᆞ며 친지믈 분간치 못ᄒᆞ리러라.

궁즁의 가득ᄒᆞᆫ 삼쳔분ᄃᆡ(三千粉黛)[1787]의 무리 한님의 골격이 옥 갓흐믈 아니 칭찬ᄒᆞ리 업고, 기즁(其中) 년쇼 미아의 무리ᄂᆞᆫ 다 졍을 먹음어 우러러 흠모ᄒᆞ리 만터라.

한님과 학시 이윽이 뫼셔 말솜ᄒᆞ더니, 왕이 명ᄒᆞ여 심ㆍ뉴 냥희(兩姬)와 ᄌᆞ녀를 다

1785)단계(丹桂) ; 붉은 계수나무. 조선시대에 임금이 과거 급제자에게 계수나무 꽃을 수놓은 푸른 적삼을 하사하였다.

1786)아아 : 아우. 동생.

1787)삼천분ᄃᆡ(三千粉黛) : 삼천 명이나 되는 화장한 미인들. ≒삼천궁녀(三天宮女).

쎡거 현양부모ᄒᆞᄂᆞᆫ 경ᄉᆡ 이시니 아름답고 긔특디 아니라오. 우슉이 황셩을 하직ᄒᆞᆫ 후 비록 일년의 두번 친쳑의 소식을 드ᄅᆞ나 열 번 듯ᄂᆞᆫ 거시 ᄒᆞᆫ 번 보ᄂᆞ니와 ᄀᆞᆺ디 못ᄒᆞ다 ᄒᆞ믈 쥬야 탄식ᄒᆞ더니, 금일 현질이 원노 ᄒᆡᆼ역의 괴로오믈 ᄉᆡᆼ각지 아녀 니ᄅᆞ니 족히 십여【10】년 별졍을 위로 ᄒᆞᆯ디라. 감회ᄒᆞ믈 이긔디 못ᄒᆞ리로다."

ᄒᆞᆨ시 공경 문파의 ᄇᆡ이샤왈,

"쇼질 등이 유시의 슉모를 이국의 분슈ᄒᆞ오니 하졍이 엇지 범연ᄒᆞ리잇가마ᄂᆞᆫ, 니별이 지리ᄒᆞ오니 관산이 텬ᄋᆡ를 ᄉᆞ이 두어 ᄃᆡ히망망ᄒᆞ오니, 일기 ᄒᆡ지 능히 말믜암지 못ᄒᆞ오니, 의앙지셩이 헐ᄒᆞ오미 아니로ᄃᆡ, 슉모 슬하의 ᄇᆡ현ᄒᆞ올 길이 더ᄃᆡ믈 창연ᄒᆞ옵더니, 금번 죵뎨 의외의 뇽갑의 고등ᄒᆞ오미, 부숙의 명을 밧ᄌᆞ와 아ᄋᆞ로【11】더브러 니ᄅᆞ러숩더니 슉모의 풍식이 오히려 감치 아니시믈 보오니 쇼질의 영ᄒᆡᆼᄒᆞ믈 이긔디 못ᄒᆞ리로소이다."

왕과 휘 츄연ᄒᆞ믈 마지아니코 ᄌᆞ딜을 어ᄅᆞ만져 무ᄋᆡᄒᆞ니 그 딜ᄌᆞ며 친ᄌᆞ믈 분간치 못ᄒᆞ더라.

궁듕의 ᄀᆞ득ᄒᆞᆫ 분ᄃᆡ 한님의 골격을 아니 층찬ᄒᆞ 리 업더라.

《한님‖한담》이 이윽ᄒᆞ미 왕이 명ᄒᆞ여 심·뉴 냥희와 호빙과 봉효 등을 블너

블너 ᄌᆞ질을 보게 ᄒᆞ고, 호 빙(嬪)과 봉효ᆞ

효임을 불너 슈슉(嫂叔) 슉질(叔姪)이 셔로 보게 ᄒᆞ니, 한님 형뎨는 호빙의 외뫼 평상ᄒᆞ나 유한슉완(幽閑淑婉)ᄒᆞᆫ ᄉᆞ덕(四德)이【67】면모의 낫하나믈 깃거ᄒᆞ고, 일노뼈 블초ᄒᆞᆫ 형의 ᄂᆡ조의 유익ᄒᆞ미 이실가 더욱 희ᄒᆡᆼ(喜幸)ᄒᆞ더라.

학ᄉᆞ와 한님이 각각 호빙의 알퓌 나아가 졀ᄒᆞ고 치경(致慶) 왈,

"현싊(賢嫂) 오가(吾家)의 입승(入承)ᄒᆞ신 지 셰구(歲久)ᄒᆞᄃᆡ, 쇼ᄉᆡᆼ비(小生輩) 만니(萬里) 이향(異鄕)의 잇숩는 고로, 금일이야 동긔의 졍을 펴오니, 이 깃브미 ᄉᆡᆼ셰 쳐음이라. 현슈(賢嫂)의 셩덕이 먼니 번월(樊越)[1788]의 풍치(風采) 계시니, 쇼ᄉᆡᆼ 등이 우러러 영ᄒᆡᆼᄒᆞ믈 니긔지 못ᄒᆞ리로쇼이다. 더욱 장질(長姪)의 긔특ᄒᆞ미 여ᄎᆞᄒᆞ니, 질녀는 무용(無用)ᄒᆞ다 ᄒᆞ려니와, 질아는 오【68】국 즁뵈(重寶)라. 이는 다 존슈의 어질이 ᄐᆡ교(胎敎)ᄒᆞ시미로 쇼이다."

호빙이 쳔연이 숀ᄉᆞᄒᆞ고 유화히 ᄃᆡ(對)ᄒᆞ여 갈오ᄃᆡ,

"쳡이 블혜(不慧)ᄒᆞᆫ 지질노, 셩문(聖門)의 드러와 구고의 양츈혜턱(陽春惠澤)을 닙ᄉᆞ와, 옥누화각(玉樓華閣)의 부귀 극ᄒᆞ오나, 홀노 슉미(叔妹)의 션우(善友)를 밧줍지 못ᄒᆞ믈 쥬야(晝夜) 우탄(憂嘆)ᄒᆞ옵고, 각지이국(各在異國)[1789]의 ᄎᆞᄉᆡᆼ(此生) 상견이 쉽지 못ᄒᆞ올가 ᄒᆞ엿숩더니, 금일 하ᄒᆡᆼ(何幸)으로 냥위 슉슉이 니ᄅᆞ시니, 즁봉시하(重奉侍下)[1790]의 경시 극ᄒᆞ온지라. 쳡이 우러러 치하ᄒᆞᆯ 바를 아지 못ᄒᆞ리로쇼이다. 지어(至於) 무용지녀(無用之女)는【69】니ᄅᆞ지 말고, 돈ᄋᆡ(豚兒) 다ᄒᆡᆼ이 존문의 젹덕여음(積德餘陰)을 닙ᄉᆞ와, 품슈

슈슉 슉질이 셔로 보게 ᄒᆞ니, 한님 형뎨는 호빙의 외뫼 유한쇼[슉]뇨ᄒᆞ믈 깃거ᄒᆞ고, 일노뼈 블쵸ᄒᆞᆫ【12】형의 ᄂᆡ조의 유익ᄒᆞ미 ○○○[이실가] 더옥 환ᄒᆡᆼᄒᆞ여,

이의 ᄒᆞᆨᄉᆞ와 한님이 각각 호빙을 향ᄒᆞ야 치경 왈,

"현싊 오가의 입문ᄒᆞ션 지 셰구ᄒᆞᄃᆡ 쇼ᄉᆡᆼ비 경향의 잇는 고로 금일이야 동긔의 졍을 펴오미 처엄이오ᄃᆡ, 현수의 셩덕이 먼니 번월의 풍치 겨시니 소ᄉᆡᆼ 등이 우러러 영ᄒᆡᆼᄒᆞ믈 이긔디 못ᄒᆞ리로소이다. 더욱 냥질의 아롬다오미 여ᄎᆞᄒᆞ니 이는 다 존수의 어질이 ᄐᆡ교ᄒᆞ시미로소이다."

호빙이 텬연손샤ᄒᆞ고 유화ᄒᆞᆫ 말【13】숨이

1788)번월(樊越) : 중국 초나라 장왕(莊王)의 비(妃)인 번희(樊姬)와 소왕(昭王)의 비 월희(越姬). 둘 다 어진 마음으로 남편의 정사를 간(諫)해 덕행으로 유명하다.

1789)각지이국(各在異國) : 각각 서로 다른 나라에 살고 있음.

1790)즁봉시하(重奉侍下) : 부모님을 모신 자리에서 두 분을 함께 만나 뵘.

(稟受)ᄒᆞ오미 용녈(庸劣)키는 면ᄒᆞ여ᄉᆞ오나, 긔질이 본ᄃᆡ 담박(淡薄)ᄒᆞ니 결비영귀지상(決非榮貴之相)이라. 엇지 감히{이} 일면지부(一面之富)[1791]를 안향(安享)ᄒᆞᆯ 귀격(貴格)이 이시리잇고? 블미ᄒᆞᆫ 아ᄒᆡ를 과도히 일ᄏᆞᄅᆞ시니 붓그러오미 간졀ᄒᆞ여이다."

셜파의 유화ᄒᆞᆫ 낫빗과 온슌ᄒᆞᆫ 말ᄉᆞᆷ이 상낭ᄒᆞ고 명쳘ᄒᆞ여, 표의 블초함의 비길 ᄇᆡ 아니라. 냥싱이 흔연 칭ᄉᆞᄒᆞ고, 한님은 슈슈(嫂嫂)의 지심(持心)이 통쳘명쾌(洞徹明快)ᄒᆞ믈 심하의 칭션 탄복ᄒᆞ고, 봉희 【70】비록 아ᄅᆞᆷ다오나 긔질이 심히 청결쇼졸(淸潔疏拙)ᄒᆞ여 공후 왕ᄌᆞ의 부귀를 누리지 못ᄒᆞᆯ 위인인 쥴 아더라.

심ㆍ뉴 냥 셔모(庶母)의 현숙ᄒᆞᆫ 위인과, 뎨ᄆᆡ(諸妹) 다 년보 삼ᄉᆞ셰 히ᄋᆡ(孩兒)로ᄃᆡ, 엄시 션셰 명풍을 니어 인물이 크게 아름다오니, 한님이 네 아ᄒᆡ를 가ᄎᆞ(假借)ᄒᆞ여 ᄉᆞ랑ᄒᆞ믈 마지 아니ᄒᆞ니, 심ㆍ뉴 냥희 ᄆᆡ양 셰ᄌᆞ의 거오교만(倨傲驕慢)ᄒᆞ여, 쇼아(小兒) 남ᄆᆡ(男妹)를 조곰도 가ᄎᆞ(假借)ᄒᆞ며 사랑ᄒᆞ믈 보지 못ᄒᆞ엿더니, 한님의 과도히 ᄉᆞ랑ᄒᆞ믈 보ᄆᆡ 황공 감격ᄒᆞ믈 니긔지 못ᄒᆞ고, 호빙은【71】 한님의 후덕을 블승탄복(不勝歎服)ᄒᆞ여, 심하(心下)의 셰지 오왕 갓흔 부친과 한님 갓흔 아을 픔슈(稟受)치 못ᄒᆞ고, 갓지 못ᄒᆞ믈 괴이히 너겨, 텬니(天理)의 희극(戲劇)ᄒᆞᆫ 지화(災禍) 홀노 ᄌᆞ가의게 밋츤가 ᄎᆞ탄불이(嗟歎不已)ᄒᆞ더라.

왕이 이의 명ᄒᆞ여 궁즁의 크게 셜연(設宴)ᄒᆞ여 즐길ᄉᆡ, 왕의 부뷔 본ᄃᆡ ᄃᆡ조(大朝) 사ᄅᆞᆷ이라. 이곳의 친쳑이 업ᄉᆞᆫ 고로 이의 등극ᄒᆞ연 지 십년이 지나시ᄃᆡ, 한번 잔치를 여러 군신이 즐기미 업더니, ᄎᆞ일 쳐음으로 궁즁의 셜연ᄒᆞ니, 만조제신(滿朝諸臣)이며 국조인민(國朝人民)이 희귀ᄒᆞᆫ 경【72】ᄉᆞ로 알아 빅공지물(百貢之物)과 쇼산(所産)으로 각뷔(各部) 진심으로 거힝ᄒᆞ며, 녜물을 진공(進貢)ᄒᆞ니, 연셕의 부려(富麗)ᄒᆞ미 비길 ᄃᆡ 업ᄉᆞ며,

1791)일면지부(一面之富) : 한 지역의 부. 여기서는 '한 나라의 부'를 이른 말.

슌화ᄒᆞ고 명쳘ᄒᆞ야 표의 블쵸흉험ᄒᆞ미 비길 ᄇᆡ 아니라. 냥싱이 흔연 샤샤ᄒᆞ고 한님이 봉효 비록 아름다오나 긔질이 심히 청결소졸ᄒᆞ야 공후왕공의 부귀를 엇지 못ᄒᆞᆯ 인믈인 줄 아더라.

심·뉴 냥셔모의 현슉ᄒᆞᆫ 위인과 서뎨 셔ᄆᆡ의 년보 삼ᄉᆞ 셰의 히ᄋᆡ로ᄃᆡ 엄시 션셰 명풍을 니어 인믈이 크게 아름다오니, 한님이 네 아ᄒᆡ를 ᄎᆞ례로 가ᄎᆞᄒᆞ와 ᄉᆞ랑ᄒᆞ믈 간격지 아니ᄒᆞ니, 심·뉴 냥희 ᄆᆞ양[3] 셰ᄌᆞ【14】의 교우[오]교만ᄒᆞ미 쇼ᄋᆞ 남ᄆᆡ를 조금도 가챠ᄒᆞ믈 보디 아엿다가, 한님의 과도히 ᄉᆞ랑ᄒᆞ믈 보ᄆᆡ 황공감격ᄒᆞ믈 이긔디 못ᄒᆞ고, 호빙이 한님의 관후인덕ᄒᆞ믈 블승항복ᄒᆞ여, 심하의 셰지 오왕 ᄀᆞᄐᆞᆫ 부친과 한님을 품슈치 아니ᄒᆞ여시믈 고이히 넉이고 ᄌᆞ가의 신셰를 ᄎᆞ탄ᄒᆞ더라.

오왕이 이의 광녹시의 명ᄒᆞ여 궁듕의 크게 진연ᄒᆞ야 즐길ᄉᆡ, 연셕의 부려ᄒᆞ미 비길 ᄃᆡ 업고, 문무빅관이 다 금난젼의 모다 왕의 부ᄌᆞ를 하례【15】ᄒᆞ고, 외됴 명뷔 ᄶᅥ지 니 업시 입궐ᄒᆞ여 왕후긔 경ᄉᆞ를 치하ᄒᆞ니, 믈식의 번화흠과 풍믈의 장녀ᄒᆞ미 비길 ᄃᆡ 업더라. 문무 제신이 옥계 하의셔 쳔셰를 블너 진하ᄒᆞ고 이원풍뉴를 《지쥬∥진쥬》ᄒᆞ며 팔진경장을 드려 공ᄌᆞ의 입신 등양ᄒᆞ야 근친ᄒᆞ믈 하례ᄒᆞ니, 오왕이 쥬감의 더옥 츄연ᄒᆞ야 형뎨 친쳑이 일셕의셔 즐기디 못ᄒᆞ믈 쳑감ᄒᆞ야 눈

3)마양 : 마냥. 언제까지나 줄곧

문무제신이 다 금난뎐의 모다 왕의 경희를 ᄒᆞ례ᄒᆞ고, 외조명뷔(外朝命婦) 써지니 업시 입시(入侍) ᄂᆡ뎐(內殿)ᄒᆞ여 댱후의게 치하ᄒᆞ니, 물식(物色)의 번화ᄒᆞᆷ과 풍물(風物)의 장녀(壯麗)ᄒᆞ미 비길 ᄃᆡ 입더라.

종일 진환(盡歡)ᄒᆞ고 셕양의 파연(罷宴)ᄒᆞ니, 만조 군신과 외조 명뷔 다 물너나고, 왕이 취긔(醉氣)를 븟들녀 ᄂᆡ뎐의 드러오니, 한님과 학시 왕과 후를 뫼셔 말ᄉᆞᆷᄒᆞ다가, 야심ᄒᆞ미 퇴ᄒᆞ여 별궁의 ᄂᆞ【73】ᄅᆞ니, 셰ᄌᆡ 슬ᄒᆞ나 마지 못ᄒᆞ여 부명을 니어 삼곤계(三昆季) 한가지로 밤을 지닐ᄉᆡ, 한님의 흔흡(欣洽)ᄒᆞᆫ 깃부믄 텬싱 효우의 낫하난 ᄇᆡ니 니ᄅᆞ도 말고, 학ᄉᆞ의 깃거ᄒᆞ미 동복형뎨(同腹兄弟) 갓치 관곡(款曲)ᄒᆞᄃᆡ, 셰ᄌᆞᄂᆞᆫ ᄂᆡ도ᄒᆞᆫ지라[1792].

냥뎨의 말ᄉᆞᆷ을 면강(勉强)ᄒᆞ여 화답ᄒᆞ며, 한님의 츌텬효졔(出天孝悌)를 보ᄃᆡ 조곰도 감동ᄒᆞ미 업셔, 그 지리히 ᄉᆞ졍을 니ᄅᆞ믈 도로혀 괴로이 너기고, 학ᄉᆞ의 지극ᄒᆞ믈 더욱 우이 너겨, 현현이 고ᄉᆡᆨ(苦色)을 낫하ᄂᆡ지 아니나, 초초(草草)ᄒᆞᆫ ᄃᆡ답과 졍의 가작(假作)을 한님이 엇지 아【74】지 못ᄒᆞ리오. 광금장침(廣衿長枕)의 힐항지졍(詰抗之情)[1793]이 조곰도 업ᄉᆞ니, 한님이 심하의 ᄋᆡ닯고 슬허ᄒᆞ더라.

한님이 이의 머므런 지 슌월의 부왕을 뫼셔 규졍ᄒᆞ미 만흐니, 일마다 신긔ᄒᆞ고 긔특ᄒᆞᆫ지라. 왕이 더욱 ᄋᆡ즁(愛重)ᄒᆞ여 ᄎᆞᄌᆞ의 비상ᄒᆞ믈 볼ᄉᆞ록 표의 블초ᄒᆞ믈 기탄ᄒᆞ여, ᄆᆡ양 후를 ᄃᆡᄒᆞ여 니ᄅᆞᄃᆡ,

"하ᄂᆞᆯ이 표를 ᄂᆡ시믄 나의 묘복(眇福)을 벌ᄒᆞ여, 오국을 기리 진이지 못ᄒᆞ게 ᄒᆞ시미오. 창아의 ᄌᆡ덕(才德) 현ᄒᆡᆼ(賢行)을 나리오시믄 엄시 조종(祖宗)을 창ᄃᆡᄒᆞ려 ᄒᆞ시미니, ᄎᆞ아를【75】비록 우리 ᄉᆡᆼ휵ᄒᆞᆫ ᄇᆡ나, 그 복녹은 형장과 최 슈(嫂)의게 나리오신 ᄇᆡ믈 알니로쇼이다."

1792)ᄂᆡ도ᄒᆞ다 : 판이(判異)하다. 크게 다르다. 엉뚱하다.

1793)힐항지졍(頡頏之情) : 새가 날면서 오르락내리락하는 것처럼, 형제가 서로 장난치며 올라타고 내려뜨리고 하며 노는 정.

믈 십여 항이 상연이 잔 ᄀᆞ온ᄃᆡ ᄯᅥ러지믈 ᄭᆡᄃᆞᆺ디 못ᄒᆞ니, 좌우제신이 블감【16】앙시ᄒᆞ여 상연감동ᄒᆞ더라.

죵일 진환ᄒᆞ고 셕양의 파연ᄒᆞ니 만됴명뷔 다 믈너나고 왕이 취긔를 븟들녀 졍젼의 드ᄅᆞ시다. 한님과 혹ᄉᆡ 야심토록 왕의 부부를 시립ᄒᆞ여 말ᄉᆞᆷᄒᆞ다가 야심 후 퇴ᄒᆞ야 별당의 도라오니, 셰ᄌᆡ 슬ᄒᆞ나 마지못ᄒᆞ여 부명을 니어 삼곤계 ᄒᆞᆫ가지로 밤을 진닐ᄉᆡ, 한님의 흔흡ᄒᆞᆫ 깃브믄 쳔진 효우의 나타난 ᄇᆡ니 니ᄅᆞ도 말녀니와, 혹ᄉᆞ의 깃거ᄒᆞ미 동포형뎨 ᄀᆞᆺ치 관곡ᄒᆞᄃᆡ, 셰ᄌᆞᄂᆞᆫ ᄠᅳᆺ이 ᄂᆡ【17】도ᄒᆞᆫ지라.

냥뎨의 말ᄉᆞᆷ을 면강ᄒᆞ야 화답ᄒᆞ나, 심하의 괴롭고 우히 넉여 현현이《그ᄉᆡᆨ ‖ 고ᄉᆡᆨ》을 나타ᄂᆡ지 아니나, 초초ᄒᆞᆫ ᄃᆡ답과 졍의 가작을 한님이 엇지 아디 못ᄒᆞ리오. 광금장침의 힐지항지ᄒᆞᄂᆞᆫ 졍이 조금도 업ᄉᆞ니 한님이 심하의 ᄋᆡ돏고 슬프믈 이긔디 못ᄒᆞ더라.

한님이 이의 머믈미 부왕을 뫼셔 규졍ᄒᆞ미 일마다 신긔ᄒᆞ고 긔이ᄒᆞ니 왕이 더옥 ᄋᆡ듕ᄒᆞ야 ᄎᆞᄌᆞ의 비상ᄒᆞ믈 볼ᄉᆞ록 표의 블쵸ᄒᆞ믈 기탄ᄒᆞ야《ᄆᆞ양 ‖ ᄆᆡ양》후를【18】ᄃᆡᄒᆞ야 닐오ᄃᆡ,

"하날이 표의[를] 블민ᄒᆞ므로ᄡᅥ ᄂᆡ시믄 나의 묘복을 벌ᄒᆞ여 오국 긔업을 기리 진니디 못ᄒᆞ게 ᄒᆞ시미오, 창아의 ᄃᆡ덕 현ᄒᆡᆼ을 ᄂᆞ리오시믄 엄시 됴죵을 창ᄒᆞ랴 ᄒᆞ시미니, 창ᄋᆞ를 우리 비록 ᄉᆡᆼ휵ᄒᆞ여시나 그 복녹은 형댱과 최수의게 ᄂᆞ리오시믈 알니로소이다."

ᄒᆞ더라.

ᄒᆞ더라.

세ᄌᆡ 학ᄉᆞ와 한님으로 동쳐(同處)ᄒᆞᆫ지 날이 오릐ᄆᆡ, 미녀 셩ᄉᆡᆨ의 즐길 ᄠᅳᆺ이 간졀ᄒᆞ여 일일은 학ᄉᆞ와 한님을 ᄃᆡᄒᆞ여, 녀ᄉᆡᆨ(女色)을 일ᄏᆞᄅᆞ믈 마지 아니ᄒᆞ니, 한님이 유화(柔和)히 간왈,

“형장이 미녀의 마ᄋᆞᆷ이 간졀ᄒᆞ시고 치국지도(治國之道)의 ᄠᅳᆺ이 업ᄉᆞ시니, 아지 못게이다! 타일 쳔승지위(千乘之位)를 님ᄒᆞ샤 무ᄉᆞᆷ 덕으로ᄡᅥ 쇼방(小邦) 신민을 어로만져 교화(敎化)를 베풀냐 ᄒᆞ시ᄂᆞ니잇가? 쇼뎨 감히 형장의 허【76】물을 시비(是非)ᄒᆞ미 아니라, 형장 말ᄉᆞᆷ을 듯ᄌᆞ오ᄆᆡ 블승경ᄒᆡ(不勝驚駭)ᄒᆞ미로쇼이다.”

셜파의 옥안이 졍슉ᄒᆞ고 말ᄉᆞᆷ이 슈려ᄒᆞ여 츈풍의 봄빗ᄎᆞᆯ 변치 아냣ᄂᆞᆫ 가온ᄃᆡ, ᄌᆞ연ᄒᆞᆫ ᄀᆡ위 엄쥰ᄒᆞ여 조둔(趙盾)[1794]의 하일지상(夏日之相)[1795]이 이시니, 세ᄌᆡ 참괴(慙愧) 무류(無聊)ᄒᆞ여 낫ᄎᆞᆯ 븕히고 노ᄉᆡᆨ(怒色)이 가득ᄒᆞ거ᄂᆞᆯ, 학ᄉᆡ 화(和)히 웃고 푸러 니ᄅᆞᄃᆡ,

“남ᄌᆞ의 텬셩과 작인은 한가지 아니라. 풍뉴화ᄉᆞ(風流華士)도 잇고 도학군ᄌᆞ(道學君子)도 잇ᄂᆞ니, 아[1796]은 니ᄅᆞᆫ 바 일ᄀᆡ 단ᄉᆞ(端士)오, 종형(從兄)은 풍뉴영걸(風流英傑)이라. 일시 셩악(聲樂)을 드러 우회(憂懷)를 【77】 쇼견(消遣)코져 ᄒᆞ믄 블시상ᄉᆡ(不時常事)오 ᄯᅩᄒᆞᆫ 아등의 ᄀᆡᆨ회(客懷)를 위로코져 ᄒᆞ미라,

---

1794)조둔(趙盾) : 중국 춘추시대 진(晉)나라 정치가. 당시 적(狄)나라 재상 풍서가 진나라에서 적(狄)에 도망온 가계(賈季)라는 사람에게 진나라의 두 정치인 조둔과 조쇠(趙衰) 중 누가 더 어진 사람인가를 묻자, 조쇠는 겨울날의 태양이고(冬日之日)이고, 조둔은 여름날의 태양(夏日之日)이라고 대답했는데, 이 말에 대하여 남북조시대 진(晉)나라 학자 두예(杜預)가 겨울 해는 사랑스럽지만(冬日之愛) 여름 해는 위엄[두려움]이 있다(夏日之威)라는 주석(註釋)을 붙여 두 사람의 인품을 나타냈다.

1795)하일지상(夏日之相) : ‘여름날의 이글거리는 해와 같은 상모’라는 뜻으로, 위엄이 높은 것을 비유적으로 이르는 말. 남북조시대 진(晉)나라 학자 두예(杜預)가 『춘추』를 주석하면서 (晉)나라 조둔(趙盾)의 인품을 ‘하일지위(夏日之威)’라고 평한 데서 유래했다.

1796)아 : 동생.

다른 뜻이 아니어놀 현데 엇지 너모 미몰이 구ᄂᆞ뇨? 딕장부의 풍치 아니로다.”

한님이 형의 긔식이 블호(不好)ᄒᆞ믈 보미 만심(滿心) 기연(慨然)ᄒᆞ나, 잠간 블안ᄒᆞᆫ 낫빗출 곳쳐 ᄉᆞ쇠 왈,

“쇼뎨 형장의 ᄉᆞ랑ᄒᆞ시ᄂᆞᆫ 셩우롤 모로ᄂᆞᆫ 비 아니로딕, 우미(愚昧)ᄒᆞᆫ 쇼견의 항직(伉直)ᄒᆞ믈 면치 못ᄒᆞ여, 만히 실언ᄒᆞᆫ가 시부니 비록 뉘우ᄎᆞ나 밋지 못ᄒᆞ리로쇼이다.”

세지 그 진정 아닌 말을 더욱 블쾌ᄒᆞ나 무익ᄒᆞᆫ 말을【78】몬져 ᄒᆞ여, 져의게 견픠(見敗)ᄒᆞ믈 익달나ᄒᆞ여, ᄎᆞ후ᄂᆞᆫ 감히 녀식다히 말을 못ᄒᆞ고, 냥뎨의 오릭 머믈믈 괴로이 너기더라.

이러구러 시셰(是歲) 구츄(九秋)롤 당ᄒᆞ니 한님이 오국의 근친 와, 가국을 써난 지 칠삭이라. 군친(君親)의 말미 긔한이 다ᄒᆞ믈 씨다라, 즉시 힝니롤 쥰비ᄒᆞ여 경ᄉᆞ로 도라가려 ᄒᆞ더라.【79】

한님의 오국의 근친ᄒᆞ야 가국를 써난 지 칠삭이라. 군친의 말미 긔한이 다ᄒᆞ믈 씨다라 즉시 힝니를 타졈ᄒᆞ야 경ᄉᆞ로 도라갈시,

엄시효문쳥힝녹 권지십이

화셜. 학ᄉᆞ와 한님이 가국(家國)을 써난 지 칠삭(七朔)이라. 군친의 말미 긔한이 다ᄒᆞ믈 ᄭᅵ다라, 즉시 힝니(行李)[1797]를 쥰비ᄒᆞ여 경ᄉᆞ로 도라갈ᄉᆡ,

부왕과 모후와 호빙[빈]이 궁즁의 쇼작(小酌)[1798]을 베퍼 ᄌᆞ질(子姪)을 젼별(餞別)ᄒᆞᆯᄉᆡ, 왕과 휘 ᄌᆞ질의 숀을 잡고 눈물을 ᄲᅮ려 니별을 니ᄅᆞ미, 후는 ᄃᆡ기ᄌᆞ질(對其子姪)ᄒᆞ여[1799] 다시 만나믈 일ᄏᆞᆺ고, 일가와 친쳑이며 슉미제ᄉᆞ(叔妹娣姒)[1800]와 냥녀의게 셔간을 븟치고, 왕은 기리 탄식 왈,

"ᄂᆡ 명년이면 당당이 입조ᄒᆞ리니 동【1】긔를 반기고 골육을 모도미 어렵지 아니려니와, 연이나 화복이 무문(無門)이라. 텬의와 인ᄉᆞ를 엇지 탁냥(度量) ᄒᆞ리오. 아ᄌᆞ와 현질(賢姪)은 보즁ᄒᆞ여 원노의 무ᄉᆞ히 도라가라."

ᄒᆞ며, 냥형(兩兄)과 녀셔(女婿) 부부와 ᄆᆡᄌᆞ의게 다 셔간을 븟치니, 학ᄉᆞ는 슈명ᄒᆞ고 한님은 부왕의 언ᄉᆡ 블길ᄒᆞ믈 츄연 감동ᄒᆞ여, 《낭셩‖냥셩(兩星)[1801]》 츄파(秋波)의 누쉬 어릐여 계슈(稽首) 복지(稽首伏地) 왈,

"ᄇᆡᆨ구과극(白駒過隙)[1802]의 광음(光陰)이

부왕과 모후 궁듕의 쇼작을 베【19】러[퍼] ᄌᆞ질을 니별ᄒᆞᆯᄉᆡ, 왕과 휘 ᄌᆞ질의 손을 잡고 눈믈○[을] ᄲᅮ려 니별을 니ᄅᆞ며, 후는 다시 만나기 쉽디 《아니‖아닐》 줄 일ᄏᆞᆺ고 일가친쳑이며 슉미 제ᄉᆞ와 냥녀의게 셔간을 븟칠ᄉᆡ 왕은 당탄 왈,

"내 명년이면 당당이 입됴ᄒᆞ리니 모드며[미] 어렵지 아니려니와 슈연이나 화복이 무문이라. 《화복 일됴셕의 길흉이‖화복길흉이 일됴셕의》 이시니 텬의나 인ᄉᆞ를 엇디 미리 탁냥ᄒᆞ리오. 내 ᄋᆞ히와 현질은 보듕ᄒᆞ야 원노의 무ᄉᆞ히 도라가라."

ᄒᆞ며 냥형과 녀셔 부부【20】의게 다 셔간를 부치니, ᄒᆞᆨᄉᆞ는 슈명ᄒᆞ고 한님은 부왕의 언ᄉᆡ 블길ᄒᆞ시믈 감동 츄연ᄒᆞ야 낭셩 츄파의 누쉬 어릐여 계슈 복지 왈,

"광유[음]이 흐ᄅᆞ는 믈 ᄀᆞᆺᄐᆞ니 언마ᄒᆞ여 명년이 되리잇고? 《황경‖환경》 입됴ᄒᆞ신즉, 쇼지 부슉 제형으로 더브러 교외의 마ᄌᆞ오리니, 다시 븍당 훤쵸의 즐기오믈 ᄇᆞ라옵ᄂᆞ니, 대인이 엇지 이런 쳑감ᄒᆞᆫ 언ᄉᆞ를 ᄒᆞ샤 히ᄋᆞ의 써나는 심ᄉᆞ를 환난케 ᄒᆞ시ᄂᆞ니잇가?"

1797)힝니(行李) : =행장(行裝). 여행할 때 쓰는 물건과 차림.

1798)쇼작(小酌) : 조촐하게 차린 술자리.

1799)ᄃᆡ기ᄌᆞ질(對其子姪)ᄒᆞ여 : 그 아들과 조카들을 대하여.

1800)슉미졔ᄉᆞ(叔妹娣姒) :시누이와 동서를 아울러 이르는 말. *숙매(叔妹): 시누이. *제사(娣姒): 남편 형제들의 아내. 동서.

1801)냥셩(兩星) : '두 별'이란 말로, '두 눈'을 비유적으로 이른 말.

1802)ᄇᆡᆨ구과극(白駒過隙) : 흰 망아지가 빨리 달리는 것을 문틈으로 본다는 뜻으로, 인생이나 세

흐ᄅᆞᄂᆞᆫ 물갓흐니 언마ᄒᆞ여 명년이 되리잇고? 환경입조(還京入朝)ᄒᆞ신 즉 쇼지 부슉제형(父叔諸兄)으【2】로 더부러 교외의 맛[맞]ᄉᆞ오리니, 다시 모다 즐기믈 원ᄒᆞ옵ᄂᆞ니 ᄃᆡ인은 엇지 이런 쳑감(慽感)ᄒᆞᆫ 언ᄉᆞᄅᆞᆯ ᄒᆞ샤 ᄒᆡ이의 써나ᄂᆞᆫ 심회ᄅᆞᆯ 환난케 ᄒᆞ시ᄂᆞ니잇고?"

왕이 아ᄌᆞ의 경동ᄒᆞ믈 보고 즉시 ᄉᆞ식을 곳쳐 위로ᄒᆞ고, 심·뉴 양희와 호빙이 ᄌᆞ녀ᄅᆞᆯ 거ᄂᆞ려 니별을 니ᄅᆞ고 셰지 면강ᄒᆞ여 거즛 년년(戀戀)ᄒᆞᆫ ᄉᆞ식을 지어 니별ᄒᆞ나, 실노 진정은 아니라.

한님이 쳑연이 작별ᄒᆞᆯ 시, 님힝(臨行)의 츄연이 빵체(雙涕)ᄅᆞᆯ 나리와 고왈,

"쇼뎨와 냥 져제(姐姐) 이시나 만니 이국의 분쳐(分處)【3】ᄒᆞ여 부모 슬하의 시봉치 못ᄒᆞ오미[니] 엇지 ᄎᆞᆷ아 인ᄌᆞ(人子)의 견ᄃᆡᆯ ᄇᆡ리잇고? 복원 형장은 불초 뎨ᄆᆡ(弟妹) 등의 블효ᄒᆞ믈 경계ᄒᆞ샤, ᄉᆞ샤(事事)의 부훈모교(父訓母教)ᄅᆞᆯ 승슌(承順)ᄒᆞ시고, 현수(賢嫂)ᄂᆞᆫ 이람(二南)[1803]의 셩덕을 니으신 슉완(淑婉)이라. 맛당이 낙이처로(樂爾妻孥)[1804]ᄒᆞ시고 화락ᄎᆞ담(和樂且湛)[1805]ᄒᆞ샤 ᄂᆡ조(內助)의 간언을 용납ᄒᆞ시며, 옥ᄌᆞ화녀(玉子華女)ᄅᆞᆯ 년싱ᄒᆞ샤 부왕과 모후ᄅᆞᆯ 셩효로 셤기시며, 효와 녜로써 신민을 ᄃᆡᄒᆞ시고 '쥬공(周公)의 일반(一飯)의 삼토포(三吐哺)'[1806]ᄒᆞ시던 덕을

왕이 ᄋᆞᄌᆞ의 경동ᄒᆞ믈 보고 즉시 ᄉᆞ식을 곳쳐 분【21】슈ᄒᆞ고, 심·뉴 냥희와 호빙이 ᄌᆞ녀를 거나려 니별ᄒᆞ며, 셰지 면강ᄒᆞ야 거ᄌᆞᆺ 연연ᄒᆞ야 니별ᄒᆞ니[나] 실노 진정이 아니니,

---

월이 덧없이 짧음을 이르는 말.

1803)이람(二南) : 『시경(詩經)』의 <주남(周南)>편과 <소남(召南)>편을 아울러서 이르는 말. 모두 주나라 왕실의 덕화를 노래하고 있는 시들로 이루어져 있다.

1804)낙이처로(樂爾妻孥) : 너의 아내와 자식들을 즐겁게 하라. 『시경(詩經)』 <소아(小雅)> '상체(常棣)'시의 "의이실가 낙이처로(宜爾室家 樂爾妻孥: 너의 가정을 잘 다스리면, 너의 아내와 자식들을 즐겁게 한다)에서 따온 말.

1805)화락ᄎᆞ담(和樂且湛) : 화락하고 또 즐겁다. 『시경(詩經)』 <소아(小雅)> '상체(常棣) 시'의 "형제기흡 화락차담(兄弟既翕 和樂且湛: 형제가 서로 화합하면 화락하고 또 즐겁다)에서 따온 말.

1806)쥬공(周公)의 일반(一飯)의 삼토포(三吐哺) : 중국 주(周)나라 주공(周公)이 어진 선비를 얻기 위해 밥 한 끼 먹는 동안 세 번이나 입 안에 든 밥을 뱉고 나와 손님을 맞이하였던 고사를 말함.

효측ᄒᆞ샤, 오국(吳國) 긔업(基業)을 만셰의 가【4】업ᄉᆞᆫ 아ᄅᆞᆷ다오믈 일우쇼셔."

세지 한님의 말ᄉᆞᆷ이 ᄌᆞᄌᆞ히 셩언현에(聖言賢語)라. 심니(心裏)의 구연(懼然)하나 거ᄌᆞᆺ 낫빗ᄎᆞᆯ ᄌᆞ약히 칭ᄉᆞ 왈,

"현뎨의 말이 금옥지언(金玉之言)이라. 우형(愚兄)이 엇지 어진 아의 ᄇᆞᆰ이 가ᄅᆞ치믈 삼가 명심치 아니ᄒᆞ리오. 현뎨ᄂᆞᆫ 부왕과 모후를 ᄯᅥ나믈 과도히 슬허 말나."

한님이 ᄇᆡ슈 칭ᄉᆞᄒᆞ고 드ᄃᆡ여 부모와 형장긔 졀ᄒᆞ여 분슈ᄒᆞᄆᆡ, 보ᄂᆡᄂᆞᆫ 졍과 ᄯᅥ나ᄂᆞᆫ 회픠 엇지 창연치 아니리오.

한님이 모친의 ᄉᆞᆫ을 밧들어 누싊(淚水) 쳔항(千行)이어ᄂᆞᆯ 댱휘 ᄯᅩᄒᆞᆫ【5】ᄋᆡ연(哀然)ᄒᆞ믈 억제치 못ᄒᆞ여 쌍셩(雙星)의 쳥누(淸淚)를 ᄲᅮ리니, 학ᄉᆡ 니별의 그음 업ᄉᆞ믈 ᄭᆡ다라 만단(萬端) 위로ᄒᆞ여, 한님을 븟드러 나와 거마를 두로혀미, 오국 신뇌(臣僚) ᄇᆡᆨ니(百里)의 나와 젼숑ᄒᆞ더라.

댱휘 아ᄌᆞ를 격셰(隔世) 니별 후 십여ᄌᆡ(十餘載)의 ○○[만나] ᄉᆞ오삭을 슬하의 두어, 그 풍광덕질이 얼[일]마다 셩현유풍을 니어 일거일동(一擧一動)이 녜(禮) 밧긔 나지 아니믈 더욱 두굿겨, 져갓흔 아들을 슬하의 기리 두지 못ᄒᆞ믈 ᄋᆡ달나ᄒᆞ고, 윤쇼져의 별긔이질(別氣異質)이 아ᄌᆞ의 진짓 ᄇᆡ항(配行) 이어【6】ᄂᆞᆯ, 이갓흔 슉녀 현부를 ᄲᅡ지어 슬하의 ᄌᆞ미를 보지 못ᄒᆞ믈 골돌 한탄ᄒᆞ며, 아ᄌᆞ의 이의 온지 ᄉᆞ오삭이 젹은듯 지나 ᄌᆞ질(子姪)이 일시의 도라가니, 부뷔 셔로 후원 고루(高樓)의 올나 이윽이 쳠망(瞻望)ᄒᆞ여, ᄌᆞ질의 형뫼 졈졈 머러가믈 보ᄆᆡ 아연 초창ᄒᆞ더니, 침뎐의 도라와 망연ᄌᆞ실(茫然自失)ᄒᆞ여 엄연이 무어ᄉᆞᆯ 일흔 듯, 히옴업시 '희허(噫噓)《누체‖뉴체(流涕)》'[1807]ᄒᆞ여 비뤼힝뉴(悲淚行流)ᄒᆞ니 왕이 역감체읍(亦感涕泣) 왈,

"창아를 신ᄉᆡᆼ초(新生初)의 ᄎᆞ별(此別)을 아랏ᄂᆞ니, ᄉᆡ로이 긴 니별을 지으미 아【7】니라. 현후(賢后)ᄂᆞᆫ 관회(寬懷)ᄒᆞ쇼셔."

1807)희허뉴체(噫噓流涕) : 탄식하여 울며 눈물을 흘림.

한님이 흔연 작별ᄒᆞ니, 부모 형뎨로 분슈ᄒᆞ미 상하 《낭졍‖냥졍》이 《ᄎᆞ동‖차등》치 아니ᄒᆞ고 거류장별의 별뉘 쳔항이러라.

일장 니별ᄒᆞ기를 맛ᄎᆞ미 한님 형뎨 몸을 두로혀미 오국 신뇌 ᄇᆡᆨ니졍의 나와 젼숑ᄒᆞ더라.

《냥휘‖댱휘》 아ᄌᆞ를 십여ᄌᆡ의 만나 삼ᄉᆞ삭을 슬하의 두어, 그 풍광덕질이 일마다 셩현유풍을 니어, ᄒᆞᆫ 거롬이 녜 밧긔 어긋【22】나지 아니믈 더욱 두굿겨, 져ᄀᆞᆺ튼 아들을 슬하의 두지 못ᄒᆞ믈 ᄋᆡ달아 ᄒᆞ고, ᄌᆞ부 녀셔의 아롬다온 긔질을 슬하의 ᄲᅡ지어 보지 못ᄒᆞ믈 슬허ᄒᆞ더니, 본ᄃᆡ 기ᄃᆞ리지 아닛ᄂᆞᆫ 날은 가기를 쌜니 ᄒᆞᄂᆞᆫ지라. 임의 ᄉᆞ오 삭이 져근덧 지나 ᄌᆞ질이 일시의 도라가니, 부뷔 셔로 후원 고루의 올나 이윽히 쳠망ᄒᆞ여 ᄌᆞ질의 형뫼 졈졈 머러 가믈 보ᄆᆡ 아연 쵸창ᄒᆞ고, 침젼의 도라와 망연ᄌᆞ실ᄒᆞ미 엄연이 무어ᄉᆞᆯ 일흔 ᄃᆞᆺ 히음업시 희허뉴체ᄒᆞ여 비뤼【23】 횡타ᄒᆞ니 왕이 역감 츄연 왈,

"ᄎᆞ별은 창ᄋᆞ를 신ᄉᆡᆼ 초의 아랏ᄂᆞ니 ᄉᆡ로이 긴 니별을 디으미 아니라. 현후ᄂᆞᆫ 관심ᄒᆞ소셔."

휘 쳑연 탄식 왈,

"쳡이 홀노 모ᄅᆞ미 아니라 인졍의 참지 못ᄒᆞᆯ 지통이 강잉치 못ᄒᆞ리로쇼이다."

왕이 ᄌᆡ삼 호언으로 위로ᄒᆞ더라.

이ᄯᆡ 셰ᄌᆡ 지리히 냥뎨로 더부러 지ᄂᆡ미 경박 탕ᄌᆞ의 농츈지심(弄春之心)이 날노 더어, 한님의 도라가기ᄅᆞᆯ 손곱아 기다려시니 엇지 일호(一毫)나 동긔지졍의 니별을 앗기ᄂᆞᆫ 뜻이 이시리오. 더욱 그 졍ᄃᆡᄒᆞᆫ 간언(諫言)이 비컨ᄃᆡ 여풍과이(如風過耳)[1808]ᄒᆞᆷ 갓ᄒᆞ니 폐부(肺腑)의 명심ᄒᆞᆯ ᄌᆡ 아니라.

이날븟터 부왕과 모후긔 【8】ᄉᆞ시 문안ᄒᆞᆫ 후ᄂᆞᆫ 의구히 궁즁의 잠겨 미녀셩ᄉᆡᆨ(美女聲色)을 모호고 가무연낙(歌舞宴樂)을 일삼으니, 쇼방지국(小邦之國)이 본ᄃᆡ 싸히 너ᄅᆞ지 못ᄒᆞᆫ 고로 문물이 번셩치 못ᄒᆞᆫ지라. 쳔고절ᄃᆡ가인(千古絶代佳人)을 어더 빈어(嬪御)[1809]의 슈ᄅᆞᆯ ᄎᆡ오고져 ᄒᆞ여, 복심 환시(宦侍)와 ᄋᆡᆨ졍(掖庭)[1810] 무리ᄅᆞᆯ 녀념(閭閻)의 노화 그으이 미ᄉᆡᆨ을 광구(廣求)ᄒᆞ더니, 최후의 궁감 숑위 일ᄃᆡ 미녀ᄅᆞᆯ 쳔거ᄒᆞᄃᆡ 본ᄃᆡ 금능 션ᄇᆡ 녀가의 일녀 이시니, 폐월슈화지ᄐᆡ(蔽月羞花之態)[1811]와 침어낙안지용(沈漁落雁之容)[1812]이 잇다 ᄒᆞ니, 아지못게라! 엇던 미인인고?

ᄑᆡ 본ᄃᆡ 하걸(夏桀)[1813]의 창되(唱導)ᄒᆞ【9】

휘 쳑연 탄식 왈,

"쳡이 모ᄅᆞ미 아니라 인졍의 참디 못ᄒᆞᆯ 지졍이 만ᄒᆞ니 강잉치 못ᄒᆞ리로소이다."

왕이 ᄌᆡ삼 호언으로 위로ᄒᆞ고 호빙과 심·뉴희 학낭쇼어로 ᄌᆞ녀를 가ᄎᆞᄒᆞ야 왕과 후를 위로ᄒᆞ더라.

이ᄯᆡ 셰ᄌᆡ ᄉᆞ오 삭을 지리히 냥뎨를 더브러 밤을 지ᄂᆡ미, 경박탕ᄌᆞ의 녹[농]츈지심이 날로 {화를} 더어 한님의 도라가【24】기를 손곱아 기ᄃᆞ려시니, 엇디 일호나 동긔디졍의 니별을 앗길 뜻이 이시며, 《젼ᄃᆡ‖졍ᄃᆡ》ᄒᆞᆫ 의논이 비컨ᄃᆡ 우이숑경으로 일체라. 폐부의 명심ᄒᆞᆯ ᄌᆡ리오?

ᄎᆞ일로븟터 부왕과 모후긔 ᄉᆞ시 문안을 맛ᄎᆞᆫ 후ᄂᆞᆫ 의구히 궁듕의 잠겨, 미녀셩ᄉᆡᆨ을 모ᄒᆞ고 쵸요월아를 잇그러 가무로 연음ᄒᆞ고, 소방지국의 본ᄃᆡ 문물이 너ᄅᆞ지 못ᄒᆞᆫ 고로, 심하의 쳔고절염을 《어러‖어더》 빈어의 슈를 ᄎᆡ우고져 ᄒᆞ여, 심복 환시 《군단‖군관》 무리를 녀염의 노하 그으이【25】 미ᄉᆡᆨ을 광구ᄒᆞ더라.

1808)여풍과이(如風過耳) : 바람이 귀를 스쳐 가는 것과 같다는 뜻으로, 남의 말을 귀담아듣지 아니하고 지나쳐 흘려버림을 이르는 말.

1809)빈어(嬪御) : 임금의 첩.=빈첩.

1810)ᄋᆡᆨ졍(掖庭) : 『역사』 고려 시대에, 왕명의 전달 및 궁궐 관리를 맡아보던 벼슬아치. 또는 관아(官衙=掖庭局).

1811)폐월슈화지ᄐᆡ(閉月羞花之態) : 꽃도 부끄러워하고 달도 숨을 만큼 여인의 얼굴과 맵시가 매우 아름답다는 것을 비유적으로 이르는 말.

1812)침어낙안지용(沈魚落雁之容) : 미인을 보고 물 위에서 놀던 물고기가 부끄러워서 물속 깊이 숨고 하늘 높이 날던 기러기가 부끄러워서 땅으로 떨어질 만큼, 아름다운 여인의 용모를 비유적으로 이르는 말. ≪장자≫ <제물론(齊物論)>에 나온다.

1813)하걸(夏桀) : 중국 하나라의 마지막 왕. 성은 사(姒). 이름은 이계(履癸). 은나라의 탕왕에게

미 아니로ᄃᆡ, ᄆᆡ희(妹喜)[1814] 갓흔 요녀를 젼총(專寵)ᄒᆞ고 은실(殷室)[1815]의 쇠미ᄒᆞ미 아니로ᄃᆡ 달긔(妲己)[1816] 갓흔 요인을 고혹(蠱惑)ᄒᆞ니, 희라! 오국이 장ᄎᆞᆺ 운싊 진ᄒᆞ믈 가히 알니러라.

션셜. 한님 형뎨 오국을 ᄯᅥ나 길히 오ᄅᆞ니 시세 즁취(仲秋)라. 청풍이 셔ᄅᆡ(西來)ᄒᆞ고 옥위(玉雨) 징영(爭榮)ᄒᆞ여, 만산 단풍은 븕고져 ᄒᆞ고 일만 향국(香菊)이 봉오리를 벌고져 ᄒᆞ니, 쳔고 절승ᄒᆞᆫ 승경(勝景)이 쳐쳐의 가려ᄒᆞ여, 시인묵ᄀᆡᆨ(詩人墨客)의 시흥을 돕고 슈인비ᄉᆞ(愁人悲士)[1817]의 회포를 동(動)ᄒᆞᄂᆞᆫ지라.

학ᄉᆡ 마상(馬上)의셔 도로풍경(道路風景)을 완상ᄒᆞ여 시를 지으며 【10】부(賦)를 읇허, 스ᄉᆞ로 청흥(淸興)을 발ᄒᆞ믈 ᄊᆡ닷지 못ᄒᆞᄃᆡ, 한님은 황셩의 드러간즉 군상(君上)의 은총을 띄여 옥당금마(玉堂金馬)[1818]의 영총이 혁연ᄒᆞ고, 양부모를 뫼셔 '무ᄎᆡ(舞彩)의 낙(樂)'[1819]이 잇고, 실즁(室中)의 슉완을 두어 ᄇᆡ항(配行)을 '관관(關關)이 화락ᄒᆞ미'[1820] 이

멸망하였다. 은나라의 주왕과 더불어 동양 폭군의 전형으로 불린다.

1814)ᄆᆡ희(妹喜) : 중국 하(夏)의 마지막 황제 걸(桀)의 비(妃). 은나라 마지막 황제 주(紂)의 비(妃) 달기(妲己)와 함께 포악한 여성의 대표적 인물로 꼽힌다.

1815)은실(殷室) : 중국 은나라의 왕실.

1816)달긔(妲己) : 중국 은나라 주왕의 비(妃). 왕의 총애를 믿어 음탕하고 포악하게 행동하였는데, 뒤에 주나라 무왕에게 살해되었다. 하걸(夏桀)의 비 매희(妹喜)와 함께 망국의 악녀로 불린다.

1817)슈인비ᄉᆞ(愁人悲士) : 수심 겨운 길손과 슬픔 많은 선비

1818)옥당금마(玉堂金馬) : 중국 한(漢)나라 대궐의 옥당전(玉堂殿)과 금마문(金馬門)을 함께 이르는 말로, 한림원 또는 황제를 가까이서 받드는 한림원 벼슬아치를 뜻한다. 옥당전은 한림원이 있었던 전각의 이름이며 금마문은 전각의 문으로, 문 앞에 동마(銅馬)가 있어 붙여진 이름이다. 조선에서는 홍문관을 옥당이라 했다.

1819)무ᄎᆡ(舞彩)의 낙(樂) : 색동옷 입고 춤을 추어 어버이를 즐겁게 해 드림. 중국 춘추 때 초나라 사람 노래자(老萊子)가 70세에 색동옷을 입고 어린애 장난을 하여 늙은 부모를 즐겁게 해드렸다는 고사에서 유래한 말.

션셜. 엄 한님 형뎨 오국을 ᄯᅥ나 길히 오ᄅᆞ니 시세 듕츄가절이라. 청풍이 셔ᄅᆡᄒᆞ고 옥뉘 징형ᄒᆞ여 만산 단풍이 븕고져 ᄒᆞ니 일만향국이 봉오리을 벌고져 ᄒᆞ니, 쳐쳐승경이 가려ᄒᆞ야 시인문ᄀᆡᆨ의 시흥을 돕고 슈인의 심ᄉᆞ를 더옥 슬프게 ᄒᆞᄂᆞᆫ지라.

혹ᄉᆞᄂᆞᆫ 마상의셔 도로 풍경을 관상ᄒᆞ야 시를 지으며 부를 읇허 스ᄉᆞ로 청흥이 발연ᄒᆞ믈 ᄊᆡᄃᆞᆺ디 못ᄒᆞᄃᆡ, 한님은 냥쳐 부모를 각지 이국ᄒᆞ야【26】 효ᄌᆞ의 니슬지회 간졀ᄒᆞ여, 황셩의 쳐ᄒᆞᆫ즉 군상의 은춍을 띄여 옥당금마의 영춍이 혁연ᄒᆞ고, 양부모를 뫼셔 무ᄎᆡ의 낙이 잇고, 실듕의 청규 아미 슉완을 두어 ᄇᆡ항의 관관ᄒᆞ미 이시나, 도라 오국을 ᄉᆡᆼ각ᄒᆞᆫ즉 ᄉᆡᆼ부모를 동녁 ᄒᆞᆫ 가의 니별ᄒᆞ여 효ᄌᆞ의 영모ᄒᆞᄂᆞᆫ 심ᄉᆡ 망운산의 니러나고 ᄉᆞ친ᄒᆞᄂᆞᆫ 눈믈이 두 ᄉᆞᄆᆡ 농종ᄒᆞ고,

시나, 도라 오국을 ᄉᆡᆼ각ᄒᆞᆫ즉 ᄉᆡᆼ부모를 동녁 한 가의 니별ᄒᆞ여, 효ᄌᆞ의 영모ᄒᆞᄂᆞᆫ 심ᄉᆡ 쳔항뉘(千行淚)[1821] ᄉᆞ미의 어롱져 쳑호지졍(陟岵之情)[1822]을 억제치 못ᄒᆞᆯ지라.

더욱 근친(覲親)ᄒᆞᆫ 지 ᄉᆞ오삭의 ᄭᅮᆷ결갓치 슬하의 즐기다가 니제 도라가ᄆᆡ, 다시 단취(團聚)ᄒᆞᆯ 긔약이 【11】 지쇽이 업ᄉᆞ니, 쳔슈구한(千愁舊恨)[1823]이 병발(竝發)ᄒᆞ여 구곡(九曲)[1824]이 여졀(如切)ᄒᆞ니 어ᄂᆡ 결을의 도로 풍경을 완상(玩賞)ᄒᆞᆯ 뜻이 이시리오.

임의 오국을 ᄯᅥ나 다만 귀심(歸心)이 살갓ᄒᆞ니 만니 쳥운의 금편을 더져 쳥산의 그림ᄌᆞ를 ᄯᅥ로고, 녹슈(綠水)의 방울을 농(弄)ᄒᆞ여 도라오더니, 금쥬부의 다다ᄅᆞ니 곤계 냥인이 힝거를 두로혀 션산(先山) 숑츄(松楸)[1825]의 나아가 슈삼일을 뉴련ᄒᆞ더니, ᄯᅵ 졍히 삼츄(三秋) 망간(望間)이라.

일일은 날이 졈을ᄆᆡ 셕식을 파ᄒᆞ고 녕담ᄒᆞᆫ 월식을 ᄯᅴ여 형뎨 냥인이 졍하의 산보ᄒᆞᆯ ᄉᆡ, 홀연 【12】 ᄉᆞ친지심(思親之心)을 니긔지 못ᄒᆞ여 냥인이 각각 졀귀(絶句)를 읇흐니, 봉셩(鳳聲)이 쳥월(淸越)ᄒᆞ여 슈풀의 ᄌᆞ던 ᄉᆡ 놀나고 《졍학∥청학(靑鶴)》이 ᄡᅡᆼᄡᅡᆼ이 나려 츔츄ᄂᆞᆫ지라.

셔로 읇기를 파ᄒᆞᄆᆡ 스ᄉᆞ로 도라보와, 형은 아의 문장을 칭찬ᄒᆞ고 아은 형의 ᄌᆡ화(才華)를 칭션ᄒᆞ여 셔로 문답이 맛지 못ᄒᆞ여셔, 홀연 ᄇᆡ후의 일인이 난 바 업시 나아와 향젼 비례 왈,

"향촌 우밍(愚氓)이 감히 냥위 ᄃᆡ인긔 뵈

1820)관관(關關)이 화락함 : =관관지락(關關之樂). 시경』<주남(周南)> '관저(關雎)'장의 군자·숙녀가 정답게 서로 사랑하는 즐거움을 말함.
1821)쳔항뉘(千行淚) : 천 줄기의 눈물.
1822)쳑호지졍(陟岵之情) : 고향(故鄕)에 있는 부모(父母)를 그리워하는 마음.
1823)쳔슈구한(千愁舊恨) : 일천 가지 근심과 오래전부터 품어온 한.
1824)구곡(九曲) : =구곡간장(九曲肝腸). 굽이굽이 서린 창자라는 뜻으로, 깊은 마음속 또는 시름이 쌓인 마음속을 비유적으로 이르는 말.
1825)숑츄(松楸) : 산소 둘레에 심는 나무를 통틀어 이르는 말. 주로 소나무와 가래나무를 심는다.

ᄉᆞ오 삭을 ᄭᅮᆷ결갓치 부모 슬하의 즐기다가 이제 고원의 도라가ᄆᆡ, 다시 단【27】취ᄒᆞᆯ 긔약을 졍치 못ᄒᆞᄂᆞᆫ디라. 효ᄌᆞ의 텬슈《구골∥구한》이 병발ᄒᆞ니 구곡이 여졀ᄒᆞᄆᆡ 어ᄂᆡ 결의 도로 풍경인들 심듕의 이시리오.

경믈의 뜻이 업셔 다만 귀심이 살 ᄀᆞᆺᄐᆞ니 만니쳥운의 금편을 ᄌᆞ로 더져 쳥산의 그림ᄌᆞ를 ᄯᅥ로니 뉴슈의 방울을 농ᄒᆞ여 도라오더니, 금쥐부의 다ᄅᆞ니 곤계 냥인이 힝마를 두로혀 션셰 송츄의 나아가 수삼일 유련ᄒᆞ더니, ᄯᅵ 졍히 심츄 망간이라.

일일은 셕식을 파【28】ᄒᆞ고 녕담ᄒᆞᆫ 월식을 ᄯᅴ여 형뎨 냥인이 월명지하의 산보ᄒᆞ더니, 홀연 ᄉᆞ친지회를 이긔디 못ᄒᆞ야 냥인이 칠언 졀구를 지어 읇흐니, 봉셩이 쳥월활냥ᄒᆞ야 좀교와 니부를 놀닐 쥬랑의 미인을 경동ᄒᆞᄂᆞᆫ지라.

읇기를 파ᄒᆞᄆᆡ 셔로 도라보아 형은 아의 문장을 칭찬ᄒᆞ고 아은 형의 문장을 칭숑ᄒᆞ야 셔로 문답이러니, ᄇᆡ후 일인이 난 바 업시 나아와 향젼 비례 왈,

"향촌 우밍이 감히 냥위 대인게 뵈ᄂᆞ이다."

ᄂᆞ이다."

냥인이 경아 슉시ᄒᆞ니 일기 동지 미목이 쳥슈ᄒᆞ고 표치(標致) 쥰아(俊雅)ᄒᆞ며 냥미(兩眉)의 ᄌᆡ긔(才氣) 발 【13】월(拔越)ᄒᆞ더라. 냥인이 괴이히 너겨 날호여 문왈,

"동지(童子)ᄂᆞᆫ 엇던 사ᄅᆞᆷ인다?"

동지 ᄃᆡ왈,

"쇼동은 이 ᄯᅡ히 쳔ᄒᆞᆫ ᄌᆞ식이니 셩명은 쥬협이라. 일즉 부뫼 구몰(俱沒)ᄒᆞ고 버금어미[1826] 원파와 더부러 의지ᄒᆞ여 셰월을 보니더니, 금야의 달이 ᄇᆞᆰ고 바람이 고요ᄒᆞᆫ 가온ᄃᆡ 듯ᄌᆞ오니, 항촌 쇼ᄋᆡ 무식ᄒᆞ여 식ᄌᆞ(識字)ᄅᆞᆯ 못ᄒᆞ오나, ᄉᆞᆨ어의 '쳥텬ᄇᆡᆨ일(靑天白日)은 노예하쳔(奴隸下賤)도 역지기명(亦知其明)이라'[1827] ᄒᆞ오니, 쳔ᄋᆡ ᄯᅩ 엇지 일월 ᄀᆞᆺᄌᆞ온 광휘ᄅᆞᆯ 아지 못ᄒᆞ리잇고? ᄯᅩ 션풍(仙風) 덕화(德華)ᄅᆞᆯ 감복ᄒᆞᆯ ᄲᅮᆫ 【14】 아니라, 그윽ᄒᆞᆫ 쇼회 잇셔 당돌ᄒᆞ믈 혐의치 아니ᄒᆞ고 니ᄅᆞ렷ᄂᆞ이다."

셜파의 좌우의 사ᄅᆞᆷ 업ᄉᆞ믈 보고 이의 가만이 고왈,

"반년 젼의 경ᄉᆞ로 조ᄎᆞ 한 한지(悍者) 니ᄅᆞ러 비가(鄙家)의 쥬인ᄒᆞ니, 한지 인물이 ᄌᆞ못 녕한요ᄉᆞ(獰悍妖邪)ᄒᆞ고, ᄒᆞᄂᆞᆫ 비 심히 요특(妖慝)ᄒᆞ니, 이 사ᄅᆞᆷ이 쳐음은 ᄂᆡ력을 긔이고 쥬인ᄒᆞ엿더니, ᄌᆞ연 달이 가고 날이 오ᄅᆡ미 거의 ᄂᆡ력을 아오니, '이 사ᄅᆞᆷ이 본ᄃᆡ 경ᄉᆞ의 머므러 인가의 쥬인ᄒᆞ엿더니, 쥬인의 냥지(兩子) 블초ᄒᆞ니 제 본ᄃᆡ 의긔 잇셔, 【15】사ᄅᆞᆷ의 부졍ᄒᆞ믈 졍시치 못ᄒᆞᄂᆞᆫ 고로, 브ᄃᆡ 죽여 블초지인(不肖之人)을 경계ᄒᆞ려 ᄒᆞ더니, 제 맛춤 길히셔 병드러 죽이고져 ᄒᆞᄂᆞᆫ 사ᄅᆞᆷ을 밋쳐 ᄯᆞ로지 못ᄒᆞ고 실포(失捕)ᄒᆞ믈 한ᄒᆞᄂᆞ니, 무단이 도라가면 쳐ᄌᆞ 볼 낫치 업ᄉᆞ니 부ᄃᆡ 그 사ᄅᆞᆷ 도라오기ᄅᆞᆯ 기다려 공을 닐우고 도라가려노라' ᄒᆞ고, 민가의 뉴ᄒᆞ연 지 오륙삭이러니 금일 홀연 칼ᄒᆞᆯ 가져 규

1826)버금어미 : 계모(繼母).

1827)쳥텬ᄇᆡᆨ일(靑天白日)은 노예하쳔(奴隸下賤)도 역지기명(亦知其明)이라 : 맑은 하늘의 밝은 해는 노예나 신분이 낮고 천한 사람도 그 밝음을 안다.

냥인【29】이 경아슉시ᄒᆞ니 일기 동지 미목이 쳥낭ᄒᆞ고 표치 듄아ᄒᆞ여 냥미의 ᄌᆡ긔 발월ᄒᆞ더라. 냥인이 고히 넉여 날호여 문왈,

"동ᄌᆞᄂᆞᆫ 엇던 사ᄅᆞᆷ인다?"

그 동지 ᄃᆡ왈,

"쇼동은 이 ᄯᅡ 향환 교싱의 쳔ᄒᆞᆫ ᄌᆞ식이니 셩명은 쥬협이라. 금야의 월ᄉᆡᆨ이 ᄇᆞᆰ고 바ᄅᆞᆷ이 고요ᄒᆞᆫ ᄀᆞ온ᄃᆡ 냥위 노야의 가셩을 듯ᄌᆞ오미, 향촌 쇼ᄋᆡ 무식ᄒᆞ오나 속어의 '쳥텬ᄇᆡᆨ일은 노예하쳔이라도 역지기명이라.' ᄒᆞ오니, 쳔ᄋᆡ ᄯᅩ 엇지 감히 일월 갓ᄌᆞ온 광휘【30】ᄅᆞᆯ 아디 못ᄒᆞ리잇고? 그윽ᄒᆞᆫ 소회 잇셔 당돌ᄒᆞ믈 폐치 아니ᄒᆞ고 니ᄅᆞ럿ᄂᆞ이다."

셜파의 좌우ᄅᆞᆯ 도라보아 사ᄅᆞᆷ이 업ᄉᆞ믈 보고 이의 ᄀᆞ마니 고왈,

"반 년 젼의 경ᄉᆞ로조ᄎᆞ ᄒᆞᆫ 한지 이 ᄯᅡ히 니ᄅᆞ러 쇼가의 쥬인ᄒᆞ니, 한지 인믈이 ᄌᆞ못 녕한요ᄉᆞᄒᆞ야, 처엄은 ᄂᆡ력을 긔이고 쥬인ᄒᆞ엿더니, ᄌᆞ연 날이 오ᄅᆡ미 거의 ᄂᆡ력을 아오니, 이 사ᄅᆞᆷ이 본ᄃᆡ 경ᄉᆞ의 《넌기∥넌가》의 잇셔 주인의 냥지 블쵸ᄒᆞ니 제 본ᄃᆡ 의긔 잇셔 사ᄅᆞᆷ의 블냥ᄒᆞ믈【31】 정시치 못ᄒᆞᄂᆞᆫ 고로, 부ᄃᆡ 듁여 블쵸지인을 징계ᄒᆞ랴 ᄒᆞ더니, 제 맛춤 길히셔 병드러 듁이고져 ᄒᆞᄂᆞᆫ 사ᄅᆞᆷ을 밋쳐 ᄯᆞ라오디 못ᄒᆞ야시니, 부ᄃᆡ 공을 닐우고야 도라가랸노라 ᄒᆞ고, 오륙 삭을 뉴ᄒᆞ더니, 홀연 금일 칼흘 가져 그윽이 귀긱 동졍을 규찰ᄒᆞ미 현져ᄒᆞ니, 반ᄃᆞ시 《가한∥기한》의 히ᄒᆞ랴 ᄒᆞᄂᆞᆫ 사ᄅᆞᆷ이 냥위 노야 밧긔 나디 아니ᄒᆞᄂᆞᆫ 눈치라. 쳔인이 알미 블승경히ᄒᆞ여 이의 니ᄅᆞ러 고ᄒᆞᄂᆞ니 흉젹의 작변이 금일의 이시리【32】니, 냥위 노야ᄂᆞᆫ 미리 아라 방비ᄒᆞ소셔. 명일 다시 비알ᄒᆞ리이다."

규히 귀ᄀᆡᆨ(貴客) 동정을 규찰ᄒᆞ미 현저ᄒᆞ니, 반ᄃᆞ시 기한(其漢)의 ᄒᆡᄒᆞ려 ᄒᆞᄂᆞᆫ 사ᄅᆞᆷ이 냥위 노야 밧긔 나지 아니ᄒᆞᄂᆞᆫ【16】 고로, 쳔인이 알ᄆᆡ 블승경ᄒᆡ(不勝驚駭)ᄒᆞ여 이의 니ᄅᆞ러 고ᄒᆞᄂᆞ이다. 흉젹의 작변이 금일의 이시리니, 복원 냥위 노야ᄂᆞᆫ 미리 아라 방비ᄒᆞ쇼셔. 쳔ᄋᆡ(賤兒) 감히 오ᄅᆡ 머므지 못ᄒᆞ여 도라가ᄂᆞ이다. 명일 다시 와 ᄇᆡ알ᄒᆞ리라."

셜파의 냥인이 밋쳐 답지 못ᄒᆞ여셔 표연이 도라가더라. 이 엇던 사ᄅᆞᆷ이며 자ᄀᆡᆨᄌᆞ(刺客者)ᄂᆞᆫ 하쳐인(何處人)인고? 하회(下回)ᄅᆞᆯ 분셕(分釋)ᄒᆞ라.

어시의 경ᄉᆞ 엄상부의셔 한님이 집을 ᄯᅥ나니 ᄐᆡᄉᆞ 곤계와 가즁상ᄒᆡ 다 결연ᄒᆞ믈 니긔지 못ᄒᆞ며,【17】 원노 발셥을 념녀ᄒᆞ고, 범부인이 학ᄉᆞ의 말노 조ᄎᆞ 양쇼져ᄅᆞᆯ 옴겨 협실의 두고, 츄밀 부뷔 한가지로 보호ᄒᆞ기ᄅᆞᆯ 여린 미옥(美玉) 갓치 ᄒᆞ니, 문시 앙앙 분노ᄒᆞ나 능히 슈히 ᄒᆡ치 못ᄒᆞ믈 초조ᄒᆞ더니, 최부인이 가만이 영교 ᄆᆡ션으로 획계ᄒᆞ여, 쳔금을 쥬고 김후셥으로 ᄒᆞ여곰 한님의 오국ᄒᆡᆼ도의 ᄯᆞ라가 죽이고 오라 ᄒᆞ니, 후셥이 낙낙(諾諾)히 명을 바다 삼쳑 비도(匕刀)ᄅᆞᆯ 품고 급급히 한님 ᄒᆡᆼᄎᆞᄅᆞᆯ ᄯᆞ로니라.

문시 가만이 양시ᄅᆞᆯ ᄒᆡ코져 ᄒᆞ나, 양【18】시 깁히 존고 협실의 쳐ᄒᆞ여 다만 구고긔 ᄉᆞ시 문안 밧근 발ᄌᆞ최 계졍(階庭)도 ᄇᆞᆲ지 아니ᄒᆞ니, 피ᄎᆞ 얼골도 보기 어려온지라. 발뷔(潑婦) ᄉᆡ심(猜心)이 ᄃᆡ발ᄒᆞ나 능히 계귀(計規) 업ᄉᆞ니, 이의 익셤 슉낭으로 더부러 가만이 무고ᄉᆞ(巫蠱事)[1828]ᄅᆞᆯ ᄒᆡᆼᄒᆞ여 존고 침쇼{의} 경일누의 ᄒᆡᆼᄉᆞ《ᄒᆞᆫ‖ᄒᆞ고》, 죄ᄅᆞᆯ 양시의게 밀우려 ᄒᆞ더니, 츄밀과 범부인은 총명(聰明) ᄌᆞ상(仔詳)ᄒᆞᆫ지라. 발셔 짐작ᄒᆞ미 잇ᄂᆞᆫ 고로, 넌ᄌᆞ시 파 업시 ᄒᆞ고 크게 통한ᄒᆞ나 간졍(奸情)을 젹발치 아니믄, 요인의 계귀 궁극ᄒᆞ여 최부인으로 동【19】심합계(同心合計)[1829]ᄒᆞᆫ 쥴 써려, 드ᄃᆡ여 모로ᄂᆞᆫ 쳬ᄒᆞ여

1828)무고ᄉᆞ(巫蠱事) : 무술(巫術)로써 사람을 저주하는 일.

1829)동심합계(同心合計) ; 마음을 같이하여 계략

셜파의 냥인의 ᄃᆡ답을 기ᄃᆡ리지 안니코 표연이 도라가더라. 이 엇던 사ᄅᆞᆷ인고? ᄎᆞ하분셕ᄒᆞ라.

어시의 엄상부의셔 한님이 집을 ᄯᅥ나니 태ᄉᆞ 곤뎨 결연ᄒᆞ믈 이긔디 못ᄒᆞ며 원노 발셥을 념녀ᄒᆞ고, 범부인이 ᄒᆞᆨᄉᆞ의 말노조ᄎᆞ 양쇼져를 옴겨 협실의 두고 츄밀 부뷔 보호ᄒᆞ기를 여린 옥ᄀᆞᆺ치 ᄒᆞ니, 문시 앙앙분노ᄒᆞ나 능히 수히 ᄒᆡ치 못ᄒᆞᆯ 줄 초됴ᄒᆞ야【33】

다만 익셤이 슉낭으로 ᄂᆡ외 협공ᄒᆞ야 가마니 무고ᄉᆞ를 ᄒᆡᆼᄒᆞ야 존고 침각의 ᄒᆡᆼᄉᆞᄒᆞ고, 죄를 양시의게 《미우려‖밀우려》 ᄒᆞ더니, 츄밀 부부ᄂᆞᆫ 춍명ᄌᆞ상ᄒᆞᆫ 사ᄅᆞᆷ이라. 발셔 간계을 짐작ᄒᆞ고 크게 통한ᄒᆞᄂᆞ, 두로 험의 이시믈 ᄭᅥ려 넌ᄌᆞ시 다 업시ᄒᆞ고, 양시를 더옥 ᄋᆡ련ᄒᆞ야 체체ᄒᆞᆫ ᄉᆞ랑이 친녀의 더으니, 양시 그윽이 구고의 셩은을 감ᄉᆞᄒᆞ야 ᄌᆞ기 믈신경지ᄒᆞ나 갑기 어려오믈 더옥 ○○○○[싱각ᄒᆞ여] 동동쵹쵹ᄒᆞᆫ 효셩이 구고긔 ᄀᆞ득ᄒᆞ더라.

들츄지 아니ᄒᆞ니, 양쇼제 그윽이 구고의 셩덕을 감ᄉᆞᄒᆞ여 ᄌᆞ기 몰신경ᄉᆞ(歿身竟死)[1830]ᄒᆞ나 갑기 어려오믈 더욱 싱각ᄒᆞ여 동동촉촉(洞洞屬屬)[1831]ᄒᆞᆫ 효셩이 간졀ᄒᆞ니, 구괴 더욱 ᄋᆡ련ᄒᆞ여 체체(逮逮)[1832]ᄒᆞᆫ ᄉᆞ랑이 친녀의 더은지라.

문시 힝ᄉᆞᄒᆞᆫ 지 날이 오릐도록 구괴 여샹(如常)ᄒᆞ시니, 심히 의아ᄒᆞ여 가만이 힝ᄉᆞᄒᆞᆫ 곳의 가 헤쳐보니, 허다ᄒᆞᆫ 흉예지물(凶穢之物)[1833]이 간 ᄃᆡ 업ᄂᆞᆫ지라.

문시 ᄃᆡ경ᄒᆞ여 최부인 침쇼의 니ᄅᆞ러 일을 고ᄒᆞ고 상의ᄒᆞ【20】니, 부인이 역경(亦驚) 왈,

“계귀 번번이 쇼루(疏漏)ᄒᆞ미 아니로ᄃᆡ 범뎨 가장 총명ᄒᆞ여 눈치ᄅᆞᆯ 몬져 아라 파 업시 ᄒᆞ민가 시브나, 그 의심이 양녀의게 업ᄉᆞ면 반ᄃᆞ시 그ᄃᆡ의게 도라 보ᄂᆡ리니, 연즉 희질이 도라오ᄆᆡ 일편된 구괴 ᄆᆡ양 양시만 무ᄋᆡ ᄒᆞᄂᆞ니, ᄎᆞᄉᆞᄅᆞᆯ 희 질(姪)의게 니ᄅᆞ면 그ᄃᆡ 평싱이 위ᄐᆡᄒᆞ리로다.”

문시 청파의 실식(失色) 체읍(涕泣)ᄒᆞ고 니러 졀ᄒᆞ여 갈오ᄃᆡ,

“진실노 존슉의 말ᄉᆞᆷ갓홀진ᄃᆡ 쳡의 신셰 어ᄂᆡ ᄃᆡ경의 이【21】실 쥴 모ᄅᆞᆯ지라. 복원 존슉(尊叔)은 어엿비 너기샤 묘계(妙計)ᄅᆞᆯ 다시 가ᄅᆞ치쇼셔.”

부인이 갈오ᄃᆡ,

“그ᄃᆡ 슈즁의 미혼단(迷魂丹)[1834]이 잇ᄂᆞ니, 슉슉과 범뎨ᄅᆞᆯ 시험ᄒᆞ여 몬져 ᄉᆞ랑을 어들지니, 슉슉 부뷔 무ᄋᆡ(撫愛)ᄒᆞ거든, 이 ᄡᆡ

문【34】시 힝ᄉᆞᄒᆞ연 지 여러 날이로ᄃᆡ 구고의 긔게 여샹ᄒᆞ시믈 의아ᄒᆞ야 ᄀᆞ마니 파본즉 허다 흉예지믈이 간 ᄃᆡ 업ᄂᆞᆫ지라.

문시 아연대경ᄒᆞ야 최부인과 상의ᄒᆞ니 부인이 쇼왈,

“계교 소루ᄒᆞ미 업ᄉᆞᄃᆡ 범뷔 가장 총명ᄒᆞ여 눈치를 몬져 아라 업시ᄒᆞ민가 ᄒᆞᄂᆞ니, 그 의심이 만일 양시긔 업ᄉᆞ면 그ᄃᆡ게 이시리니, 연즉 희 질이 도라오ᄆᆡ 그ᄃᆡ 평싱이 위ᄐᆡ로오미 엇덜가 시브뇨?”

문시 청파의 대경실식ᄒᆞ야 두 번 졀ᄒᆞ야 닐오ᄃᆡ,

“진실노 이ᄀᆺ【35】ᄌᆞ올진ᄃᆡ 쳡의 신셰 위란ᄒᆞ온지라. ᄇᆞ라옵ᄂᆞ니 어엿비 넉이쇼셔.”

부인이 ᄀᆞᆯ오ᄃᆡ,

“그ᄃᆡ 슈듕의 미혼단이 업지 아니ᄒᆞ거든 슉슉과 범제를 시험ᄒᆞ야 몬져 그 ᄉᆞ랑을 엇지 못ᄒᆞᄂᆞ냐? 연즉 부뷔 양시를 증염ᄒᆞ리니 이ᄡᆡ를 타 셰셰히 도모ᄒᆞ미 아니 조흐냐?”

을 꾸밈.

1830)몰신경ᄉᆞ(歿身竟死) : 몸을 마쳐 죽음.

1831)동동촉촉(洞洞屬屬) : 공경하고 조심함. 부모를 섬기고 공경하는 마음이 지극함. 『예기(禮記)』 <제의(祭義)>편의 “洞洞乎屬屬乎如弗勝如將失之. 其孝敬之心至也與(공경하고 조심하는 태도가 마치 이기지 못하는 것 같고 잃지 않을까 조심하는 것 같아, 그 효경하는 마음이 지극하기 그지없다.)”에서 온 말.

1832)체체(逮逮) : 마음에 잊지 못하여 연연해 함.

1833)흉예지물(凶穢之物) : 흉하고 더러운 물건.

1834)미혼단(迷魂丹) : 익봉잠、도봉잠 뉴(類)의, 사람을 변심시키는 약. 이 약을 사람에게 먹이면 마음이 변하게 되어 먹은 사람의 마음이 먹인 사람의 뜻대로 조종당하게 된다.

ᄅᆞᆯ 타 셔셔히 도모ᄒᆞ미 가ᄒᆞ니라."

문시 ᄭᆡ다라 비ᄉᆞ 왈,

"존괴 맛당ᄒᆞ시나 삼가 가ᄅᆞ치신 ᄃᆡ로 ᄒᆞ리이다."

ᄒᆞ고, ᄉᆞ침의 도라와 익셤으로 상의ᄒᆞ여 미혼단을 시험코져 ᄒᆞ나, ᄇᆡᆨᄉᆞ(伯姒)[1835] 한시 구고의 식상을 가음알ᄆᆡ, 감히 용수(用手)치 【22】못ᄒᆞ고 그윽이 ᄭᆡᄅᆞᆯ 엿더라.

ᄎᆞ시 최부인이 윤쇼져ᄅᆞᆯ 쥬야로 션젹침공(線績針工)[1836]을 시기ᄆᆡ, 더욱 독촉ᄒᆞ여 일시 안헐(安歇)ᄒᆞ믈 허치 아니나, 쇼제 가지록 공근ᄒᆞ여 아모 어려온 일이라도 시기ᄂᆞᆫ ᄃᆡ로 거역지 아니ᄒᆞ여 일호 거ᄉᆞ리미 업고, 슈ᄌᆡ(手才) 극히 신쇽ᄒᆞ여 조곰도 지톄ᄒᆞ미 업ᄉᆞᄃᆡ, 부인이 조곰도 감동ᄒᆞ미 업셔 가지록 각박ᄒᆞᆫ 의ᄉᆡ 아모조록 져 부부의 별ᄀᆡ이질(別氣異質)을 가만이 두지 아니려 ᄒᆞᄂᆞᆫ지라. 셩혼 ᄀᆡ년의 비홍(臂紅)이 【23】 의구ᄒᆞ믈 더욱 쾌히 너겨, 일노뼈 ᄀᆡ화ᄅᆞᆯ 삼아 쳔금을 득ᄒᆞ고져 ᄒᆞ여, 가만이 ᄀᆡ회ᄅᆞᆯ 듯보더니,

시의 어뎨(御弟) 남왕 규ᄂᆞᆫ 션뎨(先帝) 총희 셕귀비의 ᄌᆡ라. 그 위인이 우람ᄒᆞᄃᆡ 초의

1835)ᄇᆡᆨᄉᆞ(伯姒) : 맏동서.

1836)션젹침공(線績針工) : 삼을 삼아 실을 내고 바느질을 함. 삼 삼기와 바느질.

문시 텽미의 봄쑴이 처음으로 ᄭᆡᆫ ᄃᆞᆺᄒᆞ야 비샤 왈,

"존교 《자당‖지당》ᄒᆞ시니 삼가 ᄀᆞᄅᆞ치시ᄂᆞᆫ ᄃᆡ로 ᄒᆞ리이다."

ᄒᆞ고 ᄉᆞ침의 도라와 셤으로 상의ᄒᆞ여 미혼단을 시험코【36】져 ᄒᆞ나, ᄇᆡᆨ샤 한시 춍명 과인ᄒᆞ여 구고의 감지를 반ᄃᆞ시 친집ᄒᆞ야 구고의 ᄀᆡᆼ반을 맛보아 헌ᄀᆡᆼ을 ᄐᆡᆨ홀이 아니니, 문시 노쥐 시러금 ᄒᆡᆼ계치 못ᄒᆞ더니 겨유 틈을 타 서너 번 시험ᄒᆞᆫᄃᆡ 각별 동졍이 업ᄉᆞ니, 노쥐 처음은 가장 이상이 넉이더니 날이 오ᄅᆡᄆᆡ 눈치를 알고 대로ᄒᆞ여 절치 왈,

"한시 엇지 이ᄃᆡ도록 춍명 ᄌᆞ상ᄒᆞᆫ 체ᄒᆞᄂᆞ뇨? 네 맛당이 양녀를 ᄒᆡᄒᆞᆫ 후 요괴로온 한시를 요ᄃᆡ치 아니리라."

ᄒᆞ더라.

최부인이 후셥을 쳔금을 주어 한님의 ᄒᆡᆼ도【37】를 졷ᄎᆞ가 한님을 죽이라 ᄒᆞ니, 후셥이 낙낙히 명을 바다 ᄒᆡᆼᄒᆞᆫ 지 삼ᄉᆞ월의 디나도록 소식이 업ᄉᆞ니, 부인이 쥬야 계교 이디 못ᄒᆞᆯ가 우려ᄒᆞ고 ᄆᆡ션이 더욱 조이더라.

영공ᄌᆞᄂᆞᆫ 쥬야로 형의 더ᄃᆡ 오믈 기ᄃᆞ리미 간졀ᄒᆞ니 태ᄉᆡ 쇼ᄌᆞ의 효우를 아ᄅᆞᆷ다이 너이나, 최부인은 더욱 통한ᄒᆞ야 울홰 날노 층ᄉᆡᆼᄒᆞ니 엇디 윤쇼져를 가마니 둘 니 이시리오. 쥬야 침양ᄒᆞ기를 마디아니ᄒᆞ고 일시 안헐ᄒᆞ믈 허치 아니나, 윤쇼제 가지록 비【38】약ᄒᆞ야 아모 어려온 일이라도 식이ᄂᆞᆫ ᄃᆡ로 거역ᄒᆞ미 업ᄉᆞ니 난지의 삼일단오필ᄒᆞ던 ᄌᆡ조로 흡ᄉᆞᄒᆞᄃᆡ, 부인인 조금도 감동ᄒᆞ미 업서 가지록 각별ᄒᆞᆫ 의ᄉᆡ 아모조록 져 부부의 별ᄀᆡ이질을 가마니 두지 아니려 ᄒᆞᄂᆞᆫ지라. 그이ᄒᆞᆫ 의ᄉᆡ ᄂᆡᄃᆞ라 가마니 ᄀᆡ회를 듯보더니,

시의 어제 남왕은 우람 탐쥬 호식ᄒᆞᆯ지언졍 춍근슌실ᄒᆞ며 부귀와 ᄌᆡ믈을 탐치 아니ᄒᆞ니 션뎨와 태휘 과ᄋᆡᄒᆞ시던 바로,

셕귀비 남왕을 싱산ᄒᆞ고 즉시 죽으니, 션뎨 ᄌᆡ시의 그 무모고ᄋᆡ(無母孤兒)를 어엿비 너겨 유모를 졍ᄒᆞ여 기ᄅᆞ시며, 황휘 지극히 무휼(撫恤)ᄒᆞ샤 장셩ᄒᆞ미 남왕을 삼으시니, 왕이 우람 탐쥬(貪酒)ᄒᆞ여 호식 호방ᄒᆞ나, 츙근슌실(忠謹純實)ᄒᆞ며 부귀와 지물을 탐치 아니ᄒᆞ니, 션뎨와 텬휘【24】과ᄋᆡᄒᆞ시던 비라.

이러므로 션뎨 붕ᄒᆞ신 지 오ᄅᆡ나 남왕이 년곡(輦轂)1837)을 ᄯᅥ나지 아니ᄒᆞ고 금황이 ᄯᅩᄒᆞᆫ 션뎨의 ᄉᆈᄋᆡ지(所愛子)라 ᄒᆞ샤 지극히 우ᄋᆡᄒᆞ시ᄂᆞᆫ 비라. 남왕이 졍궁 님시와 후궁 빈희 이시나, 블힝ᄒᆞ여 져ᄉᆡ(儲嗣) 망연ᄒᆞ여 왕이 젹막(寂寞)ᄒᆞ믈 슬허, ᄆᆡ양 탄식 왈,

“ᄂᆡ 비록 형뎨 만흐나 우리 모비의 ᄭᅵ치신 바ᄂᆞᆫ 고(孤) 일인 ᄲᅮᆫ이어ᄂᆞᆯ, 이제 ᄉᆞ십이 거의로ᄃᆡ 한낫 골육이 업ᄉᆞ니 엇지 우리 션낭낭 후ᄉᆞ를 졀ᄒᆞ미 아니리오.”

ᄒᆞ여, 슬허ᄒᆞ믈 마지 아니ᄒᆞ니, 님【25】비ᄂᆞᆫ 슌화ᄒᆞᆫ 녀ᄌᆡ라. ᄆᆡ양 왕을 권ᄒᆞ여 다시 아름다온 빈희를 어드라 ᄒᆞ니, 시의 님비의 심복 궁인 영츈은 엄텨ᄉᆞ 부인 시녀 영교의 종형이라.

최부인이 영교의 말노 조ᄎᆞ 남왕 부부의 미인 구ᄒᆞᄂᆞᆫ 줄 듯고 암희ᄒᆞ여, 영교 ᄆᆡ션과 문시 노쥬(奴主)로 더브러 의논ᄒᆞ니, 영교 ᄆᆡ션이 갈오ᄃᆡ,

“윤쇼져로 남왕궁의 드려 보ᄂᆡ미 가장 묘계나 궤계(詭計)로 탈취ᄒᆞ기ᄂᆞᆫ 쉬오려니와 윤쇼져 결단코 슌종치ᄂᆞᆫ 아니ᄒᆞ리니, 만일 근본을 토셜(吐說)ᄒᆞᆫ즉 별단 블평ᄒᆞᆫ【26】일이 이실가 ᄒᆞᄂᆞ이다. 남왕이 윤쇼제 진궁 쇼졘 줄 아ᄅᆞ시고야 엇지 취ᄒᆞ리잇가?”

부인 왈,

“미혼단이 이시니 엇지 이런 ᄭᅬ ᄡᅳ지 아니ᄒᆞ리오. 영교ᄂᆞᆫ 맛당이 여형 영츈의게 회뢰를 힝ᄒᆞ고 미혼단 두어환을 쥬어, 남왕과 왕비의게 약을 ᄡᅳᆫ 후 여ᄎᆞ여ᄎᆞᄒᆞ여 아직 윤녀의 근본으란 니ᄅᆞ지 말고, 다만 ᄌᆡ용의 염미

1837)년곡(輦轂) : 황제의 수레 뒤를 따른다는 뜻으로 황성(皇城)이나 궁궐을 비유적으로 이르는 말.

션뎨 붕ᄒᆞ션 지 오ᄅᆡ나【39】남왕이《연극∥연곡》을 ᄯᅥ나지 아니ᄒᆞ고 금황이 ᄯᅩᄒᆞᆫ 션뎨의 ᄉᆈᄋᆡ지라 ᄒᆞ샤 지극히 우ᄋᆡᄒᆞ시ᄂᆞᆫ지라. 남왕이 졍궁 님시와 동셔 후궁의 번화ᄒᆞ미 이시나 져ᄉᆡ 망연ᄒᆞ니 왕이 젹막ᄒᆞ믈 슬허 ᄆᆡ양 탄식 왈,

“내 비록 형뎨 만흐나 이제 ᄉᆞ십이 거의로ᄃᆡ 한낫 골육이 업ᄉᆞ니 엇지 슬프지 아니리오?”

ᄒᆞ고 ᄆᆡ양 ᄒᆞᆫ탄ᄒᆞ니 님비ᄂᆞᆫ 슌화ᄒᆞᆫ 녀ᄌᆡ라. ᄆᆡ양 왕을 권ᄒᆞ야 다시 아롬다온 빙희를 어드라 ᄒᆞ더니, 님비의【40】심복 궁인 영츈은 영교의 죵형이라.

최부인이 영교의 말로조ᄎᆞ 남왕 부부의 미인 구ᄒᆞ믈 듯고 암희ᄒᆞ야 ᄆᆡ션 등으로 의논ᄒᆞ니 ᄆᆡ션 왈,

“계교로 탈취ᄒᆞ믄 쉽거니와 윤쇼제 결단코 슌죵치 아니ᄒᆞ올지라. 근본을 토셜ᄒᆞᆫ즉 블령ᄒᆞᆫ 일 이실가 ᄒᆞᄂᆞ이다.”

부인 왈,

“미혼단을 이런 ᄭᅬ ᄡᅳ지 아니리오. 영교 맛당이 여형 영츈의게 회뢰ᄒᆞ고 미혼단을 주어 남왕 부부를 먹인 후 여ᄎᆞᄒᆞ여 아직 윤녀의 근【41】본으란 니ᄅᆞ디 말고 다만 그 ᄉᆡᆨ용만 ᄌᆞ시 닐너 만흔 빙례를 징식ᄒᆞᆫ 후 여ᄎᆞ 겁칙ᄒᆞ여 가라 ᄒᆞ면, 요녜 엇지 면ᄒᆞ며 임의 남궁 간 후ᄂᆞᆫ 남왕이 그 ᄉᆡᆨ을 황홀이 넉인즉 윤녜 엇디 졀을 잘 딕희리오? 졀을 일흔 후

(艶美)ᄒᆞᆷ과 힝실의 요조(窈窕)ᄒᆞᆷ만 ᄌᆞ시 일너 만흔 빙폐를 징식ᄒᆞᆫ 후, 모야의 여ᄎᆞ여ᄎᆞ 겁칙ᄒᆞ여 도라가게 ᄒᆞ면, 요녜 엇지 면ᄒᆞ며, 임의 남궁【27】의 간 후ᄂᆞᆫ 남왕이 그 ᄉᆡᆨ티를 황홀이 너긴 훈(後) 즉, 엇지 핍박지 아니ᄒᆞ리오. 일이 여ᄎᆞ지도(如此之道)의 밋쳐ᄂᆞᆫ 윤녜 죽지 아니면 졀을 일홀 거시니, 졀을 일흔 후ᄂᆞᆫ 윤쳥문의 ᄯᆞᆯ 아녀 금달공쥐들 엇지 ᄒᆞ리오. 져의 실졀을 낫하ᄂᆡ지 못ᄒᆞᆯ 형셴 즉 스ᄉᆞ로 ᄌᆞ최를 엄젹(掩迹)ᄒᆞ리니, 우리 노쥬의 허물이 낫하나지 아닐 거시오, 만일 졀을 완젼이 ᄒᆞ여 죽어도, 남왕 부뷔 힝혀 ᄌᆞ긔 암밀(暗密)ᄒᆞᆫ ᄉᆞ젹이 낫하날가 ᄒᆞ여, 시톄를 먼니 업시ᄒᆞᆫ 후 ᄉᆞᆺ출 미봉(彌縫)ᄒᆞ리니, 【28】우리 노쥬ᄂᆞᆫ 다만 안ᄌᆞ셔 쳔금을 엇고 져의 ᄉᆞ싱을 구ᄋᆡ(拘礙)ᄒᆞ리 업ᄉᆞ리라."

영괴 ᄡᅵ다라 칭션 왈,

"부인의 긔모비계(奇謀秘計)ᄂᆞᆫ 제갈(諸葛)[1838]이 죽지 아니ᄒᆞ엿ᄂᆞ이다."

ᄒᆞ더라.

익일의 영괴 오십금 은ᄌᆞ와 두어 미혼단을 가져 남궁의 니ᄅᆞ러 영츈을 ᄎᆞᄌᆞ 니ᄅᆞᄃᆡ,

"드ᄅᆞ니 ᄃᆡ왕이 져ᄉᆞ(儲嗣)[1839]를 근심ᄒᆞ샤 미인을 구ᄒᆞ신다 ᄒᆞ니, 쇼뎨 맛당이 미인을 쳔거ᄒᆞ리니, 쇼뎨 근쳐의 일ᄀᆡ 미인이 이시ᄃᆡ 쳔고 졀염이라. 형은 왕긔 알외여 그 미인을 취ᄒᆞ시게 ᄒᆞ라."【29】

영츈이 침음 쇼왈,

"미인이 실노 아름다온 쥴 엇지 알니오."

괴 쇼왈,

"형은 의심치 말나. ᄎᆞ 미인은 진실노 젼(前) 쳔고(千古) 후(後) 만ᄃᆡ(萬代)의 ᄭᅳᆫ쳐진

1838)제갈(諸葛) : 제갈량(諸葛亮). 181~234. 중국 삼국 시대 촉한의 정치가. 자(字)는 공명(孔明). 시호는 충무(忠武). 뛰어난 군사 전략가로, 유비를 도와 오(吳)나라와 연합하여 조조(曹操)의 위(魏)나라 군사를 대파하고 파촉(巴蜀)을 얻어 촉한을 세웠다. 유비가 죽은 후에 무향후(武鄕侯)로서 남방의 만족(蠻族)을 정벌하고, 위나라 사마의와 대전 중에 병사하였다

1839)져ᄉᆞ(儲嗣) : ①왕세자. ②후사(後嗣). 대(代)를 잇는 자식.

ᄂᆞᆫ 진왕의 ᄯᆞᆯ 아냐 금달공쥐들 엇지ᄒᆞ리오. 져의 실졀ᄒᆞ믈 나타ᄂᆡ지 못ᄒᆞᆯ 형셴즉 스ᄉᆞ로 ᄌᆞ최를 《엄벽‖엄젹》ᄒᆞ리니 우리 노쥬의 과악이 낫타날 이 업고, 만일 졀을 완젼코져 죽어도 남왕 부뷔 ᄉᆞᆺ【42】출 미봉ᄒᆞ리니, 우리 노쥬ᄂᆞᆫ 다만 안ᄌᆞ셔 쳔금을 《엿고‖엇고》 져의 ᄉᆞ싱을 구ᄋᆡᄒᆞ리 업ᄉᆞ리라."

영교 ᄡᅵ다라 칭션 왈,

"부인의 긔모비계ᄂᆞᆫ 제갈이 듁지 아니ᄒᆞ엿ᄂᆞ이다."

ᄒᆞ더라.

익일 영교 오십 금 은ᄌᆞ와 두낫 미혼단을 가져 남궁의 가 영츈 ᄎᆞᄌᆞ보고 이 뜻을 니ᄅᆞ니,

영츈이 침음 왈,

"미인이 실노 아름다온 줄 알니오?"

교 쇼왈,

"형은 의심 말나. 텬하의 독보ᄒᆞᆫ 미ᄉᆡᆨ이라. 뎐하와 낭낭이 보시면 형이 큰 상을 어들 거시니 조금도 ᄂᆡ【43】 말을 의심치 말고 뎐하와 낭낭긔 형이 미인을 친히 보왓노라 ᄒᆞ라."

싱광이 이시니, 엇지 셔어히 일ᄏᆞ라 의논ᄒᆞ리오. 식용은 당가(唐家)1840) 틱진(太眞)1841)은 너모 살지니 부족ᄒᆞ고, 한가(漢家) 비연(飛燕)1842)은 경신(輕身)1843)ᄒᆞ미 낫브니, 형은 의심치 말나. 형이 만일 뎐하와 왕비긔 엿ᄌᆞ와 일이 셩젼(成全)케 ᄒᆞᆯ진ᄃᆡ, 쇼뎨 맛당이 갑ᄒᆞ미 젹지 아닐 거시오, 또 뎐하와 낭낭이 미인이 텬하의 희한ᄒᆞᆫ 식용(色容)을 보시면, 형이 큰 상을 어들 거【30】시니 조곰도 ᄂᆡ 말을 의심치 말나.”

츈이 허락ᄒᆞ고 즉시 교ᄅᆞᆯ 인도ᄒᆞ여 뎐의 드러가니, 왕비 한가지로 잇거놀, 영츈이 계하의 나아가 영교의 말노 알외니, 냥녀의 교혜능변(巧慧能辯)1844)이 다 미인의[을] 기리ᄂᆞᆫ 말이라.

남왕은 본ᄃᆡ 쥬식을 탐ᄒᆞᄂᆞᆫ지라. 정히 뉵궁(六宮) 분ᄃᆡ의 식이 쇠ᄒᆞ믈 한ᄒᆞ며 져ᄉᆡ(儲嗣) 망단ᄒᆞ믈 슬허ᄒᆞ니, 그윽이 졀식 미인을 뉴의ᄒᆞ던 ᄎᆞ 각별 호의치 아니코, 가연 허락ᄒᆞ여 금빅을 ᄂᆡ여 냥녀ᄅᆞᆯ 샹샤ᄒᆞ고, 미인을 슈히 다려와 만일 뜻의 ᄎᆞᆫ즉【31】다시 즁상ᄒᆞ리라 ᄒᆞ고, 쳔금을 쥬며 미인의 ᄌᆞ장을 출혀 쥬며 슈일ᄂᆡ 다시 오기ᄅᆞᆯ ᄂᆞᄅᆞ고, 휘 쥬식을 ᄂᆡ여 관ᄃᆡᄒᆞ니, 교 등이 ᄃᆡ희ᄒᆞ여 ᄉᆞ례ᄒᆞ고 물너 도라오믜, 츈이 만면 우음으로 니로ᄃᆡ,

“현뎨ᄂᆞᆫ 슈이 미인을 다려와 뎐하의 만흔

춘이 허락ᄒᆞ고 즉시 교를 인도ᄒᆞ여 졍뎐의 드러가니 왕의 부뷔 ᄒᆞᆫ가지로 잇거놀, 영츈이 계하의 나아가 영교의 말노 알외니 냥녀의 교혜능변이 다 미인 기리ᄂᆞᆫ 말이라.

남왕은 본ᄃᆡ 쥬식을 됴히 넉이ᄂᆞᆫ지라. 졀식미인을 유의ᄒᆞ던 ᄎᆞ 이 말을 드ᄅᆞ니 환심대락ᄒᆞ야 금빅을 ᄂᆡ여 냥녀를 상ᄉᆞᄒᆞ고, ‘미인을 수히 ᄃᆞ려와 만일 뜻의 ᄎᆞᆫ즉 다시 듕【44】상ᄒᆞ리라.’ ᄒᆞ고. 쳔금을 주며 미인의 ᄌᆞ장을 출혀주고 슌일 ᄂᆡ ᄃᆞ려오기를 니ᄅᆞ니, 교 등이 대희ᄒᆞ야 ᄉᆞ례ᄒᆞ고 믈너오믜, 츈 왈,

---

1840)당가(唐家) : 중국 당나라 황가(皇家).

1841)틱진(太眞) : 당나라 현종(玄宗)의 비(妃). 곧 양귀비(楊貴妃)를 말함. 이름은 옥환(玉環). 도교에서는 태진(太眞)이라 부른다. 재색(才色)이 뛰어나 현종의 총애를 오로지하다가 안녹산(安祿山)이 난 때 현종과 함께 피난하여 마외역(馬嵬驛)에서 관군(官軍)에게 책망당하고 목매어 죽었다.

1842)비연(飛燕) : 조비연(趙飛燕). 한나라 성제의 황후(皇后). 태생이 미천하나 가무(歌舞)에 뛰어난 절세의 미인으로서 여동생 합덕과 후궁(後宮)이 되어 임금의 총애를 서로 다투었다.

1843)경신(輕身) : 몸인 날씬하고 가볍다는 뜻으로, 조비연(趙飛燕)이 몸이 몹시 가벼워서 임금의 손바닥에서 춤을 추었다는 고사에서 유래한 말.

1844)교혜능변(巧慧能辯) : 교묘하고 능란한 말솜씨.

상을 ᄉᆞ양치 말나. 다만 어ᄂᆡ 날 다려오랴 ᄒᆞᄂᆞ뇨?"
괴 답왈,
"턱일ᄒᆞ여 다려오려니와 다만 다려올 제 황혼을 승시(乘時)ᄒᆞ여, 젹은 교ᄌᆞ롤 가져 엄부 후 교문(校門) 밧긔 ᄃᆡ령ᄒᆞ면, 요ᄉᆞ이 하리 고단ᄒᆞᆯ지라. 밤의 젹은덧 씰 거시니 치【32】븕지 아냐 미인을 다려 가리라."
츈이 쳥파의 경히 왈,
"이 엇진 말고? 미인을 다려오미 의법히 다려오면 아모 ᄶᅵ나 못다려올 니 업거든, 밤과 그윽흔 ᄉᆡ비롤 ᄯᆞ라 마치 남의 집 부녀 겁칙ᄒᆞᄃᆞ시 ᄒᆞ리오."
괴 웃고 갈오ᄃᆡ,
"과연 ᄃᆡ시 거의라. 엇지 형조ᄎᆞ 긔이리오."
드ᄃᆡ여 벽좌우(辟左右)ᄒᆞ고 윤쇼져의 종본지미(從本至尾)[1845]와 양존고(養尊姑) 최부인의 히ᄒᆞ려 ᄒᆞᄂᆞᆫ ᄉᆞ연을 ᄌᆞ시 니ᄅᆞ니, 츈이 ᄃᆡ경ᄒᆞ며 니ᄅᆞᄃᆡ,
"우리 뎐히 비록 호ᄉᆡᆨᄒᆞ시나 미인이 평진왕 녀지며, 오왕뎐하【33】의 ᄌᆞ뷔신 쥴 아ᄅᆞ시면 엇지 즐겨 취ᄒᆞ시며, ᄯᅩ 윤쇼져의 근본을 아ᄅᆞ시면 도로혀 우리 엇지 죄롤 면ᄒᆞ리오."
영괴 웃고 지삼 그러치 아니믈 니ᄅᆞ고 우왈,
"형이 져러틋 과려(過慮)ᄒᆞ니 아조 쉬온 계귂(計規) 잇ᄂᆞ니, ᄂᆡ게 두 낫 환약(丸藥)이 이시니, 형이 뎐하와 낭낭 식물(食物)의 셧거 너흐라. 반ᄃᆞ시 형을 각별 무휼ᄒᆞ여 상ᄉᆡ(賞賜) 만흘 거시오, 미인을 보미 비록 홍분(紅粉)의 범미ᄉᆡᆨ(凡美色)이라도 장부 호신(豪身)[1846]은 용ᄉᆞ키 어렵거든, ᄒᆞ믈며 윤쇼져의 쳔고가인(千古佳人)이랴! ᄃᆡ왕이 미인의 형형【34】염식(形形艷色)과 찬찬화미(燦燦華美)롤 보신즉, 일만 ᄋᆡ쳬(礙滯)ᄒᆞᆫ 일이 잇셔도 엇지

"어ᄂᆡ 날 ᄃᆞ려오랴 ᄒᆞᄂᆞ뇨?"
교 답왈,
"턱일ᄒᆞ여 ᄃᆞ려오려니와 밤의 가졍으로 져근 교ᄌᆞ를 가져 엄부 후문 밧긔 ᄃᆡ령ᄒᆞ면 미인을 보ᄂᆡ리라."
츈이 쳥파의 경히 왈,
"이 엇딘 말고? 미인을 ᄃᆞ려오면 아모 ᄶᅵ나 의법히 ᄃᆞ려올디라. 그윽흔 ᄉᆡ벽을 ᄯᆞ라 맛치 남의 집 부녀 겁칙ᄒᆞᄃᆞ시 ᄒᆞ리오?"
교 웃고 왈,【45】
"대ᄉᆡ 거의라. 엇디 형조ᄎᆞ 긔이리오."
드ᄃᆡ여 벽좌우ᄒᆞ고 윤시의 ᄉᆞ연을 다 니ᄅᆞ니 츈이 대경 왈,
"우리 뎐히 비록 호ᄉᆡᆨᄒᆞ시나 미인이 평진왕의 녀ᄌᆡ오, 오왕 뎐하의 ᄌᆞ뷔신 줄 아ᄅᆞ시면 엇디 즐겨 취ᄒᆞ시리오. ᄯᅩ 윤쇼져의 근본이 발젹ᄒᆞ면 도로혀 우리 엇디 죄를 면ᄒᆞ리오."
영교 웃고 지삼 그러치 아니믈 니ᄅᆞ고,
"ᄂᆡ게 두낫 환약이 이시니 형이 여ᄎᆞ 시험ᄒᆞᆫ즉 단약의 신졍이 황홀ᄒᆞ리니, 일이 여ᄎᆞ디도의 윤【46】쇼제 아모리 강열ᄒᆞᆫ들, 남왕뎐하의 나뷔 잡ᄂᆞᆫ 그믈의 걸니면, 본ᄃᆡ 녀ᄌᆞ의 약ᄒᆞᆫ 심장이믈 ᄀᆞᆺ고, ᄯᅩ 윤쇼제 엄 한님으로 명위부부나 셩혼 긔년의 비홍이 완젼ᄒᆞ니, 원부의 단장ᄒᆞᄂᆞᆫ 눈믈이 쳥등야우의 깁ᄉᆞ미를 젹시ᄂᆞᆫ디라. 홍안 원뷔 ᄃᆡ왕의 풍졍의 환흡ᄒᆞ믈 만나 남녀의 졍이 합ᄒᆞᆯ진ᄃᆡ 엇디 염고ᄒᆞ미 이시리오?"

1845)종본지미(從本至尾) : 근본부터 꼬리까지. = 자초지종(自初至終). 종두지미(從頭至尾).
1846)호신(豪身) : 몸을 사치스럽고 화려하게 꾸미는 일.

쳔고미식(千古美色)을 힘힘히 용ᄉᆞ(容赦)ᄒᆞ리오. 더욱 단약(丹藥)의 신졍(新情)이 황홀ᄒᆞ미랴! 일이 여ᄎᆞ지도(如此之道)의 윤쇼제 아모리 강열ᄒᆞᆫ들, 한번 잡히여 와 남왕뎐하의 나뷔 잡ᄂᆞᆫ 그물의 걸니면, 본ᄃᆡ 녀ᄌᆞ의 약ᄒᆞᆫ 심장이 물갓고 본ᄃᆡ ᄉᆞ싱이 관즁(款重)ᄒᆞ니, 엇지 가뷔야이 죽을 니 아시며, 또 윤쇼제 엄한님으로 명위부부(名爲夫婦)나 셩혼 긔년의 오히려 비상홍졈(臂上紅點)이 완젼ᄒᆞ니, 규슈로 그져 잇ᄂᆞᆫ지라. 원부(怨婦)의 단장(斷腸)ᄒᆞᄂᆞᆫ 【35】 눈물이 쳥등야우(靑燈夜雨)[1847]의 깁ᄉᆞ미ᄅᆞᆯ 젹시니, 홍안원뷔(紅顔怨婦) ᄃᆡ왕의 풍졍의 환흡ᄒᆞ믈 만나 남녀의 졍이 합ᄒᆞᆯ진ᄃᆡ, 또 엇지 염고ᄒᆞ미 이시리오.

츈이 쳥파의 츈몽(春夢)이 ᄭᆡᆫ 듯ᄒᆞ여, 언언(言言)이 묘징(妙哉)라 ᄒᆞ고, 흔연이 요약을 바드니, 괴 낙낙히 언약을 졍ᄒᆞ고 도라와 최부인긔 고ᄒᆞ니, 부인이 ᄃᆡ희ᄒᆞ여 쳔금을 바다 깁히 간ᄉᆞᄒᆞ고 스ᄉᆞ로 깃브믈 니긔지 못ᄒᆞ여 ᄒᆞ더라.

부인이 또 윤시 무단이 ᄌᆞ최 업ᄉᆞ면 ᄐᆡᄉᆞ와 츄밀이 괴이히 너길가 두려, 나종을 미봉(彌縫)코져 【36】 ᄒᆞ여, 슈일 후 ᄐᆡ시 경일누의 슉쇼ᄒᆞ엿더니, 문득 영교 미션이 만면 경히(驚駭)ᄒᆞᆫ 빗ᄎᆞ로 드러와 가만이 부인긔 고왈,

"가ᄂᆡ의 ᄃᆡ변(大變)이 잇더이다."

부인이 양경(佯驚) 왈,

"무슴 변이 잇관ᄃᆡ 이ᄃᆡ도록 놀납게 경동ᄒᆞᄂᆞ뇨?

괴 왈, 조치 아니코 조치 아니ᄒᆞ오니, 비지 감히 닙으로 옴기지 못ᄒᆞ리로쇼이다."

부인이 거즛 괴이히 너겨 지삼 경문ᄒᆞᆫᄃᆡ, 괴 지삼 침음ᄒᆞ다가 ᄃᆡ왈,

"쳔비 얼프시 보오니 윤쇼제 유모로 ᄒᆞ여금, 일긔 표일(飄逸)ᄒᆞᆫ 남ᄌᆞᄅᆞᆯ 인도ᄒᆞ여 후원으【37】로 조ᄎᆞ 옥월뎐의 드러가더이다."

부인이 쳥파의 경악ᄒᆞ여 면여토식(面如土

1847)쳥등야우(靑燈夜雨) : 비 내리는 밤의 푸른 불빛 아래 앉아 있음. 쓸쓸한 정서 또는 장면을 표현한 말.

츈이 쳥파의 츈몽이 ᄭᆡᆫ 닷ᄒᆞ여 '언언묘지라.' ᄒᆞ고, 흔연이 약을 바드니, 괴 낙낙히 언약ᄒᆞ고 도라【47】와 최부인긔 고ᄒᆞ니, 부인이 대희ᄒᆞ여 쳔금을 바다 깁희 간ᄉᆞᄒᆞ고,

윤시 무단이 업ᄉᆞ면 태ᄉᆞ와 츄밀이 고이 넉일가 두려 나죵을 미봉코ᄌᆞ ᄒᆞ야, 태시 경일누의 슉쇼ᄒᆞᄂᆞᆫ 날 영교 만면 경히ᄒᆞᆫ 빗ᄎᆞ로 드러와 ᄀᆞ마니 부인긔 고왈,

"가ᄂᆡ의 대변이 ○[잇]더이다."

부인이 양경 왈,

"무ᄉᆞᆫ 변이뇨?"

영교 지삼 침음타가 넌ᄌᆞ시 ᄃᆡ왈,

"쳔비 얼프시 보오니 윤쇼져 유모 일쥐 ᄒᆞᆫ 표일ᄒᆞᆫ 남ᄌᆞ를 인도ᄒᆞ여 후원으로조ᄎᆞ 옥월졍으로 가더이다."【48】

어시의 최부인이 영교의 말을 듯기를 다ᄒᆞ미 경악ᄒᆞ여 면식이 여토ᄒᆞ고 태시 침샹의 와ᄒᆞ여시나 오히려 ᄌᆞ지 아녀더니, 영교 창 밧긔셔 부인으로 더브러 이럿틋 문답ᄒᆞ믈 드

色)ᄒᆞ고, ᄐᆡ시 침상의 와(臥)ᄒᆞ여시나 오히려 잠드지 아녓더니, 영교의 요괴로온 문답을 다 드ᄅᆞᆫ지라. 비록 셩졍이 쇼탈ᄒᆞ나 관인ᄃᆡ도(寬仁大度)ᄒᆞ여 쇼쇼(小小) 호의(狐疑) 업ᄂᆞᆫ지라. 부인의 은악양션(隱惡佯善)ᄒᆞ믄 아지 못ᄒᆞ나, 영교의 간특ᄒᆞᆫ 힝지ᄂᆞᆫ ᄆᆡ양 미흡ᄒᆞ던 고로, ᄎᆞ언을 드ᄅᆞ미 발연ᄃᆡ로(勃然大怒)ᄒᆞ여 번연이 니러 안ᄌᆞ 녀셩(厲聲) 즐왈(叱曰),

"간악ᄒᆞᆫ 비ᄌᆡ 즁야(中夜)의 ᄌᆞ지 아니ᄒᆞ고 분쥬ᄒᆞ여 무솜 요언(妖言)을【38】창슈(唱首)ᄒᆞᄂᆞ뇨? 윤현부ᄂᆞᆫ 당셰의 셩녀슉완(聖女淑婉)이라. 비록 쥬국셩비(周國聖妃)[1848] ᄌᆡ셰(再世)ᄒᆞ시나 허물을 하ᄌᆞ(瑕疵)치 못ᄒᆞ려든, 쳔비 엇지 방ᄌᆞᄒᆞᆫ 난언(亂言)을 삼가지 아니ᄒᆞᄂᆞ뇨? ᄲᆞᆯ니 물너가라. 두 번 호란(胡亂)ᄒᆞᆫ즉 머리를 버혀 죄를 졍히 ᄒᆞ리라."

셜파의 긔운이 ᄡᅵᆨᄡᅵᆨᄒᆞ고 말솜이 엄졍ᄒᆞ니, 영괴 불승경구(不勝驚懼)ᄒᆞ여 황겁ᄒᆞ미 심ᄒᆞ나 임의 부인의 명을 드럿ᄂᆞᆫ지라. 황망이 고두 ᄉᆞ죄 왈,

"쳔비 엇지 ᄇᆡᆨ쥬(白晝)의 허언을 ᄭᅮ며 윤쇼져를 간범(干犯)ᄒᆞ리잇고? 지금 분명히 일ᄎᆔ ᄒᆞᆫ 쇼년을 인도ᄒᆞ【39】여 옥월졍 후당 하의 니ᄅᆞ니, 윤쇼제 초림즁(草林中)의셔 마ᄌᆞ 말솜ᄒᆞ시니, 반ᄃᆞ시 가장 친신(親信)ᄒᆞᆫ 지친간(至親間)이신 듯ᄒᆞ오ᄃᆡ, 그 녜의 심히 혼잡ᄒᆞ온 듯ᄒᆞ온 고로 알외오미니, 엇지 감히 윤쇼져를 구함(構陷)ᄒᆞᆯ ᄉᆞ단(事端)이 이시리잇고? 복원 노야ᄂᆞᆫ 살피쇼셔."

ᄐᆡ시 교의 신식이 ᄌᆞ약ᄒᆞ고 말이 십분 졍녕(丁寧)ᄒᆞ믈 괴이히 너겨, ᄯᅩᄒᆞᆫ 경ᄒᆡᄒᆞ여 몸을 니러나며 왈,

"만일 쳔비 젼언(傳言)이 과실(過失)ᄒᆞ면 쳔비를 죽여 죄를 졍히 ᄒᆞ리라."

ᄒᆞ고, 영교를 앏셰워 옥월졍 화원 갓가이

1848)쥬국셩비(周國聖妃) : 중국 주(周)나라 문왕의 비(妃)인 태사(太姒)를 이르는 말. 태사는 현모양처(賢母良妻)로 문왕을 잘 내조하여 성군(聖君)이 되게 하였는데, 특히 남편의 많은 후궁들을 덕으로 잘 거느려 화목한 가정을 이룬 일로, 후세의 칭송을 받고 있다.

ᄅᆞᆫ지라. 본ᄃᆡ 셩이 소탈ᄒᆞ나 관인ᄃᆡ도ᄒᆞ여 조조 호의 업ᄂᆞᆫ지라. 부인의 은악양션ᄒᆞ믄 아지 못ᄒᆞ나 영교의 간특ᄒᆞᆫ 힝지ᄂᆞᆫ ᄆᆡ양 미흡ᄒᆞ던 고로, ᄎᆞ언을 드르미 발연 ᄃᆡ로ᄒᆞ여 번연이 니러 안ᄌᆞ 녀셩 즐왈,

"간악ᄒᆞᆫ 비ᄌᆡ 즁야의 ᄌᆞ지 아니코【49】분쥬ᄒᆞ여 무솜 요언을 창슈ᄒᆞᄂᆞ뇨? 윤현부ᄂᆞᆫ 당셰의 셩녀슉완이라. 비록 쥬국 셩비 ᄌᆡ셰ᄒᆞ시나 허믈을 하ᄌᆞ치 못ᄒᆞ리니 쳔비 엇디 방ᄌᆞᄒᆞᆫ 난언을 ᄒᆞᄂᆞ뇨? ᄲᆞᆯ니 믈너가라. 두 번 호탄[란]즉 머리을 버혀 죄를 졍히 ᄒᆞ리라."

셜파의 긔운이 ᄉᆡᆨᄉᆡᆨᄒᆞ고 말솜이 엄졍ᄒᆞ니, 영교 블승경구ᄒᆞ나 임의 부인의 모계를 드럿ᄂᆞᆫ지라. 황망이 ᄉᆞ죄 왈,

"쳔비 엇디 ᄇᆡᆨ쥬의 허언을 ᄭᅮ며 윤쇼져을 간범ᄒᆞ리잇고? 지【50】금 분명이 일ᄎᆔ ᄒᆞᆫ 소년을 인도ᄒᆞ여 옥월졍 후당하의 니ᄅᆞ니 윤쇼제 쵸림 듕의셔 말ᄒᆞ시니, 이 반다시 ᄀᆞ장 친신ᄒᆞᆫ 지친간이신 ᄃᆞᆺ 시브오ᄃᆡ 그 녜의 심히 혼잡ᄒᆞᆫ ᄃᆞᆺᄒᆞ온 고로 부인긔 알외오미나, 엇디 감히 윤쇼져를 그ᄅᆞᆺ 구함ᄒᆞᆯ ᄉᆞ단이 이시리잇고?"

태시 교의 신식이 ᄌᆞ약ᄒᆞ고 말이 십분 쳥녕ᄒᆞ믈 보고 ᄯᅩᄒᆞᆫ 경ᄒᆡᄒᆞ여 몸을 니러나며 왈,

"만일 젼언○[이] 과실ᄒᆞ면 쳔비를 죽여 죄을 졍히 ᄒᆞ리라."

ᄒᆞ고 영【51】교를 압셰워 옥월졍 화원 갓

【40】 니르러 보니, 과연 푸른 닙과 붉은 쏫치 우거진딕 월식이 명낭훈 가온딕, 일긔 쇼년 남지 윤쇼져로 더부러 휴슈졉체(携手接體)ᄒᆞ여, 음난훈 거죄 불가형언(不可形言)이나, 일취ᄂᆞᆫ 먼니셔 슈목 ᄉᆞ이의셔 사름의 ᄌᆞ최를 술피ᄂᆞᆫ 긔식 갓더니, 믄득 틱ᄉᆞ와 영교의 ᄌᆞ최를 딕경ᄒᆞ여, 크게 쇼릭 질너 왈,

"쇼져야 조치 아니코 조치 아니타."

ᄒᆞ니, 윤시와 셔싱이 ᄎᆞ언을 듯고 딕경실식(大驚失色) 급급히 다라나니, 그 용약(勇躍)ᄒᆞ미 경홍(鶊鴻)[1849] 갓흐여 그 슈ᄂᆞᆫ 바를 아지 못ᄒᆞᆯ너라.

틱시 견파(見罷)의 블승ᄎᆞ악(不勝嗟愕)ᄒᆞ여 묵【41】연이 침쇼의 도라오니, 부인이 영교의 젼언을 듯고 더욱 경악(驚愕)ᄒᆞ여 ᄒᆞᄂᆞᆫ 체ᄒᆞ여 니ᄅᆞ딕,

"쇽담의 닐너시딕, '쳔장슈심(千丈水深)은 아라도 일장인심(一丈人心)은 알오미 어렵다'[1850] ᄒᆞ니, 올토쇼이다. 윤시 쳔고(千古) 희셰(稀世)훈 싱광(生光) ᄌᆡ용(才容)으로 고문딕가(高門大家)의 싱장(生長)ᄒᆞ엿거ᄂᆞᆯ, 엇지 그 힝신의 파쳔(跛賤)[1851]ᄒᆞ미 금슈(禽獸)와 갓흘 쥴 알니잇고?"

틱시 쳥필의 졍식 냥구(良久)의 니ᄅᆞ딕,

"셰사(世事)를 난측(難測)이라 ᄒᆞ거니와 윤시ᄂᆞᆫ 졍졍훈 슉녀라. 결연이 그런 힝실이 업술 거시니, 요ᄉᆞ이 셰간의 요괴로온 일이 왕왕【42】ᄒᆞ여, 사름의 얼골 밧고ᄂᆞᆫ 요약(妖藥)이 잇다 ᄒᆞ고, ᄌᆡ상 공후의 ᄌᆡ변(災變)이 만흐믄 니ᄅᆞ지{지} 말고, 젼ᄌᆞ 월야의 혼녜 젼의 요괴롭던 일을 츄이(推移)컨딕, 엇지 분명훈 증참(證參)이 업ᄂᆞᆫ 바의 윤시의 빙옥 신상을 의심ᄒᆞ리오. 반ᄃᆞ시 니미망냥(魑魅魍魎)[1852]의 희롱이 아니면 어딕 은복(隱伏)훈

가이 니ᄅᆞ러 ᄇᆞ라보니, 과연 프른 닙과 블근 쏫치 우거지고 월식이 명낭훈 가온딕, 일위 쇼년 남지 윤쇼져로 더브러 휴슈졉체ᄒᆞ여 음난훈 거죄 블가형인이오, 일취ᄂᆞᆫ 먼니셔 슈목 ᄉᆞ이의셔 ᄉᆞ름의 ᄌᆞ최을 술피ᄂᆞᆫ 긔식 갓더니, 믄득 태ᄉᆞ와 영교의 ᄌᆞ최를 보고 딕경ᄒᆞ여 크게 소릭질너 왈,

"소제야 조치 아니코 조치 아니라[타]."

ᄒᆞ니, 가 윤시와 그 셔싱지 딕경실식ᄒᆞ여 급급히【52】 ᄃᆞ라ᄂᆞ니 그 용약ᄒᆞ미 경홍 ᄀᆞᆺ트여 그 슈ᄂᆞᆫ 바를 아지 못ᄒᆞᆯ너라.

태시 견파의 블승ᄎᆞ악ᄒᆞ여 믁연이 침쇼의 도라오니, 부인이 영교의 말을 듯고 더옥 ᄎᆞ악ᄒᆞᄂᆞᆫ 체ᄒᆞ여 왈,

"쇽담의 닐너시딕, '쳔장슈져ᄂᆞᆫ 알라도 삼쳑미명의 쇽은 알기 어렵다.' ᄒᆞ미 올토다ᄒᆞ여이다. 윤시 쳔고희셰훈 ᄉᆡᆨ광ᄌᆡ용으로 고문딕가의 싱훈이어ᄂᆞᆯ 엇디 기힝의 히[파]쳔ᄒᆞ미 금슈와 ᄀᆞᆺ틀 줄 알이잇고?"

태시 쳥필의 졍식 냥구의 니ᄅᆞ딕,【53】

"셰ᄉᆞ를 난측이라 ᄒᆞ거니와 윤시ᄂᆞᆫ 졍졍훈 슉녀라. 결연이 그런 일이 업슬 거시니, 요ᄉᆞ이 셰간의 요괴로은 일이 왕왕ᄒᆞ여 ᄉᆞ름의 얼골 밧고ᄂᆞᆫ 요약이 잇다 ᄒᆞ고, ᄌᆡ상공후가의 ᄌᆡ변이 만흐믄 니ᄅᆞ지 말고, 젼ᄌᆞ 월ᄋᆞ의 혼녜 젼의 요괴롭던 일을 츄이컨딕 엇디 분명훈 증참이 업ᄂᆞᆫ 바의 윤시의 빙옥신상을 의심ᄒᆞ리오. 반ᄃᆞ시 니미망냥의 희롱이 아니면 어딕 은복훈

1849)경홍(鶊鴻) : 꾀꼬리와 기러기. 또는 꾀꼬리와 기러기의 '날렵한 동작'을 이르는 말.
1850)천장(千丈) 슈심(水深)은 아라도 일장(一丈) 인심(人心)은 알오미 어렵다 천 길 물속은 알아도 한 길 사람의 마음속은 알기 어렵다는 뜻으로, 사람의 속마음을 알기란 매우 힘듦을 비유적으로 이르는 말.
1851)파천(跛賤) : 행실이 곧지 못하고 천박함.
1852)니미망냥(魑魅魍魎) : 온갖 도깨비. 산친, 목

간인(姦人)이 잇셔, 아부(我婦)를 히ᄒᆞ려 ᄒᆞ민가 ᄒᆞ나니, 닉 용우(庸愚)ᄒᆞ여 안젼(眼前)의 요얼(妖孼)이 작ᄉᆞᄒᆞ믈 ᄌᆞ괴(自愧)ᄒᆞᄂᆞ니, 엇지 현부를 의심ᄒᆞ리오. 부인은 아름답지 아닌 말을 들츄어 아부로 ᄒᆞ여곰 듯게 마ᄅᆞ【43】쇼셔. 아뷔 옥결빙심(玉潔氷心)[1853]의 과도히 놀날가 ᄒᆞᄂᆞ이다. 영괴 비록 부인 비지나 본디 거지 간능(奸能)ᄒᆞ믈 괴이히 너기ᄂᆞ니, 혹ᄌᆞ 외간 요인(妖人)을 《상총‖상통(相通)》ᄒᆞ여 외응닉합(外應內合)ᄒᆞ여 윤시를 히ᄒᆞᄂᆞᆫ가 시부니, 명일 져쥬어 ᄉᆞ힉(査覈)코져 ᄒᆞᄂᆞ이다."

영괴 청파의 디경 황망ᄒᆞ여 고두(叩頭) 체읍(涕泣)ᄒᆞ여 만만무졍지ᄉᆡ(萬萬無情之事)[1854]믈 고ᄒᆞ고, 부인이 심하의 실식ᄒᆞ여 빈한(背汗)이 쳠의(沾衣)ᄒᆞ여 겁ᄒᆞ믈 니긔지 못ᄒᆞ나, 블변안식ᄒᆞ고 탄왈,

"영괴 셜ᄉᆞ 무상ᄒᆞ나 무단이 식부를 히ᄒᆞ리잇고? 원간 윤식뷔【44】 지용이 너모 슈미ᄒᆞᆫ 고로 홍안지히(紅顏紅顏)를 면치 못ᄒᆞ여 괴이ᄒᆞᆫ 지앙이 잇ᄂᆞᆫ가 ᄒᆞᄂᆞ이다."

티시 졍식ᄒᆞ여 말을 아니ᄒᆞ니, 부인이 공구(恐懼)ᄒᆞ여 좌우로 슐을 나와 티ᄉᆞ를 권ᄒᆞᆯ시, 미션이 급히 일환 도봉잠을 타 나오미, 티시 두어 잔을 거후ᄅᆞ고 드디여 침와(寢臥)ᄒᆞ엿더니, 티시 인ᄒᆞ여 상요(床褥)의 니지 못ᄒᆞ고 슈일을 디통(大痛)ᄒᆞ니, 부인이 본디 용슈(容手)[1855]ᄒᆞ미 이시미 것ᄎᆞ로 경황ᄒᆞᄂᆞᆫ 체ᄒᆞ니, 가닉 황황ᄒᆞ여 의약으로 치료ᄒᆞ며, 제쇼졔 모다 구호ᄒᆞ더니, 슈일 후 ᄎᆞ【45】경의 니ᄅᆞ니 일기 디희ᄒᆞ나, 티시 슈일 침병의 형히(形骸) 환탈ᄒᆞ믄 니ᄅᆞ도 말고 마음이 크게 변ᄒᆞ여, 션심(善心)이 업ᄉᆞ며 총명이 어릭여 셔헌(書軒)을 폐ᄒᆞ고, 쥬야 경일누의 잠겨 부인의 교혜능변(巧慧能辯)을 말마다 긔특이

간인이 잇셔, 오를【54】 히ᄒᆞᄂᆞᆫ가 ᄒᆞᄂᆞ니, 닉 용우ᄒᆞ여 능히 군ᄌᆞ의 졍명지긔를 엇디 못ᄒᆞ여 안젼의 요얼이 작ᄉᆞᄒᆞ믈 ᄌᆞ괴ᄒᆞᄂᆞ니 엇디 현부를 의심ᄒᆞ리오. 부인은 아름답지 아닌 말을 들츄어 ᄋᆞ부로 ᄒᆞ여금 듯게 마르쇼셔. 아뷔 옥결빙심의 놀날가 ᄒᆞᄂᆞ이다. 영교 비록 부인 비지나 본디 거지 간능ᄒᆞ믈 고이히 넉이ᄂᆞ니, 혹ᄌᆞ 외간요인을 상통ᄒᆞ여 외응닉합ᄒᆞ여 윤시를 히ᄒᆞᄂᆞᆫ가 시브니 명일 져쥬어 ᄉᆞ힉고져 ᄒᆞᄂᆞ이다."

영교 쳥【55】파의 대경ᄒᆞ여 고두체읍ᄒᆞ여 만만무졍ᄉᆡ믈 고ᄒᆞ고, 부인이 심하의 실식ᄒᆞ여 비한쳠의ᄒᆞ나 블변안식고 탄왈,

"영괴 셜ᄉᆞ 무상ᄒᆞ나 무단이 식부를 히ᄒᆞ리잇고? 원간 윤식뷔 지용이 너모 슈미ᄒᆞᆫ 고로 홍안디히를 면치 못ᄒᆞ여 고이ᄒᆞᆫ 지앙이 잇ᄂᆞᆫ가 ᄒᆞᄂᆞ이다."

태시 정식고 말을 아니니, 부인이 공구ᄒᆞ여 좌우로 은근이 술을 나와 태ᄉᆞ를 권ᄒᆞᆯ시, 미션이 급희 일환 도봉잠을 타 나오니, 태시【56】 두어 잔을 거우루고 드디여 침와ᄒᆞ엿더니, 태시 인ᄒᆞ여 상요의 니지 못ᄒᆞ고 슈일을 대통ᄒᆞ니, 가닉 황황ᄒᆞ여 의약으로 치료ᄒᆞ며 제쇼제 모다 완호ᄒᆞ미 수일 만의 ᄎᆞ경의 니ᄅᆞ니, 일기 대희ᄒᆞᄂᆞ 태시 수일 침병의 형히 환형ᄒᆞ믄 니ᄅᆞ도 말고, 마음이 큰[크]게 변ᄒᆞ여 셔현의 슉침을 폐ᄒᆞ고, 쥬야 경일누의 줌겨 부인의 교혜능변을 말마다 긔특이 넉이며,

---

석의 정령에서 생겨난다고 한다. ≒망량.

1853)옥결빙심(玉潔氷心) : 옥처럼 깨끗하고 얼음처럼 맑은 마음.

1854)만만무졍지ᄉᆡ(萬萬無情之事) : 전혀 고의(故意)로 한 일이 아님. 혐의(嫌疑)를 둘 만한 일이 없음.

1855)용슈(容手) : 수단을 부림. 또는 그 수단.

너겨ᄒᆞ며, 윤쇼져의 힝지(行止)ᄅᆞᆯ ᄉᆞ샤(事事) 마다 유의ᄒᆞ고 졈졈 미온지심(未穩之心)이 깁흐니, 쇼제 블승경구(不勝驚懼)ᄒᆞ믈 마지 아니ᄒᆞ고, 츄밀 부뷔 공의 힝지ᄅᆞᆯ 보ᄆᆡ ᄃᆡ경실식(大驚失色)ᄒᆞ여 졈졈 가변의 삭시 니러나믈 아연 경ᄒᆡᄒᆞ더라.

이러구러 슈일이 지낫더니 이ᄯᆡ 남궁【46】궁녀 영츈이 영교의 쥬던 단약(丹藥)을 가져, 이날 셕반의 셧거 왕의 부부의 식반의 드렷더니, 왕의 부뷔 과연 슈일을 ᄃᆡ통(大痛)ᄒᆞ고 나으ᄆᆡ, 영츈을 ᄌᆡ촉ᄒᆞ여 미인을 다려오라 ᄒᆞᄂᆞᆫ지라.

츈이 교로 더부러 임의 날을 긔약ᄒᆞ미 잇ᄂᆞᆫ 고로, 일야 황혼의 건장ᄒᆞᆫ 군ᄉᆞ ᄉᆞ오인과, 영츈이 친히 엄ᄐᆡᄉᆞ 부즁 후장 밧긔 미복ᄒᆞ고 영교로 ᄂᆡ응ᄒᆞᆯ시, 이 원문은 윤쇼져 침쇼 옥월정 뒤ᄒᆡ라.

ᄎᆞ야의 영교 ᄆᆡ션이 장속(裝束)을 가ᄇᆡ야이 ᄒᆞ고 밤들기ᄅᆞᆯ 기다려 햐슈(下手)[1856]ᄒᆞ려 ᄒᆞᆯ【47】ᄉᆡ, 최부인이 문시로 의논ᄒᆞ미 잇ᄂᆞᆫ지라. 문시 노쥐 쳐음의 화원 아ᄅᆡ셔 ᄀᆡ용단을 삼켜 익셤은 윤쇼제 되고, 문시ᄂᆞᆫ 남복을 닙어 허다 음ᄑᆡᄒᆞᆫ 거동으로 ᄐᆡᄉᆞᄅᆞᆯ 보게 ᄒᆞ고, 이제 ᄯᅩ 윤시ᄅᆞᆯ 즁야(中夜)의 업시 ᄒᆞᄆᆡ 간부ᄅᆞᆯ 조ᄎᆞ 갓다 ᄒᆞ려 ᄒᆞᄂᆞᆫ 쥬의 이의 밋ᄎᆞ니, 엇지 궁흉(窮凶)치 아니ᄒᆞ리오.

ᄎᆞ야의 최부인이 ᄯᅩ 문시ᄅᆞᆯ 다ᄅᆡ여 니ᄅᆞᄃᆡ, "그ᄃᆡᄂᆞᆫ 나의 조ᄋᆡ(爪牙)[1857]라. 윤시ᄅᆞᆯ ᄒᆡᄒᆞᆫ 공이 크니 ᄂᆡ 엇지 갑지 아니ᄒᆞ리오. 윤시ᄅᆞᆯ 업시ᄒᆞᆫ 후 버거 양시ᄅᆞᆯ 업시ᄒᆞ여 그【48】ᄃᆡ로 ᄒᆞ여곰 강젹을 쇼제ᄒᆞ고, 질아의 총이 그ᄃᆡ게 온젼ᄒᆞ여 박명(薄命)을 회복○[게] ᄒᆞ리니, 그ᄃᆡᄂᆞᆫ 조곰도 념녀치 말나. 금야의 윤시 침쇼의 나아가 한담(閑談)ᄒᆞ다가 밤든 후 도라오라. 윤시 쳣잠이 깁거든 하슈

윤쇼져의 힝지를 ᄉᆞᄉᆞ마다 유의ᄒᆞ고 졈졈【57】미온지심이 깁흐니, 쇼제 블승경구ᄒᆞ고 츄밀 부뷔 공의 힝지를 보ᄆᆡ 대경실식ᄒᆞ여, 졈졈 가변의 삭시 니러나믈 아연 경ᄒᆡᄒᆞ더라.

이러구러 수일이 지낫더니, 이ᄯᆡ 남궁 궁녀 영츈이 영교의 쥬던 단약을 가져 이날 셕반의 셧거 왕의 부부의 식반의 드렷더니, 왕의 부뷔 과연 수일을 대통ᄒᆞ고 나으ᄆᆡ 영츈을 ᄌᆡ촉ᄒᆞ여 미인을 ᄃᆞ려오라 ᄒᆞᄂᆞᆫ디라.

츈이 교로 더브러 임의 날을 긔약ᄒᆞ미 잇ᄂᆞᆫ 고로,【58】일야 황혼의 건장ᄒᆞᆫ 군ᄉᆞ 오인으로 더브러 영츈이 친히 엄 태ᄉᆞ 부듕 원장 밧긔 머모[무]러 영교로 ᄂᆡ응ᄒᆞᆯ시, 이 원문은 윤쇼져 침쇼 옥월정 뒤ᄒᆡ라.

ᄎᆞ야의 영교 ᄆᆡ션이 장쇽을 가ᄇᆡ야이 ᄒᆞ고 밤들기를 기ᄃᆞ려 하슈ᄒᆞ랴 ᄒᆞᆯᄉᆡ, 최부인이 문시로 의논ᄒᆞ미 잇ᄂᆞᆫ지라. 문시 노쥐 쳐음의 화원 아ᄅᆡ셔 ᄀᆡ용단을 ᄉᆞᆷ켜 윤쇼져 되고, 문시ᄂᆞᆫ 남복을 닙어 허다 음ᄑᆡᄒᆞᆫ 거동으로 태ᄉᆞ를 보게 ᄒᆞ고, 이제 ᄯᅩ 윤시【59】를《쥬야‖즁야》의 업시ᄒᆞᄆᆡ 간부로 조ᄎᆞ가다 ᄒᆞ려 ᄒᆞᄂᆞᆫ 쥬의니, 의ᄉᆡ 궁흉치 아니리오.

ᄎᆞ야의 최부인이 ᄯᅩ 문시를 다쥐[ᄅᆡ]여 왈, "그ᄃᆡ 나의《조의‖조ᄋᆡ》되여 윤시를 ᄒᆡᄒᆞᆫ 공이 크니 ᄂᆡ 엇디 갑지 아니리오. 윤시를 몬져 업시ᄒᆞᆫ 후 양시를 마ᄌᆞ 업시ᄒᆞ여 그ᄃᆡ로 ᄒᆞ여금 강젹을 쇼제ᄒᆞ고 질ᄋᆞ의 춍이 온젼케 ᄒᆞ리라. 그ᄃᆡᄂᆞᆫ 금야의 윤시 침쇼의 가 밤든 후 도라오라. 윤시 첫 좀이 깁거든 용ᄉᆞᄒᆞ리라."

1856)하슈(下手) : ①어떤 일에 손을 댐. 또는 어떤 일을 시작함.=착수. ②손을 대어 사람을 죽임.

1857)조아(爪牙) : ①손톱과 어금니를 아울러 이르는 말. ②매우 쓸모 있는 사람이나 물건을 비유적으로 이르는 말. ③적의 습격을 막고 임금을 호위하는 신하를 비유적으로 이르는 말.

(下手)ᄒᆞ리라."

문시 언언이 슈명ᄒᆞ고 드ᄃᆡ여 익셤으로 더부러 윤쇼져 침쇼의 니ᄅᆞ니, ᄎᆞ시 윤쇼제 촉을 ᄇᆞᆰ히고 침션(針線)을 마(碼)[1858]로 지더니, 홀연 문시 니ᄅᆞᄂᆞᆫ지라 윤쇼제 평일 져의 간악ᄒᆞ믈 슬히 너기나 마지 못ᄒᆞ여 마ᄌᆞ 한담홀시, 문시 흔연이 웃고 갈오ᄃᆡ,

"슉슉과 가군이 집을 ᄯᅥ난 【49】지 거의 반년이라. 쳡 갓흔 ᄌᆞᄂᆞᆫ 총을 본ᄃᆡ 타인의게 ᄉᆞ양ᄒᆞᆫ 비니, 청등야우(青燈夜雨)의 홍안박명(紅顔薄命)이 쇼텬의 거릐(去來)의 한가지여니와, 현뎨ᄂᆞᆫ 유졍낭(有情郞)의 은졍이 여교여칠(如膠如漆)ᄒᆞ시던 바로ᄡᅥ 별회(別懷) 깁흐시미, 쳡심의 비길 ᄇᆡ 아니로쇼이다."

쇼제 쳥파의 옥안이 �ᄡᅵᆨᄡᅵᆨᄒᆞ여 침음 졍식 왈,

"부인 말숨이 비록 쇼뎨《로 ᄒᆞ여곰‖을 ᄉᆞ랑ᄒᆞ여》 희언의 비로ᄉᆞ미나, 만히 실톄ᄒᆞ시도소이다. 져제 금장(襟丈)을 ᄃᆡᄒᆞ여 부부 후박을 일ᄏᆞ라 희롱ᄒᆞ시니, 녜의(禮儀)의 블가ᄒᆞ신가 ᄒᆞ나이다."

셜파의 옥【50】뫼 졍슉ᄒᆞ고 옥셩이 ᄡᅵᆨᄡᅵᆨᄒᆞ니, 문시 ᄃᆡ참ᄃᆡ분(大慙大憤)ᄒᆞ나, 최부인 계규ᄅᆞᆯ 바다 니ᄅᆞ럿ᄂᆞᆫ지라. 변식 냥구의 날호여 강잉 잠쇼 왈,

"쳡이 본ᄃᆡ 현뎨의 셩덕 문명을 ᄉᆞ랑ᄒᆞ미 깁흔 고로, 진졍 쇼ᄌᆡ(所在)의 발셜ᄒᆞᆫ ᄇᆡ, 도로혀 실언ᄒᆞ믈 면치 못ᄒᆞ니, 블승슈괴(不勝羞愧)ᄒᆞ나 미ᄎᆞ랴?"

윤쇼제 역시 강잉(强仍) 숀ᄉᆞ(遜辭)ᄒᆞ고 야심토록 한담ᄒᆞ여 가장 이윽ᄒᆞᆫ 후 문시 도라가니, 쇼제 그윽이 문시의 ᄒᆡᆼ시 단즁(端重)치 못ᄒᆞ믈 기탄ᄒᆞ고, 야심ᄒᆞ엿ᄂᆞᆫ 고로 졍히 상요(床褥)의 나아가고져 ᄒᆞ더니, 홀연 일진괴

문시 언언이 슈명ᄒᆞ고 드【60】ᄃᆡ여 익셤으로 더브러 윤쇼져 침쇼의 니ᄅᆞ니, 윤쇼제 평일 져의 간악ᄒᆞ믈 슬허 넉이나 마지못ᄒᆞ여 마ᄌᆞ 한담홀시, 문시 흔연이 웃고 왈,

"슉슉과 가군이 집 ᄯᅥᄂᆞᆫ 지 거의 반년이라. 쳡 ᄀᆞᆺ튼 ᄌᆞᄂᆞᆫ 춍을 본ᄃᆡ 타인의게 ᄉᆞ양ᄒᆞᆫ 비니 쳥등야우의 홍안박명이 쇼텬의 《거텨‖거릐》의 ᄒᆞᆫ가지어이와, 현제는 유졍낭의 은졍이 여교여칠ᄒᆞ시던 바로ᄡᅥ 별회 깁프시미 쳡심의 비길 ᄃᆡ 아니로쇼이다."

쇼제 쳥파의 옥안이【61】 싁싁ᄒᆞ여 침음졍식 왈,

"부인 말숨이 비록 쇼제을 ᄉᆞ랑ᄒᆞ여 희언의 비로ᄉᆞ마[미]나 만히 실체ᄒᆞ시도쇼이다. 수슉은 이 곳 외인이라. 져제 금장을 ᄃᆡᄒᆞ여 부부 후박으로ᄡᅥ 희롱ᄒᆞ시니 만히 녜의 블가ᄒᆞ이다."

문시 대참대분ᄒᆞ나 최부인 계교를 밧ᄌᆞᆺᄂᆞᆫ지라. 변식 양구의 날호여 강쇼 왈,

"쳡이 본ᄃᆡ 현제의 셩덕문명을 ᄉᆞ랑ᄒᆞ미 깁흔 고로, 진졍 소ᄌᆡ의 발셜ᄒᆞᆫ ᄇᆡ, 도로혀 실언ᄒᆞ믈 면치 못ᄒᆞ니 블승슈【62】괴ᄒᆞ나 밋치랴?"

윤쇼제 역시 손ᄉᆞᄒᆞ고 한담ᄒᆞ더니 야심 후 문시 도라가니, 쇼제 그윽이 문시의 ᄒᆡᆼᄉᆞ를 기탄ᄒᆞ고 졍히 상요의 나아가고져 ᄒᆞ더니, 홀연 일진괴풍이 니러나ᄂᆞᆫ 곳의 귀밋텨 구옥치 징연이 우ᄂᆞᆫ지라.

1858)마(碼) : ①야드파운드법에 의한 길이의 단위. 한 마는 1피트의 세 배로 91.44cm에 해당한다. 기호는 yd. 『표준국어대사전』 ②3척(呎)을 1마(碼)라고 하는데, 미터법으로 0.9144m를 말한다. 『中文大辭典』 *원단의 단위로 영국이나 미국 등에서 쓰던 '마(yd)'라는 단위가 조선후기에 중국을 통해 들어와 사용되고 있었음을 알 수 있다.

풍(一陣怪風)이 【51】니러나ᄂᆞᆫ 곳의, 귀 밋ᄒᆡ 구옥ᄎᆡ(球玉釵)[1859] 징연이 우ᄂᆞᆫ지라.

쇼졔 경아ᄒᆞ여 즉시 ᄉᆞᄆᆡ 가온ᄃᆡ 복희시(伏羲氏)[1860] 쥬역(周易) 팔과(八卦)[1861]ᄅᆞᆯ 집허 한 과(卦)ᄅᆞᆯ 어드니 졈ᄉᆡ(占辭) 크게 블길ᄒᆞ거ᄂᆞᆯ, ᄃᆡ경ᄒᆞ여 목젼의 ᄃᆡ홰(大禍) 박두ᄒᆞ믈 지긔ᄒᆞ고, 달니 힝ᄒᆞᆯ 계ᄀᆔ 업ᄂᆞᆫ지라.

심복 시녀 가온ᄃᆡ ᄎᆡ잉이란 비ᄌᆡ ᄌᆞ긔와 동년이오, ᄌᆡ용이 ᄯᅩᄒᆞᆫ 초셰(超世)ᄒᆞ여 쳥의하류(靑衣下類)의 풍이 업셔, 옥안 미뫼(美貌) ᄲᅢ혀나고 녈녈다릉(烈烈多能)ᄒᆞ고 위쥬츙의(爲主忠義) ᄀᆡ셰(蓋世)ᄒᆞ여 긔장군(紀將軍)[1862]의 뇽안(龍顔)을 ᄃᆡᄒᆞ던 츙셩이 잇ᄂᆞᆫ지라. ᄉᆞ 비ᄌᆡ 상하의 뫼셧거ᄂᆞᆯ, 소졔 【52】 ᄎᆡ잉을 나아오라 ᄒᆞ여 귀의 다혀 계규ᄅᆞᆯ 일일이 니ᄅᆞ고, 우왈,

"긔장군(紀將軍)의 살신셩명(殺身成名)[1863]이 블가ᄒᆞ믈 일너, 그 가ᄂᆞᆫ 곳이 만일 굴ᄒᆞ여 셤겨 욕되지 아니ᄒᆞ거든 츙의ᄅᆞᆯ 완젼ᄒᆞ라."

ᄎᆡ잉은 일취의 일네니, 쇼져의 유뎨(乳弟)라, 언언이 슈명ᄒᆞ고 가연이 의상을 그ᄅᆞ고 단의만 닙고 쇼져 침상의 오ᄅᆞ니, 쇼져ᄂᆞᆫ 협실의 유모로 더부러 숩엇더라.

과연 종ᄀᆈ(鐘鼓) 쳣 마ᄃᆡᄅᆞᆯ 동ᄒᆞᄆᆡ, 영교 ᄆᆡ션이 용약ᄒᆞ여 후창을 밀치고 다라드러 쇼

쇼졔 경아ᄒᆞ여 즉시 ᄉᆞᄆᆡ ᄀᆞ온ᄃᆡ로 복희씨 쥬역 팔과를 집허 ᄒᆞᆫ 괘를 어드니 졈ᄉᆡ 크게 블길ᄒᆞᆫ지라. 대경ᄒᆞ여 목젼의 대홰 박두ᄒᆞ믈 지긔ᄒᆞ고 달니 힝ᄒᆞᆯ 계ᄀᆈ 업ᄂᆞᆫ지라.

심복 시녀 ᄀᆞ온ᄃᆡ ᄎᆡ잉이【63】ᄂᆞᆫ[ᄅᆞᆫ] 비ᄌᆡ ᄌᆞ긔와 동년이오, ᄌᆡ용이 ᄯᅩᄒᆞᆫ 쵸셰ᄒᆞ여 쳥의하류의 풍이 업셔 옥안 미뫼 ᄲᅢ혀나고 녈녈다춍ᄒᆞ고 위쥬츙의 ᄀᆡ셰ᄒᆞ여 긔장군의 뇽안을 대ᄒᆞ던 츙셩이 잇ᄂᆞᆫ지라. ᄉᆞ 비ᄌᆡ 상하의 뫼셧거ᄂᆞᆯ 쇼졔 ᄎᆡ잉을 나아오라 ᄒᆞ여 귀의 다혀 계ᄀᆈ를 일일히 니ᄅᆞ고 우왈,

"긔장군의 살신셩명이 블가ᄒᆞ믈 닐느고, 그 가ᄂᆞᆫ 곳이 만일 굴ᄒᆞ여 셤겨 욕되지 아니커든 츙효를 완젼ᄒᆞ라."

ᄎᆡ잉은 일취의 일녀니 쇼져의 유제라.【64】 언언이 슈명ᄒᆞ고 가연이 의상을 그ᄅᆞ고 단의만 닙고 쇼져 침상의 오ᄅᆞ니, 쇼져ᄂᆞᆫ 협실의 유모로 더브러 숨어더라.

과연 둉괴 첫 마ᄃᆡ를 동ᄒᆞᄆᆡ 영교 ᄆᆡ션이 용약ᄒᆞ여 후창을 밀치고 ᄃᆞ라드러 쇼져를

1859)구옥치(球玉釵) : 옥으로 만든 비녀.

1860)복희시(伏羲氏) : 중국 고대 전설상의 제왕. 삼황(三皇)의 한 사람으로, 팔괘를 처음으로 만들고, 그물을 발명하여 고기잡이의 방법을 가르쳤다고 한다

1861)팔괘(八卦) : 중국 고대(古代)의 복희씨(伏羲氏)가 지었다는 글자. ≪주역≫의 골자가 되는 것으로, 한 괘에 각각 삼 효(爻)가 있고, 효를 음양(陰陽)으로 나누어서 팔괘(八卦)가 되고 팔괘가 거듭하여 육십사괘(六十四卦)가 된다.

1862)기장군(紀將軍) : 기신(紀信). 중국 한(漢)나라 고조 때의 장군. 한고조 유방(劉邦)이 형양성(滎陽城)에서 초패왕(楚霸王) 항우(項羽)에게 포위당해 위급해졌을 때에, 그가 유방의 행세를 하여 항우에게 항복을 함으로써 유방이 탈출에 성공할 수 있었다. 속은 것을 안 항우는 그를 불태워 죽였다. 『한서(漢書)』 권(卷)1. '고제본기(高帝本紀) 상(上)'에 나온다.

1863)살신셩명(殺身成名) : 자기의 몸을 희생하여 이름을 명성을 드높임.

져ᄅᆞᆯ 활착ᄒᆞ여 ᄂᆡ다ᄅᆞᆯ시, 일변 슈건으로 닙【53】을 막아 쇼ᄅᆡᄅᆞᆯ 못ᄒᆞ게 ᄒᆞ고, 나ᄂᆞᆫ 다시 원장(垣墻) 밧긔 나가, 남궁 교즁의 녀흐니, 영츈이 교즁의 드러 쇼져ᄅᆞᆯ 안고 도라가더라.

영ᄀᆈ、ᄆᆡ션이 가만이 부인긔 복명ᄒᆞ니, 부인이 깃브믈 니긔지 못ᄒᆞ나, 윤시 하 녈슉(烈肅)ᄒᆞ니 나종이 엇지 될고 념녀ᄒᆞ여, 날이 ᄉᆡ거든 영교ᄅᆞᆯ 남궁의 보ᄂᆡ여 쇼식을 탐쳥(探聽)ᄒᆞ려 ᄒᆞ더라.

아이(俄而)오1864) 날이 ᄇᆞᆰ으ᄆᆡ, 믄득 윤쇼제《봉관화리 ‖ 봉관하피(鳳冠霞帔)1865)》로 션메(鮮袂)1866) 표표(表表)ᄒᆞ여 졍뎐의 신셩(晨省)ᄒᆞᄂᆞᆫ지라. 부인이 ᄃᆡ경ᄒᆞ여 ᄉᆡᆼ각ᄒᆞᄃᆡ,

"이 ᄭᅮᆷ인가! 이 ᄭᅮᆷ도 아【54】니며[면] 윤쇼제 ᄌᆞ항(刺項)ᄒᆞ여 혼이 왓ᄂᆞᆫ가? 져러틋 완연ᄒᆞ니 져 혼도 아니라. 이 분명ᄒᆞᆫ 진짓 윤시니, 윤시 엇지 이곳의 여상(如常)이 잇ᄂᆞᆫ고? 십분 의아ᄒᆞ나 무어시라 아ᄅᆞᆫ 체 ᄒᆞ리오. 남이 긔식을 알가 져허 십분 슈렴(收斂)ᄒᆞ나 놀난 가삼이 벌덕여 뉵ᄆᆡ(六馬)1867) 치빙(馳騁)ᄒᆞ니, 윤시 엇지ᄒᆞ여 작야(昨夜) 화ᄅᆞᆯ 면ᄒᆞ며, 영、ᄆᆡ 등의 도젹ᄒᆞ여 남궁의 보ᄂᆡᆫ 윤시ᄂᆞᆫ 또 엇던 녀진고? 흉히 분분ᄒᆞᄆᆡ 울홰(鬱火) ᄃᆡ발ᄒᆞᄂᆞᆫ지라. 겨유 참아 좌위 물너나믈 기다려 쇼져ᄅᆞᆯ 상하(上下)의 ᄭᅮᆯ니고

1864)아이(俄而)오 : 얼마 있다가, 이윽고.

1865)봉관하피(鳳冠霞帔) : 봉황을 장식한 관(冠)과 노을처럼 화사한 색의 비단으로 지어 저고리 위에 덧입는 소매가 없는 겉옷을 함께 말한 것으로, 조선시대 명부(命婦)의 옷차림이다. *봉관 : 조선시대 명부(命婦)가 쓰던 예모(禮帽)로 윗부분에 금이나 옥으로 만든 봉황 모양의 장식이 있다. *하피(霞帔) : 적삼을 입을 때 어깨의 앞뒤로 늘어뜨려 입는 명부의 예복으로, 길게 한 폭으로 되어 있어 목에 걸치게 되어 있다.

1866)션메(鮮袂) : 고운 옷소매.

1867)뉵ᄆᆡ(六馬) : 임금의 수레를 끄는 여섯 마리의 말을 뜻한다. 『서경』〈오자지가(五子之歌)〉에 "나는 백성을 대할 때에 마치 썩은 새끼줄로 여섯 마리의 말을 모는 것처럼 두려움을 느끼니, 남의 윗사람이 된 자가 어찌 조심하지 않을 수 있겠는가.(予臨兆民 凜乎若朽索之馭六馬 爲人上者 奈何不敬)"라고 한 말에서 나왔다.

활착ᄒᆞ고 ᄂᆡ다ᄅᆞᆯ시, 일변 슈건으로 입을 막아 소ᄅᆡ를 못ᄒᆞ게 ᄒᆞ고, 나ᄂᆞᆫ ᄃᆞ시 원장 밧긔 나가 남궁 교듕의 너흐니, 영츈이 교듕의 드러 쇼져로 알고 도라가더라.

영교 등이 가마니 부인긔 복명ᄒᆞ니 부인이 깃거ᄒᆞ【65】나 윤시 하 녈슉ᄒᆞ니 나죵이 엇디 될고 념녀ᄒᆞ여, 날이 ᄉᆡ거든 영교를 남궁의 보ᄂᆡ여 쇼식을 탐쳥ᄒᆞ려 ᄒᆞ더라.

아이오 날이 ᄇᆞᆰ그ᄆᆡ 믄득 윤쇼제 우ᄉᆞ나군으로 션메 표표 가ᄇᆡ야이 ᄒᆞ여 졍당의 신셩ᄒᆞᄂᆞᆫ지라. 부인이 대경ᄒᆞ여 면ᄉᆡᆨ이 여토ᄒᆞ나 무어시라 아른 체ᄒᆞ리오. 남이 긔ᄉᆡᆨ을 알가 져허 십분 슈렴ᄒᆞ나, 놀ᄂᆞᆫ 가ᄉᆞᆷ이 벌덕여《슉ᄆᆡ ‖ 뉵ᄆᆡ》 치빙ᄒᆞ나 계유 참고 잇더니, 좌위 믈너나믈 기ᄃᆞ려, 쇼져를 상하의 ᄭᅮᆯ【66】니고 ᄆᆡᆼ셩으로 슈죄ᄒᆞ여 음힝으로 대칙ᄒᆞ고, 거야 황혼의 태ᄉᆞ 친히 목견ᄒᆞ믈 닐너 왈,

밍셩(猛聲)으로 슈죄ᄒᆞ【55】여, 음힝으로 딕칙ᄒᆞ고 거야 황혼의 틱시 친히 목견ᄒᆞ믈 일너 슈죄 왈,

"상공이 음부(淫婦)의 음누비쳔(淫陋鄙賤)ᄒᆞᆫ 졍틱를 목견ᄒᆞ시고, 드ᄅᆞ신 비 한두 번이 아니로딕, 녕엄(令嚴) 진왕 형뎨의 안면을 구익ᄒᆞ여 아직 죄상을 뭇지 아니ᄒᆞ샤, 조흔 닐갓치 머므러 두시나, 네 《져가‖져기1868)》 사ᄅᆞᆷ의 념치 이실진딕, 네 몸이 당당ᄒᆞᆫ 왕후지녀(王侯之女)로, 또 왕공지뷔(王公之婦)오 명ᄉᆞ(名士)의 안히 되어, 십여셰 쇼녀지 《봉관화리‖봉관하피(鳳冠霞帔)》로 명부의 직쳡을 졈득ᄒᆞ엿거늘, 무어시 부족ᄒᆞ여 가뷔 근친ᄒᆞ라 집을 ᄡᅥ난 지 반년【56】의 그 ᄉᆞ이롤 참지 못ᄒᆞ여, 방ᄌᆞ히 구가(舅家)의셔 간부롤 드려 음난즘통(淫亂潛通)ᄒᆞ기롤 휘(諱)치 아니ᄒᆞ니, 엇지 통히(痛駭)치 아니리오. 상공이 한번 친히 보신 후 창의 도라오기롤 기다려 쳐치ᄒᆞ려 ᄒᆞ시니, 네 가지록 음악방ᄌᆞ(淫惡放恣)ᄒᆞ미 구고롤 업슈이 너겨 ᄌᆞ히(自解)1869)ᄒᆞ기롤 잘 ᄒᆞ니, 너갓ᄒᆞᆫ 음악ᄒᆞᆫ 쳔녀(賤女)롤 엇지 집의 오릭 두리오."

허다 슈죄ᄒᆞ며 ᄭᅮ짓ᄂᆞᆫ 말이 이로 긔록지 못홀지라. 쇼졔 블의(不意)의 궁흉무함(窮凶誣陷)ᄒᆞᄂᆞᆫ 칙언을 드ᄅᆞ미, 흉금(胸襟)이 막혀 즉긱의 죽을 듯ᄒᆞ나, 날호여 부복 딕왈,

"쳡이 비【57】록 용우ᄒᆞ오나 일즉 부힝녀교(婦行女教)롤 밧ᄌᆞ와 존문의 입승(入承)ᄒᆞ오미, 존구고의 셩ᄒᆞ신 덕턱을 힝혀 힘닙어 큰 허물을 면ᄒᆞ올가, 근신 ᄌᆞ도(子道)1870) ᄒᆞ옵더니, 이제 여ᄎᆞ 지교(指教)롤 나리오시니, 쳡이 엇지 이런 힝실을 가져 존문(尊門)의 쳐ᄒᆞ리잇고? 실노 죽을 바롤 아지 못ᄒᆞ리로 쇼이다."

셜파의 옥셩이 녈녈ᄒᆞ여 ᄡᅡᆼ셩(雙星)의 누싊(淚水) 어릭니 최부인의 더욱 노ᄒᆞ여 왈,

1868)져기 : 적이. 꽤 어지간한 정도로. 조금이라도.

1869)ᄌᆞ히(自解) : 무엇에 얽매이지 아니하고 스스로 풀어서 벗어남.

1870)ᄌᆞ도(子道) : 자식으로서 부모를 섬기는 도리.

"상공이 음부의 음누비쳔ᄒᆞᆫ 졍틱를 드ᄅᆞ시딕 녕엄 진왕 형졔의 안면를 구익ᄒᆞ여 아즉 믈시ᄒᆞ샤 조흔 일ᄀᆞᆺ치 머므러 두시니, 네 몸이 당당ᄒᆞᆫ 왕후지녀로 가뷔 집 ᄯᅥᄂᆞᆫ 지 반년의 그 ᄉᆞ이를 참디 못ᄒᆞ여 간부를 드려 음난잠통ᄒᆞ니 엇지 통익치 아니리오?"

"네 악ᄒᆡᆼ음간(惡行淫奸)은 임이 증참(證參)이 분명ᄒᆞ거ᄂᆞᆯ 네 엇지 발명(發明)ᄒᆞ리오?"

ᄒᆞ여 폭ᄇᆡᆨ(暴白)ᄒᆞ며 ᄭᆞ짓ᄂᆞᆫ 말이 물씀 듯ᄒᆞ며, 심산의 쥬【58】린 범이 사ᄅᆞᆷ○[을] 만나 곳의[1871] 삼킬 듯ᄒᆞ거ᄂᆞᆯ, 쇼제 날호여 퇴ᄒᆞ여 침쇼의 도라오니, 유모 시녀 등이 눈물을 ᄒᆞᆯ녀 쇼져ᄅᆞᆯ 위ᄒᆞ여 슬퍼ᄒᆞ니, 쇼제 역시 말이 업서 기리 탄식ᄒᆞ고, 유아(乳兒)[1872] 등을 당부ᄒᆞ여 ᄎᆞᄉᆞ(此事)ᄅᆞᆯ 일졀 본부의 알게 말나 ᄒᆞ고, 칭병블츌(稱病不出)ᄒᆞ여 즁인공회(衆人公會)의 나지 아니ᄒᆞ나, 스ᄉᆞ로 나종이 엇더ᄒᆞᆯ고 방심치 못ᄒᆞ더라.

여러 날이 되ᄆᆡ ᄐᆡᄉᆡ 괴이히 너겨 부인다려 윤시의 츌입지 아닛ᄂᆞᆫ 연고ᄅᆞᆯ 무ᄅᆞᆫᄃᆡ, 부인이 빈미(嚬眉) 탄왈,

"윤시 근ᄂᆡ 음ᄒᆡᆼ이 더욱 낭【59】ᄌᆞᄒᆞ여 취우(聚麀)[1873]의 졍젹이 졈졈 현누(現漏)ᄒᆞ더니, 요ᄉᆞ이 믄득 칭병블츌(稱病不出)ᄒᆞ니 그 흉계ᄅᆞᆯ 아지 못ᄒᆞ리러이다."

원ᄂᆡ 영교 ᄆᆡ션이 남궁의 가 긔미ᄅᆞᆯ 알ᄆᆡ, 가칭(假稱) 윤시 의구히 남왕의 총희 되여 말업시 화락ᄒᆞ다 ᄒᆞ고, 남왕 부뷔 교ᄅᆞᆯ ᄎᆞ자 쳔금을 쥬어 미인 쳔거ᄒᆞᆫ 공을 ᄉᆞ례ᄒᆞ고, 영츈을 벼ᄉᆞᆯ을 도도와 집ᄉᆞ궁녀ᄅᆞᆯ ᄉᆞᆷ으니, 츈이 ᄃᆡ열ᄒᆞ여 교의게 ᄇᆡᆨ번 칭ᄉᆞᄒᆞ며 후히 ᄃᆡ졉ᄒᆞ니, 영괴 감히 그 진짓 사ᄅᆞᆷ이며 아니믈 니ᄅᆞ지 못ᄒᆞ고 도라와 부인긔 고ᄒᆞ니, 부인이 바야흐로 【60】윤시 시녀 ᄎᆡ잉이 업ᄂᆞᆫ 쥴 알고, 윤시 노쥐 ᄉᆞ긔(事機)ᄅᆞᆯ 미리 아랏던가 의심ᄒᆞ나 ᄒᆞᆯ일 업고, 또 남궁의 쳐음 허락ᄒᆞᆫ 미인○[이] 아니믈 ᄇᆞᆰ히지 못ᄒᆞ더라.

ᄒᆞ고, 말을 맛치ᄆᆡ 심산의 쥬린 범이 사ᄅᆞᆷ을 맛ᄂᆞᆫ ᄃᆞᆺᄒᆞ여 고ᄃᆡ 삼킬 ᄃᆞᆺ【67】ᄒᆞᆫ지라. 쇼제 오직 유유ᄒᆞ더니 날호여 침쇼의 도라오니, 유모 시녀 등이 눈믈을 흘녀 쇼져를 위로ᄒᆞ여 슬허ᄒᆞ니, 쇼제 역시 말이 업서 기리 탄식ᄒᆞ고 유ᄋᆞ 등을 분부ᄒᆞ여 ᄎᆞᄉᆞ를 일졀 본궁의셔 알게 말나 ᄒᆞ고, 칭병블츌ᄒᆞ여 즁인공회의 나지 아니나, 스ᄉᆞ로 나죵이 엇더ᄒᆞᆯ고 방심치 못ᄒᆞ더라.

여러 날이 되ᄆᆡ 태ᄉᆡ 고이이 넉여 부인ᄃᆞ려 윤시의 츌입 아니ᄂᆞᆫ 연고를 무ᄅᆞᆫᄃᆡ 부인이 빈미 탄왈,

"윤시 근ᄂᆡ 음ᄒᆡᆼ이 더옥【68】 낭ᄌᆞᄒᆞ여 취우의 졍젹이 졈졈 현연ᄒᆞ더니, 요ᄉᆞ이 믄득 칭병블츌ᄒᆞ니 그 《흉겨‖흉계》를 아디 못ᄒᆞ리러니다."

원ᄂᆡ 영교 남궁의 가 긔미를 알ᄆᆡ, 가칭 윤시 의구의 남왕의 총희 되여 말업시 화락ᄒᆞᆫ다 ᄒᆞ고, 남왕 부뷔 교를 차ᄌᆞ 쳔금을 쥬어 미인 쳔거ᄒᆞᆫ 공을 샤례ᄒᆞ고, 영츈을 벼ᄉᆞᆯ을 도도아 집ᄉᆞ 궁녀를 삼으니 츈이 대열ᄒᆞ여 교의게 ᄇᆡᆨ번칭ᄉᆞᄒᆞ며 후히 대졉ᄒᆞ니, 영교 감히 진짓 그 샤ᄅᆞᆷ이며【69】 아니믈 니ᄅᆞ지 못ᄒᆞ고 도라와 부인긔 고ᄒᆞ니, 부인이 바야흐로 윤시 시녀 듕 ᄎᆡ잉이 업ᄂᆞᆫ 줄 알고 윤시 노쥐 ᄉᆞ긔를 미리 아랏던가 의심ᄒᆞ나 ᄒᆞᆯ일 업고, 또 남궁의 쳐음 허락ᄒᆞᆫ 미인이 아니믈 ᄇᆞᆰ히디 못ᄒᆞ믄 쳔금녜단을 환숑ᄒᆞᆯ가 못ᄒᆞ고 도로혀 블츌구외ᄒᆞ미 되여시니, 가듕 상ᄒᆡ 오히려 부인노쥬의 흉모를 ᄭᆡᄃᆞᆺ디 못ᄒᆞ거든 더옥 이 남왕부의셔 엇디 알니오.

1871)곳의 : 고대. 바로 곧.

1872)유아(乳兒) : 유모(乳母)와 시아(侍兒).

1873)취우(聚麀) : 우(麀)는 암사슴으로, 한 여인을 두고 서로 간음하는 것, 곧 난륜(亂倫)을 비유로 표현한 말이다. 『예기(禮記)』 <곡례 상편(曲禮上篇)>에, "대저 금수에게는 예(禮)가 없다. 그런 까닭에 아비와 자식이 암컷을 함께 하고 있다(夫性禽獸無禮 故父子聚麀)" 하였다.

틱시 본셩이 쇼탈훈 바로뼈 미혼단의 아득히 된 비 되어, 평일 관인디량(寬仁大量)이 만히 병드럿는지라. 윤시 힝亽룰 미심(未審)훈[1874] 가온디 두엇거놀 또 부인의 이언(利言)[1875]훈 말숨이 귀의 들니미, 크게 블쾌후여 니루디,

"윤시 엇지 옥면견심(玉面犬心)이 이디도록 훌 쥴 알니오. 아직 져 후는 디로 바려두고, 관기亽셰(觀其事勢)후여 션쳐(善處)후리라."

츄【61】밀이 윤쇼져의 유병후믈 크게 우려후여 틱亽룰 디후여 의약을 치료후기룰 의논훈디, 틱시 변식고 니로디,

"윤시 무순 병이 이시리오. 창이 오리 집을 떠나니 가인의 다졍후믈 것잡지 못후여, 亽오일을 칭병블츌(稱病不出)후여 우리 즈부 쇼임을 아니려 후고, 또훈 취우(娶麀)의 졍젹이 난만후믈 즈괴후미라. 만일 윤낭 등과 질녀의 안면을 고렴치 아니면 엇지 음악찰녀(淫惡刹女)룰 일시나 용납후리오만은, 실노 삼질(三姪)의 낫촐 싱각후고, 더욱 월아의게 안심치 아닌 일이 이실【62】가 참으믄, 창의 도라오기룰 기다리고 명츈이 머지 아니후니, 왕뎨의 입경후기룰 기다려 각별 상의코져 후누니, 긔년(期年)이 언마 갈 것 아니니, 명츈가지 바려 두리니, 본디 병 업순 바의 무숨《의안∥의약》이 이시리오."

드디여 즈긔 본 바로뼈 즈시 니루고 분히후믈 마지 아니니, 츄밀이 쳥파의 어히 업셔 졍식고 간왈,

"형장이 이 엇지 말숨이니잇고? 국법은 왕즈의 셰우신 바오, 녜의는 셩인의 지으신 비라. 윤시 진실노 형장 말숨과 갓치 이런 흉음파측(凶淫叵測)[1876]훈 힝시 잇실진디, 윤싱【63】 등과 질녀 등의 안면을 엇지고즈 후여 당당훈 왕법을 도망후며, 윤쳥문의 쇼교(小

엄 태시 본셩이 쇼탈훈 바로써 미【70】혼단의 아득히 어린 비 되어시니, 평일 관인디량이 만니 병드럿는 고로, 윤시 힝亽를 미심훈 가온디 두엇거놀, 또 부인의 이언 훈 말숨을 드르미 크게 블쾌후여 날오디,

"윤시 엇지 옥면견힝이 이디도록 훌 줄 알니오. 아즉 져 후는 디로 브려두고 관기亽세후여 션쳐후라."

후더라.

츄밀이 윤쇼져의 유병후믈 크게 우려후여 태亽를 디후여 의약으로 치뇨후기를 의논훈디 태시 변식고 왈,

"윤시 무숨 병이 이시리오? 윤시 반두시 창이 오릐【71】 집을 써나니 가인의 다졍후믈 것잡지 못후여 스亽로 칭병블츌후여 우리 즈부 쇼임을 아니려 후고, 또 취우의 졍젹이 난만후후믈 즈괴후미라. 만일 윤낭 등과 질녀 등의 안면을 고렴치 아니면 엇디 음악찰녀를 일신들 용납후리오마는 실노 삼질의 낫출 싱각후고, 더옥 월아의게 안심치 아닌 일이 이실가 춤으믄 창의 도라오기를 기두리고, 명츈이 머지 아니니, 왕뎨의 입경후기를 기두려 각별 상의코져 후누니, 긔【72】년이 언마 갈 것 아니니, 명츈 싯지 브려두리니, 본디 병 업순 바의 무순 약이 이시리오."

드디여 즈긔 본 바로써 즈시 니루고 분히후믈 마지아니니, 츄밀이 쳥파의 어이업셔 졍식고 간왈,

"형장이 이 엇딘 말숨이니잇고? 국법은 왕즈의 셰오신 비오, 녜의는 셩인의 지은 녜되라. 윤시 진실노 형장 말숨과 굿치 이런 흉[흉]음파측훈 힝시 잇실진디, 윤싱 등과 질녀 등의 안면을 엇디고쟈 후여 당당훈 왕법을 【73】 도망후며, 윤쳥문의 쇼교

1874)미심(未審)후다 : 일이 확실하지 아니하여 늘 마음을 놓을 수 없는 데가 있다

1875)이언(利言) : 말솜씨가 좋음. 말을 유리하게 잘 꾸밈. 말이 번드레함.

1876)흉음파측(凶淫叵測) : 음란한 행실이 흉측하기가 미루어 헤아릴 수 없을 정도임.

嬌) 아녀 만승의 쇼교인들 엇지 음악찰녀지힝(淫惡刹女之行)을 무고히 용ᄉᆞ(容赦)ᄒᆞ리잇고만은, 윤시ᄂᆞᆫ 당시의 유한졍졍(幽閑貞靜)ᄒᆞᆫ 슉네라. ᄉᆡᆨ모ᄌᆡ예(色貌才藝) 금고의 슉완이라. 더욱 진국군과 슉녈비의 싱ᄋᆡ라, 결단코 이런 음악지힝(淫惡之行)이 업ᄉᆞᆯ 거시로ᄃᆡ, 형장이 친견ᄒᆞ롸 ᄒᆞ시니 쇼뎨 ᄒᆡ연(駭然) 경악ᄒᆞ믈 니긔지 못ᄒᆞ리로쇼이다."

ᄐᆡ시 침음 답왈,

"우형이 또 이 뜻이 잇셔 쳐음은 의심이 도라가지 아니ᄒᆞ더니, 【64】윤시 힝ᄉᆞᄅᆞᆯ 유심(有心)ᄒᆞᄆᆡ 의심이 동(動)ᄒᆞᄃᆡ 평일 힝ᄉᆞᄅᆞᆯ 헤아려 결치 못ᄒᆞ노라."

츄밀이 갈오ᄃᆡ,

"이ᄂᆞᆫ 어렵지 아니니 종용이 ᄉᆞ긔ᄅᆞᆯ ᄉᆞᆯ펴 션쳐ᄒᆞ오려니와, 다만 보건ᄃᆡ 형장의 근ᄂᆡ 신관(神觀)[1877]이 슈ᄑᆡ(瘦敗)ᄒᆞ시고 형용이 환탈ᄒᆞ시니, 오라지 아녀 ᄃᆡ병이 나실 듯ᄒᆞ오니, 맛당이 쇼뎨로 더부러 셔헌(書軒)의 슉침ᄒᆞ시며 각별 냥약(良藥)으로 치료ᄒᆞᄉᆞ이다."

ᄐᆡ시 역시 심하의 근간 ᄌᆞ긔지심(自己之心)이나 ᄌᆞ못 괴이히 너겨, 쇼시(少時)의도 ᄂᆡ실을 찻지 아니턴 바로써, 홀연이 ᄂᆡ침(內寢)의 머므러 오ᄅᆡ 셔헌(書軒)【65】을 ᄎᆞᆺ지 못ᄒᆞ니, 변심ᄒᆞᆫ 가온ᄃᆡ 의괴ᄒᆞ던 ᄎᆞ, 아의 말숨을 드ᄅᆞ니 심ᄂᆡ의 부인을 써나믈 결연ᄒᆞ나, 이 말노써 니ᄅᆞ믄 형뎨지간의 ᄌᆞ못 슈괴(羞愧)ᄒᆞᆫ 고로 유유히 허락ᄒᆞ니, 츄밀은 ᄌᆞ상ᄒᆞᆫ 군ᄌᆡ라 심하의 ᄎᆞ탄ᄒᆞ믈 마지 아니ᄒᆞ더라.

ᄎᆞ일노븟허 형장을 뫼셔 외헌의셔 슉침ᄒᆞ며 식져(食箸)ᄅᆞᆯ 한 상의 ᄒᆞᄃᆡ, ᄐᆡᄉᆞ의 ᄀᆡᆼ반(羹飯)을 ᄌᆞᄀᆡ 몬져 맛본 후 공을 권ᄒᆞ고, 혹ᄌᆞ 맛시 다ᄅᆞᆫ즉 변ᄉᆡᆨ고 식상을 퇴츌(退出)ᄒᆞ고 ᄌᆞ긔 식상을 난호며, 기후 식상감비(食床監婢)[1878]ᄅᆞᆯ 즁치(重治)ᄒᆞ니, 최부인이 【66】ᄃᆡ로(大怒) 졀치(切齒)ᄒᆞ나 능히 츄밀은 졔어

1877)신관(神觀) : '얼굴'의 높임말.

1878)식상감비(食床監婢) : 음식상을 차리는 것을 감독하는 여종.

《아야‖아녀》 만승의 쇼괴○[인]들 엇디 음악디힝을 무고히 용ᄉᆞᄒᆞ리잇고ᄆᆞᄂᆞᆫ, 윤시ᄂᆞᆫ 당시의 유한뇨됴슉녀라. ᄉᆡᆨ모ᄌᆡ녜[예] 금고의 슉완이라. 더옥 딘국군과 슉녈비의 싱ᄋᆡ라. 결ᄃᆞᆫ코 이런 음악지힝이 업ᄉᆞᆯ 거시로ᄃᆡ 형장이 친견ᄒᆞ와다 ᄒᆞ시니 쇼제 블승경ᄒᆡ로쇼이다."

태시 침음 답왈,

"우형이 또 이 뜻이 쳐음은 의심이 도라가지 아니터니, 윤시 힝ᄉᆞ를 유심ᄒᆞᄆᆡ ᄌᆞ연 의【74】심이 동ᄒᆞᄆᆡ 평일 힝ᄉᆞ를 헤아려 결치 못ᄒᆞ노라."

츄밀이 ᄀᆞᆯ오ᄃᆡ,

"이ᄂᆞᆫ 어렵지 아니니 죵용이 ᄉᆞ긔를 살펴 션쳐ᄒᆞ오려니와, 가마니 보건ᄃᆡ 형장이 근ᄂᆡ의 신관이 슈ᄑᆡᄒᆞ시고 형용이 환탈ᄒᆞ시니 오ᄅᆡ지 아야 ᄃᆡ병이 ᄂᆞ실 듯ᄒᆞ오니, 맛당이 쇼제로 더브러 셔현의 슉침ᄒᆞ시며 각별 양약으로 치뇨[료]ᄒᆞ샤이다."

태시 역시 심하의 근간 ᄌᆞ긔지심이나 ᄌᆞ못 고이히 넉여 소시의도 ᄂᆡ실을 찻디 아니턴 바로써 홀연이 ᄂᆡ【75】침의 머무러 오ᄅᆡ 셔헌을 찻디 못ᄒᆞ니, 변심ᄒᆞᆫ 가온ᄃᆡ 의괴ᄒᆞ던 ᄎᆞ의 말숨을 드ᄅᆞ니 심ᄂᆡ의 부인을 써나믈 결연ᄒᆞ나 이 말노써 니ᄅᆞ믄 형뎨지간이ᄂᆞ ᄌᆞ못 슈괴ᄒᆞᆫ 고로 유유히 허락ᄒᆞ니, 츄밀은 ᄌᆞ상ᄒᆞᆫ 군ᄌᆡ라 심하의 앙탄ᄒᆞ믈 마지아니터라.

ᄎᆞ일노부터 형장을 모셔 외당의셔 슉침ᄒᆞ며 식져를 ᄒᆞᆫ 상의 ᄒᆞᆫᄃᆡ, 태시의 ᄀᆡᆼ반을 ᄌᆞᄀᆡ 몬져 맛본 후 공믈[을] 권ᄒᆞ고, 혹ᄌᆞ 마시 다ᄅᆞᆫ 즉 변ᄉᆡᆨ고 식상【76】을 퇴츌ᄒᆞ고, ᄌᆞ긔 식상을 난호면[며] 게[긔]후 식상감비을 즁치ᄒᆞ니, 최부인이 대노 졀치ᄒᆞ나 능히 츄밀은 제어ᄒᆞᆯ 길히 업고, ᄆᆡ·션 등이 요악ᄒᆞ나 능히 계교를 힝치 못ᄒᆞ더라.

ᄒᆞᆯ 길히 업고, ᄆᆡ•션 등이 요악ᄒᆞ나 능히 계규ᄅᆞᆯ ᄉᆡᆼ의(生意)치 못ᄒᆞ니, 연고로 윤쇼제 ᄌᆞ연지즁(自然之中)의 보신ᄒᆞ여 지ᄂᆡ니라.

어시의 남궁 시녀 영츈이 엄부 후당 원문(園門) 밧긔 ᄃᆡ후ᄒᆞ엿다가 영교의 미인 ᄂᆡ여쥬믈 보고, 급급히 교즁의 너허 제 스ᄉᆞ로 교ᄌᆞ 쇽의 안ᄌᆞ 가졍을 ᄌᆡ촉ᄒᆞ여 남궁의 도라와, 별당의 드러가 미인을 안고 교문 밧긔 나려 촉을 ᄇᆞᆰ히고 ᄌᆞ시 보니, 미인이 깁슈건으로 닙을 막아 호흡을 통치 못ᄒᆞ니 긔ᄆᆡᆨ이 막혓거ᄂᆞᆯ, 【67】 급히 슈건을 ᄲᆡ히고 동뉴(同類)ᄅᆞᆯ 지휘ᄒᆞ여 슈족을 쥬므ᄅᆞ며 ᄉᆞᆯ펴보니, 의상을 그ᄅᆞ고 단의(單衣)[1879]만 닙어시니, 셜뷔 연연ᄒᆞ여 옥골이 비칠 듯ᄒᆞ고, 눈셥이 버들갓고 빵안이 효셩(曉星) 갓흐며, 엇게 쌋가 닐운 듯ᄒᆞ고 셤외(纖腰) 초궁(椒宮)[1880]의 버들이 힘업ᄉᆞᆫ 듯ᄒᆞ니, 경영(鶊鴒)ᄒᆞᆫ 쳬지(體肢) 미인의 ᄐᆡ되 가진지라.

영츈이 깃브믈 니긔지 못ᄒᆞ여 지극 구호ᄒᆞᄆᆡ, 이윽고 ᄎᆡ잉이 인ᄉᆞᄅᆞᆯ 슈습ᄒᆞ여 흠신(欠伸)ᄒᆞ여 니러 안ᄌᆞ며, ᄉᆡ별 갓흔 눈씨ᄅᆞᆯ 흘녀 좌우ᄅᆞᆯ 고면(顧眄)ᄒᆞ더니, 믄득 눈셥을 찡긔고 두졈 단ᄉᆞ【68】ᄅᆞᆯ 움죽여 영츈을 ᄃᆡᄒᆞ여 므ᄅᆞᄃᆡ,

“그ᄃᆡᄂᆞᆫ 엇던 사ᄅᆞᆷ이완ᄃᆡ 셩셰(盛世) ᄇᆡᆨ일지하(白日之下)의 무인심야(無人深夜)의 ᄌᆡ상규합(閨閤)을 돌입ᄒᆞ여, ᄉᆞ문명부(士門命婦)ᄅᆞᆯ 겁탈ᄒᆞ여 왓ᄂᆞ뇨? ᄂᆡ 비록 미셰ᄒᆞᆫ 녀ᄌᆡ나 진국왕의 농쥬(弄珠)오, 엄ᄐᆡᄉᆞ의 ᄌᆞ부오, 진신명ᄉᆞ(縉紳名士)[1881]의 ᄂᆡ상(內相)이라. 그ᄃᆡ 엇지 무례ᄒᆞ리오.”

영츈이 우음을 먹음고 머리 조아 니ᄅᆞᄃᆡ,

“지죄지죄(知罪知罪)[1882]라, 쇼져ᄂᆞᆫ 식노

어시의 남궁 시녀 영츈이 엄부 후당 원문 밧게 ᄃᆡ후ᄒᆞ엿다가, 영교의 미인을 ᄂᆡ여쥬믈 보고, 급급히 교듕의 너허 제 스ᄉᆞ로 교ᄌᆞ 쇽의 안ᄌᆞ 가졍을 ᄌᆡ쵹ᄒᆞ여 남궁의 도라와, 별당의 드러가 미인을 안고 교문 밧긔 《니려‖나려》 쵹을 ᄇᆞᆰ히고 ᄌᆞ시 보니, 미인이 깁슈건《을‖으로》 입을 막아 호흡을 통치【77】 못ᄒᆞ니, 긔ᄆᆡᆨ이 막혓거ᄂᆞᆯ, 급히 슈건을 ○[ᄲᆡ]히고 동유을 지휘ᄒᆞ여 슈쪽을 쥬무ᄅᆞ며 살펴보니, 의상을 그ᄅᆞ고 단의만 입어시니 셜뷔 연연ᄒᆞ여 빙골이 빗칠 듯ᄒᆞ고, 눈셥이 버들 갓고 빵안이 효셩 ᄀᆞᆺᄐᆞ며, 엇게 쌋가 일운 ᄃᆞᆺᄒᆞ고 셤외 초궁의 버들이 힘 업ᄂᆞᆫ ᄃᆞᆺᄒᆞ니, 션연ᄒᆞᆫ 태되 미인의 태되 가진지라.

영츈이 깃거 지극 구호ᄒᆞᄆᆡ 이윽고 ᄎᆡ잉이 인ᄉᆞ를 슈습ᄒᆞ여 흠신ᄒᆞ여 니러 안ᄌᆞ며 ᄉᆡ별 ᄀᆞᆺᄐᆞᆫ 눈씨를 흘녀 좌우를 고면【78】ᄒᆞ더니, 믄득 눈셥을 찡긔고 두 졈 단ᄉᆞ를 움죽여 영츈을 향ᄒᆞ여 무로ᄃᆡ,

“그ᄃᆡᄂᆞᆫ 엇던 샤ᄅᆞᆷ이완ᄃᆡ ᄇᆡᆨ일 셩ᄃᆡ지하의 무인심야의 ᄌᆡ상규합의 돌입ᄒᆞ야 ᄉᆞ문명부를 겁탈ᄒᆞ여 왓ᄂᆞ뇨? ᄂᆡ 비록 미셰ᄒᆞᆫ 녀ᄌᆡ나 진국군의 농쥐오, 엄 태ᄉᆞ의 ᄌᆞ뷔오, 신진명ᄉᆞ의 ᄂᆡ상이라. 그ᄃᆡ 엇디 무녜[례]ᄒᆞ리오?”

영츈이 우음을 먹음고 머리 조아 닐오ᄃᆡ,

“지죄죄라. 쇼져ᄂᆞᆫ 식노ᄒᆞ쇼셔.

1879)단의(單衣) : 속옷. 홑옷.

1880)초궁(椒宮) : 산초나무 열매의 가루를 바른 궁전이라는 뜻으로, 왕비가 거처하는 방을 이르는 말. 산초나무는 온기가 있고 열매가 많은 식물로서, 자손이 많이 퍼지라는 뜻에서 왕비의 방 벽에 발랐다. =초방(椒房).

1881)진신명ᄉᆡ(縉紳名士) : 홀(笏)을 큰 띠에 꽂은 높은 벼슬아치이자 이름 있는 선비. *진신(縉紳/搢紳): 홀을 큰 띠에 꽂는다는 뜻으로, 모든 벼슬아치를 통틀어 이르는 말.

(息怒)ᄒᆞ쇼셔. 쳡이 녀념(閭閻) 촌녜 아니라. 남왕뎐하 졍궁낭낭 님후의 장ᄃᆡ하(粧臺下) 비ᄌᆡ(婢子)러니, 쇼져를 무단이 뫼셔오미 아니라, 엄상부의셔 쇼져를 깁히 혐의ᄒᆞᄂᆞᆫ 사【69】ᄅᆞᆷ이 잇셔, 부ᄃᆡ 쇼져를 히코져 ᄒᆞ거ᄂᆞᆯ 우리 낭낭이 아ᄅᆞ시고 특별이 쳔금으로ᄡᅥ 쇼져를 ᄉᆞ 뫼셔 이의 와시니, ○○[엇디] 무단히 도젹ᄒᆞ미리오? 우리 왕상이 당당ᄒᆞᆫ 금지옥엽(金枝玉葉)1883)으로, 졍궁 낭낭이 져ᄉᆡ(儲嗣) 망연ᄒᆞ시니 이제 쇼져를 뫼셔 오문 남왕뎐히 후궁의 마ᄌᆞ, 녜로ᄡᅥ 허락ᄒᆞ샤, 만일 왕ᄌᆞ를 싱ᄒᆞ시면 엇지 존ᄒᆞ미 졍궁으로 더부러 간격이 이시리잇고? 셰ᄌᆡ 나ᄂᆞᆫ 날이면 뎐히 반ᄃᆞ시 봉ᄒᆞ여 동•셔궁을 칙봉ᄒᆞ시리니, 쇼제 맛당이 일면 휘젹(后籍)의 부귀(富貴) 존영(尊榮)ᄒᆞ미 이시리니, 져 엄틱ᄉᆞ【70】 부인의 독ᄒᆞᆫ 위엄 가온ᄃᆡ 일신이 여좌침상(如坐針上)ᄒᆞᆷ 갓ᄒᆞ여, 셤셤약질(纖纖弱質)이 쥬야 근노ᄒᆞ여 일시 한헐(閑歇)ᄒᆞ믈 엇지 못ᄒᆞ고, '난지(蘭芝)의 삼일단오필(三日斷五匹)ᄒᆞ던 슈고'1884)를 념치 아니ᄒᆞ나, 져 험난ᄒᆞᆫ 부인의 감동ᄒᆞ믈 엇지 어드리오. ᄎᆞᆷ절업시 일신이 고초ᄒᆞ미 탕화(蕩火) 가온ᄃᆡ 금어(金魚)1885) 갓치 두리고 져허ᄒᆞ다가, 또 어ᄂᆡ 날 잔명이 독슈 가온ᄃᆡ 맛ᄎᆞᆯ ᄌᆞᆯ 아지 못ᄒᆞ니, 또 엇지 가셕(可惜)지 아니리오. 인싱이 초로(草露)갓흐니 싱젼 낙(樂)이 쾌치 아니리잇가?"

치잉이 냥구히 머리를 슉여 다시 말을 아

1882)지죄지죄(知罪知罪) : 잘못하고 잘못했다. 대단히 잘못했다. 잘못하였음을 일러 용서를 비는 말.

1883)금지옥엽(金枝玉葉) : 금으로 된 가지와 옥으로 된 잎이라는 뜻으로, 임금의 가족을 높여 이르는 말.

1884)난지(蘭芝)의 삼일단오필(三日斷五匹)ᄒᆞᄂᆞᆫ 수고 : '난지의 삼일 동안에 베를 다섯 필(匹)을 짜는 수고'라는 뜻으로, 난지(蘭芝)는 중국 후한(後漢) 때 초중경(焦仲卿)의 처(妻) 유씨(劉氏)의 이름이다.

1885)금어(金魚) : 『동물』 잉엇과의 민물고기. 붕어를 관상용(觀賞用)으로 개량한 사육종으로 모양과 빛깔이 다른 많은 품종이 있다.=금붕어.

쳡이 녀염쵼녀 아니라 남궁【79】 뎐하 궁 낭낭 임후의 장ᄃᆡ하 비ᄌᆡ러니, 쇼져를 무단이 뫼셔 오미 아니라, 엄상부의셔 쇼져를 깁히 《협의∥혐의》ᄒᆞᄂᆞᆫ 사ᄅᆞᆷ이 잇셔 부ᄃᆡ 쇼져를 히코져 ᄒᆞ거ᄂᆞᆯ, 우리 낭낭이 알ᄋᆞ시고 특별이 쳔금으로ᄡᅥ 쇼져를 《시∥사》 뫼셔 이에 와시니, 엇디 무단이 도젹ᄒᆞ미리오? 우리 왕상이 당당ᄒᆞᆫ 금지옥엽으로 졍궁 낭낭이 져ᄉᆡ 망연ᄒᆞ시니, 이제 쇼져를 뫼셔 오문 남왕 뎐하 후궁의 마ᄌᆞ 녜로ᄡᅥ 화락ᄒᆞ샤, 만일 왕ᄌᆞ와【80】 군쥬를 쌍쌍이 싱산ᄒᆞ면 엇지 존ᄒᆞ시미 졍궁으로 더브러 간격이 이시리오. 셰지 나ᄂᆞᆫ 날인즉 《젼휘∥전히》 ᄃᆞ시 봉ᄒᆞ여 동셔궁을 칙봉ᄒᆞ시리니 쇼져 맛당이 일면 휘젹의 부귀존영ᄒᆞ미 이시리니, 져 엄 태ᄉᆞ 부인의 독ᄒᆞᆫ 위엄 ᄀᆞ온ᄃᆡ 일신이 여림침상ᄒᆞᆷ ᄀᆞᆺᄐᆞ여, 셤셤약질이 쥬야 근노ᄒᆞ여 일시 한헐ᄒᆞ믈 엇디 못ᄒᆞ고, 난지의 삼일 단으[오]필ᄒᆞ던 슈고를 념치 아니ᄒᆞ나, 져 험난ᄒᆞᆫ 부인의 감동ᄒᆞ믈【81】 엇디 어드리오. ᄎᆞᆷ졀업시 일신이 고초ᄒᆞ미 탕화 ᄀᆞ온ᄃᆡ 금어ᄀᆞᆺ치 두리고 져허ᄒᆞ다가 또 어ᄂᆞ 날 잔명이 독슈 ᄀᆞ온ᄃᆡ 맛치[칠] 줄 아지 못ᄒᆞ니, 싱각ᄒᆞ미 또 엇디 가셕지 아니리오? 인싱이 초로 ᄀᆞᆺᄐᆞ니 싱젼 낙이 쾌치 아니리잇가?"

치잉이 냥구의 머리륵[를] 슉여 다시{다시}

니ᄒᆞ거【71】늘 츈이 감언미셜(甘言美說)노 지삼 다릐여 긋지 아니ᄒᆞ며, 일변 왕긔 보ᄒᆞ니, 왕이 본ᄃᆡ 식즁아귀(色中餓鬼)[1886]어놀 또 요약의 심정이 여지업시 되엿고, 또 영츈ᆞ영괴 실젹(實跡)을 니ᄅᆞ지 아냣거니, 더욱 호의(狐疑)ᄒᆞᆯ 거시 이시리오.

총망이 별당의 니ᄅᆞ러 쾌히 문을 열치고 당즁의 드러가니, 졍히 동방이 붉고져 ᄒᆞᄂᆞᆫ 찌라. 촉 그림지 명멸(明滅)ᄒᆞᆫᄃᆡ 일위 션ᄋᆡ(仙娥) 단삼니의(單衫裏衣)로 아미(蛾眉)의 슈안쳑용(愁顔慽容)[1887]을 미ᄌᆞ 어두은 구셕을 향ᄒᆞ여 안ᄌᆞᆺᄂᆞᆫᄃᆡ, 영츈이 만면쇼용(滿面笑容)으로 도도이 니히를 베퍼 달니며 경동(警動)ᄒᆞ다가, 왕【72】을 보고 즉시 퇴ᄒᆞ거놀, 왕이 환텬희지(歡天喜地)[1888]ᄒᆞ여 연망이 미인의 겻히 나아가 집슈(執手) 년슬(連膝)ᄒᆞ고, 눈을 드러 보니 ᄌᆞ못 아롬다와 홍니홰(紅梨花) 츈식을 ᄌᆞ랑ᄒᆞᄂᆞᆫ 듯, 션연(嬋姸)ᄒᆞᆫ ᄌᆞ질(資質)과 뇨라(嫋娜)ᄒᆞᆫ 식틱(色態) 과연 황홀ᄒᆞ여 남ᄌᆞ의 졍을 도도ᄂᆞᆫ지라.

한번 보미 《황홀 취즁ᄒᆞᄂᆞᆫ ‖ 취즁(醉中) 황홀ᄒᆞᆫ》 의ᄉᆡ 운우(雲雨)의 젼도(顚倒)ᄒᆞ니 밋쳐 말을 뭇지 아니ᄒᆞ고, 다만 닛그러 슈요(繡褥)의 나아가니 은ᄋᆡ ᄌᆞ못 호탕(豪宕)ᄒᆞᆫ지라.

치잉이 비록 벙으리왓고져[1889] ᄒᆞ나 왕은 ᄉᆞ십 장년이오, 잉은 십삼 츙년(沖年)이라.【73】엇지 《츈양 ‖ 츈잉(春鶯)》의 교약(嬌弱)ᄒᆞ므로써 광졉(狂蝶)의 호탕ᄒᆞ믈 당ᄒᆞ리오.

다만 닙으로 말을 아니ᄒᆞ믄 쇼져의 경계를 명심ᄒᆞᄂᆞᆫ 가온ᄃᆡ, 일단 위쥬츙심(爲主忠心)은

말을 못ᄒᆞ거놀, 츈이 감언미셜노 지삼 ᄃᆞ릐여 긋지 아니ᄒᆞ고, 《일번 ‖ 일변》 왕긔 보ᄒᆞ니, 왕이 본ᄃᆡ 식듕아귀어놀 또 요약의 심정이 여지업셔[시] 되엿고, 또 영【82】츈 영교 ○[가] 미인의 실젹을 니ᄅᆞ지 아엿거니 더옥 호의ᄒᆞᆯ 거시 이시리오.

츙망이 별당의 니ᄅᆞ러 쾌히 문을 열치고 당듕의 드러가니 졍이 동방이 붉고져 ᄒᆞᄂᆞᆫ 찌라. 쵹 그림지 명미ᄒᆞᆫᄃᆡ 일위 션ᄋᆡ 담[단]숨나의로 아미의 슈안쳑용을 미ᄌᆞ 어두온 구셕을 향ᄒᆞ여 안ᄌᆞᆺᄂᆞᆫᄃᆡ, 영츈이 만면쇼용으로 도도ᄂᆞᆫ[이] 니히를 베퍼 경동ᄒᆞ다가, 왕을 보고 연망이 퇴ᄒᆞ거놀, 왕이 환쳔희지ᄒᆞ여 연망이 미인의 겻히 나아가 집슈【83】년슬ᄒᆞ고 눈을 드러 보니, 옥안미뫼 ᄌᆞ못 아롬다와 홍니화 츈식을 ᄌᆞ랑ᄒᆞᄂᆞᆫ ᄃᆞᆺ 션연ᄒᆞᆫ ᄌᆞ질과 뇨라ᄒᆞᆫ 식틱 과연 황홀ᄒᆞ여 남ᄌᆞ의 탕졍을 도도ᄂᆞᆫ지라.

ᄒᆞᆫ 번 보미 황홀취즁ᄒᆞᄂᆞᆫ 의ᄉᆡ 운우의 젼도ᄒᆞ니, 밋쳐 말을 뭇지 아니ᄒᆞ고 다만 잇그러 슈요의 나아가니 은ᄋᆡ ᄌᆞ못 호탕ᄒᆞᆫ지라.

치잉이 비록 벙으리왓고져 ᄒᆞ나 왕은 ᄉᆞ십 당년이오 잉은 십삼 츙년이라. 엇지 츈잉의 《교익 ‖ 교약》ᄒᆞ므로써 광졉의 호탕ᄒᆞ【84】믈 당ᄒᆞ리오.

다만 입으로 말을 아니믄 쇼져의 경계을 명심ᄒᆞᄂᆞᆫ 가온ᄃᆡ 일단 위쥬츙심은

1886)식즁아귀(色中餓鬼) : 여색을 탐하다가 아귀도에 떨어져 있는 귀신. *아귀(餓鬼) : 『불교』 팔부의 하나. 계율을 어기거나 탐욕을 부려 아귀도에 떨어진 귀신으로, 몸이 앙상하게 마르고 배가 엄청나게 큰데, 목구멍이 바늘구멍 같아서 음식을 먹을 수 없어 늘 굶주림으로 괴로워한다고 한다.

1887)슈안쳑용(愁顔慽容) : 근심 어린 슬픈 얼굴.

1888)환텬희지(歡天喜地) : 하늘도 즐거워하고 땅도 기뻐한다는 뜻으로, 매우 즐거워하고 기뻐함을 이르는 말.

1889)벙으리왇다 : 막다. 맞서 버티다. 대적(對敵)하다. 거스르다. 반대하다. 거절(拒絶)하다.

범연치 아닌 고로, 쇼제 이번은 요힝 화를 면ᄒᆞ여시나, 두번 급ᄒᆞᆫ 일이 이시ᄆᆡ 다시 버셔나기 어려오믈 념녀ᄒᆞ여, 스ᄉᆞ로 감분(感憤)ᄒᆞᆫ 눈물이 년낙(連落)ᄒᆞ여 옥안을 젹시니, 미인의 슬허ᄒᆞᄂᆞᆫ ᄐᆡ되 더욱 가려(佳麗)ᄒᆞ여, 미ᄀᆡ홰(未開花) 동풍(東風) 셰우(細雨)를 아쳐홈 갓흐니, 왕이 흔연이 위로ᄒᆞ믈 마지 아니ᄒᆞ더라.

명일의 【74】 왕이 치잉을 봉ᄒᆞ여 슉인을 삼아 크게 총ᄋᆡᄒᆞ고, 왕비 ᄯᅩᄒᆞᆫ 불너 보고 그 화모옥ᄐᆡ(花貌玉態)를 크게 ᄀᆡ특이 너겨 십분 후휼(厚恤)ᄒᆞᄃᆡ, 가탁(假托) 윤신(尹氏) 쥴은 젼연 부지러라.

이ᄢᅵ 영괴 니ᄅᆞ러 샤긔(辭氣)를 《착오 ‖ 참쳥(叅聽)》ᄒᆞᆫ 비 되어시나, 다시 ᄒᆞᆯ일업셔 도로혀 져의 노쥬의 작용을 누셜치 아니려 ᄒᆞᆫ 고로, 치잉의 근본을 니ᄅᆞ지 아니ᄒᆞ더라.

차시 츄밀이 형장이 미혼진(迷魂陣) 가온ᄃᆡ 졈졈 졍긔 쇼진(消盡)ᄒᆞ고 총명이 모숀(耗損)ᄒᆞ믄 니ᄅᆞ도 말고, 윤쇼져 갓흔 슉녀 현부를 그ᄅᆞᆺ 의심ᄒᆞ미 참혹ᄒᆞᆫ 【75】곳의 밋ᄎᆞ니, 크게 놀나며 념녀ᄒᆞ여 형장을 뫼셔 ᄃᆡ셔헌(大書軒)의 나와 슉식좌와(宿食坐臥)[1890]의 일시도 ᄯᅥ나지 아니ᄒᆞ여, 슉식을 한가지로 ᄒᆞᄆᆡ, 최부인 노쥬의 간악ᄒᆞ미나 다시 요계(妖計)를 발뵈지 못ᄒᆞ니, 이러구러 슈순이 지나ᄆᆡ ᄐᆡᄉᆡ 졈졈 녯 총명이 도라와, 홀연이 셩졍(性情)이 변ᄒᆞ여 윤쇼져를 미흡(未洽)ᄒᆞ던 쥴 괴이히 너겨, 츄밀 부ᄌᆞ를 ᄃᆡᄒᆞ여 ᄎᆞ탄ᄒᆞ며 괴ᄒᆡ(怪駭)ᄒᆞ믈 일ᄏᆞᆺ고, ᄂᆡ당의 드러가 윤쇼져를 브ᄅᆞ니, 윤쇼제 최부인 ᄎᆡᆨ교(責敎)를 밧ᄌᆞ와 ᄉᆞ침(私寢)의 슈계(囚繫)ᄒᆞ연지 월여의 【76】 미쳣고, 그 ᄉᆞ이 최부인의 고학(苦虐)ᄒᆞ믄 니ᄅᆞ도 말고 문시 잇다감 니ᄅᆞ러 조쇼(嘲笑)ᄒᆞ기를 마지 아니ᄒᆞ니, 윤쇼져 시녀(侍女) ᄎᆞ환(叉鬟)이 졍당부인은 호령을 ᄒᆞ나 감슈ᄒᆞ더니, 문시의 이 갓기의 다다라ᄂᆞᆫ 블승통ᄒᆡ(不勝痛駭)ᄒᆞ여, 녹운이 가장 담ᄃᆡᄒᆞ고 ᄀᆡ승(奇勝)ᄒᆞ며 셩되 쥰졀ᄒᆞ여 질

1890)숙식좌와(宿食坐臥) : 자고 먹고 앉고 눕고 하는 모든 때 또는 행동.

범연치 아닌 고로, 쇼제 이번은 요힝 화을 면ᄒᆞ여시나 두 번 급ᄒᆞᆫ 일이 잇스ᄆᆡ 다시 버셔나기 어려오믈 념녀ᄒᆞ여 스ᄉᆞ로 감분ᄒᆞᆫ 눈믈이 연낙ᄒᆞ여 옥안을 젹시니, 미인의 슬허ᄒᆞᄂᆞᆫ ᄐᆡ되 더옥 가려ᄒᆞ여 미ᄀᆡ홰 동풍 쇄우을 《이쳐 ‖ 아쳐》홈 ᄀᆞᆺᄐᆞ니 왕이 흔연이 위로ᄒᆞ믈 마지아니터라.

명일의 왕이 치잉을 봉ᄒᆞ여 슉인【85】을 삼고 크게 춍ᄋᆡᄒᆞ고, 왕비 ᄯᅩᄒᆞᆫ 블너 보고 그 화모월ᄐᆡ을 크게 ᄀᆡ특이 넉여 십분 후휼ᄒᆞᄃᆡ, 왕의 부뷔 다만 영츈의 질녀로 알고 가탁 윤시○[인] 쥴 젼여 부지러라.

이ᄢᅵ 영괴 니ᄅᆞ러 ᄉᆞ긔 참쳥ᄒᆞᆫ 비 되여시나 다시 ᄒᆞᆯ일업셔 져의 노쥬의 작용을 누셜치 아니려 ᄒᆞᄂᆞᆫ 고로 치잉의 근본을 니ᄅᆞ지 아니ᄒᆞ더라.

ᄎᆞ시 츄밀공이 형댱이 미혼ᄒᆞᆫ 가온ᄃᆡ 졈졈 졍긔 소진ᄒᆞ고 춍명이 모숀ᄒᆞ믄 니ᄅᆞ도 말고,【86】 윤쇼져 ᄀᆞᆺ튼 슉녀현부를 그ᄅᆞᆺ 의심ᄒᆞ미 ᄎᆞᆷ혹ᄒᆞᆫ 고ᄃᆡ 밋ᄎᆞ니, 크게 놀나며 념녀ᄒᆞ여 형장을 뫼셔 ᄃᆡ셔헌의 ᄂᆞ온 후ᄂᆞᆫ, 슉식좌와의 일시를 ᄯᅥ나지 아냐 슉식을 ᄒᆞᆫ가지로 ᄒᆞᄆᆡ, 최부인 노쥬의 간악ᄒᆞ미나 다시 요계를 발뵈지 못ᄒᆞ니, 이러구러 슈순이 지나니 태ᄉᆡ 졈졈 녯 춍명이 도라와, 홀연이 셩졍이 변ᄒᆞ여 공연이 윤쇼져를 미흡ᄒᆞ던 쥴 고이히 넉여, 츄밀 부ᄌᆞ를 ᄃᆡᄒᆞ여 ᄎᆞ탄ᄒᆞ며 괴희[ᄒᆡ]ᄒᆞ믈 일【87】ᄏᆞᆺ고 ᄂᆡ당의 드러가 윤쇼져를 브ᄅᆞ니, 윤쇼제 최부인 ᄎᆡᆨ교을 밧ᄌᆞ와 슈계ᄒᆞ연 지 거의 월여의 밋쳐[쳣]고, 그 ᄉᆞ이 최부인이 고학ᄒᆞ믄 니ᄅᆞ지 말고, 문시 잇다감 니ᄅᆞ러 됴쇼ᄒᆞ기를 마지아니니, 윤부 복쳡ᄎᆞ환이 졍당 부인은 호령을 ᄒᆞ나 감념ᄒᆞ더니, 문시의 이ᄀᆞᆺ기의 다ᄃᆞ라ᄂᆞᆫ 블승통ᄒᆡᄒᆞ여, 《눅운 ‖ 녹운》이 가장 담ᄃᆡᄒᆞ고 ᄀᆡ승ᄒᆞ며 셩되 쥰격ᄒᆞ여 질악을 여슈ᄒᆞᄂᆞᆫ지라.

악(嫉惡)을 여슈(如讐)ᄒᆞᄂᆞᆫ지라.

문시의 쇼져롤 조쇼(嘲笑)ᄒᆞ기의 다다라ᄂᆞᆫ 가연이 닝쇼 왈,

"아쥬와 부인은 이ᄉᆞ지간(姨姒之間)[1891]이라 각거(各居) 타문지쇼교(他門之所嬌)로 일턱지상(一宅之上)의 입승(入承)ᄒᆞ시미, 이ᄉᆞᄂᆞᆫ 곳 동긔 ᄌᆞ미와 일쳬라. 속담의 닐너【77】시ᄃᆡ '톳기 죽으미 여이 슬허ᄒᆞᆫ다'[1892] ᄒᆞ니, 항녈(行列)이 일쳰(一體) 즉 또ᄒᆞᆫ 고락(苦樂)이 거의 상반(相伴)ᄒᆞ니, 님목(林木)이 불이 븟트면 진납이 죽ᄂᆞᆫ다 ᄒᆞ여시니, 우리 부인이 일시 유익(有厄)ᄒᆞ시나 부인이 홀노 우으실 비○○○[아니라]. 아쥐 본ᄃᆡ 진궁 교아(嬌兒)로 빅힝(百行) ᄉᆞ덕(四德)이 흡흡ᄒᆞ시니, 고금셩녀(古今聖女)로 병구(竝驅)ᄒᆞ시ᄃᆡ, 텬싱 용광식덕(容光色德)이 만인의 쒸여나신지라. 이러ᄒᆞᆫ 연고로 시운이 건쳬(蹇滯)ᄒᆞ믈 만나샤 별긔이질(別異氣質)이 '텬도(天道)의 휴영지니(虧盈之理)'[1893]와 '인도(人道)의 오영지겸(汚榮之兼)'[1894]을 면치 못ᄒᆞ샤, 모로ᄂᆞᆫ 가온ᄃᆡ 요인이 은복(隱伏)ᄒᆞ여 정당【78】부인 일월지광(日月之光)을 가리와 아쥬롤 곤케 ᄒᆞ여시나, 져 유유(悠悠)ᄒᆞ신 양부고텬(陽府高天)[1895]과 음음(陰陰)ᄒᆞ신[1896] 음ᄉᆞ후퇴(陰司后土)[1897] 복분지원(覆盆之怨)[1898]을 술피시믄 쇼쇼(昭昭)ᄒᆞ시니, 우리 쇼제 언마ᄒᆞ여 부견텬일(復見天日) ᄒᆞ시리오. 쇼져ᄂᆞᆫ 너모 승승(乘勝)ᄒᆞ샤 아쥬의 일시 고위(苦危)

문시의 쇼져를 됴쇼ᄒᆞ기의 다ᄃᆞ라【88】ᄂᆞᆫ 가연이 닝소 왈,

"아쥬와 부인은 이ᄉᆞ지간이라. 각기 타문지쇼교로 일턱지상의 입승ᄒᆞ시미, 이ᄉᆞᄂᆞᆫ 곳 동긔ᄌᆞ미와 일체라. 쇽담의 닐너시ᄃᆡ '톳기 죽으면 녀희 슬허ᄒᆞᆫ다.' ᄒᆞ니, 항녈이 일쳰즉 또ᄒᆞᆫ 고락이 거의 상반ᄒᆞᄂᆞ니, '님목의 블니 븟트면 지[진]납이 죽ᄂᆞᆫ다.' ᄒᆞ여시니, 우리 부인이 일시 유익ᄒᆞ시나 부인이 홀노 우으실 비 아니라. 아쥐 본ᄃᆡ 진궁 교의[아]로 빅힝 ᄉᆞ덕의 흡흡ᄒᆞ시미 고금 셩녀로 병구ᄒᆞ시ᄃᆡ 텬싱 용【89】광식덕이 만인의 쒸여나신지라. 이러ᄒᆞᆫ 연고로 시운이 건체ᄒᆞ믈 만나ᄉᆞ 별유이질이 텬도의 휴영지니와, 인도의 오영지겸을 면치 못ᄒᆞ샤모[므]로, 가듕의 요인이 은복ᄒᆞ여 정당 부인 일월지광을 ᄀᆞ리와 아쥬를 곤케 ᄒᆞ여○[시]나, 져 욱욱ᄒᆞ신 양부○[고]텬과 침침ᄒᆞᆫ 음ᄉᆞ후퇴 복분지원을 술피시믄 쇼쇼ᄒᆞ시니, 우리 쇼제 언마ᄒᆞ여 부견텬일ᄒᆞ시리오. 쇼져ᄂᆞᆫ 너모 승승ᄒᆞ여 아쥬의 일시 고위ᄒᆞ시믈 업【90】슈이 넉기디 마ᄅᆞ쇼셔. 《분인닌‖부인인》들 미양 평안ᄒᆞ시기를 엇디 긔필ᄒᆞ리잇고?"

1891)이ᄉᆞ지간(姨姒之間) : 이종(姨從) 동서(同壻) 사이.

1892)톳기 죽으미 여이 슬허ᄒᆞᆫ다 : 토끼의 죽음을 여우가 슬퍼한다는 말로, 같은 무리의 불행(不幸)을 슬퍼한다는 말

1893)텬도(天道)의 휴영지니(虧盈之理) : 달이 보름달이 되었다가 그믐달이 되고 하는 것처럼, 가득차고 이지러지고 하는 하늘의 이치

1894)인도(人道)의 오영지겸(汚榮之兼) : 영광(榮光)과 오욕(汚辱)이 점철되는 인생살이.

1895)양부고텬(陽府高天) : 양계(陽界)의 높은 하늘.

1896)음음(陰陰)ᄒᆞ다 : (수목이 우거져) 깊고 어둡다.

1897)음ᄉᆞ후퇴(陰司后土) : 저승의 토지신.

1898)복분지원(覆盆之怨) : 죄를 뒤집어쓰고 밝히지 못하고 있는 억울함.

ᄒᆞ시믈 업슈이 너기지 마ᄅᆞ쇼셔. 부인인들 ᄆᆡ양(每樣) 평안ᄒᆞ시기ᄅᆞᆯ 엇지 긔필(期必)ᄒᆞ리잇고?"

ᄒᆞ더라. 【79】

엄시효문청힝녹 권지십삼

화셜. 녹운이 말을 맛치매, 옥쇄 이어 우어 왈,

"아등이 년쇼 쳔견(淺見)으로 문견이 고루ᄒᆞ니, 인니지도(人理之道)1899)의 무어술 알 거시리오만은, 다만 녀ᄌᆞ의 일싱은 지타인(在他人)이라. 우리 쇼져 홍안이 너모 슈이(殊異)ᄒᆞ신 지앙을 면치 못ᄒᆞ나, 본ᄃᆡ 졍당 ᄌᆞ익를 일치 아녀 계시던 거시오, 한님이 공경 즁ᄃᆡᄒᆞ샤 피ᄎᆡ(彼此) 상경여빈(相敬如賓)ᄒᆞ시미 흡흡(洽洽)ᄒᆞ시니, 아직 일시 지앙의 건우(愆尤)1900)ᄒᆞ시미 잇ᄉᆞ나, 타일은 당당이 화락ᄒᆞ여 부귀영【1】화(富貴榮華)ᄒᆞ시고, 영춍을 타인의게 ᄉᆞ양치 아닐 거시오, 오ᄂᆞᆯ 업슈이 너기던 지 츄앙(推仰) 습복(慴伏)ᄒᆞ여 불워ᄒᆞ미, 써 아릐 언졍(蝘蜓)1901)이 텬상(天上)을 우럼1902) 갓흐리니, 이제 쇼쇼(小小) 익경(厄境)이야 관겨ᄒᆞ랴? 간당의 무리 아모리 ᄒᆞ여도 감히 우리 쇼져의 셩현이질(聖賢異質)은 침범치 못ᄒᆞ리라."

제녜 말을 맛ᄎᆞ미 일시의 웃기를 마지 아니ᄒᆞ니, 쇼제 제녀의 다언(多言)ᄒᆞ여 문시를 촉휘(觸諱)ᄒᆞ기의 갓가오믈 미온(未穩)ᄒᆞ여, 츄파(秋波)를 빗기 써 찰시(察視)ᄒᆞ니 비록 말ᄒᆞ여 ᄭᅮ짓지 아니나, 제녜 블승황공ᄒᆞ여 머【2】리를 감히 드지 못ᄒᆞ고, 문시 ᄃᆡ참 ᄃᆡ로ᄒᆞ여 분분이 도라가며 ᄭᅮ지져 왈,

"간악ᄒᆞᆫ 종년들이 방ᄌᆞᄒᆞ미 여ᄎᆞᄒᆞ냐? 여

옥쇄 니어 우어 왈,

"아등이 년소쳔견으로 문견이 고루ᄒᆞ니 닌이지도의 무어술 알 거시 이시리오마ᄂᆞᆫ, 다만 녀ᄌᆞ의 일싱은 지타인이라. 우리 쇼제 홍안이 너무 슈미ᄒᆞ신 지앙을 면치 못ᄒᆞᄃᆡ, 본ᄃᆡ 졍당의 ᄌᆞ익을 일치 아냐 계신던 거시오, 한님이 공경듕ᄃᆡᄒᆞ샤 피ᄎᆞ 상경여빈ᄒᆞ시미 이시나 타일은 당당이 부뷔 화락ᄒᆞ여 부귀【91】영화ᄒᆞ시고, 다남ᄌᆞ 다영복ᄒᆞ여 영춍을 타인의계 ᄉᆞ양치 아일 거시오, 오날 업슈이 넉이던 지 츄앙습복ᄒᆞ여 블어ᄒᆞ미 ᄯᅡ 아릐 이졍이 텬상을 우럼 ᄀᆞᄐᆞ리니, 이제 쇼쇼익경이야 관계ᄒᆞ랴? 간당의 무리 아모리 ᄒᆞ여도 우리 소져의 셩현이질은 침범치 못ᄒᆞ리라."

제녜 말을 맛ᄎᆞ며 일시의 웃기를 마지아니니, 소제 제녜의 다언ᄒᆞ믈 미온ᄒᆞ여 츄파를 빗기 써 찰시ᄒᆞ니, 제녜 황공ᄒᆞ여 머리를 감히 드지 못【92】ᄒᆞ고, 문시 대참대노ᄒᆞ여 분분이 도라가며 ᄭᅮ지져 왈,

"간악ᄒᆞᆫ 죵년드리 방ᄌᆞᄒᆞ미 여ᄎᆞᄒᆞ니 여등이 비록 나을 업슈히 넉이나 족히 윤시ᄂᆞᆫ 처단치 못ᄒᆞ나 여등은 다ᄉᆞ릴 만ᄒᆞ니라."

1899)인니지도(人理之道) : 사람의 도리를 지키며 살아가는 길.

1900)건우(愆尤) : 억울하게 죄를 입음.

1901)언졍(蝘蜓) : =도마뱀붙이.

1902)우럼 : 우러름. 마음속으로 공경하여 떠받듦.

등이 비록 날을 업슈이 너기나, ᄂᆡ 윤시ᄂᆞᆫ 쳐단치 못ᄒᆞ려니와 여등은 족히 다ᄉᆞ릴 만ᄒᆞ니라.”

ᄒᆞ고 도라가니 제시비 쇼져ᄅᆞᆯ 두려 다시 말을 아니ᄒᆞ나, 심하의 닝쇼ᄒᆞ더라.

문시 침쇼의 도라와 분노ᄒᆞ믈 니긔지 못ᄒᆞ여 이의 경일누의 드러가 최부인긔 참쇼 왈,

“쳡이 우연이 옥월졍의 지나다가 드ᄅᆞ니, 윤시 노쥐 슉당(叔堂)을 원【3】망ᄒᆞ여 흉음간독(凶淫奸毒)ᄒᆞ미, 녀무미달(呂武妹妲)[1903]도곤 더으다 ᄒᆞ고, ᄇᆡᆨ구ᄃᆡ인(伯舅大人)[1904]의 혼암 블명ᄒᆞ믈 시비ᄒᆞ고, ‘영일누 존고와 엄구 ᄃᆡ인의 덕은 진짓 관인 명달ᄒᆞ신 군ᄌᆡ라, 오히려 문시 갓흔 블민ᄒᆞᆫ 녀ᄌᆞ도 ᄃᆡ졉이 평상ᄒᆞ시거ᄂᆞᆯ, 우리 구고ᄂᆞᆫ 날갓흔 ᄌᆡ용이 겸젼ᄒᆞᆫ 미부(美婦)ᄅᆞᆯ 나모라니 엇지 금슈(禽獸)만 못ᄒᆞᆫ 인ᄉᆡ 아니리오. 우리 ᄉᆡᆼ구(生舅)[1905] 오왕은 진짓 관홍장ᄌᆡ(寬弘長者)시고, 또 ᄇᆡ현치 못ᄒᆞ여시나 ᄉᆡᆼ고(生姑) 댱후ᄂᆞᆫ 젼어로 드러도 슉녜신가 시부ᄃᆡ, 우리 부뷔 이갓치 어지신 부모ᄅᆞᆯ ᄯᅥ나 최【4】부인 슬하의 츌계(出系)ᄒᆞ여, 간악ᄒᆞᆫ 부인의 무고히 보ᄎᆡ이ᄂᆞᆫ 종이 되어, 괴로오미 극ᄒᆞ니 엇지 ᄋᆡ닯지 아니ᄒᆞ리오?’ ᄒᆞᆫ즉, 그 유랑이 또 니ᄅᆞᄃᆡ, ‘졍당부인이 쇼공ᄌᆞᄅᆞᆯ 입장(入丈)ᄒᆞᆯ ᄯᅳᆺ이 잇셔 한님과 쇼져ᄅᆞᆯ 못견ᄃᆡ도록 ᄒᆞ시ᄂᆞᆫ 흉심이라. 부인은 ᄉᆞ셰ᄅᆞᆯ 보아가며 본부 뎐하와 낭낭긔 알외여 의논ᄒᆞ샤, 최부인의 무고히 탈젹(奪嫡)[1906]ᄒᆞ려 ᄒᆞᄂᆞᆫ 일을 낫하ᄂᆡ며, 블인잔포(不仁殘暴)ᄒᆞ미 잔젹지ᄒᆡᆼ(殘賊之行)[1907]과 독

1903)녀무미달(呂武妹妲) : 중국의 대표적인 여성 권력자인 한(漢)나라 고조(高祖)의 황후 여후(呂后)와 당(唐)나라 고종의 황후 측천무후(則天武后), 그리고 중국의 대표적인 악녀(惡女)들인 하(夏)나라 걸(桀)의 비(妃)인 매희(妹喜)와 주(周)나라 주(紂)의 비(妃) 달기(妲己), 이 4인을 함께 이르는 말.

1904)ᄇᆡᆨ구ᄃᆡ인(伯舅大人) : 시아버지의 형제들 가운데서 가장 나이가 많은 이에 대한 존칭..

1905)ᄉᆡᆼ구(生舅) : 남편을 낳은 친시아버지.

1906)탈젹(奪嫡) : 종손이 끊어지거나 아주 미약해진 때에 유력한 지손이 종손의 지위를 빼앗거나 종손 행세를 함. ≒탈종(奪宗).

1907)잔젹지ᄒᆡᆼ(殘賊之行) : 잔인하게 해치거나 무

ᄒᆞ고 도라가니 제시비 소져를 두려 다시 말을 아니나 심하 닝쇼ᄒᆞ더라.

문시 침쇼의 도라와 분노ᄒᆞ믈 이긔디 못ᄒᆞ여 이에 경일누의 드러가 최부인긔 참쇼 왈,

“쳡이 우연이 옥월졍을 지나다가 드ᄅᆞ니, 윤시 노쥐 슉당을【93】 원망ᄒᆞ여 흉음간독ᄒᆞ미 녀부 미달도곤 더ᄒᆞ다 ᄒᆞ고, ᄇᆡᆨ구ᄃᆡ인의 혼암블명ᄒᆞ시믈 시비ᄒᆞ고, ‘영일 죤고와 엄구 ᄃᆡ인은 진딧 관인명달ᄒᆞ신 군ᄌᆞ슉녀라. 오히려 문시 ᄀᆞᆺ튼 블민ᄒᆞᆫ 녀ᄌᆞ도 ᄃᆡ졉이 평상ᄒᆞ시거ᄂᆞᆯ, 우리 구고ᄂᆞᆫ 날 ᄀᆞᆺ튼 ᄌᆡ용이 겸젼ᄒᆞᆫ 미부를 나모라니, 엇지 ᄒᆞᆫ 무리 금슈만 못ᄒᆞᆫ 인ᄉᆡ 아니리오. 우리 ᄉᆡᆼ구 오왕은 진딧 관인장ᄌᆡ오, 또 비록 ᄇᆡ현치 못ᄒᆞ여시나 ᄉᆡᆼ모 댱후ᄂᆞᆫ 젼어로 드러【94】도 슉녀신가 시브ᄃᆡ, 우리 부뷔 이ᄀᆞᆺ튼신 어진 부모를 ᄯᅥ나 최부인 슬하의 츌계ᄒᆞ여 간악ᄒᆞᆫ 부인의 무고히 보ᄎᆡᄂᆞᆫ 죵이 되여 괴로오미 극ᄒᆞ니, 엇디 ᄋᆡᄃᆞᆲ지 아니리오?’ ᄒᆞᆫ즉 그 유랑이 참쇼ᄒᆞ여 닐오ᄃᆡ, ‘졍당 부인 쇼공ᄌᆞ를 입장ᄒᆞᆯ ᄯᅳᆺ이 잇셔 한님과 소져를 못 견ᄃᆡ도록 ᄒᆞ시ᄂᆞᆫ 흉심이라. 부인은 셰ᄎᆞ를 보와 가며 본부 뎐하와 낭낭긔 알외고 의논ᄒᆞ샤 최부인이 무고히 탈젹ᄒᆞ려 ᄒᆞᄂᆞᆫ 일을 나타ᄂᆡ며, 블인잔포ᄒᆞ미【95】 찬젹지ᄒᆡᆼ과 독부지심이 이시믈 ᄇᆞᆰ히쇼셔.’ ᄒᆞ니 윤시 교아절치ᄒᆞ여 허다픠악지셜이 측양업더이다.”

부지심(毒婦之心)이 이시믈 ᄇᆞᆰ히쇼셔.' ᄒᆞ니, 윤시 교아절치(咬牙切齒)ᄒᆞ여 허다 ᄑᆡ악지【5】셜(悖惡之說)이 측냥업더이다."

최부인이 쳥파(聽罷)의 다 밋든 아니나, 바히 근ᄆᆡᆨ(根脈)은 업지 아닌가 ᄒᆞ여 발연 ᄃᆡ로ᄒᆞ여, 포악(暴惡) ᄃᆡᄆᆡ(大罵) 왈,

"윤광텬 젹츄(敵酋)와 뎡네 한 ᄯᆞᆯ 발악(潑惡)1908)을 두어 오가(吾家)의 보ᄂᆡ여, 나의 니우(貽憂)를 삼앗ᄂᆞ뇨? 윤녀 노쥬의 교악(狡惡)ᄒᆞ믈 드ᄅᆞ니 ᄂᆡ 엇지 윤 젹(賊)을 두려, 한 윤녀 쇼아를 니긔지 못ᄒᆞ리오."

셜파의 ᄆᆡ션을 명ᄒᆞ여 윤시를 잡아오라 ᄒᆞ니, ᄣᆡ 졍히 황혼이라. 윤쇼제 블의의 쇼명을 드ᄅᆞ미 경아ᄒᆞ여 ᄲᆞᆯ니 의상을 졍돈ᄒᆞ고 졍당의 니ᄅᆞ니, 부인이 안상(顏上)의 풍운(風雲)【6】이 어릐여 쇼져를 계하의 ᄭᅮᆯ니고, 일장을 슈죄ᄒᆞ여 니ᄅᆞᄃᆡ,

"네 오문(吾門)의 드러온 긔년의 소ᄒᆡᆼ이 음난ᄒᆞ여, 조곰도 부녀의 쳥한ᄒᆞᆫ ᄒᆡᆼ실이 업ᄂᆞᆫ 고로, 상공이 졈졈 그ᄅᆞᆺ 너겨 눈 밧긔 나고, ᄂᆡ 허물을 경칙(輕責)ᄒᆞ여 심당의 깁히 드러 슈졸(守拙)ᄒᆞ믈 경계ᄒᆞ엿더니, 네 일분 인심이면 감동ᄒᆞ고 븟그려 회션(回善)ᄒᆞ미 올커ᄂᆞᆯ, 가지록 음악 방ᄌᆞᄒᆞ여 원망ᄒᆞ기를 긔탄치 아니ᄒᆞ고, 더욱 영아ᄂᆞᆫ 만ᄂᆡ(晩來) 쇼즁(所重)일 ᄲᅮᆫ 아니라, 져의 텬셩이 효우 공근ᄒᆞ여 형과 슈(嫂)를 ᄃᆡ졉ᄒᆞ미 그 녜를 다ᄒᆞ거ᄂᆞᆯ, 네 【7】무ᄉᆞᆫ 연고로 독ᄒᆞᆫ 원망을 긋지 아니ᄒᆞ며, 구고를 드노하 시녀의 무리로 더부러 욕ᄒᆞ기를 긔탄치 아니ᄒᆞ니, ᄎᆞᄂᆞᆫ 요음찰녜(妖淫刹女)라. 네 ᄯᅩ 언단의 별으ᄃᆡ, 네 아뷔 윤왕과 네 어뮈 뎡시의게 ᄒᆞ라1909) 무ᄉᆞᆫ 일을 ᄂᆡ련다 ᄒᆞ니, 나ᄂᆞᆫ 피폐ᄒᆞ나 경상지숀(卿相之孫)이오, 공후지녜(公侯之女)오 팔좌명뷔(八座命婦)1910)라. 네 집 노예 아니

자비하게 쳐 죽이는 행실.=장적지행(戕賊之行).

1908)발악(潑惡) : 패역하고 흉악한 사람. ≒악물(惡物). 악종(惡種).

1909)할다 : 참소하다. 남을 헐뜯어서 죄가 있는 것처럼 꾸며 윗사람에게 고하여 바치다. *하라: '할+아'의 연철표기.

1910)팔좌명부(八座命婦) : 팔좌(八座)에 오른 고

최부인이 쳥필의 다 밋든 아니나 비히 근ᄆᆡᆨ이 업든 아닌가 ᄒᆞ여 발연대노ᄒᆞ여 대ᄆᆡ 왈,

"윤광쳔 젹츄와 뎡네 엇디 요악ᄒᆞᆫ ᄯᆞᆯ을 오가의 보ᄂᆡ여 나의 니우를 삼아ᄂᆞᆫ뇨? 윤녀 노쥬의 교악ᄒᆞ믈 드ᄅᆞ니, ᄂᆡ 엇디 윤가 셰엄을 두려 윤가 쇼아를 이긔지 못ᄒᆞ리오?"

셜파의 ᄆᆡ션을 명ᄒᆞ여 윤시를 잡으라 ᄒᆞ니, ᄣᆡ 졍히【96】 황혼이라. 윤소제 블의예 소명을 드ᄅᆞ니 경아ᄒᆞ여 ᄲᆞᆯ니 의상을 졍돈ᄒᆞ고 졍당의 니ᄅᆞ니, 부인이 안상의 풍운이 어릐여 소져을 계하의 ᄭᅮᆯ니고 일장을 슈죄 왈,

"네 오문의 드러온 지 긔년의 쇼ᄒᆡᆼ이 음난ᄒᆞ여 죠금도 부녀의 쳥한ᄒᆞᆫ ᄒᆡᆼ실이 업ᄂᆞᆫ 고로 상공이 졈졈 그ᄅᆞᆺ 넉이고 ᄂᆡ 허믈을 경칙ᄒᆞ여 심당의 깁히 드러 슈졸ᄒᆞ믈 경계하여시니, 네 일분 인면이면 감동ᄒᆞ고 븟그러 회션ᄒᆞ미 올커ᄂᆞᆯ 가지록 음악방ᄌᆞᄒᆞ여 원망ᄒᆞ기를 긔탄치 아니ᄒᆞ【97】고, 더옥 영ᄋᆞᄂᆞᆫ 나의 만ᄂᆡ소듕일 분 아니라 져의 텬셩이 효우공근ᄒᆞ여 형과 슈를 ᄃᆡ졉ᄒᆞ미 그 녜를 다ᄒᆞ거ᄂᆞᆯ 네 무ᄉᆞᆫ 연고로 독ᄒᆞᆫ 원망을 긋치디 아니며, 구고를 드노하 욕ᄒᆞ기를 긔탄치 아니니 ᄎᆞᄂᆞᆫ 요음찰녀라. 네 ᄯᅩ 언간의 무ᄉᆞᆫ 일을 ᄂᆡ련다 ᄒᆞ니, 나ᄂᆞᆫ 피폐ᄒᆞ나 공후지녀며 팔좌명부라. 오슈미약이나 부ᄃᆡ 권문셰가의 결워 보려 ᄒᆞᄂᆞ니, 오ᄂᆞᆯᄂᆞᆯ 요음찰녀를 쾌히 다ᄉᆞ리고 명일 셩당ᄒᆞᆫ 겨릐 날을 엇디 ᄒᆞᄂᆞᆫ【98】고 보리라."

니, 네 장ᄎᆞᆺ 무ᄉᆞᆫ 법으로 쳐치ᄒᆞ려 ᄒᆞᄂᆞ뇨? 오슈미약(吾雖微弱)[1911]이나 본ᄃᆡ 권문세가(權門勢家)의 결워 보려 ᄒᆞᄂᆞ니, 오ᄂᆞᆯ날 요음 찰녀ᄅᆞᆯ 쾌히 다ᄉᆞ리고, 명일 윤가《셩장‖셩당(盛黨)》ᄒᆞᆫ 겨ᄅᆡ 날을 엇지 쳐치ᄒᆞᄂᆞᆫ고【8】보리라."

셜파의 노긔 표동ᄒᆞ여 좌우 시비ᄅᆞᆯ ᄡᅮ지져 쇼져ᄅᆞᆯ ᄐᆡ장(笞杖)ᄒᆞ라 ᄒᆞ니, 쇼제 쳔만 원앙(怨怏)ᄒᆞ나 발명이 무익ᄒᆞᆫ지라. 다만 머리ᄅᆞᆯ 두다려 청죄ᄒᆞᆯ ᄯᆞ롬이라.

영괴 부인 명을 어더 용약ᄒᆞ여 쇼져의 옥각(玉脚)을 놉히 것고, 즁계하(中階下)의셔 ᄐᆡ장ᄒᆞᆯ ᄉᆡ 유모 일취 비분통히(悲憤痛駭)ᄒᆞ여 고두 체읍ᄒᆞ며, 쥬인의 죄ᄅᆞᆯ ᄃᆡ신ᄒᆞ기로 ᄋᆡ걸ᄒᆞ니, 부인이 진목(瞋目) 즐퇴(叱退)ᄒᆞ고 치기ᄅᆞᆯ ᄌᆡ촉ᄒᆞ니, 영괴 엇지 조곰이나 두호(斗護)ᄒᆞ리오. 강악ᄒᆞᆫ 힘을 다ᄒᆞ여 부인의 고찰을 기다리【9】지 아녀 ᄆᆡ이 치니, 한 ᄆᆡ의 눈 갓흔 살이 ᄯᅥ러지고 셩혈(腥血)이 님니(淋漓)[1912]ᄒᆞ니, 쇼제 일셩을 부동ᄒᆞ고 신ᄉᆡᆨ이 ᄌᆞ약ᄒᆞ여 안셔히 ᄆᆡᄅᆞᆯ 바다 임의 슈십 ᄐᆡ(笞)의 미쳣ᄂᆞᆫ지라.

비록 강작(强作)ᄒᆞ나 이 본ᄃᆡ ᄉᆡᆼ어귀문(生於貴門)ᄒᆞ여 부귀호치(富貴豪侈)ᄒᆞ여 금누옥당(金樓玉堂)의 쳐ᄒᆞ여 몸의 금슈(錦繡)ᄅᆞᆯ 무거이 너기고, 닙의 진미ᄅᆞᆯ 염어(厭飫)ᄒᆞ며, 부모 슬상의 농쥬(弄珠) 쇼교(小嬌)로 귀즁ᄒᆞ미 쳔승지쥬(千乘之珠)의 더은지라. 오ᄂᆞᆯ날 이 디경을 당ᄒᆞᆯ 쥴 몽니의나 ᄉᆡᆼ각ᄒᆞ여시리오.

쳔만 강잉ᄒᆞ나 임의 여러 장의 미쳐ᄂᆞᆫ 혼【10】졀ᄒᆞ니, 셜뷔 후란(朽爛)ᄒᆞ여 젹혈이 좌우의 ᄲᅮ리ᄃᆡ, 부인이 용ᄉᆞᄒᆞᆯ ᄯᅳᆺ이 업더니, 믄득 밧그로 조ᄎᆞ 일ᄀᆡ 쇼동(小童)이 드러와 당하의 머리ᄅᆞᆯ 두다려 크게 통곡ᄒᆞᄂᆞᆫ지라.

셜파의 노긔 표등ᄒᆞ야 좌우 시비를 ᄡᅮ지져 쇼져를 ᄐᆡ장ᄒᆞᆯ시, 일취 비분통히ᄒᆞ여 고두쳐읍ᄒᆞ여 쥬인의 죄를 ᄃᆡ신ᄒᆞ기로ᄡᅥ ᄋᆡ걸ᄒᆞ니 부인이 진목즐퇴ᄒᆞ고 치기를 ᄌᆡ쵹ᄒᆞ니, 영교 강악ᄒᆞᆫ 힘을 다ᄒᆞ야 ᄆᆡ이 치니 ᄒᆞᆫ ᄆᆡ의 눈ᄀᆞᆺ 튼 가쥭이 ᄯᅥ러지고 셩혈이 임니ᄒᆞ나, 쇼제 일셩을 부동ᄒᆞ고 신ᄉᆡᆨ이 ᄌᆞ약ᄒᆞ야 안셔히 ᄆᆡ를 바다 임의 슈십 ᄐᆡ의 밋쳐ᄂᆞᆫ 비록 강작ᄒᆞ나, 이 본ᄃᆡ ᄉᆡᆼ어부귀호치ᄒᆞ여 몸의【99】ᄂᆞᆫ 금슈를 무거이 넉이고 입의ᄂᆞᆫ 딘미를 염어ᄒᆞ며 죤당 부모 슬상쇼교로 귀듕ᄒᆞ미 쳔승지쥬의 더은디라. 오날날 ᄎᆞ경을 당ᄒᆞᆯ 줄 알이오.

쳔만강잉ᄒᆞ나 임의 여러 장의 미처ᄂᆞᆫ 혼졀ᄒᆞ니, 셜부 후ᄂᆞᆫᄒᆞ여 젹혈이 좌우의 ᄲᅮ리나 부인이 용샤ᄒᆞᆯ ᄯᅳᆺ이 업더니, 믄득 밧그로 죠ᄎᆞ 일개 쇼동이 드러와 당하의 머리를 부ᄃᆡ이 크게 통곡ᄒᆞᄂᆞᆫ디라. 부인이 대경ᄒᆞ여 회두지시ᄒᆞ니 이 곳 공ᄌᆞ 영이라.

위 관리의 부인. 팔좌는 중국 수나라·당나라 때에, 좌우 복야와 영(令)과 육상서를 통틀어 이르던 말.

1911)오슈미약(吾雖微弱) : 내가 비록 미약(微弱)하다 하더라도.

1912)님니(淋漓) : 피, 땀, 물 따위의 액체가 흘러 흥건한 모양.

부인이 디경ᄒᆞ여 회두시지(回頭視之)ᄒᆞ니, 이 곳 쇼공ᄌᆞ 영이라.

원ᄂᆡ 쇼져의 유랑이 부인의 구박ᄒᆞ여 ᄂᆡ치믈 인ᄒᆞ여 감히 갓가이 나아가지 못ᄒᆞ고, 한갓 먼니셔 바라보아 쇼져의 옥각(玉脚)의 미나려질 젹마다 만신이 오쇼라지니[1913], 망지쇼위(罔知所爲)[1914]ᄒᆞ여 체읍(涕泣)ᄒᆞᆯ ᄯᆞ름이러니, 홀연 ᄊᆡ다라 급히 범부인 침누(寢樓)로【11】 향ᄒᆞ더니, 합문 밧긔셔 공지 여측(如厠)ᄒᆞ고[1915] 도라오다가, 일쉬 영일누로 급히 가믈 보고 가장 의아ᄒᆞ여 문기고(問其故)ᄒᆞᆫᄃᆡ, 일쉬 머리ᄅᆞᆯ 두로혀 쇼유ᄅᆞᆯ 고ᄒᆞ고 쥬인의 급ᄒᆞ믈 범부인긔 알외고져 ᄒᆞ믈 고ᄒᆞ니, 공지 슈슈(嫂嫂)의 위급ᄒᆞ믈 ᄃᆡ경 차악ᄒᆞ고, 모친의 실덕을 망극ᄒᆞ여 총망이 유랑으로 더부러 경일누의 니ᄅᆞ러 보니, 과연 이 광경이라. 공지 놀납고 익달오미 병발(併發)ᄒᆞ여, 《곳의∥고ᄃᆡ[1916]》 죽어 모친의 실덕을 보지 말고져 시분지라.

엇지 ᄌᆞ긔 몸 알프믈 알【12】니오. 미쳐 말을 못ᄒᆞ고 머리ᄅᆞᆯ 셤의 브ᄃᆡ이ᄌᆞ니, 무망(無妄)의 즁상ᄒᆞ여 유혈이 낭ᄌᆞ(狼藉)ᄒᆞ여 옥면의 흐르ᄂᆞᆫ지라. 크게 울며 고왈,

"윤쉬 무삼 죄 잇ᄂᆞ니잇고? 셜ᄉᆞ 유죄ᄒᆞ시나 ᄃᆡ인과 계뷔 계시니 상의ᄒᆞ샤, ᄃᆡ죈즉 유ᄉᆞ(有司)의 븟치고 쇼죈즉 광명졍ᄃᆡ히 츌거(黜去)ᄒᆞ미 올삽거ᄂᆞᆯ, ᄌᆞ위 엇지 참아 ᄌᆞ부ᄅᆞᆯ 죄의 경즁은 의논치 아니시고, 상한쳔뉴(常漢賤流)의 며ᄂᆞ리 치ᄂᆞᆫ 픽도(覇道)ᄅᆞᆯ 힝ᄒᆞ시ᄂᆞ니잇고? 쇼지 ᄌᆞ위 실덕ᄒᆞ시미 여러 슌의 장ᄎᆞᆺ 쥬쳥(奏請)ᄒᆞᄂᆞᆫ 간언을 듯지 아니 ᄒᆞ시【13】니, 이ᄂᆞᆫ 히ᄋᆡ(孩兒) 효위(孝友) 쳔박(淺薄)ᄒᆞ와 우흐로 ᄌᆞ위ᄅᆞᆯ 감동치 못ᄒᆞ옵고, 아ᄅᆡ로 동긔(同氣)ᄅᆞᆯ 화우치 못ᄒᆞ여, 형장의 효

쇼제 유【100】모 일쉬 부인의 구박ᄒᆞ여 ᄂᆡ치믈 인ᄒᆞ여 감히 ᄀᆞᆺ가이 나ᄋᆞ가지 못ᄒᆞ고 ᄒᆞᆫ갓 먼니셔 ᄇᆞ라보아 쇼져의 옥각의 미 ᄂᆞ려질 젹마다 만신이 으소라지니 망지소유ᄒᆞ여 체읍ᄒᆞᆯ ᄯᆞ롬이러니, 홀연 ᄭᆡᄃᆞ라 공ᄌᆞ긔 고ᄒᆞ니 공지 대경ᄒᆞ여 춍망이 경일누의 니ᄅᆞ니, ᄎᆞ경이라. 놀납고 익달으며 병발ᄒᆞ니 《그ᄃᆡ∥고ᄃᆡ》 죽어 모친 실덕을 보디 말고 시분지라.

머리를 셤의 부ᄃᆡ이지며 크게 우러 왈,

"윤싊 무ᄉᆞᆫ 죄 잇ᄂᆞ니잇고? 셜ᄉᆞ 유죄ᄒᆞ시나 대인과 계【101】뷔 겨시니 상의ᄒᆞ샤 대죈즉 유ᄉᆞ의 븟치고 소죈즉 광명졍ᄃᆡ히 츌거ᄒᆞ미 올삽거ᄂᆞᆯ, ᄌᆞ위 ᄎᆞ마 엇디 ᄌᆞ부를 죄의 경듕은 의논치 아니시고 상한쳔뉴의 며ᄂᆞ리 치ᄂᆞᆫ 픽도를 힝ᄒᆞ시ᄂᆞ니잇고? 쇼지 효위 쳔박ᄒᆞ와 ᄌᆞ위를 감동치 못ᄒᆞ오니 이ᄂᆞᆫ 젼혀 쇼지 세상의 잇ᄂᆞᆫ 연괴가 ᄒᆞ옵ᄂᆞ니, ᄌᆞ위 맛춤ᄂᆡ 허믈을 곳치디 아니시면 블쵸지 찰하리 합연ᄒᆞ여 셰ᄉᆞ를 모ᄅᆞ미 원이로쇼이다."

1913)오쇼라지다 : 으스러지다. ①덩어리가 깨어져 조각조각 부스러지다. ②살갗이 무엇에 부딪혀서 몹시 벗어지다

1914)망지쇼위(罔知所爲) : 어찌할 바를 모름.

1915)여측(如厠)ᄒᆞ다 : 측간(厠間)에 가다. 대소변을 보기 위해 변소(便所)에 가다. *변소(便所) : 오늘날은 달리 '화장실'이라 한다.

1916)고ᄃᆡ : 곧. 즉시.

우와 눈슈의 인현ᄒᆞ시믈 그ᄅᆞᆺ 너기시미 이의 밋ᄎᆞ시믄, 젼혀 쇼ᄌᆡ 셰상의 잇ᄂᆞᆫ 연괸가 ᄒᆞ옵ᄂᆞ니, ᄌᆞ위 맛참ᄂᆡ 허물을 곳치지 아니실진ᄃᆡ 블초ᄌᆡ 찰하리 합연(溘然)[1917]ᄒᆞ여 셰ᄉᆞᄅᆞᆯ 모로미 원이로쇼이다.

셜파의 긔운이 앙앙(怏怏)ᄒᆞ고 옥셩(玉聲)이 상쾌ᄒᆞ여 빙옥(氷玉)을 마으ᄂᆞᆫ 듯ᄒᆞ니, 최부인이 아ᄌᆞ의 뉴혈징지(流血爭之)ᄒᆞ여 과도ᄒᆞ믈 보ᄆᆡ, ᄃᆡ경ᄒᆞ【14】여 좌우ᄅᆞᆯ 명ᄒᆞ여 윤시ᄅᆞᆯ 샤(赦)ᄒᆞ고 영을 븟드러 슈건으로 흐ᄅᆞᄂᆞᆫ 피ᄅᆞᆯ 삐ᄉᆞ며, 손을 잡고 뉴체 왈,

"네 일즉 블초ᄒᆞᆫ 형과 요악ᄒᆞᆫ 형슈ᄅᆞᆯ 위ᄒᆞ여 이러틋 뉴체(遺體)ᄅᆞᆯ 상ᄒᆡ(傷害)와 나의 념녀ᄅᆞᆯ ᄉᆡᆼ각지 아니ᄒᆞᄂᆞ뇨? 윤시 상(常)ᄒᆡ 음악무상(淫惡無常)ᄒᆞ여 한갓 상한쳔뉴의 ᄒᆡᆼ실 쁜 아니라, 녀모(汝母)와 너ᄅᆞᆯ 무고히 원망ᄒᆞ여, 제 ᄉᆞ침의셔 여ᄎᆞ여ᄎᆞ 원언(怨言)이 허다ᄒᆞ며, 반ᄃᆞ시 ᄒᆡᄒᆞᆯ 쁫이 잇다 ᄒᆞᄂᆞᆫ 고로, ᄂᆡ 통분ᄒᆞ믈 니긔지 못ᄒᆞ여 잠간 다ᄉᆞ려 죄ᄅᆞᆯ 므ᄅᆞ믄, 그 죄 즁ᄒᆞ고【15】벌이 경ᄒᆞ거ᄂᆞᆯ, 엇지 한부(悍婦)ᄅᆞᆯ 두호(斗護)ᄒᆞ여 어미ᄅᆞᆯ 그ᄅᆞ다 ᄒᆞᄂᆞ뇨?"

공ᄌᆡ 읍왈,

"평일 ᄌᆞ위 셩덕으로ᄡᅧ 형의 셩효와 윤슈의 현쳘ᄒᆞ믈 아지 못ᄒᆞ시믄, 실노 ᄉᆞᆯ피지 못ᄒᆞ시미라. 연이나 왕ᄉᆞ(往事)ᄂᆞᆫ 이의(已矣)여니와, 다시란 이런 거조ᄅᆞᆯ 마ᄅᆞ시고 형의 부부로ᄡᅧ 평안케 ᄒᆞ시면, 쇼ᄌᆡ 바야흐로 마ᄋᆞᆷ이 평안ᄒᆞ리로쇼이다."

부인이 쳥파(聽罷)의 가장 블열ᄒᆞ나 아ᄌᆡ 이러틋 강항(强抗)ᄒᆞ여 고두(叩頭) 즁상(重傷)ᄒᆞ여시니, 츙년 쇼ᄋᆡ 병이 날가 두려ᄒᆞᄂᆞᆫ 고로, 노긔ᄅᆞᆯ 져기 푸【16】러 아ᄌᆞᄅᆞᆯ 위로ᄒᆞ며 쇼져ᄅᆞᆯ 물너가라 ᄒᆞ니, 쇼제 비ᄉᆞᄒᆞ고 강잉(强仍)ᄒᆞ여 물너 ᄉᆞ침의 도라올ᄉᆡ, 유ㆍ아(乳ㆍ兒)[1918]등이 븟드러 도라와 시비 등이 돌ᄎᆞ(咄嗟)[1919] 통분(痛憤)ᄒᆞ믈 니긔지 못ᄒᆞ더

셜파의 기운이 앙앙ᄒᆞ고 옥셩이 상쾌ᄒᆞ야 빙옥【102】을《마은ᄂᆞᆫ ‖ 마으ᄂᆞᆫ》ᄃᆞᆺᄒᆞ니, 최부인이 ᄋᆞᄌᆞ의 뉴혈징지ᄒᆞ믈 보ᄆᆡ 대경ᄒᆞ여 좌우를 명ᄒᆞ여 윤시를 샤ᄒᆞ라 ᄒᆞ고, 영을 븟드러 슈건으로 흐ᄅᆞᆫ 피를 삐ᄉᆞ며 손을 잡고 뉴체 왈,

"네 일ᄌᆞᆨ 블쵸ᄒᆞᆫ 형과 요악ᄒᆞᆫ 형슈를 위ᄒᆞ야 이러ᄐᆞᆺ 유체를 상ᄒᆡ와 나의 념녀를 ᄉᆡᆼ각디 아니ᄒᆞᄂᆞ뇨? 윤녀 요악ᄒᆞ야 여모와 너를 무고히 원망ᄒᆞ미 여ᄎᆞᄎᆞᄒᆞ며 반ᄃᆞ시 ᄒᆡᄒᆞᆯ 쁫이 잇다 ᄒᆞᄂᆞᆫ 고로, ᄂᆡ 비분ᄒᆞ믈 이긔지 못ᄒᆞ여 잠간 다ᄉᆞ려 그 죄 듕ᄒᆞ고 벌【103】이 경ᄒᆞ미어ᄂᆞᆯ 엇지 어미를 그ᄅᆞ다 ᄒᆞᄂᆞ뇨?"

공ᄌᆡ 읍왈,

"평일 ᄌᆞ위 셩덕으로ᄡᅧ 형의 셩효와 윤수의 현쳘ᄒᆞ믈 아디 못ᄒᆞ시ᄂᆞ니잇가? 연이나 왕ᄉᆞᄂᆞᆫ 이의라. 다시 이런 거죠를 마ᄅᆞ시고 형의 부부로 평안케 ᄒᆞ실진ᄃᆡ 쇼ᄌᆡ ᄇᆞ야흐로 ᄆᆞ음이 평안ᄒᆞ리로쇼이다."

부인이 쳥파의 가장 블쾌ᄒᆞ나 ᄋᆞᄌᆡ 이럿ᄐᆞᆺ 강항녈직ᄒᆞ여 듕상ᄒᆞ여시니 츙년쇼ᄋᆞ 병이 날가 두려 노긔를 져기 프러 ᄋᆞᄌᆞ를 위로ᄒᆞ며 쇼져를 믈너가라 ᄒᆞ니, 쇼제 비【104】ᄉᆞᄒᆞ고 강잉ᄒᆞ여 침쇼의 도라오니 유ᄋᆞ 등이 돌ᄎᆞ 앙통ᄒᆞ믈 이긔디 못ᄒᆞ여 ᄒᆞ더라.

1917)합연(溘然) : 갑작스럽게 죽음.
1918)유ㆍ아(乳ㆍ兒) : 유모와 아시비(兒侍婢)를 함께 이르는 말.
1919)돌ᄎᆞ(咄嗟) : 혀를 차며 탄식함.

라.

쇼제 침쇼의 도라오ᄆᆡ 공ᄌᆞ의 효우ᄅᆞᆯ 칭복ᄒᆞᆯ지언졍, 일호 부인을 원치 아니ᄒᆞ고 ᄉᆞᄉᆞ로 ᄉᆡᆼ각ᄒᆞᄃᆡ,

"ᄂᆡ 악졍ᄌᆞ츈(樂正子春)[1920]의 발을 상ᄒᆞ여 여러 달을 나지 아니ᄒᆞ던 고ᄉᆞᄅᆞᆯ 츄모ᄒᆞ여, 쳑연 탄식ᄒᆞ고 ᄉᆞᄉᆞ로 상쳐(傷處)의 당졔(當劑)[1921]와 냥약(良藥)을 구ᄒᆞ여 구호ᄒᆞ니 유랑과 시비 등이 쇼져ᄅᆞᆯ 두려 감히 진궁의 쇼식을 통【17】치 아니ᄒᆞ나, ᄌᆞ연 두로 인친지가(姻親之家)로 인연ᄒᆞ여 이런 쇼문이 진궁의 니ᄅᆞ니, 존당 부뫼 녀아의 젼졍을 우려ᄒᆞ고 근심ᄒᆞ나 ᄒᆞᆯ일업셔, 진궁과 명비 녀아의게 글월을 븟쳐 가지록 효슌 겸숀ᄒᆞ기ᄅᆞᆯ 경계ᄒᆞ니, 쇼제 부왕과 모비의 글월을 밧ᄌᆞ와 가연(可然)이[1922] ᄎᆞ탄ᄒᆞ고, 이의 글월노ᄡᅧ 답ᄒᆞ여 경계ᄒᆞ시믈 샤ᄒᆞ고 가지록 효슌ᄒᆞ믈 일삼으니, ᄉᆞ샤(事事)의 탄복ᄒᆞᆯ 비라. 후셰의 맛당이 불초ᄌᆞ의 계감이 되염즉 ᄒᆞ더라.

쇼제 공ᄌᆞ의 효우를 칭복ᄒᆞᆯ지언졍, 일호 부인을 원치 아니코, ᄉᆞᄉᆞ로 상쳐의 양약을 브쳐 구호ᄒᆞ고, 유랑 시비 등을 엄금ᄒᆞ여 진궁의 소식을 통치 아니나, ᄌᆞ연 두로 인친가로 인연ᄒᆞ야 이런 소문을 진궁의셔 듯고 죤당 부모 녀셔의 젼졍을 우려ᄒᆞ고 근심ᄒᆞ나 ᄒᆞᆯ일업서, 진왕 부뷔 녀ᄋᆞ의게 글을 ᄡᅵ쳐 가지록 효슌겸숀ᄒᆞ기를 경계ᄒᆞ니, 쇼【105】제 부모의 글월을 밧ᄌᆞ와 가연 ᄎᆞ탄ᄒᆞ고 답셔를 올녀 슈명비샤ᄒᆞ고 가지록 삼가더라.

이ᄯᅵᄂᆞᆫ ᄐᆡᄉᆞ의 옛 졍신이 완젼ᄒᆞ엿ᄂᆞᆫ지라. 자【18】긔 공연이 변심ᄒᆞ엿던 쥴 불승의아(不勝疑訝)ᄒᆞ고, 쇼져ᄅᆞᆯ 어엿비 너겨, 익일(翌日) 조조(早朝)의 ᄂᆡ각(內閣)의 드러와 좌우로 쇼져ᄅᆞᆯ 브ᄅᆞ니, ᄎᆞ시 쇼제 장체(杖處) ᄃᆡ단ᄒᆞ여 극히 알프니, 밤의 잠을 ᄌᆞ지 못ᄒᆞ고 ᄉᆡ도록 고통ᄒᆞ니, 일야간(一夜間)의 옥뫼(玉貌) 환탈(換奪)ᄒᆞ며 신음ᄒᆞ더니, 엄구의 쇼명을 니어 잠간 운환(雲鬟)을 ᄡᅳ리치고 의상을 졍돈ᄒᆞ여 나아가 비알(拜謁)ᄒᆞ니, ᄐᆡ시 밧비 눈을 드러 보니 쇼제 일월지ᄂᆡ(一月之內)의 셜뷔(雪膚) 환형(幻形)ᄒᆞ고 의용이 슈쳑(瘦瘠)

이ᄯᅵᄂᆞᆫ 태ᄉᆡ 녯 졍긔 완젼ᄒᆞ엿ᄂᆞᆫ디라. ᄌᆞ긔 공연이 변심ᄒᆞ연 줄 블승의아ᄒᆞ고 쇼져를 어엿비 넉여 익일 됴됴의 ᄂᆡ각의 드러와 좌우로 윤쇼져를 브ᄅᆞ니, ᄎᆞ시 쇼제 장체 ᄃᆡ단ᄒᆞ야 극히 알프니 밤의 잠을 자지 못ᄒᆞ고 ᄉᆡ도록 고통ᄒᆞ니 일야간 옥뫼 환탈ᄒᆞ야 신음ᄒᆞ더니, 엄구의 소명을 니어 잠간 운환을 ᄡᅳ리치고 의상을 졍돈ᄒᆞ야 좌하【106】의 비알ᄒᆞ니, 태시 눈을 드러 보니 쇼제 일월디ᄂᆡ의

1920)악졍ᄌᆞ츈(樂正子春) : 중국 노나라의 효자. 성(姓)은 악정(樂正), 이름은 자춘(子春). 증자(曾子)의 제자. 마루를 내려오다 발을 다치자, 부모로부터 온전하게 받은 몸을 순간의 방심으로 상하게 하여 효(孝)를 잃은 것을 반성하며, 여러 달 동안을 문밖을 나오지 않고 근신(謹愼)하였다. 『소학』<계고(稽古)>편에 나온다

1921)당졔(當劑) : 어떤 병에 딱 들어맞는 약. ≒당약(當藥).

1922)가연(可然)이 : 개연(慨然)히. 흔쾌(欣快)히. 주저 없이.

ᄒᆞ여 몰나보게 되엿ᄂᆞᆫ지라.

츄밀은 발셔 작일ᄉᆞ(昨日事)를 지긔ᄒᆞ【19】미 잇ᄂᆞᆫ 고로, 쇼져의 약질이 장흔(杖痕)이 즁ᄒᆞ믈 앗기고 경녀(驚慮)ᄒᆞ나, 아ᄂᆞᆫ 일이라 시로이 경동ᄒᆞ미 업ᄉᆞᄃᆡ, 틱시 경아ᄒᆞ여 밧비 평신ᄒᆞ믈 명ᄒᆞ나, 쇼제 신상의 누언(陋言)이 이시믈 참슈(慙羞)ᄒᆞ여 감히 승당치 못ᄒᆞ고, 당하(堂下)의셔 우러러 절ᄒᆞ고 청죄 왈,

"블초뷔(不肖婦) 비박누질(鄙薄陋質)노 셩문의 입승 슈년의, 셩회 쳔박ᄒᆞ와 구고롤 시봉ᄒᆞ오미, 능히 진가부(陳家婦)[1923]의 셩효롤 밋지 못ᄒᆞ고, ᄒᆡᆼ신(行身)의 비박(鄙薄)ᄒᆞ오미 신기(神祇)[1924]롤 쇼감(所感)[1925]치 못ᄒᆞ와, 신상의 춰루(醜陋)ᄒᆞᆫ 악명을 시러 오히려 신셜치 못ᄒᆞ엿습거놀,【20】비록 구고의 은덕이 바다 갓흐샤 블초의 관영지죄(貫盈之罪)[1926]롤 샤(赦)ᄒᆞ시고, 슬하의 무휼(撫恤)ᄒᆞ시미 녜 갓흐시나, 쇼뷔 ᄯᅩᄒᆞᆫ 가엄의 교훈을 밧ᄌᆞ와 념우(廉隅)[1927]롤 져기 찰히오니, 역유인심(亦有人心)이라. 엇지 ᄌᆞ괴(自愧) 블안치 아니ᄒᆞ오며, 셜ᄉᆞ 안면이 둣겁ᄉᆞ오나 하면목(何面目)으로 닙어텬일지하(立於天日之下)하와, 엇지 감히 승당ᄒᆞ여 존구(尊舅) 좌하(座下)롤 더러이리잇고?"

셜파의 참황슈괴(慙惶羞愧)ᄒᆞ여 감히 낫출 드지 못ᄒᆞ니, 초췌ᄒᆞᆫ 용이 더욱 절뉸(絶倫)ᄒᆞ여 금분(金盆)의 월계(月桂) 이슬의 져졋ᄂᆞᆫ 돗, 옥셜(玉雪)의 홍광이 춰지(聚之)ᄒᆞ【21】니, 구술 봉오리의 진홍(眞紅)이 졈친 돗, 근심ᄒᆞᄂᆞᆫ 아미와 븟그리ᄂᆞᆫ 틱되 볼ᄉᆞ록 절승ᄒᆞ니, 츄밀이 참지 못ᄒᆞ여 졍식 고왈,

1923)진가부(陳家婦) : 진효부(陳孝婦). 한(漢)나라 때 진현(陳縣)의 효부. 남편이 변방에 수자리 살러 나가 죽자, 남편과의 약속을 지켜 일생 개가(改嫁)하지 않고 시어머니를 성효로 섬겼다. 『소학』<제6 선행편>에 나온다.

1924)신기(神祇) ; 천신지기(天神地祇). 천신과 지기를 아울러 이르는 말. 곧 하늘의 신령과 땅의 신령을 이른다.

1925)쇼감(所感) : 감동케 함.

1926)관영지죄(貫盈之罪) : 가득 찬 죄.

1927)념우(廉隅) : ①체면을 차릴 줄 알며 부끄러움을 아는 마음.=염치. ②품행이 바르고 절개가 굳음.

셜뷔 슈쳑ᄒᆞ야 몰나보게 되엿ᄂᆞᆫ지라.

츄밀은 발셔 작일ᄉᆞ를 지긔ᄒᆞ미 잇ᄂᆞᆫ 고로 쇼져의 약질의 장흔이 듕ᄒᆞ믈 경녀ᄒᆞ야 근심ᄒᆞ나, 빅수의 블현ᄒᆞ믈 아ᄂᆞᆫ지라 시로이 경동ᄒᆞ미 업ᄉᆞᄃᆡ, 태시 경아ᄒᆞ야 밧비 평신ᄒᆞ믈 명ᄒᆞ나 쇼제 신상의 누얼을 참슈ᄒᆞ야 감히 승당치 못ᄒᆞ고 쳥죄 왈,

"블쵸부 신상의 춰루ᄒᆞᆫ 악명을 시러 오히려 신셜치 못ᄒᆞ엿습거놀 비록 구【107】고의 은덕이 바다 ᄀᆞᄐᆞ샤 블쵸의 관영디죄를 샤ᄒᆞ시고 슬하의 무휼ᄒᆞ시미 녯 ᄀᆞᆺᄒᆞ시나, ᄋᆞ히 ᄯᅩᄒᆞᆫ 가엄의 교훈을 밧ᄌᆞ와 념치를 져기 찰히오니 엇디 ᄌᆞ괴블안치 아니ᄒᆞ오며, ᄎᆞ마 누누ᄒᆞᆫ ᄌᆞ최로 슉미의 ᄌᆞ칰를 더러리잇고?"

셜파의 근심ᄒᆞᄂᆞᆫ 아미와 븟그리ᄂᆞᆫ 틱되 볼ᄉᆞ록 절승ᄒᆞ니,

츄밀이 ᄎᆞᆷ디 못ᄒᆞ야 졍식고 태ᄉᆞ긔 고왈,

"쇼뎨 감히 형장의 가졔(家齊)를 명찰치 못ᄒᆞ여, 존슈(尊嫂)의 과단(果斷)ᄒᆞ시믈 시비ᄒᆞ미 아니라, 형장이 아득히 아지 못ᄒᆞ시믈 보오미, 엇지 한갓 혐의(嫌疑)의 구ᄋᆡᄒᆞ여 함구ᄒᆞ믄, 도로혀 동긔의 졍이 아니라. 이러므로 존슈긔 득죄ᄒᆞᆯ 쥴 모로미 아니로ᄃᆡ, 스ᄉᆞ로 우직(愚直)ᄒᆞ믈 피치 못ᄒᆞᄂᆞ이다."

셜파(의) ᄌᆞ긔 부인을 도라보와 문시를 브ᄅᆞ라 ᄒᆞ여, 【22】 면젼(面前)의 니ᄅᆞ미, 츄밀이 긔위(氣威) 엄졍ᄒᆞ여 문시를 쑤니고, 힝ᄉᆞ의 교밀(巧密)ᄒᆞ믈 칙ᄒᆞ고, 또 거일(去日)의 윤시의 업슨 말을 가져 최부인긔 고ᄒᆞ여, 윤시 무죄히 틱지(笞之)ᄒᆞᄂᆞᆫ 디경(地境)의 니ᄅᆞ게 ᄒᆞ믈 ᄃᆡ칙(大策)ᄒᆞ여 왈,

"시쇽 녀ᄌᆡ 혹ᄌᆞ 투긔로 비로ᄉᆞ 젹인을 모히ᄒᆞ믄 왕왕ᄒᆞ거니와, 엇지 제ᄉᆞ지간(娣姒之間)[1928]의 상히(傷害) ᄒᆞᄂᆞ니 이시리오. 이ᄂᆞᆫ 만고요음찰녜(萬古妖淫剎女)니, 너를 가ᄂᆡ의 머므른 즉, 윤질뷔 맛춤ᄂᆡ 평안치 못ᄒᆞᆯ 거시오, 슈슈(嫂嫂)의 실덕을 도와 ᄂᆡ 가ᄂᆡ(家內)를 크게 숄난ᄒᆞ고 양시를 또 고이 두지 【23】아니ᄒᆞ리니, 네 오문의 입승 ᄉᆞ오년의 비록 드러난 허물이 업ᄉᆞ나, 요악 간ᄉᆞᄒᆞᆫ 죄 크니 엇지 가ᄂᆡ의 용납ᄒᆞ리오. 모로미 쎌니 도라가 다시 녀힝을 슈련ᄒᆞ여, 만일 회과칙션(悔過責善)ᄒᆞ미 이시면, 우리 ᄯᅩᄒᆞᆫ 무고히 하싱[ᄉᆞᆼ]지원(夏霜之怨)[1929]을 끼치지 아니ᄒᆞ리니, 당당이 불너 드리와 슬하지졍(膝下之情)을 완젼ᄒᆞ려니와, 블연즉 다시 용납지 아니리라."

셜파의 좌우를 지촉ᄒᆞ여 문시를 쎌니 도라 보ᄂᆡ라 ᄒᆞ니, 문시 ᄃᆡ참 ᄃᆡ황ᄒᆞ여 ᄋᆡ미ᄒᆞ믈 발명ᄒᆞ고, 츌화(黜禍) 만나믈 원앙(怨怏)ᄒᆞ【24】여라 브ᄅᆞ지ᄌᆞ니, 범부인이 졍식 왈,

"부ᄌᆡ(夫子) 임의 곡졀을 아라 게시미 명빅ᄒᆞ시니, 너ᄂᆞᆫ 너모 호란(胡亂)이 구러 ᄌᆡ하지도(在下之道)의 픠만(悖慢)ᄒᆞᆫ 거조를 닐우

1928)제ᄉᆞ지간(娣姒之間) : 형제의 아내 가운데 손아래 동서와 손위 동서의 사이.

1929)하상디원(夏霜之怨) : 여름에 서리가 내릴 만큼의 큰 원한. *여자가 한을 품으면 오뉴월에도 서리가 내린다.

"쇼뎨 감히 형장의 가제를 츙단ᄒᆞ야 존수의 과단ᄒᆞ시믈 시비ᄒᆞ미 아니라, 형댱이 아득히 아디 못【108】ᄒᆞ시믈 보오미 엇디 함구ᄒᆞ여 동긔의 졍을 도라보디 아니리잇고? 이러므로 존수긔 득죄ᄒᆞ나 스ᄉᆞ로 우직ᄒᆞ믈 피치 못ᄒᆞᄂᆞ니다."

셜파의 문시를 블너 면젼의 쑤니고 힝ᄉᆞ의 교밀ᄒᆞ믈 칙ᄒᆞ고, 또 거일 윤시의 조언을 가져 최부인긔 고ᄒᆞ여 윤시 무죄히 틱지ᄒᆞᄂᆞᆫ 경계 니ᄅᆞ게 ᄒᆞ믈 ᄃᆡ칙 왈,

"시쇽녀ᄌᆡ 혹ᄌᆞ 투긔로 비로서 젹인을 모히ᄒᆞ믄 왕왕ᄒᆞ거니와 엇디 제ᄉᆞ간의 상히ᄒᆞᄂᆞ 니 잇시리오? 이ᄂᆞᆫ 만고 요음츌녀니 만일 가ᄂᆡ【109】의 머므른즉 윤질뷔 맛춤ᄂᆡ 평안치 못ᄒᆞᆯ 거시오, 수수의 실덕을 도아 부ᄂᆡ를 슈란ᄒᆞ고 양시를 고이 두지 아니리니, 오가 입승 ᄉᆞ오 년의 요악간ᄉᆞᄒᆞᆫ 죄 크니 엇디 가ᄂᆡ의 용납ᄒᆞ리오? 모ᄅᆞ미 쎌니 도라가 다시 녀힝을 슈련ᄒᆞ야 만일 회과칙션ᄒᆞ미 이시면 우리 ᄯᅩᄒᆞᆫ 무고히 하상지원을 끼치디 아니려니와, 블연즉 다시 용납디 아니리라."

셜파의 좌우를 지촉ᄒᆞ야 문시를 쎌니 보ᄂᆡ라 ᄒᆞ고, 문시 ᄃᆞ리고 온 시녀를 다 모라 문시【110】를 좃게 ᄒᆞ고, 일봉셔를 닷가 문시의 죄를 긔록ᄒᆞ야 문공의게 보ᄂᆡ니라.

지 말나. 아직 도라갓다가 아지(兒子) 도라오고 양식뷔 분산(分産)ᄒᆞᆫ 후, 우리 ᄉᆡᆼ각ᄒᆞ여 션쳐ᄒᆞ믈 기다리라."

언파의 ᄃᆡ답을 기다리지 아니ᄒᆞ고, 좌우로 교부ᄅᆞᆯ 지촉ᄒᆞ여 문시의 다리고 온 시녀ᄅᆞᆯ 다 모라 문 밧그로 ᄂᆡ치며, 츄밀이 일봉셔(一封書)ᄅᆞᆯ 닷가 문시의 죄과ᄅᆞᆯ 일일히 긔록ᄒᆞ여 문공의게 보ᄂᆡ니라.

ᄃᆡ강 츄밀과 범부인【25】이 ᄌᆞ상 명철ᄒᆞ믄 범인의 비길 ᄇᆡ 아니라. 당초븟터 문시 어지지 못ᄒᆞ여 양시 ᄒᆡ코져 ᄒᆞᄂᆞᆫ 심용(心用)을 ᄇᆞᆰ이 아니, 본ᄃᆡ 관인 후덕ᄒᆞᆫ 고로 년쇼녀ᄌᆞ(年少女子)의 투긔의 비로ᄉᆞ미라 ᄒᆞ여 각별 허물치 아니ᄒᆞ고, 다만 양쇼져ᄅᆞᆯ 지극히 보호ᄒᆞ여 그 변을 방비(防備)ᄒᆞ더니, 작일(昨日)의 문시 윤쇼져 침소의 가셔 그 시녀비(侍女輩)로 결우고, 견ᄑᆡ(見敗)ᄒᆞ미 븟그려 최부인긔 참쇼(讒疏)ᄒᆞ여 윤쇼져ᄅᆞᆯ 최부인이 잡아다가 즁ᄐᆡ(重笞)ᄒᆞ믈, 한님의 유모 셜향이 ᄉᆞ긔ᄅᆞᆯ 아라다가 범부인긔 고ᄒᆞ니, 드ᄃᆡ여 알오【26】미 되엿더라.

문시 구고의 허다 ᄎᆡᆨ교ᄅᆞᆯ 밧ᄌᆞ오미 져ᄂᆞᆫ 짐작ᄒᆞ미 귀신도 모로리라 ᄒᆞ던 악ᄉᆞᄅᆞᆯ 구괴 알고, 졀졀이 경계ᄒᆞ여 후일을 니ᄅᆞ고, 도라가기ᄅᆞᆯ 지촉ᄒᆞ니, 일신이 도시 담이나 장ᄎᆞᆺ 무어시라 ᄒᆞ리오. 일언을 ᄀᆡ구치 못ᄒᆞ고 울며 도라가니, 츄밀이 오히려 그 혼셔ᄂᆞᆫ ᄎᆞᆺ지 아니ᄒᆞ며, 그 잇던 당을 긴긴히 봉(封)ᄒᆞ여 후일 ᄀᆡ심슈덕(改心修德)ᄒᆞ면 다시 슬하의 용납ᄒᆞ려 ᄒᆞ더라.

ᄎᆞ시 최부인이 무안(無顔)ᄒᆞ미 극ᄒᆞ나, 오히려 담ᄃᆡᄒᆞ며 지뫼 능히 그ᄅᆞᆫ 거ᄉᆞᆯ ᄭᅮ미ᄂᆞᆫ 고【27】로 ᄉᆞ식이 타연 ᄌᆞ약ᄒᆞ니, 츄밀부뷔 심하의 더욱 환(患)되이 너기더라.

ᄐᆡ시 좌간 경ᄉᆡᆨ을 보미 바야흐로 쇼져 ᄐᆡ장(笞杖)ᄒᆞᆫ 쇼유와, 젼일 문시의 작ᄉᆞ로 부인을 격동ᄒᆞ여 ᄌᆞ긔 이목을 놀ᄂᆡ며, 윤시 누명을 ᄡᅴ쳣던가 놀ᄂᆞ고 ᄎᆞ악(嗟愕)ᄒᆞ니, 엇지 이 가온ᄃᆡ 부인의 요ᄉᆞ(妖邪) 악ᄒᆡᆼ이 잇ᄂᆞᆫ 쥴 알니오.

한 ᄭᅳᆺ출 알오ᄃᆡ 능히 쾌각(快覺)지 못ᄒᆞ니,

문시 구고의 허다 ᄎᆡᆨ교을 듯ᄌᆞ오미 일신이 도시 담이나 당ᄎᆞ 무어시라 발명ᄒᆞ리오. 일언을 못ᄒᆞ고 울며 도라가니, 츄밀이 오히려 혼셔ᄂᆞᆫ 찻디 아니ᄒᆞ며 그 잇던 당을 봉ᄒᆞ여 후일 ᄀᆡ심슈덕ᄒᆞ면 다시 슬하의 용납ᄒᆞ려 ᄒᆞ더라.

ᄎᆞ시 최부인이 무안ᄒᆞ미 극ᄒᆞ나 오히려 담ᄃᆡᄒᆞ며 지뫼 능히 그ᄅᆞᆫ 거ᄉᆞᆯ ᄭᅮ미ᄂᆞᆫ 고로 ᄉᆞ식이 타연ᄒᆞ니, 츄밀【111】이 더욱 환도이 넉이더라.

ᄐᆡ시 좌간 경ᄉᆡᆨ을 보미 ᄇᆞ야흐로 윤시의 ᄐᆡ장ᄒᆞᆫ 쇼유와 젼일 문시의 작ᄉᆞ로 부인을 격동ᄒᆞ여 ᄌᆞ긔 이목을 놀ᄂᆡ여 윤시 누명을 ᄡᅴ쳣던가 놀나고 ᄎᆞ악ᄒᆞ나 엇디 이 가온ᄃᆡ 부인의 요음 ᄒᆡᆼ악이 잇ᄂᆞᆫ 줄 알이오.

ᄒᆞᆫ ᄭᅳᆺ출 알오ᄃᆡ 능히 쾌각지 못ᄒᆞ니, 희

희(噫)라! 이 엇지 한갓 공의 블명(不明)ᄒᆞ미리오. 도시 엄한님 부부의 운익(運厄)이 긔구ᄒᆞᆫ 연괴더라.

ᄐᆡ시 시녀ᄅᆞᆯ 명ᄒᆞ여 윤쇼져ᄅᆞᆯ 븟드러 올니라 ᄒᆞ여【28】 슬하의 좌ᄅᆞᆯ 쥬고, ᄉᆡ로이 연ᄋᆡ(憐愛)ᄒᆞ며 문시 공연이 제ᄉᆞ지간(娣姒之間)의 ᄒᆡ인(害人)ᄒᆞᄂᆞᆫ 심용(心用)을 ᄭᅮ짓고, 부인의 불명ᄒᆞᆷ을 노(怒)ᄒᆞ여 ᄃᆡ칙 왈,

"비록 간인의 참언(讒言)을 신쳥(信聽)ᄒᆞᆫ들 참아 엇지 아부(兒婦)의 약질을 괴롭게 ᄒᆞᄂᆞ뇨? ᄒᆞ믈며 무죄ᄒᆞ미 빙옥갓ᄒᆞ미리오. 현데 문시 쳐○[치]ᄒᆞᆷ을 보니, 우형이 스ᄉᆞ로 참괴ᄒᆞ고, 부인의 방ᄌᆞᄒᆞ미 엇지 '암닭이 시비[1930] 우러 지화(災禍)ᄅᆞᆯ 지으미 아니리오."

부인이 심하의 츄밀 부부ᄅᆞᆯ ᄲᅮ고져 ᄒᆞ나, 면강(勉强)[1931]ᄒᆞ여 잠간 참슈(慙羞)ᄒᆞᆫ 빗촐 지어 칭ᄉᆞ 왈,

"쳡이 과급불통(過及不通)【29】ᄒᆞ여 불평ᄒᆞᆫ 말을 드ᄅᆞ면 참지 못ᄒᆞ여 식부ᄅᆞᆯ 괴롭게 ᄒᆞ니 이제 문시의 셜화ᄅᆞᆯ 드러 쳡이 역 시 ᄭᆡ다ᄅᆞ니 스ᄉᆞ로 암ᄆᆡᄒᆞᆷ을 붓그리ᄂᆞ이다."

ᄐᆡᄉᆞᄂᆞᆫ 진실노 그런가 너겨 이후나 아부ᄅᆞᆯ 괴로이 구지 말나 ᄒᆞ고, 츄밀 부부ᄂᆞᆫ 최부인 힝시 가지록 ᄉᆞ휼(詐譎)ᄒᆞᆷ을 골돌ᄒᆞ며, ᄐᆡ시 쇼활(疎闊)ᄒᆞ기로 맛ᄎᆞᆷᄂᆡ 가변이 씃지 아닐 쥴 짐작ᄒᆞ고, 한님 부부ᄅᆞᆯ 위ᄒᆞ여 일시도 념녀ᄅᆞᆯ 방하(放下)치 못ᄒᆞ더라.

ᄐᆡ시 곤계 쇼져ᄅᆞᆯ 명ᄒᆞ여 ᄉᆞ실노 가 조리ᄒᆞᆷ을 명ᄒᆞ니 쇼제 슈명ᄒᆞ여 침【30】쇼의 도라와 문시 츌화 바ᄃᆞᆷ을 가장 블안ᄒᆞ여 ᄒᆞ더라.

시시의 문시 본부의 도라오니 부모 동긔 그 초초ᄒᆞᆫ 경식을 보고 놀나며 연고ᄅᆞᆯ 모ᄅᆞᆫᄃᆡ 문시 유유히 ᄃᆡ치 아니ᄒᆞ더니, 엄부 노지 츄밀의 셔간을 드리니 문공이 ᄣᅦ혀보니 갈와시ᄃᆡ

"문시의 허다 과악을 긔록ᄒᆞ여시니 쳐음은 몬져 젹인을 ᄒᆡ코져 ᄒᆞ미 거즛 친ᄒᆞᆷ을 낫호고 ᄌᆞ로 왕ᄂᆡᄒᆞ다가 궤계(詭計)로 양쇼져ᄅᆞᆯ

1930)시비 : 새벽.
1931)면강(勉强) : 억지로 하거나 시킴.

라! 이 엇디 ᄒᆞᆫᄀᆞᆺ 공의 불명ᄒᆞ미리오. 도시 엄한님 부부의 운익이 긔구ᄒᆞ미러라.

ᄐᆡ시 시녀를 명ᄒᆞ야 윤시를 븟드러 올녀 슬하【112】의 좌를 주고 위로ᄒᆞ며 ᄉᆡ로이 년ᄋᆡᄒᆞ고, 부인을 ᄃᆡ칙ᄒᆞ니,

부인이 심하의 츄밀 부부를 ᄲᅮ고져 ᄒᆞ나 면강ᄒᆞ야,

"조급 암ᄆᆡᄒᆞ야 문시의 말을 고지 드러 식부를 괴롭개 ᄒᆞᆷ을 붓그리ᄂᆞ이다."

ᄐᆡᄉᆞᄂᆞᆫ 진실노 그런가 ᄒᆞ야 이후나 ᄋᆞ부를 괴롭게 말나 ᄒᆞ고, 츄밀부부ᄂᆞᆫ 최부인 힝시 가지록 샤휼ᄒᆞᆷ을 골돌ᄒᆞ며, ᄐᆡ시 소활ᄒᆞ기로 맛ᄎᆞᆷᄂᆡ 가변이 《곳거∥씃지》 아닐 줄 짐족ᄒᆞ고, 한님 부부를 위ᄒᆞ야 근심ᄒᆞ더라.

태ᄉᆞ 곤계 윤시를 명【113】ᄒᆞ야 ᄉᆞ실노 가라 ᄒᆞ니, 쇼제 슈명ᄒᆞ야 침소의 도라와 문시의 츌화 바ᄃᆞᆷ을 블안ᄒᆞ여 ᄒᆞ더라.

시시의 문시 본부의 도라오니 부뫼 놀나 연고를 무ᄅᆞ나, 문시 오히려 ᄃᆡ치 아니터니, 엄부 노지 츄밀의 셔간을 드리니, 문공이 개간ᄒᆞ미, ᄀᆞᆯ와시ᄃᆡ,

"문시의 허다 과악을 긔록ᄒᆞ엿고, 져근 일노 큰 일을 비ᄌᆞ며, 비ᄌᆞ를 쳐결ᄒᆞ여 장ᄎᆞ ᄃᆡ화를 비즐 당본이라. 시러금 가ᄂᆡ의 용납디 못ᄒᆞ여 도라 보ᄂᆡᄂᆞ니, 현형【114】은 쇼뎨의 박ᄒᆞᆷ을 칙디 말고 녕녀를 경계ᄒᆞ여 기심

속여 그 〈물을 도적ᄒᆞ미오 둘지는 사름을 니간ᄒᆞ여 젹은 일노 큰 일을 비ᄌᆞ며 요악ᄒᆞᆫ 비【31】비(婢輩)를 쳐결ᄒᆞ여 가간ᄃᆡ화(家間大禍)를 장ᄎᆞᆺ 비줄 장본이라. 시러곰 가ᄂᆡ의 용납지 못ᄒᆞ여 도라보ᄂᆡᄂᆞ니, 형은 쇼뎨의 박ᄒᆞᆷ을 칙지 말고 녕녀를 경계ᄒᆞ여 ᄀᆡ심 슈덕케 ᄒᆞ라. 쇼뎨 당당이 져바리지 아냐 다시 슬하의 용납ᄒᆞ리라."

ᄒᆞ엿더라.

문공은 츙박(忠朴)ᄒᆞᆫ 장뷔라 ᄎᆞ셔(此書)를 보고 녀아의 간악 요ᄉᆞᄒᆞᆷ을 ᄃᆡ로ᄒᆞ여 회셔(回書)의 만만 ᄉᆞ죄ᄒᆞ고 녀아를 ᄃᆡ칙ᄒᆞ여 안젼의 용납지 아니ᄒᆞ고, 쇼당의 깁히 가도와 회과ᄌᆞ칙(悔過自責)지 아닌 젼은 결단코 슬하의 용납지 아니리라 ᄒᆞ【32】니, 문시 본ᄃᆡ 부친을 두리는 고로 울며 쇼당의 갓치이니, 문공이 또 익셤을 즁형을 더어 부즁의 두지 아니코 먼니 ᄂᆡ치니, 셤이 인ᄒᆞ여 원방의 나려가 다시 경ᄉᆞ의 ᄌᆞ최를 드ᄃᆡ지 못ᄒᆞ니라.

문공이 강직ᄒᆞ여 녀아를 오릐 샤(赦)치 아니ᄒᆞ고 엄츄밀이 문공의 위인이 박실ᄒᆞᆷ은 아는 고로, 식부를 오릐 바려두어 ᄎᆞᆺ지 아니ᄒᆞ니, 문시 능히 다시 엄부의 와 최부인의 악ᄉᆞ를 참예치 아니ᄒᆞ니, 나종의 모든 악시 발각ᄒᆞ나 문시는 무ᄉᆞᄒᆞ미 되고, 양쇼졔 다시 화의 【33】걸니미 업ᄉᆞ며, 문시 나종의 회과ᄌᆞ칙ᄒᆞ여 다시 도라와 엄학ᄉᆞ의 원앙치(鴛鴦債)[1932]를 니어, 부뷔 화락ᄒᆞ니 금번 츌쇄(黜禍) 엇지 도로혀 문시의 복이 아니며 양쇼져의 장원(壯元)ᄒᆞᆫ 복녹이 스ᄉᆞ로 지익을 물니치미 아니리오.

최부인이 문시 노쥬를 일흐미 우익을 썻것는지라[1933], ᄐᆡᄉᆞ의 총명이 완젼ᄒᆞᆷ을 보미 츄밀을 원망ᄒᆞ여 졀치 부심ᄒᆞ나 능히 홀일업고, 후셥은 한번 간 후 쇼식이 아으라 ᄒᆞ니, 후셥의 계귀(計規)[1934] 숄이(率爾)ᄒᆞ여[1935]

슈덕게 ᄒᆞ라. 쇼뎨 당당이 져ᄇᆞ리디 아냐 다시 슬하의 용납ᄒᆞ리라."

ᄒᆞ엿더라.

문공은《츅박‖츙박》ᄒᆞᆫ 군ᄌᆞ라. 녀ᄋᆞ의 간악ᄒᆞᆷ을 대노ᄒᆞ여 회셔의 만만 ᄉᆞ죄ᄒᆞ고 녀ᄋᆞ를 ᄃᆡ칙ᄒᆞ야 안젼의 용납디 아니코 소당의 가도와 회과ᄌᆞ칙디 아닌 젼은 슬하의 용납디 아니리라 ᄒᆞ니, 문시 본ᄃᆡ 부친을 두리는 고로 감히 ᄒᆞᆫ 말을 못ᄒᆞ고 울며 소당의 갓치이니, 문공이 또 익셤을 듕형을 더【115】어 먼니 ᄂᆡ치니, 익셤이 인ᄒᆞ여 원방의 ᄂᆞ려가 다시 경ᄉᆞ의 ᄌᆞ최를 드ᄃᆡ지 못ᄒᆞ게 ᄒᆞ니라.

문시 능히 다시 최부인 악ᄉᆞ를 참녜치 아니 ᄒᆞ미 모든 악시 발각ᄒᆞ나, 문시는 무ᄉᆞᄒᆞ미 잇고, 양시 다시 화의 걸니미 업ᄉᆞ며, 문시 나죵의 회과ᄒᆞ야 다시 도라와 엄혹ᄉᆞ의 원앙치를 니어 부뷔 화락ᄒᆞ니, 금번 츌쇄 엇디 문시의 복이 아니리오.

최부인이 문시 노쥬를 일흐미 우익을 썩거는지라. 태ᄉᆞ의 총명이 완젼ᄒᆞᆷ을 보미 츄밀을 원망【116】ᄒᆞ며

1932)원앙치(鴛鴦債) : 금실 좋은 부부로 살아가도록 전세로부터 맺어진 인연.

1933)썻거다 : 꺾다. *썻것다 : 꺾었다. 여기서는 '꺾였다'의 뜻으로 쓰였다.

1934)계귀(計規) : 방법. 꾀.

1935)숄이(率爾)ᄒᆞ다 : 말이나 행동이 신중하지

신계랑의 죽으믈 본바든가, 그리 큰 말을 【34】ᄒᆞ고 가더니 한님을 죽이지 못ᄒᆞᄆᆡ, ᄆᆡ셔 보기ᄅᆞᆯ 붓그려 먼니 다라난가, 의황난측(意況難測)[1936]ᄒᆞ니, 문시 도라간 후ᄂᆞᆫ 예긔 잠간 최찰ᄒᆞ여[1937], 호심낭슐(虎心狼術)[1938]을 젹이 가다듬고 톱[1939]을 감초와, 냥ᄀᆡ 간비로 더부러 밀밀이 의논ᄒᆞ며, 셰셰히 도모ᄒᆞ여 니ᄅᆞᆫᄃᆡ,

"츄밀이 가ᄂᆡ의 이신 젹은 가히 ᄃᆡᄉᆞᄅᆞᆯ 닐우지 못ᄒᆞ리니, ᄂᆡ 요ᄉᆞ이 그윽이 계규ᄒᆞᄂᆞᆫ ᄇᆡ 츄밀을 부즁의 업시ᄒᆞᆫ 후, ᄃᆡᄉᆞᄅᆞᆯ 도모ᄒᆞ려 ᄒᆞ나, 이 ᄉᆞ이 문시 도라가고 후셥의 쇼식이 업ᄉᆞ니, 심ᄉᆡ 두로 어ᄌᆞ러워 능히 조흔 모칙(謀策)을 【35】ᄉᆡᆼ각지 못ᄒᆞᄂᆞ니, 여등은 각별 냥칙(良策)을 혜아려 나의 흉금의 막막ᄒᆞᆫ 거ᄉᆞᆯ 위로ᄒᆞ라."

냥비ᄌᆡ(兩婢子) 일시의 ᄃᆡᄒᆞ여 갈오ᄃᆡ,

"비ᄌᆞ 등이 ᄯᅩ 엇지 부인과 공ᄌᆞᄅᆞᆯ 위ᄒᆞᆫ 졍셩이 범연(泛然)ᄒᆞ리잇고만은, ᄆᆡ양 신고히 계규ᄅᆞᆯ 닐우노라 ᄒᆞ나, 하ᄂᆞᆯ이 돕지 아녀 젼후의 한 일도 셩ᄉᆞ(成事)치 못ᄒᆞ고, 부졀업ᄂᆞᆫ 심녁만 허비ᄒᆞ여, 후셥이 한님 상공을 ᄯᆞ론 반년의 쇼식이 업ᄉᆞ니 엇지 괴이치 아니리잇고? 비ᄌᆞ 등이 ᄯᅩᄒᆞᆫ 각별 냥칙을 들이고져 ᄒᆞ오나, 진실노 츄밀노야의 신명ᄒᆞ시【36】믈 두려ᄒᆞ옵ᄂᆞ니, 츄밀노얘 계신 젼은 능히 모계(謀計)ᄅᆞᆯ ᄉᆡᆼ각지 못ᄒᆞ리로쇼이다. 부인은 아직 잉분(忍忿)ᄒᆞ샤 잠간 일월을 쳔연(遷延)ᄒᆞ여 셰셰히 긔모(奇謀)ᄅᆞᆯ 쓰시고 후셥의 도라오기ᄅᆞᆯ 기다려 힝계ᄒᆞ시미 늣지 아니ᄒᆞ니이다."

부인이 냥비의 말이 과연ᄒᆞ고 츄밀과 범부인의 총명(聰明) ᄌᆞ상(自喪)ᄒᆞ믈 한(恨)ᄒᆞ더

냥개 간비로 더브러 의논 왈,

"츄밀이 가ᄂᆡ의 이신즉, ᄃᆡᄉᆞ를 일우기 어려우니, 츄밀을 부듕의 업시ᄒᆞᆫ 후 ᄃᆡᄉᆞ를 도모ᄒᆞ려니와, 후셥이 간 후 소식이 업ᄉᆞ니 심ᄉᆡ 두로 어ᄌᆞ러워 능히 모칙을 ᄉᆡᆼ각지 못ᄒᆞᄂᆞ니, 여등은 각별 냥칙을 ᄉᆡᆼ각ᄒᆞ야 나의 흉금을 싀원케 ᄒᆞ라."

냥비 ᄃᆡ왈,

"비ᄌᆞ 등이 엇디 부인과 공ᄌᆞ를 위ᄒᆞᆫ 졍셩이 범연ᄒᆞ리잇고 마ᄂᆞᆫ ᄆᆞ양 계교를 일우로라 ᄒᆞ나, ᄒᆞᆫ 일도 셩ᄉᆞ치 못ᄒᆞ고 부졀업ᄉᆞᆫ【117】심녁만 허비ᄒᆞ니, 츄밀노야 겨신 후ᄂᆞᆫ 모계를 ᄉᆡᆼ의치 못ᄒᆞ리로소이다. 부인은 아즉 잉분ᄒᆞ샤 후셥이 오기를 기ᄃᆞ려 다시 힝계ᄒᆞᄉᆞ이다."

ᄒᆞ더라.

못하고 가볍다

1936)의황난측(意況難測) : 일의 사정과 형편을 알 수 없음. *의황(意況) : 의욕과 경황을 아울러 이르는 말. ≒정황(情況).

1937)최찰ᄒᆞ다 : 어떤 일에 대한 의지나 기운이 꺾이다. ≒최절(摧折)하다. 최좌(摧挫)하다. 좌절(挫折)하다.

1938)호심낭슐(虎心狼術) : 호랑이와 늑대의 사납고 음흉한 심보.

1939)톱 : 발톱.

라.

ᄎᆞ시 양쇼제 잉ᄐᆡ 만월ᄒᆞ여 십이 삭만의 슌산ᄉᆡᆼᄌᆞ(順産生子)ᄒᆞ니 ᄒᆡᄋᆡ(孩兒) 부풍모습(父風母襲)[1940]ᄒᆞ여 크게 영형슈발(英形秀拔)[1941]ᄒᆞ니, 츄밀 부뷔 ᄃᆡ희과망(大喜過望)ᄒᆞ여 일칠(一七)[1942]이 지나ᄆᆡ 쇼제 신긔(神氣) 여【37】상(如常)ᄒᆞ니 더욱 깃거ᄒᆞ더라.

ᄎᆞ시 시랑 운은 부인 한시긔 발셔 양ᄌᆡ(兩子) 잇셔 옥슈닌벽(玉樹麟璧)[1943] 갓흐니, 츄밀 부뷔 진숀(眞孫)[1944]이 셰히오, 냥녀 조시부와 윤실이 다 ᄉᆡᆼ산ᄒᆞ여 조부인은 일ᄌᆞ 일녀오 윤부인은 일ᄌᆡ니, ᄂᆡ외숀이 뉵인이오, ᄐᆡᄉᆞ 부부ᄂᆞᆫ 장녀 녀부인이 냥ᄌᆞ 일녀오, ᄎᆞ녀 화부인은 삼ᄌᆞᄅᆞᆯ 두잇[엇]고, 필녀(畢女) 셕ᄉᆡᆼ 쳐ᄂᆞᆫ 나히 어려 밋쳐 ᄉᆡᆼ산치 못ᄒᆞ여시나, 졔ᄋᆡ 다 외숀(外孫)이라. 져의 친가의 잇셔 잇다감 모시(母氏)ᄅᆞᆯ ᄯᆞᆯ와 왕ᄂᆡᄒᆞᆯ 뿐이라.

최부인이 아ᄌᆡ 어려시믈 근【38】심ᄒᆞᆯ지언졍 한님 부부의 샤ᄌᆡ(嗣子) 업ᄉᆞ믄 조곰도 ᄉᆡᆼ각지 아니ᄒᆞᄃᆡ, 홀노 ᄐᆡᄉᆡ 츄밀의 남숀을 슬상의 빵빵이 가ᄎᆞᄒᆞ믈 불워, ᄆᆡ양 한님 부뷔 나히 어려 슈히 ᄉᆡᆼ산치 못ᄒᆞ믈 ᄋᆡ달와ᄒᆞ니, 최부인이 심니의 ᄌᆞ긔지심(自己之心)과 갓지 아니믈 ᄂᆡᆼ쇼ᄒᆞ더라.

일월이 여류(如流)ᄒᆞ여 시셰(時歲) 초동(初冬)의 니ᄅᆞ니, 엄한님 곤계 도라오ᄂᆞᆫ 션셩(先聲)이 국도(國都)의 니ᄅᆞ니, 우흐로 텬ᄌᆡ 냥인의 ᄌᆡ모 풍신을 쥬야 ᄉᆞ렴(思念)ᄒᆞ시다가 그 환경(還京)ᄒᆞ미 갓가오믈 깃그시며, 아ᄅᆡ로 부슉 형뎨 군종의 【39】깃거ᄒᆞ믄 측냥 업ᄉᆞᄃᆡ, 홀노 최부인이 영교 ᄆᆡ션으로 더부러 경악(驚愕)ᄒᆞ여, ᄋᆡ다로오미 면ᄉᆡᆨ(面色)이 여

ᄎᆞ시 양시 회ᄐᆡ 만월ᄒᆞ여 십이 삭 만의 슌산ᄉᆡᆼᄌᆞᄒᆞ니, ᄒᆡᄋᆡ 부풍모습ᄒᆞ야 크게 영형슈발ᄒᆞ니, 츄밀부뷔 ᄃᆡ희과망ᄒᆞ여 일칠이 디나ᄆᆡ 쇼제 신긔 여상ᄒᆞ니 더욱 깃거ᄒᆞ더라.

일월이 여류ᄒᆞ야 시셰 믄득 초동의 니ᄅᆞ니 엄한님 곤계 도라오ᄂᆞᆫ 션셩이 가국의 니ᄅᆞ니, 텬ᄌᆡ【118】 깃그시며 아ᄅᆡ로 부숙형뎨 군종이 깃거ᄒᆞᄃᆡ, 홀노 최부인이 경악ᄒᆞ야 면ᄉᆡᆨ이 여토ᄒᆞ더니, 공자 영이 만면 소식으로 형의 수히 도라오믈 즐겨ᄒᆞᄂᆞᆫ지라.

1940)부풍모습(父風母襲) : 모습이나 언행이 아버지와 어머니를 고루 닮음

1941)영형슈발(英形秀拔) : 외형이 훤칠하여 뛰어나게 잘생김.

1942)일칠(一七) : 아이가 태어난 후 7일이 되는 날. =첫이레.

1943)옥슈인벽(玉樹驎璧) : 옥수(玉樹; 아름다운 나무), 기린(騏驎; 천리마), 옥벽(玉璧; 둥그런 옥)을 아울러 이르는 말로, 모두 '재주가 뛰어나고 용모가 빼어난 사람'을 이르는 말이다.

1944)진손(眞孫) : 친손(親孫).

토(如土)ᄒᆞ믈 ᄭᆡ닷지 못ᄒᆞ더니, 공ᄌᆞ 영이 만면쇼식(滿面笑色)으로 형의 슈이 도라오믈 굴지계일(屈指計日)[1945]ᄒᆞ여 슬하의 념노라 즐겨ᄒᆞᄂᆞᆫ지라.

부인이 냥안을 독히 ᄯᅥ 찰시(察視)ᄒᆞ기ᄅᆞᆯ 냥구히 ᄒᆞ니, 공ᄌᆡ 우연이 눈을 드러 모부인 긔식을 ᄉᆞᆯ핀지라. 두리고 놀나오믄 둘ᄌᆡ오, 모친이 반ᄃᆞ시 형의 무고히 도라오믈 블쾌ᄒᆞ민 쥴 알ᄆᆡ ᄉᆡ로이 심담이 뉵니(忸怩)ᄒᆞ미 골졀(骨節)이 져리니, 경ᄀᆡᆨ의 만【40】면 츈풍이 변ᄒᆞ여 옥면의 홍광이 무로녹고, 봉졍츄파(鳳睛秋波)의 ᄋᆡ뤼(哀淚) 종횡ᄒᆞ여, 머리ᄅᆞᆯ 숙이고 신식(神色)이 져상(沮喪)ᄒᆞ니, 부인이 좌우의 타인이 업ᄉᆞ믈 보고 졍식 칙왈(責曰),

"요괴로{오}온 아ᄒᆡ ᄒᆞᄂᆞᆫ 일이 엇지 상예(常例)롭지 아녀, 아ᄌᆞ의 화긔 만면ᄒᆞ던 바로 ᄲᅧ 경ᄀᆡᆨ의 ᄯᅩ 슬허ᄒᆞ믄 엇지뇨? 맛치 친쳑의 상부(喪訃)ᄅᆞᆯ 드ᄅᆞ며, 동긔 참쳑(慘慽)을 만나며, 고비(考妣) 텬상(天喪)을 당ᄒᆞᆷ 갓ᄒᆞ니, 아지못게라! 창이 오국 만니의 갓다가 즁도의 ᄀᆡᆨᄉᆞᄒᆞ여 도라{도라} 오다 ᄒᆞᄂᆞ냐? 블연이면 어이 져리 복업시 구ᄂᆞ냐? 우리 【41】 부뷔 고당의 무ᄉᆞᄒᆞ니, 쇼ᄋᆡ 무어시 슬픈 일이 잇셔 무단이 쳬읍힝뉴(涕泣行流)ᄒᆞ리오."

부인이 냥안을 독히 ᄯᅥ 찰식ᄒᆞ기를 냥구히 ᄒᆞ니, 공ᄌᆡ 모친 긔식을 보고 모친이 반ᄃᆞ시 형이 무ᄉᆞ히 도라오믈 불쾌ᄒᆞ민 줄 알ᄆᆡ, ᄉᆡ로히 심담이 뉵이ᄒᆞ여 츄파의 ᄋᆡ뉘 죵횡ᄒᆞ니, 부인이 좌우의 사ᄅᆞᆷ이 업ᄉᆞ믈 보고 칙왈,

"요괴로은 아ᄒᆡ ᄒᆞᄂᆞᆫ 일이 상녜로[롭]지 아【119】냐, 아쟈의 화긔 만면ᄒᆞ던 바로, ᄯᅩ 격ᄀᆡᆨ의 슬허ᄒᆞ믄 엇디뇨? 아디 못게라. 창이 오국 만니의 갓다가 듕도의 ᄀᆡᆨᄉᆞᄒᆞ고 도라오디 못ᄒᆞ미냐? 불연이면 어이 져리 복업시 구ᄂᆞᆫ다. 우리 부뷔 고당의 무ᄒᆞᄒᆞ니 소ᄋᆡ 무어시 슬픈 일이 잇셔 무단이 체읍ᄒᆞ리오."

ᄒᆞ더라.【120】

엄시효문쳥힝녹 권지팔

공ᄌᆡ 모친의 악착(齷齪) 퓌셜(悖說)을 드ᄅᆞᄆᆡ 더욱 진진(溱溱)[1946]이 늣겨 말을 못ᄒᆞ니, 부인이 익노(益怒)ᄒᆞ여 다함[1947] 악언으로

어시의 영이 모친의 악착 퓌셜을 듯고 더욱 진진이 늣겨 말을 못ᄒᆞ니, 부인이 익노ᄒᆞ야 다함 악언으로 토칙ᄒᆞ고, 말단의 닐오ᄃᆡ,

1945)굴지계일(屈指計日) : 손가락을 꼽아 가며 예정된 날을 기다림.
1946)진진(溱溱) : (어떤 감정이나 재물 따위가) 점점 더 상승하거나 많아지는 모양.
1947)다함 : 다만. 또한. 그저.

초칙(誚責)[1948]ᄒᆞ고, 말단의 니ᄅᆞᄃᆡ,

"ᄂᆡ가 죽어ᄂᆞᆫ 네 반ᄃᆞ시 져러치 아니ᄒᆞ리니, 오왕 ᄇᆡᆨ경이 죽어 문뷔(聞訃) 와시ᄆᆡ 져갓치 슬허ᄒᆞ미로다."

공지 문파의 더욱 혼비ᄇᆡᆨ산(魂飛魄散)ᄒᆞ여 고두뉴혈(叩頭流血) 왈,

"모친이 엇지 ᄎᆞᆷ아 이런 말ᄉᆞᆷ을 ᄂᆡ시ᄂᆞ니잇가? 형은 오문 ᄃᆡ종(大宗)이오, 야야 즁탁(重託)이라. ᄌᆞ위 참아 비인【42】졍의 말ᄉᆞᆷ《으로∥을》 더으시니 식ᄌᆞ로 ᄒᆞ여곰 참독(慘毒)[1949]히 너길 거시오, 형은 오히려 슈히(手下)니 모친긔 ᄃᆡ악이 그려도 덜ᄒᆞ려니와, 계부ᄂᆞᆫ ᄃᆡ인 동긔오 모친 슉슉이시니 녜의 엄즁ᄒᆞ온지라. 엇지 참아 이런 망극지셜(罔極之說)노 모욕ᄒᆞ여 히아로 ᄒᆞ여곰 경심낙담(驚心落膽)ᄒᆞ믈 ᄭᆡ닷지 못ᄒᆞ게 ᄒᆞ시ᄂᆞ니잇고? 한갓 히ᄋᆡ 듯ᄌᆞ오미 히악(駭愕)ᄒᆞᆯ ᄲᅮᆫ 아니라, ᄃᆡ인과 즁뷔 드ᄅᆞ시면 그 마음이 장ᄎᆞᆺ 엇더ᄒᆞ시며, ᄐᆡᄐᆡ 무ᄒᆡᆼ지ᄉᆞ(無行之事)ᄅᆞᆯ 무엇만 너기시리잇고? 만일 블ᄒᆡᆼᄒᆞ여 계뷔 모친 말ᄉᆞᆷ과【43】갓흘진ᄃᆡ, 오문 블ᄒᆡᆼ이 그 엇덜가 시부니잇가? 히ᄋᆡ 찰하리 죽어 인뉸(人倫) 변고(變故)와 모친 실덕을 보지 말믈 원ᄒᆞᄂᆞ이다."

셜파의 옥뉘 환난(汍瀾)[1950]ᄒᆞ여 크게 울기ᄅᆞᆯ 마지 아니니, 부인이 ᄯᅩᄒᆞᆫ 분두(憤頭)의 퓌언(悖言)ᄒᆞ믈 뉘웃ᄎᆞ나, 부ᄃᆡ 아ᄌᆞᄅᆞᆯ《ᄡᅥᆨ고∥ᄡᅥᆨ그려 할 ᄲᅮᆫ 아니라》, 한님을 위ᄒᆞ믈 믜이 너기ᄂᆞᆫ지라, 발연 작ᄉᆡᆨ고 노ᄆᆡ(怒罵) 왈,

"너ᄂᆞᆫ ᄇᆡᆨ경을 ○○[버금[1951]] 아뷔라 ᄒᆞ여 가장 존ᄃᆡ이 너기거니와 노뫼 그리 ᄃᆡᄉᆞ로이 너기리오. 너ᄂᆞᆫ 진짓 ᄇᆡᆨ경의 효질(孝姪)이오, 창의 효뎨(孝弟)로쇼니, 젼혀 아ᄌᆞ뷔와 형만 응시【44】ᄒᆞ여 삼긴 인물이라. 이 고약ᄒᆞ며 잔망(孱妄)ᄒᆞᆫ[1952] 어뮈야 무어시 두리오리오.

"ᄂᆡ가 죽어ᄂᆞᆫ 반ᄃᆞ시 져러치 아니리니, 오왕이 죽어 문뷔 와시ᄆᆡ 져ᄀᆞᆺ치 슬허ᄒᆞ미라."

공지 문파의 더욱 혼비ᄇᆡᆨ산ᄒᆞ야 고두 뉴혈 왈,

"모친이 ᄎᆞ마 엇디 이런 말ᄉᆞᆷ을 ᄒᆞ시ᄂᆞ니잇가? 형은 오문 대죵이오, 야야 듕탁이라. ᄌᆞ위 ᄎᆞ마 이런 비인졍의 말ᄉᆞᆷ을 더으시니, 식【1】ᄌᆞ로 ᄒᆞ여금 참독히 넉일 거시오, 영은 오히려 슈히니 안연이 모친 피악이 그려도 덜ᄒᆞ려니와 계부ᄂᆞᆫ 대인 동긔오, 모친 슉슉이시니, 녜의 엄듕ᄒᆞᆫ지라. 엇디 ᄎᆞ마 이런 망극지셜노 슈욕ᄒᆞ여 히ᄋᆞ로 경심낙담ᄒᆞ믈 ᄭᆡ둣지 못ᄒᆞ게 ᄒᆞ시나뇨? 대인과 듕뷔 드ᄅᆞ시면 그 마음이 엇더ᄒᆞ시며, 태태 무ᄒᆡᆼ지ᄉᆞᄅᆞᆯ 무엇만 넉이시리잇고? 히ᄋᆡ 찰하리 어셔 죽어 인뉸 변고와 모친 실덕을 보디 말믈 원ᄒᆞᄂᆞ이다."

셜파의 옥뉘 환난ᄒᆞ여 크게 울기를 마디아【2】니니, 부인이 ᄯᅩᄒᆞᆫ 분두의 퓌언ᄒᆞ믈 뉘웃치나 브ᄃᆡ ᄋᆞᄌᆞ를 ᄡᅥᆨ고 한님을 위ᄒᆞ믈 뮈이 넉이ᄂᆞᆫ디라. 발연 작ᄉᆡᆨ 노ᄆᆡ 왈,

"너ᄂᆞᆫ ᄇᆡᆨ경을 버금 아비라 ᄒᆞ여 ᄀᆞ장 죤ᄃᆡᄒᆞ나, 노뫼 그리 대ᄉᆞ로 넉이리오. 너ᄂᆞᆫ 진짓 ᄇᆡᆨ경의 효질이오, 창의 효뎨로소니, 젼혀 아ᄌᆞ비와 형만 응시ᄒᆞ야 ᄉᆞᆷ긴 인물이라. 싱심도 요괴로운 ᄭᅩᆯ을 내 안젼의 뵈디 말고 ᄲᆞᆯ니 믈너가 아름다온 형이 오거든 조히 동심모의ᄒᆞ여 ᄉᆞ오나온 어미를 임의로 쳐치ᄒᆞ라."

1948)초칙(誚責) : 잘못을 꾸짖어 나무람.
1949)참독(慘毒) : 참혹하고 독함.
1950)환난(汍瀾) : 눈물이 어지럽게 흘러내림.
1951)버금 : 으뜸의 바로 아래. 또는 그런 지위에 있는 사람이나 물건.
1952)잔망(孱妄)ᄒᆞ다 : 행동이 자질구레하고 가볍다.

싱심도 요괴로온 거조를 닉 안젼의 뵈지 말고 쏄니 나가 착훈 아뷔와 긔특훈 아ᄌᆞ비를 디ᄒᆞ여 노모의 허물을 창셜ᄒᆞ고 아룸다온 형이 오거든 조히 동심모의(同心謀議)ᄒᆞ여 ᄉᆞ오나온 어뮈를 임의로 쳐치ᄒᆞ라."

셜파의 분긔츙식(憤氣充塞)ᄒᆞ여 다시 아ᄌᆞ의 말을 기다리지 아니ᄒᆞ고 친히 니러나 등을 미러 장 밧긔 닉치니, 공지 장문 밧긔 나와 슬프믈 니긔지 못ᄒᆞ여 눈물이 방방(滂滂)ᄒᆞ나, 즁인의 괴이히 너【45】기믈 닙을가 두려 겨유 참고, ᄉᆞ미로 누흔(淚痕)을 제어ᄒᆞ고, 마음의 업시 흣거러[1953] 원즁의 드러가 후원 닝졍(冷井)의 찬 물을 써 낫출 삣고, 이윽이 심ᄉᆞ를 어로만져 비야흐로 셔헌의 니ᄅᆞ러 부슉을 비시(陪侍)ᄒᆞ엿더라.

최부인이 한님의 무ᄉᆞ히 도라오는 곡졀을 몰나, 식침(食寢)의 맛시 업셔 흉격(胸膈)이 분분ᄒᆞ고, 후셥의 존망을 몰나 쥬야 현망(懸望)ᄒᆞ고, 미션이 더욱 장부의 거쳐를 아지 못ᄒᆞ여 초우(焦憂)ᄒᆞ니, 비쥬(婢主)의 간담이 장찻 초갈(焦渴)홀 듯ᄒᆞ더라.

이ᄣᅴ 신검슈(神劍手)[1954] 김후셥이 최부인 쳔【46】금을 밧고, 미션의 교틱로이 보치는 쳥을 어그릇지 못ᄒᆞ여, 가연이 경보(輕寶)를 픔고 셕자 ○[칼]날을 다듬아 엄한님 후거(後車)를 급히 쏠오며 싱각ᄒᆞ딕,

"갓가이 딕국 근디(近地)의셔 히ᄒᆞ면 그 아모의 작히(作害)믈 아지 못ᄒᆞ여, 엄틱ᄉᆞ와 오왕이 다 의심을 갈희잡지[1955] 못ᄒᆞ게 ᄒᆞ리라."

ᄒᆞ고, 쳔쳔이 ᄯᆞ라 힝ᄒᆞ더니, 금쥬부의 밋쳐는 엄한님이 쇼분(掃墳)ᄒᆞ는 녜를 파ᄒᆞ고, 닌니 향당과 디현방빅(知縣方伯)이 다 모다 잔치홀시, 만반진슈(滿盤珍羞)[1956]와 팔진히찬(八珍海湌)[1957]이 믈갓치 홀너, 근읍(近邑)

셜파의 분긔 츙식ᄒᆞ【3】야 친히 니러나 등미러 장 밧긔 닉치니, 공지 장 밧긔 나와 슬프믈 이긔디 못ᄒᆞ야 눈물이 방방ᄒᆞ나 듕목의 고이ᄒᆞ믈 볼가 두려 겨유 참고 ᄉᆞ미로 누흔을 제어ᄒᆞ고 ᄆᆞ음의 업시 흣거러 후원 닝졍의 가 ᄎᆞᆫ물 써 ᄂᆞᆺ출 삣고 이윽이 심ᄉᆞ를 어ᄅᆞ만져 ᄇᆞ○○○[아흐로] 셔헌의 니ᄅᆞ러 부슉을 비시ᄒᆞ엿더라.

최부인이 한님의 무ᄉᆞ히 도라오는 곡졀을 몰나 침식의 마슬 모ᄅᆞ고 흉히 분분ᄒᆞ고, 비쥬 삼인이 간장이 초갈ᄒᆞ기의 미칫더라.

이적의【4】 김후셥이 최부인 명을 바다 경보를 품고 셕ᄌᆞ ○[칼]날을 다드마 엄한님 후거를 급히 ᄯᆞᆯ와가며 싱각ᄒᆞ딕,

"갓가이셔 히ᄒᆞ면 소루ᄒᆞ미 이실가 ᄒᆞ여 금쥐 가 소분ᄒᆞ고 쉬는 ᄣᅴ의 히하거나, 오국 근쳐의 가 히ᄒᆞ면 그 아모의 작용인 줄 몰나 엄태ᄉᆞ와 오왕이라도 의심을 갈히잡히[디] 못ᄒᆞ리라."

ᄒᆞ고 쳔쳔이 ᄯᆞ라 힝ᄒᆞ더니, 금쥐 ᄃᆞ다라는 엄한님이 소분(掃墳)ᄒᆞ고, 향당 닌니 친쳑과 본읍 ᄌᆞᄉᆞ 디부 디현이 다 모다 잔치홀시, 만반 진슈와 산【5】진히물이 믈ᄀᆞᆺ치 흣터 근읍 사름이 다 포복ᄒᆞ니,

1953)흣걸다 : 흣걷다. 산책하다. 천천히 거닐다.
1954)신검슈(神劍手) : 칼을 매우 잘 쓰는 사람.
1955)갈희잡다 : 가려내다. 갈피를 잡다.
1956)만반진슈(滿盤珍羞) : 상 위에 가득히 차린 귀하고 맛있는 음식.
1957)팔진히찬(八珍海湌) : 여덟 가지 진미의 바

샤【47】룸이 다 포복(飽腹)ᄒᆞ니, 후셥이 또ᄒᆞᆫ 이 뉴의 셧겨 장관을 구경ᄒᆞ고, 쥬육(酒肉)을 진취(盡醉)ᄒᆞ며 졈을게야[1958] 쥬인을 ᄎᆞᄌᆞ 오더니, 길히 문득 청누(靑樓)를 지나ᄂᆞᆫ지라.

이날 본읍 제창(諸娼)이 다 셩장(盛裝)을 《치레∥치레[1959]》ᄒᆞ고 분면(粉面)을 다ᄉᆞ려 각식풍물(各色風物)을 잡들고[1960] 엄부 연회의 참예ᄒᆞ엿더니, 각각 흣터져 도라가ᄂᆞᆫ지라.

슈ᄇᆡᆨ명창(數百名唱)이 옥모화안(玉貌花顔)의 ᄉᆞᆫ으로 금가(琴歌)를 어로만져 혹 츔츄며 노릐불너 도라가니, 아룸다온 거동이 보암즉 ᄒᆞᆫ지라.

후셥이 취즁졍흥(醉重情興)을 니긔지 못【48】ᄒᆞ여 문득 제창을 ᄯᅡ라 창누의 드러가니 금쥬 년향누ᄂᆞᆫ 일홈 난 명기 모힌 곳이라.

공ᄌᆞ 왕손이 ᄉᆞᆺ출 ᄉᆞ이 업ᄉᆞ니 이날도 호졉탕ᄀᆡᆨ(胡蝶蕩客)들이 가득이 모다 쥬육(酒肉)을 진취(盡醉)ᄒᆞ고 각각 쇼망의 미인을 기다리더니, 제창이 도라와 모든 탕ᄀᆡᆨ(蕩客)들노 더부러 반기고 깃거, 셔로 닛그러 도라와 즐길시, 홀연 보니 일ᄀᆡ 영한(獰悍)ᄒᆞᆫ 지 젼닙(氈笠)[1961]을 숙이고, 의복이 츄러ᄒᆞ여[1962] 발의 초리(草履)를 신고 슐을 즌흙갓치 취ᄒᆞ여, 빅드ᄅᆞ며[1963] 큰 기침○○[으로] 목쇼릐○[를] 가다듬고 드러【49】오며, 크게 불너 왈,

"나ᄂᆞᆫ 강호의 유협ᄒᆞᄂᆞᆫ 호한(豪漢)이러니 녈위ᄂᆞᆫ 엇던 사ᄅᆞᆷ이뇨? 만흔 미인 가온ᄃᆡ 가히 하나홀 닉게 도라보닉라."

모든 탕ᄀᆡᆨ이 이 말을 듯고 한ᄌᆞ(漢子)의

후셥이 또ᄒᆞᆫ 이 유의 셧겨 장관을 구경ᄒᆞ고, 쥬육진찬(酒肉珍饌)을 취토록 어더 먹고, 져물게야 쥬인을 ᄎᆞᄌᆞ 오더니, 길이 문득 청누를 디나ᄂᆞᆫ디라.

이날 본읍 제창이 다 각별 셩장을 《치려∥치레》ᄒᆞ고 분면 홍안을 다ᄉᆞ려 각식 풍물을 잡아 엄부 연회의 참녜ᄒᆞ엿더니, 각각 흣터져 도라가ᄂᆞᆫ지라.

옥모화안의 아름다온 거동이 가장 보암즉ᄒᆞᆫ디라. 후셥이 취듕졍흥을 이긔디 못ᄒᆞ여【6】문득 제창을 ᄯᆞ라 창누의 드러가니, 금쥐 연향누ᄂᆞᆫ 일홈ᄂᆞᆫ 명기 모힌 곳이라.

공ᄌᆞ 왕손의 슐위박회 《긘∥ᄉᆞᆺ출》날이 업더니, 이날 호협탕ᄀᆡᆨ드리 연향누의 ᄀᆞ득이 모다 미인을 기ᄃᆞ리다가, 제창이 도라와 모든 탕ᄀᆡᆨ들노 더브러 반기고 깃거, 서로 잇그러 즐길 시, 홀연 일개 한지 츄려ᄒᆞᆫ 의복의 젼입을 쓰고 발의 초리를 신고 술을 진흙 ᄀᆞᆺ치 취ᄒᆞ고 이리 뷔쑥 져리 뷔쑥ᄒᆞ며 드러와 크게 불너 왈,

"나ᄂᆞᆫ 강호의 유협ᄒᆞᄂᆞᆫ 호걸【7】이라. 열위ᄂᆞᆫ 만흔 미인 가온ᄃᆡ ᄒᆞᆫ나흘 니게 보니라."

다음식.
1958)졈을게야 : 날이 저문 뒤에야.
1959)치레ᄒᆞ다 : 무슨 일에 실속 이상으로 꾸미어 모양을 내다.
1960)잡들다 : 잡아들다. 붙들다.
1961)젼닙(氈笠) : 조선 시대에, 병자호란 이후 무관이나 사대부가 쓰던, 돼지 털을 깔아 덮은 모자.
1962)츄러ᄒᆞ다 : 추레하다. 겉모양이 깨끗하지 못하고 생기가 없다.
1963)빅드ᄅᆞ다 : 비틀거리다.

상뫼(相貌) 녕한(獰悍)훈 거동이 츄러후믈[1964] 디로후더니, 제창이 또훈 도라보고 발연 변식후고 모든 협긱을 도도와 왈,

"져 더럽고 츄훈 놈이 우리 측간(厠間)[1965]도 츼이기 어렵거놀, 믄득 외람이 녈위 상공의 주리룰 비러 쳡 등과 교희(交戱)코져 후니 엇지 분치 아니리오. 녈위 【50】상공은 텬하 호걸이라, 엇지 져 츄한(醜漢)을 다수리지 아니코, 쳡 등을 져의게 수양코져 후시누뇨? 심히 용녈토다."

모든 협긱이 졍히 분노후던 추 이 말을 드루미, 탕긱의 협긔(俠氣)[1966] 분발후니 혤 거시 이시리오. 일시의 눈을 브롭쓰고 팔을 뽐닉여 후셥의게 다라드니, 셥이 취즁이라 평싱 용녁을 밋고 디로후여, 넓더셔며 수지져 왈,

"닉 비록 발셥도로(跋涉道路)의 의복이 남누(襤褸)후나 슈즁의 만흔 은지(銀子) 이시니, 너희 엇지 업슈이 너기눈다? 닉 【51】 또훈 텬하협긱(天下俠客) 신검쉬라 너희 쥐 무리롤 두리랴?"

모든 탕긱이 이 말을 듯고 더욱 디로후여 철편과 쥭치(竹-)[1967]로 일신을 혜지 아녀 쥭도록 두다리며, 그 요디(腰帶)롤 그루고 낭디(囊帶)룰 여러 금빅(金帛)을 아수니 오빅금이러라.

{≤이쒸 최부인이 허다 심녁을 허비후노라 훈 거시 다 헛 일이 되어, 텩수의 쇼활후믄 족히 어렵지 아니디, 슉슉(叔叔) 츄밀공의 주상흠과 금장(襟丈) 범부인의 고요 나죽훈 가온디 명쳘신이(明哲神異)후미 능히 사롬의 긔식을 보와 문시【52】

모든 한지 이 말을 듯고, 한주의 상뫼 녕한후고 거동이 츄려후믈 대노후여, 눈을 부롭쓰고 후셥의게 두라드니,

셥이 평싱 용녁을 밋고 역시 디노후야 입쩌나 수지져 왈,

"내 비록 발셥《도도‖도로》의 의복이 남누후나 슈듕의 만흔 은지 업디 아니니, 너의 엇디 업수히 넉이눈다? 나 텬하 협긱 신검슈 너희 쥐 무리를 두려후랴?"

모든 협긱이 추언을 듯고 더【8】욱 대노후야 철편과 듁치로 일신을 두두리며 그 요디를 그루고 낭디를 여러 금빅을 아수니, 오빅금이라.

1964)츄러후다 : 추레하다. ①겉모양이 깨끗하지 못하고 생기가 없다. ②태도 따위가 너절하고 고상하지 못하다.
1965)측간(厠間) : 변소(便所). 화장실.
1966)협긔(俠氣) : 호방하고 의협심이 강한 기상.
1967)쥭치(竹-) : 말이나 소 따위를 때려 모는 데에 쓰기 위하여, 대나무 가지 끝에 노끈이나 가죽 오리 따위를 달아 만든 물건.

의 심용을 ᄉᆞ못고, 말ᄉᆞᆷ을 드러 그 의ᄉᆞ를 아라 부동셩식(不動聲色)ᄒᆞᄂᆞᆫ 즁, 이러틋 찰찰 명빅ᄒᆞ여, ᄌᆞ가(自家)와 문시의 의합슈젹(意合手適)ᄒᆞ여 동심모의(同心謀議)ᄒᆞ미, 그 화근이 윤ᆞ양 냥인의 신상의 잇ᄂᆞᆫ 쥴 거울갓치 아라, ᄌᆞ가의 큰 계규를 몬져 협제(脅制)ᄒᆞ여 문시를 쾌히 영츌ᄒᆞᄃᆡ, ᄐᆡᄉᆞ의 안젼(眼前)의셔 쾌쳐(快處)ᄒᆞ니, ᄒᆡᆼ혀 ᄐᆡᄉᆞ의 쇼활ᄒᆞᆫ 셤[셩]픔인 고로, 일을 당ᄒᆞ여 쇼리히 ᄒᆞ미 근본을 ᄡᅵ오지 아니려 ᄒᆞᄂᆞᆫ지라.

요ᄒᆡᆼ ᄌᆞ긔의 허물이 젹발(摘發)ᄒᆞ믈 면ᄒᆞ나, 부인이 ᄯᅩᄒᆞᆫ 영오ᄒᆞᆫ【53】지라. 츄밀 부부의 눈치를 엇지 아지 못ᄒᆞ리오. 것ᄎᆞ로 ᄌᆞ약ᄒᆞ여 문시의 과실을 아지 못ᄒᆞᄂᆞᆫ 쳬ᄒᆞ니, 심즁의 ᄉᆞᆨᄉᆞᆨ과 금장을 싀오(猜惡)ᄒᆞ미 분입골슈(憤入骨髓)ᄒᆞ고≥

≤후셥의 쇼식이 아으라 ᄒᆞ니, 아니 후셥의 계귂《쇼리‖쇼루》ᄒᆞ여 신계랑의 죽으믈 본바든가? 그리 큰 말을 ᄒᆞ고 가더니 한님을 죽이지 못ᄒᆞ고 미셔 보기를 븟그려 먼니 다라난가? 의황난측(疑遑難測)ᄒᆞ니, 문시 도라간 이후ᄂᆞᆫ 예긔 잠간 최찰ᄒᆞ여 호심낭포(虎心狼暴)를 젹이 가다듬고, 톱을 감초와 냥ᄀᆡ【54】간비로 더부러 밀밀이 의논ᄒᆞ며 셰셰히 도모ᄒᆞ여, 일오ᄃᆡ,

"츄밀이 가ᄂᆡ의 이신 젼은 가히 ᄃᆡᄉᆞ를 일우지 못ᄒᆞ리니, 아모려나 도모ᄒᆞ여 부즁(府中)의 업시ᄒᆞᆫ 후 큰 일을 도모ᄒᆞ리니, ᄂᆡ 요ᄉᆞ이 문시 도라간 후 후셥의 쇼식이 업ᄉᆞ니 심시 두로 어ᄌᆞ러워 능히 조흔 모칙을 ᄉᆡᆼ각지 못ᄒᆞᄂᆞ니, 너희 등은 각별 냥ᄎᆡᆨ(良策) 을 혜아려 나의 흉즁의 막막ᄒᆞᆫ 거ᄉᆞᆯ 위로ᄒᆞ라."

냥비지 일시의 ᄃᆡ왈,

"비ᄌᆞ 등이 ᄯᅩ 엇지 부인과 공ᄌᆞ를 위ᄒᆞᄂᆞᆫ 졍셩이 헐【55】ᄒᆞ리잇고만은, ᄆᆡ양 간간이 계규를 일우노라 ᄒᆞ여도 ᄒᆞᄂᆞᆯ이 돕지 아녀, 젼후의 한 일이 셩ᄉᆞ치 못ᄒᆞ

고 부졀업순 심녀만 허비ᄒᆞ여, 후셥이 한님 힝도를 ᄯᅡᆯ온 지 반년이 지나시ᄃᆡ, 쇼식이 업ᄉᆞ니, 엇지 괴이치 아니리잇고? 비ᄌᆞ 등이 ᄯᅩᄒᆞᆫ 각별 냥칙을 드리고져 ᄒᆞ오나 진실노 츄밀 노야의 신명ᄒᆞ시믈 두려ᄒᆞ옵ᄂᆞ니, 츄밀 노얘 계신 후ᄂᆞᆫ 능히 모계를 상탁(商度)[1968]지 못ᄒᆞ리로쇼이다. 부인은 아직 잉분ᄒᆞ여[1969] 잠간 일월을 쳔연ᄒᆞ여 셰셰히 긔모【56】를 ᄡᅳ시고, 후셥의 도라오기를 기다려 다시 힝계ᄒᆞ미 늣지 아니ᄒᆞ니이다."

부인이 냥비(兩婢)의 말이 과연ᄒᆞ고 츄밀과 범부인의 춍명ᄒᆞ믈 한ᄒᆞ더라.

ᄎᆞ시 양쇼제 회ᄐᆡ(懷胎) 만월(滿月)ᄒᆞ여 십이삭 만의 슌산ᄉᆡᆼᄌᆞ(順産生子)ᄒᆞ니 ᄋᆡ히 부풍모습(父風母襲)ᄒᆞ여 크게 영혜슈발(英惠秀拔)ᄒᆞ니, 츄밀 부뷔 ᄃᆡ희과망(大喜過望)ᄒᆞ고, 일칠(一七)이 지나ᄆᆡ 쇼제 산긔(山氣) 여상ᄒᆞ니 더욱 깃거ᄒᆞ더라.

이젹의 시랑 운의 부인 한시ᄂᆞᆫ 냥ᄌᆞ 잇셔 옥슈닌벽(玉樹驎璧) 갓ᄐᆞ니 츄밀 부뷔 진숀(眞孫)이 셰히오, 냥녀 조시부와【57】 윤시뷔 다 ᄉᆡᆼ산ᄒᆞ여 조부인은 일ᄌᆞ 일녀오 윤부인은 일ᄌᆞ니, ᄂᆡ외숀(內外孫)[1970]이 뉵인이오, ᄐᆡᄉᆞ 부부의 냥녀니, 녀부인은 냥ᄌᆞ 일녀나 ᄎᆞ녀 화부인은 ᄉᆞᄌᆞ를 두엇고, 필녀 셕ᄉᆡᆼ의 쳐ᄂᆞᆫ 나히 어려 밋쳐 ᄉᆡᆼ산치 못ᄒᆞ엿ᄂᆞᆫ지라. 제외숀이 다 춍혜 슉셩ᄒᆞ여 져의 친가의 잇셔 잇다감 모시를 ᄯᅡᆯ와 왕ᄂᆡᄒᆞᆯ ᄲᅮᆫ이러라.

최부인은 아직 아ᄌᆞ 어려시믈 근심ᄒᆞᆯ지언졍 한님 부부의 져ᄉᆞ(儲嗣)ᄂᆞᆫ 조곰도 ᄉᆡᆼ각지 아니ᄃᆡ, 홀노 ᄐᆡ시 츄밀의 남숀을 슬상의 ᄲᅡᆼ【58】ᄲᅡᆼ이 가ᄎᆞ(假借)ᄒᆞ믈 불워, 미양 한님 부뷔 나히 어려 슈이 ᄉᆡᆼ산치 못ᄒᆞ믈 ᄋᆡ달나 ᄒᆞ여, 최부인이 심니의 ᄌᆞ긔지심과 갓지 아니믈 닝쇼ᄒᆞ더라.

1968)상탁(商度)ᄒᆞ다 : 헤아리다.

1969)잉분ᄒᆞ다 : 인분(忍憤)하다. 분을 참다.

1970)ᄂᆡ외숀(內外孫) : 아들이 낳은 자식과 딸이 낳은 자식을 함께 이르는 말.

일월이 여류ᄒᆞ여 시셰 믄득 초동(初冬)의 니ᄅᆞ고 엄한님 형뎨 도라오ᄂᆞᆫ 쇼식이 가국의 니ᄅᆞ니, 우흐로 텬ᄌᆡ 냥 학ᄉᆞ의 ᄌᆡ모풍신을 쥬야 ᄉᆞ렴ᄒᆞ시다가, 그 환경(還京)ᄒᆞ미 갓가오믈 깃그시며, 아ᄅᆡ로 부슉 형뎨 깃브믈 니긔지 못ᄒᆞᄃᆡ, 홀노 최부인이 영교 ᄆᆡ션으로 더부러 경악ᄒᆞ여 면ᄉᆡᆨ이 여토(如土)ᄒᆞ믈 【59】 ᄭᆡ닷지 못ᄒᆞ더라.

쇼공ᄌᆞ 영이 만면 쇼ᄉᆡᆨ(笑色)으로 형의 슈이 도라오믈 굴지계일(屈指計日)ᄒᆞ여 슬하의셔 넘놀며 즐겨ᄒᆞᄂᆞᆫ지라. 부인이 셩안을 독히 ᄯᅥ 찰시ᄒᆞ더라.≥}[1971)]

이ᄯᅵ 탕ᄀᆡᆨ(蕩客)들이 후셥의 낭ᄃᆡ를 열고 금은을 다 아ᄉᆞ며 더욱 셔의(齟齬)히 다ᄉᆞ려셔ᄂᆞᆫ 다시 ᄀᆡᆼᄉᆡᆼ(更生)ᄒᆞ여 은ᄌᆞ를 ᄎᆞᄌᆞ갈가 두려, 겨유 숨만 남겨두고 ○○○○[별학갓치] 두다리니, 셥이 비록 용ᄆᆡᆼᄒᆞ나 술이 즌흙갓치 취ᄒᆞ여 ᄉᆞ지 브드럽고 골쳬(骨體) 미란(迷亂)ᄒᆞ니, {별학갓치 두다리미} 한갓 닙만 ᄉᆞᆯ아 브ᄅᆞ지지며 울 ᄯᆞ롬이【60】라.

모든 협ᄀᆡᆨ들이 더욱 뮈이 너겨 그 욕셜과 ᄭᆞ짓ᄂᆞᆫ 쇼ᄅᆡ ᄭᅳᆺ도록 두다리니, 나종은 두골이 터지고 비각(鼻角)이 프러지며 피 만신의 흐ᄅᆞ니, 바야흐로 엄홀(掩忽)ᄒᆞ여 말을 못ᄒᆞ거ᄂᆞᆯ, 모든 협ᄀᆡᆨ이 ᄃᆡ쇼ᄒᆞ고 져의 졸하(卒下)를 명ᄒᆞ여 먼니 굴헝의 갓다가 너흐라 ᄒᆞ니, 즁인이 어ᄌᆞ러이 ᄭᅳ어 먼니 길가의 바렷더니, 후셥이 술김의 아모란 쥴 아지 못ᄒᆞ고 혼혼블셩(昏昏不省)ᄒᆞ엿더니, 날이 ᄉᆡᆯ ᄯᅢ의 겨유 졍신을 찰히니, 밤이 ᄉᆡ도록 찬 이슬을 마ᄌᆞ 만신(滿身)이 물이 【61】 흘넛고, 두골이 터지며 발ᄭᅳᆺ가지 ᄭᅵ여지고 웃쳐져, 곳곳이 다 피 흘너 엉긔엿고, 비각(臂脚)이 트러

협ᄀᆡᆨ들이

숨만 걸녀 두고 ○○○○[별악갓치] 두ᄃᆞ리니, 후셥이 비록 용ᄆᆡᆼᄒᆞ나 술이 즌 ᄯᅩᆼ ᄀᆞᆺ치 취ᄒᆞ여, ᄉᆞ지 브드럽고 골쳬 미란ᄒᆞ니, {아모리 별악ᄀᆞᆺ치 두ᄃᆞ린들 ᄀᆡᆼᄉᆡᆼ이나 ᄒᆞ리오.} ○…결락44자…○[한갓 닙만 ᄉᆞᆯ아 브ᄅᆞ지지며 울 ᄯᆞ롬이라. 모든 협ᄀᆡᆨ들이 더욱 뮈이 너겨 그 욕셜과 ᄭᆞ짓ᄂᆞᆫ 쇼ᄅᆡ ᄭᅳᆺ도록 두다리니], 나죵은 두골이 ᄭᅢ러지고 비각이 프러지며 피 만신의 흘너 엄홀ᄒᆞ니, 모든 협ᄀᆡᆨ이 그제야 대소ᄒᆞ고 져의 졸하를 명ᄒᆞ야 먼니 길가의 ᄇᆞ렷더니, 후셥【9】이 술김의 알픈 쥴도 모로고 혼혼불셩ᄒᆞ엿ᄃᆞ가, 날이 ᄉᆡᆯ ᄯᅢ의 겨유 졍신을 ᄎᆞᆯ히니, 찬 이슬을 마ᄌᆞ 만신의 물이 《흘너코∥흘넛고》두골노브터 발ᄭᅳᆺ가디 ᄭᅵ여지고 피흘너 엉긔엿고, 만신이 웃쳐져 능히 운신ᄒᆞ기 어렵더라.

1971)중복 서사. 즉 ≤이ᄯᅵ 최부인이 - 분입골슈ᄒᆞ고≥ 까지는 앞에서 있었던 '문씨출거 사건'을 회상하는 내용이고, 이하 ≤후셥의 쇼식이 - 찰시ᄒᆞ더라.≥ 까지는 앞 34쪽9행 - 40 쪽6행의 서사내용을 그대로 반복 서사한 것으로, 이 대목에 꼭 들어가야 할 필요가 없는 내용이다. 따라서 '연문{ }'으로 판정, 삭제한다.

지고 만신이 즛치ᄂᆞᆫ 듯ᄒᆞ여, 능히 운신ᄒᆞ기 어렵더라.

작일의 한낫 슐만 취ᄒᆞᆫ 거시 아니라 몬져 어더 먹어 반취ᄒᆞᆫ 후의, 쥬가(酒家)의 드러가 무슈히 ᄉᆞ먹고 ᄃᆡ취ᄒᆞ여시니, 그 아모만 먹은 쥴 아지 못ᄒᆞ고, 또 얼프시 슐김의 미인을 ᄯᆞᆯ와 어ᄃᆡ 갓든 쥴도 잇고[1972], 모든 협긱의게 마즌 쥴도 잇고, 마음의 ᄉᆡᆼ각ᄒᆞᄃᆡ,

"ᄂᆡ 어ᄃᆡ 가 이ᄃᆡ도록 즁히 상ᄒᆞᆫ고? 아【62】니 강도놈을 ᄇᆡᆨ쥬의 만나 ᄂᆡ게 금이 잇ᄂᆞᆫ 쥴 알고 날을 이러틋 독ᄒᆞ게 치고 금을 아ᄉᆞ 갓도다. 이제 ᄂᆡ 몸이 이리 즁상ᄒᆞ고 또 금을 일허 힝냥이 업셔 크게 낭ᄑᆡᄒᆞᆫ지라, 이ᄅᆞᆯ 장ᄎᆞᆺ 엇지 ᄒᆞ리오."

망극ᄒᆞ여 눈물을 흘니고 촌촌이 겨우 거러 져의 하쳐(下處)[1973]ᄅᆞᆯ ᄎᆞᄌᆞ오니, 이 쥬인은 교ᄉᆡᆼ(校生)[1974] 쥬쇼의 집이라.

쥬쇠 일즉 한 ᄯᆞᆯ을 나코 즉시 상실(喪室)ᄒᆞ고 ᄌᆡ취ᄒᆞ여 원녀ᄅᆞᆯ 어드니, 원네 위인이 ᄌᆞ못 냥슌(良順)ᄒᆞ여 쇼텬(所天)을 어지리 셤기고 녀아ᄅᆞᆯ ᄉᆞ랑ᄒᆞ미 긔츌【63】갓치 ᄒᆞ니, 기녀의 명은 졀[녈]협이라.

어려셔븟허 긔특ᄒᆞ여 졈졈 ᄌᆞ라미 외뫼 호상쳥낭(豪爽淸朗)ᄒᆞ여 결군장뷔(結裙丈夫)[1975]오 녀즁영걸(女中英傑)이라. 졀협(絶峽)의 풍치 이시니, 그 아뷔 ᄉᆞ랑ᄒᆞ여 명을 녈협이라 ᄒᆞ엿더라.

녈협이 나히 오륙셰븟허 실노 한ᄒᆞᄂᆞᆫ 비 남ᄌᆡ 못되믈 한탄ᄒᆞ더라. 미양 어버이 슬하의 이릐ᄒᆞ여[1976] 니ᄅᆞᄃᆡ,

"아들이 업고 다만 쇼녀 ᄲᅮᆫ이라. 허물며

1972)잇다 : 잊다. 전에 알았던 것을 기억하지 못하거나 기억해 내지 못하다.

1973)하처(下處) : 사처. 손님이 길을 가다가 묵음. 또는 묵고 있는 그 집.

1974)교싱(校生) : 조선 시대에, 향교에 다니던 생도. 원래 상민(常民)으로, 향교에서 오래 공부하면 유생(儒生)의 대우를 받았으며, 우수한 자는 생원 초시와 생원 복시에 응할 자격을 얻었다.

1975)결군장뷔(結裙丈夫) ; 치마 두른 장부.

1976)이릐ᄒᆞ다 : 아양 떨다. *아양: 귀염을 받으려고 알랑거리는 말. 또는 그런 짓.

술김의 창누의 ᄀᆞᆺ던 줄 이져ᄇᆞ려, ᄆᆞ음의 ᄉᆡᆼ각ᄒᆞᄃᆡ,

"내 어ᄃᆡ가 이러ᄐᆞᆺ 듕상ᄒᆞᆫ고? 아니 강도놈을 만나 낭ᄃᆡ의 금이 잇ᄂᆞᆫ 줄 알고 날을 이러ᄐᆞᆺ 치고 금을 아ᄉᆞ가도다."

ᄒᆞ며, 눈물 흘니고 쵼쵼이【10】 거러 져의 하쳐로 ᄎᆞᄌᆞ오니, 이 쥬인은 교ᄉᆡᆼ 쥬소의 집이라.

쥬쇠 일즉 ᄒᆞᆫ ᄯᆞᆯ을 나고 즉시 상실ᄒᆞ고 ᄌᆡ취ᄒᆞ여 원녀를 어드니, 원네 ᄌᆞ못 양슌ᄒᆞ야 녀ᄋᆞ ᄉᆞ랑이 긔츌 ᄀᆞᆺ치 ᄒᆞ니, 녀ᄋᆞ의 명은 녈협이라.

어려셔븟터 긔특ᄒᆞ야 졈졈 ᄌᆞ라ᄆᆡ 외뫼 호상쳥낭ᄒᆞ야 결군 장뷔오 녀듕영걸이오,

나히 오뉵셰의 니ᄅᆞᄆᆡ 스ᄉᆞ로 남ᄌᆡ 못되믈 ᄒᆞᆫᄒᆞ야 미양 어버의 슬하의 니릐ᄒᆞ야 닐오ᄃᆡ,

"부뫼 아ᄃᆞᆯ이 업고 다만 쇼녀 ᄲᅮᆫ이라.【11】

우리 집이 ᄉᆞ문갑족(士門甲族)이 아니니 굿ᄒᆞ여 규슈의 념치 《ᄃᆡ탄‖긔탄(忌憚)》ᄒᆞᆯ ᄇᆡ 아니라. 쇼녜 당당이 어려셔븟【64】허 남복을 닙고 반싱을 남ᄌᆞ로 힝셰ᄒᆞ여 활 ᄡᅩ고 글 닑어, 급제(及第)ᄒᆞ여 조션(祖先)을 현달(顯達)ᄒᆞ고 부모ᄅᆞᆯ 종효(終孝)ᄒᆞ리라."

ᄒᆞ여[니], 쥬쇠 ᄯᆞᆯ의 ᄌᆡ긔(才氣)로온 말을 어엿비 너겨, ᄒᆞᄂᆞᆫ 양을 보려 ᄒᆞ여 남복을 닙혀 기ᄅᆞ고, 브ᄅᆞ기ᄅᆞᆯ 협이라 ᄒᆞ더라.

이십셰의 기뷔 졸연(猝然)이 독질(毒疾)을 어더 죽으니 원ᄑᆡ 협으로 더부러 집상과훼(執喪過毁)[1977]ᄒᆞ여 슬허ᄒᆞ미 비길 ᄃᆡ 업더라.

쥬ᄀᆡ 본ᄃᆡ 셰업이 만하 가계 부요ᄒᆞᆫ 고로 원파의 모녜 상장지구(喪葬之具)ᄅᆞᆯ 부려이 찰혀, 초상을 다ᄉᆞ려 장ᄉᆞ(葬事)ᄒᆞᆯ【65】ᄉᆡ, 범ᄇᆡᆨ(凡百)을 셩히 ᄒᆞ여 장ᄉᆞ 지ᄂᆡ고, 조셕증상(朝夕蒸嘗)[1978]을 밧들ᄆᆡ 비록 상한쳔민(常漢賤民)이나 녜되 가장 근후(謹厚)ᄒᆞ더라.

삼년을 지ᄂᆡ고 모녜 상의위명(相依爲命)[1979]ᄒᆞ여 셰월을 보ᄂᆡ며, 협이 이ᄣᆡ 나히 바야흐로 십셰라. 가장 영민총혜(穎敏聰慧)ᄒᆞ므로 닌가(隣家)의 학ᄌᆞᄅᆞᆯ ᄎᆞᄌᆞ 글을 ᄇᆡ호ᄆᆡ, 가장 특달(特達) 근실(勤實)ᄒᆞ여 통ᄒᆞᄂᆞᆫ ᄇᆡ 만코, 한가ᄒᆞᆫ ᄣᅵ의ᄂᆞᆫ 원산의 올나 궁예(弓藝)ᄅᆞᆯ ᄇᆡ화 닉이ᄆᆡ, ᄯᅳᆺ이 ᄯᅩᄒᆞᆫ 녹녹(碌碌)지 아니ᄒᆞ거ᄂᆞᆯ, 원ᄑᆡ ᄆᆡ양 그 ᄯᆞᆯ의 긔질을 긔특이 너기나, 외도(外道)의 셥녑(涉獵)ᄒᆞ믈 블【66】열ᄒᆞ여 ᄆᆡ양 ᄀᆡ유ᄒᆞ여 니ᄅᆞᄃᆡ, 협이 웃고 듯지 아니ᄒᆞ니, 원ᄑᆡ 져의 ᄯᅳᆺ이 심상치 아니믈 알고 오직 잠잠ᄒᆞ여 후일을 보려 ᄒᆞ더라.

본ᄃᆡ 이 졈의 여러 ᄀᆡᆨ을 관졉(款接)ᄒᆞ미 업ᄉᆞᄃᆡ, 집이 맛초 엄부와 격닌(隔隣)ᄒᆞ엿ᄂᆞᆫ지라. 일일은 한 한ᄌᆡ(漢者) 니ᄅᆞ러 쥬인ᄒᆞ믈

우리 집이 ᄉᆞ문갑죡이 아니니 굿틔여 규슈의 념치 대단ᄒᆞᆯ[ᄒᆞᆫ] 거시 아니라. 쇼녜 당당이 반싱을 남ᄌᆞ로 힝셰ᄒᆞ야 활쏘고 글 닑어 급제ᄒᆞ여 조션을 현달ᄒᆞ고 부모를 죵효ᄒᆞ리라."

ᄒᆞ니, 쥬쇠 ᄯᆞᆯ의 ᄌᆡ긔로온 말을 어엿비 넉여, ᄒᆞᄂᆞᆫ 양을 보려 남복을 닙히고 부ᄅᆞ기를 협이라 ᄒᆞ더라.

협이 이십 셰의 기뷔 독질을 어더 죽으니,

쥬개 셰업이 만하 가셰 부요ᄒᆞᆫ 고로 상장지구를 부려히 찰혀 장ᄉᆞ를 디ᄂᆡ고

모녜 상의ᄒᆞ여【12】 삼년을 디ᄂᆡᄆᆡ, 협의 나히 십이 셰라.

닌가의 유ᄌᆞ를 ᄎᆞᄌᆞ 글을 ᄇᆡ화 문ᄌᆡ를 통ᄒᆞ고 궁예를 《닉어‖닉여》 ᄯᅳᆺ이 녹녹ᄒᆞᆫ ᄃᆡ 잇디 아니니, 원ᄑᆡ ᄯᆞᆯ의 긔질을 긔특이 넉이나 외도의 셥념ᄒᆞ믈 블쾌ᄒᆞ야 ᄆᆡ양 ᄀᆡ유ᄒᆞᄃᆡ, 협이 웃고 듯디 아니터라.

본ᄃᆡ 졈을 여러 ᄀᆡᆨ을 관졉ᄒᆞ미 업ᄉᆞᄃᆡ 이 집이 엄부 격닌이라. 일일은 ᄒᆞᆫ 한ᄌᆡ 니ᄅᆞ러 쥬인ᄒᆞ믈 간쳥ᄒᆞ거ᄂᆞᆯ, 원ᄑᆡ 본ᄃᆡ 사오납디

1977)집상과훼(執喪過毁) : 어버이 상사에서 상제가 되어 예절을 지켜 과도하게 슬퍼함.

1978)조셕증상(朝夕蒸嘗) : 아침저녁으로 올리는 제사. 증상(蒸嘗)은 제사(祭祀)를 뜻하는 말로, '증(蒸)'은 겨울제사를, '상(嘗)'은 가을제사를 말한다.

1979)상의위명(相依爲命) : 서로 의지하여 목숨을 이어감.

간졀이 빌거늘, 원퓌 본ᄃᆡ ᄉᆞ오납지 아닌 고로 그 ᄋᆡ걸ᄒᆞ믈 거졀치 못ᄒᆞ고, 밧 문 쇼실의 드리고, 밥 짓ᄂᆞᆫ 노ᄌᆞ로 ᄒᆞ여곰 밥을 쥬어 져를 구급ᄒᆞ라 ᄒᆞ니, 그 ᄒᆞᆫ지 칭ᄉᆞᄒᆞ고 왈,

"쇼되 본ᄃᆡ 흥니(興利)【67】ᄒᆞᄂᆞᆫ 장ᄉᆞ로 원힝ᄒᆞ더니, 즁노(中路)의셔 도젹을 만나 이리 즁히 치고 지물을 아ᄉᆞ가니이다."

ᄒᆞ거ᄂᆞᆯ, 원파ᄂᆞᆫ 인심이 잇ᄂᆞᆫ 계집이라. 곳이듯고 불상이 너겨 초당의 드러가 더온 쥭과 약음을 먹여 구완ᄒᆞ니, 후셥이 그 쥬인의 덕을 크게 감격ᄒᆞ여 ᄒᆞ더라. 후셥이 인ᄒᆞ여 병드러 낫지 아니니 맛ᄎᆞᆷᄂᆡ 엄한님을 히치 못ᄒᆞ니라.

후셥이 슈월을 병들○[어] ᄆᆡ양 쥬인의 밥을 허비치 못ᄒᆞ여, 회즁(懷中)의 가져온 여벌 의복과 약간 은냥을【68】다 파라 먹으니, 다시 환경(還京)ᄒᆞᆯ 반젼(盤纏)[1980]이 업ᄂᆞᆫ지라. ᄯᅩ 무류(無聊)히[1981] 도라가 최부인긔 복명을 무어시라 고ᄒᆞ며, ᄆᆡ션을 보와 무ᄉᆞᆫ 말을 ᄒᆞ리오.

심히 무류ᄒᆞ여 졍히 ᄉᆡᆼ각ᄒᆞᄃᆡ,

"ᄂᆡ ᄎᆞᆷ아 ᄆᆡ션을 보지 못ᄒᆞᆯ 거시오, 부인긔 알욀 말ᄉᆞᆷ이 업ᄉᆞ니 임의 도로의 광음(光陰)을 허비ᄒᆞ미 반년이 거의니, 오ᄅᆡ지 아니ᄒᆞ여 엄한님이 환귀(還歸)ᄒᆞᆯ 거시니, 부ᄃᆡ 쥭여 칼ᄭᅳᆺ히 경혈(頸血)[1982]을 뭇쳐 도라가, 부인긔 납헌(納獻)ᄒᆞ고 ᄆᆡ션의게 큰 말 ᄒᆞ리라."

ᄒᆞ고, 인ᄒᆞ여 이곳의 뉴【69】쳐(留處)ᄒᆞ여 일월을 보ᄂᆡ더니, ᄌᆞ연 쥬긱의 안면이 후ᄒᆞ고 졍이 두터워 ᄂᆡ외 못ᄒᆞᆯ 말이 업ᄉᆞᆫ지라.

ᄌᆞ연 져의 ᄂᆡ력(來歷)을 감초지 못ᄒᆞ여 언간(言間)의 스ᄉᆞ로 져의 의긔를 일ᄏᆞᆺ고, 엄한님의 불효부졔(不孝不悌)를 닐너 부ᄃᆡ 쥭여

1980)반젼(盤纏) : 노자(路資). 먼 길을 떠나 오가는 데 드는 비용.

1981)무류(無聊)ᄒᆞ다 : 무료(無聊)하다. ①흥미 있는 일이 없어 심심하고 지루하다. ②부끄럽고 열없다.

1982)경혈(頸血) : 목에서 흐르는 피.

아닌 고로 그 ᄋᆡ걸ᄒᆞ믈 거졀치 못ᄒᆞ여 허락고 초실의 드리고 밥 짓【13】ᄂᆞᆫ 노예를 명ᄒᆞ야 ᄃᆡ긱ᄒᆞ라 ᄒᆞ엿더니, 일일은 긱 나갓다가 이틀 만의 드러오ᄃᆡ 만신이 육장이 되여 ᄉᆞ지를 ᄡᅳ을고 반ᄉᆡᆼ반ᄉᆞᄒᆞ여 도라오니, 원퓌 ᄎᆞ악ᄒᆞ야 연고를 무ᄅᆞᆫᄃᆡ 답왈,

"어제 과취ᄒᆞ야 길가의 누엇더니 강도의 무리 디나다가 이리 듕히 치고 지믈을 아ᄉᆞ갓다."

ᄒᆞ거ᄂᆞᆯ, 원파ᄂᆞᆫ 인심이 잇ᄂᆞᆫ 계집이라. 고디듯고 블상이 넉여 더운 쥭과 약음을 먹여 구원ᄒᆞ야 쥬니, 셥이 크게 감격ᄒᆞ나 병이 낫디 아니니 일노【14】 인ᄒᆞ야 엄 한님을 히치 못ᄒᆞ니라.

셥이 수일을 병들ᄆᆡ 양쥬인의 밥을 허비치 못ᄒᆞ야 힝듕의 가져온 거술 다 파라먹은니 다시 환경ᄒᆞᆯ 반젼도 업고, 무류히 도라가 최부인긔 무어시라 봉명ᄒᆞ리오?

심히 무류ᄒᆞ야 ᄉᆡᆼ각ᄒᆞᄃᆡ,

"내 임의 도로의 광음을 허비ᄒᆞ미 반 년이 거의니 오ᄅᆡ디 아냐 엄 한님이 귀환ᄒᆞᆯ 거시니, 브ᄃᆡ 쥭여 칼ᄭᅳᆺ히 경혈을 뭇쳐 도라가 부인긔 납공ᄒᆞ고 ᄆᆡ션의게 큰말 ᄒᆞ리라."

ᄒᆞ고 인ᄒᆞ연 이고ᄃᆡ 뉴쳐ᄒᆞ여 일월을 보ᄂᆡ【15】더니, ᄌᆞ연 쥬긱 안면이 후ᄒᆞ미 ᄌᆞ연 져의 ᄂᆡ력을 감초ᄃᆡ 못ᄒᆞ미 되여, 셥이 언간의 의긔를 일ᄏᆞᆺ고 엄 한님 블효브뎨ᄒᆞ믈 닐너 부ᄃᆡ 쥭여 후인을 징계ᄒᆞ렷노라 ᄒᆞ니, 원퓌ᄂᆞᆫ ᄒᆞᆫ 쇼각 어질 ᄯᆞᄅᆞᆷ이요 듕무쇼쥬ᄒᆞᆫ 지라.

후인을 징계ᄒᆞ렷노라 ᄒᆞ니, 원파ᄂᆞᆫ 한 조각 어질 ᄯᆞ롬이라. 그러이 너기ᄃᆡ, 협은 나히 어리나 총명 ᄌᆞ상ᄒᆞ여 ᄉᆞ마즁달(司馬仲達)[1983]의 슬긔 잇ᄂᆞᆫ지라.

후셥의 거지(擧止) 녕한흉ᄉᆞ(獰悍凶邪)ᄒᆞᆷ과 ᄂᆡ지(內才) 블냥흉포(不良凶暴)ᄒᆞᆷ을 긔지(旣知)ᄒᆞ고 님시응변(臨時應變)ᄒᆞ여 엄한【70】님이 엇던 사ᄅᆞᆷ인고, 위인을 한번 보와 그 션악을 살펴 그 현인이어든 바려두지 아니ᄒᆞ고 부ᄃᆡ 구ᄒᆞ고, 블인(不人)이어든 구치 아니ᄒᆞ기ᄅᆞᆯ 싱각ᄒᆞ더니, 과연 오ᄅᆡ지 아니ᄒᆞ여 엄한님이 곳 오국으로 조ᄎᆞ 환조(還朝)ᄒᆞᆯ식, 다시 향니(鄕里) 고턱(古宅)흐 슈일을 머므ᄂᆞᆫ지라.

후셥이 암희(暗喜)ᄒᆞ여 즉시 칼날을 다듬고 이날 밤의 어둡기ᄅᆞᆯ 기다리ᄂᆞᆫ지라.

녈협이 임의 격닌(隔隣)을 즈음ᄒᆞ여 엄한님 곤계(昆季)의 ᄌᆡ화도덕(才華道德)을 칭복ᄒᆞᄂᆞᆫ 즁, 더옥 쳔츄군ᄌᆞ지풍(千秋君子之風)[1984]을 한번【71】 보미, 만심갈치(滿心喝采)ᄒᆞ여, 스ᄉᆞ로 의긔(義妓)[1985]《와‖쳐로》 문하(門下)[1986]의 ᄎᆡᄅᆞᆯ 잡아 셤겨, 견마(犬馬)의 츙셩을 《짐작ᄒᆞᆯ너라‖바치려 ᄒᆞ더라》.

그러히 넉이ᄃᆡ 협은 ᄀᆞ장 춍명ᄒᆞᆫ지라.

후셥의 거지 녕한흉샤ᄒᆞᆷ을 지긔ᄒᆞ고 임시응변ᄒᆞ야 엄 한님이 엇던 ᄉᆞᄅᆞᆷ인고 ᄒᆞᆫ 번 보아 블인이언든 ᄇᆞ려두고 현이어든 브ᄃᆡ 구ᄒᆞ기를 싱각ᄒᆞ더니, 과연 오ᄅᆡ지 아냐 엄 한【16】님 곤계 오국으로조ᄎᆞ 환됴ᄒᆞᆯ시, 다시 향니 고턱의 수일을 머무ᄂᆞᆫ지라.

셥이 암희ᄒᆞ여 즉시 갑플을 여러 칼날을 다듬아 이날 밤을 기ᄃᆞ리ᄂᆞᆫ지라.

협이 임의 격인(隔隣)을 즈음ᄒᆞ여 엄 한님을 보고 곤계의 풍신ᄌᆡ화(風神才華)를 크게 칭복ᄒᆞ난 듕, 더옥 한님의 군ᄌᆞ지풍을 ᄒᆞᆫ 번 보미 만심갈치ᄒᆞ야 스ᄉᆞ로 홍블기의 니위공 좃던 졍심이 아니로ᄃᆡ, 마ᄎᆞᆷᄂᆡ 이 가온ᄃᆡ ᄯᅩ ᄒᆞᆫ 쳔츄미ᄉᆡ 잇더라.

1983)ᄉᆞ마즁달(司馬仲達) : 179~251. 중국 삼국시대, 위(魏)나라의 명장, 정치가. 이름은 의(懿), 자는 중달(仲達)이다. 조비(曹丕)의 유언을 받아 명제 및 제왕을 보좌하였다. 특히 촉한(蜀漢)의 제갈공명을 오장원에서 막아 그의 의도를 꺾었고, 위나라 말 승상이 되어 실권을 잡았다. 손자인 사마염(司馬炎)이 진(晋)을 세우고 세조(世祖)에 즉위한 뒤, 진나라 고조(高祖)에 추존(追尊)되었다.

1984)쳔츄군ᄌᆞ지풍(千秋君子之風) : 천년에 한번 있을까 하는 뛰어난 도덕군자의 풍채.

1985)의긔(義妓) : '의로운 기생'이란 말로, 당나라 전기(傳記) <규염객전(虯髥客傳)>에 등장하는 홍불기(紅拂妓)를 가탁(假託)한 말이다. 홍불기는 수(隋)나라 권신(權臣) 양소(楊素)의 시녀로 항상 붉은 총채를 잡고 서 있었으므로 '홍불기(紅拂妓)라 불렸는데, 양소에게 책략을 진헌하는 위공(衛公) 이정(李靖)의 인물됨을 알아보고 밤에 찾아가 정을 맺고 그의 처가 되었다. 이로 인해 '홍불기'는 후에 영웅을 알아보는 여인을 비유하는 말로 쓰였다.

1986)문하(門下) : ①가르침을 받는 스승의 아래. ②문하에서 배우는 제자.=문하생.

엇지 《연졍만니‖붕졍만니(鵬程萬里)[1987]》의 조화를 요동ᄒᆞ던 ᄌᆞ운(子雲)[1988]을 홀노 긔특다 ᄒᆞ며, '왕ᄌᆞ진(王子晋)의 《은단‖승난(乘鸞)'[1989]》이 홀노 의협(義俠)을 ᄌᆞ긍(自矜)ᄒᆞ리오. 이 또ᄒᆞᆫ 텬하의 어진 션ᄇᆡ러라.

ᄎᆞ야의 기모(其母) 원파로 더부러 상의ᄒᆞ고 스ᄉᆞ로 엄부의 나아가 한님 곤계를 보고, 져의 쇼유(所由)를 ᄃᆡ강 고ᄒᆞ고 후회를 긔약ᄒᆞ고 도라왓더라.

후셥이 ᄎᆞ야(此夜)의 가ᄇᆡ야온 옷술 닙고 비도(匕刀)를 날게[1990] 가라 품의 품고, 【72】 규ᄉᆞ(窺伺)ᄒᆞ여 야심ᄒᆞ미, 드ᄃᆡ여 후랑(後廊)을 넘어 셔헌(書軒)의 ᄉᆞ못차 창외(窓外)의셔 여어보니, 엄한님 형뎨 의구히 침금(寢衾)을 년(連)ᄒᆞ여, 왕금(王衾)[1991]을 통기(通開)[1992]ᄒᆞ고 상상(床上)의 잠드니, 장외(帳外)의 쵹이 멸ᄒᆞ엿고, 월식이 명낭ᄒᆞ나, 병풍과 장(帳)이 가리와시니, 다시 동졍을 알기 어렵더라.

이윽고 비셩(鼻聲)이 우레갓고, 좌우 장 밧긔 슉직 동지 잠이 깁헛ᄂᆞᆫ지라.

ᄎᆞ일 기모 원파로 상의ᄒᆞ고 스ᄉᆞ로 엄부의 나아가【17】 한님 곤계를 보고 적의 소유를 ᄃᆡ강 고ᄒᆞ고 후회를 긔약ᄒᆞ고 오니라.

후셥이 ᄎᆞ야의 ᄀᆞᄇᆡ야온 옷술 닙고 비도를 픔고 규○○○[ᄉᆞᄒᆞ여] 후장을 너머 셔헌의 ᄉᆞ못ᄎᆞ 창외의셔 여어보니, 엄 한님 형뎨 의구히 침금을 년ᄒᆞ야 상샹의 줌드니, 장후의 쵹이 멸ᄒᆞ엿고 월식이 명낭ᄒᆞ나 병장이 ᄀᆞ리와시니 다시 동졍을 알 길히 업더라.

이윽고 비셩이 우레 ᄀᆞᆺ고 장 밧긔 슉직 동지 줌이 깁헛ᄂᆞᆫ지라.

1987)붕졍만니(鵬程萬里) : 『장자(莊子)』〈소요유(逍遙遊)〉의 "붕새가 남쪽 바다로 날아 갈 적에는 물결을 치는 것이 3천 리요, 회오리바람을 타고 9만 리를 올라가 여섯 달을 가서야 쉰다.(鵬之徙於南冥也 水擊三千里 搏扶搖而上者九萬里 去以六月息者也)"는 말에서 유래한 말로, '아주 멀고 먼길' 또는 '매우 양양한 장래'를 비유적으로 이른 말.

1988)ᄌᆞ운(子雲) : 중국 한(漢)나라의 학자 양웅(揚雄, 기원전 53-18). 자운은 그의 자(字). 주요 저서로 『태현경(太玄經)』, 『법언(法言)』 등이 있다.

1989)왕자진(王子晋)의 승난(乘鸞) ; 왕자진(王子晋)이 난(鸞)새를 타고 안개 속으로 날아갔다는 말. *승난(乘鸞); 『고문진보(古文眞寶)』 오언고풍단편(五言古風短篇)의 강문통(江文通) <잡시(雜詩)> '승난향연무(乘鸞向煙霧; 난새를 타고 안개 속을 나네)' 구(句)에서 따온 말이다. *왕자진(王子晋); 중국 주(周)나라 영왕(靈王)의 태자. 이름은 진(晋). 일명 '교(喬)'라고도 함. 피리를 잘 불었는데 숭산(嵩山)에 들어가서 신선(神仙)이 되었다고 한다.

1990)날게 : 날나게. 날카롭게. *날나다: 날카롭다. 끝이 뾰족하거나 날이 서 있다.

1991)왕금(王衾) : 큰 이불.

1992)통기(通開) : 활짝 열어젖힘.

셥이 바야흐로 용약번신(勇躍翻身)ᄒᆞ여 쾌히 창을 열고 쒸여 드러가, 상하(床下)의 나아가 버금 자리의 한님의 눕ᄂᆞᆫ 양을 보아시므로, 이의 【73】 진녁(盡力)ᄒᆞ여 지ᄅᆞ고져 ᄒᆞ더니, 홀연 압흐로 조ᄎᆞ 올모[1993]를 노하 두 발을 올가 더지니, 셥이 무망(無妄)의 뒤흐로 잡바지니, 것구러지ᄂᆞᆫ 소릐 요란ᄒᆞᆫ지라.

셥이 심히 황망ᄒᆞ여 급히 넓더나고져 ᄒᆞ다가, 두 발목을 옭아 더졋ᄂᆞᆫ지라. 엇지 움즉이리오. 셥이 더욱 황망ᄒᆞ더니, 믄득 일셩음아(一聲吟哦)[1994]의 좌우 슉직 시동(侍童)이 일시의 ᄻᅧ여 불을 ᄇᆞᆰ히고 청녕(聽令)ᄒᆞ니, 학ᄉᆞ와 한님이 보니 방즁의 일기 녕한이 셔리 갓흔 비도(匕刀)를 노코 잣바졋ᄂᆞᆫ지라.

한님이 크게 【74】 가인(家人)을 쇼릐ᄒᆞ미, 슈유(須臾)의 범갓흔 가졍이 계하의셔 청녕ᄒᆞ여 도젹을 긴긴이 결박ᄒᆞ고, 잡아 나리와 졍하의 ᄭᅮᆯ니미, 한님이 화근(禍根)을 짐작하미 엇지 업ᄉᆞ리오. 이 엇지 누루(累累)히 져쥬어 존부인 ᄃᆡ악(大惡)을 낫하닐 ᄯᅳᆺ이 이시리오.

젹을 ᄃᆡᄒᆞ여 탄왈,

"ᄂᆡ 덕이 박ᄒᆞ고 쳐신이 용녈ᄒᆞ여 우흐로 신명(神明)의게 죄를 엇고, 아릐로 인심을 엇지 못ᄒᆞ여시니, ᄂᆡ 일즉 널노 더부러 일면(一面)의 분(分)이 업고 쳑촌(尺寸)의 원(怨)이 업ᄉᆞᄃᆡ, 네 무고히 날을 히코져 ᄒᆞ니, 알괘라! 【75】 이ᄂᆞᆫ 나의 부지블초(不才不肖)ᄒᆞ믈 신명(神明)이 벌ᄒᆞ시미니, 엇지 너의 죄리오만은, 괴흉(怪凶)이 ᄯᅩᄒᆞᆫ 즁야(中夜)의 칼을 품고 살인ᄒᆞ려 ᄒᆞᄂᆞᆫ 심의(心意) 흉ᄒᆞ고 사오나오나, 요힝 ᄂᆡ 죽지 아냐시니 너를 ᄃᆡ살(代殺)ᄒᆞᆯ ᄂᆡ 업고, ᄯᅩ 다ᄉᆞ려 무익ᄒᆞᆯ 쥴을 아ᄂᆞᆫ 고로 쾌히 블살방셕(不殺放釋)ᄒᆞᄂᆞ니, 네 다시 이런 악ᄉᆞ를 져줄 념○[을] 말고, 기

셥이 용약번신ᄒᆞ야 쾌히 창을 열고 ᄯᅱ여드러가【18】 상하의 나아가 버금 ᄌᆞ리의 한님이 눕ᄂᆞᆫ 양을 보아시므로 이에 진녁ᄒᆞ여 지ᄅᆞ고져 ᄒᆞ더니, 홀연 압프로조ᄎᆞ 올모를 노하 두발을 올가 더지니, 셥이 무망의 뒤흐로 졋바디니 그 소릐 요란ᄒᆞᆫ디라.

셥이 심히 황망ᄒᆞ야 급히 넓ᄯᅥ나고져 ᄒᆞ더니, 두발을 모도 올가 더져시니 엇지 운보○[ᄒᆞ]리오. 셥이 더옥 황망ᄒᆞ더니, 믄득 일셩음아의 좌우 슉직 시동이 일시의 ᄻᅧ여 블을 ᄇᆞᆰ히고 보니, 일긔 녕한이 셔리 ᄀᆞᆺᄐᆞᆫ 비도를 노하ᄇᆞ【19】리고 잣바졋ᄂᆞᆫ지라.

한님이 크게 소릐ᄒᆞ야 가인을 브ᄅᆞ니, 슈유의 범ᄀᆞᆺᄐᆞᆫ 가졍이 ᄃᆡ하의 청녕ᄒᆞ야 도젹을 결박ᄒᆞ야 졍하의 ᄭᅮᆯ니미, 한님이 화근을 짐작ᄒᆞ미 잇거니 엇디 누누히 져쥬어 ᄌᆞ부인 과악을 낫타닐 ᄯᅳᆺ이 이시리오.

젹을 ᄃᆡᄒᆞ여 탄왈,

"내 덕이 박ᄒᆞ고 치신이 용녈ᄒᆞ나 내 일즉 널노 더브러 일면의 분이 업고 쳑촌의 원이 업ᄉᆞᄃᆡ 네 무고히 날을 히코져 ᄒᆞ니, 알괘라! 이ᄂᆞᆫ 나의 부지용우ᄒᆞ믈 신명이【20】 벌ᄒᆞ시미니 엇디 네 죄리오. 쾌히 블살방셕ᄒᆞᄂᆞ니 네 다시 이런 악ᄉᆞ를 져즐녀 말고 기과칙션ᄒᆞ야 션도의 도라가라."

1993)올모 : 올무. 새나 짐승을 잡기 위하여 만든 올가미.
1994)일셩음아(一聲吟哦) : '여봐라', '듣거라', '얏' 따위의 한 마디 고함소리. *음아(吟哦); 싸움이나 경기에서 상대편의 기선(機先)을 제압하기 위해 내지르는 고함(高喊)소리.

과칙션(改過責善)ᄒᆞ여 션도(善道)의 도라가라."

ᄒᆞ고, 셜파의 좌우룰 명ᄒᆞ여 글너 노화보니라 ᄒᆞ거놀, 엄학시 한님이 ᄌᆞ긱(刺客)을 잡으ᄃᆡ 쳐치 모호ᄒᆞ믈 괴이히 너기고, 또 분【76】히(憤駭)ᄒᆞ여 정식 왈,

"현뎨 엇지 이러틋 모호(模糊)ᄒᆞ뇨? 아이 비록 텬힝으로 흉젹의 독슈룰 면ᄒᆞ여시나, 아등이 본ᄃᆡ 미셰ᄒᆞᆫ 한유궁ᄉᆡ(寒儒窮士)아니라. 당당이 조정명환(朝廷名宦)이어놀, 엇지 흉젹이 조정지신(朝廷之臣)을 ᄒᆡ코져 ᄒᆞ여, 즁야(中夜)의 칼홀 품고 침쳐의 돌입ᄒᆞᆫ 죄상(罪狀)이 등한치 아니ᄒᆞ거놀, 엇지 무고히 방셕(放釋)ᄒᆞ리오. 맛당이 져쥬어[1995] 그 지촉(指囑)을 므러 죄룰 쳐치ᄒᆞ미 올흐니라."

한님이 빈미(顰眉) 탄왈,

"쇼뎨 본ᄃᆡ 사ᄅᆞᆷ의게 무원무한(無怨無恨)ᄒᆞ니 엇더ᄒᆞᆫ 지 ᄌᆞ긱(刺客)을 지촉(指囑)ᄒᆞ여【77】보ᄂᆡ여시리잇고? ᄎᆞ뉴 블과 인가(人家)의 작난ᄒᆞ며 사ᄅᆞᆷ을 죽이고 ᄌᆡ물을 겁탈ᄒᆞᄂᆞᆫ 뉴라. 굿ᄒᆞ여 쳐 므룰 거시 아니로쇼이다."

학시 블열(不悅) 왈,

"비록 그러홀지라도 그져 노화 보ᄂᆡ문 가치 아니ᄒᆞ니, ᄎᆞ젹(此賊)의 거동(擧動)이 녕한(獰悍)ᄒᆞ고 목ᄌᆡ(目眥)[1996] 불냥(不良)ᄒᆞ여 필연 영종지상(永終之相)이 아니라. 금일 현뎨 너그러이 용샤ᄒᆞ나, ᄎᆞ젹이 결연이 회심ᄌᆞ칙(回心自責)《ᄒᆞ여∥ᄒᆞ미 없어》 현뎨의게 ᄃᆡ환(大患)이 업지 아니ᄒᆞ리니, 우형의 헤아리문 현뎨와 다ᄅᆞ니, 가히 젹의 비상(臂上)의 표룰 두어, 타일(他日)의 의외의 변이【78】잇셔도 증험ᄒᆞ여 죄룰 다ᄉᆞ리미 올흐니라."

한님이 쳥파의 또 엇지 학ᄉᆞ의 명을 거ᄉᆞᆯ니오만은, 져쥬어 유익ᄒᆞ믄 업고 흉젹의 닙가온ᄃᆡ 더욱 흉언난셜(凶言亂說)이 난즉, 존위룰 촉범ᄒᆞ여 쳐치 난안(赧顔)홀가 ᄒᆞ미러니, 종형의 달니(達理)ᄒᆞᆫ 의논을 듯고 졈두(點頭) 침음ᄒᆞ니, 학시 이의 좌우룰 명ᄒᆞ여 젹의 우비(右臂)룰 ᄲᅢ혀 ᄌᆞᄌᆡ(刺字)홀시, ᄉᆞ

1995)져쥬다 : 형문(刑問)하다. 신문(訊問)하다.
1996)목ᄌᆡ(目眥) : 눈초리. 눈매.

셜파의 좌우를 명ᄒᆞ야 젹을 글너 노흐라 ᄒᆞ거놀, 엄 혹ᄉᆡ 한님의 쳐치 모호ᄒᆞ믈 고이히 넉여 분연 정식 왈,

"현제 엇디 이러퉛 모호ᄒᆞ뇨? 아이 비록 텬힝으로 흉젹의 독슈를 면ᄒᆞ야시나 아등이 미셰ᄒᆞᆫ 사ᄅᆞᆷ이 아니라. 당당ᄒᆞᆫ 됴정 명환이어놀 흉젹이 됴정 귀인을 ᄒᆡ코져 ᄒᆞ야 듕야의 칼을 픔【21】고 침쳐의 돌입ᄒᆞᄂᆞᆫ 죄상이 등한치 아니커놀, 무고히 방셕ᄒᆞ리오. 맛당이 져쥬어 그 지촉ᄌᆞ를 무러 죄를 정히 ᄒᆞ미 올흐니라."

한님이 빈미 탄왈,

"쇼뎨 본ᄃᆡ 사ᄅᆞᆷ의게 무원무은ᄒᆞ니 엇던 지 ᄌᆞ긱을 지측ᄒᆞ여 보ᄂᆡ시리잇고? ᄎᆞ뉴 블과 인가의 작난ᄒᆞ며 사ᄅᆞᆷ을 죽여 ᄌᆡ믈을 겁탈ᄒᆞᄂᆞᆫ 뉴라. 굿ᄒᆞ여 쳐 무를 거시 이시리잇가?"

혹ᄉᆡ 블열 왈,

"비록 그러나 그져 노하 보ᄂᆡ믄 가치 아니니, ᄎᆞ젹이 목ᄌᆡ 블양ᄒᆞ야 필연 영죵지【22】상이 아니라. 결연이 회심ᄌᆞ칙ᄒᆞ야 현뎨를 고마와 아니리니 우형의 헤아림은 현뎨와 다ᄅᆞᆫ디라. 가히 젹의 비상의 표젹을 두어 타일의 외변을 지여도 증험을 ᄉᆞ마 죄를 다ᄉᆞ리미 올흐니라."

한님이 죵형의 달이(達理)ᄒᆞᆫ 의논을 듯고 져두침음ᄒᆞ니, 혹ᄉᆡ 이에 좌우를 명ᄒᆞ여 젹의 우비의 ᄌᆞᄌᆡᄒᆞ야 삭이ᄃᆡ,

ᄉᆞ로 칼흘 잡아 가늘게 삭여 왈,

'모년 모월일의 금쥬 튁상(宅上)의셔 ᄌᆞ긱을 잡아 ᄌᆞ지(刺字)ᄒᆞ노라.'

쓰고, 먹을 갈아 ᄇᆞ으니 셥【79】이 크게 쇼릐 질너 왈,

"죄 이시미 만번 죽일 ᄯᆞᄅᆞᆷ이라. 엇지 이러ᄐᆞ시 강박ᄒᆞᆫ 형벌을 힝ᄒᆞ리오."

언파의 혼졀(昏絶)ᄒᆞ거ᄂᆞᆯ, 학시 명ᄒᆞ여 문밧그로 ᄭᅳ어 ᄂᆡ치라 ᄒᆞ다.【80】

'모년 월일의 금쥐 튁상의셔 ᄌᆞ긱을 잡아 ᄌᆞ지ᄒᆞ야 방셕ᄒᆞ노라.'

쓰고 ᄆᆞᆨ을 ᄀᆞ라 ᄇᆞ으니, 젹이 크게 소릐질너 왈,

"죄 이시【23】미 다만 죽일 ᄯᆞᄅᆞᆷ이라. 엇디 이런 각박ᄒᆞᆫ 형벌을 힝ᄒᆞ리오."

언파의 혼졀ᄒᆞ거ᄂᆞᆯ 명ᄒᆞ여 ᄭᅳ어 문밧긔 ᄂᆡ치라 ᄒᆞ다.

엄시효문쳥힝녹 권지십ᄉᆞ

화셜. 김후셥이 문 밧긔 ᄡᅳ어닉치여 가장 오릐게야 인ᄉᆞ를 찰혀 팔홀 드러보고, 익닯고 통분ᄒᆞ믈 니긔지 못ᄒᆞ여 싱각ᄒᆞ딕,

'이번은 닉 본딕 조심ᄒᆞ고 쇼루(疏漏)ᄒᆞ미 업과져 ᄒᆞ엿더니, 엇지 이갓치 피루(敗漏)ᄒᆞ여 요힝 목슘을 보존ᄒᆞ여시나, 딕장부의 신변의 이런 괴이ᄒᆞᆫ 표젹을 둘 쥴 엇지 아라시리오. 엄희ᄂᆞᆫ 날노 더부러 블공딕텬지쉬(不共戴天之讎)[1997]로다. 닉 밍셰ᄒᆞ여 타일의 당당이 엄창을 몬져 【1】 죽여 최부인의 명을 밧고, 버거 엄희롤 죽여 오놀날 이 무궁ᄒᆞᆫ 한을 갑흐리라.'

ᄒᆞ더라.

그러나 평싱의 ᄉᆞ랑ᄒᆞ던 비슈(匕首)를 일허시니 더욱 익달나 ᄒᆞ나 능히 홀일 업더라.

겨유 산비(散飛)ᄒᆞᆫ 심신을 졍ᄒᆞ여 킥실의 드러가니, 날이 오히려 붉지 아니ᄒᆞ엿ᄂᆞᆫ지라. 쥬인이 잠드러 아지 못ᄒᆞ믈 암희ᄒᆞ여 가만이 문을 열고 져 ᄌᆞ던 방의 와 누어 괴로이 신음ᄒᆞ믈 마지 아니ᄒᆞ더라.

명조의 쥬인 노픠 와 보고 놀나 므ᄅᆞ딕,

"관인이 어딕를 져리 알ᄂᆞ【2】뇨?"

후셥이 어렴프시 답왈,

"작야(昨夜)븟터 두통이 딕발(大發)ᄒᆞ여 알노라."

ᄒᆞ더라.

원시 모녜 젼일은 후셥의 근본을 모로고, 병 곳 들면 블상이 너기고 더욱 후휼(厚恤)ᄒᆞ더니, 임의 그 닉력을 안 후ᄂᆞᆫ 가장 흉포

후셥이 문밧긔 닉치여 ᄀᆞ장 오릐게야 씨여 싱각ᄒᆞ딕,

'이번은 닉 죠심ᄒᆞ여 소루ᄒᆞ미 업고져 ᄒᆞ더니 엇디 이ᄀᆞᆺ치 픠루홀 줄 알니요. 요힝 목숨을 보젼ᄒᆞ여시나 딕장부의 신상의 이런 고이ᄒᆞᆫ 표젹을 두어실 줄 알니오. 엄희ᄂᆞᆫ 날노 더브러 블공딕텬지슈라. 내 밍셰ᄒᆞ여 당당이 엄창 엄희를【24】 죽여 최부인 명을 밧들고, 오날날 한을 씨ᄉᆞ리라.'

ᄒᆞ더라.

그러나 평싱 ᄉᆞ랑ᄒᆞ던 비슈를 일허시니 더옥 익달나 ᄒᆞ나 홀일업셔 상비ᄒᆞᆫ 졍신을 거두어 킥실의 도라오니, 날이 치 박지 아엿ᄂᆞᆫ지라. 쥬인이 잠드러 아디 못ᄒᆞ믈 암희ᄒᆞ야 ᄀᆞ마니 문을 열고 져의 ᄌᆞ던 방의 와 누어 괴로이 심음ᄒᆞ더라.

명됴의 쥬인 노싀

젼일은 후셥의 근본을 모ᄅᆞ고 병 곳 들면 블상이 녁여 후휼ᄒᆞ더니, 닉력을 안 후ᄂᆞᆫ ○[가]장 흉포히

1997)블공딕천지쉬(不共戴天之讎) : 하늘을 함께 이지 못할 원수라는 뜻으로, 이 세상에서 같이 살 수 없을 만큼 큰 원한을 사람을 비유적으로 이르는 말.

이 너기ᄂᆞᆫ 고로, 졈졈 ᄃᆡ졉이 셔의[어](齟齬)ᄒᆞ여 젼일과 ᄂᆡ도ᄒᆞ니, 후셥이 쥬인의 졈졈 박ᄒᆞ믈 알고 오ᄅᆡ 머물기 어려워, 이의 슈일을 치료ᄒᆞ여 쥬인을 하직ᄒᆞ고, 촌촌이 걸식ᄒᆞ여 경ᄉᆞ로 도라오니라.

어시의 쥬협이 명일의 엄아(嚴衙)의 나아가 한님 곤계【3】긔 ᄇᆡ알ᄒᆞ니, 한님이 만심희열ᄒᆞ여 말셕의 좌ᄅᆞᆯ 쥬고, 다과로ᄡᅧ 관ᄃᆡ(寬待)ᄒᆞ고 포장(褒奬)ᄒᆞ니, 협이 황공블감ᄒᆞ여 ᄒᆞ더라.

쥬협이 엄한님의 표치풍광(標致風光)을 우러러 그윽이 심즁의 셤길 의ᄉᆡ이시나, 도ᄎᆞ의 발셜치 못ᄒᆞ니, 타일의 셰ᄉᆞᄅᆞᆯ 보아가며 지조ᄅᆞᆯ ᄇᆡ화 년슉ᄒᆞᆫ 후 몸으로ᄡᅧ 닙신양명(立身揚名)[1998]ᄒᆞ여 져의 부모ᄅᆞᆯ 현영(顯榮)ᄒᆞᆫ 후, 일홈을 낫하ᄂᆡ고 ᄌᆞ연지즁(自然之中)의 한님을 ᄎᆞᄌᆞ 교도(交道)ᄅᆞᆯ 후히 ᄆᆡᄌᆞ 정분이 도타온 후, 삼십의 취부(娶夫) ᄒᆞ기ᄅᆞᆯ ᄉᆡᆼ각ᄒᆞ니, 촌【4】민 쇼녀의 마음이 이러틋 장ᄃᆡᄒᆞ니, 엇지 니ᄅᆞᆫ 바 녀즁호걸(女中豪傑)이 아니리오.

학ᄉᆞᄂᆞᆫ 협의 인물을 보건ᄃᆡ 농가촌민의 무리 져갓흔 인물이 이시믈 긔특이 너기고, 한님을 ᄃᆡᄒᆞ여 협의 츌뉴ᄒᆞ믈 일ᄏᆞᄅᆞᄃᆡ, 한님은 져의 형용이 슈미(秀美)ᄒᆞ고 호상발월(豪爽發越)ᄒᆞᆫ 가온ᄃᆡ 은은이 녀ᄐᆡ(女態) 머므러시믈 보ᄆᆡ 쾌히 녀진 쥴을 짐작ᄒᆞ여, {그러나} 녀ᄌᆞ의 작용을 어히업시 너기나 아ᄂᆞᆫ 양을 아니ᄒᆞ고, 다만 흔연이 관ᄃᆡᄒᆞᆯᄉᆡ, 한님을 종시(終是) 좃고져 ᄒᆞᄂᆞᆫ 뜻이 잇더【5】라.

한님 왈,

"이곳이 ᄂᆡ 고향이라."

○○[하고], ᄌᆞ기 ᄌᆞ로 츌입이 잇기ᄅᆞᆯ 인ᄒᆞ여 ᄌᆞ로 보기ᄅᆞᆯ 니ᄅᆞ니,

협이 ᄉᆞ례 왈,

"노얘 쳔인을 더럽다 아니ᄒᆞ시고 져바리지 아니ᄒᆞ시면, 쳔인이 아직 나히 멀고 노뫼 ᄯᅥ나기ᄅᆞᆯ 슬허ᄒᆞ오ᄆᆡ, 모ᄌᆞ지졍(母子之情)이 ᄎᆞᆷ아 ᄯᅥ나지 못ᄒᆞ올지라. 슈년 후의 쇼인의 나

1998)닙신양명(立身揚名) : 출세하여 이름을 세상에 떨침

녁이ᄂᆞᆫ 고로 ᄃᆡ졉이 셔【25】의ᄒᆞ니, 후셥이 쥬인의 염박ᄒᆞ믈 알고 이에 쥬인을 하직ᄒᆞ고 쵼쵼이 걸식ᄒᆞ야 경ᄉᆞ의 도라오니라.

어시의 쥬협이 명일의 엄아의 나아가 한님 곤계를 ᄇᆡ알ᄒᆞ니, 한님이 흔연이 말셕의 좌를 쥬고 다과로ᄡᅧ 관ᄃᆡᄒᆞ고 작야 젹환을 아라 미리 보ᄒᆞᆫ 공을 표장ᄒᆞ니, 협이 황공블감이러라.

협이 한님의 표치풍광을 우러러 셤길 뜻이 이시나 도차의 발셜치 못ᄒᆞ야 타일의 셰ᄎᆞ를 보아 가며 ᄌᆡ조를 ᄇᆡ화 입신【26】양명ᄒᆞ여 져의 부모를 현영ᄒᆞᆫ 후 삼십의 취부ᄒᆞ기를 계교ᄒᆞ더라.

ᄒᆞᆨᄉᆞᄂᆞᆫ 협의 인믈 보ᄆᆡ 농가 쵼장의 상한 쇼민지지 져ᄀᆞᆺᄐᆞᆫ 인ᄌᆡ 이시믈 긔특이 녁이고, 한님은 쳥형슈미ᄒᆞᆫ 가온ᄃᆡ 은은이 녀ᄐᆡ 이시믈 보ᄆᆡ 쾌히 녀진 줄 짐작ᄒᆞ나 아ᄂᆞᆫ 체 아니ᄒᆞ고, 다만 흔연이 관졉ᄒᆞ야 고향의 ᄌᆞ로 츌입ᄒᆞᆯ 거시니 만나기를 니ᄅᆞ고, 힝편을 두로혀 경ᄉᆞ의 도라오니 ᄢᅴ 발셔 초동 망간의 밋쳣고, 오국의 가 ᄉᆞ오 삭을 뉴쳐ᄒᆞ고 도로 광【27】음을 허비ᄒᆞ미 삼ᄉᆞ 삭의 왕반이 팔 삭의 니ᄅᆞ럿더라.

히 약관이 ᄎᆞ고 ᄌᆡ조ᄅᆞᆯ 닉여, 맛당이 경ᄉᆞ의 도라가 귀턱의 ᄇᆡ알ᄒᆞ리니, 복원 노야ᄂᆞᆫ 종시 어엿비 너기쇼셔. 맛ᄎᆞᆷᄂᆡ 조션을 밧들고 어버이 셤기믈 바【6】라ᄂᆞ이다."

한님 곤계 이날 ᄒᆡᆼ장을 슈습ᄒᆞ여 경ᄉᆞ로 도라오니, 이ᄯᅢ 발셔 초동망간(初冬望間)[1999] 이라.

오국의 가 ᄉᆞ○○[오 삭]ᄅᆞᆯ[을] 뉴쳐(留處)ᄒᆞ고 도로의 광음(光陰)을 허비ᄒᆞ미 삼ᄉᆞ삭이니, 왕반(往返)이 팔삭의 니ᄅᆞ랏더라.

임의 황도의 도라와 냥인이 한가지로 궐하의 나아가 ᄉᆞ은ᄒᆞ온ᄃᆡ, 텬ᄌᆡ 인견(引見) 돈유(敦諭)ᄒᆞ시고 어온(御醞)을 반ᄉᆞ(頒賜)ᄒᆞ시며, 옥음을 나리오ᄉᆞ 왈,

"경 등은 한원(翰院)[2000]의 종요로운[2001] ᄌᆡ목(材木)이라. 짐이 ᄉᆞ랑ᄒᆞ믈 슈족(手足)갓치 ᄒᆞ거ᄂᆞᆯ, 경 등은 졍이 님군과 갓지 못ᄒᆞ여 비록 부모지국(父母之國)【7】이나 너모 오ᄅᆡ 머므로 잇셔 짐의 기다리미 간졀ᄒᆞ게 ᄒᆞ니, 이 엇지 신하의 ᄉᆞ군진츙(事君盡忠)ᄒᆞᄂᆞᆫ 도리리오."

냥인이 셩상의 은비(恩庇)[2002]ᄅᆞᆯ 밧ᄌᆞᆸ고 ᄯᅩ 이갓흐신 이슈(異數)[2003]ᄅᆞᆯ 듯ᄌᆞ오ᄆᆡ, 블승황감ᄒᆞ여 일시의 고두 ᄇᆡᄉᆞ 왈,

"신등이 무용무ᄌᆡ(無用無才)로 셩쥬의 은턱을 닙ᄉᆞ오니 간뇌도지(肝腦塗地)[2004]ᄒᆞ오나 셩은을 다 갑ᄉᆞᆸ지 못ᄒᆞ리로쇼이다."

"쇼신 창은 더욱 외국의 뉴ᄒᆞ와 어믜ᄅᆞᆯ 강보의 ᄯᅥ나 셰월이 오ᄅᆡ오ᄆᆡ, 안면을 《긔록‖긔억》지 못ᄒᆞ옵던 ᄎᆞ의 구별단취(久別團聚)의 모ᄌᆞ텬뉸지졍(母子天倫之情)이 유【8】유연

냥인이 궐하의 나아가 예궐ᄉᆞ은ᄒᆞ오니, 텬ᄌᆡ 인견 돈유ᄒᆞ샤 왈,

"경 등은 한원의 죵요로온 ᄌᆡ목이라. 딤이 ᄉᆞ랑ᄒᆞ믈 슈죡갓치 ᄒᆞ거ᄂᆞᆯ 경 등은 님군의 졍과 ᄀᆞᆺ디 못ᄒᆞ여 비록 부모지국이나 너모 오ᄅᆡ 믈너 잇셔 딤의 기ᄃᆞ리미 ○[간]졀ᄒᆞ게 ᄒᆞ리오?"

냥인이 셩상 《은비‖은비》를 듯ᄌᆞ오ᄆᆡ 황공ᄇᆡᄉᆞ 왈,

"신등이 우용무ᄌᆡ로 셩쥬 은턱이 여ᄎᆞᄒᆞ시니 간뇌도지ᄒᆞ오나 셩은을 갑ᄉᆞᆸ디 못【28】ᄒᆞ리로소이다."

1999)초동망간(初冬望間) : 음력 10월 15일께.

2000)한원(翰院) : 조선시대 홍문관(弘文館)과 예문관(藝文館)을 말함.

2001)종요롭다 : 없어서는 안 될 정도로 매우 긴요하다.

2002)은비(恩庇) : 윗사람이 아랫사람에게 은혜를 끼침. 조상의 보우(保佑)를 입음.

2003)이슈(異數) : 특별한 예우. 또는 보통과 구별되는 특별한 것.

2004)간뇌도지(肝腦塗地) : 참혹한 죽음을 당하여 간장(肝臟)과 뇌수(腦髓)가 땅에 널려 있다는 뜻으로, 나라를 위하여 목숨을 돌보지 않고 애를 씀을 이르는 말.

연(儒儒戀戀)ᄒᆞ와 슈이 니별치 못ᄒᆞ오므로, 일월이 쳔연ᄒᆞ오미 되엿삽더니 셩괴 여ᄎᆞᄒᆞ옵시니, 더욱 죄 크도쇼이다."

상이 흔연이 우으시고 위로ᄒᆞ시며 후상(厚賞)ᄒᆞ시다.

냥인이 퇴조ᄒᆞ여 부즁의 도라와 부모 슉당의 뵈오니, 부뫼 다 크게 반기며 가즁상히(家中上下) 환셩이 녈녈ᄒᆞ더라.

학ᄉᆞ는 부모와 형뎨 다 무강ᄒᆞ시고 양 쇼져의 방신이 무양ᄒᆞ며, 또 싱ᄌᆞᄒᆞ여 히ᄋᆡ 극히 긔이ᄒᆞᄆᆡ, 깃브믈 니긔지 못ᄒᆞ여 화긔늉늉(和氣隆隆)ᄒᆞ니, 부모의 두굿기는 즁 쇼왈,
【9】

"아히 팔지 너모 가졋고 남지 아모리 무졍타 ᄒᆞᆫ들, 문시 유죄무죄간(宥罪無罪間) 일분 츄연ᄒᆞ미 업ᄉᆞ니 인졍이 업도다."

학시 광슈로 ᄋᆡ롤 어로만져 ᄃᆡ왈,

"부ᄌᆞ텬뉸지졍(父子天倫之情)이 부(婦)는 의논할 ᄇᆡ 아니오, 지어(至於) 문시ᄒᆞ여는 그 유죄ᄒᆞ미 명명(明明)ᄒᆞ오니, 부모 쳐치 당연ᄒᆞ실지라. 문시 강악(强惡)ᄒᆞᆫ 힝ᄉᆞ로ᄡᅧ 이제 츌화(黜禍) 만나미 오히려 느졋고, 또 죄 즁ᄒᆞ고 벌이 경ᄒᆞ오니 무어시 츄연(惆然)ᄒᆞ리잇고? 쇼지 평일 문시와 것ᄎᆞ런 지 오릭오니 괘렴(掛念)ᄒᆞᆯ ᄂᆡ 업ᄂᆞ니이다."【10】

시랑은 졈두(點頭) 무언(無言)ᄒᆞ고, 장ᄆᆡ(長妹) 녀부인이 쇼왈,

"남지 무졍ᄒᆞ미 현뎨 갓흐니 또 업ᄉᆞ리로다."

ᄎᆞᄆᆡ 화상셔 부인이 미쇼 왈,

"녀ᄌᆞ지심(女子之心)은 일쳬라. 아의 말이 엇지 밉지 아니ᄒᆞ며, 양뎨는 인ᄌᆞᄒᆞᆫ 부인이라 반ᄃᆞ시 아의 말을 항복지 아니리라."

학시 ᄃᆡ쇼 왈,

"쇼뎨는 하나토 져바리미 업ᄉᆞ니 무어시 무신ᄒᆞ리오. ᄆᆡ는 너모 지쇼(指笑)치 마로쇼셔. 문시 요힝 그만 도라감도 ᄌᆞ가의 젹지 아닌 복이니, 문공은 어진 장뷔라. 반ᄃᆞ시 경계ᄒᆞ여 악심【11】을 도로혀도록 ᄒᆞ리니, 문시 요힝 회심기과(回心改過)ᄒᆞᆫ즉 엇지 쇼뎨 져의게 박게 ᄒᆞ리잇고? 형장과 져져는 쇼뎨

상이 흔연이 우으시고 위우ᄒᆞ시며 후상ᄒᆞ시더라.

냥인이 퇴됴ᄒᆞ여 부듕의 도라와 부모슉당의 뵈오니 모다 크게 반겨 가듕상하의 환셩이 열열ᄒᆞ더라.

ᄒᆞᆨᄉᆞ는 부모와 형뎨 다 무강ᄒᆞ시고 양쇼져 방신이 무ᄉᆞᄒᆞ며 또 싱남ᄒᆞ여 히ᄋᆡ 극히 긔이ᄒᆞ니 깃브믈 이긔디 못ᄒᆞ여 화긔늉늉ᄒᆞ니, 부뫼 두굿기고 형ᄆᆡ 희소 왈,

"아이 ᄌᆞᄋᆡ 너모 짓갑졋고 또 남지 아모리 무심타 ᄒᆞᆫ들 문시 유죄무죄간 일분 츄연ᄒᆞ미 업ᄉᆞ니【29】 인졍이 아니로다."

ᄒᆞᆨ시 광슈로 유ᄌᆞ를 어ᄅᆞ만져 ᄃᆡ왈,

"부ᄌᆞ텬뉸이 ᄌᆞ연 예ᄉᆡ어니와 문시는 그 죄 명명ᄒᆞ리니 부모의 쳐치 당연ᄒᆞ신디라. 무어시 츄연ᄒᆞ리잇고?"

장ᄆᆡ 녀부인이 쇼왈,

"남ᄌᆞ의 무졍ᄒᆞ미 현뎨 ᄀᆞᄐᆞᆫ 니 업ᄉᆞ리로다."

ᄎᆞᄆᆡ 《황∥화》 샹셔 부인이 미쇼 왈,

"녀ᄌᆞ지심은 일쳬라. 아의 말이 어이 밉지 아니며 양뎨는 인ᄌᆞᄒᆞᆫ 부인이라. 반ᄃᆞ시 아의 말을 항복지 아니리라."

ᄒᆞᆨ시 대쇼 왈,

"쇼뎨는 한광무의 곽후 져ᄇᆞ리미 업ᄉᆞ니 무어시 무신ᄒᆞ리오? 현져【30】는 치쇼치 마ᄅᆞ쇼셔. 문시 그만ᄒᆞ야 도라감도 ᄌᆞ가의 젹디 아닌 복이니 문공은 어진 장뷔라. 반ᄃᆞ시 ᄯᆞᆯ을 경계ᄒᆞ야 회과ᄒᆞ도록 ᄒᆞ리니 문시 요힝 기심슈덕ᄒᆞᆫ즉 쇼뎨 엇디 무고히 소ᄃᆡᄒᆞ리잇고? 쇼뎨의 타일 가제를 보쇼셔. 오소ᄒᆞᆫ 녀

타일 가제(家齊)를 보쇼서. 형장은 쇼뎨ᄂᆞᆫ 감히 하ᄌᆞ(瑕疵)를 못ᄒᆞ려니와, 현마 오쇼(迂疎)ᄒᆞᆫ[2005] 녀형과 허랑ᄒᆞᆫ 화 문슈야 그리 블워ᄒᆞ리잇가?"

좌위(左右) ᄀᆡ쇼(皆笑)ᄒᆞ고 녀ᆞ화 이부인이 ᄡᆞ지져 어룬 미형을 너모 조롱ᄒᆞ니, 범남(汎濫) 타 ᄒᆞ더라.

한님은 틱ᄉᆞ 부뷔 반기며 ᄉᆞ랑ᄒᆞ나, 최부인의 외면가작(外面假作)으로 ᄒᆞ며, 한 녑흐로ᄂᆞᆫ 노호려 보ᄂᆞᆫ 눈ᄡᆞᆯ이 가【12】장 조치 아니코, 쇼공ᄌᆞ 영이 좌우의 잇셔 눈으로 졍을 보닉며 반기ᄂᆞᆫ 졍이 무궁ᄒᆞ나, ᄌᆞ부인 심장을 예지ᄒᆞ미 잇ᄂᆞᆫ 고로, 감히 졍을 발뵈지 못ᄒᆞᄂᆞᆫ 거동이라.

한님이 ᄌᆞ부인의 긔식을 황공 불안ᄒᆞ나, 아의 거동(擧動)을 ᄋᆡ련ᄒᆞ여 날호여 옥슈를 잡고, 등을 어로만져 그ᄉᆞ이 닉도히[2006] 슈미ᄒᆞ믈 두굿기고 ᄉᆞ랑ᄒᆞ여, 순협(脣頰)을 졉ᄒᆞ미 근근체제(懃懃棣棣)[2007]ᄒᆞᆫ 졍이 텬눈 밧긔 ᄌᆞ별ᄒᆞ니, 공지 모부인 위엄을 두려 그 음업ᄉᆞᆫ ᄉᆞ졍(私情)을 졀ᄎᆞ(絶遮)[2008]ᄒᆞ더라.

형의 【13】 이러틋 가ᄎᆞ(假借)ᄒᆞ믈[2009] 보니 역시 셩우(誠友)를 참기 어려온지라. 쏘ᄒᆞᆫ 옥슈로 형의 냥협(兩頰)을 어로만져 참아 귀즁ᄒᆞᆫ 형용을 측냥치 못ᄒᆞᄂᆞᆫ 거동이라.

틱ᄉᆞ와 츄밀 부부와 좌즁이 다 냥인의 효우를 아름다이 너기딕, 최부인의 증염(憎厭)ᄒᆞᄂᆞᆫ 마음은 ᄀᆡᆼ가일층(更加一層)ᄒᆞ더라.

이ᄯᅢ 윤쇼제 비록 엄구와 즁부의 관혜(寬惠)ᄒᆞ신 셩덕으로 차악(嗟愕)ᄒᆞᆫ 누명을 《ᄒᆞᆫ‖던》듯ᄒᆞ니[나], 진실노 존고 최부인이 지목ᄒᆞ

형과 허랑ᄒᆞᆫ 화문슈야 그리 블워ᄒᆞ리잇가?"

좌위 ᄀᆡ쇼ᄒᆞ고 녀·화 이부인이 분분이 ᄡᆞ지져 어룬 미부를 조쇼ᄒᆞ니 범남타 ᄒᆞ더라.

한님은 태ᄉᆞ와 츄밀 부뷔 반기며 ᄉᆞ랑ᄒᆞ나 최부인의 노호려 보ᄂᆞᆫ 눈【31】ᄡᆞᆯ이 ᄀᆞ장 됴치 아니코, 영이 좌우의 잇셔 눈으로 졍을 보닉며 반기ᄂᆞᆫ 졍이 무궁ᄒᆞ나, ᄌᆞ부인 심장을 예디ᄒᆞ미 잇ᄂᆞᆫ디라. 감히 졍을 발뵈디 못ᄒᆞᄂᆞᆫ 거동이라.

한님이 ᄌᆞ부인 긔식을 블안ᄒᆞ나 아의 거동을 ᄋᆡ련ᄒᆞ야 옥슈를 잡고 어ᄅᆞ만져 그 ᄉᆞ이 닉도히 슈미ᄒᆞ믈 ᄉᆞ랑ᄒᆞ야 근근체체ᄒᆞᆫ 졍이 ᄌᆞ별ᄒᆞ니, 영이 쏘ᄒᆞᆫ 형의 냥협을 어ᄅᆞ만져 ᄎᆞ마 귀듕ᄒᆞ믈 형용치 못ᄒᆞᄂᆞᆫ 거동이라.

태ᄉᆞ와 츄밀 부부며 좌듕이 다 냥인의 우【32】공을 아름다이 넉이딕 최부인의 증염ᄒᆞ믄 ᄀᆡᆼ가일층이러라.

이ᄯᅢ 윤쇼제 비록 엄구와 듕부의 관혜ᄒᆞ신 셩덕으로 ᄎᆞ악ᄒᆞᆫ 누명을 신셜ᄒᆞᆫ 둣ᄒᆞ나, 최부인이 지목ᄒᆞ여 조로고 ᄡᆞ지져 일시를 한가

2005)오쇼(迂疎)ᄒᆞ다 : 우소(迂疎)하다. 세상 물정에 어둡고 민첩하지 못하다.
2006)닉도ᄒᆞ다 : 판이(判異)하다. 크게 다르다. 엉뚱하다.
2007)근근쳬쳬(懃懃棣棣) : 정성스럽고 은근하면서도 위의(威儀)가 있음. *체체(棣棣)하다 : 위의(威儀)가 있거나 예의에 밝다. *棣의 음은 '체' 또는 '태'.
2008)졀ᄎᆞ(絶遮) : 끊고 막음.
2009)가ᄎᆞ(假借)ᄒᆞ다 : ①정하지 않고 잠시만 빌리다 ②편하고 너그럽게 대하다. ③가까이 하여 어루만지다.

여 조로고 ᄊᆞ지져 일시를 한가치 못ᄒᆞ게 ᄒᆞ니, 지하ᄌᆞ(在下者)의 【14】마옴이 엇지 일시나 편ᄒᆞ리오만은, 일편되이 ᄉᆞ침(私寢)의 드럿지 못ᄒᆞ여 비록 존젼의 시좌(侍坐)ᄒᆞ나, 즁목쇼시(衆目所視)의 승안(承顔)ᄒᆞᄂᆞᆫ 화긔롤 변치 아니ᄒᆞ나[디], 묵묵ᄒᆞᆫ 슈한(愁恨)의 청산(靑山)2010)을 둘넛고, 물너 ᄉᆞ침의 드러가미 신셕(晨夕)의 우탄(憂嘆)ᄒᆞ고 즁야의 졉목지 못ᄒᆞ여 옥장년심(玉腸軟心)2011)이 날노 초초ᄒᆞ고, 임의 구가 형셰롤 술펴 최부인의 부졍ᄒᆞᆫ 심용(心用)이 ᄌᆞ가 부부롤 고이 두지 아니ᄒᆞᄂᆞᆫ 심ᄉᆞᄂᆞᆫ, 쇼ᄌᆞ(所子)2012) 영을 닙장(立長)2013)ᄒᆞ려 ᄒᆞᄂᆞᆫ 쥬의롤[믈] 씨다ᄅᆞ미, ᄌᆞ가의 부부 화란【15】이 아모 곳의 밋출 쥴 아지 못ᄒᆞ엿더니, 이제 한님이 무ᄉᆞ히 도라와시나 오히려 깃브믈 아지 못ᄒᆞ더니, 한님이 도라와 부왕과 모비의 셔찰(書札)을 일가의 젼ᄒᆞ니, ᄎᆞ시의 엄부인이 한님의 귀가ᄒᆞ믈 듯고, 동긔 별회롤 니ᄅᆞ고 부왕의 글월을 반기고져 ᄒᆞ여 이의 니ᄅᆞ러더니, 윤쇼져와 한가지로 부모 셔간을 밧ᄌᆞ와 보오미, 효녀 효부의 영모망운지심(永慕望雲之心)2014)이 일쳬(一體)라.

오릐도록 글월을 어로만져 감상(感傷)ᄒᆞ믈 니긔지 못ᄒᆞ니, 학【16】ᄉᆞ의 남미 양시의 아ᄌᆞ롤 가ᄎᆞᄒᆞ여 희학(戲謔)이 방장(方壯)2015) ᄒᆞ믈 보나, 일언 찬조ᄒᆞ미 업더라.

학ᄉᆞ와 한님이 종일 존젼의 뫼셧다가 셕식을 졍당의 한가지로 파ᄒᆞ고, 촉을 밝히미 한님이 군종형뎨 삼인으로 더부러 디셔헌의셔 부슉을 뫼셔 슉침ᄒᆞ니라.

2010)청산(靑山) : '푸른 산'이라는 말로, 눈썹을 비유적으로 표현한 말.

2011)옥장년심(玉腸軟心) : 옥처럼 맑고 여린 마음.

2012)쇼ᄌᆞ(所子) : =소생(所生). 자기가 낳은 아들.

2013)닙장(立長) : 종통을 계승시키기 위해 장자(長子)가 아닌 사람을 장자로 세움.

2014)영모망운지심(永慕望雲之心) : 자식이 객지에서 고향에 계신 어버이를 그리워하는 마음.=망운지정

2015)방장(方壯) : 바야흐로 한창임.

치 못ᄒᆞ게 ᄒᆞ니, 지하지의 ᄆᆞ음이 엇디 일시나 편ᄒᆞ리오마ᄂᆞᆫ 일편도이 듕목소시의 승안ᄒᆞᄂᆞᆫ 화긔를 변치 아니나, 믁믁슈한이 미양 청산을 들넛고, 듕야의 졈목디 못ᄒᆞ여 옥장이 쵸쵸ᄒᆞ고, 부인의 심용이 ᄌᆞ가 부부를 고이 두디 아니【33】믄 쇼ᄌᆞ 영을 입장ᄒᆞ려 ᄒᆞᄂᆞᆫ 쥬의를[믈] 씨다라미 젼두를 가디라. 긍구ᄒᆞᄂᆞᆫ ᄆᆞ음이 방하치 못ᄒᆞ더니, 한임이 무ᄉᆞ히 도라와 부왕과 모후의 셔찰을 일가의 젼ᄒᆞ니, ᄎᆞ시 냥엄시 한님의 귀가ᄒᆞ믈 듯고 동긔 별회를 니ᄅᆞ고 부모의 글월을 반기고져 ᄒᆞ여 이의 니ᄅᆞ러, 윤시와 ᄒᆞᆫ가지로 부모 셔간을 밧ᄌᆞ와 보오미, 효녀효부의 망운지심이 일체라.

오릐도록 글월을 어ᄅᆞ만져 감상ᄒᆞ믈 이긔디 못ᄒᆞ더라.

ᄒᆞᆨᄉᆞ와 한님이 죵【34】일 존젼의 뫼셧다가 셕식을 파ᄒᆞ고 촉을 니으미, 한님 군죵 형뎨 삼인이 영으로 더브러 대셔헌의셔 부슉을 뫼셔 슉침ᄒᆞ니라.

이러구러 날이 포되니[2016] ᄌ연 문젼의 찻ᄂ 숀이 메엿고, 모든 져부(姐夫)[2017]와 이종(姨從)[2018] 셜싱 등이 날마다 왕ᄂ ᄒ니, 학ᄉ와 한님이 초초히 빙가(聘家)를 ᄎ줄 ᄯ롬이로ᄃ, 각각 ᄉ침을 ᄎ지 아녓더니,【17】십여일 후의 학ᄉᄂ 바야흐로 옥초당의 나아가 부인으로 금슬을 니으며, 아ᄌ를 가ᄎᄒ여 화긔 츈풍갓흐니, 츄밀 부뷔 두굿기고 이즁ᄒᄃ, 홀노 한님은 심회 만흔지라. 어ᄂ 결을의 부부호락(夫婦好樂)의 념네 밋ᄎ리오.

환가(還家)ᄒ 지 거의 월여의 니ᄅᄃ ᄉ침을 ᄎ지 아냣더니 일일은 ᄐᄉ 한님을 경계 왈,

"너희 부뷔 아직 년쇼ᄒ니 부부회합(夫婦好合)이 밧부지 아니ᄒ거니와, 부뷔 너모 싱쇼(生疏)ᄒ면 ᄌ식이 느ᄌ니, 오아ᄂ 종ᄉ(宗嗣)의 즁ᄃᄒ 몸【18】이라 농장지경(弄璋之慶)[2019]을 아니 념(念)치 못홀 거시니, 모로미 아히ᄂ 동방화셔(洞房和棲)[2020]ᄒ여 노부로 ᄒ여곰 농숀(弄孫)의 경ᄉ를 슈히 보게 ᄒ라."

한님이 감동ᄒ여 슈명ᄒ고 물너가더니, ᄎ셕의 경일누의 혼정(昏定)ᄒ니, 최부인이 변식ᄒ고 믄득 한님을 나아오라 ᄒ여, 그 숀을 잡고 등을 어로만져 홀연 쳑연(慽然)ᄒ여 갈오ᄃ,

"노뫼 비록 너를 나치 아녀시나 너를 난지 일칠의 계후(繼後)ᄒ여 휵지교지(畜之敎之)[2021]ᄒ며 ᄋ이무교(愛而撫交)[2022]ᄒ미 엇지 긔츌(己出)의 간격이 이시리오. 나의【19】원ᄒᄂ 바ᄂ 아름다이 장셩ᄒ미 현문귀가

이러구러 여러 날이 되니 ᄒᆨᄉᄂ ᄇ야흐로 옥쵸당의 나아가 양시로 금슬을 니으미 ᄋᄌ를 가차ᄒ나,

홀노 한님의 심화 만흐미 호락의 념이 업서 ᄉ침을 ᄎ디 아엿더니, 일일은 태ᄉ 한님을 명ᄒ야 ᄉ침으로 가라 ᄒ니 한님이 슈명ᄒ야 ᄉ침으로 향홀ᄉ,

ᄎ셕의 경일누의 혼정ᄒ【35】니 부인이 믄득 한님을 나아오라 ᄒ여 그 손을 잡고 등을 어ᄅ만져 홀연 쳑연ᄒ야 ᄀ로ᄃ,

"노뫼 비록 너를 싱아치 아냐시나 싱지일칠일의 계후ᄒ야 휵지교지ᄒ야[니] 긔츌의 간격이 이시리오. 나의 원ᄒᄂ 바ᄂ 아름다이 장셩ᄒ야 현문귀가

2016)포되다 : 거듭되다. 어떤 일이나 상황이 계속 생겨나거나 되풀이되다.
2017)져부(姐夫) : 손위 누이나 손아래 누이의 남편을 이르거나 부르는 말. =매부(妹夫).
2018)이종(姨從) : 이모의 자녀를 이르는 말. ≒이종사촌(姨從四寸).
2019)농장지경(弄璋之慶) : 아들을 낳은 경사. 예전에, 중국에서 아들을 낳으면 구슬을 장난감으로 주었다는 데서 유래한 말.
2020)동방화셔(洞房和棲) : 부부가 신방에 깃들여 화락함.
2021)휵지교지(畜之敎之) : 기르고 가르치고 함.
2022)ᄋ이무교(愛而撫交) : 쓰다듬어 사랑함.

(賢門貴家)의 요조슉녀(窈窕淑女)[2023]를 턱ᄒᆞ여 너희 부뷔 상젹(相敵)ᄒᆞ여 작쇼(鵲巢)[2024]의 봉황이 쌍뉴(雙遊)ᄒᆞᄂᆞᆫ ᄌᆞ미를 보고져 ᄒᆞ엿더니, 이제 윤시를 어드니 윤가의 셰ᄃᆡ고문(世代高門)을 낫비 너기미 아니오, 그 외모와 용안(容顔)이 부족다 ᄒᆞ미 아니오, 그 풍치를 외다[2025] ᄒᆞ미 아니로ᄃᆡ, 뉘 그 ᄂᆡ외 다ᄅᆞ미 쇼양(宵壤)[2026]이 현격홈 갓ᄒᆞ여, 옥얼골의 슛[2027] 마옴이 잇고, 윤시 셰ᄃᆡ 현명(賢明)을 오욕(汚辱)ᄒᆞᄂᆞᆫ 만고의 흉음찰녜(凶淫刹女)니 오아의 비항(配行)이 ᄎᆞ오(差誤)ᄒᆞ고 노모【20】로ᄡᅧ ᄋᆡ달온 한이 구곡(九曲)의 미칠 쥴 엇지 알니오. 져 윤시ᄂᆞᆫ 진실노 달긔(妲己)[2028]의 요괴로온 얼골이오 포ᄉᆞ(褒姒)[2029]의 넝담ᄒᆞᆫ 긔질이며, 측텬(則天)[2030]의 빗난 쳬지라. ᄎᆞ인이 만일 은(殷)나라의 쳐ᄒᆞ던들 달긔의 지나지 아니ᄒᆞ며, 쥬(周)시절의 삼기던들 쥬왕(紂王)의 은총을 젼일(專一)ᄒᆞ리니, 네 만일 노모의 말을 헛되이 너기고 오활(迂闊)ᄒᆞᆫ 부슉의 경계를 곳이 드러, 요인으로 더부러 부부의 도를 일운즉, 네 몸이 반ᄃᆞ시 보존치 못ᄒᆞᆯ ᄲᅮᆫ 아니라, 나종 문의 뇨됴슉녀를 비ᄒᆞ야 너히 부뷔 쌍유ᄒᆞᄂᆞᆫ ᄌᆞ미를 보고져 ᄒᆞ엿더니, 이제 윤시를 어드니 외모풍광을 브죡다 ᄒᆞ미 아니로ᄃᆡ 그 ᄂᆡ외 다ᄅᆞ미 현격ᄒᆞ미 쇼양블모ᄒᆞ야 옥얼골【36】 슛ᄆᆞ음 잇고, 윤시 세문청명을 오욕ᄒᆞᆯ 만고 흉음찰녀 잇셔 오ᄋᆞ의 비항이 차오ᄒᆞ게 ᄒᆞ니, 엇디 ᄋᆡ달고 졀통치 아니리오."

2023)요조슉녀(窈窕淑女) : 말과 행동이 품위가 있으며 얌전하고 정숙한 여자.
2024)작쇼(鵲巢) : 까치 집. '신방(新房)'을 비유적으로 표현한 말.
2025)외다 : '그르다'의 옛말.
2026)쇼양(宵壤) : 하늘과 땅.
2027)슛 : 숯. 나무를 숯가마에 넣어 구워 낸 검은 덩어리.
2028)달긔(妲己) : 중국 은나라 주왕의 비(妃). 왕의 총애를 믿어 음탕하고 포악하게 행동하였는데, 뒤에 주나라 무왕에게 살해되었다. 하걸(夏桀)의 비 매희(妹喜)와 함께 망국의 악녀로 불린다.
2029)포ᄉᆞ(褒姒) : 중국 주(周)나라 유왕의 총희(寵姬)로 웃음이 없었다. 유왕이 그녀를 웃게 하기 위해 거짓 봉화를 올려 제후들을 소집하였다가, 뒤에 외침(外侵)을 받고 봉화를 올렸으나 제후들이 모이지 않아 왕은 죽고 포사는 사로잡혔다고 한다.
2030)측텬(則天) : 624-705. 당(唐)나라 고종의 황후 측천무후(則天武后). 이름 무조(武曌). 중국의 대표적인 여성권력자의 한 사람으로, 아들 중종(中宗)을 폐위하고 스스로 황위에 올라 국호를 '주(周)'로 고치고 성신황제(聖神皇帝)라 칭했다.

호를 욕급(辱及)ᄒᆞᆫ 홰(禍)【21】니ᄅᆞ미 업기를 바라리오."

드ᄃᆡ여 원인벽좌우(遠人辟左右)2031)ᄒᆞ고 쇼릐를 나죽이 ᄒᆞ여,

"《한님이Ⅱ네,》 오국의 나아간 후, 그 ᄉᆞ이 괴변이 층싱(層生)ᄒᆞ여, 윤시의 여ᄎᆞ여ᄎᆞ 음누(淫陋)ᄒᆞᆫ 졍젹(情迹)이 여호지힝(여호之行)2032)이 잇셔, {거의} 가즁 화란이 젹지 아니ᄒᆞ더니, {겨우 이만이나 ᄒᆞᄃᆡ} 틱ᄉᆞ와 츄밀이 도로혀 죄룰 문시의게로 밀위여, 문시 무고히 츌뷔(黜婦) 되고, 음부 윤시ᄂᆞᆫ 그 부형의 셰엄(勢嚴)2033)ᄒᆞ므로뼈 금누옥당(金樓玉堂)의 무ᄉᆞ히 두어 명부 직쳡을 쳔ᄌᆞ(擅恣)ᄒᆞ게 되니, 너의 부슉의 츄셰비린(趨勢鄙吝)2034)ᄒᆞ미【22】엇지 경히(驚駭)치 아니리오. 오아ᄂᆞᆫ 모로미 가지록 슈힝셥신(修行攝身)ᄒᆞ믈 옥갓치 ᄒᆞ여, 음녀의 욕심을 치오지 말고 ᄉᆞ졍을 존졀(撙節)ᄒᆞ여2035), 기리 문호를 보젼ᄒᆞ게 ᄒᆞ라. 셰월이 오릐면 찰녀(刹女)의 음젹(淫迹)이 스ᄉᆞ로 낫하날 거시니, 법ᄃᆡ로 의법히 니이(離異)2036)ᄒᆞᆫ 후, 텬하 쥬문갑제(朱門甲第)2037)의 현미(賢美) 슉녀룰 어ᄃᆡ가 못어드랴?"

한님이 부슈이쳥(俯首而聽)2038)의 믝믝히 말이 업시 슈명비ᄉᆞ(受命拜謝)ᄒᆞ고, 승안화긔(承顔和氣)로 어둡도록 뫼셔 말솜ᄒᆞ다가, 야심ᄒᆞᆫ 후 물너 서당으로 나오고져 ᄒᆞ다가, 문【23】득 앗가 부명(父命)을 싱각ᄒᆞ고 거름을

드듸여 원인벽좌우ᄒᆞ고 소릐를 ᄂᆞ족이 ᄒᆞ고,

"《한님이Ⅱ네,》 오국의 나간 후, 그 ᄉᆞ이 괴변이 층싱ᄒᆞ여 윤시의 여ᄎᆞᄒᆞᆫ 음누ᄒᆞᆫ 졍젹이 가듕상하의 보며 드ᄅᆞ니 만ᄒᆞᄃᆡ, 태ᄉᆞ 곤계 도로혀 죄를 문시의게 밀위여 문시 무고히 츌뷔 되고, 음부 윤녀ᄂᆞᆫ 무ᄉᆞ히 두니, 너의 부슉이 윤녀의 부형의 셰엄을 츄셰ᄒᆞ미 엇디 경히【37】치 아니리오. 오ᄋᆞᄂᆞᆫ 모ᄅᆞ미 가지록 슈힝셥신ᄒᆞ야 음녀의 욕심을 치오디 말고 기리 문호를 보젼케 ᄒᆞ라. 셰월이 오릐면 찰녀의 음젹이 낫타날 거시니 법을 졍이ᄒᆞᆫ 후 텬하 쥬문갑제의 현미슉녀를 어ᄃᆡ 가 못 어드리오?"

한님이 복슈이쳥의 믝믝히 말이 업서 슈명비ᄉᆞᄒᆞ고, 승안화긔 츈풍 ᄀᆞᆺᄐᆞ여 어둡도록 뫼셔 말솜ᄒᆞ다가 야심 후 퇴ᄒᆞ야 셔당으로 나오고져 ᄒᆞ다가 부명을 싱각고 거름을 두로혀 옥월졍의 니ᄅᆞ니,【38】

2031)원인벽좌우(遠人辟左右) : 밀담을 하려고 곁에 있는 사람을 멀리 물리침.
2032)여호지힝(여호之行) : 여우와 같은 교활한 행실. *여호: 여우.
2033)셰엄(勢嚴) : 세력이나 기세가 무서울 만큼 높고 강고함.
2034)츄셰비린(趨勢鄙吝) : 지나칠 정도로 야박하게 세력 있는 사람을 붙좇아서 행동함.
2035)존졀(撙節)ᄒᆞ다 : 알맞게 절제하다. 씀씀이를 아껴 알맞게 쓰다.
2036)니이(離異) : 이혼(離婚). 부부의 혼인 관계를 인위적으로 소멸시키는 일.
2037)쥬문갑뎨(朱門甲第) : 붉은 대문을 단, 크게 잘 지은 집이란 뜻으로, 높은 벼슬아치가 사는 집을 이르는 말.
2038)부슈이쳥(俯首而聽) : 윗사람의 말을 머리를 숙이고 공손히 들음.

두로혀 옥월졍의 니르니, 추시 윤쇼제 졍히 최부인의 맛진 침션(針線)을 지촉흐여 쥬야 분쥬흐야, 낫이면 깁 쓰고 밤이면 침션(針線)흐여 일시도 한가흐믈 엇지 못흐더니, 이씨는 즁동회간(仲冬晦間)2039)이라. 신원(新元)2040)이 지격일월(只隔一月)이니, 부인이 자가 부부와 영공즈의 의복과 지어 영교ㆍ미션 등 부쳐 즈식들 의복부치2041)를 다 맛져 시기는 고로, 쇼제 능히 쉴 수이 업셔 밤으로뻐 낫즐2042) 닛는지라.

부인이 가지록 험악을 【24】 부리믄, 후셥이 무류(無聊)히 《도라오고‖도라와》 '한님이[은] 수긔를 거의 짐작흐는 듯시 실수를 져쥬미 업수나, 학수의[는] 이심(已甚)흐미[여] 후셥의 팔을 쌋가 글즈를 삭여 후일 《션쳐‖증험》흐려 ○○[혼다].'《흐는 의수를‖흐믈》 통한흐여, 가닋의 비록 문시 업수나, 양쇼져의 시비 슉낭을 깁히 허심(許心)흐여, 부듸 양시를 히흐여 학수《의‖에 대한》 한을 풀려 흐고, ○[또] 한님을 죽이지 못흔 원독(怨毒)이 일층이 더흐여, 윤쇼져 봇치미 잔혹흐고, 미션이 또 제 장부의 즁상(重傷)흐미 학수와 한님게로 원싊 도라가는지라. 부듸 그 졍즁(鄭重)【25】흔 부부간을 니간(離間)흐여 한을 갑흐려 흐는 고로, 더욱 부인을 도와 흉모(凶謀) 궁계(窮計)를 획(劃)흐여, 궁흉극수(窮凶極邪)2043)흐미 아니 미츤 곳이 업더라.

시야의 윤쇼제 졍히 촉하의셔 녹운 난잉 옥소 등으로 더부러 침션을 잠착(潛着)2044)흐여 다수릴 시 임의 밤이 깁헛는지라.

엄동설한(嚴冬雪寒)의 상풍(霜風)이 늠늠흐여 깁지게2045)를 움즈이는듸, 잔등(殘燈)이 쳐량흐고 부용장(芙蓉帳)2046)이 젹막흐여 의

추시 윤쇼제 졍히 최부인의 부부와 영공즈의 의복과 지어 영교 미션 등 부부 부즈들의 의복 부치를 다 맛져 시기는 고로, 쇼제 쉴 수이 업셔 밤으로뻐 나줄 닛는지라.

부인이 가지록 험악을 부리믄 후셥이 무류히 도라오니 한님을 죽이디 못흔 원독이 일층 더흐야 윤쇼져 보치미 더옥 잔혹흐고, 미션이 또 제 장부의 듕상흐미 혹수와 한님긔 원이 도라가는디라. 부듸 졍듕흔 부부간을 니간흐야 한을 갑프랴 흐【39】더라.

시야의 윤시 쵹을 도도고 옥소 등으로 더브러 침션을 잠착흐며,

2039)즁동회간(仲冬晦間) : 음력 11월 그믐께.
2040)신원(新元) : 설날.
2041)-부치 : 〔일부 명사 뒤에 붙어〕 같은 겨레라는 뜻을 더하는 접미사.
2042)낫즐 : 낮을. *낮: 해가 뜰 때부터 질 때까지의 동안.
2043)궁흉극수(窮凶極邪) : 몹시 흉측하고 사악함
2044)잠착(潛着) : 한 가지 일에만 정신을 골똘하게 씀. =참척.
2045)깁지게 : 문짝에 비단을 바른 지게문.

연이 장신궁(長信宮)[2047]으로 방불ᄒᆞᆫ지라.

일쥐 한가의 안ᄌᆞ 쇼져의 명되 험악ᄒᆞᆷ을 슬허ᄒᆞ며, 한님이 【26】《한가‖환가(還家)》ᄒᆞᆫ 냥월(兩月)의 한번 고문(叩門)ᄒᆞ미 업ᄉᆞᆷ을 골돌ᄒᆞ여, 휘루(揮淚) 장탄 왈,

"쇼져야! 인싱이 비빅셰(非百歲)라. 비컨ᄃᆡ 부유(浮游) 갓ᄒᆞ니, 잠들면 쇼몽(小夢)이오 죽으면 ᄃᆡ몽(大夢)이라. 사ᄅᆞᆷ이 싱셰초(生世初)븟허 만복이 무흠ᄒᆞᆯ지라도 빅년을 ᄉᆞ지 못ᄒᆞ니, 싱낙(生樂)이 심히 가련ᄒᆞ거ᄂᆞᆯ, 이갓치 괴롭고 슬픈 후의 무ᄉᆞᆫ 거시 조흐미 이시리잇고? 이제 쇼제 우리 진뎐하와 슉녈비의 쇼교와(小嬌瓦)[2048]로 월하옹(月下翁)[2049]이 젹승(赤繩)을 엄시의게 ᄆᆡᄌᆞ시니, 한님노야 풍신 지홰 진짓 쇼져의 텬졍가우(天定佳偶)[2050]요, 빅【27】셰냥필(百歲良匹)[2051]이로ᄃᆡ, 엇지 냥운(良運)[2052]의 《틱흔‖틱흠(太欠)[2053]》ᄒᆞ미 이 갓ᄒᆞ여, 치잉이 남궁의 잠기이고, 맛ᄎᆞᆷᄂᆡ 비루(鄙陋)ᄒᆞᆫ 누명이 쇼져의 빙옥방신(氷玉芳身)[2054]을 함히(陷害)ᄒᆞ미 되어시니, 비록 존당이 의심치 아니ᄒᆞ시나 쇼져의 심시 블안ᄒᆞ믄 빅옥(白玉)의 하졈(瑕點)[2055]이 된 ᄃᆞᆺᄒᆞ거ᄂᆞᆯ, ᄐᆡᄉᆞ 노야 죄를 뭇

유모 일취ᄂᆞᆫ ᄒᆞᆫ가의 안져 쇼져의 명되 험조ᄒᆞᆷ을 슬허 휘루 장탄 왈,

"쇼져야! 인싱이 비컨ᄃᆡ 부유 ᄀᆞᆺᄐᆞ니 좀들면 쇼몽이오 죽으면 대몽이라. 사ᄅᆞᆷ이 싱셰 지초브터 만복이 무흠ᄒᆞ야도 싱낙이 심히 가련ᄒᆞ거ᄂᆞᆯ, 이 ᄀᆞᆺ치 고롭고 슬픈 후의 무ᄉᆞᆫ 거시 귀ᄒᆞ리오? 이제 쇼져ᄂᆞᆫ 우리 뎐하와 슉녈비 쇼교ᄋᆞ로 월하옹이 젹승을 엄시의게 ᄆᆡᄌᆞ샤 참혹ᄒᆞᆫ 누얼을 시【40】러 쇼져의 심시 불안ᄒᆞ시문 빅옥의 하졈이 된 ᄃᆞᆺᄒᆞ거ᄂᆞᆯ, 졍당 부인의 죵죵 칙최ᄒᆞ시ᄂᆞᆫ 언단이 언언이 악부 음녀로 밀위시니, 이 ᄀᆞᆺ치 원앙ᄒᆞᆫ 셜움이 업거ᄂᆞᆯ, 한님 노야ᄂᆞᆫ 환가 수월의 ᄒᆞᆫ 번 고문ᄒᆞ시미 업ᄉᆞᆯ 뿐 아니라, 쇼년 부부의 은근 상의ᄒᆞ시ᄂᆞᆫ 거동을 보ᄋᆞᆸᄃᆡ 못ᄒᆞ니, 엇디 슬프디 아니리오? 복원 쇼져ᄂᆞᆫ 몸을 비러 본부의 도라가ᄉᆞ ᄆᆞ음을 편히 디ᄂᆡᄉᆞ이다."

2046)부용장(芙蓉帳) : 부용을 그리거나 수놓은 방장(房帳).

2047)장신궁(長信宮) : 중국 한(漢)나라 때 장락궁 안에 있던 궁전. 여기서는 한(漢) 성제(成帝)의 후궁 반첩여(班婕妤)가 이곳으로 물너나 시부(詩賦)로 마음을 달랬던 고사를 말함. 원가행(怨歌行)이란 시가 전한다.

2048)쇼교와(小嬌瓦) : 작고 예쁜 딸. '와(瓦)'는 딸을 비유한 말. ☞농와지경(弄瓦之慶).

2049)월하옹(月下翁) : 월하노인(月下老人). 젊은 남녀에게 붉은 끈을 묶어 부부의 인연을 맺어 준다는 전설상의 늙은이. 중국 당나라의 위고(韋固)가 달밤에 어떤 노인을 만나 장래의 아내에 대한 예언을 들었다는 데서 유래한다.

2050)텬졍가우(天定佳偶) : 하늘이 정하여 준 아름다운 배우자.

2051)빅셰냥필(百歲良匹) : 백년을 해로(偕老)할 배우자(配偶者).

2052)냥운(良運) : 좋은 운수.

2053)틱흠(太欠) : 큰 흠결.

2054)빙옥방신(氷玉芳身) : 얼음처럼 맑고 옥처럼 깨끗한 향기로운 몸.

2055)하졈(瑕點) : 티. 조그마한 흠.

지 아니ᄒᆞ샤 평셕(平昔) 갓치 ᄒᆞ시나, 졍당 부인이 종종 칙죄(責罪)ᄒᆞ시ᄂᆞᆫ 언단이 언언이 발부(潑婦) 음녀(淫女)로 밀위여, 쇼져의 옥결(玉潔) 갓흔 빙심(氷心)을 어긔여 보젼ᄒᆞ실 길이 업ᄉᆞᆯ 듯ᄒᆞ니,【28】이갓치 원앙ᄒᆞᆫ 셜음과 통앙(痛怏)ᄒᆞᆫ 비분을 니긔여 ᄡᅥᄒᆞᆯ 곳이 업거ᄂᆞᆯ, 한님노야 환가 슈월의 한번 고문(叩門)ᄒᆞ시미 업ᄉᆞᆯ 분 아니라, 쇼년 부부의 은근 (慇懃) 상ᄋᆡ(相愛)ᄒᆞ시ᄂᆞᆫ 거동을 능히 보지 못ᄒᆞ니, 그 쥬의 아모 곳의 계신 쥴을 아지 못ᄒᆞᆯ지라. 우리 쇼져의 빙심(氷心) 혜질(惠質)을 속졀업시 바렷ᄂᆞᆫ지라. 엇지 ᄋᆡ닯고 슬푸지 아니 ᄒᆞ리오."

난잉이 탄셕(歎惜) 왈,

"유랑(乳娘)의 말이 올흔지라. 아등이 어ᄂᆡ 날 쥬인이 한 당의 모드샤 무흠(無欠)이 화락ᄒᆞ시ᄂᆞᆫ 경ᄉᆞ를 보오【29】리오."

유랑이 또 쇼져긔 고왈,

"노쳡(老妾)이 ᄌᆞ유(自幼)로 쇼져긔 유도(乳道)를 밧드러 우러러 귀즁하옵ᄂᆞᆫ 졍이 외람이 모녀지간의 지나ᄂᆞᆫ 졍이 이시니, 이제 무고(無辜)ᄒᆞᆫ 박명(薄命)이 쇼져긔 극ᄒᆞ시믈 보오니, 엇지 셟지 아니ᄒᆞ리잇고? 노신이 여러번 우회(愚懷)를 고ᄒᆞ여 쇼져의 쳥납(聽納)ᄒᆞ시믈 엇ᄌᆞᆸ지 못ᄒᆞ엿ᄉᆞᆸ더니, 쇼져의 만단고초(萬端苦楚)ᄒᆞ신 경계를 보오니, 노신이 참지 못ᄒᆞ여 또 고ᄒᆞᄂᆞ이다. 복원 쇼져ᄂᆞᆫ ᄉᆞ긔(事機)를 본부의 고ᄒᆞ고, 냥 엄부인과 상확(商確)[2056]ᄒᆞ샤 몸을 비러 본부의 가샤, 셰【30】ᄎᆞ(歲次)[2057]를 보아가며 평싱을 심규(深閨)의셔 고요히 맛ᄎᆞ시며, 직녀(織女)의 고단ᄒᆞᆫ 셜우믈 감심치 마ᄅᆞ시미 조흘가 ᄒᆞᄂᆞ이다."

쇼제 쳥파의 븐득 정식 칙왈,

"어미 비록 하쳔지족(下賤之族)이나 ᄂᆡ 몃번 이러ᄒᆞᆫ 무익지언(無益之言)을 말나 ᄒᆞ딕 슷지 아니ᄒᆞ니, 엇지 블민(不敏)치 아니리오. 어미ᄂᆞᆫ 고초를 와셔 ᄒᆞ니, 미거(未擧)ᄒᆞ여[2058] 셩졍(性情)을 실노 아지 못ᄒᆞ므로, 고

쇼제 정식 칙왈,

"어믜 비록 하류쳔픔이나 엇디 이러ᄐᆞᆺ ᄉᆞ체를 모라고 다언ᄒᆞᄂᆞ뇨? 다시 이런 말을 일【41】ᄏᆞ를진ᄃᆡ 결연이 안젼의 용납디 아니리라."

2056)상확(商確) : 서로 의논하여 확실히 정함.
2057)셰ᄎᆞ(歲次) : 형세(形勢).

초ᄒᆞ며 평안ᄒᆞ믈 아지 못ᄒᆞᄂᆞ니, 어미ᄂᆞᆫ 홀노 괴롭거든 도라가 편히 이실 ᄯᆞ롬이라. 엇지 이러틋 말 민히 【31】 구ᄂᆞ뇨?"

일쥐 아연(啞然) 무류ᄒᆞ여 감히 다시 말을 못ᄒᆞ고, 암암(暗暗)히 눈물을 홀닐 ᄯᆞ롬이러라.

졍언간(停言間)의 한님이 승당(昇堂) ᄀᆡ호(開戶) 입실ᄒᆞ니, 제녜 ᄃᆡ경ᄒᆞ여 황망이 퇴(退)ᄒᆞ고, 쇼제 ᄉᆡ로이 슈괴ᄒᆞ나 마지 못ᄒᆞ여 ᄒᆞ던 일을 노코 안셔히 니러나 마ᄌᆞ 좌졍ᄒᆞ니, 한님이 아ᄌᆞ(俄者)2059) 자모(慈母)의 말숨을 드럿ᄂᆞᆫ지라. 쇼져의 졍ᄉᆞ를 깁히 연측(憐惻)ᄒᆞ여 ᄌᆞ긔 역시 심ᄉᆡ 조치 아니ᄒᆞ나, 잠간 이셩화긔(怡聲和氣)ᄒᆞ여 흔연이 좌의 나아가, 쇼져의 나상(羅裳)을 ᄃᆡ리여 좌를 근(近)ᄒᆞ니, 쇼제 【32】 슈괴(羞愧) 부동(不動)ᄒᆞ니 한님이 '집기슈(執其手) 년기슬(連其膝)'2060)ᄒᆞ고 흔연이 갈오ᄃᆡ,

"학ᄉᆡᆼ이 근친(覲親) 환가(還家) 이후의 ᄉᆞ괴(事故) 다쳡(多疊)ᄒᆞ여, 능히 한번 ᄉᆞ실의 못지 못ᄒᆞ니, 부인의 옥결빙심(玉潔氷心)으로ᄡᅥ 부부 ᄉᆞ졍을 ᄀᆡ회(介懷)흘거시 아니로ᄃᆡ, 좌우 비뷔(婢輩)의 무리 엇지 괴이히 너기지 아니리오. 금야ᄂᆞᆫ 맛ᄎᆞᆷ니 집안의 ᄉᆞ괴 업셔 덧덧시 부명을 밧ᄌᆞ와 니ᄅᆞ럿더니, 부인이 괴이히 너기ᄂᆞᆫ가 시부니, 엇지 학ᄉᆡᆼ의 낫치 이시리잇고?"

쇼제 쳥파의 비록 져와 명위부뷔(名爲夫婦)【33】나 셩친 냥ᄌᆡ(兩載)의 ᄉᆞ사(私事) 못거지2061) 희쇼(稀少)ᄒᆞ여, 일방의 상ᄃᆡᄒᆞ미 일년의 블과 오륙 ᄎᆞ의 넘지 못ᄒᆞ여셔, 오국 ᄒᆡᆼ도(行途)를 일워 팔삭(八朔) 만의 도라와, ᄯᅩ 슈월의 밋쳐 금야의 상ᄃᆡᄒᆞ니, 엇지 슈괴치 아니며 더욱 뭇ᄂᆞᆫ 바를 ᄃᆡ답ᄒᆞ리오.

옥모화안(玉貌花顔)의 홍운(紅雲)이 졈졈ᄒᆞ여, 경긱의 셜산(雪山)2062)의 도홰(桃花) 편

설파의 ᄉᆞ긔 닝담ᄒᆞ니 유뫼 황측ᄒᆞ야 샤죄홀 ᄯᆞ롬이러라.

이ᄯᅴ 한님이 당의 오ᄅᆞᆯᄉᆡ 방듕의 ᄎᆞᆨ영이 휘황ᄒᆞᆫᄃᆡ 유모의 비졀이원ᄒᆞᆫ 말소릐 브졀여류ᄒᆞ니, 한님이 이윽이 셔셔 듯고 ᄌᆞ연 짐작ᄒᆞ미 잇서 ᄌᆞᄎᆞ탄식ᄒᆞ고 이의 기ᄎᆞᆷᄒᆞ고 ᄀᆡ호 입실ᄒᆞ니, 유랑 시아 등이 급히 창외로 퇴ᄒᆞ고 쇼제 니러 마ᄌᆞ 좌졍ᄒᆞ미, 한님 왈,

"ᄉᆡᆼ이 환가ᄒᆞ연 ᄃᆡ 오라나 부슉을 시침ᄒᆞ야 별회를 베풀미 진실노 ᄉᆞᄉᆞ 못거지의 결【42】을치 못ᄒᆞ더니, 금일은 부명을 니어 니ᄅᆞ럿ᄂᆞ니 부인은 ᄉᆡᆼ의 미몰ᄒᆞ믈 유침치 마ᄅᆞ쇼셔."

쇼제 셩친 양ᄌᆡ의 일방의 상ᄃᆡᄒᆞ미 오륙ᄎᆞ의 넘지 못ᄒᆞ고, ᄯᅩ 오국 ᄒᆡᆼ도 후의 거의 일 년만의 상ᄃᆡᄒᆞ니 엇ᄃᆡ 슈괴치 아니리오.

옥모화안의 홍운이 졈졈ᄒᆞ여 경긱의 셜산의 도홰 편편ᄒᆞ니 《졍승‖졀승》ᄒᆞᆫ 용광이

2058)미거(未擧)ᄒᆞ다 : 철이 없고 사리에 어둡다.
2059)아ᄌᆞ(俄者) : 아까. 조금 전. 이전, 갑자기
2060)집기슈(執其手) 년기슬(連其膝) : 서로 손을 잡고 무릎을 맞대어 앉음.
2061)못거지 : 모꼬지. 놀이나 잔치 또는 그 밖의 일로 여러 사람이 모이는 일.

편(翩翩)ᄒᆞ니, 졀승ᄒᆞᆫ 용광(容光)이 쵹영(燭映)의 찬난ᄒᆞ거ᄂᆞᆯ, 아미(蛾眉)ᄅᆞᆯ 빙져(鬢底)[2063]의 나ᄌᆞᆨ이 ᄒᆞ미 화관(花冠)[2064]이 ᄌᆞ연이 슉으니, 옥ᄎᆞ(玉釵) 조ᄎᆞ 기우러져 꼿치 가지ᄅᆞᆯ 슉이ᄂᆞᆫ 듯【34】ᄒᆞ니, 쵹 그림ᄌᆞ 흔득이ᄂᆞᆫ 듯ᄒᆞ여 '쳔교만염(千嬌萬艶)이 겸발승(兼發勝)이라'[2065].

혈뇨향풍(泬寥香風)[2066]의 계향(桂香)이 흔들이고, '미신(梅神)이 나부텬(羅浮泉)의 도라오미'[2067] 찬 눈이 년지산(燕支山)[2068]의 ᄲᅮ리ᄂᆞᆫ 듯ᄒᆞ더라.

한님이 비록 졍ᄃᆡᄒᆞ나 졀염미인(絶艶美人)을 금장슈막(錦帳繡幕)[2069] 가온ᄃᆡ 상ᄃᆡ(相對)ᄒᆞ여 좌ᄅᆞᆯ 근(近)ᄒᆞ미, 엇지 셕가지데ᄌᆞ(釋迦之弟子) 아닌 후야, 남ᄌᆞ지심(男子之心)이 엇지 범연ᄒᆞ리오.

귀즁(貴重)ᄒᆞᆷ을 니긔지 못ᄒᆞ여 가연이 싱각ᄒᆞᄃᆡ,

"ᄎᆞ인이[의] 용광ᄉᆡᆨ덕(容光色德)은 셩인군ᄌᆞ(聖人君子)라도 하쥬(河洲)[2070]의 구ᄒᆞᆯ 비

2062)『불교』불교 관련 서적 따위에서, '히말라야 산맥'을 달리 이르는 말. 꼭대기가 항상 눈으로 덮여 있어 이렇게 이른다. ≒설옹산

2063)빙져(鬢底) : 귀밑머리 밑.

2064)화관(花冠) : 칠보로 꾸민 여자의 관. 예장(禮裝)할 때에 쓴다. ≒화관족두리.

2065)쳔교만염(千嬌萬艶)이 겸발승(兼發勝)이라 : 천 가지 교태와 만 가지 아름다움이 한데 어우러져 그 뛰어남을 발산함이라.

2066)혈뇨향풍(泬寥香風) : 텅빈 하늘에서 불어오는 향기로운 바람.

2067)미신(梅神)이 나부텬(羅浮泉)의 도라오미 : '매화꽃이 나부천에 다시 피매'라는 말로, 중국 수(隋)나라 때 조사웅(趙師雄)이 나부산(羅浮山)의 한 샘가에서 소복(素服)을 한 한 미인의 영접을 받고 함께 술집에 가서 즐겁게 노는데 푸른 옷을 입은 동자가 노래를 불렀고 사웅이 취하여 자다가 새벽에 깨어보니 매화나무에 푸른 새가 지저귀고 있었다는 나부지몽(羅浮之夢)을 이른 말. 여기서 소복미인은 화신(花神) 곧 매신(梅神)이다. *나부산(羅浮山) : 중국 광동성(廣東省) 혜주부(惠州府)에 있는 명산으로, 진(晉)나라 때 갈홍(葛洪)이 이 산에서 선술(仙術)을 얻었다고 한다.

2068)연지산(燕支山) : 중국 감숙성(甘肅省) 난주(蘭州)의 북쪽, 장액(張掖)의 동남쪽에 있는 산

2069)금장슈막(錦帳繡幕) : =금수장막(錦繡帳幕). 비단에 수를 놓아 만든 장막

쵹영디하의 찬난ᄒᆞ거ᄂᆞᆯ, 아미를 ᄂᆞᄌᆞᆨ이 ᄒᆞ미 《환관∥화관》이 ᄌᆞ연 숙으니, 옥ᄎᆞ 도ᄎᆞ 기우러 ᄭᅩᆺ가지를 숙이ᄂᆞᆫ ᄃᆞᆺ 천교만염이 겸발승이라. 한님이 흔연이 익듕【43】ᄒᆞ여 싱각ᄒᆞᄃᆡ,

니, 모명(母命)이 져와 동낙(同樂)지 말믈【35】명ᄒᆞ시나, 부명이 계시니 ᄃᆡ장뷔 엇지 경권(經權)2071)을 갈ᄒᆡ지 아니ᄒᆞ고, 한갓 일편되이 고집ᄒᆞ여 승슌(承順)ᄒᆞ리오. 신싱(申生)2072) 《미슌‖미싱(尾生)2073)》의 어리믈 효측(效則)ᄒᆞ고 'ᄃᆡ슌(大舜)의 우물을 ᄎᆡᄆᆡ 겻구무 두시믈'2074) 효측지 아니리오. 찰하리 모명을 위역(違逆)ᄒᆞᄂᆞᆫ 블효지 될지언졍, 엄명(嚴命)을 봉힝ᄒᆞ미 올코, 둘ᄌᆡᄂᆞᆫ 우리 부부의 화락(和樂)이 장ᄎᆞᆺ 어ᄂᆡ 곳의 니ᄅᆞᆯ 쥴 알니오."

ᄒᆞ고, 탄셕(歎惜)ᄒᆞ더니, ᄉᆞ경시분(四更時分)2075)의 비로소 잠간 ᄌᆞ려ᄒᆞᄆᆡ,

'모명이 져와 동낙ᄒᆞ믈 허치 아니시나 부명이 겨시니, 대장뷔 엇디 권도와 경권을 갈ᄒᆡ디 아냐 일편도이 고집ᄒᆞ야 신싱의 어리믈 효칙ᄒᆞ리오. ᄎᆞᆯ하리 모명을 거역ᄒᆞᆯ지언졍 엄명을 봉힝ᄒᆞ미 올코, 둘ᄌᆡᄂᆞᆫ 이후 우리 부부의 화란이 장ᄎᆞ 어ᄂᆞ 곳의 밋ᄎᆞᆯ 줄 아디 못ᄒᆞ니, 이러ᄐᆞᆺ 유유지지ᄒᆞ야 부부 동실이 ᄡᅵ를 졍치 못ᄒᆞ리니, 연즉 어ᄂᆞ 날 골육을 깃쳐 조션혈ᄉᆞ를 니으리오.'

싱각이 이에 밋ᄎᆞᄆᆡ 의ᄉᆡ 더옥 은근ᄒᆞ여 이의 야심ᄒᆞ믈 일ᄏᆞ라【44】 ᄎᆡᆨ을 멸ᄒᆞ고, 쇼져를 권ᄒᆞ야 나요의 나아가 처엄으로 이셩의 합친디낙을 일우니 진듕ᄒᆞᆫ 은의 교칠 ᄀᆞᆺᄒᆞ니, 쇼제 블승슈괴ᄒᆞ여 숨도 ᄆᆞ이 쉬디 못ᄒᆞᄂᆞᆫ지라. 한님이 그 옥모 방신의 텬향이 만신ᄒᆞ고 너모 과도히 슈습ᄒᆞ믈 그윽이 우으며 흔연 위로ᄒᆞ여 부부의 도리와 남녀의 소욕 본ᄃᆡ 이ᄀᆞᆺᄐᆞ믈 일ᄏᆞ라 기유ᄒᆞ나, 쇼제 븟그러오미 치신무지ᄒᆞ고 또 창외의 규시ᄒᆞᄂᆞᆫ ᄌᆡ 이시믈 싱각ᄒᆞᄆᆡ 더옥 ᄀᆞ이업고, 일즉 존고의 ᄠᅳᆺ이 아니믈 혜아리ᄆᆡ ᄇᆞᆰᄂᆞᆫ 날 무ᄉᆞᆫ 변이【45】 날 줄 알디 못ᄒᆞ야 심시 ᄌᆞ못 블안ᄒᆞ니, ᄌᆞᆷ을 일우지 못ᄒᆞᄂᆞᆫ지라. 한님이 그 심ᄉᆞ를 예지ᄒᆞᄆᆡ 역시 경아블호ᄒᆞ여 젼젼블ᄆᆡ러니, 밤들게야 부뷔 잠간 취침ᄒᆞᆯ시,

---

2070)하쥐(河洲) : '모래톱'이라는 뜻으로 '덕이 높은 요조숙녀'와의 혼인을 뜻한다. 『시경』, 「주남(周南)」, <관저(關雎)> 시에 "꾸우꾸우 물수리 모래톱에 있네. 정숙한 아가씨는 군자의 좋은 짝.(關關雎鳩, 在河之洲. 窈窕淑女, 君子好逑)"이라는 구절에서 유래하였다.

2071)경권(經權) : ①경법(經法)과 권도(權道)를 아울러 이르는 말. 곧 세상일을 처리하는 데는 언제나 변하지 않는 원리와 원칙을 따라 하는 정도(正道)가 있고, 또 상황에 따라 임기응변으로 하는 권도(權度)가 있다는 말. *경법(經法): =정도(正道)

2072)신싱(申生) : 진(晉) 나라 헌공(獻公)의 태자로, 헌공의 총비(寵妃)인 여희(麗姬)가 자신의 아들을 태자로 삼기 위하여 그를 참소하자, 이를 변백(辨白)하지도 않고 자살해 버렸다. 이로써 후세에 '융통성 없는 우직한 사람'의 전형으로 일컬어졌다.

2073)미싱(尾生) : 중국 춘추시대 노나라 사람으로, 고사 '미생지신(尾生之信)'의 주인공. *미생지신(尾生之信): 우직하여 융통성이 없이 약속만을 굳게 지킴을 비유적으로 이르는 말. 춘추 때 미생(尾生)이라는 자가 다리 밑에서 만나자고 한 여자와의 약속을 지키기 위하여, 홍수에도 피하지 않고 기다리다가, 마침내 익사하였다는 고사에서 유래한다. ≪사기≫의 <소진전(蘇秦傳)>에 나오는 말.

2074)ᄃᆡ슌(大舜)의 우물을 ᄎᆡᄆᆡ 겻구무 두시믈 : 순의 완악한 부모가 그를 우물에 들어가게 한 후 우물을 묻어 죽게 하였으나, 순이 우물에 숨을 구멍을 파, 이를 잘 피하여 효(孝)를 완전케 하였던 고사. 『맹자』<만장장구상(萬章章句上)>에 나온다.

2075)ᄉᆞ경시분(四更時分) : 사경 무렵. *사경(四更): 하룻밤을 오경으로 나눈 네째 시각으로 새벽 1시에서 3시 사이이다. *시분(時分): 무렵. 대략 어떤 시기와 일치하는 즈음.

믄득 비몽ᄉᆞ몽간(非夢似夢間)의 텬지 진녈(震裂)[2076]ᄒᆞ며 뇌졍【36】벽녁(雷霆霹靂)이 진동ᄒᆞᆫ 가온ᄃᆡ, 텬강일뇽(天降一龍)ᄒᆞ여 눈빗 갓흔 옥뇽(玉龍)이 닌갑(鱗甲)을 거ᄉᆞ리고, 여의쥬(如意珠)[2077]를 희롱ᄒᆞ며, 옥월졍으로 드러오ᄂᆞᆫ 양을 보고, 부인이 경동번신(驚動翻身)ᄒᆞ여 몽압(夢魘)ᄒᆞ니, 한님이 놀나 씨다라 부인을 흔드러 씨오니, 쇼제 놀나기를 과도히 ᄒᆞ여 옥면향신(玉面香紳)의 비한(背汗)이 쳠금(沾襟)ᄒᆞ니, 한님이 임의 금야 회실(會室)의 복경(腹慶)이 이시를 짐작ᄒᆞ미, 역시 깃거 함쇼ᄒᆞ고 옥비(玉臂)를 어로만져 쇼왈,

"금야의 복경(腹慶)을 졈득(占得)ᄒᆞ믈 가히 알니로다. 원컨【37】ᄃᆡ 《현조‖현ᄌᆞ(賢子)[2078]》ᄂᆞᆫ 쳔만 진듕ᄒᆞ여, ᄎᆞ후의 빅만 괴이ᄒᆞᆫ 거죄 이시나, 복이 임의 부인 신상이 빅옥갓치 맑으믈 아ᄂᆞ니, 조곰도 블안지심을 두지 마로시고 가지록 겸근(謙謹) 비약(卑弱)[2079]ᄒᆞ여 위란ᄒᆞᆫ 가온ᄃᆡ 몸 가지기를 더욱 옥갓치 ᄒᆞ여, 금야의 싱의 말을 헛되이 아지 말고 스ᄉᆞ로 명쳘보신(明哲保身)[2080]ᄒᆞ여 신여명(身與命)이 구젼(俱全)ᄒᆞ믈 효측ᄒᆞ쇼셔."

쇼제 쳥파의 유유부ᄃᆡ(儒儒不對)ᄒᆞ여 비록 답언이 업ᄉᆞ나, 그윽이 그 지긔(知己)를 감ᄉᆞᄒᆞ여, 가ᄅᆞ치ᄂᆞᆫ 말을 심곡의 삭【38】일 뜻이 잇더라.

냥인이 인ᄒᆞ여 ᄌᆞ지 못ᄒᆞ더니, 이윽고 효계(曉鷄) 창명(唱鳴)ᄒᆞ고 동방이 긔빅(旣白)ᄒᆞ니, 부뷔 니러나 관셰ᄒᆞ고 쇼제 경ᄃᆡ 아릐셔 옥갑을 ᄃᆡᄒᆞ여 쇼장(梳粧)을 다ᄉᆞ릴시, 취홍(聚紅)ᄒᆞ믈 씨닷지 못ᄒᆞ니, 한님이 투목숑아

ᄉᆞ몽비몽간의 텬지 진녈ᄒᆞ고 뇌졍벽녁이 진동ᄒᆞᄂᆞᆫ 가온ᄃᆡ 눈빗 ᄀᆞᄐᆞᆫ 옥뇽이 닌갑을 거ᄉᆞ리고 여희쥬를 희롱ᄒᆞ며 옥월졍으로 드러오ᄂᆞᆫ 양을 보고, 부인이 번신경동ᄒᆞ여 크게 소리ᄒᆞ여 몽압ᄒᆞ니, 한님이 놀나 씨ᄃᆞ라 부인을 흔들어 씨오니 쇼제 놀나기를 과도히 ᄒᆞ야 몸의 향한이 구술ᄀᆞᆺ치 ᄒᆞ【46】ᄅᆞ거놀, 한님이 임의 금야 회실의 복경이 이시믈 짐작ᄒᆞ여 깃거 함쇼ᄒᆞ고 옥비를 어로만져 쇼왈,

"금야의 복경을 졈득ᄒᆞ믈 알니로다. 원컨ᄃᆡ 현ᄌᆞᄂᆞᆫ 쳔만보듕ᄒᆞ시고 이후 빅만 고이ᄒᆞᆫ 거죄 이시나 부인이 임의 신상이 빙옥 ᄀᆞᄐᆞ믈 아ᄂᆞ니, 위란ᄒᆞᆫ 가온ᄃᆡ 더옥 옥ᄀᆞᆺ치 ᄒᆞ믈 ᄇᆞ라ᄂᆞ이다."

쇼제 쳥파의 유유브ᄃᆡᄒᆞ나 그윽이 그 지긔를 감동ᄒᆞ더라.

냥인이 인ᄒᆞᄒᆞ여 ᄌᆞ지 못ᄒᆞ고 동방이 기빅ᄒᆞ미 부뷔 니러 관셰ᄒᆞ고, 쇼제 경ᄃᆡ 아릐셔 소장을 《ᄃᆞᄉᆞ리닐‖ᄃᆞᄉᆞ릴》【47】시 그윽이 슈습ᄒᆞ야 옥안이 츆홍ᄒᆞ니, 한님이 투목숭아

2076)진녈(震裂) : 땅이 흔들리고 갈라짐.
2077)여의쥬(如意珠) : 용의 턱 아래에 있는 영묘한 구슬. 이것을 얻으면 무엇이든 뜻하는 대로 만들어 낼 수 있다고 한다. ≒보주(寶珠).
2078)현ᄌᆞ(賢子) : 당신. 부부 사이에서, 상대편을 높여 이르는 이인칭 대명사.
2079)비약(卑弱) : ①스스로를 낮추고 자신의 뜻을 드러내어 주장하지 않음. ②자신을 낮추고 모자란 것처럼 처신함.
2080)명쳘보신(明哲保身) : 총명하고 사리에 밝아 일을 잘 처리하여 자기 몸을 보존함.

(偸目竦訝)[2081]ᄒᆞ여 그 비상(臂上)의 쥬표(朱標)[2082] 유무를 과도히 븟그려 ᄒᆞᄂᆞᆫ 쥴 심니의 함쇼ᄒᆞ더라.

한님이 관쇼(盥梳)[2083]ᄒᆞ기를 맛고 외당의 나아가고, 쇼져ᄂᆞᆫ 단장을 다ᄉᆞ리고 존당의 나아가 문안ᄒᆞ니, 부인이 발셔 영교 믜션으로 옥월졍을 규【39】시ᄒᆞ여 냥인의 동졍을 아랏ᄂᆞᆫ지라.

한님 부부를 보미 발연(勃然) 변식(變色)ᄒᆞ더, 틱시 지좌 ᄒᆞ여시니 아연(俄然) 작위ᄒᆞ여 두굿기ᄂᆞᆫ 듯ᄒᆞᆫ 가온더, 살긔 등등ᄒᆞ여 안졍(眼睛)을 뒤룩이고, 빵동이 호란ᄒᆞ여 안졉지 못ᄒᆞ니 한님 부뷔 가득이 숑연 황괴ᄒᆞ여 지은 죄 업시 몸이 바늘 우희 안존 듯ᄒᆞ더라.

이윽고 틱시 외헌으로 나가니 한님과 공지 뫼셔 나아가고 윤쇼제 홀노 좌의 뫼셧더니, 부인이 믄득 신긔 블평ᄒᆞ믈 일ᄏᆞᆮ고 침이(寢厓)의【40】구러지며 쇼져를 명ᄒᆞ여 숀을 쥐므ᄅᆞ라 ᄒᆞ거ᄂᆞᆯ, 쇼제 안셔히 상(牀) 가의 나아가 안ᄌᆞ 옥슈로 존고의 숀을 쥐므ᄅᆞ려 ᄒᆞᆫ즉, 부인이 졸연이 니러나며 쇼져의 옥슈를 잡고 치슈(彩袖)를 밀고 보니 과연 쥬표(朱表) 흔젹이 업ᄂᆞᆫ지라.

부인이 견파(見罷)의 셩안뉴미(星眼柳眉)[2084]의 찬 우음이 가득ᄒᆞ여 닝쇼 왈,

"아지못게라! 노뫼 젼의 드ᄅᆞ니 창이 일즉 녈노 더부러 싱쇼ᄒᆞ미 심타 ᄒᆞ더니, 오ᄂᆞᆯ 엇

ᄒᆞ며 심니의 함쇼ᄒᆞ고 관즐(盥櫛)ᄒᆞ기를 맛고 외당으로 나가고, 쇼져ᄂᆞᆫ 존당의 문안ᄒᆞ니, 부인이 영교 등으로 옥월졍을 규시ᄒᆞ야 냥인의 동졍을 알아ᄂᆞᆫ지라.

한님 부부를 보미 발연변식ᄒᆞ더, 태시 지당ᄒᆞ여시니 감히 ᄂᆞᆺ빗출 곳치디 못ᄒᆞ고, 닝안이 표표ᄒᆞ야 한님 부부를 보니 살긔등등ᄒᆞ니, 한님 부뷔 ᄀᆞ득이 숑연ᄒᆞ야 지은 죄 업시 침상의 안존 듯ᄒᆞ더라.

이윽고 태시 나가미 한님과 공지 뫼셔 나【48】가고 윤쇼제 홀노 좌의 뫼셧더니, 부인이 믄득 침에[이](寢厓)의 누으며 쇼져를 명ᄒᆞ야 손을 쥐무ᄅᆞ라 ᄒᆞ니, 쇼제 안셔히 ᄂᆞ아가 상ᄀᆞ의 안ᄌᆞ니, 부인이 쇼져의 옥슈를 잡아 치슈를 밀고 보니 쥬표 흔젹이 업ᄂᆞᆫ지라.

부인이 뉴미의 ᄎᆞᆫ 우음이 ᄀᆞ득ᄒᆞ야 왈,

"노뫼 젼일 드ᄅᆞ니 창이 일즉 녈노 더브러 싱소ᄒᆞ미 심타 ᄒᆞ더니, 오ᄂᆞᆯ날 비상일홍이 흔젹도 업ᄂᆞᆫ뇨? 이 아니 창ᄋᆞ의 멸ᄒᆞᆫ 비냐? 간부의 소위냐? 바로 알외라."

2081)투목숑아(偸目竦訝) : 곁눈질로 보고 놀라며 의아한 빛을 띰.

2082)쥬표(朱標) : =앵혈. 개용단、회면단、도봉잠 등과 함께 한국고소설 특유의 서사도구의 하나. 앵혈은 어려서 이것으로 여자의 팔에 점을 찍어두거나 출생신분을 기록해 두면, 남성과의 성적 결합을 갖기 전에는 지워지지 않는 효능을 갖고 있기 때문에, 주로 남녀의 동정(童貞) 여부를 감별하거나 부부의 성적 결합여부를 판별하는 징표로 사용되지만, 이에 못지않게 신분표지나 신원확인의 수단으로도 많이 활용되고 있다.

2083)관쇼(盥梳) : =관즐(盥櫛). 관세(盥洗)와 소세(梳洗)를 아울러서 이르는 말. 관세는 손을 씻는 것, 소세는 머리를 빗고 얼굴을 씻는 것을 말함.

2084)셩안뉴미(星眼柳眉) : 별 같이 빛나는 눈과 버들잎 같은 눈썹.

지 비상(臂上)의 일홍(一紅)이 흔젹도 업ᄂᆞ뇨? 이 아니 창아의 멸ᄒᆞᆫ 비냐? 그러【41】치 아니면 엇던 간부놈을 드려 잉혈을 업시 ᄒᆞ엿ᄂᆞ냐? 네 바로 니ᄅᆞ라 다만 일회나 은닉ᄒᆞ면 즉긱의 창을 불너 ᄎᆞᄉᆞ를 붉히리라."

쇼제 쳥필(聽畢)의 영쉬(潁水)[2085] 머러 귀를 씻시 못ᄒᆞ믈 한ᄒᆞ니 엇지 답언이 이시리오. 다만 옥면이 잠홍(潛紅)ᄒᆞ여 연지(臙脂)를 씨친 듯ᄒᆞ고, 잉슌(櫻脣)이 믹믹ᄒᆞ여 진슈(螓首)[2086]를 슉이고 냥슈로 ᄊᆞ홀 집허 몸 둘 곳이 업셔 ᄒᆞ거놀, 부인이 답언을 지촉ᄒᆞ고 긋치지 아니ᄒᆞ니, 유모 일취 가의 뫼셧다가 참지 못ᄒᆞ【42】여 눈물을 머금고, 고두 복지 쥬왈,

"부인이 엇지 촘아 이런 말솜으로 아쥬의 빙옥갓흔 신상을 의심ᄒᆞ시ᄂᆞ니잇고? 한님 노얘 비록 신혼 초일의 피치 유츄ᄒᆞ시믈 혐의ᄒᆞ시나, 조곰도 금슬이 업지 아니ᄒᆞ오니 쇼제 져기 장셩ᄒᆞ시미 금슬을 열으시미 되여 계시거놀, 엇지 니런 망극(罔極) 누언(陋言)으로 이러틋 핍신(逼身) ᄒᆞ시ᄂᆞ잇고?"

부인이 디로 왈,

"너 음흉ᄒᆞᆫ 쳔녜 감히 무어술 아ᄂᆞᆫ 쳬 ᄒᆞᄂᆞᆫ다? 어ᄌᆞ러이 구지 말나."

셜파의 더【43】욱 쇼져를 핍박ᄒᆞ여 뭇기를 지리히 ᄒᆞᆫ디, 쇼제 슈참슈괴(羞慚羞愧)ᄒᆞ여 묵묵히 안ᄌᆞ실 ᄯᆞ름이어놀, 부인이 노목(怒目)을 노호리고[2087] 냥비(兩臂)를 ᄲᅡᆷ니여 즉긱의 숨킬 듯ᄒᆞ니, 일취 다시 폭빅(暴白)지 못ᄒᆞ나 원통ᄒᆞ믈 니긔지 못ᄒᆞ고, 이ᄯᅵ 쇼제 난연슈란(赧然愁亂)[2088]ᄒᆞᆫ 마음을 진정치 못

쇼제 쳥필의 영쉬 머러 냥이를 씻지 못ᄒᆞ믈 한ᄒᆞ니 엇【49】디 답언이 이시리오? 다만 옥면이 담홍ᄒᆞ고 냥슈로 ᄊᆞ흘 집허 몸 둘 곳이 업셔 ᄒᆞ거놀, 부인이 디답을 지쵹ᄒᆞ니 유모 일취 ᄀᆞ의 뫼셧더니 참디 못ᄒᆞ야 눈믈을 먹음고 고두 왈,

"부인이 참아 엇디 이런 말솜을 ᄒᆞ시ᄂᆞ니잇고? 한님 상공과 쇼제 댱셩ᄒᆞ시미 금슬을 여ᄅᆞ시미 겨시거놀, 엇디 이런 망극ᄒᆞᆫ 누언으로 핍신ᄒᆞ시ᄂᆞ니잇고?"

부인이 노왈,

"흉휼ᄒᆞᆫ 쳔비 무어술 아노라 ᄒᆞ고 어즈러니 분변ᄒᆞᄂᆞ뇨?"

셜파의 더옥 쇼져를 핍박ᄒᆞ여 뭇기를 지리【50】히 ᄒᆞ니, 쇼제 난연ᄒᆞ미 경긱의 합연무지ᄒᆞ야 이런 말솜을 듯디 말고져 ᄒᆞ나 엇디 득ᄒᆞ리오? 겨유 단슌을 움즉여 복디비슈 왈,

2085)영슈(潁水). 중국 하남성(河南省)을 흐르는 강. 고대 중국의 은자 소부(巢父)와 허유(許由)가 요(堯)임금으로부터 왕위를 맡아달라는 제안을 받고, 자신의 귀가 더러워졌다며 이 강에서 귀를 씻고, 또 귀를 씻어 더러워진 물을 소에게 먹이는 것조차 포기하고 기산(箕山)에 들어가 숨었다는 고사가 전한다.

2086)진슈(螓首) : '매미의 머리'라는 뜻으로, 아름다운 용모를 이르는 말.

2087)노호리다 : ①노려보다. 미운 감정으로 어떠한 대상을 매섭게 계속 바라보다. ②부릅뜨다. 무섭고 사납게 눈을 크게 뜨다.

2088)난연슈란(赧然愁亂) : 부끄러워 얼굴이 붉어

ᄒᆞ고, 도로혀 한님의 간범(干犯)ᄒᆞ믈 구ᄎᆞ히 한ᄒᆞ고 경긱의 합연부지(溘然不知)[2089]ᄒᆞ여 이 경식의 말ᄉᆞᆷ을 듯지 말고져 ᄒᆞ나, 포려(暴戾)ᄒᆞᆫ 졍이 ᄉᆡᆼ풍(生風)[2090]ᄒᆞ니 능히 면키 어렵고, 【44】 답고져 ᄒᆞᆫ즉 헤 돕지 아니니 이ᄅᆞᆯ 장ᄎᆞᆺ 엇지 ᄒᆞ리오.

다만 옥안(玉顔)이 난난(赧赧)이 븕어 봄슐을 취ᄒᆞᆫ 듯ᄒᆞ고, 겨우 단슌(丹脣)을 움ᄌᆞ겨 복지(伏地) 고두(叩頭) 왈,

“쇼쳡이 블초(不肖) 비박(卑薄)ᄒᆞ와 녀ᄒᆡᆼ(女行) 부도(婦道)의 득죄ᄒᆞ미 만ᄉᆞ오니, 존고의 일월혜턱(日月惠澤)을 만히 《감ᄉᆞ‖감(減)》ᄒᆞ온지라. 엇지 녀ᄌᆞ의 념치(廉恥) 쇼ᄌᆡ(所在)로 ᄃᆡ(對)ᄒᆞ올 말ᄉᆞᆷ이 이시리잇고? 슈연(雖然)이나 ‘남녀 별뉸(別倫) 《초관‖소관(所關)》의 부뷔 ᄯᅩᄒᆞᆫ 오륜의 간셥ᄒᆞᆫ지라’[2091]. 군지 금슬 창화(唱和)ᄅᆞᆯ 여ᄅᆞ시미 잔약(孱弱)ᄒᆞᆫ 미쳡(微妾)이 감히 군ᄌᆞ의 위엄【45】을 항거치 못ᄒᆞ미니이다.”

셜파의 스ᄉᆞ로 몸 둘 곳을 아지 못ᄒᆞ니 난연(赧然)이 븟그리ᄂᆞᆫ 모양이 더욱 졀승ᄒᆞ여 아릿다온 거동이 홍니화(紅梨花)[2092] 일지(一枝) 봄비의 져즌 듯ᄒᆞ니, 철셕(鐵石)을 농쥰(濃蠢)ᄒᆞ고 금블(金佛)이 도라셜 듯ᄒᆞᄃᆡ, 최부인은 텬하의 별물 악종이라. 엇지 일호(一毫)나 감동ᄒᆞ미 이시리오. 져의 쾌히 고ᄒᆞᄂᆞᆫ 말을 듯고, 져 부뷔 겸금냥옥(兼金良玉)[2093] 갓흔 긔질노 상경상화(相敬相和)ᄒᆞᄂᆞᆫ 거동을

지고 마음이 어수선함.

2089)합연부지(溘然不知) : 갑작스럽게 죽어 아무런 것도 알지 못하게 됨.

2090)ᄉᆡᆼ풍(生風) : 갑자기 찬바람이 일어남.

2091)남녀 별뉸(別倫) 소관(所關)》의 부뷔 ᄯᅩᄒᆞᆫ 오륜의 간셥ᄒᆞᆫ지라 : 부부는 남녀유별의 윤리에 속하여 그 윤리를 지켜야 하지만, 또한 오륜(五倫) 가운데도 속하여 있어 그 부부유별(夫婦有別)의 윤리도 따라야한다.

2092)홍니화(紅梨花) : 붉은 배꽃. 이규경(李圭景) 『오주연문장전산고(五洲衍文長箋散稿)』에 중국 ‘초나라에 홍리화가 있었다(楚有紅梨花。燕有黃石榴…;-萬物篇>草木類>花草)’는 기록이 있다.

2093)겸금냥옥(兼金良玉) : 겸금(兼金)은 품질이 뛰어나 값이 보통 금보다 갑절이 되는 좋은 황금을 뜻하고 양옥(良玉)은 좋은 옥을 뜻함.

“쇼쳡이 블쵸비박ᄒᆞ와 녀ᄒᆡᆼ부도의 득죄ᄒᆞ미 만ᄉᆞ오나 존고의 일월혜턱을 만히 감ᄒᆞ온디라. 엇디 녀ᄌᆞ 념치로 ᄃᆡᄒᆞ올 말ᄉᆞᆷ이 이시리잇고? 잔약ᄒᆞᆫ 미쳡이 감히 군ᄌᆞ의 위엄을 항거치 못ᄒᆞ미니이다.”

셜파의 운환을 숙여 몸 둘 곳이 업셔 ᄒᆞ니, 븟그리ᄂᆞᆫ 거동이 더 졀승ᄒᆞ고 아릿다와 홍니화 일지 봄비의 져즌 듯ᄒᆞ니, 《쳑셕‖철셕》을 농【51】쥰ᄒᆞ고 금블이 도라셜 ᄃᆞᆺᄒᆞᄃᆡ, 최부인은 텬디간 별○[물]악죵이라. 져의 말을 드ᄅᆞ미 져 부부의 겸금냥옥 ᄀᆞᄐᆞᆫ 긔질노 상경상화ᄒᆞᄂᆞᆫ 거동을 ᄉᆡᆼ각ᄒᆞ니 뮙고 분ᄒᆞ

싱각ᄒᆞ니, 뮙고 분ᄒᆞ미 즉긱(卽刻)의 육장(肉醬)을 ᄆᆡᆫ들고져 의시【46】불갓ᄒᆞ나, 십분 참고 이날븟터 쇼져를 감히 물너가지 못ᄒᆞ게 ᄒᆞ고 쳐쇼를 옴겨 협실의 두니, 쇼제 엇지 거역ᄒᆞ리오.

다만 쇼져를 혼ᄌᆞ 머믈게 ᄒᆞ고 그 유랑 시녀의 무리ᄂᆞᆫ 하나토 용납지 아니ᄒᆞ여, 니ᄅᆞ딕,

"여등은 간악음ᄉᆞ(姦惡淫邪)ᄒᆞᆫ 무리라. 만일 노쥬(奴主)를 한딕 둔즉 닉응외합(內應外合)ᄒᆞ여 별단 흉계 이시리라."

ᄒᆞ여 두지 아니ᄒᆞ니, 일노조ᄎᆞ 쇼져의 괴로오미 깅가일층(更可一層)이러라.

셕양의 한님이 드러와 ᄌᆞ졍(慈庭)을 뵈오니, 부인이 흔연이【47】ᄉᆞ랑ᄒᆞᄂᆞᆫ 체ᄒᆞ여 왈,

"노뫼 근간의 신양(身恙)이 미류(彌留)ᄒᆞ여 ᄌᆞ못 불평ᄒᆞᆫ ᄶᅦ 만흔딕, 무식ᄒᆞᆫ 시녀의 무리 능히 감지(甘旨)의 온닝을 살피지 못ᄒᆞ고, 좌와(坐臥)를 노모의 마음과 갓치 밧드지 못ᄒᆞᄂᆞᆫ 고로, 윤시 셩질이 총혜ᄒᆞ믈 ᄉᆞ랑ᄒᆞ여 아직 노모의 병이 가헐(可歇)ᄒᆞᆯ 동안 쳐쇼를 옴겨 안젼의 두ᄂᆞ니, 너ᄂᆞᆫ 모로미 쇼년 부뷔 상니(相離)ᄒᆞ믈 괴로이 너기지 말나."

한님이 발셔 작야의 부뷔 동실(同室)ᄒᆞᆫ 연고로 변괴 이시믈 짐작ᄒᆞ고, 심니의 쇼【48】져의 난연(赧然)ᄒᆞᆫ 졍ᄉᆞ를 이련ᄒᆞ나 ᄉᆞ식지 아니코, 승안화긔(承顔和氣) 가득ᄒᆞ여 계슈(稽首) 쥬왈,

"근슈교의(謹受敎矣)[2094]리이다."

온슌ᄒᆞᆫ 낫빗과 유화ᄒᆞᆫ 말ᄉᆞᆷ이 사ᄅᆞᆷ으로 ᄒᆞ여곰 일만 번 블평ᄒᆞᆫ 거ᄉᆞᆯ ᄉᆞᆯ와 바리며, 어그러온[2095] 긔상과 흐리눅은[2096] 안치(眼彩) 표리일쳥(表裏一淸)[2097]ᄒᆞ미, 안과 밧기 업시

2094)근슈교의(謹受敎矣) : 삼가 가르침이나 명령 따위를 받들어 행하겠다는 말.
2095)어그럽다 : 너그럽다. 마음이 넓고 아량이 있다.
2096)흐리눅다 : 흐리멍덩하고 무르다. '흐리다'와 '눅다'가 합쳐진 말. *흐리다: 또렷하지 않고 흐리멍덩하다 *눅다: 단단하지 못하고 무르다.
2097)표리일쳥(表裏一淸) : 겉과 안이 한결같이 맑고 깨끗함.

미 즉긱의 육장을《밍돌고져‖ᄆᆡᆫ들고져》ᄒᆞᆯ 의시 블 ᄀᆞᄐᆞ나 십분 참고, 이날로븟터 쇼져 쳐소를 옴겨 협실의 잇게 ᄒᆞ고, 그 유랑 시녀의 무리ᄂᆞᆫ ᄒᆞ나토 용납디 아니니, 일노조ᄎᆞ 쇼져의 괴로오미 깅가일층ᄒᆞ더라.

셕양의 한님이 드러와 ᄌᆞ졍의 뵈오【52】니 부인이 흔연이 ᄉᆞ랑ᄒᆞᄂᆞᆫ 체ᄒᆞ야 왈,

"노뫼 근간 신양이 미류ᄒᆞ여 ᄌᆞ못 블평ᄒᆞᆫ 딕 만흔디라. 무식 시녜 등이 능히 감지온닝을 살피지 못ᄒᆞᄂᆞᆫ 고로, 윤식뷔 셩질이 춍혜ᄒᆞ믈 ᄉᆞ랑ᄒᆞ여 노모 병이 가헐ᄒᆞᆯ 동안 쳐소를 옴겨 안젼의 두ᄂᆞ니, 너 모ᄅᆞ미 쇼년 부뷔 상니ᄒᆞ믈 괴로이 넉이지 말나."

한님이 쳥교의 발셔 작야의 부뷔 동실《ᄒᆞ믈‖ᄒᆞ므로》변이 난 줄 짐작ᄒᆞ고, 심니의 쇼져의 난연ᄒᆞᆫ 졍ᄉᆞ를 이련ᄒᆞ나 ᄉᆞ식디 아니코, 승안화긔 ᄀᆞ작ᄒᆞ야 계슈 주왈,

"근슈교의리【53】이다."

완슌ᄒᆞᆫ ᄂᆞᆺ빗과 유화ᄒᆞᆫ 말ᄉᆞᆷ이 사ᄅᆞᆷ의 일만 블평ᄒᆞᆫ 거ᄉᆞᆯ ᄉᆞᆯ와ᄇᆞ리니, 최부인은 더옥 뮈워ᄒᆞ더라.

틱공(太空)은 유묘톄원(悠杳逮遠)[2098]홈 갓고, 셩인은 무위이화(無爲而化)[2099]홈 갓ᄒᆞ니 최부인이 엇지 긔특ᄒᆞ믈 알리오. 이러홀ᄉᆞ록 더욱 뮈온 마음이 일빅(一倍)[2100] 층츌(層出)ᄒᆞ더라.

츄밀 부부ᄂᆞᆫ 거의 한님 형셰 위【49】란ᄒᆞ믈 알고 깁히 이셕ᄒᆞ나 감히 말을 못ᄒᆞ고, 공ᄌᆞ 영이 ᄶᅵᄶᅵ로 모친을 간ᄒᆞ나 능히 히유(解諭)치 못ᄒᆞ니 홀일 업더라.

부인이 윤시룰 안젼의 두미 쳔만가지로 조로며 온가지로 시험ᄒᆞ여 허다 괴로온 경계 블가형언이라.

윤쇼제 사름 되옴과 텬셩품질이 누란(累卵) 갓치 약ᄒᆞ고, 혜초(蕙草)갓치 브드러온 긔질이 옷술 니긔지 못홀 듯ᄒᆞ고, 응지(凝脂) 갓흔 슈비(手臂)[2101] 교약(嬌弱)[2102]ᄒᆞ미 바놀을 니긔지 못홀 듯ᄒᆞ나, 최부인이 시기ᄂᆞᆫ 일인즉 【50】 브ᄌᆞ런ᄒᆞ고 《빈쇽‖민쇽(敏速)》ᄒᆞ여, 말이 발셔 닙 밧긔 비왓지[2103] 못ᄒᆞ여셔, 긔식을 보아 힝ᄒᆞ니, ᄉᆞᄉᆞ(事事)의 뜻 맛초미 '믜아리○○○[응ᄒᆞ고] 그림ᄌᆞ{룰} 조촘 갓ᄒᆞ니'[2104], 최부인의 간험질독(姦險嫉毒)[2105]ᄒᆞ므로도 독촉ᄒᆞ며 ᄭᅮ지줄 묘단이 업ᄂᆞᆫ지라.

묘계(妙計) 업ᄉᆞ믈 우우민민(憂憂悶悶)[2106]

츄밀 부부ᄂᆞᆫ 거의 한님 부부의 형셰 위란ᄒᆞ믈 깁히 이셕ᄒᆞ나 감히 말을 못ᄒᆞ고, 공ᄌᆞ ᄶᅵᄶᅵ 모친을 간ᄒᆞ나 히유치 아니ᄒᆞ니 홀일업더라.

부인이 윤시를 안젼의 두고 쳔만가○[지]로 《심험‖시험》ᄒᆞ야 괴로온 경계 블가형언이로ᄃᆡ, 윤쇼제 부인의 식이ᄂᆞᆫ 일인즉 말이 미쳐 입밧긔 나지 아냐셔 긔식을 보와 힝ᄒᆞ니, 최부인의 간험ᄒᆞ미나 능히 독쵹ᄒᆞ며 ᄭᅮ디【54】즐 묘단이 업ᄂᆞᆫ지라.

《모계‖묘계》 업ᄉᆞ믈 우민ᄒᆞ야 가마니 영

2098)유묘톄원(悠杳逮遠) ; 아득히 멂.

2099)무위이화(無爲而化) : 힘들이지 않아도 저절로 변하여 잘 이루어짐. 출전은 ≪논어≫ <위령공편>이다.

2100)일빅(一倍) : 배. 곱절.

2101)슈비(手臂) : 손. 또는 손과 팔.

2102)교약(嬌弱) : 예쁘고 약함.

2103)비왓다 : 비왇다. 뱉다. 입속에 있는 것을 입 밖으로 내놓다.

2104)믜아리 응ᄒᆞ고 그림ᄌᆞ 조촘 갓ᄒᆞ니 : 메아리가 소리에 호응하고 그림자가 사물을 따르는 것처럼, 한 때도 떨어지지 않고 섬기거나 행동을 같이하는 것을 이르는 말. *중국 한(漢)나라 가의(賈誼)의 〈과진론 상(過秦論上)〉에 "나무를 깎아 무기를 만들고, 대를 들어 깃발을 만드니, 천하가 구름처럼 모여들고 메아리처럼 응하면서, 양식을 싸 들고 그림자처럼 따랐다.〔斬木爲兵 揭竿爲旗 天下雲會而響應 贏糧而景從〕"라는 말이 나온다.

2105)간험질독(姦險嫉毒) : 성품이 간사하고 음험하며 남을 시기하여 악독한 행위를 함.

ᄒᆞ여 가만이 영교 등을 보ᄎᆡ여 묘계ᄅᆞᆯ 힝케{힝케}ᄒᆞ라 ᄒᆞ니, 영교 ᄆᆡ션이 몬져 부인 침쇼의 져쥬ᄉᆞ(咀呪事)ᄅᆞᆯ 힝ᄒᆞᆯᄉᆡ 부인긔 품계(稟啓)ᄒᆞ니, 부인이 크게 깃거 왈,

"ᄎᆞ계(此計) 신묘ᄒᆞ나 ᄂᆡ 져희ᄅᆞᆯ 암ᄒᆡ(暗害)ᄒᆞ려 ᄒᆞᄂᆞᆫ 계【51】규와 달나, 져희 날을 ᄒᆡᄒᆞ려 ᄒᆞᄂᆞᆫ ᄉᆞ의니, ᄎᆞᄉᆡ 들쳐나면 윤네 구구삼셜(九口三舌)[2107]이 잇셔도 ᄋᆡᄆᆡᄒᆞ믈 발명치 못ᄒᆞᆯ 거시니, 츄밀 슉슉과 범시 셜ᄉᆞ ᄋᆡᄆᆡ히 너긴들 엇지ᄒᆞ며, 상공은 '오조(烏鳥)의 ᄌᆞ웅(雌雄)'[2108]을 분간치 못ᄒᆞ리니 엇지 묘(妙)치 아니리오."

ᄒᆞ고, 즉시 윤쇼져 필적을 모ᄡᅥ[2109] 친히 츅ᄉᆞ(祝辭)ᄅᆞᆯ ᄆᆡᆫᄃᆞ라 쥬니, ᄆᆡ괴 낙낙히 명을 바다 이의 힝ᄉᆞᄒᆞᆯᄉᆡ, 괴이ᄒᆞᆫ ᄆᆡ골(埋骨)과 각식 물건의 긔긔괴괴(奇奇怪怪)ᄒᆞᆫ 거ᄉᆞᆯ 다 갓초와 경일누 좌우 벽실 ᄉᆞ이의 무더【52】두고, 부인이 시일노븟허 침병 슈 삼일이 지나며 ᄎᆞᄎᆞ 증졍이 더으니, ᄂᆡ외 진경(震驚)ᄒᆞ고 ᄐᆡᄉᆡ 경녀(驚慮)ᄒᆞ여 의관을 쳥ᄒᆞ여 ᄇᆡᆨ초(百草)로 다ᄉᆞ릴ᄉᆡ, 삼네 분분이 모드며 한님과 공ᄌᆞ 영이 윤쇼져로 더부러 쥬야 블탈의ᄃᆡ(不脫衣帶)ᄒᆞ고 시호(侍護)ᄒᆞ나, 종시 낫지 아니ᄒᆞ고 미류(彌留)ᄒᆞ여 십여일의 니ᄅᆞ러ᄂᆞᆫ 병셰 더욱 ᄃᆡ단ᄒᆞ여 시시로 혼도ᄒᆞ거ᄂᆞᆯ, 병구호ᄒᆞᄂᆞᆫ 사ᄅᆞᆷ들이 다 크게 놀나고 약음이 슌강(順降)치 못ᄒᆞᄂᆞᆫ 형상을 ᄒᆞ며, ᄯᅩ 증졍이 괴이ᄒᆞ여 한녈(寒熱)【53】이 왕ᄂᆡᄒᆞ며 셤어(譫語)ᄒᆞ여 의원이 쥬증(主症)을 잡지 못ᄒᆞ고, 약이 당제(當劑)ᄅᆞᆯ 쓰지 못ᄒᆞ며 ᄡᅵᄡᅵ 셤어 즁의 니ᄅᆞᄃᆡ,

"좌우 벽간의셔 괴이ᄒᆞᆫ 귀신이 슈업시 나와 도창(刀槍)으로 지로며 궁시(弓矢)로 침학

교 ᄆᆡ션으로 힝계ᄒᆞᆯᄉᆡ,

즉시 윤시 필적을《못ᄡᅥ∥모ᄡᅥ》친히 츅ᄉᆞ을 ᄆᆡᆫᄃᆞ라 주니, ᄆᆡ교 등이 힝ᄉᆞᄒᆞᆯᄉᆡ, 고이ᄒᆞᆫ ᄆᆡ골과 각식 긔형디믈의 거ᄉᆞᆯ 다 갓쵸와 경일누 좌우 벽간의 감초고, 부인이 시일노브터 침병ᄒᆞ야 수삼 일의 ᄎᆞᄎᆞ 증졍이 더으니, ᄂᆡ외 진경ᄒᆞ야 의관을 쳥ᄒᆞ여 ᄇᆡᆨ초로 다ᄉᆞ리고, 삼네 분분이 모드며 한님 부부와 공ᄌᆞ 등이 시호ᄒᆞ야 온닝을 맛초더니, 십여일의 니ᄅᆞ러ᄂᆞᆫ 더옥 대단ᄒᆞ야 한열이 왕ᄂᆡᄒᆞ【55】며 셤어ᄒᆞ여 닐오ᄃᆡ,

"좌우 벽간으로셔 고이ᄒᆞᆫ 귀신이 도창을 가지고 나와 날을 침학ᄒᆞᆫ다."

2106)우우민민(憂憂悶悶) : 매우 심히 근심하고 번민함.

2107)구구삼셜(九口三舌) : '아홉 입과 세 혀'라는 뜻으로 많은 말을 늘어놓는 것을 말함.

2108)오조(烏鳥)의 ᄌᆞ웅(雌雄) : '까마귀의 암수를 가리는 일'이란 뜻으로, 잘잘못이나 좋은 것과 나쁜 것 따위를 따져서 분간하기가 어려움을 이르는 말.

2109)모ᄲᅳ다 : 모뜨다. 남이 하는 짓을 그대로 흉내 내어 본뜨다.

(侵虐)ᄒᆞᆫ다."

ᄒᆞ여 썰며 크게 쇼릐ᄒᆞ여 무셔오믈 브ᄅᆞ니, 좌우의셔 듯ᄂᆞ니 실식지 아니리 업고, 윤쇼제 ᄌᆞ가의 존괴 유병ᄒᆞ시미 ᄌᆞ긔 ᄃᆡ익(大厄)이 즁쳡ᄒᆞ믈 씨다라, 가연이 탄식ᄒᆞ믈 마지 아니ᄒᆞ더라.

영교 미션이 울며 녀상셔 부인과 화상셔 부인이【54】며 셕학ᄉᆞ 부인긔 고왈,

"부인이 병증이 맛치 져쥬(咀呪)의 빌미 갓ᄉᆞ오니 슐ᄉᆞ(術士)를 불너 망긔(望氣)2110) ᄒᆞᄉᆞ이다."

삼부인이 쏘 모부인의 병후를 괴이히 너기ᄂᆞᆫ 고로 이의 허락ᄒᆞ니, 영괴 즉시 밧긔 나아가 슐ᄉᆞ를 불너드려 경일누를 망긔ᄒᆞ여 무슈ᄒᆞᆫ 요예지물(妖穢之物)2111)을 어더ᄂᆡ니, 모다 ᄃᆡ경ᄒᆞ며 쏘 살피미 그 즁의 츅ᄉᆡ(祝辭)이시ᄃᆡ, 언ᄉᆡ 가장 흉픽ᄒᆞ여 ᄃᆡ강 일너시ᄃᆡ,

"텬디후토(天地后土) 신녕은 노흉 최녀를 아미[비]ᄃᆡ디옥(阿鼻大地獄)2112)으로 보ᄂᆡ게 ᄒᆞ면 ᄉᆞ【55】시로 제향ᄒᆞ여 평ᄉᆡᆼ의 ᄯᅳᆺ지 아니리라."

ᄒᆞ고, 그 아릐 셩명을 긔록ᄒᆞ여시ᄃᆡ 윤시라 ᄒᆞ엿더라.

삼부인이 ᄃᆡ경 통곡 왈,

"여ᄎᆞ 흉픽지ᄉᆞ(凶悖之事)ᄂᆞᆫ 의외라."

ᄒᆞ여 썰며 소릐ᄒᆞ여 무셔오믈 브ᄅᆞ니, 영교 미션이 울며 녀·화·셕 삼부인긔 고왈,

"부인 병증이 져쥬의 빌미 ᄀᆞᆺᄉᆞ오니 슐ᄉᆞ를 블너 망긔ᄒᆞ샤이다."

삼부인이 쏘 모친의 병후를 고히이 넉이ᄂᆞᆫ 고로 허락ᄒᆞ니, 영교 즉시 밧긔 가 슐ᄉᆞ를 블너 경일누 좌우를 망긔ᄒᆞ야 무수ᄒᆞᆫ 요예지믈을 어더ᄂᆡ니, 그 가온ᄃᆡ 츅ᄉᆡ 이셔 ᄉᆞ의 흉참ᄒᆞ니 이 곳 윤시 필젹이라.【56】ᄀᆞᆯ와시ᄃᆡ,

'윤시 월화ᄂᆞᆫ 모년 월일의 삼가 츅ᄉᆞ를 텬디신명과 황텬후토긔 고ᄒᆞᄂᆞ니, 양존고 최시 잔학질포ᄒᆞ야 첩의 부부를 ᄉᆡ오ᄒᆞ고, 쇼ᄌᆞ영을 칙닙고져 ᄒᆞᄂᆞᆫ 고로 몬져 첩의 부부를 니간ᄒᆞ야 그 ᄌᆞ식 두ᄂᆞᆫ 길을 업시코져 ᄒᆞ니, 통한지라! 텬디신명은 일월니로 최부인 모ᄌᆞ를 잡아 풍도지옥의 깁히 가도시면 첩이 본ᄃᆡ 지보 만흐니 맛당이 ᄉᆞ우를 세우고 ᄉᆞ시 향화를 베려 제신긔 공양을 정셩으로 ᄒᆞ리이다.'

ᄒᆞ엿더라.

2110)망긔(望氣) : 엉기어 있는 기운(氣運)을 보아서 일의 조짐을 알아냄.

2111)요예지물(妖穢之物) : 무속(巫俗)에서 방자를 할 때 쓰는 해골(骸骨)이나 인형(人形) 따위의 요사스럽고 흉측한 물건.

2112)아비ᄃᆡ디옥(阿鼻大地獄) : 아비지옥(阿鼻地獄) 또는 무간지옥(無間地獄)이라고도 한다. 불교의 팔열지옥(八熱地獄) 중 가장 아래층이며, 가장 고통스러운 지옥이다. 오역죄를 짓거나, 절이나 탑을 헐거나, 시주한 재물을 축내거나 한 사람이 가는데, 한 겁(劫) 동안 끊임없이 고통을 받는다는 지옥이다.

ᄒᆞ고, 이의 츅ᄉᆞ를 거두어 드러가 모든ᄃᆡ ᄎᆞᄉᆞ를 고ᄒᆞ니, 존당 제인이 ᄃᆡ경ᄒᆞ여 아니 ᄎᆞ악ᄒᆞ리 업고, 한님은 신식(神色)이 경황ᄒᆞ여 연망이 관을 벗고 하당 쳥죄ᄒᆞ니, ᄐᆡ시 침음 냥구의 츄밀을 도라보아 갈오ᄃᆡ,

“윤쇼부의 셩효 덕힝으로 엇지 참아 여ᄎᆞ ᄃᆡ역부도지ᄉᆞ(大逆不道之事)를 【56】 힝ᄒᆞ리오만은, 엇던 요인(妖人)이 이런 흉모를 비져니여 아부의 신상을 히코져 ᄒᆞᄂᆞᆫ고 아지 못ᄒᆞ리로다.”

츄밀이 반향(半晑)의 역시 마음을 진졍ᄒᆞ고 탄식 ᄃᆡ왈,

“윤질부ᄂᆞᆫ 현슉 ᄃᆡ덕으로 이의 미ᄎᆞ믄 ‘쥬공(周公)이 뉴언(流言)’[2113]을 만나심 갓도쇼이다. 연이나 윤시 셩덕이 겸숀ᄒᆞ여 본ᄃᆡ 사ᄅᆞᆷ이게 슈원(讐怨)이 업술 거시오, 버거 젹인(敵人)이 업ᄉᆞ니 가히 지목ᄒᆞ여 눌노뻐 히ᄒᆞ다 ᄒᆞ리잇고? 진실노 분변이 오조(烏鳥)의 ᄌᆞ웅(雌雄)갓도쇼이다.”

언필의 믄【57】득 최부인이 혼도(昏倒)ᄒᆞ믈 고ᄒᆞ거ᄂᆞᆯ 좌위 실식ᄒᆞ고, 한님이 ᄃᆡ경 창황ᄒᆞ여 급히 부군을 뫼셔 드러가보니, 부인이 냥안을 직시ᄒᆞ고 긔식이 엄엄ᄒᆞ여 인ᄉᆞ를 바려, 아관(牙關)[2114]이 긴급ᄒᆞᆫ 거동이어ᄂᆞᆯ, 한 먹음 토ᄒᆞᆫ 미음이 금니(衾裏)의 져젓고 침즁의 흘너시ᄃᆡ, 독ᄒᆞᆫ ᄂᆡ음이 방즁의 가득ᄒᆞ여 분명이 독을 만난 거동이라.

ᄐᆡᄉᆞ와 한님이며 영이 크게 놀나 일변 슈족을 쥐므ᄅᆞ며, ᄒᆡ독제(解毒劑)를 시험ᄒᆞᆯ시 녀·화·셕 삼부인이 누쉬 여【58】우(如雨)ᄒᆞ여 갈오ᄃᆡ,

“가ᄂᆡ의 엇던 요인이 이런 망극ᄒᆞᆫ 지앙을

2113)쥬공(周公)이 뉴언(流言) : 중국 주나라 주공이 어린 조카 성왕(成王)을 섭정하자, 주공의 형 관숙(管叔)과 아우 채숙(蔡叔)이 주공이 장차 어린 조카를 해할 것이라는 유언비어를 퍼트려 모해한 일.『서경』<周書>에 나온다.

2114)아관(牙關) : 입속 양쪽 구석의 윗잇몸과 아랫잇몸이 맞닿는 부분.

미교 등【57】이 거두어 좌듕의 드리니, 이 놀은 부인 병세 더옥 득ᄒᆞ미 태ᄉᆞ 곤계와 가듕 상하노쇠 다 모닷ᄂᆞᆫ지라. 태ᄉᆞ 곤계와 좌상 제인이 흉예지믈과 츅ᄉᆞ를 보미 대경ᄎᆞ악ᄒᆞ여 져마다 면식이 여토ᄒᆞ여 서로 도라보와 말이 업고, 한님은 신식이 경황ᄒᆞ야 년망이 관을 벗고 하당쳥죄ᄒᆞ니, 침음냥구의 츄밀을 도라보아 ᄀᆞᆯ오ᄃᆡ,

“윤쇼부의 셩효덕힝으로 엇디 ᄎᆞ마 여ᄎᆞ대역부도를 힝ᄒᆞ리오? 엇던 요인이 이런 흉를 비져니여 ᄋᆞ부의 신【58】상을 히ᄒᆞᄂᆞᆫ고? 아디 못ᄒᆞ리로다.”

츄밀이 반향의 놀난 ᄉᆞ식을 진졍ᄒᆞ고 탄식 왈,

“윤딜부의 현슉ᄒᆞᆫ 지덕으로 이에 미ᄎᆞ몬[믄] 쥬공이 《누언‖뉴언》을 만나심 ᄀᆞᆺᄐᆞᄃᆡ, 연이나 윤시 사ᄅᆞᆷ의게 슈원이 업술 거시오 버거 젹인이 업ᄉᆞ니, 가히 지목ᄒᆞ여 눌노뻐 히ᄒᆞ다 ᄒᆞ리잇고? 누명이 오됴의 ᄌᆞ웅 ᄀᆞᆺ도소이다.”

언필의 최부인이 혼도ᄒᆞ믈 고ᄒᆞᄂᆞᆫ지라. 좌위 실식ᄒᆞ야 한님이 황망급급ᄒᆞ며 부군을 뫼셔 드러가 보니, 부인이 냥안을 직시ᄒᆞ고 긔식이 엄엄ᄒᆞ야 인ᄉᆞ를 ᄇᆞ린 거동【59】이어ᄂᆞᆯ, ᄒᆞᆫ 먹음 토ᄒᆞᆫ 미음이 금니의 흘너시ᄃᆡ 독ᄒᆞᆫ ᄂᆡ음이 방듕의 가득ᄒᆞ여 분명이 독을 만난 거동이라.

태ᄉᆞ와 한님이며 영이 크게 놀나 일변 슈족을 주무ᄅᆞ며 ᄒᆡ독제를 시험ᄒᆞ며,

짓는고? 실노 괴이훈 일이로다. 아등이 모부인 병측의 뫼셔 이시딕 간인의 요변(妖變)을 방어치 못ᄒᆞ미 되어시니, 엇지 익닯지 아니ᄒᆞ리오."

틱시 문왈,

"뉘 미움을 가져왓더뇨?"

삼부인이 딕쥬 왈,

"쇼녀 등이 무심히 안ᄌᆞᆺ고 모친이 졍신이 져기 슈습ᄒᆞ미 되여 말솜ᄒᆞ시더니, 믄득 윤녜 '닉 급ᄒᆞ다, 잠간 여측ᄒᆞ라 가노라' ᄒᆞ고 니러나더니, 즉시 미음을 가져 도로 드러와【59】 쇼녀 등을 쥬며 왈, '진미 발셔 더워시니 여측ᄒᆞ고 오노라 ᄒᆞ면 시긱이 더덜 듯ᄒᆞ기로 몬져 져져긔 드리고 여측ᄒᆞ려 ᄒᆞᄂᆞ이다. 어셔 존고긔 드리쇼셔' ᄒᆞ고 가옵거놀, 히아 등이 술피지 못ᄒᆞ고 무심히 나왓더니, 모친이 음(飮)ᄒᆞ시고 ᄌᆞ리의 누어 계시더니, 두어 시긱이 넘지 못ᄒᆞ여 홀연 이변이 낫나이다."

졍언간(停言間)의 진짓 윤쇼제 여측ᄒᆞ고 이의 드러와 존고 증후를 보옵고, 놀나 역시 면식이 여토ᄒᆞ더니, 좌즁 긔식과 말솜을【60】 드ᄅᆞ니 딕시 거의라. 앙텬 탄식ᄒᆞ고 문밧긔 나와 복지 딕죄ᄒᆞ니,

태시 문왈,

"뉘 미음을 가져왓더뇨?"

삼부인이 딕왈,

"쇼녀 등이 모친을 시호ᄒᆞ여숩더니 윤시 '닉급ᄒᆞ다' ᄒᆞ고 나가더니, 즉시 미음을 가져 도로 드러와 쇼녀 등을 쥬며 닐오딕, '진미 불셔 더워시니 여측ᄒᆞ고 오노라 ᄒᆞ면 시긱이 더덜지라. 몬져 존【60】고긔 드리쇼셔.' ᄒᆞ고 가옵거놀, 히ᄋᆞ 등이 술피디 못ᄒᆞ옵고 무심이 나왓더니, 모친이 음ᄒᆞ시고 누어 겨시더니 이 변이 낫ᄂᆞ이다."

졍언간의 진짓 윤쇼제 여측ᄒᆞ고 이에 드러와 존고의 증후를 보고 역시 면식이 여토ᄒᆞ더니, 좌듕 말솜을 드ᄅᆞ미 딕시 거의믈 씨ᄃᆞ라 앙텬탄식ᄒᆞ고 문밧긔 나와 구고의 쳐치를 기ᄃᆞ리더라.

태시 삼녀의 말을 듯고 더옥 경히ᄒᆞ야 침음ᄒᆞ여 말을 아니코 다만 부인을 구호ᄒᆞ더니, 이윽고 부인이 입으로조차 독을 무수【61】히 토ᄒᆞ고 긔운이 잠간 나으니, 독한 닉ᄎᆞ마 맛디 못ᄒᆞ더라. 삼다와 보미를 나와 구호ᄒᆞ니 부인이 졍신을 출혀 닐오딕,

"내 미음을 먹으믜 흉듕이 궤란ᄒᆞ고 심신이 아득ᄒᆞ기 ᄌᆞ리의 잠간 진졍코져 ᄒᆞ더니, 믄득 혼도아득ᄒᆞ여 인ᄉᆞ를 ᄇᆞ리니 하마면 ᄉᆞ디 못ᄒᆞᆯ 번ᄒᆞ훈괘라."

삼녀와 영교 미션이 좌우의셔 구호ᄒᆞ니 태시 냥ᄌᆞ로 더브러 장밧긔 나와 난간의 안ᄌᆞ니, 츄밀과 범부인은 차악ᄒᆞ야 말을 못ᄒᆞ더라.

미음 드리든 윤시ᄂᆞᆫ 미션【62】이 긔용단을 삼켜 윤시 되여 힝계ᄒᆞ니 뉘 능히 알니오? 녀·화·셕 삼부인 비록 춍명ᄒᆞ나 엇디 잠긱

ᄉᆞ이 샤롬이 변ᄒᆞ믈 알니오? 태ᄉᆡ 난간의 좌정ᄒᆞ미 한님이 면관 하당 복계ᄒᆞ여 쳥죄 왈,

"히ᄋᆞ이 블쵸무상ᄒᆞ여 셩회 쳔박ᄒᆞ온 고로 한 쳐의 작악이 여ᄎᆞᄒᆞ와 망극ᄒᆞᆫ 변이 ᄌᆞ정긔 밋ᄉᆞ오니, 인ᄌᆞ지심의 엇디 망극디 아니리잇고? 복원 대인은 발부의 죄를 다ᄉᆞ리샤 법을 졍히 ᄒᆞ쇼셔."

태ᄉᆡ 탄식 왈,

"일이 극히 요악ᄒᆞ나 윤시의 평일 ᄒᆡᆼᄉᆞ를【63】 츄이컨ᄃᆡ ᄎᆞ마 이런 ᄒᆡᆼ악을 지목ᄒᆞ미 어렵고, 믈시코져 ᄒᆞᆫ즉 유죄무죄간 법을 쳐치ᄒᆞᄂᆞᆫ 도리 아니라. 노뷔 ᄉᆡᆼ각이 망연ᄒᆞ여 능히 됴흔 계교를 ᄉᆡᆼ각디 못ᄒᆞ리로다. 셜ᄉᆞ 윤시 블민ᄒᆞᆫ들 오ᄋᆞ의 되 되리오?"

한님이 부공 말ᄉᆞᆷ을 듯ᄌᆞ오미 다시 고두 왈,

"대인의 셩덕이 일월 ᄀᆞᄐᆞ시나 가ᄂᆡ의 이 ᄀᆞᄐᆞᆫ 흉ᄉᆡ 젹발ᄒᆞ미, 윤녀의 여산ᄒᆞᆫ 죄악이 그 엇더ᄒᆞ관ᄃᆡ 감히 믈시ᄒᆞ샤 국법을 믄허ᄇᆞ리시면 히ᄋᆞᄂᆞᆫ ᄯᅩ다시 무삼 사ᄅᆞᆷ이 되나니잇고?【64】 복망 대인은 상찰ᄒᆞ샤 죄인을 명ᄇᆡᆨ히 다ᄉᆞ려 히ᄋᆞ로 ᄒᆞ여금 인뉸의 망극ᄒᆞ온 변을 두 번 보게 마ᄅᆞ소셔."

태ᄉᆡ 츄밀을 도라보아 왈,

"우형이 윤시를 의심ᄒᆞ미 아니로ᄃᆡ 창이 이럿ᄐᆞ시 고집ᄒᆞ니 현뎨의 의논을 듯고져 ᄒᆞ노라."

츄밀이 탄왈,

"쇼뎨지심이 졍히 형댱과 ᄀᆞᆺᄉᆞ오ᄃᆡ 윤시 유죄무죄간 죄범은 등한치 아니ᄒᆞ니 무단이 괄시치 못ᄒᆞᆯ 거시오, 그 좌우를 져쥬어 뭇ᄌᆞ온들 무죄ᄒᆞᆫ 시녀비 엇디 블명ᄒᆞ믈 원망치 아니리잇고? 쇼뎨【65】지심은 잠간 모호ᄒᆞᆫ 둧ᄒᆞ나 져 흉예지믈을 쇼화ᄒᆞ여 업시ᄒᆞ고, 윤시를 아즉 깁히 두어 듕인 쇼시의 거쳐를 못ᄒᆞ게 ᄒᆞ시고, 그 좌우를 뭇디 마ᄅᆞ시고 조초 ᄉᆞ긔를 ᄉᆞᆯ펴 그 죄를 명ᄇᆡᆨ히 다ᄉᆞ리시미 올흘가 ᄒᆞ나이다."

태ᄉᆡ 츄밀의 말을 올히 넉여 즉시 흉예지믈과 츅ᄉᆞ를 쇼화ᄒᆞ고, 윤시를 블너 면젼의 니ᄅᆞ니 임의 봉관옥픽를 그ᄅᆞ고 ᄶᅴ를 업시ᄒᆞ

ᄐᆡᄉᆡ 윤시ᄅᆞᆯ 불너 압히 니ᄅᆞ미, 오직 면유(面諭) 왈,

"금일 변고ᄂᆞᆫ 블가ᄉᆞ문어타인(不可使聞於他人)[2115]이라. 블힝이 참혹ᄒᆞᆫ 누덕이 현부 신상의 도라가니 엇지 참담치 아니리오. 노뷔 오히려 짐작ᄒᆞ미 잇ᄂᆞ니 현부ᄂᆞᆫ 모로미 안심(安心) 물녀(勿慮)ᄒᆞᆯ지어다."

윤쇼제 부복(俯伏) 문파(聞罷)의 감은ᄒᆞ여 함누 ᄃᆡ왈,

"존구 ᄃᆡ인 셩은으로ᄡᅧ 죽은 목숨을 살 곳의 두고져 ᄒᆞ시니, 쇼쳡이 셜ᄉᆞ 블초 무상ᄒᆞ오나 엇지 존ᄃᆡ【61】인 일월 혜턱을 아지 못ᄒᆞ리잇고만은, 힝혀 신명이 어엿비 너기샤 금일 죄명을 신셜ᄒᆞ옵고 다시 구고(舅姑) 좌하의 시봉ᄒᆞ온즉, 셕ᄉᆡ(夕死)라도 무한(無恨)이로쇼이다."

셜파의 머리ᄅᆞᆯ 두다려 청뉘(淸淚) 환난(汍瀾)ᄒᆞ여 ᄐᆡᄉᆞ와 츄밀을 향ᄒᆞ여 지비 하직ᄒᆞ고 거름을 두로혀니, 유랑 시녀의 무리 븟드러 옥월졍으로 드러가며 실셩 호읍ᄒᆞ믈 마지 아니ᄒᆞ더라.

쇼제 침쇼의 도라와 방즁의 금슈병장(錦繡屛帳)과 즙물(汁物)의 ᄉᆞ려(侈麗)ᄒᆞᆫ 거술 다 셔ᄅᆞ져 업시 ᄒᆞ고, 봉관(鳳冠) 옥【62】퓌(玉佩)와 홍상 치의ᄅᆞᆯ 다 벗고 빗 업ᄉᆞᆫ 의상으로 죄인의 복식을 갓초고, 종일 문을 다다 사ᄅᆞᆷ을 보지 아니ᄒᆞ며, 음식이 니ᄅᆞ미 최부인의 쥬ᄂᆞᆫ 바 일일의 한번 보니ᄂᆞᆫ 박찬초식

2115)블가ᄉᆞ문어타인(不可使聞於他人) : 남이 알게 될까 두려움.

여더라. 나아와 듕계의셔 명을 기ᄃᆞ리니, ᄐᆡ시 윤시의 ᄋᆡ원ᄒᆞᆫ 거동을 보니 심하의 ᄋᆡ련ᄒᆞ【66】야 엇던 요인의 하쳐의 은복ᄒᆞ야 무고히 져ᄀᆞᆺᄐᆞᆫ 슉녀를 함히ᄒᆞᄂᆞᆫ고 흉담이 참악ᄒᆞ니, 츄연ᄒᆞ여 기리 탄식 왈,

"ᄋᆞ부ᄂᆞᆫ 명가 계훈으로 싱어덕문지엽ᄒᆞ여 ᄇᆡᆨ힝이 찬연ᄒᆞ여 규법이 부족ᄒᆞ미 업ᄉᆞᄃᆡ, 쳔만몽ᄆᆡ밧 괴란이 죵죵간간ᄒᆞ미 이 엇디 ᄋᆞ부의 빙옥 방신의 누얼이 핍신ᄒᆞᄂᆞᆫ 마던 줄 알니오? 노뷔 ᄎᆞ마 너를 의심ᄒᆞ미 아니로ᄃᆡ 부인의 병셰 ᄀᆞᄇᆞ압디 아니므로 마지못ᄒᆞ여 잠간 믈너 ᄉᆞ실의 머믈게 ᄒᆞᄂᆞ니, 너ᄂᆞᆫ 모ᄅᆞ미【67】 안심ᄒᆞ여 노부의 쳐치를 고이히 넉이디 말나."

쇼제 부복청교의 고두청죄 왈,

"블쵸 쇼쳡이 블혜누질노 셩문의 의탁ᄒᆞ와 ᄒᆞᆫ 일도 존하의 셩효를 일위디 못ᄒᆞ옵고, 이제 쳔고의 희한ᄒᆞᆫ 죄명을 시러 구고의 ᄋᆡ위ᄅᆞᆯ 증ᄒᆞ오니 죄당만ᄉᆡ라. 당당이 삼쳑의 뉼을 잡아 국법의 업ᄃᆡ오미 올습거ᄂᆞᆯ 이러ᄐᆞᆺ 관젼을 드리워 죽을 목숨을 살 고ᄃᆡ 두고져 ᄒᆞ시니, 쇼쳡이 무상블쵸ᄒᆞ오나 엇디 존대인 일월혜턱을 아디 못ᄒᆞ【68】리잇고? 힝여 신명이 어엿비 넉이샤 금일 죄명을 신셜ᄒᆞ옵고 다시 슬하의 시봉ᄒᆞ온즉 셕ᄉᆡ라도 무한일가 ᄒᆞᄂᆞ이다."

셜파의 ᄐᆡᄉᆞ와 츄밀을 향ᄒᆞ야 지비하딕ᄒᆞ고 거름을 두로혀니, 유모 시녀의 무리 븟더러 옥월졍으로 도라오며 실셩비읍ᄒᆞ더라.

쇼제 침쇼의 도라와 방듕의 금슈병○[장]과 즙물 ᄉᆞ려ᄒᆞᆫ 거술 다 업시ᄒᆞ고 죵일 문을 다다 사ᄅᆞᆷ을 보디 아니며, 음식이 니ᄅᆞ면 최부인의 쥬ᄂᆞᆫ 바 일일의 ᄒᆞᆫ 번 보니ᄂᆞᆫ 박찬초식이 오히려 초초ᄒᆞᄃᆡ 그도 《능【69】히‖오히려》 구궐ᄒᆞᆯ 적이 만흔디라. 유랑 시비 등이 실셩톄읍ᄒᆞ니 쇼제 탄식 왈,

(薄饌草食)이 오히려 초초ᄒᆞ딕, 그도 오히려 구궐(久闕)ᄒᆞᆯ 적이 만흐니, 유랑과 난잉 녹운 옥쇼 등이 블승톄읍(不勝涕泣)ᄒᆞ니, 쇼제 츄연 탄식 왈,

"나의 지은 죄 즁ᄒᆞ고 벌이 경ᄒᆞ니 엇지 방 가온딕 편히 쳐ᄒᆞ믈 슬허ᄒᆞᄂᆞ뇨? 헤아리건딕 이곳도 오릭 안졉(安接)ᄒᆞ믈 엇지 못ᄒᆞ리니 여등은 두고 보라."【63】

ᄒᆞ더라.

틱시 윤시 물너가믈 보고 심니의 가장 블쾌ᄒᆞ여 지삼 탄식ᄒᆞ믈 마지 아니ᄒᆞ고, 한님을 명ᄒᆞ여 평신ᄒᆞ라 ᄒᆞ니, 츄밀 부부와 한·양 등이며 모든 엄시 다 윤쇼져의 평일 힝ᄉᆞ를 싱각고 그 누명의 '오조(烏鳥)의 ᄌᆞ웅(雌雄) 갓흐믈'2116) 아니 탄식ᄒᆞ리 업더라.

최부인이 윤시 뮈오미 심입골슈(深入骨髓)ᄒᆞ여 부딕 업시코져 ᄒᆞ믹, 스ᄉᆞ로 몸을 히ᄒᆞ여 무슈한 괴로오믈 감심ᄒᆞ딕, 틱ᄉᆞ의 쳐시 이러틋 두호ᄒᆞ믹, 윤시 도로 무고히 물너 ᄉᆞ침의 이시【64】믈 보고 딕한졀치(大恨切齒)ᄒᆞ나, ᄌᆞ녜 다 져를 돌보며 ᄌᆞ긔 말은 신쳥(信聽)치 아니니 깁히 분앙(憤怏)ᄒᆞᆯ지언졍, ᄒᆞᆯ일 업셔 이제ᄂᆞᆫ 임의 폐ᄒᆞᆫ 거술 다 업시 ᄒᆞ여시니, 너모 오릭 누어실 빅 아니라, 삼녜 좌우의 이시니 실노 임의치 못ᄒᆞ여 침금을 것고 니러나니, 한님이 윤시 죄를 일ᄏᆞ라 쳥죄ᄒᆞ고, 야야의 쳐치 만히 관젼(寬典) 쓰시믈 알외니, 부인이 졀치통한ᄒᆞ여 이를 갈아 갈오딕,

"이ᄂᆞᆫ 상공과 슉슉이 윤가의 권세를 져허ᄒᆞ고 삼질녀의 안면을 고렴【65】ᄒᆞ여, 찰녀음부(刹女淫婦)의 ᄉᆞ죄를 샤ᄒᆞ미어ᄂᆞᆯ, 찰녀 요인은 도로혀 양양ᄌᆞ득ᄒᆞᄂᆞᆫ 일이 뮙고 분치 아니리오."

녀·화·셕 삼부인이 간왈,

"윤시ᄂᆞᆫ 당셰의 슉녀라 엇지 그런 흉ᄉᆞ를

"나의 지은 죄 듕ᄒᆞ고 벌이 경ᄒᆞ니 엇디 방 가온딕 편히 쳐ᄒᆞ믈 슬허ᄒᆞ리오? 혜건딕 이곳도 안신치 못ᄒᆞᆯ가 ᄒᆞᄂᆞ니 여등은 두고 보라."

ᄒᆞ더라.

태ᄉᆞ 윤시의 믈너가믈 보고 심니의 가장 블쾌ᄒᆞ야 지삼 탄식ᄒᆞ며 한님을 평신ᄒᆞ라 ᄒᆞ고, 츄밀 부부와 모든 엄시 다 윤시의 평일 힝ᄉᆞ를 싱각고 그 누명이 오됴 ᄌᆞ웅 ᄀᆞᆺᄐᆞ믈 아니 탄셕ᄒᆞ 리 업더라.

최부인이 윤시를 업시코져 ᄒᆞ믹 스ᄉᆞ로 몸을 히ᄒᆞ【70】야 무슈ᄒᆞᆫ 괴로오믈 감심ᄒᆞ딕, 태ᄉᆞ의 쳐ᄉᆞ 이러틋 모호ᄒᆞ여 윤시 도로혀 무고히 ᄉᆞ침의 편히 이시믈 대원졀치ᄒᆞ나, ᄌᆞ녜 다 져를 두호ᄒᆞ야 ᄌᆞ긔 말은 신쳥치 아니니 가히 분앙ᄒᆞᆯ지언졍 ᄒᆞᆯ일이 업셔, 이제ᄂᆞᆫ 임의 무고를 다 업시ᄒᆞ여시니 너모 오릭 누어실 빅 아니라. 삼녜 좌우의 이시믹 윤시 보치기도 임의로 못ᄒᆞ고 묘계ᄒᆞ기도 임의로 못ᄒᆞ니, 도로혀 괴로오미 심ᄒᆞ야 삼녀를 슈히 도라보닉려 ᄒᆞᄂᆞᆫ 고로 의약을 힘써 먹어 슌여 일의 쾌ᄎᆞᄒᆞ여 병장을 것【71】고 소셰을 나와 거체 평상ᄒᆞ니, 가듕상히 대희ᄒᆞ고 한님이 윤시의 죄를 일ᄏᆞ라 쳥죄ᄒᆞ니, 부인이 졀치통한 왈,

"이ᄂᆞᆫ 상공과 슉슉이 삼딜녀의 안면을 고렴ᄒᆞ여 찰녀의 ᄉᆞ죄를 믈시ᄒᆞ니, 찰녜 양양ᄌᆞ득ᄒᆞᄂᆞᆫ 일이 뮙고 분치 아니리오?"

녀·화·셕 삼부인이 간왈,

"윤시ᄂᆞᆫ 당셰슉녀라. 엇디 이런 흉ᄉᆞ를 져즐니잇고? 모친은 윤시를 의심치 마ᄅᆞ소셔."

2116)오조(烏鳥)의 ᄌᆞ웅(雌雄) 갓흠 : '까마귀의 암수를 가리는 일과 같다'는 뜻으로, 잘잘못이나 좋은 것과 나쁜 것 따위를 따져서 분간하기가 어려움을 이르는 말.

져줄 니 이시리잇고? 모친은 윤시를 의심치 마로쇼셔."

공주 영이 정식ᄒᆞ고 간왈,

"윤슈는 금세의 희한ᄒᆞᆫ 뇨조슉녀(窈窕淑女) 명염(名艶)이라. 그 죄명이 진실노 '쥬공(周公)의 뉴언(流言)'[2117]을 만나심 갓거놀, ᄃᆡ인과 즁뷔 총명 관인ᄒᆞ신 명감이 일월갓ᄐᆞ샤 쳐단ᄒᆞ시미 광명졍ᄃᆡᄒᆞ시고, ᄉᆞ졍과 안면의 구ᄋᆡᄒᆞ【66】시미 아니오, 우리 집이 ᄯᅩᄒᆞᆫ 셰록지신(世祿之臣)으로 ᄃᆡ인과 이위(二位) 계뷔 다 조졍 원훈(元勳) 왕공지위(王公地位)[2118]라. 부귀 권셰 져 진국군만 갓지 못ᄒᆞᆯ 거시라, ᄌᆞ위 미양 권문을 븟좃ᄂᆞᆫ 쇼인으로 지목ᄒᆞ시ᄂᆞ니잇가? ᄒᆡᄋᆡ 듯ᄌᆞ오미 블승경히로소이다."

부인이 ᄌᆞ녀의 말숨을 듯고 다시 지리ᄒᆞᆫ 간언이 이실가 괴로이 너겨 말을 아니ᄒᆞ더라.

ᄎᆞ일의 녀ㆍ화ㆍ셕 삼부인이 부모 슉당의 비ᄉᆞᄒᆞ고 각각 구가의 도라가니, 가즁이 결연ᄒᆞ여 ᄒᆞ나 최부인은 도로혀 싀훤ᄒᆞ여 ᄒᆞ더【67】라.

부인이 영교로 ᄒᆞ여 곰 윤시의게 젼어ᄒᆞ여 칙ᄒᆞᄃᆡ,

"싀어뮈를 져쥬ᄒᆞ여 히ᄒᆞ려 ᄒᆞ고 짐독(鴆毒)[2119]으로 죽이려 ᄒᆞ니, 이ᄂᆞᆫ 만고 ᄃᆡ발뷔(大潑婦)오, 몸이 구가의 잇셔 간부를 ᄉᆞ통(私通)ᄒᆞ니 이 ᄯᅩ ᄃᆡ음ᄃᆡ간음뷔(大淫大姦淫婦)라. 상공과 창이 삼질녀의 안면을 고렴ᄒᆞ여 관젼을 드리워 죄를 샤ᄒᆞ여시나, 음뷔 일분이나 념치 이시면 엇지 일시나 이곳의 머믈니오. ᄂᆡ 진실노 음부를 일턱지상(一宅之上)의 두고 거ᄂᆞ리고져 아니ᄒᆞᄂᆞ니, 슈이 ᄌᆞ진(自盡)ᄒᆞ여 죄를 쇽ᄒᆞ고 엄ㆍ윤 냥문【68】

공지 ᄯᅩ 간ᄒᆞ니 부인이 ᄌᆞ녀의 간언을 괴로이 넉여 말을 아니터라.

익일의 녀·화·셕 삼부인이 부【72】모슉당의 하직ᄒᆞ고 각각 구가로 도라가니, 가듕이 결연ᄒᆞ나 부인은 싀훤이 넉이더라.

부인이 영교로 ᄒᆞ여금 윤시의 젼어ᄒᆞᄃᆡ,

"싀어미을 져쥬 짐독으로 죽이려 ᄒᆞ니 이ᄂᆞᆫ 만고 대악발뷔오, 몸이 구가의 잇셔 간부를 ᄉᆞ통ᄒᆞ니 대간음부라. 상공과 창이 삼딜녀의 안면을 고렴ᄒᆞ야 관젼을 드리워 죄를 샤ᄒᆞ나, 음뷔 일분이나 념치 이실진ᄃᆡ 일시나 이곳의 머믈이오. 수히 ᄌᆞ진ᄒᆞ야 엄·윤 냥가을 욕먹이지 말나."

2117)쥬공(周公)의 뉴언(流言) : 중국 주나라 주공이 어린 조카 성왕(成王)을 섭정하자, 주공의 형 관숙(管叔)과 아우 채숙(蔡叔)이 주공이 장차 어린 조카를 해할 것이라는 유언비어를 퍼트려 모해한 일. 『서경』 <周書>에 나온다.

2118)왕공지위(王公地位) : 왕과 공의 지위. 곧 신분의 지위가 높음을 이른다.

2119)짐독(鴆毒) : 짐새의 깃에 있는 맹렬한 독. 또는 그 기운.

을 욕먹이지 말고, 만일 죽을 뜻이 업거든 쌜니 간부ᄅᆞᆯ 조ᄎᆞ 먼니 도망ᄒᆞ여 종젹을 감초라."

ᄒᆞ며, ᄆᆡᆨ반쇽식(麥飯粟食)도 ᄶᅵ의 쥬지 아니ᄒᆞ며, 영교 ᄆᆡ션이 날마다 왕ᄂᆡᄒᆞ며 슈욕(數辱)이 만단(萬端)이라.

윤쇼제 ᄉᆞ긔 ᄌᆞ약ᄒᆞ여 다만 공경ᄒᆞ여 드ᄅᆞᆯ ᄯᆞᄅᆞᆷ이오 시쳥(視聽)이 업숨 갓ᄒᆞ니, 최부인 노쥐 더욱 이완(弛緩)ᄒᆞ믈 통한ᄒᆞ고, 일취 난잉 등은 통절ᄒᆞ믈 니긔지 못ᄒᆞ더라.

이 쇼식이 쟈연 누셜ᄒᆞ여 진궁의 니ᄅᆞ니, 진공 상히 월화 쇼져의 셩덕 지용으로《신명‖시명(時命)》이 이ᄃᆡ도록 운【69】건(運蹇)ᄒᆞ믈 가셕(可惜)ᄒᆞ고, 냥 엄부인과 학ᄉᆞ 부인 엄쇼제 쇼고(小姑)의 지덕을 앗기고 구가의 무안(無顔)ᄒᆞ미 비길 ᄃᆡ 업더라. ᄯᅩ 냥엄부인이 더욱 구고 슉당의 무안 황괴ᄒᆞ미 측냥업더라.

진왕이 일즉 가즁의 하령ᄒᆞ여 녀아의 존문을 피ᄎᆞ 통치 말고 바려 두라 ᄒᆞ니, 일노조ᄎᆞ 냥가의 ᄉᆞ졍을 아득히 아지 못ᄒᆞ더라.

이ᄯᅵ 임의 셰환(歲換)ᄒᆞ고 삼츈이 니ᄅᆞ니 엄부 상히 오왕의 입조ᄒᆞ기ᄅᆞᆯ 굴지계일(屈指計日)ᄒᆞ여 등ᄃᆡᄒᆞ더니, 우ᄎᆞ통의(吁嗟痛矣)라2120)!.

엄시 문운이 블힝ᄒᆞ고 한님 부【70】부의 명되 갓초 궁험ᄒᆞᆫ 가온ᄃᆡ 오국군의 관인 셩덕으로 그 복을 밧지 못ᄒᆞ고 슈ᄅᆞᆯ 향치 못ᄒᆞ니 가셕통의비지(可惜痛矣悲哉)2121)러라.

묵묵상텬(默默上天)의 남뒤(南斗)2122) 명복(命福)을 마련치 못ᄒᆞ미 북뒤(北斗)2123) 싱살

ᄒᆞ며 ᄆᆡᆨ반쇼식도 ᄶᅵ의 쥬지 아니ᄒᆞ며,【73】영교 ᄆᆡ션이 날마다 왕ᄂᆡᄒᆞ여 슈욕ᄒᆞᄃᆡ, 윤쇼제 ᄉᆞ긔 ᄌᆞ약ᄒᆞ야 드를 ᄯᆞ름이니, 부인이 대로ᄒᆞ여 이완ᄒᆞ믈 통한ᄒᆞ더라.

이 소식이 ᄌᆞ연 누셜ᄒᆞ여 진궁의 니ᄅᆞ니, 진궁 상히 월화 쇼져의 셩덕으로 시명이 이ᄃᆡ도록 운건ᄒᆞ믈 가셕ᄒᆞ고, 냥엄부인은 쇼고의 지덕을 앗기고 구가의 무안ᄒᆞ미 측양업더라.

진왕이 가듕의 하령ᄒᆞ야 일졀 녀ᄋᆞ의 존문을 통치 말고 ᄇᆞ려두라 ᄒᆞ더라.

이러구러 광음이 신쇽ᄒᆞ야 신년을 당ᄒᆞ니, 가듕 쇼년녀【74】지 단장을 치례ᄒᆞ여 져마다 신년을 하례ᄒᆞ며 친당과 구가의 왕ᄂᆡᄒᆞ야 즐기미 극ᄒᆞ나, 윤쇼제 홀노 심당 슈계ᄒᆞ야 스ᄉᆞ로 신셰 명도를 탄ᄒᆞᆯ ᄯᆞ름이러니, 삼츈이 얼프시 디나니 엄부 상히 오왕의 입됴ᄒᆞ기를 굴지계일ᄒᆞ여 등ᄃᆡᄒᆞ더니, 우ᄎᆞ통의라!

오국군의 관인셩덕으로 그 복을 안치 못ᄒᆞ고 슈를 향치 못ᄒᆞ니 가셕통지러라.

2120)우ᄎᆞ통의(吁嗟痛矣)라 : 아, 슬프다.

2121)가셕통의비지(可惜痛矣悲哉) : 몹시 슬프고 또 슬프다.

2122)남뒤(南斗) : 남두육성(南斗六星). 궁수자리에 있는 국자 모양의 여섯 개의 별. 북두칠성의 모양을 닮은 데서 이름이 유래한다. 장수(長壽)를 주관하는 별로 전해진다. ≒남두(南斗)、두성(斗星)

2123)북뒤(北斗) : 북두칠성(北斗七星). 탐랑(貪狼),

(生殺)을 급히 쳐단ᄒᆞ니 능히 인녁의 밋출 것가?

ᄎᆞ년 보원(寶元)[2124] 이십년 하오월(夏五月) 회간(晦間)의 조공을 올녀 ᄉᆞ은ᄒᆞ고, 틱ᄉᆞ부(太師府)[2125]의 셔찰을 올니니 합문(闔門) 상히 일견의 오왕의 병보를 ᄀᆡ별ᄒᆞ엿ᄂᆞᆫ지라. 일문(一門)이 ᄃᆡ경ᄒᆞ여 황민(惶憫)ᄒᆞ믈 니ᄀᆡ지 못ᄒᆞ【71】더라.

상이 이의 산진히물(山珍海物)을 상ᄉᆞᄒᆞ시며, 오왕의게 비답(批答)[2126]을 나리오시고 병이 슈이 하려[2127] 명년의 ᄂᆡ조(來朝)ᄒᆞ라

ᄎᆞ년 츈의 동으로조ᄎᆞ ᄉᆞ인이 니ᄅᆞ러 몬져 궐하의 됴공을 올녀 샤은ᄒᆞ고 태ᄉᆞ부의 셔찰을 올니니, 합문 상히 대【75】경ᄒᆞ야 급히 글월을 ᄡᅥ혀 보니, 오왕의 셔간의 ᄀᆞᆯ와시ᄃᆡ,

'우연이 일병이 《침칙∥침착(沈着)》ᄒᆞ야 촌회 업ᄂᆞᆫ디라. 능히 입됴치 못ᄒᆞ고 본국 ᄃᆡ신으로 납공ᄒᆞ믈 베플고, 쇼뎨 능히 싱도를 긔약디 못ᄒᆞ옵ᄂᆞ니, 형댱은 창으로 더브러 ᄲᆞᆯ니 니ᄅᆞ샤 부ᄌᆞ형뎨 싱면으로 영결ᄒᆞ기를 ᄇᆞ라ᄂᆞ이다.'

ᄒᆞ엿고 버거 녀부 ᄌᆞ셔와 제친의게 부친 셔간을 보니, ᄉᆞ의 비졀ᄒᆞ고 블길ᄒᆞ미 언언이 밋쳐시니, 냥형이며 제 ᄌᆞ딜이 ᄒᆞᆫ가지로 보고 뉴쳬 비읍ᄒᆞ고 한【76】님이 슬프믈 이긔디 못ᄒᆞ야, 이에 동오 ᄉᆞ신을 블너 왕의 병후를 무ᄅᆞ니, ᄉᆞ인이 만분위악ᄒᆞ믈 알외ᄂᆞᆫ지라.

태ᄉᆞ 곤계와 한님이 황망이 궐하의 나아가 오왕의 병셔를 올니고 반 년 말믜를 쳥ᄒᆞ니, 텬지 ᄯᅩᄒᆞᆫ 경녀ᄒᆞ샤 엄 태ᄉᆞ 곤계 부ᄌᆞ 삼인의 반 년 말믜를 허ᄒᆞ시고, 슈히 도라오라 ᄒᆞ시니, 엄 태ᄉᆞ 곤계 부ᄌᆞ 삼인이 샤은 퇴됴ᄒᆞ야 부듕의 도라와 힝니를 다ᄉᆞ릴ᄉᆡ, 남평빅 부인과 윤상셔 부인이 부왕의 병보를 듯고 망극ᄒᆞ믈 이긔지 못ᄒᆞ더라. 이에 수【77】일 치힝ᄒᆞᆯᄉᆡ ᄯᅢ 계하 쵸츈이라.

텬지 ᄯᅩᄒᆞᆫ 광녹ᄉᆞ의 부연ᄒᆞ여 오국 ᄉᆞ신을 먹이시고 치단과 산진히믈을 상ᄉᆞᄒᆞ시며 오왕의게 비답을 ᄂᆞ리와 병이 수히 하려 명년의 ᄂᆡ됴ᄒᆞ라 ᄒᆞ시다.

거문(巨門), 녹존(祿存), 문곡(文曲), 염정(廉貞), 무곡(武曲), 파군(破軍) 따위 일곱 개의 별. 인간의 수명을 관장하는 별자리로 이것을 섬기면 인간의 각종 액(厄)과 천재지변 따위를 미리 막을 수 있다고 여겼다.

2124)보원(寶元) : 중국 송나라 인종(仁宗)의 연호(1038-1039).

2125)틱ᄉᆞ부(太師府) : 엄태사의 부중(府中: 집).

2126)비답(批答) : 임금이 상주문의 말미에 적는 가부의 대답. ≒비11(批).

2127)하리다 : (병이) 낫다.

ᄒᆞ시다.

엄텩ᄉᆞ 부ᄌᆞ 곤계 삼인이 장ᄎᆞᆺ 힝장을 슈습ᄒᆞ여 오국으로 향ᄒᆞᆯ시, 인심(人心)이 지령(至靈)이라. ᄉᆞᄉᆞ로 마ᄋᆞᆷ이 놀납고 졍혼이 아득ᄒᆞ믈 면치 못ᄒᆞ니 한님이 ᄉᆞᄉᆞ로 블길ᄒᆞᆫ 밍ᄋᆡ(萌芽)ᄅᆞᆯ ᄭᆡ다라, 심하의 장탄 왈,

"오심(吾心)이 지령(至靈)ᄒᆞ여 그러ᄒᆞᆫ가? 금츈을 만나므로븟허 나의 마음이 ᄌᆞ연 우슈울억(憂愁鬱抑)ᄒᆞ여 일시도 편ᄒᆞ미 업더니, 근ᄂᆡ의 심ᄉᆡ 더욱【72】슬픈 가온ᄃᆡ 부왕의 병보ᄅᆞᆯ 듯ᄌᆞ온 후로 ᄉᆞᄉᆞ로 황황ᄒᆞ여 지졉(止接)2128)지 못ᄒᆞᆯ지라. 그윽이 헤아리건ᄃᆡ 맛ᄎᆞᆷᄂᆡ 길죄 아니로다."

졍히 ᄉᆞ려(思慮)ᄒᆞ믈 마지 아니ᄒᆞ더니, 이날 황혼의 셕작(夕鵲)이 동 다히2129)로 오락가락ᄒᆞ여 난간 알퓌셔 울고, ᄎᆞ야의 일몽을 어드니, 부친 오왕이 완연이 뇽포 옥ᄃᆡ로 드러와 집슈 츄연 왈,

"ᄂᆡ 다시 냥위 형장과 여등 남ᄆᆡ를 보지 못ᄒᆞ고 디하의 드러가니, 쳔고의 닛지 못ᄒᆞᆯ 유한(遺恨)이오, 둘지ᄂᆞᆫ 픠 불초(不肖)무상ᄒᆞ여 긔업【73】을 직희지 못ᄒᆞᆯ 거시오, 아뷔 쳥명(淸名)을 오욕(汚辱)ᄒᆞᆯ 블초ᄌᆞ 이시니, 여뷔 구원(九原)의 도라가나 엇지 명목(瞑目)ᄒᆞ믈 어드리오."

ᄒᆞ거ᄂᆞᆯ 한님이 반기고 슬허 년망이 ᄌᆡ비ᄒᆞ고 쳬읍ᄒᆞ며 졍회ᄅᆞᆯ 베플고져 ᄒᆞ더니, 홀연 경긱의 부친이 간 ᄃᆡ 업거ᄂᆞᆯ, 한님이 놀나 ᄭᆡ다ᄅᆞ니 남가일몽(南柯一夢)2130)이라. 밤이 오히려 ᄇᆞᆰ지 아니ᄒᆞ엿고 부친의 셩음이 명명ᄒᆞ여 눈 알퓌 버렷ᄂᆞᆫ 듯ᄒᆞ여 조곰도 희미치 아니터라.

ᄉᆡ로이 심신이 경난ᄒᆞ여 비회ᄅᆞᆯ 지졉(止

2128)지졉(止接) : ①잠시 몸을 의탁하여 거주함. ②몸을 붙이어 의지함.

2129)다히 : 쪽. 편, 방향, 닿은 곳. 부근.

2130)남가일몽(南柯一夢) : 꿈과 같이 헛된 한때의 부귀영화를 이르는 말. 중국 당나라의 순우분(淳于棼)이 술에 취하여 홰나무의 남쪽으로 뻗은 가지 밑에서 잠이 들었다가 괴안국(槐安國)의 부마가 되어 남가군(南柯郡)을 다스리며 20년 동안 영화를 누리는 꿈을 꾸었다는 데서 유래한다.

한님이 ᄆᆞ음이 놀납고 졍혼이 아득ᄒᆞ니, ᄉᆞᄉᆞ로 블길ᄒᆞᆫ 밍애믈 ᄭᆡᄃᆞ라 삼하의 장탄 왈,

'ᄋᆞ심이 지령ᄒᆞ민가? 금츈으로브터 나의 ᄆᆞ음이 우슈울억ᄒᆞ여 일시도 편ᄒᆞᆯ 젹이 업더니, 근ᄂᆡ 심ᄉᆡ 더옥 황황ᄒᆞ니 마ᄎᆞᆷᄂᆡ 길죄 아니로다.'

졍이 ᄉᆞ량ᄒᆞ더니, 이날 황혼의 셕작 동다【78】히로 오락가락ᄒᆞ며 난간 압퓌셔 울고, ᄎᆞ야의 일몽을 어드니 부친이 완연이 드러와 집슈 츄연 왈,

"ᄂᆡ 다시 냥위 형댱과 녀등 남ᄆᆡ를 보디 못ᄒᆞ고 지하의 도라가니 쳔고의 잇디 못ᄒᆞᆯ 유한이오, 둘지ᄂᆞᆫ 픠 블쵸무상ᄒᆞ야 능히 긔업을 직희디 못ᄒᆞᆯ 거시오 아뷔 쳥명을 오욕ᄒᆞ리니, 여뷔 구원의 도라가나 엇디 명목ᄒᆞ리오?"

ᄒᆞ거ᄂᆞᆯ 한님이 반기고 놀나 ᄌᆡ비 쳬읍ᄒᆞ고 졍회를 고코져 ᄒᆞ다가 홀연 경각ᄒᆞ니 남가일몽이라. 날이 오히려 ᄇᆞᆰ을 ᄯᅢ 머럿고【79】부왕의 어음이 이목의 버러 조금도 희미치 아닌지라.

ᄉᆡ로이 심신이 경난ᄒᆞ여 비회를《지젹∥지졉》지 못ᄒᆞ더니,

接)지 못ᄒᆞ더니 믄득 틱ᄉᆞ【74】와 츄밀이 몽압(夢魘)ᄒᆞ여 뇌ᄎᆞ 통곡ᄒᆞᄂᆞᆫ지라. 한님이 급히 씨오고 연고를 뭇ᄌᆞ온ᄃᆡ 냥공이 묵연 냥구의 답왈,

"앗가 몽즁의 왕뎨 엄연이 드러와 울며 니ᄅᆞᄃᆡ, '임의 황천킥(黃泉客)이 되엿《ᄂᆞᆫ지라∥노라》.' ᄒᆞ고, '싱면(生面)으로 반기지 못ᄒᆞ믈[미] ○○○○[유한이라].' 한탄ᄒᆞ며, 창의 젼졍을 근심ᄒᆞ여, '부탁ᄒᆞ노라' ᄒᆞ거ᄂᆞᆯ, 우리 아을 붓들고 우다가 씨다랏노라."

ᄒᆞ며, 슬픈 마음을 니긔지 못ᄒᆞ여 비뤼(悲淚) 삼삼ᄒᆞ니[2131], 한님이 또ᄒᆞᆫ 실셩(失性) 엄읍(掩泣)ᄒᆞ여 ᄌᆞ긔 몽ᄉᆞ를 고ᄒᆞ니, 냥공이 더욱 의아(疑訝)ᄒᆞ【75】여 갈오ᄃᆡ,

"우리 명일 발힝ᄒᆞᆯ 날이어ᄂᆞᆯ 몽죄(夢兆) 여ᄎᆞ 블길ᄒᆞ니 엇지 경히(驚駭)치 아니ᄒᆞ리오."

부ᄌᆞ 형뎨 이러틋 상심 비도ᄒᆞ여 능히 ᄌᆞ지 못ᄒᆞ고, 인ᄒᆞ여 블을 붉히고 밤을 시오니라.

명조 계초명(鷄初鳴)의 니러나 참아 진식(盡食)지 못ᄒᆞ더니, 홀연 급급히 보왈,

"동오의 ᄉᆞ신이 또 니ᄅᆞ러 조졍의 비보(飛報)[2132]ᄒᆞ고 문외의 니ᄅᆞ럿ᄂᆞ이다."

제인이 쳥파의 실셩쳬읍(失性涕泣)ᄒᆞ믈 마지 아니ᄒᆞ더니, 이윽고 ᄉᆞ신이 드러와 비알ᄒᆞᆯ시 몬져 보니, 임의 빅의쇼ᄃᆡ(白衣素帶)[2133]를 갓초고 드러오더라.【76】

ᄉᆞ인(使人)이 드러와 계하의 비복ᄒᆞ고 통부셔(通訃書)를 올니고, 통곡ᄒᆞ며 고왈,

"《오왕이∥뎐히》 졍히 즁하(中夏) 초슌간(初旬間)의 임의 연셰(捐世) ᄒᆞ시니, 쇼인 등이 조졍의 문부(聞訃)를 가져 망야(忘夜)ᄒᆞ야 니ᄅᆞ럿ᄂᆞ이다."

언쥬필(言奏畢)의 틱ᄉᆞ 곤계 슉질이 실셩

믄득 태ᄉᆞ와 츄밀이 몽압ᄒᆞ여 ᄂᆡ쳐 호곡ᄒᆞᄂᆞᆫ지라. 급히 씨와 연고을 뭇ᄌᆞ온ᄃᆡ 냥공이 믁연ᄒᆞ다가 답왈,

"앗가 몽듕 왕뎨 엄연이 드러와 닐오ᄃᆡ, '임의 황텬킥이 되엿노라.' ᄒᆞ고, '싱면으로 반기지 못ᄒᆞ미 유한이라.' ᄒᆞ고, 창의 젼졍을 근심ᄒᆞ여 ᄇᆞ탁ᄒᆞ거ᄂᆞᆯ 아을 븟들고 우다가 씨다라노라."

ᄒᆞ며 슬프믈 졍치 못ᄒᆞ야 비뤼 숌숌ᄒᆞ니, 한님이 또【80】ᄒᆞᆫ 실셩ᄒᆞ야 ᄌᆞ가 몽ᄉᆞ를 고ᄒᆞ니, 냥공이 경아 왈,

"우리 명일 발힝ᄒᆞᆯ 날이어ᄂᆞᆯ 몽죄 여ᄎᆞ 블길ᄒᆞ니 엇디 《경외∥경히》치 아니리오?"

부ᄌᆞ 형뎨 이러틋 상심ᄒᆞ야 블을 붉히고 밤을 시오니라.

명됴의 가인이 급보 왈,

"동오 ᄉᆞ신이 또 니ᄅᆞ러 됴졍의 비보ᄒᆞ고 문외의 님ᄒᆞ여ᄂᆞ이다."

제인이 쳥파의 실식경혼ᄒᆞ야 급히 ᄉᆞ인을 블너 보니, ᄉᆞ인이 드러와 계하의 비복ᄒᆞ고 통부셔를 올니며 울며 고왈,

"뎐히 듀하 쵸슌의 연셰ᄒᆞ시니 쇼신 등이 망쥬야ᄒᆞ여 니ᄅᆞ럿【81】ᄂᆞ이다."

언미필의 한님이 일셩이호의 피를 토ᄒᆞ고

2131)삼삼ᄒᆞ다 : 삼삼하다. 잊히지 않고 눈앞에 보이는 듯 또렷하다.

2132)비보(飛報) : 아주 빨리 보고함. 또는 그런 보고.

2133)빅의소ᄃᆡ(白衣素帶) : 흰 옷과 흰 띠를 함께 이르는 말로 벼슬이 없는 사람의 옷차림을 말함.

장통의 ᄐᆡᄉᆞ와 츄밀은 한 쇼ᄅᆡ 통곡의 왕뎨ᄅᆞᆯ 부ᄅᆞ고 엄홀ᄒᆞ고, 한님은 부왕을 불너 일셩 장통의 피ᄅᆞᆯ 토ᄒᆞ고 난간의 것구러지니, ᄎᆞ시 경상이 참블인견(慘不忍見)이러라.

가즁 상ᄒᆡ 진경통도(盡驚痛悼)[2134]ᄒᆞ고 냥엄부인이 ᄎᆞ언을 드ᄅᆞ니 호텬【77】극통(呼天極痛)이 경ᄀᆡᆨ(頃刻)의 구회(九回)[2135] 스ᄂᆞᆫ지라[2136].

한마ᄃᆡ 통곡의 혈뉘(血淚) 진진(溱溱)ᄒᆞ여 부왕을 브ᄅᆞ지져 혼졀ᄒᆞ기ᄅᆞᆯ ᄌᆞ로 ᄒᆞ니, 최、범 이부인과 제쇼제 일시의 통곡ᄒᆞ고, 하쳔비복(下賤婢僕)○[이] 오왕 셩덕을 ᄉᆡᆼ각ᄒᆞ고 져마다 슬허, 합ᄉᆞ(闔舍)의 슬픈 곡셩이 진졍치 못ᄒᆞᆯ 듯ᄒᆞ여, 텬디 한가지로 혼ᄉᆡᆨ(昏塞)ᄒᆞ고 일월이 빗출 감초ᄂᆞᆫ 듯ᄒᆞ니, 이ᄯᆡ 경ᄉᆡᆨ(景色)을 ᄃᆡᄒᆞ여ᄂᆞᆫ 비록 ᄇᆡᆨ년ᄃᆡ쳑(百年大隻)[2137]과 삼쳑미명(三尺微命)[2138]이라도 감동ᄒᆞ믈 면치 못ᄒᆞ리러라.

엄학ᄉᆞ와 엄시랑과 공ᄌᆞ 영이 부슉과 한님을 븟드러 구【78】호ᄒᆞ여, 최、범 냥부인과 녀、화、셕、한、양 등이 엄시ᄅᆞᆯ 구호ᄒᆞ여, 냥구(良久)의 인ᄉᆞᄅᆞᆯ 슈습ᄒᆞ여 ᄉᆡ로온 슬프미 비길 ᄃᆡ 업고, ᄐᆡᄉᆞ와 츄밀이 ᄌᆞ질노 더부러 ᄂᆡ당의 드러와 냥 질녀ᄅᆞᆯ 보고 조상ᄒᆞ기ᄅᆞᆯ 맛고, 한님과 냥부인을 어로만져 체읍뉴체 왈,

"왕뎨(王弟) 어진 덕과 긔특ᄒᆞᆫ 용광으로 그 슈ᄅᆞᆯ 향(享)치 못ᄒᆞ고, 복을 안(安)치 못ᄒᆞ여, 이의 미ᄎᆞᆯ 쥴 엇지 알니오. 상텬이 오직 어진 사ᄅᆞᆷ을 ᄭᅴᆫ니 아ᄉᆞ시믈 한ᄒᆞᆯ ᄯᆞᄅᆞᆷ이로다. 슈연(雖然)이나 ᄉᆞᄌᆞ(死者)ᄂᆞᆫ 이의(已

난간의 것구러지고, 태ᄉᆞ 곤계 ᄒᆞᆫ 소ᄅᆡ 통곡의 왕뎨를 블너 엄홀ᄒᆞ니, 경상이 참블인견이라.

가듕 상ᄒᆡ 진경 ᄋᆡ도ᄒᆞ고, 냥엄부인이 ᄎᆞ언을 드ᄅᆞ니 호텬극통이 경ᄀᆡᆨ의 구회스ᄂᆞᆫ지라.

부왕을 브ᄅᆞ지져 혼졀ᄒᆞ기를 ᄌᆞ로 ᄒᆞ니, 최·범 냥부인과 제쇼제 일시의 통곡ᄒᆞ야 합샤의 슬픈 곡셩이 진동ᄒᆞ니, 텬디 한가지로 혼식ᄒᆞ고 일월이 빗출 감쵸ᄂᆞᆫ ᄃᆞᆺᄒᆞ더라.

엄 시랑 형뎨 부슉과 한님을 븟【82】드러 구호ᄒᆞ며, 녀·화·셕 등이 엄시를 구호ᄒᆞᄒᆞ야 인ᄉᆞ를 수습ᄒᆞ여 ᄉᆡ로온 슬프미 비길 ᄃᆡ 업고, 태ᄉᆞ와 츄밀이 ᄌᆞ딜노 더브러 ᄂᆡ당의 드러와 냥 딜녀를 보와 됴상ᄒᆞ기를 ᄆᆞᆺ고, 한님 남ᄆᆡ을 어ᄅᆞ만져 체루 왈,

"왕뎨의 어진 덕과 긔특ᄒᆞᆫ ᄌᆡ딜노 그 슈를 엇지 못ᄒᆞ며 복을 안치 못ᄒᆞ미 이에 밋ᄎᆞᆯ 줄 알니오? 상텬이 오작 어진 사ᄅᆞᆷ 아ᄉᆞ시믈 ᄭᅴᆫ니 ᄒᆞ시믈 한ᄒᆞᆯ ᄯᆞᄅᆞᆷ이로다. 슈연이나 ᄉᆞ자ᄂᆞᆫ 이의라.

2134)진경통도(盡驚痛悼) : 모두가 놀라 애통하며 슬퍼함.

2135)구회(九回) : =구회간장(九回肝腸). =구곡간장(九曲肝腸). 굽이굽이 서린 창자라는 뜻으로, 깊은 마음속 또는 시름이 쌓인 마음속[애]을 비유적으로 이르는 말.

2136)스다 : 슬다. 스러지다. 형체나 현상 따위가 차차 희미해지면서 없어지다.

2137)빅년디쳑(百年大隻) : 백년 곧 일생토록 잊지 못할 원수.

2138)삼쳑미명(三尺微命) : 3척 밖에 되지 않는 어리고 미천한 아이.

矣)라. 여등(汝等)이 궁텬【79】영모(窮天永慕)의 호텬지통(昊天之痛)이라, 이의 각별ᄒᆞᆫ 쥴은 알거니와, 또ᄒᆞᆫ 고어의 니ᄅᆞ기를, '신톄발부(身體髮膚)ᄂᆞᆫ 슈지부뫼(受之父母)니 블감훼상(不敢毁傷)이 효지시야(孝之始也)라'[2139] ᄒᆞ엿ᄂᆞ니, 엇지 효측(效則)지 아니ᄒᆞ염즉 하리오."

ᄒᆞ더라.

여등이 궁텬 영모 호텬 무ᄋᆡ지통이 타인의 각별ᄒᆞᆫ 줄 알【83】거니와, 고어의 니ᄅᆞᆫ바 '신톄발부ᄂᆞᆫ 슈지부모오, 블감훼상이 효지시야라.' ᄒᆞᄂᆞ니, 오ᄋᆞᄂᆞᆫ 더옥 노뷔 잇고 네 몸이 종ᄉᆞ의 듕ᄒᆞᆷ을 ᄉᆡᆼ각ᄒᆞ야 몸을 도라보미 올코,

---

2139)신톄발부(身體髮膚)ᄂᆞᆫ 슈지부뫼(受之父母)니 블감훼상(不敢毁傷)이 효지시야(孝之始也)라 : 내 몸과 머리카락 하나 피부까지도 모두 부모로부터 받은 것이니, 감히 헐거나 상하지 않게 하는 것이 효의 시작이다.『孝經 經1章』에 나오는 말이다.

엄시효문쳥ᄒᆡᆼ녹 권지십오

화셜, 엄ᄐᆡ시 한님 남ᄆᆡᄅᆞᆯ 위로 경계ᄒᆞ여 가로ᄃᆡ,

"고어의 운(云) '신체발부(身體髮膚)ᄂᆞᆫ 슈지부뫼(受之父母)니 불감훼상(不敢毀傷)이 효지시얘(孝之始也)라' ᄒᆞ엿ᄂᆞ니, 엇지 효측지 아니ᄒᆞ염즉 ᄒᆞ리오. 오아ᄂᆞᆫ 더욱 노ᄇᆡ 잇고 네 몸이 종ᄉᆞ의 존즁ᄒᆞ믈 ᄉᆡᆼ각ᄒᆞ여 몸을 도라보아 지ᄂᆡ미 올코, 냥질녀ᄂᆞᆫ 녀ᄌᆡ라. 고인이 운(云)ᄒᆞᄃᆡ, '녀ᄌᆞ유ᄒᆡᆼ(女子有行)이 원부모형ᄌᆡ(遠父母兄弟)오, ᄇᆡᆨ니(百里)의 분상(奔喪)치 못ᄒᆞ믄 ᄌᆞ고녜법(自古禮法)이라'[2140]. 너희 아직 널니 ᄉᆡᆼ각지 못ᄒᆞ고 니러【1】ᄐᆞᆺ 슬프믈 과도히 ᄒᆞ여, 스ᄉᆞ로 몸을 도라보지 아니ᄒᆞᄂᆞ뇨? 도로혀 블통고집(不通固執)ᄒᆞ미 심치 아니ᄒᆞ리오."

한님과 냥부인이 체읍(涕泣) 비ᄉᆞ(拜謝) 왈,

"비록 강잉코져 ᄒᆞ나 쳔비만통(千悲萬痛)이 《규발‖구발(俱發)[2141]》ᄒᆞ여 억제키 어려워이다."

ᄒᆞ더라.

더욱 윤상셔 부인은 십여년 텬뉸을 실셔(失緖)ᄒᆞ여 단합(團合)이 초초(草草)ᄒᆞᆫ 가온ᄃᆡ 쳔고장별(千古長別)[2142]을 닐우믈 ᄉᆡᆼ각건ᄃᆡ,

2140)녀ᄌᆞ유ᄒᆡᆼ(女子有行)이 원부모형ᄌᆡ(遠父母兄弟)오, ᄇᆡᆨ니(百里)의 분상(奔喪)치 못ᄒᆞ믄 ᄌᆞ고녜법(自古禮法)이라 : 예전에 부모가 딸을 시집보내면서 딸에게 이르는 말로. 여자의 행실은 한번 시집가면 친가의 부모형제를 생각지 말 것이며, 부모가 죽어도 백리 밖에서 달려와 조상(弔喪)할 수 없는 것이 예로부터 이어 내려온 예법이라는 말.

2141)구발(俱發) : 어떤 일이 함께 일어나거나 한꺼번에 일어남.

2142)쳔고장별(千古長別) : 영원토록 다시 만날

냥딜녀ᄂᆞᆫ 녀ᄌᆡ라. 고인이 운ᄒᆞᄃᆡ, '녀ᄌᆞ유ᄒᆡᆼ이 원부모형뎨오.' ᄇᆡᆨ니의 분상치 못ᄒᆞ믄 ᄌᆞ고상ᄉᆡ라. 너희 엇디 널니 ᄉᆡᆼ각디 못ᄒᆞ고 이러ᄐᆞᆺ 슬프믈 과도히 ᄒᆞᄂᆞ뇨?"

한님과 냥부인이 체읍비샤ᄒᆞ여, 비록 강잉코져 ᄒᆞ나 쳔비만통이 구발ᄒᆞ야 억제키 어렵고,

더옥 윤상셔 부인은 십여【84】년 젼 텬뉸을 실셔ᄒᆞᆫ 셜움과 젹인 총듕의 긔화를 만히 경녁ᄒᆞ야 젼두화란의 심례 상ᄒᆞ여ᄂᆞᆫ디라.

《궁텬 ‖ 구텬》야딕(九天夜臺)[2143]의 니긔기 어려온 종텬극통(終天極痛)[2144]이라. 또훈 아시로븟허 텬눈을 실서(失緖)[2145]훈 셜움과 젹인총즁(敵人叢中)의 긔화(奇禍)를 만히 경【2】녁흐여 젼두(前頭) 화란의 심녀 만히 상흐엿눈지라. 가업순 지통을 강잉코져 흐나 억제치 못흐여 혈뉘 졈졈(點點)흐고 간간이 피를 씀어 가업순 지통을 억제키 어려워 흐눈지라.

ᄀ업눈 디통을 강잉코져 흐나 억제치 못흐야 혈뉘 졈졈흐고 간간이 피를 씀어 디통이 간졀흐고,

'견지(見者) 역감휘루(亦感揮淚)'[2146]흐여 춤아 보지 못흐고, 틱ᄉ와 츄밀이 풍화(豐華)훈 안모의 비뤼(悲淚) 쥬쥬이[2147] 흘너 반빅미염(半白美髥)의 미줄 ᄉ이 업ᄉ니 좌위 기읍뉴체(皆泣流涕)[2148]흐더라.

태ᄉ와 츄밀이 풍화훈 안모의 냥항뉘 두줄흐여 반빅미염의 미줄 ᄉ이 업ᄉ니, 좌위 기읍뉴체러라.

이윽고 셜복야 부뷔 제ᄌ롤 거느려 니ᄅ니 남미 서로 크게 통곡흐미, 셜부인의 슬허흠과 셜공의 슬허흐미【3】ᄌ못 지극흐더라.

이윽고 셜 복야 부뷔 제ᄌ를 거느려 니ᄅ러, 남미 상디흐야 통곡흐며 슬허흐미 측양업더라.

이젹의 진궁의셔 평진왕 윤청문과 승상 윤효문이 제ᄌ(諸子) 제질(諸姪)노 더부러 이의 니ᄅ러 조상흐고, 남평빅과 윤상서눈 각각 지긔(知己) 옹셔지간(翁婿之間)으로 비통흐미 범연훈 옹셔지간의 비길 비 아니오, 녀·화·셕 삼부인이며 조·한 냥문 제공이 다 각각 ᄌ질을 거느려 니ᄅ러 조상흐며, 텬지 오왕 문부(聞訃)를 듯ᄌ오시미 크게 앗기시고 ○○[슬허] 용뉘(龍淚) 여류(如流)흐시더라.

이젹의 진궁의셔 진왕 곤제 제ᄌ딜을 거느러【85】니ᄅ러 됴상흐고, 남평빅 윤 상셔눈 각각 오왕으로 디긔 옹셔지간으로 비통흐믈 범연훈 옹셔간의 비길 비 아닐너라. 텬지 오왕의 문부를 드ᄅ시고 크게 앗기시고 슬허 농뉘 상연흐샤 이에 녜관을 보닉샤 됴위흐시니, 이날 엄부 닉외의 ᄋ셩이 합ᄉ를 기우리더라.

이의 녜관(禮官)을 보닉여 조위(弔慰)흐시고, 이날 엄부 닉외의 익셩(哀聲)이【4】일가롤 기우리더라.

엄틱시 오국 ᄉ신을 관ᄉ의 머믈나 흐고 드딕여 오왕궁 닉원(內園)을 열고 즁당 향원

태시 오왕궁 닉원 듕당 향원뎐의 허위(虛

수 없는 긴 이별.

2143)구텬야딕(九泉夜臺) : '땅 속 무덤'이라는 말로 죽은 뒤 넋 돌아가는 곳을 이르는 말.

2144)종텬극통(終天極痛) : 이 세상에서 더할 수 없이 큰 슬픔.

2145)실서(失緖) : 차례나 관계 따위를 잃음.

2146)견지(見者) 역감휘루(亦感揮淚) : 보는 사람이 또한 감동하여 눈물을 뿌림.

2147)쥬쥬이 : 줄줄. 줄줄이. 눈물이나 콧물 따위가 끊임없이 흘러내리는 모양.

2148)기읍뉴체(皆泣流涕) : 모두가 다 울며 눈물을 흘림.

뎐의 허위(虛位)를 비셜ᄒᆞ고, ᄇᆡᆨ의쇼ᄃᆡ(白衣素帶)와 효의최마(孝衣衰麻)[2149]를 갓초와 셩복(成服)[2150]을 지닐ᄉᆡ, 냥 엄부인이 고왈,

"ᄇᆡᆨ부긔 말ᄉᆞᆷ을 엿ᄌᆞᆸ기 어렵ᄉᆞ오ᄃᆡ 원컨ᄃᆡ ᄇᆡᆨ부ᄂᆞᆫ 셩덕을 드리오샤 쳥ᄒᆞᄂᆞᆫ 말ᄉᆞᆷ을 드ᄅᆞ쇼셔. 윤시 비록 죄ᄂᆞᆫ 즁ᄒᆞ오나 아직 아{의}로 더부러 실의(失義)ᄒᆞ미 업ᄉᆞᆸ고, 오가의 니이(離異)ᄒᆞ미 업ᄉᆞ온 바의, 상네ᄂᆞᆫ 인가의 즁ᄒᆞᆫ 녜라. 복원 ᄇᆡᆨ부ᄂᆞᆫ 슈우【5】셩덕(垂于聖德)[2151]ᄒᆞ샤 윤시를 셩복(成服)[2152]의 ᄒᆞᆫ가지로 참예케 ᄒᆞ샤 효복(孝服)[2153]을 닙게 ᄒᆞ온 후, 다시 심당(深堂)의 안치(安置)ᄒᆞ미 올흘가 ᄒᆞᄂᆞ이다."

ᄐᆡᄉᆡ 엇지 잔잉ᄒᆞᆫ 이만[2154] 쇼쳥(所請)을 아니 드ᄅᆞ리오. 허락ᄒᆞ고 이의 윤시를 불너 위로ᄒᆞ고 셩복(成服)을 ᄒᆞᆫ가지로 참예케 ᄒᆞ니, 윤쇼졔 졍히 깁히 쳐ᄒᆞ여시나 엇지 일가 지ᄂᆡ의셔 쇼식을 모로리오. 친구(親舅)의 별셰 흉문을 드ᄅᆞᄆᆡ 참통비졀ᄒᆞ미 장ᄎᆞᆺ 구곡(九曲)이 촌단ᄒᆞ나, ᄌᆞ긔 원앙ᄒᆞᆫ 죄루의 쳐ᄒᆞ여 능히 셩복(成服)도 참예치 못ᄒᆞᆯ 바【6】를 블승ᄋᆡ원(不勝哀怨)ᄒᆞ더니, 의외의 엄구의 소명이 계셔 여ᄎᆞᄒᆞ시믈 듯ᄌᆞ오ᄆᆡ, 쏘ᄒᆞᆫ 셩덕을 감은ᄒᆞ여 ᄇᆡᄉᆞ슈명(拜謝受命)ᄒᆞ고, 바야흐로 냥 엄부인과 졔ᄉᆞ쇼고(娣姒小姑)[2155]를 셔로 보ᄆᆡ 피ᄎᆡ 슬프미 상하치 아니터라.

이의 셩복을 지ᄂᆡ고 모다 복졔(服制)를 갓

位)를 비셜ᄒᆞ고, ᄇᆡᆨ의소ᄃᆡ(白衣素帶)와 효의최마을 갓초와 셩복을 지닐ᄉᆡ, 냥 엄부인이 울며 ᄇᆡᆨ부긔 고왈,

"윤녜 비록 죄 듕ᄒᆞ오나 아【86】아직 오가의 니이ᄒᆞ미 업ᄉᆞ온 바의, 상뎨ᄂᆞᆫ 인가의 듕ᄒᆞᆫ 녜라. ᄇᆡᆨ부ᄂᆞᆫ 셩덕을 드리오셔 윤시로 ᄡᅥ 셩복을 ᄒᆞᆫ가지로 참녜케 ᄒᆞ온 후, 다시 심당의 안치ᄒᆞ시미 올흘가 ᄒᆞᄂᆞ이다."

태ᄉᆡ 엇디 아니 드ᄅᆞ리오. 허락ᄒᆞ고 이에 윤시를 블너 위로ᄒᆞ고 셩복을 ᄒᆞᆫ가지로 참녜케 ᄒᆞ니, 윤쇼졔 졍히 깁히 쳐ᄒᆞ여시나 엇디 일가지ᄂᆡ의셔 쇼식을 모ᄅᆞ리오. 친구(親舅)의 별셰ᄒᆞ신 흉문을 드ᄅᆞᄆᆡ 참통비열ᄒᆞ미《극‖구곡》이 촌단ᄒᆞ나, ᄌᆞ기 원앙ᄒᆞᆫ 죄루의 쳐ᄒᆞ여 능히【87】셩복도 참녜치 못ᄒᆞᆯ 바를 블승ᄋᆡ도ᄒᆞ더니, 의외예 엄구의 소명이 겨샤 여ᄎᆞᄒᆞ시믈 듯ᄌᆞ오ᄆᆡ, 쏘ᄒᆞᆫ 셩덕을 ᄇᆡ샤슈명ᄒᆞ고 ᄇᆞ랴[야]흐로 쇼고 등으로셔 보ᄆᆡ, 피ᄎᆞ 슬프미 상하치 아니터라.

2149)효의최마(孝衣衰麻) : =효마(孝麻). 부모, 조부모, 증조부모, 고조부모의 상중에 자손들이 입는 상복인 베옷.

2150)셩복(成服) : 초상이 나서 상인(喪人)들이 처음으로 상복(喪服)을 입는 일. 보통 입관(入棺)을 마친 후 입는다.

2151)슈우셩덕(垂于聖德) : 성덕(聖德)을 드리우다.

2152)셩복(成服) : 초상이 나서 처음으로 상복을 입음. 보통 입관(入棺)을 마친 후 입는다.

2153)효복(孝服) : 상복(喪服). 상중에 있는 상제나 복인이 입는 예복. 삼베로 만드는데, 바느질을 곱게 하지 않는다.

2154)이만 : 이만한. 상태, 모양, 성질 따위의 정도가 이만한.

2155)졔ᄉᆞ쇼고(娣姒小姑) : 동서와 시누이들을 함께 이른 말. *제사(娣姒) : 손윗동서와 손아랫동서. 소고(小姑) : 시누이.

초미 상하(上下)의 슈운이 《비만‖이만(已滿)》ᄒᆞ여[2156] 슬프미 가이 업더라.

셩복을 지ᄂᆡ미 치힝(治行)ᄒᆞ여 틱ᄉᆞ 곤계 한님으로 더브러 발힝ᄒᆞᆯ식, 님힝(臨行)의 한님이 가즁(家中) 범ᄉᆞ(凡事)를 념녀ᄒᆞ고 츄밀이 냥ᄌᆞ를 경계ᄒᆞ여, '왕의 영구를 고향【7】션산으로 반장(返葬)ᄒᆞᆯ 거시니, 기시(其時)의 금쥬로 힝ᄒᆞ여 장녜를 한가지로 지ᄂᆡ게 ᄒᆞ라.' ᄒᆞ니, 학ᄉᆡ 비이슈명(拜而受命)ᄒᆞ더라

엄부 가즁 상히 아니 슬허ᄒᆞ리 업고 공지 부쇽의 광슈(廣袖)를 잡고 한님의 ᄉᆞᆫ을 니어 니별을 년연(戀戀)ᄒᆞ며, 계부의 연셰(捐世)ᄒᆞ시믈 각골 통상ᄒᆞ여, 슈이 환가ᄒᆞ믈 원ᄒᆞ미 옥안(玉顔) 《난셩‖냥셩(兩星)》의 눈물이 방방ᄒᆞ더라.

홀노 최부인이 암희ᄒᆞ여 츄밀이 가ᄂᆡ를 ᄯᅥ난 ᄉᆞ이의 윤시를 쇼제(掃除)ᄒᆞ고, 버거 한님을 업시ᄒᆞ고[여] 념녀를 노코, 영으로 닙장(立長)[2157]ᄒᆞ【8】기를 계규(計規)ᄒᆞ미, 타ᄉᆞᄂᆞᆫ 물념(勿念)ᄒᆞ더라.

이ᄯᅵ 텬ᄌᆞ 동창후 남평빅 윤창닌으로 상텬ᄉᆞ를 ᄒᆞ이시고, 녜부상셔 윤셩닌으로 부텬ᄉᆞ를 삼아 오국 ᄉᆞ신과 한가지로 부탁ᄒᆞ여 보ᄂᆡ시고, 부의(賻儀)를 두터이 ᄒᆞ시며, '뇽포(龍袍) 옥ᄃᆡ(玉帶)를 가져가 셰ᄌᆞ를 봉ᄒᆞ여 오국 긔업을 닛게 ᄒᆞ라.' ᄒᆞ시니, 남빅과 윤상셰 ᄯᅩᄒᆞᆫ 칙지(勅旨)를 밧ᄌᆞ와 엄틱ᄉᆞ 일힝과 오국 고부ᄉᆞ(告訃使) 일힝으로 더부러 졀월(節鉞)을 두로혀 동으로 나아가니, 긔치(旗幟) 검극(劍戟)이 삼녈(森列)ᄒᆞ고 위의 거룩ᄒᆞ니, 최부인이 시【9】러곰 이곳의ᄂᆞᆫ ᄌᆞ긱을 보ᄂᆡ지 못ᄒᆞ니라.

텬ᄉᆞ 일힝이 블분쥬야(不分晝夜)ᄒᆞ여 월여의 바야흐로 오국 디계(地界)의 니ᄅᆞ러, 관도(官道)[2158] 젹셩부의 말을 머므ᄅᆞ고, 국즁(國中)의 션셩(先聲)을 보ᄒᆞ니, 오국 신뇌 믄득 즁관(衆官)을 거ᄂᆞ리고 먼니 와 관ᄂᆡ(管內)를

2156)이만(已滿)ᄒᆞ다 : 가득하다.
2157)닙장(立長) : 장자로 세움.
2158)관도(官道) : 예전에, 국가에서 관리하던 간선도로.=관로.

임의 셩복을 지ᄂᆡ미 이에 치힝ᄒᆞ여 태ᄉᆞ 곤계 한님으로 더브러 발힝ᄒᆞᆯ식, 츄밀이 냥ᄌᆞ를 경계ᄒᆞ여 '왕의 영구를 금쥐로 반장ᄒᆞᆯ 거시니 그ᄯᅵ의 금쥐로 힝ᄒᆞ여 장녜를 ᄒᆞᆫ가지로 디ᄂᆡ게 ᄒᆞ라.' ᄒᆞ니, 시랑과 혹ᄉᆡ 졀ᄒᆞ여 명을 밧더라.

범부인 이하로 아니 슬허ᄒᆞ 리 업【88】고, 영이 계부의 연셰ᄒᆞ시믈 통상ᄒᆞ야 옥안의 눈믈이 방방ᄒᆞ여 한님의 손을 잡고 수히 환가ᄒᆞ믈 원ᄒᆞ더라.

홀노 최부인이 츄밀이 가ᄂᆡ ᄯᅥ나믈 암희ᄒᆞ더라.

텬ᄌᆞ 동창후 남평빅 윤셩닌으로 상텬ᄉᆞ를 삼으시고 녜부상셔 윤창닌으로 부텬ᄉᆞ를 삼아, 오국 ᄉᆞ신과 ᄒᆞᆫ가지로 보ᄂᆡ샤 《부위‖부의》를 두터이 ᄒᆞ시며, '오셰ᄌᆞ를 봉ᄒᆞ야 오국 긔업을 잇게 ᄒᆞ라.' ᄒᆞ시니,

냥텬ᄉᆡ 황지를 밧ᄌᆞ와 엄 태ᄉᆞ 일힝과 ᄒᆞᆫ가지로 블분쥬야ᄒᆞ야 월여의 ᄇᆞ야흐로 오국【89】지계의 니ᄅᆞ러, 국듕의 션셩을 보ᄒᆞ니, 오국 신민이며 대신이 문무 듕관을 거ᄂᆞ려 먼니 와 관가를 영졉ᄒᆞ더라.

영졉ᄒᆞ더라.

각셜, 션시의 오왕이 아ᄌᆞ(兒子)ᄅᆞᆯ 니별ᄒᆞ고, 명년을 기다려 입조ᄒᆞ여 동긔 친쳑을 반기기ᄅᆞᆯ 긔약ᄒᆞ여시나, 조물이 다싀(多猜)ᄒᆞ고 슈명이 그만ᄒᆞ니 엇지 더 바랄 거시 이시리오.

이ᄯᅢ 셰ᄌᆞ 픠 비록 호빈의게【10】ᄌᆞ녀ᄅᆞᆯ 두어시나, 본ᄃᆡ 쇼원ᄒᆞᆫ 부부간의 그 ᄌᆞ식이 영민(英敏)치 못ᄒᆞᆷ을 낫비 너기나, 엇지 종요로이 화락ᄒᆞᆯ 니 이시리오. 쥬야 연음호식(連飮好色)ᄒᆞ여 셩식(聲色) 연회(宴會)ᄅᆞᆯ 즐기나, 그ᄋᆞ이 쇼방하읍(小邦下邑)의 진짓 염식(艶色)이 업ᄉᆞᆷ을 한ᄒᆞ더니, 일일은 심복 춍신 숑위 일 미인을 쳔거ᄒᆞ니, 셰지 ᄃᆡ희ᄒᆞ여 즉시 불너 보니 과연 경국지식(傾國之色)이라.

녹ᄃᆡ(鹿臺)[2159] 우희 하걸(夏桀)[2160]의 창피(猖披)ᄒᆞ미 아니오, 은쥬(殷紂)[2161]의 쥬지육님(酒池肉林)[2162]의 달긔(妲己)[2163]ᄅᆞᆯ 호춍(好寵)ᄒᆞ미 아니로ᄃᆡ, 미인의 교교ᄒᆞᆫ 긔질이

션시의 오왕이 ᄋᆞᄌᆞᄅᆞᆯ 니별ᄒᆞ고 명년을 기ᄃᆞ려 입됴ᄒᆞ야 동긔친쳑을 반기기를 긔약ᄒᆞ나, 조믈이 다싀ᄒᆞ고 슈명이 그만ᄒᆞ니, 어이 더 ᄇᆞ랄 거시 이시리오.

셰ᄌᆞ 픠 쥬야 연음 호식ᄒᆞ여 셩식 연희로 즐기나 소방 하읍의 진짓 염식이 업ᄉᆞᆷ을 한ᄒᆞ더니, 일일은 심복 춍신 송위 일기 미인을 쳔거ᄒᆞ니, 셰지 ᄃᆡ희ᄒᆞ야 즉시 블너 보니 과【90】연 경국지식이라.

2159)녹ᄃᆡ(鹿臺) : 중국 은(殷)나라의 마지막 왕 주왕(紂王)이 총희(寵姬)인 달기(妲己)의 환심을 사기 위해 지은 화려한 별궁. 그는 이곳에서 술로 연못을 채우고, 나무마다 고기를 매달아 숲을 만들고, 벌거벗은 남녀들이 서로 쫓아다니며 놀게 하는 '주지육림(酒池肉林)'의 연회를 즐겼다. 또한 그의 군대가 패하자 주는 도망쳐 이 녹대에 올라가 보옥(寶玉)으로 장식한 옷을 입은 채 불타 죽었다고 한다.

2160)하걸(夏桀) : 중국 하나라의 마지막 왕. 성은 사(姒). 이름은 이계(履癸). 은나라의 탕왕에게 멸망하였다. 은나라의 주왕과 더불어 동양 폭군의 전형으로 불린다.

2161)은쥬(殷紂) : 중국 은나라의 마지막 임금. 이름은 제신(帝辛). 주(紂)는 시호(諡號). 지혜와 체력이 뛰어났으나, 주색을 일삼고 포학한 정치를 하여 인심을 잃어 주나라 무왕에게 살해되었다

2162)쥬지육님(酒池肉林) : 술로 연못을 이루고 고기로 숲을 이룬다는 뜻으로, 호사스러운 술잔치를 이르는 말. 중국 은(殷)나라 주왕이 못을 파 술을 채우고 숲의 나뭇가지에 고기를 걸어 잔치를 즐겼던 일에서 유래한다. 출전은 《사기(史記)》의 <은본기(殷本記)>이다.

2163)달긔(妲己) : 중국 은나라 주왕의 비(妃). 왕의 총애를 믿어 음탕하고 포악하게 행동하였는데, 뒤에 주나라 무왕에게 살해되었다. 하걸(夏桀)의 비 매희(妺喜)와 함께 망국의 악녀로 불린다.

믹희(妹喜)[2164]의 향염(香艶)흔【11】믈 우으며, 달긔의 쏫갓흔 보조기로 비겨 흡亽흐니, 측텬(則天)[2165]의 빗난 쳬지(體肢)《와‖갓고》 비연(飛燕)[2166]이 슈졍반(水晶盤)의 올나 안즌 듯흐고[여], 유의(留意)[2167]흐믹 초경(初經)[2168] 계집의 닉졍흐미[2169] 업亽니, 오셰지 한번 보믹 딕경 황홀흐여 은익(恩愛) 초양왕(楚襄王)[2170]의 운몽지의(雲夢之意)[2171] 젼도(顚倒)흐니 황황(遑遑) 침혹흐믈 마지 아니흐고, 젼총(專寵)흐여 후당의 두어 쥬야 동실(同室)흐여 익즁흐미, 은쥬(殷紂)의 달긔(妲己) 亽랑흐미라도 이의 지나지 못흐리러라.

기녀(其女) 셩명 근본을 므르니 '본딕 딕조(大朝) 사름이니 션비 녀슈의 쏠이라. 가계 빈【12】한흐여 일긔 젹환(賊患)의 분산(分散)흐미, 집이 파흐고 어믜 죽으니 쥬졉흘 딕

셰지 흔 번 보믹 딕경황홀흐여 은익 초양왕의 운우몽이 젼도흐니, 황황침혹흐믈 마디 아니코 젼춍흐여 후당의 두어 쥬야동실흐야, 황홀 은익 은쥬의 달긔를 亽랑흐미라도 이의셔 더으디 못흐리러라.

기녀의 셩명근본을 무르니, '본딕 대됴 사름이니 션비 녀슈의 쏠이라. 가계 빈한흐야 일긔 젹화의 분찬흐미 집이 파하고 어미 죽으니, 쥬착흘 딕 업셔 부녀슉질 亽오 인이

2164)믹희(妹喜) : 중국 하(夏)의 마지막 황제 걸(桀)의 비(妃). 은나라 마지막 황제 주(紂)의 비(妃) 달기(妲己)와 함께 포악한 여성의 대표적 인물로 꼽힌다.

2165)측텬(則天) : 624-705. 당(唐)나라 고종의 황후 측천무후(則天武后). 이름 무조(武曌). 중국의 대표적인 여성권력자의 한 사람으로, 아들 중종(中宗)을 폐위하고 스스로 황위에 올라 국호를 '주(周)'로 고치고 성신황제(聖神皇帝)라 칭했다.

2166)비연(飛燕) : 중국 전한(前漢) 성제(成帝)의 비(妃). 시호는 효성황후(孝成皇后). 가무(歌舞)에 뛰어났고 빼어난 미모로 성제의 총애를 받아 황후에까지 올랐다.

2167)유의(留意) : 마음에 두고 봄.

2168)초경(初經) : 대략 12세에서 15세 사이의 여성이 처음으로 시작하는 월경. ≒초조, 홍연.

2169)닉졍흐다 : 내숭하다. 겉으로는 순해 보이나 속으로는 엉큼하다.

2170)초양왕(楚襄王) : 중국 전국시대 초(楚)나라 임금. 무산(巫山)의 양대(陽臺)에서 무산신녀(巫山神女)와 운우지정(雲雨之情)을 나눴다는 이야기로 유명하다.

2171)운몽지의(雲夢之意) : 운우지락(雲雨之樂)을 맺고자 하는 마음. *운우지락(雲雨之樂): 구름과 비를 만나는 즐거움이라는 뜻으로, 남녀의 정교(情交)를 이르는 말. 중국 초나라의 양왕(襄王)이 무산(巫山)의 양대(陽臺)에서 잠을 자다가, 꿈속에서 어떤 여인과 잠자리를 같이했는데, 그 여인이 떠나면서 자기는 아침에는 '구름[雲]'이 되고 저녁에는 '비[雨]'가 되어 양대(陽臺) 아래에 있겠다고 했다는 고사에서 유래한다.

업셔, 부녀 슉질 ᄉᆞ오인이 이의 누락ᄒᆞ여시니 나흔 십칠셰로라' ᄒᆞ더라.

셰ᄌᆡ 미인을 보ᄆᆡ 그 지친을 엇지 고렴치 아니리오. 즉시 녀슈 형뎨ᄅᆞᆯ 브ᄅᆞ고, 《칭이‖친히》 운산도인 댱와와 기쳐 녀녀ᄅᆞᆯ 불너 보고, 그 타방의셔 누락ᄒᆞᄂᆞᆫ 졍ᄉᆞᄅᆞᆯ 가셕ᄒᆞ여 즉시 금ᄇᆡᆨ(綿帛)을 쥬며 가ᄉᆞᄅᆞᆯ 졍ᄒᆞ여 궁ᄂᆡ 갓가이 머물게 ᄒᆞ며, 미인의 아뷔와 아ᄌᆞ비ᄅᆞᆯ 각별 무휼ᄒᆞ니, 모간왕 흉젹【13】의 무리 본ᄃᆡ ᄃᆡ조(大朝)의 망명ᄒᆞᆫ 무리라.

텬하의 ᄒᆡᆼ걸(行乞)ᄒᆞᄆᆡ 셩명을 곳치고 ᄉᆞᄒᆡ(四海)[2172]의 분쥬ᄒᆞ여 그 몸을 졍(定)치 못ᄒᆞ더니, 이제 오국의 뉴락ᄒᆞ여 송우ᄅᆞᆯ 인진ᄒᆞ여 오셰ᄌᆞ의 총ᄃᆡ(寵待)ᄒᆞ믈 어드니, 일반 흉인지뉴(凶人之類) 상종ᄒᆞ미 '강쉬(江水) 동뉴(東流)ᄒᆞᆷ 갓더라'[2173].

원ᄂᆡ ᄎᆞ(此) 요젹(妖賊) 등은 다ᄅᆞ니 아니라 ᄃᆡ조의 ᄉᆞ환ᄒᆞ던 뉴라. 그 본근은 중승 녀방과 시랑 녀슉이오, 운산도ᄉᆞ ᄌᆞᄂᆞᆫ 본명이 차슌위니 쳥진관 슈도(首徒) 봉암진인이라[오], 녀방지녀 슈졍의 간뷔오[라], 오셰ᄌᆞ의 총희ᄂᆞᆫ【14】녀슉의 녀 혜졍 음녀(淫女)러라.

ᄎᆞ 등이 득죄ᄒᆞ믄 현인(賢人)을 함ᄒᆡᄒᆞ며 요도(妖道)ᄅᆞᆯ 쳐결ᄒᆞ여 윤쳥문 부즁의 허다 작악(作惡)을 일위다가 픽루(敗漏)ᄒᆞ여[2174], 왕법의 업듼 망명 도쥬ᄒᆞᆫ ᄌᆡ라. 문쥐록(門聚錄)[2175]의 ᄒᆡ비(賅備)[2176]ᄒᆞᆫ 고로, 녀녀의 허다 간음ᄒᆞᆫ ᄉᆞ의와 녀슉 형뎨 슉질의 음흉파측(淫凶叵測)[2177]ᄒᆞᆫ ᄉᆞ연은 니의 기록지 아

이에 유락ᄒᆞ야시니, 나흔 십칠 셰로라.' ᄒᆞ【91】더라.

셰ᄌᆡ 미인을 ᄉᆞ랑ᄒᆞᄆᆡ 그 지친을 고렴치 아니리오. 즉시 녀슈 형뎨와 《칭이‖친히》 운산도인ᄌᆞ를 블너 보고, 그 타방의셔 뉴랑ᄒᆞ믈 가셕ᄒᆞ야 즉시 금ᄇᆡᆨ을 쥬며 가ᄉᆞ를 졍ᄒᆞ야 궁ᄂᆡ 갓가이 머믈게 ᄒᆞ더라. 이으 융젹의 무리 본ᄃᆡ 대됴 망명ᄒᆞᆫ 무리로,

텬하의 ᄒᆡᆼ걸ᄒᆞ야 셩명을 곳치고 ᄉᆞᄒᆡ의 분쥬ᄒᆞ다가 공교히 오국의 뉴락ᄒᆞ여 오셰ᄌᆞ의 춍ᄃᆡᄒᆞ믈 어드니,

원ᄂᆡ 일반 흉인은 다ᄅᆞ 니 아니라. 대됴의 ᄉᆞ환ᄒᆞ던 급ᄉᆞ 듕승 녀방과 녀슉이오, 운산도인【92】ᄌᆞᄂᆞᆫ 본명이 ᄎᆞ슌위니 쳥진관 슈도 봉암진이리. 녀방지녀 슈졍의 간부요, 오셰ᄌᆞ의 춍희ᄂᆞᆫ 녀슉의 ᄯᆞᆯ 혜졍 음녀러라.

ᄎᆞ뉴 등이 대국의셔 윤부의 허다 작악을 일위다가 픽루ᄒᆞ야 왕법의 업던 망명도쥬ᄒᆞᆫ ᄌᆡ라. 허다 교음ᄒᆞᆫ ᄉᆞ젹은 문쥐록의 ᄒᆡ비ᄒᆞ니라.

2172)ᄉᆞᄒᆡ(四海) : '온 세상'을 달리 이르는 말.

2173)강쉬(江水) 동뉴(東流)ᄒᆞᆷ 갓더라 : '강물이 동쪽으로 흐름 같다.'는 말로, 중국의 지형은 서고동저형(西高東低)으로 대부분의 강이 서쪽에서 발원하여 동쪽으로 흐르기 때문에, 이 말은 '자연스럽'거나 '당연한' 일을 비유하는 말로 쓰인다. *여기서는 흉인이 흉인들과 상종하는 것이 강이 동으로 흐름과 같이 당연하다는 뜻으로 쓴 말이다.

2174)픽루(敗漏)ᄒᆞ다 : 탄로나다. 잘못한 일이 드러나다.

2175)문쥐록(門聚錄) : 본 작품의 전편인 <윤하정삼문취록(尹河鄭三門聚錄)>을 말함.

2176)ᄒᆡ비(賅備) : 잘 갖추어져 있음.

니ᄒᆞ니라.

운산도ᄉᆡ 스ᄉᆞ로 니ᄅᆞᄃᆡ 쳔변만화(千變萬化)의 신츌귀몰(神出鬼沒)[2178]ᄒᆞ며 호풍환우(呼風喚雨)[2179]ᄒᆞᄂᆞᆫ 지죄 잇노라 ᄒᆞ니, 셰ᄌᆡ ᄃᆡ희ᄒᆞ여 ᄃᆡ졉ᄒᆞ믈 상빈녜(上賓禮)로 ᄒᆞ고, 타일 부왕이 쳔츄(千秋) 후의 녀시【15】로 졍궁을 삼고 운산도ᄉᆞ로 국ᄉᆞ(國師)ᄅᆞᆯ 삼으며, 기쳐 녀녀로 직쳡(職牒)을 쥬어 일신 안위와 휴쳑(休戚)[2180]을 한가지로 ᄒᆞ리라 ᄒᆞ니, 일반 간당이 크게 깃거 셤기기ᄅᆞᆯ 극진이 ᄒᆞ고, 운산 요되 니로ᄃᆡ,

"빈되 뎐하ᄅᆞᆯ 보오니 귀격달상(貴格達相)[2181]이 당당이 {이}쳔승부귀(千乘富貴)[2182]만 누리실 긔상이 아니라, 상격(相格)의 텬일지푀(天日之表)[2183] 이시니 제셰안민(濟世安民)[2184]ᄒᆞᆯ ᄊᆡ 잇ᄂᆞ이다."

푀 ᄎᆞ언을 듯고 ᄃᆡ희ᄒᆞ여 졈졈 큰 ᄯᅳᆺ이 잇더라.

푀 요녀ᄅᆞᆯ 어든 후로ᄂᆞᆫ ᄒᆡᆼᄉᆡ 더욱 볼 거시 업ᄉᆞ니 날이 오ᄅᆡ미 왕과 댱휘 졈졈 【16】 의심ᄒᆞ여 날노 가칙(呵責)ᄒᆞ미 ᄌᆞ즈니, 셰ᄌᆡ 더욱 무ᄒᆡᆼ(無行)ᄒᆞ여 부모ᄅᆞᆯ 원망ᄒᆞ믈 긔탄치 아니ᄒᆞ고 호빙을 뮈워ᄒᆞ믈 구슈(仇讐)갓치 ᄒᆞ더니, 이러구러 이 ᄒᆡ 진ᄒᆞ고 명츈의 니ᄅᆞ러니 신년 상원일(上元日)의 오왕이 문무 군신을 명덕뎐의 모화 진하(進賀)ᄒᆞ니, 만

운산도ᄉᆞ 스ᄉᆞ로 닐오ᄃᆡ, '쳔변만화의 신츌귀몰ᄒᆞ며 호풍환우ᄒᆞᄂᆞᆫ 지죄 잇노라.' ᄒᆞ니, 셰ᄌᆡ ᄃᆡ희ᄒᆞ야 상빈녜로 ᄃᆡ졉ᄒᆞ며, '타일 부왕의 쳔츄 후 녀시를 졍궁을 삼고, 녀가 형뎨로 좌우 승상을【93】 삼고, 운산도ᄉᆞ로 국ᄉᆞ를 삼으며, 기쳐 녀ᄀᆞ로 부인 직첩을 주어 일신 안위와 휴쳑을 ᄒᆞᆫ가지로 ᄒᆞ리라.' ᄒᆞ니, 일반간당이 크게 깃거 셤기기를 극진이 ᄒᆞ고, 운산 요되 닐오ᄃᆡ,

"빈되 소뎐○[하]를 보니 귀격달상이 당당ᄒᆞ여 일방 쳔승지부귀만 누릴 긔상이 아니라. 당뎨의 텬일지표 잇ᄂᆞ니다."

푀 ᄎᆞ언을 듯고 대희ᄒᆞ여 졈졈 큰 ᄯᅳᆺ이 잇더라.

《최‖푀》요녀를 어든 후로ᄂᆞᆫ ᄒᆡᆼᄉᆡ 더옥 볼 거시 업ᄉᆞ니, 왕과 휘 졈졈 의심ᄒᆞ야 날노 가칙ᄒᆞ미 ᄌᆞ즈니, 셰ᄌᆡ 부모를 원【94】망ᄒᆞ고 호빙을 뮈워ᄒᆞ믈 구슈ᄀᆞᆺ치 ᄒᆞ더니, 이러구러 이 ᄒᆡ 진ᄒᆞ고 명츈의 니ᄅᆞ러ᄂᆞᆫ 신년 상원의 오왕이 문무 군신을 모화 명덕뎐의 모화 진하ᄒᆞ고,

---

2177)음흉파측(陰凶叵測) : 음흉(陰凶)하고 망측(罔測)함.

2178)신츌귀몰(神出鬼沒) : 귀신같이 나타났다가 사라진다는 뜻으로, 그 움직임을 쉽게 알 수 없을 만큼 자유자재로 나타나고 사라짐을 비유적으로 이르는 말.

2179)호풍환우(呼風喚雨) : 요술로 바람과 비를 불러일으킴.

2180)휴쳑(休戚) : 편안함과 근심.

2181)귀격달상(貴格達相) : 귀하게 될 사람의 골격과 높은 인물이 될 상모(相貌).

2182)쳔승부귀(千乘富貴) : : 천승국왕의 부귀. * 천승(千乘); 병거(兵車) 천 대를 갖출 힘이 있는 나라라는 뜻으로, 제후가 다스리는 나라를 이르는 말

2183)텬일지푀(天日之表) : 온 세상에 군림할 인상(人相). 곧 임금의 인상을 이르는 말이다.

2184)졔셰안민(濟世安民) : 세상을 구제하고 백성을 편안하게 함.

조 문뮈 일시의 죠회ᄒᆞ여 산호쳔셰(山呼千歲)[2185]ᄒᆞ고 반녈(班列)을 난화 좌우의 시립ᄒᆞ미, 왕이 보니 셰ᄌᆞ 업ᄂᆞᆫ지라.

왕이 ᄃᆡ로ᄒᆞ여 동궁(東宮)의 가 셰ᄌᆞ를 브ᄅᆞ라 ᄒᆞ니, 관환(官宦)이 슈명ᄒᆞ고 동궁의 니ᄅᆞ니 셰ᄌᆞ 슐을【17】 ᄃᆡ취ᄒᆞ고 요녀(妖女)로 크게 즐기ᄂᆞᆫ지라.

이의 왕명을 젼ᄒᆞ니 셰ᄌᆞ 넝쇼ᄒᆞ고 시ᄌᆞ(侍者)로 관환의 등을 미러 ᄂᆡ치고 여젼이 슐 마셔 즐기거놀, 혼일업셔 이ᄃᆡ로 복명ᄒᆞ니, 왕이 ᄃᆡ로ᄒᆞ여 셰ᄌᆞ와 요녀를 쐴니 잡아오라 ᄒᆞ니, 무ᄉᆡ 쳥녕(聽令)ᄒᆞ고 동궁의 가 셰ᄌᆞ와 요녀를 잡아 뎐하의 니ᄅᆞ니, 왕이 눈을 들미 픠 슐이 ᄃᆡ취ᄒᆞ여 의관이 부졍ᄒᆞ고 기녀를 보니, 용뫼 아롬다오나 냥목의 요음살ᄉᆞ(妖淫殺邪)ᄒᆞᆫ {긔}긔운이 잇고, 그 탕음(蕩淫)ᄒᆞ미 《축텬∥측텬(則天)》이 ᄌᆡ셰(在世)ᄒᆞ엿ᄂᆞᆫ지라.【18】

왕이 일견(一見)의 경히 ᄎᆞ악ᄒᆞ여 ᄒᆞ고 ᄌᆡ견(再見)의 블승ᄃᆡ로(不勝大怒)ᄒᆞ여 셰ᄌᆞ를 졀칙(切責) 엄치(嚴治)ᄒᆞ고, 본궁의 슈계(囚繫)ᄒᆞ여 《ᄉᆞ경∥ᄉᆞ명(赦命)》이 업ᄉᆞᆫ 젼은 츌입지 못ᄒᆞ게 ᄒᆞ고, 요녀의 근본은 ᄉᆞ고무친(四顧無親)ᄒᆞ므로뼈 은휘(隱諱)ᄒᆞ나, 아직 드러난 죄 업ᄉᆞ니 샤죄로뼈 더으지 못ᄒᆞᆯ지라.

이의 명ᄒᆞ여, '극변졀도(極邊絶島)의 원찬(遠竄)ᄒᆞ여 요괴로온 ᄌᆞ최로뼈 다시 년곡지하(輦轂之下)의 머므ᄅᆞ지 못ᄒᆞ게 ᄒᆞ라,' ᄒᆞ엿더니, 운산 요되 엇지 가만이 이시리오. 의구히 요녀를 동궁의 두어 셰ᄌᆞ를 연낙(宴樂)【19】게 ᄒᆞ고, 요되 스ᄉᆞ로 변ᄒᆞ여 녀녀의 얼골이 되여 적소(謫所)로 가ᄂᆞᆫ 쳬ᄒᆞ고, 히상의 니ᄅᆞ러 빈의 올낫더니 믄득 광풍과 운무를 지어 션즁 사롬과 공치(公差)와 쥬즙(舟揖)을 업질너 물의 드리치고, 스ᄉᆞ로 도망ᄒᆞ여 왕도의 도라와 다시 셰ᄌᆞ를 도와 무슈 블의를 ᄒᆞ나, 요녜 오왕을 크게 원망ᄒᆞ여 요도로 더

2185)산호쳔셰(山呼千歲) : 황제를 칭하지 않는 나라의 큰 의식(儀式)에서 신하들이 임금의 만수무강을 축원하여 두 손을 치켜들고 천세를 부르던 일.

됴회를 파ᄒᆞ도록 셰ᄌᆞ를 보ᄃᆡ 못ᄒᆞ니, 왕이 블쵸ᄌᆞ의 힝지 졈졈 외입실셩ᄒᆞ기의 밋ᄎᆞ믈 ᄃᆡ로ᄒᆞ야 좌우를 명ᄒᆞ야 동궁의 가 셰ᄌᆞ를 브ᄅᆞ라 ᄒᆞ니, 궁환이 가더니 이윽고 도라와 심히 쥬져ᄒᆞ여 감히 실노뼈 고치 못ᄒᆞᄂᆞᆫ 거동이어놀, 왕이 긔ᄉᆡᆨ이 십분 엄졍ᄒᆞ야 힐문ᄒᆞ니, 궁환이 은익지 못ᄒᆞ야 고왈,

"동궁의【95】 가 보오니 쇼뎐히 슐을 취ᄒᆞ시고 ᄒᆞᆫ 미인의 손을 잡고 희롱ᄒᆞ시며 풍악을 드ᄅᆞ시더이다."

왕이 쳥파의 발연대로ᄒᆞ여 장확을 호령ᄒᆞ야 셰ᄌᆞ와 미인을 잡아오라 ᄒᆞ니, 슈유의 셰ᄌᆞ 봉명ᄒᆞ니, 오히려 취ᄒᆞᆫ 의관이 부졍ᄒᆞ고 거동이 히연ᄒᆞ더라. 미인을 잡아 계하의 꿀니고 왕이 눈을 드러 보니 과연 홀난ᄒᆞᆫ 얼골이 달긔 죽디 아엿고 측쳔이 ᄌᆡ셰ᄒᆞ엿ᄂᆞᆫ디라.

왕이 일견의 블승경히ᄒᆞ여 셰ᄌᆞ를 졀칙 엄치ᄒᆞ여 본궁의 슈계ᄒᆞ야 ᄉᆞ명이 업ᄉᆞᆫ 젼【96】의 츌입지 못ᄒᆞ게 ᄒᆞ고, 요인은 근본이 ᄉᆞ고무친ᄒᆞ므로뼈 은위ᄒᆞ니, 왕이 그러히 넉여 이에 명ᄒᆞ여, '극변졀도의 원찬ᄒᆞ야 요괴로온 ᄌᆞ최로뼈 다시 연곡의 머므로지 못ᄒᆞ게 ᄒᆞ라.' ᄒᆞ엿더니, 운산 요되 이시니 엇디 가마니 이시리오. 의구히 요녀를 동궁의 두여 셰ᄌᆞ로 연낙게 ᄒᆞ고, 요되 스ᄉᆞ로 변ᄒᆞ여 녀녀의 얼골이 되여 젹쇼로 가ᄂᆞᆫ 체ᄒᆞ고 히상의 니ᄅᆞ러 빈의 올나더니, 믄득 광풍과 운무를 지어 션듕 사롬과 공치와 쥬즙을 업즐너 믈의 드리치고, 왕도의 도라【97】와 다시 셰ᄌᆞ를 도아 무슈블의를 힝ᄒᆞ여,

부러 계규를 힝ᄒᆞ여, 몬져 오왕을 싀살(弑殺)ᄒᆞ고, 셰ᄌᆞ로 ᄒᆞ여곰 왕위를 찬탈(簒奪)ᄒᆞᆫ 후 ᄎᆞᄎᆞ ᄃᆡᄉᆞ를 도모ᄒᆞ기를 계규 ᄒᆞᆯ시, 셰지 블츙블효(不忠不孝)ᄒᆞ【20】나 결연이 이 일을 좃지 아닐 쥴 혜아려, 부슉을 쳐결ᄒᆞ고 요도와 슈졍으로 상의ᄒᆞ미, 이 한 무리 요괴의 졍녕이라.

궁모요계(窮謀妖計) ᄇᆡᆨ츌(百出)ᄒᆞ니 날마다 미혼단(迷魂丹)으로 표를 잠으니, 오장이 싊슨[2186] 엄픠라. 갓득[2187] ᄒᆞᆫ 졍긔(精氣) 쇼감(所減)ᄒᆞ여[2188] 만고 블의 악역의 일이라도 봉암요도와 녀녀《요녀‖요인》의 닙으로 나ᄂᆞᆫ ᄃᆡ로 ᄒᆞ더라.

요되 후원 깁흔 곳의 왕의 화상을 ᄆᆞᆫᄃᆞ라 향화(香火)를 버리며 온갓 요괴로온 방문(方文)을 아니 시험ᄒᆞᄂᆞᆫ 일이 업고, 밤이면 변ᄒᆞ여 【21】 젹은 즘싱이 되여 왕의 침뎐의 돌입ᄒᆞ여 온갓 무고지ᄉᆞ(巫蠱之事)[2189]를 힝ᄒᆞ니, 극악(極惡) 간사(奸邪) 흉독(凶毒)ᄒᆞ미 여ᄎᆞᄒᆞᆫ지라.

이러틋 ᄒᆞ믄 니ᄅᆞ도 말고, 엄표의 블인무상(不仁無狀)ᄒᆞ미 여ᄎᆞ(如此)ᄒᆞ니, 만고의 ○○[슈양]뎨(隋煬帝))[2190] 일인 밧, 시부멸뉸픠망(弑父滅倫敗亡之人)[2191]이 ○○○[업거놀], 엇지 금셰의 엄표 일인이 가히 양뎨(煬帝의 뒤흘 니엄즉지 아니리오. 진실노 극흉(極凶) 강상죄인(綱常罪人)[2192]이러라.

2186)싊슬다 : 쉬슬다. 파리가 알을 여기저기에 깔기어 놓다.

2187)갓득 : 가뜩. 가뜩이나. 그러지 않아도 매우.

2188)쇼감(所減)ᄒᆞ다 : 줄어들다.

2189)무고지ᄉᆞ(巫蠱之事): 무술(巫術)로써 남을 저주하는 일.

2190)수양뎨(隋煬帝) : 중국 수나라의 제2대 황제(569~618). 성은 양(楊). 이름은 광(廣). 부황(父皇)의 후궁 선화부인 진씨를 범하려다가 들켜 부황의 문책을 받게 되자 반란을 일으켜 부황 문제(文帝)와 형인 양용을 시해하고 황제에 올랐다. 대운하(大運河)를 비롯한 대규모 토목공사를 일으켜 폭정을 일삼았고, 대군을 이끌고 고구려를 침범하였다가 참패하였으며, 사치와 환락을 일삼다가 반란군에게 살해되었다. 재위기간은 604~618년이다.

2191)시부멸뉸픠망(弑父滅倫敗亡之人) : 아버지를 시해하고 인륜을 무너뜨려 나라를 망친 죄인.

몬져 오왕을 시살ᄒᆞ고, 셰ᄌᆞ로 ᄒᆞ여금 왕위 ○[를] 찬탈ᄒᆞᆫ 후 ᄎᆞ차 대ᄉᆞ를 도모키를 계교ᄒᆞᆯ시, 셰지 블츙블효ᄒᆞ나 결연이 이 일은 좃지 아닐 줄 혜아려,

날마다 미혼단으로 표을 잠으니, 오장의 싊슨 엄픠 갓득ᄒᆞᆫ 졍긔 여지업시 소삭ᄒᆞ여 만고 블의악역의 일이라요도 봉암 요도와 녀녀 요인의 입으로 나ᄂᆞᆫ ᄃᆡ로 ᄒᆞ더라.

요되 후원 깁흔 곳의 왕의 화상을 ᄆᆞᆫᄃᆞ러 걸고 향화를 버리고 온갓 방슐노 아니 시험ᄒᆞᄂᆞᆫ【98】 일이 업고, 밤이면 변ᄒᆞ여 져근 즘싱이 되여 왕의 침뎐의 돌입ᄒᆞ야 온갓 무고지ᄉᆞ를 힝ᄒᆞ니, 그 요악 간독ᄒᆞ믄 니ᄅᆞ디 말고,

엄표의 블인무상ᄒᆞ미 여ᄎᆞᄒᆞ니, 만고의 슈양제 일인 밧, 시부{시형}망뉸픠멸지인이 업거놀, ○○[엇지] 금셰의 엄표 일인이 가히 양제의 뒤흘 니엄 즉《ᄒᆞᆫ‖지》 ○○○○[아니리오]. ○○○[진실노] 극흉 강상죄인이러라.

희(噫)라! 오왕이 당당훈 군ᄌᆞ현인이라. 엇지 요인의 간악훈 요슐 아릐 명을 맛출 지리오만은, ᄋᆡ지(哀哉)며 통지(痛哉)라! 오왕이【22】 임의 텬명이 정ᄒᆞ미 이시므로 슈명이 거의 다다랏ᄂᆞᆫ지라. 비록 요인의 작악(作惡)이 아니나 금년 운슈를 도망ᄒᆞ리오.

왕이 셰ᄌᆞ를 깁히 통한ᄒᆞ여 호빙의 현슉홈과 숀아 남ᄆᆡ의 교현(嬌賢)ᄒᆞ믈 ᄋᆡ련ᄒᆞ여 쥬야 무ᄋᆡᄒᆞ기를 지극히 ᄒᆞ며, 조운모우(朝雲暮雨)의 부뷔 상ᄃᆡ훈 즉, 냥숀 남ᄆᆡ를 슬하의 두어 심회를 위로ᄒᆞ더니, ᄯᅢ 계츈(季春)의 니ᄅᆞ러ᄂᆞᆫ ᄒᆡᆼ니(行李)를 다ᄉᆞ리며 조공을 찰혀 황셩의 입조(入朝)ᄒᆞ기를 등ᄃᆡ(等待)ᄒᆞ더니, 일일은 일몽을 어드【23】니 텬지 명낭ᄒᆞ고 일월이 광휘(光輝)ᄒᆞ며, 공즁의 션악(仙樂)이 양양(洋洋)ᄒᆞ더니, 일위○[션]관(一位仙官)이 머리의 ᄌᆞ금관(紫金冠)을 쓰고, 몸의 ᄌᆞ하운무의(紫霞雲霧衣)2193)를 닙고, 허리의 ᄇᆡᆨ옥ᄃᆡ(白玉帶)를 ᄯᅴ고, 숀의 옥파리치2194)를 들고, 황학(黃鶴)을 타고 누ᄅᆞᆫ칙2195)을 ᄌᆞ금보(紫錦褓)2196)의 ᄡᅢ고, 구름다리를 인ᄒᆞ여 나려와 오왕을 향ᄒᆞ여 기리 읍(揖)ᄒᆞ고, 갈오ᄃᆡ,

"옥청도군(玉淸道君)2197)이 별ᄂᆡ(別來) 무

희라! 오왕이 당당훈 군ᄌᆞ현인이라. 엇디 요인의 간악훈 요슐 아릐 명을 맛ᄎᆞ리오마ᄂᆞᆫ 통지라! 오왕이 임의 텬명이 정ᄒᆞ미 이시니 슈명이 거의라. 비록 요【99】인의 작악이 아니나 금년 운슈를 도망ᄒᆞ리오.

ᄯᅢ 계츈의 니ᄅᆞ러ᄂᆞᆫ ᄒᆡᆼ니를 슈습ᄒᆞ며 됴공을 출혀 황셩의 입됴ᄒᆞ기를 등ᄃᆡᄒᆞ더니, 일일은 일몽을 어드니, 텬디 명낭ᄒᆞ고 일월이 광화ᄒᆞ며 공듕의 션악이 양양ᄒᆞ더니, 일위 션관이 황학을 ᄐᆞ고 칙셔를 ᄌᆞ금보의 ᄡᅡ 안고 구름 다리를 인ᄒᆞ야 ᄂᆞ려와 오왕을 향ᄒᆞ여 기리 읍ᄒᆞ고 왈,

"옥청도군이 별ᄂᆡ 무양호아?

2192)강상죄인(綱常罪人) : 사람이 마땅히 지켜야 할 도리인 삼강(三綱)과 오상(五常=五倫)을 범한 죄인, 곧 인륜범죄(人倫犯罪)를 저지른 죄인을 이른다.

2193)ᄌᆞ하운무의(紫霞雲霧衣) : 보랏빛 노을과 구름안개와 같은 가벼운 옷.

2194)옥파리치 : 옥으로 만든 파리채.

2195)누ᄅᆞᆫ칙 : 황책(黃冊). 『역사』 중국 명나라 때, 조세 대장을 겸한 호적부. 1381년에 이갑제의 실시와 함께 전국적으로 만들게 하였으며, 리(里)를 단위로 10년에 한 번씩 작성하였는데, 황색 표지로 만들었기 때문에 이렇게 불렸다.=부역황책. 여기서는 저승의 호적부를 이른 말.

2196)ᄌᆞ금보(紫錦褓) 자줏빛 비단으로 만든 보자기.

2197)옥청도군(玉淸道君) : 도교(道敎)에서 옥청궁(玉淸宮)에 산다고 하는 선관. 여기서는 동오왕 엄백경의 전세(前世) 선직(仙職)을 말한 것임. *옥청궁: 도교에서, 천제(天帝)가 살고 있다고 하는 궁으로, 옥청은 신선이 산다는 삼청세계(三淸世界: 玉淸, 上淸, 太淸)의 하나이다.

양(無恙)ᄒᆞ냐? ᄉᆞ십뉵 년 인간 열낙(悅樂)이 엇더ᄒᆞ뇨? 옥뎨(玉帝) 군의 지덕을 앗기시미 특별이 ᄉᆞ명(赦命)을 나리와 계시니, ᄲᆞᆯ니 향안(香案)【24】을 비셜ᄒᆞ고 옥칙(玉勅)[2198]을 밧ᄌᆞ오라."

언파의 옥칙을 븟드러 교위[의](交椅) 우희[2199] 노커ᄂᆞᆯ, 왕이 괴이히 너겨 답녜ᄒᆞ고 닐오ᄃᆡ,

"과인은 홍진(紅塵)[2200] 쇽ᄀᆡᆨ(俗客)이라. 본ᄃᆡ 장쥬(莊周)[2201]의 허령(虛靈)ᄒᆞ믈 비호지 아니ᄒᆞ여시니 엇지 감히 텬뎨의 녜우(禮遇)ᄒᆞ심과 션군(仙君)의 지우(知遇)ᄒᆞ시믈 감당ᄒᆞ리오."

션인이 쇼왈,

"진군이 오ᄅᆡ 진환(塵寰)[2202]의 무[물]드러[2203] 텬당(天堂) 쾌락을 니ᄌᆞ미 되엿도다."

언필의 엽히 ᄎᆞᆺ던 《옥홍보와∥옥호로(玉葫蘆)[2204]라》 ᄒᆞᄂᆞᆫ 호로(葫蘆)ᄅᆞᆯ 기우려 옥ᄋᆡᆨ(玉液) 일종(一鍾)[2205]을 쥬어 왈,

"진군이 이 ᄎᆞᄅᆞᆯ 맛보면 가【25】히 젼일ᄉᆞ(前日事)ᄅᆞᆯ 알니라."

ᄒᆞᆫᄃᆡ, 왕이 즉시 바다 먹으니 과연 정신이

ᄉᆞ십뉵 년 인간 영낙이 엇더ᄒᆞ뇨? 옥제 군의 지덕을 앗기시미 특별이 ᄉᆞ명을 ᄂᆞ리와【100】겨시니, ᄲᆞᆯ니 향안을 비셜ᄒᆞ고 옥칙을 밧ᄌᆞ오라."

언파의 옥칙을 밧드러 교위 우희 노커ᄂᆞᆯ, 왕이 고이히 넉여 답녜ᄒᆞ고 닐오ᄃᆡ,

"과인은 홍진 쇽ᄀᆡᆨ이라. 엇디 텬뎨의 녜우ᄒᆞ심과 션군의 지우ᄒᆞ시믈 감당ᄒᆞ리오?"

션인이 쇼왈,

"진군이 오ᄅᆡ 진환의 믈드러 텬당 쾌락을 니ᄌᆞ미 되엿○[도]다."

언필의 엽히 ᄎᆞᆺ던 옥호를 기우려 주어 왈,

"진군이 이 ᄎᆞ를 맛보면 가히 젼일을 알니라."

왕이 즉시 바다먹으니 과연 정신이 ᄡᅵᆨᄡᅵᆨᄒᆞ

2198)옥칙(玉勅) : 옥황상제의 칙명(勅命).
2199)우희 : 위에.
2200)홍진(紅塵) : '붉은 거마(車馬)가 일으키는 먼지'라는 뜻으로, 번거롭고 속된 세상을 비유적으로 이르는 말.
2201)장쥬(莊周) : 중국 전국 시대의 사상가(B.C. 365~B.C.270). 이름은 주(周). 도가 사상의 중심인물로, 유교의 인위적인 예교(禮敎)를 부정하고 자연으로 돌아가자는 자연 철학을 제창하였다. 당(唐) 현종(顯宗)이 '남화진인(南華眞人)'이라는 시호를 내렸다. 저서에 ≪장자≫가 있다.
2202)진환(塵寰) : 정신에 고통을 주는 복잡하고 어수선한 세상.=티끌세상
2203)물들다 : 빛깔이 스미거나 옮아서 묻다.
2204)옥호로(玉葫蘆) : 옥으로 만든 조롱박 모양의 병. *호로(葫蘆) : 『식물』 박과의 한해살이 덩굴풀로, 가을에 길쭉하며 가운데가 잘록한 모양의 열매를 맺는데, 이 열매의 속을 긁어내고 말려서 그릇으로 쓴다. 이를 '조롱박'이라 하는데 이 조롱박 모양의 병을 호로병(葫蘆甁) 또는 '호리병'이라 하여 술이나 약 따위를 담아가지고 다니는데 쓴다.
2205)일종(一鍾) : 한 잔. *종(鍾): 예전에 쓰던 술잔의 하나.

삑식ᄒᆞ고 맛시 황밀쇄락(黃蜜灑落)[2206]ᄒᆞ고 격탕[탁]양청(激濁揚淸)[2207]ᄒᆞ니 가히 텬가(天家)[2208]의 이향(異香)이라.

몬져 구즁(口中)이 청상(淸爽)ᄒᆞ거ᄂᆞᆯ, 후셜(喉舌)을 넘으ᄆᆡ 몸이 표표(飄飄)이 가ᄇᆡ야와 홍진셰렴(紅塵世念)[2209]이 부운(浮雲) 갓고, 의ᄉᆞ(意思) 활연(豁然)ᄒᆞ여 졍신이 뇨연(瞭然)ᄒᆞ여[니] 젼ᄉᆡᆼ지ᄉᆞ(前生之事)를 다 긔록ᄒᆞ리러라.

젼신이 옥○[청]도군(玉淸道君)으로 셩되 과격ᄒᆞ여 평ᄉᆡᆼ의 질악(嫉惡)을 여슈(如讐)ᄒᆞ더니, 맛ᄎᆞᆷ 옥칙을 밧ᄌᆞ와 하계의 나려와, 남히 뇽왕 오윤의 둘지 아【26】들 오룡이 쥬식(酒色)의 반ᄒᆞ여, 아뷔를 쇽이고 심양ᄃᆡ히(深洋大海)의 츌몰(出沒)ᄒᆞ여 빅쥬(白酒)의 변화ᄒᆞ여 물밧긔 나가 인간 녀식을 유졍ᄒᆞ고 ᄉᆡᆼ민을 음히ᄒᆞᄃᆡ, 오윤이 능히 잡아 다ᄉᆞ리지 못ᄒᆞ고 근심ᄒᆞ거ᄂᆞᆯ, 도군이 남히 뇽의 약ᄒᆞ믈 ᄭᅮ짓고, 오룡이 방ᄌᆞ 탐식(貪色)ᄒᆞ여 인간을 더러이ᄂᆞᆫ 죄 통히ᄒᆞ여, 도라와 옥뎨긔 오룡의 무상ᄒᆞ믈 고ᄒᆞ여, 텬뎨 벌을 나리와 오룡을 물 밧긔 닉쳐 인간형벌을 밧게 ᄒᆞ엿더니, 그 후의 진군이 텬궁의 작【27】죄ᄒᆞ여 인간의 나릴ᄉᆡ, 남히 픽ᄌᆞ(悖子) 원혼이 풀니지 못ᄒᆞ여, 드ᄃᆡ여 발원(發願)ᄒᆞ여 진군의 슬히(膝下) 되니, 이 곳 셰ᄌᆞ 픽라.

그 블초픽악(不肖悖惡)ᄒᆞᄆᆡ 젼셰 ᄉᆞ원(私怨)을 갑고져 홈과 뉸회보복지니(輪廻報復之理) 명명ᄒᆞ믈 알 거시오, 호빙은 인간 여ᄌᆞ로 오룡의 강간ᄒᆞᄆᆡ 되여 인형(人形)으로ᄡᅥ 미물(微物)의 더러인 ᄇᆡ 되어, 거의 죽게 되엿던 바로ᄡᅥ, 오룡이 죽으ᄆᆡ 다시 발원ᄒᆞ여

2206)황밀쇄락(黃蜜灑落) : 맛이 달고 깔끔함.*황밀(黃蜜): 벌통에서 떠낸 그대로의 꿀.

2207)격탁양청(激濁揚淸) : 탁한 것을 물리치고 맑은 것을 끌어올린다는 말로, 탁하고 텁텁한 맛을 없애, 맑고 시원한 맛을 냄.

2208)텬가(天家) : ①하늘. ②황가(皇家) 또는 왕가(王家).

2209)홍진셰렴(紅塵世念) : 어지럽고 속된 세상에 대한 온갖 생각. *홍진: ①거마(車馬)가 일으키는 먼지. ②번거롭고 속된 세상을 비유적으로 이르는 말.

고 마시 향밀쇄락ᄒᆞ니,

몬져 구듕이 청상【101】ᄒᆞ거ᄂᆞᆯ, 후셜을 넘기ᄆᆡ 몸이 표표이 가ᄇᆡ야와 홍진 셰렴이 부운 갓고, 젼ᄉᆡᆼ지ᄉᆡ 쇼연ᄒᆞᄆᆡ 목젼 ᄀᆞᆺᄐᆞ니,

ᄌᆞ긔 젼ᄉᆡᆼ이 옥쳥도군으로 셩되 과격ᄒᆞ여, 평ᄉᆡᆼ의 질악을 여슈ᄒᆞ더니, 맛ᄎᆞᆷ 옥칙을 밧ᄌᆞ와 하계의 ᄂᆞ려와 남히 뇽궁의 갓더니, 남히 뇽왕의 둘지 아ᄃᆞᆯ 오롱이 쥬식의 반ᄒᆞ여, 아비를 속이고 심양대히의 츌몰ᄒᆞ여, 빅쥬의 변화ᄒᆞ여 물밧긔 나아가 인간 녀식을 유졍ᄒᆞ고 ᄉᆡᆼ민을 음히ᄒᆞᄃᆡ, 뇽왕이 능히 잡아 다ᄉᆞ리지 못ᄒᆞ고【102】 근심ᄒᆞ거ᄂᆞᆯ, 도군이 남히 뇽왕의 약ᄒᆞ믈 ᄭᅮ짓고 도라와 옥뎨계 오롱의 무상ᄒᆞ믈 고ᄒᆞ여, 텬제 벌을 ᄂᆞ리와 오롱을 물 밧긔 닉쳐 인간형벌을 밧게 ᄒᆞ엿더니, 그 후의 진군이 또 텬궁의 작죄ᄒᆞ야 인간의 ᄂᆞ릴ᄉᆡ, 남히 ᄐᆡᄌᆞ 원혼이 풀니지 못ᄒᆞ여, 드ᄃᆡ여 발원ᄒᆞ야 진군의 슬히 되니, 이 곳 셰ᄌᆞ 픽라.

그 블초 픽악ᄒᆞᄆᆡ 젼셰 ᄉᆞ원을 갑고져 뉸회보복지니 명명ᄒᆞ믈 알 거시오, 호빙은 인간 녀ᄌᆞ로 오롱이 강간ᄒᆞᄆᆡ 되여 죽게 되엿던 바로ᄡᅥ, 오롱이 죽으ᄆᆡ【103】 다시 발원ᄒᆞ여 부뷔 되어시나, 호시 실노 이물의 슈듕의 도라오믈 한ᄒᆞ야, 스ᄉᆞ로 용뫼 박ᄒᆞ믈 발원

부뷔 되어시나, 호시 실노 이물(異物)의 슈즁의 도라오믈 한ᄒᆞ여, 스ᄉᆞ로 용뫼 박ᄒᆞ믈 발원ᄒᆞ【28】여 금슬이 블합ᄒᆞ미오, 숀아 냥아ᄂᆞᆫ 상텬이 ᄌᆞ긔 부부의 덕을 감동ᄒᆞ여 나리오신 비러라.

오왕이 젼셰 과보지ᄉᆞ(果報之事)를 명명이 ᄭᆡ다ᄅᆞ미, 감창ᄒᆞ믈 니긔지 못ᄒᆞ여 바야흐로 ᄉᆞ비(四拜)ᄒᆞ고 옥칙을 여러 보니 녁녁ᄒᆞ여 일ᄌᆞ 희미ᄒᆞ미 업고, ᄌᆞ긔 또 금년이 인셰를 하직ᄒᆞᆯ ᄶᅵ 다다라시니, 가히 악인을 원(怨)치 못ᄒᆞ며, ᄑᆡᄌᆞ(悖子)를 그ᄅᆞ다 못ᄒᆞ고, 그 명이 다ᄒᆞ믈 녁녁(歷歷)히 알니러라.

왕이 간필의 상연(傷然)이 츌톄(出涕)ᄒᆞ여 션인(仙人)을 향ᄒᆞ여 ᄉᆞ례 왈,

“복이 미말 홍진【29】의 아득ᄒᆞ여 실노 뉸회복션지니(輪廻福善之理)[2210]를 아지 못ᄒᆞ옵고, 슬하의 젹막ᄒᆞ믈 슬허ᄒᆞ고, 블초(不肖)의 무식(無識) ᄑᆡ려(悖戾)ᄒᆞ믈 분원(忿怨)ᄒᆞ던 쥴이 엇지 븟그럽지 아니리잇고? ᄌᆞ금 이후로 경심계지(警心戒志)[2211]ᄒᆞ여 비록 시년(時年)[2212]의 장구(長久)ᄒᆞ믈 엇지 못ᄒᆞ여 혼빅이 쳔양(泉壤)의 도라가나, 텬의(天意)와 시명(時命)[2213]을 한치 아니리이다.”

션인이 흔연 왈,

“진군이 한번 션슐(仙酒)을 맛보와 ᄭᆡ닷기를 슈이 ᄒᆞ니 총명ᄒᆞ믈 항복ᄒᆞᄂᆞ니, 다만 ᄉᆞᄉᆞ(事事)의 텬의를 조히 조히 ᄒᆞ여 텬긔(天機)를 누셜【30】치 말나. 텬당(天堂)의 모다 즐길 지쇽(遲速)이 머지 아니러니 도라가노라.”

셜파의 다시 옥칙을 거두어 안고 학가난참(鶴駕鸞驂)[2214]ᄒᆞ니, 《경긔‖경지(磬子)[2215]》

ᄒᆞ야 금슬이 블합ᄒᆞ미오, 손아 양인은 상텬이 ᄌᆞ긔 부부의 덕을 감동ᄒᆞ여 ᄂᆞ리오신 비러라.

오왕이 젼셰 과보지ᄉᆞ를 ᄭᆡ다ᄅᆞ미 감창ᄒᆞ여 ᄉᆞ비ᄒᆞ고, 옥칙을 여러 보니 녁녁ᄒᆞ여 일ᄌᆞ 희미ᄒᆞ미 업고, ᄌᆞ기 금년이 인셰를 하직ᄒᆞᆯ ᄶᅵ ᄃᆞ다라시니, 가히 악인을 원치 못ᄒᆞᆯ지라.

왕이 간필의 상연 츌톄ᄒᆞ야 션인을 향ᄒᆞ야 ᄉᆞ례 왈,

“복이 미말 홍지[진]의【104】 아득ᄒᆞ야 뉸회 복션디니를 아디 못ᄒᆞ옵고, 블쵸의 무식 ᄑᆡ려ᄒᆞ믈 분원ᄒᆞ던 줄이 븟그럽디 아니리잇고? ᄌᆞ금 이후로 명심계디ᄒᆞ여 혼빅이 쳔양의 도라가나 텬의와 신명을 한치 아니리이다.”

션인이 흔연 왈,

“텬당의 모다 즐길 지속이 머지 아니러니 도라가노라.”

셜파의 다시 옥칙을 거두어 안고 학가난참ᄒᆞ니, 《경긔‖경지》 뇨량ᄒᆞ여 옥결이 장장ᄒᆞᆫ디라.

2210)뉸회복션지니(輪廻福善之理) : 불교에서 중생이 미혹의 세계에서 삶과 죽음을 끊임없이 반복하는 이치와 선한 이가 복을 받는다는 이치를 함께 이른 말.

2211)경심계지(警心戒志) : 마음과 뜻을 가다듬고 조심함.

2212)시년(時年) : 그 때의 나이. 여기서는 '죽을 때의 나이' 곧 수명(壽命)을 말한 것이다.

2213)시명(時命) : 그 시대의 운명이나 운수. 살아온 시대의 운명.

2214)학가난참(鶴駕鸞驂) : 학과 난새가 끄는 수

뇨량(嘹喨)ᄒᆞ여 '경운(慶雲)이 난난(赧赧)ᄒᆞ고'[2216] '옥결(玉玦)이 장장(鏘鏘)ᄒᆞᆫ[2217]지라. 왕이 몽혼(夢魂)이 경각(驚覺)ᄒᆞ미 몽ᄉᆡ(夢事) 녁녁(歷歷)ᄒᆞᆫ지라. ᄌᆞᄀᆡ(自家) 진연(塵緣)이 오ᄅᆡ지 못ᄒᆞᆯ 쥴 ᄊᆡ다라 기리 탄식희허(歎息噫噓)ᄒᆞ믈 마지 아니ᄒᆞ더라.

왕이 이날붓허 신긔 블평ᄒᆞ여 날노 신음ᄒᆞ니 능히 조회ᄅᆞᆯ 님치 못ᄒᆞ고 졍ᄉᆞᄅᆞᆯ 다ᄉᆞ리지 못ᄒᆞ니 댱휘 크게 근심ᄒᆞ고 ᄇᆡᆨ관이 진경(震驚)【31】ᄒᆞ여 어약청(御藥廳)을 ᄇᆡ셜ᄒᆞ고 만방으로 다ᄉᆞ리나, 엇지 ᄎᆞ회(差効) 이시리오.

약음을 진ᄒᆞᆫ즉 병근이 나으믄 업고, 믄득 일증(一症) 식 쳠가ᄒᆞ니, 왕이 가연 탄식 왈,

"ᄃᆡ명(大命)이 진ᄒᆞᆫ 바의 엇지 약효ᄅᆞᆯ 바라리오."

ᄒᆞ고 드ᄃᆡ여 의약을 물니치니, 궁즁이 더욱 황황ᄒᆞ더라.

왕이 스ᄉᆞ로 ᄉᆞ지 못ᄒᆞᆯ 쥴 알고 이의 긔운을 진졍ᄒᆞ여 텬ᄌᆞ긔 표문(表文) 한 장과 냥형의게 국지ᄃᆡᄉᆞ(國之大事)ᄅᆞᆯ 부탁ᄒᆞᄂᆞᆫ 유셔 한 장을 지어 댱후ᄅᆞᆯ 맛지고 탄왈,

"괴(孤)[2218] 반ᄃᆞ시 오라지 아녀【32】 인셰ᄅᆞᆯ 하직ᄒᆞ리니 이 역(亦) 텬명이나 엇지 슬허ᄒᆞ리오만은, 평ᄉᆡᆼ의 여ᄎᆞ여ᄎᆞ홈과 보ᄅᆞᆯ 바든 연고로 션쇼ᄒᆞᆫ ᄌᆞ식 가온ᄃᆡ 픠 블초무상ᄒᆞ여 결단코 나의 긔업(企業)을 닛지 못ᄒᆞ리니, 현후ᄂᆞᆫ 고의 죽으미 텬명이믈 혜아려 과도히 슬허 말고, 초상을 녜로 다ᄉᆞ리고 냥위 형장과 창아의 오기ᄅᆞᆯ 기다려 이 유표와 유셔ᄅᆞᆯ 젼ᄒᆞ여 ᄃᆡᄉᆞᄅᆞᆯ 션쳐ᄒᆞ고, 쇼리히 표

왕이 몽혼이 경각ᄒᆞ미 몽ᄉᆡ 녁녁ᄒᆞᆫ지라. ᄌᆞ개 진년이 오라디 아닐 줄 ᄊᆡᄃᆞ라 기리 탄ᄒᆞ더라.

왕이 이날브터 신긔 블평ᄒᆞ여【105】 날노 신음ᄒᆞ니 능히 됴회치 못ᄒᆞ고 졍ᄉᆞ를 다ᄉᆞ리지 못ᄒᆞ니, 댱휘 크게 근심ᄒᆞ고 ᄇᆡᆨ관이 진경ᄒᆞ야 어약청을 ᄇᆡ셜ᄒᆞ고 만방으로 다ᄉᆞ리이나 ᄎᆞᆫ회 업ᄂᆞᆫ디라.

왕이 스ᄉᆞ로 ᄉᆞ디 못ᄒᆞᆯ 줄 알고 이에 긔운을 진졍ᄒᆞ여 텬ᄌᆞ긔 올닐 유표 ᄒᆞᆫ 장과 냥형의게 국지ᄃᆡᄉᆞ를 부탁ᄒᆞᄂᆞᆫ 유셔 ᄒᆞᆫ 장을 지어 댱후를 맛긔고 탄 왈,

"괴 반다시 오라지 아여 인셰를 하직ᄒᆞ리니, 이 역 텬명이라. 엇디 슬허ᄒᆞ리오마ᄂᆞᆫ, 텬ᄉᆡᆼ의 여ᄎᆞᄒᆞᆫ 과보를 바둔 연고로, 션소ᄒᆞᆫ ᄌᆞ식 가온ᄃᆡ 표 불쵸무상ᄒᆞ야 결단코【106】 나의 긔업을 닛디 못ᄒᆞ리니, 현후ᄂᆞᆫ 고의 죽으미 텬명이믈 아러 과도히 슬허 말고, 초상을 녜로 다ᄉᆞ리고 냥위 형댱과 창ᄋᆞ 오거든 이 유표와 유셔를 젼ᄒᆞ여 대ᄉᆞ를 션쳐ᄒᆞ고,

---

레라는 뜻으로, 모두 '신선의 수레'를 말한다.

2215)경ᄌᆞ(磬子) 뇨량(嘹喨)ᄒᆞ다 : (수레에 매달린 방울) 소리가 맑고 낭랑하다. *경자(磬子): 『민속』 점을 치는 일을 직업으로 삼는 맹인(盲人)이 경을 읽을 때 흔드는 놋 종지 모양의 작은 방울.=경쇠

2216)경운(慶雲)이 난난(赧赧)ᄒᆞ다 : 상서로운 구름이 불그레하게 둘러 있다.

2217)옥결(玉玦)이 장장(鏘鏘)ᄒᆞ다 : 옥고리 부딪는 소리가 맑게 울린다.

2218)괴(孤) : 「대명사」 예전에, 왕이나 제후가 자기를 낮추어 이르던 일인칭 대명사.

ᄅᆞᆯ 셰워 멸문상신지화(滅門喪身之禍)ᄅᆞᆯ 밧지 마로쇼셔. 다만 냥위 형장과 ᄌᆞ부녀셔【33】ᄅᆞᆯ 다시 반기지 못ᄒᆞ고 인셰(人世)ᄅᆞᆯ 하직ᄒᆞ미 유한(遺恨)이로쇼이다."

댱휘 왕의 말ᄉᆞᆷ을 듯고 유표 유셔ᄅᆞᆯ 바드ᄆᆡ 비록 인ᄌᆞ(仁慈) 관인(寬仁)ᄒᆞ여 시슈(時數) 텬의(天意)ᄅᆞᆯ 거의 예지(豫知)ᄒᆞᄂᆞᆫ 빈 이시나, 녀ᄌᆞ의 위부지심(爲夫之心)으로ᄡᅥ 엇지 놀납고 ᄎᆞ악(嗟愕)지 아니리오.

ᄉᆞ월(斜月)[2219] 아황(蛾黃)[2220]의 모운(暮雲)이 니러나고, 셩안(星眼)의 징ᄑᆡ(澄波) 요동ᄒᆞ여 묵묵히 명을 밧고, 온유히 ᄉᆞ(謝)ᄒᆞ여,

'군왕(君王)의 쟝년이 쇠모(衰耗)치 아녓ᄂᆞᆫ 바의 쇼쇼(小小) 미양(微恙)이 이시나 이러틋 ᄉᆞᄉᆡᆼ지녀(死生之慮)로ᄡᅥ 마ᄋᆞᆷ을 번뇌치 마ᄅᆞ【34】시믈' 간ᄒᆞ니, 왕이 후의 슬픈 ᄉᆞ식과 참연(慘然)ᄒᆞᆫ 옥셩(玉聲)을 드ᄅᆞᄆᆡ 역시 츄연ᄌᆞ상(惆然自喪)[2221]ᄒᆞ여 냥구허희(良久歔欷)[2222]러니, 또 강잉(强仍) 잠쇼(暫笑) 왈,

"ᄉᆡᆼ(生)은 긔야(寄也)오 ᄉᆞ(死)ᄂᆞᆫ 귀야(歸也)니 인지ᄉᆡᆼ셰(人之生世)의 일ᄉᆡᆼ일ᄉᆞ(一生一死)ᄂᆞᆫ 덧덧ᄒᆞᆫ 일이라 ᄉᆞᄉᆡᆼ화복(死生禍福)이 ᄣᅵ 잇고 슈요장단(壽夭長短)이 명(命)이니 현마 어이 ᄒᆞ리오. 현후(賢后)ᄂᆞᆫ 고(孤)의 죽은 후의 과도히 상심(喪心)치 말고, 또 ᄑᆡᄌᆞ(悖子)ᄅᆞᆯ 관념치 말고, 젼혀 문호ᄅᆞᆯ 보젼ᄒᆞ믈 경ᄉᆞ로 아라 ᄃᆡᄉᆞ(大事)ᄅᆞᆯ 션쳐ᄒᆞᆫ 후, 호시 모ᄌᆞ로 더부러 향니의 도라가 타일을【35】조히 조히 ᄒᆞ쇼셔."

댱휘 쳐연(悽然) 함톄(含涕)ᄒᆞ여 구회(九懷)[2223] 젼삭(鐫削)[2224]ᄒᆞ니 감히 말ᄉᆞᆷ을 ᄃᆡ

2219)ᄉᆞ월(斜月) : ①초승달이나 그믐달처럼 굽은 달. 여기서 '斜'는 '굽다'는 뜻임. *본문에서는 '초승달처럼 예쁜 눈썹'을 달리 표현한 말.

2220)아황(蛾黃) : 아황은 예전에 여자들이 얼굴에 바르던 누런빛이 나는 분으로, 여기서는 분바른 얼굴을 뜻한다. *사월(斜月) 아황(蛾黃) : 초승달처럼 예쁜 눈썹을 한 얼굴

2221)츄연ᄌᆞ상(惆然自喪) : 처량하고 슬픈 마음이 들어 스스로 기운을 잃음.

2222)냥구허희(良久歔欷) : 오래도록 한숨지으며 흐느껴 욺.

소리히 표를 셰워 멸문상신디화를 밧디 마ᄅᆞ소셔. 다만 냥위 형댱과 ᄌᆞ부 녀셔를 다시 반기디 못ᄒᆞ고 인셰를 하딕ᄒᆞ미 유한이로소이다."

댱휘 왕의 말ᄉᆞᆷ을 듯고 유표를 바드ᄆᆡ 비록 인자관인ᄒᆞ와 시수와 텬의를 거의 예디ᄒᆞᄂᆞᆫ 비나, 녀ᄌᆞ의 위부지심으로 엇디 놀납고 ᄎᆞ악디 아니리오.

ᄉᆞ월 아황의 모【107】운이 니러나 셩안의 징ᄑᆡ 요동ᄒᆞ여 믁믁 반향의 온유히 위로 왈,

"군휘 쟝년이 쇠모치 아엿ᄂᆞᆫ 바의 소소 미양이 이시나 이러ᄐᆞᆺ ᄉᆞᄉᆡᆼ지녀로ᄡᅥ 마음을 《번노∥번뇌》치 마ᄅᆞ쇼셔."

왕이 후의 슬픈 ᄉᆞ식과 찬연ᄒᆞᆫ 옥셩을 드ᄅᆞᄆᆡ, 역시 츄연ᄌᆞ상ᄒᆞ야 냥구희허러니, 강잉 잠쇼 왈,

"ᄉᆡᆼ은 긔야오, ᄉᆞᄂᆞᆫ 귀야라. 인지 ᄉᆡᆼ셰의 일ᄉᆡᆼ 일ᄉᆞᄂᆞᆫ 덧덧ᄒᆞᆫ 일이라. ᄉᆞᄉᆡᆼ화복이 ᄣᅵ 잇고 슈요댱단이 명이니, 현마 어이 ᄒᆞ리오. 현후ᄂᆞᆫ 고의 죽은 후의 과도히 상심 말고, 또 ᄑᆡᄌᆞ를 관념치 말고 젼혀 문호 보젼ᄒᆞ믈 경【108】ᄉᆞ로 아라 ᄃᆡᄉᆞ를 션쳐ᄒᆞᆫ 후, 호시 모ᄌᆞ로 더브러 향니의 도라가 타일을 조히 ᄒᆞ쇼셔."

댱휘 쳐연 함톄ᄒᆞ여 말ᄉᆞᆷ을 ᄃᆡ치 못ᄒᆞ더라.

치 못ᄒᆞ더라.

왕이 드ᄃᆡ여 ᄌᆞ긔 다시 입조(入朝)치 못ᄒᆞᆯ 쥴 헤아려, 각별 ᄃᆡ신을 신칙(申飭)ᄒᆞ여 ᄉᆞ신을 삼아 ᄃᆡ조의 조공을 올니고, 냥위 형장과 미ᄌᆞ 부부와 ᄌᆞ녀 졔질이며 일가의 다 셔신을 븟치고, ᄉᆞ신을 불너 ᄉᆞ쥬(賜酒)ᄒᆞ며 경계ᄒᆞ여, 부ᄃᆡ 젼후 왕반의 슈이 왕ᄂᆡᄒᆞ믈 신칙ᄒᆞ니, ᄉᆞ신이 슈명ᄒᆞ고 ᄒᆡᆼ장을 슈습ᄒᆞ여 조공을 호ᄒᆡᆼᄒᆞ여 블분쥬야(不分晝夜)ᄒᆞ고 경ᄉᆞ로【36】향ᄒᆞ니라.

왕이 탄왈,

“ᄉᆞ신이 아모리 쇽ᄒᆡᆼ(速行)ᄒᆞᆫ들 젼되(前途) 만니라 ᄂᆡ 엇지 냥위 형장과 ᄂᆡ 아희ᄅᆞᆯ ᄉᆡᆼ면(生面)으로 반기믈 긔약ᄒᆞ리오.”

ᄒᆞ더라.

왕이 날노 침즁(沈重)ᄒᆞ여 ᄉᆞ신이 길ᄯᅥ난 슌여일(旬餘日)만의 졸(卒)ᄒᆞᆯ시, 님ᄉᆞ(臨死)의 바야흐로 샤명(使命)을 가져 동궁의 젼ᄒᆞ나, 텬디간 ᄃᆡ악 블초 ᄑᆡᄌᆞ의 호식ᄒᆞᄂᆞᆫ 슐쥼치[2225]로 슐이 취ᄒᆞ고 달긔 갓흔 미녀ᄅᆞᆯ 겻지어 호긔 방탕ᄒᆞ니 엇지 조곰이나 부왕의 환휘 위독ᄒᆞ믈 경심(驚心)ᄒᆞᆯ ᄌᆡ리오.

《쇼왕문 ‖ 쇼황문(小黃門)[2226]》이 궁문을 두다려 왕【37】의 시ᄀᆡᆨ이 위름(危懍)ᄒᆞ믈 고ᄒᆞ나, ᄑᆡᄌᆡ 호흥이 발연ᄒᆞ여 가관(笳管)[2227]을 어로만져 금현(琴絃)을 농(弄)ᄒᆞ고 풍악이 ᄌᆞᄌᆞ(藉藉)ᄒᆞ여, 《징징 ‖ 징징(澄澄)[2228]》ᄒᆞᆫ 난화(蘭花)와 ᄋᆡᄋᆡ(靄靄)ᄒᆞᆫ 향취 가온ᄃᆡ, 션연아미(嬋娟蛾眉) 좌우의 슈풀 갓흐여, 무산(巫山)을 일워 즐기믈 다ᄒᆞ고 약블동념(若不動念)[2229]이라.

왕이 드ᄃᆡ여 ᄌᆞ긔 다시 입됴치 못ᄒᆞᆯ 줄 헤아려 각별 《ᄃᆡ시 ‖ ᄃᆡ신》을 신측ᄒᆞ야 ᄉᆞ신을 삼아 대됴의 됴공을 올니고, 본부의 셔간을 븟치고 ᄉᆞ신을 블너 ᄉᆞ쥬ᄒᆞ며 젼후 왕반의 수히 왕ᄂᆡᄒᆞ믈 신측ᄒᆞ니, ᄉᆞ신이 슈명ᄒᆞ야 불분 주야ᄒᆞ고 경ᄉᆞ로 향ᄒᆞ니라.

왕이 탄왈,

“ᄉᆞ신이 아모리 속ᄒᆡᆼᄒᆞᆫ들 졍되 만니라. ᄂᆡ 엇디 냥위 형당과 ᄂᆡ 아희를 ᄉᆡᆼ【109】면의 반기믈 긔약ᄒᆞ리오.”

ᄒᆞ더라.

왕이 날노 침듕ᄒᆞ여 ᄉᆞ신이 길 ᄯᅥ난 슌여일만의 더욱 위듕ᄒᆞ미, 님ᄉᆞ의 ᄇᆞ야흐로 샤명을 가져 동궁의 젼ᄒᆞ나, 텬디간 ᄃᆡ악 블효ᄌᆡ 호식ᄒᆞᄂᆞᆫ 술줌치 엇디 조금이나 부왕의 환휘 위독ᄒᆞ믈 경심ᄒᆞᆯ ᄌᆡ리오.

쇼황문이 궁문을 두ᄃᆞ려 왕휘 시ᄀᆡᆨ이 위름ᄒᆞ믈 고ᄒᆞ나, ᄑᆡᄌᆡ 호흥이 발연ᄒᆞ여 풍악을 ᄌᆞ약히 버리고, 《징징 ‖ 징징》ᄒᆞᆫ 난화와 ᄋᆡᄋᆡᄒᆞᆫ 향취 ᄀᆞ온ᄃᆡ, 션연아미 좌우의 슈플 갓ᄒᆞ여, ᄒᆞᆫ ᄢᅦ 무산을 일워 즐기믈 다ᄒᆞ고 약불동【110】념이라.

2223)구회(九懷) : 구곡회포(九曲懷抱). 구곡간장(九曲肝腸). 마음속에 굽이굽이 서려있는 회포.
2224)젼삭(鐫削) : 칼로 도려내고 깎아내고 함.
2225)슐쥼치 : 술주머니. 고주망태. 술에 몹시 취하여 정신을 가누지 못하는 상태에 있는 사람.
2226)쇼황문(小黃門) : 나이 어린 환관(宦官). 황문(黃門)은 중국 후한(後漢) 시대에 금문(禁門)을 맡아보는 관리였는데 이를 내시(內侍)가 맡아보면서 환관의 칭호로 바뀌었음.
2227)가관(笳管) : 『음악』 속이 빈 대에 구멍을 뚫고 불어서 소리를 내는 악기를 통틀어 이르는 말.=피리.
2228)징징(澄澄)ᄒᆞ다 : 맑고 맑다. 매우 맑다.

근시(近侍) 황황ᄒᆞ여 지ᄎᆞ 고급(告急)ᄒᆞ딕 즐퇴녀셩(叱退厲聲)ᄒᆞ니, 근시 져군(儲君)의 힝ᄉᆞ룰 희연이 너겨 홀일업셔 도라와 고ᄒᆞ니, 댱휘 블승통히ᄒᆞ고 호빙은 셰ᄌᆞ의 힝ᄉᆞ룰 드ᄅᆞ미 스ᄉᆞ로 져상육니(沮喪忸怩)[2230]ᄒᆞ여 영(靈)이 퇴식(退息)ᄒᆞ【38】고 앙텬(仰天) 희허(噫嘘)ᄒᆞ미 ,ᄌᆞ긔 신세룰 ᄌᆞᄎᆞ(咨嗟)ᄒᆞ더라.

왕이 쇼을 져어 니ᄅᆞ딕,

"펴ᄌᆞᄂᆞᆫ 임의 ᄌᆞ식이 아닌 쥴 아ᄂᆞ니 현후ᄂᆞᆫ 다시 니ᄅᆞ지 마ᄅᆞ쇼셔."

ᄒᆞ고 댱후와 호빙을 불너 각각 유언을 씨칠식 츄연 왈,

"봉효와 효임은 긔특ᄒᆞᆫ 아히라. 반ᄃᆞ시 신후(身後)[2231]룰 빗닋고 조션(祖先) 쳥덕을 욕지 아니ᄒᆞ리니 현후와 식부ᄂᆞᆫ 아룸다이 교양(教養)ᄒᆞ라. 비록 쳥운ᄌᆞᄆᆡᆨ(靑雲紫陌)[2232]의 영복(榮福)을 긔필(期必)치 못ᄒᆞ나, '긔산영수(岐山潁水)의 한가ᄒᆞᆫ 쳥복(淸福)'[2233]이 이 아희 쳔ᄌᆞ(擅恣)ᄒᆞ리라. 또 쇼의 남미 쳔ᄒᆞ나【39】 나의 골육이니 현후의 셩덕으로 시로이 부탁홀 거시 업거니와 부딕 무양(撫養)ᄒᆞ여 셩인(成姻)ᄒᆞ쇼셔. 창아와 윤현부ᄂᆞᆫ 오문의 즁ᄒᆞᆫ 몸이로딕, 져의 부뷔 쇼죄(所遭)[2234] 험흔(險釁)ᄒᆞ여 초년 익경은 이상ᄒᆞ려니와, 맛춤닋 나종이 무ᄉᆞᄒᆞ리니, 현후ᄂᆞᆫ 쳔만 보

근시 황황ᄒᆞ여 지ᄎᆞ 고급ᄒᆞ딕 즐퇴 녀셩ᄒᆞ니, 근시 져군의 힝ᄉᆞ를 망극 히연이 녁이나 홀일업셔 도라와 고ᄒᆞ니, 댱휘 블승통히ᄒᆞ고 호빙은 셰ᄌᆞ의 힝ᄉᆞ를 스ᄉᆞ로 져상뉵니ᄒᆞ며 앙텬희허ᄒᆞ미, ᄌᆞ긔 신셰를 ᄌᆞᄎᆞᄒᆞ더라.

왕이 니ᄅᆞ딕,

"펴ᄌᆞᄂᆞᆫ 임의 ᄌᆞ식이 아닌 줄 아라시니 현후ᄂᆞᆫ 다시 니ᄅᆞ지 마ᄅᆞ쇼셔."

ᄒᆞ고 댱후와 호빙을 딕ᄒᆞ야 각각 유언을 씨칠 시 츄연 왈,

"봉효와 효임은 긔특ᄒᆞᆫ 아히라. 반ᄃᆞ시 신후를 빗닋고 조션쳥덕을 욕디 아니리니 현후의[와] 《외【111】식‖식부》ᄂᆞᆫ 아룸다이 교양ᄒᆞ라. 비록 쳥운ᄌᆞᄆᆡᆨ의 영복은 긔필치 못ᄒᆞ나, 긔산 영수의 한가ᄒᆞᆫ 쳥복은 이 아희 쳔ᄌᆞᄒᆞ리라. 창ᄋᆞ와 윤현부ᄂᆞᆫ 오문의 듕ᄒᆞᆫ 몸이로되, 져의 부뷔 《쇼되‖쇼죄》 험흔ᄒᆞ여 초년 익경은 이상ᄒᆞ려니와, 나죵은 무ᄉᆞᄒᆞ리니 현후ᄂᆞᆫ 쳔만 진듕ᄒᆞ야 위급지시의 경동치 마ᄅᆞ시고, 타일 임시쳐변을 신듕이 ᄒᆞ여 도ᄎᆞ의 뉘웃치미 업게 ᄒᆞ쇼셔."

2229)약블동념(若不動念) : 전혀 움직일 마음이 없음.

2230)져상육니(沮喪忸怩) : 너무도 부끄럽고 창피하여 기운을 차리지 못함.

2231)신후(身後) : 죽고난 이후. =사후(死後).

2232)청운ᄌᆞ맥(靑雲紫陌) : 청운은 벼슬을, 자맥은 도성의 큰길을 뜻하는 말로, 벼슬 길 곧 환로(宦路)를 비유적으로 이르는 말.

2233)긔산영수(岐山潁水)의 한가ᄒᆞᆫ 청복(淸福) : 고대 중국의 은자 소부(巢父)와 허유(許由)의 맑은 삶을 말한다. 즉 기산(箕山)은 지금의 하남성(河南省) 등봉현(登封縣)의 동남에 있는 산으로, 고대 중국의 은자 소부(巢父)와 허유(許由)가 요(堯)임금으로부터 왕위를 맡아달라는 제안을 받고, 자신의 귀가 더러워졌다며 이 산 밑을 흐르는 영수(潁水)에서 귀를 씻고, 또 귀를 씻어 더러워진 물을 소에게 먹이는 것조차 포기하고, 이 산에 들어가 숨어 살았다는 고사를 말한다.

2234)쇼죄(所遭) : 어떤 일이나 때를 당함.

즁ᄒᆞ여 위급지시의 경동치 마ᄅᆞ시고, 타일 님시응변을 신즁이 ᄒᆞ여 도ᄎᆞ의 뉘웃ᄎᆞ미 업게 ᄒᆞ쇼셔."

또 숀을 드러 작 별왈,

"니졍(離情)이 무한ᄒᆞ나 장뷔 님ᄉᆞ(臨死)의 부인이 시측(侍側)을 님(臨)ᄒᆞᆯ 빅 아니니, 현후와 현【40】부ᄂᆞᆫ 입닉(入內)ᄒᆞᆯ지어다."

댱후와 호빙이 실셩(失性) 엄읍(掩泣)ᄒᆞ고 명을 밧ᄌᆞ와 븟들녀 닉뎐으로 드러가니, 왕이 바야흐로 모든 시신(侍臣)을 불너 탁고(託孤)[2235] 왈,

"과인이 박덕 부ᄌᆡ로 오국의 위군(爲君)ᄒᆞ여 힝혀 경 등의 현심 졍츙으로 보익ᄒᆞ믈 힘닙엇더니 이제 군신이 니별ᄒᆞ니 엇지 슬프지 아니리오.

경 등은 구일(舊日) 군신지의(君臣之義)를 닛지 아니ᄒᆞ거든, 과인이 죽은 후 국지ᄃᆡᄉᆞ(國之大事)를 텬ᄌᆞ긔 쥬문ᄒᆞ면, 셩쥐(聖主) 인명(仁明)ᄒᆞ시니 반ᄃᆞ시 셩인군ᄌᆞ를 갈희여 국군【41】을 삼을 거시니, 경 등은 삼가 경심계지(警心戒之)ᄒᆞ여 과인의 탁고(託孤)를 져바리지 말나."

제신이 눈물을 흘녀 명을 밧더라.

ᄎᆞ일 왕이 명덕뎐의셔 졸ᄒᆞ니 시년이 ᄉᆞ십뉵셰오, 시셰 즁하(仲夏) 회간(晦間)이러라. 궁즁이 진동(震動)ᄒᆞ여 발상(發喪) 거ᄋᆡ(擧哀)ᄒᆞ니, ᄋᆡ셩(哀聲)이 진동ᄒᆞ고, 만조 문무 제신과 궁즁 상히 국군(國君)의 셩덕을 츄모ᄒᆞ

2235)탁고(託孤) : 임금이 죽기 전에 대신들에게 남기는 유언. 즉 어린 태자를 부탁하고 국정을 맡기는 일을 말한다. '탁고기명(託孤寄名)'이라고도 한다.

또 숀을 드러 작별 왈,

"니졍이 무한ᄒᆞ나 장뷔 님ᄉᆞ의 부인이 시측【112】을 님ᄒᆞᆯ 빅 아니니, 현후와 현부ᄂᆞᆫ 입닉ᄒᆞᆯ디어다."

댱후와 호시 실셩 엄읍ᄒᆞ며 븟들녀 닉뎐으로 드러가니, 왕이 바야흐로 모든 ᄃᆡ신을 불너 탁고왈,

"과인이 박덕부ᄌᆡ로 오국의 위군ᄒᆞ여 힝혀 경등의 현심 졍츙으로 보익ᄒᆞ믈 힘닙엇더니, 이제 군신이 니별ᄒᆞ니 엇디 슬프디 아니리오."

ᄒᆞ더라.【113】

엄시효문쳥힝녹 권지구

어시의 오왕이 군신을 ᄃᆡᄒᆞ여 일오ᄃᆡ,

"경 등은 구일 군신지의를 잇지 아니ᄒᆞ거든, 과인이 죽은 후 국지ᄃᆡᄉᆞ를 텬ᄌᆞ긔 듀문ᄒᆞ여, 셩쥐 인셩ᄒᆞ시니 반ᄃᆞ시 셩인군ᄌᆞ를 갈히여 국군을 삼을 거시니, 경 등은 삼가 경심계지ᄒᆞ여 과인의 탁고를 져바리지 말나."

제신이 눈물을 흘녀 명을 밧더라.

ᄎᆞ일 왕이 명덕뎐의셔 졸ᄒᆞ니 시년이 ᄉᆞ십뉵셰오, 시셰 즁하 회간이러라. 궁즁이 진동ᄒᆞ여 발상 거ᄋᆡᄒᆞ니, ᄋᆡ셩이 진동ᄒᆞ고 만조 문무 제신과 궁즁상히 국군의【1】 셩덕 교화를 목욕 감요[은] 지 만흔지라. 져마다 슬허 적지 고비를 상ᄒᆞᆫ 듯ᄒᆞ더라.

동궁심복 궁환 승위 알고 ᄃᆡ경ᄒᆞ여 황망이 셰ᄌᆞ의긔 알외니, 픠 졍히 음주달난ᄒᆞ더니, 이 말을 듣고 ᄎᆞ역 인심이라. 엇지 놀납디

여 슬픈 곡셩이 진텬(震天)ᄒᆞ여 일식이 무광(無光)ᄒᆞ더라.

이의 녜부상셔 허유로 고부ᄉᆞ(告訃使)2236)를 삼아 즉일 치힝ᄒᆞ여 발힝ᄒᆞ고, 일국(一國)의 ᄋᆡ조(哀弔)를 나【42】리와 반포ᄒᆞ다.

동오와 ᄃᆡ국이 젼되(前途) 만니라. 밋쳐 엇지 왕반을 기다리리오. 초상(初喪)을 녜ᄃᆡ로 출혀 오일만의 입관(入棺) 셩복(成服)ᄒᆞ고 녕궤(靈几)를 장싱뎐의 봉안(奉安)ᄒᆞ고, ᄉᆞ시곡읍(四時哭泣)2237)과 조셕증상(朝夕蒸嘗)2238)을 밧들ᄆᆡ, 댱후의 지통이 ᄉᆡ롭고 호빙과 제희(諸姬) 다 슬허ᄒᆞ더라 .

2236)고부ᄉᆞ(告訃使) : 왕이나 왕비가 죽었을 때에 그것을 알리기 위하여 중국에 보내던 사신.
2237)ᄉᆞ시곡읍(四時哭泣) :상례(常禮)의 하나. 상(喪)이 나서 궤연(几筵)을 설치한 때로부터 탈상(脫喪)을 하여 궤연을 철거할 때까지, 매일 하루 중의 네 때, 곧 단(旦; 아침)、주(晝; 낮)、모(暮; 저녁)、야(夜; 밤)에 영위(靈位)에 곡읍(哭泣)하는 것을 이른다.
2238)조셕증상(朝夕蒸嘗) : =조석상식(朝夕上食). 상(喪)이 나서 궤연(几筵)을 설치한 때로부터 탈상(脫喪)을 하여 궤연을 철거할 때까지 아침저녁으로 망자(亡者)에게 밥을 차려 올리는 제사. *궤연(几筵); 영위(靈位)를 모시어 놓은 자리.

아니리요. ᄇᆞ야흐로 풍뉴와 가무를 물니치고 취한 거름이 한 거름의 두 번 븨들믈 면치 못ᄒᆞ여, 통곡ᄒᆞ며 영년의 드러가니, 그 광퓌ᄒᆞᆫ 거동과 힝지 크게 ᄒᆡ악ᄒᆞ여 ᄉᆞ롬의 졍시ᄒᆞᆯ 비 아니라.

만됴제신이 투목관쳠ᄒᆞ여 경ᄒᆡᄒᆞ믈 마지 아니ᄒᆞ고 결단ᄒᆞ여 오국 긔업을 잇지 못ᄒᆞᆯ 쥴 아【2】더라.

댱휘 불승통히ᄒᆞ나, ᄎᆞ시를 당ᄒᆞ여 말ᄒᆞᆯ 비 아니라. 다만 쐴니 텬됴의 듀문ᄒᆞ여 ᄃᆡᄉᆞ를 결ᄒᆞ려 ᄒᆞᄂᆞᆫ 고로, ᄒᆞᆫ갓 통흉고지구텬ᄒᆞ여 궁텬을 브라지질 ᄯᆞ람이오, 표의 힝ᄉᆞ를 아른 쳬 아니ᄒᆞ더라.

됴졍 제 ᄃᆡ신이 텬됴의 고부를 보품ᄒᆞ니, 댱휘 울며 쥬됴 왈,

"과인이 붕셩지통의 망극ᄒᆞ믈 만나니 나믄 졍신이 모황ᄒᆞᆫ지라. 엇지 ᄃᆡᄉᆞ를 졍ᄒᆞ리오. ᄃᆡ신이 상의ᄒᆞ여 제신 듕의 맛당이 감즉ᄒᆞᆫ 니를 턱ᄒᆞ여 고부ᄉᆞ를 졍{커}ᄒᆞ라."

ᄒᆞᆫᄃᆡ, 제 ᄃᆡ신이 계쳥ᄒᆞ고 상의ᄒᆞ여 오국 녜부상셰 허유로 고부ᄉᆞ를【3】 삼아 즉일 치힝ᄒᆞ여 발힝ᄒᆞ고, 일국의 ᄋᆡ됴을 ᄂᆞ라[리]와 반포ᄒᆞ다.

동오와 ᄃᆡ국이 졍되 만니라. 밋쳐 엇지 왕반을 기ᄃᆞ리리오. 쵸상을 녜ᄃᆡ로 찰혀 오일만의 입관 셩복ᄒᆞ고 녕궤를 장싱뎐의 봉안ᄒᆞ고 ᄉᆞ시 곡읍과 조셕 증상을 밧들ᄆᆡ 댱후의 지통이 ᄉᆡ롭고 호빙과 제희 다 슬허ᄒᆞ더라.

엄픠 겨요[2239] 셩복(成服)을 지ᄂᆡ고 갓득 블초ᄒᆞᆫ 인ᄉᆡ 미혼단(迷魂丹)[2240]을 침취(沈醉)[2241]ᄒᆞ여시니 무ᄉᆞᆫ 알 거시 이시리오. 음녀의 요식(妖色)을 닛지 못ᄒᆞ여, 간간이 병을 칭ᄒᆞ고 침궁의 물너가 요녀로 의구히 환낙【43】ᄒᆞ니, 이러틋 취루(醜陋)ᄒᆞᆫ 졍젹이 궁즁의 난만ᄒᆞᆫ지라.

댱휘 통히ᄒᆞᆯ 쁜 아니라 궁즁상히 다 셰ᄌᆞ의 히ᄉᆞ를 가이 업시 너○[기]더라.

고부ᄉᆡ(告訃使) 조졍의 니ᄅᆞᆫ 슈월만의 믄득 본국 ᄉᆞ신과 한가지로 회환(回還)ᄒᆞ고, 틱ᄉᆞ와 츄밀공이 한님으로 더부러 오고, 조졍의셔 조문ᄒᆞ며 봉왕(封王)ᄒᆞᄂᆞᆫ 텬ᄉᆡ 니ᄅᆞ믈 듯고, 그 일홈을 드ᄅᆞᆫ즉, 국인이 분분이 젼ᄒᆞ여 니로ᄃᆡ,

“상텬ᄉᆞᄂᆞᆫ 남평빅 동창후 윤뫼니 졍히 오국 일부ᄆᆡ오, 부텬ᄉᆞᄂᆞᆫ 동궁시독 녜부상【44】셔 윤뫼니 오국 이부ᄆᆡ라.”

ᄒᆞᄂᆞᆫ지라.

댱휘 붕셩지통(崩城之痛)[2242]이 망극ᄒᆞᆫ 가온ᄃᆡ나 냥 슉슉(叔叔)[2243]과 ᄌᆞ셰(子婿) 한가지로 니ᄅᆞ믈 반기나, 홀노 셰지 ᄃᆡ경ᄒᆞ여 심복 《숑우∥승우》 봉암과 녀가 형뎨 부녀로 상의 왈,

“외[2244] 일즉 외조(外朝)[2245] 문견으로 잠간 드ᄅᆞ니, 션왕이 님종의 유표ᄅᆞᆯ ᄭᅵ쳐 겨시다 ᄒᆞ더니, 이 가온ᄃᆡ 반ᄃᆞ시 묘믹(苗脈)이 이시리라. 부왕과 모휘 ᄆᆡ양 창뎨와 두 ᄆᆡ부(妹夫)ᄅᆞᆯ 칭ᄋᆡ(稱愛)ᄒᆞ시고 날은 블ᄋᆡ(不愛)ᄒᆞ

2239)겨요 : 겨우. 어렵게 힘들여. 기껏해야 고작.
2240)미혼단(迷魂丹) : 익봉잠·도봉잠 뉴(類)의, 사람을 변심시키는 약. 이 약을 사람에게 먹이면 마음이 변하게 되어 먹은 사람의 마음이 먹인 사람의 뜻대로 조종당하게 된다.
2241)침취(沈醉) : 술에 잔뜩 취함.=만취.
2242)붕셩지통(崩城之痛) : 성이 무너질 만큼 큰 슬픔이라는 뜻으로, 남편이 죽은 슬픔을 이르는 말
2243)슉슉(叔叔) : 남편의 형제, 특히 ‘시아주버니’를 문어적으로 이르는 말.
2244)외 : 제후국 왕세자가 자기를 낮추어 이르는 일인칭 대명사로 본 작품에서 쓰이고 있다.
2245)외조(外朝) : 조정 밖.

엄표 계요 셩복을 지ᄂᆡ고 갓득 불쵸ᄒᆞᆫ 인ᄉᆡ 미혼단을 침취ᄒᆞ여시니, 무산 알 거시 이시리오. 음녀의 요식을 잇지 못ᄒᆞ여 간간이 병을 칭ᄒᆞ고 침궁의 믈너가 요녀를 의구히 환낙ᄒᆞ니 이럿탓 취루한【4】정젹이 궁듕의 난만ᄒᆞᆫ지라.

댱휘 통히ᄒᆞᆯ 쁜 아니라, 궁듕 상히 다 셰ᄌᆞ의 힝ᄉᆞ를 가이업시 역이더라.

고부ᄉᆡ 됴졍의 이른 슈월만의 믄득 본국 ᄉᆞ신과 한가지로 회환ᄒᆞ고 틱ᄉᆞ와 츄밀공이 한님으로 더브러 오고, 됴졍의셔 조문ᄒᆞ며, 봉왕ᄒᆞᄂᆞᆫ 텬ᄉᆡ 이로믈 듯고, 그 일홈을 드ᄅᆞᆫ즉. 국인이 젼ᄒᆞ여 일오ᄃᆡ,

“상텬ᄉᆞᄂᆞᆫ 남평빅 동창후 윤뫼니 졍히 오국 일부마오, 부텬ᄉᆞᄂᆞᆫ 동궁시독 녜부상셔 윤뫼니, 오국 이부마라.”

ᄒᆞᄂᆞᆫ지라.

댱휘 붕셩지통이 망극ᄒᆞᆫ 가온ᄃᆡ나, 냥 슉슉과 ᄌᆞ셰 ᄒᆞᆫ 가지로 이라믈 반기나, 홀노 셰지【5】ᄃᆡ경ᄒᆞ여 심복 승우 봉암과 녀가 형제 부녀로 상의 왈,

“외 일작 외됴 문견으로 잠간 드르니, 션왕이 임홍의 유됴를 ᄭᅵ쳐 계시다 ᄒᆞ더니, 이 가온ᄃᆡ 반ᄃᆞ시 묘믹이 이시리라. 부왕과 모휘 ᄆᆡ양 창뎨와 두 ᄆᆡ부를 칭ᄋᆡ ᄒᆞ시고 날을 불ᄋᆡ ᄒᆞ시던 거시니, 이 가온ᄃᆡ 무산 ᄉᆞ단이 이실 듈 알니오.”

시던 거시니 이 가온딕 무슨 ᄉ단이 이실 쥴 알니오?"【45】

혜정음녜 본딕 남빅후 윤셩닌으로 원(怨)이 잇ᄂᆞᆫ지라 이의 헌계 왈,

"'윤셩닌과 윤창닌은 만고 독보 희한ᄒᆞᆫ 군ᄌ(君子) 영쥰(英俊)이라' ᄒᆞ고, 또 션왕의 쇼이지(所愛子)니, 이제 딕조(大朝)의 사룸이 허다 ᄒᆞ거ᄂᆞᆯ, 굿ᄒᆞ여 이 두 사룸이 ᄌ원텬ᄉ(自願天使)ᄒᆞ니 그 지뫼(智謀) 흉악ᄒᆞᆫ지라. 맛당이 젹인(敵人)이 셩즁의 드지 아녀셔 멸ᄒᆞ미 올흐니이다."

픠 셕연 왈,

"이경(愛卿)[2246]의 말이 금옥갓도다. 이 쇼임을 뉘 감히 맛다 즁노의 ○[힝]ᄉ ᄒᆞ리오."

봉암이 니로딕,

"빈승(貧僧)이 가리이다."

픠 딕【46】희ᄒᆞ여 지삼 당부ᄒᆞ여, '쇼루(疏漏)치 말나 ᄒᆞ더라.

봉암이 빅의쇼딕(白衣素帶)[2247]로 동궁(東宮)[2248] 근시의 모양을 ᄒᆞ고 조졍 원졉딕신(遠接大臣)[2249]과 한가지로 왕셩(王城) 빅여리의 관도(官道) 젹셩부의 머므러 텬ᄉ 일힝을 기다려 영졉ᄒᆞ여 몬져 비작(杯酌)을 열고 쥬비각[간](酒杯間)의 힝ᄉ코져 ᄒᆞ더니, 냥텬시 관역(館驛)[2250]의 드러와 일월명광(日月明光)을 잠간 흘니미 츄슈ᄉ일(秋水斜日)이 빵셩(雙星) 조마경(照魔鏡)[2251]이 벽텬(碧天)의 걸임 갓흔지라. 오세ᄌ의 궁환(宮宦)《숑위‖승위》 나아가 공슈이 졀ᄒᆞ고 명함을 알

혜졍 음녀 본딕 남빅 윤후 셩인으로 원이 잇ᄂᆞᆫ지라. 이에 헌게 왈,

"'윤성인과 윤창인은 만고 독보 희한ᄒᆞᆫ 군ᄌ영듄이라.' ᄒᆞ고, 또 션왕의 소이지니, 이제 딕조의 사룸이 허다 ᄒᆞ거날, 굿ᄐᆞ여 이 두 ᄉ룸이 ᄌ원텬ᄉᄒᆞ니, 그 지뫼 흉악ᄒᆞᆫ지라. 맛【6】당이 젹인이 셩듕의 드지 아녀셔 멸ᄒᆞ미 올흐이다."

픠 셕연 왈

"이경의 말이 금옥 ᄀᆞᆺ도다. 이 소임을 뉘 감히 맛타 듕노의 가 힝ᄉᄒᆞ리오."

봉암{션싱}이 일오딕,

"빈되 가리이다."

픠 딕희ᄒᆞ여 지삼 당부ᄒᆞ여 소루치 말나 하더라.

봉암이 빅의효딕로 동궁 근시의 모양을 ᄒᆞ고, 됴졍 원졉딕신과 ᄒᆞᆫ 가지로 왕셩 빅여리의 관도 젹셩부의 머무러 텬ᄉ 일힝을 기다려 영졉ᄒᆞ여 믄져 비작을 열고 듀비간의 힝ᄉ코져 ᄒᆞ더니, 냥텬시 관역의 드러와 일월명광을 잠간 흘니미, 츄슈ᄉ일의 쌍셩 조마경이 벽낙의 걸임 갓ᄒᆞ여, 오세【7】ᄌ의 궁환승위 나아와 공슌이 졀ᄒᆞ고, 명함을 알외고,

2246)이경(愛卿) : 남편이 아내를 친근하게 이르는 말.
2247)빅의소딕(白衣素帶) : '흰옷'과 '흰띠'를 함께 이르는 말로, 상복을 입은 사람의 차림.
2248)동궁(東宮) : 『역사』 '태자궁'이나 '세자궁'을 달리 이르던 말. 태자나 세자가 거처하는 곳이 궁궐의 동쪽에 있던 데서 유래한다. ≒춘궁.
2249)원졉딕신(遠接大臣) : 『역사』 조선 시대에, 중국의 사신을 맞아들이던 대신(大臣).
2250)관역(館驛) : 『역사』 역참에서 인마(人馬)의 중계를 맡아보던 집. =역관(驛館)
2251)조마경(照魔鏡) : 마귀의 본성을 비추어서 그의 참된 형상을 드러내 보인다는 신통한 거울. ≒조요경(照妖鏡).

외고,

"져의 져군(儲君)2252)이 【47】 초초(悄悄) 죄인이라 번거히 맛ᄂᆞᆫ 녜ᄅᆞᆯ 폐ᄒᆞ고 하관을 보ᄂᆡ여 영졉ᄒᆞᄂᆞ이다."

ᄒᆞ거ᄂᆞᆯ, 냥텬ᄉᆡ 일빵명봉지안(一雙明鳳之眼)을 드러 살피ᄆᆡ 요형ᄉᆞ골(妖形邪骨)이 일만ᄉᆞ긔(一萬邪氣) 어릐여 말ᄉᆞᆷ이 ᄒᆞᄅᆞᄂᆞᆫ 듯ᄒᆞ나 결비현인(決非賢人)이라. 냥 텬ᄉᆡ 일안의 간모(奸謀)ᄅᆞᆯ ᄭᆡ다라 믄득 졍ᄉᆡᆨ 왈,

"아등이 황명을 밧ᄌᆞ와 이의 니ᄅᆞ러, 국군(國君)이 연셰(捐世)ᄒᆞ시고, 밋쳐 님ᄌᆞᄅᆞᆯ 세우지 못ᄒᆞ여시니, 국즁 인심이 졍히 요요(擾擾)2253)ᄒᆞᆯ 즈음 이어ᄂᆞᆯ, 한가히 상ᄃᆡᄒᆞ여 ᄇᆡ쥬(杯酒)로 한담ᄒᆞᆯ ᄇᆡ리오."

셜파의 긔ᄉᆡᆨ이 ᄡᅵᆨᄡᅵᆨ【48】ᄒᆞ여 북풍(北風)이 쇼쇼(瀟瀟)ᄒᆞᆫᄃᆡ 한월(寒月)이 교교(皎皎)ᄒᆞᆷ 갓ᄒᆞ니, 오국 ᄇᆡ신(陪臣)이 블승황공ᄒᆞ여 드ᄃᆡ여 잔치ᄅᆞᆯ 못ᄒᆞ고, 약간 다과ᄅᆞᆯ 올녀 차ᄅᆞᆯ 파ᄒᆞᆫ 후, 즉시 텬ᄉᆞ 일ᄒᆡᆼ을 인도ᄒᆞ여 왕셩(王城)의 도라오니, 녀리(閭里) 시민(市民)이 거리마다 모혀 굿보며 텬ᄉᆞ의 위의(威儀) 신풍(神豐)과 엄한님의 ᄇᆡᆨ의쇼복(白衣素服)으로 쇼거(素車)의 고거(高踞)ᄒᆞ여 ᄒᆡᆼᄒᆞᄂᆞᆫ 거동을 칭찬ᄒᆞ며 차탄ᄒᆞ더라.

임의 국즁의 니ᄅᆞ러ᄂᆞᆫ 쇼황문(小黃門)이 금화문 밧긔 나와 인도ᄒᆞ여 녕연(靈筵)2254)의 나아가니 ᄇᆡᆨ쳑(百尺) 고루(高樓)의 쇼금쇼병(素衾素屛)2255)을 ᄌᆞ옥【49】히2256) 비셜ᄒᆞ고, ᄇᆡᆨ옥향노(白玉香爐)의 목향(木香)이 ᄋᆡ원(哀怨)ᄒᆞ여 향취(香臭) 금노(金爐)의 어릐고, 검은 관(棺)이 뎐즁(殿中)의 한가ᄒᆞ고, 븕은 명졍(銘旌)2257)이 쇽졀업시 혜풍(惠風)2258)의

2252)져군(儲君) : '왕세자'. 또는 '황태자'를 달리 이르는 말.

2253)요요(擾擾) : 뒤숭숭하고 어수선함.

2254)녕연(靈筵) : 영좌(靈座). 궤연(几筵). 영위(靈位)를 모시어 놓은 자리.

2255)쇼금쇼병(素衾素屛) : 흰 이불과 화려한 채색을 가하지 않은 소박한 병풍.

2256)자옥히 : 자욱히. 촘촘히. 두터이, 넉넉히.

2257)명졍(銘旌) : 죽은 사람의 관직과 성씨 따위를 적은 기. 일정한 크기의 긴 천에 보통 다홍 바탕에 흰 글씨로 쓰며, 장사 지낼 때 상여 앞

"져의 져군이 초초 죄인이라. 번거히 맛ᄂᆞᆫ 녜를 제ᄒᆞ고 하관을 보ᄂᆡ여 영졉ᄒᆞᄂᆞ이다."

ᄒᆞ거날, 냥 텬ᄉᆡ 일쌍명봉지안으로 살피ᄆᆡ 《요혜‖요형》사골이 일만 살긔 어릐여 말ᄉᆞᆷ이 ᄒᆞ로ᄂᆞᆫ 닷ᄒᆞ나, 결비현인이라. 냥텬ᄉᆡ 간모를 일안의 ᄭᆡᄃᆞ라 믄득 졍ᄉᆡᆨ 왈,

"아등이 황명을 밧ᄌᆞ와 이에 이라러 국군이 《연쳬‖연셰》ᄒᆞ시ᄆᆡ, 미쳐 임ᄌᆞ를 세우지 못하여시니, 국듕 인심이 졍이 요요ᄒᆞᆫ 즈음 이어ᄂᆞᆯ 한가히 상ᄃᆡᄒᆞ여 ᄇᆡ듀로 한담ᄒᆞᆯ ᄇᆡ리오."

셜파의 긔ᄉᆡᆨ이 씩씩ᄒᆞ여 북풍이 쇼쇼ᄒᆞᆫᄃᆡ 한월이 교교ᄒᆞᆷ【8】 ᄀᆞᆺᄐᆞ니, 오국 ᄇᆡ신이 블승황공ᄒᆞ여 드ᄃᆡ여 잔치ᄅᆞᆯ ᄆᆞᆺ고 냑간 다과ᄅᆞᆯ 올녀 차ᄅᆞᆯ 파ᄒᆞᆫ 후, 즉시 텬ᄉᆞ 일ᄒᆡᆼ을 인도ᄒᆞ여 왕셩의 도라오니, 《녀려‖녀리》 신민이 거리마다 모혀 굿보며, 냥텬ᄉᆞ의 신풍과 엄한님의 ᄇᆡᆨ의 효복으로 소거의 고거ᄒᆞ여 ᄒᆡᆼᄒᆞᄂᆞᆫ 거동을 칭찬ᄒᆞ며 차탄ᄒᆞ더라.

임의 국듕의 니ᄅᆞ○[러]ᄂᆞᆫ 소황문이 금화문 밧긔 나와 인도ᄒᆞ여 녕쳥의 나아가니, ᄇᆡᆨ쳑 고루의 소금소병을 ᄌᆞ옥이 비셜ᄒᆞ고 ᄇᆡᆨ옥향노의 목향(木香)이 ᄋᆡ원ᄒᆞ여 향취 금노의 어리고, 거문 관이 뎐듕의 한가ᄒᆞ고 붉은 명졍이 속졀업시【9】 혜풍의 움작이니, 평일

움즉이니, 평일 슈앙(粹盎)[2259]흔 풍광(風光)과 엄위(嚴威)흔 긔상(氣像)을 다시 보기 어렵고, 청음봉셩(淸音鳳聲)[2260]을 긋쳐 듯기 어려오니, 형뎨 골육이 격셰 니별을 단취(團聚)흐나, 아으라히 유명(幽明)을 수이 두어 알오미 쇼여(疎如)흐고[2261] 드르미 막연흐니, 냥형이 몬져 빙쳥(殯廳)[2262]의 젹막흐믈 바라보미, 구회(九回) 촌절(寸絶)흐고 셕장(石腸)[2263] 웅심(雄心)이 셜셜(屑屑)흐믈[2264] 강잉키 어렵거늘, 빙쳥을 시위【50】흐엿던 환시(宦侍) 궁관의 무리와 궁녀의 무리 빅의쇼장[상](白衣素裳)[2265]을 쓰을고 영졉흐여 통곡흐미, 일쳔 슬픈 쇼릐 오오졀졀(鳴鳴切切)[2266]흐여 쳔비만통(千悲萬痛)[2267]을 일시의 ᄌ아닉는지라. 그 무심흔 타인(他人)과 빅년디쳑(百年大隻)[2268]이라도 ᄎ 경상을 디흐여 비회를 억제치 못흐려든, 더욱 골육년지(骨肉連枝)[2269]의 상연(相憐)[2270]흔 정의리

《슈양 ‖ 슈앙》흔 풍광과 엄위흔 긔상을 다시 보기 어렵고, 청음봉셩을 긋쳐 듯기 어려오니, 형뎨 골육이 격셰 니별을 단취흐나 아으라히 유명을 수이 두어 알오미 소여흐고 드르미 막연흐니, 냥형은 몬져 빙쳥을[이] 젹막흐믈 ᄇ라보미, 구회 촌절흐고 셕장 웅심이 셜셜흐믈 강잉키 어렵거늘, 빙쳥을 시위흐엿던 환시 궁관의 무리와 궁녀의 무리 빅의 소장을 쓰을고 영졉흐여 통곡흐미, 일쳔 슬픈 소릐《오오쳘쳘 ‖ 오오졀졀》흐여 쳔비만통을 일시의 ᄌ아닉는지라. 그 무심흔 타인【10】과 빅년디쳑이라도 ᄎ 경상을 디흐미 비회를 억제치 못흐려든, 더욱 골육년지의 상년흔 정의리오.

에서 들고 간 뒤에 널 위에 펴 묻는다.

2258)혜풍(惠風) : 온화하게 부는 봄바람.

2259)슈앙(睟盎) : 수면앙배(睟面盎背)의 줄임말로 '순수한 아름다움이 얼굴에 드러나고 등에 가득 차 넘친다.'는 말로, 군자의 내면에 축적된 아름다움이 넘쳐서 몸으로 드러나는 것을 말한다. 『맹자(孟子)』 <진심 상(盡心上)>에 "군자의 본성은 인의예지가 마음속에 뿌리하여, 그로부터 나오는 빛이 수연(睟然)하여 얼굴에 드러나고 등에 가득 차 넘친다.(君子所性 仁義禮智根於心 其生色也 睟然見於面 盎於背)" 하였다. *'睟然(수연)'은 '粹然(수연)'과 같은 말로 '사람이 얼굴이나 마음이 꾸밈이 없고 순박함'을 이른다.

2260)청음봉셩(淸音鳳聲) : 봉황의 울음소리와 같이 맑고 깨끗한 음성.

2261)쇼여(疎如)흐다 : 씻은듯하다. 전혀 없다.

2262)빙쳥(殯廳) : 빈청(殯廳). 장사를 지내기 전에 영구(靈柩)를 안치해 둔 곳. 빈궁(殯宮)이라고도 한다.

2263)셕장(石腸) : 굳센 의지나 지조가 있는 마음.

2264)셜셜(屑屑)흐다 : 자잘하다. 잘게 부서지다. 자질구레하다. 구차(苟且)하다. 구구(區區)하다.

2265)빅의쇼상(白衣素裳) : 흰 저고리와 흰 치마 차림. 상복 차림..

2266)오오졀졀(嗚嗚切切) : 흐느껴 우는 울음소리가 애절하게 이어져 퍼져 나옴.

2267)쳔비만통(千悲萬痛) : 천만 가지의 슬픔.

2268)빅년디쳑(百年大隻) : 백년 곧 일생토록 잊지 못할 원수.

오.

ᄐᆡᄉᆞ와 츄밀이 왕의 관(棺)을 어로만져 실셩통곡ᄒᆞ여, 한번 망뎨(亡弟)ᄅᆞᆯ 불너 ᄎᆞ싱의 다시 안항(雁行)의 졍을 펼 곳이 업ᄉᆞ믈 슬허ᄒᆞ미, 비뤼쳔항(悲淚千行)이오 셩음(聲音)이 【51】블셩쳘(不成綴)이라.

냥 뎐ᄉᆡ 쏘ᄒᆞᆫ 반ᄌᆞ(半子)[2271]의 녜ᄅᆞᆯ 다ᄒᆞ고, 황명을 밧ᄌᆞ와 녕위의 니ᄅᆞ러 ᄉᆞ비ᄒᆞ고, 슬피 통곡ᄒᆞ여 녕궤(靈几)의 조문ᄒᆞᆯᄉᆡ, 본ᄃᆡ 지긔옹셔(知己翁壻)로 졍의 범연치 아니턴 비라.

평일 그 인ᄌᆞ관인지덕(仁慈寬仁之德)을 ᄉᆡᆼ각고 군ᄌᆞ셩인지풍을 앗겨, 일셩(一聲) 조문(弔問)의 쳔항뉘 옥안을 젹시니, 더욱 엄한님의 츌텬ᄃᆡ효지심을 니ᄅᆞ리오. 실셩비곡(失性拜哭)ᄒᆞ여 부왕을 브ᄅᆞ지져 호텬벽용(呼天擗踊)[2272]ᄒᆞ고 쳔호만환(千呼萬喚)의 고뇌(苦惱) 규텬(叫天)ᄒᆞ나 유명(幽明)이 괴격(乖隔)ᄒᆞ거든 엇지 알【52】오미 이시리오.

연이나 망망호텬이 감상ᄒᆞ여 일월이 빗ᄎᆞᆯ 감초고, 슬푼 바람이 쇼쇼ᄒᆞ여 셰위(細雨) ᄡᅳ리니, ᄎᆞ시 즁츄초간(中秋初間)이라. 가히 그 쳐량ᄒᆞᆫ 바람이 일고 츄츄(湫湫)[2273]ᄒᆞᆫ 셰위(細雨) ᄡᅳ리미 그 졀셰[서](節序)의 쇽ᄒᆞ미로ᄃᆡ, 믄득 ᄎᆞ시 경상을 ᄃᆡᄒᆞ여 녁여 보미 은은이 오왕의 망녕이 운무간의 ᄇᆡ회ᄒᆞ여 골육동긔와 ᄌᆞ셔(子壻)의 조문을 늣기ᄂᆞᆫ 듯ᄒᆞ더라.

한님이 진진ᄒᆞᆫ 혈뉘 마의(麻衣)ᄅᆞᆯ 젹시고 간간이 피ᄅᆞᆯ ᄡᅳᆷ으니 도로 힝역(行役)의 궁텬의 슬프믈 셔리담【53】아 원노의 발힝ᄒᆞ미 풍광옥골이 초췌슈뷔(憔悴瘦膚)ᄒᆞ엿거ᄂᆞᆯ, 슬프미 과도ᄒᆞ미 혼졀ᄒᆞ기ᄅᆞᆯ ᄌᆞ로 ᄒᆞᄂᆞᆫ지라.

ᄐᆡᄉᆞ와 츄밀이 왕의 관을 어로만쳐 실셩통곡ᄒᆞ여 ᄒᆞᆫ번 망뎨를 불너 ᄎᆞ싱의 다시 안항의 졍을 펼 곳이 업ᄉᆞ믈 셜워ᄒᆞ미 비루쳔항이오, 셩음이 불셩쳘이라.

냥 쳔ᄉᆡ 쏘ᄒᆞᆫ 반ᄌᆞ의 녜를 다ᄒᆞ고 황명을 밧ᄌᆞ와 녕위의 니ᄅᆞ러 ᄉᆞ비ᄒᆞ고 통곡됴문ᄒᆞᆯᄉᆡ, 본ᄃᆡ 지긔옹셔로 졍이 범연치 아니턴 비라.

평일 그 인ᄌᆞ 관인지덕과 셩인군ᄌᆞ지풍을 앗겨 일셩 됴문의 쳔항뉘 옥안을 젹시니, 더욱 엄한님의 츌텬ᄃᆡ효【11】지심을 니ᄅᆞ리오. 실셩비곡ᄒᆞ여 부왕을 브ᄅᆞ지져 호텬벽용ᄒᆞ고 쳔호만환의 디텬곡지통이라. 유명이 괴젹ᄒᆞ거든 엇지 아ᄅᆞ미 이시리오.

연이나 망망호텬이 감상ᄒᆞ여 일월이 빗ᄎᆞᆯ 감초고 슬픈 바ᄅᆞᆷ이 소소ᄒᆞ여 셰위 ᄡᅳ리니 ᄎᆞ시 듕츄 초간이라. 쳐량ᄒᆞᆫ 바ᄅᆞᆷ이 소소ᄒᆞ여 셰위 ᄡᅳ리미 그 졀셰의 쵹ᄒᆞ미로ᄃᆡ, 믄득 ᄎᆞ시 경상을 ᄃᆡᄒᆞ여 녁여 보미, 은은이 오왕의 명녕이 운무간의 ᄇᆡ회ᄒᆞ여 골육 동긔의 [와] ᄌᆞ셔의 됴문을 늣기ᄂᆞᆫ 듯ᄒᆞ더라.

한님이 딘딘ᄒᆞᆫ 혈뉘 마의을 젹시고 간간이 피를 ᄡᅳᆷ으니 도로 힝역의 궁텬【12】의 슬푸를[믈] 셔리담아 원노의 발힝ᄒᆞ미, 풍광옥골이 쵸체 슈뷔ᄒᆞ엿거널, 슬푸미 《ᄃᆡ도‖과도》ᄒᆞ미 혼졀ᄒᆞ기를 ᄌᆞ로 ᄒᆞᄂᆞᆫ디라.

2269)골육년지(骨肉連枝) : 부자·형제·자매 등의 육친(肉親)을 이르는 말. *연지(連枝): 한 뿌리에서 난 이어진 가지라는 뜻으로, 형제자매를 비유적으로 이르는 말.

2270)상연(相憐) : 상련(相憐). 서로 가엾게 여김.

2271))반ᄌᆞ(半子) : 사위를 달리 이르는 말.

2272)호텬벽용(呼天擗踊) : 어버이의 상사(喪事)에 상제가 하늘을 우러러 부르짖으며 가슴을 치고 발을 굴러 몹시 애통함.

2273)츄츄(湫湫) : 쓸쓸함. 스산함.

셰ᄌᆞ 픠 또ᄒᆞᆫ 참곡(慘哭)ᄒᆞ여 조상(弔喪)을 바드나, 진실노 블초ᄒᆞ미 극ᄒᆞ거니 무ᄉᆞᆫ 눈물이 나리오. ᄇᆡᆨ(伯) 즁(中) 냥 슉부와 두 ᄆᆡ부와 아의 슬허 눈물이 오월 비 갓흐믈 보ᄆᆡ, ᄌᆞ가 일이나 심히 슈괴(羞愧)ᄒᆞᆫ지라. 다만 효의(孝衣)[2274] ᄉᆞ미로 낫출 가리와 참곡ᄒᆞ며 상장(喪杖)의 몸을 의지ᄒᆞ여 진실노 초상의 ᄋᆡ훼ᄉᆡ픠(哀毁柴敗)[2275]ᄒᆞᆫ 모양으로 즁인의 이목(耳目)을 가리오더【54】라.

즁인이 녕연(靈筵)의 조상(弔喪)ᄒᆞ기ᄅᆞᆯ 맛고, 다시 ᄂᆡ뎐의 드러가 당후긔 조상ᄒᆞᆯᄉᆡ, 댱후의 참참(慘慘)ᄒᆞᆫ 최마(衰麻) 가온ᄃᆡ 쳐졀ᄒᆞᆫ ᄋᆡ셩(哀聲)이 방인(傍人)을 감동ᄒᆞ더라.

이윽이 통곡ᄒᆞ여 조문ᄒᆞ기ᄅᆞᆯ 맛ᄎᆞ미 ᄐᆡᄉᆞ와 츄밀이 댱후ᄅᆞᆯ ᄃᆡᄒᆞ여 체루 탄식 왈,

"ᄉᆞ뎨의 풍신 ᄌᆡ화로 오히려 쇠모지년(衰暮之年)이 머럿거ᄂᆞᆯ 금의 셰상을 바리믄 실시 녀외(慮外)라. 혹싱 등이 명완블ᄉᆞ(命頑不死)[2276]ᄒᆞ여 몬져 즉지 못ᄒᆞ고 아을 몬져 일허 안항(雁行)의 낙ᄉᆡ(樂事) 끈쳐질 쥴 어이 아라시리잇고? 슈싊 능히 【55】 붕셩지통(崩城之痛)[2277] 가온ᄃᆡ 보젼ᄒᆞ시미 또ᄒᆞᆫ 블힝 즁 희힝이로쇼이다."

휘 쇼슈(素手)로 청누ᄅᆞᆯ 녕엄(令掩)ᄒᆞ고 기리 숀ᄉᆞ 왈,

"군왕의 셩덕 관인ᄒᆞ시므로 그 슈복(壽福)을 안(安)[2278]치 못ᄒᆞ시믄 실노 안ᄌᆞ(顔子)[2279]의 지현(至賢)으로 명이 단(短)ᄒᆞᆷ 갓고, 쳡의 박명이 극ᄒᆞ여 황텬이 각별 혹벌(酷罰)을 나리오시미라. 미망(未亡) 여싱이

2274)효의(孝衣) : 효복(孝服). 상복(喪服).

2275)ᄋᆡ훼ᄉᆡ픠(哀毁柴敗) : 부모의 죽음을 슬퍼하여 몸이 몹시 여위고 장작개비처럼 바짝 마름.

2276)명완블ᄉᆞ(命頑不死) : 목숨이 모질어 죽지 않음.

2277)붕셩지통(崩城之痛) : 성이 무너질 만큼 큰 슬픔이라는 뜻으로, 남편이 죽은 슬픔을 이르는 말.

2278)안(安) : 안향(安享). 하늘이 준 복을 평안하게 누림.

2279)안ᄌᆞ(顔子) : 안회(顔回). 공자의 제자. 십철(十哲) 가운데 한 사람.

셰ᄌᆞ 표 또ᄒᆞᆫ ᄎᆞᆷ곡ᄒᆞ여 됴상을 바드나 진실로 블초ᄒᆞᆫ[ᄒᆞ]미 극ᄒᆞ거니, 무ᄉᆞᆷ 눈물이 나리오. ᄇᆡᆨ·듕 냥슉부와 두 ᄆᆡ부와 아의 슬허 눈물이 오월 비 갓트믈 보ᄆᆡ, ᄌᆞ가 일이나 심하 슈괴ᄒᆞᆫ지라. 다만 효의 ᄉᆞ미로 낫출 가리와 참곡ᄒᆞ며 상댱의 몸을 의지ᄒᆞ여 진실노 초상의 ᄋᆡ훼ᄉᆡ픠ᄒᆞᆫ 모양으로 듕인의 이목을 가리오더라.

듕인이 녕년의 됴상ᄒᆞ기를 맛고, 다시 ᄂᆡ뎐의 드러가 당후긔 됴상【13】ᄒᆞᆯᄉᆡ, 댱휘의 참참ᄒᆞᆫ 《쵸마‖최마》 가온ᄃᆡ 최졀ᄒᆞᆫ ᄋᆡ셩이 《망인‖방인》을 감동ᄒᆞ더라.

이윽이 통곡ᄒᆞ여 됴문ᄒᆞ기를 맛ᄎᆞ미, ᄐᆡᄉᆞ와 츄밀이 댱후를 ᄃᆡᄒᆞ여 《쳐루‖체루》 탄식 왈,

"ᄉᆞ뎨의 풍신ᄌᆡ덕으로 오히려 쇠모지년이 머럿거ᄂᆞᆯ, 금의 셰상을 ᄇᆞ리믄 실시녀외라. 혹싱 등이 명완블ᄉᆞᄒᆞ여 몬져 쥭지 못ᄒᆞ고 아를 몬져 일허 안항의 낙ᄉᆡ 끗쳐질 줄 엇지 긔약ᄒᆞ여시리잇고? 수쉬 능히 붕셩지통 가온ᄃᆡ 보젼ᄒᆞ시미 또ᄒᆞᆫ 블힝 듕 희힝이로소이다."

휘 소슈로 청누을 녕염ᄒᆞ고 기리 손ᄉᆞ 왈,

"군왕의 셩덕관인ᄒᆞ시믈 그 슈【14】복을 안치 못ᄒᆞ시믄 실노 안ᄌᆞ의 디현으로 명이 단ᄒᆞ심 갓고, 쳡의 박명이 극ᄒᆞ여 황텬이 각별 혹벌을 ᄂᆞ리오시미라. 미망여싱이 엇디 투싱ᄒᆞᆯ 뜻이 이시리잇고마ᄂᆞᆫ ᄎᆞ마 결치 못ᄒᆞ

엇지 투ᄉᆡᆼ(偸生)ᄒᆞᆯ 뜻이 이시리잇고만은 ᄎᆞᆷ아 결치 못ᄒᆞ고, 완명(頑命)이 부지ᄒᆞ여 금일 냥위 죤슉과 ᄌᆞ셔(子壻)의 안면을 ᄃᆡᄒᆞ오미, 또ᄒᆞᆫ 완명이 궂은 쥴 영ᄒᆡᆼᄒᆞᄂᆞ이다."【56】

버거 냥텬ᄉᆞᄅᆞᆯ 향ᄒᆞ여 귀톄 원노의 구치(驅馳)ᄒᆞ여 슈고ᄒᆞ믈 ᄉᆞ례ᄒᆞ니, 말ᄉᆞᆷ이 간낙ᄒᆞ나 의문이 졀치 잇고, 옥셩이 쇄락ᄒᆞ며 빗 업ᄉᆞᆫ 쇼장(素粧) 가온ᄃᆡ나, 유한ᄒᆞᆫ 풍용과 쇄락ᄒᆞᆫ 홍안이 명월(明月)이 탁운(濁雲)의 ᄡᆞ힌 듯, 일종 부게(芙蕖)[2280] 녹파(綠波)의 닝우(冷雨)ᄅᆞᆯ 만난 듯ᄒᆞ니, 쳔고의 유한ᄒᆞᆫ 부인이며, 규측(閨側)의 녀도(女道)ᄅᆞᆯ 슈법(垂法)ᄒᆞᆫ 바 당셰 슉완(淑婉) 셩ᄉᆡ(成事)라.

ᄐᆡᄉᆞ 곤계 ᄉᆡ로이 경복ᄒᆞ믈 마지 아니ᄒᆞ고 냥텬ᄉᆡ 또ᄒᆞᆫ 일ᄡᆞᆼ 츄파ᄅᆞᆯ 흘녀 그 악모(岳母)ᄅᆞᆯ 보ᄆᆡ 크게 션복(羨服)ᄒᆞ【57】믈 마지 아냐 혜오ᄃᆡ,

"당후의 위인(爲人) 덕셩(德性)이 여ᄎᆞᄒᆞ니 엇지 그 ᄉᆡᆼ츌(生出)이 범연ᄒᆞ리오. 과연 실인(室人)의 ᄌᆞᄆᆡ와 슉경의 츌뉴 비범ᄒᆞ미 오왕 갓흔 군ᄌᆞ의 ᄉᆡᆼ이며 져 갓흔 셩녀의 휵ᄋᆡ(畜愛) 범연치 아니미로다."

ᄌᆡ삼 칭양(稱揚)ᄒᆞ믈 마지 아니ᄒᆞ더니, 이의 그 말ᄉᆞᆷ이 긋치ᄆᆡ ᄉᆞᄆᆡᄅᆞᆯ 드러 념관(斂冠) 슈졍(修整)ᄒᆞ고 치경(致敬)ᄒᆞ여, 션왕의 인ᄌᆞ 셩덕으로 향슈(享壽)치 못ᄒᆞ시믈 치위ᄒᆞ니, 말ᄉᆞᆷ이 만치 아니나 졀당(切當)ᄒᆞ고 그 풍용 덕질이 군ᄌᆞ 셩현의 미흡ᄒᆞ미 업{ᄉᆞ}【58】ᄉᆞ니, 당휘 지통 즁이나 심ᄂᆡ의 두굿기믈 마지 아니ᄒᆞ더라.

이의 냥 슉슉(叔叔)과 냥 텬ᄉᆞ(天使)ᄅᆞᆯ ᄃᆡᄒᆞ여 왈,

"군왕이 임의 연셰(捐世)ᄒᆞ시ᄆᆡ 표ᄋᆡ 블초퓌악(不肖悖惡)ᄒᆞ여 긔업(基業)을 닛지 못ᄒᆞᆯ 고로, 님ᄉᆞ(臨死)의 유표(遺表)[2281]ᄅᆞᆯ ᄭᅵ쳐ᄉᆞ오니, 급히 황상긔 쥬문ᄒᆞ여 국즁(國中)을 졍(整)ᄒᆞ쇼셔."

이ᄯᆡ 픠 요인으로 상의ᄒᆞ여 냥 텬ᄉᆞᄅᆞᆯ 쇼

2280)부거(芙蕖) : 연꽃. 부용(芙蓉).
2281)유표(遺表) : 신하가 죽을 즈음에 임금에게 올리는 글.

고, 완명이 부지ᄒᆞ여 금일 냥위 죤슉과 ᄌᆞ셔의 안면을 ᄃᆡᄒᆞ오미 또ᄒᆞᆫ 완명이 구든 줄 영ᄒᆡᆼᄒᆞᄂᆞ니다."

버거 냥텬ᄉᆞ를 향ᄒᆞ여 귀톄 원노의 구치ᄒᆞ여 슈고ᄒᆞ믈 ᄉᆞ례ᄒᆞ니, 말ᄉᆞᆷ이 간약ᄒᆞ나 외문이 졀치 잇고 옥셩이 쇄락ᄒᆞ며, 빗 업ᄉᆞᆫ 소장 ᄀᆞ온ᄃᆡᄂᆞ 《윤한‖유한》 풍용과 쇄락ᄒᆞᆫ 용안이 명월이 탁운의 ᄊᆞ힌 듯ᄒᆞ고, 《부세‖부게》 쳥강의 닝우을【15】 맛ᄂᆞᆫ ᄃᆞᆺᄒᆞ니, 쳔고의 유한ᄒᆞᆫ 효부인이며 규측의 녀도을 슈법ᄒᆞᆫ 바 당셰 슉완《경ᄉᆡ‖셩ᄉᆡ》라.

ᄐᆡᄉᆡ 곤계 ᄉᆡ로이 경복ᄒᆞ고, 냥텬ᄉᆡ 또ᄒᆞᆫ 일쌍 츄파를 흘녀 그 악모를 보ᄆᆡ 크게 션복ᄒᆞ여 혜오ᄃᆡ,

'당후의 위인 덕셩이 여ᄎᆞᄒᆞ니, 엇지 그 ᄉᆡᆼ츌이 범연ᄒᆞ리오. 과연 실인의 ᄌᆞᄆᆡ와 슉경의 츌뉴비범ᄒᆞ미 오왕 갓튼 군ᄌᆞ의 ᄉᆡᆼ이며, 져갓튼 셩녀의 휵ᄋᆡ 범연치 아니미로다.'

ᄌᆡ삼 칭양ᄒᆞ믈 마지아니ᄒᆞ더니, 이에 그 말ᄉᆞᆷ이 긋치ᄆᆡ ᄉᆞᄆᆡ를 드러 념관 슈졍ᄒᆞ여 칭ᄉᆞ 관위ᄒᆞ더라.

이ᄯᆡ 셰ᄌᆞ 엄표 듕인의 관홍ᄒᆞᆫ 언ᄉᆞ와 인의ᄃᆡ덕(仁義大德)【16】을 보고 드를ᄉᆞ록 ᄋᆡ다

졔(掃除)ᄒᆞ려 ᄒᆞ엿더니, 일이 일우지 못ᄒᆞ믜 ᄃᆡ경실ᄉᆡᆨ(大驚失色)ᄒᆞ믈 ᄭᆡ닷지 못ᄒᆞ여, 봉암의 계귂(計規) ᄲᆞᄅᆞ지 못ᄒᆞ믈 ᄋᆡ달나 ᄒᆞ더라.

냥텬시 셰ᄌᆞ의 블초 무【59】식ᄒᆞᆫ 거동을 보믜 ᄎᆞ탄ᄒᆞ믈 마지 아니ᄒᆞ며, 상텬ᄉᆞᄂᆞᆫ 젼일의 보와 그 부직(不直)ᄒᆞᆫ 심용을 아ᄂᆞᆫ 고로 ᄉᆡ로이 놀나미 업ᄉᆞᄃᆡ, 부텬ᄉᆞᄂᆞᆫ 쳐음으로 흉험ᄒᆞᆫ 거동을 보믜 결비영종지상(決非令終之相)2282)이라.

윤상셔의 일빵 명감(明鑑)이 엇지 블인(不人) 악동(惡童)을 아지 못ᄒᆞ리오. 심하의《가연∥개연(慨然)》ᄒᆞ여 쥬문(周門)2283)의 관쵀(管蔡)2284)이시믈 탄식ᄒᆞ더라.

냥 텬시 이의 갈오ᄃᆡ,

"존의 비록 여ᄎᆞᄒᆞ시나 의논은 종ᄎᆞ(從次)2285) 션쳐ᄒᆞ시려니와, 몬져 가히 황지(皇旨)를 ᄇᆡ영(拜迎)ᄒᆞ여[염]즉 ᄒᆞ니이다."【60】

틱ᄉᆞ와 츄밀이 ᄯᅩᄒᆞᆫ 권ᄒᆞ니 당휘 마지 못ᄒᆞ여 스ᄉᆞ로 향안을 ᄇᆡ셜ᄒᆞ고 북향 ᄉᆞᄇᆡᄒᆞ여 조셔를 밧으니, 셰ᄌᆡ 모후의 이갓흐믈 보믜 더욱 ᄌᆞ가의게 젼위(傳位)ᄒᆞᆯ ᄯᅳᆺ이 업ᄉᆞ믈 ᄃᆡ로ᄃᆡ분(大怒大憤)ᄒᆞ여 신ᄉᆡᆨ이 분분ᄒᆞ여 몬져 물너나니, 당휘 각별 머므ᄅᆞ지 아니ᄒᆞ고 거릐(去來)의 아ᄅᆞᆫ 쳬ᄒᆞ미 업더라.

이의 황조(皇詔)를 여러보니 ᄃᆡ기 왈,

"오왕의 츙효 ᄃᆡ졀노 아름다온 공녈(功烈)이 우쥬의 두렷ᄒᆞ거놀, 짐이 특별이 봉【61】ᄒᆞ여 오국쥬를 삼앗더,니 블힝ᄒᆞ여 즁도의 조셰(早世)ᄒᆞ니 그 ᄀᆡ셰(蓋世) 츙녈덕ᄒᆡᆼ(忠烈德行)을 슬허ᄒᆞᄂᆞᆫ 고로, 특별이 녜관(禮官)을 보ᄂᆡ여 조상(弔喪)ᄒᆞ고, 곤의보블(袞衣黼黻)2286)을 갓초와 보ᄂᆡ여 기ᄌᆞ(其子)로 왕위

라 ᄒᆞ며, 봉암의 계교 ᄲᆞᄅᆞ지 못ᄒᆞ여 능히 힝ᄉᆞ치 못ᄒᆞ믈 젼ᄒᆞ니, ᄉᆞᄉᆞ의 ᄯᅳᆺ 갓지 못ᄒᆞ믈 한탄ᄒᆞ더라.

냥텬시 셰ᄌᆞ의 블초무식ᄒᆞᆫ 긔동을 보믜 차탄ᄒᆞ믈 마지아니ᄒᆞ며, 부텬ᄉᆞᄂᆞᆫ 쳐음으로 흉험ᄒᆞᆫ 거동을 보ᄂᆞᆫ지라. 결비녕죵지상이믈 심하의《가연∥개연》ᄒᆞ야 쥬문의 관치 이시믈 탄식ᄒᆞ더라.

냥텬시 왈,

"존의 비록 여ᄎᆞᄒᆞ시나 의논은 죵ᄎᆞ 션쳐ᄒᆞ시려니와 몬져 황지를 ᄇᆡ영ᄒᆞ염즉 ᄒᆞ이다."

틱ᄉᆞ와 츄밀이 ᄯᅩᄒᆞᆫ 권ᄒᆞ니, 당휘 마지못ᄒᆞ여 스ᄉᆞ로 향안을 ᄇᆡ셜ᄒᆞ고 북향ᄉᆞᄇᆡᄒᆞ고 됴셔를 바드니, 셰ᄌᆡ 이【17】거동을 보믜 더옥 ᄌᆞ가의게 젼위ᄒᆞᆯ ᄯᅳᆺ이 업ᄉᆞ믈 ᄃᆡ노ᄃᆡ분ᄒᆞ야, 신ᄉᆡᆨ이 분분ᄒᆞ야 몬져 믈너나니, 당휘 아ᄅᆞᆫ 쳬 아니코 황됴를 여러 보니 ᄃᆡ개 왈,

'오왕의 츙효ᄃᆡ졀노 블힝ᄒᆞ야 듕도의 조셰ᄒᆞ니, 그 개셰ᄒᆞᆫ 츙녈덕ᄒᆡᆼ을 슬허ᄒᆞᄂᆞᆫ 고로 특별이 녜관을 보ᄂᆡ여 됴상ᄒᆞ고, 공의 보블을 갓초와 보ᄂᆡ여 기ᄌᆞ로 왕위를 승습ᄒᆞ노라.'

2282)결비영종지상(決非令終之相) : 결코 제명대로 살다가 편히 죽을 상모(相貌)가 아님.
2283)쥬문(周門) : 중국 주(周)나라를 말함.
2284)관쵀(管蔡) : 중국 주나라 문왕(文王)의 아들이자 무왕(武王)의 동생인 관숙(管叔)과 채숙(蔡淑)을 함께 이르는 말. 무왕(武王)이 죽고 형제 가운데 주공(周公)이 무왕의 어린 아들 성왕(成王)을 도와 섭정을 하자, 주공을 의심하여 반란을 일으켰다가, 관숙은 죽음을 당하고 채숙은 추방당했다.
2285)종ᄎᆞ(從次) : 이 다음에.

롤 승습(承襲)ᄒᆞ노라."	
ᄒᆞ엿더라.	ᄒᆞ엿더라.
부텬시 낡기롤 다ᄒᆞ미 ᄉᆞ비(四拜)ᄒᆞ고 물너나니, 당휘 북향(北向) ᄉᆞ비(四拜)ᄒᆞ고, 감체(感涕) 최복(衰服)을 젹셔 갈오ᄃᆡ,	당휘 북향ᄉᆞ비ᄒᆞ고 감체 최복을 젹셔 왈,
"황상 셩은이 여ᄎᆞᄒᆞ시나 군왕이 명이 박ᄒᆞ여 쉬단(壽短)ᄒᆞ고, 쳡이 묘복(眇福)ᄒᆞ여, 셰지 【62】 어지지 못ᄒᆞ여 능히 션왕의 업을 니어 오국 신민을 무휼ᄒᆞᆯ 덕이 업ᄉᆞ니, 엇지 슬프지 아니ᄒᆞ리오. 텬은(天恩)의 관유(寬宥)ᄒᆞ시믈 장ᄎᆞᆺ 무엇ᄉᆞ로 갑ᄉᆞ오리오."	"황상 셩은이 여ᄎᆞᄒᆞ시나 군왕이 명이 단ᄒᆞ고 쳡이 묘복ᄒᆞ야, 셰지 어지디 못ᄒᆞ여 능히 션왕의 업을 이어 오국 신민을【18】 무휼ᄒᆞᆯ 덕이 업ᄉᆞ니, 엇디 슬프디 아니리오."
셜파의 실셩뉴체(失性流涕)ᄒᆞ미 혈뉘(血淚) 마의(麻衣)롤 젹시니, 좌위 츄연(惆然) 감체(感涕)ᄒᆞ고, 한님은 형의 쇼힝을 차악ᄒᆞ여 쇼건(素巾)을 숙여 눈물이 쌍셩(雙星)의 년쥬(聯珠)ᄒᆞ여 쇠쳑(衰瘠)ᄒᆞᆫ 귀밋ᄎᆞᆯ 젹실 ᄯᆞᄅᆞᆷ이러라.	셜파의 실셩뉴체ᄒᆞ여 혈뉘 마의를 젹시니, 좌위 츄연 감체ᄒᆞ고, 한님은 형의 소힝을 ᄎᆞ악ᄒᆞ여 소건을 숙여 눈물이 쇠쳑ᄒᆞᆫ 귀밋ᄎᆞᆷ[ᄎᆞᆯ] 젹실 ᄯᆞᄅᆞᆷ이너라.
이의 향안(香案)을 셔ᄅᆞᆺ고 황조(皇詔)롤 거두미 당휘 좌우롤 명ᄒᆞ여 션왕의 유표(遺表)[2287]와 유셔(遺書)롤 ᄂᆡ여 【63】냥위 슉슉긔 드리니, 모다 한가지로 보니 ᄃᆡ기 갈와시ᄃᆡ,	이에 향안을 셔ᄅᆞᆺ고 당휘 션왕의 유표와 유셔를 ᄂᆡ여 냥위 슉슉긔 드리니, 모다 보니 갈와시ᄃᆡ,
'냥형과 ᄌᆞ녀롤 다시 보지 못ᄒᆞ고 황양(黃壤)의 숀이 되믈 슬허ᄒᆞ고, 표의 블초 무상ᄒᆞ미 진실노 오국의 님지 되지 못ᄒᆞᆯ 거시니, 냥위 형장은 극녁 쥬션ᄒᆞ셔 황상긔 엿ᄌᆞ와 션쳐ᄒᆞ시믈' 고ᄒᆞ엿고, 한장 유표ᄂᆞᆫ, 만셰 옥탑(玉榻)의 헌(獻)ᄒᆞ여시니,	'냥형과 ᄌᆞ녀를 보디 못ᄒᆞ고 황양의 손이 되믈 슬허ᄒᆞ고, 표의 블초무상ᄒᆞ미 진실노 오국의 임ᄌᆞ 되디 못ᄒᆞᆯ 거시니, 냥위 형댱이 극역 쥬션ᄒᆞ셔 황상긔 엿ᄌᆞ와 션쳐ᄒᆞ시믈' 고ᄒᆞ엿고, ᄒᆞᆫ 장 유표의 ᄀᆞᆯ와【19】시되,
'ᄃᆡ강 블초ᄒᆞᆫ ᄌᆞ식이 결단코 쳔승지부(千乘之富)롤 안향(安享)치 못ᄒᆞ올 거시니, 셩상의 셩명(聖明) 인셩지덕(仁聖之德)으로 조졍의 지덕이 갓고[2288], 공녈(功烈)이 놉【64】ᄒᆞᆫ 신하로 오국 님ᄌᆞ롤 삼아 ᄇᆡᆨ셩의[이] 도탄이 업게 ᄒᆞ쇼셔.'	'블쵸ᄒᆞᆫ ᄌᆞ식이 결단코 쳔승지부를 안향치 못ᄒᆞ올 거시니, 셩상은 지덕이 갓고 공녈이 놉흔 신하를 갈히여 오국 임ᄌᆞ를 삼아 신민으로 ᄒᆞ여금 탕화의 도탄이 업게 ᄒᆞ쇼셔.'
ᄒᆞᆫ ᄉᆞ연이라.	ᄒᆞᆫ ᄉᆞ연이라.

2286)곤의보블(袞衣黼黻) : 예전에 임금의 정복 상하의를 함께 이르는 말. 상의를 곤룡포(袞龍袍)라 하고 하의를 곤상(袞裳)이라 하며 여기에 놓인 수(繡)를 보불(黼黻)이라 한다.

2287)유표(遺表) : 신하가 죽을 즈음에 임금에게 올리는 글.

2288)갓다 : 갖추다. 갖추어져 있다. 온전하다.

언언이 비졀(悲絶)ᄒᆞ고 ᄌᆞᄌᆞ히 ᄌᆞ상(仔詳) 명빅(明白)ᄒᆞ며 통달ᄒᆞ미 지상(紙上)의 버러시니, 틱ᄉᆞ 곤계와 한님이 유표ᄅᆞᆯ 어로만져 실셩뉴쳬(失性流涕)ᄒᆞ믈 마지 아니ᄒᆞ며, 틱시 기리 장통(長慟) 왈,

"현지(賢哉)라 오뎨(吾弟)여! 이러틋 신긔(神氣) 명찰(明察)ᄒᆞᄃᆡ, 능히 그 명이 단(短)ᄒᆞ미 여ᄎᆞᄒᆞ니, 홀노 제갈(諸葛)의 신명ᄒᆞ므로 장셩(將星)[2289]이 오장원(五丈原)[2290]의 ᄯᅥ러짐을 탄식 아념즉 ᄒᆞ도다."

츄밀이 탄식 고왈,

"ᄉᆞ이이의(事而已矣)[2291]라. 오뎨 ᄌᆞ【65】명ᄌᆞ박(自命自縛)[2292]ᄒᆞ니 한탄ᄂᆡ하(恨歎奈何)리잇고? 슈연(雖然)이나 국지ᄃᆡᄉᆞ(國之大事)의 ᄌᆞ못 긴급ᄒᆞ니, 셰월노 쳔연ᄒᆞᆯ 비 아니라, 밧비 션쳐ᄒᆞᆯ 도리ᄅᆞᆯ ᄉᆡᆼ각ᄒᆞ쇼셔."

한님이 울며 쥬왈,

"즁부(仲父)의 셩언이 유리ᄒᆞ시니 ᄃᆡ야(大爺)ᄂᆞᆫ ᄃᆡᄉᆞᄅᆞᆯ 급히 상논(相論)ᄒᆞ시고, 더ᄃᆡ지 마ᄅᆞ쇼셔."

틱시 졈두 왈,

"연즉 우형과 상텬시 이의 머믈고 현뎨와 달평(윤상셔 ᄌᆞ)이 유조(遺詔)ᄅᆞᆯ 가져 쥬야비도(晝夜倍道)[2293]ᄒᆞ여 황상긔 조회ᄒᆞ고, 셩상 쳐분을 아라 오라. 우형은 여긔 머므러 현뎨와 달평을 기다려【66】ᄃᆡᄉᆞᄅᆞᆯ 졍ᄒᆞᆫ 후, 망뎨(亡弟)의 녕구(靈柩)ᄅᆞᆯ 다려 금쥬로 가 션산의 안장코져 ᄒᆞ노라."

의논을 졍ᄒᆞ고 늣도록 한담ᄒᆞᆯ시, 댱휘 호시와 냥숀을 불너 비현(拜見)ᄒᆞ니, 모다[2294]

2289)장셩(將星) : 어떠한 사람에게든지 각각 인연이 맺어져 있다는 별

2290)오장원(五丈原) : 중국 산시 성(陝西省) 시안시(西安市) 서부, 치산현(岐山縣) 서남쪽에 있는 삼국 시대의 전쟁터. 촉나라의 제갈공명이 위나라 사마의와 싸우다가 병들어 죽은 곳으로 유명하다.

2291)ᄉᆞ이이의(事而已矣) : 일이 이미 결정되었다. 또는 끝났다는 말

2292)ᄌᆞ명ᄌᆞ박(自命自縛) : 자신의 운명을 스스로 결단함.

2293)쥬야비도(晝夜倍道) : 밤낮을 쉬지 않고 걸어 이틀에 갈 길을 하루에 걸음. *배도(倍道) : 이틀에 갈 길을 하루에 걸음. ≒배도겸행(倍道兼行)

언언이 비졀ᄒᆞ고 ᄌᆞᄌᆞ이 명빅통달ᄒᆞ미 지상의 버러시니, 틱ᄉᆞ 곤계와 한님이 유포를 어ᄅᆞ만져 실셩뉴쳬하믈 마디 아니ᄒᆞ며, 틱ᄉᆞ 곤계 기리 댱통 왈,

"현지라! 오뎨여! 이러틋 신긔명쳘ᄒᆞᄃᆡ 그 명이 단ᄒᆞ미 여ᄎᆞᄒᆞ니, ᄉᆞ이이의라. 오뎨 ᄌᆞ명ᄌᆞ박ᄒᆞ니 한탄ᄂᆡ하로다. 슈연이나 국지ᄃᆡ시 긴급ᄒᆞ니, 우형이 상텬ᄉᆞ【20】로 이에 머믈 거시니, 현뎨와 달평이 유표를 가져 듀야로 황셩의 가 황상긔 올니고, 셩상 쳐단○[을] 아라 오라. ᄃᆡᄉᆞ를 졍ᄒᆞᆫ 후 망뎨의 녕구를 븟드러 금줘로 가 션산의 안장코져 ᄒᆞ노라."

의논을 졍ᄒᆞ고 늣도록 한담ᄒᆞᆯ시, 댱휘 호시와 냥손을 블너 비현ᄒᆞ니, 모다 호시의 외

호시의 외뫼 슈미(秀美)치 못ᄒᆞ나, 현슉ᄒᆞᆫ 녀지어ᄂᆞᆯ, 블인ᄒᆞᆫ《텬쇼‖쇼텬(所天)2295)》을 만나 일싱이 블평ᄒᆞ믈 가셕(可惜)ᄒᆞ고, 봉·효 남ᄆᆡ의 아름다오믈 보ᄆᆡ, 더욱 조물의 니극(已極)ᄒᆞ믈2296) ᄎᆞ셕(嗟惜)ᄒᆞ며, 조초 심、뉴 냥희의 츙슌(忠順)ᄒᆞ믈 긔특이 너기고, 그 ᄌᆞ녀 쇼화 운혜 다 슈삼셰 쇼아로 용뫼 아름답고, 또 망뎨(亡弟)의 골육【67】이믈 어엿비 너기더라.

이날이 졈을ᄆᆡ 한님이 녀ᄎᆞ(廬次)2297)의 머므러 형뎨 동쳐ᄒᆞ고져 ᄒᆞ거ᄂᆞᆯ, 댱휘 깃거 아녀 갈오ᄃᆡ,

“네 비록 ᄉᆞ마광(司馬光)2298)의 우공(友恭)2299)을 본밧고져 ᄒᆞ나, 결단코 ᄇᆡᆨ강(伯康)2300)의 우ᄋᆡ(友愛) 업ᄉᆞ니, 너ᄂᆞᆫ 엄시의 즁ᄒᆞᆫ 몸이라 동긔라 ᄒᆞ여 동쳐(同處)ᄒᆞ리오. ᄑᆡ 근간의 흉심이 더ᄒᆞ여 ᄎᆞᆷ아 인ᄌᆞ(人子)의 ᄒᆡᆼ치 못ᄒᆞᆯ 일이 만코, 금일 너ᄅᆞᆯ 보ᄂᆞᆫ 눈이 심히 ○[범]용(凡庸)치 아니니, 네 결단코 동쳐치 말고 ᄂᆡ 알ᄑᆡ 이시라.”

한님이 형ᄉᆞ(兄事)ᄅᆞᆯ 듯ᄂᆞᆫ 말마다 심한골경(心寒骨鯁)○○[ᄒᆞ여] 유유(儒儒)히 모명을

뫼 슈미치 못ᄒᆞ나 현슉ᄒᆞᆫ 녀지여ᄂᆞᆯ 블쵸ᄒᆞᆫ 쇼텬 만나믈 가셕ᄒᆞ고, 봉·효 남ᄆᆡ의 아름다오믈 보ᄆᆡ 더옥 조믈의 니극ᄒᆞ믈 ᄎᆞ셕ᄒᆞ며, 좃초 심·뉴 냥희의 츙슌ᄒᆞ믈 긔특이 넉이고, 그 ᄌᆞ녀 등이 아름답고 또 망뎨의 골육이믈 어엿비 넉이더라.

날이 져【21】믈ᄆᆡ 한님이 녀ᄎᆞ의셔 형뎨 동쳐ᄒᆞ고져 ᄒᆞ거ᄂᆞᆯ, 댱휘 깃거 아녀 왈,

“네 비록 ᄉᆞ마광의 우공을 본밧고져 ᄒᆞ나 표 ᄇᆡᆨ강의 우ᄋᆡ 업ᄉᆞ니 너ᄂᆞᆫ 내 알ᄑᆡ 이시라.”

한님이 형의 ᄒᆡᆼᄉᆞ를 심한골경ᄒᆞ야 유유히 모명을 슌슈ᄒᆞ더라.

2294)모다 : 모두.

2295)쇼텬(所天) : 아내가 남편을 이르는 말.

2296)니극(已極)ᄒᆞ다 : 짓궂다. 심술궂다. 남을 성가시게 하거나 괴롭히는 것을 좋아하다.

2297)녀ᄎᆞ(廬次) : 상중(喪中)에 상주(喪主)가 거처하는 곳. =여막(廬幕)

2298)사마광(司馬光). 중국 북송(北宋)의 정치가 사학자. 자 군실(君實). 호 우부(迂夫). 시호 문정(文正). 속수선생(涑水先生)이라고도 하며, 죽은 뒤 온국공(溫國公)에 봉해져, 사마온공(司馬溫公)이라고도 한다. 재상이 된 후 구법당(舊法黨)의 영수로서 왕안석(王安石)의 신법당(新法黨)과 대립하였다. 《자치통감(資治通鑑)》으로 사마천(司馬遷)과 나란히 역사가로 이름을 날렸다. 저술로는《자치통감》《속수기문(涑水紀聞)》《사마문정공집(司馬文正公集)》 등이 있다.

2299)ᄉᆞ마광(司馬光)의 우공(友恭) : 사마광(司馬光)이 형인 사마단(司馬旦)을 아버지처럼 공경하며 우애하였던 고사를 말함. 소학(小學)』<선행편(善行篇)>에 나온다.

2300)ᄇᆡᆨ강(伯康) : 사마단(司馬旦)의 자(字). 중국 북송 때의 정치가 사마광(司馬光)의 형. 사마광 보다 15세 위였는데, 아우를 어린아이 보살피듯 보호하여 형제의 우애가 지극하였다.

【68】 숀슈ᄒᆞ더라.

이날 셕제(夕祭)를 파ᄒᆞ고 셕식을 맛ᄎᆞ미, ᄐᆡᄉᆞ 곤계와 냥텬시 물너 별원의 머믈시, 동누(東樓) 연향누의 ᄐᆡᄉᆞ와 츄밀이 쳐ᄒᆞ고 셔루(西樓) 명일누ᄂᆞᆫ 냥 텬시 머므니, 본국 ᄇᆡ신(陪臣)이 나아와 ᄉᆞ후(伺候)ᄒᆞ며 뫼시더라.

명일 츄밀과 부텬시(副天使) ᄒᆡᆼ니(行李)를 슈습ᄒᆞ여 슈일 너로 환귀(還歸)홀시, 엄표 흉인이 봉암요도를 즁노(中路)의 보ᄂᆡ여, 부텬ᄉᆞ를 죽이고 부왕의 유표를 아ᄉᆞ 도라오라 ᄒᆞ엿더니, 윤텬ᄉᆞᄂᆞᆫ 신명ᄒᆞᆫ 군ᄌᆡ라.

발셔 간계를 씨다라 길히셔 방【69】비 십분 엄히ᄒᆞ고, 잘 젹이면 유표를 안고 ᄌᆞ니 요인이 비록 쳔변만화(千變萬化)의 신긔ᄒᆞᆫ 도슐이 이시나, 능히 진명(眞明) ᄃᆡ군ᄌᆞ(大君子)의 졍명지긔(精明之氣)를 밋지[2301] 못ᄒᆞ고, 도로혀 ᄑᆡ쥬(敗走)ᄒᆞ여 도라올시, 도라와 표 보기를 븟그리더니, 도로의셔 ᄒᆡᆼ걸ᄌᆞ(行乞者)를 만나니, 이 ᄯᅩᄒᆞᆫ 황셩(皇城) ᄉᆞ롬이니 ᄉᆞ문여엽(士門餘葉)이오, 젼일 공부시랑ᄒᆞ던 원홍이란 사ᄅᆞᆷ이니, 본ᄃᆡ 유문(儒門)의 ᄒᆡᆼ실이 업고 간악(奸惡) 음ᄉᆞ(淫事)ᄒᆞ여 명셰(明世)의 득죄ᄒᆞ미 만코, ᄉᆞ류의 용납기 어려온 졀목(節目)이 만흔 고로, 【70】 드ᄃᆡ여 조졍의 득죄ᄒᆞ여 먼니 졀역(絶域)의 찬츌(竄黜)ᄒᆞ엿더니, 드ᄃᆡ여 뉴락(流落)ᄒᆞ여 ᄉᆞ쳐(四處)로 ᄒᆡᆼ걸(行乞)ᄒᆞ기를 면치 못ᄒᆞ고, 스ᄉᆞ로 블인간악(不仁奸惡)ᄒᆞ믄 ᄭᆡ닷지 못ᄒᆞ여, 현인의게 원분(怨憤)이 쳘골(徹骨)ᄒᆞ니[2302], 이 믄득 '《숀군‖숀빈(孫臏)》의 제국(齊國)의 긔려(羈旅)ᄒᆞ여 무족지원(無足之怨)[2303]을 갑흐려

이튼날 츄밀과 부텬시 ᄒᆡᆼ니를 슈습ᄒᆞ여 환귀ᄒᆞ니, ᄑᆡ 봉암 요도을 듕노의 보ᄂᆡ여 부텬ᄉᆞ○[를] 쥭이고 부왕의 유표를 아ᄉᆞ 도라오라 ᄒᆞ엿더니, 윤텬ᄉᆞᄂᆞᆫ 신명ᄒᆞᆫ 군ᄌᆡ라.

발셔 간계를 알고 길히셔 방비ᄒᆞ믈 십분 엄히 ᄒᆞ고 잘 젹이면 유표를 안고 자니, 요인이 비록 쳔변만화【22】의 신긔ᄒᆞᆫ 도슐이 이시나, 능히 진명ᄃᆡ군ᄌᆞ의 졍명지긔를 밋디 못ᄒᆞ고, 도로혀 《ᄑᆡ류‖ᄑᆡ쥬》ᄒᆞ야 도라올시, 《도노‖도로》의셔 ᄒᆡᆼ걸ᄌᆞ(行乞者)을 만나니, ᄯᅩᄒᆞᆫ ᄃᆡ됴 ᄉᆞ람이니 젼일 공부시랑ᄒᆞ던 원홍이란 사ᄅᆞᆷ이니, 본ᄃᆡ 유문의 ᄒᆡᆼ실이 업고 간악 음ᄉᆞᄒᆞ야 명셰의 득죄ᄒᆞ미 만코, ᄉᆞ류의 용납기 어려온 졀목이 만흔 고로, 드ᄃᆡ여 됴졍의 득죄ᄒᆞ야 먼니 찬츌ᄒᆞ엿더니, 드ᄃᆡ여 《뉴탕‖뉴랑》ᄒᆞ여 ᄉᆞ쳐로 ᄒᆡᆼ걸ᄒᆞ나, 스ᄉᆞ로 블민 간악ᄒᆞ믈 ᄭᆡ닷디 못ᄒᆞ고, 현인의게 원분이 쳘골ᄒᆞ야

2301)밋다 : 미치다. 공간적 거리나 수준 따위가 일정한 선에 닿다.

2302)쳘골(徹骨)ᄒᆞ다 : 뼈에 사무치다.

2303)숀빈(孫臏)의 무족지원(無足之怨) : '손빈(孫臏)의 두 발을 잃은 원한' 이란 말로, 손빈(孫臏)이 친구 방연(龐涓)에게 속아 제(齊)나라에 갔다가 방연에게 두 발이 잘리는 형벌을 당한' 고사를 말한다. 즉 손빈과 방연은 함께 귀곡자(鬼谷子)에게 병법을 배웠는데, 위(魏)나라 장수가 된 방연이 손빈의 재주를 시기하여, 위나라로 유인해 두 발을 자르는 형벌을 가했는데, 손빈은 제(齊)나라로 탈출하여, 훗날 군사를 지휘하여 방연의 군대와 마릉(馬陵)에서 싸워

ᄒᆞ미 아니로ᄃᆡ, 그으ᄒᆞᆫ 의ᄉᆡ 제 몸이 ᄉᆞᆯ아셔 다시 뎨도(帝都)의 도라가 발신(發身)ᄒᆞᆯ 길히 업ᄉᆞ니, 궁극ᄒᆞᆫ 흉계 아니 밋ᄎᆞᆫ 곳이 업ᄂᆞᆫ지라.

그으이 타국의 긔려(羈旅)[2304]ᄒᆞ여 국왕을 다릐여 ᄃᆡ조(大朝)를 범ᄒᆞ고 평초【71】왕 뎡쳥계를 음히(陰害)ᄒᆞ여 브ᄃᆡ ᄉᆞᆯ아셔 한번 ᄉᆞ원(私怨)을 쾌셜(快雪)ᄒᆞ고, 제뎡과 제조를 어육(魚肉)ᄒᆞ고 그날이라도 제 몸이 만검의 삭ᄒᆞ고 유확의 핑ᄒᆞ여도 한이 업술노라 ᄒᆞ여, 각진 제국으로 분쥬(奔走)ᄒᆞᄃᆡ, 능히 안신(安身)ᄒᆞᆯ 곳을 엇지 못ᄒᆞ엿더니, 이제 오국의 드러와 이날 요도(妖道)를 만나 피치(彼此) 일○[일]간(一日間)의 지긔상합(志氣相合)ᄒᆞ고 '간담(肝膽)이 상조(相照)'[2305]ᄒᆞ여 더부러 도라와 셰ᄌᆞ를 보고 감언미어(甘言美語)[2306]로 농낙ᄒᆞ니, 오 셰지 봉암의 텬ᄉᆞ 햐슈(下手)[2307]치 못ᄒᆞ믈 한ᄒᆞ나, 원홍의 츄러【72】ᄒᆞᆫ[2308] 의복 가온ᄃᆡ나, ᄉᆈ안(素顔)이 결빅(潔白)ᄒᆞ고 언변이 흐르ᄂᆞᆫ 듯ᄒᆞ여, 일견의 졍이 도탑고 교혜능변(巧慧能辯)[2309]이 츙셩이 관일(貫一)ᄒᆞ니, '오관(五官)[2310]의 쉬 슬고[2311] 념통의 구무[2312] 업ᄉᆞᆫ'[2313] 픠, 더욱 미혼단(迷魂丹)의 넉시 아득ᄒᆞ니, 요젹(妖賊)의 '여호 밉시 쥐 장식'[2314]인 쥴 알니오.

제뎡과 제조를 어육고져 ᄒᆞ여 각진 제국으로 분【23】쥬ᄒᆞᄃᆡ, 안신ᄒᆞᆯ 곳을 엇디 못ᄒᆞ고, 오국의 드러와 이날 요도를 만나 피ᄎᆞ 근각을 무러 알미, 지긔 상합ᄒᆞ야 《더보러‖더부러》 도라와 셰ᄌᆞ를 보고 감언미어로 농낙ᄒᆞ니, 셰ᄌᆡ 텬ᄉᆞ 히치 못ᄒᆞ믈 한ᄒᆞ나, 원홍이 츄려ᄒᆞᆫ 의복 ᄀᆞ온ᄃᆡ나, ᄉᆈ안이 결빅ᄒᆞ고 언변이 흐ᄅᆞᄂᆞᆫ 듯 교혜능변이 《풍셩‖츙셩》이 관일ᄒᆞ니, 오관의 쉬 슬고 염통의 구무 업ᄉᆞᆫ 《최‖픠》, 더옥 미혼단의 넉시 아득ᄒᆞ야 요젹의 녀오 밉시를 알니오.

이겨 방연을 죽였다.(『사기 권65(史記 卷65)』 '손자오기열전(孫子吳起列傳)')

2304)긔려(羈旅) : 객지에 머묾. 또는 객지에 머물고 있는 나그네.

2305)간담상조(肝膽相照) : 서로 속마음을 털어놓고 친하게 사귐.

2306)감언미어(甘言美語) : 달콤하고 아름다운 말

2307)햐슈(下手) : 손을 대어 사람을 죽임.

2308)츄러ᄒᆞ다 : 추레하다. 겉모양이 깨끗하지 못하고 생기가 없다.

2309)교혜능변(巧慧能辯) : 교묘하고 능란한 말솜씨.

2310)오관(五官) : 다섯 가지 감각 기관. 눈, 귀, 코, 혀, 피부를 이른다.

2311)쉬슬다 : 파리가 알을 여기저기에 낳다.

2312)구무 : 구멍.

2313)오관(五官)의 쉬슬고 념통의 구무 업ᄉᆞᆫ : '오관(五官)에 쉬가 슬고 염통에 구멍이 없다'는 말로, 눈, 귀, 코, 혀, 피부가 다 썩고 심장이 막혀 죽은 사람이나 마찬가지라는 뜻.

2314)여호 밉시 쥐 장식 : 여우가 맵시를 내고 쥐

크게 허심(許心)ᄒᆞ여 언언희지(言言喜之) 왈,

"닉 일즉 한고(漢高)2315)의 텬명 바드믈 효측ᄒᆞ도다. ᄌᆞ방(子房)2316) 갓흔 모ᄉᆞ(謀事)와 진평(陳平)2317)갓흔 원홍을 어더시니, 한갓 왕업을 니ᄅᆞ지 말나. 즁원(中原)을 도모치 못ᄒᆞ랴."

ᄒᆞ여, 졈졈 흉악ᄒᆞᆫ 의ᄉᆡ 【73】발작ᄒᆞ니, 봉암 원홍이며 녀가 형뎨와 슈·혜 냥외(兩妖) 동심합계(同心合啓)2318)ᄒᆞ여 블인(不仁) 가득ᄒᆞᆫ 표를 여지업시 농낙ᄒᆞ여, 졈졈 악역(惡逆)의 뜻이 깁고 강상(綱常)의 딕변(大變)을 휘치 아니ᄒᆞᄂᆞᆫ지라.

츄밀과 부텬ᄉᆞ 윤공이 션왕의 유표를 가져 텬조의 고품(告稟)ᄒᆞᄂᆞᆫ 거죄 등한치 아니ᄒᆞ니, 결연이 ᄌᆞ긔를 승위(承位)치 아닐 쥴 알미, 엇지 벌의 독을 움치리오2319).

요도(妖道)와 간젹(奸賊)이 셜계(設計) 왈,

"텬조의셔 결말이 밋쳐 나지 아니ᄒᆞ여셔 몬져 상텬ᄉᆞ와 엄틱ᄉᆞ를 【74】 쇼제ᄒᆞ고, 조초 안흐로 엄습ᄒᆞ여 한님을 졀제ᄒᆞ고, 닉응(內應)과 외응(外應)을 비밀이 ᄒᆞ여 텬조의셔 ᄉᆞ신이 오나든, 즁도의 나아가 엄습ᄒᆞ여 즛질너 션왕의 승위(承位)치 아니ᄒᆞᆫ 한을 셜ᄒᆞ

크게 허심ᄒᆞ야,

졈졈 흉악ᄒᆞᆫ 의ᄉᆡ 발작ᄒᆞ니, 봉암 원홍이며, 녀가 형뎨와 요녀 등이 동심합셰ᄒᆞ야 블인 아득ᄒᆞᆫ 표를 여디업시【24】 농낙ᄒᆞ여, 악역의 뜻이 깁고 강상의 딕변을 휘치 아니ᄒᆞᄂᆞᆫ지라.

(낙장)

가 치장을 하여 한껏 멋을 부린 격이란 뜻으로, 원홍의 간사한 행동을 비하(卑下)한 말.

2315)한고(漢高) : 한고조(漢高祖). 중국 한(漢)나라의 제1대 황제(B.C.247~B.C.195). 성은 유(劉). 이름은 방(邦). 자는 계(季). 시호는 고황제(高皇帝). 고조는 묘호다. 진시황이 죽은 다음해 항우와 합세하여 진(秦)나라를 멸망시켰다. 그 뒤 해하(垓下)의 싸움에서 항우를 대파하여 중국을 통일하고 제위에 올랐다. 재위 기간은 기원전 206~기원전 195년이다.

2316)ᄌᆞ방(子房) : 중국 한나라의 건국공신 장량(張良)의 자(字). 한고조 유방의 책사로 홍문연에서 유방을 구하고 한신을 천거하는 등, 유방이 한나라를 세우고 천하를 통일할 수 있도록 도왔다. 소하·한신과 함께 한나라 건국 3걸로 불린다.

2317)진평(陳平) : 중국 한(漢)나라 때 정치가. 유자(孺子)는 그의 별명. 한 고조 유방(劉邦)를 도와 여섯 번이나 기발한 꾀를 내, 천하를 평정케 하였다.

2318)동심합계(同心合啓) : 여러 사람이 한 마음으로 임금에게 계사(啟辭)를 올림.

2319)움치다 : 움츠리다. 몸이나 몸의 일부를 몹시 오그리어 작아지게 하다.

고, 인ᄒᆞ여 왕위의 즉ᄒᆞ고, 병갑을 훈련ᄒᆞ여 승승장구ᄒᆞ여 황셩을 '범 보듯ᄒᆞ고'2320), 장안을 '돗 마듯ᄒᆞ며'2321) 통일ᄉᆞ히(統一四海)ᄒᆞ여 부유텬하(富有天下)2322)ᄒᆞ며 귀위텬ᄌᆞ(貴爲天子)ᄒᆞ면 엇지 영웅의 픽업(霸業)이 쾌치 아니리오."

픽 이 말을 드ᄅᆞ미 일신이 가려온 ᄃᆡ를 긁ᄂᆞᆫ 듯 당당【75】이 텬유일존(天有一尊)ᄒᆞ믈 어더, 젹의보블(赤衣黼黻)2323)노 황극뎐(皇極殿)2324)의 올나 뉵합(六合)2325)을 혼일(混一)ᄒᆞ고, 각 진을 총제ᄒᆞ여 텬ᄌᆞ의 부귀를 당ᄒᆞᆫ드시 깃부니, 엇지 호텬지통(昊天之痛)2326)의 망극ᄒᆞ믈 슬허ᄒᆞ리오.

이의 모든 요인으로 더부러 모의ᄒᆞ여 텩ᄉᆞ와 상텬ᄉᆞ를 업시ᄒᆞ고, 장졸을 초모(招募)ᄒᆞ여 장ᄎᆞᆺ 황셩을 범ᄒᆞ려 ᄒᆞ니, ᄌᆞ연 인구 젼파ᄒᆞ여 텬위를 항형(抗衡)코져 ᄒᆞᄂᆞᆫ 눈치를 텬조의○[서] 발셔 알오미 명명ᄒᆞᆫ지라.

이러므로 발병문죄(發兵問罪)ᄒᆞ미러라.

이 ᄉᆞ이의 경ᄉᆞ 엄부의【76】셔 윤쇼져 비

2320)범 보듯ᄒᆞ다 : '범이 눈을 부릅뜨고 먹잇감을 노려보듯 한다.'는 말로, 남의 것을 빼앗기 위하여 형세를 살피며 가만히 기회를 엿보는 행위를 비유적으로 표현한 말. ≒호시탐탐(虎視眈眈).

2321)돗 마듯ᄒᆞ다 : '돗자리를 마는 듯하다.'는 말로, '빠른 기세로 영토를 휩쓸거나 세력 범위를 넓히는 것'을 비유적으로 표현한 말.

2322)부유텬하(富有天下) : 온 천하의 재부를 혼자 차지했다는 뜻으로, 천자의 부력(富力)을 이르는 말.

2323)젹의보블(赤衣黼黻) : 제후의 붉은 색 예복. *보불(黼黻); 제후의 예복에 놓은 수(繡). 또는 그 수를 놓은 예복. '보'는 흰 색과 검은 색으로 자루가 없는 도끼 모양을 수놓은 것을 말하며, '불'은 검은색과 청색으로 '己'자 두 개를 반대로 하여 수놓은 것을 말함.

2324)황극뎐(皇極殿) : 명나라의 황제가 백관의 조회를 받던 북경 자금성 정전(正殿)으로, 영락제(永樂帝)가 도읍을 옮긴 초기에 봉천전(奉天殿)이라 이름 했다가, 가정(嘉靖) 때에 와서 황극전으로 고쳐 불렀고, 청나라 때는 태화전(太和殿)이라 하였다. 주로 사신들을 이곳에서 접견하였다.

2325)뉵합(六合) : 천지와 사방을 통틀어 이르는 말. 곧, 하늘과 땅, 동、서、남、북이다.

2326)호텬지통(昊天之痛) : 하늘처럼 크고 가없는 슬픔.

상훈 환난이 측냥업서, 최부인이 가즁 뒤쇼ᄉᆞ를 총찰ᄒᆞ니, 윤쇼졔 속절업시 함지깅참(陷地坑塹)ᄒᆞ나 가즁의 츄밀이 업ᄉᆞ니, 뉘 구리오.

오희(嗚噫)라! 군ᄌᆞ 슉녀의 운익이 긔구ᄒᆞ미 간인의 ᄶᅵ를 하놀이 빌니시미러라.

어시의 츄밀과 윤상셰 오왕의 유표를 가지고 쥬야비도(晝夜倍道)ᄒᆞ여, 황도의 니ᄅᆞ러 미쳐 집의 도라가지 못ᄒᆞ고 바로 예궐(詣闕) 청죄ᄒᆞ고, 젼후 쇼유를 알외고 엄왕의 유표를 올니고, 엄표의 반역 블초와 뒤조【77】망명 반국죄인(反國罪人) 녀방 녀슉과 요도 봉암과 음녀 슈졍 혜졍이 다 도망ᄒᆞ여 가, 블인(不人)을 도와 몬져 오왕 싱시의 부ᄌᆞ를 니간(離間)ᄒᆞ고, 금번 힝도의 엄픠 또 요인을 보니여 관도 젹셩부의서 텬ᄉᆞ 일힝이 쉴 제, 빗쥬간(杯酒間)의 히코져 ᄒᆞ던 ᄉᆞ연과, 도라오ᄂᆞᆫ 길히 작변ᄒᆞ려 ᄒᆞ거놀, 윤상셰 오왕의 유표를 품고 잠ᄌᆞ며, 진필(眞筆)노 요슐을 제어ᄒᆞ여 도라온 쥴 셰셰히 알외고, 이제 황명으로 어진 사ᄅᆞᆷ을 갈히여 오국의 봉ᄒᆞ시나, 엄픠 반ᄃᆞ시 【78】 슈조(受詔)치 아녀 변이 이실 거시니, 발병문죄(發兵問罪)[2327]ᄒᆞ시미 가ᄒᆞᄆᆞᆯ 알외○[니], 텬지 ᄯᅩ훈 엄왕의 유표를 보시고 그 명달ᄒᆞᄆᆞᆯ 더욱 아ᄅᆞᆷ다이 너기시고, 이의 윤상셔로 평오뒤원슈를 ᄒᆞ이시고, 엄츄밀노 부원슈를 삼으샤 정병밍장(精兵猛將)을 쥬어, 슈일간 츌ᄉᆞ(出師)ᄒᆞ라 ᄒᆞ시더니, 홀연 보ᄒᆞ뒤,

"엄픠 한 모ᄉᆞ를 어드니 이 ᄯᅩ 뒤국 망명 죄인이라, 흉인과 간당이 모계(謀計)ᄒᆞ여 장찻 반상(叛狀)이 현져(顯著)ᄒᆞ다."

ᄒᆞ더라.【79】

2327)발병문죄(發兵問罪) : 군대를 출병시켜 죄를 물음.

어시의 츄밀과 윤 샹셰 오왕의 유표를 가져 쥬야비도ᄒᆞ야, 황도의 니ᄅᆞ러 바로 예궐 청죄ᄒᆞ고 젼후쇼유를 알외고, 엄왕의 유표를 올니며 반ᄃᆞ시 블의지변이 이실 거시니 발명문죄ᄒᆞ시미 가ᄒᆞᄆᆞᆯ 알외니, 텬지 엄왕의 유표를 보시고 그 명달ᄒᆞᄆᆞᆯ 더옥 아ᄅᆞᆷ다이 넉이시고, 이에 윤 상셔로 평오 뒤원슈를 ᄒᆞ이시고 엄 츄밀노 부원슈을 삼으샤, 졍병 밍장을 주어 수일 간 츌ᄉᆞᄒᆞ라 ᄒᆞ시더니, 홀연 셰작이 밀보ᄒᆞ뒤,

"엄표 훈 모ᄉᆞ를 어드니 이 ᄯᅩ【25】 뒤국 망명죄인이라. 흉인간당이 모다 모계ᄒᆞ니 장ᄎᆞ 반상이 현져ᄒᆞ다."

ᄒᆞ니,

최 길 용

문학박사

전북대학교 겸임교수

전북대학교 인문학연구소 전임연구원

◉ **논 문**

〈연작형 고소설연구〉 외 50여편

◉ **저 서**

『조선조연작소설 연구』 등 21종 47권

校勘本 **嚴氏孝門淸行錄 ❶**

초판 인쇄 2021년 8월 9일
초판 발행 2021년 8월 23일

교　　주 | 최 길 용
펴 낸 이 | 하 운 근
펴 낸 곳 | 學古房

주　　소 | 경기도 고양시 덕양구 통일로 140 삼송테크노밸리 A동 B224
전　　화 | (02)353-9908 편집부(02)356-9903
팩　　스 | (02)6959-8234
홈페이지 | http://hakgobang.co.kr/
전자우편 | hakgobang@naver.com, hakgobang@chol.com
등록번호 | 제311-1994-000001호

ISBN 978-89-6071-583-7 94810
978-89-6071-582-0 (세트)

값 : 60,000원